U0675505

珍本文库
作家出版社
建社70周年
1953 — 2023

作家出版社建社70周年珍本文库

策划 / 鲍　坚　张亚丽

终审 / 颜　慧　王　松　胡　军　方　文

监印 / 扈文建

统筹 / 姬小琴

出版说明

1953年，作家出版社在祖国蒸蒸日上的新气象中成立，至今谱写了70年华彩乐章。时代风起云涌间，中国文学名家力作迭出，流派异彩纷呈，取得的成绩令世人瞩目。作为中国出版事业的中坚力量，作家出版社在经典文学出版、作家队伍建设、文学风气引领等方面成就卓著，用一部部厚重扎实的作品，夯实了新中国文学的根基。为庆祝作家出版社成立70周年，向老一代经典作家致敬，向伟大的文学时代致敬，我们启动“作家出版社建社70周年珍本文库”文学工程，选取部分建社初期作家出版社首次出版的作品重装出版，彰显中国风格、中国气派和文学价值观上的人民立场，共同见证新中国文学事业的勃发和生机。相信这套文库的文学价值和社会意义，将随着时间的推移而日益显示出来。需要说明的是，由于一些原因，未能尽数收录建社初期所有重要作品，我们心存遗憾。衷心感谢中国作家协会、各位作家及作家亲属给予本文库的大力支持。

作家出版社

内容简介：

《三国演义》为我国古典文学四大名著之一，全名为《三国志通俗演义》，是中国第一部长篇章回体历史演义小说，以描写战争为主，反映了魏、蜀、吴三个政治集团之间的政治和军事斗争，大致分为黄巾之乱、董卓之乱、群雄逐鹿、三国鼎立、三国归晋五大部分。在广阔的背景下，上演了一幕幕波澜起伏、气势磅礴的战争场面。

罗贯中

（约1330—约1400）

元末明初小说家，名本，字贯中，号湖海散人，被称为“中国章回小说的鼻祖”。

作家出版社 首版封面

《三国演义》

罗贯中 著

作家出版社1953年11月

三国演义

罗贯中〇著

作家出版社

图书在版编目（CIP）数据

三国演义 /（明）罗贯中著 . -- 北京：作家出版社，
2023. 10
（作家出版社建社 70 周年珍本文库）
ISBN 978-7-5212-2483-2

Ⅰ. ①三… Ⅱ. ①罗… Ⅲ. ①《三国演义》Ⅳ. ① I242.4

中国国家版本馆 CIP 数据核字（2023）第 164854 号

三国演义

策　　划：鲍　坚　张亚丽
统　　筹：姬小琴
作　　者：（明）罗贯中
校　　注：裴效维
责任编辑：省登宇　周李立
装帧设计：棱角视觉
出版发行：作家出版社有限公司
社　　址：北京农展馆南里 10 号　　**邮　　编：**100125
电话传真：86-10-65067186（发行中心及邮购部）
86-10-65004079（总编室）
E-mail:zuojia @ zuojia.net.cn
http://www.zuojiachubanshe.com
印　　刷：北京盛通印刷股份有限公司
成品尺寸：142 × 210
字　　数：960 千
印　　张：31.5
版　　次：2023 年 10 月第 1 版
印　　次：2023 年 10 月第 1 次印刷
ISBN 978-7-5212-2483-2
定　　价：138.00 元

校注说明

《三国演义》既是中国四大古典小说名著之一，又在我国小说史上起过开创性作用：它不仅是我国第一部历史演义小说，而且是由文言小说过渡到白话小说、短篇平话小说过渡到长篇章回小说的桥梁。可以设想，如果没有《三国演义》，我国长篇小说和历史演义小说的产生可能要推迟若干年。仅凭这一点，它在我国小说史上的地位就是不可动摇的。不仅如此，它更避免了一般开创者所难免的幼稚与粗糙，以精品的面貌展现于世人，达到了我国小说的最高水平，与后来产生的《水浒传》《西游记》《红楼梦》并驾齐驱，成为我国古代小说的典范。这不能不说是一个奇迹。还应该指出的是，《三国演义》还开辟了一条熔历史与民间传说于一炉、集民间艺人与文人智慧于一体、内容则亦实亦虚的创作道路，成为后来的历史演义小说、英雄传奇小说、侠义公案小说乃至神魔小说效法的楷模。无怪乎它不仅是我国的文学名著，而且突破国界，成为世界文学名著。

限于篇幅，这里对《三国演义》的价值不再赘述。下面仅对校注中的几个问题略作说明。

一、作者问题

《三国演义》的作者本来不成问题，学界一致认定罗贯中就是它的作者。其根据除了明、清文人笔记记载之外，更有直接证据：现存《三国演义》较早的明代刊本均题“晋平阳侯陈寿史传”，“后学罗本贯中编次”。前一句标明了小说《三国演义》的创作根据，即取材于陈寿的史书《三国志》。陈寿是晋代人，爵封平阳侯，故称“晋平阳侯陈寿”；“史传”即指陈寿所著史书《三国志》。后一句标明了《三国演义》的作者为“罗本贯中”，即姓罗名本，字贯中。“编次”相当于今之“著”或“撰”，只是古人谦虚，以为其小说并非完全创作，而是取材于前人的著作，因而谦称“编次”。考虑到封建统治者和封建文人对小说极为蔑视乃至仇视，以至于小说作者不敢或不屑在作品上署其真名或仅署化名的情况，而罗贯中却敢于直署其真名实姓，足见其蔑视正统的文学观念，并对其所著《三国演义》的文学价值充满自信，这更增加了《三国演义》是罗贯中所著的可信度。

然而近年来有人对罗贯中《三国演义》的著作权提出了质疑。认为罗贯中是元末明初人，而《三国演义》成书于明代中叶，因而罗贯中不可能是它的作者；有些刊本题“罗本贯中编次”云云，全是书商所为。它应该是从宋代至明中叶这五百年间民间艺人们的集体创作，总其成者则是明中叶的一位无名文人。这个观点不可谓不新颖，可惜论者未举出直接证据，只是根据《三国演义》的个别版本加以推断，故学界无人响应。因此，在这一观点进一步证实之前，我们仍将罗贯中作为《三国演义》的作者。

现存罗贯中的生平资料很少，最为可靠而又珍贵的资料，只有元末明初人贾仲明（一作仲名）《录鬼簿续编》中的罗贯中小传：

> 罗贯中，太原人，号湖海散人，与人寡合。乐府、隐语，极为清新。与余为忘年交，遭时多故，各天一方。至正甲辰复会，别来又六十馀年，竟不知其所终。

“至正甲辰”即元惠宗至正二十四年（公元1364年），再过五年就进入明代了，可见罗贯中为元末明初人。由于《录鬼簿续编》依据钟嗣成《录鬼簿》的体例，仅记载元代戏曲家的生平事迹和戏曲作品，因而不著录罗贯中的小说《三国演义》，仅著录其三部杂剧作品:《赵太祖龙虎风云会》(今存)、《忠正孝子连环谏》(已佚)、《三平章死哭蜚虎子》(已佚)。据明代人的记载，罗贯中的小说作品还有很多，王圻的《续文献通考》甚至说他“编撰小说数十种”，这显然是夸大之词。就连署名罗贯中的《隋唐两朝志传》《残唐五代史演义传》《三遂平妖传》，究竟是否罗贯中所著，也难确定。还有说《水浒传》为施耐庵和罗贯中合著，或说是施作罗续，均无确证。

二、书名问题

《三国演义》在明、清两代的版本，至少有三十余种。书商为了谋利，给它起了五花八门的书名:除了在书名之前冠以“新刻”“新刊”“新镌”“新锲”“新锓”“第一才子书”“四大奇书第一种”等等以招徕之外，其书名本身也花样百出:或称《三国演义》，或称《三国志演义》，或称《三国志传》，或称《三国志史传》，或称《三国全传》，或称《三国志》，或称《三国英雄志传》，等等，令人眼花缭乱。1953 年作家出版社出版标点本，取名《三国演义》。由于这一书名简捷明了，不仅各个出版社竞相采用，而且有些文学史和文学工具书也予以承认，以至成为家喻户晓的通行书名。

然而有些学者不以为然，他们认为只有《三国志演义》才是该书书名的最佳选择，其他书名都要不得。其理由主要有两条:其一，认为明代嘉靖壬午(公元 1522 年)刊本(通称“嘉靖本”)的书名是《三国志通俗演义》，而此本为现存最早的版本，可见这是罗贯中自己起的书名。“通俗”二字可有可无，完全可以省略。其二，认为《三国志演义》文从字顺，其意思就是“演”《三国志》之“义”。而《三国演义》却讲不通，因为“演”三国之“义”不成话。

我以为取名《三国志演义》固然可以，而取名《三国演义》

也未尝不可，甚至更好。

首先，有人已经指出，该书现存最早的版本并非“嘉靖本”，而是黄正甫刊本，它的刊行时间要比“嘉靖本”大约早二十年（为免繁琐，这里不介绍论据），而此本的封面书名就是《三国演义》。如果这一结论可靠的话，便推翻了《三国志演义》为罗贯中所起书名的论断。退一步说，即使“嘉靖本”为该书现存最早的版本，也不等于它就是真正最早的版本，因为嘉靖壬午距离罗贯中在世的年代已经一个多世纪，谁都不能保证在此一百多年间没有刊行过此书，因此认为《三国志演义》就是罗贯中所起书名的论断也难以成立。何况书商对于小说书名的态度向来是不严肃的，往往以是否能够招徕读者为取舍标准，乱改书名本是其惯技，上面所说此书书名的花样百出就是明证，因此根本就无法判断某个版本的书名就是作者所起的书名。

其次，“演义”一词何时、何书用于书名，其当初用意是什么，本人未加考证，不敢妄下断语。然而事实上它已经约定俗成，变成了“历史小说”“历史故事”的同义词。如《西汉通俗演义》《东汉演义》《东西晋演义》《两晋演义》《南北史演义》《隋唐演义》《大宋中兴通俗演义》等等，不胜枚举。如果说《三国演义》不能作为书名，那么中国一大批以“演义”取名的小说岂不是全得作废，需要重新为它们起名吗？然而有谁能为它们起名？又有谁有这种权利？“演义”不仅用于历史小说的书名，而且这种约定俗成的概念也早已为文人学者所认可。如清代钮琇《觚賸续编·文章有本》说：“传奇、演义，即诗歌、纪传之变而为通俗者。”鲁迅也把他的《故事新编》说成“是神话、传说及史实的演义”（《南腔北调集·〈自选集〉自序》）。可见“演义”就是将史实敷衍为长篇章回小说或故事。既然如此，那么以《三国演义》为书名有何不通？又有何不可？

总而言之，《三国演义》一名既然早在明代已有，如今又已通行，而且文从字顺，简捷明了，朗朗上口，因此我们没有任何理由将它废除。

三、校勘问题

前面已经说过，现存明、清两代的《三国演义》版本多达三十余种。这些版本大致可以归纳为三类，它们反映了《三国演义》不断进行加工修订，从而得以逐步完善的过程。

第一类为二百四十则（节、段），但无第几则字样；每则均有单句七字标目，如首则、次则分别为“祭天地桃园结义”“刘玄德斩寇立功”。这一类版本即使不完全是该书的原貌，也是最接近原貌的，因为它还只是章回小说的雏形，尚不能算是标准的章回小说，显示了由话本小说向章回小说过渡的明显痕迹。

第二类是将原来的二百四十则合并为一百二十回（每两则合并为一回），并加上了第几回字样；回目也变成了双句，但不讲究对偶。这一类版本显然向标准的章回小说靠近了一步，但回目尚未达到章回小说的标准。

第三类即为毛纶、毛宗岗父子加工修订的本子（以下简称“毛本”）。“毛本”在保留了第二类版本一百二十回及每回双回目体制的基础上，对《三国演义》从文字到内容进行了大刀阔斧的加工修订：将原来不对偶的回目，改写为对仗工整的回目；删掉了大量诏令、奏章之类可有可无的文字，等于去掉了许多赘瘤；删掉了不少“之”“乎”“者”“也”等文言惯用字，使语言变得较为浅显易懂；纠正了一些不符合史实的纪事，增加了历史的真实性；增添了一些细节描写以及著名文章，如孔融荐祢衡表、陈琳讨曹操檄等；删掉了周静轩等人的鄙俚之诗，换成了唐宋名诗；等等。这些修改虽然有改错或改坏的地方，但从总体上说，却使它更加完善。它使《三国演义》在形式上成为标准的章回小说，在语言上更加浅显易懂、简洁流畅，在内容上更加符合历史，在描写上更加细腻生动，从而提高了它的文学价值。正因为如此，“毛本”才能轻而易举地挤掉了几乎所有《三国演义》的其他版本，成为久传不衰的读本。因此我们提供给读者的，自然也是“毛本”。

“毛本”的初刊本为清代康熙年间的醉耕堂本，今已十分罕见，而它的复刊本却多得很。为了慎重起见，选用清代大魁堂本（醉耕堂本的复刊本）为底本，清代三槐堂本、扫叶山房本（以上两种也是醉耕堂本的复刊本）为对校本，明代“嘉靖本”、万历万卷楼本为参校本，同时参考了人民文学出版社 2002 年的标点本。由于《三国演义》是历史演义小说，主要取材于《三国志》《后汉书》《晋书》《资治通鉴》等史书，因而也将它们作为参校资料。

由于“毛本”是一个相当好的版本，所以校勘时尽量保持其原貌。只有在以下几种情况下才做改动：

（一）凡遇确实不通或不合理的文字，无论是原书之误还是排印之误，均据别本改正，如无别本可据则径改。例如：

第二回朱儁说：“我来日宰猪羊狗血……”显然不通。今据“嘉靖本”改为“我来日宰猪羊取血”。与此相应的下文“盛猪羊狗血”，亦据“嘉靖本”删除“狗”字。

第二回潘隐说：“帝已崩。今蹇硕与十常侍商议……”各本均同。蹇硕既为十常侍之一，怎么能“与十常侍商议”？岂不是把蹇硕排除于“十常侍”之外了吗？故径改“与”为“等”。

第八回写刘表与孙策“相约以孙坚尸换黄祖”，下面接着写道：“孙策换回黄祖，迎接灵柩”。各本均同。“换回黄祖”，显然不通，故径改为“送回黄祖”。

第九回写王允暗伏百余武士刺董卓，“卓裹甲不入”。“裹甲”，别本或作“裹甲”，皆费解。唯扫叶山房本作“衷甲”，查《后汉书·董卓传》亦作“衷甲”。按“衷甲”即贴身软甲，类似于今之防弹背心。可见“裹甲”或“裹甲”皆因形似“衷甲”而致误，故从“衷甲”。

第十一回写吕布与曹操濮阳大战，说吕布手下有“八员健将”，即张辽、臧霸二将，以及“两将又各引六员健将”。如此则吕布手下健将不是八员，而是十四员了。今据“嘉靖本”改为“两将各引三员健将”。

第三十二回写曹操说：“我由济河遏淇水，入白沟，以通粮道，然后进兵。”各本均同。按：《三国志·魏书·武帝纪》：“（建安）九年春正月，济河，遏淇水，入白沟，以通粮道。”可知“济河”非河名（济水），乃渡过黄河之意。故删除“由”字，加一逗号，使其成为：“我济河，遏淇水，入白沟，以通粮道，然后进兵。”

第九十回说乌戈国主兀突骨“身长二丈”，实不可能。今据“嘉靖本”改为“身长丈二”。

（二）凡是前后矛盾之处，均酌情予以统一。例如：

第十五回写孙策和周瑜谋定活捉太史慈之计：“三面攻县（泾县城），只留东门放走；离城二十五里，三路各伏一军。”下文却又说：“太史慈走了五十里，人困马乏。”被孙策伏军活捉。各本均同。前后显然矛盾，故径改“二十五里”为“五十里”。

第二十七回写关羽过“沂水关”，守关将卞喜欲害关羽，被镇国寺长老“普净”所救。至第七十七回又写关羽死后“一魂不散”，飘荡到当阳县玉泉山，又遇此僧时，却说“法名普静，原是汜水关镇国寺长老”。人名、地名皆前后矛盾。人名据“嘉靖本”统一为“普净”；地名则据第二十七回的内容，选定为“汜水关”。

第四十四回写赤壁之战前，诸葛亮劝孙权以刘、孙联合抗击曹操，孙权仍犹豫不决。周瑜对孙权说：“瑜请得精兵数千，进屯夏口，为将军破之。”以“数千”兵对付曹操数十万大军，即使夸张也太过；而下文周瑜又说：“瑜得五万兵，自足破之。”前后也不一致。故据“嘉靖本”改“数千”为“数万”，则合情合理。

第九十八回写魏兵统帅曹真派人打探蜀兵虚实，只见蜀营“只插着数十面旌旗，兵已去了二日也。曹真懊悔无及”，却并未派兵追赶。可下文却又说：“且说张郃追蜀兵不上，回到寨中。”令人莫名其妙。查“嘉靖本”，在“兵已去了二日也”之后，有“真急令郃追之”，却无“曹真懊悔无及”。可见是毛氏父子做了改动，以致出现纰漏，前后不能照应。后来的所有复刊本，包括诸多点校本，均延续了这一失误。今据“嘉靖本”恢复原貌。

（三）《三国演义》是历史小说，其所写人名（包括字号）、地名、官名大多为纪实，但也有虚构者。对于后者，当然无从细究。对于前者，则最好能与史书记载相一致。因此，无论是毛氏父子改错的，还是原书本来就错的，一旦发现，均予改正。

人名如：“朱隽”改“朱儁”，“刘辨”改“刘辩”，“桓楷”改“桓阶”，“凌公续”改“凌公绩”，“愈元”改“俞元”，“张隽义”改“张隽乂”，“全综”改“全琮”，“霍戈”改“霍弋”，“毕范”改“毕轨”，“刘纂”改“留赞”，“郑褒”改“郑袤”，“周泰”改“州泰”，“司马亮”改“司马量”，“冒顿”改“蹋顿”，“刘璩”改“刘虔”，“滕循”改“滕脩”，“岑昏”改“岑昬”，“荀勗”改“荀勖”，等等。

字号如：关羽原字“长寿”，后改“云长”，今改“长寿”为“长生”；魏元帝曹奂字“景召”，改为“景明”；夏侯惠字“雅权”，改为“稚权”；夏侯和字“意权”，改为“义权”；毋丘俭字“仲闻”，改为“仲恭”；等等。然而也有例外，如张飞表字应为“益德”，而“翼德”已为广大读者所熟知，故虽错而不改。

地名如：“高堂”改“高唐”，“张陵”改“章陵”，“太谷”改“大谷”，“大城”改“犬城”，“桂车”改“挂车”，等等。又如第一百十三回说孙綝废吴王孙亮，派孙楷、董朝“往虎林迎请琅琊王孙休为君”。又说孙休“在虎林夜梦乘龙上天”。今按《三国志·吴书·三嗣主传》，改两处“虎林”为“会稽”。

官名如：“北都尉”改“北部尉”，“致中二千石”改“秩中二千石”，等等。

其他个别文字改动者，不胜枚举，不再一一赘述。

四、注释问题

本书为普及本，注释只是帮助读者阅读书中的故事情节；且尽量节省书的成本，以便更多的读者能够买得起。因此有几部分文字不加注释：其一是书中所引诗词，多为作者借以评论，并非故事情节的有机组成部分，即使略过它们，也不影响阅读本书。其二是书中的诏令、奏章、檄文、书信等，与故事情节的关系也不大；且文字较深，成语典故较多，注起来势必要占不少篇幅。其三是书中的人名（三国以前的历史人物除外）、地名、官名、官署名多不胜数，注起来十分繁琐，也占大量篇幅。因此这三部分文字不加注释。但也有例外，如中涓、常侍、黄门、郎、方面、参录尚书事、秩中二千石等官名，吴、会、西充国等地名，或字面上难以理解，或容易引起误会，故而也加注释。然而注释的范围仅限于叙述文字。

本书是历史小说，书中人物多帝王将相、文人才士，他们论事习惯于引经据典，卖弄才情与学问，以至牵涉到不少历史人物和历史典故。如果对这些历史人物和历史典故不讲清楚，势必影响读者的阅读。因此这一部分为重点注释对象，注释也就详细一些，并尽量交代出处。

本书用的是文言文，虽较浅显，毕竟较之白话小说要难懂一些，因此文言词语也属于重点注释范围。对于这一部分注释，则力求准确无误，简明扼要。

最后再顺便交代一下分段、断句和标点问题。

分大段已成为新版古代小说的惯例，这是由古代小说本身决定的，事实上也只能如此。然而分段的目的在于使其眉目清楚，略有间断，不至于使人一头雾水。因此我认为至少应做到两点：一是每段以短些为好，不要太长，否则便失去了分段的意义；二是分段要恰当，切不可在不该分的地方分段，否则便会使作品支离破碎，反不如不分为好。

断句和标点是一个问题的两个方面，相辅相成：断句是标点的前提，标点是断句的符号。两者相比，断句更为关键，一旦错断，不但标点失去了作用，而且势必歪曲原意，甚至大闹笑话。譬如某新版《武林旧事》对《赏花》篇中牡丹花品种的一小段作如下断句和标点："如姚魏御衣、黄照殿红之类几千朵。"即使是花卉专家，看了这一段也会莫名其妙，因为世上根本不存在"姚魏御衣"和"黄照殿红"这两种牡丹花。其实这里说的是四种名贵牡丹花："姚"是"姚黄"的简称，"魏"是"魏紫"的简称，"御衣黄"和"照殿红"又各为一种牡丹花名。因此正确的断句与标点应该是："如姚、魏、御衣黄、照殿红之类几千朵。"又如某新版《三国演义》第三十三回中对袁绍的一段话作如下断句与标点："吾南据河北，阻燕、代，兼沙漠之众。"正确的断句与标点应该是："吾南据河，北阻燕、代，兼沙漠之众。"断错的关键在于未将"河"理解为黄河，而误将"河北"当作了地名。这一错误在再版时虽然作了修正，但仍有其他断句的错误。有鉴于此，我对断句特别小心谨慎，战战兢兢，如履薄冰。此外，有些人在标点古代小说时，特别好用惊叹号和分号，大大超出了这两种标点符号使用的范围。其危害性虽然不及断句的错误，但也对读者理解文本的原意不无影响，因而本人也力求避免。

以上只是我对古代小说校勘、注释、断句、标点的看法和愿望，至于这些看法是否正确，这些愿望在《三国演义》中是否得以兑现，则不敢自信，谨请专家和读者赐教。

裴效维

2003 年 8 月

目　录

词曰：

滚滚长江东逝水，浪花淘尽英雄。是非成败转头空。青山依旧在，几度夕阳红。　　白发渔樵江渚上，惯看秋月春风。一壶浊酒喜相逢。古今多少事，都付笑谈中。

第　一　回

宴桃园豪杰三结义　斩黄巾英雄首立功

话说天下大势，分久必合，合久必分：周末七国分争，并入于秦；及秦灭之后，楚、汉分争，又并入于汉；汉朝自高祖斩白蛇而起义①，一统天下，后来光武中兴②，传至献帝，遂分为三国。推其致乱之由，殆始于桓、灵二帝。桓帝禁锢善类③，崇信宦官。及桓帝崩，灵帝即位，大将军窦武、太傅陈蕃共相辅佐。时有宦官曹节等弄权，窦武、陈蕃谋诛之，机事不密，反为所害。中涓④自此愈横。

---

① 高祖斩白蛇而起义——高祖：即汉高祖刘邦。事见《史记·高祖本纪》：秦末，刘邦任泗水亭长，奉命押送囚徒至郦山，中途遇白蛇挡道而斩之，继续前进。其随从在后，遇一老妇哭泣，自称白蛇是她儿子，其父即白帝，而杀她儿子的是赤帝之子，不敢理论，因而哭泣。说完即消失。刘邦得知自己是赤帝之子，遂揭竿起义，终于灭秦建汉。

② 光武中兴——光武：即汉光武帝刘秀，刘邦九世孙。西汉末年，大司马王莽篡汉自立，建立新朝，旋即天灾人祸，天下大乱。刘秀乘机起兵，终灭王莽，建立东汉，政治比较清明，经济也得以发展，故称“光武中兴”。

③ 桓帝禁锢善类——桓帝为东汉倒数第四位皇帝。当时宦官专权，士族官僚企图削弱其权力，结果失败，皆遭罢官，并终身不得起用，故称“禁锢”。“善类”即指士族官僚。

④ 中涓（juān）——上古时本指服侍皇帝并司清洁洒扫的人，后演变为宦官之称。涓：清洁之意。

建宁二年四月望日，帝御[①]温德殿。方升座，殿角狂风骤起，只见一条大青蛇从梁上飞将下来，蟠于椅上。帝惊倒，左右急救入宫；百官俱奔避。须臾，蛇不见了。忽然大雷大雨，加以冰雹，落到半夜方止，坏却房屋无数。建宁四年二月，洛阳地震；又海水泛溢，沿海居民尽被大浪卷入海中。光和元年，雌鸡化雄；六月朔，黑气十馀丈飞入温德殿中；秋七月，有虹现于玉堂，五原山岸尽皆崩裂。种种不祥，非止一端。

帝下诏问群臣以灾异之由。议郎蔡邕上疏，以为蜺堕[②]、鸡化，乃妇寺干政[③]之所致，言颇切直。帝览奏叹息，因起更衣。曹节在后窃视，悉宣告左右。遂以他事陷邕于罪，放归田里。

后张让、赵忠、封谞、段珪、曹节、侯览、蹇硕、程旷、夏恽、郭胜十人朋比为奸，号为“十常侍”[④]。帝尊信张让，呼为“阿父”。朝政日非，以致天下人心思乱，盗贼蜂起。

时巨鹿郡有兄弟三人：一名张角，一名张宝，一名张梁。那张角本是个不第秀才，因入山采药，遇一老人，碧眼童颜，手执藜杖，唤角至一洞中，以天书三卷授之，曰：“此名《太平要术》。汝得之，当代天宣化[⑤]，普救世人。若萌异心，必获恶报。”角拜问姓名，老人曰：“吾乃南华老仙也。”言讫，化阵清风而去。角得此书，晓夜攻习，能呼风唤雨，号为“太平道人”。

中平元年正月内，疫气流行。张角散施符水，为人治病，自

---

① 御——这里作动词用。特指皇帝临幸。

② 蜺（ní）堕——即虹从空中掉下来。古人以为这是阴盛于阳所致，为不祥之兆（汉代京房《京氏易传》）。蜺：同“霓”。虹的一种。虹按其颜色排列顺序及红色深浅不同，分为两种：红色较深者称“主虹”或“雄虹”；红色较浅者称“副虹”或“雌虹”，别称“蜺”或“霓”。这里是泛指虹。

③ 妇寺干政——即宦官干预朝政，掌握实权。妇寺：即宦官。因宦官为阉人，只能在宫廷中从事服侍职务，故称。寺：通“侍”。

④ 常侍——官名。汉代称“中常侍”，简称“常侍”。初为皇帝的近侍官。汉末成为宦官的专职，权势极大，左右朝政。

⑤ 代天宣化——传布上天的命令，教化黎民百姓。

称“大贤良师”。角有徒弟五百馀人，云游四方，皆能书符念咒。次后徒众日多，角乃立三十六方：大方万馀人，小方六七千，各立渠帅[①]，称为将军。讹言：“苍天已死，黄天当立[②]。”又云：“岁在甲子，天下大吉[③]。”令人各以白土书“甲子”二字于家中大门上。青、幽、徐、冀、荆、扬、兖、豫八州之人，家家侍奉大贤良师张角名字。

角遣其党马元义暗赍[④]金帛，结交中涓封谞，以为内应。角与二弟商议曰：“至难得者，民心也。今民心已顺，若不乘势取天下，诚为可惜。”遂一面私造黄旗，约期举事；一面使弟子唐周驰书报封谞。唐周乃径赴省中[⑤]告变。帝召大将军何进调兵擒马元义，斩之；次收封谞等一干人下狱。张角闻知事露，星夜举兵，自称“天公将军”，张宝称“地公将军”，张梁称“人公将军”。申言于众曰：“今汉运将终，大圣人出。汝等皆宜顺天从正，以乐太平。”四方百姓裹黄巾从张角反者四五十万，贼势浩大，官军望风而靡[⑥]。何进奏帝火速降诏，令各处备御，讨贼立功；一面遣中郎将卢植、皇甫嵩、朱儁各引精兵，分三路讨之。

且说张角一军前犯幽州界分。幽州太守刘焉乃江夏竟陵人氏，汉鲁恭王之后也。当时闻得贼兵将至，召校尉邹靖计议。靖曰：“贼兵众，我兵寡，明公宜作速招军应敌。”刘焉然其说[⑦]，随即出榜招募义兵。

---

① 渠帅——首领。渠：本义为“大”，引申为魁首。

② 苍天已死，黄天当立——意谓汉朝（苍天）已到了灭亡之时，应该由黄巾军（黄天）取而代之。

③ 岁在甲子，天下大吉——意谓到了甲子年（汉灵帝中平元年，公元184年），天下就会太平。是指黄巾军计划于是年起义。

④ 赍（jī）——携带，拿着。

⑤ 省中——这里指皇宫之内。宫内原称“禁中”，意谓非居宫内者不得随便入内。因汉孝元皇后之父名禁，改“禁中”为“省中”。后或合称“禁省”。

⑥ 靡——本义为倒下，引申为溃散。

⑦ 然其说——赞成他的意见。然：作动词用，即认为正确。

榜文行到涿县，引出涿县中一个英雄。那人不甚好读书；性宽和，寡言语，喜怒不形于色；素有大志，专好结交天下豪杰；生得身长七尺五寸[①]，两耳垂肩，双手过膝，目能自顾其耳，面如冠玉，唇若涂脂：中山靖王刘胜之后，汉景帝阁下玄孙，姓刘名备，字玄德。昔刘胜之子刘贞，汉武时封涿鹿亭侯，后坐酎金失侯[②]，因此遗这一枝在涿县。玄德祖刘雄，父刘弘。弘曾举孝廉[③]，亦尝作吏，早丧。玄德幼孤，事母至孝。家贫，贩屦织席[④]为业。家住本县楼桑村。其家之东南有一大桑树，高五丈馀，遥望之，童童如车盖[⑤]。相者云："此家必出贵人。"玄德幼时，与乡中小儿戏于树下，曰："我为天子，当乘此车盖。"叔父刘元起奇其言，曰："此儿非常人也。"因见玄德家贫，常资给之。年十五岁，母使游学[⑥]，尝师事郑玄、卢植，与公孙瓒等为友。及刘焉发榜招军时，玄德年已二十八岁矣。

当日见了榜文，慨然长叹。随后一人厉声言曰："大丈夫不与国家出力，何故长叹？"玄德回视其人，身长八尺，豹头环眼，燕颔虎须[⑦]，声若巨雷，势如奔马。玄德见他形貌异常，问其姓名。其人曰："某姓张名飞，字翼德，世居涿郡，颇有庄田，卖酒屠猪，专好结交天下豪杰。恰才见公看榜而叹，故此相问。"玄德

---

① 七尺五寸——古尺小于今尺。汉代的一尺不足现在的七寸，故七尺五寸只相当于现在的五尺二寸多，只算中等个子。后文说关羽"身长九尺"，即今两米有余，则为高个子了。

② 坐酎（zhòu）金失侯——因为没有按规定进贡酎金而丢掉了亭侯的爵位。坐：这里是违反之意。酎金：即诸侯应向皇帝进贡的祭祖金。

③ 举孝廉——有二义：一为由地方官向朝廷举荐孝顺父母、为人清廉的士子做官；二指被举荐而做了官的人。这里指后一义。

④ 贩屦（jù）织席——即以贩卖鞋子并织席卖钱为生。屦：义通"履"。汉代以前称"屦"，其后称"履"。鞋的泛称。

⑤ 童童如车盖——童童：茂盛的样子。车盖：古代帝王所乘车上用以遮日蔽雨的伞状篷。古人以为树冠如车盖为家出贵人之兆。

⑥ 游学——这里指离家到外地投师求学。

⑦ 燕颔虎须——形容胡须浓密，相貌威武。

曰："我本汉室宗亲，姓刘名备，今闻黄巾倡乱，有志欲破贼安民，恨力不能，故长叹耳。"飞曰："吾颇有资财，当招募乡勇，与公同举大事。如何？"玄德甚喜，遂与同入村店中饮酒。

正饮间，见一大汉推着一辆车子，到店门首歇了，入店坐下，便唤酒保："快斟酒来吃，我待赶入城去投军。"玄德看其人，身长九尺，髯长二尺，面如重枣，唇若涂脂，丹凤眼，卧蚕眉：相貌堂堂，威风凛凛。玄德就邀他同坐，叩[①]其姓名。其人曰："吾姓关名羽，字长生，后改云长，河东解良人也。因本处势豪倚势凌人，被吾杀了，逃难江湖，五六年矣。今闻此处招军破贼，特来应募。"玄德遂以己志告之，云长大喜。同到张飞庄上，共议大事。飞曰："吾庄后有一桃园，花开正盛。明日当于园中祭告天地，我三人结为兄弟，协力同心，然后可图大事。"玄德、云长齐声应曰："如此甚好。"

次日，于桃园中备下乌牛白马祭礼等项，三人焚香再拜而说誓曰："念刘备、关羽、张飞虽然异姓，既结为兄弟，则同心协力，救困扶危，上报国家，下安黎庶[②]。不求同年同月同日生，只愿同年同月同日死。皇天后土，实鉴此心；背义忘恩，天人共戮！"誓毕，拜玄德为兄，关羽次之，张飞为弟。祭罢天地，复宰牛设酒，聚乡中勇士，得三百馀人，就桃园中痛饮一醉。

来日，收拾军器，但恨无马匹可乘。正思虑间，人报有两个客人引一伙伴当，赶一群马，投庄上来。玄德曰："此天佑我也！"三人出庄迎接。原来二客乃中山大商：一名张世平，一名苏双，每年往北贩马，近因寇发而回。玄德请二人到庄，置酒管待，诉说欲讨贼安民之意。二客大喜，愿将良马五十匹相送；又赠金银五百两、镔铁一千斤，以资器用。

---

① 叩——询问。

② 黎庶——黎民百姓。"黎"和"庶"皆为众多之意，故"黎庶"成为人民大众的泛称。

玄德谢别二客，便命良匠打造双股剑；云长造青龙偃月刀，又名冷艳锯，重八十二斤；张飞造丈八点钢矛。各置全身铠甲。共聚乡勇五百馀人，来见邹靖。邹靖引见太守刘焉。三人参见毕，各通姓名。玄德说起宗派，刘焉大喜，遂认玄德为侄。

不数日，人报黄巾贼将程远志统兵五万，来犯涿郡。刘焉令邹靖引玄德等三人，统兵五百，前去破敌。玄德等欣然领军前进，直至大兴山下，与贼相见。贼众皆披发，以黄巾抹额[①]。当下两军相对，玄德出马，左有云长，右有翼德，扬鞭大骂："反国逆贼，何不早降？"程远志大怒，遣副将邓茂出战；张飞挺丈八蛇矛直出，手起处，刺中邓茂心窝，翻身落马。程远志见折了邓茂，拍马舞刀，直取张飞；云长舞动大刀，纵马飞迎。程远志见了，早吃一惊，措手不及，被云长刀起处，挥为两段。后人有诗赞二人曰：

英雄露颖在今朝，一试矛兮一试刀。

初出便将威力展，三分好把姓名标。

众贼见程远志被斩，皆倒戈而走。玄德挥军追赶，投降者不计其数，大胜而回。刘焉亲自迎接，赏劳军士。

次日，接得青州太守龚景牒文，言黄巾贼围城将陷，乞赐救援。刘焉与玄德商议，玄德曰："备愿往救之。"刘焉令邹靖将兵五千，同玄德、关、张投青州来。贼众见救军至，分兵混战。玄德兵寡不胜，退三十里下寨。玄德谓关、张曰："贼众我寡，必出奇兵，方可取胜。"乃分关公引一千军伏山左，张飞引一千军伏山右，鸣金[②]为号，齐出接应。

次日，玄德与邹靖引军鼓噪而进。贼众迎战，玄德引军便退，贼众乘势追赶。方过山岭，玄德军中一齐鸣金，左右两军齐出，

---

① 抹额——这里作动词用，即束在额头之上。用作名词时则指束在额头上的头巾。

② 鸣金——敲响钲、铙、锣等金属乐器。古代一般以击鼓为进攻信号，鸣金为收兵信号。这里却反用之，以鸣金为出击信号。

玄德麾[1]军回身复杀：三路夹攻，贼众大溃，直赶至青州城下。太守龚景亦率民兵，出城助战。贼势大败，剿戮极多，遂解青州之围。后人有诗赞玄德曰：

运筹决算有神功，二虎还须逊一龙。
初出便能垂伟绩，自应分鼎在孤穷。

龚景犒军毕，邹靖欲回。玄德曰："近闻中郎将卢植与贼首张角战于广宗，备昔曾师事卢植，欲往助之。"于是邹靖引军自回，玄德与关、张引本部五百人投广宗来。至卢植军中，入帐施礼，具道来意。卢植大喜，留在帐前听调。

时张角贼众十五万，植兵五万，相拒于广宗，未见胜负。植谓玄德曰："我今围贼在此，贼弟张梁、张宝在颍川，与皇甫嵩、朱儁对垒。汝可引本部人马，我更助汝一千官军，前去颍川打探消息，约期剿捕。"玄德领命，引军星夜投颍川来。

时皇甫嵩、朱儁领军拒贼，贼战不利，退入长社，依草结营。嵩与儁计曰："贼依草结营，当用火攻之。"遂令军士每人束草一把，暗地埋伏。其夜大风忽起。二更以后，一齐纵火，嵩与儁各引兵攻击贼寨，火焰张天。贼众惊慌，马不及鞍，人不及甲，四散奔走。

杀到天明，张梁、张宝引败残军士，夺路而走。忽见一彪[2]军马尽打红旗，当头来到，截住去路。为首闪出一将，身长七尺，细眼长髯，官拜骑都尉，沛国谯郡人也，姓曹名操，字孟德。操父曹嵩，本姓夏侯氏，因为中常侍曹腾之养子，故冒姓曹。曹嵩生操，小字阿瞒，一名吉利。操幼时好游猎，喜歌舞，有权谋，多机变。操有叔父，见操游荡无度，尝怒之，言于曹嵩。嵩责操。操忽心生一计：见叔父来，诈倒于地，作中风之状。叔父惊告嵩。

---

① 麾——指挥。

② 一彪——即一支，一队。彪：古代军队的计量词，即支、队。

嵩急视之，操故无恙。嵩曰："叔言汝中风，今已愈乎？"操曰："儿自来无此病，因失爱于叔父，故见罔[①]耳。"嵩信其言，后叔父但言操过，嵩并不听。因此，操得恣意放荡。时人有桥玄者谓操曰："天下将乱，非命世之才不能济[②]。能安之者，其在君乎？"南阳何颙见操，言："汉室将亡，安天下者，必此人也。"汝南许劭，有知人之名。操往见之，问曰："我何如人？"劭不答。又问，劭曰："子治世之能臣，乱世之奸雄也。"操闻言大喜。年二十，举孝廉，为郎[③]，除洛阳北部尉[④]。初到任，即设五色棒十馀条于县之四门，有犯禁者，不避豪贵，皆责之。中常侍蹇硕之叔提刀夜行，操巡夜拿住，就棒责之。由是内外莫敢犯者，威名颇震。后为顿丘令，因黄巾起，拜为骑都尉，引马步军五千，前来颍川助战。正值张梁、张宝败走，曹操拦住，大杀一阵，斩首万馀级，夺得旗幡、金鼓、马匹极多。张梁、张宝死战得脱。操见过皇甫嵩、朱儁，随即引兵追袭张梁、张宝去了。

却说玄德引关、张来颍川，听得喊杀之声，又望见火光烛天，急引兵来时，贼已败散。玄德见皇甫嵩、朱儁，具道卢植之意。嵩曰："张梁、张宝势穷力乏，必投广宗，去依张角。玄德可即星夜往助。"玄德领命，遂引兵复回。

到得半路，只见一簇军马护送一辆槛车[⑤]，车中之囚乃卢植也。玄德大惊，滚鞍下马，问其缘故。植曰："我围张角，将次[⑥]

---

① 见——被，受到。罔——即被诬陷。

② 命世之才——著名于当世的杰出人才。济——治理，整治。

③ 郎——郎官的泛称。汉代有郎中、中郎、外郎、侍郎、议郎等，皆为皇帝的侍卫官。后代多有变化，统称郎。

④ 除洛阳北部尉——除：授以官职。尉：执掌一县治安的官员。洛阳为大县，故设北部尉和南部尉分管北部和南部治安。

⑤ 槛车——即囚车。因古代囚车用粗木做成笼子，故称。槛：关动物的笼子。

⑥ 将次——将要，即将。

可破，因角用妖术，未能即胜。朝廷差黄门[①]左丰前来体探，问我索取贿赂。我答曰：'军粮尚缺，安有馀钱奉承天使？'左丰挟恨，回奏朝廷，说我高垒不战[②]，惰慢军心。因此朝廷震怒，遣中郎将董卓来代将[③]我兵，取我回京问罪。"张飞听罢大怒，要斩护送军人，以救卢植。玄德急止之曰："朝廷自有公论，汝岂可造次？"军士簇拥卢植去了。

关公曰："卢中郎已被逮，别人领兵，我等去无所依，不如且回涿郡。"玄德从其言，遂引军北行。行无二日，忽闻山后喊声大震。玄德引关、张纵马上高冈望之，见汉军大败，后面漫山塞野，黄巾盖地而来，旗上大书"天公将军"。玄德曰："此张角也，可速战。"三人飞马引军而出。张角正杀败董卓，乘势赶来，忽遇三人冲杀，角军大乱，败走五十馀里。

三人救了董卓回寨。卓问三人现居何职，玄德曰："白身[④]。"卓甚轻之，不为礼。玄德出，张飞大怒曰："我等亲赴血战，救了这厮[⑤]，他却如此无礼。若不杀之，难消我气！"便要提刀入帐，来杀董卓。正是：

人情势利古犹今，谁识英雄是白身。
安得快人如翼德，尽诛世上负心人！

毕竟董卓性命如何，且听下文分解。

---

① 黄门——这里泛指宦官。汉代宦官有小黄门、中黄门、黄门令等官。

② 高垒不战——修筑高大的防御工事，只守不战。

③ 将——统率，指挥。

④ 白身——没有官职或功名的平民。

⑤ 厮——骂人话，相当于家伙、王八蛋。

第　二　回

张翼德怒鞭督邮　何国舅谋诛宦竖

且说董卓字仲颖，陇西临洮人也，官拜河东太守，自来骄傲。当日怠慢了玄德，张飞性发，便欲杀之。玄德与关公急止之曰："他是朝廷命官，岂可擅杀？"飞曰："若不杀这厮，反要在他部下听令，其实不甘。二兄要便住在此，我自投别处去也。"玄德曰："我三人义同生死，岂可相离？不若都投别处去便了。"飞曰："若如此，稍解吾恨。"于是三人连夜引军来投朱儁。儁待之甚厚，合兵一处，进讨张宝。

是时曹操自跟皇甫嵩讨张梁，大战于曲阳。这里朱儁进攻张宝，张宝引贼众八九万屯于山后。儁令玄德为其先锋，与贼对敌。张宝遣副将高升出马搦战[①]；玄德使张飞击之。飞纵马挺矛，与升交战，不数合，刺升落马。玄德麾军直冲过去。张宝就马上披发仗剑，作起妖法。只见风雷大作，一股黑气从天而降，黑气中似有无限人马杀来。玄德连忙回军，军中大乱，败阵而归。与朱儁计议，儁曰："彼用妖术，我来日可宰猪羊取血，令军士伏于山头，候贼赶来，从高坡上泼之，其法可解。"玄德听令，拨关公、张飞各引军一千，伏于山后高冈之上，盛猪羊血并秽物准备。

次日，张宝摇旗擂鼓，引军搦战；玄德出迎。交锋之际，张宝作法，风雷大作，飞沙走石，黑气漫天，滚滚人马，自天而下。玄德拨马便走；张宝驱兵赶来。将过山头，关、张伏军放起号炮，

---

① 搦（nuò）战——挑战。

秽物齐泼：但见空中纸人草马纷纷坠地，风雷顿息，沙石不飞。张宝见解了法，急欲退军；左关公，右张飞，两军都出，背后玄德、朱儁一齐赶上：贼兵大败。玄德望见“地公将军”旗号，飞马赶来；张宝落荒而走。玄德发箭，中其左臂。张宝带箭逃脱，走入阳城，坚守不出。

朱儁引兵围住阳城攻打；一面差人打探皇甫嵩消息。探子回报，具说：“皇甫嵩大获胜捷，朝廷以董卓屡败，命嵩代之。嵩到时，张角已死，张梁统其众，与我军相拒，被皇甫嵩连胜七阵，斩张梁于曲阳。发张角之棺，戮尸枭首[①]，送往京师。馀众俱降。朝廷加皇甫嵩为车骑将军，领冀州牧。皇甫嵩又表奏卢植有功无罪，朝廷复卢植原官。曹操亦以有功，除济南相。即日将班师赴任。”朱儁听说，催促军马，悉力攻打阳城。贼势危急，贼将严政刺杀张宝，献首投降。朱儁遂平数郡，上表献捷。

时又黄巾馀党三人：赵弘、韩忠、孙仲，聚众数万，望风烧劫，称与张角报仇。朝廷命朱儁即以得胜之师讨之。儁奉诏，率军前进。时贼据宛城，儁引兵攻之；赵弘遣韩忠出战。儁遣玄德、关、张攻城西南角；韩忠尽率精锐之众，来西南角抵敌。朱儁自纵铁骑二千，径取东北角；贼恐失城，急弃西南而回；玄德从背后掩杀：贼众大败，奔入宛城。朱儁分兵四面围定，城中断粮。韩忠使人出城投降，儁不许。

玄德曰：“昔高祖之得天下，盖为能招降纳顺[②]。公何拒韩忠耶？”儁曰：“彼一时，此一时也。昔秦、项之际，天下大乱，民无定主，故招降赏附[③]，以劝来耳。今海内一统，惟黄巾造反，若容其降，无以劝善。使贼得利，恣意劫掠，失利便投降，此长寇

① 戮尸枭（xiāo）首——戮尸：古代酷刑之一。即陈尸示众，以示羞辱。枭首：古代酷刑之一。即将头砍下，并悬挂示众。

② 纳顺——接受投降的人。

③ 赏附——奖赏归附的人。

之志，非良策也。”玄德曰：“不容寇降是矣。今四面围如铁桶，贼乞降不得，必然死战。万人一心，尚不可当，况城中有数万死命之人乎？不若撤去东南，独攻西北，贼必弃城而走，无心恋战，可即擒也。”儁然之，随撤东南二面军马，一齐攻打西北。韩忠果引军弃城而奔。儁与玄德、关、张率三军掩杀，射死韩忠，馀皆四散奔走。正追赶间，赵弘、孙仲引贼众到，与儁交战。儁见弘势大，引军暂退。弘乘势复夺宛城。

儁离十里下寨，方欲攻打，忽见正东一彪人马到来。为首一将，生得广额阔面，虎体熊腰，吴郡富春人也，姓孙名坚，字文台，乃孙武子之后。年十七岁时，与父至钱塘，见海贼十馀人劫取商人财物，于岸上分赃。坚谓父曰：“此贼可擒也。”遂奋力提刀上岸，扬声大叫，东西指挥，如唤人状。贼以为官兵至，尽弃财物奔走。坚赶上，杀一贼。由是郡县知名，荐为校尉。后会稽妖贼许昌造反，自称“阳明皇帝”，聚众数万。坚与郡司马招募勇士千馀人，会合州郡破之，斩许昌并其子许韶。刺史臧旻上表奏其功，除坚为盐渎丞，又除盱眙丞、下邳丞。今见黄巾寇起，聚集乡中少年及诸商旅并淮泗精兵一千五百馀人，前来接应。

朱儁大喜，便令坚攻打南门，玄德打北门，朱儁打西门，留东门与贼走。孙坚首先登城，斩贼二十馀人，贼众奔溃。赵弘飞马突槊[①]，直取孙坚。坚从城上飞身夺弘槊，刺弘下马；却骑弘马，飞身往来杀贼。孙仲引贼突出北门，正迎玄德，无心恋战，只待奔逃；玄德张弓一箭，正中孙仲，翻身落马。朱儁大军随后掩杀，斩首数万级，降者不可胜计。

南阳一路十数郡皆平，儁班师回京。诏封为车骑将军、河南尹。儁表奏孙坚、刘备等功。坚有人情，除别部司马，上任去了；惟玄德听候日久，不得除授。三人郁郁不乐，上街闲行，正值郎

① 突槊（shuò）——手举长矛，向前猛冲。槊：长矛的别称。

中张钧车到。玄德见之，自陈功绩。钧大惊，随入朝见帝，曰："昔黄巾造反，其原皆由十常侍卖官鬻爵，非亲不用，非仇不诛，以致天下大乱。今宜斩十常侍，悬首南郊，遣使者布告天下，有功者重加赏赐，则四海自清平也。"十常侍奏帝曰："张钧欺主。"帝令武士逐出张钧。十常侍共议："此必破黄巾有功者不得除授，故生怨言。权且教省家铨注①微名，待后却再理会未晚。"因此玄德除授定州中山府安喜县尉，克日赴任。

玄德将兵散回乡里，止②带亲随二十馀人，与关、张来安喜县中到任。署③县事一月，与民秋毫无犯，民皆感化。到任之后，与关、张食则同桌，寝则同床；如玄德在稠人广坐，关、张侍立，终日不倦。

到县未及四月，朝廷降诏：凡有军功为长吏者当沙汰④。玄德疑在遣⑤中。适督邮行部⑥至县，玄德出郭迎接，见督邮施礼。督邮坐于马上，惟微以鞭指回答。关、张二公俱怒。及到馆驿⑦，督邮南面高坐，玄德侍立阶下。良久，督邮问曰："刘县尉是何出身？"玄德曰："备乃中山靖王之后。自涿郡剿戮黄巾，大小三十馀战，颇有微功，因得除今职。"督邮大喝曰："汝诈称皇亲，虚报功绩。目今朝廷降诏，正要沙汰这等滥官污吏。"玄德喏喏连声而退。归到县中，与县吏商议。吏曰："督邮作威，无非要贿赂耳。"玄德曰："我与民秋毫无犯，那得财物与他？"次日，督邮先提县

---

① 省家铨注——省家：指专管官吏的官署。铨注：即根据功劳或才能拟定官职，暂时登记，待有官缺时再予实授。铨，考核选拔官吏。注，登记，登录。

② 止——通"只"。

③ 署——暂时代充某个官职。

④ 长吏——有二义：地位较高的官员；府、州、县长官的辅佐官。这里指后一义。沙汰——淘汰。

⑤ 遣——本义为抛弃，引申为罢官。

⑥ 行部——到所属部下视察，考核其政绩。

⑦ 馆驿——设于官道驿站或地方官府所在地的官办旅舍，专门接待来往官员。

吏去，勒令指称县尉害民。玄德几番自往求免，俱被门役阻住，不肯放参[①]。

却说张飞饮了数杯闷酒，乘马从馆驿前过，见五六十个老人皆在门前痛哭。飞问其故，众老人答曰："督邮逼勒县吏，欲害刘公。我等皆来苦告，不得放入，反遭把门人赶打。"张飞大怒，睁圆环眼，咬碎钢牙，滚鞍下马，径入馆驿，把门人那里阻挡得住，直奔后堂。见督邮正坐厅上，将县吏绑倒在地。飞大喝："害民贼！认得我么？"督邮未及开言，早被张飞揪住头发，扯出馆驿，直到县前马桩上缚住。攀下柳条，去督邮两腿上着力鞭打，一连打折柳条十数枝。

玄德正纳闷间，听得县前喧闹，问左右，答曰："张将军绑一人在县前痛打。"玄德忙去观之，见绑缚者乃督邮也。玄德惊问其故，飞曰："此等害民贼，不打死等甚！"督邮告曰："玄德公救我性命。"玄德终是仁慈的人，急喝张飞住手。旁边转过关公来，曰："兄长建许多大功，仅得县尉，今反被督邮侮辱。吾思枳棘丛中，非栖鸾凤之所[②]。不如杀督邮，弃官归乡，别图远大之计。"玄德乃取印绶，挂于督邮之颈，责之曰："据汝害民，本当杀却，今姑饶汝命。吾缴还印绶，从此去矣。"督邮归告定州太守，太守申文省府，差人捕捉。玄德、关、张三人往代州投刘恢。恢见玄德乃汉室宗亲，留匿在家不题。

却说十常侍既握重权，互相商议，但有不从己者诛之。赵忠、张让差人问破黄巾将士索金帛，不从者奏罢职。皇甫嵩、朱儁皆不肯与，赵忠等俱奏罢其官。帝又封赵忠等为车骑将军，张让等十三人皆封列侯。朝政愈坏，人民嗟怨。于是长沙贼区星作乱；渔

① 放参——放进门去参见。

② 枳棘（zhǐ jí）丛中，非栖鸾凤之所——比喻在恶劣的环境之中，优秀人才不仅难以施展抱负，甚至有生命危险。枳棘：两种带刺的灌木，借喻恶劣环境。

阳张举、张纯反，举称“天子”，纯称“大将军”。表章雪片告急，十常侍皆藏匿不奏。

一日，帝在后园与十常侍饮宴，谏议大夫刘陶径到帝前大恸。帝问其故，陶曰：“天下危在旦夕，陛下尚自与阉宦共饮耶？”帝曰：“国家承平，有何危急？”陶曰：“四方盗贼并起，侵掠州郡。其祸皆由十常侍卖官害民，欺君罔上。朝廷正人皆去，祸在目前矣！”十常侍皆免冠跪伏于帝前曰：“大臣不相容，臣等不能活矣。愿乞性命归田里，尽将家产以助军资。”言罢痛哭。帝怒谓陶曰：“汝家亦有近侍之人，何独不容朕耶？”呼武士推出斩之。刘陶大呼：“臣死不惜，可怜汉室天下四百馀年，到此一旦休矣！”

武士拥陶出，方欲行刑，一大臣喝住曰：“勿得下手，待我谏去。”众视之，乃司徒陈耽，径入宫中，来谏帝曰：“刘谏议得何罪而受诛？”帝曰：“毁谤近臣，冒渎朕躬。”耽曰：“天下人民欲食十常侍之肉，陛下敬之如父母，身无寸功，皆封列侯；况封谞等结连黄巾，欲为内乱。陛下今不自省，社稷立见崩摧矣！”帝曰：“封谞作乱，其事不明。十常侍中，岂无一二忠臣？”陈耽以头撞阶而谏。帝怒，命牵出，与刘陶皆下狱。是夜，十常侍即于狱中谋杀之；假帝诏，以孙坚为长沙太守，讨区星。

不五十日，报捷，江夏平。诏封坚为乌程侯；封刘虞为幽州牧，领兵往渔阳征张举、张纯。代州刘恢以书荐玄德见虞。虞大喜，令玄德为都尉，引兵直抵贼巢，与贼大战数日，挫动锐气。张纯专一凶暴，士卒心变，帐下头目刺杀张纯，将头纳献，率众来降。张举见势败，亦自缢死。渔阳尽平。刘虞表奏刘备大功，朝廷赦免鞭督邮之罪，除下密丞，迁高堂尉。公孙瓒又表陈玄德前功，荐为别部司马，守平原县令。玄德在平原颇有钱粮、军马，重整旧日气象。刘虞平寇有功，封太尉。

中平六年夏四月，灵帝病笃，召大将军何进入宫，商议后事。

那何进起身[①]屠家，因妹入宫为贵人，生皇子辩，遂立为皇后，进由是得权[②]重任。帝又宠幸王美人，生皇子协。何后嫉妒，鸩杀[③]王美人。皇子协养于董太后宫中。董太后乃灵帝之母，解渎亭侯刘苌之妻也。初因桓帝无子，迎立解渎亭侯之子，是为灵帝。灵帝入继大统，遂迎养母氏于宫中，尊为太后。董太后尝劝帝立皇子协为太子；帝亦偏爱协，欲立之。当时病笃，中常侍蹇硕奏曰："若欲立协，必先诛何进，以绝后患。"帝然其说，因宣进入宫。

进至宫门，司马潘隐谓进曰："不可入宫，蹇硕欲谋杀公。"进大惊，急归私宅，召诸大臣，欲尽诛宦官。座上一人挺身出曰："宦官之势，起自冲、质[④]之时，朝廷滋蔓极广，安能尽诛？倘机不密，必有灭族之祸。请细详[⑤]之。"进视之，乃典军校尉曹操也。进叱曰："汝小辈，安知朝廷大事？"正踌躇间，潘隐至，言："帝已崩。今蹇硕等十常侍商议，秘不发丧，矫诏[⑥]宣何国舅入宫，欲绝后患，册立皇子协为帝。"说未了，使命至，宣进速入，以定后事。操曰："今日之计，先宜正君位，然后图贼。"进曰："谁敢与吾正君讨贼？"一人挺身出曰："愿借精兵五千，斩关入内，册立新君，尽诛阉竖，扫清朝廷，以安天下。"进视之，乃司徒袁逢之子、袁隗之侄，名绍，字本初，现为司隶校尉。何进大喜，遂点御林军五千。绍全身披挂。

何进引何颙、荀攸、郑泰等大臣三十馀员，相继而入，就灵帝柩前，扶立太子辩即皇帝位。百官呼拜已毕，袁绍入宫收蹇硕。硕慌走入御园花荫下，为中常侍郭胜所杀。硕所领禁军，尽皆投

---

① 起身——出身。

② 权——作动词用，即担当、充当之意。

③ 鸩（zhèn）杀——用毒酒毒死。鸩：传说是一种毒鸟，以其羽泡酒，即成毒酒。

④ 冲、质——即汉冲帝刘炳和汉质帝刘缵，二人在位均不足一年。

⑤ 细详——仔细考虑。

⑥ 矫诏——冒充皇帝之名发布的诏令。

顺。绍谓何进曰："中官[①]结党，今日可乘势尽诛之。"张让等知事急，慌入告何后曰："始初设谋陷害大将军者，止蹇硕一人，并不干臣等事。今大将军听袁绍之言，欲尽诛臣等，乞娘娘怜悯。"何太后曰："汝等勿忧，我当保汝。"传旨宣何进入。太后密谓曰："我与汝出身寒微，非张让等，焉能享此富贵？今蹇硕不仁，既已伏诛，汝何听信人言，欲尽诛宦官耶？"何进听罢，出谓众官曰："蹇硕设谋害我，可族灭其家。其馀不必妄加残害。"袁绍曰："若不斩草除根，必为丧身之本。"进曰："吾意已决，汝勿多言。"众官皆退。

次日，太后命何进参录尚书事[②]，其馀皆封官职。董太后宣张让等入宫商议曰："何进之妹，始初我抬举他。今日他孩儿即皇帝位，内外臣僚皆其心腹，威权太重，我将如何？"让奏曰："娘娘可临朝，垂帘听政；封皇子协为王；加国舅董重大官，掌握军权；重用臣等：大事可图矣。"董太后大喜。次日设朝，董太后降旨，封皇子协为陈留王，董重为骠骑将军，张让等共预[③]朝政。

何太后见董太后专权，于宫中设一宴，请董太后赴席。酒至半酣，何太后起身捧杯再拜曰："我等皆妇人也，参预朝政，非其所宜。昔吕后因握重权，宗族千口皆被戮。今我等宜深居九重[④]，朝廷大事，任大臣元老自行商议，此国家之幸也。愿垂听焉。"董后大怒曰："汝鸩死王美人，设心嫉妒。今倚汝子为君与汝兄何进之势，辄敢乱言！吾敕骠骑断汝兄首，如反掌耳！"何后亦怒曰："吾以好言相劝，何反怒耶？"董后曰："汝家屠沽小辈[⑤]，有何见识？"两宫互相争竞，张让等各劝归宫。

---

① 中官——指宦官。

② 参录尚书事——参：参与。录尚书事：官衔。此衔始于东汉，即为太傅、太尉、大将军加以此衔，行宰相职权。参录尚书事：即只有参与国政的资格，却无录尚书事的官衔。

③ 预——参与。

④ 九重（chóng）——本指重重叠叠的宫门，引申为皇宫。

⑤ 屠沽小辈——侮辱人的话。屠：屠户。沽：卖酒人家。小辈：低贱的人。

何后连夜召何进入宫，告以前事。何进出，召三公共议。来早设朝，使廷臣奏董太后原系藩妃[①]，不宜久居宫中，合仍迁于河间安置，限日下即出国门[②]。一面遣人起送董后；一面点禁军围骠骑将军董重府宅，追索印绶。董重知事急，自刎于后堂。家人举哀，军士方散。张让、段珪见董后一枝已废，遂皆以金珠玩好结搆何进弟何苗并其母舞阳君[③]，令早晚入何太后处，善言遮蔽[④]，因此十常侍又得近幸。

六月，何进暗使人鸩杀董后于河间驿庭，举柩回京，葬于文陵。进托病不出。司隶校尉袁绍入见进曰："张让、段珪等流言于外，言公鸩杀董后，欲谋大事。乘此时不诛阉宦[⑤]，后必为大祸。昔窦武欲诛内竖，机谋不密，反受其殃。今公兄弟部曲将吏皆英俊之士，若使尽力，事在掌握。此天赞之时，不可失也。"进曰："且容商议。"

左右密报张让，让等转告何苗，又多送贿赂。苗入奏何后云："大将军辅佐新君，不行仁慈，专务杀伐，今无端又欲杀十常侍，此取乱之道也。"后纳其言。少顷，何进入白后[⑥]，欲诛中涓。何后曰："中官统领禁省，汉家故事[⑦]。先帝新弃天下，尔欲诛杀旧臣，非重宗庙[⑧]也。"进本是没决断之人，听太后言，唯唯而出。

袁绍迎问曰："大事若何？"进曰："太后不允，如之奈何？"绍曰："可召四方英雄之士，勒兵来京，尽诛阉竖。此时事急，不

① 藩妃——诸侯王妃。因董太后原是解渎亭侯刘苌之妃，故称。

② 国门——这里指都城的城门。

③ 结搆——亦作"结构"。这里是勾结之意。舞阳君——何太后、何进、何苗之母的封号。

④ 遮蔽——保护。

⑤ 阉宦——对宦官的蔑称。下面的"阉竖""内竖"皆同此。

⑥ 入白后——进宫向何太后诉说。白：作动词用，即讲述、禀告之意。

⑦ 汉家故事——汉朝的老规矩、老传统。

⑧ 宗庙——本指皇家的家庙，因古代帝王视国家为己有，故将自家的家庙作为国家政权的象征。

容太后不从。”进曰：“此计大妙。”便发檄[1]至各镇，召赴京师。主簿陈琳曰：“不可。俗云：‘掩目而捕燕雀’，是自欺也。微物尚不可欺以得志，况国家大事乎？今将军仗皇威，掌兵要，龙骧虎步[2]，高下在心，若欲诛宦官，如鼓洪炉燎毛发耳。但当速发雷霆，行权立断，则天人顺之。却反外檄大臣，临犯京阙，英雄聚会，各怀一心；所谓倒持干戈，授人以柄，功必不成，反生乱矣。”何进笑曰：“此懦夫之见也。”旁边一人鼓掌大笑曰：“此事易如反掌，何必多议？”视之，乃曹操也。正是：

欲除君侧宵人[3]乱，须听朝中智士谋。

不知曹操说出甚话来，且听下文分解。

① 檄（xí）——文体之一。古代官府用以征召、晓谕、声讨的公文。

② 龙骧虎步——形容飞黄腾达，威风凛凛的样子。龙骧：亦作“龙襄”。形容飞腾之状。

③ 宵人——小人，坏人。

第　三　回

议温明董卓叱丁原　馈金珠李肃说吕布

且说曹操当日对何进曰："宦官之祸，古今皆有。但世主不当假之权宠，使至于此。若欲治罪，当除元恶，但付一狱吏足矣，何必纷纷召外兵乎？欲尽诛之，事必宣露，吾料其必败也。"何进怒曰："孟德亦怀私意耶？"操退曰："乱天下者，必进也。"进乃暗差使命赍密诏，星夜往各镇去。

却说前将军、鳌乡侯、西凉刺史董卓先为破黄巾无功，朝议将治其罪，因贿赂十常侍幸免。后又结托朝贵，遂任显官，统西州大军二十万，常有不臣之心。是时得诏大喜，点起军马，陆续便行，使其婿中郎将牛辅守住陕西，自己却带李傕、郭汜、张济、樊稠等提兵望洛阳进发。卓婿谋士李儒曰："今虽奉诏，中间多有暗昧。何不差人上表，名正言顺，大事可图。"卓大喜，遂上表。其略曰：

> 窃闻天下所以乱逆不止者，皆由黄门常侍张让等侮慢天常之故。臣闻扬汤止沸，不如去薪；溃痈虽痛，胜于养毒。臣敢鸣钟鼓入洛阳，请除让等。社稷幸甚，天下幸甚。

何进得表，出示大臣。侍御史郑泰谏曰："董卓乃豺狼也，引入京城，必食人矣。"进曰："汝多疑，不足谋大事。"卢植亦谏曰："植素知董卓为人面善心狠，一入禁庭，必生祸患。不如止之勿来，免致生乱。"进不听。郑泰、卢植皆弃官而去，朝廷大臣去者大半。进使人迎董卓于渑池，卓按兵不动。

张让等知外兵到，共议曰："此何进之谋也。我等不先下手，皆灭族矣。"乃先伏刀斧手五十人于长乐宫嘉德门内，入告何太后曰："今大将军矫诏召外兵至京师，欲灭臣等，望娘娘垂怜赐救。"太后曰："汝等可诣[①]大将军府谢罪。"让曰："若到相府，骨肉齑粉矣。望娘娘宣大将军入宫，谕止之。如其不从，臣等只就娘娘前请死。"太后乃降诏宣进。

进得诏便行。主簿陈琳谏曰："太后此诏，必是十常侍之谋。切不可去，去必有祸。"进曰："太后诏我，有何祸事？"袁绍曰："今谋已泄，事已露，将军尚欲入宫耶？"曹操曰："先召十常侍出，然后可入。"进笑曰："此小儿之见也。吾掌天下之权，十常侍敢待如何？"绍曰："公必欲去，我等引甲士护从，以防不测。"于是袁绍、曹操各选精兵五百，命袁绍之弟袁术领之。袁术全身披挂，引兵布列青琐门外。绍与操带剑护送何进至长乐宫前。黄门传懿旨[②]云："太后特宣大将军，馀人不许辄入。"将袁绍、曹操等都阻住宫门外。

何进昂然直入。至嘉德殿门，张让、段珪迎出，左右围住。进大惊。让厉声责进曰："董后何罪，妄以鸩死？国母丧葬，托疾不出。汝本屠沽小辈，我等荐之天子，以致荣贵；不思报效，欲相谋害。汝言我等甚浊，其清者是谁？"进慌急，欲寻出路，宫门尽闭。伏甲[③]齐出，将何进砍为两段。后人有诗叹之曰：

汉室倾危天数终，无谋何进作三公。

几番不听忠臣谏，难免宫中受剑锋。

让等既杀何进，袁绍久不见进出，乃于宫门外大叫曰："请将军上车。"让等将何进首级从墙上掷出，宣谕曰："何进谋反，已伏

---

① 诣（yì）——到，至，前往。

② 懿旨——皇太后、皇后、皇妃、公主的命令。

③ 伏甲——埋伏的武士或军队。甲：甲士或军人。

诛矣。其馀胁从，尽皆赦宥。”袁绍厉声大叫：“阉官谋杀大臣！诛恶党者前来助战！”何进部将吴匡便于青琐门外放起火来。袁术引兵突入宫庭，但见阉官，不论大小，尽皆杀之。袁绍、曹操斩关[①]入内。赵忠、程旷、夏恽、郭胜四个被赶至翠花楼前，剁为肉泥。宫中火焰冲天。张让、段珪、曹节、侯览将太后及太子并陈留王劫去内省，从后道走北宫。时卢植弃官未去，见宫中事变，擐甲[②]持戈，立于阁下。遥见段珪拥逼何后过来，植大呼曰：“段珪逆贼，安敢劫太后！”段珪回身便走。太后从窗中跳出，植急救得免。吴匡杀入内庭，见何苗亦提剑出。匡大呼曰：“何苗同谋害兄，当共杀之！”众人俱曰：“愿斩谋兄之贼！”苗欲走，四面围定，砍为齑粉。绍复令军士分头来杀十常侍家属，不分大小，尽皆诛绝，多有无须者误被杀死。曹操一面救灭宫中之火，请何太后权摄大事，遣兵追袭张让等，寻觅少帝。

且说张让、段珪劫拥少帝及陈留王冒烟突火，连夜奔走至北邙山，约二更时分。后面喊声大举，人马赶至。当前河南中部掾吏闵贡大呼：“逆贼休走！”张让见事急，遂投河而死。帝与陈留王未知虚实，不敢高声，伏于河边乱草之内。军马四散去赶，不知帝之所在。帝与王伏至四更，露水又下，腹中饥馁，相抱而哭；又怕人知觉，吞声草莽之中。陈留王曰：“此间不可久恋，须别寻活路。”于是二人以衣相结，爬上岸边。满地荆棘，黑暗之中，不见行路。正无奈何，忽有流萤千百成群，光芒照耀，只在帝前飞转。陈留王曰：“此天助我兄弟也！”遂随萤火而行，渐渐见路。行至五更，足痛不能行。山冈边见一草堆，帝与王卧于草堆之畔。草堆前面是一所庄院，庄主是夜梦两红日坠于庄后，惊觉，披衣出户，四下观望，见庄后草堆上红光冲天，慌忙往视，却是二人

① 斩关——本义为砍断门闩，引申为攻破城门或大门。

② 擐（huàn）甲——穿上护身的盔甲。

卧于草畔。庄主问曰："二少年谁家之子？"帝不敢应。陈留王指帝曰："此是当今皇帝，遭十常侍之乱，逃难到此。吾乃皇弟陈留王也。"庄主大惊，再拜曰："臣先朝司徒崔烈之弟崔毅也，因见十常侍卖官嫉贤，故隐于此。"遂扶帝入庄，跪进酒食。

却说闵贡赶上段珪，拿住问："天子何在？"珪言："已在半路相失，不知何往。"贡遂杀段珪，悬头于马项下，分兵四散寻觅；自己却独乘一马，随路追寻。偶至崔毅庄，毅见首级，问之，贡说详细。崔毅引贡见帝，君臣痛哭。贡曰："国不可一日无君，请陛下还都。"崔毅庄上止有瘦马一匹，备与帝乘。贡与陈留王共乘一马。离庄而行，不到三里，司徒王允、太尉杨彪、左军校尉淳于琼、右军校尉赵萌、后军校尉鲍信、中军校尉袁绍，一行人众，数百人马，接着车驾，君臣皆哭。先使人将段珪首级往京师号令；另换好马与帝及陈留王骑坐，簇帝还京。先是洛阳小儿谣曰："帝非帝，王非王，千乘万骑走北邙①。"至此果应其谶②。

车驾行不到数里，忽见旌旗蔽日，尘土遮天，一枝人马到来。百官失色，帝亦大惊。袁绍骤马出问："何人？"绣旗影里，一将飞出，厉声问："天子何在？"帝战栗不能言。陈留王勒马向前，叱曰："来者何人？"卓曰："西凉刺史董卓也。"陈留王曰："汝来保驾耶？汝来劫驾耶？"卓应曰："特来保驾。"陈留王曰："既来保驾，天子在此，何不下马？"卓大惊，慌忙下马，拜于道左。陈留王以言抚慰董卓，自初至终，并无失语。卓暗奇之，已怀废立③之意。是日还宫，见何太后，俱各痛哭。检点宫中，不见了传国玉玺。

董卓屯兵城外，每日带铁甲马军入城，横行街市，百姓惶惶不安。卓出入宫庭，略无忌惮。后军校尉鲍信来见袁绍，言董卓

① 走北邙——即逃往北邙山。北邙：亦作"北芒"。山名。本名邙山，因在洛阳之北，故称。

② 谶（chèn）——预言，预兆。

③ 废立——废除旧君，另立新君。

必有异心，可速除之。绍曰："朝廷新定，未可轻动。"鲍信见王允，亦言其事。允曰："且容商议。"信自引本部军兵投泰山去了。

董卓招诱何进兄弟部下之兵，尽归掌握。私谓李儒曰："吾欲废帝，立陈留王，何如？"李儒曰："今朝廷无主，不就此时行事，迟则有变矣。来日于温明园中召集百官，谕以废立，有不从者斩之，则威权之行，正在今日。"卓喜。

次日，大排筵会，遍请公卿。公卿皆惧董卓，谁敢不到。卓待百官到了，然后徐徐到园门下马，带剑入席。酒行数巡，卓教停酒止乐，乃厉声曰："吾有一言，众官静听。"众皆侧耳。卓曰："天子为万民之主，无威仪不可以奉宗庙社稷。今上懦弱，不若陈留王聪明好学，可承大位。吾欲废帝，立陈留王，诸大臣以为何如？"诸官听罢，不敢出声。座上一人推案直出，立于筵前，大呼："不可！不可！汝是何人，敢发大语？天子乃先帝嫡子，初无过失，何得妄议废立？汝欲为篡逆耶？"卓视之，乃荆州刺史丁原也。卓怒叱曰："顺我者生，逆我者死！"遂掣[①]佩剑，欲斩丁原。时李儒见丁原背后一人，生得器宇轩昂，威风凛凛，手执方天画戟，怒目而视。李儒急进曰："今日饮宴之处，不可谈国政，来日向都堂公论未迟。"众人皆劝丁原上马而去。

卓问百官曰："吾所言，合公道否？"卢植曰："明公差矣。昔太甲不明，伊尹放之于桐宫[②]；昌邑王登位方二十七日，造恶三千馀条，故霍光告太庙而废之[③]。今上虽幼，聪明仁智，并无分毫过失。公乃外郡刺史，素未参与国政，又无伊、霍之大才，何可强主废立之事？圣人云：'有伊尹之志则可，无伊尹之志则篡也。'"

---

① 掣（chè）——拔出，抽出。

② "太甲"二句——太甲为成汤长孙，伊尹为贤臣。"帝太甲既立三年，不明，暴虐，不遵汤法，乱德，于是伊尹放之桐宫。"（《史记·殷本纪》）

③ "昌邑王"三句——昌邑王即汉武帝之孙、汉昭帝之侄刘贺，被封昌邑王。昭帝崩，因无子，大将军霍光立刘贺为帝。旋因其"淫乱"被废，在位只有二十七天。（见《汉书·宣帝纪》）

卓大怒，拔剑向前欲杀植。侍中蔡邕、议郎彭伯谏曰："卢尚书海内人望，今先害之，恐天下震怖。"卓乃止。司徒王允曰："废立之事，不可酒后相商，另日再议。"于是百官皆散。

卓按剑立于园门，忽见一人跃马持戟，于园门外往来驰骤。卓问李儒："此何人也？"儒曰："此丁原义儿，姓吕名布，字奉先者也。主公且须避之。"卓乃入园潜避。

次日，人报丁原引军城外搦战。卓怒，引军同李儒出迎。两阵对圆，只见吕布顶束发金冠，披百花战袍，擐唐猊铠甲①，系狮蛮宝带②，纵马挺戟，随丁建阳出到阵前。建阳指卓骂曰："国家不幸，阉官弄权，以致万民涂炭。尔无尺寸之功，焉敢妄言废立，欲乱朝廷？"董卓未及回言，吕布飞马直杀过来，董卓慌走。建阳率军掩杀，卓兵大败，退三十馀里下寨，聚众商议。

卓曰："吾观吕布非常人也。吾若得此人，何虑天下哉！"帐前一人出曰："主公勿忧。某与吕布同乡，知其勇而无谋，见利忘义。某凭三寸不烂之舌，说吕布拱手来降，可乎？"卓大喜，观其人，乃虎贲中郎将李肃也。卓曰："汝将何以说之？"肃曰："某闻主公有名马一匹，号曰赤兔，日行千里。须得此马，再用金珠，以利结其心。某更进说词，吕布必反丁原，来投主公矣。"卓问李儒曰："此言可乎？"儒曰："主公欲取天下，何惜一马！"卓欣然与之，更与黄金一千两、明珠数十颗、玉带一条。

李肃赍了礼物，投吕布寨来。伏路军人围住，肃曰："可速报吕将军，有故人来见。"军人报知，布命入见。肃见布曰："贤弟别来无恙？"布揖曰："久不相见，今居何处？"肃曰："现任虎贲中郎将之职。闻贤弟匡扶社稷，不胜之喜。有良马一匹，日行千里，渡水登山，如履平地，名曰赤兔，特献与贤弟，以助虎威。"布便

---

① 唐猊铠甲——泛指皮革铠甲。唐猊：亦作"唐夷"。古代传说中的猛兽，其皮坚而厚，可制铠甲，后遂借指皮甲。典出汉代刘晔《吴越春秋·勾践伐吴外传》："越王乃被唐夷之甲"。

② 狮蛮宝带——以狮子和蛮王装饰带钩的腰带。为高级武官的腰带。

令牵过来看，果然那马浑身上下火炭般赤，无半根杂毛；从头至尾长一丈，从蹄至项高八尺；嘶喊咆哮，有腾空入海之状。后人有诗单道赤兔马曰：

奔腾千里荡尘埃，渡水登山紫雾开。

掣断丝缰摇玉辔，火龙飞下九天来。

布见了此马大喜，谢肃曰："兄赐此龙驹，将何以为报？"肃曰："某为义气而来，岂望报乎？"布置酒相待。酒酣，肃曰："肃与贤弟少得相见，令尊却常会来。"布曰："兄醉矣。先父弃世多年，安得与兄相会？"肃大笑曰："非也。某说今日丁刺史耳。"布惶恐曰："某在丁建阳处，亦出于无奈。"肃曰："贤弟有擎天驾海之才，四海孰不钦敬？功名富贵，如探囊取物，何言无奈而在人之下乎？"布曰："恨不逢其主耳。"肃笑曰："'良禽择木而栖，贤臣择主而事。'见机不早，悔之晚矣。"布曰："兄在朝廷，观何人为世之英雄？"肃曰："某遍观群臣，皆不如董卓。董卓为人，敬贤礼士，赏罚分明，终成大业。"布曰："某欲从之，恨无门路。"肃取金珠、玉带列于布前。布惊曰："何为有此？"肃令叱退左右，告布曰："此是董公久慕大名，特令某将此奉献，赤兔马亦董公所赠也。"布曰："董公如此见爱，某将何以报之？"肃曰："如某之不才，尚为虎贲中郎将；公若到彼，贵不可言。"布曰："恨无涓埃[①]之功，以为进见之礼。"肃曰："功在翻手之间，公不肯为耳。"布沉吟良久，曰："吾欲杀丁原，引军归董卓，何如？"肃曰："贤弟若能如此，真莫大之功也。但事不宜迟，在于速决。"布与肃约于明日来降，肃别去。

是夜二更时分，布提刀径入丁原帐中。原正秉烛观书，见布至，曰："吾儿来，有何事故？"布曰："吾堂堂丈夫，安肯为汝子乎？"原曰："奉先何故心变？"布向前，一刀砍下丁原首级，大

① 涓埃——比喻极其微小。涓：细流。埃：尘土。

呼左右："丁原不仁，吾已杀之。肯从吾者在此，不从者自去。"军士散其大半。

次日，布持丁原首级，往见李肃。肃遂引布见卓。卓大喜，置酒相待。卓先下拜曰："卓今得将军，如旱苗之得甘雨也。"布纳[①]卓坐而拜之曰："公若不弃，布请拜为义父。"卓以金甲锦袍赐布，畅饮而散。卓自是威势越大，自领前将军事，封弟董旻为左将军、鄠侯，封吕布为骑都尉、中郎将、都亭侯。

李儒劝卓早定废立之计。卓乃于省中设宴，会集公卿，令吕布将甲士千馀，侍卫左右。是日，太傅袁隗与百官皆到。酒行数巡，卓按剑曰："今上暗弱，不可以奉宗庙。吾将依伊尹、霍光故事[②]，废帝为弘农王，立陈留王为帝。有不从者，斩！"群臣惶怖莫敢对。中军校尉袁绍挺身出曰："今上即位未几，并无失德。汝欲废嫡立庶[③]，非反而何？"卓怒曰："天下事在我，我今为之，谁敢不从！汝视我之剑不利否？"袁绍亦拔剑曰："汝剑利，吾剑未尝不利！"两个在筵上对敌。正是：

丁原仗义身先丧，袁绍争锋势又危。

毕竟袁绍性命如何，且听下文分解。

---

① 纳——通"捺"。按捺。

② 伊尹、霍光故事——即伊尹废太甲、霍光废昌邑王的故事。参见本回"'太甲'二句"注和"'昌邑王'三句"注。

③ 废嫡立庶——废除正妻所生长子而立侧室所生之子为帝。这里指废除已即位的弘农王刘辩，另立陈留王刘协为帝。因刘辩是何皇后所生，刘协为王美人所生，故称。

第　四　回

废汉帝陈留践位　谋董贼孟德献刀

且说董卓欲杀袁绍，李儒止之曰："事未可定，不可妄杀。"袁绍手提宝剑，辞别百官而出，悬节东门①，奔冀州去了。卓谓太傅袁隗曰："汝侄无礼，吾看汝面，姑恕之。废立之事若何？"隗曰："太尉所见是也。"卓曰："敢有阻大议者，以军法从事②！"群臣震恐，皆云："一听尊命。"宴罢，卓问侍中周毖、校尉伍琼曰："袁绍此去若何？"周毖曰："袁绍忿忿而去，若购③之急，势必为变。且袁氏树恩四世，门生故吏遍于天下，倘收豪杰以聚徒众，英雄因之而起，山东④非公有也。不如赦之，拜为一郡守，则绍喜于免罪，必无患矣。"伍琼曰："袁绍好谋无断，不足为虑。诚不若加之一郡守，以收民心。"卓从之，即日差人拜绍为渤海太守。

九月朔⑤，请帝升嘉德殿，大会文武。卓拔剑在手，对众曰："天子暗弱，不足以君天下。今有策文一道，宜为宣读。"乃命李儒读策曰：

孝灵皇帝，早弃臣民；皇帝承嗣，海内侧望。而帝天资轻佻，威仪不恪，居丧慢惰：否德既彰，有忝大位。

---

① 悬节东门——即把节挂在城东门上，表示弃官而去。节：国家的符信。使臣或高级官员持以作为凭证。

② 军法从事——即按军法加以处治。多指斩首。

③ 购——悬赏缉捕，引申为通缉追捕。

④ 山东——这里指华山以东广大地区，相当于黄河流域，较今之山东省大得多。

⑤ 朔——农历每月初一日。

皇太后教无母仪，统政荒乱。永乐太后暴崩，众论惑焉。三纲之道，天地之纪，毋乃有阙？陈留王协，圣德伟懋，规矩肃然；居丧哀戚，言不以邪：休声美誉，天下所闻：宜承洪业，为万世统。兹废皇帝为弘农王，皇太后还政。请奉陈留王为皇帝，应天顺人，以慰生灵之望。

李儒读策毕，卓叱左右扶帝下殿，解其玺绶，北面长跪，称臣听命。又呼太后去服候敕。帝、后皆号哭，群臣无不悲惨。

阶下一大臣愤怒，高叫曰："贼臣董卓，敢为欺天之谋，吾当以颈血溅之！"挥手中象简[①]直击董卓。卓大怒，喝武士拿下，乃尚书丁管也。卓命牵出斩之。管骂不绝口，至死神色不变。后人有诗叹之曰：

董贼潜怀废立图，汉家宗社委丘墟。
满朝臣宰皆囊括，唯有丁公是丈夫。

卓请陈留王登殿。群臣朝贺毕，卓命扶何太后并弘农王及帝妃唐氏于永安宫闲住。封锁宫门，禁群臣无得擅入。可怜少帝四月登基，至九月即被废。卓所立陈留王协，表字伯和，灵帝中子，即献帝也，时年九岁。改元初平。董卓为相国，赞拜不名，入朝不趋，剑履上殿[②]，威福莫比。李儒劝卓擢用名流，以收人望[③]，因荐蔡邕之才。卓命征之，邕不赴。卓怒，使人谓邕曰："如不来，当灭汝族。"邕惧，只得应命而至。卓见邕大喜，一月三迁其官，拜为侍中，甚见亲厚。

却说少帝与何太后、唐妃困于永安宫中，衣服饮食，渐渐少缺，少帝泪不曾干。一日，偶见双燕飞于庭中，遂吟诗一首。诗曰：

---

① 象简——"笏板"的别称。即官员上朝时所拿的手板，上面可以记事备忘。因或以象牙制成，故称。

② "赞拜不名"三句——古时官员朝见皇帝时，必须在跪拜的同时大声报出自己的姓名，入朝要小步快走，佩剑和鞋子要放在殿外，以示恭敬。"赞拜不名"三句意谓皇帝给予董卓特殊优待，朝见时可以免除以上礼节。

③ 以收人望——以任用有声望的人为手段，收买人心。人望：有名望的人。

嫩草绿凝烟，袅袅双飞燕。
洛水一条青，陌上人称羡。
远望碧云深，是吾旧宫殿。
何人仗忠义，泄我心中怨！

董卓时常使人探听，是日获得此诗，来呈董卓。卓曰：“怨望作诗，杀之有名矣。”遂命李儒带武士十人，入宫弑帝。帝与后、妃正在楼上，宫女报李儒至，帝大惊。儒以鸩酒奉帝，帝问何故。儒曰：“春日融和，董相国特上寿酒。”太后曰：“既云寿酒，汝可先饮。”儒怒曰：“汝不饮耶？”呼左右持短刀、白练于前曰：“寿酒不饮，可领此二物。”唐妃跪告曰：“妾身代帝饮酒，愿公存母子性命。”儒叱曰：“汝何人，可代王死？”乃举酒与何太后曰：“汝可先饮。”后大骂：“何进无谋，引贼入京，致有今日之祸。”儒催逼帝，帝曰：“容我与太后作别。”乃大恸而作歌。其歌曰：

天地易兮日月翻，弃万乘兮退守藩。
为臣逼兮命不久，大势去兮空泪潸。

唐妃亦作歌曰：

皇天将崩兮后土颓，身为帝姬兮命不随。
生死异路兮从此毕，奈何茕速兮心中悲。

歌罢，相抱而哭。李儒叱曰：“相国立等回报，汝等俄延，望谁救耶？”太后大骂：“董贼逼我母子，皇天不佑！汝等助恶，必当灭族！”儒大怒，双手扯住太后，直撺[①]下楼；叱武士绞死唐妃；以鸩酒灌杀少帝。还报董卓。卓命葬于城外。

自此，每夜入宫，奸淫宫女，夜宿龙床。尝引军出城，行到阳城地方，时当二月，村民社赛[②]，男女皆集。卓命军士围住，尽

① 撺——抛，摔，扔。
② 社赛——民间于社日举行的祭祀土地神的活动。举办时间在春分节前后。

皆杀之，掠妇女财物，装载车上，悬头千馀颗于车下，连轸[①]还都，扬言杀贼大胜而回。于城门外焚烧人头，以妇女财物分散众军。

越骑校尉伍孚，字德瑜，见卓残暴，愤恨不平。尝于朝服内披小铠，藏短刀，欲伺便杀卓。一日，卓入朝，孚迎至阁下，拔刀直刺卓。卓气力大，两手抠住。吕布便入，揪倒伍孚。卓问曰："谁教汝反？"孚瞪目大喝曰："汝非吾君，吾非汝臣，何反之有？汝罪恶盈天，人人愿得而诛之！吾恨不车裂[②]汝以谢天下！"卓大怒，命牵出剖剐[③]之。孚至死骂不绝口。后人有诗赞之曰：

> 汉末忠臣说伍孚，冲天豪气世间无。
> 朝堂杀贼名犹在，万古堪称大丈夫。

董卓自此出入常带甲士护卫。

时袁绍在渤海，闻知董卓弄权，乃差人赍密书来见王允。书略曰：

> 卓贼欺天废主，人不忍言；而公恣其跋扈，如不听闻，岂报国效忠之臣哉？绍今集兵练卒，欲扫清王室，未敢轻动。公若有心，当乘间图之。如有驱使，即当奉命。

王允得书，寻思无计。一日，于侍班阁子内见旧臣俱在，允曰："今日老夫贱降[④]，晚间敢屈众位到舍小酌。"众官皆曰："必来祝寿。"当晚王允设宴后堂，公卿皆至。酒行数巡，王允忽然掩面大哭。众官惊问曰："司徒贵诞，何故发悲？"允曰："今日并非贱降，因欲与众位一叙，恐董卓见疑，故托言耳。董卓欺主弄权，社稷旦夕难保。想高皇诛秦灭楚，奄有[⑤]天下，谁想传至今日乃丧于董

---

① 连轸（zhěn）——形容车连车，形成长长的车队。轸：车后横木，也可代指车子。

② 车裂——古代酷刑之一，俗称"五马分尸"。即把尸体或活人的头及四肢用绳拴在马车上，用五匹马拉车，同时催马拉动，将人分裂。

③ 剖剐——古代的两种酷刑。剖："剖心"的简称。即破开胸膛，挖出心脏。剐：俗称"凌迟"。即把活人一刀一刀慢慢割死。

④ 贱降——对自己生日的谦称。

⑤ 奄有——全部占有。奄：本义为覆盖，引申为全部、完全。

卓之手。此吾所以哭也。”于是众官皆哭。坐中一人抚掌大笑曰：“满朝公卿，夜哭到明，明哭到夜，还能哭死董卓否？”允视之，乃骁骑校尉曹操也。允怒曰：“汝祖宗亦食禄汉朝，今不思报国而反笑耶？”操曰：“吾非笑别事，笑众位无一计杀董卓耳。操虽不才，愿即断董卓头，悬之都门，以谢天下。”允避席[①]问曰：“孟德有何高见？”操曰：“近日操屈身以事卓者，实欲乘间图之耳。今卓颇信操，操因得时近卓。闻司徒有七宝刀一口，愿借与操，入相府刺杀之，虽死不恨。”允曰：“孟德果有是心，天下幸甚。”遂亲自酌酒奉操。操沥酒[②]设誓，允随取宝刀与之。操藏刀，饮酒毕，即起身辞别众官而去。众官又坐了一回，亦俱散讫。

次日，曹操佩着宝刀，来至相府，问：“丞相何在？”从人云：“在小阁中。”操径入，见董卓坐于床上，吕布侍立于侧。卓曰：“孟德来何迟？”操曰：“马羸[③]行迟耳。”卓顾谓布曰：“吾有西凉进来好马，奉先可亲去拣一骑，赐与孟德。”布领令而出。操暗忖曰：“此贼合死。”即欲拔刀刺之，惧卓力大，未敢轻动。卓胖大，不耐久坐，遂倒身而卧，转面向内。操又思曰：“此贼当休矣。”急掣宝刀在手，恰待要刺，不想董卓仰面看衣镜中，照见曹操在背后拔刀，急回身，问曰：“孟德何为？”时吕布已牵马至阁外。操惶遽，乃持刀跪下曰：“操有宝刀一口，献上恩相。”卓接视之，见其刀长尺馀，七宝嵌饰，极其锋利，果宝刀也，遂递与吕布收了。操解鞘付布。卓引操出阁看马，操谢曰：“愿借试一骑。”卓就教与鞍辔[④]。操牵马出相府，加鞭望东南而去。布对卓曰：“适来曹操似有行刺之状，及被喝破，故推献刀。”卓曰：“吾亦疑之。”

---

① 避席——古人席地而坐，当对人表示恭敬时，即离席站立，谓之“避席”。

② 沥酒——洒酒于地，以示发誓。洒酒于地本是祭神的仪式之一，发誓时也用此法，表示以神为鉴。

③ 羸（léi）——瘦弱。

④ 辔（pèi）——缰绳。

正说话间，适李儒至，卓以其事告之。儒曰："操无妻小在京，只独居寓所。今差人往召：如彼无疑而便来，则是献刀；如推托不来，则必是行刺，便可擒而问也。"卓然其说，即差狱卒四人往唤操。去了良久，回报曰："操不曾回寓，乘马飞出东门。门吏问之，操曰：'丞相差我有紧急公事。'纵马而去矣。"儒曰："操贼心虚逃窜，行刺无疑矣。"卓大怒曰："我如此重用，反欲害我。"儒曰："此必有同谋者，待拿住曹操，便可知矣。"卓遂令遍行文书，画影图形，捉拿曹操：擒献者，赏千金，封万户侯；窝藏者，同罪。

且说曹操逃出城外，飞奔谯郡。路经中牟县，为守关军士所获，擒见县令。操言："我是客商，复姓皇甫。"县令熟视[①]曹操，沉吟半晌，乃曰："吾前在洛阳求官时，曾认得汝是曹操，如何隐讳？且把来监下，明日解去京师请赏。"把关军士赐以酒食而去。

至夜分，县令唤亲随人暗地取出曹操，直至后院中审究。问曰："我闻丞相待汝不薄，何故自取其祸？"操曰："'燕雀安知鸿鹄志哉！'汝既拿住我，便当解去请赏，何必多问？"县令屏退左右，谓操曰："汝休小觑我。我非俗吏，奈未遇其主耳。"操曰："吾祖宗世食汉禄，若不思报国，与禽兽何异？吾屈身事卓者，欲乘间图之，为国除害耳。今事不成，乃天意也。"县令曰："孟德此行，将欲何往？"操曰："吾将归乡里，发矫诏，召天下诸侯，兴兵共诛董卓，吾之愿也。"县令闻言，乃亲释其缚，扶之上坐，再拜曰："公真天下忠义之士也！"曹操亦拜，问县令姓名。县令曰："吾姓陈，名宫，字公台。老母妻子，皆在东郡。今感公忠义，愿弃一官，从公而逃。"操甚喜。是夜陈宫收拾盘费，与曹操更衣易服，各背剑一口，乘马投故乡来。

行了三日，至成皋地方，天色向晚。操以鞭指林深处，谓宫曰："此间有一人姓吕名伯奢，是吾父结义弟兄。就往问家中消息，

① 熟视——仔细观看。熟：仔细，周密。

觅一宿，如何？”宫曰：“最好。”二人至庄前下马，入见伯奢。奢曰：“我闻朝廷遍行文书，捉汝甚急，汝父已避陈留去了。汝如何得至此？”操告以前事，曰：“若非陈县令，已粉骨碎身矣。”伯奢拜陈宫曰：“小侄若非使君[①]，曹氏灭门矣。使君宽怀安坐，今晚便可下榻草舍。”说罢，即起身入内。良久乃出，谓陈宫曰：“老夫家无好酒，容往西村沽一樽来相待。”言讫，匆匆上驴而去。

操与宫坐久，忽闻庄后有磨刀之声。操曰：“吕伯奢非吾至亲，此去可疑，当窃听之。”二人潜步入草堂后，但闻人语曰：“缚而杀之，何如？”操曰：“是矣。今若不先下手，必遭擒获。”遂与宫拔剑直入，不问男女，皆杀之，一连杀死八口。搜至厨下，却见缚一猪欲杀。宫曰：“孟德心多，误杀好人矣。”急出庄上马而行。

行不到二里，只见伯奢驴鞍前鞒[②]悬酒二瓶，手携果菜而来，叫曰：“贤侄与使君何故便去？”操曰：“被罪之人，不敢久住。”伯奢曰：“吾已分付家人宰一猪相款，贤侄、使君何憎一宿？速请转骑。”操不顾，策马便行。行不数步，忽拔剑复回，叫伯奢曰：“此来者何人？”伯奢回头看时，操挥剑砍伯奢于驴下。宫大惊曰：“适才误耳，今何为也？”操曰：“伯奢到家，见杀死多人，安肯干休？若率众来追，必遭其祸矣。”宫曰：“知而故杀，大不义也。”操曰：“宁教我负天下人，休教天下人负我。”陈宫默然。

当夜行数里，月明中敲开客店门投宿。喂饱了马，曹操先睡。陈宫寻思：“我将谓曹操是好人，弃官跟他，原来是个狼心狗行之徒。今日留之，必为后患。”便欲拔剑来杀曹操。正是：

设心狠毒非良士，操卓原来一路人。

毕竟曹操性命如何，且听下文分解。

---

① 使君——原为刺史的别称，后变为对州郡长官的尊称，再后变为对人的尊称。

② 鞒（qiáo）——牲口鞍子前后突起的部分。

第　五　回

发矫诏诸镇应曹公　破关兵三英战吕布

却说陈宫临欲下手杀曹操，忽转念曰："我为国家跟他到此，杀之不义。不若弃而他往。"插剑上马，不等天明，自投东郡去了。操觉，不见陈宫，寻思："此人见我说了这两句，疑我不仁，弃我而去。吾当急行，不可久留。"遂连夜到陈留，寻见父亲，备说前事，欲散家资，招募义兵。父言："资少，恐不成事。此间有孝廉卫弘，疏财仗义，其家巨富，若得相助，事可图矣。"

操置酒张筵，拜请卫弘到家，告曰："今汉室无主，董卓专权，欺君害民，天下切齿。操欲力扶社稷，恨力不足。公乃忠义之士，敢求相助。"卫弘曰："吾有是心久矣，恨未遇英雄耳。既孟德有大志，愿将家资相助。"操大喜。于是先发矫诏，驰报各道[①]。然后招集义兵，竖起招兵白旗一面，上书"忠义"二字。不数日间，应募之士，如雨骈集[②]。

一日，有一个阳平卫国人，姓乐名进，字文谦，来投曹操。又有一个山阳巨鹿人，姓李名典，字曼成，也来投曹操。操皆留为帐前吏。又有沛国谯人夏侯惇，字元让，乃夏侯婴之后。自小习枪棒，年十四从师学武，有人辱骂其师，惇杀之，逃于外方。闻知曹操起兵，与其族弟夏侯渊，两个各引壮士千人来会。此二人本操之弟兄：操父曹嵩原是夏侯氏之子，过房与曹家，因此是同

---

① 道——古代行政区划名称。汉代仅在少数民族地区设道（相当于县），至唐始在全国设道。这里泛指全国各地。

② 骈集——聚集，凑集。

族。不数日，曹氏兄弟曹仁、曹洪各引兵千馀来助。曹仁字子孝，曹洪字子廉，二人弓马熟娴，武艺精通。操大喜，于村中调练军马。卫弘尽出家财，置办衣甲旗幡。四方送粮食者不计其数。

时袁绍得操矫诏，乃聚麾下文武，引兵三万，离渤海，来与曹操会盟。操作檄文，以达诸郡。檄文曰：

> 操等谨以大义布告天下：董卓欺天罔地，灭国弑君，秽乱宫禁，残害生灵，狼戾不仁，罪恶充积。今奉天子密诏，大集义兵，誓欲扫清华夏，剿戮群凶。望兴义师，共泄公愤，扶持王室，拯救黎民。檄文到日，可速奉行。

操发檄文去后，各镇[①]诸侯皆起兵相应：第一镇，后将军、南阳太守袁术；第二镇，冀州刺史韩馥；第三镇，豫州刺史孔伷；第四镇，兖州刺史刘岱；第五镇，河内郡太守王匡；第六镇，陈留太守张邈；第七镇，东郡太守乔瑁；第八镇，山阳太守袁遗；第九镇，济北相鲍信；第十镇，北海太守孔融；第十一镇，广陵太守张超；第十二镇，徐州刺史陶谦；第十三镇，西凉太守马腾；第十四镇，北平太守公孙瓒；第十五镇，上党太守张杨；第十六镇，乌程侯、长沙太守孙坚；第十七镇，祁乡侯、渤海太守袁绍。诸路军马，多少不等，有三万者，有一二万者，各领文官武将，投洛阳来。

且说北平太守公孙瓒统领精兵一万五千，路经德州平原县。正行之间，遥见桑树丛中一面黄旗，数骑来迎。瓒视之，乃刘玄德也。瓒问曰："贤弟何故在此？"玄德曰："旧日蒙兄保备为平原县令，今闻大军过此，特来奉候，就请兄长入城歇马。"瓒指关、张而问曰："此何人也？"玄德曰："此关羽、张飞，备结义兄弟也。"瓒曰："乃同破黄巾者乎？"玄德曰："皆此二人之力。"瓒曰："今居何职？"玄德答曰："关羽为马弓手，张飞为步弓手。"瓒叹曰："如此可谓埋没英雄！今董卓作乱，天下诸侯共往诛之。贤弟

① 镇——古代于边防重地驻重兵守卫，名曰"镇"。

可弃此卑官，一同讨贼，力扶汉室，若何？”玄德曰：“愿往。”张飞曰：“当时若容我杀了此贼，免有今日之事。”云长曰：“事已至此，即当收拾前去。”

玄德、关、张引数骑跟公孙瓒来，曹操接着。众诸侯亦陆续皆至，各自安营下寨，连接二百馀里。操乃宰牛杀马，大会诸侯，商议进兵之策。太守王匡曰：“今奉大义，必立盟主，众听约束，然后进兵。”操曰：“袁本初四世三公，门多故吏，汉朝名相之裔，可为盟主。”绍再三推辞。众皆曰：“非本初不可。”绍方应允。

次日，筑台三层，遍列五方旗帜，上建白旄黄钺[①]、兵符[②]将印，请绍登坛。绍整衣佩剑，慨然而上，焚香再拜。其盟曰：

> 汉室不幸，皇纲失统。贼臣董卓，乘衅纵害，祸加至尊，虐流百姓。绍等惧社稷沦丧，纠合义兵，并赴国难。凡我同盟，齐心戮力，以致臣节，必无二志。有渝此盟，俾坠其命，无克遗育。皇天后土，祖宗明灵，实皆鉴之！

读毕，歃血[③]。众因其辞气慷慨，皆涕泗横流[④]。

歃血已罢，下坛。众扶绍升帐而坐，两行依爵位、年齿分列坐定。操行酒数巡，言曰：“今日既立盟主，各听调遣，同扶国家，勿以强弱计较。”袁绍曰：“绍虽不才，既承公等推为盟主，有功必赏，有罪必罚。国有常刑，军有纪律，各宜遵守，勿得违犯。”众皆曰：“唯命是听。”绍曰：“吾弟袁术总督粮草，应付诸营，无使有缺。更须一人为先锋，直抵汜水关挑战。馀各据险要，以为接应。”长沙太守孙坚出曰：“坚愿为前部。”绍曰：“文台勇烈，可当

---

① 白旄黄钺——白旄：古代的一种军旗，杆头饰以牦牛尾，用以指挥军队，也是军权的象征。黄钺：饰以黄金的长柄大斧，或用于皇帝仪仗，或用作军权的象征。

② 兵符——古代调兵遣将所用凭证，一般由皇帝颁发。

③ 歃（shà）血——古人盟誓时，以牲口血涂于嘴唇（一说涂于嘴旁），以示守约的诚意。

④ 涕泗横流——形容由于激动而眼泪和鼻涕齐流。涕：眼泪。泗：鼻涕。

此任。”坚遂引本部人马，杀奔汜水关来。

守关将士差流星马[①]，往洛阳丞相府告急。董卓自专大权之后，每日饮宴。李儒接得告急文书，径来禀卓。卓大惊，急聚众将商议。温侯吕布挺身出曰：“父亲勿虑。关外诸侯，布视之如草芥。愿提虎狼之师[②]，尽斩其首，悬于都门。”卓大喜曰：“吾有奉先，高枕无忧矣。”言未绝，吕布背后一人高声出曰：“‘割鸡焉用牛刀[③]’？不劳温侯亲往，吾斩众诸侯首级，如探囊取物耳！”卓视之，其人身长九尺，虎体狼腰，豹头猿臂，关西人也，姓华名雄。卓闻言大喜，加为骁骑校尉，拨马步军五万，同李肃、胡轸、赵岑，星夜赴关迎敌。

众诸侯内有济北相鲍信，寻思孙坚既为前部，怕他夺了头功，暗拨其弟鲍忠，先将马步军三千，径抄小路，直到关下搦战。华雄引铁骑五百，飞下关来，大喝：“贼将休走！”鲍忠急待退，被华雄手起刀落，斩于马下，生擒将校极多。华雄遣人赍鲍忠首级，来相府报捷。卓加雄为都督。

却说孙坚引四将直至关前。那四将？第一个，右北平土垠人，姓程名普，字德谋，使一条铁脊蛇矛；第二个，姓黄名盖，字公覆，零陵人也，使铁鞭；第三个，姓韩名当，字义公，辽西令支人也，使一口大刀；第四个，姓祖名茂，字大荣，吴郡富春人也，使双刀。孙坚披烂银铠，裹赤帻[④]，横古锭刀，骑花鬃马，指关上而骂曰：“助恶匹夫，何不早降？”华雄副将胡轸引兵五千，出关迎战。程普飞马挺矛，直取胡轸。斗不数合，程普刺中胡轸咽喉，死于马下。坚挥军直杀至关前，关上矢石如雨。孙坚引兵回至梁

---

① 流星马——亦称“流星报马”。古代军事信差，犹今之通讯兵。因其须骑快马送信，故称。

② 虎狼之师——比喻威武凶猛的军队。

③ 割鸡焉用牛刀——语出《论语·阳货》。原指小事不值得用礼乐。后借喻小事情不值得用大力气或大动干戈。

④ 帻（zé）——古代的一种男用头巾。

东屯住，使人于袁绍处报捷，就于袁术处催粮。

或说术曰："孙坚乃江东猛虎，若打破洛阳，杀了董卓，正是除狼而得虎也。今不与粮，彼军必散。"术听之，不发粮草。孙坚军缺食，军中自乱。细作[①]报上关来。李肃为华雄谋曰："今夜我引一军，从小路下关，袭孙坚寨后；将军击其前寨：坚可擒矣。"雄从之，传令军士饱餐，乘夜下关。

是夜月白风清。到坚寨时，已是半夜，鼓噪直进。坚慌忙披挂上马，正遇华雄。两马相交，斗不数合，后面李肃军到，竟天[②]价放起火来。坚军乱窜，众将各自混战，止有祖茂跟定孙坚，突围而走。背后华雄追来。坚取箭，连放两箭，皆被华雄躲过。再放第三箭时，因用力太猛，拽折了鹊画弓，只得弃弓纵马而奔。祖茂曰："主公头上赤帻射目，为贼所识认，可脱帻与某戴之。"坚就脱帻换茂盔，分两路而走。雄军只望赤帻者追赶，坚乃从小路得脱。祖茂被华雄追急，将赤帻挂于人家烧不尽的庭柱上，却入树林潜躲。华雄军于月下遥见赤帻，四面围定，不敢近前。用箭射之，方知是计，遂向前取了赤帻。祖茂于林后杀出，挥双刀欲劈华雄；雄大喝一声，将祖茂一刀砍于马下。杀至天明，雄方引兵上关。

程普、黄盖、韩当都来寻见孙坚，再收拾军马屯扎。坚为折了祖茂，伤感不已，星夜遣人报知袁绍。绍大惊曰："不想孙文台败于华雄之手。"便聚众诸侯商议。众人都到，只有公孙瓒后至，绍请入帐列坐。绍曰："前日鲍将军之弟不遵调遣，擅自进兵，杀身丧命，折了许多军士；今者孙文台又败于华雄：挫动锐气，为之奈何？"诸侯并皆不语。绍举目遍视，见公孙瓒背后立着三人，容貌异常，都在那里冷笑。绍问曰："公孙太守背后何人？"瓒呼

① 细作——侦探，间谍。

② 竟天——满天，遍天。

玄德出曰："此吾自幼同舍兄弟，平原令刘备是也。"曹操曰："莫非破黄巾刘玄德乎？"瓒曰："然。"即令刘玄德拜见。瓒将玄德功劳，并其出身，细说一遍。绍曰："既是汉室宗派，取座来。"命坐，备逊谢。绍曰："吾非敬汝名爵，吾敬汝是帝室之胄[①]耳。"玄德乃坐于末位，关、张叉手[②]侍立于后。

忽探子来报："华雄引铁骑下关，用长竿挑着孙太守赤帻，来寨前大骂搦战。"绍曰："谁敢去战？"袁术背后转出骁将俞涉，曰："小将愿往。"绍喜，便着俞涉出马。即时报来："俞涉与华雄战不三合，被华雄斩了。"众大惊。太守韩馥曰："吾有上将潘凤，可斩华雄。"绍急令出战。潘凤手提大斧上马，去不多时，飞马来报："潘凤又被华雄斩了。"众皆失色。绍曰："可惜吾上将颜良、文丑未至。得一人在此，何惧华雄？"

言未毕，阶下一人大呼出曰："小将愿往斩华雄头，献于帐下。"众视之，见其人身长九尺，髯长二尺，丹凤眼，卧蚕眉，面如重枣，声如巨钟，立于帐前。绍问何人，公孙瓒曰："此刘玄德之弟关羽也。"绍问现居何职，瓒曰："跟随刘玄德充马弓手。"帐上袁术大喝曰："汝欺吾众诸侯无大将耶？量一弓手，安敢乱言。与我打出！"曹操急止之曰："公路息怒。此人既出大言，必有勇略。试教出马，如其不胜，责之未迟。"袁绍曰："使一弓手出战，必被华雄所笑。"操曰："此人仪表不俗，华雄安知他是弓手？"关公曰："如不胜，请斩某头。"操教酾热酒[③]一杯，与关公饮了上马。关公曰："酒且斟下，某去便来。"出帐提刀，飞身上马。众诸侯听得关外鼓声大振，喊声大举，如天摧地塌，岳撼山崩，众皆失惊。正欲探听，鸾铃响处，马到中军，云长提华雄之头，掷于地上。其酒尚温。后人有诗赞之曰：

---

① 胄（zhòu）——指古代帝王或贵族的后裔。

② 叉手——古代男子礼节之一。两手交叉于胸前，表示恭敬。

③ 酾（shāi）酒——斟酒。

威镇乾坤第一功，辕门画鼓响冬冬。
云长停盏施英勇，酒尚温时斩华雄。

曹操大喜。只见玄德背后转出张飞，高声大叫：“俺哥哥斩了华雄，不就这里杀入关去，活拿董卓，更待何时！”袁术大怒，喝曰：“俺大臣尚自谦让，量一县令手下小卒，安敢在此耀武扬威！都与赶出帐去！”曹操曰：“得功者赏，何计贵贱乎？”袁术曰：“既然公等只重一县令，我当告退。”操曰：“岂可因一言而误大事耶？”命公孙瓒且带玄德、关、张回寨。众官皆散。曹操暗使人赍牛酒抚慰三人。

却说华雄手下败军报上关来。李肃慌忙写告急文书，申闻董卓。卓急聚李儒、吕布等商议。儒曰：“今失了上将华雄，贼势浩大。袁绍为盟主，绍叔袁隗现为太傅，倘或里应外合，深为不便，可先除之。请丞相亲领大军，分拨剿捕。”卓然其说，唤李傕、郭汜领兵五百，围住太傅袁隗家，不分老幼，尽皆诛绝，先将袁隗首级去关前号令。卓遂起兵二十万，分为两路而来：一路先令李傕、郭汜引兵五万，把住汜水关，不要厮杀；卓自将十五万，同李儒、吕布、樊稠、张济等守虎牢关。这关离洛阳五十里。军马到关，卓令吕布领三万军，去关前扎住大寨；卓自在关上屯住。

流星马探听得，报入袁绍大寨里来。绍聚众商议。操曰：“董卓屯兵虎牢，截俺诸侯中路，今可勒兵一半迎敌。”绍乃分王匡、乔瑁、鲍信、袁遗、孔融、张杨、陶谦、公孙瓒八路诸侯往虎牢关迎敌，操引军往来救应。八路诸侯各自起兵。河内太守王匡引兵先到；吕布带铁骑三千飞奔来迎。王匡将军马列成阵势，勒马门旗下看时，见吕布出阵：头戴三叉束发紫金冠，体挂西川红锦百花袍，身披兽面吞头连环铠，腰系勒甲玲珑狮蛮带；弓箭随身，手持画戟，坐下嘶风赤兔马：果然是“人中吕布，马中赤兔”。王匡回头问曰：“谁敢出战？”后面一将纵马挺枪而出。匡视之，乃河内名将方悦。两马相交，无五合，被吕布一戟刺于马下，挺戟直冲过来。匡军大败，四散奔走。布东西冲杀，如入无人之境。幸得乔瑁、袁遗两军皆至，来救王匡，吕布方退。三路诸侯各折了些人马，退三十里下寨。随后五路军马都至，一处商议，言吕布英雄，无人可敌。

正虑间，小校来报："吕布搦战。"八路诸侯一齐上马，军分八队，布在高冈。遥望吕布一簇军马，绣旗招飐，先来冲阵。上党太守张杨部将穆顺出马挺枪迎战，被吕布手起一戟，刺于马下。众大惊。北海太守孔融部将武安国使铁锤飞马而出，吕布挥戟拍马来迎，战到十馀合，一戟砍断安国手腕，弃锤于地而走。八路军兵齐出，救了武安国。吕布退回去了。众诸侯回寨商议。曹操曰："吕布英勇无敌，可会十八路诸侯，共议良策。若擒了吕布，董卓易诛耳。"

正议间，吕布复引兵搦战。八路诸侯齐出。公孙瓒挥槊亲战吕布，战不数合，瓒败走，吕布纵赤兔马赶来。那马日行千里，飞走如风，看看赶上，布举画戟望瓒后心便刺。旁边一将圆睁环眼，倒竖虎须，挺丈八蛇矛，飞马大叫："三姓家奴[①]休走，燕人张飞在此！"吕布见了，弃了公孙瓒，便战张飞；飞抖擞精神，酣战吕布。连斗五十馀合，不分胜负。云长见了，把马一拍，舞八十二斤青龙偃月刀，来夹攻吕布。三匹马丁字儿厮杀，战到三十合，战不倒吕布。刘玄德掣双股剑，骤黄鬃马，刺斜里也来助战。这三个围住吕布，转灯儿般厮杀。八路人马，都看得呆了。吕布架隔遮拦不定，看着玄德面上虚刺一戟；玄德急闪。吕布荡开阵角，倒拖画戟，飞马便回；三个那里肯舍，拍马赶来。八路军兵喊声大震，一齐掩杀。吕布军马望关上奔走；玄德、关、张随后赶来。古人曾有篇言语，单道着玄德、关、张三战吕布：

汉朝天数当桓灵，炎炎红日将西倾。

---

① 三姓家奴——骂人话。吕布先后认丁原、董卓为义父，连其本姓吕，共为三姓之子，故称。

奸臣董卓废少帝，刘协懦弱魂梦惊。
曹操传檄告天下，诸侯奋怒皆兴兵。
议立袁绍作盟主，誓扶王室定太平。
温侯吕布世无比，雄才四海夸英伟。
护躯银铠砌龙鳞，束发金冠簪雉尾。
参差宝带兽平吞，错落锦袍飞凤起。
龙驹跳踏起天风，画戟荧煌射秋水。
出关搦战谁敢当，诸侯胆裂心惶惶。
踊出燕人张翼德，手持蛇矛丈八枪。
虎须倒竖翻金线，环眼圆睁起电光。
酣战未能分胜败，阵前恼起关云长。
青龙宝刀灿霜雪，鹦鹉战袍飞蛱蝶。
马蹄到处鬼神嚎，目前一怒应流血。
枭雄玄德掣双锋，抖擞天威施勇烈。
三人围绕战多时，遮拦架隔无休歇。
喊声震动天地翻，杀气迷漫牛斗寒。
吕布力穷寻走路，遥望家山拍马还。
倒拖画杆方天戟，乱散销金五彩幡。
顿断绒绦走赤兔，翻身飞上虎牢关。

三人直赶吕布到关下，看见关上西风飘动青罗伞盖。张飞大叫：“此必董卓。追吕布有甚强处，不如先拿董贼，便是斩草除根！”拍马上关，来擒董卓。正是：

擒贼定须擒贼首，奇功端的[①]待奇人。

未知胜负如何，且听下文分解。

① 端的——真的、果然的意思。

第　六　回

焚金阙董卓行凶　匿玉玺孙坚背约

却说张飞拍马赶到关下，关上矢石如雨，不得进而回。八路诸侯同请玄德、关、张贺功，使人去袁绍寨中报捷。绍遂移檄孙坚，令其进兵。坚引程普、黄盖至袁术寨中相见，坚以杖画地曰："董卓与我本无仇隙，今我奋不顾身，亲冒矢石，来决死战者，上为国家讨贼，下为将军家门之私；而将军却听谗言，不发粮草，致坚败绩，将军何安？"术惶恐无言，命斩进谗之人，以谢[①]孙坚。

忽人报坚曰："关上有一将乘马来寨中，要见将军。"坚辞袁术，归到本寨，唤来问时，乃董卓爱将李傕。坚曰："汝来何为？"傕曰："丞相所敬者，惟将军耳，今特使傕来结亲：丞相有女，欲配将军之子。"坚大怒，叱曰："董卓逆天无道，荡覆王室，吾欲夷[②]其九族，以谢天下，安肯与逆贼结亲耶？吾不斩汝，汝当速去，早早献关，饶你性命；倘若迟误，粉骨碎身！"

李傕抱头鼠窜，回见董卓，说孙坚如此无礼。卓怒，问李儒。儒曰："温侯新败，兵无战心。不若引兵回洛阳，迁帝于长安，以应童谣。近日街市童谣曰：'西头一个汉，东头一个汉。鹿走入长安，方可无斯难。'臣思此言：'西头一个汉'，乃应高祖旺于西都长安，传一十二帝；'东头一个汉'，乃应光武旺于东都洛阳，今亦传一十二帝。天运合回，丞相迁回长安，方可无虞[③]。"

---

① 谢——这里是谢罪、赔礼道歉之意。

② 夷——这里是诛灭、杀害之意。

③ 虞——忧虑，顾虑。

卓大喜曰："非汝言，吾实不悟。"遂引吕布星夜回洛阳，商议迁都。聚文武于朝堂，卓曰："汉东都洛阳二百馀年，气数已衰。吾观旺气实在长安，吾欲奉驾西幸①。汝等各宜促装②。"司徒杨彪曰："关中残破零落；今无故捐宗庙，弃皇陵，恐百姓惊动；天下动之至易，安之至难。望丞相鉴察。"卓怒曰："汝阻国家大计耶？"太尉黄琬曰："杨司徒之言是也。往者王莽篡逆③，更始赤眉④之时，焚烧长安，尽为瓦砾之地；更兼人民流移，百无一二。今弃宫室而就荒地，非所宜也。"卓曰："关东贼起，天下播乱。长安有崤函之险；更近陇右，木石砖瓦，克日可办，宫室营造，不须月馀。汝等再休乱言。"司徒荀爽谏曰："丞相若欲迁都，百姓骚动不宁矣。"卓大怒曰："吾为天下计，岂惜小民哉！"即日罢杨彪、黄琬、荀爽为庶民。卓出上车，只见二人望车而揖，视之，乃尚书周毖、城门校尉伍琼也。卓问有何事，毖曰："今闻丞相欲迁都长安，故来谏耳。"卓大怒曰："我始初听你两个保用袁绍，今绍已反，是汝等一党。"叱武士推出都门斩首。遂下令迁都，限来日便行。

李儒曰："今钱粮缺少，洛阳富户极多，可籍没⑤入官。但是⑥袁绍等门下，杀其宗党而抄其家资，必得巨万。"卓即差铁骑五千，遍行捉拿洛阳富户，共数千家，插旗头上，大书"反臣逆党"，尽斩于城外，取其金资。李傕、郭汜尽驱洛阳之民数百万口，前赴长安。每百姓一队，间军一队，互相拖押，死于沟壑⑦者，

---

① 幸——皇帝出行之专称。

② 促装——赶快收拾行装。促：赶快，加紧。

③ 王莽篡逆——王莽为汉元帝皇后之侄，以外戚而掌朝政，即篡汉称帝，建立"新"朝，在位十五年而被杀。

④ 更始赤眉——即指淮阳王刘玄更始元年（公元 23 年）赤眉起义，天下大乱，焚毁西汉都城长安。更始：淮阳王刘玄推翻王莽"新"朝而称帝后的年号。

⑤ 籍没——登记并没收所有财产。

⑥ 但是——凡是，只要是。

⑦ 沟壑——本义为山沟，引申为野外。

不可胜数。又纵军士淫人妻女，夺人粮食，啼哭之声，震动天地。如有行得迟者，背后三千军催督，军手执白刃，于路杀人。卓临行，教诸门放火，焚烧居民房屋，并放火烧宗庙、宫府。南北两宫，火焰相接；长乐宫庭，尽为焦土。又差吕布发掘先皇及后妃陵寝，取其金宝。军士乘势掘官民坟冢殆尽。董卓装载金珠缎匹好物数千馀车，劫了天子并后妃等，竟望长安去了。

却说卓将赵岑见卓已弃洛阳而去，便献了汜水关。孙坚驱兵先入，玄德、关、张杀入虎牢关，诸侯各引军入。

且说孙坚飞奔洛阳，遥望火焰冲天，黑烟铺地，二三百里，并无鸡犬人烟。坚先发兵救灭了火，令众诸侯各于荒地上屯住军马。曹操来见袁绍曰："今董贼西去，正可乘势追袭。本初按兵不动，何也？"绍曰："诸兵疲困，进恐无益。"操曰："董贼焚烧宫室，劫迁天子，海内震动，不知所归：此天亡之时也，一战而天下定矣。诸公何疑而不进？"众诸侯皆言不可轻动。操大怒曰："竖子[①]不足与谋！"遂自引兵万馀，领夏侯惇、夏侯渊、曹仁、曹洪、李典、乐进，星夜来赶董卓。

且说董卓行至荥阳地方，太守徐荣出接。李儒曰："丞相新弃洛阳，防有追兵。可教徐荣伏军荥阳城外山坞之旁，若有兵追来，可竟放过。待我这里杀败，然后截住掩杀，令后来者不敢复追。"卓从其计，又令吕布引精兵遏后。布正行间，曹操一军赶上。吕布大笑曰："不出李儒所料也。"将军马摆开。曹操出马，大叫："逆贼，劫迁天子，流徙百姓，将欲何往？"吕布骂曰："背主懦夫，何得妄言！"夏侯惇挺枪跃马，直取吕布。战不数合，李傕引一军从左边杀来，操急令夏侯渊迎敌。右边喊声又起，郭汜引军杀到，操急令曹仁迎敌。三路军马，势不可当。夏侯惇抵敌吕布不

① 竖子——对人的鄙称。相当于"小子"。

住，飞马回阵。布引铁骑掩杀，操军大败，回望荥阳而走。

走至一荒山脚下，时约二更，月明如昼。方才聚集残兵，正欲埋锅造饭，只听得四围喊声，徐荣伏兵尽出。曹操慌忙策马，夺路奔逃，正遇徐荣，转身便走。荣搭上箭，射中操肩膊。操带箭逃命，踅过山坡。两个军士伏于草中，见操马来，二枪齐发，操马中枪而倒。操翻身落马，被二卒擒住。只见一将飞马而来，挥刀砍死两个步军，下马救起曹操。操视之，乃曹洪也。操曰："吾死于此矣，贤弟可速去。"洪曰："公急上马，洪愿步行。"操曰："贼兵赶上，汝将奈何？"洪曰："天下可无洪，不可无公。"操曰："吾若再生，汝之力也。"

操上马，洪脱去衣甲，拖刀跟马而走。约走至四更馀，只见前面一条大河阻住去路，后面喊声渐近。操曰："命已至此，不得复活矣。"洪急扶操下马，脱去袍铠，负操渡水。才过彼岸，追兵已到，隔水放箭。操带水而走。比及天明，又走三十馀里，土冈下少歇。忽然喊声起处，一彪人马赶来，却是徐荣从上流渡河来追。操正慌急间，只见夏侯惇、夏侯渊引数十骑飞至，大喝："徐荣无伤吾主！"徐荣便奔夏侯惇，惇挺枪来迎。交马数合，惇刺徐荣于马下，杀散馀兵。随后曹仁、李典、乐进各引兵寻到，见了曹操，忧喜交集。聚集残兵五百馀人，同回河内。卓兵自往长安。

却说众诸侯分屯洛阳。孙坚救灭宫中余火，屯兵城内，设帐于建章殿基上。坚令军士扫除宫殿瓦砾；凡董卓所掘陵寝，尽皆掩闭。于太庙基上，草创殿屋三间，请众诸侯立列圣神位，宰太牢[①]祀之。祭毕，皆散。

坚归寨中，是夜星月交辉，乃按剑露坐，仰观天文，见紫微

---

① 太牢——古代最高等级的祭祀礼仪，其祭品需牛、羊、猪三牲俱备。

垣中白气漫漫。坚叹曰："帝星不明，贼臣乱国，万民涂炭，京城一空。"言讫，不觉泪下。旁有军士指曰："殿南有五色毫光起于井中。"坚唤军士点起火把，下井打捞。捞起一妇人尸首，虽然日久，其尸不烂，宫样装束，项下带一锦囊。取开看时，内有朱红小匣，用金锁锁着。启视之，乃一玉玺：方圆四寸，上镌五龙交纽，旁缺一角，以黄金镶之；上有篆文八字云："受命于天，既寿永昌"。坚得玺，乃问程普。普曰："此传国玺也。此玉是昔日卞和于荆山之下，见凤凰栖于石上，载而进之楚文王，解之，果得玉。秦二十六年，令良工琢为玺，李斯篆此八字于其上。二十八年，始皇巡狩至洞庭湖，风浪大作，舟将覆，急投玉玺于湖而止。至三十六年，始皇巡狩至华阴，有人持玺遮道，与从者曰：'持此还祖龙[①]。'言讫不见。此玺复归于秦。明年，始皇崩。后来子婴[②]将玉玺献与汉高祖。后至王莽篡逆，孝元皇太后将玺打王寻、苏献，崩其一角，以金镶之。光武得此宝于宜阳，传位至今。近闻十常侍作乱，劫少帝出北邙，回宫失此宝。今天授主公，必有登九五[③]之分。此处不可久留，宜速回江东，别图大事。"坚曰："汝言正合吾意，明日便当托疾辞归。"商议已定，密谕军士勿得泄漏。

谁想数中一军是袁绍乡人，欲假此为进身之计，连夜偷出营寨，来报袁绍。绍与之赏赐，暗留军中。次日，孙坚来辞袁绍曰："坚抱小疾，欲归长沙，特来别公。"绍笑曰："吾知公疾，乃害传国玺耳。"坚失色曰："此言何来？"绍曰："今兴兵讨贼，为国除害。玉玺乃朝廷之宝，公既获得，当对众留于盟主处，候诛了董卓，复归朝廷。今匿之而去，意欲何为？"坚曰："玉玺何由在

① 祖龙——秦始皇的代称。典出《史记·秦始皇本纪》："（秦始皇三十六年）秋，使者从关东夜过华阴平舒道，有人持璧（即指玉玺）遮使者曰：'为吾遗滈池君（水神名）。'因言曰：'今年祖龙死。'"裴骃集解引苏林语曰："祖，始也；龙，人君象：谓始皇也。"

② 子婴——秦始皇之孙。赵高杀秦二世，立子婴为帝，在位仅仅四十六天，即降于刘邦，旋被项羽所杀。

③ 九五——典出《周易·乾卦》："九五，飞龙在天，利见大人。"后即以"九五"代指帝位。

吾处？”绍曰：“建章殿井中之物何在？”坚曰：“吾本无之，何强相逼？”绍曰：“作速取出，免自生祸。”坚指天为誓曰：“吾若果得此宝，私自藏匿，异日不得善终，死于刀箭之下！”众诸侯曰：“文台如此说誓，想必无之。”绍唤军士出曰：“打捞之时，有此人否？”坚大怒，拔所佩之剑，要斩那军士。绍亦拔剑曰：“汝斩军人，乃欺我也。”绍背后颜良、文丑皆拔剑出鞘；坚背后程普、黄盖、韩当亦掣刀在手。众诸侯一齐劝住。坚随即上马，拔寨离洛阳而去。绍大怒，遂写书一封，差心腹人连夜往荆州，送与刺史刘表，教就路上截住夺之。

次日，人报曹操追董卓，战于荥阳，大败而回。绍令人接至寨中，会众置酒，与操解闷。饮宴间，操叹曰：“吾始兴大义，为国除贼。诸公既仗义而来，操之初意：欲烦本初引河内之众临孟津；酸枣诸将固守成皋，据廒仓，塞轘辕、大谷，制其险要；公路率南阳之军驻丹、析，入武关，以震三辅①。皆深沟高垒，勿与战，益为疑兵，示天下形势，以顺诛逆，可立定也。今迟疑不进，大失天下之望，操窃耻之。”绍等无言可对。

既而席散，操见绍等各怀异心，料不能成事，自引军投扬州去了。公孙瓒谓玄德、关、张曰：“袁绍无能为也，久必有变，吾等且归。”遂拔寨北行。至平原，令玄德为平原相，自去守地养军。兖州太守刘岱问东郡太守乔瑁借粮，瑁推辞不与。岱引军突入瑁营，杀死乔瑁，尽降其众。袁绍见众人各自分散，就领兵拔寨，离洛阳，投关东去了。

却说荆州刺史刘表，字景升，山阳高平人也，乃汉室宗亲。幼好结纳，与名士七人为友，时号“江夏八俊”。那七人？汝南陈翔，字仲麟；同郡范滂，字孟博；鲁国孔昱，字世元；渤海范康，字仲真；山阳檀敷，字文友；同郡张俭，字元节；南阳岑晊，字公

① 三辅——西汉初原为管辖都城长安的三个官职的合称，后泛指长安附近地区。

孝。刘表与此七人为友，有延平人蒯良、蒯越，襄阳人蔡瑁为辅。当时看了袁绍书，随令蒯越、蔡瑁引兵一万来截孙坚。

坚军方到，蒯越将阵摆开，当先出马。孙坚问曰："蒯异度何故引兵截吾去路？" 越曰："汝既为汉臣，如何私匿传国之宝？可速留下，放汝归去。" 坚大怒，命黄盖出战；蔡瑁舞刀来迎。斗到数合，盖挥鞭打瑁，正中护心镜。瑁拨回马走，孙坚乘势杀过界口。山背后金鼓齐鸣，乃刘表亲自引军来到。孙坚就马上施礼曰："景升何故信袁绍之书，相逼邻郡？" 表曰："汝匿传国玺，将欲反耶？" 坚曰："吾若有此物，死于刀箭之下！" 表曰："汝若要我听信，将随军行李任我搜看。" 坚怒曰："汝有何力，敢小觑我？" 方欲交兵，刘表便退。坚纵马赶去，两山后伏兵齐起，背后蔡瑁、蒯越赶来，将孙坚困在垓心①。正是：

玉玺得来无用处，反因此宝动刀兵。

毕竟孙坚怎地脱身，且听下文分解。

① 垓（gāi）心——战场的中心。

第　七　回

袁绍磐河战公孙　孙坚跨江击刘表

却说孙坚被刘表围住，亏得程普、黄盖、韩当三将死救得脱，折兵大半，夺路引兵回江东。自此孙坚与刘表结怨。

且说袁绍屯兵河内，缺少粮草。冀州牧韩馥遣人送粮，以资军用。谋士逢纪说绍曰："大丈夫纵横天下，何待人送粮为食？冀州乃钱粮广盛之地，将军何不取之？"绍曰："未有良策。"纪曰："可暗使人驰书与公孙瓒，令进兵取冀州，约以夹攻，瓒必兴兵。韩馥无谋之辈，必请将军领州事，就中取事，唾手可得。"绍大喜，即发书到瓒处。瓒得书，见说共攻冀州，平分其地，大喜，即日兴兵。绍却使人密报韩馥。馥慌聚荀谌、辛评二谋士商议。谌曰："公孙瓒将燕、代之众，长驱而来，其锋不可当；兼有刘备、关、张助之，难以抵敌。今袁本初智勇过人，手下名将极广，将军可请彼同治州事，彼必厚待将军，无患公孙瓒矣。"韩馥即差别驾关纯去请袁绍。长史耿武谏曰："袁绍孤客穷军，仰我鼻息，譬如婴儿在股掌之上，绝其乳哺，立可饿死。奈何欲以州事委之？此引虎入羊群也。"馥曰："吾乃袁氏之故吏，才能又不如本初。古者择贤者而让之，诸君何嫉妒耶？"耿武叹曰："冀州休矣！"于是弃职而去者三十馀人。独耿武与关纯伏于城外，以待袁绍。数日后，绍引兵至。耿武、关纯拔刀而出，欲刺杀绍。绍将颜良立斩耿武，文丑砍死关纯。绍入冀州，以馥为奋威将军，以田丰、沮授、许攸、逢纪分掌州事，尽夺韩馥之权。馥懊悔无及，遂弃下家小，匹马往投陈留太守张邈去了。

却说公孙瓒知袁绍已据冀州，遣弟公孙越来见绍，欲分其地。绍曰："可请汝兄自来，吾有商议。"越辞归，行不到五十里，道旁闪出一彪军马，口称："我乃董丞相家将也。"乱箭射死公孙越。从人逃回见公孙瓒，报越已死。瓒大怒曰："袁绍诱我起兵攻韩馥，他却就里取事；今又诈董卓兵射死吾弟，此冤如何不报！"尽起本部兵，杀奔冀州来。

绍知瓒兵至，亦领军出。二军会于磐河之上：绍军于磐河桥东，瓒军于桥西。瓒立马桥上，大呼曰："背义之徒，何敢卖[①]我！"绍亦策马至桥边，指瓒曰："韩馥无才，愿让冀州于吾，与尔何干？"瓒曰："昔日以汝为忠义，推为盟主。今之所为，真狼心狗行之徒，有何面目立于世间？"袁绍大怒曰："谁可擒之？"

言未毕，文丑策马挺枪，直杀上桥。公孙瓒就桥边与文丑交锋。战不到十馀合，瓒抵挡不住，败阵而走。文丑乘势追赶，瓒走入阵中。文丑飞马径入中军，往来冲突。瓒手下健将四员一齐迎战，被文丑一枪刺一将下马，三将俱走。文丑直赶公孙瓒出阵后，瓒望山谷而逃。文丑骤马厉声大叫："快下马受降！"瓒弓箭尽落，头盔堕地，披发纵马，奔转山坡，其马前失[②]，瓒翻身落于坡下。文丑急捻枪来刺。

忽见草坡左侧转出一个少年将军，飞马挺枪，直取文丑。公孙瓒扒上坡去，看那少年，生得身长八尺，浓眉大眼，阔面重颐[③]，威风凛凛。与文丑大战五六十合，胜负未分。瓒部下救军到，文丑拨回马去了。那少年也不追赶。瓒忙下土坡，问那少年姓名。那少年欠身答曰："某乃常山真定人也，姓赵名云，字子龙。本袁绍辖下之人，因见绍无忠君救民之心，故特弃彼而投麾下，不期于此处相见。"瓒大喜，遂同归寨，整顿甲兵。

---

① 卖——这里是欺骗、哄骗之意。

② 马前失——马因前蹄踩空或前腿发软而栽倒在地。

③ 重（chóng）颐——双下巴。颐：下巴。

次日，瓒将军马分作左右两队，势如羽翼。马五千馀匹，大半皆是白马。因公孙瓒曾与羌人战，尽选白马为先锋，号为“白马将军”。羌人但见白马便走，因此白马极多。袁绍令颜良、文丑为先锋，各引弓弩手一千，亦分作左右两队：令在左者射公孙瓒右军，在右者射公孙瓒左军。再令麴义引八百弓手，步兵一万五千，列于阵中。袁绍自引马步军数万，于后接应。公孙瓒初得赵云，不知心腹，令其另领一军在后。遣大将严纲为先锋。瓒自领中军，立马桥上，旁竖大红圈金线“帅”字旗于马前。

从辰时擂鼓，直到巳时，绍军不进。麴义令弓手皆伏于遮箭牌下，只听炮响发箭。严纲鼓噪呐喊，直取麴义。义军见严纲兵来，都伏而不动；直到来得至近，一声炮响，八百弓弩手一齐俱发。纲急待回，被麴义拍马舞刀，斩于马下。瓒军大败。左右两军欲来救应，都被颜良、文丑引弓弩手射住。绍军并进，直杀到界桥边。麴义马到，先斩执旗将，把绣旗砍倒。公孙瓒见砍倒绣旗，回马下桥而走。麴义引军直冲到后军，正撞着赵云，挺枪跃马，直取麴义。战不数合，一枪刺麴义于马下。赵云一骑马飞入绍军，左冲右突，如入无人之境。公孙瓒引军杀回，绍军大败。

却说袁绍先使探马看时，回报麴义斩将搴旗[①]，追赶败兵。因此不作准备，与田丰引着帐下持戟军士数百人，弓箭手数十骑，乘马出观，呵呵大笑曰：“公孙瓒无能之辈。”正说之间，忽见赵云冲到面前。弓箭手急待射时，云连刺数人，众军皆走。后面瓒军团团围裹上来。田丰慌对绍曰：“主公且于空墙中躲避。”绍以兜鍪[②]扑地，大呼曰：“大丈夫愿临阵斗死，岂可入墙而望活乎！”众军士齐心死战，赵云冲突不入。绍兵大队掩至，颜良亦引军来到，两路并杀。赵云保公孙瓒杀透重围，回到界桥。绍驱兵大进，复

---

① 搴（qiān）旗——拔下敌方的旗子，表示胜利。

② 兜鍪（móu）——古代武士所戴头盔。秦汉以前称“胄”，后改称“兜鍪”。

赶过桥。落水死者，不计其数。

袁绍当先赶来，不到五里，只听得山背后喊声大起，闪出一彪人马，为首三员大将，乃是刘玄德、关云长、张翼德。因在平原探知公孙瓒与袁绍相争，特来助战。当下三匹马，三般兵器，飞奔前来，直取袁绍。绍惊得魂飞天外，手中宝刀坠于马下，忙拨马而逃。众人死救过桥。公孙瓒亦收军归寨。玄德、关、张动问毕，瓒曰："若非玄德远来救我，几乎狼狈。"教与赵云相见。玄德甚相敬爱，便有不舍之心。

却说袁绍输了一阵，坚守不出，两军相拒月馀。有人来长安报知董卓。李儒对卓曰："袁绍与公孙瓒，亦当今豪杰。现在磐河厮杀，宜假天子之诏，差人往和解之，二人感德，必顺太师矣。"卓曰："善。"次日，便使太傅马日磾、太仆赵岐赍诏前去。二人来至河北，绍出迎于百里之外，再拜奉诏。次日，二人至瓒营宣谕，瓒乃遣使致书于绍，互相讲和。二人自回京复命。瓒即日班师，又表荐刘玄德为平原相。玄德与赵云分别，执手垂泪，不忍相离。云叹曰："某曩日[①]误认公孙瓒为英雄，今观所为，亦袁绍等辈耳。"玄德曰："公且屈身事之，相见有日。"洒泪而别。

却说袁术在南阳，闻袁绍新得冀州，遣使来求马千匹，绍不与，术怒。自此，兄弟不睦。又遣使往荆州，问刘表借粮二十万，表亦不与。术恨之，密遣人遗书于孙坚，使伐刘表。其书略曰：

> 前者刘表截路，乃吾兄本初之谋也。今本初又与表私议，欲袭江东。公可速兴兵伐刘表，吾为公取本初，二仇可报。公取荆州，吾取冀州，切勿误也。

坚得书曰："叵耐[②]刘表昔日断吾归路，今不乘时报恨，更待何

① 曩（nǎng）日——昔日，从前，过去，已往。

② 叵（pǒ）耐——"不可"二字的合音。意谓不可忍受，受不了，相当于可恨，可恶。

年！”聚帐下程普、黄盖、韩当等商议。程普曰：“袁术多诈，未可准信。”坚曰：“吾自欲报仇，岂望袁术之助乎？”便差黄盖先来江边安排战船，多装军器粮草，大船装载战马，克日兴师。江中细作探知，来报刘表。表大惊，急聚文武将士商议。蒯良曰：“不必忧虑。可令黄祖部领江夏之兵为前驱，主公率荆襄之众为援。孙坚跨江涉湖而来，安能用武乎？”表然之，令黄祖设备，随后便起大军。

却说孙坚有四子，皆吴夫人所生：长子名策，字伯符；次子名权，字仲谋；三子名翊，字叔弼；四子名匡，字季佐。吴夫人之妹，即为孙坚次妻，亦生一子一女：子名朗，字早安；女名仁。坚又过房俞氏一子，名韶，字公礼。坚有一弟，名静，字幼台。坚临行，静引诸子列拜于马前而谏曰：“今董卓专权，天子懦弱，海内大乱，各霸一方。江东方稍宁，以一小恨而起重兵，非所宜也。愿兄详之。”坚曰：“弟勿多言。吾将纵横天下，有仇岂可不报？”长子孙策曰：“如父亲必欲往，儿愿随行。”坚许之，遂与策登舟，杀奔樊城。

黄祖伏弓弩手于江边，见船傍岸，乱箭俱发。坚令诸军不可轻动，只伏于船中来往诱之。一连三日，船数十次傍岸。黄祖军只顾放箭，箭已放尽。坚却拔船上所得之箭，约十数万。当日正值顺风，坚令军士一齐放箭。岸上支吾不住，只得退走。坚军登岸，程普、黄盖分兵两路，直取黄祖营寨；背后韩当驱兵大进：三面夹攻。黄祖大败，弃却樊城，走入邓城。

坚令黄盖守住船只，亲自统兵追袭。黄祖引军出迎，布阵于野。坚列成阵势，出马于门旗之下。孙策也全副披挂，挺枪立马于父侧。黄祖引二将出马：一个是江夏张虎，一个是襄阳陈生。黄祖扬鞭大骂：“江东鼠贼，安敢侵犯汉室宗亲境界？”便令张虎搦战；坚阵内韩当出迎。两骑相交，战三十馀合。陈生见张虎力怯，飞马来助。孙策望见，按住手中枪，扯弓搭箭，正射中陈生面门，应弦落马。张虎见陈生坠地，吃了一惊，措手不及，被韩当一刀，削去半个脑袋。程普纵马直来阵前捉黄祖。黄祖弃却头盔、战马，杂于步军内逃命。孙坚掩杀败军，直到汉水，命黄盖将船只进泊汉江。

黄祖聚败军，来见刘表，备言坚势不可当。表慌请蒯良商议。良曰："目今新败，兵无战心，只可深沟高垒，以避其锋；却潜令人求救于袁绍，此围自可解也。"蔡瑁曰："子柔之言，直拙计也。兵临城下，将至壕边，岂可束手待毙？某虽不才，愿请军出城，以决一战。"刘表许之。蔡瑁引军万馀，出襄阳城外，于岘山布阵。孙坚将得胜之兵，长驱大进。蔡瑁出马，坚曰："此人是刘表后妻之兄也，谁与吾擒之？"程普挺铁脊矛出马，与蔡瑁交战，不到数合，蔡瑁败走。坚驱大军，杀得尸横遍野。蔡瑁逃入襄阳。蒯良言瑁不听良策，以致大败，按军法当斩。刘表以新娶其妹，不肯加刑。

却说孙坚分兵四面，围住襄阳攻打。忽一日，狂风骤起，将中军"帅"字旗竿吹折。韩当曰："此非吉兆，可暂班师。"坚曰："吾屡战屡胜，取襄阳只在旦夕，岂可因风折旗竿，遽尔[1]罢兵？"遂不听韩当之言，攻城愈急。蒯良谓刘表曰："某夜观天象，见一将星[2]欲坠，以分野[3]度之，当应在孙坚。主公可速致书袁绍，求其相助。"刘表写书，问谁敢突围而出。健将吕公应声愿往。蒯良曰："汝既敢去，可听吾计：与汝军马五百，多带能射者冲出阵去，即奔岘山，他必引军来赶。汝分一百人上山，寻石子准备；一百人执弓弩伏于林中。但有追兵到时，不可径走，可盘旋曲折，引到埋伏之处，矢石俱发。若能取胜，放起连珠号炮，城中便出接

① 遽（jù）尔——忽然，突然。

② 将星——古人认为帝王将相均有天上的星宿与之相应，相应的星宿陨落，帝王将相也将死亡。将星就是与大将相应的星宿。

③ 分野——古人以天上十二星次的位置与地上十二区域相对应，在天上谓之"分星"，在地上谓之"分野"。认为地上将要发生的事情，均会在天上有所预兆。

应。如无追兵，不可放炮，趱程[①]而去。今夜月不甚明，黄昏便可出城。”吕公领了计策，拴束军马。黄昏时分，密开东门，引兵出城。

孙坚在帐中，忽闻喊声，急上马，引三十馀骑，出营来看。军士报说：“有一彪人马杀将出来，望岘山而去。”坚不报诸将，只引三十馀骑赶来。吕公已于山林丛杂去处，上下埋伏。坚马快，单骑独来，前军不远。坚大叫：“休走！”吕公勒回马，来战孙坚。交马只一合，吕公便走，闪入山路去。坚随后赶入，却不见了吕公。坚方欲上山，忽然一声锣响，山上石子乱下，林中乱箭齐发。坚体中石、箭，脑浆迸流，人马皆死于岘山之内，寿止三十七岁。

吕公截住三十骑，并皆杀尽，放起连珠号炮。城中黄祖、蒯越、蔡瑁分头引兵杀出，江东诸军大乱。黄盖听得喊声震天，引水军杀来，正迎着黄祖，战不两合，生擒黄祖。程普保着孙策，急待寻路，正遇吕公。程普纵马向前，战不到数合，一矛刺吕公于马下。两军大战，杀到天明，各自收军。刘表军自入城。

孙策回到汉水，方知父亲被乱箭射死，尸首已被刘表军士扛抬入城去了，放声大哭。众军俱号泣。策曰：“父尸在彼，安得回乡？”黄盖曰：“今活捉黄祖在此，得一人入城讲和，将黄祖去换主公尸首。”言未毕，军吏桓阶出曰：“某与刘表有旧，愿入城为使。”策许之。桓阶入城见刘表，具说其事。表曰：“文台尸首，吾已用棺木盛贮在此。可速放回黄祖，两家各罢兵，再休侵犯。”桓阶拜谢欲行，阶下蒯良出曰：“不可，不可。吾有一言，令江东诸军片甲不回。请先斩桓阶，然后用计。”正是：

追敌孙坚方殒命，求和桓阶又遭殃。

未知桓阶性命如何，且听下文分解。

---

① 趱（zǎn）程——加紧赶路。

第　八　回

王司徒巧使连环计　董太师大闹凤仪亭

却说蒯良曰："今孙坚已丧，其子皆幼。乘此虚弱之时，火速进军，江东一鼓可得。若还尸罢兵，容其养成气力，荆州之患也。"表曰："吾有黄祖在彼营中，安忍弃之？"良曰："舍一无谋黄祖而取江东，有何不可？"表曰："吾与黄祖心腹之交，舍之不义。"遂送桓阶回营，相约以孙坚尸换黄祖。

孙策送回黄祖，迎接灵柩，罢战回江东，葬父于曲阿之原。丧事已毕，引军居江都，招贤纳士，屈己待人，四方豪杰，渐渐投之，不在话下。

却说董卓在长安，闻孙坚已死，乃曰："吾除却一心腹之患也。"问："其子年几岁矣？"或答曰："十七岁。"卓遂不以为意。自此愈加骄横，自号为"尚父"[①]，出入僭[②]天子仪仗；封弟董旻为左将军、鄠侯，侄董璜为侍中，总领禁军；董氏宗族，不问长幼，皆封列侯。离长安城二百五十里，别筑郿坞，役民夫二十五万人筑之。其城郭高下厚薄，一如长安。内盖宫室、仓库，屯积二十年粮食，选民间少年美女八百人实其中，金玉、彩帛、珍珠堆积不知其数。家属都住在内。卓往来长安，或半月一回，或一月一回，公卿皆候送于横门[③]外。卓常设帐于路，与公卿聚饮。一日，

① 尚父——原为周武王对吕望（姜太公）的尊称，意为可尊崇的父辈。

② 僭（jiàn）——超越本分的行为。特指在下位者冒用上位者的名义、仪仗、器物。

③ 横门——汉代长安城门名，位于城北靠西。

卓出横门，百官皆送，卓留宴，适北地招安降卒数百人到。卓即命于座前，或断其手足，或凿其眼睛，或割其舌，或以大锅煮之。哀号之声震天，百官战栗失箸[①]，卓饮食谈笑自若。又一日，卓于省台大会百官，列坐两行。酒至数巡，吕布径入，向卓耳边言不数句，卓笑曰："原来如此。"命吕布于筵上揪司空张温下堂。百官失色。不多时，侍从将一红盘托张温头入献。百官魂不附体。卓笑曰："诸公勿惊。张温结连袁术，欲图害我，因使人寄书来，错下在吾儿奉先处，故斩之。公等无故，不必惊畏。"众官唯唯而散。

司徒王允归到府中，寻思今日席间之事，坐不安席。至夜深月明，策杖[②]步入后园，立于荼蘼架侧，仰天垂泪。忽闻有人在牡丹亭畔长吁短叹。允潜步窥之，乃府中歌伎貂蝉也。其女自幼选入府中，教以歌舞，年方二八，色伎俱佳，允以亲女待之。是夜允听良久，喝曰："贱人将有私情耶？"貂蝉惊，跪答曰："贱妾安敢有私？"允曰："汝无所私，何夜深于此长叹？"蝉曰："容妾伸肺腑之言。"允曰："汝勿隐匿，当实告我。"蝉曰："妾蒙大人恩养，训习歌舞，优礼相待，妾虽粉身碎骨，莫报万一。近见大人两眉愁锁，必有国家大事，又不敢问。今晚又见行坐不安，因此长叹，不想为大人窥见。倘有用妾之处，万死不辞。"允以杖击地曰："谁想汉天下却在汝手中耶！随我到画阁中来。"

貂蝉跟允到阁中，允尽叱出妇妾，纳貂蝉于座，叩头便拜。貂蝉惊伏于地曰："大人何故如此？"允曰："汝可怜汉天下生灵。"言讫，泪如泉涌。貂蝉曰："适间贱妾曾言，但有使令，万死不辞。"允跪而言曰："百姓有倒悬之危，君臣有累卵之急，非汝不能救也。贼臣董卓将欲篡位，朝中文武无计可施。董卓有一义儿，姓吕名布，骁勇异常。我观二人皆好色之徒，今欲用连环计：先将

---

① 失箸——因恐惧而不由自主地掉了手中的筷子。箸：亦作"筯"。筷子。

② 策杖——拄着拐杖。策：这里作动词用，意谓拄着。

汝许嫁吕布，后献与董卓。汝于中取便，谍间他父子反颜[①]，令布杀卓，以绝大恶。重扶社稷，再立江山，皆汝之力也。不知汝意若何？”貂蝉曰：“妾许大人万死不辞，望即献妾与彼，妾自有道理。”允曰：“事若泄漏，我灭门矣！”貂蝉曰：“大人勿忧。妾若不报大义，死于万刃之下！”允拜谢。

次日，便将家藏明珠数颗，令良匠嵌造金冠一顶，使人密送吕布。布大喜，亲到王允宅致谢。允预备嘉肴美馔，候吕布至，允出门迎迓，接入后堂，延之上坐。布曰：“吕布乃相府一将，司徒是朝廷大臣，何故错敬[②]？”允曰：“方今天下别无英雄，惟有将军耳。允非敬将军之职，敬将军之才也。”布大喜。允殷勤敬酒，口称董太师并布之德不绝。布大笑畅饮。允叱退左右，只留侍妾数人劝酒。

酒至半酣，允曰：“唤孩儿来。”少顷，二青衣引貂蝉艳妆而出。布惊问何人，允曰：“小女貂蝉也。允蒙将军错爱，不异至亲，故令其与将军相见。”便命貂蝉与吕布把盏。貂蝉送酒与布，两下眉来眼去。允佯醉曰：“孩儿央及将军痛饮几杯，吾一家全靠着将军哩。”布请貂蝉坐，貂蝉假意欲入。允曰：“将军吾之至友，孩儿便坐何妨？”貂蝉便坐于允侧。吕布目不转睛的看。又饮数杯，允指蝉谓布曰：“吾欲将此女送与将军为妾，还肯纳否？”布出席谢曰：“若得如此，布当效犬马之报。”允曰：“早晚选一良辰，送至府中。”布欣喜无限，频以目视貂蝉；貂蝉亦以秋波送情。少顷席散，允曰：“本欲留将军止宿，恐太师见疑。”布再三拜谢而去。

过了数日，允在朝堂见了董卓，趁吕布不在侧，伏地拜请曰：“允欲屈太师车骑，到草舍赴宴，未审钧意若何？”卓曰：“司徒

---

① 谍间——伺机离间。谍：伺机，等待机会。间：离间。反颜——翻脸为仇。

② 错敬——不该如此恭敬。错：不该如此。

见招，即当趋赴。”允拜谢归家，水陆毕陈[1]，于前厅正中设座，锦绣铺地，内外各设帏幔。次日晌午，董卓来到。允具朝服出迎，再拜起居[2]。卓下车，左右持戟甲士百馀，簇拥入堂，分列两旁。允于堂下再拜，卓命扶上，赐坐于侧。允曰：“太师盛德巍巍，伊、周[3]不能及也。”卓大喜。进酒作乐，允极其致敬。天晚酒酣，允请卓入后堂。卓叱退甲士。允捧觞称贺曰：“允自幼颇习天文，夜观乾象[4]，汉家气数已尽。太师功德振于天下，若舜之受尧，禹之继舜[5]，正合天心人意。”卓曰：“安敢望此？”允曰：“自古‘有道伐无道，无德让有德’，岂过分乎！”卓笑曰：“若果天命归我，司徒当为元勋。”允拜谢。

堂中点上画烛，止留女使进酒供食。允曰：“教坊[6]之乐，不足供奉。偶有家伎，敢使承应。”卓曰：“甚妙。”允教放下帘栊，笙簧缭绕，簇捧貂蝉舞于帘外。有词赞之曰：

> 原是昭阳宫里人，惊鸿宛转掌中身。只疑飞过洞庭春。　　按彻梁州莲步稳，好花风袅一枝新。画堂香暖不胜春。

又诗曰：

> 红牙催拍燕飞忙，一片行云到画堂。
> 眉黛促成游子恨，脸容初断故人肠。
> 榆钱不买千金笑，柳带何须百宝妆。

---

① 水陆毕陈——形容宴席上摆放的山珍（陆）海味（水）一应俱全。毕：俱全，齐备。陈：摆放，陈列。

② 再拜起居——再拜：古代礼节之一。拜了又拜，表示恭敬。起居：请安问好。

③ 伊、周——伊：即伊尹，商（殷）朝贤臣。周：即周公，姓姬名旦，周朝贤臣，曾助周武王灭商（殷），并辅佐周成王治国。

④ 乾象——乾为八卦之一。《周易·说卦》：“乾，天也。”故乾象即天象，也就是天上日月星辰运行变化的景象。古人以为天象与人事有关，因而观察天象可以预知人事。

⑤ 舜之受尧，禹之继舜——即尧帝禅让君位于舜，舜帝禅让君位于禹。这里是将董卓比作舜、禹这两位圣人，以说明由董卓继承汉位顺理成章。

⑥ 教坊——古代专管宫廷音乐的官署名。唐代始有，这里是作者借用，代指官府音乐。

舞罢隔帘偷目送，不知谁是楚襄王。

舞罢，卓命近前。貂蝉转入帘内，深深再拜。卓见貂蝉颜色美丽，便问："此女何人？"允曰："歌伎貂蝉也。"卓曰："能唱否？"允命貂蝉执檀板低讴一曲。正是：

一点樱桃启绛唇，两行碎玉喷阳春。

丁香舌吐衠钢剑，要斩奸邪乱国臣。

卓称赏不已。允命貂蝉把盏。卓擎杯问曰："青春几何？"貂蝉曰："贱妾年方二八。"卓笑曰："真神仙中人也。"允起曰："允欲将此女献上太师，未审肯容纳否？"卓曰："如此见惠，何以报德？"允曰："此女得侍太师，其福不浅。"卓再三称谢。允即命备毡车[①]，先将貂蝉送到相府。卓亦起身告辞。允亲送董卓直到相府，然后辞回。

乘马而行，不到半路，只见两行红灯照道，吕布骑马执戟而来，正与王允撞见，便勒住马，一把揪住衣襟，厉声问曰："司徒既以貂蝉许我，今又送与太师，何相戏耶？"允急止之曰："此非说话处，且请到草舍去。"布同允到家，下马入后堂。叙礼毕，允曰："将军何故怪老夫？"布曰："有人报我，说你把毡车送貂蝉入相府，是何意故？"允曰："将军原来不知。昨日太师在朝堂中对老夫说：'我有一事，明日要到你家。'允因此准备小宴等候。太师饮酒中间说：'我闻你有一女，名唤貂蝉，已许吾儿奉先。我恐你言未准，特来相求，并请一见。'老夫不敢有违，随引貂蝉出拜公公。太师曰：'今日良辰，吾即当取此女回去，配与奉先。'将军试思：太师亲临，老夫焉敢推阻？"布曰："司徒少罪。布一时错见，来日自当负荆。"允曰："小女颇有妆奁，待过将军府下，便当送至。"布谢去。

次日，吕布在府中打听，绝不闻音耗。径入堂中，寻问诸侍

① 毡车——以毛毡为篷的车子。因其暖和，多在冬天乘坐。

妾。侍妾对曰："夜来太师与新人共寝，至今未起。"布大怒，潜入卓卧房后窥探。时貂蝉起于窗下梳头，忽见窗外池中照一人影，极长大，头戴束发冠。偷眼视之，正是吕布。貂蝉故蹙双眉，做忧愁不乐之态，复以香罗频拭眼泪。吕布窥视良久，乃出；少顷，又入。卓已坐于中堂，见布来，问曰："外面无事乎？"布曰："无事。"侍立卓侧。卓方食，布偷目窃望，见绣帘内一女子往来观觑，微露半面，以目送情。布知是貂蝉，神魂飘荡。卓见布如此光景，心中疑忌，曰："奉先无事且退。"布怏怏而出。

董卓自纳貂蝉后，为色所迷，月馀不出理事。卓偶染小疾，貂蝉衣不解带，曲意逢迎，卓心愈喜。吕布入内问安，正值卓睡。貂蝉于床后探半身望布，以手指心，又以手指董卓，挥泪不止。布心如碎。卓矇眬双目，见布注视床后，目不转睛。回身一看，见貂蝉立于床后。卓大怒，叱布曰："汝敢戏吾爱姬耶？"唤左右逐出，今后不许入堂。吕布怒恨而归，路遇李儒，告知其故。儒急入见卓曰："太师欲取天下，何故以小过见责温侯？倘彼心变，大事去矣。"卓曰："奈何？"儒曰："来朝唤入，赐以金帛，好言慰之，自然无事。"卓依言。次日，使人唤布入堂，慰之曰："吾前日病中，心神恍惚，误言伤汝，汝勿记心。"随赐金十斤，锦二十匹。布谢归，然身虽在卓左右，心实系念貂蝉。

卓疾既愈，入朝议事。布执戟相随，见卓与献帝共谈，便乘间提戟出内门，上马径投相府来，系马府前，提戟入后堂，寻见貂蝉。蝉曰："汝可去后园中凤仪亭边等我。"布提戟径往，立于亭下曲栏之旁。良久，见貂蝉分花拂柳而来，果然如月宫仙子。泣谓布曰："我虽非王司徒亲女，然待之如己出。自见将军，许侍箕帚[1]，妾已生平愿足。谁想太师起不良之心，将妾淫污。妾恨不

① 许侍箕帚——意谓许配给你做妻妾。许：许配。侍箕帚：即从事服侍、洒扫等家务活，意谓做妻妾。

即死，止因未与将军一诀，故且忍辱偷生。今幸得见，妾愿毕矣。此身已污，不得复事英雄，愿死于君前，以明妾志。”言讫，手攀曲栏，望荷花池便跳。吕布慌忙抱住，泣曰：“我知汝心久矣，只恨不能共语。”貂蝉手扯布曰：“妾今生不能与君为妻，愿相期于来世。”布曰：“我今生不能以汝为妻，非英雄也。”蝉曰：“妾度日如年，愿君怜而救之。”布曰：“我今偷空而来，恐老贼见疑，必当速去。”蝉牵其衣曰：“君如此惧怕老贼，妾身无见天日之期矣。”布立住曰：“容我徐图良策。”语罢，提戟欲去。貂蝉曰：“妾在深闺，闻将军之名，如雷贯耳，以为当世一人而已，谁想反受他人之制乎？”言讫，泪下如雨。布羞惭满面，重复倚戟，回身搂抱貂蝉，用好言安慰。两个偎偎倚倚，不忍相离。

却说董卓在殿上，回头不见吕布，心中怀疑，连忙辞了献帝，登车回府，见布马系于府前。问门吏，吏答曰：“温侯入后堂去了。”卓叱退左右，径入后堂中，寻觅不见；唤貂蝉，蝉亦不见。急问侍妾，侍妾曰：“貂蝉在后园看花。”卓寻入后园，正见吕布和貂蝉在凤仪亭下共语，画戟倚在一边。卓怒，大喝一声。布见卓至，大惊，回身便走。卓抢了画戟，挺着赶来。吕布走得快，卓肥胖赶不上，掷戟刺布。布打戟落地。卓拾戟再赶，布已走远。卓赶出园门，一人飞奔前来，与卓胸膛相撞，卓倒于地。正是：

冲天怒气高千丈，仆地肥躯做一堆。

未知此人是谁，且听下文分解。

第　九　回

除暴凶吕布助司徒　犯长安李傕听贾诩

却说那撞倒董卓的人，正是李儒。当下李儒扶起董卓，至书院中坐定。卓曰："汝为何来此？"儒曰："儒适至府门，知太师怒入后园，寻问吕布，因急走来，正遇吕布奔走，云：'太师杀我。'儒慌赶入园中劝解，不意误撞恩相，死罪，死罪！"卓曰："叵耐逆贼戏吾爱姬，誓必杀之！"儒曰："恩相差矣。昔楚庄王绝缨之会，不究戏爱姬之蒋雄，后为秦兵所困，得其死力相救①。今貂蝉不过一女子，而吕布乃太师心腹猛将也。太师若就此机会，以蝉赐布，布感大恩，必以死报太师。太师请自三思。"卓沉吟良久曰："汝言亦是，我当思之。"儒谢而出。

卓入后堂，唤貂蝉问曰："汝何与吕布私通耶？"蝉泣曰："妾在后园看花，吕布突至。妾方惊避，布曰：'我乃太师之子，何必相避？'提戟赶妾至凤仪亭。妾见其心不良，恐为所逼，欲投荷池自尽，却被这厮抱住。正在生死之间，得太师来，救了性命。"董卓曰："我今将汝赐与吕布，何如？"貂蝉大惊，哭曰："妾身已事贵人，今忽欲下赐家奴，妾宁死不辱！"遂掣壁间宝剑欲自刎。卓慌夺剑，拥抱曰："吾戏汝。"貂蝉倒于卓怀，掩面大哭曰："此

① "楚庄王绝缨之会"四句——事见汉代刘向《说苑·复恩》：一次楚庄王大宴群臣，日暮酒酣，烛火忽灭。有人乘昏暗之际，手牵庄王妃之衣。妃拉断其冠缨，并请庄王命人燃烛，查究断缨者。庄王却令群臣皆断缨，然后燃烛，尽欢而散。三年后，楚、晋交战，一将奋勇杀敌，楚军大胜。庄王问之，才知此将即手牵妃衣之人，因感庄王之恩，以此相报。"绝缨"遂成宽厚待人之典。

必李儒之计也。儒与布交厚，故设此计，却不顾惜太师体面与贱妾性命。妾当生噬其肉！”卓曰：“吾安忍舍汝耶？”蝉曰：“虽蒙太师怜爱，但恐此处不宜久居，必被吕布所害。”卓曰：“吾明日和你归郿坞去，同受快乐，慎勿忧疑。”蝉方收泪拜谢。

次日，李儒入见曰：“今日良辰，可将貂蝉送与吕布。”卓曰：“布与我有父子之分，不便赐与。我只不究其罪。汝传我意，以好言慰之可也。”儒曰：“太师不可为妇人所惑。”卓变色曰：“汝之妻肯与吕布否？貂蝉之事，再勿多言，言则必斩！”李儒出，仰天叹曰：“吾等皆死于妇人之手矣！”后人读书至此，有诗叹之曰：

司徒妙算托红裙，不用干戈不用兵。

三战虎牢徒费力，凯歌却奏凤仪亭。

董卓即日下令还郿坞，百官俱拜送。貂蝉在车上，遥见吕布于稠人之内，眼望车中。貂蝉虚掩其面，如痛哭之状。车已去远，布缓辔于土冈之上，眼望车尘，叹惜痛恨。忽闻背后一人问曰：“温侯何不从太师去，乃在此遥望而发叹？”布视之，乃司徒王允也。相见毕，允曰：“老夫日来因染微恙[①]，闭门不出，故久未得与将军一见。今日太师驾归郿坞，只得扶病出送，却喜得晤将军。请问将军，为何在此长叹？”布曰：“正为公女耳。”允佯惊曰：“许多时尚未与将军耶？”布曰：“老贼自宠幸久矣。”允佯大惊曰：“不信有此事。”布将前事一一告允。允仰面跌足，半晌不语，良久乃言曰：“不意太师作此禽兽之行！”因挽布手曰：“且到寒舍商议。”

布随允归，允延入密室，置酒款待。布又将凤仪亭相遇之事，细述一遍。允曰：“太师淫吾之女，夺将军之妻，诚为天下耻笑：非笑太师，笑允与将军耳！然允老迈无能之辈，不足为道；可惜将军盖世英雄，亦受此污辱也。”布怒气冲天，拍案大叫。允急曰：“老

① 微恙——小病。

夫失语，将军息怒。”布曰：“誓当杀此老贼，以雪吾耻！”允急掩其口曰：“将军勿言，恐累及老夫。”布曰：“大丈夫生居天地间，岂能郁郁久居人下？”允曰：“以将军之才，诚非董太师所可限制。”布曰：“吾欲杀此老贼，奈是父子之情，恐惹后人议论。”允微笑曰：“将军自姓吕，太师自姓董。掷戟之时，岂有父子情耶？”布奋然曰：“非司徒言，布几自误。”允见其意已决，便说之曰：“将军若扶汉室，乃忠臣也，青史传名，流芳百世；将军若助董卓，乃反臣也，载之史笔，遗臭万年。”布避席下拜曰：“布意已决，司徒勿疑。”允曰：“但恐事或不成，反招大祸。”布拔带刀，刺臂出血为誓。允跪谢曰：“汉祀不斩[①]，皆出将军之赐也。切勿泄漏，临期有计，自当相报。”布慨诺而去。

允即请仆射士孙瑞、司隶校尉黄琬商议。瑞曰：“方今主上有疾新愈，可遣一能言之人，往郿坞请卓议事；一面以天子密诏付吕布，使伏甲兵于朝门之内，引卓入诛之。此上策也。”琬曰：“何人敢去？”瑞曰：“吕布同郡骑都尉李肃，以董卓不迁其官，甚是怀怨。若令此人去，卓必不疑。”允曰：“善。”请吕布共议，布曰：“昔日劝吾杀丁建阳，亦此人也。今若不去，吾先斩之。”使人密请肃至，布曰：“昔日公说布，使杀丁建阳而投董卓。今卓上欺天子，下虐生灵，罪恶贯盈，人神共愤。公可传天子诏往郿坞，宣卓入朝，伏兵诛之，力扶汉室，共作忠臣。尊意若何？”肃曰：“我亦欲除此贼久矣，恨无同心者耳。今将军若此，是天赐也，肃岂敢有二心！”遂折箭为誓。允曰：“公若能干此事，何患不得显官？”

次日，李肃引十数骑，前到郿坞。人报天子有诏，卓教唤入。李肃入拜，卓曰：“天子有何诏？”肃曰：“天子病体新痊，欲会文武于未央殿，议将禅位于太师，故有此诏。”卓曰：“王允之意若何？”肃曰：“王司徒已命人筑受禅台，只等主公到来。”卓大喜

① 汉祀不斩——即汉朝统治者刘氏的香火不绝。意谓汉朝得以不灭。斩：断绝。

曰:“吾夜梦一龙罩身，今日果得此喜信。时哉不可失！”便命心腹将李傕、郭汜、张济、樊稠四人领飞熊军三千守郿坞，自己即日排驾回京，顾谓李肃曰:“吾为帝，汝当为执金吾。”肃拜谢称臣。卓入辞其母。母时年九十馀矣，问曰:“吾儿何往？”卓曰:“儿将往受汉禅，母亲早晚为太后也。”母曰:“吾近日肉颤心惊，恐非吉兆。”卓曰:“将为国母，岂不预有惊报？”遂辞母而行。临行，谓貂蝉曰:“吾为天子，当立汝为贵妃。”貂蝉已明知就里，假作欢喜拜谢。

卓出坞上车，前遮后拥，望长安来。行不到三十里，所乘之车忽折一轮，卓下车乘马。又行不到十里，那马咆哮嘶喊，掣断辔头。卓问肃曰:“车折轮，马断辔，其兆若何？”肃曰:“乃太师应绍汉禅[①]，弃旧换新，将乘玉辇金鞍之兆也。”卓喜而信其言。次日正行间，忽然狂风骤起，昏雾蔽天。卓问肃曰:“此何祥[②]也？”肃曰:“主公登龙位，必有红光紫雾，以壮天威耳。”卓又喜而不疑。既至城外，百官俱出迎接。只有李儒抱病在家，不能出迎。卓进至相府，吕布入贺。卓曰:“吾登九五，汝当总督天下兵马。”布拜谢，就帐前歇宿。是夜有十数小儿于郊外作歌，风吹歌声入帐。歌曰:“千里草，何青青。十日卜，不得生[③]。”歌声悲切。卓问李肃曰:“童谣主何吉凶？”肃曰:“亦只是言刘氏灭、董氏兴之意。”

次日侵晨[④]，董卓摆列仪从入朝，忽见一道人，青袍白巾，手执长竿，上缚布一丈，两头各书一“口”字[⑤]。卓问肃曰:“此道

① 绍汉禅——继承汉朝天下。绍:承继。汉禅:汉家（刘氏）让出帝位来。

② 祥——预兆。

③ “千里草”四句——“千里草”即“董”字，“十日卜”即“卓”字。这四句意谓董卓将活不成了。

④ 侵晨——拂晓，黎明。侵:临近，接近。

⑤ “手执长竿”三句——即暗示吕布将用长戟杀董卓。

人何意？”肃曰：“乃心恙[①]之人也。”呼将士驱去。卓进朝，群臣各具朝服，迎谒于道。李肃手执宝剑扶车而行。到北掖门，军兵尽挡在门外，独有御车二十馀人同入。董卓遥见王允等各执宝剑立于殿门，惊问肃曰：“持剑是何意？”肃不应，推车直入。王允大呼曰：“反贼至此，武士何在？”两旁转出百馀人，持戟挺槊刺之。卓裹甲[②]不入，伤臂坠车，大呼曰：“吾儿奉先何在？”吕布从车后厉声出曰：“有诏讨贼！”一戟直刺咽喉。李肃早割头在手。吕布左手持戟，右手怀中取诏，大呼曰：“奉诏讨贼臣董卓，其馀不问。”将吏皆呼万岁。后人有诗叹董卓曰：

霸业成时为帝王，不成且作富家郎。
谁知天意无私曲，郿坞方成已灭亡。

却说当下吕布大呼曰：“助卓为虐者，皆李儒也，谁可擒之？”李肃应声愿往。忽听朝门外发喊，人报李儒家奴已将李儒绑缚来献。王允命缚赴市曹[③]斩之，又将董卓尸首号令通衢[④]。卓尸肥胖，看尸军士以火置其脐中为灯，膏流满地。百姓过者，莫不手掷其头，足践其尸。王允又命吕布同皇甫嵩、李肃领兵五万，至郿坞抄籍[⑤]董卓家产、人口。

却说李傕、郭汜、张济、樊稠闻董卓已死，吕布将至，便引了飞熊军连夜奔凉州去了。吕布至郿坞，先取了貂蝉。皇甫嵩命将坞中所藏良家子女尽行释放。但系董卓亲属，不分老幼，悉皆诛戮。卓母亦被杀。卓弟董旻、侄董璜皆斩首号令。收籍坞中所蓄黄金数十万，白金[⑥]数百万，绮罗、珠宝、器皿、粮食不计其数。回报王允。允乃大犒军士，设宴于都堂，召集众官，酌酒称庆。

---

① 心恙——即心病，也就是精神病。
② 裹甲——穿在长袍里面的护身软甲。
③ 市曹——闹市，城中最繁华的地方。古时多在市曹行刑，以扩大震慑作用。
④ 号令通衢——这里是指将董卓尸体置于交通要道示众，并张贴告示张扬其罪行。
⑤ 抄籍——抄家并登记、没收家产入官。
⑥ 白金——银子的别称。

正饮宴间，忽人报曰："董卓暴尸于市，忽有一人伏其尸而大哭。"允怒曰："董卓伏诛，士民莫不称贺；此何人，独敢哭耶？"遂唤武士："与吾擒来。"须臾擒至，众官见之，无不惊骇，原来那人不是别人，乃侍中蔡邕也。允叱曰："董卓逆贼，今日伏诛，国之大幸。汝为汉臣，乃不为国庆，反为贼哭，何也？"邕伏罪曰："邕虽不才，亦知大义，岂肯背国而向卓？只因一时知遇之感，不觉为之一哭。自知罪大，愿公见原：倘得黥首刖足[①]，使续成汉史，以赎其辜，邕之幸也。"众官惜邕之才，皆力救之。太傅马日磾亦密谓允曰："伯喈旷世逸才，若使续成汉史，诚为盛事。且其孝行素著，若遽杀之，恐失人望。"允曰："昔孝武不杀司马迁，后使作史，遂致谤书流于后世。方今国运衰微，朝政错乱，不可令佞臣执笔于幼主左右，使吾等蒙其讪议也。"日磾无言而退，私谓众官曰："王允其无后[②]乎？善人，国之纪也；制作，国之典也。灭纪废典，岂能久乎[③]？"当下王允不听马日磾之言，命将蔡邕下狱中缢死。一时士大夫闻者，尽为流涕。后人论蔡邕之哭董卓，固自不是；允之杀之，亦为已甚。有诗叹曰：

董卓专权肆不仁，侍中何自竟亡身？
当时诸葛隆中卧，安肯轻身事乱臣。

且说李傕、郭汜、张济、樊稠逃居陕西，使人至长安上表求赦。王允曰："卓之跋扈，皆此四人助之。今虽大赦天下，独不赦此四人。"使者回报李傕，傕曰："求赦不得，各自逃生可也。"谋士贾诩曰："诸君若弃军单行，则一亭长能缚君矣。不若诱集陕人，并本部军马，杀入长安，与董卓报仇。事济，奉朝廷以正天下；若

① 黥（qíng）首刖（yuè）足——古代的两种刑罚。黥首：即在犯人的额头刺字，使其终身受辱。刖足：即砍掉犯人的脚，使其不能再犯罪。

② 无后——即绝后，断子绝孙。

③ "善人"六句——意谓德才兼备的人为国家的栋梁，史书是国家的重要典籍，因此王允杀蔡邕就是"灭纪废典"的行为，当权不可能很久。

其不胜，走亦未迟。”傕等然其说，遂流言于西凉州曰：“王允将欲洗荡[①]此方之人矣。”众皆惊惶。乃复扬言曰：“徒死无益，能从我反乎？”众皆愿从。于是聚众十馀万，分作四路，杀奔长安来。路逢董卓女婿、中郎将牛辅引军五千人，欲去与丈人报仇，李傕便与合兵，使为前驱。四人陆续进发。

王允听知西凉兵来，与吕布商议。布曰：“司徒放心。量此鼠辈，何足数[②]。”遂引李肃将兵出敌。肃当先迎战，正与牛辅相遇，大杀一阵。牛辅抵敌不过，败阵而去。不想是夜二更，牛辅乘肃不备，竟来劫寨。肃军乱窜，败走三十馀里，折军大半，来见吕布。布大怒曰：“汝何挫吾锐气！”遂斩李肃，悬头军门。

次日，吕布进兵，与牛辅对敌。量牛辅如何敌得吕布，仍复大败而走。是夜牛辅唤心腹人胡赤儿，商议曰：“吕布骁勇，万不能敌。不如瞒了李傕等四人，暗藏金珠，与亲随三五人，弃军而去。”胡赤儿应允。是夜收拾金珠，弃营而走，随行者三四人。将渡一河，赤儿欲谋取金珠，竟杀死牛辅，将头来献吕布。布问起情由，从人出首：“胡赤儿谋杀牛辅，夺其金宝。”布怒，即将赤儿诛杀。

领军前进，正迎着李傕军马。吕布不等他列阵，便挺戟跃马，麾军直冲过来。傕军不能抵当，退走五十馀里，依山下寨，请郭汜、张济、樊稠共议曰：“吕布虽勇，然而无谋，不足为虑。我引军守住谷口，每日诱他厮杀；郭将军可领军抄击其后，效彭越挠楚之法[③]，鸣金进兵，擂鼓收兵；张、樊二公，却分兵两路，径取长安。彼首尾不能救应，必然大败。”众用其计。

却说吕布勒兵到山下，李傕引军搦战。布忿怒，冲杀过去，

---

① 洗荡——扫荡，抢光杀尽。

② 何足数——即算不了什么，不值一提。

③ 彭越挠楚之法——事见《史记·魏豹彭越列传》：彭越为秦末汉初人，当刘邦与项羽争霸天下时，率兵归附刘邦，并以游击战的方式骚扰攻击楚军，帮助刘邦消灭了项羽，被封为梁王。挠：扰乱。

傕退走上山。山上矢石如雨，布军不能进。忽报郭汜在阵后杀来，布急回战，只闻鼓声大震，汜军已退。布方欲收军，锣声响处，傕军又来。未及对敌，背后郭汜又领军杀到。及至吕布来时，却又擂鼓收军去了。激得吕布怒气填胸。一连如此几日，欲战不得，欲止不得。正在恼怒，忽然飞马报来说："张济、樊稠两路军马竟犯长安，京城危急。"布急领军回，背后李傕、郭汜杀来。布无心恋战，只顾奔走，折了好些人马。比及到长安城下，贼兵云屯雨集，围定城池，布军与战不利。军士畏吕布暴厉，多有降贼者，布心甚忧。

数日之后，董卓馀党李蒙、王方在城中为贼内应，偷开城门，四路贼军一齐拥入。吕布左冲右突，拦挡不住，引数百骑，往青琐门外，呼王允曰："势急矣！请司徒上马，同出关去，别图良策。"允曰："若蒙社稷之灵，得安国家，吾之愿也；若不获已，则允奉身以死。临难苟免[①]，吾不为也。为我谢关东诸公，努力以国家为念。"吕布再三相劝，王允只是不肯去。不一时，各门火焰竟天，吕布只得弃却家小，引百馀骑飞奔出关，投袁术去了。

李傕、郭汜纵兵大掠。太常卿种拂、太仆鲁馗、大鸿胪周奂、城门校尉崔烈、越骑校尉王颀皆死于国难。贼兵围绕内庭至急，侍臣请天子上宣平门止乱。李傕等望见黄盖[②]，约住军士，口呼"万岁"。献帝倚楼问曰："卿不候奏请，辄入长安，意欲何为？"李傕、郭汜仰面奏曰："董太师乃陛下社稷之臣，无端被王允谋杀，臣等特来报仇，非敢造反。但见王允，臣便退兵。"王允时在帝侧，闻知此言，奏曰："臣本为社稷计。事已至此，陛下不可惜臣，以误国家。臣请下见二贼。"帝徘徊不忍。允自宣平门楼上跳下楼去，大呼曰："王允在此！"李傕、郭汜拔剑叱曰："董太师何罪而

① 苟免——以非光明正大的办法求得免祸。

② 黄盖——皇帝专用的黄伞或车盖（篷）。这里指前者。

见杀？”允曰：“董贼之罪，弥天亘地，不可胜言。受诛之日，长安士民皆相庆贺，汝独不闻乎？”傕、汜曰：“太师有罪，我等何罪，不肯相赦？”王允大骂：“逆贼何必多言！我王允今日有死而已！”二贼手起，把王允杀于楼下。史官有诗赞曰：

王允运机筹，奸臣董卓休。
心怀家国恨，眉锁庙堂忧。
英气连霄汉，忠诚贯斗牛。
至今魂与魄，犹绕凤凰楼。

众贼杀了王允，一面又差人将王允宗族老幼，尽行杀害。士民无不下泪。

当下李傕、郭汜寻思曰：“既到这里，不杀天子谋大事，更待何时？”便持剑大呼，杀入内来。正是：

巨魁伏罪灾方息，从贼纵横祸又来。

未知献帝性命如何，且听下文分解。

第　十　回

勤王室马腾举义　报父仇曹操兴师

却说李、郭二贼欲弑献帝，张济、樊稠谏曰："不可。今日若便杀之，恐众人不服；不如仍旧奉之为主，赚诸侯入关，先去其羽翼，然后杀之，天下可图也。"李、郭二人从其言，按住兵器。帝在楼上宣谕曰："王允既诛，军马何故不退？"李傕、郭汜曰："臣等有功王室，未蒙赐爵，故不敢退军。"帝曰："卿欲封何爵？"李、郭、张、樊四人各自写职衔献上，勒要如此官品。帝只得从之：封李傕为车骑将军、池阳侯，领司隶校尉，假节钺[1]；郭汜为后将军、美阳侯，假节钺：同秉朝政。樊稠为右将军、万年侯，张济为骠骑将军、平阳侯：领兵屯弘农。其馀李蒙、王方等各为校尉。然后谢恩，领兵出城。又下令追寻董卓尸首，获得些零碎皮骨，以香木雕成形体，安凑停当，大设祭祀，用王者衣冠、棺椁，选择吉日，迁葬郿坞。临葬之期，天降大雷雨，平地水深数尺，霹雳震开其棺，尸首提出棺外。李傕候晴再葬，是夜又复如是。三次改葬，皆不能葬，零皮碎骨，悉为雷火消灭。天之怒卓，可谓甚矣！

且说李傕、郭汜既掌大权，残虐百姓；密遣心腹侍帝左右，观其动静。献帝此时，举动荆棘[2]；朝廷官员，并由二贼升降。因采

---

① 假节钺——即皇帝授予将帅符节和黄钺，以增加其权力。假：授予（暂时借与）。因节和钺是君主权力的象征，故授予人臣使用称"假"。

② 举动荆棘——比喻皇帝生活在被监视和威胁的恶劣环境之中，一举一动都得格外小心谨慎，否则会招来被废乃至杀身之祸。

人望，特宣朱儁入朝，封为太仆，同领朝政。

一日，人报西凉太守马腾、并州刺史韩遂，二将引军十馀万，杀奔长安来，声言讨贼。原来二将先曾使人入长安，结连侍中马宇、谏议大夫种邵、左中郎将刘范三人为内应，共谋贼党。三人密奏献帝，封马腾为征西将军、韩遂为镇西将军，各受密诏，并力讨贼。当下李傕、郭汜、张济、樊稠闻二军将至，一同商议御敌之策。谋士贾诩曰："二军远来，只宜深沟高垒，坚守以拒之。不过百日，彼兵粮尽，必将自退。然后引兵追之，二将可擒矣。"李蒙、王方出曰："此非好计。愿借精兵万人，立斩马腾、韩遂之头，献于麾下[①]。"贾诩曰："今若即战，必当败绩。"李蒙、王方齐声曰："若吾二人败，情愿斩首；吾若战胜，公亦当输首级与我。"诩谓李傕、郭汜曰："长安西二百里盩厔山，其路险峻，可使张、樊两将军屯兵于此，坚壁守之，待李蒙、王方自引兵迎敌可也。"李傕、郭汜从其言，点一万五千人马与李蒙、王方。二人忻喜而去，离长安二百八十里下寨。

西凉兵到，两个引军迎去。西凉军马拦路摆开阵势，马腾、韩遂联辔[②]而出，指李蒙、王方骂曰："反国之贼！谁去擒之？"言未绝，只见一位少年将军，面如冠玉，眼若流星，虎体猿臂，彪腹狼腰，手执长枪，坐骑骏马，从阵中飞出。原来那将即马腾之子马超，字孟起，年方十七岁，英勇无敌。王方欺他年幼，跃马迎战。战不到数合，早被马超一枪刺于马下。马超勒马便回。李蒙见王方刺死，一骑马从马超背后赶来。超只做不知。马腾在阵门下大叫："背后有人追赶！"声犹未绝，只见马超已将李蒙擒在马上。原来马超明知李蒙追赶，却故意俄延；等他马近，举枪刺

① 麾下——这里是对将帅的敬称。麾：军中的指挥旗，引申为指挥之意，而将帅是指挥者，故称其为"麾下"。

② 联辔——并马。

来，超将身一闪，李蒙搠[1]个空，两马相并，被马超轻舒猿臂，生擒过去。军士无主，望风奔逃。马腾、韩遂乘势追杀，大获胜捷，直逼隘口下寨，把李蒙斩首号令。

李傕、郭汜听知李蒙、王方皆被马超杀了，方信贾诩有先见之明，重用其计，只理会紧守关防，由他搦战，并不出迎。果然西凉军未及两月，粮草俱乏，商议回军。恰好长安城中马宇家僮出首家主与刘范、种邵外连马腾、韩遂，欲为内应等情。李傕、郭汜大怒，尽收三家老少良贱斩于市，把三颗首级直来门前号令。马腾、韩遂见军粮已尽，内应又泄，只得拔寨退军。李傕、郭汜令张济引军赶马腾，樊稠引军赶韩遂，西凉军大败。马超在后死战，杀退张济。樊稠去赶韩遂，看看赶上，相近陈仓，韩遂勒马向樊稠曰："吾与公乃同乡之人，今日何太无情？"樊稠也勒住马答道："上命不可违。"韩遂曰："吾此来亦为国家耳，公何相逼之甚也？"樊稠听罢，拨转马头，收兵回寨，让韩遂去了。

不提防李傕之侄李别见樊稠放走韩遂，回报其叔。李傕大怒，便欲兴兵讨樊稠。贾诩曰："目今人心未宁，频动干戈，深为不便。不若设一宴，请张济、樊稠庆功，就席间擒稠斩之，毫不费力。"李傕大喜，便设宴请张济、樊稠。二将忻然赴宴。酒半阑[2]，李傕忽然变色曰："樊稠何故交通韩遂，欲谋造反？"稠大惊，未及回言，只见刀斧手拥出，早把樊稠斩首于案下。吓得张济俯伏于地。李傕扶起曰："樊稠谋反，故尔诛之。公乃吾之心腹，何须惊惧？"将樊稠军拨与张济管领。张济自回弘农去了。

李傕、郭汜自战败西凉兵，诸侯莫敢谁何[3]。贾诩屡劝抚安百姓，结纳贤豪。自是朝廷微有生意。不想青州黄巾又起，聚众数

---

① 搠（shuò）——刺，扎，捅。

② 半阑——将尽，即将结束。

③ 莫敢谁何——没有人敢把他怎么样。何：奈何。

十万，头目不等，劫掠良民。太仆朱儁保举一人，可破群贼。李傕、郭汜问是何人，朱儁曰："要破山东群贼，非曹孟德不可。"李傕曰："孟德今在何处？"儁曰："现为东郡太守，广有军兵。若命此人讨贼，贼可克日而破也。"李傕大喜，星夜草诏，差人赍往东郡，命曹操与济北相鲍信一同破贼。操领了圣旨，会同鲍信，一同兴兵，击贼于寿阳。鲍信杀入重地，为贼所害。操追赶贼兵，直到济北，降者数万。操即用贼为前驱，兵马到处，无不降顺。不过百馀日，招安到降兵三十馀万、男女百馀万口。操择精锐者，号为"青州兵"，其馀尽令归农。操自此威名日重。捷书报到长安，朝廷加曹操为镇东将军。

操在兖州，招贤纳士。有叔侄二人来投操：乃颍川颍阴人，姓荀名彧，字文若，荀绲之子也，旧事袁绍，今弃绍投操。操与语大悦，曰："此吾之子房也。"遂以为行军司马。其侄荀攸，字公达，海内名士，曾拜黄门侍郎，后弃官归乡，今与其叔同投曹操，操以为行军教授。荀彧曰："某闻兖州有一贤士，今此人不知何在。"操问是谁，彧曰："乃东郡东阿人，姓程名昱，字仲德。"操曰："吾亦闻名久矣。"遂遣人于乡中寻问，访得他在山中读书，操拜请之。程昱来见，曹操大喜。昱谓荀彧曰："某孤陋寡闻，不足当公之荐。公之乡人姓郭名嘉，字奉孝，乃当今贤士，何不罗而致[①]之？"彧猛省曰："吾几忘却。"遂启操，征聘郭嘉到兖州，共论天下之事。郭嘉荐光武嫡派子孙，淮南成德人，姓刘名晔，字子阳。操即聘晔至。晔又荐二人：一个是山阳昌邑人，姓满名宠，字伯宁；一个是武城人，姓吕名虔，字子恪。曹操亦素知这两个名誉，就聘为军中从事。满宠、吕虔共荐一人，乃陈留平丘人，姓毛名玠，字孝先。曹操亦聘为从事。

又有一将引军数百人，来投曹操，乃泰山巨平人，姓于名禁，

---

① 罗致——本义为用网捕鸟，引申为招揽人才。

字文则。操见其人弓马熟娴，武艺出众，命为点军司马。一日，夏侯惇引一大汉来见，操问何人，惇曰："此乃陈留人，姓典名韦，勇力过人。旧跟张邈，与帐下人不和，手杀数十人，逃窜山中。惇出射猎，见韦逐虎过涧，因收于军中。今特荐之于公。"操曰："吾观此人容貌魁梧，必有勇力。"惇曰："他曾为友报仇杀人，提头直出闹市，数百人不敢近。只今所使两枝铁戟，重八十斤，挟之上马，运使如飞。"操即令韦试之。韦挟戟骤马，往来驰骋。忽见帐下大旗为风所吹，岌岌欲倒，众军士挟持不定。韦下马，喝退众军，一手执定旗杆，立于风中，巍然不动。操曰："此古之恶来[①]也。"遂命为帐前都尉，解身上锦袄及骏马、雕鞍赐之。

自是曹操部下文有谋臣，武有猛将，威镇山东。乃遣泰山太守应劭，往琅琊郡取父曹嵩。嵩自陈留避难，隐居琅琊。当日接了书信，便与弟曹德及一家老小四十馀人，带从者百馀人，车百馀辆，径望兖州而来。道经徐州，太守陶谦，字恭祖，为人温厚纯笃，向欲结纳曹操，正无其由；知操父经过，遂出境迎接，再拜致敬，大设筵宴，款待两日。曹嵩要行，陶谦亲送出郭，特差都尉张闿将部兵五百护送。曹嵩率家小行到华、费[②]间，时夏末秋初，大雨骤至，只得投一古寺歇宿。寺僧接入。嵩安顿家小，命张闿将军马屯于两廊。众军衣装都被雨打湿，同声嗟怨。张闿唤手下头目于静处商议曰："我们本是黄巾馀党，勉强降顺陶谦，未有好处。如今曹家辎重车辆无数，你们欲得富贵不难，只就今夜三更，大家砍将入去，把曹嵩一家杀了，取了财物，同往山中落草[③]。此计何如？"众皆应允。是夜风雨未息，曹嵩正坐，忽闻四壁喊声大举。曹德提剑出看，就被搠死。曹嵩忙引一妾奔入方丈后，欲越墙而走，妾肥胖不能出，嵩慌急，与妾躲于厕中，被乱

① 恶来——商纣王的臣子，以勇力著称。

② 华、费——即华县、费县，在今山东省南部。

③ 落草——旧指入山林为盗。落：隐藏。草：山林草野。

军所杀。应劭死命逃脱，投袁绍去了。张闿杀尽曹嵩全家，取了财物，放火烧寺，与五百人逃奔淮南去了。后人有诗曰：

曹操奸雄世所夸，曾将吕氏杀全家。

如今阖户逢人杀，天理循环报不差。

当下应劭部下有逃命的军士报与曹操。操闻之，哭倒于地，众人救起。操切齿曰："陶谦纵兵杀吾父，此仇不共戴天！吾今悉起大军，洗荡徐州，方雪吾恨！"遂留荀彧、程昱领军三万守鄄城、范县、东阿三县，其馀尽杀奔徐州来，夏侯惇、于禁、典韦为先锋。操令但得城池，将城中百姓尽行屠戮，以雪父仇。当有九江太守边让与陶谦交厚，闻知徐州有难，自引兵五千来救。操闻之大怒，使夏侯惇于路截杀之。时陈宫为东郡从事，亦与陶谦交厚，闻曹操起兵报仇，欲尽杀百姓，星夜前来见操。操知是为陶谦作说客[①]，欲待不见，又灭不过旧恩，只得请入帐中相见。宫曰："今闻明公以大兵临徐州，报尊父之仇，所到欲尽杀百姓，某因此特来进言。陶谦乃仁人君子，非好利忘义之辈；尊父遇害，乃张闿之恶，非谦罪也。且州县之民与明公何仇？杀之不祥。望三思而行。"操怒曰："公昔弃我而去，今有何面目复来相见？陶谦杀吾一家，誓当摘胆剜心，以雪吾恨！公虽为陶谦游说，其如吾不听何[②]？"陈宫辞出，叹曰："吾亦无面目见陶谦也。"遂驰马投陈留太守张邈去了。

且说操大军所到之处，杀戮人民，发掘坟墓。陶谦在徐州闻曹操起军报仇，杀戮百姓，仰天恸哭曰："我获罪于天，致使徐州之民受此大难。"急聚众官商议。曹豹曰："曹兵既至，岂可束手待死？某愿助使君破之。"陶谦只得引兵出迎，远望操军如铺霜涌雪，中军竖起白旗二面，大书"报仇雪恨"四字。军马列成阵势，

---

① 说（shuì）客——古代游说之士。因其善于雄辩，多替人从事劝说工作。

② 其如吾不听何——意谓不管你说得如何天花乱坠，我却不听你的，你又能怎么样？

曹操纵马出阵，身穿缟素，扬鞭大骂。陶谦亦出马于门旗下，欠身施礼曰："谦本欲结好明公，故托张闿护送。不想贼心不改，致有此事。实不干陶谦之故，望明公察之。"操大骂曰："老匹夫，杀吾父，尚敢乱言！谁可生擒老贼？"夏侯惇应声而出。陶谦慌走入阵。夏侯惇赶来，曹豹挺枪跃马，前来迎敌。两马相交，忽然狂风大作，飞沙走石，两军皆乱，各自收兵。

陶谦入城，与众计议曰："曹兵势大难敌，吾当自缚往操营，任其剖割，以救徐州一郡百姓之命。"言未绝，一人进前言曰："府君[①]久镇徐州，人民感恩。今曹兵虽众，未能即破我城。府君与百姓坚守勿出；某虽不才，愿施小策，教曹操死无葬身之地。"众人大惊，便问计将安出。正是：

本为纳交反成怨，那知绝处又逢生。

毕竟此人是谁，且听下文分解。

① 府君——汉代对太守的尊称。

第十一回

刘皇叔北海救孔融　吕温侯濮阳破曹操

却说献计之人乃东海朐县人，姓糜名竺，字子仲。此人家世富豪，尝往洛阳买卖，乘车而回，路遇一美妇人来求同载，竺乃下车步行，让车与妇人坐。妇人请竺同载，竺上车端坐，目不邪视。行及数里，妇人辞去，临别对竺曰："我乃南方火德星君[①]也，奉上帝敕，往烧汝家。感君相待以礼，故明告君，君可速归，搬出财物。吾当夜来。"言讫不见。竺大惊，飞奔到家，将家中所有疾忙搬出。是晚果然厨中火起，尽烧其屋。竺因此广舍家财，济贫拔苦。后陶谦聘为别驾从事。当日献计曰："某愿亲往北海郡，求孔融起兵救援；更得一人往青州田楷处求救。若二处军马齐来，操必退兵矣。"谦从之，遂写书二封，问帐下谁人敢去青州求救。一人应声愿往。众视之，乃广陵人，姓陈名登，字元龙。陶谦先打发陈元龙往青州去讫，然后命糜竺赍书赴北海。自己率众守城，以备攻击。

却说北海孔融字文举，鲁国曲阜人也，孔子二十世孙，泰山都尉孔宙之子。自小聪明，年十岁时，往谒河南尹李膺，阍人[②]难之，融曰："我系李相通家[③]。"及入见，膺问曰："汝祖与吾祖何

---

① 火德星君——传说中的火神。

② 阍（hūn）人——本为周朝的官名，执掌晨昏启闭宫门之事。后成为看门人的通称。阍：宫门、天门。

③ 通家——世代有交谊的人家。意为可以互通有无。

亲？”融曰：“昔孔子曾问礼于老子，融与君岂非累世通家[①]？”膺大奇之。少顷，太中大夫陈炜至。膺指融曰：“此奇童也。”炜曰：“小时聪明，大时未必聪明。”融即应声曰：“如君所言，幼时必聪明者。”炜等皆笑曰：“此子长成，必当代之伟器[②]也。”自此得名。后为中郎将，累迁北海太守。极好宾客，常曰：“座上客常满，樽中酒不空：吾之愿也。”在北海六年，甚得民心。

当日正与客坐，人报徐州糜竺至。融请入见，问其来意。竺出陶谦书，言：“曹操攻围甚急，望明公垂救。”融曰：“吾与陶恭祖交厚，子仲又亲到此，如何不去？只是曹孟德与我无仇，当先遣人送书解和；如其不从，然后起兵。”竺曰：“曹操倚仗兵威，决不肯和。”融教一面点兵，一面差人送书。正商议间，忽报黄巾贼党管亥部领群寇数万杀奔前来。孔融大惊，急点本部人马，出城与贼迎战。管亥出马曰：“吾知北海粮广，可借一万石，即便退兵；不然，打破城池，老幼不留！”孔融叱曰：“吾乃大汉之臣，守大汉之地，岂有粮米与贼耶！”管亥大怒，拍马舞刀，直取孔融。融将宗宝挺枪出马，战不数合，被管亥一刀，砍宗宝于马下。孔融兵大乱，奔入城中。管亥分兵四面围城，孔融心中郁闷。糜竺怀愁，更不可言。

次日，孔融登城遥望，贼势浩大，倍添忧恼。忽见城外一人挺枪跃马杀入贼阵，左冲右突，如入无人之境，直到城下，大叫：“开门！”孔融不识其人，不敢开门。贼众赶到壕边，那人回身连搠十数人下马，贼众倒退。融急命开门引入。其人下马弃枪，径到城上，拜见孔融。融问其姓名，对曰：“某东莱黄县人也，复姓太史名慈，字子义，老母重蒙恩顾。某昨自辽东回家省亲，知贼寇城。老母说：‘屡受府君深恩，汝当往救。’某故单马而来。”

---

① “昔孔子”二句——老子名李耳，老子既与孔子有过交情，那么孔融与李膺便算通家。这当然是开玩笑的狡辩。

② 伟器——堪任大事的杰出人才。

孔融大喜。原来孔融与太史慈虽未识面，却晓得他是个英雄。因他远出，有老母住在离城二十里之外，融常使人遗以粟帛。母感融德，故特使慈来救。

当下孔融重待太史慈，赠与衣甲、鞍马。慈曰："某愿借精兵一千，出城杀贼。"融曰："君虽英勇，然贼势甚盛，不可轻出。"慈曰："老母感君厚德，特遣慈来，如不能解围，慈亦无颜见母矣。愿决一死战。"融曰："吾闻刘玄德乃当世英雄，若请得他来相救，此围自解，只无人可使耳。"慈曰："府君修书，某当急往。"融喜，修书付慈。慈擐甲上马，腰带弓矢，手持铁枪，饱食严装。城门开处，一骑飞出。近壕，贼将率众来战。慈连搠死数人，透围而出。管亥知有人出城，料必是请救兵的，便自引数百骑赶来，八面围定。慈倚住枪，拈弓搭箭，八面射之，无不应弦落马。贼众不敢来追。

太史慈得脱，星夜投平原来见刘玄德。施礼罢，具言孔北海被围求救之事，呈上书札。玄德看毕，问慈曰："足下何人？"慈曰："某太史慈，东海之鄙人①也。与孔融亲非骨肉，比非乡党②，特以气谊③相投，有分忧共患之意。今管亥暴乱，北海被围，孤穷无告，危在旦夕。闻君仁义素著，能救人危急，故特令某冒锋突围，前来求救。"玄德敛容④答曰："孔北海知世间有刘备耶！"乃同云长、翼德点精兵三千，往北海郡进发。

管亥望见救兵来到，亲自引兵迎敌，因见玄德兵少，不以为意。玄德与关、张、太史慈立马阵前，管亥忿怒直出。太史慈却待向前，云长早出，直取管亥。两马相交，众军大喊。量管亥怎

① 鄙人——自称谦词。意谓孤陋寡闻之人。鄙：穷乡僻壤之意。

② 比非乡党——意谓若论亲疏关系，彼此并非同乡。比：亲近，和睦。乡党：周代以一万二千五百家为乡，五百家为党，故"乡党"即同乡或乡亲之意。

③ 气谊——义气和情谊。

④ 敛容——正容，即显出严肃庄重的面容，以示尊敬。

敌得云长，数十合之间，青龙刀起，劈管亥于马下。太史慈、张飞两骑齐出，双枪并举，杀入贼阵。玄德驱兵掩杀。城上孔融望见太史慈与关、张赶杀贼众，如虎入羊群，纵横莫当，便驱兵出城。两下夹攻，大败群贼，降者无数，馀党溃散。

孔融迎接玄德入城，叙礼毕，大设筵宴庆贺。又引糜竺来见玄德，具言张闿杀曹嵩之事："今曹操纵兵大掠，围住徐州，特来求救。"玄德曰："陶恭祖乃仁人君子，不意受此无辜之冤。"孔融曰："公乃汉室宗亲，今曹操残害百姓，倚强欺弱，何不与融同往救之？"玄德曰："备非敢推辞，奈兵微将寡，恐难轻动。"孔融曰："融之欲救陶恭祖，虽因旧谊，亦为大义；公岂独无仗义之心耶？"玄德曰："既如此，请文举先行，容备去公孙瓒处借三五千人马，随后便来。"融曰："公切勿失信。"玄德曰："公以备为何如人也？圣人云：'自古皆有死，人无信不立。'刘备借得军或借不得军，必然亲至。"孔融应允，教糜竺先回徐州去报，融便收拾起程。太史慈拜谢曰："慈奉母命前来相助，今幸无虞。有扬州刺史刘繇，与慈同郡，有书来唤，不敢不去，容图再见。"融以金帛相酬，慈不肯受而归。其母见之，喜曰："我喜汝有以报北海[①]也。"遂遣慈往扬州去了。

不说孔融起兵。且说玄德离北海来见公孙瓒，具说欲救徐州之事。瓒曰："曹操与君无仇，何苦替人出力？"玄德曰："备已许人，不敢失信。"瓒曰："我借与君马步军二千。"玄德曰："更望借赵子龙一行。"瓒许之。玄德遂与关、张引本部三千人为前部，子龙引二千人随后，往徐州来。

却说糜竺回报陶谦，言北海又请得刘玄德来助；陈元龙也回报

① 报北海——即报答孔融。北海：即孔融。以其为北海太守，故称。以官职或姓加官职代名是古代习惯之一，本书也常常出现这种情况，以下不再一一注释。

青州田楷欣然领兵来救。陶谦心安。原来孔融、田楷两路军马惧怕曹兵势猛，远远依山下寨，未敢轻进。曹操见两路军到，亦分了军势，不敢向前攻城。

却说刘玄德军到，见孔融。融曰：“曹兵势大，操又善于用兵，未可轻战。且观其动静，然后进兵。”玄德曰：“但恐城中无粮，难以久持。备令云长、子龙领军四千，在公部下相助；备与张飞杀奔曹营，径投徐州，去见陶使君商议。”融大喜，会合田楷，为掎角之势[①]；云长、子龙领兵两边接应。

是日，玄德、张飞引一千人马杀入曹兵寨边。正行之间，寨内一声鼓响，马军步军如潮似浪，拥将出来。当头一员大将，乃是于禁，勒马大叫：“何处狂徒？往那里去？”张飞见了，更不打话[②]，直取于禁。两马相交，战到数合，玄德掣双股剑麾兵大进，于禁败走。张飞当前追杀，直到徐州城下。城上望见红旗白字，大书“平原刘玄德”，陶谦急令开门。

玄德入城，陶谦接着，共到府衙。礼毕，设宴相待，一壁[③]劳军。陶谦见玄德仪表轩昂，语言豁达，心中大喜，便命糜竺取徐州牌印[④]，让与玄德。玄德愕然曰：“公何意也？”谦曰：“今天下扰乱，王纲不振。公乃汉室宗亲，正宜力扶社稷。老夫年迈无能，情愿将徐州相让。公勿推辞。谦当自写表文，申奏朝廷。”玄德离席再拜曰：“刘备虽汉朝苗裔，功微德薄，为平原相犹恐不称职。今为大义，故来相助。公出此言，莫非疑刘备有吞并之心耶？若举此念，皇天不佑！”谦曰：“此老夫之实情也。”再三相让，玄德那里肯受。糜竺进曰：“今兵临城下，且当商议退敌之策。待事平

① 掎（jǐ）角之势——比喻作战时分兵牵制或合兵夹击敌军的战术。掎角：意谓一人捉鹿角，一人抓鹿足，合力将鹿制伏。

② 打话——即搭话。

③ 一壁——即一边，一面。

④ 牌印——令牌和官印。皆为做官的凭证和权力的象征。

之日，再当相让可也。”玄德曰：“备当遗书于曹操，劝令解和；操若不从，厮杀未迟。”于是传檄三寨，且按兵不动；遣人赍书，以达曹操。

却说曹操正在军中与诸将议事，人报徐州有战书到。操拆而观之，乃刘备书也。书略曰：

> 备自关外得拜君颜，嗣后天各一方，不及趋侍。向者尊父曹侯，实因张闿不仁，以致被害，非陶恭祖之罪也。目今黄巾遗孽扰乱于外，董卓馀党盘踞于内。愿明公先朝廷之急，而后私仇，撤徐州之兵，以救国难，则徐州幸甚，天下幸甚。

曹操看书，大骂：“刘备何人，敢以书来劝我？且中间有讥讽之意。”命斩来使，一面竭力攻城。郭嘉谏曰：“刘备远来救援，先礼后兵。主公当用好言答之，以慢备心；然后进兵攻城，城可破也。”操从其言，款留来使，候发回书。正商议间，忽流星马飞报祸事。操问其故，报说吕布已袭破兖州，进据濮阳。

原来吕布自遭李、郭之乱，逃出武关，去投袁术。术怪吕布反覆不定，拒而不纳。投袁绍，绍纳之，与布共破张燕于常山。布自以为得志，傲慢袁绍手下将士，绍欲杀之。布乃去投张杨，杨纳之。时庞舒在长安城中，私藏吕布妻小，送还吕布。李傕、郭汜知之，遂斩庞舒，写书与张杨，教杀吕布。布因弃张杨，去投张邈。恰好张邈弟张超引陈宫来见张邈，宫说邈曰：“今天下分崩，英雄并起。君以千里之众，而反受制于人，不亦鄙乎？今曹操征东，兖州空虚；而吕布乃当世勇士，若与之共取兖州，霸业可图也。”张邈大喜，便令吕布袭破兖州，随据濮阳。止有鄄城、东阿、范县三处，被荀彧、程昱设计死守得全，其馀俱破。曹仁屡战，皆不能胜，特此告急。

操闻报，大惊曰：“兖州有失，使吾无家可归矣，不可不亟图之。”郭嘉曰：“主公正好卖个人情与刘备，退军去复兖州。”操然之，即时答书与刘备，拔寨退兵。

且说来使回徐州，入城见陶谦，呈上书札，言曹兵已退。谦大喜，差人请孔融、田楷、云长、子龙等赴城大会。饮宴既毕，谦延[①]玄德于上座，拱手对众曰："老夫年迈，二子不才，不堪国家重任。刘公乃帝室之胄，德广才高，可领徐州。老夫情愿乞闲养病。"玄德曰："孔文举令备来救徐州，为义也。今无端据而有之，天下将以备为无义人矣。"糜竺曰："今汉室陵迟[②]，海宇颠覆，树功立业，正在此时。徐州殷富，户口百万，刘使君领此，不可辞也。"玄德曰："此事决不敢应命。"陈登曰："陶府君多病，不能视事，明公勿辞。"玄德曰："袁公路四世三公，海内所归，近在寿春，何不以州让之？"孔融曰："袁公路冢中枯骨，何足挂齿！今日之事，天与不取，悔不可追。"玄德坚执不肯。陶谦泣下曰："君若舍我而去，我死不瞑目矣！"云长曰："既承陶公相让，兄且权领[③]州事。"张飞曰："又不是我强要他的州郡，他好意相让，何必苦苦推辞？"玄德曰："汝等欲陷我于不义耶？"陶谦推让再三，玄德只是不受。陶谦曰："如玄德必不肯从，此间近邑，名曰小沛，足可屯军，请玄德暂驻军此邑，以保徐州。何如？"众皆劝玄德留小沛，玄德从之。陶谦劳军已毕，赵云辞去，玄德执手挥泪而别。孔融、田楷亦各相别，引军自回。玄德与关、张引本部军来至小沛，修葺城垣，抚谕居民。

却说曹操回军，曹仁接着，言吕布势大，更有陈宫为辅，兖州、濮阳已失；其鄄城、东阿、范县三处，赖荀彧、程昱二人设计相连，死守城郭。操曰："吾料吕布有勇无谋，不足虑也。"教且安营下寨，再作商议。吕布知曹操回兵，已过滕县，召副将薛兰、

---

① 延——请。

② 陵迟——衰落，衰败，衰微。

③ 权领——暂时代理。

李封曰："吾欲用汝二人久矣。汝可引军一万，坚守兖州。吾亲自率兵，前去破曹。"二人应诺。陈宫急入见曰："将军弃兖州，欲何往乎？"布曰："吾欲屯兵濮阳，以成鼎足之势。"宫曰："差矣。薛兰必守兖州不住。此去正南一百八十里，泰山路险，可伏精兵万人在彼。曹兵闻失兖州，必然倍道[①]而进，待其过半，一击可擒也。"布曰："吾屯濮阳，别有良谋，汝岂知之？"遂不用陈宫之言，而用薛兰守兖州而行。曹操兵行至泰山险路，郭嘉曰："且不可进，恐此处有伏兵。"曹操笑曰："吕布无谋之辈，故教薛兰守兖州，自往濮阳，安得此处有埋伏耶？"教曹仁领一军围兖州。"吾进兵濮阳，速攻吕布。"陈宫闻曹兵至近，乃献计曰："今曹兵远来疲困，利在速战，不可养成气力。"布曰："吾匹马纵横天下，何愁曹操？待其下寨，吾自擒之。"

却说曹操兵近濮阳，下住寨脚。次日，引众将出，陈兵于野。操立马于门旗下，遥望吕布兵到，阵圆处，吕布当先出马，两边排开八员健将。第一个雁门马邑人，姓张名辽，字文远；第二个泰山华阴人，姓臧名霸，字宣高。两将又各引三员健将：郝萌、曹性、成廉，魏续、宋宪、侯成。布军五万，鼓声大震。操指吕布而言曰："吾与汝自来无仇，何得夺吾州郡？"布曰："汉家城池，诸人有分，偏尔合得？"便叫臧霸出马搦战；曹军内乐进出迎。两马相交，双枪齐举，战到三十馀合，胜负不分。夏侯惇拍马便出助战；吕布阵上张辽截住厮杀。恼得吕布性起，挺戟骤马，冲出阵来。夏侯惇、乐进皆走，吕布掩杀，曹军大败，退三四十里。布自收军。

曹操输了一阵，回寨与诸将商议。于禁曰："某今日上山观望，濮阳之西，吕布有一寨，约无多军。今夜彼将谓我军败走，必不准备，可引兵击之；若得寨，布军必惧：此为上策。"操从其言，

---

① 倍道——以加倍的速度赶路，即一天走两天的路。

带曹洪、李典、毛玠、吕虔、于禁、典韦六将，选马步二万人，连夜从小路进发。

却说吕布于寨中劳军，陈宫曰："西寨是个要紧去处，倘或曹操袭之，奈何？"布曰："他今日输了一阵，如何敢来？"宫曰："曹操是极能用兵之人，须防他攻我不备。"布乃拨高顺并魏续、侯成引兵往守西寨。

却说曹操于黄昏时分，引军至西寨，四面突入。寨兵不能抵当，四散奔走，曹操夺了寨。将及四更，高顺方引军到，杀将入来。曹操自引军马来迎，正逢高顺，三军混战。将及天明，正西鼓声大震，人报："吕布自引救军来了。"操弃寨而走。背后高顺、魏续、侯成赶来，当头吕布亲自引军来到。于禁、乐进双战吕布不住，操望北而行。山后一彪军出：左有张辽，右有臧霸。操使吕虔、曹洪战之，不利。操望西而走，忽又喊声大震，一彪军至：郝萌、曹性、成廉、宋宪四将拦住去路。众将死战，操当先冲阵。梆子响处，箭如骤雨射将来。操不能前进，无计可脱，大叫："谁人救我？"马军队里，一将踊出，乃典韦也，手挺双铁戟，大叫："主公勿忧！"飞身下马，插住双戟，取短戟十数枝，挟在手中，顾从人曰："贼来十步乃呼我。"遂放开脚步，冒箭前行。布军数十骑追至，从人大叫曰："十步矣！"韦曰："五步乃呼我。"从人又曰："五步矣！"韦乃飞戟刺之，一戟一人坠马，并无虚发，立杀十数人。众皆奔走。韦复飞身上马，挺一双大铁戟，冲杀入去。郝、曹、成、宋四将不能抵当，各自逃去。

典韦杀散敌军，救出曹操。众将随后也到，寻路归寨。看看天色傍晚，背后喊声起处，吕布骤马提戟赶来，大叫："操贼休走！"此时人困马乏，大家面面相觑，各欲逃生。正是：

虽能暂把重围脱，只怕难当劲敌追。

不知曹操性命如何，且听下文分解。

第 十 二 回

陶恭祖三让徐州　曹孟德大战吕布

曹操正慌走间，正南上一彪军到，乃夏侯惇引军来救援，截住吕布大战。斗到黄昏时分，大雨如注，各自引军分散。操回寨，重赏典韦，加为领军都尉。

却说吕布到寨，与陈宫商议。宫曰："濮阳城中有富户田氏，家僮千百，为一郡之巨室。可令彼密使人往操寨中下书，言：'吕温侯残暴不仁，民心大怨；今欲移兵黎阳，止有高顺在城内。可连夜进兵，我为内应。'操若来，诱之入城，四门放火，外设伏兵，曹操虽有经天纬地[①]之才，到此安能得脱也？"吕布从其计，密谕田氏，使人径到操寨。

操因新败，正在踌躇，忽报田氏人到，呈上密书云："吕布已往黎阳，城中空虚。万望速来，当为内应。城上插白旗，大书'义'字，便是暗号。"操大喜曰："天使吾得濮阳也！"重赏来人，一面收拾起兵。刘晔曰："布虽无谋，陈宫多计。只恐其中有诈，不可不防。明公欲去，当分三军为三队：两队伏城外接应，一队入城，方可。"

操从其言，分军三队，来至濮阳城下。操先往观之，见城上遍竖旗幡，西门角上有一"义"字白旗，心中暗喜。是日午牌[②]，城门开处，两员将引军出战：前军侯成，后军高顺。操即使典韦

① 经天纬地——语本《国语·周语下》："经之以天，纬之以地，经纬不爽，文之象也。"本指以天地为法度，引申为安邦定国，治理天下。

② 午牌——即正午，相当于现在的中午十二时。

出马，直取侯成。侯成抵敌不过，回马望城中去。韦赶到吊桥边，高顺亦拦挡不住，都退入城中去了。数内有军人乘势混过阵来见操，说是田氏之使，呈上密书，约云："今夜初更时分，城上鸣锣为号，便可进兵。某当献门。"操拨夏侯惇引军在左，曹洪引军在右，自己引夏侯渊、李典、乐进、典韦四将，率兵入城。李典曰："主公且在城外，容某等先入城去。"操喝曰："我不自往，谁肯向前？"遂当先领兵直入。

时约初更，月光未上。只听得西门上吹蠃壳[①]声，喊声忽起，门上火把燎乱，城门大开，吊桥放落。曹操争先拍马而入，直到州衙，路上不见一人。操知是计，忙拨回马，大叫："退兵！"州衙中一声炮响，四门烈火轰天而起，金鼓齐鸣，喊声如江翻海沸。东巷内转出张辽，西巷内转出臧霸，夹攻掩杀。操走北门，道旁转出郝萌、曹性，又杀一阵。操急走南门，高顺、侯成拦住。典韦怒目咬牙，冲杀出去。高顺、侯成倒走出城。典韦杀到吊桥，回头不见了曹操，翻身复杀入城来，门下撞着李典。典韦问："主公何在？"典曰："吾亦寻不见。"韦曰："汝在城外催救军，我入去寻主公。"李典去了。典韦杀入城中，寻觅不见；再杀出城壕边，撞着乐进。进曰："主公何在？"韦曰："我往复两遭，寻觅不见。"进曰："同杀入去救主。"两人到门边，城上火炮滚下，乐进马不能入。典韦冒烟突火，又杀入去，到处寻觅。

却说曹操见典韦杀出去了，四下里人马截来，不得出南门。再转北门，火光里正撞见吕布挺戟跃马而来。操以手掩面，加鞭纵马竟过。吕布从后拍马赶来，将戟于操盔上一击，问曰："曹操何在？"操反指曰："前面骑黄马者是他。"吕布听说，弃了曹操，纵马向前追赶。曹操拨转马头，望东门而走，正逢典韦。韦拥护曹操，杀条血路，到城门边，火焰甚盛，城上推下柴草，遍地都

---

① 蠃（luó）壳——这里指用螺壳制作的号角。蠃：同"螺"。

是火。韦用戟拨开，飞马冒烟突火先出。曹操随后亦出。方到门道边，城门上崩下一条火梁来，正打着曹操战马后胯，那马扑地倒了。操用手托梁，推放地上，手臂须发尽被烧伤。典韦回马来救，恰好夏侯渊亦到，两个同救起曹操，突火而出。操乘渊马，典韦杀条大路而走。

直混战到天明，操方回寨。众将拜伏问安，操仰面笑曰："误中匹夫之计，吾必当报之。"郭嘉曰："计可速发。"操曰："今只将计就计：诈言我被火伤，已经身死，布必引兵来攻。我伏兵于马陵山中，候其兵半渡而击之，布可擒矣。"嘉曰："真良策也。"于是令军士挂孝发丧，诈言操死。早有人来濮阳报吕布，说曹操被火烧伤肢体，到寨身死。布随点起军马，杀奔马陵山来。将到操寨，一声鼓响，伏兵四起。吕布死战得脱，折了好些人马。败回濮阳，坚守不出。

是年蝗虫忽起，食尽禾稻。关东一境，每谷一斛[①]，直钱[②]五十贯。人民相食。曹操因军中粮尽，引兵回鄄城暂住；吕布亦引兵出屯山阳就食：因此二处权且罢兵。

却说陶谦在徐州，时年已六十三岁，忽然染病，看看沉重，请糜竺、陈登议事。竺曰："曹兵之去，止为吕布袭兖州故也。今因岁荒罢兵，来春又必至矣。府君两番欲让位于刘玄德，时府君尚强健，故玄德不肯受；今病已沉重，正可就此而与之，玄德必不辞矣。"谦大喜，使人来小沛，请刘玄德商议军务。

玄德引关、张带数十骑到徐州，陶谦教请入卧内。玄德问安毕，谦曰："请玄德公来，不为别事，止因老夫病已危笃，朝夕难保，万望明公可怜汉家城池为重，受取徐州牌印，老夫死亦瞑目

① 斛（hú）——古代量器，方形，底大口小。初为十斗一斛，南宋末改为五斗一斛。

② 直钱——即价值铜钱，折算为铜钱。直：通"值"。

矣。”玄德曰：“君有二子，何不传之？”谦曰：“长子商，次子应，其才皆不堪任。老夫死后，犹望明公教诲，切勿令掌州事。”玄德曰：“备一身安能当此大任？”谦曰：“某举一人，可为公辅，系北海人，姓孙名乾，字公祐。此人可使为从事。”又谓糜竺曰：“刘公当世人杰，汝当善事之。”玄德终是推托，陶谦以手指心而死。众军举哀毕，即捧牌印交送玄德。玄德固辞。次日，徐州百姓拥挤府前，哭拜曰：“刘使君若不领此郡，我等皆不能安生矣。”关、张二公亦再三相劝。玄德乃许权领徐州事，使孙乾、糜竺为辅，陈登为幕官。尽取小沛军马入城，出榜安民。一面安排丧事，玄德与大小军士尽皆挂孝，大设祭奠。祭毕，葬于黄河之原。将陶谦遗表申奏朝廷。

操在鄄城，知陶谦已死，刘玄德领徐州牧，大怒曰：“我仇未报，汝不费半箭之功，坐得徐州。吾必先杀刘备，后戮谦尸，以雪先君之怨！”即传号令，克日起兵去打徐州。荀彧入谏曰：“昔高祖保关中，光武据河内，皆深根固本，以制天下，进足以胜敌，退足以坚守，故虽有困，终济大业。明公本首事[①]兖州，且河、济[②]乃天下之要地，是亦昔之关中、河内也。今若取徐州，多留兵则不足用，少留兵则吕布乘虚寇之，是无兖州也。若徐州不得，明公安所归乎？今陶谦虽死，已有刘备守之；徐州之民，既已服备，必助备死战。明公弃兖州而取徐州，是弃大而就小，去本而求末，以安而易危也。愿熟思之。”操曰：“今岁荒乏粮，军士坐守于此，终非良策。”彧曰：“不如东略陈地，使军就食汝南、颍川。黄巾馀党何仪、黄劭等劫掠州郡，多有金帛、粮食，此等贼徒，又容易破；破而取其粮，以养三军，朝廷喜，百姓悦，乃顺天之事

① 首事——事业的开始。这里指曹操在兖州镇压了农民起义，将义军编成“青州兵”，并招贤纳士，从此势力强大起来。

② 河、济——即黄河和济水。这里指兖州、濮阳之黄河、济水沿岸地区。

也。”操喜，从之，乃留夏侯惇、曹仁守鄄城等处，自引兵先略陈地，次及汝、颍。

黄巾何仪、黄劭知曹兵到，引众来迎，会于羊山。时贼兵虽众，都是狐群狗党，并无队伍行列。操令强弓硬弩射住，令典韦出马。何仪令副元帅出战，不三合，被典韦一戟刺于马下。操引众乘势赶过羊山下寨。次日，黄劭自引军来，阵圆处，一将步行出战，头裹黄巾，身披绿袄，手提铁棒，大叫：“我乃截天夜叉何曼也！谁敢与我厮斗？”曹洪见了，大喝一声，飞身下马，提刀步出。两下向阵前厮杀四五十合，胜负不分。曹洪诈败而走，何曼赶来。洪用拖刀背砍计，转身一踅，砍中何曼，再复一刀杀死。李典乘势飞马直入贼阵，黄劭不及提备，被李典生擒活捉过来。曹兵掩杀贼众，夺其金帛、粮食无数。何仪势孤，引数百骑奔走葛陂。正行之间，山背后撞出一军。为头一个壮士，身长八尺，腰大十围，手提大刀，截住去路。何仪挺枪出迎，只一合，被那壮士活挟过去。馀众着忙，皆下马受缚，被壮士尽驱入葛陂坞中。

却说典韦追袭何仪到葛陂，壮士引军迎住。典韦曰：“汝亦黄巾贼耶？”壮士曰：“黄巾数百骑，尽被我擒在坞内。”韦曰：“何不献出？”壮士曰：“你若赢得手中宝刀，我便献出。”韦大怒，挺双戟，向前来战。两个从辰至午，不分胜负，各自少歇。不一时，那壮士又出搦战，典韦亦出。直战到黄昏，各因马乏暂止。典韦手下军士飞报曹操。操大惊，忙引众将来看。

次日，壮士又出搦战。操见其人威风凛凛，心中暗喜，分付典韦，今日且诈败。韦领命出战，战到三十合，败走回阵。壮士赶到阵门中，弓弩射回。操急引军退五里，密使人掘下陷坑，暗伏钩手。次日，再令典韦引百馀骑出。壮士笑曰：“败将何敢复来？”便纵马接战。典韦略战数合，便回马走。壮士只顾望前赶来，不提防连人带马，都落于陷坑之内，被钩手缚来见曹操。

操下帐，叱退军士，亲解其缚，急取衣衣之，命坐，问其乡贯姓名。壮士曰："我乃谯国谯县人也，姓许名褚，字仲康。向遭寇乱，聚宗族数百人，筑坚壁于坞中以御之。一日寇至，吾令众人多取石子准备，吾亲自飞石击之，无不中者，寇乃退去。又一日寇至，坞中无粮，遂与贼和，约以耕牛换米。米已送到，贼驱牛至坞外，牛皆奔走回还。被我双手掣二牛尾，倒行百馀步。贼大惊，不敢取牛而走，因此保守此处无事。"操曰："吾闻大名久矣，还肯降否？"褚曰："固所愿也。"遂招引宗族数百人俱降。操拜许褚为都尉，赏劳甚厚。随将何仪、黄劭斩讫。汝、颍悉平。

曹操班师，曹仁、夏侯惇接见，言近日细作报说：兖州薛兰、李封军士皆出掳掠，城邑空虚，可引得胜之兵攻之，一鼓可下。操遂引军径奔兖州。薛兰、李封出其不意，只得引兵出城迎战。许褚曰："吾愿取此二人，以为贽见之礼[①]。"操大喜，遂令出战；李封使画戟，向前来迎。交马两合，许褚斩李封于马下。薛兰急走回阵，吊桥边李典拦住。薛兰不敢回城，引军投巨野而去，却被吕虔飞马赶来，一箭射于马下，军皆溃散。

曹操复得兖州，程昱便请进兵取濮阳。操令许褚、典韦为先锋，夏侯惇、夏侯渊为左军，李典、乐进为右军，操自领中军，于禁、吕虔为合后。兵至濮阳，吕布欲自将出迎，陈宫谏："不可出战，待众将聚会后方可。"吕布曰："吾怕谁来？"遂不听宫言，引兵出阵，横戟大骂；许褚便出。斗二十合，不分胜负。操曰："吕布非一人可胜。"便差典韦助战，两将夹攻；左边夏侯惇、夏侯渊，右边李典、乐进齐到：六员将共攻吕布。布遮拦不住，拨马回城。城上田氏见布败回，急令人拽起吊桥。布大叫："开门！"田氏曰："吾已降曹将军矣。"布大骂，引军奔定陶而去。陈宫急开东门，保护吕布老小出城。操遂得濮阳，恕田氏旧日之罪。

① 贽（zhì）见之礼——即俗称之"见面礼"。初次见面时所送的礼物。

刘晔曰："吕布乃猛虎也，今日困乏，不可少容。"操令刘晔等守濮阳，自己引军赶至定陶。时吕布与张邈、张超尽在城中，高顺、张辽、臧霸、侯成巡海打粮未回。操军至定陶，连日不战，引军退四十里下寨。正值济郡麦熟，操即令军割麦为食。细作报知吕布，布引军赶来。将近操寨，见左边一望林木茂盛，恐有伏兵而回。操知布军回去，乃谓诸将曰："布疑林中有伏兵耳，可多插旌旗于林中以疑之。寨西一带长堤无水，可尽伏精兵。明日吕布必来烧林，堤中军断其后，布可擒矣。"于是止留鼓手五十人于寨中擂鼓，将村中掳来男女在寨内呐喊，精兵多伏堤中。

却说吕布回报陈宫，宫曰："操多诡计，不可轻敌。"布曰："吾用火攻，可破伏兵。"乃留陈宫、高顺守城。布次日引大军来，遥见林中有旗，驱兵大进，四面放火，竟无一人。欲投寨中，却闻鼓声大震。正自疑惑不定，忽然寨后一彪军出，吕布纵马赶来。炮响处，堤内伏兵尽出，夏侯惇、夏侯渊、许褚、典韦、李典、乐进骤马杀来。吕布料敌不过，落荒而走。从将成廉被乐进一箭射死，布军三停[①]去了二停。败卒回报陈宫，宫曰："空城难守，不若急去。"遂与高顺保着吕布老小，弃定陶而走。曹操将得胜之兵，杀入城中，势如劈竹。张超自刎，张邈投袁术去了。山东一境，尽被曹操所得，安民修城，不在话下。

却说吕布正走，逢诸将皆回，陈宫亦已寻着。布曰："吾军虽少，尚可破曹。"遂再引军来。正是：

兵家胜败真常事，卷甲重来未可知。

不知吕布胜负如何，且听下文分解。

① 停——相当于"份"或"部分"。

第 十 三 回

李傕郭汜大交兵　杨奉董承双救驾

却说曹操大破吕布于定陶，布乃收集败残军马于海滨，众将皆来会集，欲再与曹操决战。陈宫曰："今曹兵势大，未可与争。先寻取安身之地，那时再来未迟。"布曰："吾欲再投袁绍，何如？"宫曰："先使人往冀州探听消息，然后可去。"布从之。

且说袁绍在冀州，闻知曹操与吕布相持，谋士审配进曰："吕布，豺虎也，若得兖州，必图冀州。不若助操攻之，方可无患。"绍遂遣颜良将兵五万，往助曹操。细作探知这个消息，飞报吕布。布大惊，与陈宫商议。宫曰："闻刘玄德新领徐州，可往投之。"布从其言，竟投徐州来。有人报知玄德，玄德曰："布乃当今英勇之士，可出迎之。"糜竺曰："吕布乃虎狼之徒，不可收留，收则伤人矣。"玄德曰："前者非布袭兖州，怎解此郡之祸？今彼穷[①]而投我，岂有他心？"张飞曰："哥哥心肠忒好。虽然如此，也要准备。"

玄德领众出城三十里，接着吕布，并马入城，都到州衙厅上。讲礼毕，坐下，布曰："某自与王司徒计杀董卓之后，又遭傕、汜之变，飘零关东，诸侯多不能相容。近因曹贼不仁，侵犯徐州，蒙使君力救陶谦，布因袭兖州，以分其势。不料反堕奸计，败兵折将。今投使君，共图大事，未审尊意如何？"玄德曰："陶使君新逝，无人管领徐州，因令备权摄[②]州事。今幸将军至此，合当相

---

① 穷——困窘，倒霉。

② 权摄——暂时代理。

让。”遂将牌印送与吕布。吕布却待要接，只见玄德背后关、张二公各有怒色。布乃佯笑曰：“量吕布一勇夫，何能作州牧乎？”玄德又让，陈宫曰：“强宾不压主，请使君勿疑。”玄德方止。遂设宴相待，收拾宅院安下。

次日，吕布回席请玄德，玄德乃与关、张同往。饮酒至半酣，布请玄德入后堂，关、张随入。布令妻女出拜玄德，玄德再三谦让。布曰：“贤弟不必推让。”张飞听了，瞋目大叱曰：“我哥哥是金枝玉叶[①]，你是何等人，敢称我哥哥为贤弟？你来，我和你斗三百合。”玄德连忙喝住，关公劝飞出。玄德与吕布陪话[②]曰：“劣弟酒后狂言，兄勿见责。”布默然无语。须臾席散。布送玄德出门，张飞跃马横枪而来，大叫：“吕布，我和你并[③]三百合。”玄德急令关公劝止。

次日，吕布来辞玄德曰：“蒙使君不弃，但恐令弟辈不能相容，布当别投他处。”玄德曰：“将军若去，某罪大矣。劣弟冒犯，另日当令陪话。近邑小沛，乃备昔日屯兵之处。将军不嫌浅狭，权且歇马，如何？粮食军需，谨当应付。”吕布谢了玄德，自引军投小沛安身去了。玄德自去埋怨张飞不题。

却说曹操平了山东，表奏朝廷，加操为建德将军、费亭侯。其时李傕自为大司马，郭汜自为大将军，横行无忌，朝廷无人敢言。太尉杨彪、大司农朱儁暗奏献帝曰：“今曹操拥兵二十馀万，谋臣武将数十员，若得此人扶持社稷，剿除奸党，天下幸甚。”献帝泣曰：“朕被二贼欺凌久矣，若得诛之，诚为大幸！”彪奏曰：“臣有一计，先令二贼自相残害，然后诏曹操引兵杀之，扫清贼党，以安朝廷。”献帝曰：“计将安出？”彪曰：“闻郭汜之妻最妒，

① 金枝玉叶——这里是比喻皇族子孙。因刘备为汉代皇族后裔，汉献帝之皇叔，故称。

② 陪话——赔礼道歉。陪：通“赔”。

③ 并——犹拼。

可令人于汜妻处用反间计，则二贼自相害矣。”帝乃书密诏付杨彪。

彪即暗使夫人以他事入郭汜府，乘间告汜妻曰：“闻郭将军与李司马夫人有染，其情甚密。倘司马知之，必遭其害。夫人宜绝其往来为妙。”汜妻讶曰：“怪见他经宿不归，却干出如此无耻之事。非夫人言，妾不知也。当慎防之。”彪妻告归，汜妻再三称谢而别。

过了数日，郭汜又将往李傕府中饮宴。妻曰：“傕性不测，况今两雄不并立，倘彼酒中置毒，妾将奈何？”汜不肯听，妻再三劝住。至晚间，傕使人送酒筵至。汜妻乃暗置毒于中，方始献入，汜便欲食。妻曰：“食自外来，岂可便食？”乃先与犬试之，犬立死。自此汜心怀疑。

一日朝罢，李傕力邀郭汜赴家饮宴。至夜席散，汜醉而归，偶然腹痛。妻曰：“必中其毒矣。”急令将粪汁灌之，一吐方定。汜大怒曰：“吾与李傕共图大事，今无端欲谋害我，我不先发，必遭毒手。”遂密整本部甲兵，欲攻李傕。早有人报知傕。傕亦大怒曰：“郭阿多安敢如此！”遂点本部甲兵，来杀郭汜。两处合兵数万，就在长安城下混战，乘势掳掠居民。傕侄李暹引兵围住宫院，用车二乘：一乘载天子，一乘载伏皇后，使贾诩、左灵监押车驾；其馀宫人内侍，并皆步走。拥出后宰门，正遇郭汜兵到，乱箭齐发，射死宫人不知其数。李傕随后掩杀，郭汜兵退。车驾冒险出城，不由分说，竟拥到李傕营中。郭汜领兵入宫，尽抢掳宫嫔彩女[①]入营，放火烧宫殿。次日，郭汜知李傕劫了天子，领军来营前厮杀。帝、后都受惊恐。后人有诗叹之曰：

光武中兴兴汉世，上下相承十二帝。
桓灵无道宗社堕，阉臣擅权为叔季。

① 宫嫔彩女——宫嫔：帝王的侍妾。彩女：指皇宫中一般宫女。

无谋何进作三公，欲除社鼠招奸雄。
豺獭虽驱虎狼入，西州逆竖生淫凶。
王允赤心托红粉，致令董吕成矛盾。
渠魁殄灭天下宁，谁知李郭心怀愤。
神州荆棘争奈何，六宫饥馑愁干戈。
人心既离天命去，英雄割据分山河。
后王规此存兢业，莫把金瓯等闲缺。
生灵糜烂肝脑涂，剩水残山多怨血。
我观遗史不胜悲，今古茫茫叹黍离。
人君当守苞桑戒，太阿谁执全纲维？

却说郭汜兵到，李傕出营接战。汜军不利，暂且退去。傕乃移帝、后车驾于郿坞，使侄李暹监之，断绝内使，饮食不继，侍臣皆有饥色。帝令人问傕取米五斛，牛骨五具，以赐左右。傕怒曰："朝夕上饭，何又他求？"乃以腐肉朽粮与之，皆臭不可食。帝骂曰："逆贼直如此相欺！"侍中杨琦急奏曰："傕性残暴，事势至此，陛下且忍之，不可撄其锋[①]也。"帝乃低头无语，泪盈袍袖。

忽左右报曰："有一路军马，枪刀映日，金鼓震天，前来救驾。"帝教打听是谁，乃郭汜也，帝心转忧。只闻坞外喊声大起。原来李傕引兵出迎郭汜，鞭指郭汜而骂曰："我待你不薄，你如何谋害我？"汜曰："尔乃反贼，如何不杀你？"傕曰："我保驾在此，何为反贼？"汜曰："此乃劫驾，何为保驾？"傕曰："不须多言，我两个各不许用军士，只自并输赢，赢的便把皇帝取走罢了。"二人便就阵前厮杀，战到十合，不分胜负。只见杨彪拍马而来，大叫："二位将军少歇，老夫特邀众官来与二位讲和。"傕、汜乃各自还营。

杨彪与朱儁会合朝廷官僚六十馀人，先诣郭汜营中劝和。郭

---

① 撄锋——招来危险之意。撄：触犯，招惹。锋：兵器的尖端或锋利部分。

汜竟将众官尽行监下。众官曰："我等为好而来，何乃如此相待？"汜曰："李傕劫天子，偏我劫不得公卿？"杨彪曰："一劫天子，一劫公卿，意欲何为？"汜大怒，便拔剑欲杀彪。中郎将杨密力劝，汜乃放了杨彪、朱儁，其馀都监在营中。彪谓儁曰："为社稷之臣，不能匡[①]君救主，空生天地间耳。"言讫，相抱而哭，昏绝于地。儁归家，成病而死。自此之后，傕、汜每日厮杀，一连五十馀日，死者不知其数。

却说李傕平日最喜左道[②]妖邪之术，常使女巫击鼓降神于军中。贾诩屡谏不听。侍中杨琦密奏帝曰："臣观贾诩虽为李傕腹心，然实未尝忘君，陛下当与谋之。"正说之间，贾诩来到。帝乃屏退左右，泣谕诩曰："卿能怜汉朝，救朕命乎？"诩拜伏于地曰："固臣所愿也。陛下且勿言，臣自图之。"帝收泪而谢。少顷，李傕来见，带剑而入。帝面如土色。傕谓帝曰："郭汜不臣，监禁公卿，欲劫陛下，非臣则驾被掳矣。"帝拱手称谢，傕乃出。时皇甫郦入见帝。帝知郦能言，又与李傕同乡，诏使往两边解和。

郦奉诏，走至汜营说汜。汜曰："如李傕送出天子，我便放出公卿。"郦即来见李傕曰："今天子以某是西凉人，与公同乡，特令某来劝和二公。汜已奉诏，公意若何？"傕曰："吾有败吕布之大功，辅政四年，多著勋绩，天下共知。郭阿多盗马贼耳，乃敢擅劫公卿，与我相抗，誓必诛之。君试观我方略士众，足胜郭阿多否？"郦答曰："不然。昔有穷后羿恃其善射，不思患难，以致灭亡[③]；近董太师之强，君所目见也，吕布受恩而反图之，斯须[④]之间，头悬国门：则强固不足恃矣。将军身为上将，持钺仗节，子

① 匡——这里是辅佐、辅助之意。

② 左道——旁门邪道。多指巫术、方术等。

③ "有穷后羿"三句——相传后羿为尧时神射手，当时十日并出，植物枯死，后羿射去九日，民赖以安。后羿又建立有穷国，因好狩猎，不理民事，为其臣寒浞所杀。（见于《尚书》《左传》《史记》《淮南子》等书）

④ 斯须——形容时间短暂。

孙宗族皆居显位，国恩不可谓不厚。今郭阿多劫公卿，而将军劫至尊，果谁轻谁重耶？”李傕大怒，拔剑叱曰：“天子使汝来辱我乎？我先斩汝头。”骑都尉杨奉谏曰：“今郭汜未除，而杀天使，则汜兴兵有名，诸侯皆助之矣。”贾诩亦力劝，傕怒少息。诩遂推皇甫郦出。郦大叫曰：“李傕不奉诏，欲弑君自立！”侍中胡邈急止之曰：“无出此言，恐于身不利。”郦叱之曰：“胡敬才，汝亦为朝廷之臣，如何附贼？‘君辱臣死’，吾被李傕所杀，乃分也。”大骂不止。帝知之，急令皇甫郦回西凉。

却说李傕之军，大半是西凉人氏，更赖羌兵为助。却被皇甫郦扬言于西凉人曰：“李傕谋反，从之者即为贼党，后患不浅。”西凉人多有听郦之言，军心渐涣。傕闻郦言，大怒，差虎贲王昌追之。昌知郦乃忠义之士，竟不往追，只回报曰：“郦已不知何往矣。”贾诩又密谕羌人曰：“天子知汝等忠义，久战劳苦，密诏使汝等还郡，后当有重赏。”羌人正怨李傕不与爵赏，遂听诩言，都引兵去。诩又密奏帝曰：“李傕贪而无谋，今兵散心怯，可以重爵饵之。”帝乃降诏，封傕为大司马。傕喜曰：“此女巫降神祈祷之力也。”遂重赏女巫，却不赏军将。

骑都尉杨奉大怒，谓宋果曰：“吾等出生入死，身冒矢石，功反不及女巫耶？”宋果曰：“何不杀此贼，以救天子？”奉曰：“你于中军放火为号，吾当引兵外应。”二人约定是夜二更时分举事。不料其事不密，有人报知李傕。傕大怒，令人擒宋果，先杀之。杨奉引兵在外，不见号火。李傕自将兵出，恰遇杨奉，就寨中混战到四更。奉不胜，引军投长安去了。

李傕自此军势渐衰；更兼郭汜常来攻击，杀死者甚多。忽人来报：“张济统领大军，自陕西来到，欲与二公解和，声言如不从者，引兵击之。”傕便卖个人情，先遣人赴张济军中许和。郭汜亦只得许诺。张济上表，请天子驾幸弘农。帝喜曰：“朕思东都久矣，今乘此得还，乃万幸也。”诏封张济为骠骑将军。济进粮食酒肉，供给百官。汜放公卿出营。傕收拾车驾东行，遣旧有御林军数百，持戟护送。

銮舆[①]过新丰，至霸陵。时值秋天，金风[②]骤起。忽闻喊声大作，数百军兵来至桥上，拦住车驾，厉声问曰：“来者何人？”侍中杨琦拍马上桥曰：“圣驾过此，谁敢拦阻？”有二将出曰：“吾等奉郭将军命，把守此桥，以防奸细。既云圣驾，须亲见帝，方可准信。”杨琦高揭珠帘，帝谕曰：“朕躬在此，卿何不退？”众将皆呼“万岁”，分于两边，驾乃得过。二将回报郭汜曰：“驾已去矣。”汜曰：“我正欲哄过张济，劫驾再入郿坞，你如何擅自放了过去？”遂斩二将，起兵赶来。

车驾正到华阴县，背后喊声震天，大叫：“车驾且休动！”帝泣告大臣曰：“方离狼窝，又逢虎口，如之奈何？”众皆失色。贼军渐近，只听得一派鼓声，山背后转出一将，当先一面大旗，上书“大汉杨奉”四字，引军千馀杀来。原来杨奉自为李傕所败，便引军屯终南山下，今闻驾至，特来保护。当下列开阵势，汜将崔勇出马，大骂：“杨奉反贼！”奉大怒，回顾阵中曰：“公明何在？”一将手执大斧，飞骤骅骝[③]，直取崔勇。两马相交，只一合，斩崔勇于马下。杨奉乘势掩杀，汜军大败，退走二十馀里。奉乃收军来见天子。帝慰谕曰：“卿救朕躬，其功不小。”奉顿首拜谢。帝曰：“适斩贼将者何人？”奉乃引此将拜于车下曰：“此人河东杨县人，姓徐名晃，字公明。”帝慰劳之。杨奉保驾至华阴驻跸[④]。将军段煨具[⑤]衣服、饮膳上献。是夜，天子宿于杨奉营中。

---

① 銮舆——帝王的车驾。

② 金风——即秋风。五行学说以为秋天属金，故称。

③ 骅骝——相传为周穆王的“八骏”之一。后遂成为良马的泛称。

④ 驻跸——帝王出行时在途中停留暂住之谓。

⑤ 具——供应，置办。

郭汜败了一阵，次日又点军杀至营前来。徐晃当先出马。郭汜大军八面围来，将天子、杨奉困在垓心。正在危急之中，忽然东南上喊声大震，一将引军纵马杀来，贼众奔溃。徐晃乘势攻击，大败汜军。那人来见天子，乃国戚董承也。帝哭诉前事。承曰："陛下免忧。臣与杨将军誓斩二贼，以靖天下。"帝命早赴东都。连夜驾起，前幸弘农。

却说郭汜引败军回，撞着李傕，言："杨奉、董承救驾往弘农去了。若到山东，立脚得牢，必然布告天下，令诸侯共伐我等，三族不能保矣。"傕曰："今张济兵据长安，未可轻动。我和你乘间合兵一处，至弘农杀了汉君，平分天下，有何不可？"汜喜诺。二人合兵，于路劫掠，所过一空。杨奉、董承知贼兵远来，遂勒兵回，与贼大战于东涧。傕、汜二人商议："我众彼寡，只可以混战胜之。"于是李傕在左、郭汜在右，漫山遍野拥来。杨奉、董承两边死战，刚保帝、后车出；百官、宫人，符册典籍[①]，一应御用之物，尽皆抛弃。郭汜引军入弘农劫掠。承、奉保驾走陕北，傕、汜分兵赶来。承、奉一面差人与傕、汜讲和；一面密传圣旨往河东，急召故白波帅[②]韩暹、李乐、胡才三处军兵，前来救应。那李乐等亦是啸聚山林之贼，今不得已而召之。三处军闻天子赦罪赐官，如何不来，并拔本营军士，来与董承约会，一齐再取弘农。

其时李傕、郭汜但到之处，劫掠百姓，老弱者杀之，强壮者充军。临敌则驱民兵在前，名曰"敢死军"，贼势浩大。李乐军到，会于曹阳。郭汜令军士将衣服物件抛弃于道。乐军见衣服满地，争往取之，队伍尽失。傕、汜二军四面混战，乐军大败。杨奉、

---

① 符册典籍——符册：亦作"符策"。朝廷册封、发令、调兵等所用的凭证。一般以铜板或竹片制成，上写文字，一分为二：一份下发，一份存于朝廷，以便对证。典籍：指国家法典等重要文献。

② 故白波帅——即曾经是白波起义军的首领。东汉灵帝中平五年，黄巾军余部郭泰等在白波谷（在今山西省曲沃县）复起，史称"白波起义"。故：从前，过去。

董承遮拦不住，保驾北走，背后贼军赶来。李乐曰："事急矣，请天子上马先行。"帝曰："朕不可舍百官而去。"众皆号泣相随，胡才被乱军所杀。承、奉见贼追急，请天子弃车驾步行。到黄河岸边，李乐等寻得一只小舟作渡船。时值天气严寒，帝与后强扶到岸，边岸又高，不得下船，后面追兵将至。杨奉曰："可解马缰绳接连，拴缚帝腰，放下船去。"人丛中国舅伏德挟白绢十数匹至，曰："我于乱军中拾得此绢，可接连拽辇。"行军校尉尚弘用绢包帝及后，令众先挂帝往下放之，乃得下船。李乐仗剑立于船头上。后兄伏德负后下船中。岸上有不得下船者，争扯船缆，李乐尽砍于水中。渡过帝、后，再放船渡众人。其争渡者，皆被砍下手指，哭声震天。

既渡彼岸，帝左右止剩得十馀人。杨奉寻得牛车一辆，载帝至大阳。绝食，晚宿于瓦屋中，野老进粟饭，上与后共食，粗粝不能下咽。次日，诏封李乐为征北将军，韩暹为征东将军，起驾前行。有二大臣寻至，哭拜车前，乃太尉杨彪、太仆韩融也。帝、后俱哭。韩融曰："傕、汜二贼，颇信臣言，臣舍命去说二贼罢兵。陛下善保龙体。"韩融去了。

李乐请帝入杨奉营暂歇。杨彪请帝都安邑县。驾至安邑，苦无高房，帝、后都居于茅屋中，又无门关闭，四边插荆棘以为屏蔽。帝与大臣议事于茅屋之下，诸将引兵于篱外镇压。李乐等专权，百官稍有触犯，竟于帝前殴骂；故意送浊酒粗食与帝，帝勉强纳之。李乐、韩暹又连名保奏无徒①、部曲、巫医、走卒二百馀名，并为校尉、御史等官。刻印不及，以锥画之，全不成体统。

却说韩融曲说傕、汜二贼，二贼从其言，乃放百官及宫人归。是岁大荒，百姓皆食枣菜，饿莩②遍野。河内太守张杨献米肉，河

① 无徒——无赖之徒。

② 饿莩（piǎo）——亦作"饿殍"。即饿死的人。

东太守王邑献绢帛，帝稍得宁。董承、杨奉商议，一面差人修洛阳宫院，欲奉车驾还东都。李乐不从。董承谓李乐曰：“洛阳本天子建都之地，安邑乃小地面，如何容得车驾？今奉驾还洛阳是正理。”李乐曰：“汝等奉驾去，我只在此处住。”承、奉乃奉驾起程。李乐暗令人结连李傕、郭汜，一同劫驾。董承、杨奉、韩暹知其谋，连夜摆布军士，护送车驾，前奔箕关。李乐闻知，不等傕、汜军到，自引本部人马前来追赶。四更左侧[①]，赶到箕山下，大叫：“车驾休行！李傕、郭汜在此！”吓得献帝心惊胆战。山上火光遍起。正是：

前番两贼分为二，今番三贼合为一。

不知汉天子怎离此难，且听下文分解。

---

① 左侧——即左右（指时间），前后。

第十四回

曹孟德移驾幸许都　吕奉先乘夜袭徐郡

却说李乐引军诈称李傕、郭汜，来追车驾，天子大惊。杨奉曰："此李乐也。"遂令徐晃出迎之；李乐亲自出战。两马相交，只一合，被徐晃一斧砍于马下，杀散馀党，保护车驾过箕关。太守张杨具粟帛，迎驾于轵道。帝封张杨为大司马。杨辞帝，屯兵野王去了。帝入洛阳，见宫室烧尽，街市荒芜，满目皆是蒿草，宫院中只有颓墙坏壁，命杨奉且盖小宫居住。百官朝贺，皆立于荆棘之中。诏改兴平为建安元年。是岁又大荒，洛阳居民仅有数百家，无可为食，尽出城去剥树皮、掘草根食之。尚书郎以下，皆自出城樵采，多有死于颓墙坏壁之间者。汉末气运之衰，无甚于此。后人有诗叹之曰：

血流芒砀白蛇亡，赤帜纵横游四方。
秦鹿逐翻兴社稷，楚骓推倒立封疆。
天子懦弱奸邪起，气色凋零盗贼狂。
看到两京遭难处，铁人无泪也凄惶。

太尉杨彪奏帝曰："前蒙降诏，未曾发遣。今曹操在山东，兵强将盛，可宣入朝，以辅王室。"帝曰："朕前既降诏，卿何必再奏？今即差人前去便了。"彪领旨，即差使命赴山东，宣召曹操。

却说曹操在山东，闻知车驾已还洛阳，聚谋士商议。荀彧进曰："昔晋文公纳周襄王，而诸侯服从[①]；汉高祖为义帝发丧，而天

① "晋文公纳周襄王"二句——周襄王时发生内乱，晋文公重耳号召诸侯平定内乱，迎周襄王复位，从而使晋文公成为春秋五霸之一。（见《史记·晋世家》）

下归心[1]。今天子蒙尘[2]，将军诚因此时首倡义兵，奉天子以从众望，不世[3]之略也。若不早图，人将先我而为之矣。”曹操大喜。正要收拾起兵，忽报有天使赍诏宣召。操接诏，克日兴师。

却说帝在洛阳，百事未备，城郭崩倒，欲修未能。人报李傕、郭汜领兵将到。帝大惊，问杨奉曰：“山东之使未回，李、郭之兵又至，为之奈何？”杨奉、韩暹曰：“臣愿与贼决死战，以保陛下。”董承曰：“城郭不坚，兵甲不多，战如不胜，当复如何？不若且奉驾往山东避之。”帝从其言，即日起驾望山东进发。百官无马，皆随驾步行。

出了洛阳，行无一箭之地，但见尘头蔽日，金鼓喧天，无限人马来到。帝、后战栗不能言。忽见一骑飞来，乃前差往山东之使命也，至车前拜启曰：“曹将军尽起山东之兵，应诏前来。闻李傕、郭汜犯洛阳，先差夏侯惇为先锋，引上将十员，精兵五万，前来保驾。”帝心方安。少顷，夏侯惇引许褚、典韦等，至驾前面君，俱以军礼见。帝慰谕方毕，忽报正东又有一路军到。帝即命夏侯惇往探之，回奏曰：“乃曹操步军也。”须臾，曹洪、李典、乐进来见驾。通名毕，洪奏曰：“臣兄知贼兵至近，恐夏侯惇孤力难为，故又差臣等倍道而来协助。”帝曰：“曹将军真社稷臣也。”遂命护驾前行。探马来报：“李傕、郭汜领兵长驱而来。”帝令夏侯惇分两路迎之。惇乃与曹洪分为两翼，马军先出，步军后随，尽力攻击。傕、汜贼兵大败，斩首万馀。于是请帝还洛阳故宫。夏侯惇屯兵于城外。

次日，曹操引大队人马到来。安营毕，入城见帝，拜于殿阶

① “汉高祖为义帝发丧”二句——秦末项羽与刘邦争霸天下，自立为西楚霸王，尊楚怀王之孙熊心为义帝，但不久又将其杀害。刘邦为收买人心，为其发丧，并借机号召诸侯讨伐项羽。（见《史记·项羽本纪》《史记·高祖本纪》）

② 蒙尘——指帝王被迫逃亡在外，蒙受风尘之苦。

③ 不世——世上绝无仅有。意为极其罕有，极不平凡。

之下。帝赐平身，宣谕慰劳。操曰："臣向蒙国恩，刻思图报。今傕、汜二贼罪恶贯盈，臣有精兵二十馀万，以顺讨逆，无不克捷。陛下善保龙体，以社稷为重。"帝乃封操领司隶校尉，假节钺，录尚书事。

却说李傕、郭汜知操远来，议欲速战。贾诩谏曰："不可。操兵精将勇，不如降之，求免本身之罪。"傕怒曰："尔敢灭吾锐气？"拔剑欲斩诩，众将劝免。是夜，贾诩单马走回乡里去了。次日，李傕军马来迎操兵。操先令许褚、曹仁、典韦领三百铁骑，于傕阵中冲突三遭，方才布阵。阵圆处，李傕侄李暹、李别出马阵前，未及开言，许褚飞马过去，一刀先斩李暹。李别吃了一惊，倒撞下马，褚亦斩之，双挽人头回阵。曹操抚许褚之背曰："子真吾之樊哙[①]也！"随令夏侯惇领兵左出，曹仁领兵右出，操自领中军冲阵。鼓响一声，三军齐进。贼兵抵敌不住，大败而走。操亲掣宝剑押阵，率众连夜追杀，剿戮极多，降者不计其数。傕、汜望西逃命，忙忙似丧家之狗，自知无处容身，只得往山中落草去了。曹操回兵，仍屯于洛阳城外。杨奉、韩暹两个商议："今曹操成了大功，必掌重权，如何容得我等？"乃入奏天子，只以追杀傕、汜为名，引本部军屯于大梁去了。

帝一日命人至操营，宣操入宫议事。操闻天使至，请入相见，只见那人眉清目秀，精神充足。操暗想曰："今东都大荒，官僚军民皆有饥色，此人何得独肥？"因问之曰："公尊颜充腴[②]，以何调理而至此？"对曰："某无他法，只食淡三十年矣。"操乃颔之[③]。又问曰："君居何职？"对曰："某举孝廉，原为袁绍、张杨从事。今闻天子还都，特来朝觐[④]，官封正议郎。济阴定陶

---

① 樊哙——汉高祖刘邦的猛将，曾多次救刘邦死里逃生。

② 充腴（yú）——丰满。

③ 颔（hàn）之——对别人的意见加以点头，表示理解或赞同。

④ 朝觐（jìn）——特指诸侯或臣下朝见皇帝。

人，姓董名昭，字公仁。”曹操避席曰：“闻名久矣，幸得于此相见。”遂置酒帐中相待，令与荀彧相会。忽人报曰：“一队军往东而去，不知何人。”操急令人探之。董昭曰：“此乃李傕旧将杨奉与白波帅韩暹，因明公来此，故引兵欲投大梁去耳。”操曰：“莫非疑操乎？”昭曰：“此乃无谋之辈，明公何足虑也。”操又曰：“李、郭二贼此去若何？”昭曰：“虎无爪，鸟无翼，不久当为明公所擒，无足介意。”

操见昭言语投机，便问以朝廷大事。昭曰：“明公兴义兵，以除暴乱，入朝辅佐天子，此五霸[①]之功也。但诸将人殊意异，未必服从。今若留此，恐有不便，惟移驾幸许都为上策。然朝廷播越[②]，新还京师，远近仰望，以冀一朝之安；今复徙驾，不厌众心[③]。夫行非常之事，乃有非常之功，愿将军决计之。”操执昭手而笑曰：“此吾之本志也。但杨奉在大梁，大臣在朝，不有他变否？”昭曰：“易也。以书与杨奉，先安其心；明告大臣，以京师无粮，欲车驾幸许都，近鲁阳，转运粮食，庶[④]无欠缺悬隔之忧，大臣闻之，当欣从也。”操大喜。昭谢别，操执其手曰：“凡操有所图，惟公教之。”昭称谢而去。

操由是日与众谋士密议迁都之事。时侍中太史令王立私谓宗正刘艾曰：“吾仰观天文，自去春太白犯镇星于斗牛，过天津，荧惑又逆行，与太白会于天关，金火交会，必有新天子出。吾观大汉气数将终，晋魏之地必有兴者。”又密奏献帝曰：“天命有去就，五行不常盛。代火者土也，代汉而有天下者当在魏。”操闻之，使人告立曰：“知公忠于朝廷，然天道深远，幸勿多言。”操以是告

① 五霸——即春秋时先后称霸的五个诸侯，但说法各异，一般指齐桓公、晋文公、秦穆公、宋襄公、楚庄王。

② 播越——到处逃亡，流离失所。

③ 不厌众心——不能令众人满意。厌：满意，满足。

④ 庶——差不多，大概。

彧。彧曰："汉以火德王，而明公乃土命也。许都属土，到彼必兴。火能生土，土能旺木，正合董昭、王立之言，他日必有兴者。"操意遂决。次日，入见帝，奏曰："东都荒废久矣，不可修葺；更兼转运粮食艰辛。许都地近鲁阳，城郭宫室，钱粮民物，足可备用。臣敢请驾幸许都，惟陛下从之。"帝不敢不从；群臣皆惧操势，亦莫敢有异议。遂择日起驾，操引军护行，百官皆从。

行不到数程，前至一高陵，忽然喊声大举，杨奉、韩暹领兵拦路。徐晃当先，大叫："曹操欲劫驾何往？"操出马视之，见徐晃威风凛凛，暗暗称奇。便令许褚出马，与徐晃交锋。刀斧相交，战五十馀合，不分胜败。操即鸣金收军，召谋士议曰："杨奉、韩暹，诚不足道。徐晃乃真良将也，吾不忍以力并之，当以计招之。"行军从事满宠曰："主公勿虑。某向与徐晃有一面之交，今晚扮作小卒，偷入其营，以言说之，管教他倾心来降。"操欣然遣之。

是夜，满宠扮作小卒，混入彼军队中，偷至徐晃帐前，只见晃秉烛被甲而坐。宠突至其前，揖曰："故人别来无恙乎？"徐晃惊起，熟视之，曰："子非山阳满伯宁耶？何以至此？"宠曰："某现为曹将军从事，今日于阵前得见故人，欲进一言，故特冒死而来。"晃乃延之坐，问其来意。宠曰："公之勇略，世所罕有，奈何屈身于杨、韩之徒？曹将军当世英雄，其好贤礼士，天下所知也。今日阵前见公之勇，十分敬爱，故不忍以健将决死战，特遣宠来奉邀。公何不弃暗投明，共成大业？"晃沉吟良久，乃喟然叹曰："吾固知奉、暹非立业之人，奈从之久矣，不忍相舍。"宠曰："岂不闻良禽择木而栖，贤臣择主而事？遇可事之主，而交臂失之，非丈夫也。"晃起谢曰："愿从公言。"宠曰："何不就杀奉、暹而去，以为进见之礼？"晃曰："以臣弑主，大不义也，吾决不为。"宠曰："公真义士也。"晃遂引帐下数十骑，连夜同满宠来投曹操。

早有人报知杨奉。奉大怒，自引千骑来追，大叫："徐晃反贼休走！"正追赶间，忽然一声炮响，山上山下，火把齐明，伏军四出。曹操亲自引军当先，大喝："我在此等候多时，休教走脱！"杨奉大惊，急待回军，早被曹兵围住。恰好韩暹引兵来救，两军混战，杨奉走脱。曹操趁彼军乱，乘势攻击，两家军士大半多降。杨奉、韩暹势孤，引败兵投袁术去了。

曹操收军回营，满宠引徐晃入见。操大喜，厚待之。于是迎銮驾到许都，盖造宫室殿宇，立宗庙社稷、省台司院衙门，修城郭府库；封董承等十三人为列侯。赏功罚罪，并听曹操处置。操自封为大将军、武平侯。以荀彧为侍中、尚书令，荀攸为军师，郭嘉为司马祭酒，刘晔为司空仓曹掾，毛玠、任峻为典农中郎将、催督钱粮使，程昱为东平相，范成、董昭为洛阳令，满宠为许都令；夏侯惇、夏侯渊、曹仁、曹洪皆为将军，吕虔、李典、乐进、于禁、徐晃皆为校尉，许褚、典韦皆为都尉，其馀将士各各封官。自此大权皆归于曹操：朝廷大务，先禀曹操，然后方奏天子。

操既定大事，乃设宴后堂，聚众谋士共议曰："刘备屯兵徐州，自领州事；近吕布以兵败投之，备使居于小沛：若二人同心引兵来犯，乃心腹之患也。公等有何妙计可图之？"许褚曰："愿借精兵五万，斩刘备、吕布之头，献于丞相。"荀彧曰："将军勇则勇矣，不知用谋。今许都新定，未可造次用兵。彧有一计，名曰'二虎竞食'之计。今刘备虽领徐州，未得诏命。明公可奏请诏命实授备为徐州牧，因密与一书，教杀吕布。事成则备无猛士为辅，亦渐可图；事不成则吕布必杀备矣。此乃'二虎竞食'之计也。"操从其言，即时奏请诏命，遣使赍往徐州，封刘备为征东将军、宜城亭侯，领徐州牧；并附密书一封。

却说刘玄德在徐州，闻帝幸许都，正欲上表庆贺，忽报天使至，出郭迎接入郡。拜受恩命毕，设宴管待来使。使曰："君侯得此恩命，实曹将军于帝前保荐之力也。"玄德称谢。使者乃取出私书，递与玄德。玄德看罢，曰："此事尚容计议。"席散，安歇来使于馆驿。玄德连夜与众商议此事。张飞曰："吕布本无义之人，杀之何碍？"玄德曰："他势穷而来投我，我若杀之，亦是不义。"张飞曰："好人难做。"玄德不从。

次日，吕布来贺，玄德教请入见。布曰："闻公受朝廷恩命，特来相贺。"玄德逊谢。只见张飞扯剑上厅，要杀吕布。玄德慌忙阻住。布大惊曰："翼德何故只要杀我？"张飞叫曰："曹操道你是无义之人，教我哥哥杀你。"玄德连声喝退。乃引吕布同入后堂，实告前因，就将曹操所送密书与吕布看。布看毕，泣曰："此乃曹贼欲令我二人不和耳。"玄德曰："兄勿忧，刘备誓不为此不义之事。"吕布再三拜谢。备留布饮酒，至晚方回。关、张曰："兄长何故不杀吕布？"玄德曰："此曹孟德恐我与吕布同谋伐之，故用此计，使我两人自相吞并，彼却于中取利。奈何为所使乎？"关公点头道是。张飞曰："我只要杀此贼，以绝后患。"玄德曰："此非大丈夫之所为也。"

次日，玄德送使命回京，就拜表谢恩，并回书与曹操，只言容缓图之。使命回见曹操，言玄德不杀吕布之事。操问荀彧曰："此计不成，奈何？"彧曰："又有一计，名曰'驱虎吞狼'之计。"操曰："其计如何？"彧曰："可暗令人往袁术处通问，报说刘备上密表，要略南郡。术闻之，必怒而攻备。公乃明诏刘备讨袁术。两边相并，吕布必生异心。此'驱虎吞狼'之计也。"操大喜，先发人往袁术处；次假天子诏，发人往徐州。

却说玄德在徐州，闻使命至，出郭迎接，开读诏书，却是要起兵讨袁术。玄德领命，送使者先回。糜竺曰："此又是曹操之计。"玄德曰："虽是计，王命不可违也。"遂点军马，克日起程。孙乾曰："可先定守城之人。"玄德曰："二弟之中，谁人可守？"关公曰："弟愿守此城。"玄德曰："吾早晚欲与尔议事，岂可相离？"张飞曰："小弟愿守此城。"玄德曰："你守不得此城：你一者酒后刚强，鞭挞士卒；二者作事轻易，不从人谏。吾不放心。"张飞曰："弟自今以后，不饮酒，不打军士，诸般听人劝谏便了。"糜竺曰："只恐口不应心。"飞怒曰："吾跟哥哥多年，未尝失信，你如何轻料我？"玄德曰："弟言虽如此，吾终不放心。还请陈元龙辅之，早晚令其少饮酒，勿致失事。"陈登应诺。玄德分付了当，乃统马步军三万，离徐州，望南阳进发。

却说袁术闻说刘备上表，欲吞其州县，乃大怒曰："汝乃织席编屦之夫，今辄占据大郡，与诸侯同列。吾正欲伐汝，汝却反欲图我，深为可恨！"乃使上将纪灵起兵十万，杀奔徐州。两军会于盱眙。玄德兵少，依山傍水下寨。那纪灵乃山东人，使一口三尖刀，重五十斤。是日引兵出阵，大骂："刘备村夫，安敢侵吾境界！"玄德曰："吾奉天子诏，以讨不臣。汝今敢来相拒，罪不容诛！"纪灵大怒，拍马舞刀，直取玄德。关公大喝曰："匹夫休得逞强！"出马与纪灵大战。一连三十合，不分胜负。纪灵大叫："少歇！"关公便拨马回阵，立于阵前候之。纪灵却遣副将荀正出马。关公曰："只教纪灵来，与他决个雌雄。"荀正曰："汝乃无名下将，非纪将军对手。"关公大怒，直取荀正，交马一合，砍荀正于马下。玄德驱兵杀将过去，纪灵大败，退守淮阴河口，不敢交战。只教军士来偷营劫寨，皆被徐州兵杀败。两军相拒，不在话下。

却说张飞自送玄德起身后，一应杂事，俱付陈元龙管理；军机大务，自家参酌。一日，设宴请各官赴席。众人坐定，张飞开言曰："我兄临去时，分付我少饮酒，恐致失事。众官今日尽此一醉，明日都各戒酒，帮我守城。今日却都要满饮。"言罢，起身与众官把盏。酒至曹豹面前，豹曰："我从天戒[①]，不饮酒。"飞曰："厮杀汉如何不饮酒？我要你吃一盏。"豹惧怕，只得饮了一杯。张飞把遍各官，自斟巨觥[②]，连饮了几十杯，不觉大醉，却又起身与众

① 天戒——天生不会饮酒。

② 觥（gōng）——用兽角或木、铜制作的古代酒器，形似带角的兽头或象头，底多有四足。

官把盏。酒至曹豹，豹曰："某实不能饮矣。"飞曰："你恰才吃了，如今为何推却？"豹再三不饮。飞醉后使酒，便发怒曰："你违我将令，该打一百。"便喝军士拿下。陈元龙曰："玄德公临去时，分付你甚来？"飞曰："你文官，只管文官事，休来管我。"曹豹无奈，只得告求曰："翼德公，看我女婿之面，且恕我罢。"飞曰："你女婿是谁？"豹曰："吕布是也。"飞大怒曰："我本不欲打你，你把吕布来唬我，我偏要打你。我打你，便是打吕布。"诸人劝不住。将曹豹鞭至五十，众人苦苦告饶，方止。

席散，曹豹回去，深恨张飞，连夜差人赍书一封，径投小沛见吕布，备说张飞无礼。且云："玄德已往淮南，今夜可乘飞醉，引兵来袭徐州，不可错此机会。"吕布见书，便请陈宫来议。宫曰："小沛原非久居之地，今徐州既有可乘之隙，失此不取，悔之晚矣。"

布从之，随即披挂上马，领五百骑先行；使陈宫引大军继进，高顺亦随后进发。小沛离徐州只四五十里，上马便到。吕布到城下时，恰才四更，月色澄清，城上更不知觉。布到城门边叫曰："刘使君有机密使人至。"城上有曹豹军报知曹豹，豹上城看之，便令军士开门。吕布一声暗号，众军齐入，喊声大举。张飞正醉卧府中，左右急忙摇醒，报说："吕布赚开城门，杀将进来了。"张飞大怒，慌忙披挂，绰了丈八蛇矛。才出府门上得马时，吕布军马已到，正与相迎。张飞此时酒犹未醒，不能力战。吕布素知飞勇，亦不敢相逼。十八骑燕将保着张飞，杀出东门。玄德家眷在府中，都不及顾了。

却说曹豹见张飞只十数人护从，又欺他醉，遂引百十人赶来。飞见豹，大怒，拍马来迎。战了三合，曹豹败走。飞赶到河边，一枪正刺中曹豹后心，连人带马，死于河中。飞于城外招呼士卒，出城者尽随飞投淮南而去。吕布入城，安抚居民；令军士一百人守把玄德宅门，诸人不许擅入。

却说张飞引数十骑，直到盱眙来见玄德，具说曹豹与吕布里应外合，夜袭徐州。众皆失色。玄德叹曰："得何足喜，失何足忧！"关公曰："嫂嫂安在？"飞曰："皆陷于城中矣。"玄德默然无语。关公顿足埋怨曰："你当初要守城时说甚来？兄长分付你甚来？今日城池又失了，嫂嫂又陷了，如何是好？"张飞闻言，惶恐无地，掣剑欲自刎。正是：

举杯畅饮情何放，拔剑捐生悔已迟。

不知性命如何，且听下文分解。

第十五回

太史慈酣斗小霸王　孙伯符大战严白虎

却说张飞拔剑要自刎，玄德向前抱住，夺剑掷地曰：“古人云：‘兄弟如手足，妻子如衣服。衣服破，尚可缝；手足断，安可续？’吾三人桃园结义，不求同生，但愿同死。今虽失了城池、家小，安忍教兄弟中道而亡？况城池本非吾有；家眷虽被陷，吕布必不谋害，尚可设计救之。贤弟一时之误，何至遽欲捐生耶？”说罢大哭。关、张俱感泣。

且说袁术知吕布袭了徐州，星夜差人至吕布处，许以粮五万斛、马五百匹、金银一万两、彩缎一千匹，使夹攻刘备。布喜，令高顺领兵五万袭玄德之后。玄德闻得此信，乘阴雨撤兵，弃盱眙而走，思欲东取广陵。比及高顺军来，玄德已去。高顺与纪灵相见，就索所许之物。灵曰：“公且回军，容某见主公计之。”高顺乃别纪灵，回军见吕布，具述纪灵语。布正在迟疑，忽有袁术书至，书意云：“高顺虽来，而刘备未除；且待捉了刘备，那时方以所许之物相送。”布怒骂袁术失信，欲起兵伐之。陈宫曰：“不可。术据寿春，兵多粮广，不可轻敌。不如请玄德还屯小沛，使为我羽翼。他日令玄德为先锋，那时先取袁术，后取袁绍，可纵横天下矣。”布听其言，令人赍书迎玄德回。

却说玄德引兵东取广陵，被袁术劫寨，折兵大半。回来正遇吕布之使，呈上书札，玄德大喜。关、张曰：“吕布乃无义之人，不可信也。”玄德曰：“彼既以好情待我，奈何疑之？”遂来到徐州。布恐玄德疑惑，先令人送还家眷。甘、糜二夫人见玄德，具说吕布令兵把定宅门，禁诸人不得入；又常使侍妾送物，未尝有缺。玄德谓关、张曰："我知吕布必不害我家眷也。"乃入城谢吕布。张飞恨吕布，不肯随往，先奉二嫂往小沛去了。玄德入见吕布拜谢。吕布曰："我非欲夺城，因令弟张飞在此恃酒杀人，恐有失事，故来守之耳。"玄德曰："备欲让兄久矣。"布假意仍让玄德。玄德力辞，还屯小沛驻扎。关、张心中不忿，玄德曰："屈身守分，以待天时，不可与命争也。"吕布令人送粮米、缎匹。自此两家和好，不在话下。

却说袁术大宴将士于寿春。人报孙策征庐江太守陆康，得胜而回。术唤策至，策拜于堂下。问劳已毕，便令侍坐饮宴。原来孙策自父丧之后，退居江南，礼贤下士。后因陶谦与策母舅、丹阳太守吴景不和，策乃移母并家属居于曲阿，自己却投袁术。术甚爱之，常叹曰："使术有子如孙郎，死复何恨！"因使为怀义校尉，引兵攻泾县大帅祖郎得胜。术见策勇，复使攻陆康，今又得胜而回。

当日筵散，策归营寨，见术席间相待之礼甚傲，心中郁闷，乃步月于中庭。因思父孙坚如此英雄，我今沦落至此，不觉放声大哭。忽见一人自外而入，大笑曰："伯符何故如此？尊父在日，多曾用我。君今有不决之事，何不问我，乃自哭耶？"策视之，乃丹阳故鄣人，姓朱名治，字君理，孙坚旧从事官也。策收泪而延之坐曰："策所哭者，恨不能继父之志耳。"治曰："君何不告袁公路，借兵往江东，假名救吴景，实图大业，而乃久困于人之下乎？"正商议间，一人忽入，曰："公等所谋，吾已知之。吾手下有精壮百人，暂助伯符一马之力。"策视其人，乃袁术谋士，汝南细阳人，姓吕名范，字子衡。策大喜，延坐共议。吕范曰："只恐袁公路不肯借兵。”策曰：“吾有亡父留下传国玉玺，以为质当[①]。”范曰：“公路欲得此久矣，以此相质，必肯发兵。”三人计议已定。

次日，策入见袁术，哭拜曰：“父仇不能报，今母舅吴景又为扬州刺史刘繇所逼，策老母家小皆在曲阿，必将被害。策敢借雄兵数千，渡江救难省亲。恐明公不信，有亡父遗下玉玺，权为质当。”术闻有玉玺，取而视之，大喜曰：“吾非要你玉玺，今且权留在此。我借兵三千、马五百匹与你。平定之后，可速回来。你职位卑微，难掌大权，我表你为折冲校尉、殄寇将军，克日领兵便行。”

策拜谢，遂引军马，带领朱治、吕范，旧将程普、黄盖、韩当等，择日起兵。行至历阳，见一军到。当先一人，姿质风流，仪容秀丽，见了孙策，下马便拜。策视其人，乃庐江舒城人，姓周名瑜，字公瑾。原来孙坚讨董卓之时，移家舒城，瑜与孙策同年，交情甚密，因结为昆仲[②]。策长瑜两月，瑜以兄事策。瑜叔周尚为丹阳太守，今往省亲，到此与策相遇。策见瑜大喜，诉以衷情。瑜曰：“某愿施犬马之力，共图大事。”策喜曰：“吾得公瑾，大事谐矣。”便令与朱治、吕范等相见。瑜谓策曰：“吾兄欲济大事，亦知江东有‘二张’乎？”策曰：“何为‘二张’？”瑜曰：“一人乃彭城张昭，字子布；一人乃广陵张纮，字子纲。二人皆有经天纬地之才，因避乱隐居于此。吾兄何不聘之？”策喜，即便令人赍礼往聘，俱辞不至。策乃亲到其家，与语大悦，力聘之，二人许允。策遂拜张昭为长史兼抚军中郎将，张纮为参谋正议校尉，商议攻击刘繇。

却说刘繇字正礼，东莱牟平人也。亦是汉室宗亲，太尉刘宠之侄，兖州刺史刘岱之弟。旧为扬州刺史，屯于寿春，被袁术赶

---

① 质当——以物作抵押。

② 昆仲——兄弟。老大为昆，老二为仲。

过江东，故来曲阿。当下闻孙策兵至，急聚众将商议。部将张英曰："某领一军屯于牛渚，纵有百万之兵，亦不能近。"言未毕，帐下一人高叫曰："某愿为前部先锋。"众视之，乃东莱黄县人太史慈也。慈自解了北海之围后，便来见刘繇，繇留于帐下。当日听得孙策来到，愿为前部先锋。繇曰："你年尚轻，未可为大将，只在吾左右听命。"太史慈不喜而退。

张英领兵至牛渚，积粮十万于邸阁[①]。孙策引兵到，张英出迎，两军会于牛渚滩上。孙策出马，张英大骂，黄盖便出与张英战。不数合，忽然张英军中大乱，报说寨中有人放火。张英急回军。孙策引军前来，乘势掩杀。张英弃了牛渚，望深山而逃。原来那寨后放火的，乃是两员健将：一人乃九江寿春人，姓蒋名钦，字公奕；一人乃九江下蔡人，姓周名泰，字幼平。二人皆遭世乱，聚人在扬子江中劫掠为生。久闻孙策为江东豪杰，能招贤纳士，故特引其党三百馀人，前来相投。策大喜，用为军前校尉。收得牛渚邸阁粮食、军器，并降卒四千馀人，遂进兵神亭。

却说张英败回见刘繇，繇怒欲斩之。谋士笮融、薛礼劝免，使屯兵零陵城拒敌。繇自领兵于神亭岭南下营，孙策于岭北下营。策问土人曰："近山有汉光武庙否？"土人曰："有庙在岭上。"策曰："吾夜梦光武召我相见，当往祈之。"长史张昭曰："不可。岭南乃刘繇寨，倘有伏兵，奈何？"策曰："神人佑我，吾何惧焉！"遂披挂绰枪上马，引程普、黄盖、韩当、蒋钦、周泰等共十三骑，出寨上岭，到庙焚香。下马参拜已毕，策向前跪祝曰："若孙策能于江东立业，复兴故父之基，即当重修庙宇，四时祭祀。"祝毕，出庙上马，回顾众将曰："吾欲过岭，探看刘繇寨栅。"诸将皆以为不可。策不从，遂同上岭，南望村林。早有伏路小军飞报刘繇。繇曰："此必是孙策诱敌之计，不可追之。"太史慈踊跃曰："此时

---

① 邸阁——古代官府所设储藏粮食和其他物品的仓库。

不捉孙策，更待何时？”遂不候刘繇将令，竟自披挂上马，绰枪出营，大叫曰：“有胆气者，都跟我来。”诸将不动。惟有一小将曰：“太史慈真猛将也，吾可助之。”拍马同行。众将皆笑。

却说孙策看了半晌，方始回马。正行过岭，只听得岭上叫：“孙策休走！”策回头视之，见两匹马飞下岭来。策将十三骑一齐摆开，策横枪立马于岭下待之。太史慈高叫曰：“那个是孙策？”策曰：“你是何人？”答曰：“我便是东莱太史慈也，特来捉孙策。”策笑曰：“只我便是。你两个一齐来并我一个，我不惧你。我若怕你，非孙伯符也。”慈曰：“你便众人都来，我亦不怕。”纵马横枪，直取孙策；策挺枪来迎。两马相交，战五十合，不分胜负。程普等暗暗称奇。

慈见孙策枪法无半点儿渗漏，乃佯输诈败，引孙策赶来。慈却不由旧路上岭，竟转过山背后。策赶到，大喝曰：“走的不算好汉！”慈心中自忖：“这厮有十二从人，我只一个，便活捉了他，也吃众人夺去。再引一程，教这厮没寻处，方好下手。”于是且战且走。策那里肯舍，一直赶到平川之地。慈兜回马再战，又到五十合。策一枪搠去，慈闪过，挟住枪；慈也一枪搠去，策亦闪过，挟住枪。两个用力只一拖，都滚下马来。马不知走的那里去了。两个弃了枪，揪住厮打，战袍扯得粉碎。策手快，掣了太史慈背上的短戟；慈亦掣了策头上的兜鍪。策把戟来刺慈，慈把兜鍪遮架。

忽然喊声后起，乃刘繇接应军到来，约有千馀。策正慌急，程普等十二骑亦冲到。策与慈方才放手。慈于军中讨了一匹马，取了枪，上马复来。孙策的马却是程普收得，策亦取枪上马。刘繇一千馀军，和程普等十二骑混战，逶迤[①]杀到神亭岭下。喊声起处，周瑜领军来到。刘繇自引大军杀下岭来。时近黄昏，风雨暴

---

① 逶迤（wēi yí）——这里是形容事物发展过程的曲折与连绵不断。

至，两下各自收军。

次日，孙策引军到刘繇营前，刘繇引军出迎。两阵圆处，孙策把枪挑太史慈的小戟于阵前，令军士大叫曰："太史慈若不是走的快，已被刺死了。"太史慈亦将孙策兜鍪挑于阵前，也令军士大叫曰："孙策头已在此。"两军呐喊，这边夸胜，那边道强。太史慈出马，要与孙策决个胜负；策遂欲出。程普曰："不须主公劳力，某自擒之。"程普出到阵前，太史慈曰："你非我之敌手，只教孙策出马来。"程普大怒，挺枪直取太史慈。两马相交，战到三十合，刘繇急鸣金收军。太史慈曰："我正要捉拿贼将，何故收军？"刘繇曰："人报周瑜领军袭取曲阿，有庐江松滋人陈武，字子烈，接应周瑜入去。吾家基业已失，不可久留。速往秣陵，会薛礼、笮融军马，急来接应。"太史慈跟着刘繇退军。孙策不赶，收住人马。长史张昭曰："彼军被周瑜袭取曲阿，无恋战之心，今夜正好劫营。"孙策然之。当夜分军五路，长驱大进。刘繇军兵大败，众皆四纷五落。太史慈独力难当，引十数骑，连夜投泾县去了。

却说孙策又得陈武为辅，其人身长七尺，面黄睛赤，形容古怪。策甚敬爱之，拜为校尉，使作先锋，攻薛礼。武引十数骑突入阵去，斩首级五十馀颗。薛礼闭门不敢出。策正攻城，忽有人报："刘繇会合笮融，去取牛渚。"孙策大怒，自提大军，竟奔牛渚。刘繇、笮融二人出马迎敌。孙策曰："吾今到此，你如何不降？"刘繇背后一人挺枪出马，乃部将于糜也。与策战不三合，被策生擒过去，拨马回阵。繇将樊能见捉了于糜，挺枪来赶。那枪刚搠到策后心，策阵上军士大叫："背后有人暗算！"策回头，忽见樊能马到，乃大喝一声，声如巨雷。樊能惊骇，倒翻身撞下马来，破头而死。策到门旗下，将于糜丢下，已被挟死。一霎时挟死一将，喝死一将，自此人皆呼孙策为"小霸王"。当日刘繇兵大败，人马大半降策，策斩首级万馀。刘繇与笮融走豫章，投刘表去了。

孙策还兵，复攻秣陵，亲到城壕边，招谕薛礼投降。城上暗放一冷箭，正中孙策左眼，翻身落马。众将急救起，还营拔箭，以金疮药傅之。策令军中诈称主将中箭身死，军中举哀，拔寨齐起。薛礼听知孙策已死，连夜起城内之军，与骁将张英、陈横杀出城来追之。忽然伏兵四起，孙策当先出马，高声大叫曰："孙郎在此！"众军皆惊，尽弃枪刀，拜于地下。策令休杀一人。张英拨马回走，被陈武一枪刺死；陈横被蒋钦一箭射死；薛礼死于乱军中。策入秣陵，安辑[①]居民。移兵至泾县，来捉太史慈。

却说太史慈招得精壮二千馀人，并所部兵，正要来与刘繇报仇。孙策与周瑜商议活捉太史慈之计。瑜令三面攻县，只留东门放走；离城五十里，三路各伏一军，太史慈到那里，人困马乏，必然被擒。原来太史慈所招军大半是山野之民，不谙[②]纪律。泾县城头苦不甚高。当夜孙策命陈武短衣持刀，首先爬上城放火。太史慈见城上火起，上马投东门走，背后孙策引军赶来。太史慈正走，后军赶至三十里，却不赶了。太史慈走了五十里，人困马乏，芦苇之中喊声忽起。慈急待走，两下里绊马索齐来，将马绊翻了，生擒太史慈，解投大寨。

策知解到太史慈，亲自出营，喝散士卒，自释其缚，将自己锦袍衣之，请入寨中，谓曰："我知子义真丈夫也。刘繇蠢辈，不能用为大将，以致此败。"慈见策待之甚厚，遂请降。策执慈手笑曰："神亭相战之时，若公获我，还相害否？"慈笑曰："未可知也。"策大笑，请入帐，邀之上坐，设宴款待。慈曰："刘君新破，士卒离心。某欲自往收拾馀众，以助明公。不识能相信否？"策起谢曰："此诚策所愿也。今与公约：明日日中，望公来还。"慈应诺而去。诸将曰："太史慈此去必不来矣。"策曰："子义乃信义之

---

① 安辑——安抚民众，使其安定。辑：安定。

② 谙（ān）——熟悉。

士，必不背我。”众皆未信。次日，立竿于营门，以候日影。恰将日中，太史慈引一千馀众到寨。孙策大喜。众皆服策之知人。

于是孙策聚数万之众，下江东，安民恤众，投者无数。江东之民，皆呼策为“孙郎”，但闻孙郎兵至，皆丧胆而走。及策军到，并不许一人掳掠，鸡犬不惊，人民皆悦，赍牛酒到寨劳军。策以金帛答之，欢声遍野。其刘繇旧军，愿从军者听从，不愿为军者给赏归农。江南之民，无不仰颂，由是兵势大盛。策乃迎母、叔、诸弟俱归曲阿，使弟孙权与周泰守宣城，策领兵南取吴郡。

时有严白虎，自称“东吴德王”，据吴郡，遣部将守住乌程、嘉兴。当日白虎闻策兵至，令弟严舆出兵，会于枫桥。舆横刀立马于桥上。有人报入中军，策便欲出。张纮谏曰：“夫主将乃三军之所系命，不宜轻敌小寇。愿将军自重。”策谢曰：“先生之言如金石①。但恐不亲冒矢石，则将士不用命耳。”随遣韩当出马。比及韩当到桥上时，蒋钦、陈武早驾小舟从河岸边杀过桥里，乱箭射倒岸上军，二人飞身上岸砍杀，严舆退走。韩当引军直杀到阊门下，贼退入城里去了。策分兵水陆并进，围住吴城，一围三日，无人出战。策引众军到阊门外招谕，城上一员裨将左手托定护梁，右手指着城下大骂。太史慈就马上拈弓取箭，顾军将曰：“看我射中这厮左手。”说声未绝，弓弦响处，果然射个正中，把那将的左手射透，反牢钉在护梁上。城上城下人见者，无不喝采。众人救了这人下城。

白虎大惊曰：“彼军有如此人，安能敌乎！”遂商量求和。次日，使严舆出城，来见孙策。策请舆入帐饮酒。酒酣，问舆曰：“令兄意欲如何？”舆曰：“欲与将军平分江东。”策大怒曰：“鼠辈安敢与吾相等！”命斩严舆。舆拔剑起身，策飞剑砍之，应手

---

① 言如金石——比喻极其精辟、可以传之久远的言论。金石：雕刻在钟鼎和石碑上的文字。

而倒，割下首级，令人送入城中。白虎料敌不过，弃城而走。策进兵追袭。黄盖攻取嘉兴，太史慈攻取乌程，数州皆平。白虎奔馀杭，于路劫掠，被土人凌操领乡人杀败，望会稽而走。凌操父子二人来接孙策，策使为从征校尉，遂同引兵渡江。严白虎聚寇，分布于西津渡口。程普与战，复大败之，连夜赶到会稽。

会稽太守王朗欲引兵救白虎，忽一人出曰："不可。孙策用仁义之师，白虎乃暴虐之众，还宜擒白虎以献孙策。"朗视之，乃会稽余姚人，姓虞名翻，字仲翔，现为郡吏。朗怒叱之，翻长叹而出。朗遂引兵会合白虎，同陈兵于山阴之野。两阵对圆，孙策出马，谓王朗曰："吾兴仁义之兵，来安浙江，汝何故助贼？"朗骂曰："汝贪心不足，既得吴郡，而又强并吾界。今日特与严氏雪仇。"孙策大怒，正待交战，太史慈早出。王朗拍马舞刀，与慈战不数合，朗将周昕杀出助战；孙策阵中黄盖飞马接住周昕交锋。两下鼓声大震，互相鏖战[①]。忽王朗阵后先乱，一彪军从背后抄来。朗大惊，急回马来迎。原来是周瑜与程普引军刺斜杀来，前后夹攻。王朗寡不敌众，与白虎、周昕杀条血路，走入城中，拽起吊桥，坚闭城门。孙策大军乘势赶到城下，分布众军，四门攻打。王朗在城中见孙策攻城甚急，欲再出兵决一死战。严白虎曰："孙策兵势甚大，足下只宜深沟高垒，坚壁勿出。不消一月，彼军粮尽，自然退走。那时乘虚掩之，可不战而破也。"朗依其议，乃固守会稽城而不出。

孙策一连攻了数日，不能成功，乃与众将计议。孙静曰："王朗负固守城，难可卒[②]拔。会稽钱粮大半屯于查渎，其地离此数十里，莫若以兵先据其内，所谓'攻其无备，出其不意'也。"策大喜曰："叔父妙用，足破贼人矣。"即下令于各门燃火，虚张旗号，

① 鏖（áo）战——激烈而又艰苦的战斗。

② 卒（cù）——同"猝"。有二义：一为突然；一为仓促。这里是后一义。

设为疑兵，连夜撤围南去。周瑜进曰："主公大兵一起，王朗必然出城来赶，可用奇兵胜之。"策曰："吾今准备下了，取城只在今夜。"遂令军马起行。

却说王朗闻报孙策军马退去，自引众人来敌楼上观望，见城下烟火并起，旌旗不杂，心下迟疑。周昕曰："孙策走矣，特设此计以疑我耳。可出兵袭之。"严白虎曰："孙策此去，莫非要去查渎？我令部兵与周将军追之。"朗曰："查渎是我屯粮之所，正须提防。汝引兵先行，吾随后接应。"白虎与周昕领五千兵出城追赶。将近初更，离城二十馀里，忽密林里一声鼓响，火把齐明。白虎大惊，便勒马回走。一将当先拦住，火光中视之，乃孙策也。周昕舞刀来迎，被策一枪刺死。馀众皆降。白虎杀条血路，望馀杭而走。王朗听知前军已败，不敢入城，引部下奔逃海隅[①]去了。孙策复回大军，乘势取了城池，安定人民。不隔一日，只见一人将着严白虎首级，来孙策军前投献。策视其人，身长八尺，面方口阔。问其姓名，乃会稽余姚人，姓董名袭，字元代。策喜，命为别部司马。自是东路皆平，令叔孙静守之，令朱治为吴郡太守，收军回江东。

却说孙权与周泰守宣城，忽山贼窃发，四面杀至。时值更深，不及抵敌，泰抱权上马。数十贼众，用刀来砍。泰赤体步行，提刀杀贼，砍杀十馀人。随后一贼跃马挺枪，直取周泰。被泰扯住枪，拖下马来，夺了枪、马，杀条血路，救出孙权。馀贼远遁。

周泰身被十二枪，金疮发胀，命在须臾。策闻之大惊。帐下董袭曰："某曾与海寇相持，身遭数枪，得会稽一个贤郡吏虞翻荐一医者，半月而愈。"策曰："虞翻莫非虞仲翔乎？"袭曰："然。"策曰："此贤士也，我当用之。"乃令张昭与董袭同往聘请虞翻。翻

---

① 海隅——泛指沿海地区。隅：边远地区。

至，策优礼相待，拜为功曹。因言及求医之意，翻曰："此人乃沛国谯郡人，姓华名佗，字元化，真当世之神医也。当引之来见。"不一日引至。策见其人童颜鹤发，飘然有出世之姿。乃待为上宾，请视周泰疮。佗曰："此易事耳。"投之以药，一月而愈。策大喜，厚谢华佗。

遂进兵杀除山贼，江南皆平。孙策分拨将士，守把各处隘口；一面写表申奏朝廷；一面结交曹操；一面使人致书与袁术取玉玺。

却说袁术暗有称帝之心，乃回书推托不还。急聚长史杨大将，都督张勋、纪灵、桥蕤，上将雷薄、陈兰等三十馀人商议，曰："孙策借我军马起事，今日尽得江东地面，乃不思报本，而反来索玺，殊为无礼。当以何策图之？"长史杨大将曰："孙策据长江之险，兵精粮广，未可图也。今当先伐刘备，以报前日无故相攻之恨，然后图取孙策未迟。某献一计，使备即日就擒。"正是：

不去江东图虎豹，却来徐郡斗蛟龙。

不知其计若何，且听下文分解。

第 十 六 回

吕奉先射戟辕门　曹孟德败师淯水

却说杨大将献计欲攻刘备，袁术曰："计将安出？"大将曰："刘备军屯小沛，虽然易取，奈吕布虎踞徐州，前次许他金帛粮马，至今未与，恐其助备。今当令人送与粮食，以结其心，使其按兵不动，则刘备可擒。先擒刘备，后图吕布，徐州可得也。"术喜，便具粟二十万斛，令韩胤赍密书往见吕布。吕布甚喜，重待韩胤。胤回告袁术。术遂遣纪灵为大将，雷薄、陈兰为副将，统兵数万，进攻小沛。玄德闻知此信，聚众商议，张飞要出战。孙乾曰："今小沛粮寡兵微，如何抵敌？可修书告急于吕布。"张飞曰："那厮如何肯来？"玄德曰："乾之言善。"遂修书与吕布。书略曰：

> 伏自将军垂念，令备于小沛容身，实拜云天[①]之德。今袁术欲报私仇，遣纪灵领兵到县，亡在旦夕，非将军莫能救。望驱一旅之师，以救倒悬之急，不胜幸甚！

吕布看了书，与陈宫计议曰："前者袁术送粮致书，盖欲使我不救玄德也；今玄德又来求救。吾想玄德屯军小沛，未必遂能为我害；若袁术并了玄德，则北连泰山诸将以图我，我不能安枕矣：不若救玄德。"遂点兵起程。

却说纪灵起兵长驱大进，已到沛县东南，扎下营寨。昼列旌旗，遮映山川；夜设火鼓，震明天地。玄德县中止有五千馀人，也

---

① 云天——形容高厚的意思。

只得勉强出县，布阵安营。忽报吕布引兵离县一里，西南上扎下营寨。纪灵知吕布领兵来救刘备，急令人致书于吕布，责其无信。布笑曰："我有一计，使袁、刘两家都不怨我。"乃发使往纪灵、刘备寨中，请二人饮宴。玄德闻布相请，即便欲往。关、张曰："兄长不可去，吕布必有异心。"玄德曰："我待彼不薄，彼必不害我。"遂上马而行，关、张随往。到吕布寨中，入见，布曰："吾今特解公之危，异日得志，不可相忘。"玄德称谢。布请玄德坐，关、张按剑立于背后。人报纪灵到，玄德大惊，欲避之。布曰："吾特请你二人来会议，勿得生疑。"玄德未知其意，心下不安。

纪灵下马入寨，却见玄德在帐上坐，大惊，抽身便回，左右留之不住。吕布向前一把扯回，如提童稚。灵曰："将军欲杀纪灵耶？"布曰："非也。"灵曰："莫非杀大耳儿乎？"布曰："亦非也。"灵曰："然则为何？"布曰："玄德与布乃兄弟也，今为将军所困，故来救之。"灵曰："若此则杀灵也？"布曰："无有此理。布平生不好斗，惟好解斗。吾今为两家解之。"灵曰："请问解之之法。"布曰："我有一法，从天所决。"乃拉灵入帐，与玄德相见。二人各怀疑忌。

布乃居中坐，使灵居左，备居右，且教设宴行酒。酒行数巡，布曰："你两家看我面上，俱各罢兵。"玄德无语。灵曰："吾奉主公之命，提十万之兵，专捉刘备，如何罢得？"张飞大怒，拔剑在手，叱曰："吾虽兵少，觑汝辈如儿戏耳！你比百万黄巾何如？你敢伤我哥哥？"关公急止之曰："且看吕将军如何主意，那时各回营寨，厮杀未迟。"吕布曰："我请你两家解斗，须不教你厮杀。"这边纪灵不忿，那边张飞只要厮杀。布大怒，教左右："取我戟来！"布提画戟在手，纪灵、玄德尽皆失色。布曰："我劝你两家不要厮杀，尽在天命。"令左右接过画戟，去辕门外远远插定。乃回顾纪灵、玄德曰："辕门离中军一百五十步。吾若一箭射中戟小枝，你两家罢兵；如射不中，你各自回营，安排厮杀。有不从吾言者，并力拒之。”纪灵私忖：“戟在一百五十步之外，安能便中？且落得应允，待其不中，那时凭我厮杀。”便一口许诺。玄德自无不允。布都教坐，再各饮一杯酒。酒毕，布教取弓箭来。玄德暗祝曰：“只愿他射得中便好。”只见吕布挽起袍袖，搭上箭，扯满弓，叫一声：“着！”正是：

弓开如秋月行天，箭去似流星落地。

一箭正中画戟小枝。帐上帐下将校齐声喝采。后人有诗赞之曰：

温侯神射世间稀，曾向辕门独解危。
落日果然欺后羿，号猿直欲胜由基。
虎筋弦响弓开处，雕羽翎飞箭到时。
豹子尾摇穿画戟，雄兵十万脱征衣。

当下吕布射中画戟小枝，呵呵大笑，掷弓于地，执纪灵、玄德之手曰：“此天令你两家罢兵也。”喝教军士：“斟酒来！各饮一大觥。”玄德暗称惭愧[①]。纪灵默然半晌，告布曰：“将军之言，不敢不听。奈纪灵回去，主人如何肯信？”布曰：“吾自作书复之便了。”酒又数巡，纪灵求书先回。布谓玄德曰：“非我则公危矣。”玄德拜谢，与关、张回。次日，三处军马都散。

不说玄德入小沛，吕布归徐州。却说纪灵回淮南见袁术，说吕布辕门射戟解和之事，呈上书信。袁术大怒曰：“吕布受吾许多粮米，反以此儿戏之事偏护刘备。吾当自提重兵，亲征刘备，兼讨吕布。”纪灵曰：“主公不可造次。吕布勇力过人，兼有徐州之地，若布与备首尾相连，不易图也。灵闻布妻严氏有一女，年已及笄[②]。主公有一子，可令人求亲于布。布若嫁女于主公，必杀刘

① 惭愧——这里是侥幸、庆幸之意。

② 及笄（jī）——《礼记·内则》：“（女子）十有五年而笄。”郑玄注：“谓应年许嫁者。女子许嫁，笄而字之。”意谓女子十五岁，就算到了出嫁年龄，就可以用簪子将头发挽成发髻了。笄：即簪子。

备，此乃‘疏不间亲’[①]之计也。”袁术从之，即日遣韩胤为媒，赍礼物往徐州求亲。

胤到徐州见布，称说：“主公仰慕将军，欲求令爱为儿妇，永结秦晋之好[②]。”布入谋于妻严氏。原来吕布有二妻一妾：先娶严氏为正妻，后娶貂蝉为妾；及居小沛时，又娶曹豹之女为次妻。曹氏先亡无出，貂蝉亦无所出，惟严氏生一女，布最钟爱。当下严氏对布曰：“吾闻袁公路久镇淮南，兵多粮广，早晚将为天子。若成大事，则吾女有后妃之望。只不知他有几子？”布曰：“止有一子。”妻曰：“既如此，即当许之。纵不为皇后，吾徐州亦无忧矣。”布意遂决，厚款韩胤，许了亲事。韩胤回报袁术。术即备聘礼，仍令韩胤送至徐州。吕布受了，设席相待，留于馆驿安歇。

次日，陈宫竟往馆驿内拜望韩胤。讲礼毕，坐定，宫乃叱退左右，对胤曰：“谁献此计，教袁公与奉先联姻？意在取刘玄德之头乎？”胤失惊，起谢曰：“乞公台勿泄。”宫曰：“吾自不泄，只恐其事若迟，必被他人识破，事将中变。”胤曰：“然则奈何？愿公教之。”宫曰：“吾见奉先，使其即日送女就亲，何如？”胤大喜，称谢曰：“若如此，袁公感佩明德[③]不浅矣。”

宫遂辞别韩胤，入见吕布曰：“闻公女许嫁袁公路，甚善。但不知于何日结亲？”布曰：“尚容徐议。”宫曰：“古者自受聘至成婚之期，各有定例：天子一年，诸侯半年，大夫一季，庶民一月。”布曰：“袁公路天赐国宝，早晚当为帝，今从天子例，可乎？”宫曰：“不可。”布曰：“然则仍从诸侯例？”宫曰：“亦不可。”布曰：“然则将从卿大夫例矣？”宫曰：“亦不可。”布笑曰：“公岂欲吾依庶民例耶？”宫曰：“非也。”布曰：“然则公意欲如何？”宫曰：

① 疏不间亲——本指关系疏远者不介入关系亲近者之间的事。这里引申为关系疏远者难以离间亲近的人。

② 秦晋之好——春秋时秦、晋两国国君多互通婚，后遂以“秦晋之好”指两姓联姻。

③ 明德——即美德。

“方今天下诸侯互相争雄，今公与袁公路结亲，诸侯保无有嫉妒者乎？若复远择吉期，或竟乘我良辰，伏兵半路以夺之，如之奈何？为今之计，不许便休，既已许之，当趁诸侯未知之时，即便送女到寿春，另居别馆，然后择吉成亲，万无一失也。”布喜曰：“公台之言甚当。”遂入告严氏，连夜具办妆奁，收拾宝马香车，令宋宪、魏续一同韩胤送女前去，鼓乐喧天，送出城外。

时陈元龙之父陈珪养老在家，闻鼓乐之声，遂问左右，左右告以故。珪曰：“此乃‘疏不间亲’之计也。玄德危矣！”遂扶病来见吕布。布曰：“大夫何来？”珪曰：“闻将军死至，特来吊丧。”布惊曰：“何出此言？”珪曰：“前者袁公路以金帛送公，欲杀刘玄德，而公以射戟解之。今忽来求亲，其意盖欲以公女为质，随后就来攻玄德而取小沛。小沛亡，徐州危矣。且彼或来借粮，或来借兵：公若应之，是疲于奔命，而又结怨于人；若其不允，是弃亲而启兵端也。况闻袁术有称帝之意，是造反也。彼若造反，则公乃反贼亲属矣，得无为天下所不容乎？”布大惊曰：“陈宫误我。”急命张辽引兵追赶，至三十里之外，将女抢归；连韩胤都拿回监禁，不放归去。却令人回复袁术，只说女儿妆奁未备，俟备毕，便自送来。陈珪又说吕布，使解韩胤赴许都。布犹豫未决。

忽人报：“玄德在小沛招军买马，不知何意。”布曰：“此为将者本分事，何足为怪。”正话间，宋宪、魏续至，告布曰：“我二人奉明公之命，往山东买马，买得好马三百馀匹。回至沛县界首，被强寇劫去一半。打听得是刘备之弟张飞诈妆山贼，抢劫马匹去了。”吕布听了大怒，随即点兵往小沛，来斗张飞。玄德闻知大惊，慌忙领兵出迎。两阵圆处，玄德出马曰：“兄长何故领兵到此？”布指骂曰：“我辕门射戟，救你大难，你何故夺我马匹？”玄德曰：“备因缺马，令人四下收买，安敢夺兄马匹？”布曰：“你便使张飞夺了我好马一百五十匹，尚自抵赖。”张飞挺枪出马曰：

"是我夺了你好马，你今待怎么？"布骂曰："环眼贼，你累次渺视[1]我！"飞曰："我夺你马你便恼，你夺我哥哥的徐州便不说了？"布挺戟出马，来战张飞；飞亦挺枪来迎。两个酣战一百馀合，未见胜负。玄德恐有疏失，急鸣金收军入城。吕布分军四面围定。

玄德唤张飞，责之曰："都是你夺他马匹，惹起事端。如今马匹在何处？"飞曰："都寄在各寺院内。"玄德随令人出城，至吕布营中，说情愿送还马匹，两相罢兵。布欲从之，陈宫曰："今不杀刘备，久后必为所害。"布听之，不从所请，攻城愈急。玄德与糜竺、孙乾商议，孙乾曰："曹操所恨者，吕布也。不若弃城走许都，投奔曹操，借军破布，此为上策。"玄德曰："谁可当先破围而出？"飞曰："小弟情愿死战。"玄德令飞在前，云长在后，自居于中，保护老小。当夜三更，乘着月明，出北门而走。正遇宋宪、魏续，被翼德一阵杀退，得出重围。后面张辽赶来，关公敌住。吕布见玄德去了，也不来赶。随即入城安民，令高顺守小沛，自己仍回徐州去了。

却说玄德前奔许都，到城外下寨，先使孙乾来见曹操，言被吕布追逼，特来相投。操曰："玄德与吾，兄弟也。"便请入城相见。次日，玄德留关、张在城外，自带孙乾、糜竺入见操。操待以上宾之礼。玄德备诉吕布之事。操曰："布乃无义之辈，吾与贤弟并力诛之。"玄德称谢。操设宴相待，至晚送出。荀彧入见曰："刘备，英雄也。今不早图，后必为患。"操不答。彧出，郭嘉入。操曰："荀彧劝我杀玄德，当如何？"嘉曰："不可。主公兴义兵，为百姓除暴，惟仗信义以招俊杰，犹惧其不来也；今玄德素有英雄之名，以困穷而来投，若杀之，是害贤也。天下智谋之士闻

① 渺视——义同"藐视"，即小看，轻视。渺：藐小，微小。

而自疑，将裹足不前，主公谁与定天下乎？夫除一人之患，以阻四海之望，安危之机，不可不察。”操大喜曰：“君言正合吾心。”次日，即表荐刘备领豫州牧。程昱谏曰：“刘备终不为人之下，不如早图之。”操曰：“方今正用英雄之时，不可杀一人而失天下之心。此郭奉孝与吾有同见也。”遂不听昱言，以兵三千、粮万斛送与玄德，使往豫州到任，进兵屯小沛，招集原散之兵，攻吕布。玄德至豫州，令人约会曹操。

操正欲起兵，自往征吕布，忽流星马报说：“张济自关中引兵攻南阳，为流矢所中而死。济侄张绣统其众，用贾诩为谋士，结连刘表，屯兵宛城，欲兴兵犯阙夺驾①。”操大怒，欲兴兵讨之，又恐吕布来侵许都，乃问计于荀彧。彧曰：“此易事耳。吕布无谋之辈，见利必喜。明公可遣使往徐州，加官赐赏，令与玄德解和。布喜，则不思远图矣。”操曰：“善。”遂差奉军都尉王则赍官诰并和解书，往徐州去讫。

一面起兵十五万，亲讨张绣，分军三路而行，以夏侯惇为先锋。军马至淯水下寨。贾诩劝张绣曰：“操兵势大，不可与敌，不如举众投降。”张绣从之，使贾诩至操寨通款②。操见诩应对如流，甚爱之，欲用为谋士。诩曰：“某昔从李傕，得罪天下；今从张绣，言听计从，不忍弃之。”乃辞去。次日，引绣来见操，操待之甚厚。引兵入宛城屯扎，馀军分屯城外，寨栅联络十馀里。一住数日，绣每日设宴请操。

一日操醉，退入寝所，私问左右曰：“此城中有妓女否？”操之兄子曹安民知操意，乃密对曰：“昨晚小侄窥见馆舍之侧有一妇人，生得十分美丽，问之，即绣叔张济之妻也。”操闻言，便令安民领五十甲兵往取之。须臾，取到军中。操见之，果然美丽。问

---

① 犯阙夺驾——举兵侵犯朝廷，夺取皇帝，以便挟天子以令诸侯。阙：本指宫门，引申为宫廷或京城。驾：本指帝王乘坐的车、轿，引申为帝王的代称。

② 通款——向敌人表达求和之意。

其姓，妇答曰：“妾乃张济之妻邹氏也。”操曰：“夫人识吾否？”邹氏曰：“久闻丞相威名，今夕幸得瞻拜。”操曰：“吾为夫人故，特纳张绣之降；不然灭族矣。”邹氏拜曰：“实感再生之恩。”操曰：“今日得见夫人，乃天幸也。今宵愿同枕席，随吾还都，安享富贵，何如？”邹氏拜谢。是夜，共宿于帐中。邹氏曰：“久住城中，绣必生疑，亦恐外人议论。”操曰：“明日同夫人去寨中住。”次日，移于城外安歇，唤典韦就中军帐房外宿卫，他人非奉呼唤，不许辄入，因此内外不通。操每日与邹氏取乐，不想归期。

张绣家人密报绣，绣怒曰：“操贼辱我太甚！”便请贾诩商议，诩曰：“此事不可泄漏。来日等操出帐议事，如此如此。”次日，操坐帐中，张绣入告曰：“新降兵多有逃亡者，乞移屯中军。”操许之。绣乃移屯其军，分为四寨，刻期举事。因畏典韦勇猛，急切难近，乃与偏将胡车儿商议。那胡车儿力能负五百斤，日行七百里，亦异人也。当下献计于绣曰：“典韦之可畏者，双铁戟耳。主公明日可请他来吃酒，使尽醉而归。那时某便混入他跟来军士数内，偷入帐房，先盗其戟，此人不足畏矣。”绣甚喜，预先准备弓箭、甲兵，告示各寨。

至期，令贾诩致意，请典韦到寨，殷勤待酒。至晚醉归，胡车儿杂在众人队里，直入大寨。是夜，曹操于帐中与邹氏饮酒，忽听帐外人言马嘶。操使人观之，回报是张绣军夜巡，操乃不疑。时近二更，忽闻寨内呐喊，报说草车上火起。操曰：“军人失火，勿得惊动。”须臾，四下里火起，操始着忙，急唤典韦。韦方醉卧，睡梦中听得金鼓喊杀之声，便跳起身来，却寻不见了双戟。时敌兵已到辕门，韦急掣步卒腰刀在手。只见门首无数军马，各挺长枪，抢入寨来。韦奋力向前，砍死二十馀人。马军方退，步军又到，两边枪如苇列。韦身无片甲，上下被数十枪，兀自[1]死战。

① 兀（wù）自——尚且，仍旧，依然。

刀砍缺不堪用，韦即弃刀，双手提着两个军人迎敌，击死者八九人。群贼不敢近，只远远以箭射之，箭如骤雨。韦犹死拒寨门。争奈寨后贼军已入，韦背上又中一枪，乃大叫数声，血流满地而死。死了半晌，还无一人敢从前门而入者。

却说曹操赖典韦当住寨门，乃得从寨后上马逃奔，只有曹安民步随。操右臂中了一箭，马亦中了三箭。亏得那马是大宛良马[①]，熬得痛，走得快。刚刚走到淯水河边，贼兵追至，安民被砍为肉泥。操急骤马冲波过河，才上得岸，贼兵一箭射来，正中马眼，那马扑地倒了。操长子曹昂即以己所乘之马奉操，操上马急奔，曹昂却被乱箭射死。操乃走脱，路逢诸将，收集残兵。时夏侯惇所领青州之兵乘势下乡劫掠民家，平虏校尉于禁即将本部军于路剿杀，安抚乡民。青州兵走回，迎操泣拜于地，言于禁造反，赶杀青州军马。操大惊。须臾，夏侯惇、许褚、李典、乐进都到，操言："于禁造反，可整兵迎之。"

却说于禁见操等俱到，乃引军射住阵角，凿堑安营。或告之曰："青州军言将军造反，今丞相已到，何不分辩，乃先立营寨耶？"于禁曰："今贼追兵在后，不时即至，若不先准备，何以拒敌？分辩小事，退敌大事。"安营方毕，张绣军两路杀至。于禁身先出寨迎敌，绣急退兵。左右诸将见于禁向前，各引兵击之，绣军大败，追杀百馀里。绣势穷力孤，引败兵投刘表去了。

曹操收军点将，于禁入见，备言："青州之兵肆行劫掠，大失民望，某故杀之。"操曰："不告我，先下寨，何也？"禁以前言对。操曰："将军在匆忙之中，能整兵坚垒，任谤任劳，使反败为胜，虽古之名将，何以加兹！"乃赐以金器一副，封益寿亭侯；责夏侯惇治兵不严之过。又设祭，祭典韦，操亲自哭而奠之，顾谓诸将曰："吾折长子、爱侄，俱无深痛，独号泣典韦也。"众皆感叹。次日，下令班师。

---

① 大宛良马——指西域大宛国所产的汗血马，又称天马。

不说曹操还兵许都。且说王则赍诏至徐州，布迎接入府，开读诏书：封布为平东将军，特赐印绶。又出操私书。王则在吕布面前极道曹公相敬之意。布大喜。忽报袁术遣人至。布唤入问之，使言："袁公早晚即皇帝位，立东宫，催取皇妃早到淮南。"布大怒曰："反贼焉敢如此！"遂杀来使，将韩胤用枷钉了，遣陈登赍谢表，解韩胤，一同王则上许都来谢恩；且答书于操，欲求实授徐州牧。

操知布绝婚袁术，大喜，遂斩韩胤于市曹。陈登密谏操曰："吕布，豺狼也，勇而无谋，轻于去就，宜早图之。"操曰："吾素知吕布狼子野心，诚难久养。非公父子莫能究其情，公当与吾谋之。"登曰："丞相若有举动，某当为内应。"操喜，表赠陈珪秩中二千石[①]，登为广陵太守。登辞回，操执登手曰："东方之事，便以相付。"登点头允诺。

回徐州见吕布，布问之，登言："父赠禄，某为太守。"布大怒曰："汝不为吾求徐州牧，而乃自求爵禄。汝父教我协同曹公，绝婚公路，今吾所求，终无一获；而汝父子俱各显贵：吾为汝父子所卖耳。"遂拔剑欲斩之。登大笑曰："将军何其不明之甚也！"布曰："吾何不明？"登曰："吾见曹公，言养将军譬如养虎，当饱其肉，不饱则将噬人。曹公笑曰：'不如卿言。吾待温侯，如养鹰耳：狐兔未息，不敢先饱，饥则为用，饱则飏去。'某问：'谁为狐兔？'曹公曰：'淮南袁术、江东孙策、冀州袁绍、荆襄刘表、益州刘璋、汉中张鲁，皆狐兔也。'"布掷剑笑曰："曹公知我也。"正说话间，忽报袁术军取徐州。吕布闻言失惊。正是：

秦晋未谐吴越斗，婚姻惹出甲兵来。

毕竟后事如何，且听下文分解。

---

① 秩中二千石（dàn）——秩：即俸禄。中二千石：汉代最高的官俸等级，即年俸为谷子二千石，等于二千一百六十斛，平均月俸为一百八十斛。"中"为实得、满得之意。

第十七回

袁公路大起七军　曹孟德会合三将

却说袁术在淮南，地广粮多，又有孙策所质玉玺，遂思僭称帝号，大会群下议曰："昔汉高祖不过泗上一亭长，而有天下；今历年四百，气数已尽，海内鼎沸[①]。吾家四世三公，百姓所归。吾欲应天顺人，正位九五。尔众人以为何如？"主簿阎象曰："不可。昔周后稷[②]积德累功，至于文王，三分天下有其二，犹以服事殷。明公家世虽贵，未若有周之盛；汉室虽微，未若殷纣之暴也。此事决不可行。"术怒曰："吾袁姓出于陈，陈乃大舜之后。以土承火，正应其运。又谶云：'代汉者，当涂高也[③]。'吾字公路，正应其谶。又有传国玉玺。若不为君，背天道也。吾意已决，多言者斩！"遂建号仲氏，立台省等官，乘龙凤辇，祀南北郊[④]，立冯方女为后，立子为东宫。因命使催取吕布之女为东宫妃，却闻布已将韩胤解赴许都，为曹操所斩，乃大怒，遂拜张勋为大将军，统领大军二十馀万，分七路征徐州：第一路大将张勋居中，第二路上将桥蕤居左，第三路上将陈纪居右，第四路副将雷薄居左，第五路副将陈兰居右，第六路降将韩暹居左，第七路降将杨奉居右。各

① 鼎沸——本义为鼎（锅）中水烧开了。这里比喻天下大乱。

② 后稷——相传姜嫄偶踏天帝足印而生，以为怪异而一度丢弃，故名弃。舜帝任为农官，教民耕种，造福于苍生，遂称后稷。周朝的创建者即为其后裔。

③ 代汉者，当涂高也——语本《三国志·魏书·文帝纪》裴松之注："当涂高者魏……魏当代汉。"袁术以为自己字"公路"与"涂"（途）同义，故认为他应该代汉而做皇帝。

④ 祀南北郊——皇帝即位后即在南郊举行祭天大礼，在北郊举行祭地大礼，以证明自己是"受命于天"的"真命天子"。

领部下健将，克日起行。命兖州刺史金尚为太尉，监运七路钱粮。尚不从，术杀之，以纪灵为七路都救应使。术自引军三万，使李丰、梁刚、乐就为催进使，接应七路之兵。

吕布使人探听得张勋一军从大路径取徐州，桥蕤一军取小沛，陈纪一军取沂都，雷薄一军取琅琊，陈兰一军取碣石，韩暹一军取下邳，杨奉一军取浚山：七路军马，日行五十里，于路劫掠将来。乃急召众谋士商议，陈宫与陈珪父子俱至。陈宫曰："徐州之祸，乃陈珪父子所招，媚朝廷以求爵禄，今日移祸于将军。可斩二人之头献袁术，其军自退。"布听其言，即命擒下陈珪、陈登。陈登大笑曰："何如是之懦也？吾观七路之兵如七堆腐草，何足介意！"布曰："汝若有计破敌，免汝死罪。"陈登曰："将军若用吾之言，徐州可保无虞。"布曰："试言之。"登曰："术兵虽众，皆乌合之师，素不亲信。我以正兵守之，出奇兵胜之，无不成功。更有一计，不止保安徐州，并可生擒袁术。"布曰："计将安出？"登曰："韩暹、杨奉乃汉旧臣，因惧曹操而走，无家可依，暂归袁术，术必轻之，彼亦不乐为术用。若凭尺书结为内应，更连刘备为外合，必擒袁术矣。"布曰："汝须亲到韩暹、杨奉处下书。"陈登允诺。

布乃发表上许都，并致书与豫州，然后令陈登引数骑，先于下邳道上候韩暹。暹引兵至，下寨毕，登入见。暹问曰："汝乃吕布之人，来此何干？"登笑曰："某为大汉公卿，何谓吕布之人？若将军者，向为汉臣，今乃为叛贼之臣，使昔日关中保驾之功化为乌有，窃为将军不取也。且袁术性最多疑，将军后必为其所害。今不早图，悔之无及。"暹叹曰："吾欲归汉，恨无门耳。"登乃出布书。暹览书毕，曰："吾已知之。公先回，吾与杨将军反戈击之。但看火起为号，温侯以兵相应可也。"登辞暹，急回报吕布。

布乃分兵五路：高顺引一军进小沛，敌桥蕤；陈宫引一军进沂都，敌陈纪；张辽、臧霸引一军出琅琊，敌雷薄；宋宪、魏续引一军出碣石，敌陈兰；吕布自引一军出大道，敌张勋。各领军一万，馀者守城。吕布出城三十里下寨。张勋军到，料敌吕布不过，且退二十里屯住，待四下兵接应。是夜二更时分，韩暹、杨奉分兵到处放火，接应吕家军入寨，勋军大乱。吕布乘势掩杀，张勋败走。吕布赶到天明，正撞纪灵接应。两军相迎，恰待交锋，韩暹、杨奉两路杀来。纪灵大败而走，吕布引兵追杀。

山背后一彪军到，门旗开处，只见一队军马，打龙凤日月旗幡，四斗五方旌帜，金瓜银斧，黄钺白旄，黄罗销金伞盖之下，袁术身披金甲，腕悬两刀，立于阵前，大骂："吕布，背主家奴！"布怒，挺戟向前。术将李丰挺枪来迎，战不三合，被布刺伤其手，丰弃枪而走。吕布麾兵冲杀，术军大乱。吕布引军从后追赶，抢夺马匹、衣甲无数。袁术引着败军，走不上数里，山背后一彪军出，截住去路。当先一将乃关云长也，大叫："反贼，还不受死！"袁术慌走，馀众四散奔逃，被云长大杀了一阵。袁术收拾败军，奔回淮南去了。

吕布得胜，邀请云长并杨奉、韩暹等一行人马到徐州，大排筵宴管待，军士都有犒赏。次日，云长辞归。布保韩暹为沂都牧，杨奉为琅琊牧，商议欲留二人在徐州。陈珪曰："不可。韩、杨二人据山东，不出一年，则山东城郭皆属将军也。"布然之，遂送二将暂于沂都、琅琊二处屯扎，以候恩命。陈登私问父曰："何不留二人在徐州，为杀吕布之根？"珪曰："倘二人协助吕布，是反为虎添爪牙也。"登乃服父之高见。

却说袁术败回淮南，遣人往江东问孙策借兵报仇。策怒曰："汝赖吾玉玺，僭称帝号，背反汉室，大逆不道。吾方欲加兵问罪，岂肯反助叛贼乎？"遂作书以绝之。使者赍书回见袁术。术看毕，怒曰："黄口孺子[①]，何敢乃尔！吾先伐之。"长史杨大将力谏方止。

① 黄口孺子——即小孩子。这里是骂人话。

却说孙策自发书后，防袁术兵来，点军守住江口。忽曹操使至，拜策为会稽太守，令起兵征讨袁术。策乃商议，便欲起兵。长史张昭曰："术虽新败，兵多粮足，未可轻敌。不如遗书曹操，劝他南征，吾为后应，两军相援，术军必败；万一有失，亦望操救援。"策从其言，遣使以此意达曹操。

却说曹操至许都，思慕典韦，立祀祭之；封其子典满为中郎，收养在府。忽报孙策遣使致书，操览书毕；又有人报袁术乏粮，劫掠陈留：欲乘虚攻之，遂兴兵南征。令曹仁守许都，其馀皆从征，马步兵十七万，粮食辎重千馀车。一面先发人会合孙策与刘备、吕布。兵至豫州界上，玄德早引兵来迎，操命请入营。相见毕，玄德献上首级二颗。操惊曰："此是何人首级？"玄德曰："此韩暹、杨奉之首级也。"操曰："何以得之？"玄德曰："吕布令二人权住沂都、琅琊两县，不意二人纵兵掠民，人人嗟怨。因此备乃设一宴，诈请议事，饮酒间，掷盏为号，使关、张二弟杀之，尽降其众。今特来请罪。"操曰："君为国家除害，正是大功，何言罪也！"遂厚劳玄德，合兵到徐州界。吕布出迎，操善言抚慰，封为左将军，许于还都之时，换给印绶。布大喜。操即分吕布一军在左，玄德一军在右，自统大军居中，令夏侯惇、于禁为先锋。

袁术知操兵至，令大将桥蕤引兵五万作先锋。两军会于寿春界口。桥蕤当先出马，与夏侯惇战不三合，被夏侯惇搠死。术军大败，奔走回城。忽报孙策发船攻江边西面，吕布引兵攻东面，刘备、关、张引兵攻南面，操自引兵十七万攻北面。术大惊，急聚众文武商议。杨大将曰："寿春水旱连年，人皆缺食，今又动兵扰民，民既生怨，兵至难以拒敌。不如留军在寿春，不必与战，待彼兵粮尽，必然生变。陛下且统御林军渡淮：一者就熟，二者暂避其锐。"术用其言，留李丰、乐就、梁刚、陈纪四人分兵十万，坚守寿春；其馀将卒并库藏金玉宝贝，尽数收拾，过淮去了。

却说曹兵十七万，日费粮食浩大，诸郡又荒旱，接济不及。操催军速战，李丰等闭门不出。操军相拒月馀，粮食将尽，致书于孙策，借得粮米十万斛，不敷支散。管粮官任峻部下仓官王垕入禀操曰："兵多粮少，当如之何？"操曰："可将小斛散之，权且救一时之急。"垕曰："兵士倘怨，如何？"操曰："吾自有策。"垕依命，以小斛分散。操暗使人各寨探听，无不嗟怨，皆言丞相欺众。操乃密召王垕入曰："吾欲问汝借一物，以压众心，汝必勿吝。"垕曰："丞相欲用何物？"操曰："欲借汝头以示众耳。"垕大惊曰："某实无罪。"操曰："吾亦知汝无罪，但不杀汝，军必变矣。汝死后，汝妻子吾自养之，汝勿虑也。"垕再欲言时，操早呼刀斧手推出门外，一刀斩讫，悬头高竿，出榜晓示曰："王垕故行小斛，盗窃官粮，谨按军法。"于是众怨始解。

次日，操传令各营将领："如三日内不并力破城，皆斩！"操亲自至城下，督诸军搬土运石，填壕塞堑。城上矢石如雨，有两员裨将畏避而回，操掣剑亲斩于城下，遂自下马接土填坑。于是大小将士无不向前，军威大振，城上抵敌不住。曹兵争先上城，斩关落锁，大队拥入。李丰、陈纪、乐就、梁刚都被生擒，操令皆斩于市。焚烧伪造宫室殿宇、一应犯禁之物；寿春城中，收掠一空。商议欲进兵渡淮，追赶袁术。荀彧谏曰："年来荒旱，粮食艰难，若更进兵，劳军损民，未必有利。不若暂回许都，待来春麦熟，军粮足备，方可图之。"操踌躇未决。

忽报马到，报说："张绣依托刘表，复肆猖獗，南阳、章陵诸县复反。曹洪拒敌不住，连输数阵，今特来告急。"操乃驰书与孙策，令其跨江布阵，以为刘表疑兵，使不敢妄动；自己即日班师，别议征张绣之事。临行，令玄德仍屯兵小沛，与吕布结为兄弟，互相救助，再无相侵。吕布领兵自回徐州。操密谓玄德曰："吾令汝屯兵小沛，是'掘坑待虎'之计也。公但与陈珪父子商议，勿致有失。某当为公外援。"话毕而别。

却说曹操引军回许都，人报段煨杀了李傕，伍习杀了郭汜，将头来献；段煨并将李傕合族老小二百馀口活解入许都。操令分于各门处斩，传首号令，人民称快。天子升殿，会集文武，作太平筵宴。封段煨为荡寇将军、伍习为殄虏将军，各引兵镇守长安。二人谢恩而去。

操即奏张绣作乱，当兴兵伐之。天子乃亲排銮驾，送操出师。时建安三年夏四月也。操留荀彧在许都调遣兵将，自统大军进发。行军之次[①]，见一路麦已熟，民因兵至，逃避在外，不敢刈[②]麦。操使人远近遍谕村人父老及各处守境官吏曰："吾奉天子明诏，出兵讨逆，与民除害。方今麦熟之时，不得已而起兵。大小将校，凡过麦田，但有践踏者，并皆斩首。军法甚严，尔民勿得惊疑。"百姓闻谕，无不欢喜称颂，望尘遮道而拜。官军经过麦田，皆下马，以手扶麦，递相传送而过，并不敢践踏。

操乘马正行，忽田中惊起一鸠，那马眼生，窜入麦中，践坏了一大块麦田。操随呼行军主簿，拟议自己践麦之罪。主簿曰："丞相岂可议罪？"操曰："吾自制法，吾自犯之，何以服众？"即掣所佩之剑欲自刎。众急救住。郭嘉曰："古者《春秋》之义，法不加于尊。丞相总统大军，岂可自戕？"操沉吟良久，乃曰："既《春秋》有'法不加于尊'之义，吾姑免死。"乃以剑割自己之发，掷于地曰："割发权代首。"使人以发传示三军曰："丞相践麦，本当斩首号令，今割发以代。"于是三军悚然，无不懔遵军令[③]。后人有诗论之曰：

十万貔貅十万心，一人号令众难禁。

拔刀割发权为首，方见曹瞒诈术深。

---

① 之次——之际，之中。

② 刈（yì）——割。

③ 懔遵军令——因惧怕而谨遵军令。

却说张绣知操引兵来，急发书报刘表，使为后应；一面与雷叙、张先二将领兵出城迎敌。两阵对圆，张绣出马，指操骂曰："汝乃假仁义无廉耻之人，与禽兽何异！"操大怒，令许褚出马；绣令张先接战。只三合，许褚斩张先于马下。绣军大败，操引军赶至南阳城下。绣入城，闭门不出。操围城攻打，见城壕甚阔，水势又深，急难近城。乃令军士运土填壕；又用土布袋并柴薪草把相杂，于城边作梯凳；又立云梯，窥望城中。操自骑马绕城观之。如此三日，传令教军士于西门角上堆积柴薪，会集诸将，就那里上城。城中贾诩见如此光景，便谓张绣曰："某已知曹操之意矣，今可将计就计而行。"正是：

强中自有强中手，用诈还逢识诈人。

不知其计若何，且听下文分解。

第十八回

贾文和料敌决胜　夏侯惇拔矢啖睛

却说贾诩料知曹操之意，便欲将计就计而行，乃谓张绣曰："某在城上见曹操绕城而观者三日，他见城东南角砖土之色新旧不等，鹿角[①]多半毁坏，意将从此处攻进；却虚去西北上积草，诈为声势，欲哄我撤兵守西北。彼乘夜黑，必爬东南角而进也。"绣曰："然则奈何？"诩曰："此易事耳。来日可令精壮之兵饱食轻装，尽藏于东南房屋内；却教百姓假扮军士，虚守西北。夜间任他在东南角上爬城，俟其爬进城时，一声炮响，伏兵齐起，操可擒矣。"绣喜，从其计。早有探马报曹操，说张绣尽撤兵在西北角上，呐喊守城，东南却甚空虚。操曰："中吾计矣。"遂命军中密备锹镬爬城器具，日间只引军攻西北角。至二更时分，却领精兵于东南角上爬过壕去，砍开鹿角，城中全无动静。众军一齐拥入，只听得一声炮响，伏兵四起。曹军急退，背后张绣亲驱勇壮杀来。曹军大败，退出城外，奔走数十里。张绣直杀至天明，方收军入城。曹操计点败军，折兵五万馀人，失去辎重无数，吕虔、于禁俱各被伤。

却说贾诩见操败走，急劝张绣遗书刘表，使起兵截其后路。表得书，即欲起兵。忽探马报孙策屯兵湖口。蒯良曰："策屯兵湖口，乃曹操之计也。今操新败，若不乘势击之，后必有患。"表乃

---

① 鹿角——古代军营防御措施之一。即把带枝杈的树桩削尖埋在周围，以阻止敌军进攻。以其形似鹿角而得名。

令黄祖坚守隘口，自己统兵至安众县截操后路；一面约会张绣。绣知表兵已起，即同贾诩引兵袭操。

且说操军缓缓而行，至襄城，到淯水，操忽于马上放声大哭。众惊问其故，操曰："吾思去年于此地折了吾大将典韦，不由不哭耳。"因即下令屯住军马，大设祭筵，吊奠典韦亡魂，操亲自拈香哭拜。三军无不感叹。祭典韦毕，方祭侄曹安民及长子曹昂，并祭阵亡军士，连那匹射死的大宛马也都致祭。次日，忽荀彧差人报说："刘表助张绣屯兵安众，截吾归路。"操答彧书曰："吾日行数里，非不知贼来追我。然吾计画已定，若到安众，破绣必矣。君等勿疑。"便催军行至安众县界。刘表军已守险要，张绣随后引军赶来。操乃令众军黑夜凿险开道，暗伏奇兵。及天色微明，刘表、张绣军会合，见操兵少，疑操遁去，俱引兵入险击之。操纵奇兵出，大破两家之兵。曹兵出了安众隘口，于隘外下寨。刘表、张绣各整败兵相见。表曰："何期反中曹操奸计！"绣曰："容再图之。"于是两军集于安众。

且说荀彧探知袁绍欲兴兵犯许都，星夜驰书报曹操。操得书心慌，即日回兵。细作报知张绣，绣欲追之。贾诩曰："不可追也，追之必败。"刘表曰："今日不追，坐失机会矣。"力劝绣引军万馀同往追之。约行十馀里，赶上曹军后队。曹军奋力接战，绣、表两军大败而还。绣谓诩曰："不用公言，果有此败。"诩曰："今可整兵再往追之。"绣与表俱曰："今已败，奈何复追？"诩曰："今番追去，必获大胜；如其不然，请斩吾首。"绣信之。刘表疑虑，不肯同往。绣乃自引一军往追，操兵果然大败，军马辎重，连路散弃而走。绣正往前追赶，忽山后一彪军拥出。绣不敢前追，收军回安众。刘表问贾诩曰："前以精兵追退兵，而公曰必败；后以败卒击胜兵，而公曰必克：究竟悉如公言，何其事不同而皆验也？愿公明教我。"诩曰："此易知耳。将军虽善用兵，非曹操敌手。操军虽败，必有劲将为后殿[①]，以防追兵；我兵虽锐，不能敌之也：故知必败。夫操之急于退兵者，必因许都有事；既破我追军之后，必轻车速回，不复为备；我乘其不备而更追之，故能胜也。”刘表、张绣俱服其高见。诩劝表回荆州，绣守襄城，以为唇齿。两军各散。

且说曹操正行间，闻报后军为绣所追，急引众将回身救应，只见绣军已退。败兵回告操曰：“若非山后这一路人马阻住中路，我等皆被擒矣。”操急问何人。那人绰枪下马，拜见曹操，乃镇威中郎将，江夏平春人，姓李名通，字文达。操问何来，通曰：“近守汝南，闻丞相与张绣、刘表战，特来接应。”操喜，封之为建功侯，守汝南西界，以防表、绣。李通拜谢而去。

操还许都，表奏孙策有功，封为讨逆将军，赐爵吴侯，遣使赍诏江东，谕令防剿刘表。操回府，众官参见毕，荀彧问曰：“丞相缓行至安众，何以知必胜贼兵？”操曰：“彼退无归路，必将死战，吾缓诱之而暗图之，是以知其必胜也。”荀彧拜服。

郭嘉入，操曰：“公来何暮也？”嘉袖出一书，白操曰：“袁绍使人致书丞相，言欲出兵攻公孙瓒，特来借粮借兵。”操曰：“吾闻绍欲图许都，今见吾归，又别生他议。”遂拆书观之，见其词意骄慢，乃问嘉曰：“袁绍如此无状[②]，吾欲讨之，恨力不及，如何？”嘉曰：“刘、项之不敌，公所知也。高祖惟智胜，项羽虽强，终为所擒。今绍有十败，公有十胜，绍兵虽盛，不足惧也：绍繁礼多仪[③]，公体任自然[④]，此道胜[⑤]也。绍以逆动[⑥]，公以顺率[⑦]，此

① 后殿——俗称“断后”。即作为军队的后尾，以防止敌军追击。
② 无状——无法无天的样子。意谓严重失礼或罪恶极大，难以形容。
③ 繁礼多仪——即多重视表面礼仪。
④ 体任自然——即凭着天性办事。
⑤ 道胜——即道义上强于对方。
⑥ 逆动——即背逆天意民心而发动战争。
⑦ 顺率——即顺着天意民心而应战。率：顺从，遵循。

义胜也。桓、灵以来，政失于宽，绍以宽济，公以猛纠，此治胜也。绍外宽内忌，所任多亲戚；公外简内明，用人惟才，此度胜也。绍多谋少决，公得策辄行，此谋胜也。绍专收名誉，公以至诚待人，此德胜也。绍恤近忽远，公虑无不周，此仁胜也。绍听谗惑乱，公浸润不行[①]，此明胜也。绍是非混淆，公法度严明，此文胜也。绍好为虚势，不知兵要；公以少克众，用兵如神，此武胜也。公有此十胜，于以败绍无难矣。"操笑曰："如公所言，孤何足以当之？"

荀彧曰："郭奉孝十胜十败之说，正与愚见相合。绍兵虽众，何足惧耶？"嘉曰："徐州吕布，实心腹大患。今绍北征公孙瓒，我当乘其远出，先取吕布，扫除东南，然后图绍，乃为上计；否则我方攻绍，布必乘虚来犯许都，为害不浅也。"操然其言，遂议东征吕布。荀彧曰："可先使人往约刘备，待其回报，方可动兵。"操从之，一面发书与玄德；一面厚遣绍使，奏封绍为大将军、太尉，兼都督冀、青、幽、并四州，密书答之云："公可讨公孙瓒，吾当相助。"绍得书大喜，便进兵攻公孙瓒。

且说吕布在徐州，每当宾客宴会之际，陈珪父子必盛称布德。陈宫不悦，乘间告布曰："陈珪父子面谀将军，其心不可测，宜善防之。"布怒叱曰："汝无端献谗，欲害好人耶？"宫出叹曰："忠言不入，吾辈必受殃矣。"意欲弃布他往，却又不忍，又恐被人嗤笑，乃终日闷闷不乐。一日，带领数骑去小沛地面围猎解闷，忽见官道上一骑驿马[②]飞奔前去。宫疑之，弃了围场，引从骑从小路赶上，问曰："汝是何处使命？"那使者知是吕布部下人，慌不能答。陈宫令搜其身，得玄德回答曹操密书一封。宫即连人与书，

① 浸润不行——语本《论语·颜渊》："浸润之谮，肤受之愬，不行焉。"意谓如果能像皮肤不怕诽谤（愬）那样不听谗言，那么谗言就不起作用。浸润："浸润之谮"的省略，即谗言。不行：行不通，不起作用。

② 驿马——专供官差传递公文骑坐的马匹。

拿见吕布。布问其故，来使曰："曹丞相差我往刘豫州处下书，今得回书，不知书中所言何事。"布乃拆书细看，书略曰：

奉明命欲图吕布，敢不夙夜用心。但备兵微将少，不敢轻动。丞相兴大师，备当为前驱。谨严兵整甲，专待钧命。

吕布见了，大骂曰："操贼焉敢如此！"遂将使者斩首。先使陈宫、臧霸结连泰山寇孙观、吴敦、尹礼、昌豨，东取山东兖州诸郡；令高顺、张辽取沛城，攻玄德；令宋宪、魏续西取汝、颍；布自总中军为三路救应。

且说高顺等引兵出徐州，将至小沛，有人报知玄德。玄德急与众商议。孙乾曰："可速告急于曹操。"玄德曰："谁可去许都告急？"阶下一人出曰："某愿往。"视之，乃玄德同乡人，姓简名雍，字宪和，现为玄德幕宾。玄德即修书付简雍，使星夜赴许都求援。一面整顿守城器具，玄德自守南门，孙乾守北门，云长守西门，张飞守东门，令糜竺与其弟糜芳守护中军。原来糜竺有一妹，嫁与玄德为次妻，玄德与他兄弟有郎舅之亲，故令其守中军，保护妻小。

高顺军至，玄德在敌楼上问曰："吾与奉先无隙，何故引兵至此？"顺曰："你结连曹操，欲害吾主，今事已露，何不就缚？"言讫，便麾军攻城。玄德闭门不出。次日，张辽引兵攻打西门。云长在城上谓之曰："公仪表非俗，何故失身于贼？"张辽低头不语。云长知此人有忠义之气，更不以恶言相加，亦不出战。辽引兵退至东门，张飞便出迎战。早有人报知关公。关公急来东门看时，只见张飞方出城，张辽军已退。飞欲追赶，关公急召入城。飞曰："彼惧而退，何不追之？"关公曰："此人武艺不在你我之下，因我以正言感之，颇有自悔之心，故不与我等战耳。"飞乃悟，只令士卒坚守城门，更不出战。

却说简雍至许都见曹操，具言前事。操即聚众谋士议曰："吾

欲攻吕布，不忧袁绍掣肘[①]，只恐刘表、张绣议[②]其后耳。”荀攸曰：“二人新破，未敢轻动。吕布骁勇，若更结连袁术，纵横淮、泗，急难图矣。”郭嘉曰：“今可乘其初叛，众心未附，疾往击之。”操从其言，即命夏侯惇与夏侯渊、吕虔、李典领兵五万先行，自统大军陆续进发，简雍随行。早有探马报知高顺。顺飞报吕布。布先令侯成、郝萌、曹性引二百馀骑接应高顺，使离沛城三十里去迎曹军，自引大军随后接应。玄德在小沛城中见高顺退去，知是曹家兵至，乃只留孙乾守城，糜竺、糜芳守家，自己却与关、张二公提兵尽出城外，分头下寨，接应曹军。

却说夏侯惇引军前进，正与高顺军相遇，便挺枪出马搦战；高顺迎敌。两马相交，战有四五十合，高顺抵敌不住，败下阵来。惇纵马追赶，顺绕阵而走。惇不舍，亦绕阵追之。阵上曹性看见，暗地拈弓搭箭，觑得亲切，一箭射去，正中夏侯惇左目。惇大叫一声，急用手拔箭，不想连眼珠拔出，乃大呼曰：“父精母血，不可弃也！”遂纳于口内啖[③]之，仍复挺枪纵马，直取曹性。性不及提防，早被一枪搠透面门，死于马下。两边军士见者，无不骇然。夏侯惇既杀曹性，纵马便回。高顺从背后赶来，麾军齐上，曹兵大败，夏侯渊救护其兄而走，吕虔、李典将败军退去济北下寨。高顺得胜，引军回击玄德。恰好吕布大军亦至，布与张辽、高顺分兵三路，来攻玄德、关、张三寨。正是：

啖睛猛将虽能战，中箭先锋难久持。

未知玄德胜负如何，且听下文分解。

---

① 掣肘——牵制，干扰。

② 议——谋取，算计。

③ 啖（dàn）——吃掉。

第十九回

下邳城曹操鏖兵　白门楼吕布殒命

却说高顺引张辽击关公寨，吕布自击张飞寨，关、张各出迎战，玄德引兵两路接应。吕布分军从背后杀来，关、张两军皆溃，玄德引数十骑奔回沛城。吕布赶来，玄德急唤城上军士放下吊桥，吕布随后也到。城上欲待放箭，又恐射了玄德，被吕布乘势杀入城门。把门将士抵敌不住，都四散奔避。吕布招军入城。玄德见势已急，到家不及，只得弃了妻小，穿城而过，走出西门，匹马逃难。吕布赶到玄德家中，糜竺出迎，告布曰："吾闻大丈夫不废[①]人之妻子。今与将军争天下者，曹公耳。玄德常念辕门射戟之恩，不敢背将军也。今不得已而投曹公，惟将军怜之。"布曰："吾与玄德旧交，岂忍害他妻子。"便令糜竺引玄德妻小，去徐州安置。布自引军投山东兖州境上，留高顺、张辽守小沛。此时孙乾已逃出城外。关、张二人亦各自收得些人马，往山中驻扎。

且说玄德匹马逃难，正行间，背后一人赶至，视之乃孙乾也。玄德曰："吾今两弟不知存亡，妻小失散，为之奈何？"孙乾曰："不若且投曹操，以图后计。"玄德依言，寻小路投许都。途次绝粮，尝往村中求食。但到处，闻刘豫州，皆争进饮食。一日，到一家投宿，其家一少年出拜，问其姓名，乃猎户刘安也。当下刘安闻豫州牧至，欲寻野味供食，一时不能得，乃杀其妻以食之。玄德曰："此何肉也？"安曰："乃狼肉也。"玄德不疑，乃饱食了

① 废——这里是杀害之意。

一顿，天晚就宿。至晓将去，往后院取马，忽见一妇人杀于厨下，臂上肉已都割去。玄德惊问，方知昨夜食者，乃其妻之肉也。玄德不胜伤感，洒泪上马。刘安告玄德曰："本欲相随使君，因老母在堂，未敢远行。"玄德称谢而别，取路出梁城。忽见尘头蔽日，一彪大军来到。玄德知是曹操之军，同孙乾径至中军旗下，与曹操相见，具说失沛城、散二弟、陷妻小之事。操亦为之下泪。又说刘安杀妻为食之事，操乃令孙乾以金百两往赐之。

军行至济北，夏侯渊等迎接入寨，备言兄夏侯惇损其一目，卧病未痊。操临卧处视之，令先回许都调理。一面使人打探吕布现在何处。探马回报云："吕布与陈宫、臧霸结连泰山贼寇，共攻兖州诸郡。"操即令曹仁引三千兵打沛城；操亲提大军，与玄德来战吕布。前至山东，路近萧关，正遇泰山寇孙观、吴敦、尹礼、昌豨领兵三万馀拦住去路。操令许褚迎战，四将一齐出马。许褚奋力死战，四将抵敌不住，各自败走。操乘势掩杀，追至萧关。探马飞报吕布。

时布已回徐州，欲同陈登往救小沛，令陈珪守徐州。陈登临行，珪谓之曰："昔曹公曾言东方事尽付与汝。今布将败，可便图之。"登曰："外面之事，儿自为之；倘布败回，父亲便请糜竺一同守城，休放布入，儿自有脱身之计。"珪曰："布妻小在此，心腹颇多，为之奈何？"登曰："儿亦有计了。"乃入见吕布曰："徐州四面受敌，操必力攻，我当先思退步：可将钱粮移于下邳，倘徐州被围，下邳有粮可救。主公盍[①]早为计？"布曰："元龙之言甚善，吾当并妻小移去。"遂令宋宪、魏续保护妻小与钱粮移屯下邳；一面自引军与陈登往救萧关。

到半路，登曰："容某先到关探曹操虚实，主公方可行。"布许之。登乃先到关上，陈宫等接见。登曰："温侯深怪公等不肯向前，

---

① 盍（hé）——何不。

要来责罚。”宫曰：“今曹兵势大，未可轻敌。吾等紧守关隘，可劝主公深保沛城，乃为上策。”陈登唯唯。至晚，上关而望，见曹兵直逼关下，乃乘夜连写三封书，拴在箭上，射下关去。次日，辞了陈宫，飞马来见吕布曰：“关上孙观等皆欲献关，某已留下陈宫守把，将军可于黄昏时杀去救应。”布曰：“非公则此关休矣。”便教陈登飞骑先至关，约陈宫为内应，举火为号。登径往报宫曰：“曹兵已抄小路到关内，恐徐州有失，公等宜急回。”宫遂引众弃关而走。登就关上放起火来。吕布乘黑杀至，陈宫军和吕布军在黑暗里自相掩杀。曹兵望见号火，一齐杀到，乘势攻击。孙观等各自四散逃避去了。

吕布直杀到天明，方知是计，急与陈宫回徐州。到得城边叫门时，城上乱箭射下。糜竺在敌楼上喝曰：“汝夺吾主城池，今当仍还吾主，汝不得复入此城也。”布大怒曰：“陈珪何在？”竺曰：“吾已杀之矣。”布回顾宫曰：“陈登安在？”宫曰：“将军尚执迷而问此佞贼乎？”布令遍寻军中，却只不见。宫劝布急投小沛，布从之。

行至半路，只见一彪军骤至，视之，乃高顺、张辽也。布问之，答曰：“陈登来报说主公被围，令某等急来救解。”宫曰：“此又佞贼之计也。”布怒曰：“吾必杀此贼！”急驱马至小沛，只见小沛城上尽插曹兵旗号。原来曹操已令曹仁袭了城池，引军守把。吕布于城下大骂陈登。登在城上指布骂曰：“吾乃汉臣，安肯事汝反贼耶？”

布大怒，正待攻城，忽听背后喊声大起，一队人马来到，当先一将乃是张飞。高顺出马迎敌，不能取胜。布亲自接战，正斗间，阵外喊声复起，曹操亲统大军冲杀前来。吕布料难抵敌，引军东走。曹兵随后追赶。吕布走得人困马乏，忽又闪出一彪军拦住去路，为首一将，立马横刀，大喝：“吕布休走，关云长在此！”吕布慌忙接战，背后张飞赶来。布无心恋战，与陈宫等杀开条路，径奔下邳。侯成引兵接应去了。

关、张相见，各洒泪言失散之事。云长曰："我在海州路上驻扎，探得消息，故来至此。"张飞曰："弟在芒砀山住了这几时，今日幸得相遇。"两个叙话毕，一同引兵来见玄德，哭拜于地。玄德悲喜交集，引二人见曹操，便随操入徐州。糜竺接见，具言家属无恙，玄德甚喜。陈珪父子亦来参拜曹操。操设一大宴，犒劳诸将。操自居中，使陈珪居右，玄德居左，其馀将士各依次坐。宴罢，操嘉陈珪父子之功，加封十县之禄，授登为伏波将军。

且说曹操得了徐州，心中大喜，商议起兵攻下邳。程昱曰："布今止有下邳一城，若逼之太急，必死战而投袁术矣。布与术合，其势难攻。今可使能事者守住淮南径路[①]，内防吕布，外当袁术。况今山东尚有臧霸、孙观之徒未曾归顺，防之亦不可忽也。"操曰："吾自当山东诸路。其淮南径路，请玄德当之。"玄德曰："丞相将令，安敢有违。"次日，玄德留糜竺、简雍在徐州，带孙乾、关、张引军往守淮南径路。曹操自引兵攻下邳。

且说吕布在下邳，自恃粮食足备，且有泗水之险，安心坐守，可保无虞。陈宫曰："今操兵方来，可乘其寨栅未定，以逸击劳，无不胜者。"布曰："吾方屡败，不可轻出。待其来攻而后击之，皆落泗水矣。"遂不听陈宫之言。过数日，曹兵下寨已定，操统众将至城下，大叫："吕布答话。"布上城而立。操谓布曰："闻奉先又欲结婚袁术，吾故领兵至此。夫术有反逆大罪，而公有讨董卓之功，今何自弃其前功而从逆贼耶？倘城池一破，悔之晚矣。若早来降，共扶王室，当不失封侯之位。"布曰："丞相且退，尚容商议。"陈宫在布侧大骂："曹操奸贼！"一箭射中其麾盖。操指宫恨曰："吾誓杀汝！"遂引兵攻城。

---

① 径路——小路。

宫谓布曰："曹操远来，势不能久。将军可以步骑出屯于外，宫将馀众闭守于内。操若攻将军，宫引兵击其背；若来攻城，将军为救于后。不过旬日，操军食尽，可一鼓而破。此乃掎角之势也。"布曰："公言极是。"遂归府收拾戎装。时方冬寒，分付从人多带绵衣。布妻严氏闻之，出问曰："君欲何往？"布告以陈宫之谋。严氏曰："君委全城，捐[①]妻子，孤军远出，倘一旦有变，妾岂得为将军之妻乎？"布踌躇未决，三日不出。宫入见曰："操军四面围城，若不早出，必受其困。"布曰："吾思远出不如坚守。"宫曰："近闻操军粮少，遣人往许都去取，早晚将至。将军可引精兵，往断其粮道，此计大妙。"布然其言，复入内对严氏说知此事。严氏泣曰："将军若出，陈宫、高顺安能坚守城池？倘有差失，悔无及矣。妾昔在长安，已为将军所弃，幸赖庞舒私藏妾身，再得与将军相聚。孰知今又弃妾而去乎？将军前程万里，请勿以妾为念。"言罢痛哭。布闻言，愁闷不决，入告貂蝉。貂蝉曰："将军与妾作主，勿轻身自出。"布曰："汝无忧虑。吾有画戟、赤兔马，谁敢近我。"乃出谓陈宫曰："操军粮至者，诈也。操多诡计，吾未敢动。"宫出，叹曰："吾等死无葬身之地矣！"布于是终日不出，只同严氏、貂蝉饮酒解闷。

谋士许汜、王楷入见布，进计曰："今袁术在淮南，声势大振。将军旧曾与彼约婚，今何不仍求之？彼兵若至，内外夹攻，操不难破也。"布从其计，即日修书，就着二人前去。许汜曰："须得一军引路冲出方好。"布令张辽、郝萌两个引兵一千，送出隘口。是夜二更，张辽在前，郝萌在后，保着许汜、王楷杀出城去。抹过玄德寨，众将追赶不及，已出隘口。郝萌将五百人，跟许汜、王楷而去。张辽引一半军回来，到隘口时，云长拦住，未及交锋，高顺引兵出城救应，接入城中去了。

① 委、捐——舍弃，丢弃，放弃。

且说许汜、王楷至寿春，拜见袁术，呈上书信。术曰："前者杀吾使命，赖我婚姻，今又来相问，何也？"汜曰："此为曹操奸计所误，愿明上[①]详之。"术曰："汝主不因曹兵困急，岂肯以女许我？"楷曰："明上今不相救，恐唇亡齿寒，亦非明上之福也。"术曰："奉先反复无信，可先送女，然后发兵。"

许汜、王楷只得拜辞，和郝萌回来。到玄德寨边，汜曰："日间不可过。夜半吾二人先行，郝将军断后。"商量停当。夜过玄德寨，许汜、王楷先过去了。郝萌正行之次，张飞出寨拦路，郝萌交马只一合，被张飞生擒过去，五百人马尽被杀散。张飞解郝萌来见玄德，玄德押往大寨见曹操。郝萌备说求救许婚一事。操大怒，斩郝萌于军门。使人传谕各寨，小心防守：如有走透吕布及彼军士者，依军法处治。各寨悚然。玄德回营，分付关、张曰："我等正当淮南冲要之处，二弟切宜小心在意，勿犯曹公军令。"飞曰："捉了一员贼将，操不见有甚褒赏，却反来唬吓，何也？"玄德曰："非也。曹操统领多军，不以军令，何能服人？弟勿犯之。"关、张应诺而退。

却说许汜、王楷回见吕布，具言袁术先欲得妇，然后起兵救援。布曰："如何送去？"汜曰："今郝萌被获，操必知我情，预作准备。若非将军亲自护送，谁能突出重围？"布曰："今日便送去，如何？"汜曰："今日乃凶神值日[②]，不可去。明日大利，宜用戌亥时。"布命张辽、高顺："引三千军马，安排小车一辆，我亲送至二百里外，却使你两个送去。"次夜二更时分，吕布将女以绵缠身，用甲包裹，负于背上，提戟上马。放开城门，布当先出城，张辽、高顺跟着。将次到玄德寨前，一声鼓响，关、张二人拦住去路，大叫："休走！"布无心恋战，只顾夺路而行。玄德自引一

① 明上——对帝王的尊称。此时因袁术已自称帝，故称。

② 凶神值日——凶恶的神巡视的日子，即凶日，不宜出行。

军杀来，两军混战。吕布虽勇，终是缚一女在身上，只恐有伤，不敢冲突重围。后面徐晃、许褚皆杀来，众军皆大叫曰："不要走了吕布！"布见军来太急，只得仍退入城。玄德收军，徐晃等各归寨，端的不曾走透一个。吕布回到城中，心中忧闷，只是饮酒。

却说曹操攻城，两月不下。忽报："河内太守张杨出兵东市，欲救吕布。部将杨丑杀之，欲将头献丞相，却被张杨心腹将眭固所杀，反投犬城去了。"操闻报，即遣史涣追斩眭固。因聚众将曰："张杨虽幸自灭，然北有袁绍之忧，东有表、绣之患，下邳久围不克。吾欲舍布还都，暂且息战，何如？"荀攸急止曰："不可。吕布屡败，锐气已堕，军以将为主，将衰则军无战心。彼陈宫虽有谋而迟。今布之气未复，宫之谋未定，作速攻之，布可擒也。"郭嘉曰："某有一计，下邳城可立破，胜于二十万师。"荀彧曰："莫非决沂、泗之水乎？"嘉笑曰："正是此意。"操大喜，即令军士决两河之水。曹兵皆居高原，坐视水淹下邳。下邳一城，只剩得东门无水，其馀各门都被水淹。众军飞报吕布。布曰："吾有赤兔马，渡水如平地，又何惧哉！"乃日与妻妾痛饮美酒，因酒色过伤，形容销减。一日取镜自照，惊曰："吾被酒色伤矣！自今日始，当戒之。"遂下令城中，但有饮酒者皆斩。

却说侯成有马十五匹，被后槽人[①]盗去，欲献与玄德。侯成知觉，追杀后槽人，将马夺回，诸将与侯成作贺。侯成酿得五六斛酒，欲与诸将会饮，恐吕布见罪，乃先以酒五瓶诣布府，禀曰："托将军虎威，追得失马。众将皆来作贺，酿得些酒，未敢擅饮，特先奉上微意。"布大怒曰："吾方禁酒，汝却酿酒会饮，莫非同谋伐我乎？"命推出斩之。宋宪、魏续等诸将俱入告饶。布曰："故犯吾令，理合斩首；今看众将面，且打一百。"众将又哀告，打了

① 后槽人——马夫，喂马人。后槽：马房，马圈。

五十背花[①]，然后放归。众将无不丧气。宋宪、魏续至侯成家来探视，侯成泣曰："非公等则吾死矣。"宪曰："布只恋妻子，视吾等如草芥。"续曰："军围城下，水绕壕边，吾等死无日矣。"宪曰："布无仁无义，我等弃之而走，何如？"续曰："非丈夫也。不若擒布献曹公。"侯成曰："我因追马受责，而布所倚恃者赤兔马也。汝二人果能献门擒布，吾当先盗马去见曹公。"三人商议定了。

是夜，侯成暗至马院，盗了那匹赤兔马，飞奔东门来。魏续便开门放出，却佯作追赶之状。侯成到曹操寨，献上马匹，备言宋宪、魏续插白旗为号，准备献门。曹操闻此信，便押榜[②]数十张，射入城去。其榜曰：

> 大将军曹，特奉明诏，征伐吕布。如有抗拒大军者，破城之日，满门诛戮。上至将校，下至庶民，有能擒吕布来献，或献其首级者，重加官赏。为此榜谕，各宜知悉。

次日平明，城外喊声震地。吕布大惊，提戟上城，各门点视，责骂魏续走透侯成，失了战马，欲待治罪。城下曹兵望见城上白旗，竭力攻城，布只得亲自抵敌。从平明直打到日中，曹兵稍退。布少憩[③]门楼，不觉睡着在椅上。宋宪赶退左右，先盗其画戟，便与魏续一齐动手，将吕布绳缠索绑，紧紧缚住。布从睡梦中惊醒，急唤左右，却都被二人杀散，把白旗一招，曹兵齐至城下。魏续大叫："已生擒吕布矣！"夏侯渊尚未信。宋宪在城上掷下吕布画戟来，大开城门，曹兵一拥而入。高顺、张辽在西门，水围难出，为曹兵所擒。陈宫奔至南门，为徐晃所获。

曹操入城，即传令退了所决之水，出榜安民。一面与玄德同

---

① 背花——古代肉刑之一。即用刑杖在犯人的背上击打。因行刑后在背上留下的伤痕成花纹状，故称。

② 押榜——即在布告文书上签字。押：签字。榜：供张贴的布告。

③ 憩（qì）——休息，歇息。

坐白门楼上，关、张侍立于侧，提过擒获一干人来。吕布虽然长大，却被绳索捆作一团。布叫曰："缚太急，乞缓之。"操曰："缚虎不得不急。"布见侯成、魏续、宋宪皆立于侧，乃谓之曰："我待诸将不薄，汝等何忍背反？"宪曰："听妻妾言，不听将计，何谓不薄？"布默然。须臾，众拥高顺至。操问曰："汝有何言？"顺不答。操怒命斩之。徐晃解陈宫至。操曰："公台别来无恙？"宫曰："汝心术不正，吾故弃汝。"操曰："吾心不正，公又奈何独事吕布？"宫曰："布虽无谋，不似你诡诈奸险。"操曰："公自谓足智多谋，今竟何如？"宫顾吕布曰："恨此人不从吾言，若从吾言，未必被擒也。"操曰："今日之事当如何？"宫大声曰："今日有死而已！"操曰："公如是，奈公之老母、妻子何？"宫曰："吾闻以孝治天下者，不害人之亲；施仁政于天下者，不绝人之祀。老母、妻子之存亡，亦在于明公耳。吾身既被擒，请即就戮，并无挂念。"操有留恋之意。宫径步下楼，左右牵之不住。操起身，泣而送之。宫并不回顾。操谓从者曰："即送公台老母、妻子回许都养老，怠慢者斩。"宫闻言，亦不开口，伸颈就刑。众皆下泪。操以棺椁盛其尸，葬于许都。后人有诗叹之曰：

生死无二志，丈夫何壮哉！
不从金石论，空负栋梁材。
辅主真堪敬，辞亲实可哀。
白门身死日，谁肯似公台？

方操送宫下楼时，布告玄德曰："公为座上客，布为阶下囚，何不发一言而相宽乎？"玄德点头。及操上楼来，布叫曰："明公所患，不过于布，布今已服矣。公为大将，布副之，天下不难定也。"操回顾玄德曰："何如？"玄德答曰："公不见丁建阳、董卓之事乎？"布目视玄德曰："是儿最无信者。"操令牵下楼缢[①]之。

① 缢（yì）——即用绳索勒颈而死或吊死。

布回顾玄德曰："大耳儿[1]，不记辕门射戟时耶？"忽一人大叫曰："吕布匹夫[2]！死则死耳，何惧之有！"众视之，乃刀斧手拥张辽至。操令将吕布缢死，然后枭首。后人有诗叹曰：

洪水滔滔淹下邳，当年吕布受擒时。
空馀赤兔马千里，漫有方天戟一枝。
缚虎望宽今太懦，养鹰休饱昔无疑。
恋妻不纳陈宫谏，枉骂无恩大耳儿。

又有诗论玄德曰：

伤人饿虎缚休宽，董卓丁原血未干。
玄德既知能啖父，争如留取害曹瞒？

却说武士拥张辽至，操指辽曰："这人好生面善。"辽曰："濮阳城中曾相遇，如何忘却？"操笑曰："你原来也记得。"辽曰："只是可惜。"操曰："可惜甚的？"辽曰："可惜当日火不大，不曾烧死你这国贼！"操大怒曰："败将安敢辱吾？"拔剑在手，亲自来杀张辽。辽全无惧色，引颈待杀。曹操背后一人攀住臂膊，一人跪于面前，说道："丞相且莫动手。"正是：

乞哀吕布无人救，骂贼张辽反得生。

毕竟救张辽的是谁，且听下文分解。

① 大耳儿——骂刘备的话。因刘备"两耳垂肩"（见第一回），故称。
② 匹夫——这里是骂人话。相当于家伙、东西。

第二十回

曹阿瞒许田打围　董国舅内阁受诏

话说曹操举剑欲杀张辽，玄德攀住臂膊，云长跪于面前。玄德曰："此等赤心之人，正当留用。"云长曰："关某素知文远忠义之士，愿以性命保之。"操掷剑笑曰："我亦知文远忠义，故戏之耳。"乃亲释其缚，解衣衣之，延之上坐。辽感其意，遂降。操拜辽为中郎将，赐爵关内侯，使招安臧霸。霸闻吕布已死，张辽已降，遂亦引本部军投降。操厚赏之。臧霸又招安孙观、吴敦、尹礼来降；独昌豨未肯归顺。操封臧霸为琅琊相，孙观等亦各加官，令守青、徐沿海地面。将吕布妻女载回许都。大犒三军，拔寨班师。路过徐州，百姓焚香遮道，请留刘使君为牧[①]。操曰："刘使君功大，且待面君封爵，回来未迟。"百姓叩谢。操唤车骑将军车胄权领徐州。操军回许昌，封赏出征人员，留玄德在相府左近宅院歇定。

次日，献帝设朝，操表奏玄德军功，引玄德见帝。玄德具朝服，拜于丹墀[②]。帝宣上殿，问曰："卿祖何人？"玄德奏曰："臣乃中山靖王之后，孝景皇帝阁下玄孙，刘雄之孙，刘弘之子也。"帝教取宗族世谱检看，令宗正卿宣读曰：

孝景皇帝生十四子。第七子乃中山靖王刘胜。胜生陆城亭侯刘贞。贞生沛侯刘昂。昂生漳侯刘禄。禄生沂

① 刘使君——即刘备。因刘备曾任徐州牧，故称。牧——"州牧"的简称，有时又称"刺史"。汉代为一州之长官。

② 丹墀（chí）——泛指红色地面或台阶。这里当指宫殿台阶之前。墀：泛指地面和台阶。

水侯刘恋。恋生钦阳侯刘英。英生安国侯刘建。建生广陵侯刘哀。哀生胶水侯刘宪。宪生祖邑侯刘舒。舒生祁阳侯刘谊。谊生原泽侯刘必。必生颍川侯刘达。达生丰灵侯刘不疑。不疑生济川侯刘惠。惠生东郡范令刘雄。雄生刘弘。弘不仕。刘备乃刘弘之子也。

帝排世谱，则玄德乃帝之叔也。帝大喜，请入偏殿，叙叔侄之礼。帝暗思："曹操弄权，国事都不由朕主。今得此英雄之叔，朕有助矣！"遂拜玄德为左将军、宜城亭侯。设宴款待毕，玄德谢恩出朝。自此人皆称为"刘皇叔"。

曹操回府，荀彧等一班谋士入见曰："天子认刘备为叔，恐无益于明公。"操曰："彼既认为皇叔，吾以天子之诏令之，彼愈不敢不服矣。况吾留彼在许都，名虽近君，实在吾掌握之内，吾何惧哉？吾所虑者，太尉杨彪系袁术亲戚，倘与二袁为内应，为害不浅，当即除之。"乃密使人诬告彪交通袁术，遂收彪下狱，命满宠按治[①]之。时北海太守孔融在许都，因谏操曰："杨公四世清德，岂可因袁氏而罪之乎？"操曰："此朝廷意也。"融曰："使成王杀召公，周公可得言不知耶？"[②]操不得已，乃免彪官，放归田里。议郎赵彦愤操专横，上疏劾操不奉帝旨，擅收大臣之罪。操大怒，即收赵彦杀之。于是百官无不悚惧。

谋士程昱说操曰："今明公威名日盛，何不乘此时行王霸之事[③]？"操曰："朝廷股肱[④]尚多，未可轻动。吾当请天子田猎[⑤]，以观动静。"于是拣选良马、名鹰、俊犬、弓矢俱备，先聚兵城

---

① 按治——审问惩办。

② "使成王杀召公"二句——这两句既是假设，又是比喻。春秋时周成王年幼，由其叔父周公摄政；而曹操则实际上把持了朝政，视汉献帝为傀儡，其地位与周公相似。故孔融说假使成王杀了召公，周公不可能不知道，以此来比喻杨彪一旦被杀，曹操将脱不了干系。

③ 行王霸之事——这里指废掉汉帝，自己做皇帝。

④ 股肱（gōng）——本指人的大腿和胳膊。这里借喻皇帝的辅佐大臣。

⑤ 田猎——即打猎、狩猎。"田"与"猎"同义，均为打猎之意。

外，操入请天子田猎。帝曰："田猎恐非正道。"操曰："古之帝王，春蒐夏苗，秋狝冬狩[①]，四时出郊[②]，以示武于天下。今四海扰攘之时，正当借田猎以讲武。"帝不敢不从，随即上逍遥马，带玉雕弓、金鈚箭，排銮驾出城。玄德与关、张各弯弓插箭，内穿掩心甲，手持兵器，引数十骑，随驾出许昌。曹操骑爪黄飞电马，引十万之众，与天子猎于许田。军士排开围场，周广二百馀里。操与天子并马而行，只争[③]一马头。背后都是操之心腹将校。文武百官，远远侍从，谁敢近前。

当日献帝驰马到许田，刘玄德起居道旁[④]。帝曰："朕今欲看皇叔射猎。"玄德领命上马，忽草中赶起一兔。玄德射之，一箭正中那兔。帝喝采。转过土坡，忽见荆棘中赶出一只大鹿，帝连射三箭不中，顾谓操曰："卿射之。"操就讨天子宝雕弓、金鈚箭，扣满一射，正中鹿背，倒于草中。群臣将校见了金鈚箭，只道天子射中，都踊跃向帝呼"万岁"。曹操纵马直出，遮于天子之前以迎受之。众皆失色。玄德背后云长大怒，剔起卧蚕眉，睁开丹凤眼，提刀拍马便出，要斩曹操。玄德见了，慌忙摇手送目。关公见兄如此，便不敢动。玄德欠身向操称贺曰："丞相神射，世所罕及。"操笑曰："此天子洪福耳。"乃回马向天子称贺，竟不献还宝雕弓，就自悬带。

围场已罢，宴于许田。宴毕，驾回许都。众人各自归歇。云长问玄德曰："操贼欺君罔上，我欲杀之，为国除害，兄何止我？"玄德曰："投鼠忌器[⑤]。操与帝相离只一马头，其心腹之人周回拥

---

① 蒐、苗、狝（xiǎn）、狩——皆为打猎之意：春猎称"蒐"，夏猎称"苗"，秋猎称"狝"，冬猎称"狩"。

② 出郊——即冬至日到城南祭天，夏至日到城北祭地。

③ 争——相差。

④ 起居道旁——这是倒装句。即在道旁请安问好。

⑤ 投鼠忌器——典出汉代贾谊《治安策》："里谚曰：'欲投鼠而忌器。'"后遂借喻欲除害而有所顾忌。

侍。吾弟若逞一时之怒，轻有举动，倘事不成，有伤天子，罪反坐我等矣。”云长曰：“今日不杀此贼，后必为祸。”玄德曰：“且宜秘之，不可轻言。”

却说献帝回宫，泣谓伏皇后曰：“朕自即位以来，奸雄并起：先受董卓之殃，后遭傕、汜之乱，常人未受之苦，吾与汝当之。后得曹操，以为社稷之臣；不意专国弄权，擅作威福。朕每见之，背若芒刺。今日在围场上，身迎呼贺，无礼已极。早晚必有异谋，吾夫妇不知死所也！”伏皇后曰：“满朝公卿，俱食汉禄，竟无一人能救国难乎？”

言未毕，忽一人自外而入曰：“帝、后休忧，吾举一人，可除国害。”帝视之，乃伏皇后之父伏完也。帝掩泪问曰：“皇丈亦知操贼之专横乎？”完曰：“许田射鹿之事，谁不见之？但满朝之中，非操宗族，则其门下。若非国戚，谁肯尽忠讨贼？老臣无权，难行此事。车骑将军、国舅董承可托也。”帝曰：“董国舅多赴国难，朕躬素知。可宣入内，共议大事。”完曰：“陛下左右皆操贼心腹，倘事泄，为祸不浅。”帝曰：“然则奈何？”完曰：“臣有一计：陛下可制衣一领，取玉带一条，密赐董承，却于带衬内缝一密诏以赐之，令到家见诏，可以昼夜画策，神鬼不觉矣。”帝然之，伏完辞出。

帝乃自作一密诏，咬破指尖，以血写之，暗令伏皇后缝于玉带紫锦衬内。却自穿锦袍，自系此带，令内史宣董承入。承见帝礼毕，帝曰：“朕夜来与后说霸河之苦，念国舅大功，故特宣入慰劳。”承顿首谢。帝引承出殿，到太庙，转上功臣阁内。帝焚香礼毕，引承观画像。中间画汉高祖容像，帝曰：“吾高祖皇帝起身何地？如何创业？”承大惊曰：“陛下戏臣耳，圣祖之事，何为不知？高皇帝起自泗上亭长，提三尺剑，斩蛇起义，纵横四海，三载亡秦，五年灭楚，遂有天下，立万世之基业。”帝曰：“祖宗如此英雄，子孙如此懦弱，岂不可叹！”因指左右二辅之像曰：“此二人非留侯张良、酂侯萧何耶？”承曰：“然也。高祖开基创业，实赖二人之力。”帝回顾左右较远，乃密谓承曰：“卿亦当如此二人立于朕侧。”承曰：“臣无寸功，何以当此？”帝曰：“朕想卿西都救驾之功，未尝少忘，无可为赐。”因指所着袍、带曰：“卿当衣朕此袍，系朕此带，常如在朕左右也。”承顿首谢。帝解袍、带赐承，密语曰：“卿归可细观之，勿负朕意。”承会意，穿袍系带，辞帝下阁。

早有人报知曹操曰：“帝与董承登功臣阁说话。”操即入朝来看。董承出阁，才过宫门，恰遇操来，急无躲避处，只得立于路侧施礼。操问曰：“国舅何来？”承曰：“适蒙天子宣召，赐以锦袍、玉带。”操问曰：“何故见赐？”承曰：“因念某旧日西都救驾之功，故有此赐。”操曰：“解带我看。”承心知衣带中必有密诏，恐操看破，迟延不解。操叱左右：“急解下来！”看了半晌，笑曰：“果然是条好玉带。再脱下锦袍来借看。”承心中畏惧，不敢不从，遂脱袍献上。操亲自以手提起，对日影中细细详看。看毕，自己穿在身上，系了玉带，回顾左右曰：“长短如何？”左右称美。操谓承曰：“国舅即以此袍、带转赐与吾，何如？”承告曰：“君恩所赐，不敢转赠，容某别制奉献。”操曰：“国舅受此衣、带，莫非其中有谋乎？”承惊曰：“某焉敢？丞相如要，便当留下。”操曰：“公受君赐，吾何相夺？聊为戏耳。”遂脱袍、带还承。

承辞操归家。至夜，独坐书院中，将袍仔细反复看了，并无一物。承思曰：“天子赐我袍、带，命我细观，必非无意，今不见甚踪迹，何也？”随又取玉带检看，乃白玉玲珑，碾成小龙穿花，背用紫锦为衬，缝缀端整，亦并无一物。承心疑，放于桌上，反复寻之。良久，倦甚，正欲伏几而寝，忽然灯花落于带上，烧着背衬。承惊拭之，已烧破一处，微露素绢，隐见血迹。急取刀，拆开视之，乃天子手书血字密诏也。诏曰：

朕闻人伦之大，父子为先；尊卑之殊，君臣为重。近日操贼弄权，欺压君父；结连党伍，败坏朝纲；敕赏封罚，不由朕主。朕夙夜忧思，恐天下将危。卿乃国之大臣，朕之至戚，当念高帝创业之艰难，纠合忠义两全之烈士，殄灭奸党，复安社稷，祖宗幸甚！破指洒血，书诏付卿。再四慎之，勿负朕意。建安四年春三月诏。

董承览毕，涕泪交流，一夜寝不能寐。晨起，复至书院中，将诏再三观看，无计可施。乃放诏于几上，沉思灭操之计。忖量未定，隐几而卧。忽侍郎王子服至，门吏知子服与董承交厚，不敢拦阻，竟入书院。见承伏几不醒，袖底压着素绢，微露“朕”字。子服疑之，默取看毕，藏于袖中，呼承曰：“国舅好自在，亏你如何睡得着。”承惊觉，不见诏书，魂不附体，手脚慌乱。子服曰：“汝欲杀曹公，吾当出首。”承泣告曰：“若兄如此，汉室休矣！”子服曰：“吾戏耳。吾祖宗世食汉禄，岂无忠心。愿助兄一臂之力，共诛国贼。”承曰：“兄有此心，国之大幸。”子服曰：“当于密室同立义状①，各舍三族②，以报汉君。”承大喜，取白绢一幅，先书名画字。子服亦即书名画字。书毕，子服曰：“将军吴子兰，与吾至厚，可与同谋。”承曰：“满朝大臣，惟有长水校尉种辑、议郎吴硕是吾心腹，必能与我同事。”

正商议间，家僮入报种辑、吴硕来探。承曰：“此天助我也！”教子服暂避于屏后。承接二人入书院坐定，茶毕，辑曰：“许田射猎之事，君亦怀恨乎？”承曰：“虽怀恨，无可奈何。”硕曰：“吾誓杀此贼，恨无助我者耳。”辑曰：“为国除害，虽死无怨。”王子服从屏后出曰：“汝二人欲杀曹丞相，我当出首，董国舅便是证见。”种辑怒曰：“忠臣不怕死，吾等死作汉鬼，强似你阿附国贼。”

---

① 义状——表示义无反顾的誓书。

② 三族——说法不一：或谓指父、子、孙，或谓指父族、母族、妻族，或谓指父母、兄弟、妻子。

承笑曰："吾等正为此事，欲见二公，王侍郎之言乃戏耳。"便于袖中取出诏来与二人看。二人读诏，挥泪不止。承遂请书名。子服曰："二公在此少待，吾去请吴子兰来。"子服去不多时，即同子兰至，与众相见，亦书名毕。承邀于后堂会饮。

忽报西凉太守马腾相探。承曰："只推我病，不能接见。"门吏回报，腾大怒曰："我夜来[①]在东华门外，亲见他锦袍、玉带而出，何故推病耶？吾非无事而来，奈何拒我？"门吏入报，备言腾怒。承起曰："诸公少待，暂容承出。"随即出厅延接，礼毕坐定，腾曰："腾入觐将还，故来相辞，何见拒也？"承曰："贱躯暴疾，有失迎候，罪甚。"腾曰："面带春色[②]，未见病容。"承无言可答。腾拂袖便起，嗟叹下阶曰："皆非救国之人也！"承感其言，挽留之，问曰："公谓何人非救国之人？"腾曰："许田射猎之事，吾尚气满胸膛；公乃国之至戚，犹自殢[③]于酒色，而不思讨贼，安得为皇家救难扶灾之人乎？"承恐其诈，佯惊曰："曹丞相乃国之大臣，朝廷所倚赖，公何出此言？"腾大怒曰："汝尚以曹贼为好人耶？"承曰："耳目甚近，请公低声。"腾曰："贪生怕死之徒，不足以论大事。"说罢，又欲起身。承知腾忠义，乃曰："公且息怒，某请公看一物。"遂邀腾入书院，取诏示之。腾读毕，毛发倒竖，咬齿嚼唇，满口流血，谓承曰："公若有举动，吾即统西凉兵为外应。"承请腾与诸公相见，取出义状，教腾书名。腾乃取酒歃血为盟曰："吾等誓死不负所约！"指坐上五人言曰："若得十人，大事谐矣。"承曰："忠义之士，不可多得。若所与非人，则反相害矣。"腾教取《鸳行鹭序簿》[④]来检看，检到刘氏宗

---

① 夜来——西北地区方言。即昨天。

② 春色——这里指因饮了酒而面有红晕。

③ 殢（tì）——这里是沉湎之意。

④ 《鸳行鹭序簿》——又称《搢绅便览》。在职官员的花名册。鸳行（háng）鹭序：意谓官员朝会时的排班顺序。

族，乃拍手言曰："何不共此人商议？" 众皆问何人，马腾不慌不忙说出那人来。正是：

本因国舅承明诏，又见宗潢[1]佐汉朝。

毕竟马腾之言如何，且听下文分解。

① 宗潢——皇帝的宗族子孙。这里特指刘备。潢："天潢星" 的省称。借指皇族。

第二十一回

曹操煮酒论英雄　关公赚城斩车胄

却说董承等问马腾曰：“公欲用何人？”马腾曰：“现有豫州牧刘玄德在此，何不求之？”承曰：“此人虽系皇叔，今正依附曹操，安肯行此事耶？”腾曰：“吾观前日围场之中，曹操迎受众贺之时，云长在玄德背后，挺刀欲杀操，玄德以目视之而止。玄德非不欲图操，恨操牙爪多，恐力不及耳。公试求之，当必应允。”吴硕曰：“此事不宜太速，当从容商议。”众皆散去。

次日黑夜里，董承怀诏，径往玄德公馆中来。门吏入报，玄德迎出，请入小阁坐定。关、张侍立于侧。玄德曰：“国舅夤夜[①]至此，必有事故。”承曰：“白日乘马相访，恐操见疑，故黑夜相见。”玄德命取酒相待。承曰：“前日围场之中，云长欲杀曹操，将军动目摇头而退之，何也？”玄德失惊曰：“公何以知之？”承曰：“人皆不见，某独见之。”玄德不能隐讳，遂曰：“舍弟见操僭越，故不觉发怒耳。”承掩面而哭曰：“朝廷臣子，若尽如云长，何忧不太平哉！”玄德恐是曹操使他来试探，乃佯言曰：“曹丞相治国，为何忧不太平？”承变色而起曰：“公乃汉朝皇叔，故剖肝沥胆以相告，公何诈也？”玄德曰：“恐国舅有诈，故相试耳。”于是董承取衣带诏令观之，玄德不胜悲愤。又将义状出示，上止有六位：一、车骑将军董承；二、工部侍郎王子服；三、长水校尉种辑；四、议郎吴硕；五、昭信将军吴子兰；六、西凉太守马腾。玄德曰：“公

---

① 夤（yín）夜——深夜。

既奉诏讨贼，备敢[①]不效犬马之劳。”承拜谢，便请书名。玄德亦书“左将军刘备”，押了字，付承收讫。承曰：“尚容再请三人，共聚十义，以图国贼。”玄德曰：“切宜缓缓施行，不可轻泄。”共议到五更，相别去了。

玄德也防曹操谋害，就下处后园种菜，亲自浇灌，以为韬晦[②]之计。关、张二人曰：“兄不留心天下大事，而学小人[③]之事，何也？”玄德曰：“此非二弟所知也。”二人乃不复言。

一日，关、张不在，玄德正在后园浇菜，许褚、张辽引数十人入园中曰：“丞相有命，请使君便行。”玄德惊问曰：“有甚紧事？”许褚曰：“不知，只教我来相请。”玄德只得随二人入府见操。操笑曰：“在家做得好大事。”諕得玄德面如土色。操执玄德手，直至后园，曰：“玄德学圃[④]不易。”玄德方才放心，答曰：“无事消遣耳。”操曰：“适见枝头梅子青青，忽感去年征张绣时，道上缺水，将士皆渴，吾心生一计，以鞭虚指曰：‘前面有梅林。’军士闻之，口皆生唾，由是不渴。今见此梅，不可不赏；又值煮酒正熟：故邀使君小亭一会。”玄德心神方定。随至小亭，已设樽俎[⑤]，盘置青梅，一樽煮酒。二人对坐，开怀畅饮。

酒至半酣，忽阴云漠漠，骤雨将至。从人遥指天外龙挂[⑥]，操与玄德凭栏观之。操曰：“使君知龙之变化否？”玄德曰：“未知其详。”操曰：“龙能大能小，能升能隐：大则兴云吐雾，小则隐介[⑦]藏形；升则飞腾于宇宙之间，隐则潜伏于波涛之内。方今春深，龙乘时变化，犹人得志而纵横四海。龙之为物，可比世之英雄。玄

① 敢——谦词。不敢、岂敢之意。
② 韬晦——本义为收敛光芒，引申为隐藏自己的才能和行迹，以免他人注意或怀疑。
③ 小人——下等人。
④ 学圃——学习种菜。
⑤ 樽俎（zǔ）——樽为盛酒器，俎为盛肉器，合之泛指酒席。
⑥ 龙挂——古人对龙卷风的称谓。古人根据龙卷风的形状，以为是神龙下挂吸水，故称。
⑦ 介——即鳞甲。

德久历四方，必知当世英雄，请试指言之。”玄德曰：“备肉眼，安识英雄？”操曰：“休得过谦。”玄德曰：“备叨[①]恩庇，得仕于朝，天下英雄，实有未知。”操曰：“既不识其面，亦闻其名。”玄德曰：“淮南袁术，兵粮足备，可为英雄？”操笑曰：“冢中枯骨，吾早晚必擒之。”玄德曰：“河北袁绍，四世三公，门多故吏，今虎踞冀州之地，部下能事者极多，可为英雄？”操笑曰：“袁绍色厉胆薄，好谋无断；干大事而惜身，见小利而忘命：非英雄也。”玄德曰：“有一人名称八俊，威镇九州，刘景升可为英雄？”操曰：“刘表虚名无实，非英雄也。”玄德曰：“有一人血气方刚，江东领袖，孙伯符乃英雄也？”操曰：“孙策藉父之名，非英雄也。”玄德曰：“益州刘季玉，可为英雄乎？”操曰：“刘璋虽系宗室，乃守户之犬耳，何足为英雄。”玄德曰：“如张绣、张鲁、韩遂等辈皆何如？”操鼓掌大笑曰：“此等碌碌小人，何足挂齿。”玄德曰：“舍此之外，备实不知。”操曰：“夫英雄者，胸怀大志，腹有良谋，有包藏宇宙之机，吞吐天地之志者也。”玄德曰：“谁能当之？”操以手指玄德，后自指，曰：“今天下英雄，惟使君与操耳！”玄德闻言，吃了一惊，手中所执匙筯，不觉落于地下。时正值大雨将至，雷声大作。玄德乃从容俯首拾筯曰：“一震之威，乃至于此。”操笑曰：“丈夫亦畏雷乎？”玄德曰：“圣人迅雷风烈必变[②]，安得不畏？”将闻言失筯缘故，轻轻掩饰过了。操遂不疑玄德。后人有诗赞曰：

勉从虎穴暂趋身，说破英雄惊杀人。
巧借闻雷来掩饰，随机应变信如神。

天雨方住，见两个人撞入后园，手提宝剑，突至亭前，左右拦挡不住。操视之，乃关、张二人也。原来二人从城外射箭方回，听得玄德被许褚、张辽请将去了，慌忙来相府打听，闻说在后园，

① 叨——这里为谦词。即承蒙、承受之意。

② 迅雷风烈必变——语出《论语·乡党》。意谓孔子遇到疾雷暴风，就会改变自己的脸色，以示对上天的敬畏。

只恐有失，故冲突而入。却见玄德与操对坐饮酒，二人按剑而立。操问二人何来，云长曰："听知丞相和兄饮酒，特来舞剑，以助一笑。"操笑曰："此非鸿门会[1]，安用项庄、项伯乎？"玄德亦笑。操命："取酒与二樊哙压惊。"关、张拜谢。须臾席散，玄德辞操而归。云长曰："险些惊杀我两个。"玄德以落箸事说与关、张。关、张问是何意，玄德曰："吾之学圃，正欲使操知我无大志，不意操竟指我为英雄，我故失惊落箸。又恐操生疑，故借惧雷以掩饰之耳。"关、张曰："兄真高见。"

操次日又请玄德，正饮间，人报满宠去探听袁绍而回。操召入问之。宠曰："公孙瓒已被袁绍破了。"玄德急问曰："愿闻其详。"宠曰："瓒与绍战不利，筑城围圈，圈上建楼，高十丈，名曰易京楼，积粟三十万以自守。战士出入不息。或有被绍围者，众请救之。瓒曰：'若救一人，后之战者只望人救，不肯死战矣。'遂不肯救。因此袁绍兵来，多有降者。瓒势孤，使人持书赴许都求救，不意中途为绍军所获。瓒又遗书张燕，暗约举火为号，里应外合。下书人又被袁绍擒住，却来城外放火诱敌。瓒自出战，伏兵四起，军马折其大半。退守城中，被袁绍穿地直入瓒所居之楼下，放起火来。瓒无走路，先杀妻子，然后自缢，全家都被火焚了。今袁绍得了瓒军，声势甚盛。绍弟袁术在淮南骄奢过度，不恤军民，众皆背反。术使人归帝号于袁绍。绍欲取玉玺，术约亲自送至，现今弃淮南，欲归河北。若二人协力，急难收复，乞丞相作急图之。"玄德闻公孙瓒已死，追念昔日荐己之恩，不胜伤感；又不知

---

① 鸿门会——多作"鸿门宴"。典出《史记·项羽本纪》：秦王朝被推翻后，项羽欲攻刘邦，刘邦不得已，至鸿门拜会项羽。在宴会中，范增令项庄舞剑，欲杀刘邦；项羽之叔项伯生怕双方决裂，也起身舞剑，意在保护刘邦。刘邦的猛将樊哙忽至，刘邦才乘机脱身。后遂以"鸿门宴"或"鸿门会"比喻暗藏杀机的宴会。同时也形成了"项庄舞剑，意在沛公"之典。

赵子龙如何下落，放心不下。因暗想曰："我不就此时寻个脱身之计，更待何时？"遂起身对操曰："术若投绍，必从徐州过。备请一军，就半路截击，术可擒矣。"操笑曰："来日奏帝，即便起兵。"

次日，玄德面奏君。操令玄德总督五万人马，又差朱灵、路昭二人同行。玄德辞帝，帝泣送之。玄德到寓，星夜收拾军器鞍马，挂了将军印，催促便行。董承赶出十里长亭来送，玄德曰："国舅宁耐[①]，某此行必有以报命。"承曰："公宜留意，勿负帝心。"二人分别。关、张在马上问曰："兄今番出征，何故如此慌速？"玄德曰："吾乃笼中鸟，网中鱼，此一行，如鱼入大海，鸟上青霄，不受笼网之羁绊也。"因命关、张催朱灵、路昭军马速行。

时郭嘉、程昱考较[②]钱粮方回，知曹操已遣玄德进兵徐州，慌入谏曰："丞相何故令刘备督军？"操曰："欲截袁术耳。"程昱曰："昔刘备为豫州牧时，某等请杀之，丞相不听。今日又与之兵，此放龙入海，纵虎归山也。后欲治之，其可得乎？"郭嘉曰："丞相纵不杀备，亦不当使之去。古人云：'一日纵敌，万世之患。'望丞相察之。"操然其言，遂令许褚将兵五百前往，务要追玄德转来。许褚应诺而去。

却说玄德正行之间，只见后面尘头骤起，谓关、张曰："此必曹兵追至也。"遂下了营寨，令关、张各执军器，立于两边。许褚至，见严兵整甲，乃下马入营见玄德。玄德曰："公来此何干？"褚曰："奉丞相命，特请将军回去，别有商议。"玄德曰："将在外，君命有所不受[③]。吾面过君，又蒙丞相钧语。今别无他议，公可速回，为我禀复丞相。"许褚寻思："丞相与他一向交好，今番又不曾

---

① 宁耐——忍耐。

② 考较——考察核查。

③ 将在外，君命有所不受——《孙子·九变篇》仅作"君命有所不受"。《史记·孙子吴起列传》作"将在军，君命有所不受"；《史记·魏公子列传》又作"将在外，主令有所不受"。意谓皇帝不可能十分了解军中之事，所以带兵在外的将帅可以不受君命的约束，便宜行事。

教我来厮杀，只得将他言语回复，另候裁夺便了。”遂辞了玄德，领兵而回。回见曹操，备述玄德之言。操犹豫未决。程昱、郭嘉曰：“备不肯回兵，可知其心变矣。”操曰：“我有朱灵、路昭二人在彼，料玄德未必敢心变。况我既遣之，何可复悔？”遂不复追玄德。后人有诗叹玄德曰：

束兵秣马去匆匆，心念天言衣带中。
撞破铁笼逃虎豹，顿开金锁走蛟龙。

却说马腾见玄德已去，边报又急，亦回西凉州去了。玄德兵至徐州，刺史车胄出迎。公宴毕，孙乾、糜竺等都来参见。玄德回家探视老小，一面差人探听袁术。探子回报：“袁术奢侈太过，雷薄、陈兰皆投嵩山去了。术势甚衰，乃作书让帝号于袁绍。绍命人召术，术乃收拾人马、宫禁御用之物，先到徐州来。”

玄德知袁术将至，乃引关、张、朱灵、路昭五万军出，正迎着先锋纪灵至。张飞更不打话，直取纪灵。斗无十合，张飞大喝一声，刺纪灵于马下，败军奔走。袁术自引军来斗。玄德分兵三路：朱灵、路昭在左，关、张在右，玄德自引兵居中。与术相见，在门旗下责骂曰：“汝反逆不道，吾今奉明诏，前来讨汝。汝当束手受降，免你罪犯。”袁术骂曰：“织席编履小辈，安敢轻我！”麾兵赶来。玄德暂退，让左右两路军杀出。杀得术军尸横遍野，血流成渠，兵卒逃亡，不可胜计。又被嵩山雷薄、陈兰劫去钱粮草料。欲回寿春，又被群盗所袭，只得住于江亭。止有一千馀众，皆老弱之辈。时当盛暑，粮食尽绝，只剩麦三十斛，分派军士。家人无食，多有饿死者。术嫌饭粗，不能下咽，乃命庖人取蜜水止渴。庖人曰：“止有血水，安有蜜水？”术坐于床上，大叫一声，倒于地下，吐血斗馀而死。时建安四年六月也。后人有诗曰：

汉末刀兵起四方，无端袁术太猖狂。
不思累世为公相，便欲孤身作帝王。
强暴枉夸传国玺，骄奢妄说应天祥。

渴思蜜水无由得，独卧空床呕血亡。

袁术已死，侄袁胤将灵柩及妻子奔庐江来，被徐璆尽杀之。璆夺得玉玺，赴许都献于曹操。操大喜，封徐璆为高陵太守。此时玉玺归操。

却说玄德知袁术已丧，写表申奏朝廷，书呈曹操，令朱灵、路昭回许都，留下军马保守徐州。一面亲自出城，招谕流散人民复业。

且说朱灵、路昭回许都见曹操，说玄德留下军马。操怒，欲斩二人。荀彧曰："权归刘备，二人亦无奈何。"操乃赦之。彧又曰："可写书与车胄，就内图之。"操从其计，暗使人来见车胄，传曹操钧旨。胄随即请陈登商议此事。登曰："此事极易。今刘备出城招民，不日将还。将军可命军士伏于瓮城[1]边，只作接他，待马到来，一刀斩之；某在城上射住后军：大事济矣。"胄从之。

陈登回见父陈珪，备言其事。珪命登先往报知玄德。登领父命，飞马去报，正迎着关、张，报说如此如此。原来关、张先回，玄德在后。张飞听得，便要去厮杀。云长曰："他伏瓮城边待我，去必有失。我有一计，可杀车胄：乘夜扮作曹军到徐州，引车胄出迎，袭而杀之。"飞然其言。那部下军原有曹操旗号，衣甲都同。当夜三更，到城边叫门。城上问是谁，众应是曹丞相差来张文远的人马。报知车胄，胄急请陈登议曰："若不迎接，诚恐有疑；若出迎之，又恐有诈。"胄乃上城回言："黑夜难以分辨，平明[2]了相见。"城下答应："只恐刘备知道，疾快开门。"车胄犹豫未定，城外一片声叫开门。车胄只得披挂上马，引一千军出城，跑过吊桥，大叫："文远何在？"火光中只见云长提刀纵马，直迎车胄，

---

① 瓮城——亦称"月城"。即设于城门之外的小城，因多为圆筒形，故称。其作用是作为城门的屏障，一旦敌军攻入瓮城，则犹如瓮中捉鳖，极易歼灭。

② 平明——天亮。

大叫曰："匹夫安敢怀诈，欲杀吾兄！"车胄大惊，战未数合，遮拦不住，拨马便回。到吊桥边，城上陈登乱箭射下，车胄绕城而走。云长赶来，手起一刀，砍于马下，割下首级提回，望城上呼曰："反贼车胄，吾已杀之。众等无罪，投降免死。"诸军倒戈投降，军民皆安。

云长将胄头去迎玄德，具言车胄欲害之事，今已斩首。玄德大惊曰："曹操若来，如之奈何？"云长曰："弟与张飞迎之。"玄德懊悔不已，遂入徐州。百姓父老，伏道而接。玄德到府，寻张飞，飞已将车胄全家杀尽。玄德曰："杀了曹操心腹之人，如何肯休？"陈登曰："某有一计，可退曹操。"正是：

既把孤身离虎穴，还将妙计息狼烟[①]。

不知陈登说出甚计来，且听下文分解。

① 狼烟——本指古代军中燃干狼粪冒烟，作为报警的信号。因为只有当敌军临境时才点燃，故引申为战火或战争的代称。

第二十二回

袁曹各起马步三军　关张共擒王刘二将

却说陈登献计于玄德曰："曹操所惧者袁绍。绍虎踞冀、青、幽、并诸郡，带甲百万，文官武将极多。今何不写书遣人到彼求救？"玄德曰："绍向与我未通往来，今又新破其弟，安肯相助？"登曰："此间有一人与袁绍三世通家，若得其一书致绍，绍必来相助。"玄德问何人，登曰："此人乃公平日所折节[①]敬礼者，何故忘之？"玄德猛省曰："莫非郑康成先生乎？"登笑曰："然也。"

原来郑康成名玄，好学多才，尝受业于马融。融每当讲学，必设绛帐，前聚生徒，后陈声妓，侍女环列左右。玄听讲三年，目不邪视，融甚奇之。及学成而归，融叹曰："得我学之秘者，惟郑玄一人耳。"玄家中侍婢俱通《毛诗》[②]。一婢尝忤玄意，玄命长跪阶前。一婢戏谓之曰："'胡为乎泥中？'"此婢应声曰："'薄言往愬，逢彼之怒。'[③]"其风雅如此。桓帝朝，玄官至尚书，后因十常侍之乱，弃官归田，居于徐州。玄德在涿郡时，已曾师事之。及为徐州牧，时时造庐[④]请教，敬礼特甚。

---

① 折节——降低自己的身份，恭恭敬敬地待人。

② 《毛诗》——《诗经》的版本之一。汉代所传《诗经》有四种，其中一种为毛亨、毛苌所传，故称《毛诗》。其他三种均已失传，故今传《诗经》即《毛诗》。

③ "胡为乎泥中"，"薄言往愬，逢彼之怒"——此段是说郑玄家中连婢女都精通《诗经》，以至用以开玩笑。前一句出自《诗经·邶风·式微》，是一婢借以问：你为何跪在泥地上？后二句出自《诗经·邶风·柏舟》，是一婢借以答：我急急忙忙去向他（指郑玄）禀报事情，正碰上他发脾气。薄言：急急忙忙。"言"是语气助词，无义。愬：同"诉"。这里是禀报之意。

④ 造庐——登门。造：往，去，至，到。庐：本义为简易房舍，引申为住宅。

当下玄德想出此人，大喜，便同陈登亲至郑玄家中，求其作书。玄慨然依允，写书一封，付与玄德。玄德便差孙乾星夜赍往袁绍处投递。绍览毕，自忖曰："玄德攻灭吾弟，本不当相助。但重以郑尚书之命，不得不往救之。"遂聚文武官，商议兴兵伐曹操。谋士田丰曰："兵起连年，百姓疲弊，仓廪无积，不可复兴大军。宜先遣人献捷天子[①]，若不得通，乃表称曹操隔我王路，然后提兵屯黎阳；更于河内增益舟楫，缮置军器，分遣精兵，屯扎边鄙[②]。三年之中，大事可定也。"谋士审配曰："不然。以明公之神武，抚河朔之强盛，兴兵讨曹贼，易如反掌，何必迁延日月？"谋士沮授曰："制胜之策，不在强盛。曹操法令既行，士卒精练，比公孙瓒坐受困者不同。今弃献捷良策，而兴无名之兵，窃为明公不取。"谋士郭图曰："非也。兵加曹操，岂曰无名？公正当及时早定大业，愿从郑尚书之言，与刘备共仗大义，剿灭曹贼，上合天意，下合民情，实为幸甚。"四人争论未定，绍踌躇不决。

忽许攸、荀谌自外而入，绍曰："二人多有见识，且看如何主张。"二人施礼毕，绍曰："郑尚书有书来，令我起兵助刘备，攻曹操。起兵是乎？不起兵是乎？"二人齐声应曰："明公以众克寡，以强攻弱，讨汉贼以扶王室，起兵是也。"绍曰："二人所见，正合我心。"便商议兴兵。先令孙乾回报郑玄，并约玄德准备接应；一面令审配、逢纪为统军，田丰、荀谌、许攸为谋士，颜良、文丑为将军，起马军十五万，步兵十五万，共精兵三十万，望黎阳进发。

分拨已定，郭图进曰："以明公大义伐操，必须数操之恶，驰檄各郡，声罪致讨[③]，然后名正言顺。"绍从之，遂令书记[④]陈琳草檄。琳字孔璋，素有才名。灵帝时为主簿，因谏何进不听，复

① 献捷天子——因打了胜仗，向皇帝进献俘虏和战利品。

② 边鄙——边境地区。

③ 声罪致讨——首先公布对方的罪行，然后出兵讨伐。

④ 书记——掌管文书事务的文人。

遭董卓之乱，避难冀州，绍用为记室。当下领命草檄，援笔立就。其文曰：

盖闻明主图危以制变，忠臣虑难以立权。是以有非常之人，然后有非常之事；有非常之事，然后立非常之功。夫非常者，固非常人所拟也。

曩者强秦弱主，赵高执柄，专制朝权，威福由己。时人迫胁，莫敢正言。终有望夷之败，祖宗焚灭，污辱至今，永为世鉴。及臻吕后季年，产、禄专政，内兼二军，外统梁、赵，擅断万机，决事省禁，下陵上替，海内寒心。于是绛侯、朱虚兴兵奋怒，诛夷逆暴，尊立太宗，故能王道兴隆，光明显融，此则大臣立权之明表也。

司空曹操祖父、中常侍腾，与左悺、徐璜并作妖孽，饕餮放横，伤化虐民。父嵩，乞丐携养，因赃假位，舆金辇璧，输货权门，窃盗鼎司，倾覆重器。操，赘阉遗丑，本无懿德，僄狡锋侠，好乱乐祸。

幕府董统鹰扬，扫除凶逆，续遇董卓，侵官暴国。于是提剑挥鼓，发命东夏，收罗英雄，弃瑕取用，故遂与操同谘合谋，授以裨师，谓其鹰犬之才，爪牙可任。至乃愚佻短略，轻进易退，伤夷折衄，数丧师徒。幕府辄复分兵命锐，修完补辑，表行东郡，领兖州刺史，被以虎文，奖蹙威柄，冀获秦师一克之报。而操遂承资跋扈，恣行凶忒，割剥元元，残贤害善。

故九江太守边让英才俊伟，天下知名，直言正色，论不阿谄，身首被枭悬之诛，妻孥受灰灭之咎。自是士林愤痛，民怨弥重，一夫奋臂，举州同声。故躬破于徐方，地夺于吕布，彷徨东裔，蹈据无所。幕府惟强干弱枝之义，且不登叛人之党，故复援旌擐甲，席卷起征，金鼓响振，布众奔沮，拯其死亡之患，复其方伯之位，则幕府无德于兖土之民，而有大造于操也。

后会銮驾返旆，群虏寇攻。时冀州方有北鄙之警，匪遑离局，故使从事中郎徐勋就发遣操，使缮修郊庙，翊卫幼主。操便放志，专行胁迁，当御省禁，卑侮王室，败法乱纪，坐领三台，专制朝政，爵赏由心，刑戮在口：所爱光五宗，所恶灭三族；群谈者受显诛，腹议者蒙隐戮。百僚钳口，道路以目，尚书记朝会，公卿充员品而已。

故太尉杨彪典历二司，享国极位。操因缘眦睚，被以非罪，榜楚参并，五毒备至，触情任忒，不顾宪纲。又议郎赵彦忠谏直言，义有可纳，是以圣朝含听，改容加饰。操欲迷夺时明，杜绝言路，擅收立杀，不俟报闻。又梁孝王，先帝母昆，坟陵尊显，桑梓松柏，犹宜肃恭。而操帅将吏士，亲临发掘，破棺裸尸，掠取金宝，至令圣朝流涕，士民伤怀。

操又特置“发丘中郎将”“摸金校尉”，所过隳突，无骸不露。身处三公之位，而行桀虏之态，污国害民，毒施人鬼。加其细政苛惨，科防互设，罾缴充蹊，坑阱塞路，举手挂网罗，动足触机陷，是以兖、豫有无聊之民，帝都有吁嗟之怨。历观载籍，无道之臣，贪残酷烈，于操为甚。

幕府方诘外奸，未及整训，加绪含容，冀可弥缝。而操豺狼野心，潜包祸谋，乃欲摧挠栋梁，孤弱汉室，除灭忠正，专为枭雄。往者伐鼓北征公孙瓒，强寇桀逆，拒围一年。操因其未破，阴交书命，外助王师，内相掩袭，故引兵造河，方舟北济。会其行人发露，瓒亦枭夷，故使锋芒挫缩，厥图不果。

今乃屯据敖仓，阻河为固，欲以螳螂之斧，御隆车之隧。幕府奉汉威灵，折冲宇宙，长戟百万，胡骑千群，奋中黄、育、获之士，骋良弓劲弩之势，并州越太行，青州涉济、漯，大军泛黄河而角其前，荆州下宛、叶而掎其后。雷震虎步，并集虏庭，若举炎火以爇飞蓬，覆沧海以沃熛炭，有何不灭者哉！

又操军吏士，其可战者，皆出自幽、冀，或故营部曲，咸怨旷思归，流涕北顾。其馀兖、豫之民，及吕布、张杨之馀众，覆亡迫胁，权时苟从，各被创夷，人为仇敌。若回旆方徂，登高冈而击鼓吹，扬素挥以启降路，必土崩瓦解，不俟血刃。

方今汉室陵迟，纲维弛绝，圣朝无一介之辅，股肱无折冲之势。方畿之内，简练之臣，皆垂头搨翼，莫所凭恃。虽有忠义之佐，胁于暴虐之臣，焉能展其节？

又操持部曲精兵七百，围守宫阙，外托宿卫，内实拘执。惧其篡逆之萌，因斯而作。此乃忠臣肝脑涂地之秋，烈士立功之会，可不勗哉！

操又矫命称制，遣使发兵。恐边远州郡过听给与，违众旅叛，举以丧名，为天下笑，则明哲不取也。

即日幽、并、青、冀，四州并进。书到荆州，便勒现兵，与建忠将军协同声势。州郡各整戎马，罗落境界，举师扬威，并匡社稷，则非常之功，于是乎著。

其得操首者，封五千户侯，赏钱五千万。部曲偏裨将校诸吏降者，勿有所问。广宣恩信，班扬符赏，布告天下，咸使知圣朝有拘逼之难。如律令！

绍览檄大喜，即命使将此檄遍行州郡，并于各处关津隘口张挂。

檄文传至许都，时曹操方患头风，卧病在床。左右将此檄传进，操见之，毛骨悚然，出了一身冷汗，不觉头风顿愈，从床上一跃而起，顾谓曹洪曰："此檄何人所作？"洪曰："闻是陈琳之笔。”操笑曰：“有文事者，必须以武略济[①]之。陈琳文事虽佳，其如袁绍武略之不足何？”遂聚众谋士商议迎敌。

孔融闻之，来见操曰：“袁绍势大，不可与战，只可与和。”荀彧曰：“袁绍无用之人，何必议和？”融曰：“袁绍土广民强，其部下如许攸、郭图、审配、逄纪皆智谋之士，田丰、沮授皆忠臣也，颜良、文丑勇冠三军，其馀高览、张郃、淳于琼等俱世之名将，何谓绍为无用之人乎？”彧笑曰：“绍兵多而不整。田丰刚而犯上，许攸贪而不智，审配专而无谋，逄纪果而无用：此数人者，势不相容，必生内变。颜良、文丑，匹夫之勇，一战可擒。其馀碌碌等辈，纵有百万，何足道哉！”孔融默然。操大笑曰：“皆不出荀文若之料。”遂唤前军刘岱、后军王忠引军五万，打着丞相旗号，去徐州攻刘备。原来刘岱旧为兖州刺史，及操取兖州，岱降于操，操用为偏将，故今差他与王忠一同领兵。操却自引大军二十万，进黎阳，拒袁绍。程昱曰：“恐刘岱、王忠不称其使。”操曰：“吾亦知非刘备敌手，权且虚张声势。”分付：“不可轻进，待我破绍，再勒兵破备。”刘岱、王忠领兵去了。

曹操自引兵至黎阳，两军隔八十里，各自深沟高垒，相持不战，自八月守至十月。原来许攸不乐审配领兵，沮授又恨绍不用其谋，各不相和，不图进取。袁绍心怀疑惑，不思进兵。操乃唤吕布手下降将臧霸守把青、徐，于禁、李典屯兵河上，曹仁总督大军屯于官渡。操自引一军，竟回许都。

且说刘岱、王忠引军五万，离徐州一百里下寨。中军虚打“曹丞相”旗号，未敢进兵，只打听河北消息。这里玄德也不知曹操虚实，未敢擅动，亦只探听河北。忽曹操差人催刘岱、王忠进战。二人在寨中商议，岱曰：“丞相催促攻城，你可先去。”王忠曰：“丞

① 济——辅助。

相先差你。"岱曰："我是主将，如何先去？"忠曰："我和你同引兵去。"岱曰："我与你拈阄，拈着的便去。"王忠拈着"先"字，只得分一半军马，来攻徐州。玄德听知军马到来，请陈登商议曰："袁本初虽屯兵黎阳，奈谋臣不和，尚未进取。曹操不知在何处。闻黎阳军中无操旗号，如何这里却反有他旗号？"登曰："操诡计百出，必以河北为重，亲自监督，却故意不建旗号，乃于此处虚张旗号。吾意操必不在此。"玄德曰："两弟谁可探听虚实？"张飞曰："小弟愿往。"玄德曰："汝为人躁暴，不可去。"飞曰："便是有曹操也拿将来。"云长曰："待弟往观其动静。"玄德曰："云长若去，我却放心。"于是云长引三千人马，出徐州来。

时值初冬，阴云布合，雪花乱飘，军马皆冒雪布阵。云长骤马提刀而出，大叫："王忠打话！"忠出曰："丞相到此，缘何不降？"云长曰："请丞相出阵，我自有话说。"忠曰："丞相岂肯轻见你？"云长大怒，骤马向前；王忠挺枪来迎。两马相交，云长拨马便走；王忠赶来。转过山坡，云长回马，大叫一声，舞刀直取。王忠拦截不住，恰待骤马奔逃，云长左手倒提宝刀，右手揪住王忠勒甲绦，拖下鞍鞒，横担于马上，回本阵来。王忠军四散奔走。

云长押解王忠，回徐州见玄德。玄德问："尔乃何人？现居何职？敢诈称曹丞相？"忠曰："焉敢有诈？奉命教我虚张声势，以为疑兵。丞相实不在此。"玄德教付衣服酒食，且暂监下，待捉了刘岱，再作商议。云长曰："某知兄有和解之意，故生擒将来。"玄德曰："吾恐翼德躁暴，杀了王忠，故不教去。此等人杀之无益，留之可为解和之地。"张飞曰："二哥捉了王忠，我去生擒刘岱来。"玄德曰："刘岱昔为兖州刺史，虎牢关伐董卓时，也是一镇诸侯。今日为前军，不可轻敌。"飞曰："量此辈何足道哉！我也似二哥生擒将来便了。"玄德曰："只恐坏了他性命，误我大事。"飞曰："如杀了，我偿他命。"玄德遂与军三千，飞引兵前进。

却说刘岱知王忠被擒，坚守不出。张飞每日在寨前叫骂，岱听知是张飞，越不敢出。飞守了数日，见岱不出，心生一计：传令今夜二更去劫寨；日间却在帐中饮酒诈醉，寻军士罪过，打了一顿，缚在营中，曰："待我今夜出兵时，将来祭旗。"却暗使左右纵之去。军士得脱，偷走出营，径往刘岱营中来报劫寨之事。刘岱见降卒身受重伤，遂听其说，虚扎空寨，伏兵在外。是夜张飞却分兵三路：中间使三十馀人劫寨放火；却教两路军抄出他寨后，看火起为号，夹击之。三更时分，张飞自引精兵，先断刘岱后路；中路三十馀人抢入寨中放火。刘岱伏兵恰待杀入，张飞两路兵齐出。岱军自乱，正不知飞兵多少，各自溃散。刘岱引一队残军，夺路而走，正撞见张飞，狭路相逢，急难回避，交马只一合，早被张飞生擒过去。馀众皆降。飞使人先报入徐州。玄德闻之，谓云长曰："翼德自来粗莽，今亦用智，吾无忧矣。"乃亲自出郭迎之。飞曰："哥哥道我躁暴，今日如何？"玄德曰："不用言语相激，如何肯使机谋？"飞大笑。

玄德见缚刘岱过来，慌下马，解其缚曰："小弟张飞误有冒渎，望乞恕罪。"遂迎入徐州，放出王忠，一同管待。玄德曰："前因车胄欲害备，故不得不杀之。丞相错疑备反，遣二将军前来问罪。备受丞相大恩，正思报效，安敢反耶？二将军至许都，望善言为备分诉，备之幸也。"刘岱、王忠曰："深荷[①]使君不杀之恩，当于丞相处方便，以某两家老小保使君。"玄德称谢。

次日，尽还原领军马，送出郭外。刘岱、王忠行不上十馀里，一声鼓响，张飞拦路大喝曰："我哥哥忒没分晓[②]，捉住贼将，如何又放了？"諕得刘岱、王忠在马上发颤。张飞睁眼挺枪赶来，背后一人飞马大叫："不得无礼！"视之，乃云长也。刘岱、王忠方才放心。云长曰："既兄长放了，吾弟如何不遵法令？"飞曰：

---

① 荷——承蒙，承受。

② 分晓——道理。

“今番放了，下次又来。”云长曰：“待他再来，杀之未迟。”刘岱、王忠连声告退曰：“便丞相诛我三族，也不来了。望将军宽恕。”飞曰：“便是曹操自来，也杀他片甲不回。今番权且寄下两颗头。”刘岱、王忠抱头鼠窜而去。

云长、翼德回见玄德曰：“曹操必然复来。”孙乾谓玄德曰：“徐州受敌之地，不可久居。不若分兵屯小沛，守邳城，为犄角之势，以防曹操。”玄德用其言，令云长守下邳，甘、糜二夫人亦于下邳安置。甘夫人乃小沛人也，糜夫人乃糜竺之妹也。孙乾、简雍、糜竺、糜芳守徐州。玄德与张飞屯小沛。

刘岱、王忠回见曹操，具言刘备不反之事。操怒骂：“辱国之徒，留你何用！”喝令左右推出斩之。正是：

犬豕何堪共虎斗，鱼虾空自与龙争。

不知二人性命如何，且听下文分解。

第二十三回

祢正平裸衣骂贼　吉太医下毒遭刑

却说曹操欲斩刘岱、王忠，孔融谏曰："二人本非刘备敌手，若斩之，恐失将士之心。"操乃免其死，黜[1]罢爵禄。欲自起兵伐玄德，孔融曰："方今隆冬盛寒，未可动兵，待来春未为晚也。可先使人招安张绣、刘表，然后再图徐州。"操然其言，先遣刘晔往说张绣。晔至襄城，先见贾诩，陈说曹公盛德。诩乃留晔于家中。

次日，来见张绣，说曹公遣刘晔招安之事。正议间，忽报袁绍有使至。绣命入，使者呈上书信。绣览之，亦是招安之意。诩问来使曰："近日兴兵破曹操，胜负何如？"使曰："隆冬寒月，权且罢兵。今以将军与荆州刘表俱有国士之风，故来相请耳。"诩大笑曰："汝可便回见本初，道：'汝兄弟尚不能容，何能容天下国士乎！'"当面扯碎书，叱退来使。

张绣曰："方今袁强曹弱，今毁书叱使，袁绍若至，当如之何？"诩曰："不如去从曹操。"绣曰："吾先与操有仇，安得相容？"诩曰："从操，其便有三：夫曹公奉天子明诏，征伐天下，其宜从一也。绍强盛，我以少从之，必不以我为重；操虽弱，得我必喜：其宜从二也。曹公王霸之志，必释私怨，以明德于四海，其宜从三也。愿将军无疑焉。"

绣从其言，请刘晔相见。晔盛称操德，且曰："丞相若记旧怨，安肯使某来结好将军乎？"绣大喜，即同贾诩等赴许都投降。绣

---

① 黜（chù）——罢免，革除。

见操，拜于阶下。操忙扶起，执其手曰:“有小过失，勿记于心。”遂封绣为扬武将军，封贾诩为执金吾使。

操即命绣作书招安刘表。贾诩进曰:“刘景升好结纳名流，今必得一有文名之士往说之，方可降耳。”操问荀攸曰:“谁人可去？”攸曰:“孔文举可当其任。”操然之。攸出见孔融曰:“丞相欲得一有文名之士，以备行人[①]之选。公可当此任否？”融曰:“吾友祢衡，字正平，其才十倍于我。此人宜在帝左右，不但可备行人而已。我当荐之天子。”于是遂上表奏帝。其文曰:

臣闻洪水横流，帝思俾乂，旁求四方，以招贤俊。昔世宗继统，将弘基业，畴咨熙载，群士响臻。陛下睿圣，纂承基绪，遭遇厄运，劳谦日昃，维岳降神，异人并出。窃见处士平原祢衡，年二十四，字正平，淑质贞亮，英才卓跞。初涉艺文，升堂睹奥:目所一见，辄诵之口；耳所暂闻，不忘于心；性与道合，思若有神。弘羊潜计，安世默识，以衡准之，诚不足怪。忠果正直，志怀霜雪，见善若惊，嫉恶若仇。任座抗行，史鱼厉节，殆无以过也。鸷鸟累百，不如一鹗。使衡立朝，必有可观。飞辩骋辞，溢气坌涌，解疑释结，临敌有馀。

昔贾谊求试属国，诡系单于；终军欲以长缨，牵制劲越:弱冠慷慨，前世美之。近日路粹、严象，亦用异才，擢拜台郎。衡宜与为比。如得龙跃天衢，振翼云汉，扬声紫微，垂光虹蜺，足以昭近署之多士，增四门之穆穆。钧天广乐，必有奇丽之观；帝室皇居，必蓄非常之宝。若衡等辈，不可多得。《激楚》《阳阿》，至妙之容，掌伎者之所贪；飞兔、騕褭，绝足奔放，良、乐之所急也。臣等区区，敢不以闻。陛下笃慎取士，必须效试，乞令衡以

① 行人——即使者。

褐衣召见。如无可观采，臣等受面欺之罪。

帝览表，以付曹操。操遂使人召衡至。礼毕，操不命坐。祢衡仰天叹曰："天地虽阔，何无一人也？"操曰："吾手下有数十人，皆当世英雄，何谓无人？"衡曰："愿闻。"操曰："荀彧、荀攸、郭嘉、程昱，机深智远，虽萧何、陈平不及也；张辽、许褚、李典、乐进，勇不可当，虽岑彭、马武不及也。吕虔、满宠为从事，于禁、徐晃为先锋；夏侯惇天下奇才，曹子孝世间福将。安得无人？"衡笑曰："公言差矣。此等人物，吾尽识之：荀彧可使吊丧问疾，荀攸可使看坟守墓，程昱可使关门闭户[①]，郭嘉可使白词念赋；张辽可使击鼓鸣金，许褚可使牧牛放马，乐进可使取状读招[②]，李典可使传书送檄；吕虔可使磨刀铸剑，满宠可使饮酒食糟；于禁可使负版[③]筑墙，徐晃可使屠猪杀狗；夏侯惇称为'完体将军'[④]，曹子孝呼为'要钱太守'；其馀皆是衣架、饭囊、酒桶、肉袋耳。"操怒曰："汝有何能？"衡曰："天文地理，无一不通；三教九流，无所不晓。上可以致君为尧、舜，下可以配德于孔、颜[⑤]。岂与俗子共论乎！"

时止有张辽在侧，掣剑欲斩之。操曰："吾正少一鼓吏，早晚朝贺宴享，可令祢衡充此职。"衡不推辞，应声而去。辽曰："此人出言不逊，何不杀之？"操曰："此人素有虚名，远近所闻。今日杀之，天下必谓我不能容物。彼自以为能，故令为鼓吏以辱之。"

来日，操于省厅上大宴宾客，令鼓吏挝鼓[⑥]。旧吏云："挝鼓必换新衣。"衡穿旧衣而入，遂击鼓为《渔阳三挝》[⑦]，音节殊妙，

---

① 关门闭户——指看门人。

② 取状读招——收发文书，宣读告示。

③ 负版——扛木板。版：筑土墙用的夹板。

④ 完体将军——讽刺话。夏侯惇被人射出了眼珠，尽管自己将眼珠吞入肚里（见第十八回），也已是"破体"，所以用"完体将军"加以讽刺。

⑤ 颜——指孔子的弟子颜渊，以德行著称。

⑥ 挝（zhuā）鼓——击鼓，敲鼓。

⑦《渔阳三挝》——亦称《渔阳三弄》《渔阳曲》等。古代鼓曲名。

渊渊有金石声[①]。坐客听之，莫不慷慨流涕。左右喝曰："何不更衣？"衡当面脱下旧破衣服，裸体而立，浑身尽露。坐客皆掩面。衡乃徐徐着裤，颜色不变。操叱曰："庙堂之上，何太无礼？"衡曰："欺君罔上，乃谓无礼。吾露父母之形，以显清白之体耳。"操曰："汝为清白，谁为污浊？"衡曰："汝不识贤愚，是眼浊也；不读诗书，是口浊也；不纳忠言，是耳浊也；不通古今，是身浊也；不容诸侯，是腹浊也；常怀篡逆，是心浊也。吾乃天下名士，用为鼓吏，是犹阳货轻仲尼[②]，臧仓毁孟子[③]耳。欲成王霸之业，而如此轻人耶？"

时孔融在座，恐操杀衡，乃从容进曰："祢衡罪同胥靡，不足发明王之梦[④]。"操指衡而言曰："令汝往荆州为使，如刘表来降，便用汝作公卿。"衡不肯往。操教备马三匹，令二人扶挟而行；却教手下文武整酒于东门外送之。荀彧曰："如祢衡来，不可起身。"衡至，下马入见，众皆端坐。衡放声大哭。荀彧问曰："何为而哭？"衡曰："行于死柩之中，如何不哭？"众皆曰："吾等是死尸，汝乃无头狂鬼耳。"衡曰："吾乃汉朝之臣，不作曹瞒之党，安得无头？"众欲杀之。荀彧急止之曰："量鼠雀之辈，何足污刀。"衡曰："吾乃鼠雀，尚有人性；汝等只可谓之蜾虫[⑤]。"众恨而散。

---

① 渊渊有金石声——语出南朝刘义庆《世说新语·言语》。形容鼓声清脆。渊渊：专指鼓声。

② 阳货轻仲尼——阳货：又称阳虎，为春秋时齐国贵族季孙氏的家臣。仲尼：孔子的字。此句事见《史记·孔子世家》：当孔子十几岁时，季孙氏宴请当地名士，孔子也去赴宴，阳货训斥道："季氏飨士，非敢飨子也。"孔子只好走了。

③ 臧仓毁孟子——事见《孟子·梁惠王下》：战国时鲁平公欲见孟子请教，其宠臣臧仓进谗言诋毁孟子，以至鲁平公打消了见孟子的念头。

④ "祢衡罪同胥靡"二句——事见《史记·殷本纪》：武丁即位后，思欲重振殷国，而苦无辅佐之臣。忽"夜梦得圣人，名曰说"。于是遍觅于全国，果然在傅险这个地方的囚犯中寻到一个名叫说的人。武丁"与之语，果圣人，举以为相，殷国大治"。胥靡：即囚徒。因将他们拴在一起并使其服役，故称。发：启发。明王：指武丁。这两句的意思是：祢衡的罪恶与囚徒一样大，但并无傅说那样的德才，故无助于曹操。

⑤ 蜾（guǒ）虫——即蜾蠃。是一种寄生蜂，产卵于螟蛉体中，从中孵出幼虫，即以螟蛉身体为食长大。这里是骂人为寄生虫。

衡至荆州，见刘表毕，虽颂德，实讥讽。表不喜，令去江夏见黄祖。或问表曰："祢衡戏谑主公，何不杀之？"表曰："祢衡数辱曹操，操不杀者，恐失人望，故令作使于我，欲借我手杀之，使我受害贤之名也。吾今遣去见黄祖，使曹操知我有识。"众皆称善。

时袁绍亦遣使至，表问众谋士曰："袁本初又遣使来，曹孟德又差祢衡在此，当从何便？"从事、中郎将韩嵩进曰："今两雄相持，将军若欲有为，乘此破敌可也；如其不然，将择其善者而从之。今曹操善能用兵，贤俊多归，其势必先取袁绍，然后移兵向江东，恐将军不能御。莫若举荆州以附操，操必重待将军矣。"表曰："汝且去许都，观其动静，再作商议。"嵩曰："君臣各有定分。嵩今事将军，虽赴汤蹈火，一唯所命。将军若能上顺天子，下从曹公，使嵩可也；如持疑未定，嵩到京师，天子赐嵩一官，则嵩为天子之臣，不复为将军死矣。"表曰："汝且先往观之，吾别有主意。"

嵩辞表，到许都见操。操遂拜嵩为侍中，领零陵太守。荀彧曰："韩嵩来观动静，未有微功，重加此职；祢衡又无音耗，丞相遣而不问：何也？"操曰："祢衡辱吾太甚，故借刘表手杀之，何必再问？"遂遣韩嵩回荆州说刘表。嵩回见表，称颂朝廷盛德，劝表遣子入侍。表大怒曰："汝怀二心耶？"欲斩之。嵩大叫曰："将军负嵩，嵩不负将军！"蒯良曰："嵩未去之前，先有此言矣。"刘表遂赦之。

人报黄祖斩了祢衡，表问其故，对曰："黄祖与祢衡共饮，皆醉。祖问衡曰：'君在许都，有何人物？'衡曰：'大儿孔文举，小儿杨德祖，除此二人，别无人物。'祖曰：'似我何如？'衡曰：'汝似庙中之神，虽受祭祀，恨无灵验。'祖大怒曰：'汝以我为土木偶人耶？'遂斩之。衡至死骂不绝口。"刘表闻衡死，亦嗟呀[①]不已，令葬于鹦鹉洲边。后人有诗叹曰：

---

① 嗟呀——叹息。

黄祖才非长者俦，祢衡珠碎此江头。

今来鹦鹉洲边过，惟有无情碧水流。

却说曹操知祢衡受害，笑曰："腐儒舌剑，反自杀矣。"因不见刘表来降，便欲兴兵问罪。荀彧谏曰："袁绍未平，刘备未灭，而欲用兵江汉，是犹舍心腹而顾手足也。可先灭袁绍，后灭刘备，江汉可一扫而平矣。"操从之。

且说董承自刘玄德去后，日夜与王子服等商议，无计可施。建安五年，元旦朝贺，见曹操骄横愈甚，感愤成疾。帝知国舅染病，令随朝太医前去医治。此医乃洛阳人，姓吉名太，字称平，人皆呼为吉平，当时名医也。平到董承府，用药调治，旦夕不离，常见董承长吁短叹，不敢动问。

时值元宵，吉平辞去，承留住，二人共饮。饮至更馀，承觉困倦，就和衣而睡。忽报王子服等四人至，承出接入。服曰："大事谐矣。"承曰："愿闻其说。"服曰："刘表结连袁绍，起兵五十万，共分十路杀来。马腾结连韩遂，起西凉军七十二万，从北杀来。曹操尽起许昌兵马，分头迎敌，城中空虚。若聚五家僮仆，可得千馀人，乘今夜府中大宴，庆赏元宵，将府围住，突入杀之。不可失此机会。"承大喜，即唤家奴各人收拾兵器，自己披挂绰枪上马，约会都在内门前相会，同时进兵。夜至二鼓，众兵皆到。董承手提宝剑，徒步直入，见操设宴后堂，大叫："操贼休走！"一剑剁去，随手而倒。霎时觉来，乃南柯一梦，口中犹骂"操贼"不止。

吉平向前叫曰："汝欲害曹公乎？"承惊惧不能答。吉平曰："国舅休慌。某虽医人，未尝忘汉。某连日见国舅嗟叹，不敢动问。恰才梦中之言，已见真情。幸勿相瞒，倘有用某之处，虽灭九族，亦无后悔。"承掩面而哭曰："只恐汝非真心。"平遂咬下一指为誓。承乃取出衣带诏，令平视之，且曰："今之谋望不成者，乃刘玄德、马腾各自去了，无计可施，因此感而成疾。”平曰：“不消诸公用心，操贼性命，只在某手中。”承问其故，平曰：“操贼常患头风，痛入骨髓，才一举发，便召某医治。如早晚有召，只用一服毒药，必然死矣，何必举刀兵乎？”承曰：“若得如此，救汉朝社稷者，皆赖君也。”时吉平辞归。

承心中暗喜，步入后堂，忽见家奴秦庆童同侍妾云英在暗处私语。承大怒，唤左右捉下，欲杀之。夫人劝免其死，各人杖脊四十，将庆童锁于冷房。庆童怀恨，夤夜将铁锁扭断，跳墙而出，径入曹操府中，告有机密事。操唤入密室问之，庆童云：“王子服、吴子兰、种辑、吴硕、马腾五人在家主府中商议机密，必然是谋丞相。家主将出白绢一段，不知写着甚的。近日吉平咬指为誓，我也曾见。”曹操藏匿庆童于府中。董承只道逃往他方去了，也不追寻。

次日，曹操诈患头风，召吉平用药。平自思曰：“此贼合休。”暗藏毒药入府。操卧于床上，令平下药。平曰：“此病可一服即愈。”教取药罐，当面煎之。药已半干，平已暗下毒药，亲自送上。操知有毒，故意迟延不服。平曰：“乘热服之，少汗即愈。”操起曰：“汝既读儒书，必知礼义：君有疾饮药，臣先尝之；父有疾饮药，子先尝之。汝为我心腹之人，何不先尝而后进？”平曰：“药以治病，何用人尝？”平知事已泄，纵步向前，扯住操耳而灌之。操推药泼地，砖皆迸裂。

操未及言，左右已将吉平执下。操曰：“吾岂有疾，特试汝耳。汝果有害我之心。”遂唤二十个精壮狱卒，执平至后园拷问，操坐于亭上，将平缚倒于地。吉平面不改容，略无惧怯。操笑曰：“量汝是个医人，安敢下毒害我？必有人唆使你来。你说出那人，我便饶你。”平叱之曰：“汝乃欺君罔上之贼，天下皆欲杀汝，岂独我乎？”操再三磨问，平怒曰：“我自欲杀汝，安有人使我来？今事不成，惟死而已。”操怒，教狱卒痛打。打到两个时辰，皮开肉裂，血流满阶。操恐打死，无可对证，令狱卒揪去静处，权且将息。

传令次日设宴，请众大臣饮酒。惟董承托病不来，王子服等皆恐操生疑，只得俱至。操于后堂设席。酒行数巡，曰:“筵中无可为乐，我有一人，可为众官醒酒。”教二十个狱卒:“与吾牵来。”须臾，只见一长枷钉着吉平，拖至阶下。操曰:“众官不知，此人连结恶党，欲反背朝廷，谋害曹某，今日天败，请听口词。”操教先打一顿，昏绝于地，以水喷面。吉平苏醒，睁目切齿而骂曰:“操贼不杀我，更待何时？”操曰:“同谋者先有六人，与汝共七人耶？”平只是大骂。王子服等四人面面相觑，如坐针毡。操教一面打，一面喷。平并无求饶之意。操见不招，且教牵去。

众官席散，操只留王子服等四人夜宴。四人魂不附体，只得留待。操曰:“本不相留，争奈有事相问。汝四人不知与董承商议何事？”子服曰:“并未商议甚事。”操曰:“白绢中写着何事？”子服等皆隐讳。操教唤出庆童对证。子服曰:“汝于何处见来？”庆童曰:“你回避了众人，六人在一处画字，如何赖得？”子服曰:“此贼与国舅侍妾通奸，被责诬主，不可听也。”操曰:“吉平下毒，非董承所使而谁？”子服等皆言不知。操曰:“今晚自首，尚犹可恕；若待事发，其实难容。”子服等皆言并无此事。操叱左右将四人拿住监禁。

次日，带领众人径投董承家探病，承只得出迎。操曰:“缘何夜来不赴宴？”承曰:“微疾未痊，不敢轻出。”操曰:“此是忧国家病耳。”承愕然。操曰:“国舅知吉平事乎？”承曰:“不知。”操冷笑曰:“国舅如何不知？”唤左右:“牵来与国舅起病。”承举措无地。须臾，二十狱卒推吉平至阶下。吉平大骂:“曹操逆贼！”操指谓承曰:“此人曾攀下王子服等四人，吾已拿下廷尉。尚有一人，未曾捉获。”因问平曰:“谁使汝来药我？可速招出。”平曰:“天使我来杀逆贼！”操怒教打，身上无容刑之处。承在座观之，心如刀割。操又问平曰:“你原有十指，今如何只有九指？”平曰:

"嚼以为誓，誓杀国贼！"操教取刀来，就阶下截去其九指，曰："一发截了，教你为誓。"平曰："尚有口可以吞贼，有舌可以骂贼！"操令割其舌。平曰："且勿动手，吾今熬刑不过，只得供招，可释吾缚。"操曰："释之何碍？"遂命解其缚。平起身望阙拜曰："臣不能为国家除贼，乃天数也。"拜毕，撞阶而死。操令分其肢体号令。时建安五年正月也。史官有诗曰：

汉朝无起色，医国有称平。
立誓除奸党，捐躯报圣明。
极刑词愈烈，惨死气如生。
十指淋漓处，千秋仰异名。

操见吉平已死，教左右牵过秦庆童至面前。操曰："国舅认得此人否？"承大怒曰："逃奴在此，即当诛之。"操曰："他首告谋反，今来对证，谁敢诛之？"承曰："丞相何故听逃奴一面之说？"操曰："王子服等吾已擒下，皆招证明白，汝尚抵赖乎？"即唤左右拿下，命从人直入董承卧房内，搜出衣带诏并义状。操看了，笑曰："鼠辈安敢如此！"遂命："将董承全家良贱①尽皆监禁，休教走脱一个。"

操回府，以诏状示众谋士，商议要废献帝，更立新君。正是：

数行丹诏成虚望，一纸盟书惹祸殃。

未知献帝性命如何，且听下文分解。

---

① 良贱——泛指男女老幼。良：这里指主人。贱：这里指仆人。

第二十四回

国贼行凶杀贵妃　皇叔败走投袁绍

却说曹操见了衣带诏，与众谋士商议，欲废却献帝，更择有德者立之。程昱谏曰："明公所以能威震四方，号令天下者，以奉汉家名号故也。今诸侯未平，遽行废立之事，必起兵端矣。"操乃止。只将董承等五人并其全家老小，押送各门处斩，死者共七百馀人。城中官民见者，无不下泪。后人有诗叹董承曰：

密诏传衣带，天言出禁门。
当年曾救驾，此日更承恩。
忧国成心疾，除奸入梦魂。
忠贞千古在，成败复谁论。

又有叹王子服等四人诗曰：

书名尺素矢忠谋，慷慨思将君父酬。
赤胆可怜捐百口，丹心自是足千秋。

且说曹操既杀了董承等众人，怒气未消，遂带剑入宫，来弑董贵妃。贵妃乃董承之妹，帝幸之，已怀孕五月。当日帝在后宫，正与伏皇后私论董承之事，至今尚无音耗。忽见曹操带剑入宫，面有怒容，帝大惊失色。操曰："董承谋反，陛下知否？"帝曰："董卓已诛矣。"操大声曰："不是董卓，是董承。"帝战栗曰："朕实不知。"操曰："忘了破指修诏耶？"帝不能答。操叱武士擒董妃至。帝告曰："董妃有五月身孕，望丞相见怜。"操曰："若非天败，吾已被害。岂得复留此女，为吾后患？"伏后告曰："贬于冷宫，待分娩了，杀之未迟。"操曰："欲留此逆种，为母报仇乎？"

董妃泣告曰："乞全尸而死，勿令彰露[1]。"操令取白练至面前。帝泣谓妃曰："卿于九泉之下，勿怨朕躬。"言讫，泪下如雨。伏后亦大哭。操怒曰："犹作儿女态耶？"叱武士牵出，勒死于宫门之外。后人有诗叹董妃曰：

春殿承恩亦枉然，伤哉龙种并时捐。

堂堂帝主难相救，掩面徒看泪涌泉。

操谕监宫官曰："今后但有外戚宗族不奉吾旨辄入宫门者，斩；守御不严，与同罪！"又拨心腹人三千充御林军，令曹洪统领，以为防察。

操谓程昱曰："今董承等虽诛，尚有马腾、刘备亦在此数，不可不除。"昱曰："马腾屯军西凉，未可轻取。但当以书慰劳，勿使生疑，诱入京师，图之可也。刘备现在徐州，分布掎角之势，亦不可轻敌。况今袁绍屯兵官渡，常有图许都之心。若我一旦东征，刘备势必求救于绍，绍乘虚来袭，何以当之？"操曰："非也。备乃人杰也，今若不击，待其羽翼既成，急难图矣。袁绍虽强，事多怀疑不决，何足忧乎？"正议间，郭嘉自外而入，操问曰："吾欲东征刘备，奈有袁绍之忧，如何？"嘉曰："绍性迟而多疑，其谋士各相妒忌，不足忧也。刘备新整军兵，众心未服，丞相引兵东征，一战可定矣。"操大喜曰："正合吾意。"遂起二十万大军，分兵五路下徐州。

细作探知，报入徐州。孙乾先往下邳报知关公，随至小沛报知玄德。玄德与孙乾计议曰："此必求救于袁绍，方可解危。"于是玄德修书一封，遣孙乾至河北。乾乃先见田丰，具言其事，求其引进。丰即引孙乾入见绍，呈上书信。只见绍形容憔悴，衣冠不整。丰曰："今日主公何故如此？"绍曰："我将死矣。"丰曰："主

① 彰露——这里指尸体暴露。

公何出此言？”绍曰：“吾生五子，惟最幼者极快吾意，今患疥疮，命已垂绝，吾有何心更论他事乎？”丰曰：“今曹操东征刘玄德，许昌空虚，若以义兵乘虚而入，上可以保天子，下可以救万民。此不易得之机会也，惟明公裁之。”绍曰：“吾亦知此最好，奈我心中恍惚，恐有不利。”丰曰：“何恍惚之有？”绍曰：“五子中惟此子生得最异，倘有疏虞[①]，吾命休矣。”遂决意不肯发兵，乃谓孙乾曰：“汝回见玄德，可言其故。倘有不如意，可来相投，吾自有相助之处。”田丰以杖击地曰：“遭此难遇之时，乃以婴儿之病，失此机会，大事去矣，可痛惜哉！”跌足长叹而出。

孙乾见绍不肯发兵，只得星夜回小沛见玄德，具说此事。玄德大惊曰：“似此如之奈何？”张飞曰：“兄长勿忧。曹兵远来，必然困乏，乘其初至，先去劫寨，可破曹操。”玄德曰：“素以汝为一勇夫耳。前者捉刘岱时，颇能用计；今献此策，亦中兵法。”乃从其言，分兵劫寨。

且说曹操引军往小沛来，正行间，狂风骤至，忽听一声响亮，将一面牙旗吹折。操便令军兵且住，聚众谋士问吉凶。荀彧曰：“风从何方来？吹折甚颜色旗？”操曰：“风自东南方来，吹折角上牙旗，旗乃青红二色。”彧曰：“不主别事，今夜刘备必来劫寨。”操点头。忽毛玠入见曰：“方才东南风起，吹折青红牙旗一面，主公以为主何吉凶？”操曰：“公意若何？”毛玠曰：“愚意以为今夜必主有人来劫寨。”后人有诗叹曰：

吁嗟帝胄势孤穷，全仗分兵劫寨功。
争奈牙旗折有兆，老天何故纵奸雄？

操曰：“天报应我，当即防之。”遂分兵九队，只留一队向前虚扎营寨，馀众八面埋伏。是夜月色微明。玄德在左，张飞在右，分兵两队进发；只留孙乾守小沛。

---

① 疏虞——疏忽，失误。这里意谓袁绍生怕因疏忽而致幼子死亡。

且说张飞自以为得计，领轻骑在前，突入操寨，但见零零落落，无多人马，四边火光大起，喊声齐举。飞知中计，急出寨外。正东张辽、正西许褚、正南于禁、正北李典、东南徐晃、西南乐进、东北夏侯惇、西北夏侯渊，八处军马杀来。张飞左冲右突，前遮后当。所领军兵原是曹操手下旧军，见事势已急，尽皆投降去了。飞正杀间，逢着徐晃，大杀一阵，后面乐进赶到。飞杀条血路，突围而走，只有数十骑跟定。欲还小沛，去路已断；欲投徐州、下邳，又恐曹军截住。寻思无路，只得望芒砀山而去。

却说玄德引军劫寨，将近寨门，忽然喊声大震，后面冲出一军，先截去了一半人马。夏侯惇又到。玄德突围而走，夏侯渊又从后赶来。玄德回顾，止有三十馀骑跟随。急欲奔还小沛，早望见小沛城中火起，只得弃了小沛。欲投徐州、下邳，又见曹军漫山塞野，截住去路。玄德自思无路可归，想："袁绍有言：'倘不如意，可来相投。'今不若暂往依栖，别作良图。"遂望青州路而走，正逢李典拦住。玄德匹马落荒，望北而逃。李典掳将从骑去了。

且说玄德匹马投青州，日行三百里，奔至青州城下叫门。门吏问了姓名，来报刺史。刺史乃袁绍长子袁谭，谭素敬玄德，闻知匹马到来，即便开门相迎，接入公廨[①]，细问其故。玄德备言兵败相投之意。谭乃留玄德于馆驿中住下，发书报父袁绍；一面差本州人马，护送玄德。至平原界口，袁绍亲自引众，出邺郡三十里迎接玄德。玄德拜谢，绍忙答礼曰："昨为小儿抱病，有失救援，于心怏怏不安。今幸得相见，大慰平生渴想之思。"玄德曰："孤穷刘备，久欲投于门下，奈机缘未遇。今为曹操所攻，妻子俱陷，想将军容纳四方之士，故不避羞惭，径来相投。望乞收录，誓当图报。"绍大喜，相待甚厚，同居冀州。

① 公廨（xiè）——官署。

且说曹操当夜取了小沛，随即进兵攻徐州。糜竺、简雍守把不住，只得弃城而走。陈登献了徐州。曹操大军入城，安民已毕，随唤众谋士，议取下邳。荀彧曰:“云长保护玄德妻小，死守此城，若不速取，恐为袁绍所窃。”操曰:“吾素爱云长武艺人材，欲得之以为己用，不若令人说之使降。”郭嘉曰:“云长义气深重，必不肯降，若使人说之，恐被其害。”帐下一人出曰:“某与关公有一面之交，愿往说之。”众视之，乃张辽也。程昱曰:“文远虽与云长有旧，吾观此人非可以言词说也。某有一计，使此人进退无路，然后用文远说之，彼必归丞相矣。”正是:

整备窝弓[①]射猛虎，安排香饵钓鳌鱼。

未知其计若何，且听下文分解。

① 窝弓——是一种隐藏于草莽中用以捕兽的伏弩。

第二十五回

屯土山关公约三事　救白马曹操解重围

却说程昱献计曰："云长有万人之敌，非智谋不能取之。今可即差刘备手下投降之兵入下邳，见关公，只说是逃回的，伏于城中为内应；却引关公出战，诈败佯输，诱入他处，以精兵截其归路，然后说之可也。"操听其谋，即令徐州降兵数十径投下邳，来降关公。关公以为旧兵，留而不疑。

次日，夏侯惇为先锋，领兵五千来搦战。关公不出，惇即使人于城下辱骂。关公大怒，引三千人马出城，与夏侯惇交战。约战十馀合，惇拨回马走。关公赶来，惇且战且走。关公约赶二十里，恐下邳有失，提兵便回。只听得一声炮响，左有徐晃，右有许褚，两队军截住去路。关公夺路而走，两边伏兵排下硬弩百张，箭如飞蝗。关公不得过，勒兵再回，徐晃、许褚接住交战。关公奋力杀退二人，引军欲回下邳，夏侯惇又截住厮杀。公战至日晚，无路可归，只得到一座土山，引兵屯于山头，权且少歇。曹兵团团将土山围住。

关公于山上遥望下邳城中火光冲天。却是那诈降兵卒偷开城门，曹操自提大军杀入城中，只教举火，以惑关公之心。关公见下邳火起，心中惊惶，连夜几番冲下山来，皆被乱箭射回。

捱到[①]天晓，再欲整顿下山冲突，忽见一人跑马上山来，视之乃张辽也。关公迎谓曰："文远欲来相敌耶？"辽曰："非也。想

---

① 捱到——熬到，好不容易等到。

故人旧日之情，特来相见。”遂弃刀下马，与关公叙礼毕，坐于山顶。公曰：“文远莫非说关某乎？”辽曰：“不然。昔日蒙兄救弟，今日弟安得不救兄？”公曰：“然则文远将欲助我乎？”辽曰：“亦非也。”公曰：“既不助我，来此何干？”辽曰：“玄德不知存亡，翼德未知生死。昨夜曹公已破下邳，军民尽无伤害，差人护卫玄德家眷，不许惊扰。如此相待，弟特来报兄。”关公怒曰：“此言特说我也。吾今虽处绝地，视死如归。汝当速去，吾即下山迎战。”张辽大笑曰：“兄此言岂不为天下笑乎？”公曰：“吾仗忠义而死，安得为天下笑？”辽曰：“兄今即死，其罪有三。”公曰：“汝且说我那三罪？”辽曰：“当初刘使君与兄结义之时，誓同生死；今使君方败，而兄即战死，倘使君复出，欲求兄相助，而不可复得，岂不负当年之盟誓乎？其罪一也。刘使君以家眷付托于兄，兄今战死，二夫人无所依赖，负却使君依托之重，其罪二也。兄武艺超群，兼通经史，不思共使君匡扶汉室，徒欲赴汤蹈火，以成匹夫之勇[①]，安得为义？其罪三也。兄有此三罪，弟不得不告。”

公沉吟曰：“汝说我有三罪，欲我如何？”辽曰：“今四面皆曹公之兵，兄若不降，则必死。徒死无益，不若且降曹公，却打听刘使君音信，如知何处，即往投之。一者可以保二夫人，二者不背桃园之约，三者可留有用之身。有此三便，兄宜详之[②]。”公曰：“兄言三便，吾有三约。若丞相能从，我即当卸甲；如其不允，吾宁受三罪而死。”辽曰：“丞相宽洪大量，何所不容？愿闻三事。”公曰：“一者，吾与皇叔设誓，共扶汉室，吾今只降汉帝，不降曹操；二者，二嫂处请给皇叔俸禄养赡，一应上下人等，皆不许到门；三者，但知刘皇叔去向，不管千里万里，便当辞去。三者缺一，断不肯降。望文远急急回报。”

---

① 匹夫之勇——语出《国语·越语上》。意谓不用智谋，单凭个人血气之勇。

② 详之——仔细考虑我的意见。

张辽应诺，遂上马，回见曹操，先说降汉不降曹之事。操笑曰："吾为汉相，汉即吾也。此可从之。"辽又言："二夫人欲请皇叔俸给，并上下人等不许到门。"操曰："吾于皇叔俸内，更加倍与之。至于严禁内外，乃是家法，又何疑焉？"辽又曰："但知玄德信息，虽远必往。"操摇首曰："然则吾养云长何用？此事却难从。"辽曰："岂不闻豫让'众人''国士'之论[①]乎？刘玄德待云长不过恩厚耳，丞相更施厚恩以结其心，何忧云长之不服也？"操曰："文远之言甚当，吾愿从此三事。"

张辽再往山上回报关公，关公曰："虽然如此，暂请丞相退军，容我入城见二嫂，告知其事，然后投降。"张辽再回，以此言报曹操。操即传令，退军三十里。荀彧曰："不可，恐有诈。"操曰："云长义士，必不失信。"遂引军退。

关公引兵入下邳，见人民安妥不动。竟到府中，来见二嫂。甘、糜二夫人听得关公到来，急出迎之。公拜于阶下曰："使二嫂受惊，某之罪也。"二夫人曰："皇叔今在何处？"公曰："不知去向。"二夫人曰："二叔今将若何？"公曰："关某出城死战，被困土山，张辽劝我投降，我以三事相约。曹操已皆允从，故特退兵，放我入城。我不曾得嫂嫂主意，未敢擅便。"二夫人问："那三事？"关公将上项三事备述一遍。甘夫人曰："昨日曹军入城，我等皆以为必死，谁想毫发不动，一军不敢入门。叔叔既已领诺，何必问我二人？只恐日后曹操不容叔叔去寻皇叔。"公曰："嫂嫂放心，关某自有主张。"二夫人曰："叔叔自家裁处，凡事不必问俺女流。"

---

① 豫让"众人""国士"之论——见于《史记·刺客列传》：豫让是战国时晋人，著名义士。他曾先后事范氏、中行氏、智伯，惟独智伯对他十分尊敬。后赵襄子联合韩、魏杀了智伯，并用智伯的头骨作为饮器。豫让为替智伯报仇，漆身毁容，吞炭变音，多次欲杀赵襄子而未果。赵襄子也敬其为义士而并不计较。最后赵襄子忍无可忍，责问豫让：你为什么不替范氏、中行氏报仇，只给智伯报仇？豫让说："范、中行氏皆众人遇（待）我，我故众人报之；至于智伯，国士遇我，我故国士报之。"

关公辞退，遂引数十骑来见曹操。操自出辕门相接。关公下马入拜，操慌忙答礼。关公曰："败兵之将，深荷不杀之恩。"操曰："素慕云长忠义，今日幸得相见，足慰平生之望。"关公曰："文远代禀三事，蒙丞相应允，谅不食言。"操曰："吾言既出，安敢失信？"关公曰："关某若知皇叔所在，虽蹈水火，必往从之。此时恐不及拜辞，伏乞见原。"操曰："玄德若在，必从公去。但恐乱军中亡矣。公且宽心，尚容缉听①。"关公拜谢。操设宴相待。

次日，班师还许昌。关公收拾车仗，请二嫂上车，亲自护车而行。于路安歇馆驿，操欲乱其君臣之礼，使关公与二嫂共处一室。关公乃秉烛立于户外，自夜达旦，毫无倦色。操见公如此，愈加敬服。既到许昌，操拨一府与关公居住。关公分一宅为两院，内门拨老军十人把守，关公自居外宅。操引关公朝见献帝，帝命为偏将军。公谢恩归宅。

操次日设大宴，会众谋臣武士，以客礼待关公，延之上座；又备绫锦及金银器皿相送。关公都送与二嫂收贮。关公自到许昌，操待之甚厚：小宴三日，大宴五日；又送美女十人，使侍关公。关公尽送入内门，令伏侍二嫂。却又三日一次于内门外躬身施礼，动问二嫂安否。二夫人回问皇叔之事毕，曰："叔叔自便。"关公方敢退回。操闻之，又叹服关公不已。

一日，操见关公所穿绿锦战袍已旧，即度其身品，取异锦作战袍一领相赠。关公受之，穿于衣底，上仍用旧袍罩之。操笑曰："云长何如此之俭乎？"公曰："某非俭也。旧袍乃刘皇叔所赐，某穿之如见兄面，不敢以丞相之新赐而忘兄长之旧赐，故穿于上。"操叹曰："真义士也！"然口虽称羡，心实不悦。

一日，关公在府，忽报："内院二夫人哭倒于地，不知为何，请将军速入。"关公乃整衣跪于内门外，问："二嫂为何悲泣？"甘

① 缉听——寻访打听。

夫人曰："我夜梦皇叔身陷于土坑之内，觉来与糜夫人论之，想在九泉之下矣，是以相哭。"关公曰："梦寐之事，不可凭信，此是嫂嫂想念之故。请勿忧愁。"

正说间，适曹操命使来请关公赴宴。公辞二嫂，往见操。操见公有泪容，问其故。公曰："二嫂思兄痛哭，不由某心不悲。"操笑而宽解之，频以酒相劝。公醉，自绰其髯而言曰："生不能报国家，而背其兄，徒为人也。"操问曰："云长髯有数乎？"公曰："约数百根。每秋月约退三五根。冬月多以皂纱囊裹之，恐其断也。"操以纱锦作囊，与关公护髯。次日，早朝见帝。帝见关公一纱锦囊垂于胸次，帝问之。关公奏曰："臣髯颇长，丞相赐囊贮之。"帝令当殿披拂，过于其腹。帝曰："真美髯公也。"因此人皆呼为"美髯公"。

忽一日，操请关公宴。临散，送公出府，见公马瘦，操曰："公马因何而瘦？"关公曰："贱躯颇重，马不能载，因此常瘦。"操令左右备一马来。须臾牵至，那马身如火炭，状甚雄伟。操指曰："公识此马否？"公曰："莫非吕布所骑赤兔马乎？"操曰："然也。"遂并鞍辔送与关公。关公再拜称谢。操不悦曰："吾累送美女金帛，公未尝下拜；今吾赠马，乃喜而再拜：何贱人而贵畜耶？"关公曰："吾知此马日行千里，今幸得之，若知兄长下落，可一日而见面矣。"操愕然而悔。关公辞去。后人有诗叹曰：

威倾三国著英豪，一宅分居义气高。
奸相枉将虚礼待，岂知关羽不降曹。

操问张辽曰："吾待云长不薄，而彼常怀去心，何也？"辽曰："容某探其情。"次日，往见关公。礼毕，辽曰："我荐兄在丞相处，不曾落后[1]？"公曰："深感丞相厚意。只是吾身虽在此，心念皇叔，未尝去怀。"辽曰："兄言差矣。处世不分轻重，非丈夫

① 落后——怠慢。

也。玄德待兄，未必过于丞相，兄何故只怀去志？”公曰：“吾固知曹公待吾甚厚，奈吾受刘皇叔厚恩，誓以共死，不可背之。吾终不留此，要必立效，以报曹公，然后去耳。”辽曰：“倘玄德已弃世，公何所归乎？”公曰：“愿从于地下。”辽知公终不可留，乃告退，回见曹操，具以实告。操叹曰：“事主不忘其本，乃天下之义士也！”荀彧曰：“彼言立功方去，若不教彼立功，未必便去。”操然之。

却说玄德在袁绍处，旦夕烦恼。绍曰：“玄德何故常忧？”玄德曰：“二弟不知音耗，妻小陷于曹贼；上不能报国，下不能保家：安得不忧？”绍曰：“吾欲进兵赴许都久矣，方今春暖，正好兴兵。”便商议破曹之策。田丰谏曰：“前操攻徐州，许都空虚，不及此时进兵。今徐州已破，操兵方锐，未可轻敌。不如以久持之，待其有隙而后可动也。”绍曰：“待我思之。”因问玄德曰：“田丰劝我固守，何如？”玄德曰：“曹操欺君之贼，明公若不讨之，恐失大义于天下。”绍曰：“玄德之言甚善。”遂欲兴兵。田丰又谏，绍怒曰：“汝等弄文轻武，使我失大义。”田丰顿首曰：“若不听臣良言，出师不利。”绍大怒，欲斩之。玄德力劝，乃囚于狱中。沮授见田丰下狱，乃会其宗族，尽散家财，与之诀曰：“吾随军而去，胜则威无不加，败则一身不保矣。”众皆下泪送之。绍遣大将颜良作先锋，进攻白马。沮授谏曰：“颜良性狭，虽骁勇，不可独任。”绍曰：“吾之上将，非汝等可料。”

大军进发至黎阳，东郡太守刘延告急许昌。曹操急议兴兵抵敌。关公闻知，遂入相府见操曰：“闻丞相起兵，某愿为前部。”操曰：“未敢烦将军。早晚有事，当来相请。”关公乃退。操引兵十五万，分三队而行。于路又连接刘延告急文书，操先提五万军亲临白马，靠土山扎住。遥望山前平川旷野之地，颜良前部精兵十万，排成阵势。操骇然，回顾吕布旧将宋宪曰：“吾闻汝乃吕布部下猛将，今可与颜良一战。”宋宪领诺，绰枪上马，直出阵前。颜良横刀立马于门旗下，见宋宪马至，良大喝一声，纵马来迎。战不三合，手起刀落，斩宋宪于阵前。曹操大惊曰：“真勇将也！”魏续曰：“杀我同伴，愿去报仇。”操许之。续上马持矛，径出阵前，大骂颜良。良更不打话，交马一合，照头一刀，劈魏续于马下。操曰：“今谁敢当之？”徐晃应声而出，与颜良战二十合，败归本阵。诸将栗然。曹操收军，良亦引军退去。

操见连折二将，心中忧闷。程昱曰：“某举一人，可敌颜良。”操问是谁，昱曰：“非关公不可。”操曰：“吾恐他立了功便去。”昱曰：“刘备若在，必投袁绍。今若使云长破袁绍之兵，绍必疑刘备而杀之矣。备既死，云长又安往乎？”操大喜，遂差人去请关公。关公即入辞二嫂，二嫂曰：“叔今此去，可打听皇叔消息。”

关公领诺而出，提青龙刀，上赤兔马，引从者数人，直至白马，来见曹操。操叙说：“颜良连诛二将，勇不可当，特请云长商议。”关公曰：“容某观之。”操置酒相待。忽报颜良搦战，操引关公上土山观看。操与关公坐，诸将环立。曹操指山下颜良排的阵势，旗帜鲜明，枪刀森布，严整有威，乃谓关公曰：“河北人马，如此雄壮。”关公曰：“以吾观之，如土鸡瓦犬[①]耳。”操又指曰：“麾盖之下，绣袍金甲，持刀立马者，乃颜良也。”关公举目一望，谓操曰：“吾观颜良，如插标卖首[②]耳。”操曰：“未可轻视。”关公起身曰：“某虽不才，愿去万军中取其首级，来献丞相。”张辽曰：“军中无戏言，云长不可忽也。”

关公奋然上马，倒提青龙刀，跑下山来，凤目圆睁，蚕眉直竖，直冲彼阵。河北军如波开浪裂，关公径奔颜良。颜良正在麾盖下，见关公冲来，方欲问时，关公赤兔马快，早已跑到面前。

① 土鸡瓦犬——用泥捏的鸡，用泥烧的狗。形容徒有其形，实无用处。

② 插标卖首——旧时卖人时在其背上插草标作为出卖的标志。这里指送死。

颜良措手不及，被云长手起一刀，刺于马下。忽地下马，割了颜良首级，拴于马项之下。飞身上马，提刀出阵，如入无人之境。河北兵将大惊，不战自乱。曹军乘势攻击，死者不可胜数；马匹器械，抢夺极多。关公纵马上山，众将尽皆称贺。公献首级于操前。操曰："将军真神人也！"关公曰："某何足道哉。吾弟张翼德于百万军中取上将之头，如探囊取物耳。"操大惊，回顾左右曰："今后如遇张翼德，不可轻敌。"令写于衣袍襟底以记之。

却说颜良败军奔回，半路迎见袁绍，报说被赤面长须使大刀一勇将，匹马入阵，斩颜良而去，因此大败。绍惊问曰："此人是谁？"沮授曰："此必是刘玄德之弟关云长也。"绍大怒，指玄德曰："汝弟斩吾爱将，汝必通谋，留尔何用！"唤刀斧手，推出玄德斩之。正是：

　　初见方为座上客，此日几同阶下囚。

未知玄德性命如何，且听下文分解。

第二十六回

袁本初败兵折将　关云长挂印封金

却说袁绍欲斩玄德，玄德从容进曰："明公只听一面之词，而绝向日之情耶？备自徐州失散，二弟云长未知存否，天下同貌者不少，岂赤面长须之人，即为关某也？明公何不察之？"袁绍是个没主张的人，闻玄德之言，责沮授曰："误听汝言，险杀好人。"遂仍请玄德上帐坐，议报颜良之仇。帐下一人应声而进曰："颜良与我如兄弟，今被曹贼所杀，我安得不雪其恨？"玄德视其人，身长八尺，面如獬豸[①]，乃河北名将文丑也。袁绍大喜曰："非汝不能报颜良之仇。吾与十万军兵，便渡黄河，追杀曹贼。"沮授曰："不可。今宜留屯延津，分兵官渡，乃为上策。若轻举渡河，设或有变，众皆不能还矣。"绍怒曰："皆是汝等迟缓军心，迁延日月，有妨大事。岂不闻兵贵神速乎？"沮授出，叹曰："上盈其志[②]，下务其功，悠悠黄河，吾其济乎[③]！"遂托疾不出议事。玄德曰："备蒙大恩，无可报效，意欲与文将军同行：一者报明公之德，二者就探云长的实信。"绍喜，唤文丑与玄德同领前部。文丑曰："刘玄德屡败之将，于军不利。既主公要他去时，某分三万军，教他为后部。"于是文丑自领七万军先行，令玄德引三万军随后。

且说曹操见云长斩了颜良，倍加钦敬，表奏朝廷，封云长为

---

① 面如獬豸（xiè zhì）——形容面目丑恶。獬豸：古代传说中的独角兽，能辨曲直，见人争斗，即用角顶坏人。

② 盈其志——志得意满，骄傲自满。

③ 吾其济乎——我能有什么办法挽救啊！慨叹无能为力。济：救助，挽救。

汉寿亭侯，铸印送关公。忽报袁绍又使大将文丑渡黄河，已据延津之上。操乃先使人移徙居民于西河。然后自领兵迎之，传下将令：以后军为前军，以前军为后军；粮草先行，军兵在后。吕虔曰："粮草在先，军兵在后，何意也？"操曰："粮草在后，多被剽掠[1]，故令在前。"虔曰："倘遇敌军劫去，如之奈何？"操曰："且待敌军到时，却又理会。"虔心疑未决。操令粮食辎重沿河堑至延津。操在后军，听得前军发喊，急教人看时，报说："河北大将文丑兵至，我军皆弃粮草，四散奔走，后军又远，将如之何？"操以鞭指南阜[2]曰："此可暂避。"人马急奔土阜。操令军士皆解衣卸甲少歇，尽放其马。文丑军掩至，众将曰："贼至矣，可急收马匹，退回白马。"荀攸急止之曰："此正可以饵敌，何故反退？"操急以目视荀攸而笑。攸知其意，不复言。

文丑军既得粮草车仗，又来抢马，军士不依队伍，自相杂乱。曹操却令军将一齐下土阜击之，文丑军大乱。曹兵围裹将来，文丑挺身独战。军士自相践踏，文丑止遏不住，只得拨马回走。操在土阜上指曰："文丑为河北名将，谁可擒之？"张辽、徐晃飞马齐出，大叫："文丑休走！"文丑回头见二将赶上，遂按住铁枪，拈弓搭箭，正射张辽。徐晃大叫："贼将休放箭！"张辽低头急躲，一箭射中头盔，将簪缨射去。辽奋力再赶，坐下战马又被文丑一箭射中面颊，那马跪倒前蹄，张辽落地。文丑回马复来，徐晃急轮大斧，截住厮杀。只见文丑后面军马齐到，晃料敌不过，拨马而回。

文丑沿河赶来，忽见十馀骑马旗号翩翻[3]，一将当头提刀飞马而来，乃关云长也，大喝："贼将休走！"与文丑交马，战不三合，文丑心怯，拨马绕河而走。关公马快，赶上文丑，脑后一刀，

---

① 剽掠——抢劫，掠夺。

② 阜（fù）——土山。

③ 翩翻——摇曳飘动的样子。

将文丑斩下马来。曹操在土阜上见关公砍了文丑，大驱人马掩杀。河北军大半落水，粮草马匹仍被曹操夺回。

云长引数骑东冲西突，正杀之间，刘玄德领三万军随后到。前面哨马探知，报与玄德云："今番又是红面长髯的斩了文丑。"玄德慌忙骤马来看，隔河望见一簇人马，往来如飞，旗上写着"汉寿亭侯关云长"七字。玄德暗谢天地曰："原来吾弟果然在曹操处。"欲待招呼相见，被曹兵大队拥来，只得收兵回去。

袁绍接应至官渡，下定寨栅。郭图、审配入见袁绍，说："今番又是关某杀了文丑，刘备佯推不知。"袁绍大怒，骂曰："大耳贼，焉敢如此！"少顷，玄德至，绍令推出斩之。玄德曰："某有何罪？"绍曰："你故使汝弟又坏我一员大将，如何无罪？"玄德曰："容伸一言而死：曹操素忌备，今知备在明公处，恐备助公，故特使云长诛杀二将，公知必怒，此借公之手以杀刘备也。愿明公思之。"袁绍曰："玄德之言是也。汝等几使我受害贤之名。"喝退左右，请玄德上帐而坐。玄德谢曰："荷明公宽大之恩，无可补报，欲令一心腹人持密书去见云长，使知刘备消息，彼必星夜来到，辅佐明公，共诛曹操，以报颜良、文丑之仇，若何？"袁绍大喜曰："吾得云长，胜颜良、文丑十倍也。"玄德修下书札，未有人送去。绍令退军武阳，连营数十里，按兵不动。

操乃使夏侯惇领兵守住官渡隘口，自己班师回许都，大宴众官，贺云长之功。因谓吕虔曰："昔日吾以粮草在前者，乃饵敌之计也。惟荀公达知吾心耳。"众皆叹服。正饮宴间，忽报："汝南有黄巾刘辟、龚都，甚是猖獗，曹洪累战不利，乞遣兵救之。"云长闻言，进曰："关某愿施犬马之劳，破汝南贼寇。"操曰："云长建立大功，未曾重酬，岂可复劳征进？"公曰："关某久闲，必生疾病，愿再一行。"曹操壮之，点兵五万，使于禁、乐进为副将，次日便行。荀彧密谓操曰："云长常有归刘之心，倘知消息必去，不可频令出征。"操曰："今次收功，吾不复教临敌矣。"

且说云长领兵将近汝南，扎住营寨。当夜营外拿了两个细作人来。云长视之，内中认得一人，乃孙乾也。关公叱退左右，问乾曰："公自溃散之后，一向踪迹不闻，今何为在此处？"乾曰："某自逃难，飘泊汝南，幸得刘辟收留。今将军为何在曹操处？未识甘、糜二夫人无恙否？"关公因将上项事细说一遍。乾曰："近闻玄德公在袁绍处，欲往投之，未得其便。今刘、龚二人归顺袁绍，相助攻曹。天幸得将军到此，因特令小军引路，教某为细作，来报将军。来日二人当虚败一阵，公可速引二夫人投袁绍处，与玄德公相见。"关公曰："既兄在袁绍处，吾必星夜而往。但恨吾斩绍二将，恐今事变矣。"乾曰："吾当先往探彼虚实，再来报将军。"公曰："吾见兄长一面，虽万死不辞。今回许昌，便辞曹操也。"当夜密送孙乾去了。

次日，关公引兵出，龚都披挂出阵。关公曰："汝等何故背反朝廷？"都曰："汝乃背主之人，何反责我？"关公曰："我何为背主？"都曰："刘玄德在袁本初处，汝却从曹操，何也？"关公更不打话，拍马舞刀向前。龚都便走，关公赶上。都回身告关公曰："故主之恩，不可忘也。公当速进，我让汝南。"关公会意，驱军掩杀。刘、龚二人佯输诈败，四散去了。云长夺得州县，安民已定，班师回许昌。曹操出郭迎接，赏劳军士。

宴罢，云长回家，参拜二嫂于门外。甘夫人曰："叔叔两番出军，可知皇叔音信否？"公答曰："未也。"关公退，二夫人于门内痛哭曰："想皇叔休矣。二叔恐我姊妹烦恼，故隐而不言。"正哭间，有一随行老军听得哭声不绝，于门外告曰："夫人休哭，主人现在河北袁绍处。"夫人曰："汝何由知之？"军曰："跟关将军出征，有人在阵上说来。"夫人急召云长，责之曰："皇叔未尝负汝，汝今受曹操之恩，顿忘旧日之义，不以实情告我，何也？"关公顿首曰："兄今委实在河北，未敢教嫂嫂知者，恐有泄漏也。事须缓图，不可欲速。"甘夫人曰："叔宜上紧。"公退，寻思去计，坐立不安。

原来于禁探知刘备在河北，报与曹操。操令张辽来探关公意。关公正闷坐，张辽入贺曰："闻兄在阵上知玄德音信，特来贺喜。"关公曰："故主虽在，未得一见，何喜之有？"辽曰："兄与玄德交，比弟与兄交何如？"公曰："我与兄，朋友之交也；我与玄德，是朋友而兄弟、兄弟而主臣者也：岂可共论乎？"辽曰："今玄德在河北，兄往从否？"关公曰："昔日之言，安肯背之？文远须为我致意丞相。"张辽将关公之言回告曹操。操曰："吾自有计留之。"

且说关公正寻思间，忽报有故人相访。及请入，却不相识。关公问曰："公何人也？"答曰："某乃袁绍部下南阳陈震也。"关公大惊，急退左右，问曰："先生此来，必有所为。"震出书一缄，递与关公。公视之，乃玄德书也。其略云：

备与足下，自桃园缔盟，誓以同死。今何中道相违，割恩断义？君必欲取功名，图富贵，愿献备首级，以成全功。书不尽言，死待来命。

关公看书毕，大哭曰："某非不欲寻兄，奈不知所在也。安肯图富贵而背旧盟乎？"震曰："玄德望公甚切，公既不背旧盟，宜速往见。"关公曰："人生天地间，无终始者，非君子也。吾来时明白，去时不可不明白。吾今作书，烦公先达知兄长，容某辞却曹操，奉二嫂来相见。"震曰："倘曹操不允，为之奈何？"公曰："吾宁死，岂肯久留于此？"震曰："公速作回书，免致刘使君悬望。"关公写书答云：

窃闻义不负心，忠不顾死。羽自幼读书，粗知礼义，观羊角哀、左伯桃之事，未尝不三叹而流涕也。前守下邳，内无积粟，外无援兵，欲即效死，奈有二嫂之重，未敢断首捐躯，致负所托，故尔暂且羁身，冀图后会。近至汝南，方知兄信，即当面辞曹公，奉二嫂归。羽但怀异心，神人共戮。披肝沥胆，笔楮难穷。瞻拜有期，伏惟照鉴。

陈震得书自回。

关公入内，告知二嫂。随即至相府，拜辞曹操。操知来意，乃悬回避牌于门。关公怏怏而回，命旧日跟随人役收拾车马，早晚伺候；分付宅中，所有原赐之物，尽皆留下，分毫不可带去。次日再往相府辞谢，门首又挂回避牌。关公一连去了数次，皆不得见。乃往张辽家相探，欲言其事。辽亦托疾不出。关公思曰："此曹丞相不容我去之意。我去志已决，岂可复留？"即写书一封，辞谢曹操。书略曰：

> 羽少事皇叔，誓同生死，皇天后土，实闻斯言。前者下邳失守，所请三事，已蒙恩诺。今探知故主现在袁绍军中，回思昔日之盟，岂容违背？新恩虽厚，旧义难忘。兹特奉书告辞，伏惟照察。其有馀恩未报，愿以俟之异日。

写毕封固，差人去相府投递；一面将累次所受金银，一一封置库中；悬汉寿亭侯印于堂上。请二夫人上车，关公上赤兔马，手提青龙刀，率领旧日跟随人役，护送车仗，径出北门。门吏挡之，关公怒目横刀，大喝一声，门吏皆退避。关公既出门，谓从者曰："汝等护送车仗先行，但有追赶者，吾自当之，勿得惊动二位夫人。"从者推车，望官道进发。

却说曹操正论关公之事未定，左右报关公呈书。操即看毕，大惊曰："云长去矣！"忽北门守将飞报："关公夺门而去，车仗鞍马二十馀人，皆望北行。"又关公宅中人来报说："关公尽封所赐金银等物，美女十人另居内室，其汉寿亭侯印悬于堂上。丞相所拨人役皆不带去，只带原跟从人及随身行李，出北门去了。"众皆愕然。一将挺身出曰："某愿将铁骑三千，去生擒关某，献与丞相。"众视之，乃将军蔡阳也。正是：

　　欲离万丈蛟龙穴，又遇三千狼虎兵。

蔡阳要赶关公，毕竟如何，且听下文分解。

第二十七回

美髯公千里走单骑　汉寿侯五关斩六将

却说曹操部下诸将中，自张辽而外，只有徐晃与云长交厚，其馀亦皆敬服；独蔡阳不服关公，故今日闻其去，欲往追之。操曰："不忘故主，来去明白，真丈夫也。汝等皆当效之。"遂叱退蔡阳，不令去赶。程昱曰："丞相待关某甚厚，今彼不辞而去，乱言片楮①，冒渎钧威②，其罪大矣。若纵之使归袁绍，是与虎添翼也。不若追而杀之，以绝后患。"操曰："吾昔已许之，岂可失信？彼各为其主，勿追也。"因谓张辽曰："云长封金挂印，财贿不以动其心，爵禄不以移其志，此等人，吾深敬之。想他去此不远，我一发③结识他做个人情。汝可先去请住他，待我与他送行，更以路费、征袍赠之，使为后日记念。"张辽领命，单骑先往。曹操引数十骑，随后而来。

却说云长所骑赤兔马日行千里，本是赶不上，因欲护送车仗，不敢纵马，按辔徐行。忽听背后有人大叫："云长且慢行！"回头视之，见张辽拍马而至。关公教车仗从人只管望大路紧行，自己勒住赤兔马，按定青龙刀，问曰："文远莫非欲追我回乎？"辽曰："非也。丞相知兄远行，欲来相送，特先使我请住台驾④，别无他意。"关公曰："便是丞相铁骑来，吾愿决一死战。"遂立马于

---

① 乱言片楮（chǔ）——胡言乱语的一封短信。楮：纸。

② 冒渎钧威——冒渎：冒犯与亵渎。钧威：您的权威。钧：对尊长或上级的敬称。

③ 一发——索性，越发。

④ 台驾——对人的敬称。

桥上望之，见曹操引数十骑飞奔前来，背后乃是许褚、徐晃、于禁、李典之辈。操见关公横刀立马于桥上，令诸将勒住马匹，左右排开。关公见众人手中皆无军器，方始放心。操曰："云长行何太速？"关公于马上欠身答曰："关某前曾禀过丞相，今故主在河北，不由某不急去。累次造府，不得参见，故拜书告辞，封金挂印，纳还丞相。望丞相勿忘昔日之言。"操曰："吾欲取信于天下，安肯有负前言？恐将军途中乏用，特具路资相送。"一将便从马上托过黄金一盘。关公曰："累蒙恩赐，尚有馀资。留此黄金，以赏将士。"操曰："特以少酬大功于万一，何必推辞？"关公曰："区区微劳，何足挂齿。"操笑曰："云长天下义士，恨吾福薄，不得相留。锦袍一领，略表寸心。"令一将下马，双手捧袍过来。云长恐有他变，不敢下马，用青龙刀尖挑锦袍，披于身上，勒马回头称谢曰："蒙丞相赐袍，异日更得相会。"遂下桥望北而去。许褚曰："此人无礼太甚，何不擒之？"操曰："彼一人一骑，吾数十馀人，安得不疑？吾言既出，不可追也。"曹操自引众将回城，于路叹想云长不已。

不说曹操自回。且说关公来赶车仗，约行三十里，却只不见。云长心慌，纵马四下寻之，忽见山头一人高叫："关将军且住。"云长举目视之，只见一少年黄巾锦衣，持枪跨马，马项下悬着首级一颗，引百馀步卒，飞奔前来。公问曰："汝何人也？"少年弃枪下马，拜伏于地。云长恐是诈，勒马持刀问曰："壮士，愿通姓名。"答曰："吾本襄阳人，姓廖名化，字元俭。因世乱流落江湖，聚众五百馀人，劫掠为生。恰才同伴杜远下山巡哨，误将两夫人劫掠上山。吾问从者，知是大汉刘皇叔夫人，且闻将军护送在此，吾即欲送下山来。杜远出言不逊，被某杀之，今献头与将军请罪。"关公曰："二夫人何在？"化曰："现在山中。"关公教急取下山。不移时，百馀人簇拥车仗前来。关公下马停刀，叉手于车前问候曰："二嫂受惊否？"二夫人曰："若非廖将军保全，已被杜远所辱。”关公问左右曰：“廖化怎生救夫人？”左右曰：“杜远劫上山去，就要与廖化各分一人为妻。廖化问起根由，好生拜敬。杜远不从，已被廖化杀了。”关公听言，乃拜谢廖化。廖化欲以部下人送关公。关公寻思：“此人终是黄巾馀党，未可作伴。”乃谢却之。廖化又拜送金帛，关公亦不受。廖化拜别，自引人伴投山谷中去了。

云长将曹操赠袍事告知二嫂，催促车仗前行。至天晚，投一村庄安歇。庄主出迎，须发皆白，问曰：“将军姓甚名谁？”关公施礼曰：“吾乃刘玄德之弟关某也。”老人曰：“莫非斩颜良、文丑的关公否？”公曰：“便是。”老人大喜，便请入庄。关公曰：“车上还有二位夫人。”老人便唤妻女出迎。二夫人至草堂上，关公叉手立于二夫人之侧。老人请公坐，公曰：“尊嫂在上，安敢就坐？”老人乃令妻女请二夫人入内室款待，自于草堂款待关公。关公问老人姓名，老人曰：“吾姓胡名华，桓帝时曾为议郎，致仕[①]归乡。今有小儿胡班在荥阳太守王植部下为从事。将军若从此处经过，某有一书寄与小儿。”关公允诺。

次日早膳毕，请二嫂上车，取了胡华书信，相别而行，取路投洛阳来。前至一关，名东岭关。把关将姓孔名秀，引五百军兵，在岭上把守。当日关公押车仗上岭，军士报知孔秀，秀出关来迎。关公下马，与孔秀施礼。秀曰：“将军何往？”公曰：“某辞丞相，特往河北寻兄。”秀曰：“河北袁绍，正是丞相对头。将军此去，必有丞相文凭[②]。”公曰：“因行期慌迫，不曾讨得。”秀曰：“既无文凭，待我差人禀过丞相，方可放行。”关公曰：“待去禀时，须误了我行程。”秀曰：“法度所拘，不得不如此。”关公曰：“汝不容我过关乎？”秀曰：“汝要过去，留下老小为质。”关公大怒，举刀就

① 致仕——辞官退休。

② 文凭——用作凭证的公文。这里特指允许通行的公文。

杀孔秀。秀退入关去，鸣鼓聚军，披挂上马，杀下关来，大喝曰："汝敢过去么？"关公约退车仗，纵马提刀，竟不打话，直取孔秀；秀挺枪来迎。两马相交，只一合，钢刀起处，孔秀尸横马下。众军便走。关公曰："军士休走。吾杀孔秀，不得已也，与汝等无干。借汝众军之口，传语曹丞相，言孔秀欲害我，我故杀之。"众军俱拜于马前。

关公即请二夫人车仗出关，望洛阳进发。早有军士报知洛阳太守韩福，韩福急聚众将商议。牙将孟坦曰："既无丞相文凭，即系私行，若不阻挡，必有罪责。"韩福曰："关公勇猛，颜良、文丑俱为所杀。今不可力敌，只须设计擒之。"孟坦曰："吾有一计：先将鹿角拦定关口，待他到时，小将引兵和他交锋佯败，诱他来追，公可用暗箭射之。若关某坠马，即擒解许都，必得重赏。"

商议停当，人报关公车仗已到。韩福弯弓插箭，引一千人马，排列关口，问："来者何人？"关公马上欠身言曰："吾汉寿亭侯关某，敢借过路。"韩福曰："有曹丞相文凭否？"关公曰："事冗[①]不曾讨得。"韩福曰："吾奉丞相钧命，镇守此地，专一盘诘往来奸细。若无文凭，即系逃窜。"关公怒曰："东岭孔秀已被吾杀，汝亦欲寻死耶？"韩福曰："谁人与我擒之？"孟坦出马，轮双刀来取关公；关公约退车仗，拍马来迎。孟坦战不三合，拨回马便走；关公赶来。孟坦只指望引诱关公，不想关公马快，早已赶上，只一刀，砍为两段。关公勒马回来，韩福闪在门首，尽力放了一箭，正射中关公左臂。公用口拔出箭，血流不住，飞马径奔韩福，冲散众军。韩福急走不迭，关公手起刀落，带头连肩，斩于马下。杀散众军，保护车仗。

关公割帛束住箭伤，于路恐人暗算，不敢久住，连夜投汜水关来。把关将乃并州人氏，姓卞名喜，善使流星锤。原是黄巾馀

① 冗——繁忙。

党，后投曹操，拨来守关。当下闻知关公将到，寻思一计：就关前镇国寺中，埋伏下刀斧手二百馀人，诱关公至寺，约击盏为号，欲图相害。安排已定，出关迎接关公。公见卞喜来迎，便下马相见。喜曰："将军名震天下，谁不敬仰。今归皇叔，足见忠义。"关公诉说斩孔秀、韩福之事。卞喜曰："将军杀之是也。某见丞相，代禀衷曲。"关公甚喜，同上马，过了汜水关，到镇国寺前下马。众僧鸣钟出迎。

原来那镇国寺乃汉明帝御前香火院，本寺有僧三十馀人。内有一僧，却是关公同乡人，法名普净。当下普净已知其意，向前与关公问讯曰："将军离蒲东几年矣？"关公曰："将及二十年矣。"普净曰："还认得贫僧否？"公曰："离乡多年，不能相识。"普净曰："贫僧家与将军家只隔一条河。"卞喜见普净叙出乡里之情，恐有走泄，乃叱之曰："吾欲请将军赴宴，汝僧人何得多言？"关公曰："不然。乡人相遇，安得不叙旧情耶？"普净请关公方丈[①]待茶，关公曰："二位夫人在车上，可先献茶。"普净教取茶先奉夫人，然后请关公入方丈。普净以手举所佩戒刀，以目视关公。公会意，命左右持刀紧随。卞喜请关公于法堂[②]筵席，关公曰："卞君请关某，是好意，还是歹意？"卞喜未及回言，关公早望见壁衣[③]中有刀斧手，乃大喝卞喜曰："吾以汝为好人，安敢如此！"卞喜知事泄，大叫："左右下手！"左右方欲动手，皆被关公拔剑砍之。卞喜下堂绕廊而走，关公弃剑执大刀来赶。卞喜暗取飞锤掷打关公。关公用刀隔开锤，赶将入去，一刀劈卞喜为两段。随即回身来看二嫂，早有军人围住，见关公来，四下奔走。关公赶散，谢普净曰："若非吾师，已被此贼害矣。"普净曰："贫僧此处难容，收拾衣钵，亦往他处云游也。后会有期，将军保重。"关公

① 方丈——这里指寺庙。

② 法堂——寺庙中讲说佛法或做法事的大堂。

③ 壁衣——装饰墙壁的帷幕。因帷幕悬挂于墙壁之前，壁、幕之间有空当，故可藏人。

称谢，护送车仗，往荥阳进发。

荥阳太守王植，却与韩福是两亲家，闻得关公杀了韩福，商议欲暗害关公，乃使人守住关口。待关公到时，王植出关，喜笑相迎。关公诉说寻兄之事，植曰："将军于路驱驰，夫人车上劳困，且请入城，馆驿中暂歇一宵，来日登途未迟。"关公见王植意甚殷勤，遂请二嫂入城。馆驿中皆铺陈了当。王植请公赴宴，公辞不往，植使人送筵席至馆驿。关公因于路辛苦，请二嫂晚膳毕，就正房歇定。令从者各自安歇，饱喂马匹。关公亦解甲憩息。

却说王植密唤从事胡班听令曰："关某背丞相而逃，又于路杀太守并守关将校，死罪不轻。此人武勇难敌，汝今晚点一千军围住馆驿，一人一个火把，待三更时分，一齐放火，不问是谁，尽皆烧死。吾亦自引军接应。"胡班领命，便点起军士，密将干柴引火之物搬于馆驿门首，约时举事。胡班寻思："我久闻关云长之名，不识如何模样，试往窥之。"乃至驿中，问驿吏曰："关将军在何处？"答曰："正厅上观书者是也。"胡班潜至厅前，见关公左手绰髯，于灯下凭几看书。班见了，失声叹曰："真天人也！"公问何人，胡班入拜曰："荥阳太守部下从事胡班。"关公曰："莫非许都城外胡华之子否？"班曰："然也。"公唤从者于行李中取书付班。班看毕，叹曰："险些误杀忠良！"遂密告曰："王植心怀不仁，欲害将军，暗令人四面围住馆驿，约于三更放火。今某当先去开了城门，将军急收拾出城。"关公大惊，忙披挂提刀上马，请二嫂上车，尽出馆驿，果见军士各执火把听候。关公急来到城边，只见城门已开，关公催车仗急急出城。胡班还去放火。关公行不到数里，背后火把照耀，人马赶来。当先王植大叫："关某休走！"关公勒马，大骂："匹夫！我与你无仇，如何令人放火烧我？"王植拍马挺枪，径奔关公，被关公拦腰一刀，砍为两段。人马都赶散。关公催车仗速行，于路感胡班不已。

行至滑州界首，有人报与刘延。延引数十骑，出郭而迎。关公马上欠身而言曰："太守别来无恙？"延曰："公今欲何往？"公曰："辞了丞相，去寻家兄。"延曰："玄德在袁绍处，绍乃丞相仇人，如何容公去？"公曰："昔日曾言定来。"延曰："今黄河渡口关隘，夏侯惇部将秦琪据守，恐不容将军过渡。"公曰："太守应付船只，若何？"延曰："船只虽有，不敢应付。"公曰："我前者诛颜良、文丑，亦曾与足下解厄[1]。今日求一渡船而不与，何也？"延曰："只恐夏侯惇知之，必然罪我。"

关公知刘延无用之人，遂自催车仗前进。到黄河渡口，秦琪引军出问："来者何人？"关公曰："汉寿亭侯关某也。"琪曰："今欲何往？"关公曰："欲投河北，去寻兄长刘玄德，敬来借渡。"琪曰："丞相公文何在？"公曰："吾不受丞相节制，有甚公文？"琪曰："吾奉夏侯将军将令，守把关隘，你便插翅也飞不过去。"关公大怒曰："你知我于路斩戮拦截者乎？"琪曰："你只杀得无名下将，敢杀我么？"关公怒曰："汝比颜良、文丑若何？"秦琪大怒，纵马提刀，直取关公。二马相交，只一合，关公刀起，秦琪头落。关公曰："当吾者已死，馀人不必惊走，速备船只，送我渡河。"军士急撑舟傍岸。关公请二嫂上船渡河。渡过黄河，便是袁绍地方。关公所历关隘五处，斩将六员。后人有诗叹曰：

挂印封金辞汉相，寻兄遥望远途还。
马骑赤兔行千里，刀偃青龙出五关。
忠义慨然冲宇宙，英雄从此震江山。
独行斩将应无敌，今古留题翰墨间。

关公于马上自叹曰："吾非欲沿途杀人，奈事不得已也。曹公知之，必以我为负恩之人矣。"

正行间，忽见一骑自北而来，大叫："云长少住！"关公勒马视之，乃孙乾也。关公曰："自汝南相别，一向消息若何？"乾曰：

---

① 解厄——从危难中救出。

“刘辟、龚都自将军回兵之后，复夺了汝南。遣某往河北结好袁绍，请玄德同谋破曹之计。不想河北将士各相妒忌：田丰尚囚狱中，沮授黜退不用，审配、郭图各自争权；袁绍多疑，主持不定。某与刘皇叔商议，先求脱身之计。今皇叔已往汝南会合刘辟去了，恐将军不知，反到袁绍处，或为所害，特遣某于路迎接将来，幸于此得见。将军可速往汝南与皇叔相会。”关公教孙乾拜见夫人，夫人问其动静，孙乾备说：“袁绍二次欲斩皇叔，今幸脱身往汝南去了。夫人可与云长到此相会。”二夫人皆掩面垂泪。

关公依言，不投河北去，径取汝南来。正行之间，背后尘埃起处，一彪人马赶来。当先夏侯惇大叫：“关某休走！”正是：

六将阻关徒受死，一军拦路复争锋。

毕竟关公怎生脱身，且听下文分解。

第二十八回

斩蔡阳兄弟释疑　会古城主臣聚义

却说关公同孙乾保二嫂向汝南进发，不想夏侯惇领三百馀骑，从后追来。孙乾保车仗前行，关公回身勒马，按刀问曰："汝来赶我，有失丞相大度。"夏侯惇曰："丞相无明文传报，汝于路杀人，又斩吾部将，无礼太甚。我特来擒你，献与丞相发落。"言讫，便拍马挺枪欲斗。只见后面一骑飞来，大叫："不可与云长交战！"关公按辔不动。来使于怀中取出公文，谓夏侯惇曰："丞相敬爱关将军忠义，恐于路关隘拦截，故遣某特赍公文，遍行诸处。"惇曰："关某于路杀把关将士，丞相知否？"来使曰："此却未知。"惇曰："我只活捉他去见丞相，待丞相自放他。"关公怒曰："吾岂惧汝耶？"拍马持刀，直取夏侯惇；惇挺枪来迎。

两马相交，战不十合，忽又一骑飞至，大叫："二将军少歇！"惇停枪，问来使曰："丞相叫擒关某乎？"使者曰："非也。丞相恐守关诸将阻挡关将军，故又差某驰公文来放行。"惇曰："丞相知其于路杀人否？"使者曰："未知。"惇曰："既未知其杀人，不可放去。"指挥手下军士，将关公围住。关公大怒，舞刀迎战。

两个正欲交锋，阵后一人飞马而来，大叫："云长、元让，休得争战！"众视之，乃张辽也。二人各勒住马。张辽近前言曰："奉丞相钧旨，因闻知云长斩关杀将，恐于路有阻，特差我传谕各处关隘，任便放行。"惇曰："秦琪是蔡阳之甥，他将秦琪托付我处，今被关某所杀，怎肯干休？"辽曰："我见蔡将军，自有分解[①]。既丞相大度，教放云长去，公等不可废丞相之意。”夏侯惇只得将军马约退。辽曰：“云长今欲何往？”关公曰：“闻兄长又不在袁绍处，吾今将遍天下寻之。”辽曰：“既未知玄德下落，且再回见丞相，若何？”关公笑曰：“安有是理？文远回见丞相，幸为我谢罪。”说毕，与张辽拱手而别。于是张辽与夏侯惇领军自回。

关公赶上车仗，与孙乾说知此事，二人并马而行。行了数日，忽值大雨滂沱，行装尽湿。遥望山冈边有一所庄院，关公引着车仗，到彼借宿。庄内一老人出迎，关公具言来意。老人曰：“某姓郭名常，世居于此。久闻大名，幸得瞻拜。”遂宰羊置酒相待，请二夫人于后堂暂歇。郭常陪关公、孙乾于草堂饮酒，一边烘焙行李，一边喂养马匹。至黄昏时候，忽见一少年引数人入庄，径上草堂。郭常唤曰：“吾儿来拜将军。”因谓关公曰：“此愚男[②]也。”关公问何来，常曰：“射猎方回。”少年见过关公，即下堂去了。常流泪言曰：“老夫耕读传家，止生此子，不务本业，惟以游猎为事，是家门不幸也。”关公曰：“方今乱世，若武艺精熟，亦可以取功名，何云不幸？”常曰：“他若肯习武艺，便是有志之人。今专务游荡，无所不为，老夫所以忧耳。”关公亦为叹息。至更深，郭常辞出。

关公与孙乾方欲就寝，忽闻后院马嘶人叫。关公急唤从人，却都不应，乃与孙乾提剑往视之。只见郭常之子倒在地上叫唤，从人正与庄客厮打。公问其故，从人曰：“此人来盗赤兔马，被马踢倒。我等闻叫唤之声，起来巡看，庄客们反来厮闹。”公怒曰：“鼠贼焉敢盗吾马！”恰待发作，郭常奔至，告曰：“不肖子为此歹事，罪合万死。奈老妻最怜爱此子，乞将军仁慈宽恕。”关公曰：“此子果然不肖，适才老翁所言，真知子莫若父也。我看翁面，

① 分解——分辩与解释。

② 愚男——谦称自己的儿子。

且姑恕之。”遂分付从人看好了马，喝散庄客，与孙乾回草堂歇息。次日，郭常夫妇出拜于堂前，谢曰：“犬子冒渎虎威，深感将军恩恕。”关公令：“唤出，我以正言教之。”常曰：“他于四更时分，又引数个无赖之徒，不知何处去了。”

关公谢别郭常，奉二嫂上车，出了庄院，与孙乾并马，护着车仗，取山路而行。不及三十里，只见山背后拥出百馀人。为首两骑马：前面那人头裹黄巾，身穿战袍；后面乃郭常之子也。黄巾者曰：“我乃天公将军张角部将也。来者快留下赤兔马，放你过去。”关公大笑曰：“无知狂贼，汝既从张角为盗，亦知刘、关、张兄弟三人名字否？”黄巾者曰：“我只闻赤面长髯者名关云长，却未识其面。汝何人也？”公乃停刀立马，解开须囊，出长髯，令视之。其人滚鞍下马，脑揪[①]郭常之子，拜献于马前。关公问其姓名，告曰：“某姓裴名元绍，自张角死后，一向无主，啸聚山林，权于此处藏伏。今早这厮来报：‘有一客人骑一匹千里马，在我家投宿。’特邀某来劫夺此马，不想却遇将军。”郭常之子拜伏乞命。关公曰：“吾看汝父之面，饶你性命。”郭子抱头鼠窜而去。

公谓元绍曰：“汝不识吾面，何以知吾名？”元绍曰：“离此二十里，有一卧牛山。山上有一关西人，姓周名仓，两臂有千斤之力，板肋虬髯[②]，形容甚伟。原在黄巾张宝部下为将，张宝死，啸聚山林。他多曾与某说将军盛名，恨无门路相见。”关公曰：“绿林中非豪杰托足之处，公等今后可各去邪归正，勿自陷其身。”元绍拜谢。

正说话间，遥望一彪人马来到。元绍曰：“此必周仓也。”关公乃立马待之。果见一人，黑面长身，持枪乘马，引众而至。见了关公，惊喜曰：“此关将军也。”疾忙下马，俯伏道旁曰：“周仓参

① 脑揪——揪住后脑勺的头发或头巾的后部。

② 板肋虬（qiú）髯——板肋：形容胸部或背部厚实的肌肉。虬髯：蜷曲的胡须。

拜。”关公曰：“壮士何处曾识关某来？”仓曰：“旧随黄巾张宝时，曾识尊颜，恨失身贼党，不得相随。今日幸得拜见，愿将军不弃，收为步卒，早晚执鞭随镫，死亦甘心。”公见其意甚诚，乃谓曰：“汝若随我，汝手下人伴若何？”仓曰：“愿从则俱从；不愿从者，听之可也。”于是众人皆曰：“愿从。”关公乃下马，至车前禀问二嫂。甘夫人曰：“叔叔自离许都，于路独行至此，历过多少艰难，未尝要军马相随。前廖化欲相投，叔既却之，今何独容周仓之众耶？我辈女流浅见，叔自斟酌。”公曰：“嫂嫂之言是也。”遂谓周仓曰：“非关某寡情，奈二夫人不从。汝等且回山中，待我寻见兄长，必来相招。”周仓顿首告曰：“仓乃一粗莽之夫，失身为盗，今遇将军，如重见天日，岂忍复错过？若以众人相随为不便，可令其尽跟裴元绍去。仓只身步行，跟随将军，虽万里不辞也。”关公再以此言告二嫂。甘夫人曰：“一二人相从，无妨于事。”公乃令周仓拨人伴随裴元绍去。元绍曰：“我亦愿随关将军。”周仓曰：“汝若去时，人伴皆散。且当权时统领。我随关将军去，但有驻扎处，便来取你。”元绍怏怏而别。

周仓跟着关公，往汝南进发。行了数日，遥见一座山城。公问土人：“此何处也？”土人曰：“此名古城。数月前有一将军，姓张名飞，引数十骑到此，将县官逐去，占住古城，招军买马，积草屯粮。今聚有三五千人马，四远无人敢敌。”关公喜曰：“吾弟自徐州失散，一向不知下落，谁想却在此。”乃令孙乾先入城通报，教来迎接二嫂。

却说张飞在芒砀山中住了月馀，因出外探听玄德消息，偶过古城，入县借粮，县官不肯，飞怒，因就逐去县官，夺了县印，占住城池，权且安身。当日孙乾领关公命，入城见飞。施礼毕，具言：“玄德离了袁绍处，投汝南去了。今云长直从许都送二位夫人至此，请将军出迎。”张飞听罢，更不回言，随即披挂，持矛上马，引一千馀人，径出北门。孙乾惊讶，又不敢问，只得随出城来。关公望见张飞到来，喜不自胜，付刀与周仓接了，拍马来迎。只见张飞圆睁环眼，倒竖虎须，吼声如雷，挥矛向关公便搠。关公大惊，连忙闪过，便叫："贤弟何故如此？岂忘了桃园结义耶？"飞喝曰："你既无义，有何面目来与我相见？"关公曰："我如何无义？"飞曰："你背了兄长，降了曹操，封侯赐爵，今又来赚我。我今与你拼个死活。"关公曰："你原来不知，我也难说。现放着二位嫂嫂在此，贤弟请自问。"

二夫人听得，揭帘而呼曰："三叔何故如此？"飞曰："嫂嫂住着，且看我杀了负义的人，然后请嫂嫂入城。"甘夫人曰："二叔因不知你等下落，故暂时栖身曹氏。今知你哥哥在汝南，特不避险阻，送我们到此。三叔休错见了。"糜夫人曰："二叔向在许都，原出于无奈。"飞曰："嫂嫂休要被他瞒过了。忠臣宁死而不辱，大丈夫岂有事二主之理？"关公曰："贤弟休屈了我。"孙乾曰："云长特来寻将军。"飞喝曰："如何你也胡说？他那里有好心，必是来捉我。"关公曰："我若捉你，须带军马来。"飞把手指曰："兀的[①]不是军马来也？"

关公回顾，果见尘埃起处，一彪人马来到，风吹旗号，正是曹军。张飞大怒曰："今还敢支吾么？"挺丈八蛇矛便搠将来。关公急止之曰："贤弟且住，你看我斩此来将，以表我真心。"飞曰："你果有真心，我这里三通鼓罢，便要你斩来将。"关公应诺。须臾，曹军至。为首一将，乃是蔡阳，挺刀纵马，大喝曰："你杀吾外甥秦琪，却原来逃在此。吾奉丞相命，特来拿你。"关公更不打话，举刀便砍。张飞亲自擂鼓。只见一通鼓未尽，关公刀起处，蔡阳头已落地。众军士俱走。关公活捉执认旗[②]的小卒过来，问取来由。小卒告说："蔡阳闻将军杀了他外甥，十分忿怒，要来河北

① 兀（wù）的——这里为指示代词，代指"这"或"那"。
② 认旗——上绣或题有将帅官衔或姓名的旗帜。因有辨认部队的作用，故称。

与将军交战。丞相不肯，因差他往汝南攻刘辟，不想在这里遇着将军。”关公闻言，教去张飞前告说其事。飞将关公在许都时事细问小卒，小卒从头至尾说了一遍，飞方才信。

正说间，忽城中军士来报：“城南门外有十数骑来的甚紧，不知是甚人。”张飞心中疑虑，便转出南门看时，果见十数骑轻弓短箭而来。见了张飞，滚鞍下马，视之，乃糜竺、糜芳也。飞亦下马相见。竺曰：“自徐州失散，我兄弟二人逃难回乡。使人远近打听，知云长降了曹操，主公在于河北，又闻简雍亦投河北去了，只不知将军在此。昨于路上遇见一伙客人，说有一姓张的将军，如此模样，今据古城。我兄弟度量[①]必是将军，故来寻访，幸得相见。”飞曰：“云长兄与孙乾送二嫂方到，已知哥哥下落。”二糜大喜，同来见关公，并参见二夫人。飞遂迎请二嫂入城，至衙中坐定。二夫人诉说关公历过之事，张飞方才大哭，参拜云长。二糜亦俱伤感。张飞亦自诉别后之事，一面设宴贺喜。

次日，张飞欲与关公同赴汝南见玄德，关公曰：“贤弟可保护二嫂，暂住此城，待我与孙乾先去探听兄长消息。”飞允诺。关公与孙乾引数骑奔汝南来。刘辟、龚都接着，关公便问：“皇叔何在？”刘辟曰：“皇叔到此住了数日，为见军少，复往河北袁本初处商议去了。”关公怏怏不乐。孙乾曰：“不必忧虑，再苦一番驱驰，仍往河北去报知皇叔，同至古城便了。”关公依言，辞了刘辟、龚都，回至古城，与张飞说知此事。张飞便欲同至河北，关公曰：“有此一城，便是我等安身之处，未可轻弃。我还与孙乾同往袁绍处，寻见兄长，来此相会。贤弟可坚守此城。”飞曰：“兄斩他颜良、文丑，如何去得？”关公曰：“不妨，我到彼当见机而变。”遂唤周仓问曰：“卧牛山裴元绍处共有多少人马？”仓曰：“约有四五百。”关公曰：“我今抄近路去寻兄长。汝可往卧牛山招此一

① 度（duó）量——估量，估计，寻思。

枝人马，从大路上接来。”仓领命而去。

关公与孙乾只带二十馀骑投河北来。将至界首，乾曰：“将军未可轻入，只在此间暂歇。待某先入见皇叔，别作商议。”关公依言，先打发孙乾去了。遥望前村有一所庄院，便与从人到彼投宿。庄内一老翁携杖而出，与关公施礼。公具以实告。老翁曰：“某亦姓关，名定。久闻大名，幸得瞻谒。”遂命二子出见，款留关公，并从人俱留于庄内。

且说孙乾匹马入冀州见玄德，具言前事。玄德曰：“简雍亦在此间，可暗请来同议。”少顷，简雍至，与孙乾相见毕，共议脱身之计。雍曰：“主公明日见袁绍，只说要往荆州说刘表，共破曹操，便可乘机而去。”玄德曰：“此计大妙。但公能随我去否？”雍曰：“某亦自有脱身之计。”商议已定。

次日，玄德入见袁绍，告曰：“刘景升镇守荆襄九郡，兵精粮足，宜与相约，共攻曹操。”绍曰：“吾尝遣使约之，奈彼未肯相从。”玄德曰：“此人是备同宗，备往说之，必无推阻。”绍曰：“若得刘表，胜刘辟多矣。”遂命玄德行。绍又曰：“近闻关云长已离了曹操，欲来河北，吾当杀之，以雪颜良、文丑之恨。”玄德曰：“明公前欲用之，吾故召之。今何又欲杀之耶？且颜良、文丑比之二鹿耳，云长乃一虎也，失二鹿而得一虎，何恨之有？”绍笑曰：“吾实爱之，故戏言耳。公可再使人召之，令其速来。”玄德曰：“即遣孙乾往召之可也。”绍大喜，从之。玄德出，简雍进曰：“玄德此去，必不回矣。某愿与偕往，一则同说刘表，二则监住玄德。”绍然其言，便命简雍与玄德同行。郭图谏绍曰：“刘备前去说刘辟，未见成事；今又使与简雍同往荆州，必不返矣。”绍曰：“汝勿多疑，简雍自有见识。”郭图嗟呀而出。

却说玄德先命孙乾出城，回报关公；一面与简雍辞了袁绍，上马出城。行至界首，孙乾接着，同往关定庄上。关公迎门接拜，执手啼哭不止。关定领二子拜于草堂之前。玄德问其姓名，关公曰:“此人与弟同姓，有二子:长子关宁，学文;次子关平，学武。”关定曰:“今愚意欲遣次子跟随关将军，未识肯容纳否?”玄德曰:“年几何矣?”定曰:“十八岁矣。”玄德曰:“既蒙长者厚意，吾弟尚未有子，今即以贤郎为子，若何?”关定大喜，便命关平拜关公为父，呼玄德为伯父。玄德恐袁绍追之，急收拾起行。关平随着关公，一齐起身。关定送了一程自回。

关公教取路往卧牛山来。正行间，忽见周仓引数十人带伤而来。关公引他见了玄德。问其何故受伤，仓曰:“某未至卧牛山之前，先有一将单骑而来，与裴元绍交锋，只一合，刺死裴元绍，尽数招降人伴，占住山寨。仓到彼招诱人伴时，止有这几个过来，馀者俱惧怕，不敢擅离。仓不忿，与那将交战，被他连胜数次，身中三枪，因此来报主公。”玄德曰:“此人怎生模样?姓甚名谁?”仓曰:“极其雄壮，不知姓名。”

于是关公纵马当先，玄德在后，径投卧牛山来。周仓在山下叫骂，只见那将全副披挂，持枪骤马，引众下山。玄德早挥鞭出马大叫曰:“来者莫非子龙否?”那将见了玄德，滚鞍下马，拜伏道旁，原来果然是赵子龙。玄德、关公俱下马相见，问其何由至此。云曰:“云自别使君，不想公孙瓒不听人言，以致兵败自焚。袁绍屡次招云，云想绍亦非用人之人，因此未往。后欲至徐州投使君，又闻徐州失守，云长已归曹操，使君又在袁绍处。云几番欲来相投，只恐袁绍见怪。四海飘零，无容身之地。前偶过此处，适遇裴元绍下山来，欲夺吾马，云因杀之，借此安身。近闻翼德在古城，欲往投之，未知真实。今幸得遇使君。”玄德大喜，诉说从前之事。关公亦诉前事。玄德曰:“吾初见子龙，便有留恋不舍之情，今幸得相遇。”云曰:“云奔走四方，择主而事，未有如使君者。今得相随，大称平生，虽肝脑涂地，无恨矣。”当日就烧毁山寨，率领人众，尽随玄德前赴古城。

张飞、糜竺、糜芳迎接入城，各相拜诉。二夫人具言云长之事，玄德感叹不已。于是杀牛宰马，先拜谢天地，然后遍劳诸军。玄德见兄弟重聚，将佐无缺，又新得了赵云，关公又得了关平、周仓二人，欢喜无限，连饮数日。后人有诗赞之曰：

当时手足似瓜分，信断音稀杳不闻。

今日君臣重聚义，正如龙虎会风云。

时玄德、关、张、赵云、孙乾、简雍、糜竺、糜芳、关平、周仓部领马步军校共四五千人。玄德欲弃了古城，去守汝南，恰好刘辟、龚都差人来请。于是遂起军往汝南驻扎，招军买马，徐图征进，不在话下。

且说袁绍见玄德不回，大怒，欲起兵伐之。郭图曰："刘备不足虑。曹操乃劲敌也，不可不除。刘表虽据荆州，不足为强。江东孙伯符威镇三江，地连六郡，谋臣武士极多，可使人结之，共攻曹操。"绍从其言，即修书遣陈震为使，来会孙策。正是：

只因河北英雄去，引出江东豪杰来。

未知其事如何，且听下文分解。

第二十九回

小霸王怒斩于吉　碧眼儿坐领江东

却说孙策自霸江东，兵精粮足。建安四年，袭取庐江，败刘勋；使虞翻驰檄豫章，豫章太守华歆投降。自此声势大振，乃遣张纮往许昌上表献捷。曹操知孙策强盛，叹曰："狮儿难与争锋也。"遂以曹仁之女许配孙策幼弟孙匡，两家结婚。留张纮在许昌。孙策求为大司马，曹操不许。策恨之，常有袭许都之心。于是吴郡太守许贡乃暗遣使赴许都，上书于曹操。其略曰：

孙策骁勇，与项籍相似。朝廷宜外示荣宠，召还京师；不可使居外镇，以为后患。

使者赍书渡江，被防江将士所获，解赴孙策处。策观书大怒，斩其使，遣人假意请许贡议事。贡至，策出书示之，叱曰："汝欲送我于死地耶？"命武士绞杀之。贡家属皆逃散。有家客三人，欲为许贡报仇，恨无其便。

一日，孙策引军会猎于丹徒之西山，赶起一大鹿，策纵马上山逐之。正赶之间，只见树林之内有三个人持枪带弓而立。策勒马问曰："汝等何人？"答曰："乃韩当军士也，在此射鹿。"策方举辔欲行，一人拈枪望策左腿便刺。策大惊，急取佩剑从马上砍去，剑刃忽坠，止存剑把在手。一人早拈弓搭箭射来，正中孙策面颊。策就拔面上箭，取弓回射放箭之人，应弦而倒。那二人举枪向孙策乱搠，大叫曰："我等是许贡家客，特来为主人报仇！"策别无器械，只以弓拒之，且拒且走。二人死战不退。策身被数枪，马亦带伤。正危急之时，程普引数人至。孙策大叫："杀贼！"

程普引众齐上，将许贡家客砍为肉泥。看孙策时，血流满面，被伤至重。乃以刀割袍，裹其伤处，救回吴会[①]养病。后人有诗赞许家三客曰：

孙郎智勇冠江湄，射猎山中受困危。

许客三人能死义，杀身豫让未为奇。

却说孙策受伤而回，使人寻请华佗医治，不想华佗已往中原去了。止有徒弟在吴，命其治疗。其徒曰："箭头有药，毒已入骨，须静养百日，方可无虞；若怒气冲激，其疮难治。"孙策为人最是性急，恨不得即日便愈。将息到二十馀日，忽闻张纮有使者自许昌回，策唤问之。使者曰："曹操甚惧主公，其帐下谋士亦俱敬服，惟有郭嘉不服。"策曰："郭嘉曾有何说？"使者不敢言。策怒，固问之。使者只得从实告曰："郭嘉曾对曹操言主公不足惧也：轻而无备，性急少谋，乃匹夫之勇耳，他日必死于小人之手。"策闻言，大怒曰："匹夫安敢料吾！吾誓取许昌！"遂不待疮愈，便欲商议出兵。张昭谏曰："医者戒主公百日休动，今何因一时之忿，自轻万金之躯？"

正话间，忽报袁绍遣使陈震至。策唤入问之。震具言袁绍欲结东吴为外应，共攻曹操。策大喜，即日会诸将于城楼上，设宴款待陈震。饮酒之间，忽见诸将互相耳语，纷纷下楼。策怪问何故，左右曰："有于神仙者，今从楼下过，诸将欲往拜之耳。"策起身凭栏观之，见一道人身披鹤氅[②]，手携藜杖[③]，立于当道，百姓俱焚香伏道而拜。策怒曰："是何妖人？快与我擒来。"左右告曰："此人姓于名吉，寓居东方，往来吴会，普施符水，救人万病，无有不验，当世呼为神仙，未可轻渎。"策愈怒，喝令："速速擒

① 吴会——这里为东汉时的吴郡（治所在今江苏苏州市）和会稽郡（治所在今浙江绍兴市）的简称。泛指今江、浙一带地区。

② 鹤氅——泛指用鸟羽制成的喇叭形长外套。

③ 藜杖——用藜的老茎编制的手杖。因其质轻而结实，古人常以为杖。

来！违者斩！”左右不得已，只得下楼，拥于吉至楼上。策叱曰：“狂道怎敢煽惑人心？”于吉曰：“贫道乃琅琊宫道士，顺帝时曾入山采药，得神书于阳曲泉水上，号曰《太平青领道》，凡百馀卷，皆治人疾病方术。贫道得之，惟务代天宣化，普救万人，未曾取人毫厘之物，安得煽惑人心？”策曰：“汝毫不取人，衣服饮食从何而得？汝即黄巾张角之流，今若不诛，必为后患。”叱左右斩之。张昭谏曰：“于道人在江东数十年，并无过犯，不可杀害。”策曰：“此等妖人，吾杀之，何异屠猪狗。”众官皆苦谏，陈震亦劝。策怒未息，命且囚于狱中。众官俱散。陈震自归馆驿安歇。

孙策归府，早有内侍传说此事与策母吴太夫人知道。夫人唤孙策入后堂，谓曰：“吾闻汝将于神仙下于缧绁[①]。此人多曾医人疾病，军民敬仰，不可加害。”策曰：“此乃妖人，能以妖术惑众，不可不除。”夫人再三劝解。策曰：“母亲勿听外人妄言，儿自有区处。”乃出唤狱吏取于吉来问。原来狱吏皆敬信于吉，吉在狱中时，尽去其枷锁。及策唤取，方带枷锁而出。策访知大怒，痛责狱吏，仍将于吉械系[②]下狱。

张昭等数十人连名作状，拜求孙策，乞保于神仙。策曰：“公等皆读书人，何不达理？昔交州刺史张津听信邪教，鼓瑟焚香，常以红帕裹头，自称可助出军之威，后竟为敌军所杀。此等事甚无益，诸君自未悟耳。吾欲杀于吉，正思禁邪觉迷也。”吕范曰：“某素知于道人能祈风祷雨。方今天旱，何不令其祈雨以赎罪？”策曰：“吾且看此妖人若何。”遂命于狱中取出于吉，开其枷锁，令登坛求雨。吉领命，即沐浴更衣，取绳自缚于烈日之中。百姓观者，填街塞巷。于吉谓众人曰：“吾求三尺甘霖[③]，以救万民，然我终不免一死。”众人曰：“若有灵验，主公必然敬服。”于吉曰：

---

① 缧绁（léi xiè）——本义为捆绑犯人的绳索，引申为牢狱。

② 械系——给犯人戴上镣铐和木枷，关入牢狱。

③ 三尺甘霖——即雨水浸透地皮三尺。甘霖：即甘雨。形容雨下得及时，故为美好的雨。

“气数至此，恐不能逃。”

少顷，孙策亲至坛中下令：“若午时无雨，即焚死于吉。”先令人堆积干柴伺候。将及午时，狂风骤起，风过处，四下阴云渐合。策曰：“时已近午，空有阴云，而无甘雨，正是妖人。”叱左右将于吉扛上柴堆，四下举火，焰随风起。忽见黑烟一道，冲上空中，一声响亮，雷电齐发，大雨如注，顷刻之间，街市成河，溪涧皆满，足有三尺甘雨。于吉仰卧于柴堆之上，大喝一声，云收雨住，复见太阳。于是众官及百姓共将于吉扶下柴堆，解去绳索，再拜称谢。孙策见官民俱罗拜于水中，不顾衣服，乃勃然大怒，叱曰：“晴雨乃天地之定数，妖人偶乘其便，你等何得如此惑乱？”掣宝剑，令左右速斩于吉。众官力谏，策怒曰：“尔等皆欲从于吉造反耶？”众官乃不敢复言。策叱武士将于吉一刀斩头落地。只见一道青气，投东北去了。策命将其尸号令于市，以正妖妄之罪。

是夜风雨交作，及晓，不见了于吉尸首。守尸军士报知孙策。策怒，欲杀守尸军士。忽见一人，从堂前徐步而来，视之，却是于吉。策大怒，正欲拔剑斫[①]之，忽然昏倒于地。左右急救入卧内，半晌方苏。吴太夫人来视疾，谓策曰：“吾儿屈杀神仙，故招此祸。”策笑曰：“儿自幼随父出征，杀人如麻，何曾有为祸之理？今杀妖人，正绝大祸，安得反为我祸？”夫人曰：“因汝不信，以致如此。今可作好事以禳之。”策曰：“吾命在天，妖人决不能为祸，何必禳耶？”夫人料劝不信，乃自令左右暗修善事禳解[②]。

是夜二更，策卧于内宅，忽然阴风骤起，灯灭而复明。灯影之下，见于吉立于床前。策大喝曰：“吾平生誓诛妖妄，以靖[③]天下！汝既为阴鬼，何敢近我？”取床头剑掷之，忽然不见。吴太夫人闻之，转生忧闷。策乃扶病强行，以宽母心。母谓策曰：“圣人云：

① 斫（zhuó）——用刀斧砍。

② 禳解——祈祷神灵免除灾祸。

③ 靖——安定。

'鬼神之为德，其盛矣乎[①]！'又云：'祷尔于上下神祇[②]。'鬼神之事，不可不信。汝屈杀于先生，岂无报应？吾已令人设醮[③]于郡之玉清观内，汝可亲往拜祷，自然安妥。"

策不敢违母命，只得勉强乘轿至玉清观。道士接入，请策焚香。策焚香而不谢。忽香炉中烟起不散，结成一座华盖[④]，上面端坐着于吉。策怒，唾骂之。走离殿宇，又见于吉立于殿门首，怒目视策。策顾左右曰："汝等见妖鬼否？"左右皆云未见。策愈怒，拔佩剑望于吉掷去，一人中剑而倒。众视之，乃前日动手杀于吉之小卒，被剑斫入脑袋，七窍流血而死。策命扛出葬之。比及出观，又见于吉走入观门来。策曰："此观亦藏妖之所也。"遂坐于观前，命武士五百人拆毁之。武士方上屋揭瓦，却见于吉立于屋上，飞瓦掷地。策大怒，传令逐出本观道士，放火烧毁殿宇。火起处，又见于吉立于火光之中。策怒归府，又见于吉立于府门前。策乃不入府，随点起三军，出城外下寨，传唤众将商议，欲起兵助袁绍夹攻曹操。众将俱曰："主公玉体违和[⑤]，未可轻动。且待平愈，出兵未迟。"是夜，孙策宿于寨内，又见于吉披发而来。策于帐中叱喝不绝。

次日，吴太夫人传命，召策回府。策乃归见其母。夫人见策形容憔悴，泣曰："儿失形[⑥]矣！"策即引镜自照，果见形容十分瘦损，不觉失惊，顾左右曰："吾奈何憔悴至此耶？"言未已，忽见于吉立于镜中。策拍镜大叫一声，金疮迸裂，昏绝于地。夫人令扶入卧内。须臾苏醒，自叹曰："吾不能复生矣！"随召张昭等诸人及弟孙权至卧榻前，嘱付曰："天下方乱，以吴越之众，三江

① 鬼神之为德，其盛矣乎——语出《礼记·中庸》。意谓鬼神的存在及其作用是很明显的。

② 祷尔于上下神祇——语出《周礼·春官·小宗伯》。意谓春天由太祝官祭祀天地神灵。

③ 设醮（jiào）——设立祭坛。

④ 华盖——本指王公所乘设有伞盖的车，引申为形似华盖的香烟。

⑤ 玉体违和——玉体：婉词。犹称"贵体"。尊贵的身体。违和：婉词。即患病。

⑥ 失形——指脸色憔悴，身体消瘦，与平常大不一样。

之固，大可有为。子布等幸善相吾弟。”乃取印绶与孙权曰：“若举江东之众，决机于两阵之间，与天下争衡[①]，卿不如我；举贤任能，使各尽力以保江东，我不如卿。卿宜念父兄创业之艰难，善自图之。”权大哭，拜受印绶。策告母曰：“儿天年[②]已尽，不能奉慈母。今将印绶付弟，望母朝夕训之。父兄旧人，慎勿轻怠。”母哭曰：“恐汝弟年幼，不能任大事，当复如何？”策曰：“弟才胜儿十倍，足当大任。倘内事不决，可问张昭；外事不决，可问周瑜。恨周瑜不在此，不得面嘱之也。”又唤诸弟，嘱曰：“吾死之后，汝等并辅仲谋。宗族中敢有生异心者，众共诛之；骨肉为逆，不得入祖坟安葬。”诸弟泣受命。又唤妻乔夫人，谓曰：“吾与汝不幸中途相分，汝须孝养尊姑。早晚汝妹入见，可嘱其转致周郎，尽力辅佐吾弟，休负我平日相知之雅[③]。”言讫，瞑目而逝，年止二十六岁。后人有诗赞曰：

独战东南地，人称小霸王。
运筹如虎踞，决策似鹰扬。
威镇三江靖，名闻四海香。
临终遗大事，专意属周郎。

孙策既死，孙权哭倒于床前。张昭曰：“此非将军哭时也，宜一面治丧事，一面理军国大事。”权乃收泪。张昭令孙静理会丧事，请孙权出堂，受众文武谒贺。孙权生得方颐大口，碧眼紫髯。昔汉使刘琬入吴，见孙家诸昆仲，因语人曰：“吾遍观孙氏兄弟，虽各才气秀达，然皆禄祚[④]不终。惟仲谋形貌奇伟，骨格非常，乃大贵之表，又享高寿，众皆不及也。”

① 争衡——本义为较量轻重，比试高低。引申为争夺天下。衡：即秤。
② 天年——老天注定了的寿数，也就是自然的寿命。
③ 雅——交情。
④ 禄祚——福分和寿命。

且说当时孙权承孙策遗命，掌江东之事。经理未定，人报周瑜自巴丘提兵回吴。权曰："公瑾已回，吾无忧矣。"原来周瑜守御巴丘，闻知孙策中箭被伤，因此回来问候。将至吴郡，闻策已亡，故星夜来奔丧。当下周瑜哭拜于孙策灵柩之前。吴太夫人出，以遗嘱之语告瑜。瑜拜伏于地曰："敢不效犬马之力，继之以死。"

少顷，孙权入。周瑜拜见毕，权曰："愿公无忘先兄遗命。"瑜顿首曰："愿以肝脑涂地，报知己之恩。"权曰："今承父兄之业，将何策以守之？"瑜曰："自古得人者昌，失人者亡。为今之计，须求高明远见之人为辅，然后江东可定也。"权曰："先兄遗言：内事托子布，外事全赖公瑾。"瑜曰："子布贤达之士，足当大任。瑜不才，恐负倚托之重，愿荐一人以辅将军。"权问何人，瑜曰："姓鲁名肃，字子敬，临淮东川人也。此人胸怀韬略[①]，腹隐机谋。早年丧父，事母至孝。其家极富，尝散财以济贫乏。瑜为居巢长之时，将数百人过临淮，因乏粮，闻鲁肃家有两囷[②]米，各三千斛，因往求助。肃即指一囷相赠，其慷慨如此。平生好击剑骑射，寓居曲阿。祖母亡，还葬东城。其友刘子扬欲约彼往巢湖投郑宝，肃尚踌躇未往。今主公可速召之。"权大喜，即命周瑜往聘。

瑜奉命，亲往见肃，叙礼毕，具道孙权相慕之意。肃曰："近刘子扬约某往巢湖，某将就之。"瑜曰："昔马援对光武云：'当今之世，非但君择臣，臣亦择君。'今吾孙将军亲贤礼士，纳奇录异[③]，世所罕有。足下不须他计，只同我往投东吴为是。"肃从其言，遂同周瑜来见孙权。权甚敬之，与之谈论，终日不倦。

一日，众官皆散，权留鲁肃共饮。至晚，同榻抵足而卧。夜半，权问肃曰："方今汉室倾危，四方纷扰。孤承父兄馀业，思为

① 韬略——《六韬》《三略》为古代著名兵书，故称军事上的谋略为"韬略"。

② 囷（qūn）——古代的一种圆形谷仓。

③ 纳奇录异——即招揽天下具有奇技异能的人才。

桓、文之事[①]，君将何以教我？”肃曰：“昔汉高祖欲尊事义帝而不获者，以项羽为害也[②]。今之曹操可比项羽，将军何由得为桓、文乎？肃窃料汉室不可复兴，曹操不可卒除。为将军计，惟有鼎足江东，以观天下之衅[③]。今乘北方多务，剿除黄祖，进伐刘表，竟长江所极而据守之，然后建号帝王，以图天下，此高祖之业也。”权闻言大喜，披衣起谢。次日，厚赠鲁肃，并将衣服、帏帐等物赐肃之母。

肃又荐一人见孙权。此人博学多才，事母至孝，复姓诸葛，名瑾，字子瑜，琅琊南阳人也。权拜之为上宾。瑾劝权勿通袁绍，且顺曹操，然后乘便图之。权依言，乃遣陈震回，以书绝袁绍。

却说曹操闻孙策已死，欲起兵下江南。侍御史张纮谏曰：“乘人之丧而伐之，既非义举；若其不克，弃好成仇。不如因而善遇之。”操然其说，乃即奏封孙权为将军，兼领会稽太守。即令张纮为会稽都尉，赍印往江东。孙权大喜，又得张纮回吴，即命与张昭同理政事。张纮又荐一人于孙权。此人姓顾名雍，字元叹，乃中郎蔡邕之徒。其为人少言语，不饮酒，严厉正大。权以为丞，行太守事。自是孙权威震江东，深得民心。

且说陈震回见袁绍，具说：“孙策已亡，孙权继立。曹操封之为将军，结为外应矣。”袁绍大怒，遂起冀、青、幽、并等处人马七十馀万，复来攻取许昌。正是：

江南兵革方休息，冀北干戈又复兴。

未知胜负若何，且听下文分解。

---

① 桓、文之事——指称霸天下。桓、文即春秋时的齐桓公和晋文公，二人曾先后称霸于诸侯。

② “昔汉高祖”二句——事见《史记·高祖本纪》：在秦末群雄争霸时，项梁立楚怀王熊槐之孙熊心为楚王（史称楚怀王），刘邦（汉高祖）亦为其部将。后项羽自立为西楚霸王，改称楚怀王熊心为义帝，不久又派人将其杀死。如此则即使刘邦想做义帝的臣子也不可能了。

③ 衅——这里是天下大乱之意。

第三十回

战官渡本初败绩　劫乌巢孟德烧粮

却说袁绍兴兵，望官渡进发。夏侯惇发书告急。曹操起军七万，前往迎敌，留荀彧守许都。绍兵临发，田丰从狱中上书谏曰："今且宜静守，以待天时；不可妄兴大兵，恐有不利。"逢纪谮[①]曰："主公兴仁义之师，田丰何得出此不祥之语？"绍因怒，欲斩田丰，众官告免。绍恨曰："待吾破了曹操，明正其罪。"遂催军进发，旌旗遍野，刀剑如林。行至阳武，下定寨栅。沮授曰："我军虽众，而勇猛不及彼军；彼军虽精，而粮草不如我军。彼军无粮，利在急战；我军有粮，宜且缓守。若能旷以日月，则彼军不战自败矣。"绍怒曰："田丰慢我军心，吾回日必斩之。汝安敢又如此？"叱左右："将沮授锁禁军中，待我破曹之后，与田丰一体治罪。"于是下令，将大军七十万，东西南北，周围安营，连络九十馀里。

细作探知虚实，报至官渡。曹军新到，闻之皆惧。曹操与众谋士商议，荀攸曰："绍军虽多，不足惧也。我军俱精锐之士，无不一以当十。但利在急战，若迁延日月，粮草不敷，事可忧矣。"操曰："所言正合吾意。"遂传令军将鼓噪而进，绍军来迎，两边排成阵势。审配拨弩手一万，伏于两翼；弓箭手五千，伏于门旗内：约炮响齐发。三通鼓罢，袁绍金盔金甲，锦袍玉带，立马阵前。左右排列着张郃、高览、韩猛、淳于琼等诸将。旌旗节钺，甚是严整。曹阵上门旗开处，曹操出马。许褚、张辽、徐晃、李典等

① 谮（zèn）——诬陷，中伤。

各持兵器，前后拥卫。曹操以鞭指袁绍曰："吾于天子之前保奏你为大将军，今何故谋反？"绍怒曰："汝托名汉相，实为汉贼，罪恶弥天，甚于莽、卓，乃反诬人造反耶？"操曰："吾今奉诏讨汝。"绍曰："吾奉衣带诏讨贼。"操怒，使张辽出战；张郃跃马来迎。二将斗了四五十合，不分胜负。曹操见了，暗暗称奇。许褚挥刀纵马，直出助战；高览挺枪接住。四员将捉对儿厮杀。曹操令夏侯惇、曹洪各引三千军齐冲彼阵。审配见曹军来冲阵，便令放起号炮，两下万弩并发，中军内弓箭手一齐拥出阵前乱射。曹军如何抵敌，望南急走。袁绍驱兵掩杀，曹军大败，尽退至官渡。

袁绍移军逼近官渡下寨。审配曰："今可拨兵十万守官渡，就曹操寨前筑起土山，令军人下视寨中放箭。操若弃此而去，吾得此隘口，许昌可破矣。"绍从之，于各寨内选精壮军人，用铁锹土担，齐来曹操寨边垒土成山。曹营内见袁军堆筑土山，欲待出去冲突，被审配弓弩手当住咽喉要路，不能前进。十日之内，筑成土山五十馀座，上立高橹①，分拨弓弩手于其上射箭。曹军大惧，皆顶着遮箭牌守御。土山上一声梆子响处，箭下如雨。曹军皆蒙楯②伏地，袁军呐喊而笑。曹操见军慌乱，集众谋士问计。刘晔进曰："可作发石车以破之。"操令晔进车式，连夜造发石车数百乘，分布营墙内，正对着土山上云梯。候弓箭手射箭时，营内一齐拽动石车，炮石飞空，往上乱打，人无躲处，弓箭手死者无数。袁军皆号其车为"霹雳车"。由是袁军不敢登高射箭。

审配又献一计：令军人用铁锹暗打地道，直透曹营内，号为"掘子军"。曹兵望见袁军于山后掘土坑，报知曹操。操又问计于刘晔，晔曰："此袁军不能攻明而攻暗，发掘伏道，欲从地下透营而入耳。"操曰："何以御之？"晔曰："可绕营掘长堑，则彼伏道

---

① 橹——没有顶盖的望楼，供瞭望敌军或作战之用。

② 楯——同"盾"。即盾牌。

无用也。”操连夜差军掘堑。袁军掘伏道到堑边，果不能入，空费军力。

却说曹操守官渡，自八月起，至九月终，军力渐乏，粮草不继。意欲弃官渡，退回许昌，迟疑未决，乃作书遣人赴许昌问荀彧。彧以书报之。书略曰：

> 承尊命，使决进退之疑。愚以袁绍悉众聚于官渡，欲与明公决胜负。公以至弱当至强，若不能制，必为所乘，是天下之大机也。绍军虽众，而不能用。以公之神武明哲，何向而不济？今军实虽少，未若楚、汉在荥阳、成皋间也。公今画地而守，扼其喉而使不能进，情见势竭，必将有变。此用奇之时，断不可失。惟明公裁察焉。

曹操得书大喜，令将士效力死守。绍军约退三十馀里。操遣将出营巡哨，有徐晃部将史涣获得袁军细作，解见徐晃。晃问其军中虚实，答曰：“早晚大将韩猛运粮至军前接济，先令我等探路。”徐晃便将此事报知曹操。荀攸曰：“韩猛匹夫之勇耳。若遣一人引轻骑数千，从半路击之，断其粮草，绍军自乱。”操曰：“谁人可往？”攸曰：“即遣徐晃可也。”操遂差徐晃将带史涣并所部兵先出，后使张辽、许褚引兵救应。

当夜韩猛押粮车数千辆，解赴绍寨。正走之间，山谷内徐晃、史涣引军截住去路。韩猛飞马来战，徐晃接住厮杀。史涣便杀散人夫，放火焚烧粮车。韩猛抵当不住，拨回马走。徐晃催军烧尽辎重。袁绍军中望见西北上火起，正惊疑间，败军报来：“粮草被劫。”绍急遣张郃、高览去截大路，正遇徐晃烧粮而回。恰欲交锋，背后张辽、许褚军到，两下夹攻，杀散袁军，四将合兵一处，回官渡寨中。曹操大喜，重加赏劳。又分军于寨前结营，为掎角之势。

却说韩猛败军还营，绍大怒，欲斩韩猛，众官劝免。审配曰：

"行军以粮食为重，不可不用心提防。乌巢乃屯粮之处，必得重兵守之。"袁绍曰："吾筹策已定，汝可回邺都监督粮草，休教缺乏。"审配领命而去。袁绍遣大将淳于琼，部领督将眭元进、韩莒子、吕威璜、赵睿等，引二万人马守乌巢。那淳于琼性刚好酒，军士多畏之。既至乌巢，终日与诸将聚饮。

且说曹操军粮告竭，急发使往许昌教荀彧作速措办粮草，星夜解赴军前接济。使者赍书而往，行不上三十里，被袁军捉住，缚见谋士许攸。那许攸字子远，少时曾与曹操为友，此时却在袁绍处为谋士。当下搜得使者所赍曹操催粮书信，径来见绍曰："曹操屯军官渡，与我相持已久，许昌必空虚。若分一军星夜掩袭许昌，则许昌可拔，而操可擒也。今操粮草已尽，正可乘此机会，两路击之。"绍曰："曹操诡计极多，此书乃诱敌之计也。"攸曰："今若不取，后将反受其害。"

正话间，忽有使者自邺郡来，呈上审配书。书中先说运粮事；后言许攸在冀州时，尝滥受民间财物，且纵令子侄辈多科税，钱粮入己，今已收其子侄下狱矣。绍见书，大怒曰："滥行匹夫！尚有面目于吾前献计耶？汝与曹操有旧，想今亦受他财贿，为他作奸细，啜赚[①]吾军耳。本当斩首，今权且寄头在项。可速退出，今后不许相见。"许攸出，仰天叹曰："忠言逆耳，竖子不足与谋！吾子侄已遭审配之害，吾何颜复见冀州之人乎？"遂欲拔剑自刎。左右夺剑劝曰："公何轻生至此？袁绍不纳直言，后必为曹操所擒。公既与曹公有旧，何不弃暗投明？"只这两句言语点醒许攸，于是许攸径投曹操。后人有诗叹曰：

本初豪气盖中华，官渡相持枉叹嗟。
若使许攸谋见用，山河争得属曹家？

---

① 啜（chuò）赚——捉弄，哄骗。

却说许攸暗步出营，径投曹寨，伏路军人拿住。攸曰："我是曹丞相故友，快与我通报，说南阳许攸来见。"军士忙报入寨中。时操方解衣歇息，闻说许攸私奔到寨，大喜，不及穿履，跣足[①]出迎。遥见许攸，抚掌欢笑，携手共入，操先拜于地。攸慌扶起曰："公乃汉相，吾乃布衣，何谦恭如此？"操曰："公乃操故友，岂敢以名爵相上下乎？"攸曰："某不能择主，屈身袁绍，言不听，计不从，今特弃之来见故人，愿赐收录。"操曰："子远肯来，吾事济矣。愿即教我以破绍之计。"攸曰："吾曾教袁绍以轻骑乘虚袭许都，首尾相攻。"操大惊曰："若袁绍用子言，吾事败矣。"攸曰："公今军粮尚有几何？"操曰："可支一年。"攸笑曰："恐未必。"操曰："有半年耳。"攸拂袖而起，趋步[②]出帐曰："吾以诚相投，而公见欺如是，岂吾所望哉！"操挽留曰："子远勿嗔，尚容实诉，军中粮实可支三月耳。"攸笑曰："世人皆言孟德奸雄，今果然也。"操亦笑曰："岂不闻'兵不厌诈'？"遂附耳低言曰："军中止有此月之粮。"攸大声曰："休瞒我，粮已尽矣。"操愕然曰："何以知之？"攸乃出操与荀彧之书以示之曰："此书何人所写？"操惊问曰："何处得之？"攸以获使之事相告。操执其手曰："子远既念旧交而来，愿即有以教我。"攸曰："明公以孤军抗大敌，而不求急胜之方，此取死之道也。攸有一策，不过三日，使袁绍百万之众，不战自破。明公还肯听否？"操喜曰："愿闻良策。"攸曰："袁绍军粮辎重尽积乌巢，今拨淳于琼守把，琼嗜酒无备。公可选精兵诈称袁将蒋奇领兵到彼护粮，乘间烧其粮草辎重，则绍军不三日将自乱矣。"操大喜，重待许攸，留于寨中。

次日，操自选马步军士五千，准备往乌巢劫粮。张辽曰："袁绍屯粮之所，安得无备？丞相未可轻往，恐许攸有诈。"操曰："不

---

① 跣（xiǎn）足——赤脚，光脚。

② 趋步——这里是举步、迈步之意。

然。许攸此来，天败袁绍。今吾军粮不给，难以久持，若不用许攸之计，是坐而待困也。彼若有诈，安肯留我寨中？且吾亦欲劫寨久矣。今劫粮之举，计在必行，君请勿疑。”辽曰：“亦须防袁绍乘虚来袭。”操笑曰：“吾已筹之熟矣。”便教荀攸、贾诩、曹洪同许攸守大寨，夏侯惇、夏侯渊领一军伏于左，曹仁、李典领一军伏于右，以备不虞。教张辽、许褚在前，徐晃、于禁在后，操自引诸将居中，共五千人马，打着袁军旗号，军士皆束草负薪，人衔枚，马勒口①，黄昏时分，望乌巢进发。是夜星光满天。

且说沮授被袁绍拘禁在军中，是夜因见众星朗列，乃命监者引出中庭，仰观天象。忽见太白逆行，侵犯牛、斗之分，大惊曰：“祸将至矣！”遂连夜求见袁绍。时绍已醉卧，听说沮授有密事启报，唤入问之。授曰：“适观天象，见太白逆行于柳、鬼之间，流光射入牛、斗之分，恐有贼兵劫掠之害。乌巢屯粮之所，不可不提备。宜速遣精兵猛将，于间道山路巡哨，免为曹操所算。”绍怒叱曰：“汝乃得罪之人，何敢妄言惑众？”因叱监者曰：“吾令汝拘囚之，何敢放出？”遂命斩监者，别唤人监押沮授。授出，掩泪叹曰：“我军亡在旦夕，我尸骸不知落何处也！”后人有诗叹曰：

逆耳忠言反见仇，独夫袁绍少机谋。

乌巢粮尽根基拔，犹欲区区守冀州。

却说曹操领兵夜行，前过袁绍别寨，寨兵问是何处军马。操使人应曰：“蒋奇奉命往乌巢护粮。”袁军见是自家旗号，遂不疑惑。凡过数处，皆诈称蒋奇之兵，并无阻碍。及到乌巢，四更已尽。操教军士将束草周围举火，众将校鼓噪直入。时淳于琼方与众将饮了酒，醉卧帐中，闻鼓噪之声，连忙跳起问：“何故喧闹？”言未已，早被挠钩拖翻。眭元进、赵睿运粮方回，见屯上火起，

① 人衔枚，马勒口——古代战争中偷袭时采取的保密措施，防止发出声音，被敌军发现。人衔枚：即在兵士嘴里横衔一根筷子形状的木棍（枚），两头用绳子套在脖子上。马勒口：是一种带有嚼口（横衔于马口的铁棍或铁链）的马笼头。

急来救应。曹军飞报曹操说:“贼兵在后，请分军拒之。”操大喝曰:“诸将只顾奋力向前，待贼至背后，方可回战。”于是众军将无不争先掩杀。一霎时，火焰四起，烟迷太空。眭、赵二将驱兵来救，操勒马回战。二将抵敌不住，皆被曹军所杀，粮草尽行烧绝。淳于琼被擒见操，操命割去其耳鼻手指，缚于马上，放回绍营以辱之。

却说袁绍在帐中，闻报正北上火光满天，知是乌巢有失，急出帐召文武各官，商议遣兵往救。张郃曰:“某与高览同往救之。”郭图曰:“不可。曹军劫粮，曹操必然亲往。操既自出，寨必空虚，可纵兵先击曹操之寨，操闻之，必速还。此孙膑围魏救赵之计也。”张郃曰:“非也。曹操多谋，外出必为内备，以防不虞。今若攻操营而不拔，琼等见获，吾属皆被擒矣。”郭图曰:“曹操只顾劫粮，岂留兵在寨耶?”再三请劫曹营。绍乃遣张郃、高览引军五千，往官渡击曹营;遣蒋奇领兵一万，往救乌巢。

且说曹操杀散淳于琼部卒，尽夺其衣甲旗帜，伪作淳于琼部下败军回寨，至山僻小路，正遇蒋奇军马。奇军问之，称是乌巢败军奔回。奇遂不疑，驱马径过。张辽、许褚忽至，大喝:“蒋奇休走!”奇措手不及，被张辽斩于马下，尽杀蒋奇之兵。又使人当先伪报云:“蒋奇已自杀散乌巢兵了。”袁绍因不复遣人接应乌巢，只添兵往官渡。

却说张郃、高览攻打曹营，左边夏侯惇，右边曹仁，中路曹洪，一齐冲出:三下攻击，袁军大败。比及接应军到，曹操又从背后杀来，四下围住掩杀。张郃、高览夺路走脱。袁绍收得乌巢败残军马归寨，见淳于琼耳鼻皆无，手足尽落。绍问:“如何失了乌巢?”败军告说:“淳于琼醉卧，因此不能抵敌。”绍怒，立斩之。

郭图恐张郃、高览回寨证对是非，先于袁绍前谮曰:“张郃、高览见主公兵败，心中必喜。”绍曰:“何出此言?”图曰:“二人素有降曹之意，今遣击寨，故意不肯用力，以致损折士卒。”绍大怒，遂遣使急召二人归寨问罪。郭图先使人报二人云：“主公将杀汝矣。”及绍使至，高览问曰：“主公唤我等为何？”使者曰：“不知何故。”览遂拔剑斩来使。郃大惊，览曰：“袁绍听信谗言，必为曹操所擒，吾等岂可坐而待死？不如去投曹操。”郃曰：“吾亦有此心久矣。”于是二人领本部兵马，往曹操寨中投降。夏侯惇曰：“张、高二人来降，未知虚实。”操曰：“吾以恩遇之，虽有异心，亦可变矣。”遂开营门，命二人入。二人倒戈卸甲，拜伏于地。操曰：“若使袁绍肯从二将军之言，不致有败。今二将军肯来相投，如微子去殷[①]，韩信归汉[②]也。”遂封张郃为偏将军、都亭侯，高览为偏将军、东莱侯。二人大喜。

却说袁绍既去了许攸，又去了张郃、高览，又失了乌巢粮，军心皇皇。许攸又劝曹操作速进兵，张郃、高览请为先锋。操从之，即令张郃、高览领兵往劫绍寨。当夜三更时分，出军三路劫寨。混战到明，各自收兵，绍军折其大半。

荀攸献计曰：“今可扬言调拨人马，一路取酸枣，攻邺郡；一路取黎阳，断袁兵归路。袁绍闻之，必然惊惶，分兵拒我。我乘其兵动时击之，绍可破也。”操用其计，使大小三军四远扬言。绍军闻此信，来寨中报说：“曹操分兵两路：一路取邺郡，一路取黎阳去也。”绍大惊，急遣袁谭分兵五万救邺郡，辛明分兵五万救黎阳，连夜起行。曹操探知袁绍兵动，便分大队军马，八路齐出，直冲绍营。袁军俱无斗志，四散奔走，遂大溃。袁绍披甲不迭，单衣幅巾[③]上马，幼子袁尚后随。张辽、许褚、徐晃、于禁四员将引军追赶袁绍。绍急渡河，尽弃图书、车仗、金帛，止引随行

① 微子去殷——事见《史记·殷本纪》：微子为商（殷）纣王之长兄，因其庶出，未能继承王位。因见纣王荒淫残暴，屡谏不听，为了避祸，便逃往西周。

② 韩信归汉——事见《史记·韩信列传》：韩信于秦末随项羽起兵，为郎中，不受重用。后归汉高祖刘邦，功劳卓著，曾任相国，先后封齐王、楚王。

③ 幅巾——即只用绢包裹头发之意。

八百馀骑而去。

操军追之不及，尽获遗下之物。所杀八万馀人，血流盈沟，溺水死者不计其数。操获全胜，将所得金宝缎匹，给赏军士。于图书中检出书信一束，皆许都及军中诸人与绍暗通之书。左右曰："可逐一点对姓名，收而杀之。"操曰："当绍之强，孤亦不能自保，况他人乎？"遂命尽焚之，更不再问。

却说袁绍兵败而奔，沮授因被囚禁，急走不脱，为曹军所获，擒见曹操。操素与授相识。授见操，大呼曰："授不降也。"操曰："本初无谋，不用君言，君何尚执迷耶？吾若早得足下，天下不足虑也。"因厚待之，留于军中。授乃于营中盗马，欲归袁氏。操怒，乃杀之。授至死神色不变。操叹曰："吾误杀忠义之士也。"命厚礼殡殓，为建坟，安葬于黄河渡口，题其墓曰"忠烈沮君之墓"。后人有诗赞曰：

河北多名士，忠贞推沮君。
凝眸知阵法，仰面识天文。
至死心如铁，临危气似云。
曹公钦义烈，特与建孤坟。

操下令攻冀州。正是：

势弱只因多算胜，兵强却为寡谋亡。

未知胜负如何，且看下文分解。

第三十一回

曹操仓亭破本初　玄德荆州依刘表

却说曹操乘袁绍之败，整顿军马，迤逦追袭。袁绍幅巾单衣，引八百馀骑，奔至黎阳北岸，大将蒋义渠出寨迎接。绍以前事诉与义渠，义渠乃招谕离散之众。众闻绍在，又皆蚁聚[①]，军势复振，议还冀州。军行之次，夜宿荒山。绍于帐中闻远远有哭声，遂私往听之。却是败军相聚，诉说丧兄失弟，弃伴亡亲之苦，各各捶胸大哭，皆曰："若听田丰之言，我等怎遭此祸？"绍大悔曰："吾不听田丰之言，兵败将亡，今回去，有何面目见之耶？"次日，上马正行间，逢纪引军来接。绍对逢纪曰："吾不听田丰之言，致有此败。吾今归去，羞见此人。"逢纪因谮曰："丰在狱中闻主公兵败，抚掌大笑曰：'果不出吾之料。'"袁绍大怒曰："竖儒[②]怎敢笑我？我必杀之。"遂命使者赍宝剑，先往冀州狱中杀田丰。

却说田丰在狱中，一日，狱吏来见丰曰："与别驾贺喜。"丰曰："何喜可贺？"狱吏曰："袁将军大败而回，君必见重矣。"丰笑曰："吾今死矣。"狱吏问曰："人皆为君喜，君何言死也？"丰曰："袁将军外宽而内忌，不念忠诚。若胜而喜，犹能赦我；今战败则羞，吾不望生矣。"狱吏未信。忽使者赍剑至，传袁绍命，欲取田丰之首，狱吏方惊。丰曰："吾固知必死也。"狱吏皆流泪。丰曰："大丈夫生于天地间，不识其主而事之，是无智也。今日受死，

① 蚁聚——比喻像蚂蚁般聚集。形容聚集者甚多。

② 竖儒——对儒生的鄙称。竖：即奴仆。故"竖儒"即贱儒。

夫何足惜！”乃自刎于狱中。后人有诗曰：

昨朝沮授军中失，今日田丰狱内亡。
河北栋梁皆折断，本初焉不丧家邦。

田丰既死，闻者皆为叹惜。

袁绍回冀州，心烦意乱，不理政事。其妻刘氏劝立后嗣。绍所生三子：长子袁谭，字显思，出守青州；次子袁熙，字显奕，出守幽州；三子袁尚，字显甫，是绍后妻刘氏所出，生得形貌俊伟，绍甚爱之，因此留在身边。自官渡兵败之后，刘氏劝立尚为后嗣，绍乃与审配、逢纪、辛评、郭图四人商议。原来审、逢二人向辅袁尚，辛、郭二人向辅袁谭，四人各为其主。当下袁绍谓四人曰：“今外患未息，内事不可不早定。吾将议立后嗣：长子谭，为人性刚好杀；次子熙，为人柔懦难成；三子尚，有英雄之表，礼贤敬士，吾欲立之。公等之意若何？”郭图曰：“三子之中，谭为长，今又居外。主公若废长立幼，此乱萌也。今军威稍挫，敌兵压境，岂可复使父子兄弟自相争乱耶？主公且理会拒敌之策，立嗣之事，毋容多议。”袁绍踌躇未决。

忽报袁熙引兵六万，自幽州来；袁谭引兵五万，自青州来；外甥高干亦引兵五万，自并州来：各至冀州助战。绍喜，再整人马，来战曹操。

时操引得胜之兵，陈列于河上[①]，有土人箪食壶浆[②]以迎之。操见父老数人，须发尽白，乃命入帐中赐坐，问之曰：“老丈多少年纪？”答曰：“皆近百岁矣。”操曰：“吾军士惊扰汝乡，吾甚不安。”父老曰：“桓帝时，有黄星[③]现于楚、宋之分，辽东人殷馗善

① 河上——指黄河岸上。

② 箪（dān）食壶浆——典出《孟子·梁惠王下》：“以万乘之国伐万乘之国，箪食壶浆，以迎王师。”后遂为百姓犒劳军队的典故。箪：竹编盛饭器具。浆：指汤水或酒。

③ 黄星——即土星。古人以为土星出现是吉祥的预兆。

晓天文，夜宿于此，对老汉等言：‘黄星现于乾象[①]，正照此间，后五十年当有真人[②]起于梁、沛之间。’今以年计之，整整五十年。袁本初重敛[③]于民，民皆怨之。丞相兴仁义之兵，吊民伐罪[④]，官渡一战，破袁绍百万之众，正应当时殷馗之言，兆民[⑤]可望太平矣。”操笑曰：“何敢当老丈所言？”遂取酒食、绢帛赐老人而遣之。号令三军：“如有下乡杀人家鸡犬者，如杀人之罪。”于是军民震服，操亦心中暗喜。

人报袁绍聚四州之兵，得二三十万，前至仓亭下寨。操提兵前进，下寨已定。次日，两军相对，各布成阵势。操引诸将出阵，绍亦引三子一甥及文官武将出到阵前。操曰：“本初计穷力尽，何尚不思投降？直待刀临项上，悔无及矣。”绍大怒，回顾众将曰：“谁敢出马？”袁尚欲于父前逞能，便舞双刀，飞马出阵，来往奔驰。操指问众将曰：“此何人？”有识者答曰：“此袁绍三子袁尚也。”言未毕，一将挺枪早出。操视之，乃徐晃部将史涣也。两骑相交，不三合，尚拨马刺斜而走。史涣赶来，袁尚拈弓搭箭，翻身背射，正中史涣左目，坠马而死。袁绍见子得胜，挥鞭一指，大队人马拥将过来混战，大杀一场，各鸣金收军还寨。

操与诸将商议破绍之策。程昱献“十面埋伏”之计，劝操退军于河上，伏兵十队，诱绍追至河上，我军无退路，必将死战，可胜绍矣。操然其计，左右各分五队。左：一队夏侯惇，二队张辽，三队李典，四队乐进，五队夏侯渊；右：一队曹洪，二队张郃，三队徐晃，四队于禁，五队高览。中军许褚为先锋。

次日，十队先进，埋伏左右已定。至半夜，操令许褚引兵前

① 乾象——即天象，也就是星宿的运行变化。乾：天。
② 真人——即所谓“真命天子”。
③ 重敛——即以沉重的税收等办法向百姓搜刮。
④ 吊民伐罪——为了抚慰受害的百姓，讨伐有罪之人。
⑤ 兆民——即百姓。兆：众多之意。

进，伪作劫寨之势。袁绍五寨人马，一齐俱起。许褚回军便走。袁绍引军赶来，喊声不绝。比及天明，赶至河上，曹军无去路。操大呼曰："前无去路，诸军何不死战？"众军回身奋力向前。许褚飞马当先，力斩十数将，袁军大乱。袁绍退军急回，背后曹军赶来。正行间，一声鼓响，左边夏侯渊，右边高览，两军冲出。袁绍聚三子一甥，死冲血路奔走。又行不到十里，左边乐进，右边于禁杀出，杀得袁军尸横遍野，血流成渠。又行不到数里，左边李典，右边徐晃，两军截杀一阵。袁绍父子胆丧心惊，奔入旧寨，令三军造饭。方欲待食，左边张辽，右边张郃，径来冲寨。绍慌上马，前奔仓亭，人马困乏。欲待歇息，后面曹操大军赶来，袁绍舍命而走。正行之间，右边曹洪，左边夏侯惇，挡住去路。绍大呼曰："若不决死战，必为所擒矣！"奋力冲突，得脱重围。

袁熙、高干皆被箭伤，军马死亡殆尽。绍抱三子痛哭一场，不觉昏倒。众人急救，绍口吐鲜血不止，叹曰："吾自历战数十场，不意今日狼狈至此，此天丧吾也！汝等各回本州，誓与曹贼一决雌雄。"便教辛评、郭图火急随袁谭前往青州整顿，恐曹操犯境；令袁熙仍回幽州，高干仍回并州：各去收拾人马，以备调用。袁绍引袁尚等入冀州养病，令尚与审配、逢纪暂掌军事。

却说曹操自仓亭大胜，重赏三军。令人探察冀州虚实。细作回报："绍卧病在床，袁尚、审配紧守城池，袁谭、袁熙、高干皆回本州。"众皆劝操急攻之，操曰："冀州粮食极广，审配又有机谋[①]，未可急拔。现今禾稼在田，恐废民业[②]，姑待秋成后取之未晚。"正议间，忽荀彧有书到，报说："刘备在汝南得刘辟、龚都数万之众，闻丞相提军出征河北，乃令刘辟守汝南，备亲自引兵，

---

① 机谋——计谋，计策，谋略。

② 民业——民众从事的事业。这里指收割庄稼。

乘虚来攻许昌。丞相可速回军御之。”操大惊，留曹洪屯兵河上，虚张声势。操自提大兵，往汝南来迎刘备。

却说玄德与关、张、赵云等引兵欲袭许都，行近穰山地面，正遇曹兵杀来，玄德便于穰山下寨。军分三队：云长屯兵于东南角上，张飞屯兵于西南角上，玄德与赵云于正南立寨。曹操兵至，玄德鼓噪而出。操布成阵势，叫玄德打话。玄德出马于门旗下，操以鞭指骂曰："吾待汝为上宾，汝何背义忘恩？"玄德曰："汝托名汉相，实为国贼。吾乃汉室宗亲，奉天子密诏，来讨反贼。"遂于马上朗诵衣带诏。操大怒，教许褚出战；玄德背后赵云挺枪出马。二将相交三十合，不分胜负。忽然喊声大震，东南角上云长冲突而来，西南角上张飞引军冲突而来，三处一齐掩杀。曹军远来疲困，不能抵当，大败而走。玄德得胜回营。

次日，又使赵云搦战，操兵旬日不出。玄德再使张飞搦战，操兵亦不出。玄德愈疑。忽报龚都运粮至，被曹军围住，玄德急令张飞去救。忽又报夏侯惇引军抄背后径取汝南，玄德大惊曰："若如此，吾前后受敌，无所归矣！"急遣云长救之。两军皆去。

不一日，飞马来报夏侯惇已打破汝南，刘辟弃城而走，云长现今被围。玄德大惊。又报张飞去救龚都，也被围住了。玄德急欲回兵，又恐操兵后袭。忽报寨外许褚搦战，玄德不敢出战。候至天黑，教军士饱餐，步军先起，马军后随，寨中虚传更点。玄德等离寨约行数里，转过土山，火把齐明，山头上大呼曰："休教走了刘备！丞相在此专等。"玄德慌寻走路。赵云曰："主公勿忧，但跟某来。"赵云挺枪跃马，杀开条路，玄德掣双股剑后随。正战间，许褚追至，与赵云力战。背后于禁、李典又到。玄德见势危，落荒而走。听得背后喊声渐远，玄德望深山僻路，单马逃生。

捱到天明，侧首一彪军冲出。玄德大惊，视之，乃刘辟引败军千馀骑，护送玄德家小前来，孙乾、简雍、糜芳亦至，诉说："夏侯惇军势甚锐，因此弃城而走。曹兵赶来，幸得云长当住，因此得脱。”玄德曰:“不知云长今在何处?”刘辟曰:“将军且行,却再理会。”

行到数里,一棒鼓响,前面拥出一彪人马。当先大将,乃是张郃,大叫:“刘备快下马受降!”玄德方欲退后,只见山头上红旗磨动[①],一军从山坞内拥出,为首大将乃高览也。玄德两头无路,仰天大呼曰:“天何使我受此窘极耶?事势至此,不如就死。”欲拔剑自刎。刘辟急止之曰:“容某死战,夺路救君。”言讫,便来与高览交锋,战不三合,被高览一刀砍于马下。

玄德正慌,方欲自战,高览后军忽然自乱,一将冲阵而来,枪起处,高览翻身落马。视之,乃赵云也。玄德大喜。云纵马挺枪,杀散后队,又来前军独战张郃。郃与云战三十馀合,拨马败走。云乘势冲杀,却被郃兵守住山隘,路窄不得出。正夺路间,只见云长、关平、周仓引三百军到,两下相攻,杀退张郃。各出隘口,占住山险下寨。

玄德使云长寻觅张飞。原来张飞去救龚都,龚都已被夏侯渊所杀。飞奋力杀退夏侯渊,迤逦赶去,却被乐进引军围住。云长路逢败军,寻踪而去,杀退乐进,与飞同回见玄德。人报曹军大队赶来,玄德教孙乾等保护老小先行。玄德与关、张、赵云在后,且战且走。操见玄德去远,收军不赶。

玄德败军不满一千,狼狈而奔。前至一江,唤土人问之,乃汉江也。玄德权且安营。土人知是玄德,奉献羊酒,乃聚饮于沙滩之上。玄德叹曰:“诸君皆有王佐之才,不幸跟随刘备,备之命窘,累及诸君。今日身无立锥[②],诚恐有误诸君,君等何不弃备而投明主,以取功名乎?”众皆掩面而哭。云长曰:“兄言差矣。昔日高祖与项羽争天下,数败于羽,后九里山一战成功,而开四百

① 磨动——即挥动,摇动。

② 身无立锥——形容没有容身之地。立锥:“立锥之地”的省略。即仅能立一个锥子的地方,比喻地方极小。

年基业。胜负兵家之常，何可自隳[1]其志？”孙乾曰：“成败有时，不可丧志。此离荆州不远，刘景升坐镇九郡，兵强粮足，更且与公皆汉室宗亲，何不往投之？”玄德曰：“但恐不容耳。”乾曰：“某愿先往说之，使景升出境而迎主公。”玄德大喜，便令孙乾星夜往荆州。

到郡，入见刘表。礼毕，刘表问曰：“公从玄德，何故至此？”乾曰：“刘使君天下英雄，虽兵微将寡，而志欲匡扶社稷。汝南刘辟、龚都素无亲故，亦以死报之。明公与使君同为汉室之胄，今使君新败，欲往江东投孙仲谋，乾僭言[2]曰：‘不可背亲而向疏。荆州刘将军礼贤下士，士归之如水之投东[3]，何况同宗乎？’因此使君特使乾先来拜白，惟明公命之。”表大喜曰：“玄德，吾弟也，久欲相会，而不可得。今肯惠顾，实为幸甚。”蔡瑁谮曰：“不可。刘备先从吕布，后事曹操，近投袁绍，皆不克终，足可见其为人。今若纳之，曹操必加兵于我，枉动干戈。不如斩孙乾之首，以献曹操，操必重待主公也。”孙乾正色曰：“乾非惧死之人也。刘使君忠心为国，非曹操、袁绍、吕布等比。前此相从，不得已也。今闻刘将军汉朝苗裔，谊切同宗，故千里相投。尔何献谗而妒贤如此耶？”刘表闻言，乃叱蔡瑁曰：“吾主意已定，汝勿多言。”蔡瑁惭恨而出。刘表遂命孙乾先往报玄德，一面亲自出郭三十里迎接。玄德见表，执礼甚恭。表亦相待甚厚。玄德引关、张等拜见刘表。表遂与玄德等同入荆州，分拨院宅居住。

却说曹操探知玄德已往荆州投奔刘表，便欲引兵攻之。程昱曰：“袁绍未除，而遽攻荆襄，倘袁绍从北而起，胜负未可知矣。不如还兵许都，养军蓄锐，待来年春暖，然后引兵先破袁绍，后

---

① 隳（huī）——义同“惰”。即懈怠之意。

② 僭言——谦词。即越分妄言，冒昧插话。

③ 投东——向东。

取荆襄，南北之利，一举可收也。”操然其言，遂提兵回许都。

至建安七年春正月，操复商议兴兵。先差夏侯惇、满宠镇守汝南，以拒刘表；留曹仁、荀彧守许都；亲统大军前赴官渡屯扎。

且说袁绍自旧岁感冒[①]吐血症候，今方稍愈，商议欲攻许都。审配谏曰：“旧岁官渡、仓亭之败，军心未振，尚当深沟高垒，以养军民之力。”正议间，忽报曹操进兵官渡，来攻冀州。绍曰：“若候兵临城下，将至壕边，然后拒敌，事已迟矣。吾当自领大军出迎。”袁尚曰：“父亲病体未痊，不可远征。儿愿提兵前去迎敌。”绍许之，遂使人往青州取袁谭，幽州取袁熙，并州取高干，四路同破曹操。正是：

才向汝南鸣战鼓，又从冀北动征鼙。

未知胜负如何，且听下文分解。

① 感冒——这里是因受精神刺激而患病之意。感：感受精神刺激。冒：犯病之意。

第三十二回

夺冀州袁尚争锋　决漳河许攸献计

却说袁尚自斩史涣之后，自负其勇，不待袁谭等兵至，自引兵数万出黎阳，与曹军前队相迎。张辽当先出马，袁尚挺枪来战，不三合，架隔遮拦不住，大败而走。张辽乘势掩杀，袁尚不能主张[①]，急急引军奔回冀州。袁绍闻袁尚败回，又受了一惊，旧病复发，吐血数斗，昏倒在地。刘夫人慌救入卧内，病势渐危。刘夫人急请审配、逢纪，直至袁绍榻前，商议后事。绍但以手指而不能言。刘夫人曰："尚可继后嗣否？"绍点头。审配便就榻前写了遗嘱。绍翻身大叫一声，又吐血斗馀而死。后人有诗曰：

累世公卿立大名，少年意气自纵横。
空招俊杰三千客，漫有英雄百万兵。
羊质虎皮功不就，凤毛鸡胆事难成。
更怜一种伤心处，家难徒延两弟兄。

袁绍既死，审配等主持丧事。刘夫人便将袁绍所爱宠妾五人尽行杀害；又恐其阴魂于九泉之下再与绍相见，乃髡[②]其发，刺[③]其面，毁其尸：其妒恶如此。袁尚恐宠妾家属为害，并收而杀之。审配、逢纪立袁尚为大司马将军，领冀、青、幽、并四州牧，遣使报丧。

此时袁谭已发兵离青州，知父死，便与郭图、辛评商议。图

① 主张——支持，支撑。
② 髡（kūn）——古代刑罚之一。即剃光头发。
③ 刺——古代刑罚之一。即在脸上刺字，以为耻辱的标志。

曰："主公不在冀州，审配、逢纪必立显甫为主矣，当速行。"辛评曰："审、逢二人必预定机谋，今若速往，必遭其祸。"袁谭曰："若此当何如？"郭图曰："可屯兵城外，观其动静。某当亲往察之。"谭依言。郭图遂入冀州，见袁尚。礼毕，尚问："兄何不至？"图曰："因抱病在军中，不能相见。"尚曰："吾受父亲遗命，立我为主，加兄为车骑将军。目下曹军压境，请兄为前部，吾随后便调兵接应也。"图曰："军中无人商议良策，愿乞审正南、逢元图二人为辅。"尚曰："吾亦欲仗此二人早晚画策，如何离得？"图曰："然则于二人内遣一人去，何如？"尚不得已，乃令二人拈阄，拈着者便去。逢纪拈着，尚即命逢纪赍印绶，同郭图赴袁谭军中。纪随图至谭军，见谭无病，心中不安，献上印绶。谭大怒，欲斩逢纪。郭图密谏曰："今曹军压境，且只款留逢纪在此，以安尚心。待破曹之后，却来争冀州不迟。"

谭从其言，即时拔寨起行，前至黎阳，与曹军相抵。谭遣大将汪昭出战，操遣徐晃迎敌。二将战不数合，徐晃一刀斩汪昭于马下。曹军乘势掩杀，谭军大败。谭收败军入黎阳，遣人求救于尚。尚与审配计议，只发兵五千馀人相助。曹操探知救军已到，遣乐进、李典引兵于半路接着，两头围住尽杀之。袁谭知尚止拨兵五千，又被半路坑杀，大怒，乃唤逢纪责骂。纪曰："容某作书致主公，求其亲自来救。"谭即令纪作书，遣人到冀州致袁尚。尚与审配共议，配曰："郭图多谋，前次不争而去者，为曹军在境也。今若破曹，必来争冀州矣。不如不发救兵，借操之力以除之。"尚从其言，不肯发兵。使者回报，谭大怒，立斩逢纪，议欲降曹。早有细作密报袁尚。尚与审配议曰："使谭降曹，并力来攻，则冀州危矣。"乃留审配并大将苏由固守冀州，自领大军来黎阳救谭。尚问军中谁敢为前部，大将吕旷、吕翔兄弟二人愿去。尚点兵三万，使为先锋，先至黎阳。谭闻尚自来，大喜，遂罢降曹之议。谭屯兵城中，尚屯兵城外，为掎角之势。不一日，袁熙、高干皆领军到城外，屯兵三处，每日出兵与操相持。尚屡败，操兵屡胜。

至建安八年春二月，操分路攻打，袁谭、袁熙、袁尚、高干皆大败，弃黎阳而走。操引兵追至冀州。谭与尚入城坚守；熙与干离城三十里下寨，虚张声势。操兵连日攻打不下。郭嘉进曰："袁氏废长立幼，而兄弟之间权力相并，各自树党，急之则相救，缓之则相争。不如举兵南向荆州，征讨刘表，以候袁氏兄弟之变；变成而后击之，可一举而定也。"操善其言，命贾诩为太守，守黎阳；曹洪引兵守官渡。操引大军向荆州进兵。

谭、尚听知曹军自退，遂相庆贺。袁熙、高干各自辞去。袁谭与郭图、辛评议曰："我为长子，反不能承父业；尚乃继母所生，反承大爵：心实不甘。"图曰："主公可勒兵城外，只做请显甫、审配饮酒，伏刀斧手杀之，大事定矣。"谭从其言。适别驾王修自青州来，谭将此计告之。修曰："兄弟者，左右手也。今与他人争斗，断其右手，而曰我必胜，安可得乎？夫弃兄弟而不亲，天下其谁亲之？彼谗人离间骨肉，以求一朝之利，愿塞耳勿听也。"谭怒，叱退王修，使人去请袁尚。

尚与审配商议，配曰："此必郭图之计也，主公若往，必遭奸计。不如乘势攻之。"袁尚依言，便披挂上马，引兵五万出城。袁谭见袁尚引军来，情知事泄，亦即披挂上马，与尚交锋。尚见谭大骂。谭亦骂曰："汝药死父亲，篡夺爵位，今又来杀兄耶？"二人亲自交锋，袁谭大败。尚亲冒矢石，冲突掩杀。谭引败军奔平原，尚收兵还。

袁谭与郭图再议进兵，令岑璧为将，领兵前来；尚自引兵出冀州。两阵对圆，旗鼓相望。璧出骂阵。尚欲自战，大将吕旷拍马舞刀，来战岑璧。二将战无数合，旷斩岑璧于马下。谭兵又败，再奔平原。审配劝尚进兵，追至平原。谭抵当不住，退入平原，坚守不出。尚三面围城攻打。谭与郭图计议，图曰："今城中粮少，彼军方锐，势不相敌。愚意可遣人投降曹操，使操将兵攻冀州，尚必还救，将军引兵夹击之，尚可擒矣。若操击破尚军，我因而敛其军实以拒操。操军远来，粮食不继，必自退去。我可以仍据冀州，以图进取也。”谭从其言，问曰：“何人可为使？”图曰：“辛评之弟辛毗，字佐治，现为平原令。此人乃能言之士，可命为使。”谭即召辛毗，毗欣然而至。谭修书付毗，使三千军送毗出境。毗星夜赍书，往见曹操。

时操屯军西平伐刘表，表遣玄德引兵为前部以迎之，未及交锋，辛毗到操寨。见操礼毕，操问其来意，毗具言袁谭相求之意，呈上书信。操看书毕，留辛毗于寨中，聚文武计议。程昱曰：“袁谭被袁尚攻击太急，不得已而来降，不可准信。”吕虔、满宠亦曰：“丞相既引兵至此，安可复舍表而助谭？”荀攸曰：“三公之言未善。以愚意度之，天下方有事，而刘表坐保江、汉之间，不敢展足[①]，其无四方之志可知矣。袁氏据四州之地，带甲数十万，若二子和睦，共守成业，天下事未可知也。今乘其兄弟相攻，势穷而投我，我提兵先除袁尚，后观其变，并灭袁谭，天下定矣。此机会不可失也。”

操大喜，便邀辛毗饮酒，谓之曰：“袁谭之降，真耶诈耶？袁尚之兵，果可必胜耶？”毗对曰：“明公勿问真与诈也，只论其势可耳。袁氏连年丧败，兵革疲于外，谋臣诛于内；兄弟谗隙[②]，国分为二；加之饥馑并臻，天灾人困：无问智愚，皆知土崩瓦解，此乃天灭袁氏之时也。今明公提兵攻邺，袁尚不还救，则失巢穴；若还救，则谭踵袭其后。以明公之威，击疲惫之众，如迅风之扫秋叶也。不此之图，而伐荆州。荆州丰乐之地，国和民顺，未可摇动。况四方之患，莫大于河北，河北既平，则霸业成矣。愿明公详之。”操大喜曰：“恨与辛佐治相见之晚也。”即日督军，还取冀

① 展足——本义为伸开双足，引申为扩展地盘。

② 谗隙——因互相诽谤而仇恨。

州。玄德恐操有谋，不敢追袭，引兵自回荆州。

却说袁尚知曹军渡河，急急引军还邺，命吕旷、吕翔断后。袁谭见尚退军，乃大起平原军马，随后赶来。行不到数十里，一声炮响，两军齐出：左边吕旷，右边吕翔，兄弟二人截住袁谭。谭勒马告二将曰："吾父在日，吾并未慢待二将军，今何从吾弟而见逼耶？"二将闻言，乃下马降谭。谭曰："勿降我，可降曹丞相。"二将因随谭归营。

谭候操军至，引二将见操。操大喜，以女许谭为妻，即令吕旷、吕翔为媒。谭请操攻取冀州，操曰："方今粮草不接，搬运劳苦。我济河[①]，遏淇水，入白沟，以通粮道，然后进兵。"令谭且居平原。操引军退屯黎阳，封吕旷、吕翔为列侯，随军听用。

郭图谓袁谭曰："曹操以女许婚，恐非真意。今又封赏吕旷、吕翔，带去军中，此乃牢笼河北人心，后必终为我祸。主公可刻将军印二颗，暗使人送与二吕，令作内应。待操破了袁尚，可乘便图之。"谭依言，遂刻将军印二颗，暗送与二吕。二吕受讫，径将印来禀曹操。操大笑曰："谭暗送印者，欲汝等为内助，待我破袁尚之后，就中取事耳。汝等且权受之，我自有主张。"自此曹操便有杀谭之心。

且说袁尚与审配商议："今曹兵运粮入白沟，必来攻冀州，如之奈何？"配曰："可发檄，使武安长尹楷屯毛城，通上党运粮道；令沮授之子沮鹄守邯郸，遥为声援。主公可进兵平原，急攻袁谭，先绝袁谭，然后破曹。"袁尚大喜，留审配与陈琳守冀州，使马延、张觊二将为先锋，连夜起兵攻打平原。

谭知尚兵来近，告急于操。操曰："吾今番必得冀州矣。"正说间，适许攸自许昌来，闻尚又攻谭，入见操曰："丞相坐守于此，岂欲待天雷击杀二袁乎？"操笑曰："吾已料定矣。"遂令曹洪先进

---

① 济河——渡过黄河。济：作动词用，义同"渡"。河：黄河的简称。

兵攻邺，操自引一军来攻尹楷。兵临本境，楷引军来迎。楷出马，操曰："许仲康安在？"许褚应声而出，纵马直取尹楷。楷措手不及，被许褚一刀斩于马下。馀众奔溃，操尽招降之，即勒兵取邯郸。沮鹄进兵来迎；张辽出马，与鹄交锋。战不三合，鹄大败，辽从后追赶。两马相离不远，辽急取弓射之，应弦落马。操指挥军马掩杀，众皆奔散。于是操引大军前抵冀州，曹洪已近城下。操令三军绕城筑起土山，又暗掘地道以攻之。审配设计坚守，法令甚严。东门守将冯礼因酒醉，有误巡警，配痛责之。冯礼怀恨，潜地出城降操。操问破城之策，礼曰："突门[①]内土厚，可掘地道而入。"操便命冯礼引三百壮士，夤夜掘地道而入。

却说审配自冯礼出降之后，每夜亲自登城点视军马。当夜在突门阁上，望见城外无灯火。配曰："冯礼必引兵从地道而入也。"急唤精兵运石，击突闸门，门闭，冯礼及三百壮士皆死于土内。操折了这一场，遂罢地道之计，退军于洹水之上，以候袁尚回兵。

袁尚攻平原，闻曹操已破尹楷、沮鹄，大军围困冀州，乃掣[②]兵回救。部将马延曰："从大路去，曹操必有伏兵。可取小路，从西山出滏水口，去劫曹营，必解围也。"尚从其言，自领大军先行，令马延与张颢断后。早有细作去报曹操。操曰："彼若从大路上来，吾当避之；若从西山小路而来，一战可擒也。吾料袁尚必举火为号，令城中接应。吾可分兵击之。"于是分拨已定。

却说袁尚出滏水界口，东至阳平，屯军阳平亭，离冀州十七里，一边靠着滏水。尚令军士堆积柴薪干草，至夜焚烧为号。遣主簿李孚扮作曹军都督，直至城下，大叫："开门！"审配认得是李孚声音，放入城中，说："袁尚已陈兵在阳平亭，等候接应。若城中兵出，亦举火为号。"配教城中堆草放火，以通音信。孚曰：

---

① 突门——古代正式城门以外的秘密出口，每一百步置一门，为守城或出击的重要设备。

② 掣——引，领，率。

“城中无粮，可发老弱残兵并妇人出降，彼必不为备，我即以兵继百姓之后出攻之。”配从其论。

次日，城上竖起白旗，上写“冀州百姓投降”。操曰：“此是城中无粮，教老弱百姓出降，后必有兵出也。”操教张辽、徐晃各引三千军马，伏于两边。操自乘马，张麾盖[①]，至城下，果见城门开处，百姓扶老携幼，手持白旗而出。百姓才出尽，城中兵突出。操教将红旗一招，张辽、徐晃两路兵齐出乱杀。城中兵只得复回。操自飞马赶来，到吊桥边，城中弩箭如雨，射中操盔，险透其顶。众将急救回阵。操更衣换马，引众将来攻尚寨；尚自迎敌。时各路军马一齐杀至，两军混战，袁尚大败。尚引败兵退往西山下寨，令人催取马延、张颉军来，不知曹操已使吕旷、吕翔去招安二将。二将随二吕来降，操亦封为列侯。即日进兵攻打西山，先使二吕、马延、张颉截断袁尚粮道。尚情知西山守不住，夜走滥口。安营未定，四下火光并起，伏兵齐出。人不及甲，马不及鞍，尚军大溃，退走五十里。势穷力极，只得遣豫州刺史阴夔至操营请降。操佯许之，却连夜使张辽、徐晃去劫寨。尚尽弃印绶、节钺、衣甲、辎重，望中山而逃。

操回军攻冀州，许攸献计曰：“何不决漳河之水以淹之？”操然其计，先差军于城外掘壕堑，周围四十里。审配在城上见操军在城外掘堑，却掘得甚浅。配暗笑曰：“此欲决漳河之水以灌城耳。壕深可灌，如此之浅，有何用哉？”遂不为备。当夜曹操添十倍军士，并力发掘，比及[②]天明，广深二丈。引漳水灌之，城中水深数尺，更兼粮绝，军士皆饿死。辛毗在城外用枪挑袁尚印绶、衣服，招安城内之人。审配大怒，将辛毗家属老小八十馀口，就于城上斩之，将头掷下。辛毗号哭不已。审配之侄审荣素与辛毗相

① 麾盖——将帅用的旌旗和伞盖。
② 比及——等到，及至。

厚，见辛毗家属被害，心中怀忿，乃密写献门之书，拴于箭上，射下城来。军士拾献辛毗，毗将书献操。操先下令：如入冀州，休得杀害袁氏一门老小，军民降者免死。

次日天明，审荣大开西门，放曹兵入。辛毗跃马先入，军将随后，杀入冀州。审配在东南城楼上，见操军已入城中，引数骑下城死战，正迎徐晃交马，徐晃生擒审配，绑出城来。路逢辛毗，毗咬牙切齿，以鞭鞭配首曰："贼杀才，今日死矣！"配大骂："辛毗贼徒，引曹操破我冀州，我恨不杀汝也！"

徐晃解配见操，操曰："汝知献门接我者乎？"配曰："不知。"操曰："此汝侄审荣所献也。"配怒曰："小儿不行[①]，乃至于此！"操曰："昨孤至城下，何城中弩箭之多耶？"配曰："恨少，恨少！"操曰："卿忠于袁氏，不容不如此。今肯降吾否？"配曰："不降，不降！"辛毗哭拜于地曰："家属八十馀口，尽遭此贼杀害。愿丞相戮之，以雪此恨！"配曰："吾生为袁氏臣，死为袁氏鬼，不似汝辈谗谄阿谀[②]之贼！可速斩我。"操教牵出。临受刑，叱行刑者曰："吾主在北，不可使我面南而死。"乃向北跪，引颈就刃。后人有诗叹曰：

河北多名士，谁如审正南！
命因昏主丧，心与古人参。
忠直言无隐，廉能志不贪。
临亡犹北面，降者尽羞惭。

审配既死，操怜其忠义，命葬于城北。

众将请曹操入城。操方欲起行，只见刀斧手拥一人至，操视之，乃陈琳也。操谓之曰："汝前为本初作檄，但罪状孤[③]可也，

---

① 不行——即无行，也就是品行恶劣。

② 谗谄阿谀——在主子面前进谗诬陷异己，并对主子溜须拍马。

③ 罪状孤——倒装句，当理解为"状孤罪"。即陈述我的罪。状：作动词用，即陈述、表述之意。孤：古代诸侯郡王的自称。

何乃辱及祖、父耶？”琳答曰：“箭在弦上，不得不发耳。”左右劝操杀之，操怜其才，乃赦之，命为从事。

却说操长子曹丕，字子桓，时年十八岁。丕初生时，有云气一片，其色青紫，圆如车盖，覆于其室，终日不散。有望气者密谓操曰：“此天子气也，令嗣[①]贵不可言。”丕八岁能属文[②]，有逸才，博古通今，善骑射，好击剑。时操破冀州，丕随父在军中，先领随身军，径投袁绍家，下马拔剑而入。有一将当之曰：“丞相有命，诸人不许入绍府。”丕叱退，提剑入后堂，见两个妇人相抱而哭，丕向前欲杀之。正是：

四世公侯已成梦，一家骨肉又遭殃。

未知性命如何，且听下文分解。

---

① 令嗣——对他人儿子的美称。意为德才兼备的儿子。

② 属（zhǔ）文——写文章，作文。属：撰写。

第三十三回

曹丕乘乱纳甄氏　郭嘉遗计定辽东

却说曹丕见二妇人啼哭，拔剑欲斩之。忽见红光满目，遂按剑而问曰："汝何人也？"一妇人告曰："妾乃袁将军之妻刘氏也。"丕曰："此女何人？"刘氏曰："此次男袁熙之妻甄氏也。因熙出镇幽州，甄氏不肯远行，故留于此。"丕拖此女近前，见披发垢面。丕以衫袖拭其面而观之，见甄氏玉肌花貌，有倾国之色。遂对刘氏曰："吾乃曹丞相之子也，愿保汝家，汝勿忧虑。"遂按剑坐于堂上。

却说曹操统领众将入冀州城，将入城门，许攸纵马近前，以鞭指城门而呼操曰："阿瞒，汝不得我，安得入此门？"操大笑。众将闻言，俱怀不平。操至绍府门下，问曰："谁曾入此门来？"守将对曰："世子[①]在内。"操唤出责之。刘氏出拜曰："非世子不能保全妾家，愿献甄氏为世子执箕帚[②]。"操教唤出甄氏拜于前，操视之曰："真吾儿妇也。"遂令曹丕纳之。

操既定冀州，亲往袁绍墓下设祭，再拜而哭甚哀，顾谓众官曰："昔日吾与本初共起兵时，本初问吾曰：'若事不辑[③]，方面[④]何所可据？'吾问之曰：'足下意欲若何？'本初曰：'吾南据河，北阻燕、代，兼沙漠之众，南向以争天下，庶可以济乎？'吾答

---

① 世子——指帝王或诸侯王的嫡长子。因其可以世代继承帝位或爵位，故称。

② 执箕帚——谦词。本义为拿着簸箕、扫帚从事洒扫等家务活，引申为做妻妾。

③ 不辑——不成功。

④ 方面——执掌一个较大地区军政大权的长官。这里借作对人的敬称。

曰：‘吾任天下之智力[①]，以道御之[②]，无所不可。’此言如昨，而今本初已丧，吾不能不为流涕也。”众皆叹息。操以金帛、粮米赐绍妻刘氏。乃下令曰：“河北居民遭兵革之难，尽免今年租赋。”一面写表申朝，操自领冀州牧。

一日，许褚走马入东门，正迎许攸。攸唤褚曰：“汝等无我，安能出入此门乎？”褚怒曰：“吾等千生万死，身冒血战，夺得城池，汝安敢夸口？”攸骂曰：“汝等皆匹夫耳，何足道哉！”褚大怒，拔剑杀攸，提头来见曹操，说许攸如此无礼，“某杀之矣。”操曰：“子远与吾旧交，故相戏耳，何故杀之？”深责许褚，令厚葬许攸。乃令人遍访冀州贤士。冀民曰：“骑都尉崔琰，字季珪，清河东武城人也。数曾献计于袁绍，绍不从，因此托疾在家。”操即召琰为本州别驾从事，因谓曰：“昨按本州户籍，共计三十万众，可谓大州。”琰曰：“今天下分崩，九州幅裂，二袁兄弟相争，冀民暴骨原野，丞相不急存问风俗，救其涂炭，而先计校[③]户籍，岂本州士女所望于明公哉？”操闻言，改容谢之，待为上宾。

操已定冀州，使人探袁谭消息。时谭引兵劫掠甘陵、安平、渤海、河间等处，闻袁尚败走中山，乃统军攻之。尚无心战斗，径奔幽州投袁熙。谭尽降其众，欲复图冀州。操使人召之，谭不至。操大怒，驰书绝其婚，自统大军征之，直抵平原。谭闻操自统军来，遣人求救于刘表。

表请玄德商议，玄德曰：“今操已破冀州，兵势正盛，袁氏兄弟不久必为操擒，救之无益；况操常有窥荆襄之意，我只养兵自守，未可妄动。”表曰：“然则何以谢[④]之？”玄德曰：“可作书与袁

---

① 智力——指有智慧的人，即杰出人才。

② 以道御之——即用道义来使用天下杰出人才。道：道义，道德，道理。御：驾御，使用。之：代词，代指天下杰出人才。

③ 计校——通“计较”。这里是计算、核算之意。

④ 谢——谢绝，婉言拒绝。

氏兄弟，以和解为名，婉词谢之。”表然其言，先遣人以书遗谭。书略曰：

君子违难，不适仇国。日前闻君屈膝降曹，则是忘先人之仇，弃手足之谊，而遗同盟之耻矣。若冀州不弟，当降心相从。待事定之后，使天下平其曲直，不亦高义耶？

又与袁尚书曰：

青州天性峭急，迷于曲直。君当先除曹操，以卒先公之恨。事定之后，乃计曲直，不亦善乎？若迷而不返，则是韩卢、东郭自困于前，而遗田父之获也。

谭得表书，知表无发兵之意，又自料不能敌操，遂弃平原，走保南皮。曹操追至南皮，时天气寒肃，河道尽冻，粮船不能行动。操令本处百姓敲冰拽船，百姓闻令而逃。操大怒，欲捕斩之。百姓闻得，乃亲往营中投首。操曰：“若不杀汝等，则吾号令不行；若杀汝等，吾又不忍。汝等快往山中藏避，休被我军士擒获。”百姓皆垂泪而去。

袁谭引兵出城，与曹军相敌。两阵对圆，操出马，以鞭指谭而骂曰：“吾厚待汝，汝何生异心？”谭曰：“汝犯吾境界，夺吾城池，赖吾妻子，反说我有异心耶？”操大怒，使徐晃出马；谭使彭安接战。两马相交，不数合，晃斩彭安于马下。谭军败走，退入南皮。操遣军四面围住。谭着慌，使辛评见操约降。操曰：“袁谭小子，反覆无常，吾难准信。汝弟辛毗，吾已重用，汝亦留此可也。”评曰：“丞相差矣。某闻主贵臣荣，主忧臣辱。某久事袁氏，岂可背之？”操知其不可留，乃遣回。评回见谭，言操不准投降。谭叱曰：“汝弟现事曹操，汝怀二心耶？”评闻言，气满填胸，昏绝于地。谭令扶出，须臾而死。谭亦悔之。

郭图谓谭曰：“来日尽驱百姓当先，以军继其后，与曹操决一死战。”谭从其言。当夜尽驱南皮百姓，皆执刀枪听令。次日平明，大开四门，军在后，驱百姓在前，喊声大举，一齐拥出，直抵曹寨。两军混战，自辰至午，胜负未分，杀人遍地。操见未获全胜，弃马上山，亲自击鼓。将士见之，奋力向前，谭军大败。百姓被杀者无数。曹洪奋威突阵，正迎袁谭，举刀乱砍，谭竟被曹洪杀于阵中。郭图见阵大乱，急驰入城中。乐进望见，拈弓搭箭，射下城壕，人马俱陷。

操引兵入南皮，安抚百姓。忽有一彪军来到，乃袁熙部将焦触、张南也。操自引军迎之。二将倒戈卸甲，特来投降，操封为列侯。又黑山贼张燕引军十万来降，操封为平北将军。

下令将袁谭首级号令，敢有哭者斩。头挂北门外，一人布冠衰衣[①]，哭于头下。左右拿来见操。操问之，乃青州别驾王修也，因谏袁谭被逐，今知谭死，故来哭之。操曰："汝知吾令否？"修曰："知之。"操曰："汝不怕死耶？"修曰："我生受其辟命[②]，亡而不哭，非义也。畏死忘义，何以立世乎？若得收葬谭尸，受戮无恨。"操曰："河北义士，何其如此之多也！可惜袁氏不能用，若能用，则吾安敢正眼觑此地哉！"遂命收葬谭尸，礼修为上宾，以为司金中郎将。因问之曰："今袁尚已投袁熙，取之当用何策？"修不答。操曰："忠臣也。"问郭嘉，嘉曰："可使袁氏降将焦触、张南等自攻之。"操用其言，随差焦触、张南、吕旷、吕翔、马延、张顗各引本部兵，分三路进攻幽州；一面使李典、乐进会合张燕打并州，攻高干。

且说袁尚、袁熙知曹兵将至，料难迎敌，乃弃城引兵，星夜奔辽西投乌桓去了。幽州刺史乌桓触聚幽州众官，歃血为盟，共议背袁向曹之事。乌桓触先言曰："吾知曹丞相当世英雄，今往投降，有不遵令者斩。"依次歃血。循至别驾韩珩，珩乃掷剑于地，大呼曰："吾受袁公父子厚恩，今主败亡，智不能救，勇不能死，于义缺矣。若北面

① 衰（cuī）衣——同"缞衣"。古代丧服。用粗麻布制成，挂在胸前。

② 辟命——地方长官的任命。古代地方长官可以征召、任命下属官员，王修的青州别驾即袁谭所任命，故称"生受其辟命"。

而降操，吾不为也。”众皆失色。乌桓触曰：“夫兴大事，当立大义。事之济否，不待一人。韩珩既有志如此，听其自便。”推珩而出。乌桓触乃出城迎接三路军马，径来降操。操大喜，加为镇北将军。

忽探马来报：“乐进、李典、张燕攻打并州，高干守住壶关口，不能下。”操自勒兵前往。三将接着，说干拒关难击。操集众将共议破干之计，荀攸曰：“若破干，须用诈降计方可。”操然之，唤降将吕旷、吕翔，附耳低言如此如此。吕旷等引军数十，直抵关下，叫曰：“吾等原系袁氏旧将，不得已而降曹。曹操为人诡谲，薄待吾等，吾今还扶旧主，可疾开关相纳。”高干未信，只教二将自上关说话。二将卸甲弃马而入，谓干曰：“曹军新到，可乘其军心未定，今夜劫寨，某等愿当先。”干喜，从其言。是夜，教二吕当先，引万馀军前去。将至曹寨，背后喊声大震，伏兵四起。高干知是中计，急回壶关城，乐进、李典已夺了关。

高干夺路走脱，往投单于。操领兵拒住关口，使人追袭高干。干到单于界，正迎北番左贤王。干下马拜伏于地，言：“曹操吞并疆土，今欲犯王子地面，万乞救援，同力克复，以保北方。”左贤王曰：“吾与曹操无仇，岂有侵我土地？汝欲使我结怨于曹氏耶？”叱退高干。干寻思无路，只得去投刘表。行至上洛，被都尉王琰所杀，将头解送曹操。曹封琰为列侯。

并州既定，操商议西击乌桓。曹洪等曰：“袁熙、袁尚兵败将亡，势穷力尽，远投沙漠。我今引兵西击，倘刘备、刘表乘虚袭许都，我救应不及，为祸不浅矣。请回师勿进为上。”郭嘉曰：“诸公所言错矣。主公虽威震天下，沙漠之人恃其边远，必不设备。乘其无备，卒然击之，必可破也。且袁绍与乌桓有恩，而尚与熙兄弟犹存，不可不除。刘表坐谈之客耳，自知才不足以御刘备，重任之则恐不能制，轻任之则备不为用，虽虚国[①]远征，公无

① 虚国——指全国所有的人。

忧也。”

操曰：“奉孝之言极是。”遂率大小三军，车数千辆，望前进发。但见黄沙漠漠，狂风四起，道路崎岖，人马难行。操有回军之心，问于郭嘉。嘉此时不伏水土，卧病车上。操泣曰：“因我欲平沙漠，使公远涉艰辛，以至染病，吾心何安！”嘉曰：“某感丞相大恩，虽死不能报万一。”操曰：“吾见北地崎岖，意欲回军，若何？”嘉曰：“兵贵神速。今千里袭人，辎重多而难以趋利，不如轻兵兼道以出，掩其不备。但须得识径路者为引导耳。”遂留郭嘉于易州养病，求向导官以引路。人荐袁绍旧将田畴深知此境。操召而问之，畴曰：“此道秋夏间有水，浅不通车马，深不载舟楫，最难行动。不如回军，从卢龙口越白檀之险，出空虚之地，前近柳城，掩其不备，蹋顿可一战而擒也。”

操从其言，封田畴为靖北将军，作向导官，为前驱；张辽为次；操自押后：倍道轻骑而进。田畴引张辽前至白狼山，正遇袁熙、袁尚会合蹋顿等数万骑前来，张辽飞报曹操。操自勒马登高望之，见蹋顿兵无队伍，参差不整。操谓张辽曰：“敌兵不整，便可击之。”乃以麾授辽。辽引许褚、于禁、徐晃分四路下山，奋力急攻，蹋顿大乱。辽拍马斩蹋顿于马下，馀众皆降。袁熙、袁尚引数千骑投辽东去了。

操收军入柳城，封田畴为柳亭侯，以守柳城。畴涕泣曰：“某负义逃窜之人耳，蒙厚恩全活，为幸多矣，岂可卖卢龙之寨，以邀赏禄哉？死不敢受侯爵。”操义之，乃拜畴为议郎。操抚慰单于人等，收得骏马万匹，即日回兵。时天气寒且旱，二百里无水，军又乏粮，杀马为食，凿地三四十丈方得水。操回至易州，重赏先曾谏者。因谓众将曰：“孤前者乘危远征，侥幸成功。虽得胜，天所佑也，不可以为法。诸君之谏，乃万安之计，是以相赏，后勿难言。”

操到易州时，郭嘉已死数日，停柩在公廨。操往祭之，大哭曰："奉孝死，乃天丧吾也。"回顾众官曰："诸君年齿，皆孤等辈，惟奉孝最少，吾欲托以后事，不期中年夭折，使吾心肠崩裂矣。"嘉之左右，将嘉临死所封之书呈上曰："郭公临亡，亲笔书此，嘱曰：'丞相若从书中所言，辽东事定矣。'"操拆书视之，点头嗟叹。诸人皆不知其意。次日，夏侯惇引众人禀曰："辽东太守公孙康久不宾服，今袁熙、袁尚又往投之，必为后患。不如乘其未动，速往征之，辽东可得也。"操笑曰："不烦诸公虎威，数日之后，公孙康自送二袁之首至矣。"诸将皆不肯信。

却说袁熙、袁尚引数千骑奔辽东。辽东太守公孙康本襄平人，武威将军公孙度之子也。当日知袁熙、袁尚来投，遂聚本部属官商议此事。公孙恭曰："袁绍在日，常有吞辽东之心。今袁熙、袁尚兵败将亡，无处依栖，来此相投，是鸠夺鹊巢[①]之意也。若容纳之，后必相图。不如赚入城中杀之，献头与曹公，曹公必重待我。"康曰："只怕曹操引兵下辽东，又不如纳二袁，使为我助。"恭曰："可使人探听：如曹兵来攻，则留二袁；如其不动，则杀二袁，送与曹公。"康从之，使人去探消息。

却说袁熙、袁尚至辽东，二人密议曰："辽东军兵数万，足可与曹操争衡。今暂投之，后当杀公孙康而夺其地，养成气力而抗中原，可复河北也。"商议已定，乃入见公孙康。康留于馆驿，只推有病，不即相见。不一日，细作回报："曹公兵屯易州，并无下辽东之意。"公孙康大喜，乃先伏刀斧手于壁衣中，使二袁入。相见礼毕，命坐。时天气严寒，尚见床榻上无裀褥，谓康曰："愿铺坐席。"康瞋目言曰："汝二人之头将行万里，何席之有？"尚大惊。康叱曰："左右何不下手？"刀斧手拥出，就坐席上砍下二人之头，用木匣盛贮，使人送到易州，来见曹操。

---

① 鸠夺鹊巢——亦作"鸠居鹊巢"。典出《诗经·召南·鹊巢》："维鹊有巢，维鸠居之。"意谓鸠不筑巢，强占鹊巢为巢。后即借喻强占他人的地盘。

时操在易州，按兵不动。夏侯惇、张辽入禀曰："如不下辽东，可回许都，恐刘表生心。"操曰："待二袁首级至，即便回兵。"众皆暗笑。忽报辽东公孙康遣人送袁熙、袁尚首级至，众皆大惊。使者呈上书信。操大笑曰："不出奉孝之料。"重赏来使，封公孙康为襄平侯、左将军。众官问曰："何为不出奉孝之所料？"操遂出郭嘉书以示之。书略曰：

今闻袁熙、袁尚往投辽东，明公切不可加兵。公孙康久畏袁氏吞并，二袁往投必疑。若以兵击之，必并力迎敌，急不可下；若缓之，公孙康、袁氏必自相图，其势然也。

众皆踊跃称善。操引众官复设祭于郭嘉灵前。亡年三十八岁，从征十有一年，多立奇勋。后人有诗赞曰：

天生郭奉孝，豪杰冠群英。
腹内藏经史，胸中隐甲兵。
运谋如范蠡，决策似陈平。
可惜身先丧，中原梁栋倾。

操领兵还冀州，使人先扶郭嘉灵柩于许都安葬。

程昱等请曰："北方既定，今还许都，可早建下江南之策。"操笑曰："吾有此志久矣，诸君所言，正合吾意。"是夜宿于冀州城东角楼上，凭栏仰观天文。时荀攸在侧，操指曰："南方旺气灿然，恐未可图也。"攸曰："以丞相天威，何所不服？"正看间，忽见一道金光从地而起。攸曰："此必有宝于地下。"操下楼，令人随光掘之。正是：

星文方向南中指，金宝旋从北地生。

不知所得何物，且听下文分解。

第三十四回

蔡夫人隔屏听密语　刘皇叔跃马过檀溪

却说曹操于金光处掘出一铜雀，问荀攸曰：“此何兆也？”攸曰：“昔舜母梦玉雀入怀而生舜。今得铜雀，亦吉祥之兆也。”操大喜，遂命作高台以庆之。乃即日破土断木，烧瓦磨砖，筑铜雀台于漳河之上，约计一年而工毕。少子曹植进曰：“若建层台，必立三座：中间高者，名为铜雀；左边一座，名为玉龙；右边一座，名为金凤。更作两条飞桥横空而上，乃为壮观。”操曰：“吾儿所言甚善。他日台成，足可娱吾老矣。”原来曹操有五子，惟植性敏慧，善文章，曹操平日最爱之。于是留曹植与曹丕在邺郡造台，使张燕守北寨。操将所得袁绍之兵，共五六十万，班师回许都。大封功臣；又表赠郭嘉为贞侯，养其子奕于府中。复聚众谋士商议，欲南征刘表。荀彧曰：“大军方北征而回，未可复动。且待半年，养精蓄锐，刘表、孙权可一鼓[①]而下也。”操从之，遂分兵屯田，以候调用。

却说玄德自到荆州，刘表待之甚厚。一日，正相聚饮酒，忽报降将张武、陈孙在江夏掳掠人民，共谋造反。表惊曰：“二贼又反，为祸不小。”玄德曰：“不须兄长忧虑，备请往讨之。”表大喜，即点三万军，与玄德前去。

玄德领命即行，不一日，来到江夏。张武、陈孙引兵来迎。玄德与关、张、赵云出马在门旗下，望见张武所骑之马极其雄骏。

① 一鼓——本义为击鼓一次，引申为一举，一战。古代战争以击鼓为进攻信号，故称。

玄德曰："此必千里马也。"言未毕，赵云挺枪而出，径冲彼阵。张武纵马来迎，不三合，被赵云一枪刺落马下，随手扯住辔头，牵马回阵。陈孙见了，随赶来夺。张飞大喝一声，挺矛直出，将陈孙刺死。众皆溃散。玄德招安馀党，平复江夏诸县，班师而回。

表出郭迎接入城，设宴庆功。酒至半酣，表曰："吾弟如此雄才，荆州有倚赖也。但忧南越不时来寇，张鲁、孙权皆足为虑。"玄德曰："弟有三将，足可委用：使张飞巡南越之境；云长拒固子城，以镇张鲁；赵云拒三江，以当孙权。何足虑哉？"表喜，欲从其言。蔡瑁告其姊蔡夫人曰："刘备遣三将居外，而自居荆州，久必为患。"蔡夫人乃夜对刘表曰："我闻荆州人多与刘备往来，不可不防之。今容其居住城中，无益，不若遣使他往。"表曰："玄德仁人也。"蔡氏曰："只恐他人不似汝心。"表沉吟不答。

次日出城，见玄德所乘之马极骏，问之，知是张武之马，表称赞不已。玄德遂将此马送与刘表。表大喜，骑回城中。蒯越见而问之，表曰："此玄德所送也。"越曰："昔先兄蒯良最善相马，越亦颇晓。此马眼下有泪槽，额边生白点，名为'的卢'，骑则妨主。张武为此马而亡，主公不可乘之。"表听其言。次日，请玄德饮宴，因言曰："昨承惠良马，深感厚意。但贤弟不时征进，可以用之，敬当送还。"玄德起谢。表又曰："贤弟久居此间，恐废武事。襄阳属邑新野县颇有钱粮，弟可引本部军马于本县屯扎，何如？"玄德领诺。

次日，谢别刘表，引本部军马径往新野。方出城门，只见一人在马前长揖曰："公所骑马，不可乘也。"玄德视之，乃荆州幕宾伊籍，字机伯，山阳人也。玄德忙下马问之，籍曰："昨闻蒯异度对刘荆州云：'此马名的卢，乘则妨主。'因此还公。公岂可复乘之？"玄德曰："深感先生见爱。但凡人死生有命，岂马所能妨哉！"籍服其高见，自此常与玄德往来。

玄德自到新野，军民皆喜，政治一新。建安十二年春，甘夫人生刘禅。是夜有白鹤一只，飞来县衙屋上，高鸣四十馀声，望西飞去。临分娩时，异香满室。甘夫人尝夜梦仰吞北斗，因而怀孕，故乳名阿斗。

此时曹操正统兵北征，玄德乃往荆州，说刘表曰："今曹操悉兵北征，许昌空虚，若以荆襄之众乘间袭之，大事可就也。"表曰："吾坐据九郡足矣，岂可别图？"玄德默然。表邀入后堂饮酒，酒至半酣，表忽然长叹。玄德曰："兄长何故长叹？"表曰："吾有心事，未易明言。"玄德再欲问时，蔡夫人出立屏后，刘表乃垂头不语。须臾席散，玄德自归新野。至是年冬，闻曹操自柳城回，玄德甚叹表之不用其言。

忽一日，刘表遣使至，请玄德赴荆州相会。玄德随使而往。刘表接着，叙礼毕，请入后堂饮宴，因谓玄德曰："近闻曹操提兵回许都，势日强盛，必有吞并荆襄之心。昔日悔不听贤弟之言，失此好机会。"玄德曰："今天下分裂，干戈日起，机会岂有尽乎？若能应之于后，未足为恨也。"表曰："吾弟之言甚当。"相与对饮。

酒酣，表忽潸然泪下。玄德问其故，表曰："吾有心事，前者欲诉与贤弟，未得其便。"玄德曰："兄长有何难决之事？倘有用弟之处，弟虽死不辞。"表曰："前妻陈氏所生长子琦，为人虽贤，而柔懦不足立事。后妻蔡氏所生少子琮，颇聪明。吾欲废长立幼，恐碍于礼法；欲立长子，争奈蔡氏族中皆掌军务，后必生乱：因此委决不下。"玄德曰："自古废长立幼，取乱之道。若忧蔡氏权重，可徐徐削之，不可溺爱而立少子也。"表默然。

原来蔡夫人素疑玄德，凡遇玄德与表叙论，必来窃听。是时正在屏风后，闻玄德此言，心甚恨之。玄德自知语失，遂起身如厕[①]。因见己身髀肉复生[②]，亦不觉潸然流涕。少顷复入席，表

---

① 如厕——上厕所。如：往，去。

② 髀（bì）肉复生——因久不骑马打仗，致使大腿肥肉增加。语出《三国志·蜀书·先主传》裴松之注引晋代司马彪《九州春秋》，后即以喻光阴虚度，壮志未酬。

见玄德有泪容，怪问之。玄德长叹曰："备往常身不离鞍，髀肉皆散；今久不骑，髀里肉生。日月蹉跎，老将至矣，而功业不建，是以悲耳。"表曰："吾闻贤弟在许昌，与曹操青梅煮酒，共论英雄。贤弟尽举当世名士，操皆不许，而独曰：'天下英雄，惟使君与操耳。'以曹操之权力，犹不敢居吾弟之先，何虑功业不建乎？"玄德乘着酒兴，失口答曰："备若有基本[1]，天下碌碌之辈，诚不足虑也。"表闻言默然。玄德自知语失，托醉而起，归馆舍安歇。后人有诗赞玄德曰：

曹公屈指从头数，天下英雄独使君。
髀肉复生犹感叹，争教寰宇不三分。

却说刘表闻玄德语，口虽不言，心怀不足[2]，别了玄德，退入内宅。蔡夫人曰："适间我于屏后听得刘备之言，甚轻觑人，足见其有吞并荆州之意。今若不除，必为后患。"表不答，但摇头而已。蔡氏乃密召蔡瑁入，商议此事。瑁曰："请先就馆舍杀之，然后告知主公。"蔡氏然其言。瑁出，便连夜点军。

却说玄德在馆舍中秉烛而坐，三更以后，方欲就寝，忽一人叩门而入，视之乃伊籍也。原来伊籍探知蔡瑁欲害玄德，特夤夜来报。当下伊籍将蔡瑁之谋，报知玄德，催促玄德速速起身。玄德曰："未辞景升，如何便去？"籍曰："公若辞，必遭蔡瑁之害矣。"玄德乃谢别伊籍，急唤从者，一齐上马，不待天明，星夜奔回新野。比及蔡瑁领军到馆舍时，玄德已去远矣。

瑁悔恨无及，乃写诗一首于壁间，径入见表曰："刘备有反叛之意，题反诗于壁上，不辞而去矣。"表不信，亲诣馆舍观之，果有诗四句。诗曰：

数年徒守困，空对旧山川。

---

① 基本——办事业的根基。这里指地盘和军马。

② 不足——心里不舒服，不满意。

　　龙岂池中物，乘雷欲上天。

刘表见诗大怒，拔剑言曰："誓杀此无义之徒！"行数步，猛省曰："吾与玄德相处许多时，不曾见他作诗。此必外人离间之计也。"遂回步入馆舍，用剑尖削去此诗，弃剑上马。蔡瑁请曰："军士已点齐，可就往新野擒刘备。"表曰："未可造次，容徐图之。"

蔡瑁见表持疑不决，乃暗与蔡夫人商议，即日大会众官于襄阳，就彼处谋之。次日，瑁禀表曰："近年丰熟，合[①]聚众官于襄阳，以示抚劝之意，请主公一行。"表曰："吾近日气疾作，实不能行。可令二子为主待客。"瑁曰："公子年幼，恐失于礼节。"表曰："可往新野请玄德待客。"瑁暗喜正中其计，便差人请玄德赴襄阳。

却说玄德奔回新野，自知失言取祸，未对众人言之。忽使者至，请赴襄阳。孙乾曰："昨见主公匆匆而回，意甚不乐。愚意度之，在荆州必有事故。今忽请赴会，不可轻往。"玄德方将前项事诉与诸人。云长曰："兄自疑心语失，刘荆州并无嗔责之意。外人之言，未可轻信。襄阳离此不远，若不去，则荆州反生疑矣。"玄德曰："云长之言是也。"张飞曰："筵无好筵，会无好会，不如休去。"赵云曰："某将马步军三百人同往，可保主公无事。"玄德曰："如此甚好。"遂与赵云即日赴襄阳。

蔡瑁出郭迎接，意甚谦谨。随后刘琦、刘琮二子引一班文武官僚出迎。玄德见二公子俱在，并不疑忌。是日请玄德于馆舍暂歇。赵云引三百军围绕保护，云披甲挂剑，行坐不离左右。刘琦告玄德曰："父亲气疾作，不能行动。特请叔父待客，抚劝各处守牧之官。"玄德曰："吾本不敢当此，既有兄命，不敢不从。"

次日，人报九郡四十二州官员俱已到齐。蔡瑁预请蒯越计议曰："刘备世之枭雄[②]，久留于此，后必为害，可就今日除之。"越

① 合——应该，应当。

② 枭（xiāo）雄——具有雄才大略的豪杰。

曰："恐失士民之望。"瑁曰："吾已密领刘荆州言语在此。"越曰："既如此，可预作准备。"瑁曰："东门岘山大路已使吾弟蔡和引军守把，南门外已使蔡中守把，北门外已使蔡勋守把。止有西门不必守把：前有檀溪阻隔，虽有数万之众，不易过也。"越曰："吾见赵云行坐不离玄德，恐难下手。"瑁曰："吾伏五百军在城内准备。"越曰："可使文聘、王威二人另设一席于外厅，以待武将，先请住赵云，然后可行事。"瑁从其言。

当日杀牛宰马，大张筵席。玄德乘的卢马至州衙，命牵入后园拴系。众官皆至堂中，玄德主席，二公子两边分坐，其馀各依次而坐。赵云带剑立于玄德之侧，文聘、王威入请赵云赴席，云推辞不去。玄德令云就席，云勉强应命而出。蔡瑁在外收拾得铁桶相似，将玄德带来三百军都遣归馆舍，只待半酣，号起下手。酒至三巡，伊籍起把盏，至玄德前，以目视玄德，低声谓曰："请更衣[①]。"玄德会意，即起如厕。伊籍把盏毕，疾入后园，接着玄德，附耳报曰："蔡瑁设计害君，城外东、南、北三处皆有军马守把。惟西门可走，公宜速逃。"玄德大惊，急解的卢马，开后园门牵出，飞身上马，不顾从者，匹马望西门而走。门吏问之，玄德不答，加鞭而出。门吏当之不住，飞报蔡瑁。瑁即上马，引五百军随后追赶。

却说玄德撞出西门，行无数里，前有大溪，拦住去路。那檀溪阔数丈，水通襄江，其波甚紧。玄德到溪边，见不可渡，勒马再回，遥望城西尘头大起，追兵将至。玄德曰："今番死矣！"遂回马到溪边，回头看时，追兵已近。玄德着慌，纵马下溪。行不数步，马前蹄忽陷，浸湿衣袍。玄德乃加鞭大呼曰："的卢，的卢，今日妨吾！"言毕，那马忽从水中涌身而起，一跃三丈，飞上西岸，玄德如从云雾中起。后来苏学士有古风一篇，单咏跃马檀溪

① 更衣——这里是上厕所大小便的婉词。

事。诗曰：

老去花残春日暮，宦游偶至檀溪路。
停骖遥望独徘徊，眼前零落飘红絮。
暗想咸阳火德衰，龙争虎斗交相持。
襄阳会上王孙饮，坐中玄德身将危。
逃生独出西门道，背后追兵复将到。
一川烟水涨檀溪，急叱征骑往前跳。
马蹄踏碎青玻璃，天风响处金鞭挥。
耳畔但闻千骑走，波中忽见双龙飞。
西川独霸真英主，坐下龙驹两相遇。
檀溪溪水自东流，龙驹英主今何处？
临流三叹心欲酸，斜阳寂寂照空山。
三分鼎足浑如梦，踪迹空留在世间。

玄德跃过溪西，顾望东岸，蔡瑁已引军赶到溪边，大叫："使君何故逃席而去？"玄德曰："吾与汝无仇，何故欲相害？"瑁曰："吾并无此心，使君休听人言。"玄德见瑁手将拈弓取箭，乃急拨马望西南而去。瑁谓左右曰："是何神助也？"方欲收军回城，只见西门内赵云引三百军赶来。正是：

跃去龙驹能救主，追来虎将欲诛仇。

未知蔡瑁性命如何，且听下文分解。

第三十五回

玄德南漳逢隐沦　单福新野遇英主

却说蔡瑁方欲回城，赵云引军赶出城来。原来赵云正饮酒间，忽见人马动，急入内观之，席上不见了玄德。云大惊，出投馆舍，听得人说："蔡瑁引军望西赶去了。"云火急绰枪上马，引着原带来三百军，奔出西门，正迎着蔡瑁，急问曰："吾主何在？"瑁曰："使君逃席而去，不知何往。"赵云是谨细之人，不肯造次，即策马前行。遥望大溪，别无去路，乃复回马，喝问蔡瑁曰："汝请吾主赴宴，何故引着军马追来？"瑁曰："九郡四十二州县官僚俱在此，吾为上将，岂可不防护？"云曰："汝逼吾主何处去了？"瑁曰："闻使君匹马出西门，到此却又不见。"云惊疑不定，直来溪边看时，只见隔岸一带水迹。云暗忖曰："难道连马跳过了溪去？"令三百军四散观望，并不见踪迹。云再回马时，蔡瑁已入城去了。云乃拿守门军士追问，皆说："刘使君飞马出西门而去。"云再欲入城，又恐有埋伏，遂急引军归新野。

却说玄德跃马过溪，似醉如痴，想："此阔涧一跃而过，岂非天意？"迤逦望南漳策马而行，日将沉西。正行之间，见一牧童跨于牛背上，口吹短笛而来。玄德叹曰："吾不如也。"遂立马观之。牧童亦停牛罢笛，熟视玄德，曰："将军莫非破黄巾刘玄德否？"玄德惊问曰："汝乃村僻小童，何以知吾姓字？"牧童曰："我本不知。因常侍师父，有客到日，多曾说有一刘玄德，身长七尺五寸，垂手过膝，目能自顾其耳，乃当世之英雄。今观将军如此模样，想必是也。"玄德曰："汝师何人也？"牧童曰："吾师复姓司马，名徽，字德操，颍川人也，道号水镜先生。”玄德曰：“汝师与谁为友？”小童曰：“与襄阳庞德公、庞统为友。”玄德曰：“庞德公乃庞统何人？”童子曰：“叔侄也。庞德公字山民，长俺师父十岁；庞统字士元，少俺师父五岁。一日，我师父在树上采桑，适庞统来相访，坐于树下，共相议论，终日不倦。吾师甚爱庞统，呼之为弟。”玄德曰：“汝师今居何处？”牧童遥指曰：“前面林中，便是庄院。”玄德曰：“吾正是刘玄德。汝可引我去拜见你师父。”

童子便引玄德行二里馀，到庄前下马，入至中门，忽闻琴声甚美。玄德教童子且休通报，侧耳听之。琴声忽住而不弹，一人笑而出曰：“琴韵清幽，音中忽起高抗[①]之调，必有英雄窃听。”童子指谓玄德曰：“此即吾师水镜先生也。”玄德视其人，松形鹤骨，器宇不凡。慌忙进前施礼，衣襟尚湿。水镜曰：“公今日幸免大难。”玄德惊讶不已。小童曰：“此刘玄德也。”水镜请入草堂，分宾主坐定。玄德见架上满堆书卷，窗外盛栽松竹，横琴于石床之上，清气飘然。水镜问曰：“明公何来？”玄德曰：“偶尔经由此地，因小童相指，得拜尊颜，不胜万幸。”水镜笑曰：“公不必隐讳，公今必逃难至此。”玄德遂以襄阳一事告之。

水镜曰：“吾观公气色，已知之矣。”因问玄德曰：“吾久闻明公大名，何故至今犹落魄不偶[②]耶？”玄德曰：“命途多蹇[③]，所以至此。”水镜曰：“不然。盖因将军左右不得其人耳。”玄德曰：“备虽不才，文有孙乾、糜竺、简雍之辈，武有关、张、赵云之流，竭忠辅相，颇赖其力。”水镜曰：“关、张、赵云，皆万人敌，惜无善用之之人。若孙乾、糜竺辈，乃白面书生，非经纶

① 抗——通“亢”。高。

② 落魄（tuò，又读 bó、pò）不偶——落魄：失意潦倒，不得志。不偶：不走运，运气不好。古人认为偶数（双数）吉祥，奇数（单数）不祥，故称命运不好为“不偶”。

③ 蹇（jiǎn）——《周易·蹇卦》：“蹇，难也，险在前也。”故喻艰难困苦，极不顺利。

济世[①]之才也。”玄德曰：“备亦尝侧身以求山谷之遗贤，奈未遇其人何！”水镜曰：“岂不闻孔子云：‘十室之邑，必有忠信[②]。’何谓无人？”玄德曰：“备愚昧不识，愿赐指教。”水镜曰：“公闻荆襄诸郡小儿谣言乎？其谣曰：‘八九年间始欲衰，至十三年无孑遗[③]。到头天命有所归，泥中蟠龙向天飞。’此谣始于建安初。建安八年，刘景升丧却前妻，便生家乱，此所谓‘始欲衰’也。‘无孑遗’者，不久则景升将逝，文武零落无孑遗矣。‘天命有归’‘龙向天飞’，盖应在将军也。”玄德闻言，惊谢曰：“备安敢当此！”水镜曰：“今天下之奇才尽在于此，公当往求之。”玄德急问曰：“奇才安在？果系何人？”水镜曰：“伏龙、凤雏，两人得一，可安天下。”玄德曰：“伏龙、凤雏何人也？”水镜抚掌大笑曰：“好，好。”玄德再问时，水镜曰：“天色已晚，将军可于此暂宿一宵，明日当言之。”即命小童具饮馔相待，马牵入后院喂养。

玄德饮膳毕，即宿于草堂之侧。玄德因思水镜之言，寝不成寐。约至更深，忽听一人叩门而入，水镜曰：“元直何来？”玄德起床密听之，闻其人答曰：“久闻刘景升善善恶恶[④]，特往谒之。及至相见，徒有虚名，盖善善而不能用，恶恶而不能去者也。故遗书别之，而来至此。”水镜曰：“公怀王佐之才，宜择人而事，奈何轻身往见景升乎？且英雄豪杰，只在眼前，公自不识耳。”其人曰：“先生之言是也。”玄德闻之大喜，暗忖：“此人必是伏龙、凤雏。”即欲出见，又恐造次。

候至天晓，玄德求见水镜，问曰：“昨夜来者是谁？”水镜曰：“此吾友也。”玄德求与相见，水镜曰：“此人欲往投明主，已到他

① 经纶济世——经纶：本义为整理丝缕，织丝成绳。引申为治理国家。济世：即救世。

② 十室之邑，必有忠信——语出《论语·公冶长》。意谓即使是只有十来户人家的小地方，也有忠义守信的好人。这里借喻到处有人才。

③ 无孑（jié）遗——由于战乱而人将死光。

④ 善善恶（wù）恶（è）——奖善嫉恶，爱憎分明。前一个“善”和“恶”皆为动词。

处去了。”玄德请问其姓名，水镜笑曰：“好，好。”玄德再问：“伏龙、凤雏，果系何人？”水镜亦只笑曰：“好，好。”玄德拜请水镜出山相助，同扶汉室。水镜曰：“山野闲散之人，不堪世用。自有胜吾十倍者来助公，公宜访之。”

正谈论间，忽闻庄外人喊马嘶，小童来报：“有一将军引数百人到庄来也。”玄德大惊，急出视之，乃赵云也，玄德大喜。云下马入见曰：“某夜来回县，寻不见主公，连夜跟问到此。主公可作速回县，只恐有人来县中厮杀。”玄德辞了水镜，与赵云上马，投新野来。行不数里，一彪人马来到，视之，乃云长、翼德也。相见大喜，玄德诉说跃马檀溪之事，共相嗟讶。

到县中，与孙乾等商议。乾曰：“可先致书于景升，诉告此事。”玄德从其言，即令孙乾赍书至荆州。刘表唤入问曰：“吾请玄德襄阳赴会，缘何逃席而去？”孙乾呈上书札，具言蔡瑁设谋相害，赖跃马檀溪得脱。表大怒，急唤蔡瑁，责骂曰：“汝焉敢害吾弟？”命推出斩之。蔡夫人出，哭求免死。表怒犹未息。孙乾告曰：“若杀蔡瑁，恐皇叔不能安居于此矣。”表乃责而释之，使长子刘琦同孙乾至玄德处请罪。

琦奉命赴新野，玄德接着，设宴相待。酒酣，琦忽然堕泪。玄德问其故，琦曰：“继母蔡氏，常怀谋害之心。侄无计免祸，幸叔父指教。”玄德劝以“小心尽孝，自然无祸”。次日，琦泣别。玄德乘马送琦出郭，因指马，谓琦曰：“若非此马，吾已为泉下之人矣。”琦曰：“此非马之力，乃叔父之洪福也。”说罢相别，刘琦涕泣而去。

玄德回马入城，忽见市上一人，葛巾[①]布袍，皂绦乌履，长歌而来。歌曰：

天地反覆兮，火欲殂[②]；

① 葛巾——葛布头巾。

② 火欲殂（cú）——意谓汉朝将灭亡。火：代指汉朝。因按五行之说，汉朝为“火德”，故称。殂：死亡，灭亡。

大厦将崩兮，一木难扶。

山谷有贤兮，欲投明主；

明主求贤兮，却不知吾。

玄德闻歌，暗思："此人莫非水镜所言伏龙、凤雏乎？"遂下马相见，邀入县衙。问其姓名，答曰："某乃颍上人也，姓单名福。久闻使君纳士招贤，欲来投托，未敢辄造[①]，故行歌于市，以动尊听耳。"玄德大喜，待为上宾。单福曰："适使君所乘之马，再乞一观。"玄德命去鞍，牵于堂下。单福曰："此非的卢马乎？虽是千里马，却只妨主，不可乘也。"玄德曰："已应之矣。"遂具言跃檀溪之事。福曰："此乃救主，非妨主也，终必妨一主。某有一法可禳[②]。"玄德曰："愿闻禳法。"福曰："公意中有仇怨之人，可将此马赐之，待妨过了此人，然后乘之，自然无事。"玄德闻言，变色曰："公初至此，不教吾以正道，便教作利己妨人之事，备不敢闻教。"福笑谢曰："向闻使君仁德，未敢便信，故以此言相试耳。"玄德亦改容起谢曰："备安能有仁德及人，惟先生教之。"福曰："吾自颍上来此，闻新野之人歌曰：'新野牧，刘皇叔，自到此，民丰足。'可见使君之仁德及人也。"玄德乃拜单福为军师，调练本部人马。

却说曹操自冀州回许都，常有取荆州之意，特差曹仁、李典并降将吕旷、吕翔等领兵三万，屯樊城，虎视荆襄，就探看虚实。时吕旷、吕翔禀曹仁曰："今刘备屯兵新野，招军买马，积草储粮，其志不小，不可不早图之。吾二人自降丞相之后，未有寸功。愿请精兵五千，取刘备之头，以献丞相。"曹仁大喜，与二吕兵五千，前往新野厮杀。

探马飞报玄德。玄德请单福商议，福曰："既有敌兵，不可令

① 辄造——冒昧拜访。

② 禳——免除灾祸。

其入境。可使关公引一军从左而出，以敌来军中路；张飞引一军从右而出，以敌来军后路；公自引赵云，出兵前路相迎：敌可破矣。”玄德从其言，即差关、张二人去讫；然后与单福、赵云等，共引二千人马出关相迎。

行不数里，只见山后尘头大起，吕旷、吕翔引军来到。两边各射住阵角。玄德出马于旗门下，大呼曰：“来者何人，敢犯吾境？”吕旷出马曰：“吾乃大将吕旷也，奉丞相命，特来擒汝。”玄德大怒，使赵云出马。二将交战，不数合，赵云一枪刺吕旷于马下。玄德麾军掩杀，吕翔抵敌不住，引军便走。正行间，路旁一军突出，为首大将，乃关云长也，冲杀一阵，吕翔折兵大半，夺路走脱。行不到十里，又一军拦住去路，为首大将，挺矛大叫：“张翼德在此！”直取吕翔。翔措手不及，被张飞一矛刺中，翻身落马而死。馀众四散奔走。玄德合军追赶，大半多被擒获。玄德班师回县，重待单福，犒赏三军。

却说败军回见曹仁，报说：“二吕被杀，军士多被活捉。”曹仁大惊，与李典商议。典曰：“二将欺敌而亡。今只宜按兵不动，申报丞相，起大兵来征剿，乃为上策。”仁曰：“不然。今二将阵亡，又折许多军马，此仇不可不急报。量新野弹丸之地，何劳丞相大军？”典曰：“刘备人杰也，不可轻视。”仁曰：“公何怯也？”典曰：“兵法云：‘知彼知己，百战百胜。’某非怯战，但恐不能必胜耳。”仁怒曰：“公怀二心耶？吾必欲生擒刘备。”典曰：“将军若去，某守樊城。”仁曰：“汝若不同去，真怀二心矣。”典不得已，只得与曹仁点起二万五千军马，渡河投新野而来。正是：

偏裨既有舆尸[①]辱，主将重兴雪耻兵。

未知胜负何如，且听下文分解。

① 偏裨（pí）——偏将，副将。舆尸——战败而死，用车运回尸体。

第三十六回

玄德用计袭樊城　元直走马荐诸葛

却说曹仁忿怒，遂大起本部之兵，星夜渡河，意欲踏平新野。

且说单福得胜回县，谓玄德曰："曹仁屯兵樊城，今知二将被诛，必起大军来战。"玄德曰："当何以迎之？"福曰："彼若尽提兵而来，樊城空虚，可乘间夺之。"玄德问计，福附耳低言如此如此。玄德大喜，预先准备已定。忽探马报说："曹仁引大军渡河来了。"单福曰："果不出吾之料。"遂请玄德出军迎敌。两阵对圆，赵云出马唤彼将答话。曹仁命李典出阵，与赵云交锋。约战十数合，李典料敌不过，拨马回阵。云纵马追赶，两翼军射住，遂各罢兵归寨。

李典回见曹仁，言："彼军精锐，不可轻敌，不如回樊城。"曹仁大怒曰："汝未出军时已慢吾军心，今又卖阵[①]，罪当斩首！"便喝刀斧手推出李典要斩，众将苦告方免。乃调李典领后军，仁自引兵为前部。

次日，鸣鼓进军，布成一个阵势，使人问玄德曰："识吾阵否？"单福便上高处观看毕，谓玄德曰："此'八门金锁阵'也。八门者，休、生、伤、杜、景、死、惊、开。如从生门、景门、开门而入则吉，从伤门、惊门、休门而入则伤，从杜门、死门而入则亡。今八门虽布得整齐，只是中间通欠主持。如从东南角上生门击入，往正西景门而出，其阵必乱。"玄德传令，教军士把住

① 卖阵——交战时因某种原因而故意败下阵来。

阵角，命赵云引五百军从东南而入，径往西出。云得令，挺枪跃马，引兵径投东南角上，呐喊杀入中军。曹仁便投北走。云不追赶，却突出西门，又从西杀转东南角上来。曹仁军大乱。玄德麾军冲击，曹兵大败而退。单福命休追赶，收军自回。

却说曹仁输了一阵，方信李典之言，因复请典商议，言："刘备军中必有能者，吾阵竟为所破。"李典曰："吾虽在此，甚忧樊城。"曹仁曰："今晚去劫寨：如得胜，再作计议；如不胜，便退军回樊城。"李典曰："不可。刘备必有准备。"仁曰："若如此多疑，何以用兵？"遂不听李典之言，自引军为前队，使李典为后应，当夜二更劫寨。

却说单福正与玄德在寨中议事，忽信风[1]骤起。福曰："今夜曹仁必来劫寨。"玄德曰："何以敌之？"福笑曰："吾已预算定了。"遂密密分拨已毕。至二更，曹仁兵将近寨，只见寨中四围火起，烧着寨栅。曹仁知有准备，急令退军。赵云掩杀将来。仁不及收兵回寨，急望北河而走。将到河边，才欲寻船渡河，岸上一彪军杀到，为首大将乃张飞也。曹仁死战，李典保护曹仁下船渡河。曹军大半淹死水中。曹仁渡过河面，上岸奔至樊城，令人叫门。只见城上一声鼓响，一将引军而出，大喝曰："吾已取樊城多时矣。"众惊视之，乃关云长也。仁大惊，拨马便走。云长追杀过来。曹仁又折了好些军马，星夜投许昌。于路打听，方知有单福为军师，设谋定计。

不说曹仁败回许昌。且说玄德大获全胜，引军入樊城，县令刘泌出迎。玄德安民已定。那刘泌乃长沙人，亦汉室宗亲，遂请玄德到家，设宴相待。只见一人侍立于侧。玄德视其人器宇轩昂，因问泌曰："此何人？"泌曰："此吾之甥寇封，本罗睺寇氏之子也，因父母双亡，故依于此。"玄德爱之，欲嗣为义子。刘泌欣然从

① 信风——随着每年季节的变化，按时定向而来的风。因其准时而至而得名。

之，遂使寇封拜玄德为父，改名刘封。玄德带回，令拜云长、翼德为叔。云长曰："兄长既有子，何必用螟蛉[①]？后必生乱。"玄德曰："吾待之如子，彼必事吾如父，何乱之有？"云长不悦。玄德与单福计议，令赵云引一千军守樊城。玄德领众自回新野。

却说曹仁与李典回许都，见曹操，泣拜于地请罪，具言损将折兵之事。操曰："胜负乃军家之常。但不知谁为刘备画策？"曹仁言是单福之计。操曰："单福何人也？"程昱笑曰："此非单福也。此人幼好学击剑。中平末年，尝为人报仇杀人，披发涂面而走，为吏所获，问其姓名，不答。吏乃缚于车上，击鼓行于市，令市人识之，虽有识者，不敢言。而同伴窃解救之。乃更姓名而逃，折节[②]向学，遍访名师，尝与司马徽谈论。此人乃颍川徐庶，字元直，单福乃其托名耳。"操曰："徐庶之才，比君何如？"昱曰："十倍于昱。"操曰："惜乎！贤士归于刘备，羽翼成矣，奈何？"昱曰："徐庶虽在彼，丞相要用，召来不难。"操曰："安得彼来归？"昱曰："徐庶为人至孝，幼丧其父，止有老母在堂。现今其弟徐康已亡，老母无人侍养。丞相可使人赚其母至许昌，令作书召其子，则徐庶必至矣。"操大喜，使人星夜前去取徐庶母。

不一日，取至。操厚待之，因谓之曰："闻令嗣徐元直乃天下奇才也，今在新野助逆臣刘备，背叛朝廷，正犹美玉落于污泥之中，诚为可惜。今烦老母作书，唤回许都，吾于天子之前保奏，必有重赏。"遂命左右捧过文房四宝，令徐母作书。徐母曰："刘备何如人也？"操曰："沛郡小辈，妄称'皇叔'，全无信义，所谓外君子而内小人者也。"徐母厉声曰："汝何虚诳之甚也！吾久闻玄德乃中山靖王之后，孝景皇帝阁下玄孙，屈身下士，恭己待人，仁

① 螟蛉——即义子。参见第二十三回"蜾虫"条注。

② 折节——这里是改变自己平素不好的行为作风之意。

声素著，世之黄童白叟[①]、牧子樵夫皆知其名，真当世之英雄也。吾儿辅之，得其主矣。汝虽托名汉相，实为汉贼，乃反以玄德为逆臣，欲使吾儿背明投暗，岂不自耻乎？”言讫，取石砚便打曹操。

操大怒，叱武士执徐母出，将斩之。程昱急止之，入谏操曰：“徐母触忤丞相者，欲求死也。丞相若杀之，则招不义之名，而成徐母之德。徐母既死，徐庶必死心助刘备以报仇矣。不如留之，使徐庶身心两处，纵使助刘备，亦不尽力也。且留得徐母在，昱自有计赚徐庶至此，以辅丞相。”操然其言，遂不杀徐母，送于别室养之。

程昱日往问候，诈言曾与徐庶结为兄弟，待徐母如亲母，时常馈送物件，必具手启[②]。徐母因亦作手启答之。程昱赚得徐母笔迹，乃仿其字体，诈修家书一封，差一心腹人，持书径奔新野县，寻问单福行幕。军士引见徐庶。庶知母有家书至，急唤入问之。来人曰：“某乃馆下走卒，奉老夫人言语，有书附达。”庶拆封视之，书曰：

> 近汝弟康丧，举目无亲。正悲凄间，不期曹丞相使人赚至许昌，言汝背反，下我于缧绁，赖程昱等救免。若得汝降，能免我死。如书到日，可念劬劳之恩，星夜前来，以全孝道。然后徐图归耕故园，免遭大祸。吾今命若悬丝，专望救援，更不多嘱。

徐庶览毕，泪如泉涌。持书来见玄德曰：“某本颍川徐庶，字元直，为因逃难，更名单福。前闻刘景升招贤纳士，特往见之。及与论事，方知是无用之人，故作书别之。夤夜至司马水镜庄上，诉说其事。水镜深责庶不识主，因说：‘刘豫州在此，何不事之？’庶故作狂歌于市，以动使君，幸蒙不弃，即赐重用。争奈老母今

① 黄童白叟——本义为黄口小儿和白发老人，泛指老老少少。

② 手启——亲笔信。这里指请安信。

被曹操奸计赚至许昌囚禁，将欲加害。老母手书来唤，庶不容不去。非不欲效犬马之劳，以报使君，奈慈亲被执，不得尽力。今当告归，容图后会。”玄德闻言，大哭曰：“子母乃天性之亲，元直无以备为念。待与老夫人相见之后，或者再得奉教。”徐庶便拜谢欲行，玄德曰：“乞再聚一宵，来日饯行。”孙乾密谓玄德曰：“元直天下奇才，久在新野，尽知我军中虚实。今若使归曹操，必然重用，我其危矣。主公宜苦留之，切勿放去。操见元直不去，必斩其母。元直知母死，必为母报仇，力攻曹操也。”玄德曰：“不可。使人杀其母，而吾用其子，不仁也；留之不使去，以绝其子母之道，不义也。吾宁死，不为不仁不义之事。”众皆感叹。

玄德请徐庶饮酒，庶曰：“今闻老母被囚，虽金波玉液不能下咽矣。”玄德曰：“备闻公将去，如失左右手，虽龙肝凤髓，亦不甘味。”二人相对而泣，坐以待旦。诸将已于郭外安排筵席饯行。

玄德与徐庶并马出城，至长亭，下马相辞。玄德举杯谓徐庶曰：“备分浅缘薄，不能与先生相聚。望先生善事新主，以成功名。”庶泣曰：“某才微智浅，深荷使君重用。今不幸半途而别，实为老母故也。纵使曹操相逼，庶亦终身不设一谋。”玄德曰：“先生既去，刘备亦将远遁山林矣。”庶曰：“某所以与使君共图王霸之业者，恃此方寸[①]耳。今以老母之故，方寸乱矣，纵使在此，无益于事。使君宜别求高贤辅佐，共图大业，何便灰心如此？”玄德曰：“天下高贤，无有出先生右者。”庶曰：“某樗栎[②]庸材，何敢当此重誉。”临别，又顾谓诸将曰：“愿诸公善事使君，以图名垂竹帛[③]，功标青史，切勿效庶之无始终也。”诸将无不伤感。

---

① 方寸——典出《列子·仲尼》：“吾见之心矣，方寸之地虚矣。”又晋代葛洪《抱朴子·嘉遁》：“方寸之心，制之在我，不可放之于流遁地。”后即以“方寸”代指心。而古人所谓“心”，实为脑子。

② 樗栎（chū lì）——樗即臭椿树；栎即柞树。这两种树的木质都很差，无大用处，故借喻庸才。（典出《庄子·逍遥游》《庄子·人间世》）

③ 竹帛——即史籍。古代用竹简和白绢（帛）书写文字，故称。

玄德不忍相离，送了一程，又送一程。庶辞曰："不劳使君远送，庶就此告别。"玄德就马上执庶之手曰："先生此去，天各一方，未知相会却在何日！"说罢，泪如雨下。庶亦涕泣而别。玄德立马于林畔，看徐庶乘马与从者匆匆而去。玄德哭曰："元直去矣，吾将奈何？"凝泪而望，却被一树林隔断。玄德以鞭指曰："吾欲尽伐此处树木。"众问何故，玄德曰："因阻吾望徐元直之目也。"

正望间，忽见徐庶拍马而回。玄德曰："元直复回，莫非无去意乎？"遂欣然拍马向前迎问曰："先生此回，必有主意。"庶勒马谓玄德曰："某因心绪如麻，忘却一语。此间有一奇士，只在襄阳城外二十里隆中，使君何不求之？"玄德曰："敢烦元直为备请来相见。"庶曰："此人不可屈致①，使君可亲往求之。若得此人，无异周得吕望②、汉得张良③也。"玄德曰："此人比先生才德何如？"庶曰："以某比之，譬犹驽马并麒麟、寒鸦配鸾凤耳。此人每尝自比管仲④、乐毅⑤，以吾观之，管、乐殆不及此人。此人有经天纬地之才，盖天下一人⑥也。"

玄德喜曰："愿闻此人姓名。"庶曰："此人乃琅琊阳都人，复姓诸葛，名亮，字孔明，乃汉司隶校尉诸葛丰之后。其父名珪，字子贡，为泰山郡丞，早卒。亮从其叔玄。玄与荆州刘景升有旧，

---

① 不可屈致——即不能由他人代替主人招来。屈：委托他人，间接。致：招来。

② 周得吕望——事见《史记·齐太公世家》：吕望本姓姜名尚，字子牙；因其祖先被封于吕，故名吕尚。年老无所遇，垂钓于渭水，周文王遇之大喜，赐号太公望。他助文王、武王治理国家，伐纣灭殷，功勋卓著，武王称之为尚父，被封为齐侯，成为齐国的始祖。

③ 汉得张良——事见《史记·留侯世家》：张良字子房，战国时韩国人，秦国灭韩国后，曾行刺秦始皇而未遂，亡命江湖，由异人授以《太公兵书》（姜子牙著）。秦末天下大乱，归附刘邦，成为其谋士，辅佐其消灭项羽，建立汉朝，被封为留侯。

④ 管仲——名夷吾，字仲。春秋时任齐国相，辅佐齐桓公富国强兵，使之成为五霸之一。

⑤ 乐毅——战国时燕国大将，曾率赵、韩、魏、楚、燕五国联军大破齐军，拔城七十馀座，名震当时，被封昌国君。

⑥ 天下一人——即全国最杰出的人才，没有任何人比得上。

因往依之，遂家于襄阳。后玄卒，亮与弟诸葛均躬耕于南阳。尝好为《梁父吟》[①]。所居之地有一冈，名卧龙冈，因自号为‘卧龙先生’。此人乃绝代奇才，使君急宜枉驾[②]见之。若此人肯相辅佐，何愁天下不定乎？”玄德曰：“昔水镜先生曾为备言：‘伏龙、凤雏，两人得一，可安天下。’今所云莫非即伏龙、凤雏乎？”庶曰：“凤雏乃襄阳庞统也。伏龙正是诸葛孔明。”玄德踊跃曰：“今日方知‘伏龙、凤雏’之语。何期大贤只在目前！非先生言，备有眼如盲也。”后人有赞徐庶走马荐诸葛诗曰：

痛恨高贤不再逢，临岐泣别两情浓。
片言却似春雷震，能使南阳起卧龙。

徐庶荐了孔明，再别玄德，策马而去。

玄德闻徐庶之语，方悟司马德操之言，似醉方醒，如梦初觉。引众将回至新野，便具厚币，同关、张前去南阳请孔明。

且说徐庶既别玄德，感其留恋之情，恐孔明不肯出山辅之，遂乘马直至卧龙冈下，入草庐见孔明。孔明问其来意，庶曰：“庶本欲事刘豫州，奈老母为曹操所囚，驰书来召，只得舍之而往。临行时，将公荐与玄德。玄德即日将来奉谒，望公勿推阻，即展平生之大才以辅之，幸甚。”孔明闻言，作色曰：“君以我为享祭之牺牲[③]乎？”说罢，拂袖而入。庶羞惭而退，上马趱程[④]，赴许昌见母。正是：

嘱友一言因爱主，赴家千里为思亲。

未知后事若何，下文便见。

① 《梁父吟》——亦作《梁甫吟》。古代乐府楚调曲名。今歌词已佚，据说其内容是说人死后葬于泰山下的梁父（或作梁甫）这个地方，歌词慷慨悲壮，因而被视为挽歌。

② 枉驾——委屈大驾。对人光临或劝人走访的敬词。

③ 牺牲——本义为供祭祀用的牲畜，引申为祭品的泛称。

④ 趱（zǎn）程——赶路。

第三十七回

司马徽再荐名士　刘玄德三顾草庐

却说徐庶趱程赴许昌。曹操知徐庶已到，遂命荀彧、程昱等一班谋士往迎之。庶入相府拜见曹操，操曰："公乃高明之士，何故屈身而事刘备乎？"庶曰："某幼逃难，流落江湖，偶至新野，遂与玄德交厚。老母在此，幸蒙慈念，不胜愧感。"操曰："公今至此，正可晨昏侍奉令堂①，吾亦得听清诲矣。"庶拜谢而出，急往见其母，泣拜于堂下。母大惊曰："汝何故至此？"庶曰："近于新野事刘豫州，因得母书，故星夜至此。"徐母勃然大怒，拍案骂曰："辱子飘荡江湖数年，吾以为汝学业有进，何其反不如初也？汝既读书，须知忠孝不能两全，岂不识曹操欺君罔上之贼？刘玄德仁义布于四海，况又汉室之胄，汝既事之，得其主矣。今凭一纸伪书，更不详察，遂弃明投暗，自取恶名，真愚夫也，吾有何面目与汝相见？汝玷辱祖宗，空生于天地间耳！"骂得徐庶拜伏于地，不敢仰视。母自转入屏风后去了。少顷，家人出报曰："老夫人自缢于梁间。"徐庶慌入救时，母气已绝。后人有《徐母赞》曰：

贤哉徐母，流芳千古。
守节无亏，于家有补。
教子多方，处身自苦。
气若丘山，义出肺腑。
赞美豫州，毁触魏武。

---

① 令堂——对他人母亲的敬称。古代女主人皆住于厅堂之后，故称。

不畏鼎镬，不惧刀斧。
唯恐后嗣，玷辱先祖。
伏剑同流，断机堪伍。
生得其名，死得其所。
贤哉徐母，流芳千古！

徐庶见母已死，哭绝于地，良久方苏。曹操使人赍礼吊问，又亲往祭奠。徐庶葬母柩于许昌之南原，居丧守墓。凡曹操所赐，庶俱不受。

时操欲商议南征，荀彧谏曰："天寒未可用兵，姑待春暖，方可长驱大进。"操从之，乃引漳河之水作一池，名玄武池，于内教练水军，准备南征。

却说玄德正安排礼物，欲往隆中谒诸葛亮，忽人报："门外有一先生，峨冠博带[①]，道貌非常，特来相探。"玄德曰："此莫非即孔明乎？"遂整衣出迎，视之，乃司马徽也。玄德大喜，请入后堂高坐，拜问曰："备自别仙颜，因军务倥偬[②]，有失拜访。今得光降，大慰仰慕之私。"徽曰："闻徐元直在此，特来一会。"玄德曰："近因曹操囚其母，徐母遣人驰书，唤回许昌去矣。"徽曰："此中曹操之计矣。吾素闻徐母最贤，虽为操所囚，必不肯驰书召其子，此书必诈也。元直不去，其母尚存；今若去，母必死矣。"玄德惊问其故，徽曰："徐母高义，必羞见其子也。"

玄德曰："元直临行，荐南阳诸葛亮，其人若何？"徽笑曰："元直欲去，自去便了，何又惹他出来呕心血也？"玄德曰："先生何出此言？"徽曰："孔明与博陵崔州平、颍川石广元、汝南孟公威与徐元直四人为密友。此四人务于精纯，惟孔明独观其大略。

① 峨冠博带——头戴高帽子，腰束宽带子。
② 倥偬——由于事情纷繁而忙乱。

尝抱膝长吟，而指四人曰：‘公等仕进可至刺史、郡守。’众问孔明之志若何，孔明但笑而不答。每常自比管仲、乐毅，其才不可量也。”玄德曰：“何颍川之多贤乎？”徽曰：“昔有殷馗善观天文，尝谓‘群星聚于颍分，其地必多贤士’。”时云长在侧曰：“某闻管仲、乐毅乃春秋、战国名人，功盖寰宇。孔明自比此二人，毋乃[1]太过？”徽笑曰：“以吾观之，不当比此二人，我欲另以二人比之。”云长问：“那二人？”徽曰：“可比兴周八百年之姜子牙，旺汉四百年之张子房也。”众皆愕然。徽下阶相辞欲行，玄德留之不住。徽出门，仰天大笑曰：“卧龙虽得其主，不得其时，惜哉！”言罢，飘然而去。玄德叹曰：“真隐居贤士也！”

次日，玄德同关、张并从人等来隆中。遥望山畔，数人荷锄耕于田间，而作歌曰：

苍天如圆盖，陆地似棋局。
世人黑白分，往来争荣辱。
荣者自安安，辱者定碌碌。
南阳有隐居，高眠卧不足。

玄德闻歌，勒马唤农夫问曰：“此歌何人所作？”答曰：“乃卧龙先生所作也。”玄德曰：“卧龙先生住何处？”农夫曰：“自此山之南，一带高冈，乃卧龙冈也。冈前疏林内茅庐中，即诸葛先生高卧之地。”

玄德谢之，策马前行。不数里，遥望卧龙冈，果然清景异常。后人有古风一篇，单道卧龙居处。诗曰：

襄阳城西二十里，一带高冈枕流水。
高冈屈曲压云根，流水潺湲飞石髓。
势若困龙石上蟠，形如单凤松阴里。
柴门半掩闭茅庐，中有高人卧不起。
修竹交加列翠屏，四时篱落野花馨。

① 毋乃——岂非，岂不是。

床头堆积皆黄卷，座上往来无白丁。
叩户苍猿时献果，守门老鹤夜听经。
囊里名琴藏古锦，壁间宝剑挂七星。
庐中先生独幽雅，闲来亲自勤耕稼。
专待春雷惊梦回，一声长啸安天下。

玄德来到庄前，下马亲叩柴门。一童出问，玄德曰："汉左将军、宜城亭侯、领豫州牧、皇叔刘备，特来拜见先生。"童子曰："我记不得许多名字。"玄德曰："你只说刘备来访。"童子曰："先生今早少出[①]。"玄德曰："何处去了？"童子曰："踪迹不定，不知何处去了。"玄德曰："几时归？"童子曰："归期亦不定，或三五日，或十数日。"玄德惆怅不已。张飞曰："既不见，自归去罢了。"玄德曰："且待片时。"云长曰："不如且归，再使人来探听。"玄德从其言，嘱付童子："如先生回，可言刘备拜访。"遂上马，行数里，勒马回观隆中景物，果然山不高而秀雅，水不深而澄清，地不广而平坦，林不大而茂盛，猿鹤相亲，松篁交翠，观之不已。

忽见一人容貌轩昂，丰姿俊爽，头戴逍遥巾[②]，身穿皂布袍，杖藜[③]从山僻小路而来。玄德曰："此必卧龙先生也。"急下马向前施礼，问曰："先生非卧龙否？"其人曰："将军是谁？"玄德曰："刘备也。"其人曰："吾非孔明，乃孔明之友博陵崔州平也。"玄德曰："久闻大名，幸得相遇。乞即席地权坐，请教一言。"

二人对坐于林间石上，关、张侍立于侧。州平曰："将军何故欲见孔明？"玄德曰："方今天下大乱，四方云扰[④]，欲见孔明，求安邦定国之策耳。"州平笑曰："公以定乱为主，虽是仁心，但自古以来，治乱无常。自高祖斩蛇起义，诛无道秦，是由乱而入治

① 少出——刚刚外出。
② 逍遥巾——古代一种头巾名。
③ 杖藜——即拄着藜杖。藜杖：见第二十九回该条注。
④ 云扰——像云彩般纷乱。借喻天下大乱。

也。至哀、平之世二百年，太平日久，王莽篡逆，又由治而入乱。光武中兴，重整基业，复由乱而入治。至今二百年，民安已久，故干戈又复四起，此正由治入乱之时，未可猝定也。将军欲使孔明斡旋天地①，补缀乾坤②，恐不易为，徒费心力耳。岂不闻'顺天者逸，逆天者劳''数之所在，理不得而夺之；命之所在，人不得而强之'乎？”玄德曰：“先生所言，诚为高见。但备身为汉胄，合当匡扶汉室，何敢委之数与命？”州平曰：“山野之夫，不足与论天下事，适承明问，故妄言之。”玄德曰：“蒙先生见教。但不知孔明往何处去了？”州平曰：“吾亦欲访之，正不知其何往。”玄德曰：“请先生同至敝县，若何？”州平曰：“愚性颇乐闲散，无意功名久矣。容他日再见。”言讫，长揖而去。玄德与关、张上马而行。张飞曰：“孔明又访不着，却遇此腐儒，闲谈许久。”玄德曰：“此亦隐者之言也。”

三人回至新野，过了数日，玄德使人探听孔明。回报曰：“卧龙先生已回矣。”玄德便教备马。张飞曰：“量一村夫，何必哥哥自去，可使人唤来便了。”玄德叱曰：“汝岂不闻孟子云：'欲见贤而不以其道，犹欲其入而闭之门也。'孔明当世大贤，岂可召乎？”遂上马再往访孔明。关、张亦乘马相随。时值隆冬，天气严寒，彤云③密布。行无数里，忽然朔风④凛凛，瑞雪霏霏，山如玉簇，林似银妆。张飞曰：“天寒地冻，尚不用兵，岂宜远见无益之人乎？不如回新野，以避风雪。”玄德曰：“吾正欲使孔明知我殷勤之意。如弟辈怕冷，可先回去。”飞曰：“死且不怕，岂怕冷乎？但恐哥哥空劳神思。”玄德曰：“勿多言，只相随同去。”

将近茅庐，忽闻路旁酒店中有人作歌。玄德立马听之。其歌曰：

---

① 斡旋天地——意谓扭转、挽救乱世。斡旋：本义为调解矛盾，引申为扭转、挽救之意。

② 补缀乾坤——意谓拨乱反正，挽救国家。补缀：本义为缝补衣服，引申为治乱、挽救之意。

③ 彤云——这里指阴云。

④ 朔风——即北风、寒风。朔：北方。

壮士功名尚未成，呜呼久不遇阳春。
君不见东海老叟辞荆榛，后车遂与文王亲。
八百诸侯不期会，白鱼入舟涉孟津。
牧野一战血流杵，鹰扬伟烈冠武臣。
又不见高阳酒徒起草中，长揖芒砀隆凖公。
高谈王霸惊人耳，辍洗延坐钦英风。
东下齐城七十二，天下无人能继踪。
两人非际圣天子，至今谁复识英雄。

歌罢，又有一人击桌而歌。其歌曰：

吾皇提剑清寰海，创业垂基四百载。
桓灵季业火德衰，奸臣贼子调鼎鼐。
青蛇飞下御座旁，又见妖虹降玉堂。
群盗四方如蚁聚，奸雄百辈皆鹰扬。
吾侪长啸空拍手，闷来村店饮村酒。
独善其身尽日安，何须千古名不朽！

二人歌罢，抚掌大笑。玄德曰："卧龙其在此间乎？"遂下马入店，见二人凭桌对饮：上首者白面长须，下首者清奇古貌。玄德揖而问曰："二公谁是卧龙先生？"长须者曰："公何人？欲寻卧龙何干？"玄德曰："某乃刘备也。欲访先生，求济世安民之术。"长须者曰："我等非卧龙，皆卧龙之友也。吾乃颍川石广元，此位是汝南孟公威。"玄德喜曰："备久闻二公大名，幸得邂逅。今有随行马匹在此，敢请二公同往卧龙庄上一谈。"广元曰："吾等皆山野慵懒之徒，不省治国安民之事，不劳下问。明公请自上马，寻访卧龙。"

玄德乃辞二人，上马投卧龙冈来。到庄前下马，扣门问童子曰："先生今日在庄否？"童子曰："现在堂上读书。"玄德大喜，遂跟童子而入。至中门，只见门上大书一联云：

淡泊以明志，宁静而致远。

玄德正看间，忽闻吟咏之声，乃立于门侧窥之，见草堂之上，一少年拥炉[①]抱膝，歌曰：

凤翱翔于千仞兮，非梧不栖；
士伏处于一方兮，非主不依。
乐躬耕于陇亩兮，吾爱吾庐；
聊寄傲于琴书兮，以待天时。

玄德待其歌罢，上草堂施礼曰："备久慕先生，无缘拜会。昨因徐元直称荐，敬至仙庄，不遇空回。今特冒风雪而来，得瞻道貌，实为万幸。"那少年慌忙答礼曰："将军莫非刘豫州，欲见家兄乎？"玄德惊讶曰："先生又非卧龙耶？"少年曰："某乃卧龙之弟诸葛均也。愚兄弟三人。长兄诸葛瑾，现在江东孙仲谋处为幕宾。孔明乃二家兄。"玄德曰："卧龙今在家否？"均曰："昨为崔州平相约，出外闲游去矣。"玄德曰："何处闲游？"均曰："或驾小舟游于江湖之中，或访僧道于山岭之上，或寻朋友于村落之间，或乐琴棋于洞府之内：往来莫测，不知去所。"玄德曰："刘备直如此缘分浅薄，两番不遇大贤。"均曰："少坐献茶。"张飞曰："那先生既不在，请哥哥上马。"玄德曰："我既到此间，如何无一语而回？"因问诸葛均曰："闻令兄卧龙先生熟谙韬略，日看兵书，可得闻乎？"均曰："不知。"张飞曰："问他则甚[②]？风雪甚紧，不如早归。"玄德叱止之。均曰："家兄不在，不敢久留车骑[③]，容日却来回礼。"玄德曰："岂敢望先生枉驾[④]。数日之后，备当再至。愿借纸笔作一书，留达令兄，以表刘备殷勤之意。"均遂进文房四宝。玄德呵开冻笔，拂展云笺，写书曰：

备久慕高名，两次晋谒，不遇空回，惆怅何似！窃

① 拥炉——围着火炉取暖。
② 则甚——做什么，干什么。
③ 车骑——本义为车马，引申为对人的敬称。
④ 枉驾——屈驾。称人来访的敬词。

念备汉朝苗裔，滥叨名爵。伏睹朝廷陵替，纲纪崩摧，群雄乱国，恶党欺君，备心胆俱裂。虽有匡济之诚，实乏经纶之策。仰望先生仁慈忠义，慨然展吕望之大才，施子房之鸿略，天下幸甚，社稷幸甚。先此布达，再容斋戒熏沐，特拜尊颜，面倾鄙悃。统希鉴原。

玄德写罢，递与诸葛均收了，拜辞出门。均送出，玄德再三殷勤致意而别。

方上马欲行，忽见童子招手篱外，叫曰："老先生来也。"玄德视之，见小桥之西，一人暖帽遮头，狐裘蔽体，骑着一驴，后随一青衣小童，携一葫芦酒，踏雪而来。转过小桥，口吟诗一首。诗曰：

一夜北风寒，万里彤云厚。
长空雪乱飘，改尽江山旧。
仰面观太虚，疑是玉龙斗。
纷纷鳞甲飞，顷刻遍宇宙。
骑驴过小桥，独叹梅花瘦。

玄德闻歌曰："此真卧龙矣。"滚鞍下马，向前施礼曰："先生冒寒不易。刘备等候久矣。"那人慌忙下驴答礼。诸葛均在后曰："此非卧龙家兄，乃家兄岳父黄承彦也。"玄德曰："适间所吟之句，极其高妙。"承彦曰："老夫在小婿家观《梁父吟》，记得这一篇，适过小桥，偶见篱落间梅花，故感而诵之。不期为尊客所闻。"玄德曰："曾见令婿否？"承彦曰："便是老夫也来看他。"玄德闻言，辞别承彦，上马而归。正值风雪又大，回望卧龙冈，悒怏[①]不已。后人有诗单道玄德风雪访孔明。诗曰：

一天风雪访贤良，不遇空回意感伤。
冻合溪桥山石滑，寒侵鞍马路途长。

---

① 悒怏（yì yàng）——忧愁不乐的样子。

当头片片梨花落，扑面纷纷柳絮狂。

回首停鞭遥望处，烂银堆满卧龙冈。

玄德回新野之后，光阴荏苒，又早新春。乃令卜者揲蓍[①]，选择吉期，斋戒三日，熏沐更衣，再往卧龙冈谒孔明。关、张闻之不悦，遂一齐入谏玄德。正是：

高贤未服英雄志，屈节偏生杰士疑。

未知其言若何，下文便晓。

① 揲蓍（shé shī）——古代占卜方法之一。即取蓍草五十根，先取其一，再将其余四十九根分为两叠，每四根为一数，视其阳爻阴爻，以定吉凶。

第三十八回

定三分隆中决策　战长江孙氏报仇

却说玄德访孔明两次不遇，欲再往访之。关公曰："兄长两次亲往拜谒，其礼太过矣。想诸葛亮有虚名而无实学，故避而不敢见。兄何惑于斯人之甚也！"玄德曰："不然。昔齐桓公欲见东郭野人，五反而方得一面[①]，况吾欲见大贤耶？"张飞曰："哥哥差矣。量此村夫，何足为大贤？今番不须哥哥去，他如不来，我只用一条麻绳缚将来。"玄德叱曰："汝岂不闻周文王谒姜子牙之事乎？文王且如此敬贤，汝何太无礼？今番汝休去，我自与云长去。"飞曰："既两位哥哥都去，小弟如何落后？"玄德曰："汝若同往，不可失礼。"飞应诺。

于是三人乘马引从者往隆中。离草庐半里之外，玄德便下马步行，正遇诸葛均。玄德忙施礼，问曰："令兄在庄否？"均曰："昨暮方归，将军今日可与相见。"言罢，飘然自去。玄德曰："今番侥幸得见先生矣。"张飞曰："此人无礼，便引我等到庄也不妨，何故竟自去了？"玄德曰："彼各有事，岂可相强。"

三人来到庄前叩门。童子开门出问，玄德曰："有劳仙童转报，刘备专来拜见先生。"童子曰："今日先生虽在家，但今在草堂上昼寝未醒。"玄德曰："既如此，且休通报。"分付关、张二人，只在门首等着。玄德徐步而入，见先生仰卧于草堂几席之上。玄德拱

① "昔齐桓公"二句——相传春秋时齐桓公三次去拜访一个小臣而均不遇，别人劝他不必再去了，他坚持又去，第五次终于如愿以偿。东郭野人：泛指小人物。

立[①]阶下，半晌，先生未醒。关、张在外立久，不见动静，入见玄德，犹然侍立。张飞大怒，谓云长曰："这先生如何傲慢，见我哥哥侍立阶下，他竟高卧，推睡不起！等我去屋后放一把火，看他起不起。"云长再三劝住。玄德仍命二人出门外等候。望堂上时，见先生翻身将起，忽又朝里壁睡着。童子欲报，玄德曰："且勿惊动。"又立了一个时辰，孔明才醒，口吟诗曰：

大梦谁先觉，平生我自知。
草堂春睡足，窗外日迟迟。

孔明吟罢，翻身问童子曰："有俗客来否？"童子曰："刘皇叔在此，立候多时。"孔明乃起身曰："何不早报？尚容更衣。"遂转入后堂。又半晌，方整衣冠出迎。玄德见孔明身长八尺，面如冠玉[②]，头戴纶巾[③]，身披鹤氅，飘飘然有神仙之概。玄德下拜曰："汉室末胄，涿郡愚夫，久闻先生大名，如雷贯耳。昨两次晋谒，不得一见，已书贱名于文几，未审得入览否？"孔明曰："南阳野人，疏懒性成，屡蒙将军枉临，不胜愧赧[④]。"

二人叙礼毕，分宾主而坐，童子献茶。茶罢，孔明曰："昨观书意，足见将军忧民忧国之心。但恨亮年幼才疏，有误下问。"玄德曰："司马德操之言，徐元直之语，岂虚谈哉？望先生不弃鄙贱，曲赐教诲。"孔明曰："德操、元直，世之高士。亮乃一耕夫耳，安敢谈天下事？二公谬举矣。将军奈何舍美玉而求顽石乎？"玄德曰："大丈夫抱经世奇才，岂可空老于林泉之下？愿先生以天下苍生为念，开备愚鲁而赐教。"

孔明笑曰："愿闻将军之志。"玄德屏人促席[⑤]而告曰："汉室倾

---

① 拱立——肃立，恭恭敬敬地站着。
② 冠玉——本指装饰帽子的美玉，借喻男子的美貌。
③ 纶（guān）巾——用青色丝带做的头巾；一说配有青色丝带的头巾。
④ 愧赧（nǎn）——因羞愧而脸红。
⑤ 促席——将坐席靠近对方坐着，以示亲近或便于说秘事。

颓，奸臣窃命。备不量力，欲伸大义于天下，而智术浅短，迄无所就。惟先生开其愚而拯其厄，实为万幸。”孔明曰：“自董卓造逆以来，天下豪杰并起。曹操势不及袁绍，而竟能克绍者，非惟天时，抑亦人谋也。今操已拥百万之众，挟天子以令诸侯，此诚不可与争锋。孙权据有江东，已历三世，国险而民附[①]，此可用为援而不可图也。荆州北据汉沔，利尽南海，东连吴会，西通巴蜀，此用武之地，非其主不能守，是殆[②]天所以资将军，将军岂有意乎？益州险塞，沃野千里，天府之国，高祖因之以成帝业。今刘璋暗弱，民殷国富，而不知存恤，智能之士，思得明君。将军既帝室之胄，信义著于四海，总揽英雄，思贤如渴，若跨有荆、益，保其岩阻，西和诸戎，南抚彝越，外结孙权，内修政理；待天下有变，则命一上将将荆州之兵以向宛洛，将军身率益州之众以出秦川，百姓有不箪食壶浆以迎将军者乎？诚如是，则大业可成，汉室可兴矣。此亮所以为将军谋者也，惟将军图之。”言罢，命童子取出画一轴，挂于中堂，指谓玄德曰：“此西川五十四州之图也。将军欲成霸业，北让曹操占天时，南让孙权占地利，将军可占人和。先取荆州为家，后即取西川建基业，以成鼎足之势[③]，然后可图中原也。”玄德闻言，避席拱手谢曰：“先生之言，顿开茅塞，使备如拨云雾而睹青天。但荆州刘表、益州刘璋，皆汉室宗亲，备安忍夺之？”孔明曰：“亮夜观天象，刘表不久人世，刘璋非立业之主，久后必归将军。”玄德闻言，顿首拜谢。只这一席话，乃孔明未出茅庐，已知三分天下，真万古之人不及也。后人有诗赞曰：

豫州当日叹孤穷，何幸南阳有卧龙。
欲识他年分鼎处，先生笑指画图中。

---

① 国险而民附——国险：即国家地势险要，易守难攻。这里指孙吴有长江天险可凭。民附：意谓百姓对孙吴政权已心悦诚服，民心归附。

② 是殆——相当于“这是”。是:作代词用，相当于“这”或“此”。殆:相当于“是”或“乃”。

③ 鼎足之势——鼎有三足，借喻三方并立之势。

玄德拜请孔明曰："备虽名微德薄，愿先生不弃鄙贱，出山相助，备当拱听明诲。"孔明曰："亮久乐耕锄，懒于应世，不能奉命。"玄德泣曰："先生不出，如苍生何！"言毕，泪沾袍袖，衣襟尽湿。孔明见其意甚诚，乃曰："将军既不相弃，愿效犬马之劳。"玄德大喜，遂命关、张入，拜献金帛礼物。孔明固辞不受。玄德曰："此非聘大贤之礼，但表刘备寸心耳。"孔明方受。于是玄德等在庄中共宿一宵。

次日，诸葛均回，孔明嘱付曰："吾受刘皇叔三顾之恩，不容不出。汝可躬耕于此，勿得荒芜田亩。待我功成之日，即当归隐。"后人有诗叹曰：

身未升腾思退步，功成应忆去时言。
只因先主丁宁后，星落秋风五丈原。

又有古风一篇曰：

高皇手提三尺雪，芒砀白蛇夜流血。
平秦灭楚入咸阳，二百年前几断绝。
大哉光武兴洛阳，传至桓灵又崩裂。
献帝迁都幸许昌，纷纷四海生豪杰。
曹操专权得天时，江东孙氏开鸿业。
孤穷玄德走天下，独居新野愁民厄。
南阳卧龙有大志，腹内雄兵分正奇。
只因徐庶临行语，茅庐三顾心相知。
先生尔时年三九，收拾琴书离陇亩。
先取荆州后取川，大展经纶补天手。
纵横舌上鼓风雷，谈笑胸中换星斗。
龙骧虎视安乾坤，万古千秋名不朽。

玄德等三人别了诸葛均，与孔明同归新野。玄德待孔明如师，食则同桌，寝则同榻，终日共论天下之事。孔明曰："曹操于冀州作玄武池以练水军，必有侵江南之意。可密令人过江探听虚实。"

玄德从之，使人往江东探听。

却说孙权自孙策死后，据住江东，承父兄基业，广纳贤士，开宾馆于吴会，命顾雍、张纮延接四方宾客。连年以来，你我相荐。时有会稽阚泽，字德润；彭城严畯，字曼才；沛县薛综，字敬文；汝阳程秉，字德枢；吴郡朱桓，字休穆；陆绩，字公纪；吴人张温，字惠恕；乌伤骆统，字公绪；乌程吾粲，字孔休：此数人皆至江东，孙权敬礼甚厚。又得良将数人，乃：汝南吕蒙，字子明；吴郡陆逊，字伯言；琅琊徐盛，字文向；东郡潘璋，字文珪；庐江丁奉，字承渊。文武诸人，共相辅佐，由此江东称得人之盛。

建安七年，曹操破袁绍，遣使往江东，命孙权遣子入朝随驾。权犹豫未决，吴太夫人命周瑜、张昭等面议。张昭曰："操欲令我遣子入朝，是牵制诸侯之法也。然若不令去，恐其兴兵下江东，势必危矣。"周瑜曰："将军承父兄遗业，兼六郡之众，兵精粮足，将士用命，有何逼迫而欲送质[①]于人？质一人，不得不与曹氏连和；彼有命召，不得不往：如此则见制于人也。不如勿遣，徐观其变，别以良策御之。"吴太夫人曰："公瑾之言是也。"权遂从其言，谢使者，不遣子。自此曹操有下江南之意，但正值北方未宁，无暇南征。

建安八年十一月，孙权引兵伐黄祖，战于大江之中，祖军败绩。权部将凌操轻舟当先，杀入夏口，被黄祖部将甘宁一箭射死。凌操子凌统，时年方十五岁，奋力往夺父尸而归。权见风色不利，收军还东吴。

却说孙权弟孙翊为丹阳太守。翊性刚好酒，醉后尝鞭挞士卒。丹阳督将妫览、郡丞戴员，二人常有杀翊之心，乃与翊从人边洪结为心腹，共谋杀翊。时诸将、县令皆集丹阳，翊设宴相待。翊妻徐氏美而慧，极善卜易，是日卜一卦，其象大凶，劝翊勿出会

① 质——即人质。

客。翊不从，遂与众大会。至晚席散，边洪带刀跟出门外，即抽刀砍死孙翊。妫览、戴员乃归罪边洪，斩之于市。二人乘势掳翊家资、侍妾。妫览见徐氏美貌，乃谓之曰："吾为汝夫报仇，汝当从我；不从则死。"徐氏曰："夫死未几，不忍便相从。可待至晦日[①]，设祭除服，然后成亲未迟。"览从之。徐氏乃密召孙翊心腹旧将孙高、傅婴二人入府，泣告曰："先夫在日，常言二公忠义。今妫、戴二贼谋杀我夫，只归罪边洪，将我家资、童婢尽皆分去。妫览又欲强占妾身，妾已诈许之，以安其心。二将军可差人星夜报知吴侯，一面设密计以图二贼，雪此仇辱，生死衔恩[②]。"言毕再拜。孙高、傅婴皆泣曰："我等平日感府君恩遇，今日所以不即死难者，正欲为复仇计耳。夫人所命，敢不效力？"于是密遣心腹使者往报孙权。

至晦日，徐氏先召孙、傅二人伏于密室帏幕之中，然后设祭于堂上。祭毕，即除去孝服，沐浴熏香，浓妆艳裹，言笑自若。妫览闻之甚喜。至夜，徐氏遣婢妾请览入府，设席堂中饮酒。饮既醉，徐氏乃邀览入密室。览喜，乘醉而入。徐氏大呼曰："孙、傅二将军何在？"二人即从帏幕中持刀跃出。妫览措手不及，被傅婴一刀砍倒在地，孙高再复一刀，登时杀死。徐氏复传请戴员赴宴。员入府来，至堂中，亦被孙、傅二将所杀。一面使人诛戮二贼家小及其馀党。徐氏遂重穿孝服，将妫览、戴员首级祭于孙翊灵前。不一日，孙权自领军马至丹阳，见徐氏已杀妫、戴二贼，乃封孙高、傅婴为牙门将，令守丹阳，取徐氏归家养老。江东人无不称徐氏之德。后人有诗赞曰：

才节双全世所无，奸回一旦受摧锄。
庸臣从贼忠臣死，不及东吴女丈夫。

---

① 晦日——农历每月的最后一天。

② 生死衔恩——生者和死者都感恩。衔恩：受恩，感恩。

且说东吴各处山贼尽皆平复，大江之中有战船七千馀只。孙权拜周瑜为大都督，总统江东水陆军马。

建安十二年冬十月，权母吴太夫人病危，召周瑜、张昭二人至，谓曰："我本吴人，幼亡父母，与弟吴景徙居越中。后嫁与孙氏，生四子。长子策生时，吾梦月入怀；后生次子权，又梦日入怀。卜者云：梦日月入怀者，其子大贵。不幸策早丧，今将江东基业付权。望公等同心助之，吾死不朽矣。"又嘱权曰："汝事子布、公瑾以师傅之礼，不可怠慢。吾妹与我共嫁汝父，则亦汝之母也。吾死之后，事吾妹如事我。汝妹亦当恩养，择佳婿以嫁之。"言讫遂终。孙权哀哭，具丧葬之礼，自不必说。

至来年春，孙权商议欲伐黄祖。张昭曰："居丧未及期年[①]，不可动兵。"周瑜曰："报仇雪恨，何待期年？"权犹豫未决。适平北都尉吕蒙入见，告权曰："某把龙湫水口，忽有黄祖部将甘宁来降，某细询之。宁字兴霸，巴郡临江人也，颇通书史，有气力，好游侠。尝招合亡命，纵横于江湖之中。腰悬铜铃，人听铃声，尽皆避之。又尝以西川锦作帆幔，时人皆称为'锦帆贼'。后悔[②]前非，改行从善，引众投刘表。见表不能成事，即欲来投东吴，却被黄祖留住在夏口。前东吴破祖时，祖得甘宁之力，救回夏口，乃待宁甚薄。都督苏飞屡荐宁于祖，祖曰：'宁乃劫江之贼，岂可重用？'宁因此怀恨。苏飞知其意，乃置酒邀宁到家，谓之曰：'吾荐公数次，奈主公不能用。日月逾迈[③]，人生几何，宜自远图。吾当保公为鄂县长，自作去就之计。'宁因此得过夏口，欲投江东，恐江东恨其救黄祖、杀凌操之事。某具言主公求贤若渴，不记旧恨，况各为其主，又何恨焉？宁欣然引众渡江，来见主公。乞钧旨定夺。"孙权大喜曰："吾得兴霸，破黄祖必矣。"遂命吕蒙

① 期（jī）年——即一整年，一周年。

② 后悔——后来悔恨之意。

③ 逾迈——消逝，流逝。

引甘宁入见。

参拜已毕，权曰："兴霸来此，大获我心，岂有记恨之理？请无怀疑。愿教我以破黄祖之策。"宁曰："今汉祚日危，曹操终必篡窃。南荆之地，操所必争也。刘表无远虑，其子又愚劣，不能承业传基，明公宜早图之，若迟则操先图之矣。今宜先取黄祖。祖今年老昏迈，务于货利，侵求吏民，人心皆怨；战具不修，军无法律。明公若往攻之，其势必破。既破祖军，鼓行而西，据楚关而图巴蜀，霸业可定也。"孙权曰："此金玉之论也。"遂命周瑜为大都督，总水陆军兵；吕蒙为前部先锋，董袭与甘宁为副将，权自领大军十万，征讨黄祖。

细作探知，报至江夏。黄祖急聚众商议，令苏飞为大将，陈就、邓龙为先锋，尽起江夏之兵迎敌。陈就、邓龙各引一队艨艟[①]截住沔口，艨艟上各设强弓硬弩千馀张，将大索系定艨艟于水面上。东吴兵至，艨艟上鼓响，弓弩齐发，兵不敢进，约退数里水面。甘宁谓董袭曰："事已至此，不得不进。"乃选小船百馀只，每船用精兵五十人：二十人撑船，三十人各披衣甲，手执钢刀，不避矢石，直至艨艟旁边，砍断大索，艨艟遂横。甘宁飞上艨艟，将邓龙砍死。陈就弃船而走。吕蒙见了，跳下小船，自举橹棹，直入船队，放火烧船。陈就急待上岸，吕蒙舍命赶到跟前，当胸一刀砍翻。比及苏飞引军于岸上接应时，东吴诸将一齐上岸，势不可当，祖军大败。苏飞落荒而走，而遇东吴大将潘璋，两马相交，战不数合，被璋生擒过去，径至船中来见孙权。权命左右以槛车囚之，待活捉黄祖，一并诛戮。催动三军，不分昼夜，攻打夏口。正是：

只因不用锦帆贼，至令冲开大索船。

未知黄祖胜负如何，且看下文分解。

---

① 艨艟（méng chōng）——古代大型战船。

第三十九回

荆州城公子三求计　博望坡军师初用兵

却说孙权督众攻打夏口，黄祖兵败将亡，情知守把不住，遂弃江夏，望荆州而走。甘宁料得黄祖必走荆州，乃于东门外伏兵等候。祖带数十骑突出东门，正走之间，一声喊起，甘宁拦住。祖于马上谓宁曰："我向日不曾轻待汝，今何相逼耶？"宁叱曰："吾昔在江夏多立功绩，汝乃以劫江贼待我，今日尚有何说？"黄祖自知难免，拨马而走。甘宁冲开士卒，直赶将来，只听得后面喊声起处，又有数骑赶来。宁视之，乃程普也。宁恐普来争功，慌忙拈弓搭箭，背射黄祖，祖中箭翻身落马。宁枭其首级，回马与程普合兵一处，回见孙权，献黄祖首级。权命以木匣盛贮，待回江东，祭献于亡父灵前。重赏三军，升甘宁为都尉，商议欲分兵守江夏。张昭曰："孤城不可守，不如且回江东。刘表知我破黄祖，必来报仇，我以逸待劳，必败刘表。表败而后乘势攻之，荆襄可得也。"权从其言，遂弃江夏，班师回江东。

苏飞在槛车内，密使人告甘宁求救。宁曰："飞即不言，吾岂忘之？"大军既至吴会，权命将苏飞枭首，与黄祖首级一同祭献。甘宁乃入见权，顿首哭告曰："某向日若不得苏飞，则骨填沟壑矣，安能效命将军麾下哉？今飞罪当诛，某念其昔日之恩情，愿纳还官爵，以赎飞罪。"权曰："彼既有恩于君，吾为君赦之。但彼若逃去奈何？"宁曰："飞得免诛戮，感恩无地，岂肯走乎？若飞去，宁愿将首级献于阶下。"权乃赦苏飞，止将黄祖首级祭献。祭毕设宴，大会文武庆功。

正饮酒间，忽见座上一人大哭而起，拔剑在手，直取甘宁；宁忙举坐椅以迎之。权惊视其人，乃凌统也。因甘宁在江夏时，射死他父亲凌操，今日相见，故欲报仇。权连忙劝住，谓统曰："兴霸射死卿父，彼时各为其主，不容不尽力。今既为一家人，岂可复理旧仇？万事皆看吾面。"凌统叩头大哭曰："不共戴天之仇，岂容不报？"权与众官再三劝之，凌统只是怒目而视甘宁。权即日命甘宁领兵五千、战船一百只，往夏口镇守，以避凌统。宁拜谢，领兵自往夏口去了。权又加封凌统为承烈都尉，统只得含恨而止。

东吴自此广造战船，分兵守把江岸。又命孙静引一枝军守吴会，孙权自领大军屯柴桑，周瑜日于鄱阳湖教练水军，以备攻战。

话分两头。却说玄德差人打探江东消息，回报："东吴已攻杀黄祖，现今屯兵柴桑。"玄德便请孔明计议。正话间，忽刘表差人来请玄德赴荆州议事。孔明曰："此必因江东破了黄祖，故请主公商议报仇之策也。某当与主公同往，相机而行，自有良策。"玄德从之，留云长守新野，令张飞引五百人马跟随往荆州来。玄德在马上谓孔明曰："今见景升，当若何对答？"孔明曰："当先谢襄阳之事。他若令主公去征讨江东，切不可应允，但说容归新野，整顿军马。"玄德依言。

来到荆州，馆驿安下，留张飞屯兵城外，玄德与孔明入城见刘表。礼毕，玄德请罪于阶下。表曰："吾已悉知贤弟被害之事，当时即欲斩蔡瑁之首，以献贤弟，因众人告免，故姑恕之。贤弟幸勿见罪。"玄德曰："非干蔡将军之事，想皆下人所为耳。"表曰："今江夏失守，黄祖遇害，故请贤弟共议报复之策。"玄德曰："黄祖性暴，不能用人，故致此祸。今若兴兵南征，倘曹操北来，又当奈何？"表曰："吾今年老多病，不能理事，贤弟可来助我。我死之后，弟便为荆州之主也。"玄德曰："兄何出此言？量备安敢当此重任。"孔明以目视玄德。玄德曰："容徐思良策。"遂辞出，回至馆驿。孔明曰："景升欲以荆州付主公，奈何却之？"玄德曰："景升待我，恩礼交至，安忍乘其危而夺之？"孔明叹曰："真仁慈之主也。"

正商论间，忽报公子刘琦来见。玄德接入，琦泣拜曰："继母不能相容，性命只在旦夕，望叔父怜而救之。"玄德曰："此贤侄家事耳，奈何问我？"孔明微笑。玄德求计于孔明，孔明曰："此家事，亮不敢与闻。"少时，玄德送琦出，附耳低言曰："来日我使孔明回拜贤侄，可如此如此，彼定有妙计相告。"琦谢而去。

次日，玄德只推腹痛，乃浼[①]孔明代往回拜刘琦。孔明允诺，来至公子宅前下马，入见公子。公子邀入后堂。茶罢，琦曰："琦不见容于继母，幸先生一言相救。"孔明曰："亮客寄于此，岂敢与人骨肉之事？倘有漏泄，为害不浅。"说罢，起身告辞。琦曰："既承光顾，安敢慢别？"乃挽留孔明入密室共饮。饮酒之间，琦又曰："继母不见容，乞先生一言救我。"孔明曰："此非亮所敢谋也。"言讫，又欲辞去。琦曰："先生不言则已，何便欲去？"孔明乃复坐。琦曰："琦有一古书，请先生一观。"乃引孔明登一小楼。孔明曰："书在何处？"琦泣拜曰："继母不见容，琦命在旦夕，先生忍无一言相救乎？"孔明作色而起，便欲下楼，只见楼梯已撤去。琦告曰："琦欲求教良策，先生恐有泄漏，不肯出言。今日上不至天，下不至地，出君之口，入琦之耳，可以赐教矣。"孔明曰："疏不间亲，亮何能为公子谋？"琦曰："先生终不幸教琦乎？琦命固不保矣，请即死于先生之前。"乃掣剑欲自刎。孔明止之曰："已有良策。"琦拜曰："愿即赐教。"孔明曰："公子岂不闻申生、重耳之事[②]乎？申生在内而亡，重耳在外而安。今黄祖新亡，江夏乏人守御，公子何

① 浼（měi）——请求，央求。

② 申生、重耳之事——事见《史记·晋世家》：春秋时晋献公有八子，初立长子申生为太子。后因宠幸骊姬，欲改立其子奚齐为太子。有人劝申生逃往他国，申生不听，被骊姬诬陷，被迫自杀。重耳逃往他国，十九年后返国继位，是即晋文公，终成春秋五霸之一。

不上言，乞屯兵守江夏，则可以避祸矣。”琦再拜谢教，乃命人取梯，送孔明下楼。孔明辞别，回见玄德，具言其事。玄德大喜。

次日，刘琦上言，欲守江夏。刘表犹豫未决，请玄德共议。玄德曰：“江夏重地，固非他人可守，正须公子自往；东南之事，兄父子当之；西北之事，备愿当之。”表曰：“近闻曹操于邺郡作玄武池以练水军，必有南征之意，不可不防。”玄德曰：“备已知之，兄勿忧虑。”遂拜辞回新野。刘表令刘琦引兵三千，往江夏镇守。

却说曹操罢三公之职，自以丞相兼之。以毛玠为东曹掾，崔琰为西曹掾，司马懿为文学掾。懿字仲达，河内温人也，颍川太守司马儁之孙，京兆尹司马防之子，主簿司马朗之弟也。自是文官大备，乃聚武将商议南征。夏侯惇进曰：“近闻刘备在新野，每日教演士卒，必为后患，可早图之。”操即命夏侯惇为都督，于禁、李典、夏侯兰、韩浩为副将，领兵十万，直抵博望城，以窥新野。荀彧谏曰：“刘备英雄，今更兼诸葛亮为军师，不可轻敌。”惇曰：“刘备鼠辈耳，吾必擒之。”徐庶曰：“将军勿轻视刘玄德，今玄德得诸葛亮为辅，如虎生翼矣。”操曰：“诸葛亮何人也？”庶曰：“亮字孔明，道号卧龙先生。有经天纬地之才，出鬼入神[①]之计，真当世之奇才，非可小觑。”操曰：“比公若何？”庶曰：“庶安敢比亮？庶如萤火之光，亮乃皓月之明也。”夏侯惇曰：“元直之言谬矣。吾看诸葛亮如草芥耳，何足惧哉！吾若不一阵生擒刘备，活捉诸葛，愿将首级献与丞相。”操曰：“汝早报捷书，以慰吾心。”惇奋然辞曹操，引军登程。

却说玄德自得孔明，以师礼待之。关、张二人不悦，曰：“孔明年幼，有甚才学？兄长待之太过，又未见他真实效验。”玄德曰：“吾得孔明，犹鱼之得水也。两弟勿复多言。”关、张见说，不

① 出鬼入神——形容变化万端，不可捉摸。

言而退。一日，有人送犛牛尾至，玄德取尾，亲自结帽。孔明入见，正色曰："明公无复有远志，但事此而已耶？"玄德投帽于地而谢曰："吾聊假此以忘忧耳。"孔明曰："明公自度比曹操若何？"玄德曰："不如也。"孔明曰："明公之众，不过数千人，万一曹兵至，何以迎之？"玄德曰："吾正愁此事，未得良策。"孔明曰："可速招募民兵，亮自教之，可以待敌。"玄德遂招新野之民，得三千人，孔明朝夕教演阵法。

忽报曹操差夏侯惇引兵十万，杀奔新野来了。张飞闻知，谓云长曰："可着孔明前去迎敌便了。"正说之间，玄德召二人入，谓曰："夏侯惇引兵到来，如何迎敌？"张飞曰："哥哥何不使'水'去？"玄德曰："智赖孔明，勇须二弟，何可推调[①]？"

关、张出，玄德请孔明商议。孔明曰："但恐关、张二人不肯听吾号令，主公若欲亮行兵，乞假剑印[②]。"玄德便以剑印付孔明，孔明遂聚集众将听令。张飞谓云长曰："且听令去，看他如何调度。"孔明令曰："博望之左有山，名曰豫山；右有林，名曰安林：可以埋伏军马。云长可引一千军往豫山埋伏，等彼军至，放过休敌。其辎重粮草必在后面，但看南面火起，可纵兵出击，就焚其粮草。翼德可引一千军去安林背后山谷中埋伏，只看南面火起，便可出，向博望城旧屯粮草处纵火烧之。关平、刘封可引五百军，预备引火之物，于博望坡后两边等候，至初更兵到，便可放火矣。"又命于樊城取回赵云，令为前部，不要赢，只要输。"主公自引一军为后援。各须依计而行，勿使有失。"云长曰："我等皆出迎敌，未审军师却作何事？"孔明曰："我只坐守县城。"张飞大笑曰："我们都去厮杀，你却在家里坐地，好自在。"孔明曰："剑印在此，违令者斩！"玄德曰："岂不闻'运筹帷幄之中，决胜千里

① 推调——推托，推辞。

② 剑印——这里指刘备的宝剑和官印，可代表刘备的权力，凭此可斩违令将士。

之外'[①]？二弟不可违令。"张飞冷笑而去。云长曰："我们且看他的计应也不应，那时却来问他未迟。"二人去了。

众将皆未知孔明韬略，今虽听令，却都疑惑不定。孔明谓玄德曰："主公今日可便引兵就博望山下屯住。来日黄昏，敌军必到，主公便弃营而走；但见火起，即回军掩杀。亮与糜竺、糜芳引五百军守县。"命孙乾、简雍准备庆喜筵席，安排功劳簿伺候。派拨已毕，玄德亦疑惑不定。

却说夏侯惇与于禁等引兵至博望，分一半精兵作前队，其馀尽护粮车而行。时当秋月，商飙[②]徐起。人马趱行之间，望见前面尘头忽起。惇便将人马摆开，问向导官曰："此间是何处？"答曰："前面便是博望坡，后面是罗川口。"惇令于禁、李典押住阵脚，亲自出马阵前。遥望军马来到，惇忽然大笑。众问："将军为何而笑？"惇曰："吾笑徐元直在丞相面前夸诸葛亮为天人，今观其用兵，乃以此等军马为前部，与吾对敌，正如驱犬羊与虎豹斗耳。吾于丞相前夸口，要活捉刘备、诸葛亮，今必应吾言矣。"遂自纵马向前。赵云出马，惇骂曰："汝等随刘备，如孤魂随鬼耳。"云大怒，纵马来战。两马相交，不数合，云诈败而走。夏侯惇从后追赶。云约走十馀里，回马又战，不数合又走。韩浩拍马向前谏曰："赵云诱敌，恐有埋伏。"惇曰："敌军如此，虽十面埋伏，吾何惧哉！"遂不听浩言，直赶至博望坡。一声炮响，玄德自引军冲将过来，接应交战。夏侯惇笑谓韩浩曰："此即埋伏之兵也。吾今晚不到新野，誓不罢兵。"乃催军前进。玄德、赵云退后便走。

时天色已晚，浓云密布，又无月色，昼风既起，夜风愈大。夏侯惇只顾催军赶杀。于禁、李典赶到窄狭处，两边都是芦苇。

---

① "运筹帷幄之中"二句——语出《史记·高祖本纪》。意谓谋士虽然不出帷幄，其谋略却可以决定战场上的胜利。运筹：制定战略战术。帷幄：指将帅的帷幕。

② 商飙（biāo）——秋天的狂风。商：五音之一，而古人以商音配秋天，故商可代指秋天。飙：暴风，狂风。

典谓禁曰："欺敌者必败。南道路狭，山川相逼，树木丛杂，倘彼用火攻，奈何？"禁曰："君言是也。吾当往前为都督言之，君可止住后军。"李典便勒回马，大叫："后军慢行。"人马走发[1]，那里拦当得住。于禁骤马大叫："前军都督且住！"夏侯惇正走之间，见于禁从后军奔来，便问何故。禁曰："南道路狭，山川相逼，树木丛杂，可防火攻。"夏侯惇猛省，即回马令军马勿进。言未已，只听背后喊声震起，早望见一派火光烧着，随后两边芦苇亦着。一霎时，四面八方尽皆是火，又值风大，火势愈猛。曹家人马自相践踏，死者不计其数。赵云回军赶杀，夏侯惇冒烟突火而走。

且说李典见势头不好，急奔回博望城时，火光中一军拦住，当先大将乃关云长也。李典纵马混战，夺路而走。于禁见粮草车辆都被火烧，便投小路奔逃去了。夏侯兰、韩浩来救粮草，正遇张飞。战不数合，张飞一枪刺夏侯兰于马下。韩浩夺路走脱。直杀到天明，却才收军。杀得尸横遍野，血流成河。后人有诗曰：

> 博望相持用火攻，指挥如意笑谈中。
>
> 直须惊破曹公胆，初出茅庐第一功。

夏侯惇收拾残军，自回许昌。

却说孔明收军，关、张二人相谓曰："孔明真英杰也。"行不数里，见糜竺、糜芳引军簇拥着一辆小车，车中端坐一人，乃孔明也。关、张下马拜伏于车前。须臾，玄德、赵云、刘封、关平等皆至，收聚众军，把所获粮草辎重分赏将士，班师回新野。新野百姓望尘遮道而拜曰："吾属生全，皆使君得贤人之力也。"孔明回至县中，谓玄德曰："夏侯惇虽败去，曹操必自引大军来。"玄德曰："似此如之奈何？"孔明曰："亮有一计，可敌曹军。"正是：

> 破敌未堪息战马，避兵又必赖良谋。

未知其计若何，且看下回分解。

---

① 走发——即走得正欢。

第四十回

蔡夫人议献荆州　诸葛亮火烧新野

却说玄德问孔明求拒曹兵之计，孔明曰："新野小县，不可久居。近闻刘景升病在危笃，可乘此机会，取彼荆州为安身之地，庶可拒曹操也。"玄德曰："公言甚善。但备受景升之恩，安忍图之？"孔明曰："今若不取，后悔何及？"玄德曰："吾宁死，不忍作负义之事。"孔明曰："且再作商议。"

却说夏侯惇败回许昌，自缚见曹操，伏地请死。操释之。惇曰："惇遭诸葛亮诡计，用火攻破我军。"操曰："汝自幼用兵，岂不知狭处须防火攻？"惇曰："李典、于禁曾言及此，悔之不及。"操乃赏二人。惇曰："刘备如此猖狂，真腹心之患也，不可不急除。"操曰："吾所虑者，刘备、孙权耳，馀皆不足介意。今当乘此时扫平江南。"便传令起大兵五十万，令曹仁、曹洪为第一队，张辽、张郃为第二队，夏侯渊、夏侯惇为第三队，于禁、李典为第四队，操自领诸将为第五队：每队各引兵十万。又令许褚为折冲将军，引兵三千为先锋。选定建安十三年秋七月丙午日出师。

太中大夫孔融谏曰："刘备、刘表皆汉室宗亲，不可轻伐；孙权虎踞六郡，且有大江之险，亦不易取。今丞相兴此无义之师，恐失天下之望。"操怒曰："刘备、刘表、孙权皆逆命之臣，岂容不讨？"遂叱退孔融，下令："如有再谏者，必斩。"孔融出府，仰天叹曰："以至不仁伐至仁，安得不败乎？"时御史大夫郗虑家客闻此言，报知郗虑。虑常被孔融侮慢，心正恨之，乃以此言入告曹操，且曰："融平日每每狎侮丞相，又与祢衡相善：衡赞融曰'仲尼不死'，融赞衡曰'颜回复生'。向者祢衡之辱丞相，乃融使之也。"操大怒，遂命廷尉捕捉孔融。融有二子，年尚少，时方在家，对坐弈棋。左右急报曰："尊君被廷尉执去，将斩矣，二公子何不急避？"二子曰："破巢之下，安有完卵[①]乎？"言未已，廷尉又至，尽收融家小并二子，皆斩之，号令融尸于市。京兆脂习伏尸而哭。操闻之，大怒，欲杀之。荀彧曰："彧闻脂习常谏融曰：'公刚直太过，乃取祸之道。'今融死而来哭，乃义人也，不可杀。"操乃止。习收融父子尸首，皆葬之。后人有诗赞孔融曰：

孔融居北海，豪气贯长虹。
坐上客常满，樽中酒不空。
文章惊世俗，谈笑侮王公。
史笔褒忠直，存官纪大中。

曹操既杀孔融，传令五队军马次第起行，只留荀彧等守许昌。

却说荆州刘表病重，使人请玄德来托孤。玄德引关、张至荆州见刘表。表曰："我病已入膏肓[②]，不久便死矣，特托孤于贤弟。我子无才，恐不能承父业。我死之后，贤弟可自领荆州。"玄德泣拜曰："备当竭力以辅贤侄，安敢有他意乎？"正说间，人报曹操自统大兵至。玄德急辞刘表，星夜回新野。

刘表病中闻此信，吃惊不小，商议写遗嘱，令玄德辅佐长子刘琦为荆州之主。蔡夫人闻之大怒，关上内门；使蔡瑁、张允二人把住外门。时刘琦在江夏，知父病危，来至荆州探病，方到外门，蔡瑁当住曰："公子奉父命镇守江夏，其任至重，今擅离职守，倘东吴兵至，如之奈何？若入见主公，主公必生嗔怒，病将转增，

① 破巢之下，安有完卵——比喻破灭的家族成员谁都难逃一死。
② 病入膏肓（huāng）——病势沉重，不可救药。膏肓：中医术语。中医谓心尖脂肪为膏，心脏与膈膜之间为肓。以为病入这两个部位，病人便难以治疗。

非孝也。宜速回。”刘琦立于门外，大哭一场，上马仍回江夏。刘表病势危笃，望刘琦不来，至八月戊申日，大叫数声而死。后人有诗叹刘表曰：

昔闻袁氏居河朔，又见刘君霸汉阳。
总为牝晨致家累，可怜不久尽销亡。

刘表既死，蔡夫人与蔡瑁、张允商议，假写遗嘱，令次子刘琮为荆州之主，然后举哀报丧。时刘琮年方十四岁，颇聪明，乃聚众言曰：“吾父弃世，吾兄现在江夏，更有叔父玄德在新野。汝等立我为主，倘兄与叔兴兵问罪，如何解释？”众官未及对，幕官李珪答曰：“公子之言甚善。今可急发哀书至江夏，请大公子为荆州之主，就命玄德一同理事，北可以敌曹操，南可以拒孙权，此万全之策也。”蔡瑁叱曰：“汝何人，敢乱言以逆主公遗命？”李珪大骂曰：“汝内外朋谋[①]，假称遗命，废长立幼，眼见荆襄九郡送于蔡氏之手。故主有灵，必当殛[②]汝！”蔡瑁大怒，喝令左右推出斩之。李珪至死大骂不绝。于是蔡瑁遂立刘琮为主。蔡氏宗族分领荆州之兵；令治中邓义、别驾刘先守荆州；蔡夫人自与刘琮前赴襄阳驻扎，以防刘琦、刘备。就葬刘表之柩于襄阳城东汉阳之原，竟不讣告刘琦与玄德。

刘琮至襄阳，方才歇马，忽报曹操引大军径望襄阳而来。琮大惊，遂请蒯越、蔡瑁等商议。东曹掾傅巽进言曰：“不特曹操兵来为可忧，今大公子在江夏，玄德在新野，我皆未往报丧，若彼兴兵问罪，荆襄危矣。巽有一计，可使荆襄之民安如泰山，又可保全主公名爵。”琮曰：“计将安出？”巽曰：“不如将荆襄九郡献与曹操，操必重待主公也。”琮叱曰：“是何言也？孤受先君之基业，坐尚未稳，岂可便弃之他人？”蒯越曰：“傅公悌之言是也。

① 朋谋——相互勾结策划。
② 殛（jí）——杀死，诛戮。

夫逆顺有大体，强弱有定势。今曹操南征北讨，以朝廷为名，主公拒之，其名不顺。且主公新立，外患未宁，内忧将作。荆襄之民闻曹兵至，未战而胆先寒，安能与之敌哉？”琮曰：“诸公善言，非我不从。但以先君之业，一旦弃与他人，恐贻笑于天下耳。”

言未已，一人昂然而进曰：“傅公悌、蒯异度之言甚善，何不从之？”众视之，乃山阳高平人，姓王名粲，字仲宣。粲容貌瘦弱，身材短小。幼时往见中郎蔡邕，时邕高朋满座，闻粲至，倒履[①]迎之。宾客皆惊曰：“蔡中郎何独敬此小子耶？”邕曰：“此子有异才，吾不如也。”粲博闻强记，人皆不及。尝观道旁碑文一过，便能记诵；观人弈棋，棋局乱，粲复为摆出，不差一子。又善算术，其文词妙绝一时。年十七，辟为黄门侍郎，不就。后因避乱至荆襄，刘表以为上宾。当日谓刘琮曰：“将军自料比曹公何如？”琮曰：“不如也。”粲曰：“曹公兵强将勇，足智多谋，擒吕布于下邳，摧袁绍于官渡，逐刘备于陇右，破乌桓于白狼，枭除荡定者，不可胜计。今以大军南下荆襄，势难抵敌。傅、蒯二君之谋，乃长策也。将军不可迟疑，致生后悔。”琮曰：“先生见教极是，但须禀告母亲知道。”只见蔡夫人从屏后转出，谓琮曰：“既是仲宣、公悌、异度三人所见相同，何必告我。”于是刘琮意决，便写降书，令宋忠潜地往曹操军前投献。宋忠领命，直至宛城，接着曹操，献上降书。操大喜，重赏宋忠，分付教刘琮出城迎接，便着他永为荆州之主。

宋忠拜辞曹操，取路回荆襄。将欲渡江，忽见一枝人马到来，视之，乃关云长也。宋忠回避不迭，被云长唤住，细问荆州之事。忠初时隐讳，后被云长盘问不过，只得将前后事情一一实告。云长大惊，随捉宋忠至新野见玄德，备言其事。玄德闻之大哭。张

---

① 倒履——亦作“倒屣”。古人脱鞋席地而坐，因匆忙迎客，倒穿了鞋子。后即成为热情迎客之典。

飞曰："事已如此，可先斩宋忠，随起兵渡江，夺了襄阳，杀了蔡氏、刘琮，然后与曹操交战。"玄德曰："你且缄口[①]，我自有斟酌。"乃叱宋忠曰："你知众人作事，何不早来报我？今虽斩汝，无益于事，可速去。"忠拜谢，抱头鼠窜而去。

玄德正忧闷间，忽报公子刘琦差伊籍到来。玄德感伊籍昔日相救之恩，降阶迎之，再三称谢。籍曰："大公子在江夏闻荆州已故，蔡夫人与蔡瑁等商议不来报丧，竟立刘琮为主。公子差人往襄阳探听，回说是实。恐使君不知，特差某赍哀书呈报，并求使君尽起麾下精兵，同往襄阳问罪。"玄德看书毕，谓伊籍曰："机伯只知刘琮僭立，更不知刘琮已将荆襄九郡献与曹操矣。"籍大惊曰："使君从何知之？"玄德具言拿获宋忠之事。籍曰："若如此，使君不如以吊丧为名，前赴襄阳，诱刘琮出迎，就便擒下，诛其党类，则荆州属使君矣。"孔明曰："机伯之言是也，主公可从之。"玄德垂泪曰："吾兄临危托孤于我，今若执其子而夺其地，异日死于九泉之下，何面目复见吾兄乎？"孔明曰："如不行此事，今曹兵已至宛城，何以拒敌？"玄德曰："不如走樊城以避之。"

正商议间，探马飞报："曹兵已到博望了。"玄德慌忙发付伊籍回江夏整顿军马，一面与孔明商议拒敌之计。孔明曰："主公且宽心。前番一把火，烧了夏侯惇大半人马；今番曹军又来，必教他中这条计。我等在新野住不得了，不如早到樊城去。"便差人四门张榜，晓谕居民："无问老幼男女，愿从者，即于今日皆跟我往樊城暂避，不可自误。"差孙乾往河边调拨船只，救济百姓；差糜竺护送各官家眷到樊城。一面聚诸将听令，先教云长："引一千军去白河上流头埋伏，各带布袋，多装沙土，遏住白河之水。至来日三更后，只听下流头人喊马嘶，急取起布袋，放水淹之，却顺水杀将下来接应。"又唤张飞："引一千军去博陵渡口埋伏，此处水势最

① 缄（jiān）口——闭嘴。

慢，曹军被淹，必从此逃难，可便乘势杀来接应。”又唤赵云：“引军三千，分为四队：自领一队伏于东门外；其三队分伏西、南、北三门，却先于城内人家屋上多藏硫黄焰硝引火之物。曹军入城必安歇民房，来日黄昏后必有大风。但看风起，便令西、南、北三门伏军尽将火箭射入城去；待城中火势大作，却于城外呐喊助威，只留东门，放他出走。汝却于东门外从后击之。天明会合关、张二将，收军回樊城。”再令糜芳、刘封二人：“带二千军，一半红旗，一半青旗，去新野城外三十里鹊尾坡前屯住。一见曹军到，红旗军走在左，青旗军走在右。他心疑，必不敢追。汝二人却去分头埋伏，只望城中火起，便可追杀败兵，然后却来白河上流头接应。”孔明分拨已定，乃与玄德登高了望，只候捷音。

却说曹仁、曹洪引军十万为前队，前面已有许褚引三千铁甲军开路，浩浩荡荡，杀奔新野来。是日午牌时分，来到鹊尾坡，望见坡前一簇人马，尽打青、红旗号。许褚催军向前。刘封、糜芳分为四队，青、红旗各归左右。许褚勒马教：“且休进，前面必有伏兵，我兵只在此处住下。”许褚一骑马飞报前队曹仁。曹仁曰：“此是疑兵，必无埋伏，可速进兵，我当催军继至。”许褚复回坡前，提兵杀入，至林下追寻时，不见一人。时日已坠西。许褚方欲前进，只听得山上大吹大擂。抬头看时，只见山顶上一簇旗，旗丛中两把伞盖：左玄德，右孔明，二人对坐饮酒。许褚大怒，引军寻路上山。山上擂木炮石①打将下来，不能前进。又闻山后喊声大震，欲寻路厮杀，天色已晚。

曹仁领兵到，教且夺新野城歇马。军士至城下时，只见四门大开。曹兵突入，并无阻当，城中亦不见一人，竟是一座空城了。曹洪曰：“此是势孤计穷，故尽带百姓逃窜去了。我军权且在城安

---

① 擂木炮石——古代作战的两种武器。擂木：即木桩，置于城墙或山上，用以砸进攻之敌。“擂”是滚的意思。炮石：即石块，因多用炮（一种土机械）打出去，故称“炮石”。有时也用手抛，故亦称“抛石”。

歇，来日平明进兵。”此时各军走乏，都已饥饿，皆去夺房造饭。曹仁、曹洪就在衙内安歇。

初更以后，狂风大作，守门军士飞报火起。曹仁曰：“此必军士造饭不小心，遗漏之火，不可自惊。”说犹未了，接连几次飞报，西、南、北三门皆火起。曹仁急令众将上马时，满县火起，上下通红。是夜之火，更胜前日博望烧屯之火。后人有诗叹曰：

奸雄曹操守中原，九月南征到汉川。

风伯怒临新野县，祝融飞下焰摩天。

曹仁引众将突烟冒火，寻路奔走，闻说东门无火，急急奔出东门。军士自相践踏，死者无数。曹仁等方才脱得火厄，背后一声喊起，赵云引军赶来混战。败军各逃性命，谁肯回身厮杀。正奔走间，糜芳引一军至，又冲杀一阵。曹仁大败，夺路而走，刘封又引一军截杀一阵。到四更时分，人困马乏，军士大半焦头烂额。奔至白河边，喜得河水不甚深，人马都下河吃水，人相喧嚷，马尽嘶鸣。

却说云长在上流用布袋遏住河水，黄昏时分，望见新野火起。至四更，忽听得下流头人喊马嘶。急令军士一齐掣起布袋，水势滔天，望下流冲去。曹军人马俱溺于水中，死者极多。曹仁引众将望水势慢处夺路而走。行到博陵渡口，只听喊声大起，一军拦路。当先大将乃张飞也，大叫：“曹贼快来纳命[①]！”曹军大惊。正是：

城内才看红焰吐，水边又遇黑风来。

未知曹仁性命如何，且看下文分解。

① 纳命——交出性命。即送死之意。

第四十一回

刘玄德携民渡江　赵子龙单骑救主

却说张飞因关公放了上流水，遂引军从下流杀将来，截住曹仁混杀。忽遇许褚，便与交锋。许褚不敢恋战，夺路走脱。张飞赶来，接着玄德、孔明，一同沿河到上流。刘封、糜芳已安排船只等候，遂一齐渡河，尽望樊城而去。孔明教将船筏放火烧毁。

却说曹仁收拾残军，就新野屯住，使曹洪去见曹操，具言失利之事。操大怒曰："诸葛村夫，安敢如此！"催动三军，漫山塞野，尽至新野下寨。传令军士一面搜山，一面填塞白河。令大军分作八路，一齐去取樊城。刘晔曰："丞相初至襄阳，必须先买民心。今刘备尽迁新野百姓入樊城，若我兵径进，二县为齑粉矣。不如先使人招降刘备，备即不降，亦可见我爱民之心；若其来降，则荆州之地，可不战而定也。"操从其言，便问："谁可为使？"刘晔曰："徐庶与刘备至厚，今现在军中，何不命他一往？"操曰："他去恐不复来。"晔曰："他若不来，贻笑于人矣。丞相勿疑。"操乃召徐庶至，谓曰："我本欲踏平樊城，奈怜众百姓之命。公可往说刘备：如肯来降，免罪赐爵；若更执迷，军民共戮，玉石俱焚。吾知公忠义，故特使公往，愿勿相负。"

徐庶受命而行。至樊城，玄德、孔明接见，共诉旧日之情。庶曰："曹操使庶来招降使君，乃假买民心也。今彼分兵八路，填白河而进，樊城恐不可守，宜速作行计。"玄德欲留徐庶，庶谢曰："某若不还，恐惹人笑。今老母已丧，抱恨终天。身虽在彼，誓不为设一谋。公有卧龙辅佐，何愁大业不成？庶请辞。”玄德不敢强留。徐庶辞回，见了曹操，言玄德并无降意。操大怒，即日进兵。

玄德问计于孔明，孔明曰：“可速弃樊城，取襄阳暂歇。”玄德曰：“奈百姓相随许久，安忍弃之？”孔明曰：“可令人遍告百姓：有愿随者同去，不愿者留下。”先使云长往江岸整顿船只，令孙乾、简雍在城中声扬曰：“今曹兵将至，孤城不可久守，百姓愿随者，便同过江。”两县之民齐声大呼曰：“我等虽死，亦愿随使君。”即日号泣而行，扶老携幼，将男带女，滚滚渡河，两岸哭声不绝。玄德于船上望见，大恸曰：“为吾一人而使百姓遭此大难，吾何生哉！”欲投江而死，左右急救止。闻者莫不痛哭。船到南岸，回顾百姓，有未渡者，望南而哭。玄德急令云长催船渡之，方才上马。

行至襄阳东门，只见城上遍插旌旗，壕边密布鹿角。玄德勒马大叫曰：“刘琮贤侄，吾但欲救百姓，并无他念，可快开门。”刘琮闻玄德至，惧而不出。蔡瑁、张允径来敌楼上，叱军士乱箭射下。城外百姓皆望敌楼而哭。城中忽有一将引数百人，径上城楼，大喝：“蔡瑁、张允，卖国之贼！刘使君乃仁德之人，今为救民而来投，何得相拒？”众视其人，身长八尺，面如重枣，乃义阳人也，姓魏名延，字文长。当下魏延轮刀砍死守门将士，开了城门，放下吊桥，大叫：“刘皇叔快领兵入城，共杀卖国之贼。”张飞便跃马欲入，玄德急止之曰：“休惊百姓。”魏延只管招呼玄德军马入城。只见城内一将飞马引军而出，大喝：“魏延无名小卒，安敢造乱！认得我大将文聘么？”魏延大怒，挺枪跃马，便来交战。两下军兵在城边混杀，喊声大震。玄德曰：“本欲保民，反害民也。吾不愿入襄阳。”孔明曰：“江陵乃荆州要地，不如先取江陵为家。”玄德曰：“正合吾心。”于是引着百姓，尽离襄阳大路，望江陵而走。襄阳城中百姓，多有乘乱逃出城来，跟玄德而去。魏延与文聘交战，从巳至未，手下兵卒皆已折尽。延乃拨马而逃，却寻不见玄德，自投长沙太守韩玄去了。

却说玄德同行军民十馀万，大小车数千辆，挑担背包者不计其数。路过刘表之墓，玄德率众将拜于墓前，哭告曰："辱弟[1]备无德无才，负兄寄托之重，罪在备一身，与百姓无干，望兄英灵垂救荆襄之民。"言甚悲切，军民无不下泪。忽哨马报说："曹操大军已屯樊城，使人收拾船筏，即日渡江赶来也。"众将皆曰："江陵要地，足可拒守。今拥民众数万，日行十馀里，似此几时得至江陵？倘曹兵到，如何迎敌？不如暂弃百姓，先行为上。"玄德泣曰："举大事者，必以人为本。今人归我，奈何弃之？"百姓闻玄德此言，莫不伤感。后人有诗赞之曰：

临难仁心存百姓，登舟挥泪动三军。

至今凭吊襄江口，父老犹然忆使君。

却说玄德拥着百姓，缓缓而行。孔明曰："追兵不久即至，可遣云长往江夏求救于公子刘琦，教他速起兵乘船会于江陵。"玄德从之，即修书，令云长同孙乾领五百军，往江夏求救；令张飞断后，赵云保护老小，其馀俱管顾百姓而行。每日只走十馀里便歇。

却说曹操在樊城，使人渡江至襄阳，召刘琮相见。琮惧怕，不敢往见。蔡瑁、张允请行。王威密告琮曰："将军既降，玄德又走，曹操必懈弛无备。愿将军奋整奇兵，设于险处击之，操可获矣。获操则威震天下，中原虽广，可传檄而定。此难遇之机，不可失也。"琮以其言告蔡瑁，瑁叱王威曰："汝不知天命，安敢妄言？"威怒骂曰："卖国之徒，吾恨不生啖汝肉！"瑁欲杀之，蒯越劝止。瑁遂与张允同至樊城，拜见曹操，瑁等辞色甚是谄佞。操问："荆州军马钱粮，今有多少？"瑁曰："马军五万，步军

① 辱弟——自谦之称。意为不中用或昏聩的兄弟。

十五万，水军八万：共二十八万。钱粮大半在江陵，其馀各处亦足供给一载。”操曰：“战船多少？原是何人管领？”瑁曰：“大小战船共七千馀只，原是瑁等二人掌管。”操遂加瑁为镇南侯、水军大都督，张允为助顺侯、水军副都督。二人大喜，拜谢。操又曰：“刘景升既死，其子降顺，吾当表奏天子，使永为荆州之主。”二人大喜而退。荀攸曰：“蔡瑁、张允乃谄佞之徒，主公何遂加以如此显爵，更教都督水军乎？”操笑曰：“吾岂不识人？止因吾所领北地之众不习水战，故且权用此二人，待成事之后，别有理会。”

却说蔡瑁、张允归见刘琮，具言：“曹操许保奏将军永镇荆襄。”琮大喜。次日，与母蔡夫人赍捧印绶兵符，亲自渡江拜迎曹操。操抚慰毕，即引随征军将，进屯襄阳城外。蔡瑁、张允令襄阳百姓焚香拜接，曹操俱用好言抚谕。入城至府中坐定，即召蒯越近前，抚慰曰：“吾不喜得荆州，喜得异度也。”遂封蒯越为江陵太守、樊城侯，傅巽、王粲等皆为关内侯。而以刘琮为青州刺史，便教起程。琮闻命大惊，辞曰：“琮不愿为官，愿守父母乡土。”操曰：“青州近帝都，教你随朝为官，免在荆襄被人图害。”琮再三推辞，曹操不准。琮只得与母蔡夫人同赴青州，只有故将王威相随，其馀官员俱送至江口而回。操唤于禁嘱付曰：“你可引轻骑追刘琮母子杀之，以绝后患。”于禁得令，领众赶上，大喝曰：“我奉丞相令，教来杀汝母子，可早纳下首级。”蔡夫人抱刘琮而大哭。于禁喝令军士下手。王威忿怒，奋力相斗，竟被众军所杀。军士杀死刘琮及蔡夫人。于禁回报曹操，操重赏于禁。便使人往隆中搜寻孔明妻小，却不知去向。原来孔明先已令人搬送至三江内隐避矣。操深恨之。

襄阳既定，荀攸进言曰：“江陵乃荆襄重地，钱粮极广。刘备若据此地，急难动摇。”操曰：“孤岂忘之？”随命于襄阳诸将中，选一员引军开道。诸将中却独不见文聘。操使人寻问，方才来见。操曰：“汝来何迟？”对曰：“为人臣而不能使其主保全境土，心实悲惭，无颜早见耳。”言讫，欷歔流涕。操曰：“真忠臣也。”除江夏太守，赐爵关内侯，便教引军开道。探马报说：“刘备带领百姓，日行止十数里，计程只有三百馀里。”操教各部下精选五千铁骑，星夜前进，限一日一夜赶上刘备。大军陆续随后而进。

却说玄德引十数万百姓、三千馀军马，一程程挨着往江陵进发。赵云保护老小，张飞断后。孔明曰：“云长往江夏去了，绝无回音，不知若何。”玄德曰：“敢烦军师亲自走一遭，刘琦感公昔日之教，今若见公亲至，事必谐[①]矣。”孔明允诺，便同刘封引五百军先往江夏求救去了。

当日玄德自与简雍、糜竺、糜芳同行。正行间，忽然一阵狂风就马前刮起，尘土冲天，平遮红日。玄德惊曰：“此何兆也？”简雍颇明阴阳[②]，袖占一课[③]，失惊曰：“此大凶之兆也，应在今夜。主公可速弃百姓而走。”玄德曰：“百姓从新野相随至此，吾安忍弃之？”雍曰：“主公若恋而不弃，祸不远矣。”玄德问：“前面是何处？”左右答曰：“前面是当阳县。有座山，名为景山。”玄德便教就此山扎住。时秋末冬初，凉风透骨，黄昏将近，哭声遍野。

至四更时分，只听得西北喊声震地而来。玄德大惊，急上马，引本部精兵二千馀人迎敌。曹兵掩至，势不可当。玄德死战。正在危迫之际，幸得张飞引军至，杀开一条血路，救玄德望东而走。文聘当先拦住，玄德骂曰：“背主之贼，尚有何面目见人？”文聘羞惭满面，引兵自投东北去了。张飞保着玄德，且战且走。奔至天明，闻喊声渐渐远去，玄德方才歇马。看手下随行人，止有百馀骑。百姓、老小并糜竺、糜芳、简雍、赵云等一干人，皆不知下落。玄德大哭曰：“十数万生灵，皆因恋我，遭此大难；诸将及老小，皆不知存亡：虽土木之人，宁不悲乎！”

---

① 谐——指事情能够办成、办妥。

② 阴阳——这里指用阴阳五行之说占卜吉凶祸福的方术。

③ 课——卦。

正凄惶时，忽见糜芳面带数箭，踉跄而来，口言："赵子龙反投曹操去了也。"玄德叱曰："子龙是我故交，安肯反乎？"张飞曰："他今见我等势穷力尽，或者反投曹操，以图富贵耳。"玄德曰："子龙从我于患难，心如铁石[①]，非富贵所能动摇也。"糜芳曰："我亲见他投西北去了。"张飞曰："待我亲自寻他去，若撞见时，一枪刺死。"玄德曰："休错疑了，岂不见你二兄诛颜良、文丑之事乎？子龙此去，必有事故。吾料子龙必不弃我也。"张飞那里肯听，引二十馀骑至长坂桥，见桥东有一带树木，飞生一计：教所从二十馀骑都砍下树枝，拴在马尾上，在树林内往来驰骋，冲起尘土，以为疑兵。飞却亲自横矛立马于桥上，向西而望。

却说赵云自四更时分与曹军厮杀，往来冲突。杀至天明，寻不见玄德，又失了玄德老小。云自思曰："主公将甘、糜二夫人与小主人阿斗托付在我身上，今日军中失散，有何面目去见主人？不如去决一死战，好歹要寻主母与小主人下落。"回顾左右，只有三四十骑相随。云拍马在乱军中寻觅，二县百姓号哭之声震天动地，中箭着枪、抛男弃女而走者不计其数。

赵云正走之间，见一人卧在草中，视之，乃简雍也。云急问曰："曾见两位主母否？"雍曰："二主母弃了车仗，抱阿斗而走。我飞马赶去，转过山坡，被一将刺了一枪，跌下马来，马被夺了去。我争斗不得，故卧在此。"云乃将从骑所骑之马借一匹与简雍骑坐，又着二卒扶护简雍先去报与主人："我上天入地，好歹寻主母与小主人来；如寻不见，死在沙场上也。"

说罢，拍马望长坂坡而去。忽一人大叫："赵将军那里去？"云勒马问曰："你是何人？"答曰："我乃刘使君帐下护送车仗的军士，被箭射倒在此。"赵云便问二夫人消息，军士曰："恰才见甘夫人披头跣足，相随一伙百姓妇女投南而走。"云见说，也不顾

---

① 铁石——这里是比喻非常守信重义，决不会动摇。

军士，急纵马望南赶去。只见一伙百姓，男女数百人，相携而走。云大叫曰："内中有甘夫人否？"夫人在后面望见赵云，放声大哭。云下马插枪而泣曰："使主母失散，云之罪也。糜夫人与小主人安在？"甘夫人曰："我与糜夫人被逐，弃了车仗，杂于百姓内步行。又撞见一枝军马冲散，糜夫人与阿斗不知何往，我独自逃生至此。"

正言间，百姓发喊，又撞出一枝军来。赵云拨枪上马看时，面前马上绑着一人，乃糜竺也；背后一将手提大刀，引着千馀军，乃曹仁部将淳于导，拿住糜竺，正要解去献功。赵云大喝一声，挺枪纵马，直取淳于导。导抵敌不住，被云一枪刺落马下。向前救了糜竺，夺得马二匹。云请甘夫人上马，杀开条大路，直送至长坂坡。只见张飞横矛立马于桥上，大叫："子龙，你如何反我哥哥？"云曰："我寻不见主母与小主人，因此落后，何言反耶？"飞曰："若非简雍先来报信，我今见你，怎肯干休也。"云曰："主公在何处？"飞曰："只在前面不远。"云谓糜竺曰："糜子仲保甘夫人先行，待我仍往寻糜夫人与小主人去。"言罢，引数骑再回旧路。

正走之间，见一将手提铁枪，背着一口剑，引十数骑跃马而来。赵云更不打话，直取那将，交马只一合，把那将一枪刺倒。从骑皆走。原来那将乃曹操随身背剑之将夏侯恩也。曹操有宝剑二口：一名倚天，一名青釭。倚天剑自佩之，青釭剑令夏侯恩佩之。那青釭剑砍铁如泥，锋利无比。当时夏侯恩自恃勇力，背着曹操，只顾引人抢夺掳掠。不想撞着赵云，被他一枪刺死，夺了那口剑。看靶上有金嵌"青釭"二字，方知是宝剑也。

云插剑提枪，复杀入重围。回顾手下从骑，已没一人，只剩得孤身。云并无半点退心，只顾往来寻觅。但逢百姓，便问糜夫人消息。忽一人指曰："夫人抱着孩儿，左腿上着了枪，行走不得，只在前面墙缺内坐地。"赵云听了，连忙追寻。只见一个人家被火烧坏土墙，糜夫人抱着阿斗，坐于墙下枯井之旁啼哭。云急下马，伏地而拜。夫人曰："妾得见将军，阿斗有命矣。望将军可怜他父亲飘荡半世，只有这点骨血，将军可护持此子，教他得见父面，妾死无恨。”云曰：“夫人受难，云之罪也。不必多言，请夫人上马，云自步行死战，保夫人透出重围。”糜夫人曰：“不可。将军岂可无马？此子全赖将军保护。妾已重伤，死何足惜。望将军速抱此子前去，勿以妾为累也。”云曰：“喊声将近，追兵已至，请夫人速速上马。”糜夫人曰：“妾身委实难去，休得两误。”乃将阿斗递与赵云曰：“此子性命全在将军身上。”赵云三回五次请夫人上马，夫人只不肯上马。四边喊声又起，云厉声曰：“夫人不听吾言，追军若至，为之奈何？”糜夫人乃弃阿斗于地，翻身投入枯井中而死。后人有诗赞之曰：

战将全凭马力多，步行怎把幼君扶。
拚将一死存刘嗣，勇决还亏女丈夫。

赵云见夫人已死，恐曹军盗尸，便将土墙推倒，掩盖枯井。掩讫，解开勒甲绦[①]，放下掩心镜，将阿斗抱护在怀，绰枪上马。早有一将引一队步军至，乃曹洪部将晏明也，持三尖两刃刀，来战赵云。不三合，被赵云一枪刺倒。杀散众军，冲开一条路。正走间，前面又一枝军马拦路。当先一员大将，旗号分明，大书“河间张郃”。云更不答话，挺枪便战。约十馀合，云不敢恋战，夺路而走。背后张郃赶来，云加鞭而行，不想趷跶[②]一声，连马和人颠入土坑之内。张郃挺枪来刺，忽然一道红光从土坑中滚起，那匹马平空[③]一跃，跳出坑外。后人有诗曰：

红光罩体困龙飞，征马冲开长坂围。
四十二年真命主，将军因得显神威。

张郃见了，大惊而退。

赵云纵马正走，背后忽有二将大叫：“赵云休走！”前面又有

① 勒甲绦（tāo）——系于铠甲之外的腰带。
② 趷跶（gē da）——这里是象声词，形容马匹跌倒的声音。
③ 平空——无缘无故。

二将，使两般军器，截住去路。后面赶的是马延、张顗，前面阻的是焦触、张南，都是袁绍手下降将。赵云力战四将，曹军一齐拥至。云乃拔青釭剑乱砍，手起处，衣甲平过，血如涌泉，杀退众军将，直透重围。

却说曹操在景山顶上望见一将，所到之处，威不可当，急问左右是谁。曹洪飞马下山大叫曰："军中战将，可留姓名。"云应声曰："吾乃常山赵子龙也。"曹洪回报曹操。操曰："真虎将也！吾当生致之。"遂令飞马传报各处："如赵云到，不许放冷箭，只要捉活的。"因此赵云得脱此难；此亦阿斗之福所致也。

这一场杀，赵云怀抱后主，直透重围，砍倒大旗两面，夺槊三条，前后枪刺剑砍杀死曹营名将五十馀员。后人有诗曰：

血染征袍透甲红，当阳谁敢与争锋。

古来冲阵扶危主，只有常山赵子龙。

赵云当下杀透重围，已离大阵，血满征袍。正行间，山坡下又撞出两枝军，乃夏侯惇部将锺缙、锺绅兄弟二人，一个使大斧，一个使画戟，大喝："赵云快下马受缚！"正是：

才离虎窟逃生去，又遇龙潭鼓浪来。

毕竟子龙怎地脱身，且听下回分解。

第四十二回

张翼德大闹长坂桥　刘豫州败走汉津口

却说锺缙、锺绅二人拦住赵云厮杀，赵云挺枪便刺，锺缙当先挥大斧来迎。两马相交，战不三合，被云一枪刺落马下，夺路便走。背后锺绅持戟赶来，马尾相衔，那枝戟只在赵云后心内弄影。云急拨转马头，恰好两胸相拍。云左手持枪隔过画戟，右手拔出青钉宝剑砍去，带盔连脑，砍去一半，绅落马而死。馀众奔散。赵云得脱，望长坂桥而走。只闻后面喊声大震，原来文聘引军赶来。赵云到得桥边，人困马乏，见张飞挺矛立马于桥上，云大呼曰："翼德援我！"飞曰："子龙速行，追兵我自当之。"

云纵马过桥，行二十馀里，见玄德与众人憩于树下。云下马伏地而泣，玄德亦泣。云喘息而言曰："赵云之罪，万死犹轻。糜夫人身带重伤，不肯上马，投井而死，云只得推土墙掩之。怀抱公子，身突重围，赖主公洪福，幸而得脱。适来公子尚在怀中啼哭，此一会不见动静，多是不能保也。"遂解视之，原来阿斗正睡着未醒。云喜曰："幸得公子无恙。"双手递与玄德。玄德接过，掷之于地曰："为汝这孺子，几损我一员大将。"赵云忙向地下抱起阿斗，泣拜曰："云虽肝脑涂地，不能报也。"后人有诗曰：

曹操军中飞虎出，赵云怀内小龙眠。

无由抚慰忠臣意，故把亲儿掷马前。

却说文聘引军追赵云至长坂桥，只见张飞倒竖虎须，圆睁环眼，手绰蛇矛，立马桥上；又见桥东树林之后尘头大起，疑有伏兵：便勒住马，不敢近前。俄而[①]，曹仁、李典、夏侯惇、夏侯渊、乐进、张辽、张郃、许褚等都至，见飞怒目横矛，立马于桥上，又恐是诸葛孔明之计，都不敢近前。扎住阵脚，一字儿摆在桥西，使人飞报曹操。

操闻知，急上马，从阵后来。张飞睁圆环眼，隐隐见后军青罗伞盖、旄钺旌旗来到，料得是曹操心疑，亲自来看。飞乃厉声大喝曰："我乃燕人张翼德也，谁敢与我决一死战？"声如巨雷，曹军闻之，尽皆股栗[②]。曹操急令去其伞盖，回顾左右曰："我向曾闻云长言：翼德于百万军中取上将之首，如探囊取物。今日相逢，不可轻敌。"言未已，张飞睁目又喝曰："燕人张翼德在此，谁敢来决死战？"曹操见张飞如此气概，颇有退心。飞望见曹操后军阵脚移动，乃挺矛又喝曰："战又不战，退又不退，却是何故？"喊声未绝，曹操身边夏侯杰惊得肝胆碎裂，倒撞于马下。操便回马而走，于是诸军众将一齐望西奔走。正是：

黄口孺子，怎闻霹雳之声；病体樵夫，难听虎豹之吼。

一时弃枪落盔者不计其数，人如潮涌，马似山崩，自相践踏。后人有诗赞曰：

长坂桥头杀气生，横枪立马眼圆睁。
一声好似轰雷震，独退曹家百万兵。

却说曹操惧张飞之威，骤马望西而走，冠簪尽落，披发奔逃。张辽、许褚赶上，扯住辔环。曹操仓皇失措。张辽曰："丞相休惊。料张飞一人，何足深惧？今急回军杀去，刘备可擒也。"曹操神色方才稍定，乃令张辽、许褚再至长坂桥探听消息。

且说张飞见曹军一拥而退，不敢追赶。速唤回原随二十馀骑，

① 俄而——不久，一会儿。
② 股栗——两腿发抖。形容极度恐惧。股：本指大腿，引申为双腿。栗：战栗，发抖。

解去马尾树枝，令将桥梁拆断，然后回马来见玄德，具言断桥一事。玄德曰："吾弟勇则勇矣，惜失于计较。"飞问其故，玄德曰："曹操多谋，汝不合拆断桥梁，彼必追至矣。"飞曰："他被我一喝，倒退数里，何敢再追？"玄德曰："若不断桥，彼恐有埋伏，不敢进兵；今拆断了桥，彼料我无军而怯，必来追赶。彼有百万之众，虽涉江汉，可填而过，岂惧一桥之断耶？"于是即刻起身，从小路斜投汉津，望沔阳路而走。

却说曹操使张辽、许褚探长坂桥消息，回报曰："张飞已拆断桥梁而去矣。"操曰："彼断桥而去，乃心怯也。"遂传令差一万军，速搭三座浮桥，只今夜就要过。李典曰："此恐是诸葛亮之诈谋，不可轻进。"操曰："张飞一勇之夫，岂有诈谋？"遂传下号令，火速进兵。

却说玄德行近汉津，忽见后面尘头大起，鼓声连天，喊声震地。玄德曰："前有大江，后有追兵，如之奈何？"急命赵云准备抵敌。曹操下令军中曰："今刘备釜中之鱼，阱中之虎①，若不就此时擒捉，如放鱼入海，纵虎归山矣。众将可努力向前。"众将领命，一个个奋威追赶。忽山坡后鼓声响处，一队军马飞出，大叫曰："我在此等候多时了。"当头那员大将手执青龙刀，坐下赤兔马。原来是关云长去江夏借得军马一万，探知当阳长坂大战，特地从此路截出。曹操一见云长，即勒住马，回顾众将曰："又中诸葛亮之计也。"传令大军速退。

云长追赶十数里，即回军保护玄德等到汉津。已有船只伺候，云长请玄德并甘夫人、阿斗至船中坐定。云长问曰："二嫂嫂如何不见？"玄德诉说当阳之事。云长叹曰："曩日猎于许田时，若从吾意，可无今日之患。"玄德曰："我于此时亦投鼠忌器耳。"

---

① 釜（fǔ）中之鱼，阱中之虎——本义是放在锅里的鱼，跌入陷坑的虎。比喻敌人再难逃脱。釜：古代炊具。阱：用以捕兽或擒人的陷坑。

正说之间，忽见江南岸战鼓大鸣，舟船如蚁，顺风扬帆而来。玄德大惊。船来至近，只见一人白袍银铠，立于船头上大呼曰："叔父别来无恙，小侄得罪。"玄德视之，乃刘琦也。琦过船，哭拜曰："闻叔父困于曹操，小侄特来接应。"玄德大喜，遂合兵一处，放舟而行。

在船中正诉情由，江西南上战船一字儿摆开，乘风唿哨而至。刘琦惊曰："江夏之兵，小侄已尽起至此矣。今有战船拦路，非曹操之军，即江东之军也，如之奈何？"玄德出船头视之，见一人纶巾道服，坐在船头上，乃孔明也，背后立着孙乾。玄德慌请过船，问其何故却在此。孔明曰："亮自至江夏，先令云长于汉津登陆地而接。我料曹操必来追赶，主公必不从江陵来，必斜取汉津矣，故特请公子先来接应。我竟往夏口，尽起军前来相助。"

玄德大悦，合为一处，商议破曹之策。孔明曰："夏口城险，颇有钱粮，可以久守，请主公且到夏口屯住。公子自回江夏，整顿战船，收拾军器，为掎角之势，可以抵当曹操。若共归江夏，则势反孤矣。"刘琦曰："军师之言甚善。但愚意欲请叔父暂至江夏，整顿军马停当，再回夏口不迟。"玄德曰："贤侄之言亦是。"遂留下云长，引五千军守夏口。玄德、孔明、刘琦共投江夏。

却说曹操见云长在旱路引军截出，疑有伏兵，不敢来追。又恐水路先被玄德夺了江陵，便星夜提兵赴江陵来。荆州治中邓义、别驾刘先已备知襄阳之事，料不能抵敌曹操，遂引荆州军民出郭投降。曹操入城，安民已定，释韩嵩之囚，加为大鸿胪。其馀众官，各有封赏。

曹操与众将议曰："今刘备已投江夏，恐结连东吴，是滋蔓也。当用何计破之？"荀攸曰："我今大振兵威，遣使驰檄江东，请孙权会猎于江夏，共擒刘备，分荆州之地，永结盟好。孙权必惊疑而来降，则吾事济矣。"操从其计，一面发檄遣使赴东吴；一面计点马步水军共八十三万，诈称一百万，水陆并进，船骑双行，沿江而来，西连荆、峡，东接蕲、黄，寨栅联络三百馀里。

话分两头。却说江东孙权屯兵柴桑郡，闻曹操大军至襄阳，刘琮已降，今又星夜兼道取江陵，乃集众谋士商议御守之策。鲁肃曰："荆州与国邻接，江山险固，士民殷富，吾若据而有之，此帝王之资也。今刘表新亡，刘备新败，肃请奉命往江夏吊丧，因说刘备使抚刘表众将，同心一意，共破曹操，备若喜而从命，则大事可定矣。"权喜从其言，即遣鲁肃赍礼，往江夏吊丧。

却说玄德至江夏，与孔明、刘琦共议良策。孔明曰："曹操势大，急难抵敌。不如往投东吴孙权，以为应援，使南北相持，吾等于中取利，有何不可？"玄德曰："江东人物极多，必有远谋，安肯相容耶？"孔明笑曰："今操引百万之众，虎踞江汉，江东安得不使人来探听虚实？若有人到此，亮借一帆风，直至江东，凭三寸不烂之舌，说南北两军互相吞并：若南军胜，共诛曹操，以取荆州之地；若北军胜，则我乘势以取江南可也。"玄德曰："此论甚高。但如何得江东人到？"

正说间，人报："江东孙权差鲁肃来吊丧，船已傍岸。"孔明笑曰："大事济矣。"遂问刘琦曰："往日孙策亡时，襄阳曾遣人去吊丧否？"琦曰："江东与我家有杀父之仇，安得通庆吊之礼？"孔明曰："然则鲁肃之来，非为吊丧，乃来探听军情也。"遂谓玄德曰："鲁肃至，若问曹操动静，主公只推不知。再三问时，主公只说可问诸葛亮。"计会[①]已定，使人迎接鲁肃。

肃入城吊丧，收过礼物，刘琦请肃与玄德相见。礼毕，邀入后堂饮酒。肃曰："久闻皇叔大名，无缘拜会，今幸得见，实为欣慰。近闻皇叔与曹操会战，必知彼虚实，敢问操军约有几何？"

---

① 计会——商议，筹划。

玄德曰："备兵微将寡，一闻操至即走，竟不知彼虚实。"鲁肃曰："闻皇叔用诸葛孔明之谋，两场火烧得曹操魂亡胆落，何言不知耶？"玄德曰："除非问孔明，便知其详。"肃曰："孔明安在？愿求一见。"玄德教请孔明出来相见。

肃见孔明，礼毕，问曰："向慕先生才德，未得拜晤。今幸相遇，愿闻目今安危之事。"孔明曰："曹操奸计，亮已尽知，但恨力未及，故且避之。"肃曰："皇叔今将止于此乎？"孔明曰："使君与苍梧太守吴臣有旧，将往投之。"肃曰："吴臣粮少兵微，自不能保，焉能容人？"孔明曰："吴臣处虽不足久居，今且暂依之，别有良图。"肃曰："孙将军虎踞六郡，兵精粮足，又极敬贤礼士，江表英雄多归附之。今为君计，莫若遣心腹往结东吴，以共图大事。"孔明曰："刘使君与孙将军自来无旧[①]，恐虚费词说，且别无心腹之人可使。"肃曰："先生之兄现为江东参谋，日望与先生相见。肃不才，愿与公同见孙将军，共议大事。"玄德曰："孔明是吾之师，顷刻不可相离，安可去也？"肃坚请孔明同去，玄德佯不许。孔明曰："事急矣，请奉命一行。"玄德方才许诺。鲁肃遂别了玄德、刘琦，与孔明登舟，望柴桑郡来。正是：

只因诸葛扁舟去，致使曹兵一旦休。

不知孔明此去毕竟如何，且看下文分解。

① 无旧——向来没有交情。

第四十三回

诸葛亮舌战群儒　鲁子敬力排众议

却说鲁肃、孔明辞了玄德、刘琦，登舟望柴桑郡来。二人在舟中共议，鲁肃谓孔明曰："先生见孙将军，切不可实言曹操兵多将广。"孔明曰："不须子敬叮咛，亮自有对答之语。"及船到岸，肃请孔明于馆驿中暂歇，先自往见孙权。权正聚文武于堂上议事，闻鲁肃回，急召入问曰："子敬往江夏，体探[①]虚实若何？"肃曰："已知其略，尚容徐禀。"权将曹操檄文示肃曰："操昨遣使赍文至此，孤先发遣[②]来使，现今会众商议未定。"肃接檄文观看。其略曰：

> 孤近承帝命，奉词伐罪。旄麾南指，刘琮束手，荆襄之民，望风归顺。今统雄兵百万，上将千员，欲与将军会猎于江夏，共伐刘备，同分土地，永结盟好。幸勿观望，速赐回音。

鲁肃看毕曰："主公尊意若何？"权曰："未有定论。"张昭曰："曹操拥百万之众，借天子之名，以征四方，拒之不顺。且主公大势，可以拒操者，长江也。今操既得荆州，长江之险，已与我共之矣，势不可敌。以愚之计，不如纳降，为万安之策。"众谋士皆曰："子布之言，正合天意。"孙权沉吟不语。张昭又曰："主公不必多疑，如降操，则东吴民安，江南六郡可保矣。"孙权低头不语。

---

① 体探——亲自探听。

② 发遣——打发，使离去。

须臾，权起更衣，鲁肃随于权后。权知肃意，乃执肃手而言曰："卿欲如何？"肃曰："恰才众人所言，深误将军。众人皆可降曹操，惟将军不可降曹操。"权曰："何以言之？"肃曰："如肃等降操，当以肃还乡党[①]，累官[②]故不失州郡也。将军降操，欲安所归乎？位不过封侯，车不过一乘，骑不过一匹，从不过数人，岂得南面称孤哉？众人之意，各自为己，不可听也。将军宜早定大计。"权叹曰："诸人议论，大失孤望。子敬开说大计，正与吾见相同，此天以子敬赐我也。但操新得袁绍之众，近又得荆州之兵，恐势大，难以抵敌。"肃曰："肃至江夏，引诸葛瑾之弟诸葛亮在此，主公可问之，便知虚实。"权曰："卧龙先生在此乎？"肃曰："现在馆驿中安歇。"权曰："今日天晚，且未相见。来日聚文武于帐下，先教见我江东英俊，然后升堂议事。"肃领命而去。

次日，至馆驿中见孔明，又嘱曰："今见我主，切不可言曹操兵多。"孔明笑曰："亮自见机而变，决不有误。"肃乃引孔明至幕下，早见张昭、顾雍等一班文武二十馀人，峨冠博带，整衣端坐。孔明逐一相见，各问姓名。施礼已毕，坐于客位。

张昭等见孔明丰神飘洒，器宇轩昂，料道此人必来游说。张昭先以言挑之曰："昭乃江东微末之士，久闻先生高卧隆中，自比管、乐，此语果有之乎？"孔明曰："此亮平生小可之比[③]也。"昭曰："近闻刘豫州三顾先生于草庐之中，幸得先生，以为如鱼得水，思欲席卷荆襄。今一旦以属曹操，未审是何主见？"孔明自思："张昭乃孙权手下第一个谋士，若不先难倒他，如何说得孙权？"遂答曰："吾观取汉上之地，易如反掌。我主刘豫州躬行仁义，不忍夺同宗之基业，故力辞之。刘琮孺子，听信佞言，暗自

① 还乡党——返回家乡。乡党：家乡，故乡。

② 累官——即积累功绩，逐步升官。

③ 小可之比——意谓将自己比作管仲、乐毅，还是谦虚的比喻，实际才能更超过了管、乐。

投降，致使曹操得以猖獗。今我主屯兵江夏，别有良图，非等闲可知也。”

昭曰：“若此，是先生言行相违也。先生自比管、乐，管仲相桓公，霸诸侯，一匡天下[①]；乐毅扶持微弱之燕，下[②]齐七十馀城：此二人者，真济世之才也。先生在草庐之中，但笑傲风月，抱膝危坐。今既从事[③]刘豫州，当为生灵兴利除害，剿灭乱贼。且刘豫州未得先生之前，尚且纵横寰宇，割据城池。今得先生，人皆仰望，虽三尺童蒙[④]，亦谓彪虎生翼，将见汉室复兴，曹氏即灭矣；朝廷旧臣，山林隐士，无不拭目而待，以为拂高天之云翳[⑤]，仰日月之光辉，拯民于水火之中，措天下于衽席之上[⑥]，在此时也。何先生自归豫州，曹兵一出，弃甲抛戈，望风而窜？上不能报刘表以安庶民，下不能辅孤子[⑦]而据疆土，乃弃新野，走樊城，败当阳，奔夏口，无容身之地。是豫州既得先生之后，反不如其初也。管仲、乐毅果如是乎？愚直之言，幸勿见怪。”

孔明听罢，哑然[⑧]而笑曰：“鹏飞万里，其志岂群鸟能识哉？譬如人染沉疴[⑨]，当先用糜粥以饮之，和药以服之，待其腑脏调和，形体渐安，然后用肉食以补之，猛药以治之，则病根尽去，人得全生也。若不待气脉和缓，便投以猛药厚味，欲求安保，诚为难矣。吾主刘豫州向日军败于汝南，寄迹刘表，兵不满千，将

---

① 一匡天下——即一举而挽救乱世，使天下太平。匡：扶持，救助。

② 下——攻克，夺取。

③ 从事——追随，奉事。

④ 童蒙——不懂事的儿童。

⑤ 拂高天之云翳（yì）——本义为去除天空中的阴云。借喻扫荡天下乱臣贼子，恢复太平。拂：去掉，扫除。云翳：阴云。

⑥ 措天下于衽（rèn）席之上——意谓使天下太平，百姓安居。措：本义为安置、安放，引申为治理国家。衽席：本义为床褥，借喻天下太平，百姓安居。

⑦ 孤子——指刘表之子。

⑧ 哑然——形容笑声。

⑨ 沉疴（kē）——重病。

止关、张、赵云而已，此正如病势尪羸[1]已极之时也。新野山僻小县，人民稀少，粮食鲜薄，豫州不过暂借以容身，岂真将坐守于此耶？夫以甲兵不完，城郭不固，军不经练，粮不继日，然而博望烧屯，白河用水，使夏侯惇、曹仁辈心惊胆裂，窃谓管仲、乐毅之用兵，未必过此。至于刘琮降操，豫州实出不知；且又不忍乘乱夺同宗之基业，此真大仁大义也。当阳之败，豫州见有数十万赴义之民扶老携幼相随，不忍弃之，日行十里，不思进取江陵，甘与同败，此亦大仁大义也。寡不敌众，胜负乃其常事。昔高皇数败于项羽，而垓下一战成功，此非韩信之良谋乎？夫信久事高皇，未尝累胜。盖国家大计，社稷安危，是有主谋。非比夸辩之徒，虚誉欺人：坐议立谈，无人可及；临机应变，百无一能。诚为天下笑耳。”这一篇言语，说得张昭并无一言回答。

座上忽一人抗声[2]问曰：“今曹公兵屯百万，将列千员，龙骧虎视，平吞江夏，公以为何如？”孔明视之，乃虞翻也。孔明曰：“曹操收袁绍蚁聚之兵，劫刘表乌合之众，虽数百万不足惧也。”虞翻冷笑曰：“军败于当阳，计穷于夏口，区区求救于人，而犹言不惧，此真大言欺人也。”孔明曰：“刘豫州以数千仁义之师，安能敌百万残暴之众？退守夏口，所以待时也。今江东兵精粮足，且有长江之险，犹欲使其主屈膝降贼，不顾天下耻笑。由此论之，刘豫州真不惧操贼者矣。”虞翻不能对。

座间又一人问曰：“孔明欲效仪、秦之舌[3]，游说东吴耶？”孔明视之，乃步骘也。孔明曰：“步子山以苏秦、张仪为辩士，不知苏秦、张仪亦豪杰也：苏秦佩六国相印，张仪两次相秦，皆有匡扶人国之谋，非比畏强凌弱、惧刀避剑之人也。君等闻曹操虚发

① 尪羸（wāng léi）——瘦弱，衰弱。

② 抗声——高声，大声。抗：义通“亢”。

③ 仪、秦之舌——指张仪、苏秦之善辩。二人皆为战国时著名的说客：张仪主张连横，苏秦主张合纵，皆曾游说于各诸侯国。

诈伪之词，便畏惧请降，敢笑苏秦、张仪乎？”步骘默然无语。

忽一人问曰：“孔明以曹操何如人也？”孔明视其人，乃薛综也。孔明答曰：“曹操乃汉贼也，又何必问？”综曰：“公言差矣。汉传世至今，天数将终。今曹公已有天下三分之二，人皆归心。刘豫州不识天时，强欲与争，正如以卵击石，安得不败乎？”孔明厉声曰：“薛敬文安得出此无父无君[①]之言乎？夫人生天地间，以忠孝为立身之本。公既为汉臣，则见有不臣之人，当誓共戮之，臣之道也。今曹操祖宗叨食汉禄，不思报效，反怀篡逆之心，天下之所共愤。公乃以天数归之，真无父无君之人也，不足与语，请勿复言。”薛综满面羞惭，不能对答。

座上又一人应声问曰：“曹操虽挟天子以令诸侯，犹是相国曹参[②]之后。刘豫州虽云中山靖王苗裔，却无可稽考，眼见只是织席贩屦之夫耳，何足与曹操抗衡哉？”孔明视之，乃陆绩也。孔明笑曰：“公非袁术座间怀橘之陆郎[③]乎？请安坐，听吾一言。曹操既为曹相国之后，则世为汉臣矣。今乃专权肆横，欺凌君父，是不惟无君，亦且蔑祖；不惟汉室之乱臣，亦曹氏之贼子也。刘豫州堂堂帝胄，当今皇帝按谱赐爵，何云‘无可稽考’？且高祖起身亭长，而终有天下；织席贩屦，又何足为辱乎？公小儿之见，不足与高士共语。”陆绩语塞。

座上一人忽曰：“孔明所言，皆强词夺理，均非正论，不必再言。且请问孔明治何经典？”孔明视之，乃严畯也。孔明曰：“寻

---

① 无父无君——即不孝不忠。典出《孟子·滕文公下》：“杨氏为我，是无君也；墨氏兼爱，是无父也。无父无君，是禽兽也。”杨氏指杨朱，主张利己之“为我”说；墨氏指墨翟，主张博爱之“兼爱”说。故孟子骂二人为“无父无君”之禽兽。

② 曹参——秦末随刘邦起义，屡立战功，被封平阳侯。汉惠帝时曾任丞相。

③ 怀橘之陆郎——事见《三国志·吴书·陆绩传》：“绩年六岁，于九江见袁术。术出橘，绩怀三枚，去，拜辞堕地。术谓曰：‘陆郎作宾客而怀橘乎？’绩跪答曰：‘欲归遗母。’术大奇之。”后即以“怀橘”作为孝亲的典故。诸葛亮则反用其意，作为偷窃行为，借以嘲笑。

章摘句，世之腐儒也，何能兴邦立事？且古耕莘伊尹[①]，钓渭子牙，张良、陈平之流，邓禹、耿弇[②]之辈，皆有匡扶宇宙之才，未审其生平治何经典，岂亦效书生区区于笔砚之间，数黑论黄，舞文弄墨而已乎？”严畯低头丧气而不能对。

忽又一人大声曰：“公好为大言，未必真有实学，恐适为儒者所笑耳。”孔明视其人，乃汝阳程德枢也。孔明答曰：“儒有君子、小人之别。君子之儒，忠君爱国，守正恶邪，务使泽[③]及当时，名留后世；若夫小人之儒，惟务雕虫[④]，专工翰墨，青春作赋，皓首穷经[⑤]，笔下虽有千言，胸中实无一策。且如杨雄[⑥]以文章名世，而屈身事莽，不免投阁而死，此所谓小人之儒也，虽日赋万言，亦何取哉？”程德枢不能对。

众人见孔明对答如流，尽皆失色。时座上张温、骆统二人又欲问难[⑦]，忽一人自外而入，厉声言曰：“孔明乃当世奇才，君等以唇舌相难，非敬客之礼也。曹操大军临境，不思退敌之策，乃徒斗口耶？”众视其人，乃零陵人，姓黄名盖，字公覆，现为东吴粮官。当时黄盖谓孔明曰：“愚闻多言获利，不如默而无言。何不将金石之论为我主言之，乃与众人辩论也？”孔明曰：“诸君不知世务，互相问难，不容不答耳。”

于是黄盖与鲁肃引孔明入，至中门，正遇诸葛瑾，孔明施礼。瑾曰：“贤弟既到江东，如何不来见我？”孔明曰：“弟既事刘豫州，

---

① 耕莘（shēn）伊尹——伊尹，名伊，一名挚，尹为官名。有莘国（在今山东）人。曾佐商汤灭夏。至太甲继位，不理国政，伊尹归隐于有莘，以躬耕为生，故称“耕莘伊尹”。

② 邓禹、耿弇——两人都是东汉开国元勋。

③ 泽——恩惠。

④ 雕虫——比喻专注于微不足道的小技艺。多指写作诗文辞赋。

⑤ 皓首穷经——直到年老头白还在研究经籍。形容勤勉好学，至老不倦。这里却为贬义，指死读书而于世无补。

⑥ 杨雄——亦作扬雄。自幼好学不倦，博览群书，尤长辞赋。

⑦ 问难——本指双方就某些问题加以讨论。这里指向对方出难题，希望将其难住并认输。

理宜先公后私，公事未毕，不敢及私，望兄见谅。”瑾曰：“贤弟见过吴侯，却来叙话。”说罢自去。鲁肃曰：“适间所嘱，不可有误。”孔明点头应诺。

引至堂上，孙权降阶而迎，优礼相待。施礼毕，赐孔明坐。众文武分两行而立。鲁肃立于孔明之侧，只看他讲话。孔明致玄德之意毕，偷眼看孙权：碧眼紫髯，堂堂一表。孔明暗思：“此人相貌非常，只可激，不可说，等他问时，用言激之便了。”

献茶已毕，孙权曰：“多闻鲁子敬谈足下之才，今幸得相见，敢求教益。”孔明曰：“不才无学，有辱明问。”权曰：“足下近在新野佐刘豫州与曹操决战，必深知彼军虚实。”孔明曰：“刘豫州兵微将寡，更兼新野城小无粮，安能与曹操相持？”权曰：“曹兵共有多少？”孔明曰：“马步水军约有一百馀万。”权曰：“莫非诈乎？”孔明曰：“非诈也。曹操就兖州已有青州军二十万，平了袁绍又得五六十万，中原新招之兵三四十万，今又得荆州之军二三十万：以此计之，不下一百五十万。亮以百万言之，恐惊江东之士也。”鲁肃在旁，闻言失色，以目视孔明。孔明只做不见。权曰：“曹操部下战将还有多少？”孔明曰：“足智多谋之士，能征惯战之将，何止一二千人。”

权曰：“今曹操平了荆、楚，复有远图乎？”孔明曰：“即今沿江下寨，准备战船，不欲图江东，待取何地？”权曰：“若彼有吞并之意，战与不战，请足下为我一决。”孔明曰：“亮有一言，但恐将军不肯听从。”权曰：“愿闻高论。”孔明曰：“向者宇内大乱，故将军起江东，刘豫州收众汉南，与曹操并争天下。今操芟除①大难，略已平矣；近又新破荆州，威震海内。纵有英雄，无用武之地，故豫州遁逃至此。愿将军量力而处之：若能以吴、越之众与中国②抗衡，不如早与之绝；若其不能，何不从众谋士之论，按兵束甲，

① 芟（shān）除——本义为除去杂草，借喻消灭劲敌。

② 中国——这里指中原，即黄河流域地区。

北面而事[①]之？”权未及答，孔明又曰：“将军外托服从之名，内怀疑贰[②]之见，事急而不断，祸至无日矣。”权曰：“诚如君言，刘豫州何不降操？”孔明曰：“昔田横[③]，齐之壮士耳，犹守义不辱；况刘豫州王室之胄，英才盖世，众士仰慕，事之不济，此乃天也，又安能屈处人下乎？”

孙权听了孔明此言，不觉勃然变色，拂衣而起，退入后堂。众皆哂笑而散。鲁肃责孔明曰：“先生何故出此言？幸是吾主宽洪大度，不即面责。先生之言，藐视吾主甚矣。”孔明仰面笑曰：“何如此不能容物[④]耶！我自有破曹之计，彼不问我，我故不言。”肃曰：“果有良策，肃当请主公求教。”孔明曰：“吾视曹操百万之众，如群蚁耳，但我一举手，则皆为齑粉矣。”肃闻言，便入后堂见孙权。权怒气未息，顾谓肃曰：“孔明欺吾太甚。”肃曰：“臣亦以此责孔明，孔明反笑主公不能容物。破曹之策，孔明不肯轻言，主公何不求之？”权回嗔作喜曰：“原来孔明有良谋，故以言词激我。我一时浅见，几误大事。”便同鲁肃重复出堂，再请孔明叙话。

权见孔明，谢曰：“适来冒渎威严，幸勿见罪。”孔明亦谢曰：“亮言语冒犯，望乞恕罪。”权邀孔明入后堂，置酒相待。数巡之后，权曰：“曹操平生所恶者，吕布、刘表、袁绍、袁术、豫州与孤耳，今数雄已灭，独豫州与孤尚存。孤不能以全吴之地受制于人，吾计决矣。非刘豫州，莫与当曹操者，然豫州新败之后，安能抗此难乎？”孔明曰：“豫州虽新败，然关云长犹率精兵万人，刘琦领江夏战士亦不下万人。曹操之众，远来疲惫，近追豫州，

---

① 北面而事——即俯首称臣之意。因古代帝王均南面而坐，臣子朝拜时皆面朝北，故称。

② 疑贰——疑惑不定，三心二意，犹豫不决。

③ 田横——秦末齐国人。刘邦部将韩信破齐后，田横自立为王，与刘邦兵交战。后率五百余人逃往海岛。刘邦派人招降，他在途中自杀，以示不屈。海岛的五百馀人亦全部自杀。

④ 不能容物——即气量小，听不进不同意见。

轻骑一日夜行三百里，此所谓‘强弩之末，势不能穿鲁缟’[①]者也；且北方之人，不习水战；荆州士民附操者，迫于势耳，非本心也。今将军诚能与豫州协力同心，破曹军必矣。操军破，必北还，则荆、吴之势强，而鼎足之形成矣。成败之机，在于今日，惟将军裁之。”权大悦曰：“先生之言，顿开茅塞。吾意已决，更无他疑。即日商议起兵，共灭曹操。”遂令鲁肃将此意传谕文武官员，就送孔明于馆驿安歇。

张昭知孙权欲兴兵，遂与众议曰：“中了孔明之计也。”急入见权曰：“昭等闻主公将兴兵与曹操争锋，主公自思比袁绍若何？曹操向日兵微将寡，尚能一鼓克袁绍，何况今日拥百万之众南征，岂可轻敌？若听诸葛亮之言，妄动甲兵，此所谓负薪救火也。”孙权只低头不语。顾雍曰：“刘备因为曹操所败，故欲借我江东之兵以拒之，主公奈何为其所用乎？愿听子布之言。”孙权沉吟未决。张昭等出，鲁肃入见曰：“适张子布等又劝主公休动兵，力主降议，此皆全躯保妻子之臣，为自谋之计耳。愿主公勿听也。”孙权尚在沉吟，肃曰：“主公若迟疑，必为众人误矣。”权曰：“卿且暂退，容我三思。”肃乃退出。时武将或有要战的，文官都是要降的，议论纷纷不一。

且说孙权退入内宅，寝食不安，犹豫不决。吴国太见权如此，问曰：“何事在心，寝食俱废？”权曰：“今曹操屯兵于江汉，有下江南之意。问诸文武，或欲降者，或欲战者。欲待战来，恐寡不敌众；欲待降来，又恐曹操不容：因此犹豫不决。”吴国太曰：“汝何不记吾姐临终之语乎？”孙权如醉方醒，似梦初觉，想出这句话来。正是：

追思国母临终语，引得周郎立战功。

毕竟说着甚的，且看下文分解。

---

① 强弩之末，势不能穿鲁缟——语出《史记·韩长孺列传》，原文是：“强弩之极，矢不能穿鲁缟。”至《汉书·韩安国传》，又变作：“强弩之末，力不能入鲁缟。”是说即使为强弓射出的箭，及其射程之末尾，也已无力射穿薄绢了。鲁缟：鲁地（今山东一带）出产的薄绢。

第四十四回

孔明用智激周瑜　孙权决计破曹操

却说吴国太见孙权疑惑不决，乃谓之曰："先姊遗言云：'伯符临终有言：内事不决问张昭，外事不决问周瑜。'今何不请公瑾问之？"权大喜，即遣使往鄱阳请周瑜议事。原来周瑜在鄱阳湖训练水师，闻曹操大军至汉上，便星夜回柴桑郡议军机事。使者未发，周瑜已先到。鲁肃与瑜最厚，先来接着，将前项事细述一番。周瑜曰："子敬休忧，瑜自有主张。今可速请孔明来相见。"鲁肃上马去了。

周瑜方才歇息，忽报张昭、顾雍、张纮、步骘四人来相探。瑜接入堂中坐定，叙寒温毕，张昭曰："都督知江东之利害否？"瑜曰："未知也。"昭曰："曹操拥众百万，屯于汉上，昨传檄文至此，欲请主公会猎于江夏，虽有相吞之意，尚未露其形。昭等劝主公且降之，庶免江东之祸。不想鲁子敬从江夏带刘备军师诸葛亮至此，彼因自欲雪愤，特下说词以激主公。子敬却执迷不悟。正欲待都督一决。"瑜曰："公等之见皆同否？"顾雍等曰："所议皆同。"瑜曰："吾亦欲降久矣。公等请回，明早见主公，自有定议。"昭等辞去。

少顷，又报程普、黄盖、韩当等一班战将来见。瑜迎入，各问慰讫，程普曰："都督知江东早晚属他人否？"瑜曰："未知也。"普曰："吾等自随孙将军开基创业，大小数百战，方才战得六郡城池。今主公听谋士之言，欲降曹操，此真可耻可惜之事，吾等宁死不辱。望都督劝主公决计兴兵，吾等愿效死战。"瑜曰："将军等所见皆同否？”黄盖忿然而起，以手拍额曰：“吾头可断，誓不降曹！”众人皆曰：“吾等都不愿降。”瑜曰：“吾正欲与曹操决战，安肯投降？将军等请回，瑜见主公，自有定议。”程普等别去。

又未几，诸葛瑾、吕范等一班儿文官相候。瑜迎入，讲礼方毕，诸葛瑾曰：“舍弟诸葛亮自汉上来，言刘豫州欲结东吴，共伐曹操，文武商议未定。因舍弟为使，瑾不敢多言，专候都督来决此事。”瑜曰：“以公论之若何？”瑾曰：“降者易安，战者难保。”周瑜笑曰：“瑜自有主张，来日同至府下定议。”瑾等辞退。

忽又报吕蒙、甘宁等一班儿来见。瑜请入，亦叙谈此事，有要战者，有要降者，互相争论。瑜曰：“不必多言，来日都到府下公议。”众乃辞去。周瑜冷笑不止。

至晚，人报鲁子敬引孔明来拜。瑜出中门迎入。叙礼罢，分宾主而坐。肃先问瑜曰：“今曹操驱众南侵，和与战二策，主公不能决，一听于将军。将军之意若何？”瑜曰：“曹操以天子为名，其师不可拒；且其势大，未可轻敌。战则必败，降则易安。吾意已决，来日见主公，便当遣使纳降。”鲁肃愕然曰：“君言差矣。江东基业已历三世，岂可一旦弃于他人？伯符遗言，外事付托将军。今正欲仗将军保全国家，为泰山之靠，奈何从懦夫之议耶？”瑜曰：“江东六郡，生灵无限，若罹①兵革之祸，必有归怨于我，故决计请降耳。”肃曰：“不然。以将军之英雄，东吴之险固，操未必便能得志也。”

二人互相争辩，孔明只袖手冷笑。瑜曰：“先生何故哂笑？”孔明曰：“亮不笑别人，笑子敬不识时务耳。”肃曰：“先生如何反笑我不识时务？”孔明曰：“公瑾主意欲降操，甚为合理。”瑜曰：“孔明乃识时务之士，必与吾有同心。”肃曰：“孔明，你也如何说此？”孔明曰：“操极善用兵，天下莫敢当。向只有吕布、袁绍、

---

① 罹（lí）——遭受，遭遇。

袁术、刘表敢与对敌，今数人皆被操灭，天下无人矣。独有刘豫州不识时务，强与争衡，今孤身江夏，存亡未保。将军决计降曹，可以保妻子，可以全富贵。国祚迁移，付之天命，何足惜哉！”鲁肃大怒曰：“汝教吾主屈膝受辱于国贼乎？”

孔明曰：“愚有一计，并不劳牵羊担酒[①]，纳土献印，亦不须亲自渡江；只须遣一介之使，扁舟送两个人到江上，操一得此两人，百万之众，皆卸甲卷旗而退矣。”瑜曰：“用何二人，可退操兵？”孔明曰：“江东去此两人，如大木飘[②]一叶，太仓[③]减一粟耳。而操得之，必大喜而去。”瑜又问：“果用何二人？”孔明曰：“亮居隆中时，即闻操于漳河新造一台，名曰铜雀，极其壮丽，广选天下美女以实其中。操本好色之徒，久闻江东乔公有二女，长曰大乔，次曰小乔，有沉鱼落雁之容，闭月羞花之貌。操曾发誓曰：‘吾一愿扫平四海，以成帝业；一愿得江东二乔，置之铜雀台，以乐晚年，虽死无恨矣。’今虽引百万之众，虎视江南，其实为此二女也。将军何不去寻乔公，以千金买此二女，差人送与曹操，操得二女，称心满意，必班师矣。此范蠡献西施之计[④]，何不速为之？”瑜曰：“操欲得二乔，有何证验？”孔明曰：“曹操幼子曹植，字子建，下笔成文。操尝命作一赋，名曰《铜雀台赋》。赋中之意，单道他家合为天子，誓取二乔。”瑜曰：“此赋公能记否？”孔明曰：“吾爱其文华美，尝窃记之。”瑜曰：“试请一诵。”孔明即时诵《铜雀台赋》云：

---

① 牵羊担酒——牵羊：典出《史记·宋微子世家》：“周武王克殷，微子乃持其祭器造于军门，肉袒面缚，左牵羊，右把茅，膝行而前以告。于是武王乃释微子，使其位如故。”后即以“牵羊”“牵羊肉袒”“牵羊把茅”作为投降的典故。诸葛亮将“把茅”改为“担酒”。

② 飘——即飘落。

③ 太仓——古代京城储谷的大仓。古代“太”“大”同义。

④ 范蠡献西施之计——事见《吴越春秋·勾践阴谋外传》：春秋时，越国败于吴国，范蠡向越王勾践献计，以越国美女西施献与吴王夫差，吴王果然沉湎于美色，越国终于灭了吴国，报仇雪耻。

从明后以嬉游兮，登层台以娱情。见太府之广开兮，观圣德之所营。建高门之嵯峨兮，浮双阙乎太清。立中天之华观兮，连飞阁乎西城。临漳水之长流兮，望园果之滋荣。立双台于左右兮，有玉龙与金凤。揽二乔于东南兮，乐朝夕之与共[①]。俯皇都之宏丽兮，瞰云霞之浮动。欣群才之来萃兮，协飞熊之吉梦。仰春风之和穆兮，听百鸟之悲鸣。天云垣其既立兮，家愿得乎双逞。扬仁化于宇宙兮，尽肃恭于上京。惟桓文之为盛兮，岂足方乎圣明？

休矣！美矣！惠泽远扬。翼佐我皇家兮，宁彼四方。同天地之规量兮，齐日月之辉光。永贵尊而无极兮，等君寿于东皇。御龙旂以遨游兮，回鸾驾而周章。恩化及乎四海兮，嘉物阜而民康。愿斯台之永固兮，乐终古而未央。

周瑜听罢，勃然大怒，离座指北而骂曰："老贼欺吾太甚！"孔明急起止之曰："昔单于屡侵疆界，汉天子许以公主和亲，今何惜民间二女乎？"瑜曰："公有所不知：大乔是孙伯符将军主妇，小乔乃瑜之妻也。"孔明佯作惶恐之状曰："亮实不知，失口乱言，死罪死罪。"瑜曰："吾与老贼誓不两立！"孔明曰："事须三思，免致后悔。"瑜曰："吾承伯符寄托，安有屈身降操之理？适来所言，故相试耳。吾自离鄱阳湖，便有北伐之心，虽刀斧加头，不易其志也。望孔明助一臂之力，同破曹贼。"孔明曰："若蒙不弃，愿效犬马之劳，早晚拱听驱策。"瑜曰："来日入见主公，便议起兵。"孔明与鲁肃辞出，相别而去。

次日清晨，孙权升堂。左边文官张昭、顾雍等三十馀人；右边武官程普、黄盖等三十馀人：衣冠济济[②]，剑佩锵锵[③]，分班侍立。少顷，周瑜入见。礼毕，孙权问慰罢，瑜曰："近闻曹操引兵

① "揽二乔"二句——曹植的《铜雀台赋》原赋作"连二桥于东西兮，若长空之蝃蝀"。

② 济济——形容人多而又庄严的样子。

③ 剑佩锵锵——形容武将所佩刀剑和珮玉碰撞发出的声音。佩：指珮玉。

屯汉上，驰书至此，主公尊意若何？”权即取檄文与周瑜看。瑜看毕，笑曰：“老贼以我江东无人，敢如此相侮耶！”权曰：“君之意若何？”瑜曰：“主公曾与众文武商议否？”权曰：“连日议此事，有劝我降者，有劝我战者，吾意未定，故请公瑾一决。”瑜曰：“谁劝主公降？”权曰：“张子布等皆主其意。”瑜即问张昭曰：“愿闻先生所以主降之意。”昭曰：“曹操挟天子而征四方，动以朝廷为名；近又得荆州，威势愈大。吾江东可以拒操者，长江耳。今操艨艟战舰何止千百，水陆并进，何可当之？不如且降，更图后计。”瑜曰：“此迂儒之论也。江东自开国以来，今历三世，安忍一旦废弃？”权曰：“若此，计将安出？”瑜曰：“操虽托名汉相，实为汉贼。将军以神武雄才，仗父兄馀业，据有江东，兵精粮足，正当横行天下，为国家除残去暴，奈何降贼耶？且操今此来，多犯兵家之忌：北土未平，马腾、韩遂为其后患，而操久于南征，一忌也；北军不熟水战，操舍鞍马，仗舟楫，与东吴争衡，二忌也；又时值隆冬盛寒，马无藁草[①]，三忌也；驱中国士卒，远涉江湖，不服水土，多生疾病，四忌也。操兵犯此数忌，虽多必败。将军擒操，正在今日。瑜请得精兵数万人，进屯夏口，为将军破之。”

权矍然[②]起曰：“老贼欲废汉自立久矣，所惧二袁、吕布、刘表与孤耳，今数雄已灭，惟孤尚存。孤与老贼誓不两立！卿言当伐，甚合孤意，此天以卿授我也。”瑜曰：“臣为将军决一血战，万死不辞。只恐将军狐疑不定。”权拔佩剑砍面前奏案一角曰：“诸官将有再言降操者，与此案同！”言罢，便将此剑赐周瑜，即封瑜为大都督，程普为副都督，鲁肃为赞军校尉。如文武官将有不听号令者，即以此剑诛之。瑜受了剑，对众言曰：“吾奉主公之命，率众破曹。诸将官吏来日俱于江畔行营听令，如迟误者，依七禁令五十四

① 藁（gǎo）草——泛指喂牲口的草料。藁：稻、麦等的秸秆。

② 矍（qú）然——急遽兴奋的样子。

斩[1]施行。”言罢，辞了孙权，起身出府。众文武各无言而散。

周瑜回到下处，便请孔明议事。孔明至，瑜曰：“今日府下公议已定，愿求破曹良策。”孔明曰：“孙将军心尚未稳，不可以决策也。”瑜曰：“何谓心不稳？”孔明曰：“心怯曹兵之多，怀寡不敌众之意。将军能以军数开解，使其了然无疑，然后大事可成。”

瑜曰：“先生之论甚善。”乃复入见孙权。权曰：“公瑾夜至，必有事故。”瑜曰：“来日调拨军马，主公心有疑否？”权曰：“但忧曹操兵多，寡不敌众耳。他无所疑。”瑜笑曰：“瑜特为此来开解主公。主公因见操檄文言水陆大军百万，故怀疑惧，不复料其虚实。今以实较之。彼将中国之兵，不过十五六万，且已久疲；所得袁氏之众，亦止七八万耳，尚多怀疑未服。夫以久疲之卒，御狐疑之众，其数虽多，不足畏也。瑜得五万兵，自足破之。愿主公勿以为虑。”权抚瑜背曰：“公瑾此言，足释吾疑。子布无谋，深失孤望。独卿及子敬，与孤同心耳。卿可与子敬、程普即日选军前进，孤当续发人马，多载资粮，为卿后应。卿前军倘不如意，便还就孤，孤当亲与操贼决战，更无他疑。”

周瑜谢出，暗忖曰：“孔明早已料着吴侯之心，其计画又高我一头，久必为江东之患，不如杀之。”乃令人连夜请鲁肃入帐，言欲杀孔明之事。肃曰：“不可。今操贼未破，先杀贤士，是自去其助也。”瑜曰：“此人助刘备，必为江东之患。”肃曰：“诸葛瑾乃其亲兄，可令招此人同事东吴，岂不妙哉？”瑜善其言。

次日平明，瑜赴行营，升中军帐高坐。左右立刀斧手，聚集文官武将听令。原来程普年长于瑜，今瑜爵居其上，心中不乐，是日乃托病不出，令长子程咨自代。瑜令众将曰：“王法无亲，诸君各守乃职。方今曹操弄权，甚于董卓：囚天子于许昌，屯暴兵于境上。

---

① 七禁令五十四斩——古代兵法，见于《太平御览》卷二九六《兵部》引《武侯兵法》。七禁：即轻军、慢军、盗军、欺军、背军、乱军、误军七条禁例。五十四斩：即各条禁令中又包含若干项具体规定，共五十四项。

吾今奉命讨之，诸君幸皆努力向前。大军到处，不得扰民。赏劳罚罪，并不徇纵。”令毕，即差韩当、黄盖为前部先锋，领本部战船，即日起行，前至三江口下寨，别听将令；蒋钦、周泰为第二队；凌统、潘璋为第三队；太史慈、吕蒙为第四队；陆逊、董袭为第五队；吕范、朱治为四方巡警使，催督六郡官军，水陆并进，克期取齐。调拨已毕，诸将各自收拾船只、军器起行。程咨回见父程普，说周瑜调兵，动止有法。普大惊曰：“吾素欺周郎懦弱，不足为将。今能如此，真将才也，我如何不服？”遂亲诣行营谢罪。瑜亦逊谢。

次日，瑜请诸葛瑾，谓曰：“令弟孔明有王佐之才，如何屈身事刘备？今幸至江东，欲烦先生不惜齿牙馀论[①]，使令弟弃刘备而事东吴，则主公既得良辅，而先生兄弟又得相见，岂不美哉？先生幸即一行。”瑾曰：“瑾自至江东，愧无寸功。今都督有命，敢不效力。”

即时上马，径投驿亭，来见孔明。孔明接入，哭拜，各诉阔情。瑾泣曰：“弟知伯夷、叔齐乎？”孔明暗思：“此必周郎教来说我也。”遂答曰：“夷、齐古之圣贤也。”瑾曰：“夷、齐虽至饿死首阳山下，兄弟二人亦在一处。我今与你同胞共乳，乃各事其主，不能旦暮相聚，视夷、齐之为人，能无愧乎？”孔明曰：“兄所言者，情也；弟所守者，义也。弟与兄皆汉人，今刘皇叔乃汉室之胄，兄若能去东吴，而与弟同事刘皇叔，则上不愧为汉臣，而骨肉又得相聚，此情义两全之策也。不识兄意以为何如？”瑾思曰：“我来说他，反被他说了我也。”遂无言回答，起身辞去。

回见周瑜，细述孔明之言。瑜曰：“公意若何？”瑾曰：“吾受孙将军厚恩，安肯相背？”瑜曰：“公既忠心事主，不必多言。吾自有伏孔明之计。”正是：

智与智逢宜必合，才和才角又难容。

毕竟周瑜定何计伏孔明，且看下文分解。

---

① 齿牙馀论——本为对他人口才的称赞之词，这里为略费口舌加以劝说之意。

第四十五回

三江口曹操折兵　群英会蒋干中计

却说周瑜闻诸葛瑾之言，转恨孔明，存心欲谋杀之。次日，点齐军将，入辞孙权。权曰："卿先行，孤即起兵继后。"瑜辞出，与程普、鲁肃领兵起行，便邀孔明同往。孔明欣然从之，一同登舟，驾起帆樯[①]，迤逦望夏口而进。离三江口五六十里，船依次第歇定。周瑜在中央下寨，岸上依西山结营，周围屯住。孔明只在一叶小舟内安身。

周瑜分拨已定，使人请孔明议事。孔明至中军帐，叙礼毕，瑜曰："昔曹操兵少，袁绍兵多，而操反胜绍者，因用许攸之谋，先断乌巢之粮也。今操兵八十三万，我兵只五六万，安能拒之？亦必须先断操之粮，然后可破。我已探知操军粮草俱屯于聚铁山。先生久居汉上，熟知地理，敢烦先生与关、张、子龙辈，吾亦助兵千人，星夜往聚铁山断操粮道。彼此各为主人之事，幸勿推调。"孔明暗思："此因说我不动，设计害我。我若推调，必为所笑。不如应之，别有计议。"乃欣然领诺。瑜大喜。孔明辞出。

鲁肃密谓瑜曰："公使孔明劫粮，是何意见？"瑜曰："吾欲杀孔明，恐惹人笑，故借曹操之手杀之，以绝后患耳。"肃闻言，乃往见孔明，看他知也不知。只见孔明略无难色，整点军马要行。肃不忍，以言挑之曰："先生此去可成功否？"孔明笑曰："吾水战、步战、马战、车战，各尽其妙，何愁功绩不成？非比江东公与周

---

① 帆樯（qiáng）——本指船上的风帆和挂帆的桅杆，引申为船的泛称。

郎辈止一能也。”肃曰：“吾与公瑾何谓一能？”孔明曰：“吾闻江南小儿谣言[①]云：‘伏路把关饶[②]子敬，临江水战有周郎。’公等于陆地但能伏路把关；周公瑾但堪水战，不能陆战耳。”肃乃以此言告知周瑜，瑜怒曰：“何欺我不能陆战耶？不用他去，我自引一万马军，往聚铁山断操粮道。”肃又将此言告孔明，孔明笑曰：“公瑾令吾断粮者，实欲使曹操杀吾耳，吾故以片言戏之，公瑾便容纳不下。目今用人之际，只愿吴侯与刘使君同心，则功可成；如各相谋害，大事休矣。操贼多谋，他平生惯断人粮道，今如何不以重兵提备？公瑾若去，必为所擒。今只当先决水战，挫动北军锐气，别寻妙计破之。望子敬善言以告公瑾为幸。”鲁肃遂连夜回见周瑜，备述孔明之言。瑜摇首顿足曰：“此人见识胜吾十倍，今不除之，后必为我国之祸。”肃曰：“今用人之际，望以国家为重。且待破曹之后，图之未晚。”瑜然其说。

却说玄德分付刘琦守江夏，自领众将引兵往夏口。遥望江南岸旗幡隐隐，戈戟重重，料是东吴已动兵矣，乃尽移江夏之兵至樊口屯扎。玄德聚众曰：“孔明一去东吴，杳无音信，不知事体如何。谁人可去探听虚实回报？”糜竺曰：“竺愿往。”玄德乃备羊酒礼物，令糜竺至东吴，以犒军为名，探听虚实。

竺领命，驾小舟，顺流而下，径至周瑜大寨前。军士入报周瑜，瑜召入。竺再拜，致玄德相敬之意，献上酒礼。瑜受讫，设宴款待糜竺。竺曰：“孔明在此已久，今愿与同回。”瑜曰：“孔明方与我同谋破曹，岂可便去？吾亦欲见刘豫州，共议良策，奈身统大军，不可暂离。若豫州肯枉驾来临，深慰所望。”竺应诺，拜辞而回。肃问瑜曰：“公欲见玄德，有何计议？”瑜曰：“玄德世之

① 谣言——民间流传的歌谣或谚语。这里指童谣。

② 饶——这里是数得着、最胜任之意。

枭雄，不可不除。吾今乘机诱至杀之，实为国家除一后患。”鲁肃再三劝谏，瑜只不听，遂传密令：“如玄德至，先埋伏刀斧手五十人于壁衣中，看吾掷杯为号，便出下手。”

却说糜竺回见玄德，具言：“周瑜欲请主公到彼面会，别有商议。”玄德便教收拾快船一只，只今便行。云长谏曰：“周瑜多谋之士，又无孔明书信，恐其中有诈，不可轻去。”玄德曰：“我今结东吴以共破曹操，周郎欲见我，我若不往，非同盟之意。两相猜忌，事不谐矣。”云长曰：“兄长若坚意要去，弟愿同往。”张飞曰：“我也跟去。”玄德曰：“只云长随我去。翼德与子龙守寨，简雍固守鄂县。我去便回。”

分付毕，即与云长乘小舟，并从者二十馀人，飞棹赴江东。玄德观看江东艨艟战舰，旌旗甲兵，左右分布整齐，心中甚喜。军士飞报周瑜：“刘豫州来了。”瑜问：“带多少船只来？”军士答曰：“只有一只船，二十馀从人。”瑜笑曰：“此人命合休矣。”乃命刀斧手先埋伏定，然后出寨迎接。玄德引云长等二十馀人，直到中军帐。叙礼毕，瑜请玄德上坐。玄德曰：“将军名传天下，备不才，何烦将军重礼？”乃分宾主而坐，周瑜设宴相待。

且说孔明偶来江边，闻说玄德来此与都督相会，吃了一惊，急入中军帐，窃看动静。只见周瑜面有杀气，两边壁衣中密排刀斧手。孔明大惊曰：“似此如之奈何？”回视玄德，谈笑自若；却见玄德背后一人按剑而立，乃云长也。孔明喜曰：“吾主无危矣。”遂不复入，仍回身至江边等候。

周瑜与玄德饮宴，酒行数巡，瑜起身把盏，猛见云长按剑立于玄德背后，忙问何人。玄德曰：“吾弟关云长也。”瑜惊曰：“非向日斩颜良、文丑者乎？”玄德曰：“然也。”瑜大惊，汗流满背，便斟酒与云长把盏。少顷，鲁肃入。玄德曰：“孔明何在？烦子敬请来一会。”瑜曰：“且待破了曹操，与孔明相会未迟。”玄德不敢再言。云长以目视玄德，玄德会意，即起身辞瑜曰：“备暂告别，即日破敌收功之后，专当叩贺。”瑜亦不留，送出辕门。

玄德别了周瑜，与云长等来至江边，只见孔明已在舟中。玄德大喜。孔明曰：“主公知今日之危乎？”玄德愕然曰：“不知也。”孔明曰：“若无云长，主公几为周郎所害矣。”玄德方才省悟，便请孔明同回樊口。孔明曰：“亮虽居虎口，安如泰山。今主公但收拾船只军马候用，以十一月二十甲子日后为期，可令子龙驾小舟来南岸边等候。切勿有误。”玄德问其意，孔明曰：“但看东南风起，亮必还矣。”玄德再欲问时，孔明催促玄德作速开船，言讫自回。玄德与云长及从人开船，行不数里，忽见上流头放下五六十只船来，船头上一员大将横矛而立，乃张飞也。因恐玄德有失，云长独力难支，特来接应。于是三人一同回寨，不在话下。

却说周瑜送了玄德，回至寨中，鲁肃入问曰：“公既诱玄德至此，为何又不下手？”瑜曰：“关云长世之虎将也，与玄德行坐相随，吾若下手，他必来害我。”肃愕然。忽报曹操遣使送书至，瑜唤入。使者呈上书。看时，封面上判[①]云：“汉大丞相付周都督开拆”。瑜大怒，更不开看，将书扯碎，掷于地下，喝斩来使。肃曰：“两国相争，不斩来使。”瑜曰：“斩使以示威。”遂斩使者，将首级付从人持回。随令甘宁为先锋，韩当为左翼，蒋钦为右翼，瑜自部领诸将接应，来日四更造饭，五更开船，鸣鼓呐喊而进。

却说曹操知周瑜毁书斩使，大怒，便唤蔡瑁、张允等一班荆州降将为前部，操自为后军，催督战船到三江口。早见东吴船只蔽江而来，为首一员大将坐在船头上，大呼曰：“吾乃甘宁也，谁敢来与我决战？”蔡瑁令弟蔡壎前进。两船将近，甘宁拈弓搭箭，望蔡壎射来，应弦而倒。宁驱船大进，万弩齐发。曹军不能抵当。右边蒋钦，左边韩当，直冲入曹军队中。曹军大半是青、徐之兵，素不习水战，大江面上，战船一摆，早立脚不住。甘宁等三路战

① 判——这里指签署。

船纵横水面，周瑜又催船助战。曹军中箭着炮者不计其数。从巳时直杀到未时。周瑜虽得利，只恐寡不敌众，遂下令鸣金，收住船只。曹军败回。

操登旱寨，再整军士，唤蔡瑁、张允，责之曰："东吴兵少，反为所败，是汝等不用心耳。"蔡瑁曰："荆州水军久不操练，青、徐之军又素不习水战，故尔致败。今当先立水寨，令青、徐军在中，荆州军在外，每日教习精熟，方可用之。"操曰："汝既为水军都督，可以便宜从事[①]，何必禀我？"于是张、蔡二人自去训练水军，沿江一带分二十四座水门，以大船居于外为城郭，小船居于内，可通往来。至晚点上灯火，照得天心水面通红。旱寨三百馀里，烟火不绝。

却说周瑜得胜回寨，犒赏三军，一面差人到吴侯处报捷。当夜瑜登高观望，只见西边火光接天。左右告曰："此皆北军灯火之光也。"瑜亦心惊。次日，瑜欲亲往探看曹军水寨，乃命收拾楼船[②]一只，带着鼓乐，随行健将数员，各带强弓硬弩，一齐上船，迤逦前进。至操寨边，瑜命下了碇石[③]，楼船上鼓乐齐奏。瑜暗窥他水寨，大惊曰："此深得水军之妙也。"问："水军都督是谁？"左右曰："蔡瑁、张允。"瑜思曰："二人久居江东，谙习水战，吾必设计先除此二人，然后可以破曹。"正窥看间，早有曹军飞报曹操说："周瑜偷看吾寨。"操命纵船擒捉。瑜见水寨中旗号动，急教收起碇石，两边四下一齐轮转橹棹，望江面上如飞而去。比及曹寨中船出时，周瑜的楼船已离了十数里远，追之不及，回报曹操。

操问众将曰："昨日输了一阵，挫动锐气；今又被他深窥吾寨。吾当作何计破之？"言未毕，忽帐下一人出曰："某自幼与周郎同窗交契，愿凭三寸不烂之舌，往江东说此人来降。"曹操大喜，视

① 便（biàn）宜从事——亦作"便宜行事"。即遇事不必向上司请示，可以自行决定办理。

② 楼船——有楼的大船，多指战船。

③ 碇（dìng）石——固定船只的石礅，其作用相当于今之锚。

之，乃九江人，姓蒋名干，字子翼，现为帐下幕宾。操问曰："子翼与周公瑾相厚乎？"干曰："丞相放心，干到江左，必要成功。"操问："要将何物去？"干曰："只消一童随往，二仆驾舟，其馀不用。"操甚喜，置酒与蒋干送行。

干葛巾布袍，驾一只小舟，径到周瑜寨中，命传报："故人蒋干相访。"周瑜正在帐中议事，闻干至，笑谓诸将曰："说客至矣。"遂与众将附耳低言，如此如此。众皆应命而去。瑜整衣冠，引从者数百，皆锦衣花帽，前后簇拥而出。蒋干引一青衣小童，昂然而来。瑜拜迎之，干曰："公瑾别来无恙。"瑜曰："子翼良苦，远涉江湖，为曹氏作说客耶？"干愕然曰："吾久别足下，特来叙旧，奈何疑我作说客也？"瑜笑曰："吾虽不及师旷之聪，闻弦歌而知雅意[①]。"干曰："足下待故人如此，便请告退。"瑜笑而挽其臂曰："吾但恐兄为曹氏作说客耳，既无此心，何速去也？"遂同入帐。叙礼毕，坐定，即传令悉召江左英杰，与子翼相见。

须臾，文官武将各穿锦衣，帐下偏裨将校都披银铠，分两行而入。瑜都教相见毕，就列于两旁而坐，大张筵席，奏军中得胜之乐，轮换行酒。瑜告众官曰："此吾同窗契友也，虽从江北到此，却不是曹家说客，公等勿疑。"遂解佩剑付太史慈曰："公可佩我剑作监酒：今日宴饮，但叙朋友交情；如有提起曹操与东吴军旅之事者，即斩之。"太史慈应诺，按剑坐于席上。蒋干惊愕，不敢多言。周瑜曰："吾自领军以来，滴酒不饮。今日见了故人，又无疑忌，当饮一醉。"说罢，大笑畅饮。座上觥筹交错。

饮至半酣，瑜携干手，同步出帐外。左右军士皆全装贯戴，持戈执戟而立。瑜曰："吾之军士，颇雄壮否？"干曰："真熊虎之士也。"瑜又引干到帐后一望，粮草堆如山积。瑜曰："吾之粮草，

---

① "吾虽不及"二句——这是周瑜自信有很强的判断能力。师旷之聪：师旷为春秋时晋国乐师，不仅善于弹琴，而且具有极强的辨音听力。聪：听觉灵敏。

颇足备否？”干曰：“兵精粮足，名不虚传。”瑜佯醉大笑曰：“想周瑜与子翼同学业时，不曾望有今日。”干曰：“以吾兄高才，实不为过。”瑜执干手曰：“大丈夫处世，遇知己之主，外托君臣之义，内结骨肉之恩，言必行，计必从，祸福共之。假使苏秦、张仪、陆贾、郦生[①]复出，口似悬河，舌如利刃，安能动我心哉？”言罢大笑。蒋干面如土色。

瑜复携干入帐，会诸将再饮，因指诸将曰：“此皆江东之英杰，今日此会，可名‘群英会’。”饮至天晚，点上灯烛，瑜自起舞剑作歌。歌曰：

> 丈夫处世兮立功名，立功名兮慰平生。
> 慰平生兮吾将醉，吾将醉兮发狂吟。

歌罢，满座欢笑。

至夜深，干辞曰：“不胜酒力矣。”瑜命撤席，诸将辞出。瑜曰：“久不与子翼同榻，今宵抵足[②]而眠。”于是佯作大醉之状，携干入帐共寝。瑜和衣卧倒，呕吐狼藉。蒋干如何睡得着，伏枕听时，军中鼓打二更，起视残灯尚明。看周瑜时，鼻息如雷。干见帐内桌上堆着一卷文书，乃起床偷视之，却都是往来书信。内有一封，上写“蔡瑁张允谨封”。干大惊，暗读之。书略曰：

> 某等降曹，非图仕禄，迫于势耳。今已赚北军困于寨中，但得其便，即将操贼之首献于麾下。早晚人到，便有关报。幸勿见疑。先此敬复。

干思曰：“原来蔡瑁、张允结连东吴。”遂将书暗藏于衣内。再欲检看他书时，床上周瑜翻身，干急灭灯就寝。瑜口内含糊曰：“子翼，我数日之内，教你看操贼之首。”干勉强应之。瑜又曰：“子翼，且住，……教你看操贼之首。……”及干问之，瑜又睡着。

---

① 陆贾、郦生——郦生即郦食其。此人与陆贾都是汉初说客。

② 抵足——脚碰脚。意为同榻共眠。

干伏于床上，将近四更，只听得有人入帐唤曰："都督醒否？"周瑜梦中做忽觉之状，故问那人曰："床上睡着何人？"答曰："都督请子翼同寝，何故忘却？"瑜懊悔曰："吾平日未尝饮醉，昨日醉后失事，不知可曾说甚言语？"那人曰："江北有人到此。"瑜喝："低声。"便唤："子翼。"蒋干只妆睡着。瑜潜出帐。干窃听之，只闻有人在外曰："张、蔡二都督道：'急切不得下手，……'"后面言语颇低，听不真实。少顷，瑜入帐，又唤："子翼。"蒋干只是不应，蒙头假睡。瑜亦解衣就寝。干寻思："周瑜是个精细人，天明寻书不见，必然害我。"睡至五更，干起唤周瑜，瑜却睡着。干戴上巾帻，潜步出帐，唤了小童，径出辕门。军士问："先生那里去？"干曰："吾在此恐误都督事，权且告别。"军士亦不阻当。

干下船，飞棹回见曹操。操问："子翼干事若何？"干曰："周瑜雅量高致[①]，非言词所能动也。"操怒曰："事又不济，反为所笑。"干曰："虽不能说周瑜，却与丞相打听得一件事。乞退左右。"干取出书信，将上项事逐一说与曹操。操大怒曰："二贼如此无礼耶！"即便唤蔡瑁、张允到帐下。操曰："我欲使汝二人进兵。"瑁曰："军尚未曾练熟，不可轻进。"操怒曰："军若练熟，吾首级献于周郎矣。"蔡、张二人不知其意，惊慌不能回答。操喝武士推出斩之。须臾，献头帐下，操方省悟曰："吾中计矣。"后人有诗叹曰：

> 曹操奸雄不可当，一时诡计中周郎。
> 蔡张卖主求生计，谁料今朝剑下亡。

众将见杀了张、蔡二人，入问其故。操虽心知中计，却不肯认错，乃谓众将曰："二人怠慢军法，吾故斩之。"众皆嗟呀不已。操于众将内选毛玠、于禁为水军都督，以代蔡、张二人之职。

---

① 雅量高致——即胸怀正气之意。

细作探知，报过江东。周瑜大喜曰:“吾所患者，此二人耳。今既剿除，吾无忧矣。”肃曰:“都督用兵如此，何愁曹贼不破乎！”瑜曰:“吾料诸将不知此计，独有诸葛亮识见胜我，想此谋亦不能瞒也。子敬试以言挑之，看他知也不知，便当回报。”正是：

还将反间成功事，去试从旁冷眼人。

未知肃去问孔明还是如何，且看下文分解。

第四十六回

用奇谋孔明借箭　献密计黄盖受刑

却说鲁肃领了周瑜言语，径来舟中相探孔明。孔明接入小舟对坐。肃曰："连日措办军务，有失听教。"孔明曰："便是亮亦未与都督贺喜。"肃曰："何喜？"孔明曰："公瑾使先生来探亮知也不知，便是这件事可贺喜耳。"諕得鲁肃失色，问曰："先生何由知之？"孔明曰："这条计只好弄蒋干。曹操虽被一时瞒过，必然便省悟，只是不肯认错耳。今蔡、张两人既死，江东无患矣，如何不贺喜？吾闻曹操换毛玠、于禁为水军都督，则这两个手里，好歹送了水军性命。"鲁肃听了，开口不得，把些言语支吾了半晌，别孔明而回。孔明嘱曰："望子敬在公瑾面前勿言亮先知此事，恐公瑾心怀妒忌，又要寻事害亮。"鲁肃应诺而去，回见周瑜，把上项事只得实说了。瑜大惊曰："此人决不可留，吾决意斩之。"肃劝曰："若杀孔明，却被曹操笑也。"瑜曰："吾自有公道斩之，教他死而无怨。"肃曰："何以公道斩之？"瑜曰："子敬休问，来日便见。"

次日，聚众将于帐下，教请孔明议事。孔明欣然而至。坐定，瑜问孔明曰："即日将与曹军交战，水路交兵，当以何兵器为先？"孔明曰："大江之上，以弓箭为先。"瑜曰："先生之言，甚合愚意。但今军中正缺箭用，敢烦先生监造十万枝箭，以为应敌之具。此系公事，先生幸勿推却。"孔明曰："都督见委，自当效劳。敢问十万枝箭，何时要用？"瑜曰："十日之内，可完办否？"孔明曰："操军即日将至，若候十日，必误大事。"瑜曰："先生料几日可完办？”孔明曰：“只消三日，便可拜纳十万枝箭。”瑜曰：“军中无戏言。”孔明曰：“怎敢戏都督？愿纳军令状：三日不办，甘当重罚。”瑜大喜，唤军政司当面取了文书，置酒相待曰：“待军事毕后，自有酬劳。”孔明曰：“今日已不及，来日造起。至第三日，可差五百小军到江边搬箭。”饮了数杯，辞去。鲁肃曰：“此人莫非诈乎？”瑜曰：“他自送死，非我逼他。今明白对众要了文书，他便两胁生翅，也飞不去。我只分付军匠人等，教他故意迟延，凡应用物件，都不与齐备。如此，必然误了日期。那时定罪，有何理说？公今可去探他虚实，却来回报。”

肃领命来见孔明，孔明曰：“吾曾告子敬，休对公瑾说，他必要害我。不想子敬不肯为我隐讳，今日果然又弄出事来。三日内如何造得十万箭？子敬只得救我。”肃曰：“公自取其祸，我如何救得你？”孔明曰：“望子敬借我二十只船，每船要军士三十人，船上皆用青布为幔，各束草千馀个，分布两边，吾别有妙用。第三日，包管有十万枝箭。只不可又教公谨得知，若彼知之，吾计败矣。”肃允诺，却不解其意。回报周瑜，果然不提起借船之事，只言：“孔明并不用箭竹、翎毛、胶漆等物，自有道理。”瑜大疑曰：“且看他三日后如何回复我。”

却说鲁肃私自拨轻快船二十只，各船三十馀人，并布幔束草等物，尽皆齐备，候孔明调用。第一日，却不见孔明动静；第二日，亦只不动。至第三日四更时分，孔明密请鲁肃到船中。肃问曰：“公召我来何意？”孔明曰：“特请子敬同往取箭。”肃曰：“何处去取？”孔明曰：“子敬休问，前去便见。”遂命将二十只船，用长索相连，径望北岸进发。

是夜大雾漫天，长江之中，雾气更甚，对面不相见。孔明促舟前进，果然是好大雾。前人有篇《大雾垂江赋》曰：

大哉长江！西接岷峨，南控三吴，北带九河。汇百川而入海，历万古以扬波。至若龙伯、海若，江妃、水母，长鲸千丈，天蜈九首，鬼怪异类，咸集而有。盖夫鬼神之所凭依，英雄之所战守也。

时而阴阳既乱，昧爽不分。讶长空之一色，忽大雾之四屯。虽舆薪而莫睹，惟金鼓之可闻。初若溟濛，才隐南山之豹；渐而充塞，欲迷北海之鲲。然后上接高天，下垂厚地，渺乎苍茫，浩乎无际。鲸鲵出水而腾波，蛟龙潜渊而吐气。又如梅霖收溽，春阴酿寒，溟溟漠漠，浩浩漫漫。东失柴桑之岸，南无夏口之山。战船千艘，俱沉沦于岩壑；渔舟一叶，惊出没于波澜。甚则穹昊无光，朝阳失色。返白昼为昏黄，变丹山为水碧。虽大禹之智，不能测其浅深；离娄之明，焉能辨乎咫尺。

于是冯夷息浪，屏翳[①]收功，鱼鳖遁迹，鸟兽潜踪。隔断蓬莱之岛，暗围阊阖之宫。恍惚奔腾，如骤雨之将至；纷纭杂沓，若寒云之欲同。乃能中隐毒蛇，因之而为瘴疠；内藏妖魅，凭之而为祸害。降疾厄于人间，起风尘于塞外。小民遇之夭伤，大人观之感慨。盖将返元气于洪荒，混天地为大块。

当夜五更时候，船已近曹操水寨。孔明教把船只头西尾东，一带摆开，就船上擂鼓呐喊。鲁肃惊曰："倘曹兵齐出，如之奈何？"孔明笑曰："吾料曹操于重雾中必不敢出。吾等只顾酌酒取乐，待雾散便回。"

却说曹寨中听得擂鼓呐喊，毛玠、于禁二人慌忙飞报曹操。操传令曰："重雾迷江，彼军忽至，必有埋伏，切不可轻动。可拨水军弓弩手乱箭射之。"又差人往旱寨内唤张辽、徐晃各带弓弩军三千，火速到江边助射。比及号令到来，毛玠、于禁怕南军抢入水寨，已差弓弩手在寨前放箭。少顷，旱寨内弓弩手亦到，约

① 冯夷、屏翳（yì）——神话中的水神和风神。

一万馀人，尽皆向江中放箭，箭如雨发。孔明教把船吊回，头东尾西，逼近水寨受箭，一面擂鼓呐喊。待至日高雾散，孔明令收船急回。二十只船两边束草上排满箭枝。孔明令各船上军士齐声叫曰："谢丞相箭。"比及曹军寨内报知曹操时，这里船轻水急，已放回二十馀里，追之不及。曹操懊悔不已。

却说孔明回船，谓鲁肃曰："每船上箭约五六千矣，不费江东半分之力，已得十万馀箭。明日即将来射曹军，却不甚便？"肃曰："先生真神人也，何以知今日如此大雾？"孔明曰："为将而不通天文，不识地利，不知奇门[①]，不晓阴阳，不看阵图，不明兵势，是庸才也。亮于三日前已算定今日有大雾，因此敢任三日之限。公瑾教我十日完办，工匠料物都不应手，将这一件风流罪过[②]，明白要杀我。我命系于天，公瑾焉能害我哉？"鲁肃拜服。

船到岸时，周瑜已差五百军在江边等候搬箭。孔明教于船上取之，可得十馀万枝，都搬入中军帐交纳。鲁肃入见周瑜，备说孔明取箭之事。瑜大惊，慨然叹曰："孔明神机妙算，吾不如也！"后人有诗赞曰：

一天浓雾满长江，远近难分水渺茫。
骤雨飞蝗来战舰，孔明今日伏周郎。

少顷，孔明入寨见周瑜。瑜下帐迎之，称羡曰："先生神算，使人敬服。"孔明曰："诡谲小计，何足为奇。"瑜邀孔明入帐共饮。瑜曰："昨吾主遣使来催督进军，瑜未有奇计，愿先生教我。"孔明曰："亮乃碌碌庸才，安有妙计？"瑜曰："某昨观曹操水寨，极是严整有法，非等闲可攻。思得一计，不知可否，先生幸为我一决之。"孔明曰："都督且休言，各自写于手内，看同也不同。"瑜大喜，教取笔砚来，先自暗写了，却送与孔明；孔明亦暗写了。两个

① 奇门——"奇门遁甲"的略称。是一种综合干支和八卦而编造的方术，认为以此可以推算吉凶祸福，预测天气变化，乃至呼风唤雨，驱神缩地。

② 风流罪过——这里指轻微的罪过，似是而非的罪过，莫须有的罪过。

移近坐榻，各出掌中之字，互相观看，皆大笑。原来周瑜掌中字乃一“火”字，孔明掌中亦一“火”字。瑜曰：“既我两人所见相同，更无疑矣。幸勿漏泄。”孔明曰：“两家公事，岂有漏泄之理？吾料曹操虽两番经我这条计，然必不为备，今都督尽行之可也。”饮罢分散，诸将皆不知其事。

却说曹操平白折了十五六万箭，心中气闷。荀攸进计曰：“江东有周瑜、诸葛亮二人用计，急切难破。可差人去东吴诈降，为奸细内应，以通消息，方可图也。”操曰：“此言正合吾意。汝料军中谁可行此计？”攸曰：“蔡瑁被诛，蔡氏宗族皆在军中。瑁之族弟蔡中、蔡和现为副将，丞相可以恩结之，差往诈降东吴，必不见疑。”操从之，当夜密唤二人入帐，嘱付曰：“汝二人可引些少军士，去东吴诈降，但有动静，使人密报。事成之后，重加封赏。休怀二心。”二人曰：“吾等妻子俱在荆州，安敢怀二心？丞相勿疑。某二人必取周瑜、诸葛亮之首，献于麾下。”操厚赏之。次日，二人带五百军士，驾船数只，顺风望着南岸来。

且说周瑜正理会进兵之事，忽报江北有船来到江口，称是蔡瑁之弟蔡和、蔡中，特来投降。瑜唤入，二人哭拜曰：“吾兄无罪，被操贼所杀。吾二人欲报兄仇，特来投降，望赐收录，愿为前部。”瑜大喜，重赏二人，即命与甘宁引军为前部。二人拜谢，以为中计。瑜密唤甘宁，分付曰：“此二人不带家小，非真投降，乃曹操使来为奸细者。吾今欲将计就计，教他通报消息。汝可殷勤相待，就里提防。至出兵之日，先要杀他两个祭旗。汝切须小心，不可有误。”甘宁领命而去。

鲁肃入见周瑜曰：“蔡中、蔡和之降，多应是诈，不可收用。”瑜叱曰：“彼因曹操杀其兄，欲报仇而来降，何诈之有？你若如此多疑，安能容天下之士乎？”肃默然而退，乃往告孔明。孔明笑而不言。肃曰：“孔明何故哂笑？”孔明曰：“吾笑子敬不识公瑾用计耳。大江隔远，细作极难往来。操使蔡中、蔡和诈降，刺探我军中事，公瑾将计就计，正要他通报消息。兵不厌诈，公瑾之谋是也。”肃方才省悟。

却说周瑜夜坐帐中，忽见黄盖潜入中军，来见周瑜。瑜问曰：“公覆夜至，必有良谋见教。”盖曰：“彼众我寡，不宜久持，何不用火攻之？”瑜曰：“谁教公献此计？”盖曰：“某出自己意，非他人之所教也。”瑜曰：“吾正欲如此，故留蔡中、蔡和诈降之人，以通消息。但恨无一人为我行诈降计耳。”盖曰：“某愿行此计。”瑜曰：“不受些苦，彼如何肯信？”盖曰：“某受孙氏厚恩，虽肝脑涂地，亦无怨悔。”瑜拜而谢之曰：“君若肯行此苦肉计，则江东之万幸也。”盖曰：“某死亦无怨。”遂谢而出。

次日，周瑜鸣鼓大会诸将于帐下。孔明亦在座。周瑜曰：“操引百万之众，连络三百馀里，非一日可破。今令诸将各领三个月粮草，准备御敌。”言未讫，黄盖进曰：“莫说三个月，便支三十个月粮草也不济事。若是这个月破的便破，若是这个月破不的，只可依张子布之言，弃甲倒戈，北面而降之耳。”周瑜勃然变色，大怒曰：“吾奉主公之命，督兵破曹，敢有再言降者必斩！今两军相敌之际，汝敢出此言，慢我军心，不斩汝首，难以服众。”喝左右：“将黄盖斩讫报来。”黄盖亦怒曰：“吾自随破虏将军，纵横东南，已历三世，那有你来？”瑜大怒，喝令速斩。甘宁进前告曰：“公覆乃东吴旧臣，望宽恕之。”瑜喝曰：“汝何敢多言，乱吾法度？”先叱左右：“将甘宁乱棒打出。”众官皆跪告曰：“黄盖罪固当诛，但于军不利，望都督宽恕，权且记罪，破曹之后，斩亦未迟。”瑜怒未息，众官苦苦告求。瑜曰：“若不看众官面皮，决须斩首，今且免死。”命左右：“拖翻打一百脊杖，以正其罪。”众官又告免。瑜推翻案桌，叱退众官，喝教行杖。将黄盖剥了衣服，拖翻在地，打了五十脊杖。众官又复苦苦求免。瑜跃起，指盖曰：“汝敢小觑我耶？且寄下五十棍，再有怠慢，二罪俱罚。”恨声不绝而入帐中。

众官扶起黄盖，打得皮开肉绽，鲜血迸流，扶归本寨，昏绝几次。动问之人，无不下泪。鲁肃也往看问了，来至孔明船中，谓孔明曰："今日公瑾怒责公覆，我等皆是他部下，不敢犯颜[①]苦谏。先生是客，何故袖手旁观，不发一语？"孔明笑曰："子敬欺我。"肃曰："肃与先生渡江以来，未尝一事相欺，今何出此言？"孔明曰："子敬岂不知公瑾今日毒打黄公覆乃其计耶？如何要我劝他？"肃方悟。孔明曰："不用苦肉计，何能瞒过曹操？今必令黄公覆去诈降，却教蔡中、蔡和报知其事矣。子敬见公瑾时，切勿言亮先知其事，只说亮也埋怨都督便了。"

肃辞去，入帐见周瑜。瑜邀入帐后，肃曰："今日何故痛责黄公覆？"瑜曰："诸将怨否？"肃曰："多有心中不安者。"瑜曰："孔明之意若何？"肃曰："他也埋怨都督忒情薄。"瑜笑曰："今番须瞒过他也。"肃曰："何谓也？"瑜曰："今日痛打黄盖，乃计也。吾欲令他诈降，先须用苦肉计瞒过曹操，就中用火攻之，可以取胜。"肃乃暗思孔明之高见，却不敢明言。

且说黄盖卧于帐中，诸将皆来动问。盖不言语，但长吁而已。忽报参谋阚泽来问。盖令请入卧内，叱退左右。阚泽曰："将军莫非与都督有仇？"盖曰："非也。"泽曰："然则公之受责，莫非苦肉计乎？"盖曰："何以知之？"泽曰："某观公瑾举动，已料着八九分。"盖曰："某受吴侯三世厚恩，无以为报，故献此计，以破曹操。吾虽受苦，亦无所恨。吾遍观军中，无一人可为心腹者。惟公素有忠义之心，敢以心腹相告。"泽曰："公之告我，无非要我献诈降书耳。"盖曰："实有此意，未知肯否？"阚泽欣然领诺。正是：

勇将轻身思报主，谋臣为国有同心。

未知阚泽所言若何，且看下文分解。

---

① 犯颜——即当面冒犯帝王或尊长的威严。

第四十七回

阚泽密献诈降书　庞统巧授连环计

却说阚泽字德润，会稽山阴人也。家贫好学，与人佣工，尝借人书来看，看过一遍，更不遗忘。口才辨给[①]，少有胆气。孙权召为参谋，与黄盖最相善。盖知其能言有胆，故欲使献诈降书。泽欣然应诺曰："大丈夫处世，不能立功建业，不几与草木同腐乎？公既捐躯报主，泽又何惜微生？"黄盖滚下床来，拜而谢之。泽曰："事不可缓，即今便行。"盖曰："书已修下了。"

泽领了书，只就当夜扮作渔翁，驾小舟，望北岸而行。是夜寒星满天。三更时候，早到曹军水寨。巡江军士拿住，连夜报知曹操。操曰："莫非是奸细么？"军士曰："只一渔翁，自称是东吴参谋阚泽，有机密事来见。"操便教引将入来。

军士引阚泽至，只见帐上灯烛辉煌，曹操凭几危坐[②]，问曰："汝既是东吴参谋，来此何干？"泽曰："人言曹丞相求贤若渴，今观此问，甚不相合。黄公覆，汝又错寻思了也。"操曰："吾与东吴旦夕交兵，汝私行到此，如何不问？"泽曰："黄公覆乃东吴三世旧臣，今被周瑜于众将之前无端毒打，不胜忿恨，因欲投降丞相，为报仇之计，特谋之于我。我与公覆情同骨肉，径来为献密书。未知丞相肯容纳否？"操曰："书在何处？"阚泽取书呈上。操拆书，就灯下观看。书略曰：

---

① 辨给（jǐ）——能言善辩，才思敏捷。辨：通"辩"。给：义同"捷"。

② 危坐——本指古人上身挺直，席地跪坐。引申为端坐。危：端正。

> 盖受孙氏厚恩，本不当怀二心。然以今日事势论之，用江东六郡之卒，当中国百万之师，众寡不敌，海内所共见也。东吴将吏，无有智愚，皆知其不可。周瑜小子，褊怀浅戆，自负其能，辄欲以卵敌石；兼之擅作威福，无罪受刑，有功不赏。盖系旧臣，无端为所摧辱，心实恨之。伏闻丞相诚心待物，虚怀纳士，盖愿率众归降，以图建功雪耻。粮草军仗，随船献纳。泣血拜白，万勿见疑。

曹操于几案上翻覆将书看了十馀次，忽然拍案张目，大怒曰："黄盖用苦肉计，令汝下诈降书，就中取事，却敢来戏侮我耶？"便教左右："推出斩之。"左右将阚泽簇下。泽面不改容，仰天大笑。操教牵回，叱曰："吾已识破奸计，汝何故哂笑？"泽曰："吾不笑你，吾笑黄公覆不识人耳。"操曰："何不识人？"泽曰："杀便杀，何必多问？"操曰："吾自幼熟读兵书，深知奸伪之道。汝这条计，只好瞒别人，如何瞒得我？"泽曰："你且说书中那件事是奸计？"操曰："我说出你那破绽，教你死而无怨。你既是真心献书投降，如何不明约几时？你今有何理说？"阚泽听罢，大笑曰："亏汝不惶恐，敢自夸熟读兵书。还不及早收兵回去，倘若交战，必被周瑜擒矣。无学之辈，可惜吾屈死汝手。"操曰："何谓我无学？"泽曰："汝不识机谋，不明道理，岂非无学？"操曰："你且说我那几般不是处。"泽曰："汝无待贤之礼，吾何必言？但有死而已。"操曰："汝若说得有理，我自然敬服。"泽曰："岂不闻'背主作窃，不可定期'？倘今约定日期，急切下不得手，这里反来接应，事必泄漏。但可觑便而行，岂可预期相订乎？汝不明此理，欲屈杀好人，真无学之辈也。"

操闻言改容，下席而谢曰："某见事不明，误犯尊威，幸勿挂怀。"泽曰："吾与黄公覆倾心投降，如婴儿之望父母，岂有诈乎？"操大喜曰："若二人能建大功，他日受爵，必在诸人之上。"泽曰："某等非为爵禄而来，实应天顺人耳。"操取酒待之。

少顷，有人入帐，于操耳边私语。操曰："将书来看。"其人以密书呈上。操观之，颜色颇喜。阚泽暗思："此必蔡中、蔡和来报黄盖受刑消息，操故喜我投降之事为真实也。"操曰："烦先生再回江东，与黄公覆约定，先通消息过江，吾以兵接应。"泽曰："某已离江东，不可复还。望丞相别遣机密人去。"操曰："若他人去，事恐泄漏。"泽再三推辞，良久，乃曰："若去则不敢久停，便当行矣。"

操赐以金帛，泽不受。辞别出营，再驾扁舟，重回江东，来见黄盖，细说前事。盖曰："非公能辩，则盖徒受苦矣。"泽曰："吾今去甘宁寨中，探蔡中、蔡和消息。"盖曰："甚善。"

泽至宁寨，宁接入。泽曰："将军昨为救黄公覆，被周公瑾所辱，吾甚不平。"宁笑而不答。正话间，蔡和、蔡中至。泽以目送甘宁，宁会意，乃曰："周公瑾只自恃其能，全不以我等为念。我今被辱，羞见江左诸人。"说罢，咬牙切齿，拍案大叫。泽乃虚与宁耳边低语。宁低头不言，长叹数声。蔡和、蔡中见宁、泽皆有反意，以言挑之曰："将军何故烦恼？先生有何不平？"泽曰："吾等腹中之苦，汝岂知耶？"蔡和曰："莫非欲背吴投曹耶？"阚泽失色，甘宁拔剑而起曰："吾事已为窥破，不可不杀之以灭口。"蔡和、蔡中慌曰："二公勿忧，吾亦当以心腹之事相告。"宁曰："可速言之。"蔡和曰："吾二人乃曹公使来诈降者。二公若有归顺之心，吾当引进。"宁曰："汝言果真乎？"二人齐声曰："安敢相欺？"宁佯喜曰："若如此，是天赐其便也。"二蔡曰："黄公覆与将军被辱之事，吾已报知丞相矣。"泽曰："吾已为黄公覆献书丞相，今特来见兴霸，相约同降耳。"宁曰："大丈夫既遇明主，自当倾心相投。"于是四人共饮，同论心事。二蔡即时写书，密报曹操，说甘宁与某同为内应。阚泽另自修书，遣人密报曹操，书中具言：黄盖欲来，未得其便，但看船头插青牙旗而来者即是也。

却说曹操连得二书，心中疑惑不定，聚众谋士商议曰："江左甘宁被周瑜所辱，愿为内应；黄盖受责，令阚泽来纳降：俱未可深信。谁敢直入周瑜寨中探听实信？”蒋干进曰：“某前日空往东吴，未得成功，深怀惭愧。今愿舍身再往，务得实信，回报丞相。”操大喜，即时令蒋干上船。干驾小舟，径到江南水寨边，便使人传报。周瑜听得干又到，大喜曰：“吾之成功，只在此人身上。”遂嘱付鲁肃：“请庞士元来，为我如此如此。”

原来襄阳庞统，字士元，因避乱寓居江东，鲁肃曾荐之于周瑜，统未及往见。瑜先使肃问计于统曰：“破曹当用何策？”统密谓肃曰：“欲破曹兵，须用火攻。但大江面上，一船着火，馀船四散。除非献‘连环计’，教他钉作一处，然后功可成也。”肃以告瑜，瑜深服其论，因谓肃曰：“为我行此计者，非庞士元不可。”肃曰：“只怕曹操奸猾，如何去得？”周瑜沉吟未决，正寻思没个机会，忽报蒋干又来。瑜大喜，一面分付庞统用计，一面坐于帐上，使人请干。

干见不来接，心中疑虑，教把船于僻静岸口缆系，乃入寨见周瑜。瑜作色曰：“子翼何故欺吾太甚？”蒋干笑曰：“吾想与你乃旧日弟兄，特来吐心腹事，何言相欺也？”瑜曰：“汝要说我降，除非海枯石烂。前番吾念旧日交情，请你痛饮一醉，留你共榻，你却盗吾私书，不辞而去，归报曹操，杀了蔡瑁、张允，致使吾事不成。今日无故又来，必不怀好意。吾不看旧日之情，一刀两段。本待送你过去，争奈吾一二日间便要破曹贼；待留你在军中，又必有泄漏。”便教左右：“送子翼往西山庵中歇息。待吾破了曹操，那时渡你过江未迟。”蒋干再欲开言，周瑜已入帐后去了。左右取马与蒋干乘坐，送到西山背后小庵歇息，拨两个军人伏侍。

干在庵内，心中忧闷，寝食不安。是夜星露满天。独步出庵后，只听得读书之声。信步寻去，见山岩畔有草屋数椽[①]，内射灯光。干往窥之，只见一人挂剑灯前，诵孙、吴兵书。干思：“此

① 椽（chuán）——支撑屋顶的木桩，借指房屋的间数。

必异人也。”叩户请见。其人开门出迎，仪表非俗。干问姓名，答曰：“姓庞名统，字士元。”干曰：“莫非凤雏先生否？”统曰：“然也。”干喜曰：“久闻大名。今何僻居此地？”答曰：“周瑜自恃才高，不能容物，吾故隐居于此。公乃何人？”干曰：“吾蒋干也。”统乃邀入草庵，共坐谈心。干曰：“以公之才，何往不利？如肯归曹，干当引进。”统曰：“吾亦欲离江东久矣。公既有引进之心，即今便当一行；如迟则周瑜闻之，必将见害。”于是与干连夜下山，至江边寻着原来船只，飞棹投江北。

既至操寨，干先入见，备述前事。操闻凤雏先生来，亲自出帐迎入，分宾主坐定，问曰：“周瑜年幼，恃才欺众，不用良谋。操久闻先生大名，今得惠顾，乞不吝教诲。”统曰：“某素闻丞相用兵有法，今愿一睹军容。”操教备马，先邀统同观旱寨。统与操并马登高而望，统曰：“傍山依林，前后顾盼，出入有门，进退曲折，虽孙、吴①再生，穰苴②复出，亦不过此矣。”操曰：“先生勿得过誉，尚望指教。”于是又与同观水寨，见向南分二十四座门，皆有艨艟战舰，列为城郭，中藏小船，往来有巷，起伏有序。统笑曰：“丞相用兵如此，名不虚传。”因指江南而言曰：“周郎，周郎，克期必亡。”

操大喜，回寨，请入帐中，置酒共饮，同说兵机。统高谈雄辩，应答如流。操深敬服，殷勤相待。统佯醉曰：“敢问军中有良医否？”操问何用，统曰：“水军多疾，须用良医治之。”时操军因不服水土，俱生呕吐之疾，多有死者，操正虑此事，忽闻统言，如何不问。统曰：“丞相教练水军之法甚妙，但可惜不全。”操再三请问，统曰：“某有一策，使大小水军并无疾病，安稳成功。”操大喜，请问妙策。统曰：“大江之中，潮生潮落，风浪不息。北兵不

---

① 孙、吴——即孙武和吴起。孙武为春秋时兵法家，著有《孙子兵法》，曾任吴国大将，威震诸侯。吴起为战国时兵法家，曾任楚国相，使楚国强大。

② 穰苴（ráng jū）——姓司马，名穰苴，春秋时齐国名将，善用兵法。

惯乘舟，受此颠播，便生疾病。若以大船小船各皆配搭，或三十为一排，或五十为一排，首尾用铁环连锁，上铺阔板，休言人可渡，马亦可走矣。乘此而行，任他风浪潮水上下，复何惧哉？”曹操下席而谢曰：“非先生良谋，安能破东吴耶？”统曰：“愚浅之见，丞相自裁之。”操即时传令，唤军中铁匠，连夜打造连环大钉，锁住船只。诸军闻之，俱各喜悦。后人有诗曰：

赤壁鏖兵用火攻，运筹决策尽皆同。

若非庞统连环计，公瑾安能立大功？

庞统又谓操曰：“某观江左豪杰，多有怨周瑜者。某凭三寸舌，为丞相说之，使皆来降。周瑜孤立无援，必为丞相所擒。瑜既破，则刘备无所用矣。”操曰：“先生果能成大功，操请奏闻天子，封为三公之列。”统曰：“某非为富贵，但欲救万民耳。丞相渡江，慎勿杀害。”操曰：“吾替天行道，安忍杀戮人民？”统拜求榜文，以安宗族。操曰：“先生家属现居何处？”统曰：“只在江边，若得此榜，可保全矣。”操命写榜，佥押①付统。统拜谢曰：“别后可速进兵，休待周郎知觉。”操然之。

统拜别，至江边，正欲下船，忽见岸上一人道袍竹冠，一把扯住统曰：“你好大胆。黄盖用苦肉计，阚泽下诈降书，你又来献连环计，只恐烧不尽绝。你们把出这等毒手来，只好瞒曹操，也须瞒我不得。”谎得庞统魂飞魄散。正是：

莫道东南能制胜，谁云西北独无人？

毕竟此人是谁，且看下文分解。

① 佥押——在文书末尾签名画押。佥：通“签”。

第四十八回

宴长江曹操赋诗　锁战船北军用武

却说庞统闻言，吃了一惊，急回视其人，原来却是徐庶。统见是故人，心下方定。回顾左右无人，乃曰："你若说破我计，可惜江南八十一州百姓，皆是你送了也。"庶笑曰："此间八十三万人马，性命如何？"统曰："元直真欲破我计耶？"庶曰："吾感刘皇叔厚恩，未尝忘报。曹操送死吾母，吾已说过终身不设一谋，今安肯破兄良策？只是我亦随军在此，兵败之后，玉石不分，岂能免难？君当教我脱身之术，我即缄口远避矣。"统笑曰："元直如此高见远识，谅此有何难哉？"庶曰："愿先生赐教。"统去徐庶耳边略说数句。庶大喜，拜谢。庞统别却徐庶，下船自回江东。

且说徐庶当晚密使近人去各寨中暗布谣言。次日，寨中三三五五，交头接耳而说。早有探事人报知曹操说："军中传言西凉州韩遂、马腾谋反，杀奔许都来。"操大惊，急聚众谋士商议曰："吾引兵南征，心中所忧者，韩遂、马腾耳。军中谣言虽未辨虚实，然不可不防。"言未毕，徐庶进曰："庶蒙丞相收录，恨无寸功报效。请得三千人马，星夜往散关把住隘口，如有紧急，再行告报。"操喜曰："若得元直去，吾无忧矣。散关之上亦有军兵，公统领之。目下拨三千马步军，命臧霸为先锋，星夜前去，不可稽迟[①]。"徐庶辞了曹操，与臧霸便行。此便是庞统救徐庶之计。后人有诗曰：

---

① 稽迟——拖延，滞留。

曹操征南日日忧，马腾韩遂起戈矛。

凤雏一语教徐庶，正似游鱼脱钓钩。

曹操自遣徐庶去后，心中稍安，遂上马先看沿江旱寨，次看水寨。乘大船一只于中央，上建“帅”字旗号，两旁皆列水寨，船上埋伏弓弩千张，操居于上。时建安十三年冬十一月十五日，天气晴明，平风静浪。操令：“置酒设乐于大船之上，吾今夕欲会诸将。”天色向晚，东山月上，皎皎如同白日。长江一带，如横素练[①]。操坐大船之上，左右侍御者数百人，皆锦衣绣袄，荷戈执戟。文武众官，各依次而坐。操见南屏山色如画，东视柴桑之境，西观夏口之江，南望樊山，北觑乌林，四顾空阔，心中欢喜，谓众官曰：“吾自起义兵以来，与国家除凶去害，誓愿扫清四海，削平天下，所未得者江南也。今吾有百万雄师，更赖诸公用命，何患不成功耶？收服江南之后，天下无事，与诸公共享富贵，以乐太平。”文武皆起谢曰：“愿得早奏凯歌。我等终身皆赖丞相福荫。”操大喜，命左右行酒。

饮至半夜，操酒酣，遥指南岸曰：“周瑜、鲁肃不识天时，今幸有投降之人，为彼心腹之患，此天助吾也。”荀攸曰：“丞相勿言，恐有泄漏。”操大笑曰：“座上诸公与近侍左右，皆吾心腹之人也，言之何碍？”又指夏口曰：“刘备、诸葛亮，汝不料蝼蚁[②]之力，欲撼泰山，何其愚耶！”顾谓诸将曰：“吾今年五十四岁矣，如得江南，窃有所喜。昔日乔公与吾至契，吾知其二女皆有国色，后不料为孙策、周瑜所娶。吾今新构铜雀台于漳水之上，如得江南，当娶二乔，置之台上，以娱暮年，吾愿足矣。”言罢大笑。唐人杜牧之有诗曰：

折戟沉沙铁未消，自将磨洗认前朝。

东风不与周郎便，铜雀春深锁二乔。

---

① 素练——白绸。

② 蝼蚁——蝼蛄和蚂蚁。借喻力量微弱。

曹操正笑谈间，忽闻鸦声望南飞鸣而去。操问曰："此鸦缘何夜鸣？"左右答曰："鸦见月明，疑是天晓，故离树而鸣也。"操又大笑。时操已醉，乃取槊立于船头上，以酒奠于江中，满饮三爵[①]，横槊谓诸将曰："吾持此槊，破黄巾，擒吕布，灭袁术，收袁绍，深入塞北，直抵辽东，纵横天下，颇不负大丈夫之志也。今对此景，甚有慷慨。吾当作歌，汝等和之。"歌曰：

对酒当歌，人生几何？
譬如朝露，去日苦多。
慨当以慷，忧思难忘。
何以解忧？惟有杜康。
青青子衿，悠悠我心。
但为君故，沉吟至今。
呦呦鹿鸣，食野之苹。
我有嘉宾，鼓瑟吹笙。
皎皎如月，何时可辍？
忧从中来，不可断绝。
越陌度阡，枉用相存。
契阔谈讌，心念旧恩。
月明星稀，乌鹊南飞。
绕树三匝，无枝可依。
山不厌高，水不厌深。
周公吐哺，天下归心。

歌罢，众和之，共皆欢笑。

忽座间一人进曰："大军相当[②]之际，将士用命之时，丞相何故出此不吉之言？"操视之，乃扬州刺史，沛国相人，姓刘名

① 爵——这里指古代的一种酒器。形似雀，有三足，可容一升酒，可作礼器，也可作饮器。
② 大军相当——指敌我两军相对、对峙。

馥，字元颖。馥起自合肥，创立州治，聚逃散之民，立学校，广屯田，兴治教，久事曹操，多立功绩。当下操横槊问曰："吾言有何不吉？"馥曰："'月明星稀，乌鹊南飞。绕树三匝，无枝可依。'此不吉之言也。"操大怒曰："汝安敢败吾兴！"手起一槊，刺死刘馥。众皆惊骇，遂罢宴。次日，操酒醒，懊恨不已。馥子刘熙告请父尸归葬。操泣曰："吾昨因醉误伤汝父，悔之无及。可以三公厚礼葬之。"又拨军士护送灵柩，即日回葬。

次日，水军都督毛玠、于禁诣帐下，请曰："大小船只俱已配搭连锁停当，旌旗战具一一齐备，请丞相调遣，克日进兵。"操至水军中央大战船上坐定，唤集诸将，各各听令。水旱二军俱分五色旗号：水军中央黄旗毛玠、于禁，前军红旗张郃，后军皂旗吕虔，左军青旗文聘，右军白旗吕通；马步前军红旗徐晃，后军皂旗李典，左军青旗乐进，右军白旗夏侯渊。水陆路都接应使夏侯惇、曹洪，护卫往来监战使许褚、张辽。其馀骁将，各依队伍。令毕，水军寨中发擂三通，各队伍战船分门而出。是日西北风骤起，各船拽起风帆，冲波激浪，稳如平地。北军在船上踊跃施勇，刺枪使刀。前后左右各军旗幡不杂。又有小船五十馀只，往来巡警催督。操立于将台之上，观看调练，心中大喜，以为必胜之法。教且收住帆幔，各依次序回寨。

操升帐，谓众谋士曰："若非天命助吾，安得凤雏妙计？铁索连舟，果然渡江如履平地。"程昱曰："船皆连锁，固是平稳，但彼若用火攻，难以回避，不可不防。"操大笑曰："程仲德虽有远虑，却还有见不到处。"荀攸曰："仲德之言甚是，丞相何故笑之？"操曰："凡用火攻，必藉风力。方今隆冬之际，但有西风北风，安有东风南风耶？吾居于西北之上，彼兵皆在南岸，彼若用火，是烧自己之兵也，吾何惧哉？若是十月小春[①]之时，吾早已提备矣。"

① 小春——农历十月的代称。以此月温暖如春，故称。

诸将皆拜伏曰："丞相高见，众人不及。"

操顾诸将曰："青、徐、燕、代之众不惯乘舟，今非此计，安能涉大江之险？"只见班部中二将挺身出曰："小将虽幽、燕之人，也能乘舟。今愿借巡船二十只，直至江口，夺旗鼓而还，以显北军亦能乘舟也。"操视之，乃袁绍手下旧将焦触、张南也。操曰："汝等皆生长北方，恐乘舟不便。江南之兵，往来水上，习练精熟，汝勿轻以性命为儿戏也。"焦触、张南大叫曰："如其不胜，甘受军法。"操曰："战船尽已连锁，惟有小舟，每舟可容二十人，只恐未便接战。"触曰："若用大船，何足为奇？乞付小舟二十馀只，某与张南各引一半，只今日直抵江南水寨，须要夺旗斩将而还。"操曰："吾与汝二十只船，差拨精锐军五百人，皆长枪硬弩。到来日天明，将大寨船出到江面上，远为之势。更差文聘亦领三十只巡船接应汝回。"焦触、张南欣喜而退。

次日四更造饭，五更结束[①]已定，早听得水寨中擂鼓鸣金，船皆出寨，分布水面，长江一带，青红旗号交杂。焦触、张南领哨船二十只，穿寨而出，望江南进发。

却说南岸隔夜听得鼓声喧震，遥望曹操调练水军，探事人报知周瑜。瑜往山顶观之，操军已收回。次日，忽又闻鼓声震天，军士急登高观望，见有小船冲波而来，飞报中军。周瑜问帐下："谁敢先出？"韩当、周泰二人齐出曰："某当权为先锋破敌。"瑜喜，传令各寨严加守御，不可轻动。韩当、周泰各引哨船五只，分左右而出。

却说焦触、张南凭一勇之气，飞棹小船而来。韩当独披掩心[②]，手执长枪，立于船头。焦触船先到，便命军士乱箭望韩当船上射来；当用牌遮隔。焦触捻长枪与韩当交锋，当手起一枪，刺死焦

① 结束——这里指整装。

② 掩心——即护胸的铠甲。

触。张南随后大叫赶来；隔斜里周泰船出。张南挺枪立于船头，两边弓矢乱射。周泰一臂挽牌，一手提刀，两船相离七八尺，泰即飞身一跃，直跃过张南船上，手起刀落，砍张南于水中，乱杀驾舟军士。众船飞棹急回，韩当、周泰催船追赶。到半江中，恰与文聘船相迎，两边便摆定船厮杀。

却说周瑜引众将立于山顶，遥望江北水面，艨艟战船排合江上，旗帜号带皆有次序。回看文聘与韩当、周泰相持，韩当、周泰奋力攻击，文聘抵敌不住，回船而走，韩、周二人急催船追赶。周瑜恐二人深入重地，便将白旗招飐，令众鸣金。二人乃挥棹而回。周瑜于山顶看隔江战船尽入水寨。

瑜顾谓众将曰："江北战船如芦苇之密，操又多谋，当用何计以破之？"众未及对，忽见曹军寨中被风吹折中央黄旗，飘入江中。瑜大笑曰："此不祥之兆也。"正观之际，忽狂风大作，江中波涛拍岸。一阵风过，刮起旗角，于周瑜脸上拂过。瑜猛然想起一事在心，大叫一声，往后便倒，口吐鲜血。诸将急救起时，却早不省人事。正是：

一时忽笑又忽叫，难使南军破北军。

毕竟周瑜性命如何，且看下文分解。

第四十九回

七星坛诸葛祭风　三江口周瑜纵火

却说周瑜立于山顶观望良久，忽然望后而倒，口吐鲜血，不省人事。左右救回帐中。诸将皆来动问，尽皆愕然相顾曰："江北百万之众，虎踞鲸吞，不争[①]都督如此。倘曹兵一至，如之奈何？"慌忙差人申报吴侯，一面求医调治。

却说鲁肃见周瑜卧病，心中忧闷，来见孔明，言周瑜卒病之事。孔明曰："公以为何如？"肃曰："此乃曹操之福，江东之祸也。"孔明笑曰："公瑾之病，亮亦能医。"肃曰："诚如此，则国家万幸。"即请孔明同去看病。肃先入见周瑜，瑜以被蒙头而卧。肃曰："都督病势若何？"周瑜曰："心腹搅痛，时复昏迷。"肃曰："曾服何药饵？"瑜曰："心中呕逆，药不能下。"肃曰："适来去望孔明，言能医都督之病。现在帐外，烦来医治，何如？"瑜命请入，教左右扶起，坐于床上。

孔明曰："连日不晤君颜，何期贵体不安。"瑜曰："'人有旦夕祸福'，岂能自保？"孔明笑曰："'天有不测风云'，人又岂能料乎？"瑜闻失色，乃作呻吟之声。孔明曰："都督心中似觉烦积否？"瑜曰："然。"孔明曰："必须用凉药以解之。"瑜曰："已服凉药，全然无效。"孔明曰："须先理其气，气若顺，则呼吸之间[②]，自然痊可。"瑜料孔明必知其意，乃以言挑之曰："欲得顺气，当服

---

① 不争——这里是不料、想不到之意。

② 呼吸之间——本义为一呼一吸的时间，借喻极短的时间，也就是顷刻之间。

何药？”孔明笑曰：“亮有一方，便教都督气顺。”瑜曰：“愿先生赐教。”孔明索纸笔，屏退左右，密书十六字曰：

欲破曹公，宜用火攻。

万事俱备，只欠东风。

写毕，递与周瑜曰：“此都督病源也。”瑜见了大惊，暗思：“孔明真神人也，早已知我心事。只索以实情告之。”乃笑曰：“先生已知我病源，将用何药治之？事在危急，望即赐教。”孔明曰：“亮虽不才，曾遇异人，传授奇门遁甲天书，可以呼风唤雨。都督若要东南风时，可于南屏山建一台，名曰‘七星坛’：高九尺，作三层，用一百二十人，手执旗幡围绕。亮于台上作法，借三日三夜东南大风，助都督用兵，何如？”瑜曰：“休道三日三夜，只一夜大风，大事可成矣。只是事在目前，不可迟缓。”孔明曰：“十一月二十日甲子祭风，至二十二日丙寅风息，如何？”瑜闻言大喜，矍然而起。便传令差五百精壮军士，往南屏山筑坛；拨一百二十人，执旗守坛，听候使令。

孔明辞别出帐，与鲁肃上马，来南屏山相度地势，令军士取东南方赤土筑坛：方圆二十四丈；每一层高三尺，共是九尺。下一层插二十八宿[①]旗：东方七面青旗，按角、亢、氐、房、心、尾、箕，布苍龙之形；北方七面皂旗，按斗、牛、女、虚、危、室、壁，作玄武之势；西方七面白旗，按奎、娄、胃、昴、毕、觜、参，踞白虎之威；南方七面红旗，按井、鬼、柳、星、张、翼、轸，成朱雀之状。第二层周围黄旗六十四面，按六十四卦[②]，分八位而立[③]。上一层用四人，各人戴束发冠，穿皂罗袍，凤衣博带，

① 二十八宿——我国古代天文学家对日月运行所经区域的二十八个星座的称谓。这二十八宿就是下文从“角”至“轸”。又将东方七宿称为“苍龙”，西方七宿称为“白虎”，南方七宿称为“朱雀”，北方七宿称为“玄武”。

② 六十四卦——是根据《周易》的乾、坤、震、巽、坎、离、艮、兑这八卦，每卦又分为八卦，八八六十四卦。

③ 分八位而立——意谓六十四个手执黄旗的军士按照八卦的方位而站立。

朱履方裾[①]。前左立一人，手执长竿，竿尖上用鸡羽为葆[②]，以招风信[③]；前右立一人，手执长竿，竿上系七星号带，以表风色[④]；后左立一人，捧宝剑；后右立一人，捧香炉。坛下二十四人，各持旌旗、宝盖、大戟、长戈、黄钺、白旄、朱幡、皂纛[⑤]，环绕四面。

孔明于十一月二十日甲子吉辰，沐浴斋戒，身披道衣，跣足散发，来到坛前，分付鲁肃曰："子敬自往军中相助公瑾调兵。倘亮所祈无应，不可有怪。"鲁肃别去。孔明嘱付守坛将士："不许擅离方位，不许交头接耳，不许失口乱言，不许失惊打怪，如违令者斩！"众皆领命。孔明缓步登坛，观瞻方位已定，焚香于炉，注水于盂，仰天暗祝。下坛入帐中少歇，令军士更替吃饭。孔明一日上坛三次，下坛三次，却并不见有东南风。

且说周瑜请程普、鲁肃一班军官在帐中伺候，只等东南风起，便调兵出；一面关报孙权接应。黄盖已自准备火船二十只，船头密布大钉；船内装载芦苇干柴，灌以鱼油，上铺硫黄、焰硝引火之物，各用青布油单遮盖；船头上插青龙牙旗，船尾各系走舸[⑥]：在帐下听候，只等周瑜号令。甘宁、阚泽窝盘[⑦]蔡和、蔡中在水寨中，每日饮酒，不放一卒登岸。周围尽是东吴军马，把得水泄不通，只等帐上号令下来。周瑜正在帐中坐议，探子来报："吴侯船只离寨八十五里停泊，只等都督好音。"瑜即差鲁肃遍告各部下官兵将士："俱各收拾船只、军器、帆橹等物，号令一出，时刻休违；倘

① 裾——上衣的前襟。

② 葆——亦称"羽葆"。古代仪仗用品之一。即把一束鸟羽插入竹竿的一头，使其成漏斗形。

③ 风信——即从鸡毛是否飘动而判断有风无风。

④ 风色——即从号带飘动的情况判断风的方向与强弱。

⑤ 宝盖、朱幡（fān）、皂纛（dào）——都是古代仪仗用品。宝盖：装饰华丽的伞盖。朱幡：倒筒形旗帜。皂纛：黑色大旗。

⑥ 走舸（gě）——专供联络或救人用的轻便快捷的小船。走：迅速，快捷。

⑦ 窝盘——即设法将人绊在某处，不让其活动。

有违误，即按军法。”众兵将得令，一个个磨拳擦掌，准备厮杀。

是日，看看近夜，天色清明，微风不动。瑜谓鲁肃曰：“孔明之言谬矣，隆冬之时，怎得东南风乎？”肃曰：“吾料孔明必不谬谈。”将近三更时分，忽听风声响，旗幡转动。瑜出帐看时，旗脚竟飘西北，霎时间东南风大起。瑜骇然曰：“此人有夺天地造化之法、鬼神不测之术。若留此人，乃东吴祸根也。及早杀却，免生他日之忧。”急唤帐前护军校尉丁奉、徐盛二将：“各带一百人，徐盛从江内去，丁奉从旱路去，都到南屏山七星坛前，休问长短，拿住诸葛亮，便行斩首，将首级来请功。”二将领命。

徐盛下船，一百刀斧手荡开棹桨；丁奉上马，一百弓弩手各跨征驹：往南屏山来。于路正迎着东南风起。后人有诗曰：

七星坛上卧龙登，一夜东风江水腾。
不是孔明施妙计，周郎安得逞才能？

丁奉马军先到，见坛上执旗将士当风而立。丁奉下马，提剑上坛，不见孔明，慌问守坛将士。答曰：“恰才下坛去了。”丁奉忙下坛寻时，徐盛船已到，二人聚于江边。小卒报曰：“昨晚一只快船停在前面滩口，适间却见孔明披发下船，那船望上水去了。”丁奉、徐盛便分水陆两路追袭。

徐盛教拽起满帆，顺风而使。遥望前船不远，徐盛在船头上高声大叫：“军师休去，都督有请。”只见孔明立于船尾，大笑曰：“上复都督，好好用兵。诸葛亮暂回夏口，异日再容相见。”徐盛曰：“请暂少住，有紧话说。”孔明曰：“吾已料定都督不能容我，必来加害，预先教赵子龙来相接。将军不必追赶。”徐盛见前船无篷，只顾赶去，看看至近，赵云拈弓搭箭，立于船尾，大叫曰：“吾乃常山赵子龙也，奉令特来接军师。你如何来追赶？本待一箭射死你来，显得两家失了和气。教你知我手段。”言讫，箭到处，射断徐盛船上篷索。那篷堕落下水，其船便横。赵云却教自己船上拽起满帆，乘顺风而去，其船如飞，追之不及。岸上丁奉唤徐盛船近岸，言曰："诸葛亮神机妙算，人不可及；更兼赵云有万夫不当之勇，汝知他当阳长坂时否？吾等只索回报便了。"于是二人回见周瑜，言孔明预先约赵云迎接去了。周瑜大惊曰："此人如此多谋，使我晓夜不安矣。"鲁肃曰："且待破曹之后，却再图之。"

瑜从其言，唤集诸将听令。先教甘宁："带了蔡中并降卒，沿南岸而走，只打北军旗号，直取乌林地面，正当曹操屯粮之所，深入军中，举火为号。只留下蔡和一人在帐下，我有用处。"第二唤太史慈分付："你可领三千兵，直奔黄州地界，断曹操合淝接应之兵，就逼曹兵，放火为号，只看红旗，便是吴侯接应兵到。"这两队兵最远，先发。第三唤吕蒙："领三千兵，去乌林接应甘宁，焚烧曹操寨栅。"第四唤凌统："领三千兵，直截彝陵界首，只看乌林火起，以兵应之。"第五唤董袭："领三千兵，直取汉阳，从汉川杀奔曹操寨中，看白旗接应。"第六唤潘璋："领三千兵，尽打白旗，往汉阳接应董袭。"六队船只，各自分路去了。却令黄盖安排火船，使小卒驰书，约曹操今夜来降。一面拨战船四只，随于黄盖船后接应。第一队领兵军官韩当，第二队领兵军官周泰，第三队领兵军官蒋钦，第四队领兵军官陈武：四队各引战船三百只，前面各摆列火船二十只。周瑜自与程普在大艨艟上督战，徐盛、丁奉为左右护卫，只留鲁肃共阚泽及众谋士守寨。程普见周瑜调军有法，甚相敬服。

却说孙权差使命持兵符至，说已差陆逊为先锋，直抵蕲、黄地面进兵，吴侯自为后应。瑜又差人西山放火炮，南屏山举号旗。各各准备停当，只等黄昏举动。

话分两头。且说刘玄德在夏口专候孔明回来，忽见一队船到，乃是公子刘琦自来探听消息。玄德请上敌楼坐定，说："东南风起多时，子龙去接孔明，至今不见到，吾心甚忧。"小校遥指樊口港上："一帆风送扁舟来到，必军师也。"玄德与刘琦下楼迎接。须臾船到，孔明、子龙登岸，玄德大喜。问候毕，孔明曰：“且无暇告诉别事。前者所约军马战船，皆已办否？”玄德曰：“收拾久矣，只候军师调用。”孔明便与玄德、刘琦升帐坐定，谓赵云曰：“子龙可带三千军马，渡江径取乌林小路，拣树木、芦苇密处埋伏。今夜四更以后，曹操必然从那条路奔走。等他军马过，就半中间放起火来，虽然不杀他尽绝，也杀一半。”云曰：“乌林有两条路：一条通南郡，一条取荆州，不知向那条路来？”孔明曰：“南郡势迫，曹操不敢往；必来荆州，然后大军投许昌而去。”云领计去了。又唤张飞曰：“翼德可领三千兵渡江，截断彝陵这条路，去葫芦谷口埋伏。曹操不敢走南彝陵，必望北彝陵去。来日雨过，必然来埋锅造饭。只看烟起，便就山边放起火来，虽然不捉得曹操，翼德这场功料也不小。”飞领计去了。又唤糜竺、糜芳、刘封三人，各驾船只，绕江剿擒败军，夺取器械。三人领计去了。孔明起身，谓公子刘琦曰：“武昌一望之地[①]，最为紧要。公子便请回，率领所部之兵，陈于岸口。操一败，必有逃来者，就而擒之，却不可轻离城郭。”刘琦便辞玄德、孔明去了。孔明谓玄德曰：“主公可于樊口屯兵，凭高而望，坐看今夜周郎成大功也。”

时云长在侧，孔明全然不睬。云长忍耐不住，乃高声曰：“关某自随兄长征战许多年来，未尝落后。今日逢大敌，军师却不委用，此是何意？”孔明笑曰：“云长勿怪。某本欲烦足下把一个最紧要的隘口，怎奈有些违碍，不敢教去。”云长曰：“有何违碍？愿即见谕。”孔明曰：“昔日曹操待足下甚厚，足下当有以报之。今日操兵败，必走华容道。若令足下去时，必然放他过去，因此不敢教去。”云长曰：“军师好心多。当日曹操果是重待某，某已斩颜良，诛文丑，解白马之围，报过他了。今日撞见，岂肯放过？”

① 一望之地——指一眼望不到边的大平川，相当于一马平川。

孔明曰："倘若放了时，却如何？"云长曰："愿依军法。"孔明曰："如此，立下文书。"云长便与了军令状。云长曰："若曹操不从那条路上来，如何？"孔明曰："我亦与你军令状。"云长大喜。孔明曰："云长可于华容小路高山之处堆积柴草，放起一把火烟，引曹操来。"云长曰："曹操望见烟，知有埋伏，如何肯来？"孔明笑曰："岂不闻兵法虚虚实实之论？操虽能用兵，只此可以瞒过他也。他见烟起，将谓虚张声势，必然投这条路来。将军休得容情。"云长领了将令，引关平、周仓并五百校刀手[①]，投华容道埋伏去了。玄德曰："吾弟义气深重，若曹操果然投华容道去时，只恐端的[②]放了。"孔明曰："亮夜观乾象，操贼未合身亡。留这人情，教云长做了，亦是美事。"玄德曰："先生神算，世所罕及。"孔明遂与玄德往樊口看周瑜用兵，留孙乾、简雍守城。

却说曹操在大寨中与众将商议，只等黄盖消息。当日东南风起甚紧，程昱入告曹操曰："今日东南风起，宜预提防。"操笑曰："冬至一阳生，来复之时[③]，安得无东南风，何足为怪？"军士忽报："江东一只小船来到，说有黄盖密书。"操急唤入，其人呈上书。书中诉说：

> 周瑜关防得紧，因此无计脱身。今有鄱阳湖新运到粮，周瑜差盖巡哨，已有方便，好歹杀江东名将，献首来降。只在今晚二更，船上插青龙牙旗者，即粮船也。

操大喜，遂与众将来水寨中大船上，观望黄盖船到。

且说江东天色向晚，周瑜唤出蔡和，令军士缚倒。和叫："无罪。"瑜曰："汝是何等人，敢来诈降？吾今缺少福物[④]祭旗，愿借

---

① 校刀手——以大刀为武器的兵士。

② 端的——真的，果真。

③ 冬至一阳生，来复之时——古人认为天气的变化，取决于阴阳二气的变化。每年夏至日，阳气退而阴气生；至冬至日，则阴气退而阳气生。故冬至日称"一阳生"，而阴阳二气沉浮的这一周期为"一阳来复"。

④ 福物——即祭品。因祭后由众人分食，以求福气，故称"福物"。

你首级。”和抵赖不过，大叫曰：“汝家阚泽、甘宁亦曾与谋。”瑜曰：“此乃吾之所使也。”蔡和悔之无及。瑜令捉至江边皂纛旗下，奠酒烧纸，一刀斩了蔡和，用血祭旗毕，便令开船。黄盖在第三只火船上，独披掩心，手提利刃，旗上大书“先锋黄盖”。盖乘一天顺风，望赤壁进发。

是时东风大作，波浪汹涌。操在中军遥望隔江，看看月上，照耀江水，如万道金蛇翻波戏浪。操迎风大笑，自以为得志。忽一军指说：“江南隐隐一簇帆幔，使风而来。”操凭高望之。报称：“皆插青龙牙旗。内中有大旗，上书‘先锋黄盖’名字。”操笑曰：“公覆来降，此天助我也。”来船渐近，程昱观望良久，谓操曰：“来船必诈，且休教近寨。”操曰：“何以知之？”程昱曰：“粮在船中，船必稳重。今观来船，轻而且浮。更兼今夜东南风甚紧，倘有诈谋，何以当之？”操省悟，便问：“谁去止之？”文聘曰：“某在水上颇熟，愿请一往。”

言毕，跳下小船，用手一指，十数只巡船随文聘船出。聘立于船头，大叫：“丞相钧旨：南船且休近寨，就江心抛住。”众军齐喝：“快下了篷。”言未绝，弓弦响处，文聘被箭射中左臂，倒在船中。船上大乱，各自奔回。南船距操寨止隔二里水面，黄盖用刀一招，前船一齐发火。火趁风威，风助火势，船如箭发，烟焰障天。二十只火船撞入水寨，曹寨中船只一时尽着。又被铁环锁住，无处逃避。隔江炮响，四下火船齐到，但见三江面上，火逐风飞，一派通红，漫天彻地。

曹操回观岸上营寨，几处烟火。黄盖跳在小船上，背后数人驾舟，冒烟突火，来寻曹操。操见势急，方欲跳上岸，忽张辽驾一小脚船，扶操下得船时，那只大船已自着了。张辽与十数人保护曹操，飞奔岸口。黄盖望见穿绛红袍者下船，料是曹操，乃催船速进，手提利刃，高声大叫：“曹贼休走，黄盖在此！”操叫苦连声。张辽拈弓搭箭，觑着黄盖较近，一箭射去。

此时风声正大，黄盖在火光中，那里听得弓弦响，正中肩窝，翻身落水。正是：

火厄盛时遭水厄，棒疮愈后患金疮。

未知黄盖性命如何，且看下文分解。

第 五 十 回

诸葛亮智算华容　关云长义释曹操

却说当夜张辽一箭射黄盖下水，救得曹操登岸，寻着马匹走时，军已大乱。韩当冒烟突火来攻水寨，忽听得士卒报道："后梢舵上一人，高叫将军表字。"韩当细听，但闻高叫："义公救我！"当曰："此黄公覆也。"急教救起，见黄盖负箭着伤。咬出箭杆，箭头陷在肉内。韩当急为脱去湿衣，用刀剜出箭头，扯旗束之，脱自己战袍与黄盖穿了，先令别船送回大寨医治。原来黄盖深知水性，故大寒之时，和甲堕江，也逃得性命。

却说当日满江火滚，喊声震地。左边是韩当、蒋钦两军从赤壁西边杀来；右边是周泰、陈武两军从赤壁东边杀来；正中是周瑜、程普、徐盛、丁奉大队船只都到。火须兵应，兵仗火威。此正是三江水战，赤壁鏖兵。曹军着枪中箭、火焚水溺者，不计其数。后人有诗曰：

魏吴争斗决雌雄，赤壁楼船一扫空。
烈火初张照云海，周郎曾此破曹公。

又有一绝云：

山高月小水茫茫，追叹前朝割据忙。
南士无心迎魏武，东风有意便周郎。

不说江中鏖兵。且说甘宁令蔡中引入曹寨深处，宁将蔡中一刀砍于马下，就草上放起火来。吕蒙遥望中军火起，也放十数处火，接应甘宁。潘璋、董袭分头放火呐喊，四下里鼓声大震。曹操与张辽引百馀骑在火林内走，看前面无一处不着。正走之间，毛玠救得文聘，引十数骑到。操令军寻路，张辽指道："只有乌林地面空阔可走。"操径奔乌林。正走间，背后一军赶到，大叫："曹贼休走！"火光中现出吕蒙旗号。操催军马向前，留张辽断后，抵敌吕蒙。却见前面火把又起，从山谷中拥出一军，大叫："凌统在此！"曹操肝胆皆裂。忽刺斜里一彪军到，大叫："丞相休慌，徐晃在此！"彼此混战一场，夺路望北而走。

忽见一队军马屯在山坡前，徐晃出问，乃是袁绍手下降将马延、张觊，有三千北地军马，列寨在彼。当夜见满天火起，未敢转动，恰好接着曹操。操教二将引一千军马开路，其馀留着护身。操得这枝生力军马，心中稍安。马延、张觊二将飞骑前行。不到十里，喊声起处，一彪军出，为首一将大呼曰："吾乃东吴甘兴霸也！"马延正欲交锋，早被甘宁一刀斩于马下。张觊挺枪来迎，宁大喝一声，觊措手不及，被宁手起一刀，翻身落马。后军飞报曹操。操此时指望合淝有兵救应，不想孙权在合淝路口望见江中火光，知是我军得胜，便教陆逊举火为号。太史慈见了，与陆逊合兵一处，冲杀将来。操只得望彝陵而走，路上撞见张郃，操令断后。

纵马加鞭，走至五更，回望火光渐远，操心方定，问曰："此是何处？"左右曰："此是乌林之西，宜都之北。"操见树木丛杂，山川险峻，乃于马上仰面大笑不止。诸将问曰："丞相何故大笑？"操曰："吾不笑别人，单笑周瑜无谋，诸葛亮少智。若是吾用兵之时，预先在这里伏下一军，如之奈何？"说犹未了，两边鼓声震响，火光竟天而起，惊得曹操几乎坠马。刺斜里一彪军杀出，大叫："我赵子龙奉军师将令，在此等候多时了。"操教徐晃、张郃双敌赵云，自己冒烟突火而去。子龙不来追赶，只顾抢夺旗帜，曹操得脱。

天色微明，黑云罩地，东南风尚不息。忽然大雨倾盆，湿透衣甲。操与军士冒雨而行，诸军皆有饥色。操令军士往村落中劫掠粮食，寻觅火种。方欲造饭，后面一军赶到，操心甚慌。原来却是李典、许褚保护着众谋士来到。操大喜，令军马且行，问："前面是那里地面？"人报："一边是南彝陵大路，一边是北彝陵山路。"操问："那里投南郡江陵去近？"军士禀曰："取北彝陵过葫芦口去最便。"操教走北彝陵。

行至葫芦口，军皆饥馁，行走不上，马亦困乏，多有倒于路者。操教前面暂歇。马上有带得锣锅[①]的，也有村中掠得粮米的，便就山边拣干处埋锅造饭，割马肉烧吃。尽皆脱去湿衣，于风头吹晒；马皆摘鞍野放[②]，咽咬草根。操坐于疏林之下，仰面大笑。众官问曰："适来丞相笑周瑜、诸葛亮，引惹出赵子龙来，又折了许多人马。如今为何又笑？"操曰："吾笑诸葛亮、周瑜毕竟智谋不足。若是我用兵时，就这个去处也埋伏一彪军马，以逸待劳，我等纵然脱得性命，也不免重伤矣。彼见不到此，我是以笑之。"正说间，前军后军一齐发喊。操大惊，弃甲上马。众军多有不及收马者。早见四下火烟布合[③]，山口一军摆开，为首乃燕人张翼德，横矛立马，大叫："操贼走那里去？"诸军众将见了张飞，尽皆胆寒。许褚骑无鞍马来战张飞，张辽、徐晃二将纵马也来夹攻。两边军马混战做一团。操先拨马走脱，诸将各自脱身。张飞从后赶来，操迤逦奔逃。追兵渐远，回顾众将，多已带伤。

正行间，军士禀曰："前面有两条路，请问丞相从那条路去？"操问："那条路近？"军士曰："大路稍平，却远五十馀里；小路投华容道，却近五十馀里，只是地窄路险，坑坎难行。"操令人上山观望，回报："小路山边有数处烟起，大路并无动静。"操教前军便走华容道小路。诸将曰："烽烟起处，必有军马，何故反走这条

---

① 锣锅——古代军中用具，兼有锣和锅的两种作用：夜里报更，白天烧饭。故称"锣锅"。

② 野放——即让牲畜在野外吃草。

③ 布合——遍布，弥漫。

路？”操曰：“岂不闻兵书有云：‘虚则实之，实则虚之[1]。’诸葛亮多谋，故使人于山僻烧烟，使我军不敢从这条山路走，他却伏兵于大路等着。吾料已定，偏不教中他计。”诸将皆曰：“丞相妙算，人不可及。”遂勒兵走华容道。此时人皆饥倒，马尽困乏，焦头烂额者扶策[2]而行，中箭着枪者勉强而走。衣甲湿透，个个不全；军器旗幡，纷纷不整。大半皆是彝陵道上被赶得慌，只骑得秃马，鞍辔衣服，尽皆抛弃。正值隆冬严寒之时，其苦何可胜言。

操见前军停马不进，问是何故。回报曰：“前面山僻路小，因早晨下雨，坑堑内积水不流，泥陷马蹄，不能前进。”操大怒，叱曰：“军旅逢山开路，遇水叠桥[3]，岂有泥泞不堪行之理？”传下号令：教老弱中伤军士在后慢行；强壮者担土束柴，搬草运芦，填塞道路，务要即时行动，如违令者斩。众军只得都下马，就路旁砍伐竹木，填塞山路。操恐后军来赶，令张辽、许褚、徐晃引百骑执刀在手，但迟慢者便斩之。此时军已饿乏，众皆倒地，操喝令人马践踏而行。死者不可胜数，号哭之声，于路不绝。操怒曰：“生死有命，何哭之有？如再哭者立斩。”三停人马：一停落后，一停填了沟壑，一停跟随曹操。过了险峻，路稍平坦。操回顾止有三百馀骑随后，并无衣甲袍铠整齐者。操催速行，众将曰：“马尽乏矣，只好少歇。”操曰：“赶到荆州，将息未迟。”

又行不到数里，操在马上扬鞭大笑。众将问：“丞相何又大笑？”操曰：“人皆言周瑜、诸葛亮足智多谋，以吾观之，到底是无能之辈。若使此处伏一旅之师，吾等皆束手受缚矣。”言未毕，一声炮响，两边五百校刀手摆开，为首大将关云长提青龙刀，跨赤兔马，截住去路。操军见了，亡魂丧胆，面面相觑。操曰：“既到此处，只得决一死战。”众将曰：“人纵然不怯，马力已乏，安能

① 虚则实之，实则虚之——意谓敌人往往以假象示人，因而要从相反的方面予以对付。

② 扶策——即拄着拐杖。

③ 叠桥——架桥。

复战？”程昱曰：“某素知云长傲上而不忍下，欺强而不凌弱，恩怨分明，信义素著。丞相旧日有恩于彼，今只亲自告之，可脱此难。”操从其说，即纵马向前，欠身谓云长曰：“将军别来无恙。”云长亦欠身答曰：“关某奉军师将令，等候丞相多时。”操曰：“曹操兵败势危，到此无路，望将军以昔日之情为重。”云长曰：“昔日关某虽蒙丞相厚恩，然已斩颜良，诛文丑，解白马之围，以奉报矣。今日之事，岂敢以私废公？”操曰：“五关斩将之时，还能记否？大丈夫以信义为重。将军深明《春秋》[①]，岂不知庾公之斯追子濯孺子之事[②]乎？”云长是个义重如山之人，想起当日曹操许多恩义，与后来五关斩将之事，如何不动心。又见曹军惶惶，皆欲垂泪，一发心中不忍。于是把马头勒回，谓众军曰：“四散摆开。”这个分明是放曹操的意思。操见云长回马，便和众将一齐冲将过去。云长回身时，曹操已与众将过去了。云长大喝一声，众军皆下马，哭拜于地。云长愈加不忍。正犹豫间，张辽纵马而至。云长见了，又动故旧之情，长叹一声，并皆放去。后人有诗曰：

曹瞒兵败走华容，正与关公狭路逢。
只为当初恩义重，放开金锁走蛟龙。

曹操既脱华容之难，行至谷口，回顾所随军兵，止有二十七骑。比及天晚，已近南郡，火把齐明，一簇人马拦路。操大惊曰：“吾命休矣！”只见一群哨马冲到，方认得是曹仁军马，操才心安。曹仁接着，言：“虽知兵败，不敢远离，只得在附近迎接。”操曰：“几与汝不相见也。”于是引众入南郡安歇。随后张辽也到，说

① 《春秋》——我国首部编年体史籍，记述了春秋时期二百多年的历史。

② 庾公之斯追子濯孺子之事——事见《孟子·离娄下》：庾公之斯是春秋时卫国大夫，子濯孺子是郑国大夫。郑国命子濯孺子讨伐卫国，卫国派庾公之斯追杀子濯孺子，而子濯孺子恰好生病，但庾公之斯并未杀子濯孺子。原来庾公之斯的师父是尹公之他，而尹公之他的师父即子濯孺子。庾公之斯既不忍杀师祖，又不能违抗君命，便将箭头去掉，射了四支无头箭而归。

云长之德。操点将校，中伤者极多，操皆令将息。曹仁置酒与操解闷，众谋士俱在座，操忽仰天大恸。众谋士曰："丞相于虎窟中逃难之时，全无惧怯。今到城中，人已得食，马已得料，正须整顿军马复仇，何反痛哭？"操曰："吾哭郭奉孝耳，若奉孝在，决不使吾有此大失也。"遂捶胸大哭曰："哀哉奉孝！痛哉奉孝！惜哉奉孝！"众谋士皆默然自惭。

次日，操唤曹仁曰："吾今暂回许都，收拾军马，必来报仇。汝可保全南郡。吾有一计，密留在此，非急休开，急则开之，依计而行，使东吴不敢正视南郡。"仁曰："合淝、襄阳，谁可保守？"操曰："荆州托汝管领；襄阳吾已拨夏侯惇守把；合淝最为紧要之地，吾令张辽为主将，乐进、李典为副将，保守此地。但有缓急，飞报将来。"操分拨已定，遂上马引众，奔回许昌。荆州原降文武各官，依旧带回许昌调用。曹仁自遣曹洪据守彝陵、南郡，以防周瑜。

却说关云长放了曹操，引军自回。此时诸路军马皆得马匹、器械、钱粮，已回夏口。独云长不获一人一骑，空身回见玄德。孔明正与玄德作贺，忽报云长至。孔明忙离坐席，执杯相迎曰："且喜将军立此盖世之功，与普天下除大害，合宜远接庆贺。"云长默然。孔明曰："将军莫非因吾等不曾远接，故尔不乐？"回顾左右曰："汝等缘何不先报？"云长曰："关某特来请死。"孔明曰："莫非曹操不曾投华容道上来？"云长曰："是从那里来，关某无能，因此被他走脱。"孔明曰："拿得甚将士来？"云长曰："皆不曾拿。"孔明曰："此是云长想曹操昔日之恩，故意放了。但既有军令状在此，不得不按军法。"遂叱武士推出斩之。正是：

拼将一死酬知己，致令千秋仰义名。

未知云长性命如何，且看下文分解。

第五十一回

曹仁大战东吴兵　孔明一气周公瑾

却说孔明欲斩云长，玄德曰："昔吾三人结义时，誓同生死。今云长虽犯法，不忍违却前盟。望权记过，容将功赎罪。"孔明方才饶了。

且说周瑜收军点将，各各叙功，申报吴侯。所得降卒，尽行发付渡江。大犒三军，遂进兵攻取南郡。前队临江下寨，前后分五营，周瑜居中。瑜正与众商议征进之策，忽报："刘玄德使孙乾来与都督作贺。"瑜命请入。乾施礼毕，言："主公特命乾拜谢都督大德，有薄礼上献。"瑜问曰："玄德在何处？"乾答曰："现移兵屯油江口。"瑜惊曰："孔明亦在油江否？"乾曰："孔明与主公同在油江。"瑜曰："足下先回，某亲来相谢也。"瑜收了礼物，发付孙乾先回。肃曰："却才都督为何失惊？"瑜曰："刘备屯兵油江，必有取南郡之意。我等费了许多军马，用了许多钱粮，目下南郡反手可得。彼等心怀不仁，要就现成，须放着周瑜不死。"肃曰："当用何策退之？"瑜曰："吾自去和他说话，好便好，不好时，不等他取南郡，先结果了刘备。"肃曰："某愿同往。"于是瑜与鲁肃引三千轻骑，径投油江口来。

先说孙乾回见玄德，言周瑜将亲来相谢。玄德乃问孔明曰："来意若何？"孔明笑曰："那里为这些薄礼肯来相谢，止为南郡而来。"玄德曰："他若提兵来，何以待之？"孔明曰："他来便可如此如此应答……"遂于油江口摆开战船，岸上列着军马。人报：

“周瑜、鲁肃引兵到来。”孔明使赵云领数骑来接。瑜见军势雄壮，心甚不安。行至营门外，玄德、孔明迎入帐中。各叙礼毕，设宴相待。玄德举酒致谢鏖兵之事。酒至数巡，瑜曰：“豫州移兵在此，莫非有取南郡之意否？”玄德曰：“闻都督欲取南郡，故来相助。若都督不取，备必取之。”瑜笑曰：“吾东吴久欲吞并汉江，今南郡已在掌中，如何不取？”玄德曰：“胜负不可预定。曹操临归，令曹仁守南郡等处，必有奇计；更兼曹仁勇不可当：但恐都督不能取耳。”瑜曰：“吾若取不得，那时任从公取。”玄德曰：“子敬、孔明在此为证，都督休悔。”鲁肃踌躇未对。瑜曰：“大丈夫一言既出，何悔之有？”孔明曰：“都督此言，甚是公论。先让东吴去取，若不下，主公取之，有何不可？”瑜与肃辞别玄德、孔明，上马而去。

玄德问孔明曰：“却才先生教备如此回答，虽一时说了，展转寻思，于理未然。我今孤穷一身，无置足之地，欲得南郡，权且容身。若先教周瑜取了，城池已属东吴矣，却如何得住？”孔明大笑曰：“当初亮劝主公取荆州，主公不听，今日却想耶？”玄德曰：“前为景升之地，故不忍取；今为曹操之地，理合取之。”孔明曰：“不须主公忧虑。尽着周瑜去厮杀，早晚教主公在南郡城中高坐。”玄德曰：“计将安出？”孔明曰：“只须如此如此……”玄德大喜，只在江口屯扎，按兵不动。

却说周瑜、鲁肃回寨，肃曰：“都督如何亦许玄德取南郡？”瑜曰：“吾弹指可得南郡，落得虚做人情。”随问帐下将士：“谁敢先取南郡？”一人应声而出，乃蒋钦也。瑜曰：“汝为先锋，徐盛、丁奉为副将，拨五千精锐军马先渡江。吾随后引兵接应。”

且说曹仁在南郡，分付曹洪守彝陵，以为掎角之势。人报：“吴兵已渡汉江。”仁曰：“坚守勿战为上。”骁将牛金奋然进曰：“兵临城下而不出战，是怯也；况吾兵新败，正当重振锐气。某愿借精兵五百，决一死战。”仁从之，令牛金引五百军出战；丁奉纵马来迎。约战四五合，奉诈败，牛金引军追赶入阵。奉指挥众军，一裹围牛金于阵中。金左右冲突，不能得出。曹仁在城上望见牛金困在垓心，遂披甲上马，引麾下壮士数百骑出城，奋力挥刀，杀入吴阵。徐盛迎战，不能抵当。曹仁杀到垓心，救出牛金。回顾尚有数十骑在阵，不能得出，遂复翻身杀入，救出重围。正遇蒋钦拦路，曹仁与牛金奋力冲散。仁弟曹纯亦引兵接应，混杀一阵。吴军败走，曹仁得胜而回。蒋钦兵败，回见周瑜，瑜怒欲斩之，众将告免。

瑜即点兵，要亲与曹仁决战。甘宁曰："都督未可造次。今曹仁令曹洪据守彝陵，为掎角之势。某愿以精兵三千，径取彝陵，都督然后可取南郡。"瑜服其论，先教甘宁领三千兵攻打彝陵。早有细作报知曹仁。仁与陈矫商议，矫曰："彝陵有失，南郡亦不可守矣，宜速救之。"仁遂令曹纯与牛金暗地引兵救曹洪。曹纯先使人报知曹洪，令洪出城诱敌。甘宁引兵至彝陵，洪出与甘宁交锋。战有二十馀合，洪败走。宁夺了彝陵。至黄昏时，曹纯、牛金兵到，两下相合，围了彝陵。

探马飞报周瑜，说甘宁困于彝陵城中。瑜大惊。程普曰："可急分兵救之。"瑜曰："此地正当冲要之处，若分兵去救，倘曹仁引兵来袭，奈何？"吕蒙曰："甘兴霸乃江东大将，岂可不救？"瑜曰："吾欲自往救之，但留何人在此，代当吾任？"蒙曰："留凌公绩当之。蒙为前驱，都督断后，不须十日，必奏凯歌。"瑜曰："未知凌公绩肯暂代吾任否？"凌统曰："若十日为期，可当之；十日之外，不胜其任矣。"

瑜大喜，遂留兵万馀，付与凌统。即日起大兵，投彝陵来。蒙谓瑜曰："彝陵南僻小路，取南郡极便。可差五百军去砍倒树木，以断其路。彼军若败，必走此路，马不能行，必弃马而走，吾可得其马也。"瑜从之，差军去讫。大兵将至彝陵，瑜问："谁可突围而入，以救甘宁？"周泰愿往，即时绰刀纵马，直杀入曹军之中，径到城下。甘宁望见周泰至，自出城迎之。泰言："都督自提兵至。"宁传令，教军士严装饱食，准备内应。

却说曹洪、曹纯、牛金闻周瑜兵将至，先使人往南郡报知曹仁，一面分兵拒敌。及吴兵至，曹兵迎之。比及交锋，甘宁、周泰分两路杀出，曹兵大乱，吴兵四下掩杀。曹洪、曹纯、牛金果然投小路而走，却被乱柴塞道，马不能行，尽皆弃马而走。吴兵得马五百馀匹。周瑜驱兵星夜赶到南郡，正遇曹仁军来救彝陵，两军接着，混战一场。天色已晚，各自收兵。

曹仁回城中，与众商议。曹洪曰："目今失了彝陵，势已危急，何不拆丞相遗计观之，以解此危？"曹仁曰："汝言正合吾意。"遂拆书观之，大喜，便传令教五更造饭。平明，大小军马尽皆弃城，城上遍插旌旗，虚张声势，军分三门而出。

却说周瑜救出甘宁，陈兵于南郡城外，见曹兵分三门而出。瑜上将台观看，只见女墙[①]边虚插旌旗，无人守护；又见军士腰下各束缚包裹。瑜暗忖："曹仁必先准备走路。"遂下将台，号令分布两军为左右翼，如前军得胜，只顾向前追赶，直待鸣金，方许退步。命程普督后军，瑜亲自引军取城。对阵鼓声响处，曹洪出马搦战。瑜自至门旗下，使韩当出马，与曹洪交锋。战到三十馀合，洪败走。曹仁自出接战，周泰纵马相迎。斗十馀合，仁败走，阵势错乱。周瑜麾两翼军杀出，曹军大败。瑜自引军马追至南郡城下，曹军皆不入城，望西北而走。韩当、周泰引前部尽力追赶。

瑜见城门大开，城上又无人，遂令众军抢城。数十骑当先而入，瑜在背后纵马加鞭，直入瓮城。陈矫在敌楼上望见周瑜亲自入城来，暗暗喝采道："丞相妙策如神！"一声梆子响，两边弓弩齐发，势如骤雨。争先入城的，都颠入陷坑内。周瑜急勒马回时，被一弩箭正射中左肋，翻身落马。牛金从城中杀出，来捉周瑜。

---

① 女墙——城墙上呈凹凸形并有箭孔的矮墙，供守城之用。

徐盛、丁奉二人舍命救去。城中曹兵突出，吴兵自相践踏，落堑坑者无数。程普急收军时，曹仁、曹洪分兵两路杀回，吴兵大败。幸得凌统引一军从刺斜里杀来，敌住曹兵。曹仁引得胜兵进城，程普收败军回寨。

丁、徐二将救得周瑜到帐中，唤行军医者，用铁钳子拔出箭头，将金疮药敷掩疮口，疼不可当，饮食俱废。医者曰："此箭头上有毒，急切不能痊可。若怒气冲激，其疮复发。"程普令三军紧守各寨，不许轻出。

三日后，牛金引军来搦战，程普按兵不动。牛金骂至日暮方回，次日又来骂战。程普恐瑜生气，不敢报知。第三日，牛金直至寨门外叫骂，声声只道要捉周瑜。程普与众商议，欲暂且退兵，回见吴侯，却再理会。

却说周瑜虽患疮痛，心中自有主张，已知曹兵常来寨前叫骂，却不见众将来禀。一日，曹仁自引大军擂鼓呐喊，前来搦战。程普拒住不出。周瑜唤众将入帐，问曰："何处鼓噪呐喊？"众将曰："军中教演士卒。"瑜怒曰："何欺我也！吾已知曹兵常来寨前辱骂，程德谋既同掌兵权，何故坐视？"遂命人请程普入帐问之。普曰："吾见公瑾病疮，医者言勿触怒，故曹兵搦战，不敢报知。"瑜曰："公等不战，主意若何？"普曰："众将皆欲收兵暂回江东，待公箭疮平复，再作区处。"瑜听罢，于床上奋然跃起曰："大丈夫既食君禄，当死于战场，以马革裹尸[①]还，幸也，岂可为我一人，而废国家大事乎？"

言讫，即披甲上马。诸军众将，无不骇然，遂引数百骑出营前。望见曹兵已布成阵势，曹仁自立马于门旗下，扬鞭大骂曰："周瑜孺子，料必横夭[②]，再不敢正觑我兵。"骂犹未绝，瑜从群

① 马革裹尸——典出《后汉书·马援传》："男儿要当死于边野，以马革裹尸还葬耳，何能卧床上在儿女子手中邪？"后即用为男儿当英勇作战，死于战场的典故。马革：马皮。

② 横夭——年纪轻轻而意外死亡。

骑内突然出曰："曹仁匹夫！见周郎否？"曹军看见，尽皆惊骇。曹仁回顾众将曰："可大骂之。"众军厉声大骂。周瑜大怒，使潘璋出战，未及交锋，周瑜忽大叫一声，口中喷血，坠于马下。曹兵冲来，众将向前抵住，混战一场，救起周瑜，回到帐中。

程普问曰："都督贵体若何？"瑜密谓普曰："此吾之计也。"普曰："计将安出？"瑜曰："吾身本无甚痛楚，吾所以为此者，欲令曹兵知我病危，必然欺敌。可使心腹军士去城中诈降，说吾已死，今夜曹仁必来劫寨。吾却于四下埋伏以应之，则曹仁可一鼓而擒也。"程普曰："此计大妙。"随就帐下举起哀声。众军大惊，尽传言都督箭疮大发而死，各寨尽皆挂孝。

却说曹仁在城中与众商议，言周瑜怒气冲发，金疮崩裂，以致口中喷血，坠于马下，不久必亡。正论间，急报："吴寨内有十数个军士来降，中间亦有二人，原是曹兵被掳过去的。"曹仁忙唤入问之，军士曰："今日周瑜阵前金疮碎裂，归寨即死，今众将皆已挂孝举哀。我等皆受程普之辱，故特归降，便报此事。"曹仁大喜，随即商议："今晚便去劫寨，夺周瑜之尸，斩其首级，送赴许都。"陈矫曰："此计速行，不可迟误。"

曹仁遂令牛金为先锋，自为中军，曹洪、曹纯为合后[①]，只留陈矫领些少军士守城，其馀军兵尽起。初更后出城，径投周瑜大寨。来到寨门，不见一人，但见虚插旗枪而已。情知中计，急忙退军。四下炮声齐发：东边韩当、蒋钦杀来，西边周泰、潘璋杀来，南边徐盛、丁奉杀来，北边陈武、吕蒙杀来。曹兵大败，三路军皆被冲散，首尾不能相救。曹仁引十数骑杀出重围，正遇曹洪，遂引败残军马一同奔走。杀到五更，离南郡不远，一声鼓响，凌统又引一军拦住去路，截杀一阵。曹仁引军刺斜而走，又遇甘宁大杀一阵。曹仁不敢回南郡，径投襄阳大路而行。吴军赶了一

① 合后——即在后面作为护卫或救援部队。

程，自回。

周瑜、程普收住众军，径到南郡城下，见旌旗布满，敌楼上一将叫曰："都督少罪，吾奉军师将令，已取城了。吾乃常山赵子龙也。"周瑜大怒，便命攻城。城上乱箭射下。瑜命且回军商议：使甘宁引数千军马径取荆州，凌统引数千军马径取襄阳，然后却再取南郡未迟。正分拨间，忽然探马急来报说："诸葛亮自得了南郡，遂用兵符，星夜诈调荆州守城军马来救，却教张飞袭了荆州。"又一探马飞来报说："夏侯惇在襄阳，被诸葛亮差人赍兵符，诈称曹仁求救，诱惇引兵出，却教云长袭取了襄阳。"三处城池，全不费力，皆属刘玄德矣。周瑜曰："诸葛亮怎得兵符？"程普曰："他拿住陈矫，兵符自然尽属之矣。"周瑜大叫一声，金疮迸裂。正是：

几郡城池无我分，一场辛苦为谁忙。

未知性命如何，且看下文分解。

第五十二回

诸葛亮智辞鲁肃　赵子龙计取桂阳

却说周瑜见孔明袭了南郡，又闻他袭了荆、襄，如何不气，气伤箭疮，半晌方苏。众将再三劝解。瑜曰："若不杀诸葛村夫，怎息我心中怨气！程德谋可助我攻打南郡，定要夺还东吴。"正议间，鲁肃至。瑜谓之曰："吾欲起兵与刘备、诸葛亮共决雌雄，复夺城池，子敬幸助我。"鲁肃曰："不可。方今与曹操相持尚未分成败，主公现攻合淝不下。不争[①]自家互相吞并，倘曹兵乘虚而来，其势危矣；况刘玄德旧曾与曹操相厚，若逼得紧急，献了城池，一同攻打东吴，如之奈何？"瑜曰："吾等用计策，损兵马，费钱粮，他去图现成，岂不可恨！"肃曰："公瑾且耐。容某亲见玄德，将理来说他，若说不通，那时动兵未迟。"诸将曰："子敬之言甚善。"

于是鲁肃引从者径投南郡来，到城下叫门。赵云出问，肃曰："我要见刘玄德有话说。"云答曰："吾主与军师在荆州城中。"肃遂不入南郡，径奔荆州，见旌旗整列，军容甚盛。肃暗羡曰："孔明真非常人也。"军士报入城中，说鲁子敬要见。孔明令大开城门，接肃入衙。讲礼毕，分宾主而坐。茶罢，肃曰："吾主吴侯与都督公瑾，教某再三申意皇叔：前者操引百万之众，名下江南，实欲来图皇叔，幸得东吴杀退曹兵，救了皇叔。所有荆州九郡，合当归于东吴。今皇叔用诡计夺占荆襄，使江东空费钱粮军马，而皇叔安受其利，恐于理未顺。"孔明曰："子敬乃高明之士，何故亦

---

① 不争——这里是如果、一旦之意。

出此言？常言道：‘物必归主。’荆襄九郡，非东吴之地，乃刘景升之基业。吾主固景升之弟也，景升虽亡，其子尚在，以叔辅侄，而取荆州，有何不可？”肃曰：“若果系公子刘琦占据，尚有可解。今公子在江夏，须[①]不在这里。”孔明曰：“子敬欲见公子乎？”便命左右：“请公子出来。”只见两从者从屏风后扶出刘琦。琦谓肃曰：“病躯不能施礼，子敬勿罪。”鲁肃吃了一惊，默然无语，良久，言曰：“公子若不在，便如何？”孔明曰：“公子在一日，守一日；若不在，别有商议。”肃曰：“若公子不在，须将城池还我东吴。”孔明曰：“子敬之言是也。”遂设宴相待。

宴罢，肃辞出城，连夜归寨，具言前事。瑜曰：“刘琦正青春年少，如何便得他死？这荆州何日得还？”肃曰：“都督放心，只在鲁肃身上，务要讨荆襄还东吴。”瑜曰：“子敬有何高见？”肃曰：“吾观刘琦过于酒色，病入膏肓，现今面色羸瘦，气喘呕血，不过半年，其人必死。那时往取荆州，刘备须无得推故。”

周瑜犹自忿气未消，忽孙权遣使至。瑜令请入，使曰：“主公围合淝，累战不捷。特令都督收回大军，且拨兵赴合淝相助。”周瑜只得班师回柴桑养病，令程普部领战船士卒，来合淝听孙权调用。

却说刘玄德自得荆州、南郡、襄阳，心中大喜，商议久远之计。忽见一人上厅献策，视之，乃伊籍也。玄德感其旧日之恩，十分相敬，坐而问之[②]。籍曰：“要知荆州久远之计，何不求贤士以问之？”玄德曰：“贤士安在？”籍曰：“荆襄马氏兄弟五人，并有才名。幼者名谡，字幼常。其最贤者，眉间有白毛，名良，字季常。乡里为之谚曰：‘马氏五常，白眉最良。’公何不求此人而与之谋？”玄德遂命请之。

---

① 须——这里义同“却”。

② 坐而问之——意谓请伊籍坐下来问话。古代下属见上司必须站着说话，刘备请伊籍坐下来说话，是特殊优待之礼。

马良至，玄德优礼相待，请问保守荆襄之策。良曰："荆襄四面受敌之地，恐不可久守。可令公子刘琦于此养病，招谕旧人以守之，就表奏公子为荆州刺史，以安民心。然后南征武陵、长沙、桂阳、零陵四郡，积收钱粮，以为根本。此久远之计也。"玄德大喜，遂问："四郡当先取何郡？"良曰："湘江之西，零陵最近，可先取之；次取武陵；然后湘江之东取桂阳；长沙为后。"玄德遂用马良为从事，伊籍副之[①]。请孔明商议：送刘琦回襄阳，替云长回荆州。便调兵取零陵，差张飞为先锋，赵云合后，孔明、玄德为中军，人马一万五千。留云长守荆州，糜竺、刘封守江陵。

却说零陵太守刘度闻玄德军马到来，乃与其子刘贤商议。贤曰："父亲放心。他虽有张飞、赵云之勇，我本州上将邢道荣力敌万人，可以抵对。"刘度遂命刘贤与邢道荣引兵万馀，离城三十里，依山靠水下寨。探马报说："孔明自引一军到来。"道荣便引军出战。两阵对圆，道荣出马，手使开山大斧，厉声高叫："反贼安敢侵我境界？"只见对阵中一簇黄旗出，旗开处，推出一辆四轮车，车中端坐一人，头戴纶巾，身披鹤氅，手执羽扇，用扇招邢道荣曰："吾乃南阳诸葛孔明也。曹操引百万之众，被吾聊施小计，杀得片甲不回，汝等岂堪与我对敌？我今来招安汝等，何不早降？"道荣大笑曰："赤壁鏖兵，乃周郎之谋也，干汝何事，敢来诳语？"轮大斧，竟奔孔明。孔明便回车，望阵中走，阵门复闭。道荣直冲杀过来，阵势急分两下而走。道荣遥望中央一簇黄旗，料是孔明，乃只望黄旗而赶。抹过山脚，黄旗扎住，忽地中央分开，不见四轮车，只见一将挺矛跃马，大喝一声，直取道荣，乃张翼德也。道荣轮大斧来迎，战不数合，气力不加，拨马便走。翼德随后赶来，喊声大震，两下伏兵齐出。道荣舍死冲过，前面一员大将拦住去路，大叫："认得常山赵子龙否？"道荣料敌不过，

① 副之——指伊籍作马良的副手。之：代词，代指马良。

又无处奔走，只得下马请降。

子龙缚来寨中见玄德、孔明，玄德喝教斩首。孔明急止之，问道荣曰："汝若与我捉了刘贤，便准你投降。"道荣连声愿往。孔明曰："你用何法捉他？"道荣曰："军师若肯放某回去，某自有巧说。今晚军师调兵劫寨，某为内应，活捉刘贤，献与军师。刘贤既擒，刘度自降矣。"玄德不信其言。孔明曰："邢将军非谬言也。"遂放道荣归。道荣得放回寨，将前事实诉刘贤。贤曰："如之奈何？"道荣曰："可将计就计：今夜将兵伏于寨外，寨中虚立旗幡，待孔明来劫寨，就而擒之。"刘贤依计。

当夜二更，果然有一彪军到寨口，每人各带草把，一齐放火。刘贤、道荣两下杀来，放火军便退。刘贤、道荣两军乘势追赶，赶了十馀里，军皆不见。刘贤、道荣大惊，急回本寨，只见火光未灭，寨中突出一将，乃张翼德也。刘贤叫道荣："不可入寨，却去劫孔明寨便了。"于是复回军。走不十里，赵云引一军刺斜里杀出，一枪刺道荣于马下。刘贤急拨马奔走，背后张飞赶来，活捉过马，绑缚见孔明。贤告曰："邢道荣教某如此，实非本心也。"孔明令释其缚，与衣穿了，赐酒压惊，教人送入城，说父投降；如其不降，打破城池，满门尽诛。刘贤回零陵见父刘度，备述孔明之德，劝父投降。度从之，遂于城上竖起降旗，大开城门，赍捧印绶出城，竟投玄德大寨纳降。孔明教刘度仍为郡守，其子刘贤赴荆州随军办事。零陵一郡居民，尽皆喜悦。

玄德入城安抚已毕，赏劳三军，乃问众将曰："零陵已取了，桂阳郡何人敢取？"赵云应曰："某愿往。"张飞奋然出曰："飞亦愿往。"二人相争。孔明曰："终是子龙先应，只教子龙去。"张飞不服，定要去取。孔明教拈阄，拈着的便去。又是子龙拈着。张飞怒曰："我并不要人相帮，只独领三千军去，稳取城池。"赵云曰："某也只领三千军去，如不得城，愿受军令。"孔明大喜，责了军令状，选三千精兵付赵云去。张飞不服，玄德喝退。

赵云领了三千人马，径往桂阳进发。早有探马报知桂阳太守赵范。范急聚众商议，管军校尉陈应、鲍隆愿领兵出战。原来二人都是桂阳岭山乡猎户出身，陈应会使飞叉，鲍隆曾射杀双虎。二人自恃勇力，乃对赵范曰："刘备若来，某二人愿为前部。"赵范曰："我闻刘玄德乃大汉皇叔，更兼孔明多谋，关、张极勇。今领兵来的赵子龙，在当阳长坂百万军中，如入无人之境。我桂阳能有多少人马，不可迎敌，只可投降。"应曰："某请出战，若擒不得赵云，那时任太守投降不迟。"赵范拗不过，只得应允。

陈应领三千人马，出城迎敌，早望见赵云领军来到。陈应列成阵势，飞马绰叉而出。赵云挺枪出马，责骂陈应曰："吾主刘玄德乃刘景升之弟，今辅公子刘琦同领荆州，特来抚民，汝何敢迎敌？"陈应骂曰："我等只服曹丞相，岂顺刘备？"赵云大怒，挺枪骤马，直取陈应；应捻叉来迎。两马相交，战到四五合，陈应料敌不过，拨马便走。赵云追赶。陈应回顾赵云马来相近，用飞叉掷去，被赵云接住，回掷陈应。应急躲过，云马早到，将陈应活捉过马，掷于地下，喝军士绑缚回寨。败军四散奔走。云入寨，叱陈应曰："量汝安敢敌我！我今不杀汝，放汝回去，说与赵范，早来投降。"陈应谢罪，抱头鼠窜，回到城中，对赵范尽言其事。范曰："我本欲降，汝强要战，以致如此。"遂叱退陈应，赍捧印绶，引十数骑，出城投大寨纳降。

云出寨迎接，待以宾礼，置酒共饮，纳[①]了印绶。酒至数巡，范曰："将军姓赵，某亦姓赵，五百年前合是一家；将军乃真定人，某亦真定人，又是同乡。倘得不弃，结为兄弟，实为万幸。"云大喜，各叙年庚，云与范同年，云长范四个月，范遂拜云为兄。二人同乡，同年，又同姓，十分相得。至晚席散，范辞回城。

次日，范请云入城安民。云教军士休动，只带五十骑随入城

① 纳——接受。

中。居民执香伏道而接。云安民已毕，赵范邀请入衙饮宴。酒至半酣，范复邀云入后堂深处，洗盏更酌，云饮微醉。范忽请出一妇人，与云把酒[①]。子龙见妇人身穿缟素[②]，有倾国倾城之色，乃问范曰："此何人也？"范曰："家嫂樊氏也。"子龙改容敬之。樊氏把盏毕，范令就座。云辞谢，樊氏辞归后堂。云曰："贤弟何必烦令嫂举杯耶？"范笑曰："中间有个缘故，乞兄勿阻。先兄弃世已三载，家嫂寡居，终非了局，弟常劝其改嫁。嫂曰：'若得三件事兼全之人，我方嫁之。'第一要文武双全，名闻天下；第二要相貌堂堂，威仪出众；第三要与家兄同姓。你道天下那得有这般凑巧的？今尊兄堂堂仪表，名震四海，又与家兄同姓，正合家嫂所言。若不嫌家嫂貌陋，愿陪嫁资，与将军为妻，结累世之亲，如何？"云闻言，大怒而起，厉声曰："吾既与汝结为兄弟，汝嫂即吾嫂也，岂可作此乱人伦之事乎？"赵范羞惭满面，答曰："我好意相待，如何这般无礼？"遂目视左右，有相害之意。云已觉，一拳打倒赵范，径出府门，上马出城去了。

范急唤陈应、鲍隆商议，应曰："这人发怒去了，只索与他厮杀。"范曰："但恐赢他不得。"鲍隆曰："我两个诈降在他军中，太守却引兵来搦战，我二人就阵上擒之。"陈应曰："必须带些人马。"隆曰："五百骑足矣。"当夜，二人引五百军，径奔赵云寨来投降。云已心知其诈，遂教唤入。二将到帐下，说："赵范欲用美人计赚将军，只等将军醉了，扶入后堂谋杀，将头去曹丞相处献功，如此不仁。某二人见将军怒出，必连累于某，因此投降。"赵云佯喜，置酒与二人痛饮。二人大醉，云乃缚于帐中，擒其手下人问之，果是诈降。云唤五百军入，各赐酒食，传令曰："要害我者，陈应、鲍隆也，不干众人之事。汝等听吾行计，皆有重赏。"众军

① 把酒——这里是亲手敬酒之意。

② 缟素——白色丧服。

拜谢。将降将陈、鲍二人当时斩了。却教五百军引路，云引一千军在后，连夜到桂阳城下叫门。城上听时，说陈、鲍二将军杀了赵云回军，请太守商议事务。城上将火照看，果是自家军马。赵范急忙出城。云喝左右捉下，遂入城，安抚百姓已定，飞报玄德。

玄德与孔明亲赴桂阳，云迎接入城，推赵范于阶下。孔明问之，范备言以嫂许嫁之事。孔明谓云曰："此亦美事，公何如此？"云曰："赵范既与某结为兄弟，今若娶其嫂，惹人唾骂，一也；其妇再嫁，使失大节，二也；赵范初降，其心难测，三也。主公新定江汉，枕席未安[①]，云安敢以一妇人而废主公之大事？"玄德曰："今日大事已定，与汝娶之，若何？"云曰："天下女子不少，但恐名誉不立，何患无妻子乎？"玄德曰："子龙真丈夫也。"遂释赵范，仍令为桂阳太守，重赏赵云。

张飞大叫曰："偏子龙干得功，偏我是无用之人？只拨三千军与我，去取武陵郡，活捉太守金旋来献。"孔明大喜曰："翼德要去不妨，但要依一件事。"正是：

军师决胜多奇策，将士争先立战功。

未知孔明说出那一件事来，且看下文分解。

---

① 枕席未安——还不能放心睡眠。意谓形势恶劣或事情未完。

第五十三回

关云长义释黄汉升　孙仲谋大战张文远

却说孔明谓张飞曰："前者子龙取桂阳郡时，责下军令状而去。今日翼德要取武陵，必须也责下军令状，方可领兵去。"张飞遂立军令状，欣然领三千军，星夜投武陵界上来。金旋听得张飞引兵到，乃集将校，整点精兵器械，出城迎敌。从事巩志谏曰："刘玄德乃大汉皇叔，仁义布于天下；加之张翼德骁勇非常：不可迎敌，不如纳降为上。"金旋大怒曰："汝欲与贼通连为内变耶？"喝令武士推出斩之。众官皆告曰："先斩家人，于军不利。"金旋乃喝退巩志，自率兵出。离城二十里，正迎张飞。飞挺矛立马，大喝金旋。旋问部将："谁敢出战？"众皆畏惧，莫敢向前。旋自骤马舞刀迎之。张飞大喝一声，浑如巨雷。金旋失色，不敢交锋，拨马便走。飞引众军随后掩杀。金旋走至城边，城上乱箭射下。旋惊视之，见巩志立于城上曰："汝不顺天时，自取败亡。吾与百姓自降刘矣。"言未毕，一箭射中金旋面门，坠于马下。军士割头献张飞。巩志出城纳降，飞就令巩志赍印绶，往桂阳见玄德。玄德大喜，遂令巩志代金旋之职。

玄德亲至武陵安民毕，驰书报云长，言翼德、子龙各得一郡。云长乃回书上请曰："闻长沙尚未取，如兄长不以弟为不才，教关某干这件功劳甚好。"玄德大喜，遂教张飞星夜去替云长守荆州，令云长来取长沙。云长既至，入见玄德、孔明。孔明曰："子龙取桂阳，翼德取武陵，都是三千军去。今长沙太守韩玄固不足道，只是他有一员大将，乃南阳人，姓黄名忠，字汉升，是刘表帐下中郎将，与刘表之侄刘磐共守长沙，后事韩玄，虽今年近六旬，却有万夫不当之勇，不可轻敌。云长去，必须多带军马。”云长曰：“军师何故长别人锐气，灭自己威风？量一老卒，何足道哉！关某不须用三千军，只消本部下五百名校刀手，决定斩黄忠、韩玄之首，献来麾下。”玄德苦挡。云长不依，只领五百校刀手而去。孔明谓玄德曰：“云长轻敌黄忠，只恐有失，主公当往接应。”玄德从之，随后引兵望长沙进发。

却说长沙太守韩玄平生性急，轻于杀戮，众皆恶之。是时听知云长军到，便唤老将黄忠商议。忠曰：“不须主公忧虑，凭某这口刀，这张弓，一千个来，一千个死。”原来黄忠能开二石力之弓①，百发百中。言未毕，阶下一人应声而出曰：“不须老将军出战，只就某手中定活捉关某。”韩玄视之，乃管军校尉杨龄。韩玄大喜，遂令杨龄引军一千，飞奔出城。

约行五十里，望见尘头起处，云长军马早到。杨龄挺枪出马，立于阵前骂战。云长大怒，更不打话，飞马舞刀，直取杨龄；龄挺枪来迎。不三合，云长手起刀落，砍杨龄于马下。追杀败兵，直至城下。

韩玄闻之大惊，便教黄忠出马，玄自来城上观看。忠提刀纵马，引五百骑兵，飞过吊桥。云长见一老将出马，知是黄忠，把五百校刀手一字摆开，横刀立马而问曰：“来将莫非黄忠否？”忠曰：“既知我名，焉敢犯我境？”云长曰：“特来取汝首级。”言罢，两马交锋，斗一百馀合，不分胜负。韩玄恐黄忠有失，鸣金收军。黄忠收军入城。云长也退军，离城十里下寨，心中暗忖：“老将黄忠，名不虚传，斗一百合，全无破绽。来日必用拖刀计，背砍赢之。”

次日早饭毕，又来城下搦战。韩玄坐在城上，教黄忠出马。忠引数百骑，杀过吊桥，再与云长交马，又斗五六十合，胜负不

① 二石（dàn）力之弓——即弓力相当于二百四十斤。石：量词。等于一百二十斤。

分。两军齐声喝采。鼓声正急时，云长拨马便走，黄忠赶来。云长方欲用刀砍去，忽听得脑后一声响。急回头看时，见黄忠被战马前失，掀在地下。云长急回马，双手举刀猛喝曰："我且饶你性命，快换马来厮杀。"黄忠急提起马蹄，飞身上马，奔入城中。玄惊问之，忠曰："此马久不上阵，故有此失。"玄曰："汝箭百发百中，何不射之？"忠曰："来日再战，必然诈败，诱到吊桥边射之。"玄以自己所乘一匹青马与黄忠。忠拜谢而退，寻思："难得云长如此义气。他不忍杀害我，我又安忍射他？若不射，又恐违了将令。"是夜踌躇未定。

次日天晓，人报云长搦战。忠领兵出城。云长两日战黄忠不下，十分焦躁，抖擞威风，与忠交马。战不到三十馀合，忠诈败，云长赶来。忠想昨日不杀之恩，不忍便射，带住刀，把弓虚拽弦响；云长急闪，却不见箭。云长又赶，忠又虚拽；云长急闪，又无箭。只道黄忠不会射，放心赶来。将近吊桥，黄忠在桥上搭箭开弓，弦响箭到，正射在云长盔缨根上。前面军齐声喊起。云长吃了一惊，带箭回寨，方知黄忠有百步穿杨①之能，今日只射盔缨，正是报昨日不杀之恩也。云长领兵而退。

黄忠回到城上，来见韩玄。玄便喝左右捉下黄忠。忠叫曰："无罪。"玄大怒曰："我看了三日，汝敢欺我？汝前日不力战，必有私心；昨日马失，他不杀汝，必有关通②；今日两番虚拽弓弦，第三箭却止射他盔缨，如何不是外通内连？若不斩汝，必为后患。"喝令刀斧手推下城门外斩之。众将欲告，玄曰："但告免黄忠者，便是同情。"

刚推到门外，恰欲举刀，忽然一将挥刀杀入，砍死刀手，救起黄忠，大叫曰："黄汉升乃长沙之保障，今杀汉升，是杀长沙百

① 百步穿杨——典出《史记·周本纪》："楚有养由基者，善射者也。去柳叶百步而射之，百发而百中之。"后即成为射术高明之典。杨：即杨柳。这里指柳叶。

② 关通——暗中串通，勾结。

姓也。韩玄残暴不仁，轻贤慢士，当众共殛之。愿随我者便来。”众视其人，面如重枣，目若朗星，乃义阳人魏延也。自襄阳赶刘玄德不着，来投韩玄。玄怪其傲慢少礼，不肯重用，故屈沉于此。当日救下黄忠，教百姓同杀韩玄，袒臂一呼[①]，相从者数百馀人。黄忠拦当不住。魏延直杀上城头，一刀砍韩玄为两段，提头上马，引百姓出城，投拜云长。云长大喜，遂入城。安抚已毕，请黄忠相见，忠托病不出。云长即使人去请玄德、孔明。

却说玄德自云长来取长沙，与孔明随后催促人马接应。正行间，青旗倒卷，一鸦自北南飞，连叫三声而去。玄德曰：“此应何祸福？”孔明就马上袖占一课，曰：“长沙郡已得，又主得大将，午时后定见分晓。”少顷，见一小校飞报前来，说：“关将军已得长沙郡，降将黄忠、魏延，耑[②]等主公到彼。”玄德大喜，遂入长沙。云长接入厅上，具言黄忠之事。玄德乃亲往黄忠家相请，忠方出降，求葬韩玄尸首于长沙之东。后人有诗赞黄忠曰：

将军气概与天参，白发犹然困汉南。
至死甘心无怨望，临降低首尚怀惭。
宝刀灿雪彰神勇，铁骑临风忆战酣。
千古高名应不泯，长随孤月照湘潭。

玄德待黄忠甚厚。

云长引魏延来见，孔明喝令刀斧手推下斩之。玄德惊问孔明曰：“魏延乃有功无罪之人，军师何故欲杀之？”孔明曰：“食其禄而杀其主，是不忠也；居其土而献其地，是不义也。吾观魏延脑后有反骨，久后必反，故先斩之，以绝祸根。”玄德曰：“若斩此人，恐降者人人自危。望军师恕之。”孔明指魏延曰：“吾今饶汝性命，汝可尽忠报主，勿生异心；若生异心，我好歹取汝首级。”魏延喏

① 袒臂一呼——义同“振臂一呼”。借喻有很多人拥护。
② 耑——音义皆同“专”。

喏连声而退。黄忠荐刘表侄刘磐，现在攸县闲居。玄德取回，教掌长沙郡。

四郡已平，玄德班师回荆州，改油江口为公安。自此钱粮广盛，贤士归之。将军马四散屯于隘口。

却说周瑜自回柴桑养病，令甘宁守巴陵郡，令凌统守汉阳郡，二处分布战船，听候调遣。程普引其馀将士投合淝县来。原来孙权自从赤壁鏖兵之后，久在合淝，与曹兵交锋，大小十馀战，未决胜负，不敢逼城下寨，离城五十里屯兵。闻程普兵到，孙权大喜，亲自出营劳军。人报鲁子敬先至，权乃下马立待之。肃慌忙滚鞍下马施礼。众将见权如此待肃，皆大惊异。权请肃上马，并辔而行，密谓曰："孤下马相迎，足显公否？"肃曰："未也。"权曰："然则何如而后为显耶？"肃曰："愿明公威德加于四海，总括九州[①]，克成帝业，使肃名书竹帛，始为显矣。"权抚掌大笑。同至帐中，大设饮宴，犒劳鏖兵将士，商议破合淝之策。

忽报张辽差人来下战书。权拆书观毕，大怒曰："张辽欺吾太甚！汝闻程普军来，故意使人搦战。来日吾不用新军赴敌，看我大战一场。"传令当夜五更，三军出寨，望合淝进发。辰时左右，军马行至半途，曹兵已到，两边布成阵势。孙权金盔金甲，披挂出马。左宋谦，右贾华，二将使方天画戟，两边护卫。三通鼓罢，曹军阵中门旗两开，三员将全装贯戴，立于阵前：中央张辽，左边李典，右边乐进。张辽纵马当先，专搦孙权决战。权绰枪欲自战，阵门中一将挺枪骤马早出，乃太史慈也；张辽挥刀来迎。两将战有七八十合，不分胜负。曹阵上李典谓乐进曰："对面金盔者，孙权也。若捉得孙权，足可与八十三万大军报仇。"说犹未了，乐进一

① 总括九州——即一统天下，统一全国。总括：这里是全部占有之意。九州：古代中国分为九州，故以代指全中国。

骑马，一口刀，从刺斜里径取孙权，如一道电光，飞至面前，手起刀落。宋谦、贾华急将画戟遮架，刀到处，两枝戟齐断，只将戟杆望马头上打。乐进回马，宋谦绰军士手中枪赶来。李典搭上箭，望宋谦心窝里便射，应弦落马。太史慈见背后有人堕马，弃却张辽，望本阵便回。张辽乘势掩杀过来，吴兵大乱，四散奔走。张辽望见孙权，骤马赶来。看看赶上，刺斜里撞出一军，为首大将，乃程普也，截杀一阵，救了孙权。张辽收军自回合淝。

程普保孙权归大寨，败军陆续回营。孙权因见折了宋谦，放声大哭。长史张纮曰："主公恃盛壮之气，轻视大敌，三军之众，莫不寒心。即使斩将搴旗，威振疆埸①，亦偏将之任，非主公所宜也。愿抑贲、育②之勇，怀王霸之计。且今日宋谦死于锋镝之下，皆主公轻敌之故。今后切宜保重。"权曰："是孤之过也，从今当改之。"

少顷，太史慈入帐，言："某手下有一人，姓戈名定，与张辽手下养马后槽是弟兄。后槽被责怀怨，今晚使人报来，举火为号，刺杀张辽，以报宋谦之仇。某请引兵为外应。"权曰："戈定何在？"太史慈曰："已混入合淝城中去了。某愿乞五千兵去。"诸葛瑾曰："张辽多谋，恐有准备，不可造次。"太史慈坚执要行。权因伤感宋谦之死，急要报仇，遂令太史慈引兵五千，去为外应。

却说戈定乃太史慈乡人，当日杂在军中，随入合淝城，寻见养马后槽，两个商议。戈定曰："我已使人报太史慈将军去了，今夜必来接应。你如何用事？"后槽曰："此间离中军较远，夜间急不能进。只就草堆上放起一把火，你去前面叫反，城中兵乱，就里刺杀张辽，馀军自走也。"戈定曰："此计大妙。"

是夜张辽得胜回城，赏劳三军，传令不许解甲宿睡。左右曰："今日全胜，吴兵远遁，将军何不卸甲安息？"辽曰："非也。为

① 疆埸（yì）——本指边境、边界，引申为战场。

② 贲（bēn）、育——即孟贲和夏育，均为大力士。

将之道，勿以胜为喜，勿以败为忧。倘吴兵度我无备，乘虚攻击，何以应之？今夜防备，当比每夜更加谨慎。”说犹未了，后寨火起，一片声叫反，报者如麻。张辽出帐上马，唤亲从将校十数人，当道而立。左右曰：“喊声甚急，可往观之。”辽曰：“岂有一城皆反者？此是造反之人故惊军士耳。如乱者先斩。”无移时，李典擒戈定并后槽至。辽询得其情，立斩于马前。只听得城门外鸣锣击鼓，喊声大震。辽曰：“此是吴兵外应，可就计破之。”便令人于城门内放起一把火，众皆叫反，大开城门，放下吊桥。太史慈见城门大开，只道内变，挺枪纵马先入。城上一声炮响，乱箭射下，太史慈急退，身中数箭。背后李典、乐进杀出，吴兵折其大半，乘势直赶到寨前。陆逊、董袭杀出，救了太史慈。曹兵自回。

孙权见太史慈身带重伤，愈加伤感。张昭请权罢兵。权从之，遂收兵下船，回南徐润州。比及屯住军马，太史慈病重。权使张昭等问安，太史慈大叫曰：“大丈夫生于乱世，当带三尺剑，立不世之功。今所志未遂，奈何死乎！”言讫而亡，年四十一岁。后人有诗赞曰：

矢志全忠孝，东莱太史慈。
姓名昭远塞，弓马震雄师。
北海酬恩日，神亭酣战时。
临终言壮志，千古共嗟咨。

孙权闻慈死，伤悼不已，命厚葬于南徐北固山下，养其子太史亨于府中。

却说玄德在荆州整顿军马，闻孙权合淝兵败，已回南徐，与孔明商议。孔明曰：“亮夜观星象，见西北有星坠地，必应折一皇族。”正言间，忽报公子刘琦病亡。玄德闻之，痛哭不已。孔明劝曰：“生死分定，主公勿忧，恐伤贵体。且理大事，可急差人到彼守御城池，并料理葬事。”玄德曰：“谁可去？”孔明曰：“非云长不可。”即时便教云长前去襄阳保守。玄德曰：“今日刘琦已死，东吴必来讨荆州，如何对答？”孔明曰：“若有人来，亮自有言对答。”过了半月，人报东吴鲁肃特来吊丧。正是：

先将计策安排定，只等东吴使命来。

未知孔明如何对答，且看下文分解。

第五十四回

吴国太佛寺看新郎　刘皇叔洞房续佳偶

却说孔明闻鲁肃到，与玄德出城迎接，接到公廨。相见毕，肃曰："主公闻令侄弃世[①]，特具薄礼，遣某前来致祭。周都督再三致意刘皇叔、诸葛先生。"玄德、孔明起身称谢，收了礼物，置酒相待。肃曰："前者皇叔有言：公子不在，即还荆州。今公子已去世，必然见还。不识几时可以交割？"玄德曰："公且饮酒，有一个商议。"肃强饮数杯，又开言相问。

玄德未及回答，孔明变色曰："子敬好不通理，直须待人开口。自我高皇帝斩蛇起义，开基立业，传至于今，不幸奸雄并起，各据一方。少不得天道好还，复归正统。我主人乃中山靖王之后，孝景皇帝玄孙，今皇上之叔，岂不可分茅裂土[②]？况刘景升乃我主之兄也，弟承兄业，有何不顺？汝主乃钱塘小吏之子，素无功德于朝廷，今倚势力，占据六郡八十一州，尚自贪心不足，而欲并吞汉土。刘氏天下，我主姓刘倒无分，汝主姓孙反要强争？且赤壁之战，我主多负勤劳，众将并皆用命，岂独是汝东吴之力？若非我借东南风，周郎安能展半筹[③]之功？江南一破，休说二乔置于铜雀宫，虽公等家小亦不能保。适来我主人不即答应者，以子敬乃高明之士，不待细说。何公不察之甚也！"

---

① 弃世——死亡的婉词。

② 分茅裂土——即分封王侯爵位和土地。分茅：古代分封诸侯时，用白茅裹着泥土授予被封者，以象征授予土地和权力。

③ 筹——量词，相当于"个""件"或"条"。

一席话，说得鲁子敬缄口无言，半晌乃曰："孔明之言，怕不有理。争奈鲁肃身上甚是不便。"孔明曰："有何不便处？"肃曰："昔日皇叔当阳受难时，是肃引孔明渡江，见我主公；后来周公瑾要兴兵取荆州，又是肃挡住；至说待公子去世还荆州，又是肃担承。今却不应前言，教鲁肃如何回复？我主与周公瑾必然见罪。肃死不恨，只恐惹恼东吴，兴动干戈，皇叔亦不能安坐荆州，空为天下耻笑耳。"孔明曰："曹操统百万之众，动以天子为名，吾亦不以为意，岂惧周郎一小儿乎？若恐先生面上不好看，我劝主人立纸文书，暂借荆州为本[①]。待我主别图得城池之时，便交付还东吴。此论如何？"肃曰："孔明待夺得何处，还我荆州？"孔明曰："中原急未可图。西川刘璋闇弱，我主将图之，若图得西川，那时便还。"肃无奈，只得听从。玄德亲笔写成文书一纸，押了字。保人诸葛孔明也押了字。孔明曰："亮是皇叔这里人，难道自家作保？烦子敬先生也押个字，回见吴侯也好看。"肃曰："某知皇叔乃仁义之人，必不相负。"遂押了字，收了文书。宴罢辞回，玄德与孔明送到船边。孔明嘱曰："子敬回见吴侯，善言伸意[②]，休生妄想；若不准我文书，我翻了面皮，连八十一州都夺了。今只要两家和气，休教曹贼笑话。"

肃作别下船而回，先到柴桑郡见周瑜。瑜问曰："子敬讨荆州如何？"肃曰："有文书在此。"呈与周瑜。瑜顿足曰："子敬中诸葛之谋也，名为借地，实是混赖。他说取了西川便还，知他几时取西川？假如十年不得西川，十年不还？这等文书，如何中用？你却与他作保。他若不还时，必须连累足下。倘主公见罪，奈何？"肃闻言，呆了半晌，曰："恐玄德不负我。"瑜曰："子敬乃诚实人也。刘备枭雄之辈，诸葛亮奸猾之徒，恐不似先生心地。"

① 本——基础，根据地。

② 善言伸意——指充分转达刘备一方的意见。善言：用巧妙的方法陈述。

肃曰："若此，如之奈何？"瑜曰："子敬是我恩人，想昔日指囷相赠之情，如何不救你？你且宽心住数日，待江北探细的[①]回，别有区处。"鲁肃踞蹐[②]不安。

过了数日，细作回报："荆州城中扬起布幡做好事，城外别建新坟，军士各挂孝。"瑜惊问曰："没了甚人？"细作曰："刘玄德没了甘夫人，即日安排殡葬。"瑜谓鲁肃曰："吾计成矣，使刘备束手就缚，荆州反掌可得。"肃曰："计将安出？"瑜曰："刘备丧妻，必将续娶。主公有一妹，极其刚勇，侍婢数百，居常[③]带刀，房中军器摆列遍满，虽男子不及。我今上书主公，教人去荆州为媒，说刘备来入赘。赚到南徐，妻子不能勾[④]得，幽囚在狱中，却使人去讨荆州换刘备。等他交割了荆州城池，我别有主意。于子敬身上须[⑤]无事也。"鲁肃拜谢。

周瑜写了书呈，选快船，送鲁肃投南徐，见孙权，先说借荆州一事，呈上文书。权曰："你却如此糊涂。这样文书，要他何用？"肃曰："周都督有书呈在此，说用此计，可得荆州。"权看毕，点头暗喜，寻思谁人可去。猛然省曰："非吕范不可。"遂召吕范至，谓曰："近闻刘玄德丧妇。吾有一妹，欲招赘玄德为婿，永结姻亲，同心破曹，以扶汉室。非子衡不可为媒，望即往荆州一言。"范领命，即日收拾船只，带数个从人，望荆州来。

却说玄德自没了甘夫人，昼夜烦恼。一日，正与孔明闲叙，人报东吴差吕范到来。孔明笑曰："此乃周瑜之计，必为荆州之故。亮只在屏风后潜听。但有甚说话，主公都应承了，留来人在馆驿中安歇，别作商议。"玄德教请吕范入，礼毕，坐定。茶罢，玄德问曰：

① 探细的——即细作，也就是暗探。

② 踞蹐（jú jí）——局促不安，坐立不安。踞：小心翼翼。蹐：轻步，小步。

③ 居常——日常，平时。

④ 能勾——即能够。勾：同"够"。

⑤ 须——这里是可以、自然之意。

“子衡来，必有所谕。”范曰：“范近闻皇叔失偶，有一门好亲，故不避嫌，特来做媒。未知尊意若何？”玄德曰：“中年丧妻，大不幸也。骨肉未寒，安忍便议亲？”范曰：“人若无妻，如屋无梁，岂可中道而废人伦？吾主吴侯有一妹，美而贤，堪奉箕帚。若两家共结秦晋之好，则曹贼不敢正视东南也。此事家国两便，请皇叔勿疑。但我国太吴夫人甚爱幼女，不肯远嫁，必求皇叔到东吴就婚。”玄德曰：“此事吴侯知否？”范曰：“不先禀吴侯，如何敢造次来说？”玄德曰：“吾年已半百，鬓发斑白；吴侯之妹，正当妙龄：恐非配偶。”范曰：“吴侯之妹，身虽女子，志胜男儿。常言：‘若非天下英雄，吾不事之。’今皇叔名闻四海，正所谓淑女配君子，岂以年齿上下[1]相嫌乎？”玄德曰：“公且少留，来日回报。”是日设宴相待，留于馆舍。

至晚，与孔明商议。孔明曰：“来意亮已知道了。适间卜易，得一大吉大利之兆。主公便可应允，先教孙乾和吕范回见吴侯，面许已定，择日便去就亲。”玄德曰：“周瑜定计欲害刘备，岂可以身轻入危险之地？”孔明大笑曰：“周瑜虽能用计，岂能出诸葛亮之料乎？略用小谋，使周瑜半筹不展，吴侯之妹又属主公，荆州万无一失。”玄德怀疑未决。孔明竟教孙乾往江南说合亲事。

孙乾领了言语，与吕范同到江南，来见孙权。权曰：“吾愿将小妹招赘玄德，并无异心。”孙乾拜谢，回荆州见玄德，言：“吴侯专候主公去结亲。”玄德怀疑，不敢往。孔明曰：“吾已定下三条计策，非子龙不可行也。”遂唤赵云近前，附耳言曰：“汝保主公入吴，当领此三个锦囊，囊中有三条妙计，依次而行。”即将三个锦囊与云贴肉收藏。孔明先使人往东吴纳了聘，一切完备。

时建安十四年冬十月，玄德与赵云、孙乾取快船十只，随行五百馀人，离了荆州，前往南徐进发。荆州之事，皆听孔明裁处。玄德心中快快不安。到南徐州，船已傍岸，云曰：“军师分付三条

① 年齿上下——年龄大小。

妙计，依次而行。今已到此，当先开第一个锦囊来看。”于是开囊看了计策，便唤五百随行军士，一一分付如此如此。众军领命而去。又教玄德先往见乔国老。那乔国老乃二乔之父，居于南徐。玄德牵羊担酒[1]，先往拜见，说吕范为媒娶夫人之事。随行五百军士俱披红挂彩，入南徐买办物件，传说玄德入赘东吴。城中人尽知其事。孙权知玄德已到，教吕范相待，且就馆舍安歇。

却说乔国老既见玄德，便入见吴国太贺喜。国太曰："有何喜事？"乔国老曰："令爱已许刘玄德为夫人，今玄德已到，何故相瞒？"国太惊曰："老身不知此事。"便使人请吴侯问虚实，一面先使人于城中探听。人皆回报："果有此事，女婿已在馆驿安歇，五百随行军士都在城中买猪羊果品，准备成亲。做媒的女家是吕范，男家是孙乾，俱在馆驿中相待。"国太吃了一惊。

少顷，孙权入后堂见母亲，国太捶胸大哭。权曰："母亲何故烦恼？"国太曰："你直如此将我看承得如无物。我姐姐临危之时，分付你甚么话来？"孙权失惊曰："母亲有话明说，何苦如此？"国太曰："男大须婚，女大须嫁，古今常理。我为你母亲，事当禀命于我。你招刘玄德为婿，如何瞒我？女儿须是我的。"权吃了一惊，问曰："那里得这话来？"国太曰："若要不知，除非莫为。满城百姓，那一个不知？你倒瞒我。"乔国老曰："老夫已知多日了，今特来贺喜。"权曰："非也。此是周瑜之计，因要取荆州，故将此为名赚刘备来，拘囚在此，要他把荆州来换；若其不从，先斩刘备。此是计策，非实意也。"国太大怒，骂周瑜曰："汝做六郡八十一州大都督，直恁[2]无条计策去取荆州，却将我女儿为名，使美人计。杀了刘备，我女便是望门寡[3]，明日再怎的说亲？须误了我女儿一世。你们好做作！"乔国老曰："若用此计，便得荆州，

① 牵羊担酒——这里是指以羊、酒为礼物送人之意。

② 直恁（rèn）——竟然如此。

③ 望门寡——古代女子订婚未嫁而夫死之谓。

也被天下人耻笑，此事如何行得？”说得孙权默然无语。

国太不住口的骂周瑜。乔国老劝曰：“事已如此，刘皇叔乃汉室宗亲，不如真个招他为婿，免得出丑。”权曰：“年纪恐不相当。”国老曰：“刘皇叔乃当世豪杰，若招得这个女婿，也不辱了令妹。”国太曰：“我不曾认得刘皇叔，明日约在甘露寺相见：如不中我意，任从你们行事；若中我的意，我自把女儿嫁他。”孙权乃大孝之人，见母亲如此言语，随即应承。出外唤吕范分付：“来日甘露寺方丈设宴，国太要见刘备。”吕范曰：“何不令贾华部领三百刀斧手伏于两廊，若国太不喜时，一声号举，两边齐出，将他拿下。”权遂唤贾华，分付预先准备，只看国太举动。

却说乔国老辞吴国太归，使人去报玄德，言：“来日吴侯、国太亲自要见，好生在意。”玄德与孙乾、赵云商议，云曰：“来日此会，多凶少吉，云自引五百军保护。”

次日，吴国太、乔国老先在甘露寺方丈里坐定。孙权引一班谋士随后都到，却教吕范来馆驿中请玄德。玄德内披细铠，外穿锦袍，从人背剑紧随，上马投甘露寺来。赵云全装贯戴，引五百军随行。来到寺前下马，先见孙权。权观玄德仪表非凡，心中有畏惧之意。二人叙礼毕，遂入方丈见国太。国太见了玄德，大喜，谓乔国老曰：“真吾婿也！”国老曰：“玄德有龙凤之姿，天日之表[①]；更兼仁德布于天下。国太得此佳婿，真可庆也。”玄德拜谢，共宴于方丈之中。少刻，子龙带剑而入，立于玄德之侧。国太问曰：“此是何人？”玄德答曰：“常山赵子龙也。”国太曰：“莫非当阳长坂抱阿斗者乎？”玄德曰：“然。”国太曰：“真将军也！”遂赐以酒。赵云谓玄德曰：“却才某于廊下巡视，见房内有刀斧手埋伏，必无好意，可告知国太。”玄德乃跪于国太席前，泣而告曰：“若杀

① 龙凤之姿，天日之表——语出《旧唐书·太宗纪上》：“太宗时年五岁，有书生自言善相，……见太宗，曰：‘有龙凤之姿，天日之表，年将二十，必能济世安民矣。’”意谓有做帝王的贵相，将来必做帝王。

刘备，就此请诛。”国太曰：“何出此言？”玄德曰：“廊下暗伏刀斧手，非杀备而何？”国太大怒，责骂孙权：“今日玄德既为我婿，即我之儿女也。何故伏刀斧手于廊下？”权推不知，唤吕范问之，范推贾华。国太唤贾华责骂，华默然无言。国太喝令斩之。玄德告曰：“若斩大将，于亲不利，备难久居膝下[①]矣。”乔国老也相劝。国太方叱退贾华。刀斧手皆抱头鼠窜而去。

玄德更衣出殿前，见庭下有一石块。玄德拔从者所佩之剑，仰天祝曰：“若刘备能勾回荆州，成王霸之业，一剑挥石为两段；如死于此地，剑剁石不开。”言讫，手起剑落，火光迸溅，砍石为两段。孙权在后面看见，问曰：“玄德公如何恨此石？”玄德曰：“备年近五旬，不能为国家剿除贼党，心常自恨。今蒙国太招为女婿，此平生之际遇也。恰才问天买卦：如破曹兴汉，砍断此石。今果然如此。”权暗思：“刘备莫非用此言瞒我？”亦掣剑谓玄德曰：“吾亦问天买卦：若破得曹贼，亦断此石。”却暗暗祝告曰：“若再取得荆州，兴旺东吴，砍石为两半。”手起剑落，巨石亦开。至今有十字纹“恨石”尚存。后人观此胜迹，作诗赞曰：

宝剑落时山石断，金环响处火光生。
两朝旺气皆天数，从此乾坤鼎足成。

二人弃剑，相携入席。又饮数巡，孙乾目视玄德，玄德辞曰：“备不胜酒力，告退。”孙权送出寺前，二人并立观江山之景。玄德曰：“此乃天下第一江山也。”至今甘露寺牌上云“天下第一江山”。后人有诗赞曰：

江山雨霁拥青螺，境界无忧乐最多。
昔日英雄凝目处，岩崖依旧抵风波。

二人共览之次[②]，江风浩荡，洪波滚雪，白浪掀天。忽见波上一

① 膝下——本指幼儿依偎于父母膝旁，引申为对父母（包括岳父岳母）的敬称。
② 之次——之际。

叶小舟行于江面上，如行平地。玄德叹曰：“南人驾船，北人乘马，信[①]有之也。”孙权闻言，自思曰：“刘备此言，戏我不惯乘马耳。”乃令左右牵过马来，飞身上马，驰骤下山，复加鞭上岭，笑谓玄德曰：“南人不能乘马乎？”玄德闻言，撩衣一跃，跃上马背，飞走下山，复驰骋而上。二人立马于山坡之上，扬鞭大笑。至今此处名为“驻马坡”。后人有诗曰：

驰骤龙驹气概多，二人并辔望山河。
东吴西蜀戎王霸，千古犹存驻马坡。

当日二人并辔而回，南徐之民无不称贺。

玄德自回馆驿，与孙乾商议。乾曰：“主公只是哀求乔国老，早早毕姻，免生别事。”次日，玄德复至乔国老宅前下马，国老接入。礼毕茶罢，玄德告曰：“江左之人多有要害刘备者，恐不能久居。”国老曰：“玄德宽心。吾为公告国太，令作护持。”玄德拜谢自回。乔国老入见国太，言玄德恐人谋害，急急要回。国太大怒曰：“我的女婿，谁敢害他？”即时便教搬入书院暂住，择日毕姻。玄德自入告国太曰：“只恐赵云在外不便，军士无人约束。”国太教尽搬入府中安歇，休留在馆驿中，免得生事。玄德暗喜。

数日之内，大排筵会，孙夫人与玄德结亲。至晚客散，两行红炬接引玄德入房。灯光之下，但见枪刀簇满，侍婢皆佩剑悬刀立于两旁，諕得玄德魂不附体。正是：

惊看侍女横刀立，疑是东吴设伏兵。

毕竟是何缘故，且看下文分解。

① 信——确实，果然。

第五十五回

玄德智激孙夫人　孔明二气周公瑾

却说玄德见孙夫人房中两边枪刀森列，侍婢皆佩剑，不觉失色。管家婆进曰："贵人休得惊惧。夫人自幼好观武事，居常令侍婢击剑为乐，故尔如此。"玄德曰："非夫人所观之事，吾甚心寒，可命暂去。"管家婆禀复孙夫人曰："房中摆列兵器，娇客[1]不安，今且去之。"孙夫人笑曰："厮杀半生，尚惧兵器乎？"命尽撤去，令侍婢解剑伏侍。当夜玄德与孙夫人成亲，两情欢洽。玄德又将金帛散给侍婢，以买其心。先教孙乾回荆州报喜。自此连日饮酒，国太十分爱敬。

却说孙权差人来柴桑郡报周瑜，说："我母亲力主，已将吾妹嫁刘备，不想弄假成真。此事还复如何？"瑜闻大惊，行坐不安，乃思一计，修密书，付来人持回见孙权。权拆书视之，书略曰：

> 瑜所谋之事，不想反复如此。既已弄假成真，又当就此用计。刘备以枭雄之姿，有关、张、赵云之将，更兼诸葛用谋，必非久屈人下者。愚意莫如软困之于吴中，盛为筑宫室，以丧其心志；多送美色玩好，以娱其耳目；使分开关、张之情，隔远诸葛之契，各置一方。然后以兵击之，大事可定矣。今若纵之，恐蛟龙得云雨，终非池中物也。愿明公熟思之。

孙权看毕，以书示张昭。昭曰："公瑾之谋，正合愚意。刘备

---

① 娇客——这里指女婿。

起身微末，奔走天下，未尝受享富贵。今若以华堂大厦，子女金帛，令彼享用，自然疏远孔明、关、张等，使彼各生怨望，然后荆州可图也。主公可依公瑾之计而速行之。”权大喜，即日修整东府，广栽花木，盛设器用，请玄德与妹居住；又增女乐数十馀人，并金玉锦绮玩好之物。国太只道孙权好意，喜不自胜。玄德果然被声色所迷，全不想回荆州。

却说赵云与五百军在东府前住，终日无事，只去城外射箭走马。看看年终，云猛省：“孔明分付三个锦囊与我，教我一到南徐，开第一个；住到年终，开第二个；临到危急无路之时，开第三个。于内有神出鬼没之计，可保主公回家。此时岁已将终，主公贪恋女色，并不见面，何不拆开第二个锦囊，看计而行？”遂拆开视之，原来如此神策。即日径到府堂，要见玄德。侍婢报曰：“赵子龙有紧急事来报贵人。”玄德唤入问之。云佯作失惊之状曰：“主公深居画堂[1]，不想荆州耶？”玄德曰：“有甚事如此惊怪？”云曰：“今早孔明使人来报，说曹操要报赤壁鏖兵之恨，起精兵五十万，杀奔荆州，甚是危急，请主公便回。”玄德曰：“必须与夫人商议。”云曰：“若和夫人商议，必不肯教主公回。不如休说，今晚便好起程，迟则误事。”玄德曰：“你且暂退，我自有道理。”云故意催逼数番而出。

玄德入见孙夫人，暗暗垂泪。孙夫人曰：“丈夫何故烦恼？”玄德曰：“念备一身飘荡异乡，生不能侍奉二亲，又不能祭祀宗祖，乃大逆不孝也。今岁旦在迩[2]，使备悒怏不已。”孙夫人曰：“你休瞒我，我已听知了也。方才赵子龙报说荆州危急，你欲还乡，故推此意。”玄德跪而告曰：“夫人既知，备安敢相瞒。备欲不去，使荆州有失，被天下人耻笑；欲去，又舍不得夫人：因此烦恼。”夫

① 画堂——指华丽的宫殿。因古代宫殿以彩绘装饰，故称。

② 岁旦在迩——距离元旦（春节）很近了。迩：近。

人曰：“妾已事君，任君所之[①]，妾当相随。”玄德曰：“夫人之心虽则如此，争奈国太与吴侯安肯容夫人去？夫人若可怜刘备，暂时辞别。”言毕，泪如雨下。孙夫人劝曰：“丈夫休得烦恼。妾当苦告母亲，必放妾与君同去。”玄德曰：“纵然国太肯时，吴侯必然阻挡。”孙夫人沉吟良久，乃曰：“妾与君正旦[②]拜贺时，推称江边祭祖，不告而去，若何？”玄德又跪而谢曰：“若如此，生死难忘。切勿漏泄。”两个商议已定。玄德密唤赵云分付：“正旦日，你先引军士出城，于官道等候。吾推祭祖，与夫人同走。”云领诺。

建安十五年春正月元旦，吴侯大会文武于堂上。玄德与孙夫人入拜国太，孙夫人曰：“夫主想父母宗祖坟墓俱在涿郡，昼夜伤感不已。今日欲往江边望北遥祭，须告母亲得知。”国太曰：“此孝道也，岂有不从？汝虽不识舅姑[③]，可同汝夫前去祭拜，亦见为妇之礼。”孙夫人同玄德拜谢而出。此时只瞒着孙权。夫人乘车，止带随身一应细软。玄德上马，引数骑跟随出城，与赵云相会。五百军士前遮后拥，离了南徐，趱程而行。当日孙权大醉，左右近侍扶入后堂，文武皆散。比及众官探得玄德、夫人逃遁之时，天色已晚，要报孙权，权醉不醒。及至睡觉[④]，已是五更。

次日，孙权闻知走了玄德，急唤文武商议。张昭曰：“今日走了此人，早晚必生祸乱，可急追之。”孙权令陈武、潘璋选五百精兵，无分昼夜，务要赶上拿回。二将领命去了。孙权深恨玄德，将案上玉砚摔为粉碎。程普曰：“主公空有冲天之怒，某料陈武、潘璋必擒此人不得。”权曰：“焉敢违我令？”普曰：“郡主[⑤]自幼好观武事，严毅刚正，诸将皆惧。既然肯顺刘备，必同心而去。所

① 所之——所去的地方。

② 正旦——农历正月初一日。

③ 舅姑——即公婆的官称。

④ 睡觉（jué）——这里指睡醒。

⑤ 郡主——命妇封号。晋朝始有此封号，三国时尚无。这里指孙权之妹、刘备之妻。

追之将，若见郡主，岂肯下手？”权大怒，掣所佩之剑，唤蒋钦、周泰听令，曰：“汝二人将这口剑，去取吾妹并刘备头来，违令者立斩！”蒋钦、周泰领命，随后引一千军赶来。

却说玄德加鞭纵辔，趱程而行。当夜于路暂歇两个更次①，慌忙起行。看看来到柴桑界首，望见后面尘头大起，人报：“追兵至矣。”玄德慌问赵云曰：“追兵既至，如之奈何？”赵云曰：“主公先行，某愿当后。”转过前面山脚，一彪军马拦住去路。当先两员大将厉声高叫曰：“刘备早早下马受缚。吾奉周都督将令，守候多时。”原来周瑜恐玄德走脱，先使徐盛、丁奉引三千军马，于冲要之处扎营等候。时常令人登高遥望，料得玄德若投旱路，必经此道而过。当日徐盛、丁奉瞭望得玄德一行人到，各绰兵器截住去路。

玄德惊慌，勒回马问赵云曰：“前有拦截之兵，后有追赶之兵，前后无路，如之奈何？”云曰：“主公休慌。军师有三条妙计，多在锦囊之中，已拆了两个，并皆应验。今尚有第三个在此，分付遇危难之时，方可拆看。今日危急，当拆观之。”便将锦囊拆开，献与玄德。玄德看了，急来车前泣告孙夫人曰：“备有心腹之言，至此尽当实诉。”夫人曰：“丈夫有何言语，实对我说。”玄德曰：“昔日吴侯与周瑜同谋，将夫人招嫁刘备，实非为夫人计，乃欲幽困刘备而夺荆州耳。夺了荆州，必将杀备。是以夫人为香饵而钓备也。备不惧万死而来，盖知夫人有男子之胸襟，必能怜备。昨闻吴侯将欲加害，故托荆州有难，以图归计。幸得夫人不弃，同至于此。今吴侯又令人在后追赶，周瑜又使人于前截住，非夫人莫解此祸。如夫人不允，备请死于车前，以报夫人之德。”

夫人怒曰：“吾兄既不以我为亲骨肉，我有何面目重相见乎？今日之危，我当自解。”于是叱从人推车直出，卷起车帘，亲喝徐盛、丁奉曰：“你二人欲造反耶？”徐、丁二将慌忙下马，弃了兵

① 两个更次——即晚上的两个时辰，相当于今之四个小时。

器，声喏于车前曰："安敢造反。为奉周都督将令，屯兵在此，专候刘备。"孙夫人大怒曰："周瑜逆贼！我东吴不曾亏负你。玄德乃大汉皇叔，是我丈夫，我已对母亲、哥哥说知回荆州去。今你两个于山脚去处，引着军马拦截道路，意欲劫掠我夫妻财物耶？"徐盛、丁奉喏喏连声，口称："不敢。请夫人息怒，这不干我等之事，乃是周都督的将令。"孙夫人叱曰："你只怕周瑜，独不怕我？周瑜杀得你，我岂杀不得周瑜？"把周瑜大骂一场，喝令推车前进。徐盛、丁奉自思："我等是下人，安敢与夫人违拗？"又见赵云十分怒气，只得把军喝住，放条大路教过去。

恰才行不得五六里，背后陈武、潘璋赶到，徐盛、丁奉备言其事。陈、潘二将曰："你放他过去差了也。我二人奉吴侯旨意，特来追捉他回去。"于是四将合兵一处，趱程赶来。玄德正行间，忽听得背后喊声大起。玄德又告孙夫人曰："后面追兵又到，如之奈何？"夫人曰："丈夫先行，我与子龙当后。"玄德先引三百军，望江岸去了。子龙勒马于车旁，将士卒摆开，专候来将。四员将见了孙夫人，只得下马，叉手而立。夫人曰："陈武、潘璋来此何干？"二将答曰："奉主公之命，请夫人、玄德回。"夫人正色叱曰："都是你这伙匹夫，离间我兄妹不睦。我已嫁他人，今日归去，须不是与人私奔。我奉母亲慈旨，令我夫妇回荆州。便是我哥哥来，也须依礼而行。你二人倚仗兵威，欲待杀害我耶？"骂得四人面面相觑，各自寻思："他一万年也只是兄妹，更兼国太作主。吴侯乃大孝之人，怎敢违逆母言？明日翻过脸来，只是我等不是。不如做个人情。"军中又不见玄德；但见赵云怒目睁眉，只待厮杀。因此四将喏喏连声而退。孙夫人令推车便行。

徐盛曰："我四人同去见周都督，告禀此事。"四人犹豫未定，忽见一军如旋风而来，视之，乃蒋钦、周泰。二将问曰："你等曾见刘备否？"四人曰："早晨过去，已半日矣。"蒋钦曰："何不拿下？"四人各言孙夫人发话之事。蒋钦曰："便是吴侯怕道如此，封一口剑在此，教先杀他妹，后斩刘备，违者立斩。”四将曰：“去之已远，怎生奈何？”蒋钦曰：“他终是些步军，急行不上。徐、丁二将军可飞报都督，教水路棹[1]快船追赶；我四人在岸上追赶：无问水旱之路，赶上杀了，休听他言语。”于是徐盛、丁奉飞报周瑜，蒋钦、周泰、陈武、潘璋四个领兵沿江赶来。

却说玄德一行人马离柴桑较远，来到刘郎浦，心才稍宽。沿着江岸寻渡，一望江水弥漫，并无船只。玄德俯首沉吟。赵云曰：“主公在虎口中逃出，今已近本界，吾料军师必有调度，何用忧疑？”玄德听罢，蓦然想起在吴繁华之事，不觉凄然泪下。后人有诗叹曰：

吴蜀成婚此水浔，明珠步障屋黄金。
谁知一女轻天下，欲易刘郎鼎峙心。

玄德令赵云望前哨探船只，忽报后面尘土冲天而起。玄德登高望之，但见军马盖地而来，叹曰：“连日奔走，人困马乏，追兵又到，死无地矣！”看看喊声渐近。正慌急间，急见江岸边一字儿抛着拖篷船二十馀只。赵云曰：“天幸有船在此。何不速下，棹过对岸，再作区处[2]。”玄德与孙夫人便奔上船。子龙引五百军亦都上船。只见船舱中一人纶巾道服，大笑而出，曰：“主公且喜！诸葛亮在此等候多时。”船中扮作客人的皆是荆州水军。玄德大喜。不移时，四将赶到。孔明笑指岸上人言曰：“吾已算定多时矣。汝等回去传示周郎，教休再使美人局手段。”岸上乱箭射来，船已开的远了。蒋钦等四将只好呆看。

玄德与孔明正行间，忽然江声大震。回头视之，只见战船无数，帅字旗下，周瑜自领惯战水军，左有黄盖，右有韩当，势如飞马，疾似流星。看看赶上，孔明教棹船投北岸，弃了船，尽皆

① 棹——这里作动词用，是划船、驾船之意。
② 区处——设法，筹划。

上岸而走，车马登程。周瑜赶到江边，亦皆上岸追袭。大小水军尽是步行，止有为首官军骑马。周瑜当先，黄盖、韩当、徐盛、丁奉紧随。周瑜曰："此处是那里？"军士答曰："前面是黄州界首。"望见玄德车马不远，瑜令并力追袭。

正赶之间，一声鼓响，山崦[①]内一彪刀手拥出，为首一员大将乃关云长也。周瑜举止失措，急拨马便走。云长赶来，周瑜纵马逃命。正奔走间，左边黄忠，右边魏延，两军杀出，吴兵大败。周瑜急急下得船时，岸上军士齐声大叫曰："周郎妙计安天下，陪了夫人又折兵。"瑜怒曰："可再登岸，决一死战。"黄盖、韩当力阻。瑜自思曰："吾计不成，有何面目去见吴侯？"大叫一声，金疮迸裂，倒于船上。众将急救，却早不省人事。正是：

两番弄巧翻成拙，此日含嗔却带羞。

未知周郎性命如何，且看下文分解。

① 山崦（yān）——山凹，山的拐弯处。

第五十六回

曹操大宴铜雀台　孔明三气周公瑾

却说周瑜被诸葛亮预先埋伏关公、黄忠、魏延三枝军马，一击大败。黄盖、韩当急救下船，折却水军无数。遥观玄德、孙夫人车马仆从，都停住于山顶之上，瑜如何不气。箭疮未愈，因怒气冲激，疮口迸裂，昏绝于地。众将救醒，开船逃去。孔明教休追赶，自和玄德归荆州庆喜，赏赐众将。

周瑜自回柴桑。蒋钦等一行人马自归南徐报孙权。权不胜忿怒，欲拜程普为都督，起兵取荆州；周瑜又上书，请兴兵雪恨。张昭谏曰："不可。曹操日夜思报赤壁之恨，因恐孙、刘同心，故未敢兴兵。今主公若以一时之忿，自相吞并，操必乘虚来攻，国势危矣。"顾雍曰："许都岂无细作在此？若知孙、刘不睦，操必使人勾结刘备。备惧东吴，必投曹操。若是[①]，则江南何日得安？为今之计，莫若使人赴许都，表刘备为荆州牧。曹操知之，则惧而不敢加兵于东南；且使刘备不恨于主公。然后使心腹用反间之计，令曹、刘相攻，吾乘隙而图之，斯为得耳[②]。"权曰："元叹之言甚善。但谁可为使？"雍曰："此间有一人，乃曹操敬慕者，可以为使。"权问何人，雍曰："华歆在此，何不遣之？"权大喜，即遣歆赍表赴许都。歆领命起程，径到许都来见曹操。闻操会群臣于邺郡，庆赏铜雀台，歆乃赴邺郡候见。

---

① 若是——如此。

② 斯为得耳——这才是最有利的。斯：代词，代指上面所说的计策。

操自赤壁败后，常思报仇，只疑孙、刘并力，因此不敢轻进。时建安十五年春，造铜雀台成。操乃大会文武于邺郡，设宴庆贺。其台正临漳河，中央乃铜雀台，左边一座名玉龙台，右边一座名金凤台，各高十丈，上横二桥相通，千门万户，金碧交辉。是日，曹操头戴嵌宝金冠，身穿绿锦罗袍，玉带珠履，凭高而坐。文武侍立台下。

操欲观武官比试弓箭，乃使近侍将西川红锦战袍一领挂于垂杨枝上，下设一箭垛，以百步为界。分武官为两队：曹氏宗族俱穿红，其馀将士俱穿绿。各带雕弓长箭，跨鞍勒马，听候指挥。操传令曰："有能射中箭垛红心者，即以锦袍赐之；如射不中，罚水一杯。"号令方下，红袍队中一个少年将军骤马而出，众视之，乃曹休也。休飞马往来，奔驰三次，扣上箭，拽满弓，一箭射去，正中红心。金鼓齐鸣，众皆喝采。曹操于台上望见，大喜曰："此吾家千里驹[①]也！"

方欲使人取锦袍与曹休，只见绿袍队中一骑飞出，叫曰："丞相锦袍，合让俺外姓先取，宗族中不宜搀越[②]。"操视其人，乃文聘也。众官曰："且看文仲业射法。"文聘拈弓纵马，一箭亦中红心。众皆喝采，金鼓乱鸣。聘大呼曰："快取袍来！"

只见红袍队中又一将飞马而出，厉声曰："文烈先射，汝何得争夺？看我与你两个解箭。"拽满弓，一箭射去，也中红心。众人齐声喝采。视其人，乃曹洪也。

洪方欲取袍，只见绿袍队里又一将出，扬弓叫曰："你三人射法，何足为奇，看我射来。"众视之，乃张郃也。郃飞马翻身，背射一箭，也中红心。四枝箭齐齐的攒在红心里。众人都道："好射

---

① 千里驹——本指正当年的骏马，借喻出类拔萃的少年人才。

② 搀越——超越本分。这里指身为曹氏子弟，不知礼让外姓。

法！”郃曰：“锦袍须该是我的。”

言未毕，红袍队中一将飞马而出，大叫曰：“汝翻身背射，何足称异，看我夺射红心。”众视之，乃夏侯渊也。渊骤马至界口，纽[①]回身，一箭射去，正在四箭当中，金鼓齐鸣。渊勒马按弓，大叫曰：“此箭可夺得锦袍么？”

只见绿袍队里一将应声而出，大叫：“且留下锦袍与我徐晃！”渊曰：“汝更有何射法，可夺我袍？”晃曰：“汝夺射红心，不足为异，看我单取锦袍。”拈弓搭箭，遥望柳条射去，恰好射断柳条，锦袍坠地。徐晃飞取锦袍，披于身上，骤马至台前，声喏[②]曰：“谢丞相袍。”曹操与众官无不称羡。

晃才勒马要回，猛然台边跃出一个绿袍将军，大呼曰：“你将锦袍那里去？早早留下与我。”众视之，乃许褚也。晃曰：“袍已在此，汝何敢强夺？”褚更不回答，竟飞马来夺袍。两马相近，徐晃便把弓打许褚。褚一手按住弓，把徐晃拖离鞍鞒。晃急弃了弓，翻身下马，褚亦下马，两个揪住厮打。操急使人解开，那领锦袍已是扯得粉碎。

操令二人都上台。徐晃睁眉怒目，许褚切齿咬牙，各有相斗之意。操笑曰：“孤特视公等之勇耳，岂惜一锦袍哉？”便教诸将尽都上台，各赐蜀锦一匹。诸将各各称谢。操命各依位次而坐，乐声竞奏，水陆并陈，文官武将轮次把盏，献酬交错[③]。

操顾谓众文官曰：“武将既以骑射为乐，足显威勇矣。公等皆饱学之士，登此高台，可不进佳章以纪一时之胜事乎？”众官皆躬身而言曰：“愿从钧命。”时有王朗、钟繇、王粲、陈琳一班文官

① 纽——通“扭”。

② 声喏——亦作“声诺”。古人拜见长官或会见宾客时，在叉手行礼的同时，还要大声致颂词，表示致敬。

③ 献酬交错——即宾主频频相互敬酒，十分热闹。献：主人向客人敬酒。酬：客人回敬主人酒。

进献诗章，诗中多有称颂曹操功德巍巍，合当受命[①]之意。曹操逐一览毕，笑曰："诸公佳作，过誉甚矣。孤本愚陋，始举孝廉。后值天下大乱，筑精舍于谯东五十里，欲春夏读书，秋冬射猎，以待天下清平，方出仕耳。不意朝廷征孤为典军校尉，遂更其意，专欲为国家讨贼立功，图死后得题墓道曰'汉故征西将军曹侯之墓'，平生愿足矣。念自讨董卓、剿黄巾以来，除袁术，破吕布，灭袁绍，定刘表，遂平天下。身为宰相，人臣之贵已极，又复何望哉？如国家无孤一人，正不知几人称帝，几人称王。或见孤权重，妄相忖度，疑孤有异心，此大谬也。孤常念孔子称文王之至德[②]，此言耿耿在心。但欲孤委捐[③]兵众，归就所封武平侯之国[④]，实不可耳。诚恐一解兵柄，为人所害；孤败则国家倾危。是以不得慕虚名而处实祸也。诸公必无知孤意者。"众皆起拜曰："虽伊尹、周公，不及丞相矣。"后人有诗曰：

周公恐惧流言日，王莽谦恭下士时。
假使当年身便死，一生真伪有谁知？

曹操连饮数杯，不觉沉醉，唤左右捧过笔砚，亦欲作铜雀台诗。刚才下笔，忽报："东吴使华歆表奏刘备为荆州牧，孙权以妹嫁刘备，汉上九郡大半已属备矣。"操闻之，手脚慌乱，投笔于地。程昱曰："丞相在万军之中，矢石交攻之际，未尝动心；今闻刘备得了荆州，何故如此失惊？"操曰："刘备，人中之龙也，生平未尝得水。今得荆州，是困龙入大海矣，孤安得不动心哉？"程昱曰："丞相知华歆来意否？"操曰："未知。"昱曰："孙权本忌刘

---

① 合当受命——该做皇帝。受命：受天之命，称王称帝。

② 孔子称文王之至德——见于《论语·泰伯》："三分天下有其二，以服事殷，周之德，其可谓至德也已矣。"意谓周文王虽然占有三分之二的国土，却并不自己称帝，仍然臣事于殷（商）朝，因而可以算得上是最高尚的道德了。

③ 委捐——丢掉，放弃。"委"和"捐"都是舍弃之意，"委捐"为重复结构词。

④ 归就所封武平侯之国——意谓放弃兵权和丞相之职，回到被封的武平侯地方，安享清福。武平侯：曹操自封的爵衔（见第十四回）。

备，欲以兵攻之，但恐丞相乘虚而击，故令华歆为使，表荐刘备，乃安备之心，以塞丞相之望[①]耳。”操点头曰：“是也。”昱曰：“某有一计，使孙、刘自相吞并，丞相乘间图之，一鼓而二敌俱破。”操大喜，遂问其计。程昱曰：“东吴所倚者，周瑜也。丞相今表奏周瑜为南郡太守，程普为江夏太守，留华歆在朝重用之，瑜必自与刘备为仇敌矣。我乘其相并而图之，不亦善乎？”操曰：“仲德之言，正合孤意。”遂召华歆上台，重加赏赐。当日筵散，操即引文武回许昌，表奏周瑜为总领南郡太守，程普为江夏太守。封华歆为大理少卿，留在许都。使命至东吴，周瑜、程普各受职讫。

周瑜既领南郡，愈思报仇，遂上书吴侯，乞令鲁肃去讨还荆州。孙权乃命肃曰：“汝昔保借荆州与刘备，今备迁延不还，等待何时？”肃曰：“文书上明白写着，得了西川便还。”权叱曰：“只说取西川，到今又不动兵，不等老了人？”肃曰：“某愿往言之。”遂乘船投荆州而来。

却说玄德与孔明在荆州广聚粮草，调练军马，远近之士多归之。忽报鲁肃到。玄德问孔明曰：“子敬此来何意？”孔明曰：“昨者孙权表主公为荆州牧，此是惧曹操之计。操封周瑜为南郡太守，此欲令我两家自相吞并，他好于中取事也。今鲁肃此来，又是周瑜既受太守之职，要来索荆州之意。”玄德曰：“何以答之？”孔明曰：“若肃提起荆州之事，主公便放声大哭。哭到悲切之处，亮自出来解劝。”

计会已定，接鲁肃入府。礼毕，叙坐，肃曰：“今日皇叔做了东吴女婿，便是鲁肃主人，如何敢坐？”玄德笑曰：“子敬与我旧交，何必太谦？”肃乃就座。茶罢，肃曰：“今奉吴侯钧命，专为荆州一事而来。皇叔已借住多时，未蒙见还。今既两家结亲，当

---

① 塞丞相之望——即堵住曹操的图谋。望：企图，图谋。

看亲情面上，早早交付。”玄德闻言，掩面大哭。肃惊曰：“皇叔何故如此？”玄德哭声不绝。孔明从屏后出曰：“亮听之久矣。子敬知吾主人哭的缘故么？”肃曰：“某实不知。”孔明曰：“有何难见？当初我主人借荆州时，许下取得西川便还。仔细想来，益州刘璋是我主人之弟，一般[①]都是汉朝骨肉，若要兴兵去取他城池时，恐被外人唾骂；若要不取，还了荆州，何处安身？若不还时，于尊舅[②]面上又不好看。事实两难，因此泪出痛肠。”孔明说罢，触动玄德衷肠，真个捶胸顿足，放声大哭。鲁肃劝曰：“皇叔且休烦恼，与孔明从长计议。”孔明曰：“有烦子敬回见吴侯，勿惜一言之劳，将此烦恼情节，恳告吴侯，再容几时。”肃曰：“倘吴侯不从，如之奈何？”孔明曰：“吴侯既以亲妹聘嫁皇叔，安得不从乎？望子敬善言回复。”

鲁肃是个宽仁长者，见玄德如此哀痛，只得应允。玄德、孔明拜谢。宴毕，送鲁肃下船。径到柴桑，见了周瑜，具言其事。周瑜顿足曰：“子敬又中诸葛亮之计也。当初刘备依刘表时，常有吞并之意，何况西川刘璋乎？似此推调，未免累及老兄矣。吾有一计，使诸葛亮不能出吾算中。子敬便当一行。”肃曰：“愿闻妙策。”瑜曰：“子敬不必去见吴侯，再去荆州对刘备说：孙、刘两家既结为亲，便是一家。若刘氏不忍去取西川，我东吴起兵去取，取得西川时，以作嫁资，却把荆州交还东吴。”肃曰：“西川迢递[③]，取之非易，都督此计，莫非不可？”瑜笑曰：“子敬真长者也。你道我真个去取西川与他？我只以此为名，实欲去取荆州，且教他不做准备。东吴军马收川，路过荆州，就问他索要钱粮，刘备必然出城劳军。那时乘势杀之，夺取荆州，雪吾之恨，解足下之祸。”鲁肃大喜，便再往荆州来。玄德与孔明商议，孔明曰：“鲁肃

---

① 一般——同样。

② 尊舅——对他人妻兄、妻弟的尊称。舅：即俗称之大舅子、小舅子。

③ 迢（tiáo）递——遥远。

必不曾见吴侯，只到柴桑和周瑜商量了甚计策，来诱我耳。但说的话，主公只看我点头，便满口应承。”

计会已定，鲁肃入见。礼毕，曰：“吴侯甚是称赞皇叔盛德，遂与诸将商议，起兵替皇叔收川。取了西川，却换荆州，以西川权当嫁资。但军马经过，却望应些钱粮。”孔明听了，忙点头曰：“难得吴侯好心。”玄德拱手称谢曰：“此皆子敬善言之力。”孔明曰：“如雄师到日，即当远接犒劳。”鲁肃暗喜，宴罢辞回。

玄德问孔明曰：“此是何意？”孔明大笑曰：“周瑜死日近矣。这等计策，小儿也瞒不过。”玄德又问如何，孔明曰：“此乃假途灭虢[①]之计也。虚名收川，实取荆州。等主公出城劳军，乘势拿下，杀入城来，‘攻其无备，出其不意’也。”玄德曰：“如之奈何？”孔明曰：“主公宽心，只顾准备窝弓以擒猛虎，安排香饵以钓鳌鱼。等周瑜到来，他便不死，也九分无气。”便唤赵云听计：“如此如此。其馀我自有摆布。”玄德大喜。后人有诗叹云：

周瑜决策取荆州，诸葛先知第一筹。
指望长江香饵稳，不知暗里钓鱼钩。

却说鲁肃回见周瑜，说玄德、孔明欢喜一节，准备出城劳军。周瑜大笑曰：“原来今番也中了吾计。”便教鲁肃禀报吴侯，并遣程普引军接应。

周瑜此时箭疮已渐平愈，身躯无事。使甘宁为先锋，自与徐盛、丁奉为第二，凌统、吕蒙为后队，水陆大兵五万，望荆州而来。周瑜在船中，时复欢笑，以为孔明中计。前军至夏口，周瑜问：“荆州有人在前面接否？”人报：“刘皇叔使糜竺来见都督。”瑜唤至，问劳军如何。糜竺曰：“主公皆准备安排下了。”瑜曰：“皇

① 假途灭虢（guó）——典出《左传·僖公五年》：春秋时，晋国要讨伐虞国，向虢国借路。虢国大臣宫之奇劝阻虢公不可答应，否则有灭国之祸。虢公不听，答应借路。果不出宫之奇所料，晋国先灭了虞国，回师途中又灭了虢国。

叔何在？”竺曰：“在荆州城门外相等，与都督把盏[1]。”瑜曰：“今为汝家之事，出兵远征，劳军之礼，休得轻易。”糜竺领了言语先回。

战船密密排在江上，依次而进。看看至公安，并无一只军船，又无一人远接。周瑜催船速行。离荆州十馀里，只见江面上静荡荡的。哨探的回报：“荆州城上插两面白旗，并不见一人之影。”瑜心疑，教把船傍岸，亲自上岸乘马，带了甘宁、徐盛、丁奉一班军官，引亲随精军三千人，径望荆州来。既至城下，并不见动静。瑜勒住马，令军士叫门。城上问是谁人，吴军答曰：“是东吴周都督亲自在此。”言未毕，忽一声梆子响，城上军一齐都竖起枪刀。敌楼上赵云出曰：“都督此行，端的为何？”瑜曰：“吾替汝主取西川，汝岂犹未知耶？”云曰：“孔明军师已知都督假途灭虢之计，故留赵云在此。吾主公有言：‘孤与刘璋皆汉室宗亲，安忍背义而取西川？若汝东吴端的取蜀，吾当披发入山，不失信于天下也。’”

周瑜闻之，勒马便回。只见一人打着令字旗，于马前报说：“探得四路军马一齐杀到：关某从江陵杀来，张飞从秭归杀来，黄忠从公安杀来，魏延从孱陵小路杀来，四路正不知多少军马，喊声远近震动百馀里，皆言要捉周瑜。”瑜马上大叫一声，箭疮复裂，坠于马下。正是：

一着棋高难对敌，几番算定总成空。

未知性命如何，且看下文分解。

---

① 把盏——义同“把酒”。即敬酒。

第五十七回

柴桑口卧龙吊丧　耒阳县凤雏理事

却说周瑜怒气填胸，坠于马下，左右急救归船。军士传说：“玄德、孔明在前山顶上饮酒取乐。”瑜大怒，咬牙切齿曰：“你道我取不得西川，吾誓取之！”正恨间，人报吴侯遣弟孙瑜到。周瑜接入，具言其事。孙瑜曰：“吾奉兄命来助都督。”遂令催军前行。行至巴丘，人报上流有刘封、关平二人领军截住水路。周瑜愈怒。忽又报孔明遣人送书至。周瑜拆封视之，书曰：

> 汉军师中郎将诸葛亮，致书于东吴大都督公瑾先生麾下：亮自柴桑一别，至今恋恋不忘。闻足下欲取西川，亮窃以为不可。益州民强地险，刘璋虽闇弱，足以自守。今劳师远征，转运万里，欲收全功，虽吴起不能定其规，孙武不能善其后也。曹操失利于赤壁，志岂须臾忘报仇哉？今足下兴兵远征，倘操乘虚而至，江南齑粉矣！亮不忍坐视，特此告知，幸垂照鉴。

周瑜览毕，长叹一声，唤左右取纸笔作书上吴侯。乃聚众将曰：“吾非不欲尽忠报国，奈天命已绝矣。汝等善事吴侯，共成大业。”言讫，昏绝。徐徐又醒，仰天长叹曰：“既生瑜，何生亮！”连叫数声而亡。寿三十六岁。后人有诗叹曰：

> 赤壁遗雄烈，青年有俊声。
> 弦歌知雅意，杯酒谢良朋。
> 曾谒三千斛，常驱十万兵。
> 巴丘终命处，凭吊欲伤情。

周瑜停丧于巴丘。众将将所遗书缄，遣人飞报孙权。

权闻瑜死，放声大哭。拆视其书，乃荐鲁肃以自代也。书略曰：

> 瑜以凡才，荷蒙殊遇，委任腹心，统御兵马，敢不竭股肱之力，以图报效。奈死生不测，修短有命，愚志未展，微躯已殒，遗恨何极！方今曹操在北，疆场未静；刘备寄寓，有似养虎。天下之事，尚未可知。此正朝士旰食[①]之秋，至尊垂虑之日也。鲁肃忠烈，临事不苟，可以代瑜之任。人之将死，其言也善。倘蒙垂鉴，瑜死不朽矣。

孙权览毕，哭曰："公瑾有王佐之才，今忽短命而死，孤何赖哉？既遗书特荐子敬，孤敢不从之。"即日便命鲁肃为都督，总统兵马；一面教发周瑜灵柩回葬。

却说孔明在荆州夜观天文，见将星坠地，乃笑曰："周瑜死矣。"至晓，告于玄德。玄德使人探之，果然死了。玄德问孔明曰："周瑜既死，还当如何？"孔明曰："代瑜领兵者，必鲁肃也。亮观天象，将星聚于东方。亮当以吊丧为由，往江东走一遭，就寻贤士佐助主公。"玄德曰："只恐吴中将士加害于先生。"孔明曰："瑜在之日，亮犹不惧；今瑜已死，又何患乎？"乃与赵云引五百军，具祭礼，下船赴巴丘吊丧。于路探听得孙权已令鲁肃为都督，周瑜灵柩已回柴桑。

孔明径至柴桑，鲁肃以礼迎接。周瑜部将皆欲杀孔明，因见赵云带剑相随，不敢下手。孔明教设祭物于灵前，亲自奠酒，跪于地下，读祭文曰：

> 呜呼公瑾，不幸夭亡。修短故天，人岂不伤？我心实痛，酹酒一觞。君其有灵，享我烝尝。吊君幼学，以交伯符，仗义疏财，让舍以居。吊君弱冠，万里鹏抟，

① 旰（gàn）食——因为公务繁忙，很晚才能吃饭。旰：晚的意思。

定建霸业，割据江南。吊君壮力，远镇巴丘，景升怀虑，讨逆无忧。吊君丰度，佳配小乔，汉臣之婿，不愧当朝。吊君气概，谏阻纳质，始不垂翅，终能奋翼。吊君鄱阳，蒋干来说，挥洒自如，雅量高志。吊君弘才，文武筹略，火攻破敌，挽强为弱。想君当年，雄姿英发；哭君早逝，俯地流血。忠义之心，英灵之气，命终三纪，名垂百世。哀君情切，愁肠千结，惟我肝胆，悲无断绝。昊天昏暗，三军怆然，主为哀泣，友为泪涟。

亮也不才，丐计求谋，助吴拒曹，辅汉安刘。掎角之援，首尾相俦，若存若亡，何虑何忧！呜呼公瑾，生死永别！朴守其贞，冥冥灭灭。魂如有灵，以鉴我心。从此天下，更无知音。呜呼痛哉！伏惟尚飨。

孔明祭毕，伏地大哭，泪如涌泉，哀恸不已。众将相谓曰：“人尽道公瑾与孔明不睦，今观其祭奠之情，人皆虚言也。”鲁肃见孔明如此悲切，亦为感伤，自思曰：“孔明自是多情，乃公瑾量窄，自取死耳。”后人有诗叹曰：

卧龙南阳睡未醒，又添列曜下舒城。
苍天既已生公瑾，尘世何须出孔明。

鲁肃设宴款待孔明。宴罢，孔明辞回。方欲下船，只见江边一人道袍竹冠，皂绦素履，一手揪住孔明，大笑曰：“汝气死周郎，却又来吊孝，明欺东吴无人耶？”孔明急视其人，乃凤雏先生庞统也。孔明亦大笑。两人携手登舟，各诉心事。孔明乃留书一封与统，嘱曰：“吾料孙仲谋必不能重用足下，稍有不如意，可来荆州，共扶玄德。此人宽仁厚德，必不负公平生之所学。”统允诺而别。孔明自回荆州。

却说鲁肃送周瑜灵柩至芜湖，孙权接着，哭祭于前，命厚葬于本乡。瑜有两男一女，长男循，次男胤，权皆厚恤之。鲁肃曰：

“肃碌碌庸才，误蒙公瑾重荐，其实不称所职。愿举一人以助主公。此人上通天文，下晓地理，谋略不减于管、乐，枢机可并于孙、吴。往日周公瑾多用其言，孔明亦深服其智。现在江南，何不重用？”权闻言大喜，便问此人姓名。肃曰：“此人乃襄阳人，姓庞名统，字士元，道号凤雏先生。”权曰：“孤亦闻其名久矣。今既在此，可即请来相见。”

于是鲁肃邀请庞统入见孙权。施礼毕，权见其人浓眉掀鼻，黑面短髯，形容古怪，心中不喜。乃问曰：“公平生所学，以何为主？”统曰：“不必拘执，随机应变。”权曰：“公之才学，比公瑾如何？”统笑曰：“某之所学，与公瑾大不相同。”权平生最喜周瑜，见统轻之，心中愈不乐，乃谓统曰：“公且退，待有用公之时，却来相请。”统长叹一声而出。鲁肃曰：“主公何不用庞士元？”权曰：“狂士也，用之何益？”肃曰：“赤壁鏖兵之时，此人曾献连环策，成第一功。主公想必知之。”权曰：“此时乃曹操自欲钉船，未必此人之功也。吾誓不用之。”

鲁肃出，谓庞统曰：“非肃不荐足下，奈吴侯不肯用公。公且耐心。”统低头长叹不语。肃曰：“公莫非无意于吴中乎？”统不答。肃曰：“公抱匡济之才，何往不利？可实对肃言，将欲何往？”统曰：“吾欲投曹操去也。”肃曰：“此明珠暗投矣。可往荆州投刘皇叔，必然重用。”统曰：“统意实欲如此，前言戏耳。”肃曰：“某当作书奉荐。公辅玄德，必令孙、刘两家无相攻击，同力破曹。”统曰：“此某平生之素志也。”乃求肃书，径往荆州来见玄德。

此时孔明按察[1]四郡未回。门吏传报：“江南名士庞统，特来相投。”玄德久闻统名，便教请入相见。统见玄德，长揖不拜[2]。玄德见统貌陋，心中亦不悦，乃问统曰：“足下远来不易。”统不拿

① 按察——巡察，考查。

② 长揖不拜——即只是站着作揖而不行下跪礼。

出鲁肃、孔明书投呈，但答曰："闻皇叔招贤纳士，特来相投。"玄德曰："荆楚稍定，苦无闲职。此去东北一百三十里有一县，名耒阳县，缺一县宰，屈公任之。如后有缺，却当重用。"统思："玄德待我何薄！"欲以才学动之，见孔明不在，只得勉强相辞而去。统到耒阳县，不理政事，终日饮酒为乐，一应钱粮词讼，并不理会。有人报知玄德，言庞统将耒阳县事尽废。玄德怒曰："竖儒焉敢乱吾法度！"遂唤张飞分付："引从人去荆南诸县巡视，如有不公不法者，就便究问。恐于事有不明处，可与孙乾同去。"

张飞领了言语，与孙乾前至耒阳县。军民官吏皆出郭迎接，独不见县令。飞问曰："县令何在？"同僚复曰："庞县令自到任及今将百馀日，县中之事，并不理问，每日饮酒，自旦及夜，只在醉乡。今日宿酒未醒，犹卧不起。"张飞大怒，欲擒之。孙乾曰："庞士元乃高明之人，未可轻忽。且到县问之，如果于理不当，治罪未晚。"

飞乃入县，正厅上坐定，教县令来见。统衣冠不整，扶醉而出。飞怒曰："吾兄以汝为人，令作县宰，汝焉敢尽废县事？"统笑曰："将军以吾废了县中何事？"飞曰："汝到任百馀日，终日在醉乡，安得不废政事？"统曰："量百里小县，些小公事，何难决断？将军少坐，待我发落。"随即唤公吏，将百馀日所积公务，都取来剖断。吏皆纷然赍抱案卷上厅，诉人、被告人等环跪阶下。统手中批判，口中发落，耳内听词，曲直分明，并无分毫差错。民皆叩首拜伏。不到半日，将百馀日之事尽断毕了，投笔于地，而对张飞曰："所废之事何在？曹操、孙权，吾视之若掌上观文[①]，量此小县，何足介意？"

飞大惊，下席谢曰："先生大才，小子失敬。吾当于兄长处极力举荐。"统乃将出鲁肃荐书。飞曰："先生初见吾兄，何不将

① 掌上观文——亦作"掌上观纹"。比喻一目了然或极其容易。

出？”统曰：“若便将出，似乎专藉荐书来干谒[①]矣。”飞顾谓孙乾曰：“非公则失一大贤也。”遂辞统，回荆州，见玄德，具说庞统之才。玄德大惊曰：“屈待大贤，吾之过也。”飞将鲁肃荐书呈上。玄德拆视之，书略曰：

> 庞士元非百里之才，使处治中、别驾之任，始当展其骥足。如以貌取之，恐负所学，终为他人所用，实可惜也。

玄德看毕，正在嗟叹，忽报孔明回，玄德接入。礼毕，孔明先问曰：“庞军师近日无恙否？”玄德曰：“近治耒阳县，好酒废事。”孔明笑曰：“士元非百里之才[②]，胸中之学，胜亮十倍。亮曾有荐书在士元处，曾达主公否？”玄德曰：“今日方得子敬书，却未见先生之书。”孔明曰：“大贤若处小任，往往以酒糊涂，倦于视事。”玄德曰：“若非吾弟所言，险失大贤。”随即令张飞往耒阳县敬请庞统到荆州。玄德下阶请罪，统方将出孔明所荐之书。玄德看书中之意，言凤雏到日，宜即重用。玄德喜曰：“昔司马德操言：‘伏龙、凤雏，两人得一，可安天下。’今吾二人皆得，汉室可兴矣。”遂拜庞统为副军师中郎将，与孔明共赞方略[③]，教练军士，听候征伐。

早有人报到许昌，言刘备有诸葛亮、庞统为谋士，招军买马，积草屯粮，连结东吴，早晚必兴兵北伐。曹操闻之，遂聚众谋士，商议南征。荀攸进曰：“周瑜新死，可先取孙权，次攻刘备。”操曰：“我若远征，恐马腾来袭许都。前在赤壁之时，军中有讹言，亦传西凉入寇之事，今不可不防也。”荀攸曰：“以愚所见，不若降诏加马腾为征南将军，使讨孙权，诱入京师，先除此人，则南征无患矣。”操大喜，即日遣人赍诏，至西凉召马腾。

① 干谒——对人有所求而拜见。

② 百里之才——即只能做个县官的人才。古代一县辖地约百里，故以“百里”为县的代称。

③ 共赞方略——一起出谋划策。赞：辅佐，协助。

却说腾字寿成，汉伏波将军马援之后。父名肃，字子硕，桓帝时为天水兰干县尉。后失官，流落陇西，与羌人杂处，遂取羌女，生腾。腾身长八尺，体貌雄异，禀性温良，人多敬之。灵帝末年，羌人多叛，腾招募民兵破之。初平中年，因讨贼有功，拜征西将军，与镇西将军韩遂为弟兄。当日奉诏，乃与长子马超商议曰："吾自与董承受衣带诏以来，与刘玄德约共讨贼。不幸董承已死，玄德屡败，我又僻处西凉，未能协助玄德。今闻玄德已得荆州，我正欲展昔日之志，而曹操反来召我，当是如何？"马超曰："操奉天子之命以召父亲，今若不往，彼必以逆命责我矣。当乘其来召，竟往京师，于中取事，则昔日之志可展也。"马腾兄子马岱谏曰："曹操心怀叵测，叔父若往，恐遭其害。"超曰："儿愿尽起西凉之兵，随父亲杀入许昌，为天下除害，有何不可？"腾曰："汝自统羌兵保守西凉，只教次子马休、马铁并侄马岱随我同往。曹操见有汝在西凉，又有韩遂相助，谅不敢加害于我也。"超曰："父亲欲往，切不可轻入京师，当随机应变，观其动静。"腾曰："吾自有处[①]，不必多虑。"于是马腾乃引西凉兵五千，先教马休、马铁为前部，留马岱在后接应，迤逦望许昌而来。离许昌二十里，屯住军马。

曹操听知马腾已到，唤门下侍郎黄奎分付曰："目今马腾南征，吾命汝为行军参谋，先至马腾寨中劳军，可对马腾说：西凉路远，运粮甚难，不能多带人马。我当更遣大兵协同前进。来日教他入城面君，吾就应付粮草与之。"奎领命，来见马腾。腾置酒相待。奎酒半酣而言曰："吾父黄琬死于李傕、郭汜之难，常怀痛恨，不想今日又遇欺君之贼。"腾曰："谁为欺君之贼？"奎曰："欺君者操贼也，公岂不知之而问我耶？"腾恐是操使来相探，急止之曰："耳目较近，休得乱言。"奎叱曰："公竟忘却衣带诏乎？"腾见他

① 有处（chǔ）——即有法对付。处：处置，办理。

说出心事，乃密以实情告之。奎曰："操欲公入城面君，必非好意，公不可轻入。来日当勒兵城下，待曹操出城点军，就点军处杀之，大事济矣。"二人商议已定。

黄奎回家，恨气未息，其妻再三问之，奎不肯言。不料其妾李春香与奎妻弟苗泽私通，泽欲得春香，正无计可施。妾见黄奎愤恨，遂对泽曰："黄侍郎今日商议军情回，意甚愤恨，不知为谁。"泽曰："汝可以言挑之曰：'人皆说刘皇叔仁德，曹操奸雄，何也？'看他说甚言语。"是夜，黄奎果到春香房中，妾以言挑之。奎乘醉言曰："汝乃妇人，尚知邪正，何况我乎？吾所恨者，欲杀曹操也。"妾曰："若欲杀之，如何下手？"奎曰："吾已约定马将军，明日在城外点兵时杀之。"妾告于苗泽，泽报知曹操。操便密唤曹洪、许褚，分付如此如此；又唤夏侯渊、徐晃，分付如此如此。各人领命去了。一面先将黄奎一家老小拿下。

次日，马腾领着西凉兵马将次近城，只见前面一簇红旗，打着丞相旗号。马腾只道曹操自来点军，拍马向前。忽听得一声炮响，红旗开处，弓弩齐发。一将当先，乃曹洪也。马腾急拨马回时，两下喊声又起：左边许褚杀来，右边夏侯渊杀来，后面又是徐晃领兵杀至，截断西凉军马，将马腾父子三人困在垓心。马腾见不是头，奋力冲杀。马铁早被乱箭射死。马休随着马腾，左冲右突，不能得出。二人身带重伤，坐下马又被箭射倒，父子二人俱被执。曹操教将黄奎与马腾父子一齐绑至。黄奎大叫："无罪。"操教苗泽对证。马腾大骂曰："竖儒误我大事。我不能为国杀贼，是乃天也！"操命牵出。马腾骂不绝口，与其子马休及黄奎一同遇害。后人有诗叹马腾曰：

父子齐芳烈，忠贞著一门。
捐生图国难，誓死答君恩。
嚼血盟言在，诛奸义状存。
西凉推世胄，不愧伏波孙。

苗泽告操曰："不愿加赏，只求李春香为妻。"操笑曰："你为了一妇人，害了你姐夫一家，留此不义之人何用？"便教将苗泽、李春香与黄奎一家老小并斩于市。观者无不叹息。后人有诗叹曰：

苗泽因私害荩臣，春香未得反伤身。

奸雄亦不相容恕，枉自图谋作小人。

曹操教招安西凉兵马，谕之曰："马腾父子谋反，不干众人之事。"一面使人分付把住关隘，休教走了马岱。

且说马岱自引一千兵在后，早有许昌城外逃回军士报知马岱。岱大惊，只得弃了兵马，扮作客商，连夜逃遁去了。

曹操杀了马腾等，便决意南征。忽人报曰："刘备调练军马，收拾器械，将欲取川。"操惊曰："若刘备收川，则羽翼成矣，将何以图之？"言未毕，阶下一人进言曰："某有一计，使刘备、孙权不能相顾，江南、西川皆归丞相。"正是：

西州豪杰方遭戮，南国英雄又受殃。

未知献计者是谁，且看下文分解。

第五十八回

马孟起兴兵雪恨　曹阿瞒割须弃袍

却说献策之人乃治书侍御史陈群，字长文。操问曰：“陈长文有何良策？”群曰：“今刘备、孙权结为唇齿，若刘备欲取西川，丞相可命上将提兵，会合淝之众，径取江南，则孙权必求救于刘备。备意在西川，必无心救权。权无救则力乏兵衰，江东之地，必为丞相所得。若得江东，则荆州一鼓可平也。荆州既平，然后徐图西川，天下定矣。”操曰：“长文之言，正合吾意。”即时起大兵三十万，径下江南。令合淝张辽准备粮草，以为供给。

早有细作报知孙权。权聚众将商议。张昭曰：“可差人往鲁子敬处，教急发书到荆州，使玄德同力拒曹。子敬有恩于玄德，其言必从；且玄德既为东吴之婿，亦义不容辞。若玄德来相助，江南可无患矣。”权从其言，即遣人谕鲁肃，使求救于玄德。肃领命，随即修书，使人送玄德。玄德看了书中之意，留使者于馆舍，差人往南郡请孔明。孔明到荆州，玄德将鲁肃书与孔明看毕，孔明曰：“也不消动江南之兵，也不必动荆州之兵，自使曹操不敢正觑东南。”便回书与鲁肃，教高枕无忧，若但有北兵侵犯，皇叔自有退兵之策。使者去了。玄德问曰：“今操起三十万大军，会合淝之众，一拥而来，先生有何妙计，可以退之？”孔明曰：“操平生所虑者，乃西凉之兵也。今操杀马腾，其子马超现统西凉之众，必切齿操贼。主公可作一书，往结马超，使超兴兵入关，则操又何暇下江南乎？”玄德大喜，即时作书，遣一心腹人，径往西凉州投下。

却说马超在西凉州，夜感一梦，梦见身卧雪地，群虎来咬。惊惧而觉，心中疑惑，聚帐下将佐，告说梦中之事。帐下一人应声曰："此梦乃不祥之兆也。"众视其人，乃帐前心腹校尉，姓庞名德，字令明。超问："令明所见若何？"德曰："雪地遇虎，梦兆殊恶，莫非老将军在许昌有事否？"言未毕，一人踉跄而入，哭拜于地曰："叔父与弟皆死矣！"超视之，乃马岱也。超惊问何为，岱曰："叔父与侍郎黄奎同谋杀操，不幸事泄，皆被斩于市，二弟亦遇害。惟岱扮作客商，星夜走脱。"超闻言，哭倒于地，众将救起。超咬牙切齿，痛恨操贼。忽报荆州刘皇叔遣人赍书至。超拆视之，书略曰：

> 伏念汉室不幸，操贼专权，欺君罔上，黎民凋残。备昔与令先君同受密诏，誓诛此贼。今令先君被操所害，此将军不共天地、不同日月之仇也。若能率西凉之兵，以攻操之右，备当举荆襄之众，以遏操之前，则逆操可擒，奸党可灭，仇辱可报，汉室可兴矣。书不尽言，立待回音。

马超看毕，即时挥涕回书，发使者先回。随后便起西凉军马。

正欲进发，忽西凉太守韩遂使人请马超往见。超至遂府，遂将出曹操书示之，内云："若将马超擒赴许都，即封汝为西凉侯。"超拜伏于地曰："请叔父就缚俺兄弟二人，解赴许昌，免叔父戈戟之劳。"韩遂扶起曰："吾与汝父结为兄弟，安忍害汝？汝若兴兵，吾当相助。"马超拜谢。韩遂便将操使者推出斩之，乃点手下八部军马，一同进发。那八部乃侯选、程银、李堪、张横、梁兴、成宜、马玩、杨秋也。

八将随着韩遂，合马超手下庞德、马岱，共起二十万大兵，杀奔长安来。长安郡守钟繇飞报曹操；一面引军拒敌，布阵于野。西凉州前部先锋马岱引军一万五千，浩浩荡荡，漫山遍野而来。钟繇出马答话，岱使宝刀一口，与繇交战。不一合，繇大败奔走，岱提刀赶来。马超、韩遂引大军都到，围住长安。钟繇上城守护。长安乃西汉建都之处，城郭坚固，壕堑险深，急切攻打不下，一连围了十日，不能攻破。庞德进计曰："长安城中土硬水碱，甚不堪食，更兼无柴。今围十日，军民饥荒。不如暂且收军，只须如此如此，长安唾手可得。"马超曰："此计大妙。"即时差令字旗传与各部，尽教退军，马超亲自断后，各部军马渐渐退去。

钟繇次日登城看时，军皆退了，只恐有计。令人哨探，果然远去，方才放心。纵令军民出城打柴取水，大开城门，放人出入。至第五日，人报马超兵又到，军民竞奔入城，钟繇仍复闭城坚守。

却说钟繇弟钟进守把西门，约近三更，城门里一把火起。钟进急来救时，城边转过一人，举刀纵马，大喝曰："庞德在此！"钟进措手不及，被庞德一刀斩于马下。杀散军校，斩关[①]断锁，放马超、韩遂军马入城。钟繇从东门弃城而走。马超、韩遂得了城池，赏劳三军。

钟繇退守潼关，飞报曹操。操知失了长安，不敢复议南征。遂唤曹洪、徐晃分付："先带一万人马，替钟繇紧守潼关。如十日内失了关隘，皆斩；十日外，不干汝二人之事。我统大军随后便至。"二人领了将令，星夜便行。曹仁谏曰："洪性躁，诚恐误事。"操曰："你与我押送粮草，便随后接应。"

却说曹洪、徐晃到潼关，替钟繇坚守关隘，并不出战。马超领军来关下，把曹操三代毁骂。曹洪大怒，要提兵下关厮杀。徐晃谏曰："此是马超要激将军厮杀，切不可与战。待丞相大军来，必有主画[②]。"马超军日夜轮流来骂，曹洪只要厮杀，徐晃苦苦挡住。至第九日，在关上看时，西凉军都弃马，在于关前草地上坐，多半困乏，就于地上睡卧。曹洪便教备马，点起三千兵，杀下关

① 斩关——砍断城门的门闩。借指攻破城门。

② 主画——主意，谋略。

来。西凉兵弃马抛戈而走，洪迤逦追赶。时徐晃正在关上点视粮车，闻曹洪下关厮杀，大惊，急引兵随后赶来，大叫："曹洪回马！"忽然背后喊声大震，马岱引军杀至。曹洪、徐晃急回走时，一棒鼓响，山背后两军截出：左是马超，右是庞德，混杀一阵。曹洪抵当不住，折军大半，撞出重围，奔到关上。西凉兵随后赶来，洪等弃关而走。庞德直追过潼关，撞见曹仁军马，救了曹洪等一军。马超接应庞德上关。

曹洪失了潼关，奔见曹操。操曰："与你十日限，如何九日失了潼关？"洪曰："西凉军兵百般辱骂，因见彼军懈怠，乘势赶去，不想中贼奸计。"操曰："洪年幼躁暴，徐晃你须晓事。"晃曰："累谏不从。当日晃在关上点粮车，比及知道，小将军已下关了。晃恐有失，连忙赶去，已中贼奸计矣。"操大怒，喝斩曹洪，众官告免。曹洪服罪而退。

操进兵，直叩[①]潼关。曹仁曰："可先下定寨栅，然后打关未迟。"操令砍伐树木，起立排栅，分作三寨：左寨曹仁，右寨夏侯渊，操自居中寨。次日，操引三寨大小将校，杀奔关隘前去，正遇西凉军马，两边各布阵势。操出马于门旗下，看西凉之兵，人人勇健，个个英雄。又见马超生得面如傅粉，唇若抹朱，腰细膀宽，声雄力猛，白袍银铠，手执长枪，立马阵前。上首庞德，下首马岱。操暗暗称奇，自纵马谓超曰："汝乃汉朝名将子孙，何故背反耶？"超咬牙切齿，大骂："操贼欺君罔上，罪不容诛；害我父弟，不共戴天之仇。吾当活捉，生啖汝肉！"说罢，挺枪直杀过来；曹操背后于禁出迎。两马交战，斗得八九合，于禁败走。张郃出迎，战二十合亦败走。李通出迎，超奋威交战，数合之中，一枪刺李通于马下。超把枪望后一招，西凉兵一齐冲杀过来。操兵大败。西凉兵来得势猛，左右将佐皆抵当不住。

① 叩——抵，到达，接近。

马超、庞德、马岱引百馀骑，直入中军来捉曹操。操在乱军中，只听得西凉军大叫："穿红袍的是曹操。"操就马上急脱下红袍。又听得大叫："长髯者是曹操。"操惊慌，掣所佩刀断其髯。军中有人将曹操割髯之事告知马超，超遂令人叫："拿短髯者，是曹操。"操闻知，即扯旗角包颈而逃。后人有诗曰：

潼关战败望风逃，孟德怆惶脱锦袍。

剑割髭髯应丧胆，马超声价盖天高。

曹操正走之间，背后一骑赶来，回头视之，正是马超，操大惊。左右将校见超赶来，各自逃命，只撇下曹操。超厉声大叫曰："曹操休走！"操惊得马鞭坠地。看看赶上，马超从后使枪搠来，操绕树而走，超一枪搠在树上。急拔下时，操已走远。超纵马赶来，山坡边转过一将，大叫："勿伤吾主，曹洪在此。"轮刀纵马，拦住马超。操得命走脱。洪与马超战到四五十合，渐渐刀法散乱，气力不加[①]，夏侯渊引数十骑随到。马超独自一人，恐被所算，乃拨马而回。夏侯渊也不来赶。

曹操回寨，却得曹仁死据定了寨栅，因此不曾多折军马。操入帐，叹曰："吾若杀了曹洪，今日必死于马超之手也。"遂唤曹洪，重加赏赐。收拾败军，坚守寨栅，深沟高垒，不许出战。超每日引兵来寨前辱骂搦战。操传令教军士坚守，如乱动者斩。诸将曰："西凉之兵尽使长枪，当选弓弩迎之。"操曰："战与不战，皆在于我，非在贼也。贼虽有长枪，安能便刺？诸公但坚壁[②]观之，贼自退矣。"诸将皆私相议曰："丞相自来征战，一身当先；今败于马超，何如此之弱也？"

过了几日，细作报来："马超又添二万生力兵来助战，乃是羌人部落。"操闻知大喜。诸将曰："马超添兵，丞相反喜，何也？"

---

① 不加——不足，不够，不能支持。

② 坚壁——这里是固守阵地之意。壁：壁垒，防御设施。

操曰："待吾胜了，却对汝等说。"三日后，又报关上又添军马。操又大喜，就于帐中设宴作贺。诸将皆暗笑，操曰："诸公笑我无破马超之谋，公等有何良策？"徐晃进曰："今丞相盛兵在此，贼亦全部现屯关上，此去河西，必无准备。若得一军暗渡蒲阪津，先截贼归路，丞相径发河北击之，贼两不相应，势必危矣。"操曰："公明之言，正合吾意。"便教徐晃："引精兵四千，和朱灵同去径袭河西，伏于山谷之中，待我渡河北，同时击之。"徐晃、朱灵领命，先引四千军暗暗去了。操下令，先教曹洪于蒲阪津安排船筏，留曹仁守寨，操自领兵渡渭河。

早有细作报知马超。超曰："今操不攻潼关，而使人准备船筏，欲渡河北，必将遏吾之后也。吾当引一军循河拒住岸北，操兵不得渡，不消二十日，河东粮尽，操兵必乱，却循河南而击之，操可擒矣。"韩遂曰："不必如此。岂不闻兵法有云：'兵半渡可击。'待操兵渡至一半，汝却于南岸击之，操兵皆死于河内矣。"超曰："叔父之言甚善。"即使人探听曹操几时渡河。

却说曹操整兵已毕，分三停军，前渡渭河。比及人马到河口时，日光初起。操先发精兵渡过北岸，开创营寨。操自引亲随护卫军将百人，按剑坐于南岸，看军渡河。忽然人报："后边白袍将军到了。"众皆认得是马超，一拥下船，河边军争上船者，声喧不止。操犹坐而不动，按剑指约休闹。只听得人喊马嘶，蜂拥而来。船上一将跃身上岸，呼曰："贼至矣，请丞相下船。"操视之，乃许褚也。操口内犹言："贼至何妨？"回头视之，马超已离不得百馀步。许褚拖操下船时，船已离岸一丈有馀，褚负操一跃上船。随行将士尽皆下水，扳住船边，争欲上船逃命。船小将翻，褚掣刀乱砍，傍船手尽折，倒于水中。急将船望下水棹去。许褚立于梢上，忙用木篙撑之。操伏在许褚脚边。马超赶到河岸，见船已流在半河，遂拈弓搭箭，喝令骁将绕河射之，矢如雨急。褚恐伤曹操，以左手举马鞍遮之。马超箭不虚发，船上驾舟之人应弦落水，船中数十人皆被射倒。其船反撑不定，于急水中旋转。许褚独奋神威，将两腿夹舵摇撼，一手使篙撑船，一手举鞍遮护曹操。

时有渭南县令丁斐在南山之上，见马超追操甚急，恐伤操命，遂将寨内牛只马匹尽驱于外，漫山遍野皆是牛马。西凉兵见之，都回身争取牛马，无心追赶，曹操因此得脱。方到北岸，便把船筏凿沉。诸将听得曹操在河中逃难，急来救时，操已登岸。许褚身披重铠，箭皆嵌在甲上。众将保操至野寨中，皆拜于地而问安。操大笑曰："我今日几为小贼所困。"褚曰："若非有人纵马放牛以诱贼，贼必努力渡河矣。"操问曰："诱贼者谁也？"有知者答曰："渭南县令丁斐也。"少顷，斐入见。操谢曰："若非公之良谋，则吾被贼所擒矣。"遂命为典军校尉。斐曰："贼虽暂去，明日必复来，须以良策拒之。"操曰："吾已准备了也。"遂唤诸将："各分头循河筑起甬道[①]，暂为寨脚。贼若来时，陈兵于甬道外，内虚立旌旗，以为疑兵。更沿河掘下壕堑，虚土棚盖，河内以兵诱之，贼急来必陷，贼陷便可击矣。"

却说马超回见韩遂，说："几乎捉住曹操。有一将奋勇负操下船去了，不知何人。"遂曰："吾闻曹操选极精壮之人为帐前侍卫，名曰'虎卫军'，以骁将典韦、许褚领之。典韦已死，今救曹操者必许褚也。此人勇力过人，人皆称为'虎痴'。如遇之，不可轻敌。"超曰："吾亦闻其名久矣。"遂曰："今操渡河，将袭我后，可速攻之，不可令他创立营寨；若立营寨，急难剿除。"超曰："以侄愚意，还只拒住北岸，使彼不得渡河，乃为上策。"遂曰："贤侄守寨，吾引军循河战操，若何？"超曰："令庞德为先锋，跟叔父前去。"

于是韩遂与庞德将兵五万，直抵渭南。操令众将于甬道两旁诱之。庞德先引铁骑千馀冲突而来，喊声起处，人马俱落于陷马

① 甬道——这里指两边有堤坝的通道。其作用相当于战壕。

坑内。庞德踊身一跳，跃出土坑，立于平地，立杀数人，步行砍出重围。韩遂已被困在垓心，庞德步行救之，正遇着曹仁部将曹永，被庞德一刀砍于马下。夺其马，杀开一条血路，救出韩遂，投东南而走。背后曹兵赶来，马超引军接应，杀败曹兵，复救出大半军马。战至日暮方回，计点人马，折了将佐程银、张横，陷坑中死者二百馀人。超与韩遂商议："若迁延日久，操于河北立了营寨，难以退敌。不若乘今夜引轻骑去劫野营。"遂曰："须分兵前后相救。"于是超自为前部，令庞德、马岱为后应，当夜便行。

却说曹操收兵屯渭北，唤诸将曰："贼欺我未立寨栅，必来劫野营。可四散伏兵，虚其中军。号炮响时，伏兵尽起，一鼓可擒也。"众将依令，伏兵已毕。当夜，马超却先使成宜引三十骑往前哨探，成宜见无人马，径入中军。操军见西凉兵到，遂放号炮，四面伏兵皆出，只围得三十骑，成宜被夏侯渊所杀。马超却自从背后，与庞德、马岱兵分三路，蜂拥杀来。正是：

纵有伏兵能候敌，怎当健将共争先。

未知胜负若何，且看下文分解。

第五十九回

许褚裸衣斗马超　曹操抹书间韩遂

却说当夜两兵混战，直到天明，各自收兵。马超屯兵渭口，日夜分兵，前后攻击。曹操在渭河内将船筏锁链作浮桥三条，接连南岸。曹仁引军夹河立寨，将粮草车辆穿连，以为屏障。马超闻之，教军士各挟草一束，带着火种，与韩遂引军并力杀到寨前，堆积草把，放起烈火。操兵抵敌不住，弃寨而走，车乘、浮桥尽被烧毁。西凉兵大胜，截住渭河。曹操立不起营寨，心中忧惧。荀攸曰："可取渭河沙土筑起土城，可以坚守。"操拨三万军担土筑城。马超又差庞德、马岱各引五百马军，往来冲突；更兼沙土不实，筑起便倒：操无计可施。

时当九月尽，天气暴冷，彤云密布，连日不开。曹操在寨中纳闷。忽人报曰："有一老人来见丞相，欲陈说方略。"操请入，见其人鹤骨松姿，形貌苍古。问之，乃京兆人也，隐居终南山，姓娄名子伯，道号梦梅居士。操以客礼待之。子伯曰："丞相欲跨渭安营久矣，今何不乘时筑之？"操曰："沙土之地，筑垒不成。隐士有何良策赐教？"子伯曰："丞相用兵如神，岂不知天时乎？连日阴云布合，朔风一起，必大冻矣。风起之后，驱兵士运土泼水，比及天明，土城已就。"操大悟，厚赏子伯。子伯不受而去。是夜北风大作。操尽驱兵士担土泼水。为无盛水之具，作缣囊[1]盛水浇之，随筑随冻。比及天明，沙水冻紧，土城已筑完。

---

① 缣（jiān）囊——用细绢做的口袋。

细作报知马超。超领兵观之，大惊，疑有神助。次日，集大军鸣鼓而进。操自乘马出营，止有许褚一人随后。操扬鞭大呼曰："孟德单骑至此，请马超出来答话。"超乘马挺枪而出。操曰："汝欺我营寨不成，今一夜天已筑就，汝何不早降？"马超大怒，意欲突前擒之，见操背后一人睁圆怪眼，手提钢刀，勒马而立。超疑是许褚，乃扬鞭问曰："闻汝军中有虎侯，安在哉？"许褚提刀大叫曰："吾即谯郡许褚也！"目射神光，威风抖擞。超不敢动，乃勒马回。操亦引许褚回寨。两军观之，无不骇然。操谓诸将曰："贼亦知仲康乃虎侯也。"自此军中皆称褚为虎侯。许褚曰："某来日必擒马超。"操曰："马超英勇，不可轻敌。"褚曰："某誓与死战。"即使人下战书，说虎侯单搦马超来日决战。超接书，大怒曰："何敢如此相欺耶！"即批次日誓杀虎痴。

次日，两军出营，布成阵势。超分庞德为左翼，马岱为右翼，韩遂押中军。超挺枪纵马，立于阵前，高叫："虎痴快出！"曹操在门旗下回顾众将曰："马超不减吕布之勇。"言未绝，许褚拍马舞刀而出；马超挺枪接战。斗了一百馀合，胜负不分。马匹困乏，各回军中换了马匹，又出阵前。又斗一百馀合，不分胜负。许褚性起，飞回阵中，卸了盔甲，浑身筋突，赤体提刀，翻身上马，来与马超决战。两军大骇。两个又斗到三十馀合，褚奋威举刀，便砍马超。超闪过，一枪望褚心窝刺来。褚弃刀，将枪挟住。两个在马上夺枪，许褚力大，一声响，拗断枪杆，各拿半节在马上乱打。操恐褚有失，遂令夏侯渊、曹洪两将齐出夹攻。庞德、马岱见操将齐出，麾两翼铁骑横冲直撞，混杀将来。操兵大乱，许褚臂中两箭，诸将慌退入寨。马超直杀到壕边，操兵折伤大半。操令坚闭休出。马超回至渭口，谓韩遂曰："吾见恶战者，莫如许褚，真虎痴也！"

却说曹操料马超可以计破，乃密令徐晃、朱灵尽渡河西结营，前后夹攻。一日，操于城上见马超引数百骑直临寨前，往来如飞。

操观良久，掷兜鍪于地曰：“马儿不死，吾无葬地矣！”夏侯渊听了，心中气忿，厉声曰：“吾宁死于此地，誓灭马贼！”遂引本部千馀人，大开寨门，直赶去。操急止不住，恐其有失，慌自上马，前来接应。马超见曹兵至，乃将前军作后队，后队作先锋，一字儿摆开。夏侯渊到，马超接住厮杀。超于乱军中遥见曹操，就撇了夏侯渊，直取曹操。操大惊，拨马而走，曹兵大乱。

正追之际，忽报操有一军已在河西下了营寨。超大惊，无心追赶，急收军回寨，与韩遂商议，言：“操兵乘虚已渡河西，吾军前后受敌，如之奈何？”部将李堪曰：“不如割地请和，两家且各罢兵。捱过冬天，到春暖别作计议。”韩遂曰：“李堪之言最善，可从之。”超犹豫未决。杨秋、侯选皆劝求和。于是韩遂遣杨秋为使，直往操寨下书，言割地请和之事。操曰：“汝且回寨，吾来日使人回报。”杨秋辞去。

贾诩入见操曰：“丞相主意若何？”操曰：“公所见若何？”诩曰：“兵不厌诈，可伪许之。然后用反间计，令韩、马相疑，则一鼓可破也。”操抚掌大喜曰：“天下高见，多有相合。文和之谋，正吾心中之事也。”于是遣人回书，言：“待我徐徐退兵，还汝河西之地。”一面教搭起浮桥，作退军之意。马超得书，谓韩遂曰：“曹操虽然许和，奸雄难测。倘不准备，反受其制。超与叔父轮流调兵：今日叔向操，超向徐晃；明日超向操，叔向徐晃。分头提备，以防其诈。”韩遂依计而行。

早有人报知曹操。操顾贾诩曰：“吾事济矣。”问：“来日是谁合向我这边？”人报曰：“韩遂。”次日，操引众将出营，左右围绕，操独显一骑于中央。韩遂部卒多有不识操者，出阵观看。操高叫曰：“汝诸军欲观曹公耶？吾亦犹人也，非有四目两口，但多智谋耳。”诸军皆有惧色。操使人过阵，谓韩遂曰：“丞相谨请韩将军会话。”韩遂即出阵，见操并无甲仗，亦弃衣甲，轻服匹马而出。二人马头相交，各按辔对语。操曰：“吾与将军之父，同举孝廉，吾尝以叔事之。吾亦与公同登仕路，不觉有年矣。将军今年妙龄几何？”韩遂答曰：“四十岁矣。”操曰：“往日在京师，皆青春年少，何期又中旬矣，安得天下清平共乐耶？”只把旧事细说，并不提起军情，说罢大笑。相谈有一个时辰，方回马而别，各自归寨。早有人将此事报知马超。超忙来问韩遂曰：“今日曹操阵前所言何事？”遂曰：“只诉京师旧事耳。”超曰：“安得不言军务乎？”遂曰：“曹操不言，吾何独言之？”超心甚疑，不言而退。

却说曹操回寨，谓贾诩曰：“公知吾阵前对语之意否？”诩曰：“此意虽妙，尚未足间二人。某有一策，令韩、马自相仇杀。”操问其计，贾诩曰：“马超乃一勇之夫，不识机密。丞相亲笔作一书，单与韩遂，中间朦胧字样，于要害处自行涂抹改易，然后封送与韩遂，故意使马超知之。超必索书来看，若看见上面要紧去处尽皆改抹，只猜是韩遂恐超知甚机密事，自行改抹，正合着单骑会语之疑，疑则必生乱。我更暗结韩遂部下诸将，使互相离间，超可图矣。”操曰：“此计甚妙。”随写书一封，将紧要处尽皆改抹，然后实封，故意多遣从人送过寨去，下了书自回。

果然有人报知马超。超心愈疑，径来韩遂处索书看。韩遂将书与超。超见上面有改抹字样，问遂曰：“书上如何都改抹糊涂？”遂曰：“原书如此，不知何故。”超曰：“岂有以草稿送与人耶？必是叔父怕我知了详细，先改抹了。”遂曰：“莫非曹操错将草稿误封来了？”超曰：“吾又不信，曹操是精细之人，岂有差错？吾与叔父并力杀贼，奈何忽生异心？”遂曰：“汝若不信吾心，来日吾在阵前赚操说话，汝从阵内突出，一枪刺杀便了。”超曰：“若如此，方见叔父真心。”两人约定。

次日，韩遂引侯选、李堪、梁兴、马玩、杨秋五将出阵，马超藏在门影里。韩遂使人到操寨前高叫：“韩将军请丞相攀话。”操乃令曹洪引数十骑，径出阵前与韩遂相见。马离数步，洪马上欠身言曰：“夜来丞相拜意将军之言，切莫有误。”言讫便回马。超听得大怒，挺枪骤马，便刺韩遂。五将拦住，劝解回寨。遂曰："贤侄休疑，我无歹心。"马超那里肯信，恨怨而去。

韩遂与五将商议曰："这事如何解释？"杨秋曰："马超倚仗武勇，常有欺凌主公之心，便胜得曹操，怎肯相让？以某愚见，不如暗投曹公，他日不失封侯之位。"遂曰："吾与马腾结为兄弟，安忍背之？"杨秋曰："事已至此，不得不然。"遂曰："谁可以通消息？"杨秋曰："某愿往。"遂乃写密书，遣杨秋径来操寨，说投降之事。操大喜，许封韩遂为西凉侯、杨秋为西凉太守，其馀皆有官爵。约定放火为号，共谋马超。杨秋拜辞，回见韩遂，备言其事："约定今夜放火，里应外合。"遂大喜，就令军士于中军帐后堆积干柴，五将各悬刀剑听候。韩遂商议，欲设宴赚请马超，就席图之，犹豫未决。

不想马超早已探知备细，便带亲随数人，仗剑先行，令庞德、马岱为后应。超潜步入韩遂帐中，只见五将与韩遂密语，只听得杨秋口中说道："事不宜迟，可速行之。"超大怒，挥剑直入，大喝曰："群贼焉敢谋害我？"众皆大惊。超一剑望韩遂面门剁去，遂慌以手迎之，左手早被砍落。五将挥刀齐出。超纵步出帐外，五将围绕混杀。超独挥宝剑，力敌五将。剑光明处，鲜血溅飞，砍翻马玩，剁倒梁兴，三将各自逃生。超复入帐中来杀韩遂时，已被左右救去。帐后一把火起，各寨兵皆动。超连忙上马，庞德、马岱亦至，互相混战。超领军杀出时，操兵四至：前有许褚，后有徐晃，左有夏侯渊，右有曹洪。西凉之兵，自相并杀。

超不见了庞德、马岱，乃引百馀骑，截于渭桥之上。天色微明，只见李堪领一军从桥下过，超挺枪纵马逐之。李堪拖枪而走。恰好于禁从马超背后赶来，禁开弓射马超。超听得背后弦响，急闪过，却射中前面李堪，落马而死。超回马来杀于禁，禁拍马走了。超回桥上驻扎。操兵前后大至，虎卫军当先，乱箭夹射马超。超以枪拨之，矢皆纷纷落地。超令从骑往来突杀，争奈曹兵围裹坚厚，不能冲出。超于桥上大喝一声，杀入河北，从骑皆被截断。超独在阵中冲突，却被暗弩射倒坐下马，马超堕于地上，操军逼合。

正在危急，忽西北角上一彪军杀来，乃庞德、马岱也。二人救了马超，将军中战马与马超骑了，翻身杀条血路，望西北而走。曹操闻马超走脱，传令诸将："无分晓夜，务要赶到马儿。如得首级者，千金赏，万户侯；生获者，封大将军。"众将得令，各要争功，迤逦追袭。马超顾不得人马困乏，只顾奔走。从骑渐渐皆散，步兵走不上者，多被擒去。止剩得三十馀骑，与庞德、马岱望陇西临洮而去。

曹操亲自追至安定，知马超去远，方收兵回长安。众将毕集，韩遂已无左手，做了残疾之人。操教就于长安歇马，授西凉侯之职。杨秋、侯选皆封列侯，令守渭口。下令班师回许都。凉州参军杨阜，字义山，径来长安见操。操问之，杨阜曰："马超有吕布之勇，深得羌人之心。今丞相若不乘势剿绝，他日养成气力，陇上诸郡，非复国家之有也。望丞相且休回兵。"操曰："吾本欲留兵征之，奈中原多事，南方未定，不可久留。君当为孤保之。"阜领诺，又保荐韦康为凉州刺史，同领兵，屯冀城，以防马超。阜临行，请于操曰："长安必留重兵，以为后援。"操曰："吾已定下，汝但放心。"阜辞而去。

众将皆问曰："初贼据潼关，渭北道缺，丞相不从河东击冯翊，而反守潼关，迁延日久，而后北渡，立营固守，何也？"操曰："初贼守潼关，若吾初到，便取河东，贼必以各寨分守诸渡口，则河西不可渡矣。吾故盛兵皆聚于潼关前，使贼尽南守，而河西不准备，故徐晃、朱灵得渡也。吾然后引兵北渡，连车树栅为甬道，筑冰城，欲贼知吾弱，以骄其心，使不准备。吾乃巧用反间，畜[1]士卒之力，一旦击破之。正所谓'疾雷不及掩耳'。兵之变化，

---

① 畜——通"蓄"。积聚之意。

固非一道也。”众将又请问曰：“丞相每闻贼加兵添众，则有喜色，何也？”操曰：“关中边远，若群贼各依险阻，征之非一二年不可平复。今皆来聚一处，其众虽多，人心不一，易于离间，一举可灭，吾故喜也。”众将拜曰：“丞相神谋，众不及也。”操曰：“亦赖汝众文武之力。”遂重赏诸军。留夏侯渊屯兵长安。所得降兵，分拨各部。夏侯渊保举冯翊高陵人，姓张名既，字德容，为京兆尹，与渊同守长安。

操班师回都，献帝排銮驾出郭迎接，诏操赞拜不名，入朝不趋，剑履上殿，如汉相萧何故事。自此威震中外。

这消息播入汉中，早惊动了汉宁太守张鲁。原来张鲁乃沛国丰人。其祖张陵在西川鹄鸣山中造作道书以惑人，人皆敬之。陵死之后，其子张衡行之。百姓但有学道者，助米五斗，世号“米贼”。张衡死，张鲁行之。鲁在汉中，自号为“师君”。其来学道者，皆号为“鬼卒”；为首者，号为“祭酒”；领众多者，号为“治头大祭酒”。务以诚信为主，不许欺诈。如有病者，即设坛，使病人居于静室之中，自思己过，当面陈首[①]，然后为之祈祷。主祈祷之事者，号为“奸令祭酒”。祈祷之法：书病人姓名，说服罪之意，作文三通[②]，名为“三官手书”：一通放于山顶以奏天，一通埋于地以奏地，一通沉于水底以申水官。如此之后，但病痊可，将米五斗为谢。又盖义舍，舍内饭米、柴火、肉食齐备，许过往人量食多少，自取而食，多取者受天诛。境内有犯法者，必恕三次，不改者，然后施刑。所在并无官长，尽属祭酒所管。如此雄据汉中之地已三十年。国家以为地远，不能征伐，就命鲁为镇南中郎将，领汉宁太守，通进贡而已。

---

① 陈首——自己供认所犯过错或罪行。

② 通——量词，即篇。

当年闻操破西凉之众，威震天下，乃聚众商议曰："西凉马腾遭戮，马超新败，曹操必将侵我汉中。我欲自称汉宁王，督兵拒曹操，诸君以为何如？"阎圃曰："汉川之民，户出十万馀众，财富[1]粮足，四面险固。今马超新败，西凉之民从子午谷奔入汉中者，不下数万。愚意益州刘璋昏弱，不如先取西川四十一州为本，然后称王未迟。"张鲁大喜，遂与弟张卫商议起兵。早有细作报入川中。

却说益州刘璋，字季玉，即刘焉之子，汉鲁恭王之后。章帝元和中，徙封竟陵，支庶[2]因居于此。后焉官至益州牧，兴平元年，患病疽[3]而死。州大吏赵韪等共保璋为益州牧。璋曾杀张鲁母及弟，因此有仇。璋使庞羲为巴西太守，以拒张鲁。时庞羲探知张鲁欲兴兵取川，急报知刘璋。璋平生懦弱，闻得此信，心中大忧，急聚众官商议。忽一人昂然而出曰："主公放心，某虽不才，凭三寸不烂之舌，使张鲁不敢正眼来觑西川。"正是：

只因蜀地谋臣进，致引荆州豪杰来。

未知此人是谁，且看下文分解。

---

① 财富——财产丰富。

② 支庶——本指嫡子以外的旁支，引申为子孙后代。

③ 疽（jū）——中医病名。指无名毒疮。

第六十回

张永年反难杨修　庞士元议取西蜀

却说那进计于刘璋者，乃益州别驾，姓张名松，字永年。其人生得额镢[①]头尖，鼻偃[②]齿露，身短不满五尺，言语有若铜钟。刘璋问曰："别驾有何高见，可解张鲁之危？"松曰："某闻许都曹操扫荡中原，吕布、二袁皆为所灭，近又破马超，天下无敌矣。主公可备进献之物，松亲往许都，说曹操兴兵取汉中，以图张鲁，则鲁拒敌不暇，何敢复窥蜀中耶？"刘璋大喜，收拾金珠锦绮为进献之物，遣张松为使。松乃暗画西川地理图本藏之，带从人数骑，取路赴许都。早有人报入荆州，孔明便使人入许都打探消息。

却说张松到了许都馆驿中住定，每日去相府伺候，求见曹操。原来曹操自破马超回，傲睨[③]得志，每日饮宴，无事少出，国政皆在相府商议。张松候了三日，方得通姓名。左右近侍先要贿赂，却才引入。操坐于堂上，松拜毕，操问曰："汝主刘璋连年不进贡，何也？"松曰："为路途艰难，贼寇窃发，不能通进。"操叱曰："吾扫清中原，有何盗贼？"松曰："南有孙权，北有张鲁，西有刘备，至少者亦带甲十馀万，岂得为太平耶？"操先见张松人物猥琐[④]，五分不喜；又闻语言冲撞，遂拂袖而起，转入后堂。

左右责松曰："汝为使命，何不知礼，一味冲撞？幸得丞相看汝

① 额镢（jué）——形容额头特别突出。镢：即镢头。刨地用的一种农具。

② 鼻偃——即塌鼻头。偃：倒伏。

③ 傲睨（nì）——骄傲自大，目空一切。睨：斜视。借喻瞧不起人的样子。

④ 猥琐——这里指其貌不扬，举止粗俗。

远来之面，不见罪责。汝可急急回去。”松笑曰：“吾川中无谄佞之人也。”忽然阶下一人大喝曰：“汝川中不会谄佞，吾中原岂有谄佞者乎？”松观其人，单眉细眼，貌白神清。问其姓名，乃太尉杨彪之子杨修，字德祖，现为丞相门下掌库主簿。此人博学能言，智识过人。松知修是个舌辩之士，有心难之。修亦自恃其才，小觑天下之士。

当时见张松言语讥讽，遂邀出外面书院中，分宾主而坐，谓松曰：“蜀道崎岖，远来劳苦。”松曰：“奉主之命，虽赴汤蹈火，弗敢辞也。”修问：“蜀中风土何如？”松曰：“蜀为西郡，古号益州。路有锦江之险，地连剑阁之雄。回还二百八程[①]，纵横三万馀里。鸡鸣犬吠相闻，市井闾阎[②]不断。田肥地茂，岁无水旱之忧；国富民丰，时有管弦之乐。所产之物，阜[③]如山积。天下莫可及也。”修又问曰：“蜀中人物如何？”松曰：“文有相如[④]之赋，武有伏波[⑤]之才，医有仲景[⑥]之能，卜有君平[⑦]之隐。九流三教，‘出乎其类，拔乎其萃’者，不可胜记，岂能尽数？”修又问曰：“方今刘季玉手下，如公者还有几人？”松曰：“文武全才，智勇足备，忠义慷慨之士，动以百数。如松不才之辈，车载斗量，不可胜记。”修曰：“公近居何职？”松曰：“滥充别驾之任，甚不称职。敢问公为朝廷何官？”修曰：“现为丞相府主簿。”松曰：“久闻公世代簪缨[⑧]，何不立于庙堂[⑨]，辅佐天子，乃区区作相府门下一吏乎？”

---

① 回还二百八程——形容蜀地周边极长。回还：周围。程：指古代驿站、邮亭或客栈之间的距离。

② 闾阎——本指里巷的门，借指里巷。

③ 阜——多，丰富。

④ 相如——即司马相如，字长卿，西汉蜀郡成都（今属四川成都）人。尤以辞赋著名。

⑤ 伏波——指伏波将军马援，字文渊，东汉扶风茂陵（今陕西兴平）人。东汉初名将。

⑥ 仲景——指张机，字仲景，汉末南阳郡（今属河南南阳）人。名医。

⑦ 君平——指严遵，字君平，西汉蜀郡成都人。著名隐士，相传其占卜很准。

⑧ 簪缨——本指古代官吏的冠饰，借喻显贵。簪：古人用以束发或冠的针式装饰品。缨：古人用以系冠的带子。

⑨ 庙堂——这里指朝廷。

杨修闻言，满面羞惭，强颜而答曰："某虽居下寮[①]，丞相委以军政钱粮之重，早晚多蒙丞相教诲，极有开发[②]，故就此职耳。"松笑曰："松闻曹丞相文不明孔、孟之道，武不达孙、吴之机[③]，专务强霸而居大位，安能有所教诲，以开发明公耶？"修曰："公居边隅，安知丞相大才乎？吾试令公观之。"呼左右于箧[④]中取书一卷，以示张松。松观其题，曰《孟德新书》[⑤]。从头至尾看了一遍，共一十三篇，皆用兵之要法。松看毕，问曰："公以此为何书耶？"修曰："此是丞相酌古准今[⑥]，仿《孙子》十三篇而作。公欺丞相无才，此堪以传后世否？"松大笑曰："此书吾蜀中三尺小童亦能暗诵，何为'新书'？此是战国时无名氏所作，曹丞相盗窃以为己能，止好瞒足下耳。"修曰："丞相秘藏之书，虽已成帙[⑦]，未传于世。公言蜀中小儿暗诵如流，何相欺乎？"松曰："公如不信，吾试诵之。"遂将《孟德新书》从头至尾，朗诵一遍，并无一字差错。修大惊曰："公过目不忘，真天下奇才也！"后人有诗赞曰：

古怪形容异，清高体貌疏。
语倾三峡水，目视十行书。
胆量魁西蜀，文章贯太虚。
百家并诸子，一览更无馀。

当下张松欲辞回。修曰："公且暂居馆舍，容某再禀丞相，令公面君。"松谢而退。

修入见操曰："适来丞相何慢[⑧]张松乎？"操曰："言语不逊，

① 下寮——同"下僚"。职位低微的官吏。
② 开发——开导，启发，教益。
③ 机——要领，精义。
④ 箧（qiè）——小匣子。
⑤ 《孟德新书》——曹操所撰兵书。包括《续孙子兵法》三卷、《兵书略要》九卷，已佚。
⑥ 酌古准今——意谓参考了古今兵书。酌：选取精华。准：依据。
⑦ 成帙——成书。帙：本指古代竹帛书籍的封套，引申为书籍的泛称。
⑧ 慢——作动词用，即怠慢、慢待之意。

吾故慢之。”修曰：“丞相尚容一祢衡，何不纳张松？”操曰：“祢衡文章播于当今，吾故不忍杀之。松有何能？”修曰：“且无论其口似悬河，辩才无碍。适修以丞相所撰《孟德新书》示之，彼观一遍，即能暗诵。如此博闻强记，世所罕有。松言此书乃战国时无名氏所作，蜀中小儿皆能熟记。”操曰：“莫非古人与我暗合否？”令扯碎其书烧之。修曰：“此人可使面君，教见天朝气象。”操曰：“来日我于西教场点军，汝可先引他来，使见我军容之盛，教他回去传说：吾即日下了江南，便来收川。”修领命。

至次日，与张松同至西教场。操点虎卫雄兵五万，布于教场中，果然盔甲鲜明，衣袍灿烂，金鼓震天，戈矛耀日，四方八面，各分队伍，旌旗飏彩，人马腾空①。松斜目视之。良久，操唤松指而示曰：“汝川中曾见此英雄人物否？”松曰：“吾蜀中不曾见此兵革，但以仁义治人。”操变色视之，松全无惧意。杨修频以目视松。操谓松曰：“吾视天下鼠辈犹草芥耳，大军到处，战无不胜，攻无不取，顺吾者生，逆吾者死。汝知之乎？”松曰：“丞相驱兵到处，战必胜，攻必取，松亦素知。昔日濮阳攻吕布之时，宛城战张绣之日，赤壁遇周郎，华容逢关羽，割须弃袍于潼关，夺船避箭于渭水：此皆无敌于天下也。”操大怒曰：“竖儒怎敢揭吾短处！”喝令左右推出斩之。杨修谏曰：“松虽可斩，奈从蜀道而来入贡，若斩之，恐失远人之意。”操怒气未息。荀彧亦谏，操方免其死，令乱棒打出。

松归馆舍，连夜出城，收拾回川。松自思曰：“吾本欲献西川州郡与曹操，谁想如此慢人。我来时于刘璋之前开了大口，今日怏怏空回，须被蜀中人所笑。吾闻荆州刘玄德仁义远播久矣，不如径由那条路回，试看此人如何，我自有主见。”于是乘马引仆从望荆州界上而来。

---

① 人马腾空——形容人马精神抖擞，威风凛凛，好像要飞腾之势。

前至郢州界口，忽见一队军马，约有五百馀骑。为首一员大将，轻妆软扮，勒马前问曰："来者莫非张别驾乎？"松曰："然也。"那将慌忙下马，声喏曰："赵云等候多时。"松下马，答礼曰："莫非常山赵子龙乎？"云曰："然也。某奉主公刘玄德之命，为大夫远涉路途，鞍马驱驰，特命赵云聊奉酒食。"言罢，军士跪奉酒食，云敬进之。松自思曰："人言刘玄德宽仁爱客，今果如此。"遂与赵云饮了数杯，上马同行。来到荆州界首，是日天晚，前到馆驿，见驿门外百馀人侍立，击鼓相接。一将于马前施礼曰："奉兄长将令，为大夫远涉风尘，令关某洒扫驿庭，以待歇宿。"松下马，与云长、赵云同入馆舍，讲礼叙坐。须臾，排上酒筵，二人殷勤相劝。饮至更阑，方始罢席。宿了一宵。

次日早膳毕，上马行不到三五里，只见一簇人马到，乃是玄德引着伏龙、凤雏，亲自来接。遥见张松，早先下马等候。松亦慌忙下马相见。玄德曰："久闻大夫高名，如雷灌耳。恨云山遥远，不得听教。今闻回都，专此相接。倘蒙不弃，到荒州暂歇片时，以叙渴仰之思，实为万幸。"松大喜，遂上马并辔入城。至府堂上，各各叙礼，分宾主依次而坐，设宴款待。饮酒间，玄德只说闲话，并不提起西川之事。松以言挑之曰："今皇叔守荆州，还有几郡？"孔明答曰："荆州乃暂借东吴的，每每使人取讨。今我主因是东吴女婿，故权且在此安身。"松曰："东吴据六郡八十一州，民强国富，犹且不知足耶？"庞统曰："吾主汉朝皇叔，反不能占据州郡；其他皆汉之蟊贼，却都恃强侵占地土：惟智者不平焉。"玄德曰："二公休言。吾有何德，敢多望乎？"松曰："不然。明公乃汉室宗亲，仁义充塞乎四海，休道占据州郡，便代正统而居帝位，亦非分外。"玄德拱手谢曰："公言太过，备何敢当。"

自此一连留张松饮宴三日，并不提起川中之事。松辞去，玄德于十里长亭设宴送行。玄德举酒酌松曰："甚荷大夫不外，留叙三日。今日相别，不知何时再得听教。"言罢，潸然泪下。张松自思："玄德如此宽仁爱士，安可舍之？不如说之，令取西川。"乃言曰："松亦思朝暮趋侍，恨未有便耳。松观荆州东有孙权，常怀虎踞；北有曹操，每欲鲸吞：亦非可久恋之地也。"玄德曰："故知如此，但未有安迹之所。"松曰："益州险塞，沃野千里，民殷国富；智能之士，久慕皇叔之德。若起荆襄之众，长驱西指，霸业可成，汉室可兴矣。"玄德曰："备安敢当此。刘益州亦帝室宗亲，恩泽布蜀中久矣，他人岂可得而动摇乎？"松曰："某非卖主求荣，今遇明公，不敢不披沥肝胆[①]。刘季玉虽有益州之地，禀性暗弱，不能任贤用能；加之张鲁在北，时思侵犯；人心离散，思得明主。松此一行，专欲纳款[②]于操，何期逆贼恣逞奸雄，傲贤慢士，故特来见明公。明公先取西川为基，然后北图汉中，收取中原，匡正天朝，名垂青史，功莫大焉。明公果有取西川之意，松愿施犬马之劳，以为内应。未知钧意若何？"玄德曰："深感君之厚意。奈刘季玉与备同宗，若攻之，恐天下人唾骂。"松曰："大丈夫处世，当努力建功立业，著鞭在先[③]。今若不取，为他人所取，悔之晚矣。"

玄德曰："备闻蜀道崎岖，千山万水，车不能方轨，马不能联辔[④]，虽欲取之，用何良策？"松于袖中取出一图，递与玄德曰："松感明公盛德，敢献此图。但看此图，便知蜀中道路矣。"玄德略展视之，上面尽写着地理行程，远近阔狭，山川险要，府库钱粮，一一俱载明白。松曰："明公可速图之。松有心腹契友二人：法正、孟达，此二人必能相助。如二人到荆州时，可以心事共议。"玄德拱手谢曰："青山不老，绿水长存。他日事成，必当厚报。"松曰："松遇明主，不得不尽情相告，岂敢望报乎？"说罢作别。孔

① 披沥肝胆——比喻开诚布公或竭忠尽智。披：披露，陈述。沥：倾吐，表露。

② 纳款——真诚归顺，主动投降。

③ 著鞭在先——典出《晋书·刘琨传》："吾枕戈待旦，志枭逆虏，常恐祖生先吾著鞭。"意谓抢先动手。后用为勉励人努力进取之典。著：音义皆同"着"。

④ "车不能方轨"二句——语本《战国策·齐策一》，原文是："车不得方轨，马不得联辔。"意谓两车不能并行，两马也不能并行。比喻道路狭窄。方：并；轨：车辙。

明命云长等护送数十里方回。

张松回益州，先见友人法正。正字孝直，右扶风郿人也，贤士法真之子。松见正，备说："曹操轻贤傲士，只可同忧，不可同乐。吾已将益州许刘皇叔矣，专欲与兄共议。"法正曰："吾料刘璋无能，已有心见刘皇叔久矣。此心相同，又何疑焉？"少顷，孟达至。达字子庆，与法正同乡。达入，见正与松密语。达曰："吾已知二公之意，将欲献益州耶？"松曰："是欲如此。兄试猜之，合献与谁？"达曰："非刘玄德不可。"三人抚掌大笑。法正谓松曰："兄明日见刘璋，当若何？"松曰："吾荐二公为使，可往荆州。"二人应允。

次日，张松见刘璋。璋问："干事若何？"松曰："操乃汉贼，欲篡天下，不可为言。彼已有取川之心。"璋曰："似此如之奈何？"松曰："松有一谋，使张鲁、曹操必不敢轻犯西川。"璋曰："何计？"松曰："荆州刘皇叔与主公同宗，仁慈宽厚，有长者风。赤壁鏖兵之后，操闻之而胆裂，何况张鲁乎？主公何不遣使结好，使为外援，可以拒曹操、张鲁矣。"璋曰："吾亦有此心久矣。谁可为使？"松曰："非法正、孟达，不可往也。"璋即召二人入，修书一封，令法正为使，先通情好；次遣孟达领精兵五千，迎玄德入川为援。

正商议间，一人自外突入，汗流满面，大叫曰："主公若听张松之言，则四十一州郡已属他人矣。"松大惊，视其人，乃西阆中巴人，姓黄名权，字公衡，现为刘璋府下主簿。璋问曰："玄德与我同宗，吾故结之为援，汝何出此言？"权曰："某素知刘备宽以待人，柔能克刚，英雄莫敌，远得人心，近得民望；兼有诸葛亮、庞统之智谋，关、张、赵云、黄忠、魏延为羽翼。若召到蜀中，以部曲待之，刘备安肯伏低做小？若以客礼待之，又一国不容二主。今听臣言，则西蜀有泰山之安；不听臣言，则主公有累卵之危矣。张松昨从荆州过，必与刘备同谋。可先斩张松，后绝刘备，则西川万幸也。”璋曰：“曹操、张鲁到来，何以拒之？”权曰：“不如闭境绝塞，深沟高垒，以待时清[①]。”璋曰：“贼兵犯界，有烧眉之急，若待时清，则是慢计也。”遂不从其言，遣法正行。

又一人阻曰：“不可，不可。”璋视之，乃帐前从事官王累也。累顿首言曰：“主公今听张松之说，自取其祸。”璋曰：“不然。吾结好刘玄德，实欲拒张鲁也。”累曰：“张鲁犯界，乃癣疥之疾；刘备入川，乃心腹之大患。况刘备世之枭雄，先事曹操，便思谋害；后从孙权，便夺荆州。心术如此，安可同处乎？今若召来，西川休矣。”璋叱曰：“再休乱道。玄德是我同宗，他安肯夺我基业？”便教扶二人出，遂命法正便行。

法正离益州，径取荆州，来见玄德。参拜已毕，呈上书信。玄德拆封视之，书曰：

> 族弟刘璋，再拜致书于玄德宗兄将军麾下：久伏电天，蜀道崎岖，未及赍贡，甚切惶愧。璋闻吉凶相救，患难相扶，朋友尚然，况宗族乎？今张鲁在北，旦夕兴兵，侵犯璋界，甚不自安。专人谨奉尺书，上乞钧听。倘念同宗之情，全手足之义，即日兴师，剿灭狂寇，永为唇齿，自有重酬。书不尽言，耑候车骑。

玄德看毕大喜，设宴相待法正。酒过数巡，玄德屏退左右，密谓正曰：“久仰孝直英名，张别驾多谈盛德。今获听教，甚慰平生。”法正谢曰：“蜀中小吏，何足道哉。盖闻马逢伯乐而嘶，人遇知己而死。张别驾昔日之言，将军复有意乎？”玄德曰：“备一身寄客，未尝不伤感而叹息。尝思鹪鹩尚存一枝[②]，狡兔犹藏三窟，何况人乎？蜀中丰馀之地，非不欲取，奈刘季玉系备同宗，不忍相图。”

① 时清——时世清平。

② 鹪鹩尚存一枝——语本《庄子·逍遥游》：“鹪鹩巢于深林，不过一枝。”原意是比喻人的欲望很小，很容易满足。这里反用其意，是说鹪鹩鸟尚且有一枝可以栖身，人更应有雄心壮志。

法正曰："益州天府之国，非治乱之主，不可居也。今刘季玉不能用贤，此业不久必属他人。今日自付与将军，不可错失。岂不闻'逐兔先得'[①]之语乎？将军欲取，某当效死。"玄德拱手谢曰："尚容商议。"

当日席散，孔明亲送法正归馆舍。玄德独坐沉吟，庞统进曰："事当决而不决者，愚人也。主公高明，何多疑耶？"玄德问曰："以公之意，当复何如？"统曰："荆州东有孙权，北有曹操，难以得志。益州户口百万，土广财富，可资大业。今幸张松、法正为内助，此天赐也，何必疑哉？"玄德曰："今与吾水火相敌者，曹操也。操以急，吾以宽；操以暴，吾以仁；操以谲，吾以忠：每与操相反，事乃可成。若以小利而失信义于天下，吾不忍也。"庞统笑曰："主公之言虽合天理，奈离乱之时，用兵争强，固非一道。若拘执常理，寸步不可行矣，宜从权变。且'兼弱攻昧'[②]'逆取顺守'[③]，汤、武之道[④]也。若事定之后，报之以义，封为大国，何负于信？今日不取，终被他人取耳，主公幸熟思焉。"玄德乃恍然曰："金石之言，当铭肺腑。"

于是遂请孔明，同议起兵西行。孔明曰："荆州重地，必须分兵守之。"玄德曰："吾与庞士元、黄忠、魏延前往西川，军师可与关云长、张翼德、赵子龙守荆州。"孔明应允。于是孔明总守荆州；关公拒襄阳要路，当青泥隘口；张飞领四郡巡江；赵云屯江陵，

---

① 逐兔先得——语本《后汉书·袁绍传》："世称万人逐兔，一人获之，贪者悉止，分定故也。"借喻在群雄争霸之时，谁先抢占地盘，别人便难以夺去。

② 兼弱攻昧——语出《尚书·仲虺之诰》："兼弱攻昧，取乱侮亡。"意谓对于弱小的国家要采取兼并的手段，对于政治昏乱的国家要采取武力夺取的手段。

③ 逆取顺守——语本《史记·郦生陆贾列传》："且汤、武逆取而以顺守之，文武并用，长久之术也。"意谓即使用武力夺取政权不合道义，但只要在取得政权后偃武修文，使百姓得以安居乐业，也是符合天意人心的。

④ 汤、武之道——意谓商汤灭夏桀、周武王灭商纣的方法，正是"兼弱攻昧""逆取顺守"，而并不妨碍商汤和周武王成为圣君。

镇公安。玄德令黄忠为前部，魏延为后军，玄德自与刘封、关平在中军，庞统为军师，马步兵五万，起程西行。临行时，忽廖化引一军来降。玄德便教廖化辅佐云长，以拒曹操。

是年冬月，引兵望西川进发。行不数程，孟达接着，拜见玄德，说："刘益州令某领兵五千，远来迎接。"玄德使人入益州，先报刘璋。璋便发书告报沿途州郡，供给钱粮。璋欲自出涪城亲接玄德，即下令准备，车乘帐幔，旌旗铠甲，务要鲜明。主簿黄权入谏曰："主公此去，必被刘备之害。某食禄多年，不忍主公中他人奸计，望三思之。"张松曰："黄权此言，疏间宗族之义，滋长寇盗之威，实无益于主公。"璋乃叱权曰："吾意已决，汝何逆吾？"权叩首流血，近前口衔璋衣而谏。璋大怒，扯衣而起。权不放，顿落门牙两个。璋喝左右，推出黄权。权大哭而归。

璋欲行，一人叫曰："主公不纳黄公衡忠言，乃欲自就死地耶？"伏于阶前而谏。璋视之，乃建宁俞元人也，姓李名恢，叩首谏曰："窃闻君有诤臣①，父有诤子。黄公衡忠义之言，必当听从。若容刘备入川，是犹迎虎于门也。"璋曰："玄德是吾宗兄，安肯害吾？再言者必斩！"叱左右推出李恢。张松曰："今蜀中文官各顾妻子，不复为主公效力；诸将恃功骄傲，各有外意②。不得刘皇叔，则敌攻于外，民攻于内，必败之道也。"璋曰："公所谋，深于吾有益。"

次日，上马出榆桥门，人报："从事王累，自用绳索倒吊于城门之上，一手执谏章，一手仗剑，口称如谏不从，自割断其绳索，撞死于此地。"刘璋教取所执谏章观之，其略曰：

益州从事臣王累泣血恳告：窃闻良药苦口利于病，忠言逆耳利于行。昔楚怀王不听屈原之言，会盟于武关，

① 诤臣——向帝王直言切谏的忠臣。

② 外意——即贰心，背叛之意。

为秦所困。今主公轻离大郡，欲迎刘备于涪城，恐有去路而无回路矣。倘能斩张松于市，绝刘备之约，则蜀中老幼幸甚，主公之基业亦幸甚。

刘璋观毕，大怒曰："吾与仁人相会，如亲[①]芝兰，汝何数侮于吾耶？"王累大叫一声，自割断其索，撞死于地。后人有诗叹曰：

倒挂城门捧谏章，拚将一死报刘璋。
黄权折齿终降备，矢节何如王累刚。

刘璋将三万人马往涪城来，后军装载资粮钱帛一千馀辆，来接玄德。

却说玄德前军已到垫江。所到之处，一者是西川供给；二者是玄德号令严明，如有妄取百姓一物者斩：于是所到之处，秋毫无犯。百姓扶老携幼，满路瞻观，焚香礼拜。玄德皆用好言抚慰。

却说法正密谓庞统曰："近张松有密书到此，言于涪城相会刘璋，便可图之，机会切不可失。"统曰："此意且勿言，待二刘相见，乘便图之；若预走泄，于中有变。"法正乃秘而不言。涪城离成都三百六十里，璋已到，使人迎接玄德。两军皆屯于涪江之上。玄德入城，与刘璋相见，各叙兄弟之情。礼毕，挥泪诉告衷情。饮宴毕，各回寨中安歇。

璋谓众官曰："可笑黄权、王累等辈不知宗兄之心，妄相猜疑。吾今日见之，真仁义之人也。吾得他为外援，又何虑曹操、张鲁耶？非张松则失之矣。"乃脱所穿绿袍，并黄金五百两，令人往成都赐与张松。时部下将佐刘璝、泠苞、张任、邓贤等一班文武官曰："主公且休欢喜，刘备柔中有刚，其心未可测，还宜防之。"璋笑曰："汝等皆多虑，吾兄岂有二心哉！"众皆嗟叹而退。

却说玄德归到寨中，庞统入见曰："主公今日席上见刘季玉动静乎？"玄德曰："季玉真诚实人也。"统曰："季玉虽善，其臣刘璝、张任等皆有不平之色，其间吉凶未可保也。以统之计，莫若

---

① 亲——这里是接近、接触之意。

来日设宴，请季玉赴席，于壁衣中埋伏刀斧手一百人，主公掷杯为号，就筵上杀之。一拥入成都，刀不出鞘，弓不上弦，可坐而定也。”玄德曰：“季玉是吾同宗，诚心待吾；更兼吾初到蜀中，恩信未立。若行此事，上天不容，下民亦怨。公此谋，虽霸者亦不为也。”统曰：“此非统之谋，是法孝直得张松密书，言事不宜迟，只在早晚当图之。”言未已，法正入见，曰：“某等非为自己，乃顺天命也。”玄德曰：“刘季玉与吾同宗，不忍取之。”正曰：“明公差矣。若不如此，张鲁与蜀有杀母之仇，必来攻取。明公远涉山川，驱驰士马，既到此地，进则有功，退则无益；若执狐疑之心，迁延日久，大为失计。且恐机谋一泄，反为他人所算。不若乘此天与人归[①]之时，出其不意，早立基业，实为上策。”庞统亦再三相劝。正是：

人主几番存厚道，才臣一意进权谋。

未知玄德心下如何，且看下文分解。

① 天与人归——天与：语出《孟子·万章上》：万章问：“然则舜有天下也，孰与之？”孟子曰：“天与之。”人归：语本《谷梁传·庄公三年》：“其曰王者，民之所归往也。”后将两者合并为“天与人归”，以说明帝王是天命所属，人心所向。

第六十一回

赵云截江夺阿斗　孙权遗书退老瞒

却说庞统、法正二人劝玄德就席间杀刘璋，西川唾手可得。玄德曰："吾初入蜀中，恩信未立，此事决不可行。"二人再三说之，玄德只是不从。

次日，复与刘璋宴于城中，彼此细叙衷曲，情好甚密。酒至半酣，庞统与法正商议曰："事已至此，由不得主公了。"便教魏延登堂舞剑，乘势杀刘璋。延遂拔剑进曰："筵间无以为乐，愿舞剑为戏。"庞统便唤众武士入，列于堂下，只待魏延下手。刘璋手下诸将见魏延舞剑筵前，又见阶下武士手按刀靶，直视堂上，从事张任亦掣剑舞曰："舞剑必须有对，某愿与魏将军同舞。"二人对舞于筵前。魏延目视刘封，封亦拔剑助舞。于是刘璝、泠苞、邓贤各掣剑出曰："我等当群舞，以助一笑。"玄德大惊，急掣左右所佩之剑，立于席上曰："吾兄弟相逢痛饮，并无疑忌，又非鸿门会上，何用舞剑？不弃剑者立斩！"刘璋亦叱曰："兄弟相聚，何必带刀？"命侍卫者尽去佩剑。众皆纷然下堂。玄德唤诸将士上堂，以酒赐之，曰："吾弟兄同宗骨血，共议大事，并无二心，汝等勿疑。"诸将皆拜谢。刘璋执玄德之手而泣曰："吾兄之恩，誓不敢忘。"二人欢饮，至晚而散。玄德归寨，责庞统曰："公等奈何欲陷备于不义耶？今后断勿为此。"统嗟叹而退。

却说刘璋归寨，刘璝等曰："主公见今日席上光景乎？不如早回，免生后患。"刘璋曰："吾兄刘玄德非比他人。"众将曰："虽玄德无此心，他手下人皆欲吞并西川，以图富贵。"璋曰："汝等无间吾兄弟之情。”遂不听，日与玄德欢叙。忽报张鲁整顿兵马，将犯葭萌关。刘璋便请玄德往拒之。玄德慨然领诺，即日引本部兵望葭萌关去了。众将劝刘璋令大将紧守各处关隘，以防玄德兵变。璋初时不从，后因众人苦劝，乃令白水都督杨怀、高沛二人守把涪水关。刘璋自回成都。玄德到葭萌关，严禁军士，广施恩惠，以收民心。

早有细作报入东吴。吴侯孙权会文武商议。顾雍进曰：“刘备分兵远涉山险而去，未易往还。何不差一军先截川口，断其归路；后尽起东吴之兵，一鼓而下荆襄。此不可失之机会也。”权曰：“此计大妙。”正商议间，忽屏风后一人大喝而出曰：“进此计者可斩之！欲害吾女之命耶？”众惊视之，乃吴国太也。国太怒曰：“吾一生惟有一女，嫁与刘备。今若动兵，吾女性命如何？”因叱孙权曰：“汝掌父兄之业，坐领八十一州，尚自不足，乃顾小利而不念骨肉。”孙权喏喏连声，答曰：“老母之训，岂敢有违。”遂叱退众官。国太恨恨而入。

孙权立于轩下，自思：“此机会一失，荆襄何日可得？”正沉吟间，只见张昭入问曰：“主公有何忧疑？”孙权曰：“正思适间之事。”张昭曰：“此极易也。今差心腹将一人，只带五百军，潜入荆州，下一封密书与郡主，只说国太病危，欲见亲女，取郡主星夜回东吴。玄德平生只有一子，就教带来。那时玄德定把荆州来换阿斗。如其不然，一任动兵，更有何碍？”权曰：“此计大妙。吾有一人，姓周名善，最有胆量。自幼穿房入户，多随吾兄。今可差他去。”昭曰：“切勿漏泄。只此便令起行。”

于是密遣周善将五百人，扮为商人，分作五船；更诈修国书，以备盘诘；船内暗藏兵器。周善领命，取荆州水路而来。船泊江边，善自入荆州，令门吏报孙夫人。夫人命周善入，善呈上密书。夫人见说国太病危，洒泪动问。周善拜诉曰：“国太好生病重，旦夕只是思念夫人。倘去得迟，恐不能相见。就教夫人带阿斗去见一面。”夫人曰：“皇叔引兵远出，我今欲回，须使人知会军师，方可以行。”周善曰：“若军师回言道，须报知皇叔，候了回命，方可下船，如之奈何？”夫人曰：“若不辞而去，恐有阻当。”周善曰：“大江之中，已准备下船只。只今便请夫人上车出城。”孙夫人听知母病危急，如何不慌。便将七岁孩子阿斗载在车中，随行带三十馀人，各跨[①]刀剑，上马离荆州城，便来江边上船。府中人欲报时，孙夫人已到沙头镇，下在船中了。

周善方欲开船，只听得岸上有人大叫：“且休开船，容与夫人饯行。”视之，乃赵云也。原来赵云巡哨方回，听得这个消息，吃了一惊，只带四五骑，旋风般沿江赶来。周善手执长戈，大喝曰：“汝何人，敢当主母？”叱令军士一齐开船，各将军器出来，摆列在船上。风顺水急，船皆随流而去。赵云沿江赶叫：“任从夫人去，只有一句话拜禀。”周善不睬，只催船速进。赵云沿江赶到十馀里，忽见江滩斜缆一只渔船在那里。赵云弃马执枪，跳上渔船，只两人驾船前来，望着夫人所坐大船追赶。周善教军士放箭，赵云以枪拨之，箭皆纷纷落水。离大船悬隔丈馀，吴兵用枪乱刺。赵云弃枪在小船上，掣所佩青釭剑在手，分开枪搠，望吴船涌身一跳，早登大船。吴兵尽皆惊倒。

赵云入舱中，见夫人抱阿斗于怀中，喝赵云曰：“何故无礼？”云插剑，声喏曰：“主母欲何往？何故不令军师知会？”夫人曰：“我母亲病在危笃，无暇报知。”云曰：“主母探病，何故带小主人去？”夫人曰：“阿斗是吾子，留在荆州，无人看觑。”云曰：“主母差矣。主人一生，只有这点骨血，小将在当阳长坂坡百万军中救出，今日夫人却欲抱将去，是何道理？”夫人怒曰：“量汝只是帐下一武夫，安敢管我家事？”云曰：“夫人要去便去，只留下小

① 跨——通“挎”。

主人。”夫人喝曰：“汝半路辄[1]入船中，必有反意。”云曰：“若不留下小主人，纵然万死，亦不敢放夫人去。”夫人喝侍婢向前揪捽[2]，被赵云推倒，就怀中夺了阿斗，抱出船头上。欲要傍岸，又无帮手；欲要行凶，又恐碍于道理：进退不得。夫人喝侍婢夺阿斗。赵云一手抱定阿斗，一手仗剑，人不敢近。周善在后梢挟住舵，只顾放船下水，风顺水急，望中流而去。赵云孤掌难鸣，只护得阿斗，安能移舟傍岸。

正在危急，忽见下流头港内一字儿驶出十馀只船来，船上磨旗擂鼓。赵云自思：“今番中了东吴之计。”只见当头船上一员大将，手执长矛，高声大叫：“嫂嫂留下侄儿去。”原来张飞巡哨，听得这个消息，急来油江夹口，正撞着吴船，急忙截住。当下张飞提剑跳上吴船。周善见张飞上船，提刀来迎，被张飞手起一剑砍倒，提头掷于孙夫人前。夫人大惊曰：“叔叔何故无礼？”张飞曰：“嫂嫂不以俺哥哥为重，私自归家，这便无礼。”夫人曰：“吾母病重，甚是危急，若等你哥哥回报，须误了我事。若你不放我回去，我情愿投江而死。”张飞与赵云商议：“若逼死夫人，非为臣下之道，只护着阿斗过船去罢。”乃谓夫人曰：“俺哥哥大汉皇叔，也不辱没嫂嫂。今日相别，若思哥哥恩义，早早回来。”说罢，抱了阿斗，自与赵云回船，放孙夫人五只船去了。后人有诗赞子龙曰：

昔年救主在当阳，今日飞身向大江。
船上吴兵皆胆裂，子龙英勇世无双。

又有诗赞翼德曰：

长坂桥边怒气腾，一声虎啸退曹兵。
今朝江上扶危主，青史应传万载名。

二人欢喜回船。行不数里，孔明引大队船只接来，见阿斗已

① 辄——这里是擅自之意。
② 捽（zuó）——义同“揪”。即抓，拽。“揪捽”为重复结构词。

夺回，大喜。三人并马而归。孔明自申文书往葭萌关，报知玄德。

却说孙夫人回吴，具说张飞、赵云杀了周善，截江夺了阿斗。孙权大怒曰："今吾妹已归，与彼不亲，杀周善之仇，如何不报？"唤集文武，商议起军攻取荆州。正商议调兵，忽报曹操起军四十万，来报赤壁之仇。孙权大惊，且按下荆州，商议拒敌曹操。

人报："长史张纮辞疾回家，今已病故，有哀书上呈。"权拆视之，书中劝孙权迁居秣陵，言秣陵山川有帝王之气，可速迁于此，以为万世之业。孙权览书大哭，谓众官曰："张子纲劝吾迁居秣陵，吾如何不从？"即命迁治建业，筑石头城。吕蒙进曰："曹操兵来，可于濡须水口筑坞[①]以拒之。"诸将皆曰："上岸击贼，跣足入船，何用筑城？"蒙曰："兵有利钝，战无必胜。如猝然遇敌，步骑相促，人尚不暇及水，何能入船乎？"权曰："'人无远虑，必有近忧'。子明之见甚远。"便差军数万筑濡须坞，晓夜并工，刻期告竣。

却说曹操在许都，威福日甚。长史董昭进曰："自古以来，人臣未有如丞相之功者，虽周公、吕望莫可及也。栉风沐雨[②]，三十馀年，扫荡群凶，与百姓除害，使汉室复存。岂可与诸臣宰同列乎？合受魏公之位，加九锡[③]，以彰功德。"你道那九锡？

一，车马（大辂、戎辂各一。大辂，金车也。戎辂，兵车也。玄牡二驷[④]，黄马八匹。）二，衣服（衮冕之服。赤舄副焉。衮冕，王者之服。赤舄，朱履也。）三，乐悬[⑤]（乐悬，王者之乐也。）四，朱户（居以朱户，红门也。）五，纳陛[⑥]（纳陛以登。陛，阶也。）六，虎贲（虎贲三百人，守门之军也。）七，𫓧钺（𫓧、钺各一。𫓧，即斧也。钺，斧属。）八，弓矢

① 坞——小型城堡。

② 栉（zhì）风沐雨——典出《庄子·天下》："沐甚雨，栉疾风。"后即以"栉风沐雨"形容奔波劳苦。栉风：以风梳头。"栉"是梳子，这里借为动词。沐雨：用雨洗头。

③ 九锡——古代帝王赐予诸侯、大臣的九种器物，以示特殊恩宠。

④ 玄牡二驷——即黑色公马八匹。牡：公马。驷：古代一辆车套四匹马，故"驷"为四匹马的代称。

⑤ 乐悬——古代按等级规定悬挂钟、磬等乐器的位置。帝王可将乐器悬挂于大殿，称之为"乐悬"。

⑥ 纳陛——即把殿基凿为台阶，置于檐下，使尊贵者登阶时不至于淋雨。

彤弓一，彤矢百。彤，赤色也。玈弓十，玈矢千。玈，黑色也。九，秬鬯圭瓒秬鬯一卣，圭瓒副焉。秬，黑黍也。鬯，香酒，灌地以求神于阴。卣，中樽也。圭瓒，宗庙祭器，以祀先王也。

侍中荀彧曰：“不可。丞相本兴义兵，匡扶汉室，当秉忠贞之志，守谦退之节。君子爱人以德，不宜如此。”曹操闻言，勃然变色。董昭曰：“岂可以一人而阻众望？”遂上表请尊操为魏公，加九锡。荀彧叹曰：“吾不想今日见此事！”操闻，深恨之，以为不助己也。

建安十七年冬十月，曹操兴兵下江南，就命荀彧同行。彧已知操有杀己之心，托病止于寿春。忽曹操使人送饮食一盒至，盒上有操亲笔封记。开盒视之，并无一物。彧会其意，遂服毒而亡。年五十岁。后人有诗叹曰：

文若才华天下闻，可怜失足在权门。
后人休把留侯比，临没无颜见汉君。

其子荀恽发哀书报曹操。操甚懊悔，命厚葬之，谥曰敬侯。

且说曹操大军至濡须，先差曹洪领三万铁甲马军，哨至江边。回报云：“遥望沿江一带，旗幡无数，不知兵聚何处。”操放心不下，自领兵前进，就濡须口排开军阵。操领百馀人上山坡，遥望战船各分队伍，依次摆列，旗分五色，兵器鲜明。当中大船上青罗伞下坐着孙权，左右文武侍立两边。操以鞭指曰：“生子当如孙仲谋！若刘景升儿子，豚犬耳。”

忽一声响动，南船一齐飞奔过来，濡须坞内又一军出，冲动曹兵。曹操军马退后便走，止喝不住。忽有千百骑赶到山边，为首马上一人，碧眼紫髯。众人认得正是孙权。权自引一队马军来击曹操。操大惊，急回马时，东吴大将韩当、周泰，两骑马直冲将上来。操背后许褚纵马舞刀，敌住二将，曹操得脱归寨。许褚与二将战三十合方回。操回寨，重赏许褚，责骂众将：“临敌先退，挫吾锐气。后若如此，尽皆斩首！”

是夜二更时分，忽寨外喊声大震。操急上马，见四下里火起，却被吴兵劫入大寨。杀至天明，曹兵退五十馀里下寨。操心中郁闷，闲看兵书。程昱曰："丞相既知兵法，岂不知兵贵神速乎？丞相起兵，迁延日久，故孙权得以准备，夹濡须水口为坞，难于攻击。不若且退兵还许都，别作良图。"操不应。程昱出。

操伏几而卧，忽闻潮声汹涌，如万马争奔之状。操急视之，见大江中推出一轮红日，光华射目。仰望天上，又有两轮太阳对照。忽见江心那轮红日直飞起来，坠于寨前山中，其声如雷。猛然惊觉，原来在帐中作了一梦。帐前军报道午时。

曹操教备马，引五十馀骑，径奔出寨，至梦中所见落日山边。正看之间，忽见一簇人马，当先一人，金盔金甲。操视之，乃孙权也。权见操至，也不慌忙，在山上勒住马，以鞭指操曰："丞相坐镇中原，富贵已极，何故贪心不足，又来侵我江南？"操答曰："汝为臣下，不尊王室，吾奉天子诏，特来讨汝。"孙权笑曰："此言岂不羞乎？天下岂不知你挟天子令诸侯？吾非不尊汉朝，正欲讨汝以正国家耳。"操大怒，叱诸将上山捉孙权。忽一声鼓响，山背后两彪军出：右边韩当、周泰，左边陈武、潘璋。四员将带三千弓弩手乱射，矢如雨发。操急引众将回走，背后四将赶来甚急。赶到半路，许褚引众虎卫军敌住，救回曹操。吴兵齐奏凯歌，回濡须去了。操还营，自思："孙权非等闲人物，红日之应，久后必为帝王。"于是心中有退兵之意，又恐东吴耻笑，进退未决。

两边又相拒了月馀，战了数场，互相胜负。直至来年正月，春雨连绵，水港皆满，军士多在泥水之中，困苦异常。操心甚忧。当日正在寨中与众谋士商议：或劝操收兵；或云目今春暖，正好相持，不可退归。操犹豫未定。忽报东吴有使赍书到。操启视之，书略曰：

孤与丞相，彼此皆汉朝臣宰。丞相不思报国安民，乃妄动干戈，残虐生灵，岂仁人之所为哉？即日春水方生，公当速去；如其不然，复有赤壁之祸矣。公宜自思焉。

书背后又批两行云:“足下不死，孤不得安。”曹操看毕，大笑曰:“孙仲谋不欺我也。”重赏来使。遂下令班师，命庐江太守朱光镇守皖城，自引大军回许昌。

孙权亦收军回秣陵。权与众将商议:“曹操虽然北去，刘备尚在葭萌关未还。何不引拒曹操之兵，以取荆州?”张昭献计曰:“且未可动兵。某有一计，使刘备不能再还荆州。”正是:

孟德雄兵方退北，仲谋壮志又图南。

不知张昭说出甚计来，且看下文分解。

第六十二回

取涪关杨高授首　攻雒城黄魏争功

却说张昭献计曰："且休要动兵，若一兴师，曹操必复至。不如修书二封：一封与刘璋，言刘备结连东吴，共取西川，使刘璋心疑而攻刘备；一封与张鲁，教进兵向荆州来：着刘备首尾不能救应。我然后起兵取之，事可谐矣。"权从之，即发使二处去讫。

且说玄德在葭萌关日久，甚得民心。忽接得孔明文书，知孙夫人已回东吴。又闻曹操兴兵犯濡须，乃与庞统议曰："曹操击孙权，操胜必将取荆州，权胜亦必取荆州矣，为之奈何？"庞统曰："主公勿忧，有孔明在彼，料想东吴不敢犯荆州。主公可驰书去刘璋处，只推曹操攻击孙权，权求救于荆州，吾与孙权唇齿之邦，不容不相援。张鲁自守之贼，决不敢来犯界。吾今欲勒兵回荆州，与孙权会同破曹操，奈兵少粮缺，望推同宗之谊，速发精兵三四万、行粮十万斛相助，请勿有误。若得军马钱粮，却另作商议。"

玄德从之，遣人往成都。来到关前，杨怀、高沛闻知此事，遂教高沛守关，杨怀同使者入成都，见刘璋，呈上书信。刘璋看毕，问杨怀为何亦同来。杨怀曰："专为此书而来。刘备自从入川，广布恩德，以收民心，其意甚是不善。今求军马钱粮，切不可与；如若相助，是把薪助火也。"刘璋曰："吾与玄德有兄弟之情，岂可不助？"一人出曰："刘备枭雄，久留于蜀而不遣，是纵虎入室矣；今更助之以军马钱粮，何异与虎添翼乎？"众视其人，乃零陵烝阳人，姓刘名巴，字子初。刘璋闻刘巴之言，犹豫未决。黄权又复苦谏。璋乃量拨老弱军四千、米一万斛，发书遣使报玄德，仍令杨怀、高沛紧守关隘。

刘璋使者到葭萌关见玄德，呈上回书。玄德大怒曰："吾为汝御敌，费力劳心，汝今积财吝赏，何以使士卒效命乎？"遂扯毁回书，大骂而起。使者逃回成都。庞统曰："主公只以仁义为重，今日毁书发怒，前情尽弃矣。"玄德曰："如此当若何？"庞统曰："某有三条计策，请主公自择而行。"玄德问："那三条计？"统曰："只今便选精兵，昼夜兼道，径袭成都，此为上计。杨怀、高沛乃蜀中名将，各仗强兵，拒守关隘，今主公佯以回荆州为名，二将闻知，必来相送，就送行处擒而杀之，夺了关隘，先取涪城，然后却向成都，此中计也。退还白帝，连夜回荆州，徐图进取，此为下计。若沉吟不去，将至大困，不可救矣。"玄德曰："军师上计太促，下计太缓；中计不迟不疾，可以行之。"于是发书致刘璋，只说：

曹操令部将乐进引兵至青泥镇，众将抵敌不住，吾当亲往拒之，不及面会，特书相辞。

书至成都，张松听得说刘玄德欲回荆州，只道是真心，乃修书一封，欲令人送与玄德。却值亲兄广汉太守张肃到，松急藏书于袖中，与肃相陪说话。肃见松神情恍惚，心中疑惑。松取酒与肃共饮，献酬之间，忽落此书于地，被肃从人拾得。席散后，从人以书呈肃。肃开视之，书略曰：

松昨进言于皇叔，并无虚谬，何乃迟迟不发？逆取顺守，古人所贵。今大事已在掌握之中，何故欲弃此而回荆州乎？使松闻之，如有所失。书呈到日，疾速进兵，松当为内应，万勿自误。

张肃见了，大惊曰："吾弟作灭门之事，不可不首[1]。"连夜将书见

① 首——这里是告发之意。

刘璋，具言弟张松与刘备同谋，欲献西川。刘璋大怒曰："吾平日未尝薄待他，何故欲谋反？"遂下令捉张松全家，尽斩于市。后人有诗叹曰：

一览无遗世所稀，谁知书信泄天机。

未观玄德兴王业，先向成都血染衣。

刘璋既斩张松，聚集文武商议曰："刘备欲夺吾基业，当如之何？"黄权曰："事不宜迟，即便差人告报各处关隘，添兵把守，不许放荆州一人一骑入关。"璋从其言，星夜驰檄各关去讫。

却说玄德提兵回涪城，先令人报上涪水关，请杨怀、高沛出关相别。杨、高二将闻报，商议曰："玄德此回若何？"高沛曰："玄德合死。我等各藏利刃在身，就送行处刺之，以绝吾主之患。"杨怀曰："此计大妙。"二人只带随行二百人，出关送行，其馀并留在关上。玄德大军尽发，前至涪水之上。庞统在马上谓玄德曰："杨怀、高沛若欣然而来，可提防之；若彼不来，便起兵径取其关，不可迟缓。"正说间，忽起一阵旋风，把马前"帅"字旗吹倒。玄德问庞统曰："此何兆也？"统曰："此警报也，杨怀、高沛二人必有行刺之意，宜善防之。"玄德乃身披重铠，自佩宝剑防备。人报杨、高二将前来送行。玄德令军马歇定。庞统分付魏延、黄忠："但关上来的军士，不问多少马步军兵，一个也休放回。"二将得令而去。

却说杨怀、高沛二人身边各藏利刃，带二百军兵，牵羊送酒，直至军前。见并无准备，心中暗喜，以为中计。入至帐下，见玄德正与庞统坐于帐中。二将声喏曰："闻皇叔远回，特具薄礼相送。"遂进酒劝玄德。玄德曰："二将军守关不易，当先饮此杯。"二将饮酒毕，玄德曰："吾有密事与二将军商议，闲人退避。"遂将带来二百人尽赶出中军。玄德叱曰："左右与吾捉下二贼！"帐后刘封、关平应声而出。杨、高二人急待争斗，刘封、关平各捉住一人。玄德喝曰："吾与汝主是同宗兄弟，汝二人何故同谋，离间亲情？”庞统叱左右搜其身畔，果然各搜出利刃一口。统便喝斩二人。玄德还犹未决，统曰：“二人本意欲杀吾主，罪不容诛。”遂叱刀斧手斩杨怀、高沛于帐前。

黄忠、魏延早将二百从人先自捉下，不曾走了一个。玄德唤入，各赐酒压惊。玄德曰：“杨怀、高沛离间吾兄弟，又藏利刃行刺，故行诛戮。尔等无罪，不必惊疑。”众各拜谢。庞统曰：“吾今即用汝等引路，带吾军取关，各有重赏。”众皆应允。是夜二百人先行，大军随后。前军至关下叫曰：“二将军有急事回，可速开关。”城上听得是自家军，即时开关。大军一拥而入，兵不血刃，得了涪关，蜀兵皆降。玄德各加重赏，遂即分兵前后守把。

次日劳军，设宴于公厅。玄德酒酣，顾庞统曰：“今日之会，可为乐乎？”庞统曰：“伐人之国而以为乐，非仁者之兵也。”玄德曰：“吾闻昔日武王伐纣，作乐象功①，此亦非仁者之兵欤？汝言何不合道理？可速退。”庞统大笑而起。左右亦扶玄德入后堂。睡至半夜，酒醒。左右以逐庞统之言，告知玄德。玄德大悔。次早穿衣升堂，请庞统谢罪曰：“昨日酒醉，言语触犯，幸勿挂怀。”庞统谈笑自若。玄德曰：“昨日之言，惟吾有失。”庞统曰：“君臣俱失，何独主公？”玄德亦大笑，其乐如初。

却说刘璋闻玄德杀了杨、高二将，袭了涪水关，大惊曰：“不料今日果有此事。”遂聚文武，问退兵之策。黄权曰：“可连夜遣兵屯雒县，塞住咽喉之路，刘备虽有精兵猛将，不能过也。”璋遂令刘璝、泠苞、张任、邓贤点五万大军，星夜往守雒县，以拒刘备。

四将行兵之次，刘璝曰：“吾闻锦屏山中有一异人，道号紫虚上人，知人生死贵贱。吾辈今日行军，正从锦屏山过，何不试往问之？”张任曰：“大丈夫行兵拒敌，岂可问于山野之人乎？”

① 武王伐纣，作乐象功——事见《墨子·三辩》：“武王胜殷杀纣，环天下自立以为王，事成功立，无大后患，因先王之乐，又自作乐，命曰《象》。”象：在此有二义：一为乐曲名；二作动词用，是表现、象征之意。

曰："不然。圣人云：'至诚之道，可以前知。'吾等问于高明之人，当趋吉避凶。"于是四人引五六十骑至山下，问径樵夫。樵夫指高山绝顶上，便是上人所居。四人上山至庵前，见一道童出迎，问了姓名，引入庵中，只见紫虚上人坐于蒲墩[①]之上。四人下拜，求问前程之事。紫虚上人曰："贫道乃山野废人，岂知休咎[②]？"刘璝再三拜问，紫虚遂命道童取纸笔，写下八句言语，付与刘璝。其文曰：

左龙右凤，飞入西川。
雏凤坠地，卧龙升天。
一得一失，天数当然。
见机而作，勿丧九泉。

刘璝又问曰："我四人气数如何？"紫虚上人曰："定数难逃，何必再问？"璝又请问时，上人眉垂目合，恰似睡着的一般，并不答应。四人下山，刘璝曰："仙人之言，不可不信。"张任曰："此狂叟也，听之何益？"遂上马前行。

既至雒县，分调人马，守把各处隘口。刘璝曰："雒城乃成都之保障，失此则成都难保。吾四人公议：着二人守城；二人去雒县前面，依山傍险，扎下两个寨子，勿使敌兵临城。"泠苞、邓贤曰："某愿往结寨。"刘璝大喜，分兵二万与泠、邓二人，离城六十里下寨。刘璝、张任守护雒城。

却说玄德既得涪水关，与庞统商议进取雒城。人报刘璋拨四将前来，即日泠苞、邓贤领二万军，离城六十里，扎下两个大寨。玄德聚众将问曰："谁敢建头功，去取二将寨栅？"老将黄忠应声出曰："老夫愿往。"玄德曰："老将军率本部人马，前至雒城，如取得泠苞、邓贤营寨，必当重赏。"

---

① 蒲墩——即蒲团。用蒲草所编圆形坐垫。僧人坐禅或跪拜时多用此垫。

② 休咎——吉凶。休：喜庆，美善，福禄。咎：不幸，灾祸。

黄忠大喜，即领本部兵马，谢了要行。忽帐下一人出曰："老将军年纪高大，如何去得？小将不才，愿往。"玄德视之，乃是魏延。黄忠曰："我已领下将令，你如何敢搀越？"魏延曰："老者不以筋骨为能。吾闻泠苞、邓贤乃蜀中名将，血气方刚，恐老将军近他不得，岂不误了主公大事？因此愿相替，本是好意。"黄忠大怒曰："汝说吾老，敢与我比试武艺么？"魏延曰："就主公之前，当面比试，赢得的便去，何如？"黄忠遂趋步下阶，便叫小校："将刀来。"

玄德急止之曰："不可。吾今提兵取川，全仗汝二人之力。今两虎相斗，必有一伤，须误了我大事。吾与你二人劝解，休得争论。"庞统曰："汝二人不必相争。即今泠苞、邓贤下了两个营寨，今汝二人自领本部军马，各打一寨。如先夺得者，便为头功。"于是分定黄忠打泠苞寨，魏延打邓贤寨。二人各领命去了。庞统曰："此二人去，恐于路上相争，主公可自引军为后应。"玄德留庞统守城，自与刘封、关平引五千军随后进发。

却说黄忠归寨，传令来日四更造饭，五更结束，平明进兵，取左边山谷而进。魏延却暗使人探听黄忠甚时起兵。探事人回报："来日四更造饭，五更起兵。"魏延暗喜，分付众军士二更造饭，三更起兵，平明要到邓贤寨边。军士得令，都饱餐一顿，马摘铃，人衔枚，卷旗束甲，暗地去劫寨。三更前后，离寨前进。到半路，魏延马上寻思："只去打邓贤寨，不显能处。不如先去打泠苞寨，却将得胜兵打邓贤寨，两处功劳，都是我的。"就马上传令，教军士都投左边山路里去。天色微明，离泠苞寨不远，教军士少歇，排搠金鼓旗幡、枪刀器械[①]。

早有伏路小军飞报入寨，泠苞已有准备了。一声炮响，三军上马，杀将出来。魏延纵马提刀，与泠苞接战。二将交马，战到

① 排搠金鼓旗幡、枪刀器械——即让兵士成排站立，手持金鼓旗幡、枪刀器械。

三十合，川兵分两路来袭汉军。汉军走了半夜，人马力乏，抵当不住，退后便走。魏延听得背后阵脚乱，撇了泠苞，拨马回走。川兵随后赶来，汉军大败。走不到五里，山背后鼓声震地，邓贤引一彪军从山谷里截出来，大叫："魏延快下马受降！"魏延策马飞奔，那马忽失前蹄，双足跪地，将魏延掀将下来。邓贤马奔到，挺枪来刺魏延。枪未到处，弓弦响，邓贤倒撞下马。后面泠苞方欲来救，一员大将从山坡上跃马而来，厉声大叫："老将黄忠在此！"舞刀直取泠苞。泠苞抵敌不住，望后便走。黄忠乘势追赶，川兵大乱。

黄忠一枝军救了魏延，杀了邓贤，直赶到寨前。泠苞回马与黄忠再战，不到十馀合，后面军马拥将上来，泠苞只得弃了左寨，引败军来投右寨。只见寨中旗帜全别，泠苞大惊。兜住马看时，当头一员大将，金甲锦袍，乃是刘玄德，左边刘封，右边关平。大喝道："寨子吾已夺下，汝欲何往？"原来玄德引兵从后接应，便乘势夺了邓贤寨子。泠苞两头无路，取山僻小径，要回雒城。行不到十里，狭路伏兵忽起，搭钩齐举，把泠苞活捉了。原来却是魏延自知罪犯，无可解释，收拾后军，令蜀兵引路，伏在这里，等个正着。用索缚了泠苞，解投玄德寨来。

却说玄德立起免死旗，但川兵倒戈卸甲者，并不许杀害，如伤者偿命。又谕众降兵曰："汝川人皆有父母妻子，愿降者充军，不愿降者放回。"于是欢声动地。黄忠安下寨脚，径来见玄德，说："魏延违了军令，可斩之。"玄德急召魏延，魏延解泠苞至。玄德曰："延虽有罪，此功可赎。"令魏延谢黄忠救命之恩，今后毋得相争。魏延顿首伏罪。玄德重赏黄忠。使人押泠苞到帐下，玄德去其缚，赐酒压惊，问曰："汝肯降否？"泠苞曰："既蒙免死，如何不降？刘璝、张任与某为生死之交，若肯放某回去，当即招二人来降，就献雒城。"玄德大喜，便赐衣服鞍马，令回雒城。魏延曰："此人不可放回，若脱身一去，不复来矣。"玄德曰："吾以仁义待人，人不负我。"

却说泠苞得回雒城，见刘璝、张任，不说捉去放回，只说：“被我杀了十馀人，夺得马匹逃回。”刘璝忙遣人往成都求救。刘璋听知折了邓贤，大惊，慌忙聚众商议。长子刘循进曰：“儿愿领兵前去守雒城。”璋曰：“既吾儿肯去，当遣谁人为辅？”一人出曰：“某愿往。”璋视之，乃舅氏吴懿也。璋曰：“得尊舅去最好。谁可为副将？”吴懿保吴兰、雷铜二人为副将，点二万军马来到雒城。刘璝、张任接着，具言前事。吴懿曰：“兵临城下，难以拒敌，汝等有何高见？”泠苞曰：“此间一带正靠涪江，江水大急。前面寨占山脚，其形最低。某乞五千军，各带锹锄前去，决涪江之水，可尽淹死刘备之兵也。”吴懿从其计，即令泠苞前往决水，吴兰、雷铜引兵接应。泠苞领命，自去准备决水器械。

却说玄德令黄忠、魏延各守一寨，自回涪城，与军师庞统商议。细作报说：“东吴孙权遣人结好东川张鲁，将欲来攻葭萌关。”玄德惊曰：“若葭萌关有失，截断后路，吾进退不得，当如之何？”庞统谓孟达曰：“公乃蜀中人，多知地理，去守葭萌关如何？”达曰：“某保一人，与某同去守关，万无一失。”玄德问何人，达曰：“此人曾在荆州刘表部下为中郎将，乃南郡枝江人，姓霍名峻，字仲邈。”玄德大喜，即时遣孟达、霍峻守葭萌关去了。

庞统退归馆舍，门吏忽报：“有客特来相访。”统出迎接，见其人身长八尺，形貌甚伟；头发截短，披于颈上；衣服不甚齐整。统问曰：“先生何人也？”其人不答，径登堂仰卧床上。统甚疑之，再三请问。其人曰：“且消停，吾当与汝说知天下大事。”统闻之愈疑，命左右进酒食。其人起而便食，并无谦逊，饮食甚多。食罢又睡。统疑惑不定，使人请法正视之，恐是细作。法正慌忙到来，统出迎接，谓正曰：“有一人如此如此。”法正曰：“莫非彭永言乎？”升阶视之，其人跃起曰：“孝直别来无恙？”正是：

只为川人逢旧识，遂令涪水息洪流。

毕竟此人是谁，且看下文分解。

第六十三回

诸葛亮痛哭庞统　张翼德义释严颜

却说法正与那人相见，各抚掌而笑。庞统问之，正曰："此公乃广汉人，姓彭名羕，字永言，蜀中豪杰也。因直言触忤刘璋，被璋髡钳为徒隶①，因此短发。"统乃以宾礼待之，问羕从何而来。羕曰："吾特来救汝数万人性命，见刘将军方可说。"法正忙报玄德。玄德亲自谒见，请问其故。羕曰："将军有多少军马在前寨？"玄德实告："有魏延、黄忠在彼。"羕曰："为将之道，岂可不知地理乎？前寨紧靠涪江，若决动江水，前后以兵塞之，一人无可逃也。"玄德大悟。彭羕曰："罡星在西方，太白临于此地，当有不吉之事，切宜慎之。"玄德即拜彭羕为幕宾，使人密报魏延、黄忠，教朝暮用心巡警，以防决水。黄忠、魏延商议：二人各轮一日，如遇敌军到来，互相通报。

却说泠苞见当夜风雨大作，引了五千军，径循江边而进，安排决江，只听得后面喊声乱起。泠苞知有准备，急急回军。前面魏延引军赶来，川兵自相践踏。泠苞正奔走间，撞着魏延，交马不数合，被魏延活捉去了。比及吴兰、雷铜来接应时，又被黄忠一军杀退。魏延解泠苞到涪关。玄德责之曰："吾以仁义相待，放汝回去，何敢背我？今次难饶。"将泠苞推出斩之，重赏魏延。

玄德设宴管待彭羕，忽报："荆州诸葛亮军师特遣马良奉书至

---

① 髡（kūn）钳为徒隶——髡钳：古代刑罚。即剃去头发（髡），铁环锁颈（钳）。徒隶：服苦役的犯人。

此。”玄德召入问之，马良礼毕曰：“荆州平安，不劳主公忧念。”遂呈上军师书信。玄德拆书观之，略云：

亮夜算太乙数，今年岁次癸巳，罡星在西方；又观乾象，太白临于雒城之分：主将帅身上多凶少吉。切宜谨慎。

玄德看了书，便教马良先回。玄德曰：“吾将回荆州，去论此事。”庞统暗思：“孔明怕我取了西川，成了功，故意将此书相阻耳。”乃对玄德曰：“统亦算太乙数[①]，已知罡星[②]在西，应主公合得西川，别不主凶事。统亦占天文，见太白临于雒城，先斩蜀将泠苞，已应凶兆矣。主公不可疑心，可急进兵。”

玄德见庞统再三催促，乃引军前进。黄忠同魏延接入寨去。庞统问法正曰：“前至雒城有多少路？”法正画地作图。玄德取张松所遗图本对之，并无差错。法正言：“山北有条大路，正取雒城东门；山南有条小路，却取雒城西门：两条路皆可进兵。”庞统谓玄德曰：“统令魏延为先锋，取南小路而进；主公令黄忠作先锋，从山北大路而进：并到雒城取齐。”玄德曰：“吾自幼熟于弓马，多行小路。军师可从大路去取东门，吾取西门。”庞统曰：“大路必有军邀拦，主公引兵当之。统取小路。”玄德曰：“军师不可。吾夜梦一神人，手执铁棒击吾右臂，觉来犹自臂疼。此行莫非不佳？”庞统曰：“壮士临阵，不死带伤，理之自然也，何故以梦寐之事疑心乎？”玄德曰：“吾所疑者，孔明之书也。军师还守涪关，如何？”庞统大笑曰：“主公被孔明所惑矣。彼不欲令统独成大功，故作此言，以疑主公之心。心疑则致梦，何凶之有？统肝脑涂地，方称本心。主公再勿多言，来早准行。”

当日传下号令：军士五更造饭，平明上马。黄忠、魏延领军

---

① 太乙数——亦作“太一数”。古代占卜术之一。即用太乙行九宫法占卜吉凶、治乱。

② 罡（gāng）星——星名。即北斗星的斗柄。

先行。玄德再与庞统约会，忽坐下马眼生前失，把庞统掀将下来。玄德跳下马，自来笼住那马。玄德曰："军师何故乘此劣马？"庞统曰："此马乘久，不曾如此。"玄德曰："临阵眼生，误人性命。吾所骑白马，性极驯熟，军师可骑，万无一失。劣马吾自乘之。"遂与庞统更换所骑之马。庞统谢曰："深感主公厚恩，虽万死亦不能报也。"遂各上马取路而进。玄德见庞统去了，心中甚觉不快，怏怏而行。

却说雒城中吴懿、刘璝听知折了泠苞，遂与众商议。张任曰："城东南山僻有一条小路，最为要紧，某自引一军守之。诸公紧守雒城，勿得有失。"忽报汉兵分两路前来攻城。张任急引三千军，先来抄小路埋伏。见魏延兵过，张任教尽放过去，休得惊动。后见庞统军来，张任军士遥指军中大将："骑白马者必是刘备。"张任大喜，传令教如此如此。

却说庞统迤逦前进，抬头见两山逼窄，树木丛杂，又值夏末秋初，枝叶茂盛。庞统心下甚疑，勒住马问："此处是何地？"数内[①]有新降军士指道："此处地名落凤坡。"庞统惊曰："吾道号凤雏，此处名落凤坡，不利于吾。"令后军疾退。只听山坡前一声炮响，箭如飞蝗，只望骑白马者射来。可怜庞统竟死于乱箭之下，时年止三十六岁。后人有诗叹曰：

古岘相连紫翠堆，士元有宅傍山隈。
儿童惯识呼鸠曲，闾巷曾闻展骥才。
预计三分平刻削，长驱万里独徘徊。
谁知天狗流星坠，不使将军衣锦回。

先是东南有童谣云：

一凤并一龙，相将到蜀中。
才到半路里，凤死落坡东。

---

① 数（shǔ）内——其中，里头。

风送雨，雨随风，

隆汉兴时蜀道通，蜀道通时只有龙。

当日张任射死庞统，汉军拥塞，进退不得，死者大半。前军飞报魏延。魏延忙勒兵欲回，奈山路逼窄，厮杀不得。又被张任截断归路，在高阜处用强弓硬弩射来。魏延心慌。有新降蜀兵曰："不如杀奔雒城下，取大路而进。"延从其言，当先开路，杀奔雒城来。尘埃起处，前面一军杀至，乃雒城守将吴兰、雷铜也；后面张任引兵追来：前后夹攻，把魏延围在垓心，魏延死战不能得脱。但见吴兰、雷铜后军自乱，二将急回马去救。魏延乘势赶去，当先一将，舞刀拍马，大叫："文长，吾特来救汝！"视之，乃老将黄忠也。两下夹攻，杀败吴、雷二将，直冲至雒城之下。刘璝引兵杀出，却得玄德在后当住接应，黄忠、魏延翻身便回。玄德军马比及奔到寨中，张任军马又从小路里截出，刘璝、吴兰、雷铜当先赶来。玄德守不住二寨，且战且走，奔回涪关。蜀兵得胜，迤逦追赶。玄德人困马乏，那里有心厮杀，且只顾奔走。将近涪关，张任一军追赶至紧，幸得左边刘封，右边关平，二将领三万生力军截出，杀退张任，还赶二十里，夺回战马极多。

玄德一行军马再入涪关，问庞统消息。有落凤坡逃得性命的军士报说："军师连人带马，被乱箭射死于坡前。"玄德闻言，望西痛哭不已，遥为招魂设祭。诸将皆哭。黄忠曰："今番折了庞统军师，张任必然来攻打涪关，如之奈何？不若差人往荆州，请诸葛军师来，商议收川之计。"正说之间，人报张任引军直临城下搦战。黄忠、魏延皆要出战。玄德曰："锐气新挫，宜坚守，以待军师来到。"黄忠、魏延领命，只谨守城池。玄德写一封书，教关平分付："你与我往荆州请军师去。"关平领了书，星夜往荆州来。玄德自守涪关，并不出战。

却说孔明在荆州，时当七夕佳节，大会众官夜宴，共说收川之事。只见正西上一星，其大如斗，从天坠下，流光四散。孔明失惊，掷杯于地，掩面哭曰："哀哉！痛哉！"众官慌问其故，孔明曰："吾前者算今年罡星在西方，不利于军师；天狗[①]犯于吾军，太白临于雒城：已拜书主公，教谨防之。谁想今夕西方星坠，庞士元命必休矣！"言罢，大哭曰："今吾主丧一臂矣！"众官皆惊，未信其言。孔明曰："数日之内，必有消息。"是夕酒不尽欢而散。

数日之后，孔明与云长等正坐间，人报关平到，众官皆惊。关平入，呈上玄德书信。孔明视之，内言：

> 本年七月初七日，庞军师被张任在落凤坡前箭射身故。

孔明大哭，众官无不垂泪。孔明曰："既主公在涪关进退两难之际，亮不得不去。"云长曰："军师去，谁人保守荆州？荆州乃重地，干系非轻。"孔明曰："主公书中虽不明言其人，吾已知其意了。"乃将玄德书与众官看曰："主公书中，把荆州托在吾身上，教我自量才委用。虽然如此，今教关平赍书前来，其意欲云长公当此重任。云长想桃园结义之情，可竭力保守此地。责任非轻，公宜勉之。"云长更不推辞，慨然领诺。孔明设宴，交割印绶。云长双手来接，孔明擎着印曰："这干系都在将军身上。"云长曰："大丈夫既领重任，除死方休。"孔明见云长说个"死"字，心中不悦，欲待不与，其言已出。孔明曰："倘曹操引兵来到，当如之何？"云长曰："以力拒之。"孔明又曰："倘曹操、孙权齐起兵来，如之奈何？"云长曰："分兵拒之。"孔明曰："若如此，荆州危矣。吾有八个字，将军牢记，可保守荆州。"云长问："那八个字？"孔明曰："北拒曹操，东和孙权。"云长曰："军师之言，当铭肺腑。"

孔明遂与了印绶，令文官马良、伊籍、向朗、糜竺，武将糜芳、廖化、关平、周仓，一班儿辅佐云长，同守荆州。一面亲自统兵入川。先拨精兵一万，教张飞部领，取大路杀奔巴州、雒城

---

① 天狗——星名。古人以为此星的出现为凶兆。

之西，先到者为头功。又拨一枝兵，教赵云为先锋，溯江而上，会于雒城。孔明随后引简雍、蒋琬等起行。那蒋琬字公琰，零陵湘乡人也，乃荆襄名士，现为书记。

当日孔明引兵一万五千，与张飞同日起行。张飞临行时，孔明嘱付曰："西川豪杰甚多，不可轻敌。于路戒约三军，勿得掳掠百姓，以失民心。所到之处，并宜存恤，勿得恣逞鞭挞士卒。望将军早会雒城，不可有误。"

张飞欣然领诺，上马而去，迤逦前行。所到之处，但降者秋毫无犯。径取汉川路，前至巴郡。细作回报："巴郡太守严颜，乃蜀中名将，年纪虽高，精力未衰，善开硬弓，使大刀，有万夫不当之勇，据住城郭，不竖降旗。"张飞教离城十里下寨，差人入城去："说与老匹夫：早早来降，饶你满城百姓性命；若不归顺，即踏平城郭，老幼不留。"

却说严颜在巴郡闻刘璋差法正请玄德入川，拊心[①]而叹曰："此所谓独坐穷山，引虎自卫者也。"后闻玄德据住涪关，大怒，屡欲提兵往战，又恐这条路上有兵来。当日闻知张飞兵到，便点起本部五六千人马，准备迎敌。或献计曰："张飞在当阳长坂，一声喝退曹兵百万之众，曹操亦闻风而避之，不可轻敌。今只宜深沟高垒，坚守不出，彼军无粮，不过一月，自然退去。更兼张飞性如烈火，专要鞭挞士卒，如不与战，必怒，怒则必以暴厉之气待其军士。军心一变，乘势击之，张飞可擒也。"严颜从其言，教军士尽数上城守护。忽见一个军士大叫："开门！"严颜教放入问之。那军士告说是张将军差来的，把张飞言语依直便说。严颜大怒，骂："匹夫怎敢无礼！吾严将军岂降贼者乎？借你口说与张飞。"唤武士把军人割下耳鼻，却放回寨。

军人回见张飞，哭告严颜如此毁骂。张飞大怒，咬牙睁目，

① 拊（fǔ）心——拍胸。

披挂上马，引数百骑来巴郡城下搦战。城上众军百般痛骂。张飞性急，几番杀到吊桥，要过护城河，又被乱箭射回。到晚全无一个人出，张飞忍一肚气还寨。次日早晨，又引军去搦战。那严颜在城敌楼上，一箭射中张飞头盔。飞指而恨曰："若拿住你这老匹夫，我亲自食你肉！"到晚又空回。第三日，张飞引了军，沿城去骂。原来那座城子是个山城，周围都是乱山，张飞自乘马登山，下视城中。见军士尽皆披挂，分列队伍，伏在城中，只是不出；又见民夫来来往往，搬砖运石，相助守城。张飞教马军下马，步军皆坐，引他出敌，并无动静。又骂了一日，依旧空回。

张飞在寨中自思："终日叫骂，彼只不出，如之奈何？"猛然思得一计：教众军不要前去搦战，都结束了在寨中等候；却只教三五十个军士直去城下叫骂，引严颜军出来，便与厮杀。张飞磨拳擦掌，只等敌军来。小军连骂了三日，全然不出。张飞眉头一纵，又生一计：传令教军士四散砍打柴草，寻觅路径，不来搦战。严颜在城中，连日不见张飞动静，心中疑惑。着十数个小军，扮作张飞砍柴的军，潜地出城，杂在军内，入山中探听。

当日诸军回寨，张飞坐在寨中顿足大骂："严颜老匹夫！枉气杀我！"只见帐前三四个人说道："将军不须心焦。这几日打探得一条小路，可以偷过巴郡。"张飞故意大叫曰："既有这个去处，何不早来说？"众应曰："这几日却才哨探得出。"张飞曰："事不宜迟，只今二更造饭，趁三更明月，拔寨都起，人衔枚，马去铃，悄悄而行。我自前面开路，汝等依次而行。"传了令，便满寨告报。

探细的军听得这个消息，尽回城中来，报与严颜。颜大喜曰："我算定这匹夫忍耐不得。你偷小路过去，须是粮草辎重在后，我截住后路，你如何得过？好无谋匹夫，中我之计。"即时传令，教军士准备赴敌："今夜二更也造饭，三更出城，伏于树木丛杂去处。只等张飞过咽喉小路去了，车仗来时，只听鼓响，一齐杀出。”传了号令，看看近夜，严颜全军尽皆饱食，披挂停当，悄悄出城，四散伏住，只听鼓响。严颜自引十数裨将，下马伏于林中。

约三更后，遥望见张飞亲自在前，横矛纵马，悄悄引军前进。去不得三四里，背后车仗人马，陆续进发。严颜看得分晓，一齐擂鼓，四下伏兵尽起。正来抢夺车仗，背后一声锣响，一彪军掩到，大喝：“老贼休走！我等的你恰好。”严颜猛回头看时，为首一员大将，豹头环眼，燕颔虎须，使丈八矛，骑深乌马，乃是张飞。四下里锣声大震，众军杀来。严颜见了张飞，举手无措。交马战不十合，张飞卖个破绽，严颜一刀砍来，张飞闪过，撞将入去，扯住严颜勒甲绦，生擒过来，掷于地下。众军向前，用索绑缚住了。原来先过去的是假张飞。料道严颜击鼓为号，张飞却教鸣金为号，金响诸军齐到。川兵大半弃甲倒戈而降。

张飞杀到巴郡城下，后军已自入城。张飞叫休杀百姓，出榜安民。群刀手把严颜推至。飞坐于厅上，严颜不肯下跪。飞怒目咬牙，大叱曰：“大将到此，何为不降，而敢拒敌？”严颜全无惧色，回叱飞曰：“汝等无义，侵我州郡。但有断头将军，无降将军。”飞大怒，喝左右斩来。严颜喝曰：“贼匹夫！砍头便砍，何怒也？”张飞见严颜声音雄壮，面不改色，乃回嗔作喜，下阶喝退左右，亲解其缚，取衣衣之，扶在正中高坐，低头便拜曰：“适来言语冒渎，幸勿见责。吾素知老将军乃豪杰之士也。”严颜感其恩义，乃降。后人有诗赞严颜曰：

白发居西蜀，清名震大邦。
忠心如皎月，浩气卷长江。
宁可断头死，安能屈膝降。
巴州年老将，天下更无双。

又有赞张飞诗曰：

生获严颜勇绝伦，惟凭义气服军民。
至今庙貌留巴蜀，社酒鸡豚日日春。

张飞请问入川之计，严颜曰："败军之将，荷蒙厚恩，无可以报，愿施犬马之劳，不须张弓只箭，径取成都。"正是：

只因一将倾心后，致使连城唾手降。

未知其计如何，且看下文分解。

第六十四回

孔明定计捉张任　杨阜借兵破马超

却说张飞问计于严颜，颜曰：“从此取雒城，凡守御关隘，都是老夫所管，官军皆出于掌握之中。今感将军之恩，无可以报，老夫当为前部，所到之处，尽皆唤出拜降。”张飞称谢不已。于是严颜为前部，张飞领军随后。凡到之处，尽是严颜所管，都唤出投降。有迟疑未决者，颜曰：“我尚且投降，何况汝乎？”自是望风归顺，并不曾厮杀一场。

却说孔明已将起程日期申报玄德，教都会聚雒城。玄德与众官商议：“今孔明、翼德分两路取川，会于雒城，同入成都。水陆舟车，已于七月二十日起程，此时将及待到，今我等便可进兵。”黄忠曰：“张任每日来搦战，见城中不出，彼军懈怠，不做准备。今日夜间分兵劫寨，胜如白昼厮杀。”玄德从之，教黄忠引兵取左，魏延引兵取右，玄德取中路。当夜二更，三路军马齐发。张任果然不做准备，汉军拥入大寨，放起火来，烈焰腾空。蜀兵奔走，连夜直赶到雒城，城中兵接应入去。玄德还中路下寨。

次日，引兵直到雒城，围住攻打。张任按兵不出。攻到第四日，玄德自提一军攻打西门，令黄忠、魏延在东门攻打，留南门、北门放军行走。原来南门一带都是山路，北门有涪水，因此不围。张任望见玄德在西门骑马往来，指挥打城，从辰至未，人马渐渐力乏。张任教吴兰、雷铜二将引兵出北门，转东门，敌黄忠、魏延；自己却引军出南门，转西门，单迎玄德。城内尽拨民兵上城，擂鼓助喊。

却说玄德见红日平西，教后军先退。军士方回身，城上一片声喊起，南门内军马突出，张任径来军中捉玄德。玄德军中大乱，黄忠、魏延又被吴兰、雷铜敌住，两下不能相顾。玄德敌不住张任，拨马往山僻小路而走。张任从背后追来，看看赶上。玄德独自一人一马，张任引数骑赶来。玄德正望前尽力加鞭而行，忽山路一军冲来。玄德马上叫苦曰："前有伏兵，后有追兵，天亡我也！"只见来军当头一员大将，乃是张飞。原来张飞与严颜正从那条路上来，望见尘埃起，知与川兵交战，张飞当先而来，正撞着张任，便就交马。战到十馀合，背后严颜引兵大进，张任火速回身。张飞直赶到城下，张任退入城，拽起吊桥。

张飞回见玄德曰："军师溯江而来，尚且未到，反被我夺了头功。"玄德曰："山路险阻，如何无军阻当，长驱大进，先到于此？"张飞曰："于路关隘四十五处，皆出老将严颜之功，因此于路并不曾费分毫之力。"遂把义释严颜之事，从头说了一遍，引严颜见玄德。玄德谢曰："若非老将军，吾弟安能到此？"即脱身上黄金锁子甲以赐之。严颜拜谢。

正待安排宴饮，忽闻哨马回报："黄忠、魏延和川将吴兰、雷铜交锋，城中吴懿、刘璝又引兵助战，两下夹攻，我军抵敌不住，魏、黄二将败阵投东去了。"张飞听得，便请玄德分兵两路，杀去救援。于是张飞在左，玄德在右，杀奔前来。吴懿、刘璝见后面喊声起，慌退入城中。吴兰、雷铜只顾引兵追赶黄忠、魏延，却被玄德、张飞截住归路。黄忠、魏延又回马转攻。吴兰、雷铜料敌不住，只得将本部军马前来投降。玄德准其降，收兵近城下寨。

却说张任失了二将，心中忧虑。吴懿、刘璝曰："兵势甚危，不决一死战，如何得兵退？一面差人去成都见主公告急，一面用计敌之。"张任曰："吾来日领一军搦战，诈败，引转城北；城内再以一军冲出，截断其中：可获胜也。”吴懿曰：“刘将军相辅公子守城，我引兵冲出助战。”约会已定。

次日，张任引数千人马，摇旗呐喊，出城搦战。张飞上马出迎，更不打话，与张任交锋。战不十馀合，张任诈败，绕城而走。张飞尽力追之。吴懿一军截住，张任引军复回，把张飞围在垓心，进退不得。正没奈何，只见一队军从江边杀出，当先一员大将挺枪跃马，与吴懿交锋，只一合，生擒吴懿，战退敌军，救出张飞。视之，乃赵云也。飞问：“军师何在？”云曰：“军师已至，想此时已与主公相见了也。”二人擒吴懿回寨。张任自退入东门去了。

张飞、赵云回寨中，见孔明、简雍、蒋琬已在帐中。飞下马来参军师。孔明惊问曰：“如何得先到？”玄德具述义释严颜之事。孔明贺曰：“张将军能用谋，皆主公之洪福也。”赵云解吴懿见玄德，玄德曰：“汝降否？”吴懿曰：“我既被捉，如何不降？”玄德大喜，亲解其缚。孔明问：“城中有几人守城？”吴懿曰：“有刘季玉之子刘循，辅将刘璝、张任。刘璝不打紧；张任乃蜀郡人，极有胆略，不可轻敌。”孔明曰：“先捉张任，然后取雒城。”问：“城东这座桥，名为何桥？”吴懿曰：“金雁桥。”

孔明遂乘马至桥边，绕河看了一遍。回到寨中，唤黄忠、魏延听令曰：“离金雁桥南五六里，两岸都是芦苇蒹葭[①]，可以埋伏。魏延引一千枪手伏于左，单戳马上将；黄忠引一千刀手伏于右，单砍坐下马。杀散彼军，张任必投山东小路而来，张翼德引一千军伏在那里，就彼处擒之。”又唤赵云：“伏于金雁桥北，待我引张任过桥，你便将桥拆断，却勒兵于桥北，遥为之势，使张任不敢望北走，退投南去，却好中计。”调遣已定，军师自去诱敌。

却说刘璋差卓膺、张翼二将前至雒城助战。张任教张翼与刘璝守城，自与卓膺为前后二队：任为前队，膺为后队，出城退敌。

① 蒹葭（jiān jiā）——泛指芦苇。蒹：没有长穗的芦苇。葭：初生的嫩芦苇。

孔明引一队不整不齐军，过金雁桥来，与张任对阵。孔明乘四轮车，纶巾羽扇而出，两边百馀骑簇捧，遥指张任曰："曹操以百万之众，闻吾之名，望风而走。今汝何人，敢不投降？"张任看见孔明军伍不齐，在马上冷笑曰："人说诸葛亮用兵如神，原来有名无实。"把枪一招，大小军校齐杀过来。孔明弃了四轮车，上马退走过桥。张任从背后赶来。过了金雁桥，见玄德军在左，严颜军在右，冲杀将来。张任知是计，急回军时，桥已拆断了；欲投北去，只见赵云一军隔岸摆开，遂不敢投北，径往南绕河而走。走不到五七里，早到芦苇丛杂处：魏延一军从芦中忽起，都用长枪乱戳；黄忠一军伏在芦苇里，用长刀只剁马蹄。马军尽倒，皆被执缚。步军那里敢来。张任引数十骑望山路而走，正撞着张飞。张任方欲退走，张飞大喝一声，众军齐上，将张任活捉了。

原来卓膺见张任中计，已投赵云军前降了，一发都到大寨。玄德赏了卓膺。张飞解张任至，孔明亦坐于帐中。玄德谓张任曰："蜀中诸将，望风而降，汝何不早投降？"张任睁目怒叫曰："忠臣岂肯事二主乎？"玄德曰："汝不识天时耳。降即免死。"任曰："今日便降，久后也不降。可速杀我。"玄德不忍杀之。张任厉声高骂。孔明命斩之，以全其名。后人有诗赞曰：

> 烈士岂甘从二主，张君忠勇死犹生。
> 高明正似天边月，夜夜流光照雒城。

玄德感叹不已，令收其尸首，葬于金雁桥侧，以表其忠。

次日，令严颜、吴懿等一班蜀中降将为前部，直至雒城，大叫："早开门受降，免一城生灵受苦。"刘璝在城上大骂。严颜方待取箭射之，忽见城上一将拔剑砍翻刘璝，开门投降。玄德军马入雒城。刘循开西门走脱，投成都去了。玄德出榜安民。杀刘璝者，乃武阳人张翼也。玄德得了雒城，重赏诸将。

孔明曰："雒城已破，成都只在目前。惟恐外州郡不宁，可令张翼、吴懿引赵云抚外水[①]江阳、犍为等处所属州郡，令严颜、卓膺引张飞抚巴西德阳所属州郡，就委官按治平靖[②]，即勒兵回成都取齐。”张飞、赵云领命，各自引兵去了。

孔明问：“前去有何处关隘？”蜀中降将曰：“止绵竹有重兵守御，若得绵竹，成都唾手可得。”孔明便商议进兵。法正曰：“雒城既破，蜀中危矣。主公欲以仁义服众，且勿进兵。某作一书上刘璋，陈说利害，璋自然降矣。”孔明曰：“孝直之言最善。”便令写书，遣人径往成都。

却说刘循逃回见父，说雒城已陷。刘璋慌聚众官商议。从事郑度献策曰：“今刘备虽攻城夺地，然兵不甚多，士众[③]未附，野谷是资[④]，军无辎重。不如尽驱巴西、梓潼民过涪水以西，其仓廪野谷尽皆烧除；深沟高垒，静以待之，彼至请战，勿许。久无所资，不过百日，彼兵自走。我乘虚击之，备可擒也。”刘璋曰：“不然。吾闻拒敌以安民，未闻动民以备敌也。此言非保全之计。”

正议间，人报法正有书至。刘璋唤入，呈上书。璋拆开视之，其略曰：

> 昨蒙遣差结好荆州，不意主公左右不得其人，以致如此。今荆州眷念旧情，不忘族谊。主公若能幡然归顺，量不薄待。望三思裁示。

刘璋大怒，扯毁其书，大骂：“法正卖主求荣、忘恩背义之贼！”逐其使者出城。即时遣女婿费观，提兵前去守把绵竹。费观保举南阳人，姓李名严，字正方，一同领兵。当下费观、李严点三万军，来守绵竹。

益州太守董和，字幼宰，南郡枝江人也，上书与刘璋，请往

---

① 外水——岷江的别名。古代以涪江为内水，岷江为外水。

② 按治平靖——稽察治理，使社会安定。

③ 士众——泛指百姓。

④ 野谷是资——即靠田中未收割的庄稼为军粮。

汉中借兵。璋曰："张鲁与吾世仇，安肯相救？"和曰："虽然与我有仇，刘备军在雒城，势在危急，唇亡则齿寒，若以利害说之，必然肯从。"璋乃修书，遣使前赴汉中。

却说马超自兵败入羌，二载有馀，结好羌兵，攻拔陇西州郡，所到之处，尽皆归降。惟冀城攻打不下，刺史韦康累遣人求救于夏侯渊。渊不得曹操言语，未敢动兵。韦康见救兵不来，与众商议："不如投降马超。"参军杨阜哭谏曰："超等叛君之徒，岂可降之？"康曰："事势至此，不降何待？"阜苦谏不从，韦康大开城门，投拜马超。超大怒曰："汝今事急请降，非真心也。"将韦康四十馀口尽斩之，不留一人。有人言："杨阜劝韦康休降，可斩之。"超曰："此人守义，不可斩也。"复用杨阜为参军。阜荐梁宽、赵衢二人，超尽用为军官。杨阜告马超曰："阜妻死于临洮，乞告两个月假，归葬某妻便回。"马超从之。

杨阜过历城，来见抚彝将军姜叙。叙与阜是姑表兄弟，叙之母是阜之姑，时年已八十二。当日，杨阜入姜叙内宅，拜见其姑，哭告曰："阜守城不能保，主亡不能死，愧无面目见姑。马超叛君，妄杀郡守，一州士民，无不恨之。今吾兄坐据历城，竟无讨贼之心，此岂人臣之理乎？"言罢，泪流出血。叙母闻言，唤姜叙入，责之曰："韦使君遇害，亦尔之罪也。"又谓阜曰："汝既降人，且食其禄，何故又兴心[①]讨之？"阜曰："吾从贼者，欲留残生，与主报冤也。"叙曰："马超英勇，急难图之。"阜曰："有勇无谋，易图也。吾已暗约下梁宽、赵衢，兄若肯兴兵，二人必为内应。"叙母曰："汝不早图，更待何时？谁不有死，死于忠义，死得其所也。勿以我为念。汝若不听义山之言，吾当先死，以绝汝念。"

叙乃与统兵校尉尹奉、赵昂商议。原来赵昂之子赵月现随马

① 兴心——生心，产生某种念头。

超为裨将。赵昂当日应允，归见其妻王氏曰："吾今日与姜叙、杨阜、尹奉一处商议，欲报韦康之仇。吾想子赵月现随马超，今若兴兵，超必先杀吾子，奈何？"其妻厉声曰："雪君父之大耻，虽丧身亦不惜，何况一子乎？君若顾子而不行，吾当先死矣。"赵昂乃决。次日，一同起兵，姜叙、杨阜屯历城，尹奉、赵昂屯祁山。王氏乃尽将首饰资帛，亲自往祁山军中赏劳军士，以励其众。

马超闻姜叙、杨阜会合尹奉、赵昂举事，大怒，即将赵月斩之。令庞德、马岱尽起军马，杀奔历城来；姜叙、杨阜引兵出。两阵圆处，杨阜、姜叙衣白袍而出，大骂曰："叛君无义之贼！"马超大怒，冲将过来，两军混战。姜叙、杨阜如何抵得马超，大败而走。马超驱兵赶来，背后喊声起处，尹奉、赵昂杀来。超急回时，两下夹攻，首尾不能相顾。正斗间，刺斜里大队军马杀来。原来是夏侯渊得了曹操军令，正领军来破马超。超如何当得三路军马，大败奔回。

走了一夜，比及平明，到得冀城叫门时，城上乱箭射下。梁宽、赵衢立在城上，大骂马超；将马超妻杨氏从城上一刀砍了，撇下尸首来；又将马超幼子三人并至亲十馀口，都从城上一刀一个，剁将下来。超气噎塞胸，几乎坠下马来。背后夏侯渊引兵追赶。超见势大，不敢恋战，与庞德、马岱杀开一条路走，前面又撞见姜叙、杨阜，杀了一阵，冲得过去；又撞着尹奉、赵昂，杀了一阵。零零落落，剩得五六十骑，连夜奔走。

四更前后，走到历城下，守门者只道姜叙兵回，大开城门接入。超从城南门边杀起，尽洗城中百姓。至姜叙宅，拿出老母。母全无惧色，指马超而大骂。超大怒，自取剑杀之。尹奉、赵昂全家老幼，亦尽被马超所杀。昂妻王氏因在军中，得免于难。

次日，夏侯渊大军至，马超弃城杀出，望西而逃。行不得二十里，前面一军摆开，为首的是杨阜。超切齿而恨，拍马挺枪刺之。阜宗弟[1]七人，一齐来助战。马岱、庞德敌住后军，宗弟七人，皆被马超杀死。阜身中五枪，犹然死战。后面夏侯渊大军赶来，马超遂走，只有庞德、马岱五七骑后随而去。夏侯渊自行安抚陇西诸州人民，令姜叙等各各分守；用车载杨阜赴许都，见曹操。操封阜为关内侯。阜辞曰："阜无捍难之功，又无死难之节，于法当诛，何颜受职？"操嘉之，卒与之爵。

却说马超与庞德、马岱商议，径往汉中投张鲁。张鲁大喜，以为得马超，则西可以吞益州，东可以拒曹操，乃商议欲以女招超为婿。大将杨柏谏曰："马超妻子遭惨祸，皆超之贻害也，主公岂可以女与之？"鲁从其言，遂罢招婿之议。或以杨柏之言告知马超，超大怒，有杀杨柏之意。杨柏知之，与兄杨松商议，亦有图马超之心。

正值刘璋遣使求救于张鲁，鲁不从。忽报刘璋又遣黄权到。权先来见杨松，说："东西两川，实为唇齿，西川若破，东川亦难保矣。今若肯相救，当以二十州相酬。"松大喜，即引黄权来见张鲁，说唇齿利害，更以二十州相谢。鲁喜其利，从之。巴西阎圃谏曰："刘璋与主公世仇，今事急求救，诈许割地，不可从也。"忽阶下一人进曰："某虽不才，愿乞一旅之师，生擒刘备，务要割地以还。"正是：

方看真主来西蜀，又见精兵出汉中。

未知其人是谁，且看下文分解。

① 宗弟——族弟，本家兄弟。

第六十五回

马超大战葭萌关　刘备自领益州牧

却说阎圃正劝张鲁勿助刘璋，只见马超挺身出曰："超感主公之恩，无可上报，愿领一军攻取葭萌关，生擒刘备，务要刘璋割二十州奉还主公。"张鲁大喜，先遣黄权从小路而回，随即点兵二万与马超。此时庞德卧病不能行，留于汉中。张鲁令杨柏监军。超与弟马岱选日起程。

却说玄德军马在雒城，法正所差下书人回报说："郑度劝刘璋尽烧野谷，并各处仓廪，率巴西之民避于涪水西，深沟高垒而不战。"玄德、孔明闻之，皆大惊曰："若用此言，吾势危矣。"法正笑曰："主公勿忧，此计虽毒，刘璋必不能用也。"不一日，人传刘璋不肯迁动百姓，不从郑度之言。玄德闻之，方始宽心。孔明曰："可速进兵取绵竹，如得此处，成都易取矣。"遂遣黄忠、魏延领兵前进。

费观听知玄德兵来，差李严出迎，严领三千兵出。各布阵完，黄忠出马，与李严战四五十合，不分胜败。孔明在阵中教鸣金收军。黄忠回阵，问曰："正待要擒李严，军师何故收兵？"孔明曰："吾已见李严武艺，不可力取。来日再战，汝可诈败，引入山峪，出奇兵以胜之。"黄忠领计。

次日，李严再引兵来，黄忠又出战，不十合诈败，引兵便走。李严赶来，迤逦赶入山峪，猛然省悟，急待回来，前面魏延引兵摆开。孔明自在山头唤曰："公如不降，两下已伏强弩，欲与吾庞士元报仇矣。"李严慌下马，卸甲投降。军士不曾伤害一人。孔明引李严见玄德，玄德待之甚厚。严曰："费观虽是刘益州亲戚，与某甚密，当往说之。"玄德即命李严回城招降费观。严入绵竹城，对费观赞玄德如此仁德，今若不降，必有大祸。观从其言，开门投降。

玄德遂入绵竹，商议分兵取成都。忽流星马急报，言："孟达、霍峻守葭萌关，今被东川张鲁遣马超与杨柏、马岱领兵攻打甚急，救迟则关隘休矣。"玄德大惊。孔明曰："须是张、赵二将，方可与敌。"玄德曰："子龙引兵在外未回。翼德已在此，可急遣之。"孔明曰："主公且勿言，容亮激之。"

却说张飞闻马超攻关，大叫而入曰："辞了哥哥，便去战马超也。"孔明佯作不闻，对玄德曰："今马超侵犯关隘，无人可敌，除非往荆州取关云长来，方可与敌。"张飞曰："军师何故小觑吾？吾曾独拒曹操百万之兵，岂愁马超一匹夫乎？"孔明曰："翼德拒水断桥，此因曹操不知虚实耳，若知虚实，将军岂得无事？今马超之勇，天下皆知，渭桥六战，杀得曹操割须弃袍，几乎丧命，非等闲之比。云长且未必可胜。"飞曰："我只今便去，如胜不得马超，甘当军令。"孔明曰："既尔肯写文书，便为先锋。请主公亲自去一遭，留亮守绵竹。待子龙来，却作商议。"魏延曰："某亦愿往。"孔明令魏延带五百哨马先行，张飞第二，玄德后队，望葭萌关进发。

魏延哨马先到关下，正遇杨柏。魏延与杨柏交战，不十合，杨柏败走。魏延要夺张飞头功，乘势赶去。前面一军摆开，为首乃是马岱。魏延只道是马超，舞刀跃马迎之。与岱战不十合，岱败走，延赶去，被岱回身一箭，中了魏延左臂。延急回马走。马岱赶到关前，只见一将喊声如雷，从关上飞奔至面前。原来是张飞初到关上，听得关前厮杀，便来看时，正见魏延中箭，因骤马下关，救了魏延。飞喝马岱曰："汝是何人？先通姓名，然后厮杀。”马岱曰：“吾乃西凉马岱是也。”张飞曰：“你原来不是马超，快回去，非吾对手。只令马超那厮自来，说道燕人张飞在此。”马岱大怒曰：“汝焉敢小觑我？”挺枪跃马，直取张飞。战不十合，马岱败走。张飞欲待追赶，关上一骑马到来，叫：“兄弟且休去。”飞回视之，原来是玄德到来。飞遂不赶，一同上关。玄德曰：“恐怕你性躁，故我随后赶来到此。既然胜了马岱，且歇一宵，来日战马超。”

次日天明，关下鼓声大震，马超兵到。玄德在关上看时，门旗影里，马超纵骑持枪而出，狮盔兽带[1]，银甲白袍，一来结束非凡，二者人才出众。玄德叹曰：“人言‘锦马超’[2]，名不虚传！”张飞便要下关。玄德急止之曰：“且休出战，先当避其锐气。”关下马超单搦张飞出马。关上张飞恨不得平吞马超，三五番皆被玄德当住。

看看午后，玄德望见马超阵上人马皆倦，遂选五百骑，跟着张飞，冲下关来。马超见张飞军到，把枪望后一招，约退军有一箭之地。张飞军马一齐扎住，关上军马陆续下来。张飞挺枪出马，大呼：“认得燕人张翼德么？”马超曰：“吾家屡世公侯，岂识村野匹夫？”张飞大怒，两马齐出，二枪并举。约战百馀合，不分胜负。玄德观之，叹曰：“真虎将也！”恐张飞有失，急鸣金收军，两将各回。

张飞回到阵中，略歇马片时，不用头盔，只裹包巾上马，又出阵前搦马超厮杀。超又出，两个再战。玄德恐张飞有失，自披挂下关，直至阵前，看张飞与马超又斗百馀合，两个精神倍加。玄德教鸣金收军，二将分开，各回本阵。

是日天色已晚，玄德谓张飞曰：“马超英勇，不可轻敌，且退

① 狮盔兽带——以狮头作为装饰的头盔，带扣上有兽头作为装饰的腰带。

② 锦马超——形容马超相貌漂亮，穿着华丽。锦：有花纹的彩色丝织品。这里用作形容词。

上关，来日再战。”张飞杀得性起，那里肯休，大叫曰：“誓死不回！”玄德曰：“今日天晚，不可战矣。”飞曰：“多点火把，安排夜战。”马超亦换了马，再出阵前，大叫曰：“张飞，敢夜战么？”张飞性起，问玄德换了坐下马，抢出阵来，叫曰：“我捉你不得，誓不上关！”超曰：“我胜你不得，誓不回寨！”两军呐喊，点起千百火把，照耀如同白日。两将又向阵前鏖战。到二十馀合，马超拨回马便走。张飞大叫曰：“走那里去？”原来马超见赢不得张飞，心生一计：诈败佯输，赚张飞赶来，暗掣铜锤在手，扭回身觑着张飞便打将来。张飞见马超走，心中也提防，比及铜锤打来时，张飞一闪，从耳朵边过去。张飞便勒回马走时，马超却又赶来。张飞带住马，拈弓搭箭，回射马超，超却闪过。二将各自回阵。玄德自于阵前叫曰：“吾以仁义待人，不施谲诈。马孟起，你收兵歇息，我不乘势赶你。”马超闻言，亲自断后，诸军渐退。玄德亦收军上关。

次日，张飞又欲下关战马超，人报军师来到。玄德接着孔明，孔明曰：“亮闻孟起世之虎将，若与翼德死战，必有一伤。故令子龙、汉升守住绵竹，我星夜来此。可用条小计，令马超归降主公。”玄德曰：“吾见马超英勇，甚爱之，如何可得？”孔明曰：“亮闻东川张鲁欲自立为汉宁王，手下谋士杨松极贪贿赂。主公可差人从小路径投汉中，先用金银结好杨松，后进书与张鲁云：‘吾与刘璋争西川，是与汝报仇，不可听信离间之语。事定之后，保汝为汉宁王。’令其撤回马超兵。待其来撤时，便可用计招降马超矣。”

玄德大喜，即时修书，差孙乾赍金珠，从小路径至汉中。先来见杨松，说知此事，送了金珠。松大喜，先引孙乾见张鲁，陈言方便[①]。鲁曰：“玄德只是左将军，如何保得我为汉宁王？”杨松曰：“他是大汉皇叔，正合保奏。”张鲁大喜，便差人教马超罢

① 陈言方便——这里指转述交易。方便：利益。

兵。孙乾只在杨松家听回信。

不一日，使者回报："马超言未成功，不可退兵。"张鲁又遣人去唤，又不肯回。一连三次不至。杨松曰："此人素无信行，不肯罢兵，其意必反。"遂使人流言云："马超意欲夺西川，自为蜀主，与父报仇，不肯臣于汉中。"张鲁闻之，问计于杨松。松曰："一面差人去说与马超：'汝既欲成功，与汝一月限，要依我三件事，若依得便有赏，否则必诛：一要取西川，二要刘璋首级，三要退荆州兵。三件事不成，可献头来。'一面教张卫点军守把关隘，防马超兵变。"鲁从之，差人到马超寨中，说这三件事。超大惊曰："如何变得恁的？"乃与马岱商议："不如罢兵。"杨松又流言曰："马超回兵，必怀异心。"于是张卫分七路军坚守隘口，不放马超兵入。超进退不得，无计可施。

孔明谓玄德曰："今马超正在进退两难之际，亮凭三寸不烂之舌，亲往超寨，说马超来降。"玄德曰："先生乃吾之股肱心腹，倘有疏虞，如之奈何？"孔明坚意要去。玄德再三不肯放去。正踌躇间，忽报赵云有书荐西川一人来降。玄德召入问之，其人乃建宁俞元人也，姓李名恢，字德昂。玄德曰："向日闻公苦谏刘璋，今何故归我？"恢曰："吾闻良禽相[①]木而栖，贤臣择主而事。前谏刘益州者，以尽人臣之心。既不能用，知必败矣。今将军仁德布于蜀中，知事必成，故来归耳。"玄德曰："先生此来，必有益于刘备。"恢曰："今闻马超在进退两难之际，恢昔在陇西，与彼有一面之交，愿往说马超归降，若何？"孔明曰："正欲得一人替吾一往，愿闻公之说词。"李恢于孔明耳畔陈说如此如此。孔明大喜，即时遣行。

恢行至超寨，先使人通姓名。马超曰："吾知李恢乃辩士，今必来说我。"先唤二十刀斧手伏于帐下，嘱曰："令汝砍，即砍为肉

① 相——挑选，选择。

酱。”须臾，李恢昂然而入。马超端坐帐中不动，叱李恢曰：“汝来为何？”恢曰：“特来作说客。”超曰：“吾匣中宝剑新磨，汝试言之，其言不通，便请试剑。”恢笑曰：“将军之祸不远矣，但恐新磨之剑，不能试吾之头，将欲自试也。”超曰：“吾有何祸？”恢曰：“吾闻越之西子[①]，善毁者不能闭其美；齐之无盐[②]，善美者不能掩其丑。日中则昃，月满则亏[③]，此天下之常理也。今将军与曹操有杀父之仇，而陇西又有切齿之恨；前不能救刘璋而退荆州之兵，后不能制杨松而见张鲁之面；目下四海难容，一身无主。若复有渭桥之败，冀城之失，何面目见天下之人乎？”超顿首谢曰：“公言极善，但超无路可行。”恢曰：“公既听吾言，帐下何故伏刀斧手？”超大惭，尽叱退。恢曰：“刘皇叔礼贤下士，吾知其必成，故舍刘璋而归之。公之尊人，昔年曾与皇叔约共讨贼，公何不背暗投明，以图上报父仇，下立功名乎？”马超大喜，即唤杨柏入，一剑斩之，将首级共恢一同上关来降玄德。玄德亲自接入，待以上宾之礼。超顿首谢曰：“今遇明主，如拨云雾而见青天。”

时孙乾已回。玄德复命霍峻、孟达守关，便撤兵来取成都。赵云、黄忠接入绵竹。人报蜀将刘晙、马汉引军到。赵云曰：“某愿往擒此二人。”言讫，上马引军出。玄德在城上管待马超吃酒，未曾安席，子龙已斩二人之头，献于筵前。马超亦惊，倍加敬重。超曰：“不须主公军马厮杀，超自唤出刘璋来降；如不肯降，超自与弟马岱取成都，双手奉献。”玄德大喜，是日尽欢。

却说败兵回到益州报刘璋，璋大惊，闭门不出。人报城北马超救兵到，刘璋方敢登城望之。见马超、马岱立于城下大叫：“请

① 西子——即春秋时越国美女西施。参见第四十四回“范蠡献西施之计”条注。

② 无盐——战国时齐国丑女。本名钟灵春，因生于无盐邑，故称“无盐”或“无盐女”。因其极有智慧，被齐宣王立为王后。后遂为丑女的代称。

③ 日中则昃（zè），月满则亏——比喻事物发展到极限，就要向相反的方向转化。昃：太阳偏西。

刘季玉答话。”刘璋在城上问之，超在马上以鞭指曰：“吾本领张鲁兵来救益州，谁想张鲁听信杨松谗言，反欲害我。今已归降刘皇叔。公可纳土拜降，免致生灵受苦；如或执迷，吾先攻城矣。”刘璋惊得面如土色，气倒于城上。众官救醒，璋曰：“吾之不明，悔之何及！不若开门投降，以救满城百姓。”董和曰：“城中尚有兵三万馀人，钱帛粮草可支一年，奈何便降？”刘璋曰：“吾父子在蜀二十馀年，无恩德以加百姓；攻战三年，血肉捐于草野：皆我罪也，我心何安？不如投降以安百姓。”众人闻之，皆堕泪。忽一人进曰：“主公之言，正合天意。”视之，乃巴西西充国[1]人也，姓谯名周，字允南。此人素晓天文。璋问之，周曰：“某夜观乾象，见群星聚于蜀郡。其大星光如皓月，乃帝王之象也。况一载之前，小儿谣云：‘若要吃新饭，须待先主来。’此乃预兆，不可逆天道。”黄权、刘巴闻言皆大怒，欲斩之，刘璋当住。忽报：“蜀郡太守许靖逾城出降矣。”刘璋大哭归府。

次日，人报刘皇叔遣幕宾简雍在城下唤门。璋令开门接入。雍坐车中，傲睨自若。忽一人掣剑大喝曰：“小辈得志，旁若无人。汝敢藐视吾蜀中人物耶？”雍慌下车迎之。此人乃广汉绵竹人也，姓秦名宓，字子敕。雍笑曰：“不识贤兄，幸勿见责。”遂同入见刘璋，具说玄德宽洪大度，并无相害之意。于是刘璋决计投降，厚待简雍。次日，亲赍印绶、文籍，与简雍同车出城投降。玄德出寨迎接，握手流涕曰：“非吾不行仁义，奈势不得已也。”共入寨，交割印绶、文籍，并马入城。

玄德入成都，百姓香花灯烛，迎门而接。玄德到公厅，升堂坐定。郡内诸官皆拜于堂下，惟黄权、刘巴闭门不出。众将忿怒，欲往杀之。玄德慌忙传令曰：“如有害此二人者，灭其三族！”玄德亲自登门，请二人出仕。二人感玄德恩礼，乃出。

---

① 西充国——地名，在今四川南充县西北。

孔明请曰："今西川平定，难容二主，可将刘璋送去荆州。"玄德曰："吾方得蜀郡，未可令季玉远去。"孔明曰："刘璋失基业者，皆因太弱耳。主公若以妇人之仁，临事不决，恐此土难以长久。"玄德从之，设一大宴，请刘璋收拾财物，佩领振威将军印绶，令将妻子良贱尽赴南郡公安住歇，即日起行。

玄德自领益州牧，其所降文武，尽皆重赏，定拟名爵：严颜为前将军，法正为蜀郡太守，董和为掌军中郎将，许靖为左将军长史，庞义为营中司马，刘巴为左将军，黄权为右将军。其馀吴懿、费观、彭羕、卓膺、李严、吴兰、雷铜、李恢、张翼、秦宓、谯周、吕义、霍峻、邓芝、杨洪、周群、费祎、费诗、孟达，文武投降官员共六十馀人，并皆擢用[①]。诸葛亮为军师，关云长为荡寇将军、汉寿亭侯，张飞为征虏将军、新亭侯，赵云为镇远将军，黄忠为征西将军，魏延为扬武将军，马超为平西将军。孙乾、简雍、糜竺、糜芳、刘封、吴班、关平、周仓、廖化、马良、马谡、蒋琬、伊籍，及旧日荆襄一班文武官员，尽皆升赏。遣使赍黄金五百斤、白银一千斤、钱五千万、蜀锦一千匹，赐与云长。其馀官将，给赏有差[②]。杀牛宰马，大饷士卒；开仓赈济百姓。军民大悦。

益州既定，玄德欲将成都有名田宅分赐诸官。赵云谏曰："益州人民屡遭兵火，田宅皆空。今当归还百姓，令安居复业，民心方服；不宜夺之为私赏也。"玄德大喜，从其言。

使诸葛军师定拟治国条例，刑法颇重。法正曰："昔高祖约法三章[③]，黎民皆感其德。愿军师宽刑省法，以慰民望。"孔明曰："君知其一，未知其二。秦用法暴虐，万民皆怨，故高祖以宽仁得之。今刘璋暗弱，德政不举，威刑不肃，君臣之道，渐以陵替。

① 擢（zhuó）用——选拔人才，量才任官。

② 给赏有差——按照官级给予不同的赏赐。差：区别。

③ 高祖约法三章——事见《史记·高祖本纪》：汉高祖刘邦攻克秦都咸阳后，为争取民心，废除了秦朝的苛法，并与民约定，只实行三条法律："杀人者死，伤人及盗抵罪。"

宠之以位，位极则残；顺之以恩，恩竭则慢。所以致弊，实由于此。吾今威之以法，法行则知恩；限之以爵，爵加则知荣。恩荣并济，上下有节，为治之道，于斯著矣[①]。”法正拜服。

自此，军民安靖[②]。四十一州地面，分兵镇抚，并皆平定。法正为蜀郡太守，凡平日一餐之德，睚眦[③]之怨，无不报复。或告孔明曰：“孝直太横，宜稍斥之。”孔明曰：“昔主公困守荆州，北畏曹操，东惮孙权，赖孝直为之辅翼，遂翻然翱翔，不可复制。今奈何禁止孝直，使不得少行其意耶？”因竟不问。法正闻之，亦自敛戢[④]。

一日，玄德正与孔明闲叙，忽报云长遣关平来谢所赐金帛。玄德召入。平拜罢，呈上书信曰：“父亲知马超武艺过人，要入川来，与之比试高低，教就禀伯父此事。”玄德大惊曰：“若云长入蜀，与孟起比试，势不两立。”孔明曰：“无妨，亮自作书回之。”玄德只恐云长性急，便教孔明写了书，发付关平星夜回荆州。平回至荆州，云长问曰：“我欲与马孟起比试，汝曾说否？”平答曰：“军师有书在此。”云长拆开视之，其书曰：

> 亮闻将军欲与孟起分别高下。以亮度之，孟起虽雄烈过人，亦乃黥布、彭越之徒耳，当与翼德并驱争先，犹未及美髯公之绝伦超群也。今公受任守荆州，不为不重，倘一入川，若荆州有失，罪莫大焉。惟冀明照。

云长看毕，自绰其髯笑曰：“孔明知我心也。”将书遍示宾客，遂无入川之意。

却说东吴孙权知玄德并吞西川，将刘璋逐于公安，遂召张昭、

① 于斯著矣——如此就成功了。

② 安靖——安定太平。

③ 睚眦（yá zì）——本义为发怒时瞪眼睛，借喻极小的仇恨。

④ 敛戢（jí）——收敛，节制。

顾雍商议曰："当初刘备借我荆州时，说取了西川，便还荆州。今已得巴蜀四十一州，须用取索汉上诸郡。如其不还，即动干戈。"张昭曰："吴中方宁，不可动兵。昭有一计，使刘备将荆州双手奉还主公。"正是：

西蜀方开新日月，东吴又索旧山川。

未知其计如何，且看下文分解。

第六十六回

关云长单刀赴会　伏皇后为国捐生

却说孙权要索荆州，张昭献计曰："刘备所倚仗者，诸葛亮耳。其兄诸葛瑾今仕于吴，何不将瑾老小执下，使瑾入川告其弟，令劝刘备交割荆州：'如其不还，必累及我老小。'亮念同胞之情，必然应允。"权曰："诸葛瑾乃诚实君子，安忍拘其老小？"昭曰："明教知是计策，自然放心。"权从之，召诸葛瑾老小，虚监在府；一面修书，打发诸葛瑾往西川去。不数日，早到成都，先使人报知玄德。玄德问孔明曰："令兄此来为何？"孔明曰："来索荆州耳。"玄德曰："何以答之？"孔明曰："只须如此如此。"

计会已定，孔明出郭接瑾，不到私宅，径入宾馆。参拜毕，瑾放声大哭。亮曰："兄长有事但说，何故发哀？"瑾曰："吾一家老小休矣！"亮曰："莫非为不还荆州乎？因弟之故，执下兄长老小，弟心何安？兄休忧虑，弟自有计还荆州便了。"

瑾大喜，即同孔明入见玄德，呈上孙权书。玄德看了，怒曰："孙权既以妹嫁我，却乘我不在荆州，竟将妹子潜地取去，情理难容！我正要大起川兵，杀下江南，报我之恨，却还想来索荆州乎？"孔明哭拜于地曰："吴侯执下亮兄长老小，倘若不还，吾兄将全家被戮。兄死，亮岂能独生？望主公看亮之面，将荆州还了东吴，全亮兄弟之情。"玄德再三不肯，孔明只是哭求。玄德徐徐曰："既如此，看军师面，分荆州一半还之：将长沙、零陵、桂阳三郡与他。"亮曰："既蒙见允，便可写书与云长，令交割三郡。"玄德曰："子瑜到彼，须用善言求吾弟。吾弟性如烈火，吾尚惧之，切宜仔细。”

瑾求了书，辞了玄德，别了孔明，登途径到荆州。云长请入中堂，宾主相叙。瑾出玄德书曰：“皇叔许先以三郡还东吴，望将军即日交割，令瑾好回见吾主。”云长变色曰：“吾与吾兄桃园结义，誓共匡扶汉室。荆州本大汉疆土，岂得妄以尺寸与人？‘将在外，君命有所不受’。虽吾兄有书来，我却只不还。”瑾曰：“今吴侯执下瑾老小，若不得荆州，必将被诛，望将军怜之。”云长曰：“此是吴侯谲计，如何瞒得我过？”瑾曰：“将军何太无面目[①]？”云长执剑在手曰：“休再言，此剑上并无面目。”关平告曰：“军师面上不好看，望父亲息怒。”云长曰：“不看军师面上，教你回不得东吴。”

瑾满面羞惭，急辞下船，再往西川见孔明。孔明已自出巡去了。瑾只得再见玄德，哭告云长欲杀之事。玄德曰：“吾弟性急，极难与言。子瑜可暂回，容吾取了东川、汉中诸郡，调云长往守之，那时方得交付荆州。”瑾不得已，只得回东吴见孙权，具言前事。孙权大怒曰：“子瑜此去，反复奔走，莫非皆是诸葛亮之计？”瑾曰：“非也。吾弟亦哭告玄德，方许将三郡先还，又无奈云长恃顽不肯。”孙权曰：“既刘备有先还三郡之言，便可差官前去长沙、零陵、桂阳三郡赴任，且看如何。”瑾曰：“主公所言极善。”权乃令瑾取回老小，一面差官往三郡赴任。

不一日，三郡差去官吏，尽被逐回，告孙权曰：“关云长不肯相容，连夜赶逐回吴，迟后者便要杀。”孙权大怒，差人召鲁肃，责之曰：“子敬昔为刘备作保，借吾荆州。今刘备已得西川，不肯归还，子敬岂得坐视？”肃曰：“肃已思得一计，正欲告主公。”权问：“何计？”肃曰：“今屯兵于陆口，使人请关云长赴会。若云长肯来，以善言说之；如其不从，伏下刀斧手杀之。如彼不肯来，随

① 面目——即情面，面子。

即进兵，与决胜负，夺取荆州便了。”孙权曰：“正合吾意，可即行之。”阚泽进曰：“不可。关云长乃世之虎将，非等闲可及，恐事不谐，反遭其害。”孙权怒曰：“若如此，荆州何日可得？”便命鲁肃速行此计。

肃乃辞孙权，至陆口，召吕蒙、甘宁商议，设宴于陆口寨外临江亭上。修下请书，选帐下能言快语一人为使，登舟渡江。江口关平问了，遂引使人入荆州，叩见云长，具道鲁肃相邀赴会之意，呈上请书。云长看书毕，谓来人曰：“既子敬相请，我明日便来赴宴。汝可先回。”使者辞去。

关平曰：“鲁肃相邀，必无好意，父亲何故许之？”云长笑曰：“吾岂不知耶？此是诸葛瑾回报孙权，说吾不肯还三郡，故令鲁肃屯兵陆口，邀我赴会，便索荆州。吾若不往，道吾怯矣。吾来日独驾小舟，只用亲随十馀人，单刀赴会，看鲁肃如何近我。”平谏曰：“父亲奈何以万金之躯，亲蹈虎狼之穴？恐非所以重伯父之寄托也。”云长曰：“吾于千枪万刃之中，矢石交攻之际，匹马纵横，如入无人之境，岂忧江东群鼠乎？”马良亦谏曰：“鲁肃虽有长者之风，但今事急，不容不生异心，将军不可轻往。”云长曰：“昔战国时赵人蔺相如无缚鸡之力，于渑池会[①]上，觑秦国君臣如无物，况吾曾学万人敌[②]者乎！既已许诺，不可失信。”良曰：“纵将军去，亦当有准备。”云长曰：“只教吾儿选快船十只，藏善水军五百，于江上等候。看吾认旗起处，便过江来。”平领命，自去准备。

却说使者回报鲁肃，说云长慨然应允，来日准到。肃与吕蒙商议：“此来若何？”蒙曰：“彼带军马来，某与甘宁各人领一军伏

① 渑池会——事见《史记·廉颇蔺相如列传》：战国时，秦国强而赵国弱。秦昭襄王欲侮辱赵惠王，约其相会于渑池（今河南渑池县西）。赵惠王不得已而赴会，上大夫蔺相如相随。秦王令赵王鼓瑟，且令秦御史加以纪录。蔺相如虽无缚鸡之力，却智勇无双，也请秦王击缻，秦王不肯。蔺相如怒曰：“五步之内，相如请得以颈血溅大王矣！”秦王只好击缻。蔺相如也令赵御史加以纪录。

② 万人敌——能够战胜万人的本领。指兵法。

于岸侧，放炮为号，准备厮杀；如无军来，只于庭后伏刀斧手五十人，就筵间杀之。”计会已定。

次日，肃令人于岸口遥望。辰时后，见江面上一只船来，梢公水手只数人；一面红旗风中招飐，显出一个大“关”字来。船渐近岸，见云长青巾绿袍，坐于船上。旁边周仓捧着大刀，八九个关西大汉各跨腰刀一口。鲁肃惊疑，接入庭内。叙礼毕，入席饮酒，举杯相劝，不敢仰视。云长谈笑自若。

酒至半酣，肃曰：“有一言诉与君侯[①]，幸垂听焉。昔日令兄皇叔使肃于吾主之前，保借荆州暂住，约于取川之后归还。今西川已得，而荆州未还，得毋失信乎？”云长曰：“此国家之事，筵间不必论之。”肃曰：“吾主只区区江东之地，而肯以荆州相借者，为念君侯等兵败远来，无以为资[②]故也。今已得益州，则荆州自应见还。乃[③]皇叔但肯先割三郡，而君侯又不从，恐于理上说不去。”云长曰：“乌林之役，左[④]将军亲冒矢石，戮力破敌，岂得徒劳而无尺土相资？今足下复来索地耶？”肃曰：“不然。君侯始与皇叔同败于长坂，计穷力竭，将欲远窜。吾主矜念[⑤]皇叔身无处所，不爱土地，使有所托足，以图后功。而皇叔愆德隳好[⑥]，已得西川，又占荆州，贪而背义，恐为天下所耻笑。惟君侯察之。”云长曰：“此皆吾兄之事，非某所宜与也[⑦]。”肃曰：“某闻君侯与皇叔桃园结义，誓同生死，皇叔即君侯也，何得推托乎？”

云长未及回答，周仓在阶下厉声言曰：“天下土地，惟有德者居之，岂独是汝东吴当有耶？”云长变色而起，夺周仓所捧大刀，

---

① 君侯——汉代对列侯的尊称。

② 资——依托，凭仗。这里指地盘。

③ 乃——然而，可是。

④ 左——通“佐”。辅佐，协助，帮助。

⑤ 矜念——怜悯，同情。

⑥ 愆（qiān）德隳（huī）好——有亏道德，有损交情。愆：过失，罪过。隳：毁坏，破坏。

⑦ 非某所宜与也——不是我该参与、过问的。某：自称，犹称我、吾。

立于庭中，目视周仓而叱曰："此国家之事，汝何敢多言！可速去。"仓会意，先到岸口，把红旗一招。关平船如箭发，奔过江东来。

云长右手提刀，左手挽住鲁肃手，佯推醉曰："公今请吾赴宴，莫提起荆州之事。吾今已醉，恐伤故旧之情。他日令人请公到荆州赴会，另作商议。"鲁肃魂不附体，被云长扯至江边。吕蒙、甘宁各引本部军欲出，见云长手提大刀，亲握鲁肃，恐肃被伤，遂不敢动。云长到船边，却才放手，早立于船首，与鲁肃作别。肃如痴似呆，看关公船已乘风而去。后人有诗赞关公曰：

　　藐视吴臣若小儿，单刀赴会敢平欺。
　　当年一段英雄气，尤胜相如在渑池。

云长自回荆州。

鲁肃与吕蒙共议："此计又不成，如之奈何？"蒙曰："可即申报主公，起兵与云长决战。"肃即时使人申报孙权。权闻之大怒，商议起倾国之兵，来取荆州。忽报："曹操又起三十万大军来也。"权大惊，且教鲁肃休惹荆州之兵，移兵向合淝、濡须，以拒曹操。

却说操将欲起程南征，参军傅干，字彦材，上书谏操。书略曰：

　　干闻用武则先威，用文则先德，威德相济，而后王业成。往者天下大乱，明公用武攘之，十平其九。今未承王命者，吴与蜀耳。吴有长江之险，蜀有崇山之阻，难以威胜。愚以为且宜增修文德，按甲寝兵，息军养士，待时而动。今若举数十万之众，顿长江之滨，倘贼凭险深藏，使我士马不得逞其能，奇变无所用其权，则天威屈矣。惟明公详察焉。

曹操览之，遂罢南征。兴设学校，延礼文士。于是侍中王粲、杜袭、卫凯、和洽四人议欲尊曹操为魏王。中书令荀攸曰："不可。丞相官至魏公，荣加九锡，位已极矣。今又进升王位，于理不可。”曹操闻之，怒曰：“此人欲效荀彧耶？”荀攸知之，忧愤成疾，卧病十数日而卒，亡年五十八岁。操厚葬之，遂罢魏王事。

一日，曹操带剑入宫，献帝正与伏后共坐。伏后见操来，慌忙起身。帝见曹操，战栗不已。操曰：“孙权、刘备各霸一方，不尊朝廷，当如之何？”帝曰：“尽在魏公裁处。”操怒曰：“陛下出此言，外人闻之，只道吾欺君也。”帝曰：“君若肯相辅则幸甚，不尔，愿垂恩相舍。”操闻言，怒目视帝，恨恨而出。左右或奏帝曰：“近闻魏公欲自立为王，不久必将篡位。”帝与伏后大哭。后曰：“妾父伏完常有杀操之心，妾今当修书一封，密与父图之。”帝曰：“昔董承为事不密，反遭大祸。今恐又泄漏，朕与汝皆休矣！”后曰：“旦夕如坐针毡，似此为人，不如早亡。妾看宦官中之忠义可托者，莫如穆顺，当令寄此书。”乃即召穆顺入屏后，退去左右近侍，帝、后大哭，告顺曰：“操贼欲为魏王，早晚必行篡夺之事。朕欲令后父伏完密图此贼，而左右之人俱贼心腹，无可托者。欲汝将皇后密书寄与伏完，量汝忠义，必不负朕。”顺泣曰：“臣感陛下大恩，敢不以死报。臣即请行。”后乃修书付顺。

顺藏书于发中，潜出禁宫，径至伏完宅，将书呈上。完见是伏后亲笔，乃谓穆顺曰：“操贼心腹甚众，不可遽图。除非江东孙权、西川刘备二处起兵于外，操必自往，此时却求在朝忠义之臣一同谋之，内外夹攻，庶可有济。”顺曰：“皇丈可作书复帝、后，求密诏，暗遣人往吴、蜀二处，令约会起兵，讨贼救主。”伏完即取纸写书付顺。顺乃藏于头髻内，辞完回宫。

原来早有人报知曹操，操先于宫门等候。穆顺回遇曹操，操问：“那里去来？”顺答曰：“皇后有病，命求医去。”操曰：“召得医人何在？”顺曰：“还未召至。”操喝左右，遍搜身上，并无夹带，放行。忽然风吹落其帽，操又唤回，取帽视之，遍观无物，还帽令戴。穆顺双手倒戴其帽，操心疑，令左右搜其头发中，搜出伏完书来。操看时，书中言欲结连孙、刘为外应。操大怒，执下穆顺，于密室问之，顺不肯招。操连夜点起甲兵三千，围住伏完私宅，老幼并皆拿下，搜出伏后亲笔之书，随将伏氏三族尽皆下狱。平明，使御林将军郗虑持节入宫，先收皇后玺绶。

是日，帝在外殿，见郗虑引三百甲兵直入，帝问曰："有何事？"虑曰："奉魏公命，收皇后玺。"帝知事泄，心胆皆碎。虑至后宫，伏后方起。虑便唤管玺绶人，索取玉玺而出。伏后情知事发，便于殿后椒房[①]内夹壁中藏躲。少顷，尚书令华歆引五百甲兵，入到后殿，问宫人："伏后何在？"宫人皆推不知。歆教甲兵打开朱户，寻觅不见。料在壁中，便喝甲士破壁搜寻。歆亲自动手，揪后头髻拖出。后曰："望免我一命。"歆叱曰："汝自见魏公诉去。"后披发跣足，二甲士推拥而出。

原来华歆素有才名，向与邴原、管宁相友善，时人称三人为一龙：华歆为龙头，邴原为龙腹，管宁为龙尾。一日，宁与歆共种园蔬，锄地见金。宁挥锄不顾；歆拾而视之，然后掷下。又一日，宁与歆同坐观书，闻户外传呼之声，有贵人乘轩而过。宁端坐不动，歆弃书往观。宁自此鄙歆之为人，遂割席分坐[②]，不复与之为友。后来管宁避居辽东，常戴白帽，坐卧一楼，足不履地，终身不肯仕魏；而歆乃先事孙权，后归曹操，至此乃有收捕伏皇后一事。后人有诗叹华歆曰：

华歆当日逞凶谋，破壁生将母后收。
助虐一朝添虎翼，骂名千载笑龙头。

又有诗赞管宁曰：

辽东传有管宁楼，人去楼空名独留。

① 椒房——本指汉代后妃所居椒房殿。因以花椒子和泥涂壁，取其温暖、芬芳、多子之义，故名。后来成为后妃所居宫室或后妃的代称。这里取前一义。

② 割席分坐——典出南朝宋人刘义庆《世说新语·德行》："管宁、华歆……又尝同席读书，有乘轩冕过门者，宁读如故，歆废书出看。宁割席分坐曰：'子非吾友也。'"后以"割席"或"割席分坐"喻朋友绝交。

笑杀子鱼贪富贵，岂如白帽自风流。

且说华歆将伏后拥至外殿。帝望见后，乃下殿抱后而哭。歆曰："魏公有命，可速行。"后哭谓帝曰："不能复相活耶？"帝曰："我命亦不知在何时也。"甲士拥后而去。帝捶胸大恸，见郗虑在侧，帝曰："郗公，天下宁有是事乎？"哭倒在地。郗虑令左右扶帝入宫。华歆拿伏后见操，操骂曰："吾以诚心待汝等，汝等反欲害我耶？吾不杀汝，汝必杀我。"喝左右乱棒打死。随即入宫，将伏后所生二子皆鸩杀之。当晚将伏完、穆顺等宗族二百馀口皆斩于市。朝野之人，无不惊骇。时建安十九年十一月也。后人有诗叹曰：

曹瞒凶残世所无，伏完忠义欲何如。
可怜帝后分离处，不及民间妇与夫。

献帝自从坏了伏后，连日不食。操入曰："陛下无忧，臣无异心。臣女已与陛下为贵人，大贤大孝，宜居正宫。"献帝安敢不从。于建安二十年正月朔，就庆贺正旦之节，册立曹操女曹贵人为正宫皇后。群下莫敢有言。

此时曹操威势日甚，会大臣商议收吴灭蜀之事。贾诩曰："须召夏侯惇、曹仁二人回，商议此事。"操即时发使，星夜唤回。夏侯惇未至，曹仁先到，连夜便入府中见操。操方被酒而卧，许褚仗剑立于堂门之内。曹仁欲入，被许褚当住。曹仁大怒曰："吾乃曹氏宗族，汝何敢阻当耶？"许褚曰："将军虽亲，乃外藩镇守之官；许褚虽疏，现充内侍。主公醉卧堂上，不敢放入。"仁乃不敢入。曹操闻之，叹曰："许褚真忠臣也。"

不数日，夏侯惇亦至，共议征伐。惇曰："吴、蜀急未可攻，宜先取汉中张鲁，以得胜之兵取蜀，可一鼓而下也。"曹操曰："正合吾意。"遂起兵西征。正是：

方逞凶谋欺弱主，又驱劲卒扫偏邦。

未知后事如何，且看下文分解。

第六十七回

曹操平定汉中地　张辽威震逍遥津

却说曹操兴师西征，分兵三队：前部先锋夏侯渊、张郃；操自领诸将居中；后部曹仁、夏侯惇押运粮草。早有细作报入汉中来。张鲁与弟张卫商议退敌之策。卫曰："汉中最险，无如阳平关。可于关之左右依山傍林，下十馀个寨栅，迎敌曹兵。兄在汉宁，多拨粮草应付。"张鲁依言，遣大将杨昂、杨任，与其弟即日起程。军马到阳平关，下寨已定。夏侯渊、张郃前军随到，闻阳平关已有准备，离关一十五里下寨。是夜，军士疲困，各自歇息。忽寨后一把火起，杨昂、杨任两路兵杀来劫寨。夏侯渊、张郃急上得马，四下里大兵拥入，曹兵大败，退见曹操。操怒曰："汝二人行军许多年，岂不知兵若远行疲困，可防劫寨？如何不作准备？"欲斩二人，以明军法，众官告免。

操次日自引兵为前队，见山势险恶，林木丛杂，不知路径，恐有伏兵，即引军回寨，谓许褚、徐晃二将曰："吾若知此处如此险恶，必不起兵来。"许褚曰："兵已至此，主公不可惮劳。"次日，操上马，只带许褚、徐晃二人，来看张卫寨栅。三匹马转过山坡，早望见张卫寨栅。操扬鞭遥指，谓二将曰："如此坚固，急切难下。"言未已，背后一声喊起，箭如雨发，杨昂、杨任分两路杀来。操大惊。许褚大呼曰："吾当敌贼，徐公明善保主公。"说罢，提刀纵马向前，力敌二将。杨昂、杨任不能当许褚之勇，回马退去，其馀不敢向前。徐晃保着曹操奔过山坡，前面又一军到，看时，却是夏侯渊、张郃二将听得喊声，故引军杀来接应。于是杀退杨昂、杨任，救得曹操回寨。操重赏四将。

自此，两边相拒五十馀日，只不交战。曹操传令退军。贾诩曰："贼势未见强弱，主公何故自退耶？"操曰："吾料贼兵每日提备，急难取胜。吾以退军为名，使贼懈而无备，然后分轻骑抄袭其后，必胜贼矣。"贾诩曰："丞相神机，不可测也。"于是令夏侯渊、张郃分兵两路，各引轻骑三千，取小路抄阳平关后；曹操一面引大军拔寨尽起。杨昂听得曹兵退，请杨任商议，欲乘势击之。杨任曰："操诡计极多，未知真实，不可追赶。"杨昂曰："公不往，吾当自去。"杨任苦谏不从。杨昂尽提五寨军马前进，只留些少军士守寨。是日，大雾迷漫，对面不相见。杨昂军至半路，不能行，且权扎住。

却说夏侯渊一军抄过山后，见重雾垂空，又闻人语马嘶，恐有伏兵，急催人马行动，大雾中误走到杨昂寨前。守寨军士听得马蹄响，只道是杨昂兵回，开门纳之。曹军一拥而入，见是空寨，便就寨中放起火来。五寨军士尽皆弃寨而走。比及雾散，杨任领兵来救，与夏侯渊战不数合，背后张郃兵到。杨任杀条大路，奔回南郑。杨昂待要回时，已被夏侯渊、张郃两个占了寨栅。背后曹操大队军马赶来，两下夹攻，四边无路。杨昂欲突阵而出，正撞着张郃，两个交手，被张郃杀死。败兵回投阳平关，来见张卫。原来卫知二将败走，诸营已失，半夜弃关，奔回去了。曹操遂得阳平关并诸寨。

张卫、杨任回见张鲁，卫言二将失了隘口，因此守关不住。张鲁大怒，欲斩杨任。任曰："某曾谏杨昂，休追操兵，他不肯听信，故有此败。任再乞一军前去挑战，必斩曹操，如不胜，甘当军令。"张鲁取了军令状。杨任上马，引二万军离南郑下寨。

却说曹操提军将进，先令夏侯渊领五千军，往南郑路上哨探，正迎着杨任军马，两军摆开。任遣部将昌奇出马，与渊交锋，战不三合，被渊一刀斩于马下。杨任自挺枪出马，与渊战三十馀合，不分胜负。渊佯败而走，任从后追来，被渊用拖刀计斩于马下。军士大败而回。曹操知夏侯渊斩了杨任，即时进兵，直抵南郑下寨。

张鲁慌聚文武商议。阎圃曰："某保一人，可敌曹操手下诸将。"鲁问是谁，圃曰："南安庞德前随马超投主公，后马超往西川，庞德卧病不曾行，现今蒙主公恩养，何不令此人去？"张鲁大喜，即召庞德至，厚加赏劳，点一万军马，令庞德出。离城十馀里，与曹兵相对，庞德出马搦战。曹操在渭桥时，深知庞德之勇，乃嘱诸将曰："庞德乃西凉勇将，原属马超，今虽依张鲁，未称其心。吾欲得此人，汝等须皆与缓斗，使其力乏，然后擒之。"张郃先出，战了数合便退。夏侯渊也战数合退了。徐晃又战三五合也退了。临后许褚战五十馀合亦退。庞德力战四将，并无惧怯。各将皆于操前夸庞德好武艺。

曹操心中大喜，与众将商议："如何得此人投降？"贾诩曰："某知张鲁手下有一谋士杨松，其人极贪贿赂。今可暗以金帛送之，使谮庞德于张鲁，便可图矣。"操曰："何由得人入南郑？"诩曰："来日交锋，诈败佯输，弃寨而走，使庞德据我寨。我却于夤夜引兵劫寨，庞德必退入城。却选一能言军士扮作彼军，杂在阵中，便得入城。"操听其计，选一精细军校，重加赏赐，付与金掩心甲一副，令披在贴肉，外穿汉中军士号衣，先于半路上等候。

次日，先拨夏侯渊、张郃两枝军远去埋伏；却教徐晃挑战，不数合败走。庞德招军掩杀，曹兵尽退。庞德却夺了曹操寨栅，见寨中粮草极多，大喜，即时申报张鲁；一面在寨中设宴庆贺。当夜二更之后，忽然三路火起：正中是徐晃、许褚，左张郃，右夏侯渊，三路军马齐来劫寨。庞德不及提备，只得上马冲杀出来，望城而走。背后三路兵追来。庞德急唤开城门，领兵一拥而入。

此时细作已杂到城中，径投杨松府下谒见，具说："魏公曹丞相久闻盛德，特使某送金甲为信，更有密书呈上。"松大喜，看了密书中言语，谓细作曰："上复魏公，但请放心，某自有良策奉报。”打发来人先回，便连夜入见张鲁，说庞德受了曹操贿赂，卖此一阵。张鲁大怒，唤庞德责骂，欲斩之。阎圃苦谏。张鲁曰：“你来日出战，不胜必斩。”庞德抱恨而退。

次日，曹兵攻城。庞德引兵冲出；操令许褚交战。褚诈败，庞德赶来。操自乘马于山坡上唤曰：“庞令明何不早降？”庞德寻思：“拿住曹操，抵一千员上将。”遂飞马上坡。一声喊起，天崩地塌，连人和马，跌入陷坑内去。四壁钩索一齐上前，活捉了庞德，押上坡来。曹操下马，叱退军士，亲释其缚，问庞德肯降否。庞德寻思张鲁不仁，情愿拜降。曹操亲扶上马，共回大寨，故意教城上望见。人报张鲁：“德与操并马而行。”鲁益信杨松之言为实。

次日，曹操三面竖立云梯，飞炮攻打。张鲁见其势已极，与弟张卫商议。卫曰：“放火尽烧仓廪府库，出奔南山，去守巴中可也。”杨松曰：“不如开门投降。”张鲁犹豫不定。卫曰：“只是烧了便行。”张鲁曰：“我向本欲归命国家，而意未得达。今不得已而出奔，仓廪府库，国家之有，不可废也。”遂尽封锁。是夜二更，张鲁引全家老小，开南门杀出。

曹操教休追赶，提兵入南郑，见鲁封闭库藏，心甚怜之。遂差人往巴中，劝使投降。张鲁欲降，张卫不肯。杨松以密书报操，便教进兵，松为内应。操得书，亲自引兵往巴中。张鲁使弟卫领兵出敌，与许褚交锋，被褚斩于马下。败军回报张鲁，鲁欲坚守。杨松曰：“今若不出，坐而待毙矣。某守城，主公当亲与决一死战。”鲁从之。阎圃谏鲁休出，鲁不听，遂引军出迎。未及交锋，后军已走。张鲁急退，背后曹兵赶来。鲁到城下，杨松闭门不开，张鲁无路可走。操从后追至，大叫：“何不早降？”鲁乃下马投拜。操大喜，念其封仓库之心，优礼相待，封鲁为镇南将军。阎圃等皆封列侯。于是汉中皆平。曹操传令各郡分设太守，置都尉，大赏士卒。惟有杨松卖主求荣，即命斩之于市曹示众。后人有诗叹曰：

妨贤卖主逞奇功，积得金银总是空。

家未荣华身受戮，令人千载笑杨松。

曹操已得东川，主簿司马懿进曰："刘备以诈力取刘璋，蜀人尚未归心。今主公已得汉中，益州震动，可速进兵攻之，势必瓦解。智者贵于乘时，时不可失也。"曹操叹曰："人苦不知足，既得陇，复望蜀耶[①]？"刘晔曰："司马仲达之言是也。若少迟缓，诸葛亮明于治国而为相，关、张等勇冠三军而为将，蜀民既定，据守关隘，不可犯矣。"操曰："士卒远涉劳苦，且宜存恤。"遂按兵不动。

却说西川百姓听知曹操已取东川，料必来取西川，一日之间，数遍惊恐。玄德请军师商议，孔明曰："亮有一计，曹操自退。"玄德问何计，孔明曰："曹操分军屯合淝，惧孙权也。今我若分江夏、长沙、桂阳三郡还吴，遣舌辩之士陈说利害，令吴起兵袭合淝，牵动其势，操必勒兵南向矣。"玄德问："谁可为使？"伊籍曰："某愿往。"玄德大喜，遂作书具礼，令伊籍先到荆州，知会云长，然后入吴。

到秣陵，来见孙权，先通了姓名。权召籍入。籍见权礼毕，权问曰："汝到此何为？"籍曰："昨承诸葛子瑜取长沙等三郡，为军师不在，有失交割，今传书送还。所有荆州南郡、零陵，本欲送还，被曹操袭取东川，使关将军无容身之地。今合淝空虚，望君侯起兵攻之，使曹操撤兵回南。吾主若取了东川，即还荆州全土。"权曰："汝且归馆舍，容吾商议。"伊籍退出。权问计于众谋士，张昭曰："此是刘备恐曹操取西川，故为此谋。虽然如此，可因操在汉中，乘势取合淝，亦是上计。"权从之，发付伊籍回蜀去讫，便议起兵攻操。令鲁肃收取长沙、江夏、桂阳三郡，屯兵于陆口，取吕蒙、甘宁回；又去余杭取凌统回。

---

① "人苦不知足"三句——语本《东观汉记·隗嚣传》："西城若下，便可将兵，南击蜀虏。人苦不知足，既平陇，复望蜀，每一发兵，头鬓为白。"《后汉书·岑彭列传》略同。"得陇望蜀"遂成为典故，比喻贪心不足。

不一日，吕蒙、甘宁先到。蒙献策曰："现今曹操令庐江太守朱光屯兵于皖城，大开稻田，纳谷于合淝，以充军实[1]。今可先取皖城，然后攻合淝。"权曰："此计甚合吾意。"遂教吕蒙、甘宁为先锋，蒋钦、潘璋为合后，权自引周泰、陈武、董袭、徐盛为中军。时程普、黄盖、韩当在各处镇守，都未随征。

却说军马渡江，取和州，径到皖城。皖城太守朱光使人往合淝求救；一面固守城池，坚壁不出。权自到城下看时，城上箭如雨发，射中孙权麾盖。权回寨，问众将曰："如何取得皖城？"董袭曰："可差军士筑起土山攻之。"徐盛曰："可竖云梯[2]，造虹桥[3]，下观城中而攻之。"吕蒙曰："此法皆费日月而成，合淝救军一至，不可图矣。今我军初到，士气方锐，正可乘此锐气，奋力攻击。来日平明进兵，午未时便当破城。"权从之。

次日五更饭毕，三军大进。城上矢石齐下。甘宁手执铁链，冒矢石而上。朱光令弓弩手齐射。甘宁拨开箭林，一链打倒朱光。吕蒙亲自擂鼓。士卒皆一拥而上，乱刀砍死朱光，馀众多降。得了皖城，方才辰时。张辽引军至半路，哨马回报皖城已失，辽即回兵归合淝。

孙权入皖城，凌统亦引军到。权慰劳毕，大犒三军，重赏吕蒙、甘宁诸将，设宴庆功。吕蒙逊甘宁上坐，盛称其功劳。酒至半酣，凌统想起甘宁杀父之仇，又见吕蒙夸美之，心中大怒，瞪目直视良久，忽拔左右所佩之剑，立于筵上曰："筵前无乐，看吾舞剑。"甘宁知其意，推开果桌起身，两手取两枝戟挟定，纵步出曰："看我筵前使戟。"吕蒙见二人各无好意，便一手挽牌，一手提刀，立于其中曰："二公虽能，皆不如我巧也。"说罢，舞起刀、牌，将二人分于两下。早有人报知孙权。权慌跨马，直至筵前。

---

① 军实——军粮。

② 云梯——古代用以攻城的高梯。以其高，似可高入云端，故称。

③ 虹桥——架于空中的飞桥。以其形似长虹而得名。

众见权至，方各放下军器。权曰：“吾常言二人休念旧仇，今日又何如此？”凌统哭拜于地，孙权再三劝止。至次日，起兵进取合淝，三军尽发。

张辽为失了皖城，回到合淝，心中愁闷。忽曹操差薛悌送木匣一个，上有操封，旁书云“贼来乃发”。是日报说孙权自引十万大军，来攻合淝。张辽便开匣观之，内书云：“若孙权至，张、李二将军出战，乐将军守城。”张辽将教帖[①]与李典、乐进观之。乐进曰：“将军之意若何？”张辽曰：“主公远征在外，吴兵以为破我必矣。今可发兵出迎，奋力与战，折其锋锐，以安众心，然后可守也。”李典素与张辽不睦，闻辽此言，默然不答。乐进见李典不语，便道：“贼众我寡，难以迎敌，不如坚守。”张辽曰：“公等皆是私意，不顾公事。吾今自出迎敌，决一死战。”便教左右备马。李典慨然而起曰：“将军如此，典岂敢以私憾而忘公事乎？愿听指挥。”张辽大喜曰：“既曼成肯相助，来日引一军于逍遥津北埋伏，待吴兵杀过来，可先断小师桥，吾与乐文谦击之。”李典领命，自去点军埋伏。

却说孙权令吕蒙、甘宁为前队，自与凌统居中，其馀诸将陆续进发，望合淝杀来。吕蒙、甘宁前队兵进，正与乐进相迎。甘宁出马与乐进交锋，战不数合，乐进诈败而走。甘宁招呼吕蒙一齐引军赶去。孙权在第二队，听得前军得胜，催兵行至逍遥津北，忽闻连珠炮响，左边张辽一军杀来，右边李典一军杀来。孙权大惊，急令人唤吕蒙、甘宁回救时，张辽兵已到。凌统手下止有三百馀骑，当不得曹军势如山倒。凌统大呼曰：“主公何不速渡小师桥？”言未毕，张辽引二千馀骑当先杀至，凌统翻身死战。孙权纵马上桥，桥南已折丈馀，并无一片板。孙权惊得手足无措。

① 教帖——公侯、大臣的书面命令。

牙将谷利大呼曰："主公可约[1]马退后，再放马向前，跳过桥去。"孙权收回马来有三丈馀远，然后纵辔加鞭，那马一跳，飞过桥南。后人有诗曰：

的卢当日跳檀溪，又见吴侯败合淝。
退后着鞭驰骏骑，逍遥津上玉龙飞。

孙权跳过桥南，徐盛、董袭驾舟相迎。凌统、谷利抵住张辽。甘宁、吕蒙引军回救，却被乐进从后追来，李典又截住厮杀，吴兵折了大半。凌统所领三百馀人，尽被杀死。统身中数枪，杀到桥边，桥已折断，绕河而逃。孙权在舟中望见，急令董袭棹舟接之，乃得渡回。吕蒙、甘宁皆死命逃过河南。这一阵，杀得江南人人害怕，闻张辽大名，小儿也不敢夜啼。众将保护孙权回营。权乃重赏凌统、谷利，收军回濡须，整顿船只，商议水陆并进；一面差人回江南，再起人马来助战。

却说张辽闻孙权在濡须将欲兴兵进取，恐合淝兵少，难以抵敌，急令薛悌星夜往汉中报知曹操，求请救兵。操同众官议曰："此时可收西川否？"刘晔曰："今蜀中稍定，已有提备，不可击也。不如撤兵去救合淝之急，就下江南。"操乃留夏侯渊守汉中定军山隘口，留张郃守蒙头岩等隘口。其馀军兵拔寨都起，杀奔濡须坞来。正是：

铁骑甫能平陇右，旌旄又复指江南。

未知胜负如何，且看下文分解。

---

① 约——约束。这里是指收紧缰绳，使马后退。

第六十八回

甘宁百骑劫魏营　左慈掷杯戏曹操

却说孙权在濡须口收拾军马，忽报曹操自汉中领兵四十万，前来救合淝。孙权与谋士计议：先拨董袭、徐盛二人领五十只大船，在濡须口埋伏；令陈武带领人马，往来江岸巡哨。张昭曰："今曹操远来，必须先挫其锐气。"权乃问帐下曰："曹操远来，谁敢当先破敌，以挫其锐气？"凌统出曰："某愿往。"权曰："带多少军去？"统曰："三千人足矣。"甘宁曰："只须百骑，便可破敌，何必三千？"凌统大怒，两个就在孙权面前争竞起来。权曰："曹军势大，不可轻敌。"乃命凌统带三千军，出濡须口去哨探，遇曹兵，便与交战。凌统领命，引着三千人马，离濡须坞。尘头起处，曹兵早到。先锋张辽与凌统交锋，斗五十合，不分胜败。孙权恐凌统有失，令吕蒙接应回营。

甘宁见凌统回，即告权曰："宁今夜只带一百人马去劫曹营，若折了一人一骑，也不算功。"孙权壮之，乃调拨帐下一百精锐马兵付宁，又以酒五十瓶、羊肉五十斤赏赐军士。甘宁回到营中，教一百人皆列坐，先将银碗斟酒，自吃两碗，乃语百人曰："今夜奉命劫寨，请诸公各满饮一觞，努力向前。"众人闻言，面面相觑。甘宁见众人有难色，乃拔剑在手，怒叱曰："我为上将，且不惜命，汝等何得迟疑？"众人见甘宁作色，皆起拜曰："愿效死力。"甘宁将酒肉与百人共饮食尽。

约至二更时候，取白鹅翎一百根，插于盔上为号，都披甲上马，飞奔曹操寨边，拔开鹿角，大喊一声，杀入寨中，径奔中军来杀曹操。原来中军人马以车仗伏路穿连，围得铁桶相似，不能得进。甘宁只将百骑左冲右突。曹兵惊慌，正不知敌兵多少，自相扰乱。那甘宁百骑在营内纵横驰骤，逢着便杀。各营鼓噪，举火如星，喊声大震。甘宁从寨之南门杀出，无人敢当。孙权令周泰引一枝兵来接应，甘宁将百骑回到濡须。操兵恐有埋伏，不敢追袭。后人有诗赞曰：

鼙鼓声喧震地来，吴师到处鬼神哀。
百翎直贯曹家寨，尽说甘宁虎将才。

甘宁引百骑到寨，不折一人一骑。至营门，令百人皆击鼓吹笛，口称："万岁！"欢声大震。孙权自来迎接，甘宁下马拜伏。权扶起，携宁手曰："将军此去，足使老贼惊骇。非孤相舍，正欲观卿胆耳。"即赐绢千匹、利刀百口。宁拜受讫，遂分赏百人。权语诸将曰："孟德有张辽，孤有甘兴霸，足以相敌也。"

次日，张辽引兵搦战。凌统见甘宁有功，奋然曰："统愿敌张辽。"权许之。统遂领兵五千，离濡须。权自引甘宁临阵观战。对阵圆处，张辽出马，左有李典，右有乐进。凌统纵马提刀，出至阵前；张辽使乐进出迎。两个斗到五十合，未分胜败。曹操闻知，亲自策马，到门旗下来看，见二将酣斗，乃令曹休暗放冷箭。曹休便闪在张辽背后，开弓一箭，正中凌统坐下马，那马直立起来，把凌统掀翻在地。乐进连忙持枪来刺，枪还未到，只听得弓弦响处，一箭射中乐进面门，翻身落马。两军齐出，各救一将回营，鸣金罢战。凌统回寨中拜谢孙权，权曰："放箭救你者，甘宁也。"凌统乃顿首拜宁曰："不想公能如此垂恩。"自此与甘宁结为生死之交，再不为恶。

且说曹操见乐进中箭，令自到帐中调治。次日，分兵五路，来袭濡须：操自领中路；左一路张辽，二路李典；右一路徐晃，二路庞德。每路各带一万人马，杀奔江边来。时董袭、徐盛二将在楼船上，见五路军马来到，诸军各有惧色。徐盛曰："食君之禄，忠君之事，何惧哉！”遂引猛士数百人，用小船渡过江边，杀入李典军中去了。董袭在船上，令众军擂鼓呐喊助威。忽然江上猛风大作，白浪掀天，波涛汹涌。军士见大船将覆，争下脚舰[①]逃命。董袭仗剑大喝曰：“将受君命，在此防贼，怎敢弃船而去？”立斩下船军士十馀人。须臾，风急船覆，董袭竟死于江口水中。徐盛在李典军中，往来冲突。

却说陈武听得江边厮杀，引一军来，正与庞德相遇，两军混战。孙权在濡须坞中，听得曹兵杀到江边，亲自与周泰引军前来助战。正见徐盛在李典军中搅做一团厮杀，便麾军杀入接应。却被张辽、徐晃两枝军，把孙权困在垓心。曹操上高阜处看见孙权被围，急令许褚纵马持刀杀入军中，把孙权军冲作两段，彼此不能相救。

却说周泰从军中杀出，到江边，不见了孙权，勒回马，从外又杀入阵中，问本部军：“主公何在？”军人以手指兵马厚处曰：“主公被围甚急。”周泰挺身杀入，寻见孙权。泰曰：“主公可随泰杀出。”于是泰在前，权在后，奋力冲突。泰到江边，回头又不见孙权，乃复翻身杀入围中，又寻见孙权。权曰：“弓弩齐发，不能得出，如何？”泰曰：“主公在前，某在后，可以出围。”孙权乃纵马前行。周泰左右遮护，身被数枪，箭透重铠，救得孙权。到江边，吕蒙引一枝水军前来接应下船。权曰：“吾亏周泰三番冲杀，得脱重围。但徐盛在垓心，如何得脱？”周泰曰：“吾再救去。”遂轮枪复翻身杀入重围之中，救出徐盛。二将各带重伤。吕蒙教军士乱箭射住岸上兵，救二将下船。

却说陈武与庞德大战，后面又无应兵，被庞德赶到峪口，树林丛密。陈武再欲回身交战，被树株抓住袍袖，不能迎敌，为庞德所杀。曹操见孙权走脱了，自策马驱兵，赶到江边对射。吕蒙

---

① 脚舰——即系于大船船尾，用以传递信息及救生的小船。

箭尽，正慌间，忽对江一宗船[1]到，为首一员大将，乃是孙策女婿陆逊，自引十万兵到。一阵射退曹兵，乘势登岸追杀曹兵，复夺战马数千匹。曹兵伤者不计其数，大败而回。于乱军中寻见陈武尸首。

孙权知陈武已亡，董袭又沉江而死，哀痛至切，令人入水中寻见董袭尸首，与陈武尸一齐厚葬之。又感周泰救护之功，设宴款之。权亲自把盏，抚其背，泪流满面曰："卿两番相救，不惜性命，被枪数十，肤如刻画，孤亦何心不待卿以骨肉之恩，委卿以兵马之重乎！卿乃孤之功臣，孤当与卿共荣辱，同休戚也。"言罢，令周泰解衣与众将观之，皮肉肌肤，如同刀剜，盘根遍体。孙权手指其痕，一一问之。周泰具言战斗被伤之状。一处伤，令吃一觥酒。是日，周泰大醉。权以青罗伞赐之，令出入张盖，以为显耀。

权在濡须，与操相拒月馀，不能取胜。张昭、顾雍上言："曹操势大，不可力取，若与久战，大损士卒。不若求和安民为上。"孙权从其言，令步骘往曹营求和，许年纳岁贡。操见江南急未可下，乃从之，令："孙权先撤人马，吾然后班师。"步骘回复，权只留蒋钦、周泰守濡须口，尽发大兵，上船回秣陵。

操留曹仁、张辽屯合淝，班师回许昌。文武众官皆议立曹操为魏王，尚书崔琰力言不可。众官曰："汝独不见荀文若乎？"琰大怒曰："时乎，时乎！会当有变，任自为之！"有与琰不和者，告知操。操大怒，收琰下狱问之。琰虎目虬髯，只是大骂曹操欺君奸贼。廷尉白操，操令杖杀崔琰在狱中。后人有赞曰：

清河崔琰，天性坚刚。
虬髯虎目，铁石心肠。
奸邪辟易，声节显昂。

---

① 一宗船——即一队船。宗：量词。这里义同"队"。

忠于汉主，千古名扬。

建安二十一年夏五月，群臣表奏献帝，颂魏公曹操功德极天际地[①]，伊、周莫及，宜进爵为王。献帝即令钟繇草诏，册立曹操为魏王。曹操假意上书三辞，诏三报不许。操乃拜命受魏王之爵，冕十二旒[②]，乘金根车[③]，驾六马，用天子车服銮仪，出警入跸[④]。于邺郡盖魏王宫，议立世子。操大妻丁夫人无出。妾刘氏生子曹昂，因征张绣时死于宛城。卞氏所生四子：长曰丕，次曰彰，三曰植，四曰熊。于是黜[⑤]丁夫人，而立卞氏为魏王后。第三子曹植，字子建，极聪明，举笔成章，操欲立之为后嗣[⑥]。长子曹丕恐不得立，乃问计于中大夫贾诩。诩教如此如此。自是但凡操出征，诸子送行，曹植乃称述功德，发言成章；惟曹丕辞父，只是流涕而拜，左右皆感伤。于是操疑植乖巧，诚心不及丕也。丕又使人买嘱近侍，皆言丕之德。操欲立后嗣，踌躇不定，乃问贾诩曰："孤欲立后嗣，当立谁？"贾诩不答。操问其故，诩曰："正有所思，故不能即答耳。"操曰："何所思？"诩对曰："思袁本初、刘景升父子也。"操大笑，遂立长子曹丕为王世子。

冬十月，魏王宫成。差人往各处收取奇花异果，栽植后苑。有使者到吴地，见了孙权，传魏王令旨，再往温州取柑子。时孙权正尊让魏王，便令人于本城选了大柑子四十馀担，星夜送往邺郡。至中途，挑担役夫疲困，歇于山脚下。见一先生眇[⑦]一目，跛

① 极天际地——形容大到顶点，不能再大了。

② 冕十二旒（liú）——冕：古代帝王、诸侯所戴的礼帽。旒：冕冠前后悬挂的玉串。玉串之多少，按等级而定。《礼记·玉藻》："天子玉藻，十二旒。"

③ 金根车——帝王所乘以黄金为装饰、以自然圆曲树木为车轮的车子。根车：用自然圆曲的树木做车轮的车子，以为祥瑞。

④ 出警入跸（bì）——即帝王出行时加以戒严清道，禁止百姓行走。警：戒严护卫。跸：清道禁行。

⑤ 黜（chù）——废除，罢免。

⑥ 后嗣——即继承人。这里指继承王位的人。

⑦ 眇（miǎo）——即一目失明。

一足，头戴白藤冠，身穿青懒衣[1]，来与脚夫作礼，言曰："你等挑担劳苦，贫道都替你挑一肩，何如？"众人大喜。于是先生每担各挑五里。但是先生挑过的担儿都轻了，众皆惊疑。先生临去，与领柑子官说："贫道乃魏王乡中故人[2]，姓左名慈，字元放，道号乌角先生。如你到邺郡，可说左慈申意[3]。"遂拂袖而去。

取柑人至邺郡见操，呈上柑子。操亲剖之，但只空壳，内并无肉。操大惊，问取柑人。取柑人以左慈之事对，操未肯信。门吏忽报："有一先生，自称左慈，求见大王。"操召入。取柑人曰："此正途中所见之人。"操叱之曰："汝以何妖术摄吾佳果？"慈笑曰："岂有此事？"取柑剖之，内皆有肉，其味甚甜。但操自剖者，皆空壳。操愈惊，乃赐左慈坐而问之。慈索酒肉，操令与之。饮酒五斗不醉，肉食全羊不饱。

操问曰："汝有何术，以至于此？"慈曰："贫道于西川嘉陵峨嵋山中学道三十年，忽闻石壁中有声呼我之名，及视不见。如此者数日。忽有天雷震碎石壁，得天书三卷，名曰《遁甲天书》。上卷名'天遁'，中卷名'地遁'，下卷名'人遁'。天遁能腾云跨风，飞升太虚；地遁能穿山透石；人遁能云游四海，藏形变身，飞剑掷刀，取人首级。大王位极人臣，何不退步，跟贫道往峨嵋山中修行？当以三卷天书相授。"操曰："我亦久思急流勇退，奈朝廷未得其人耳。"慈笑曰："益州刘玄德乃帝室之胄，何不让此位与之？不然，贫道当飞剑取汝之头也。"

操大怒曰："此正是刘备细作。"喝左右拿下。慈大笑不止。操令十数狱卒捉下拷之。狱卒着力痛打，看左慈时，却齁齁熟睡，全无痛楚。操怒，命取大枷，铁钉钉了，铁锁锁了，送入牢中监收，令人看守。只见枷、锁尽落，左慈卧于地上，并无伤损。连

① 懒衣——当为道袍的别称。因其肥衣大袖，穿着方便而得名。

② 故人——老朋友。

③ 申意——致意。

监禁七日，不与饮食。及看时，慈端坐于地上，面皮转红。狱卒报知曹操，操取出问之。慈曰："我数十年不食，亦不妨；日食千羊，亦能尽。"操无可奈何。

是日，诸官皆至王宫大宴。正行酒间，左慈足穿木履，立于筵前。众官惊怪。左慈曰："大王今日水陆俱备[①]，大宴群臣，四方异物极多。内中欠少何物，贫道愿取之。"操曰："我要龙肝作羹，汝能取否？"慈曰："有何难哉？"取墨笔，于粉墙上画一条龙，以袍袖一拂，龙腹自开。左慈于龙腹中提出龙肝一副，鲜血尚流。操不信，叱之曰："汝先藏于袖中耳。"慈曰："即今天寒，草木枯死，大王要甚好花，随意所欲。"操曰："吾只要牡丹花。"慈曰："易耳。"令取大花盆放筵前，以水噀[②]之，顷刻发出牡丹一株，开放双花。众官大惊，邀慈同坐而食。少刻，庖人进鱼脍[③]。慈曰："脍必松江鲈鱼者方美。"操曰："千里之隔，安能取之？"慈曰："此亦何难取？"教把钓竿来，于堂下鱼池中钓之，顷刻，钓出数十尾大鲈鱼，放在殿上。操曰："吾池中原有此鱼。"慈曰："大王何相欺耶？天下鲈鱼只两腮，惟松江鲈鱼有四腮，此可辨也。"众官视之，果是四腮。慈曰："烹松江鲈鱼，须紫芽姜方可。"操曰："汝亦能取之否？"慈曰："易耳。"令取金盆一个，慈以衣覆之，须臾，得紫芽姜满盆，进上操前。操以手取之，忽盆内有书一本，题曰《孟德新书》。操取视之，一字不差，操大疑。

慈取桌上玉杯，满斟佳酿，进操曰："大王可饮此酒，寿有千年。"操曰："汝可先饮。"慈遂拔冠上玉簪，于杯中一画，将酒分为两半：自饮一半，将一半奉操。操叱之。慈掷杯于空中，化成一白鸠，绕殿而飞。众官仰面视之，左慈不知所往。左右忽报："左慈出宫门去了。"操曰："如此妖人，必当除之，否则必将为害。"

---

① 水陆俱备——即山珍海味俱全。

② 噀（xùn）——含在口中喷出。

③ 鱼脍——生吃的鱼片。

遂命许褚引三百铁甲军追擒之。

褚上马引军赶至城门，望见左慈穿木履在前，慢步而行。褚飞马追之，却只追不上。直赶到一山中，有牧羊小童赶着一群羊而来，慈走入羊群内。褚取箭射之，慈即不见。褚尽杀群羊而回。

牧羊小童守羊而哭，忽见羊头在地上作人言，唤小童曰："汝可将羊头都凑在死羊腔子上。"小童大惊，掩面而走。忽闻有人在后呼曰："不须惊走，还汝活羊。"小童回顾，见左慈已将地上死羊凑活，赶将来了。小童急欲问时，左慈已拂袖而去，其行如飞，倏忽不见。

小童归告主人，主人不敢隐讳，报知曹操。操画影图形，各处捉拿左慈。三日之内，城里城外，所捉眇一目、跛一足、白藤冠、青懒衣、穿木履先生，都一般模样者，有三四百个，哄动街市。操令众将将猪羊血泼之，押送城南教场。曹操亲自引甲兵五百人围住，尽皆斩之。人人颈腔内各起一道青气，到上天聚成一处，化成一个左慈，向空招白鹤一只骑坐，拍手大笑曰："土鼠随金虎，奸雄一旦休①。"操令众将以弓箭射之，忽然狂风大作，走石扬沙，所斩之尸皆跳起来，手提其头，奔上演武厅来打曹操。文官武将掩面惊倒，各不相顾。正是：

奸雄权势能倾国，道士仙机更异人。

未知曹操性命如何，且看下文分解。

① 土鼠随金虎，奸雄一旦休——这是综合五行、十二生肖及天干地支的隐语，意谓庚子年寅月（建安二十五年正月），曹操当死。

第六十九回

卜周易管辂知机　讨汉贼五臣死节

却说当日曹操见黑风中群尸皆起，惊倒于地。须臾风定，群尸皆不见。左右扶操回宫，惊而成疾。后人有诗赞左慈曰：

飞步凌云遍九州，独凭遁甲自遨游。

等闲施设神仙术，点悟曹瞒不转头。

曹操染病，服药无愈。适太史丞许芝自许昌来见操，操令芝卜易。芝曰："大王曾闻神卜管辂否？"操曰："颇闻其名，未知其术，汝可详言之。"

芝曰："管辂字公明，平原人也。容貌粗丑，好酒疏狂。其父曾为琅琊即丘长。辂自幼便喜仰视星辰，夜不肯寐，父母不能禁止。常云：'家鸡野鹄，尚自知时，何况为人在世乎？'与邻儿共戏，辄画地为天文，分布日月星辰。及稍长，即深明《周易》，仰观风角[①]，数学[②]通神，兼善相术。琅琊太守单子春闻其名，召辂相见。时有座客百馀人，皆能言之士。辂谓子春曰：'辂年少，胆气未坚，先请美酒三升，饮而后言。'子春奇之，遂与酒三升。饮毕，辂问子春：'今欲与辂为对者，若府君[③]四座之士耶？'子春曰：'吾自与卿旗鼓相当。'于是与辂讲论易理。辂亹亹[④]而谈，言言精奥。子春反覆辩难，辂对答如流。从晓至暮，酒食不行。子

① 风角——古代占卜方法之一。即通过观察四方之风，以断吉凶。

② 数学——这里指术数之学，即关于天文、历法、占卜之类的学问。

③ 府君——这里是对太守的尊称。

④ 亹（wěi）亹——义同"娓娓"。形容谈话不倦或动听。

春及众宾客无不叹服。于是天下号为‘神童’。“后有居民郭恩者，兄弟三人，皆得躄疾[①]，请辂卜之。辂曰：‘卦中有君家本墓中女鬼，非君伯母即叔母也。昔饥荒之年，谋数升米之利，推之落井，以大石压破其头，孤魂痛苦，自诉于天，故君兄弟有此报。不可禳也。’郭恩等涕泣伏罪。安平太守王基知辂神卜，延辂至家。适信都令妻常患头风，其子又患心痛，因请辂卜之。辂曰：‘此堂之西角有二死尸：一男持矛，一男持弓箭，头在壁内，脚在壁外。持矛者主刺头，故头痛；持弓箭者主刺胸腹，故心痛。’乃掘之，入地八尺，果有二棺：一棺中有矛，一棺中有角弓及箭，木俱已朽烂。辂令徙骸骨，去城外十里埋之，妻与子遂无恙。馆陶令诸葛原迁[②]新兴太守，辂往送行。客言辂能覆射[③]，诸葛原不信，暗取燕卵、蜂窠、蜘蛛三物，分置三盒之中，令辂卜之。卦成，各写四句于盒上。其一曰：‘含气须变，依乎宇堂，雌雄以形，羽翼舒张：此燕卵也。’其二曰：‘家室倒悬，门户众多，藏精育毒，得秋乃化：此蜂窠也。’其三曰：‘觳觫[④]长足，吐丝成罗，寻网求食，利在昏夜：此蜘蛛也。’满座惊骇。乡中有老妇失牛，求卜之。辂判曰：‘北溪之滨，七人宰烹；急往追寻，皮肉尚存。’老妇果往寻之，见七人于茅舍后煮食，皮肉犹存。妇告本郡太守刘邠，捕七人罪之，因问老妇曰：‘汝何以知之？’妇告以管辂之神卜。刘邠不信，请辂至府，取印囊及山鸡毛藏于盒中，令卜之。辂卜其一曰：‘内方外圆，五色成文，含宝守信，出则有章：此印囊也。’其二曰：‘岩岩有鸟，锦体朱衣，羽翼玄黄，鸣不失晨：此山鸡毛也。’刘邠大惊，遂待为上宾。一日，出郊闲行，见一少年耕于田中，

① 躄（bì）疾——跛足，瘸腿。

② 迁——调任。

③ 覆射——又称“射覆”。古代游戏之一，亦用于占卜。就是将某物隐藏起来，叫人猜。覆：掩盖，隐藏。射：猜测。

④ 觳觫（hù sù）——因恐惧而发抖。

辂立道旁，观之良久，问曰：‘少年高姓、贵庚？’答曰：‘姓赵名颜，年十九岁矣。敢问先生为谁？’辂曰：‘吾管辂也。吾见汝眉间有死气，三日内必死。汝貌美，可惜无寿。’赵颜回家，急告其父。父闻之，赶上管辂，哭拜于地曰：‘请归救吾子。’辂曰：‘此乃天命也，安可禳乎？’父告曰：‘老夫止有此子，望乞垂救。’赵颜亦哭求。辂见其父子情切，乃谓赵颜曰：‘汝可备净酒一瓶，鹿脯一块，来日赍往南山之中，大树之下，看盘石上有二人弈棋：一人向南坐，穿白袍，其貌甚恶；一人向北坐，穿红袍，其貌甚美。汝可乘其弈兴浓时，将酒及鹿脯跪进之。待其饮食毕，汝乃哭拜求寿，必得益算[①]矣。但切勿言是吾所教。’老人留辂在家。次日，赵颜携酒脯杯盘入南山之中，约行五六里，果有二人于大松树下盘石上着棋，全然不顾。赵颜跪进酒脯。二人贪着棋，不觉饮酒已尽。赵颜哭拜于地而求寿，二人大惊。穿红袍者曰：‘此必管子之言也。吾二人既受其私[②]，必须怜之。’穿白袍者乃于身边取出簿籍检看，谓赵颜曰：‘汝今年十九岁，当死。吾今于‘十’字上添一‘九’字，汝寿可至九十九。回见管辂，教再休泄漏天机，不然必致天谴。’穿红者出笔添讫，一阵香风过处，二人化作二白鹤，冲天而去。赵颜归问管辂。辂曰：‘穿红者南斗也，穿白者北斗也。’颜曰：‘吾闻北斗九星，何止一人？’辂曰：‘散而为九，合而为一也。北斗注死，南斗注生。今已添注寿算，子复何忧？’父子拜谢。自此管辂恐泄天机，更不轻为人卜。此人现在平原，大王欲知休咎，何不召之？”

操大喜，即差人往平原召辂。辂至，参拜讫，操令卜之。辂答曰：“此幻术耳，何必为忧？”操心安，病乃渐可。操令卜天下

① 益算——增加寿数，延长寿命。益：增加，延长。算：阳寿，年龄。

② 私——私惠，个人的好处。

之事，辂卜曰：“三八纵横[①]，黄猪遇虎[②]。定军之南，伤折一股[③]。”又令卜传祚修短[④]之数，辂卜曰：“狮子宫中，以安神位[⑤]。王道鼎新[⑥]，子孙极贵。”操问其详，辂曰：“茫茫天数，不可预知，待后自验。”操欲封辂为太史，辂曰：“命薄相穷，不称此职，不敢受也。”操问其故，答曰：“辂额无主骨，眼无守睛，鼻无梁柱，脚无天根，背无三甲，腹无三壬[⑦]，只可泰山治鬼，不能治生人也。”操曰：“汝相吾若何？”辂曰：“位极人臣，又何必相？”再三问之，辂但笑而不答。操令辂遍相文武官僚，辂曰：“皆治世之臣也。”操问休咎，皆不肯尽言。后人有诗赞曰：

平原神卜管公明，能算南辰北斗星。
八卦幽微通鬼窍，六爻玄奥究天庭。
预知相法应无寿，自觉心源极有灵。
可惜当年奇异术，后人无复授遗经。

操令卜东吴、西蜀二处，辂设卦云：“东吴主亡一大将，西蜀有兵犯界。”操不信。忽合淝报来：“东吴陆口守将鲁肃身故。”操大惊，便差人往汉中探听消息。不数日，飞报刘玄德遣张飞、马超兵屯下辨取关。操大怒，便欲自领大兵再入汉中，令管辂卜之。辂曰：“大王未可妄动，来春许都必有火灾。”操见辂言累验，故

---

① 三八纵横——三八为二十四，暗指建安二十四年。

② 黄猪遇虎——黄为五色之一，配五行之土，又配十天干之戊、己；猪为十二生肖之一，配十二地支之亥；虎为十二生肖之一，配十二地支之寅。故此句暗指己亥年寅月，即建安二十四年正月。

③ 定军之南，伤折一股——暗指得力助手或兄弟将死于定军山之南。股：即股肱。借喻得力助手或兄弟。

④ 传祚修短——帝王在位时间的长短。这里指曹操能在魏王位上享受多少年。修：长。

⑤ 狮子宫中，以安神位——狮子宫：通“狮子座”。佛的坐处。这里借指神位安放的地方。神位：即死者的牌位。上写死者的姓名、官爵（如有的话），供人祭祀。

⑥ 王道鼎新——即改朝换代，新君登基。

⑦ 守睛、天根、三甲、三壬——皆为相术中的术语，被认为是多福长寿之相，缺者则为无福短寿之相。守睛：亦作“守精”，即凝聚的眼神。天根：即足跟，俗称脚后跟。三甲：背阔平实。三壬：腹部鼓出。

不敢轻动，留居邺郡；使曹洪领兵五万，往助夏侯渊、张郃同守东川；又差夏侯惇领兵三万，于许都来往巡警，以备不虞；又教长史王必总督御林军马。主簿司马懿曰："王必嗜酒性宽，恐不堪任此职。"操曰："王必是孤披荆棘历艰难时相随之人，忠而且勤，心如铁石，最足相当。"遂委王必领御林军马，屯于许都东华门外。

时有一人，姓耿名纪，字季行，洛阳人也。旧为丞相府掾，后迁侍中少府，与司直韦晃甚厚。见曹操进封王爵，出入用天子车服，心甚不平。时建安二十三年春正月，耿纪与韦晃密议曰："操贼奸恶日甚，将来必为篡逆之事。吾等为汉臣，岂可同恶相济[1]？"韦晃曰："吾有心腹人，姓金名祎，乃汉相金日磾之后，素有讨操之心，更兼与王必甚厚。若得同谋，大事济矣。"耿纪曰："他既与王必交厚，岂肯与我等同谋乎？"韦晃曰："且往说之，看是如何。"

于是二人同至金祎宅中，祎接入后堂。坐定，晃曰："德伟与王长史甚厚，吾二人特来告求。"祎曰："所求何事？"晃曰："吾闻魏王早晚受禅，将登大宝[2]，公与王长史必高迁。望不相弃，曲赐提携，感德非浅。"祎拂袖而起。适从者奉茶至，便将茶泼于地上。晃佯惊曰："德伟故人，何薄情也？"祎曰："吾与汝交厚，为汝等是汉朝臣宰之后。今不思报本，欲辅造反之人，吾有何面目与汝为友？"耿纪曰："奈天数如此，不得不为耳。"祎大怒。

耿纪、韦晃见祎果有忠义之心，乃以实情相告曰："吾等本欲讨贼，来求足下，前言特相试耳。"祎曰："吾累世汉臣，安能从贼？公等欲扶汉室，有何高见？"晃曰："虽有报国之心，未有讨贼之计。"祎曰："吾欲里应外合，杀了王必，夺其兵权，扶助銮舆[3]，更结刘皇叔为外援，操贼可灭矣。"二人闻之，抚掌称善。

---

① 同恶相济——恶人狼狈为奸，互相勾结。

② 大宝——语出《周易·系辞下》："圣人之大宝曰位。"后即以"大宝"代指帝位。

③ 銮舆——本指帝王的车驾，借指皇帝。

祎曰："我有心腹二人，与操贼有杀父之仇，现居城外，可用为羽翼。"耿纪问是何人，祎曰："太医吉平之子：长名吉邈，字文然；次名吉穆，字思然。操昔日为董承衣带诏事，曾杀其父，二子逃窜远乡，得免于难。今已潜归许都，若使相助讨贼，无有不从。"耿纪、韦晃大喜。

金祎即使人密唤二吉。须臾，二人至。祎具言其事。二人感愤流泪，怨气冲天，誓杀国贼。金祎曰："正月十五日夜间，城中大张灯火，庆赏元宵。耿少府、韦司直，你二人各领家僮，杀到王必营前，只看营中火起，分两路杀入。杀了王必，径跟我入内，请天子登五凤楼，召百官，面谕讨贼。吉文然兄弟于城外杀入，放火为号，各要扬声，叫百姓诛杀国贼，截住城内救军。待天子降诏，招安已定，便进兵杀投邺郡擒曹操，即发使赍诏召刘皇叔。今日约定，至期二更举事。勿似董承自取其祸。"五人对天说誓，歃血为盟。各自归家，整顿军马器械，临期而行。

且说耿纪、韦晃二人各有家僮三四百，预备器械。吉邈兄弟亦聚三百人口，只推围猎，安排已定。金祎先期来见王必，言："方今海宇稍安，魏王威震天下，今值元宵令节，不可不放灯火，以示太平气象。"王必然其言，告谕城内居民，尽张灯结彩，庆赏佳节。至正月十五夜，天色晴霁，星月交辉，六街三市，竞放花灯。真个金吾不禁，玉漏无催①。

王必与御林诸将在营中饮宴。二更以后，忽闻营中呐喊，人报营后火起。王必慌忙出帐看时，只见火光乱滚，又闻喊杀连天。知是营中有变，急上马出南门，正遇耿纪，一箭射中肩膊，几乎坠马，遂望西门而走。背后有军赶来，王必着忙，弃马步行。至金祎门首，慌叩其门。原来金祎一面使人于营中放火，一面亲领

---

① 金吾不禁，玉漏无催——金吾：即执金吾，掌管京城治安的长官。玉漏：玉制的滴水计时器。这两句意谓官府准许百姓尽情地庆赏元宵节，也不受时间的限制。

家僮随后助战，只留妇女在家。时家中闻王必叩门之声，只道金祎归来。祎妻从隔门便问曰："王必那厮杀了么？"王必大惊，方悟金祎同谋，径投曹休家，报知金祎、耿纪等同谋反。休急披挂上马，引千馀人在城中拒敌。城内四下火起，烧着五凤楼，帝避于深宫。曹氏心腹爪牙死据宫门。城中但闻人叫："杀尽曹贼，以扶汉室。"

原来夏侯惇奉曹操命，巡警许昌，领三万军，离城五里屯扎。是夜，遥望见城中火起，便领大军前来，围住许都，使一枝军入城接应曹休，直混杀至天明。耿纪、韦晃等无人相助，人报金祎、二吉皆被杀死。耿纪、韦晃夺路杀出城门，正遇夏侯惇大军围住，活捉去了。手下百馀人皆被杀。夏侯惇入城，救灭遗火，尽收五人老小宗族，使人飞报曹操。操传令，教将耿、韦二人及五家宗族老小皆斩于市；并将在朝大小百官尽行拿解邺郡，听候发落。夏侯惇押耿、韦二人至市曹，耿纪厉声大叫曰："曹阿瞒，吾生不能杀汝，死当作厉鬼以击贼！"刽子以刀搠其口，流血满地，大骂不绝而死。韦晃以面颊顿地曰："可恨！可恨！"咬牙皆碎而死。后人有诗赞曰：

耿纪精忠韦晃贤，各持空手欲扶天。
谁知汉祚相将尽，恨满心胸丧九泉。

夏侯惇尽杀五家老小宗族，将百官解赴邺郡。曹操于教场立红旗于左，白旗于右，下令曰："耿纪、韦晃等造反，放火焚许都，汝等亦有出救火者，亦有闭门不出者。如曾救火者，可立于红旗下；如不曾救火者，可立于白旗下。"众官自思："救火者必无罪。"于是多奔红旗之下，三停内只有一停立于白旗下。操教尽拿立于红旗下者。众官各言无罪，操曰："汝当时之心，非是救火，实欲助贼耳。"尽命牵出漳河边斩之，死者三百馀员。其立于白旗下者，尽皆赏赐，仍令还许都。

时王必已被箭疮发而死，操命厚葬之。令曹休总督御林军马，钟繇为相国，华歆为御史大夫。遂定侯爵六等十八级，关中侯爵十七级，皆金印紫绶[①]；又置关内外侯十六级，银印龟纽墨绶；五大夫十五级，铜印环纽墨绶。定爵封官，朝廷又换一班人物。曹操方悟管辂火灾之说，遂重赏辂。辂不受。

却说曹洪领兵到汉中，令张郃、夏侯渊各据险要，曹洪亲自进兵拒敌。时张飞自与雷铜守把巴西。马超兵至下辨，令吴兰为先锋，领军哨出，正与曹洪军相遇。吴兰欲退，牙将任夔曰："贼兵初至，若不先挫其锐气，何颜见孟起乎？"于是骤马挺枪搦曹洪战；洪自提刀跃马而出。交锋三合，斩夔于马下，乘势掩杀。吴兰大败，回见马超。超责之曰："汝不得吾令，何故轻敌致败？"吴兰曰："任夔不听吾言，故有此败。"马超曰："可紧守隘口，勿与交锋。"一面申报成都，听候行止。曹洪见马超连日不出，恐有诈谋，引军退回南郑。

张郃来见曹洪，问曰："将军既已斩将，如何退兵？"洪曰："吾见马超不出，恐有别谋。且我在邺都，闻神卜管辂有言，当于此地折一员大将，吾疑此言，故不敢轻进。"张郃大笑曰："将军行兵半生，今奈何信卜者之言而惑其心哉？郃虽不才，愿以本部兵取巴西；若得巴西，蜀郡易耳。"洪曰："巴西守将张飞非比等闲，不可轻敌。"张郃曰："人皆怕张飞，吾视之如小儿耳，此去必擒之。"洪曰："倘有疏失，若何？"郃曰："甘当军令。"洪勒了文状[②]，张郃进兵。正是：

自古骄兵多致败，从来轻敌少成功。

未知胜负如何，且看下文分解。

---

① 绶——古代用以系官印的丝带，以不同颜色区分官级。

② 文状——即军令状。

第七十回

猛张飞智取瓦口隘　老黄忠计夺天荡山

却说张郃部兵三万，分为三寨，各傍山险：一名宕渠寨，一名蒙头寨，一名荡石寨。当日张郃于三寨中各分军一半去取巴西，留一半守寨。早有探马报到巴西，说张郃引兵来了。张飞急唤雷铜商议。铜曰："阆中地恶山险，可以埋伏。将军引兵出战，我出奇兵相助，郃可擒矣。"张飞拨精兵五千与雷铜去讫。飞自引兵一万，离阆中三十里，与张郃兵相遇。两军摆开，张飞出马，单搦张郃；郃挺枪纵马而出。战到二十馀合，郃后军忽然喊起，原来望见山背后有蜀兵旗幡，故此扰乱。张郃不敢恋战，拨马回走。张飞从后掩杀，前面雷铜又引兵杀出：两下夹攻，郃兵大败。张飞、雷铜连夜追袭，直赶到宕渠山。张郃仍旧分兵守住三寨，多置擂木炮石，坚守不战。

张飞离宕渠十里下寨。次日，引兵搦战。郃在山上大吹大擂饮酒，并不下山。张飞令军士大骂，郃只不出，飞只得还营。次日，雷铜又去山下搦战，郃又不出。雷铜驱军士上山，山上擂木炮石打将下来，雷铜急退。荡石、蒙头两寨兵出，杀败雷铜。次日，张飞又去搦战，张郃又不出。飞使军人百般秽骂，郃在山上亦骂。张飞寻思，无计可施。相拒五十馀日。飞就在山前扎住大寨，每日饮酒，饮至大醉，坐于山前辱骂。

玄德差人犒军，见张飞终日饮酒，使者回报玄德。玄德大惊，忙来问孔明。孔明笑曰："原来如此。军前恐无好酒，成都佳酿极多，可将五十瓮作三车装，送到军前，与张将军饮。"玄德曰："吾弟自来饮酒失事，军师何故反送酒与他？”孔明笑曰：“主公与翼德做了许多年兄弟，还不知其为人耶？翼德自来刚强，然前于收川之时，义释严颜，此非勇夫所为也。今与张郃相拒五十馀日，酒醉之后，便坐山前辱骂，旁若无人，此非贪杯，乃败张郃之计耳。”玄德曰：“虽然如此，未可托大[①]，可使魏延助之。”孔明令魏延解酒赴军前，车上各插黄旗，大书“军前公用美酒”。

魏延领命，解酒到寨中，见张飞，传说[②]主公赐酒。飞拜受讫，分付魏延、雷铜，各引一枝人马为左右翼，只看军中红旗起，便各进兵。教将酒摆列帐下，令军士大开旗鼓而饮。

有细作报上山来。张郃自来山顶观望，见张飞坐于帐下饮酒，令二小卒于面前相扑[③]为戏。郃曰：“张飞欺我太甚。”传令今夜下山劫飞寨，令蒙头、荡石二寨皆出为左右援。当夜张郃乘着月色微明，引军从山侧而下，径到寨前。遥望张飞大明灯烛，正在帐中饮酒。张郃当先大喊一声，山头擂鼓为助，直杀入中军，但见张飞端坐不动。张郃骤马到面前，一枪刺倒，却是一个草人。急勒马回时，帐后连珠炮起。一将当先，拦住去路，睁圆环眼，声如巨雷，乃张飞也，挺矛跃马，直取张郃。两将在火光中战到三五十合。张郃只盼两寨来救，谁知两寨救兵已被魏延、雷铜两将杀退，就势夺了二寨。张郃不见救兵至，正没奈何，又见山上火起，已被张飞后军夺了寨栅。张郃三寨俱失，只得奔瓦口关去了。

张飞大获胜捷，报入成都。玄德大喜，方知翼德饮酒是计，只要诱张郃下山。

却说张郃退守瓦口关，三万军已折了二万，遣人问曹洪求救。洪大怒曰：“汝不听吾言，强要进兵，失了紧要隘口，却又来求救。”遂不肯发兵，使人催督张郃出战。郃心慌，只得定计，分

---

① 托大——骄傲自大，满不在乎。

② 传说——转述，转达。

③ 相扑——古代的一种角力游戏，相当于今之摔跤。

两军去关口前山僻埋伏，分付曰：“我诈败，张飞必然赶来，汝等就截其归路。”当日张郃引军前进，正遇雷铜。战不数合，张郃败走，雷铜赶来。两军齐出，截断回路。张郃复回，刺雷铜于马下。

败军回报张飞，飞自来与张郃挑战。郃又诈败，张飞不赶。郃又回战，不数合，又败走。张飞知是计，收军回寨，与魏延商议曰：“张郃用埋伏计，杀了雷铜，又要赚吾，何不将计就计？”延问曰：“如何？”飞曰：“我明日先引一军前往，汝却引精兵于后，待伏兵出，汝可分兵击之。用车十馀乘，各藏柴草，塞住小路，放火烧之。吾乘势擒张郃，与雷铜报仇。”魏延领计。

次日，张飞引兵前进。张郃兵又至，与张飞交锋。战到十合，郃又诈败，张飞引马步军赶来。郃且战且走，引张飞过山峪口。郃将后军为前，复扎住营，与飞又战，指望两彪伏兵出，要围困张飞。不想伏兵却被魏延精兵到，赶入峪口，将车辆截住山路，放火烧车，山谷草木皆着，烟迷其径，兵不得出。张飞只顾引军冲突，张郃大败，死命杀开条路，走上瓦口关，收聚败兵，坚守不出。

张飞和魏延连日攻打关隘不下。飞见不济事，把军退二十里。却和魏延引数十骑，自来两边哨探小路。忽见男女数人各背小包，于山僻路攀藤附葛而走。飞于马上用鞭指与魏延曰：“夺瓦口关，只在这几个百姓身上。”便唤军士分付：“休要惊恐他，好生唤那几个百姓来。”军士连忙唤到马前。飞用好言以安其心，问其何来。百姓告曰：“某等皆汉中居民，今欲还乡。听知大军厮杀，塞闭阆中官道。今过苍溪，从梓潼山桧釿川入汉中，还家去。”飞曰：“这条路取瓦口关，远近若何？”百姓曰：“从梓潼山小路，却是瓦口关背后。”飞大喜，带百姓入寨中，与了酒食。分付魏延引兵扣关攻打；“我亲自引轻骑出梓潼山，攻关后。”便令百姓引路，选轻骑五百，从小路而进。

却说张郃为救军不到，心中正闷，人报魏延在关下攻打。张郃披挂上马，却待下山，忽报："关后四五路火起，不知何处兵来。"郃自领兵来迎，旗开处，早见张飞。郃大惊，急往小路而走。马不堪行，后面张飞追赶甚急，郃弃马上山，寻径而逃，方得走脱。随行只有十馀人。步行入南郑，见曹洪。

洪见张郃只剩下十馀人，大怒曰："吾教汝休去，汝取下文状要去。今日折尽大兵，尚不自死，还来做甚？"喝令左右推出斩之。行军司马郭淮谏曰："三军易得，一将难求。张郃虽然有罪，乃魏王所深爱者也，不可便诛。可再与五千兵，径取葭萌关，牵动其各处之兵，汉中自安矣。如不成功，二罪俱罚。"曹洪从之，又与兵五千，教张郃取葭萌关。郃领命而去。

却说葭萌关守将孟达、霍峻知张郃兵来，霍峻只要坚守。孟达定要迎敌，引军下关与张郃交锋，大败而回。霍峻急申文书到成都。

玄德闻知，请军师商议。孔明聚众将于堂上，问曰："今葭萌关紧急，必须阆中取翼德，方可退张郃也。"法正曰："今翼德兵屯瓦口，镇守阆中，亦是紧要之地，不可取回。帐中诸将内选一人去破张郃。"孔明笑曰："张郃乃魏之名将，非等闲可及，除非翼德，无人可当。"忽一人厉声而出曰："军师何轻视众人耶？吾虽不才，愿斩张郃首级，献于麾下。"众视之，乃老将黄忠也。孔明曰："汉升虽勇，争奈年老，恐非张郃对手。"忠听了，白发倒竖而言曰："某虽老，两臂尚开三石之弓，浑身还有千斤之力，岂不足敌张郃匹夫耶？"孔明曰："将军年近七十，如何不老？"忠趋步下堂，取架上大刀，轮动如飞；壁上硬弓，连拽折两张。孔明曰："将军要去，谁为副将？"忠曰："老将严颜，可同我去。但有疏虞，先纳下这白头。"玄德大喜，即时令严颜、黄忠去与张郃交战。赵云谏曰："今张郃亲犯葭萌关，军师休为儿戏。若葭萌一失，益州危矣。何故以二老将当此大敌乎？"孔明曰："汝以二人老迈，不能成事，吾料汉中必于此二人手内可得。"赵云等各各哂笑而退。

却说黄忠、严颜到关上，孟达、霍峻见了，心中亦笑孔明欠调度："是这般紧要去处，如何只教两个老的来？"黄忠谓严颜曰："你可见诸人动静么？他笑我二人年老，今可建奇功，以服众心。"严颜曰："愿听将军之令。"两个商议定了。黄忠引军下关，与张郃对阵。张郃出马，见了黄忠，笑曰："你许大[①]年纪，犹不识羞，尚欲出战耶？"忠怒曰："竖子欺吾年老，吾手中宝刀却不老。"遂拍马向前与郃决战。二马相交，约战二十馀合，忽然背后喊声起，原来是严颜从小路抄在张郃军后，两军夹攻，张郃大败。连夜赶去，张郃兵退八九十里。黄忠、严颜收兵入寨，俱各按兵不动。

曹洪听知张郃输了一阵，又欲见罪。郭淮曰："张郃被迫，必投西蜀。今可遣将助之，就如监临，使不生外心。"曹洪从之，即遣夏侯惇之侄夏侯尚并降将韩玄之弟韩浩，二人引五千兵，前来助战。二将即时起行，到张郃寨中，问及军情，郃言："老将黄忠甚是英雄，更有严颜相助，不可轻敌。"韩浩曰："我在长沙知此老贼利害。他和魏延献了城池，害吾亲兄，今既相遇，必当报仇。"遂与夏侯尚引新军离寨前进。

原来黄忠连日哨探，已知路径。严颜曰："此去有山，名天荡山，山中乃是曹操屯粮积草之地。若取得那个去处，断其粮草，汉中可得也。"忠曰："将军之言，正合吾意。可与吾如此如此。"严颜依计，自领一枝军去了。

却说黄忠听知夏侯尚、韩浩来，遂引军马出营。韩浩在阵前大骂："黄忠，无义老贼！"拍马挺枪，来取黄忠。夏侯尚便出夹攻。黄忠力战二将，各斗十馀合，黄忠败走。二将赶二十馀里，夺了黄忠寨。忠又草创一营。次日，夏侯尚、韩浩赶来，忠又出阵，战数合，又败走。二将又赶二十馀里，夺了黄忠营寨，唤张

① 许大——如此大，这么大。

郃守后寨。郃来前寨谏曰："黄忠连退二日，于中必有诡计。"夏侯尚叱张郃曰："你如此胆怯，可知屡次战败。今再休多言，看吾二人建功。"张郃羞赧而退。次日，二将又战，黄忠又败退二十里。二将迤逦赶上。次日，二将兵出，黄忠望风而走，连败数阵，直退在关上。二将扣关下寨，黄忠坚守不出。

孟达暗暗发书，申报玄德说："黄忠连输数阵，现今退在关上。"玄德慌问孔明。孔明曰："此乃老将骄兵之计也。"赵云等不信。玄德差刘封来关上接应黄忠。忠与封相见，问刘封曰："小将军来助战，何意？"封曰："父亲得知将军数败，故差某来。"忠笑曰："此老夫骄兵之计也。看今夜一阵，可尽复诸营，夺其粮食、马匹。此是借寨与彼屯辎重耳。今夜留霍峻守关，孟将军可与我搬粮草，夺马匹，小将军看我破敌。"

是夜二更，忠引五千军，开关直下。原来夏侯尚、韩浩二将连日见关上不出，尽皆懈怠，被黄忠破寨直入，人不及甲，马不及鞍，二将各自逃命而走，军马自相践踏，死者无数。比及天明，连夺三寨。寨中丢下军器、鞍马无数，尽教孟达搬运入关。黄忠催军马随后而进，刘封曰："军士力困，可以暂歇。"忠曰："不入虎穴，焉得虎子？"策马先进。士卒皆努力向前。张郃军兵反被自家败兵冲动，都屯扎不住，望后而走，尽弃了许多寨栅，直奔至汉水旁。

张郃寻见夏侯尚、韩浩，议曰："此天荡山乃粮草之所，更接米仓山亦屯粮之地，是汉中军士养命之源，倘若疏失，是无汉中也。当思所以保之。"夏侯尚曰："米仓山有吾叔夏侯渊分兵守护，那里正接定军山，不必忧虑。天荡山有吾兄夏侯德镇守，我等宜往投之，就保此山。"

于是张郃与二将连夜投天荡山，来见夏侯德，具言前事。夏侯德曰："吾此处屯十万兵，你可引去，复取原寨。"郃曰："只宜坚守，不可妄动。"忽听山前金鼓大震，人报黄忠兵到。夏侯德大笑曰："老贼不谙兵法，只恃勇耳。"郃曰："黄忠有谋，非止勇也。"德曰："川兵远涉而来，连日疲困，更兼深入战境，此无谋也。"郃曰："亦不可轻敌，且宜坚守。"韩浩曰："愿借精兵三千击之，当无不克。"

德遂分兵与浩下山；黄忠整兵来迎。刘封谏曰："日已西沉矣，军皆远来劳困，且宜暂息。"忠笑曰："不然。此天赐奇功，不取是逆天也。"言毕，鼓噪大进；韩浩引兵来战。黄忠挥刀直取浩，只一合，斩浩于马下。蜀兵大喊，杀上山来。张郃、夏侯尚急引军来迎。忽听山后大喊，火光冲天而起，上下通红。夏侯德提兵来救火时，正遇老将严颜，手起刀落，斩夏侯德于马下。原来黄忠预先使严颜引军埋伏于山僻去处，只等黄忠军到，却来放火，柴草堆上一齐点着，烈焰飞腾，照耀山峪。严颜既斩夏侯德，从山后杀来。张郃、夏侯尚前后不能相顾，只得弃天荡山，望定军山投奔夏侯渊去了。

黄忠、严颜守住天荡山，捷音飞报成都。玄德闻之，聚众将庆喜。法正曰："昔曹操降张鲁，定汉中，不因此势以图巴蜀，乃留夏侯渊、张郃二将屯守，而自引大军北还，此失计也。今张郃新败，天荡失守，主公若乘此时举大兵，亲往征之，汉中可定也。既定汉中，然后练兵积粟，观衅伺隙，进可讨贼，退可自守。此天与之时，不可失也。"玄德、孔明皆深然之，遂传令赵云、张飞为先锋，玄德与孔明亲自引兵十万，择日图汉中；传檄各处，严加提备。

时建安二十三年秋七月吉日[①]，玄德大军出葭萌关下营，召黄忠、严颜到寨，厚赏之。玄德曰："人皆言将军老矣，惟军师独知将军之能，今果立奇功。但今汉中定军山乃南郑保障，粮草积聚之所，若得定军山，阳平一路无足忧矣。将军还敢取定军山否？"

---

① 吉日——这里指朔日，也就是农历每月的初一日。

黄忠慨然应诺，便要领兵前去。孔明急止之曰："老将军虽然英勇，然夏侯渊非张郃之比也。渊深通韬略，善晓兵机，曹操倚之为西凉藩蔽。先曾屯兵长安，拒马孟起；今又屯兵汉中。操不托他人，而独托渊者，以渊有将才也。今将军虽胜张郃，未卜能胜夏侯渊。吾欲酌量着一人去荆州，替回关将军来，方可敌之。"忠奋然答曰："昔廉颇[①]年八十，尚食斗米、肉十斤，诸侯畏其勇，不敢侵犯赵界，何况黄忠未及七十乎？军师言吾老，吾今并不用副将，只将本部兵三千人去，立斩夏侯渊首级，纳于麾下。"孔明再三不容，黄忠只是要去。孔明曰："既将军要去，吾使一人为监军同去，若何？"正是：

　　请将须行激将法，少年不若老年人。

未知其人是谁，且看下文分解。

① 廉颇——战国时赵国名将，战功卓著，威震八方。年八十，尚能"一饭斗米，肉十斤，被甲上马"，威风不减当年。从而成为老当益壮的典范人物。（见《史记·廉颇蔺相如列传》）

第七十一回

占对山黄忠逸待劳　据汉水赵云寡胜众

却说孔明分付黄忠："你既要去，吾教法正助你，凡事计议而行。吾随后拨人马来接应。"黄忠应允，和法正领本部兵去了。孔明告玄德曰："此老将不着言语激他，虽去不能成功。他今既去，须拨人马前去接应。"乃唤赵云："将一枝人马，从小路出奇兵接应黄忠：若忠胜，不必出战；倘忠有失，即去救应。"又遣刘封、孟达："领三千兵，于山中险要去处多立旌旗，以壮我兵之声势，令敌人惊疑。"三人各自领兵去了。又差人往下辨，授计与马超，令他如此而行。又差严颜往巴西阆中守隘，替张飞、魏延来，同取汉中。

却说张郃与夏侯尚来见夏侯渊，说："天荡山已失，折了夏侯德、韩浩。今闻刘备亲自领兵来取汉中，可速奏魏王，早发精兵猛将，前来策应。"夏侯渊便差人报知曹洪。洪星夜前到许昌，禀知曹操。操大惊，急聚文武，商议发兵救汉中。长史刘晔进曰："汉中若失，中原震动。大王休辞劳苦，必须亲自征讨。"操自悔曰："恨当时不用卿言，以致如此。"忙传令旨，起兵四十万亲征。时建安二十三年秋七月也。曹操兵分三路而进：前部先锋夏侯惇，操自领中军，使曹休押后，三军陆续起行。操骑白马金鞍，玉带锦衣；武士手执大红罗销金伞盖，左右金瓜银钺，镫棒戈矛，打日月龙凤旌旗；护驾龙虎官军二万五千，分为五队，每队五千，按青、黄、赤、白、黑五色，旗幡甲马，并依本色：光辉灿烂，极其雄壮。

兵出潼关，操在马上望见一簇林木极其茂盛，问近侍曰："此何处也？"答曰："此名蓝田。林木之间乃蔡邕庄也，今邕女蔡琰与其夫董祀居此。"原来操素与蔡邕相善。先时其女蔡琰乃卫仲道之妻，后被北方掳去，于北地生二子，作《胡笳十八拍》[①]，流入中原。操深怜之，使人持千金，入北方赎之。左贤王惧操之势，送蔡琰还汉。操乃以琰配与董祀为妻。

当日到庄前，因想起蔡邕之事，令军马先行，操引近侍百馀骑，到庄门下马。时董祀出仕于外，止有蔡琰在家，琰闻操至，忙出迎接。操至堂，琰起居[②]毕，侍立于侧。操偶见壁间悬一碑文图轴，起身观之，问于蔡琰。琰答曰："此乃曹娥之碑[③]也。昔和帝时，上虞有一巫者，名曹旴，能婆娑[④]乐神。五月五日，醉舞舟中，堕江而死。其女年十四岁，绕江啼哭七昼夜，跳入波中。后五日，负父之尸浮于江面，里人葬之江边。上虞令度尚奏闻朝廷，表为孝女。度尚令邯郸淳作文镌碑以记其事。时邯郸淳年方十三岁，文不加点[⑤]，一挥而就，立石墓侧，时人奇之。妾父蔡邕闻而往观，时日已暮，乃于暗中以手摸碑文而读之，索笔大书八字于其背。后人镌石，并镌此八字。"操读八字云："黄绢幼妇，外孙齑臼。"操问琰曰："汝解此意否？"琰曰："虽先人遗笔，妾实不解其意。"

操回顾众谋士曰："汝等解否？"众皆不能答。于内一人出曰："某已解其意。"操视之，乃主簿杨修也。操曰："卿且勿言，容吾思之。"遂辞了蔡琰，引众出庄。上马行三里，忽省悟，笑谓修曰："卿试言之。"修曰："此隐语耳。'黄绢'乃颜色之丝也，'色'

---

① 《胡笳十八拍》——东汉蔡琰（女）作。为古乐府琴曲歌辞。共十八章（拍）。

② 起居——请安问好。

③ 曹娥之碑——这里指《曹娥碑》的碑文。东汉邯郸淳作。

④ 婆娑——这里是舞蹈之意。

⑤ 文不加点——即作文一气呵成，毫不涂改。点：涂抹，涂改。形容文思敏捷，技艺高超。

旁加'丝'是'绝'字;'幼妇'者少女也,'女'旁'少'字是'妙'字;'外孙'乃女之子也,'女'旁'子'字是'好'字。'齑臼'乃受五辛[①]之器也,'受'旁'辛'字是'辤'[②]字。总而言之是'绝妙好辤'四字。"操大惊曰:"正合孤意。"众皆叹羡杨修才识之敏。

不一日,军至南郑。曹洪接着,备言张郃之事。操曰:"非郃之罪,胜负乃兵家常事耳。"洪曰:"目今刘备使黄忠攻打定军山,夏侯渊知大王兵至,固守未曾出战。"操曰:"若不出战,是示懦也。"便差人持节到定军山,教夏侯渊进兵。刘晔谏曰:"渊性太刚,恐中奸计。"操乃作手书与之。

使命持节到渊营,渊接入,使者出书。渊拆视之,略曰:

> 凡为将者,当以刚柔相济,不可徒恃其勇。若但任勇,则是一夫之敌耳。吾今屯大军于南郑,欲观卿之"妙才",勿辱二字可也。

夏侯渊览毕大喜,打发使命回讫,乃与张郃商议曰:"今魏王率大兵屯于南郑,以讨刘备。吾与汝久守此地,岂能建立功业?来日吾出战,务要生擒黄忠。"张郃曰:"黄忠谋勇兼备,况有法正相助,不可轻敌。此间山路险峻,只宜坚守。"渊曰:"若他人建了功劳,吾与汝有何面目见魏王耶?汝只守山,吾去出战。"遂下令曰:"谁敢出哨诱敌?"夏侯尚曰:"吾愿往。"渊曰:"汝去出哨,与黄忠交战,只宜输,不宜赢。吾有妙计,如此如此。"尚受令,引三千军,离定军山大寨前行。

却说黄忠与法正引兵屯于定军山口,累次挑战,夏侯渊坚守不出;欲要进攻,又恐山路危险,难以料敌,只得据守。是日,忽报山上曹兵下来搦战。黄忠恰待引军出迎,牙将陈式曰:"将军休动,某愿当之。"忠大喜,遂令陈式引军一千,出山口列阵。夏侯

---

① 五辛——指五种辛辣蔬菜,而说法不同:佛家谓指葱、韭、蒜、薤、兴蕖;明代李时珍《本草纲目·菜一·五辛菜》指葱、蒜、韭、蓼蒿、芥菜。

② 辤——同"辭"(辞)。

尚兵至，遂与交锋。不数合，尚诈败而走。式赶去，行到半路，被两山上擂木炮石打将下来，不能前进。正欲回时，背后夏侯渊引兵突出，陈式不能抵当，被夏侯渊生擒回寨。部卒多降。

有败军逃得性命，回报黄忠，说陈式被擒。忠慌与法正商议，正曰："渊为人轻躁，恃勇少谋。可激劝士卒，拔寨前进，步步为营，诱渊来战而擒之，此乃'反客为主'之法。"忠用其谋，将应有之物尽赏三军，欢声满谷，愿效死战。黄忠即日拔寨而进，步步为营，每营住数日又进。

渊闻之，欲出战。张郃曰："此乃'反客为主'之计，不可出战，战则有失。"渊不从，令夏侯尚引数千兵出战，直到黄忠寨前。忠上马提刀出迎，与夏侯尚交马，只一合，生擒夏侯尚归寨。馀皆败走，回报夏侯渊。渊急使人到黄忠寨，言愿将陈式来换夏侯尚。忠约定来日阵前相换。

次日，两军皆到山谷阔处，布成阵势。黄忠、夏侯渊各立马于本阵门旗之下，黄忠带着夏侯尚，夏侯渊带着陈式，各不与袍铠，只穿蔽体薄衣。一声鼓响，陈式、夏侯尚各望本阵奔回。夏侯尚比及到阵门时，被黄忠一箭射中后心，尚带箭而回。渊大怒，骤马径取黄忠；忠正要激渊厮杀。两将交马，战到二十馀合，曹营内忽然鸣金收兵。渊慌拨马而回，被忠乘势杀了一阵。渊回阵问押阵官："为何鸣金？"答曰："某见山凹中有蜀兵旗幡数处，恐是伏兵，故急招将军回。"渊信其说，遂坚守不出。

黄忠逼到定军山下，与法正商议。正以手指曰："定军山西，巍然有一座高山，四下皆是险道，此山上足可下视定军山之虚实。将军若取得此山，定军山只在掌中也。"忠仰见山头稍平，山上有些少人马。是夜二更，忠引军士鸣金击鼓，直杀上山顶。此山有夏侯渊部将杜袭守把，止有数百馀人，当时见黄忠大队拥上，只得弃山而走。忠得了山顶，正与定军山相对。法正曰："将军可守在半山，某居山顶。待夏侯渊兵至，吾举白旗为号，将军却按兵勿动；待他倦怠无备，吾却举起红旗，将军便下山击之：以逸待劳，必当取胜。”忠大喜，从其计。

却说杜袭引军逃回，见夏侯渊，说黄忠夺了对山。渊大怒曰：“黄忠占了对山，不容我不出战。”张郃谏曰：“此乃法正之谋也。将军不可出战，只宜坚守。”渊曰：“占了吾对山，观吾虚实，如何不出战？”郃苦谏不听。渊分军围住对山，大骂挑战。法正在山上举起白旗，任从夏侯渊百般辱骂，黄忠只不出战。午时以后，法正见曹兵倦怠，锐气已堕，多下马坐息，乃将红旗招展。鼓角齐鸣，喊声大震，黄忠一马当先，驰下山来，犹如天崩地塌之势。夏侯渊措手不及，被黄忠赶到麾盖之下，大喝一声，犹如雷吼。渊未及相迎，黄忠宝刀已落，连头带肩，砍为两段。后人有诗赞黄忠曰：

苍头临大敌，皓首逞神威。
力趁雕弓发，风迎雪刃挥。
雄声如虎吼，骏马似龙飞。
献馘功勋重，开疆展帝畿。

黄忠斩了夏侯渊，曹兵大溃，各自逃生。黄忠乘势去夺定军山，张郃领兵来迎。忠与陈式两下夹攻，混杀一阵，张郃败走。忽然山旁闪出一彪人马，当住去路，为首一员大将大叫：“常山赵子龙在此！”张郃大惊，引败军夺路望定军山而走。只见前面一枝兵来迎，乃杜袭也。袭曰：“今定军山已被刘封、孟达夺了。”郃大惊，遂与杜袭引败兵到汉水扎营；一面令人飞报曹操。

操闻渊死，放声大哭，方悟管辂所言“三八纵横”乃建安二十四年也，“黄猪遇虎”乃岁在己亥正月也，“定军之南”乃定军山之南也，“伤折一股”乃渊与操有兄弟之亲情也。操令人寻管辂时，不知何处去了。操深恨黄忠，遂亲统大军，来定军山与夏侯渊报仇，令徐晃作先锋。行到汉水，张郃、杜袭接着曹操。二将曰：“今定军山已失，可将米仓山粮草移于北山寨中屯积，然后进兵。”曹操依允。

却说黄忠斩了夏侯渊首级，来葭萌关上见玄德献功。玄德大喜，加忠为征西大将军，设宴庆贺。忽牙将张著来报说：“曹操自领大军二十万，来与夏侯渊报仇。目今张郃在米仓山搬运粮草，移于汉水北山脚下。”孔明曰：“今操引大兵至此，恐粮草不敷，故勒兵不进。若得一人深入其境，烧其粮草，夺其辎重，则操之锐气挫矣。”黄忠曰：“老夫愿当此任。”孔明曰：“操非夏侯渊之比，不可轻敌。”玄德曰：“夏侯渊虽是总帅，乃一勇夫耳，安及张郃？若斩得张郃，胜斩夏侯渊十倍也。”忠奋然曰：“吾愿往斩之。”孔明曰：“你可与赵子龙同领一枝兵去，凡事计议而行，看谁立功。”忠应允便行。孔明就令张著为副将同去。

云谓忠曰：“今操引二十万众，分屯十营，将军在主公前要去夺粮，非小可之事。将军当用何策？”忠曰：“看我先去，如何？”云曰：“等我先去。”忠曰：“我是主将，你是副将，如何争先？”云曰：“我与你都一般为主公出力，何必计较？我二人拈阄，拈着的先去。”忠依允。当时黄忠拈着先去。云曰：“既将军先去，某当相助。可约定时刻，如将军依时而还，某按兵不动；若将军过时而不还，某即引军来接应。”忠曰：“公言是也。”于是二人约定午时为期。云回本寨，谓部将张翼曰：“黄汉升约定明日去夺粮草，若午时不回，我当往助。吾营前临汉水，地势危险。我若去时，汝可谨守寨栅，不可轻动。”张翼应诺。

却说黄忠回到寨中，谓副将张著曰：“我斩了夏侯渊，张郃丧胆。吾明日领命去劫粮草，只留五百军守营，你可助吾。今夜三更，尽皆饱食。四更离营，杀到北山脚下，先捉张郃，后劫粮草。”张著依令。当夜黄忠领人马在前，张著在后，偷过汉水，直到北山之下。东方日出，见粮积如山。有些少军士看守，见蜀兵到，尽弃而走。黄忠教马军一齐下马，取柴堆于米粮之上。正欲放火，张郃兵到，与忠混战一处。曹操闻知，急令徐晃接应。晃领兵前进，将黄忠困于垓心。张著引三百军走脱，正要回寨，忽一枝兵撞出，拦住去路，为首大将，乃是文聘。后面曹兵又至，把张著围住。

却说赵云在营中，看看等到午时，不见忠回，急忙披挂上马，引三千军向前接应。临行，谓张翼曰："汝可坚守营寨，两壁厢多设弓弩，以为准备。"翼连声应诺。云挺枪骤马，直杀往前去。迎头一将拦路，乃文聘部将慕容烈也，拍马舞刀，来迎赵云，被云手起一枪刺死。曹兵败走。云直杀入重围，又一枝兵截住，为首乃魏将焦炳。云喝问曰："蜀兵何在？"炳曰："已杀尽矣。"云大怒，骤马一枪，又刺死焦炳。杀散馀兵，直至北山之下，见张郃、徐晃两人围住黄忠，军士被困多时。云大喝一声，挺枪骤马，杀入重围，左冲右突，如入无人之境。那枪浑身上下，若舞梨花，遍体纷纷，如飘瑞雪。张郃、徐晃心惊胆战，不敢迎敌。云救出黄忠，且战且走，所到之处，无人敢阻。操于高处望见，惊问众将曰："此将何人也？"有识者告曰："此乃常山赵子龙也。"操曰："昔日当阳长坂英雄尚在。"急传令曰："所到之处，不许轻敌。"赵云救了黄忠，杀透重围，有军士指曰："东南上围的必是副将张著。"云不回本寨，遂望东南杀来。所到之处，但见"常山赵云"四字旗号，曾在当阳长坂知其勇者，互相传说，尽皆逃窜。云又救了张著。

曹操见云东冲西突，所向无前，莫敢迎敌，救了黄忠，又救了张著，奋然大怒，自领左右将士来赶赵云，云已杀回本寨。部将张翼接着，望见后面尘起，知是曹兵追来，即谓云曰："追兵渐近，可令军士闭上寨门，上敌楼防护。"云喝曰："休闭寨门。汝岂不知吾昔在当阳长坂时，单枪匹马，觑曹兵八十三万如草芥？今有军有将，又何惧哉？"遂拨弓弩手于寨外壕中埋伏，将营内旗枪尽皆倒偃，金鼓不鸣。云匹马单枪，立于营门之外。

却说张郃、徐晃领兵追至蜀寨，天色已暮，见寨中偃旗息鼓；又见赵云匹马单枪立于营外，寨门大开：二将不敢前进。正疑之间，

曹操亲到，急催督众军向前。众军听令，大喊一声，杀奔营前，见赵云全然不动，曹兵翻身就回。赵云把枪一招，壕中弓弩齐发。时天色昏黑，正不知蜀兵多少。操先拨回马走。只听得后面喊声大震，鼓角齐鸣，蜀兵赶来。曹兵自相践踏，拥到汉水河边，落水死者不知其数。赵云、黄忠、张著各引兵一枝，追杀甚急。操正奔走间，忽刘封、孟达率二枝兵，从米仓山路杀来，放火烧粮草。操弃了北山粮草，忙回南郑。徐晃、张郃扎脚不住，亦弃本寨而走。

赵云占了曹寨，黄忠夺了粮草，汉水所得军器无数，大获胜捷，差人去报玄德。玄德遂同孔明前至汉水，问赵云的部卒曰："子龙如何厮杀？"军士将子龙救黄忠、拒汉水之事，细述一遍。玄德大喜，看了山前山后险峻之路，欣然谓孔明曰："子龙一身都是胆也！"后人有诗赞曰：

昔日战长坂，威风犹未减。
突阵显英雄，被围施勇敢。
鬼哭与神号，天惊并地惨。
常山赵子龙，一身都是胆。

于是玄德号子龙为"虎威将军"，大劳将士，欢宴至晚。

忽报："曹操复遣大军从斜谷小路而进，来取汉水。"玄德笑曰："操此来无能为也，我料必得汉水矣。"乃率兵于汉水之西以迎之。曹操命徐晃为先锋，前来决战。帐前一人出曰："某深知地理，愿助徐将军同去破蜀。"操视之，乃巴西宕渠人也，姓王名平，字子均，现充牙门将军。操大喜，遂命王平为副先锋，相助徐晃。操屯兵于定军山北。

徐晃、王平引军至汉水，晃令前军渡水列阵。平曰："军若渡水，倘要急退，如之奈何？"晃曰："昔韩信背水为阵①，所谓'致

① 韩信背水为阵——事见《史记·淮阴侯列传》：韩信为汉高祖刘邦部下大将，率兵攻赵，与赵兵相遇于井陉口，仅选二千精兵，背水列阵，因无路可退，个个奋勇，大获全胜。

之死地而后生'也。"平曰:"不然。昔者韩信料敌人无谋而用此计，今将军能料赵云、黄忠之意否？"晃曰:"汝可引步军拒敌，看我引马军破之。"遂令搭起浮桥，随即过河来战蜀兵。正是:

　　魏人妄意宗韩信，蜀相那知是子房。

未知胜负如何，且看下文分解。

第七十二回

诸葛亮智取汉中　曹阿瞒兵退斜谷

却说徐晃引军渡汉水，王平苦谏不听，渡过汉水扎营。黄忠、赵云告玄德曰："某等各引本部兵去迎曹兵。"玄德应允。二人引兵而行。忠谓云曰："今徐晃恃勇而来，且休与敌，待日暮兵疲，你我分兵两路击之可也。"云然之，各引一军据住寨栅。徐晃引兵从辰时搦战，直至申时，蜀兵不动。晃尽教弓弩手向前，望蜀营射去。黄忠谓赵云曰："徐晃令弓弩射者，其军必将退也，可乘时击之。"言未已，忽报曹兵后队果然退动。于是蜀营鼓声大震，黄忠领兵左出，赵云领兵右出，两下夹攻。徐晃大败，军士逼入汉水，死者无数。

晃死战得脱，回营责王平曰："汝见吾军势将危，如何不救？"平曰："我若来救，此寨亦不能保。我曾谏公休去，公不肯听，以致此败。"晃大怒，欲杀王平。平当夜引本部军，就营中放起火来。曹兵大乱，徐晃弃营而走。王平渡汉水来投赵云，云引见玄德。王平尽言汉水地理，玄德大喜曰："孤得王子均，取汉中无疑矣。"遂命王平为偏将军，领向导使。

却说徐晃逃回见操，说："王平反去降刘备矣。"操大怒，亲统大军，来夺汉水寨栅。赵云恐孤军难立，遂退于汉水之西。两军隔水相拒。玄德与孔明来观形势，孔明见汉水上流头有一带土山，可伏千馀人。乃回到营中，唤赵云分付："汝可引五百人，皆带鼓角，伏于土山之下，或半夜，或黄昏，只听我营中炮响：炮响一番，擂鼓一番，只不要出战。"子龙受计去了。孔明却在高山上暗窥。

次日，曹兵到来搦战，蜀营中一人不出，弓弩亦都不发。曹兵自回。当夜更深，孔明见曹营灯火方息，军士歇定，遂放号炮。子龙听得，令鼓角齐鸣。曹兵惊慌，只疑劫寨。及至出营，不见一军。方才回营欲歇，号炮又响，鼓角又鸣，呐喊震地，山谷应声。曹兵彻夜不安。一连三夜，如此惊疑。操心怯，拔寨退三十里，就空阔处扎营。孔明笑曰："曹操虽知兵法，不知诡计。"遂请玄德亲渡汉水，背水结营。玄德问计，孔明曰："可如此如此。"

曹操见玄德背水下寨，心中疑惑，使人来下战书。孔明批"来日决战"。次日，两军会于中路五界山前，列成阵势。操出马立于门旗下，两行布列龙凤旌旗，擂鼓三通，唤玄德答话。玄德引刘封、孟达并川中诸将而出。操扬鞭大骂曰："刘备忘恩失义、反叛朝廷之贼！"玄德曰："吾乃大汉宗亲，奉诏讨贼。汝上弑母后，自立为王，僭用天子銮舆，非反而何？"操怒，命徐晃出马来战；刘封出迎。交战之时，玄德先走入阵。封敌晃不住，拨马便走。操下令："捉得刘备，便为西川之主。"大军齐呐喊，杀过阵来。蜀兵望汉水而逃，尽弃营寨，马匹、军器丢满道上。曹军皆争取，操急鸣金收军。众将曰："某等正待捉刘备，大王何故收军？"操曰："吾见蜀兵背汉水安营，其可疑一也；多弃马匹、军器，其可疑二也。可急退军，休取衣物。"遂下令曰："妄取一物者立斩。火速退兵。"曹兵方回头时，孔明号旗举起，玄德中军领兵便出，黄忠左边杀来，赵云右边杀来。曹兵大溃而逃，孔明连夜追赶。操传令军回南郑，只见五路火起，原来魏延、张飞得严颜代守阆中，分兵杀来，先得了南郑。操心惊，望阳平关而走。

玄德大兵追至南郑褒州，安民已毕，玄德问孔明曰："曹操此来，何败之速也？"孔明曰："操平生为人多疑，虽能用兵，疑则多败。吾以疑兵胜之。"玄德曰："今操退守阳平关，其势已孤，先生将何策以退之？"孔明曰："亮已算定了。"便差张飞、魏延分兵两路去截曹操粮道，令黄忠、赵云分兵两路去放火烧山。四路军将，各引向导、官军去了。

却说曹操退守阳平关，令军哨探。回报曰：“今蜀兵将远近小路尽皆塞断，砍柴去处尽放火烧绝，不知兵在何处。”操正疑惑间，又报张飞、魏延分兵劫粮。操问曰：“谁敢敌张飞？”许褚曰：“某愿往。”操令许褚引一千精兵，去阳平关路上护接粮草。解粮官接着，喜曰：“若非将军到此，粮不得到阳平矣。”遂将车上的酒肉，献与许褚。褚痛饮，不觉大醉，便乘酒兴，催粮车行。解粮官曰：“日已暮矣，前褒州之地，山势险恶，未可过去。”褚曰：“吾有万夫之勇，岂惧他人哉？今夜乘着月色，正好使粮车行走。”许褚当先，横刀纵马，引军前进，二更以后，往褒州路上而来。行至半路，忽山凹里鼓角震天，一枝军当住。为首大将乃张飞也，挺矛纵马，直取许褚。褚舞刀来迎，却因酒醉，敌不住张飞。战不数合，被飞一矛刺中肩膀，翻身落马。军士急忙救起，退后便走。张飞尽夺粮草车辆而回。

却说众将保着许褚，回见曹操。操令医士疗治金疮，一面亲自提兵来与蜀兵决战；玄德引军出迎。两阵对圆，玄德令刘封出马。操骂曰：“卖履小儿，常使假子拒敌。吾若唤黄须儿来，汝假子为肉泥矣。”刘封大怒，挺枪骤马，径取曹操。操令徐晃来迎，封诈败而走。操引兵追赶。蜀兵营中，四下炮响，鼓角齐鸣。操恐有伏兵，急教退军，曹兵自相践踏，死者极多。奔回阳平关，方才歇定，蜀兵赶到城下，东门放火，西门呐喊，南门放火，北门擂鼓。操大惧，弃关而走。蜀兵从后追袭。操正走之间，前面张飞引一枝兵截住，赵云引一枝兵从背后杀来，黄忠又引兵从褒州杀来。操大败，诸将保护曹操夺路而走。方逃至斜谷界口，前面尘头忽起，一枝兵到。操曰：“此军若是伏兵，吾休矣！”及兵将近，乃操次子曹彰也。

彰字子文，少善骑射，膂力[①]过人，能手格[②]猛兽。操尝戒之曰：“汝不读书而好弓马，此匹夫之勇，何足贵乎？”彰曰：“大丈夫当学卫青、霍去病[③]，立功沙漠，长驱数十万众，纵横天下，何能作博士[④]耶？”操尝问诸子之志，彰曰：“好为将。”操问：“为将何如？”彰曰：“披坚执锐[⑤]，临难不顾，身先士卒；赏必行，罚必信。”操大笑。建安二十三年，代郡乌桓反，操令彰引兵五万讨之。临行戒之曰：“居家为父子，受事为君臣。法不徇情，尔宜深戒。”彰到代北，身先战阵，直杀至桑干，北方皆平。因闻操在阳平败阵，故来助战。操见彰至，大喜曰：“我黄须儿来，破刘备必矣。”遂勒兵复回，于斜谷界口安营。

有人报玄德，言曹彰到。玄德问曰：“谁敢去战曹彰？”刘封曰：“某愿往。”孟达又说要去。玄德曰：“汝二人同去，看谁成功。”各引兵五千来迎：刘封在先，孟达在后。曹彰出马与封交战，只三合，封大败而回。孟达引兵前进，方欲交锋，只见曹兵大乱。原来马超、吴兰两军杀来，曹兵惊动。孟达引兵夹攻。马超士卒蓄锐日久，到此耀武扬威，势不可当。曹兵败走。曹彰正遇吴兰，两个交锋，不数合，曹彰一戟刺吴兰于马下。三军混战。操收兵于斜谷界口扎住。

操屯兵日久，欲要进兵，又被马超拒守；欲收兵回，又恐被蜀兵耻笑：心中犹豫不决。适庖官[⑥]进鸡汤，操见碗中有鸡肋，因而有感于怀。正沉吟间，夏侯惇入帐，禀请夜间口号。操随口曰：“鸡肋，鸡肋。”惇传令众官，都称“鸡肋”。行军主簿杨修见传“鸡肋”二字，便教随行军士各收拾行装，准备归程。有人报知

---

① 膂（lǚ）力——体力。膂：脊梁骨。

② 格——击，打，斗。

③ 卫青、霍去病——皆为汉武帝时名将。二人都多次远征匈奴，战功卓著。

④ 博士——古代学官名。这里借指文人学士。

⑤ 披坚执锐——身着坚固的盔甲，手执锐利的兵器。意谓要做武将。

⑥ 庖官——厨师头目。

夏侯惇。惇大惊，遂请杨修至帐中，问曰：“公何收拾行装？”修曰：“以今夜号令，便知魏王不日将退兵归也。鸡肋者，食之无肉，弃之有味。今进不能胜，退恐人笑，在此无益，不如早归。来日魏王必班师矣，故先收拾行装，免得临行慌乱。”夏侯惇曰：“公真知魏王肺腑也。”遂亦收拾行装。于是寨中诸将无不准备归计。当夜曹操心乱，不能稳睡，遂手提钢斧，绕寨私行，只见夏侯惇寨内军士各准备行装。操大惊，急回帐召惇问其故。惇曰：“主簿杨德祖先知大王欲归之意。”操唤杨修问之，修以鸡肋之意对。操大怒曰：“汝怎敢造言①乱我军心！”喝刀斧手推出斩之，将首级号令于辕门外。

原来杨修为人恃才放旷②，数犯曹操之忌。操尝造花园一所，造成，操往观之，不置褒贬，只取笔于门上书一“活”字而去。人皆不晓其意。修曰：“‘门’内添‘活’字，乃‘阔’字也。丞相嫌园门阔耳。”于是再筑墙围，改造停当，又请操观之。操大喜，问曰：“谁知吾意？”左右曰：“杨修也。”操虽称美，心甚忌之。又一日，塞北送酥一盒至，操自写“一合酥”三字于盒上，置之案头。修入见之，竟取匙，与众分食讫。操问其故，修答曰：“盒上明书‘一人一口酥’，岂敢违丞相之命乎？”操虽喜笑，而心恶之。操恐人暗中谋害己身，常分付左右：“吾梦中好杀人，凡吾睡着，汝等切勿近前。”一日，昼寝帐中，落被于地，一近侍慌取覆盖。操跃起，拔剑斩之，复上床睡。半晌而起，佯惊问：“何人杀吾近侍？”众以实对。操痛哭，命厚葬之。人皆以为操果梦中杀人。惟修知其意，临葬时指而叹曰：“丞相非在梦中，君乃在梦中耳。”操闻而愈恶之。操第三子曹植爱修之才，常邀修谈论，终夜不息。操与众商议，欲立植为世子。曹丕知之，密请朝歌长吴质

① 造言——制造谣言，造谣。在古代为八大重罪之一。
② 恃才放旷——自负才能出众，任性而行，不守世俗礼法。

入内府商议，因恐有人知觉，乃用大簏[①]藏吴质于中，只说是绢匹在内，载入府中。修知其事，径来告操。操令人于丕府门伺察之。丕慌告吴质，质曰："无忧也。明日用大簏装绢再入以惑之。"丕如其言，以大簏载绢入。使者搜看簏中，果绢也，回报曹操。操因疑修谮害曹丕，愈恶之。操欲试曹丕、曹植之才干。一日，令各出邺城门，却密使人分付门吏，令勿放出。曹丕先至，门吏阻之，丕只得退回。植闻之，问于修。修曰："君奉王命而出，如有阻当者，竟斩之可也。"植然其言。及至门，门吏阻住，植叱曰："吾奉王命，谁敢阻当！"立斩之。于是曹操以植为能。后有人告操曰："此乃杨修之所教也。"操大怒，因此亦不喜植。修又尝为曹植作答教十馀条，但操有问，植即依条答之。操每以军国之事问植，植对答如流，操心中甚疑。后曹丕暗买植左右，偷答教来告操。操见了，大怒曰："匹夫安敢欺我耶？"此时已有杀修之心。今乃借惑乱军心之罪杀之。修死年三十四岁。后人有诗曰：

聪明杨德祖，世代继簪缨。
笔下龙蛇走，胸中锦绣成。
开谈惊四座，捷对冠群英。
身死因才误，非关欲退兵。

曹操既杀杨修，佯怒夏侯惇，亦欲斩之，众官告免。操乃叱退夏侯惇，下令来日进兵。次日，兵出斜谷界口，前面一军相迎，为首大将乃魏延也。操招魏延归降，延大骂。操令庞德出战。二将正斗间，曹寨内火起。人报："马超劫了中后二寨。"操拔剑在手曰："诸将退后者斩！"众将努力向前。魏延诈败而走。操方麾军回战马超，自立马于高阜处，看两军争战。忽一彪军撞至面前，大叫："魏延在此！"拈弓搭箭，射中曹操，操翻身落马。延弃弓绰刀，骤马上山坡，来杀曹操。刺斜里闪出一将，大叫："休伤吾

① 簏（lù）——用竹篾、柳条等所编的圆筒形器具，大小不等。

主！”视之，乃庞德也。德奋力向前，战退魏延，保操前行。马超兵已退。

操带伤归寨，原来被魏延射中人中，折却门牙两个，急令医士调治。方忆杨修之言，随将修尸收回厚葬。就令班师，却教庞德断后。操卧于毡车之中，左右虎贲军护卫而行。忽报："斜谷山上两边火起，伏兵赶来。"曹兵人人惊恐。正是：

依稀昔日潼关厄，仿佛当年赤壁危。

未知曹操性命如何，且看下文分解。

第七十三回

玄德进位汉中王　云长攻拔襄阳郡

却说曹操退兵至斜谷，孔明料他必弃汉中而走，故差马超等诸将，分兵十数路，不时攻劫，因此操不能久住。又被魏延射了一箭，急急班师。三军锐气堕尽。前队才行，两下火起，乃是马超伏兵追赶。曹兵人人丧胆。操令军士急行，晓夜奔走无停。直至京兆，方始安心。

且说玄德命刘封、孟达、王平等攻取上庸诸郡，申耽等闻操已弃汉中而走，遂皆投降。玄德安民已定，大赏三军，人心大悦。于是众将皆有推尊玄德为帝之心，未敢径启，却来禀告诸葛军师。孔明曰："吾意已有定夺了。"随引法正等入见玄德，曰："今曹操专权，百姓无主。主公仁义著于天下，今已抚有两川之地，可以应天顺人，即皇帝位，名正言顺，以讨国贼。事不宜迟，便请择吉。"玄德大惊曰："军师之言差矣。刘备虽然汉之宗室，乃臣子也，若为此事，是反汉矣。"孔明曰："非也。方今天下分崩，英雄并起，各霸一方，四海才德之士舍死亡生[①]而事其上者，皆欲攀龙附凤[②]，建立功名也。今主公避嫌守义，恐失众人之望。愿主公熟思之。"玄德曰："要吾僭居尊位，吾必不敢。可再商议长策。"诸将齐言曰："主公若只推却，众心解矣。"孔明曰："主公平生以义

---

① 舍死亡生——同"舍死忘生"。即不顾生命危险。亡：通"忘"。

② 攀龙附凤——语本汉代扬雄《法言·渊骞》："攀龙鳞，附凤翼，巽以扬之，勃勃乎其不可及也。"后即以"攀龙附凤"比喻依附帝王以成就功业或扬眉吐气。

为本，未肯便称尊号。今有荆襄、两川之地，可暂为汉中王。”玄德曰：“汝等虽欲尊吾为王，不得天子明诏，是僭也。”孔明曰：“今宜从权，不可拘执常理。”张飞大叫曰：“异姓之人皆欲为君，何况哥哥乃汉朝宗派？莫说汉中王，就称皇帝，有何不可？”玄德叱曰：“汝勿多言。”孔明曰：“主公宜从权变，先进位汉中王，然后表奏天子，未为迟也。”玄德再三推辞不过，只得依允。建安二十四年秋七月，筑坛于沔阳，方圆九里，分布五方，各设旌旗仪仗。群臣皆依次序排列。许靖、法正请玄德登坛，进冠冕、玺绶讫，面南而坐，受文武官员拜贺为汉中王。子刘禅立为王世子。封刘靖为太傅，法正为尚书令；诸葛亮为军师，总理军国重事；封关羽、张飞、赵云、马超、黄忠为五虎大将，魏延为汉中太守。其馀各拟功勋定爵。

玄德既为汉中王，遂修表一道，差人赍赴许都。表曰：

备以具臣之才，荷上将之任，总督三军，奉辞于外，不能扫除寇难，靖匡王室，久使陛下圣教陵迟，六合之内，否而未泰，惟忧反侧，疢如疾首。

曩者董卓伪为乱阶，自是之后，群凶纵横，残剥海内。赖陛下圣德威临，人臣同应，或忠义奋讨，或上天降罚，暴逆并殪，以渐冰消。惟独曹操久未枭除，侵擅国权，恣心极乱。臣昔与车骑将军董承图谋讨操，机事不密，承见陷害。臣播越失据，忠义不果，遂得使操穷凶极逆，主后戮杀，皇子鸩害。虽纠合同盟，念在奋力，懦弱不武，历年未效。常恐殒没，辜负国恩，寤寐永叹，夕惕若厉。

今臣群僚以为：在昔《虞书》，敦叙九族，庶明励翼，帝王相传，此道不废。周监二代，并建诸姬，实赖晋、郑，夹辅之力。高祖龙兴，尊王子弟，大启九国，卒斩诸吕，以安大宗。今操恶直丑正，实繁有徒，包藏祸心，

> 篡盗已显。既宗室微弱，帝族无位，斟酌古式，依假权宜，上臣为大司马、汉中王。
>
> 臣伏自三省：受国厚恩，荷任一方，陈力未效，所获已过，不宜复忝高位，以重罪谤。群僚见逼，迫臣以义。臣退惟寇贼不枭，国难未已，宗庙倾危，社稷将坠，诚臣忧心碎首之日。若应权通变，以宁静圣朝，虽赴水火，所不得辞，辄顺众议，拜受印玺，以崇国威。
>
> 仰惟爵号，位高宠厚，俯思报效，忧深责重。惊怖惕息，如临于谷，敢不尽力输诚，奖励六师，率齐群义，应天顺时，以宁社稷。谨拜表以闻。

表到许都，曹操在邺郡闻知玄德自立汉中王，大怒曰："织席小儿，安敢如此！吾誓灭之！"即时传令，尽起倾国之兵，赴两川与汉中王决雌雄。一人出班谏曰："大王不可因一时之怒，亲劳车驾远征。臣有一计，不须张弓只箭[1]，令刘备在蜀自受其祸。待其兵衰力尽，只须一将往征之，便可成功。"操视其人，乃司马懿也。操喜问曰："仲达有何高见？"懿曰："江东孙权以妹嫁刘备，而又乘间窃取回去；刘备又据占荆州不还：彼此俱有切齿之根。今可差一舌辩之士，赍书往说孙权，使兴兵取荆州，刘备必发两川之兵以救荆州。那时大王兴兵去取汉川，令刘备首尾不能相救，势必危矣。"操大喜，即修书，令满宠为使，星夜投江东，来见孙权。

权知满宠到，遂与谋士商议。张昭进曰："魏与吴本无仇，前因听诸葛之说词，致两家连年征战不息，生灵遭其涂炭。今满伯宁来，必有讲和之意，可以礼接之。"权依其言，令众谋士接满宠入城相见。礼毕，权以宾礼待宠。宠呈上操书，曰："吴、魏自来无仇，皆因刘备之故，致生衅隙。魏王差某到此，约将军攻取荆州，魏王以兵临汉川，首尾夹击。破刘之后，共分疆土，誓不相

① 张弓只箭——即一张弓一支箭。这里是形容不必打仗之意。张、只：都是量词。只，通"支"。

侵。”孙权览书毕，设筵相待满宠，送归馆舍安歇。

权与众谋士商议。顾雍曰：“虽是说词，其中有理。今可一面送满宠回，约会曹操，首尾相击；一面使人过江探云长动静，方可行事。”诸葛瑾曰：“某闻云长自到荆州，刘备娶与妻室，先生一子，次生一女。其女尚幼，未许字人。某愿往与主公世子求婚：若云长肯许，即与云长计议共破曹操；若云长不肯，然后助曹取荆州。”

孙权用其谋，先送满宠回许都。却遣诸葛瑾为使，投荆州来。入城见云长，礼毕，云长曰：“子瑜此来何意？”瑾曰：“特来求结两家之好。吾主吴侯有一子，甚聪明。闻将军有一女，特来求亲，两家结好，并力破曹。此诚美事，请君侯思之。”云长勃然大怒曰：“吾虎女，安肯嫁犬子乎？不看汝弟之面，立斩汝首。再休多言。”遂唤左右逐出。

瑾抱头鼠窜，回见吴侯，不敢隐匿，遂以实告。权大怒曰：“何太无礼耶！”便唤张昭等文武官员，商议取荆州之策。步骘曰：“曹操久欲篡汉，所惧者刘备也。今遣使来令吴兴兵吞蜀，此嫁祸于吴也。”权曰：“孤亦欲取荆州久矣。”骘曰：“今曹仁现屯兵于襄阳、樊城，又无长江之险，旱路可取荆州，如何不取，却令主公动兵？只此便见其心。主公可遣使去许都见操，令曹仁旱路先起兵取荆州，云长必掣[①]荆州之兵而取樊城。若云长一动，主公可遣一将暗取荆州，一举可得矣。”权从其议，即时遣使过江，上书曹操，陈说此事。操大喜，发付使者先回。随遣满宠往樊城助曹仁，为参谋官，商议动兵；一面驰檄东吴，令领兵水路接应，以取荆州。

却说汉中王令魏延总督军马，守御东川。遂引百官回成都，差官起造宫庭；又置馆舍，自成都至白水，共建四百馀处馆舍亭邮。广积粮草，多造军器，以图进取中原。细作人探听得曹操结

---

① 掣——提，率。

连东吴，欲取荆州，即飞报入蜀。汉中王忙请孔明商议。孔明曰："某已料曹操必有此谋。然吴中谋士极多，必教操令曹仁先兴兵矣。"汉中王曰："似此如之奈何？"孔明曰："可差使命就送官诰[①]与云长，令先起兵取樊城，使敌军胆寒，自然瓦解矣。"汉中王大喜，即差前部司马费诗为使，赍捧诰命，投荆州来。

云长出郭迎接入城，至公廨[②]。礼毕，云长问曰："汉中王封我何爵？"诗曰："五虎大将之首。"云长问："那五虎将？"诗曰："关、张、赵、马、黄是也。"云长怒曰："翼德，吾弟也；孟起，世代名家；子龙久随吾兄，即吾弟也：位与吾相并，可也。黄忠何等人，敢与吾同列？大丈夫终不与老卒为伍。"遂不肯受印。诗笑曰："将军差矣。昔萧何、曹参与高祖同举大事，最为亲近，而韩信乃楚之亡将也，然信位为王，居萧、曹之上，未闻萧、曹以此为怨。今汉中王虽有五虎将之封，而与将军有兄弟之义，视同一体。将军即汉中王，汉中王即将军也。岂与诸人等哉？将军受汉中王厚恩，当与同休戚，共祸福，不宜计较官号之高下。愿将军熟思之。"云长大悟，乃再拜曰："某之不明，非足下见教，几误大事。"即拜受印绶。

费诗方出王旨，令云长领兵取樊城。云长领命，即时便差傅士仁、糜芳二人为先锋，先引一军于荆州城外屯扎。一面设宴城中，款待费诗。饮至二更，忽报城外寨中火起。云长急披挂上马，出城看时，乃是傅士仁、糜芳饮酒，帐后遗火，烧着火炮，满营撼动，把军器、粮草尽皆烧毁。云长引兵救扑，至四更方才火灭。云长入城，召傅士仁、糜芳责之曰："吾令汝二人作先锋，不曾出师，先将许多军器、粮草烧毁，火炮打死本部军人，如此误事，要你二人何用？"叱令斩之。费诗告曰："未曾出师，先斩大将，

① 官诰——官府文书。

② 公廨（xiè）——官署。

于军不利，可暂免其罪。”云长怒气不息，叱二人曰：“吾不看费司马之面，必斩汝二人之首。”乃唤武士各杖四十，摘去先锋印绶，罚糜芳守南郡，傅士仁守公安。且曰：“若吾得胜回来之日，稍有差池，二罪俱罚。”二人满面羞惭，喏喏而去。云长便令廖化为先锋，关平为副将，自总中军，马良、伊籍为参谋，一同征进。

先是有胡华之子胡班到荆州来投降关公，公念其旧日相救之情，甚爱之，令随费诗入川，见汉中王受爵。费诗辞别关公，带了胡班，自回蜀中去了。

且说关公是日祭了“帅”字大旗，假寐[①]于帐中。忽见一猪，其大如牛，浑身黑色，奔入帐中，径咬云长之足。云长大怒，急拔剑斩之，声如裂帛。霎然[②]惊觉，乃是一梦，便觉左足阴阴[③]疼痛。心中大疑，唤关平至，以梦告之。平对曰：“猪亦有龙象，龙附足，乃升腾之意，不必疑忌。”云长聚多官于帐下，告以梦兆。或言吉祥者，或言不祥者，众论不一。云长曰：“吾大丈夫年近六旬，即死何憾？”正言间，蜀使至，传汉中王旨，拜云长为前将军，假节钺，都督荆襄九郡事。云长受命讫，众官拜贺曰：“此足见猪龙之瑞也。”于是云长坦然不疑，遂起兵奔襄阳大路而来。

曹仁正在城中，忽报云长自领兵来，仁大惊，欲坚守不出。副将翟元曰：“今魏王令将军约会东吴取荆州，今彼自来，是送死也，何故避之？”参谋满宠谏曰：“吾素知云长勇而有谋，未可轻敌。不如坚守，乃为上策。”骁将夏侯存曰：“此书生之言耳。岂不闻水来土掩，将至兵迎？我军以逸待劳，自可取胜。”曹仁从其言，令满宠守樊城，自领兵来迎云长。

云长知曹兵来，唤关平、廖化二将，受计而往。与曹兵两阵对圆，廖化出马搦战；翟元出迎。二将战不多时，化诈败，拨马

① 假寐——和衣打盹。

② 霎然——突然，猛然。

③ 阴阴——即隐隐。

便走。翟元从后追杀，荆州兵退二十里。次日又来搦战，夏侯存、翟元一齐出迎。荆州兵又败，又追杀二十馀里。忽听得背后喊声大震，鼓角齐鸣。曹仁急命前军速回，背后关平、廖化杀来，曹兵大乱。曹仁知是中计，先掣一军飞奔襄阳。离城数里，前面绣旗招飐，云长勒马横刀，拦住去路。曹仁胆战心惊，不敢交锋，望襄阳斜路而走。云长不赶。须臾，夏侯存军至，见了云长，大怒，便与云长交锋，只一合，被云长砍死。翟元便走，被关平赶上，一刀斩之。乘势追杀，曹兵大半死于襄江之中。曹仁退守樊城。

云长得了襄阳，赏军抚民。随军司马王甫曰："将军一鼓而下襄阳，曹兵虽然丧胆，然以愚意论之，今东吴吕蒙屯兵陆口，常有吞并荆州之意，倘率兵径取荆州，如之奈何？"云长曰："吾亦念及此。汝便可提调[①]此事：去沿江上下，或二十里，或三十里，选高阜处置一烽火台，每台用五十军守之。倘吴兵渡江，夜则明火，昼则举烟为号。吾当亲往击之。"王甫曰："糜芳、傅士仁守二隘口，恐不竭力，必须再得一人，以总督荆州。"云长曰："吾已差治中潘濬守之，有何虑焉？"甫曰："潘濬平生多忌而好利，不可任用。可差军前都督粮料官赵累代之，赵累为人忠诚廉直，若用此人，万无一失。"云长曰："吾素知潘濬为人，今既差定，不必更改。赵累现掌粮料，亦是重事。汝勿多疑，只与我筑烽火台去。"王甫怏怏拜辞而行。云长令关平准备船只渡襄江，攻打樊城。

却说曹仁折了二将，退守樊城，谓满宠曰："不听公言，兵败将亡，失却襄阳，如之奈何？"宠曰："云长虎将，足智多谋，不可轻敌，只宜坚守。"正言间，人报云长渡江而来，攻打樊城。仁大惊。宠曰："只宜坚守。"部将吕常奋然曰："某乞兵数千，愿当来军于襄江之内。"宠谏曰："不可。"吕常怒曰："据汝等文官之言，只宜坚守，何能退敌？岂不闻兵法云：'军半渡可击'。今云长军半

---

① 提调——指挥调度。

渡襄江，何不击之？若兵临城下，将至壕边，急难抵当矣。”仁即与兵二千，令吕常出樊城迎战。

吕常来至江口，只见前面绣旗开处，云长横刀出马。吕常却欲来迎，后面众军见云长神威凛凛，不战先走，吕常喝止不住。云长混杀过来，曹兵大败，马步军折其大半，残败军奔入樊城。曹仁急差人求救。

使命星夜至长安，将书呈上曹操，言：“云长破了襄阳，现围樊城甚急，望拨大将前来救援。”曹操指班部内一人而言曰：“汝可去解樊城之围。”其人应声而出。众视之，乃于禁也。禁曰：“某求一将作先锋，领兵同去。”操又问众人曰：“谁敢作先锋？”一人奋然出曰：“某愿施犬马之劳，生擒关某，献于麾下。”操视之，大喜。正是：

未见东吴来伺隙，先看北魏又添兵。

未知此人是谁，且看下文分解。

第七十四回

庞令明抬榇决死战　关云长放水淹七军

却说曹操欲使于禁赴樊城救援，问众将谁敢作先锋，一人应声愿往。操视之，乃庞德也。操大喜曰："关某威震华夏，未逢对手；今遇令明，真劲敌也。"遂加于禁为征南将军，加庞德为征西都先锋，大起七军，前往樊城。这七军皆北方强壮之士。两员领军将校：一名董衡，一名董超，当日引各头目参拜于禁。董衡曰："今将军提七枝重兵去解樊城之厄，期在必胜，乃用庞德为先锋，岂不误事？"禁惊问其故，衡曰："庞德原系马超手下副将，不得已而降魏。今其故主在蜀，职居五虎上将；况其亲兄庞柔亦在西川为官。今使他为先锋，是泼油救火也。将军何不启知魏王，别换一人去？"

禁闻此语，遂连夜入府启知曹操。操省悟，即唤庞德至阶下，令纳下先锋印。德大惊曰："某正欲与大王出力，何故不肯见用？"操曰："孤本无猜疑，但今马超现在西川，汝兄庞柔亦在西川，俱佐刘备，孤纵不疑，奈众口何？"庞德闻之，免冠顿首，流血满面而告曰："某自汉中投降大王，每感厚恩，虽肝脑涂地，不能补报，大王何疑于德也？德昔在故乡时，与兄同居，嫂甚不贤，德乘醉杀之，兄恨德入骨髓，誓不相见，恩已断矣。故主马超有勇无谋，兵败地亡，孤身入川，今与德各事其主，旧义已绝。德感大王恩遇，安敢萌异志？惟大王察之。"操乃扶起庞德，抚慰曰："孤素知卿忠义，前言特以安众人之心耳。卿可努力建功，卿不负孤，孤亦必不负卿也。"

德拜谢回家，令匠人造一木榇[①]。次日，请诸友赴席，列榇于堂。众亲友见之，皆惊问曰：“将军出师，何用此不祥之物？”德举杯谓亲友曰：“吾受魏王厚恩，誓以死报。今去樊城与关某决战，我若不能杀彼，必为彼所杀；即不为彼所杀，我亦当自杀：故先备此榇，以示无空回之理。”众皆嗟叹。德唤其妻李氏与其子庞会出，谓其妻曰：“吾今为先锋，义当效死疆场。我若死，汝好生看养吾儿。吾儿有异相，长大必当与吾报仇也。”妻子痛哭送别，德令扶榇而行。临行，谓部将曰：“吾今去与关某死战，我若被关某所杀，汝等即取吾尸置此榇中；我若杀了关某，吾亦即取其首，置此榇内，回献魏王。”部将五百人皆曰：“将军如此忠勇，某等敢不竭力相助。”于是引军前进。

有人将此言报知曹操，操喜曰：“庞德忠勇如此，孤何忧焉？”贾诩曰：“庞德恃血气之勇，欲与关某决死战，臣窃虑之。”操然其言，急令人传旨戒庞德曰：“关某智勇双全，切不可轻敌。可取则取，不可取则宜谨守。”庞德闻命，谓众将曰：“大王何重视关某也？吾料此去，当挫关某三十年之声价。”禁曰：“魏王之言，不可不从。”德奋然趱军前至樊城，耀武扬威，鸣锣击鼓。

却说关公正坐帐中，忽探马飞报：“曹操差于禁为将，领七枝精壮兵到来。前部先锋庞德，军前抬一木榇，口出不逊之言，誓欲与将军决一死战。兵离城止三十里矣。”关公闻言，勃然变色，美髯飘动，大怒曰：“天下英雄闻吾之名，无不畏服。庞德竖子，何敢藐视吾耶？关平一面攻打樊城，吾自去斩此匹夫，以雪吾恨！”平曰：“父亲不可以泰山之重，与顽石争高下。辱子愿代父去战庞德。”关公曰：“汝试一往，吾随后便来接应。”

关平出帐，提刀上马，领兵来迎庞德。两阵对圆，魏营一面皂旗上大书“南安庞德”四个白字。庞德青袍银铠，钢刀白马，

① 木榇（chèn）——棺材。

立于阵前。背后五百军兵紧随，步卒数人肩抬木榇而出。关平大骂："庞德背主之贼！"庞德问部卒曰："此何人也？"或答曰："此关公义子关平也。"德叫曰："吾奉魏王旨，来取汝父之首。汝乃疥癞小儿[1]，吾不杀汝。快唤汝父来。"平大怒，纵马舞刀，来取庞德；德横刀来迎。战三十合，不分胜负，两家各歇。

早有人报知关公。公大怒，令廖化去攻樊城，自己亲来迎敌庞德。关平接着，言与庞德交战，不分胜负。关公随即横刀出马，大叫曰："关云长在此，庞德何不早来受死？"鼓声响处，庞德出马曰："吾奉魏王旨，特来取汝首。恐汝不信，备榇在此。汝若怕死，早下马受降。"关公大骂曰："量汝一匹夫，亦何能为。可惜我青龙刀斩汝鼠贼。"纵马舞刀，来取庞德；德轮刀来迎。二将战有百馀合，精神倍长。两军各看得痴呆了。魏军恐庞德有失，急令鸣金收军；关平恐父年老，亦急鸣金。二将各退。

庞德归寨，对众曰："人言关公英雄，今日方信也。"正言间，于禁至。相见毕，禁曰："闻将军战关公，百合之上，未得便宜，何不且退军避之？"德奋然曰："魏王命将军为大将，何太弱也？吾来日与关某共决一死，誓不退避。"禁不敢阻而回。

却说关公回寨，谓关平曰："庞德刀法惯熟，真吾敌手。"平曰："俗云：'初生之犊不惧虎。'父亲纵然斩了此人，只是西羌一小卒耳；倘有疏虞，非所以重伯父之托也。"关公曰："吾不杀此人，何以雪恨？吾意已决，再勿多言。"

次日，上马引兵前进；庞德亦引兵来迎。两阵对圆，二将齐出，更不打话，出马交锋。斗至五十馀合，庞德拨回马，拖刀而走。关公随后追赶。关平恐有疏失，亦随后赶去。关公口中大骂："庞贼，欲使拖刀计，吾岂惧汝？"原来庞德虚作拖刀势，却把刀就鞍鞒挂住，偷拽雕弓，搭上箭，射将来。关平眼快，见庞德

---

① 疥癞小儿——瘌痢头小孩子。骂人话，表示极为蔑视之意。疥癞：即头癣，俗称瘌痢头。

拽弓，大叫："贼将休放冷箭！"关公急睁眼看时，弓弦响处，箭早到来，躲闪不及，正中左臂。关平马到，救父回营。

庞德勒回马，轮刀赶来，忽听得本营锣声大震。德恐后军有失，急勒马回。原来于禁见庞德射中关公，恐他成了大功，灭禁威风，故鸣金收军。庞德回马，问："何故鸣金？"于禁曰："魏王有戒：关公智勇双全，他虽中箭，只恐有诈，故鸣金收军。"德曰："若不收军，吾已斩了此人也。"禁曰："紧行无好步，当缓图之。"庞德不知于禁之意，只懊悔不已。

却说关公回营，拔了箭头。幸得箭射不深，用金疮药敷之。关公痛恨庞德，谓众将曰："吾誓报此一箭之仇！"众将对曰："将军且暂安息几日，然后与战未迟。"次日，人报庞德引军搦战。关公就要出战，众将劝住。庞德令小军毁骂。关平把住隘口，分付众将休报知关公。庞德搦战十馀日，无人出迎，乃与于禁商议曰："眼见关公箭疮举发，不能动止。不若乘此机会，统七军，一拥杀入寨中，可救樊城之围。"于禁恐庞德成功，只把魏王戒旨相推，不肯动兵。庞德累欲动兵，于禁只不允。乃移七军，转过山口，离樊城北十里，依山下寨。禁自领兵截断大路，令庞德屯兵于谷后，使德不能进兵成功。

却说关平见关公箭疮已合，甚是喜悦。忽听得于禁移七军于樊城之北下寨，未知其谋，即报知关公。公遂上马，引数骑上高阜处望之，见樊城城上旗号不整，军士慌乱；城北十里山谷之内，屯着军马；又见襄江水势甚急。看了半晌，唤向导官问曰："樊城北十里山谷，是何地名？"对曰："罾口川[①]也。"关公喜曰："于禁必为我擒矣。"将士问曰："将军何以知之？"关公曰："鱼入罾口，岂能久乎？"诸将未信。公回本寨。

时值八月秋天，骤雨数日。公令人预备船筏，收拾水具。关

① 罾（zēng）口川——河名。"罾"是一种用木棍或竹竿为支架的方形鱼网。

平问曰："陆地相持，何用水具？"公曰："非汝所知也。于禁七军不屯于广易之地[①]，而聚于罾口川险隘之处。方今秋雨连绵，襄江之水必然泛涨。吾已差人堰住各处水口，待水发时，乘高就船，放水一淹，樊城、罾口川之兵皆为鱼鳖矣。"关平拜服。

却说魏军屯于罾口川，连日大雨不止。督将成何来见于禁曰："大军屯于川口，地势甚低，虽有土山，离营稍远。即今秋雨连绵，军士艰辛。近有人报说荆州兵移于高阜处，又于汉水口预备战筏。倘江水泛涨，我军危矣，宜早为计。"于禁叱曰："匹夫惑吾军心耶？再有多言者斩之。"成何羞惭而退，却来见庞德，说此事。德曰："汝所见甚当。于将军不肯移兵，吾明日自移军屯于他处。"

计议方定，是夜风雨大作。庞德坐于帐中，只听得万马争奔，征鼙震地。德大惊，急出帐上马看时，四面八方，大水骤至。七军乱窜，随波逐浪者不计其数。平地水深丈馀，于禁、庞德与诸将各登小山避水。比及平明，关公及众将皆摇旗鼓噪，乘大船而来。于禁见四下无路，左右止有五六十人，料不能逃，口称"愿降"。关公令尽去衣甲，拘收入船，然后来擒庞德。

时庞德并二董及成何与步卒五百人皆无衣甲，立在堤上。见关公来，庞德全无惧怯，奋然前来接战。关公将船四面围定，军士一齐放箭，射死魏兵大半。董衡、董超见势已危，乃告庞德曰："军士折伤大半，四下无路，不如投降。"庞德大怒曰："吾受魏王厚恩，岂肯屈节于人？"遂亲斩董衡、董超于前，厉声曰："再说降者，以此二人为例！"于是众皆奋力御敌，自平明战至日中，勇力倍增。关公催四面急攻，矢石如雨。德令军士用短兵接战。德回顾成何曰："吾闻勇将不怯死以苟免，壮士不毁节而求生。今日乃我死日也。汝可努力死战。"成何依令向前，被关公一箭射落水中。众军皆降，止有庞德一人力战。正遇荆州数十人，驾小船

① 广易之地——宽广平坦的地方。易：平坦，平地。

近堤来。德提刀飞身一跃，早上小船，立杀十馀人，馀皆弃船赴水逃命。庞德一手提刀，一手使短棹，欲向樊城而走。只见上流头一将撑大筏而至，将小船撞翻，庞德落于水中。船上那将跳下水去，生擒庞德上船。众视之，擒庞德者，乃周仓也。仓素知水性，又在荆州住了数年，愈加惯熟，更兼力大，因此擒了庞德。于禁所领七军，皆死于水中。其会水者料无去路，亦皆投降。后人有诗曰：

夜半征鼙响震天，襄樊平地作深渊。
关公神算谁能及，华夏威名万古传。

关公回到高阜去处，升帐而坐。群刀手押过于禁来。禁拜伏于地，乞哀请命。关公曰："汝怎敢抗吾？"禁曰："上命差遣，身不由己。望君侯怜悯，誓以死报。"公绰髯笑曰："吾杀汝，犹杀狗彘耳，空污刀斧。"令人："缚送荆州大牢内监候，待吾回，别作区处。"发落去讫。关公又令押过庞德。德睁眉怒目，立而不跪。关公曰："汝兄现在汉中，汝故主马超亦在蜀中为大将，汝如何不早降？"德大怒曰："吾宁死于刀下，岂降汝耶？"骂不绝口。公大怒，喝令刀斧手推出斩之。德引颈[①]受刑。关公怜而葬之。于是乘水势未退，复上战船，引大小将校来攻樊城。

却说樊城周围白浪滔天，水势益甚，城垣渐渐浸塌，男女担土搬砖，填塞不住。曹军众将无不丧胆，慌忙来告曹仁曰："今日之危，非力可救。可趁敌军未至，乘舟夜走，虽然失城，尚可全身。"仁从其言，欲备船只出走。满宠谏曰："不可。山水骤至，岂能长存？不旬日即当自退。关公虽未攻城，已遣别将在郏下。其所以不敢轻进者，虑吾军袭其后也。今若弃城而去，黄河以南，非国家之有矣。愿将军固守此城，以为保障。"仁拱手称谢曰："非伯宁之教，几误大事。"乃骑白马上城，聚众将发誓曰："吾受魏王命，保守此城，但有言弃城而去者斩。"诸将皆曰："某等愿以死据

① 引颈——伸长脖子。

守。”仁大喜，就城上设弓弩数百，军士昼夜防护，不敢懈怠。老幼居民，担土石填塞城垣。旬日之内，水势渐退。

关公自擒魏将于禁等，威震天下，无不惊骇。忽次子关兴来寨内省亲。公就令兴赍诸官立功文书，去成都见汉中王，各求升迁。兴拜辞父亲，径投成都去讫。

却说关公分兵一半，直抵郏下。公自领兵四面攻打樊城。当日关公自到北门，立马扬鞭，指而问曰："汝等鼠辈，不早来降，更待何时？"正言间，曹仁在敌楼上，见关公身上止披掩心甲，斜袒着绿袍，乃急招五百弓弩手，一齐放箭。公急勒马回时，右臂上中一弩箭，翻身落马。正是：

水里七军方丧胆，城中一箭忽伤身。

未知关公性命如何，且看下文分解。

第七十五回

关云长刮骨疗毒　吕子明白衣渡江

却说曹仁见关公落马，即引兵冲出城来，被关平一阵杀回，救关公归寨，拔出臂箭。原来箭头有药，毒已入骨，右臂青肿，不能运动。关平慌与众将商议曰："父亲若损此臂，安能出敌？不如暂回荆州调理。"于是与众将入帐见关公。公问曰："汝等来有何事？"众对曰："某等因见君侯右臂损伤，恐临敌致怒，冲突不便。众议可暂班师回荆州调理。"公怒曰："吾取樊城，只在目前。取了樊城，即当长驱大进，径到许都，剿灭操贼，以安汉室。岂可因小疮而误大事？汝等敢慢吾军心耶？"平等默然而退。

众将见公不肯退兵，疮又不痊，只得四方访问名医。忽一日，有人从江东驾小舟而来，直至寨前。小校引见关平。平视其人，方巾阔服，臂挽青囊。自言姓名："乃沛国谯郡人，姓华名佗，字元化。因闻关将军乃天下英雄，今中毒箭，特来医治。"平曰："莫非昔日医东吴周泰者乎？"佗曰："然。"平大喜，即与众将同引华佗入帐见关公。

时关公本是臂疼，恐慢军心，无可消遣，正与马良弈棋。闻有医者至，即召入。礼毕，赐坐。茶罢，佗请臂视之。公袒下衣袍，伸臂令佗看视。佗曰："此乃弩箭所伤，其中有乌头[①]之药，直透入骨，若不早治，此臂无用矣。"公曰："用何物治之？"佗曰："某自有治法，但恐君侯惧耳。"公笑曰："吾视死如归，有何

---

① 乌头——中草药名。即附子，又名堇。其茎、叶、根皆有毒。

惧哉？”佗曰：“当于静处立一标柱，上钉大环，请君侯将臂穿于环中，以绳系之，然后以被蒙其首。吾用尖刀割开皮肉，直至于骨，刮去骨上箭毒，用药敷之，以线缝其口，方可无事。但恐君侯惧耳。”公笑曰：“如此容易，何用柱环？”令设酒席相待。

公饮数杯酒毕，一面仍与马良弈棋，伸臂令佗割之。佗取尖刀在手，令一小校捧一大盆于臂下接血。佗曰：“某便下手，君侯勿惊。”公曰：“任汝医治，吾岂比世间俗子惧痛者耶？”佗乃下刀，割开皮肉，直至于骨，骨上已青。佗用刀刮骨，悉悉[①]有声。帐上帐下见者，皆掩面失色。公饮酒食肉，谈笑弈棋，全无痛苦之色。须臾，血流盈盆[②]。佗刮尽其毒，敷上药，以线缝之。公大笑而起，谓众将曰：“此臂伸舒如故，并无痛矣。先生真神医也！”佗曰：“某为医一生，未尝见此。君侯真天神也！”后人有诗曰：

治病须分内外科，世间妙艺苦无多。
神威罕及惟关将，圣手能医说华佗。

关公箭疮既愈，设席款谢华佗。佗曰：“君侯箭疮虽治，然须爱护，切勿怒气伤触。过百日后，平复如旧矣。”关公以金百两酬之。佗曰：“某闻君侯高义，特来医治，岂望报乎？”坚辞不受。留药一帖，以敷疮口，辞别而去。

却说关公擒了于禁，斩了庞德，威名大震，华夏皆惊。探马报到许都，曹操大惊，聚文武商议曰：“某素知云长智勇盖世，今据荆襄，如虎生翼。于禁被擒，庞德被斩，魏兵挫锐。倘彼率兵直至许都，如之奈何？孤欲迁都以避之。”司马懿谏曰：“不可。于禁等被水所淹，非战之故。于国家大计，本无所损。今孙、刘失好，云长得志，孙权必不喜。大王可遣使去东吴陈说利害，令孙权暗暗起兵蹑云长之后，许事平之日，割江南之地，以封孙权，

① 悉悉——象声词。这里形容刮骨之声。
② 盈盆——满盆。

则樊城之危自解矣。”主簿蒋济曰：“仲达之言是也。今可即发使往东吴，不必迁都动众。”操依允，遂不迁都。因叹谓诸将曰：“于禁从孤三十年，何期临危反不如庞德也？今一面遣使致书东吴，一面必得一大将以当云长之锐……”言未毕，阶下一将应声而出曰：“某愿往。”操视之，乃徐晃也。操大喜，遂拨精兵五万，令徐晃为将，吕建副之，克日起兵，前到阳陵坡驻扎，看东南有应，然后征进。

却说孙权接得曹操书信，览毕，欣然应允。即修书发付使者先回，乃聚文武商议。张昭曰：“近闻云长擒于禁，斩庞德，威震华夏，操欲迁都以避其锋。今樊城危急，遣使求救，事定之后，恐有反覆。”权未及发言，忽报：“吕蒙乘小舟自陆口来，有事面禀。”权召入问之，蒙曰：“今云长提兵围樊城，可乘其远出，袭取荆州。”权曰：“孤欲北取徐州，如何？”蒙曰：“今操远在河北，未暇东顾，徐州守兵无多，往自可克。然其地势利于陆战，不利水战，纵然得之，亦难保守。不如先取荆州，全据长江，别作良图。”权曰：“孤本欲取荆州，前言特以试卿耳。卿可速为孤图之，孤当随后便起兵也。”

吕蒙辞了孙权，回至陆口，早有哨马报说：“沿江上下，或二十里，或三十里，高阜处各有烽火台。又闻荆州军马整肃，预有准备。”蒙大惊曰：“若如此，急难图也。我一时在吴侯面前劝取荆州，今却如何处置？”寻思无计，乃托病不出，使人回报孙权。权闻吕蒙患病，心甚怏怏。陆逊进言曰：“吕子明之病，乃诈耳，非真病也。”权曰：“伯言既知其诈，可往视之。”

陆逊领命，星夜至陆口寨中，来见吕蒙，果然面无病色。逊曰：“某奉吴侯命，敬探子明贵恙。”蒙曰：“贱躯偶病，何劳探问。”逊曰：“吴侯以重任付公，公不乘时而动，空怀郁结，何也？”蒙目视陆逊，良久不语。逊又曰：“愚有小方，能治将军之疾，未审可用否？”蒙乃屏退左右而问曰：“伯言良方，乞早赐教。”逊笑曰："子明之疾，不过因荆州兵马整肃，沿江有烽火台之备耳。予有一计，令沿江守吏不能举火，荆州之兵束手归降，可乎？"蒙惊谢曰："伯言之语，如见我肺腑。愿闻良策。"陆逊曰："云长倚恃英雄，自料无敌，所虑者惟将军耳。将军乘此机会，托疾辞职，以陆口之任让之他人，使他人卑辞赞美关公，以骄其心，彼必尽撤荆州之兵，以向樊城。若荆州无备，用一旅之师，别出奇计以袭之，则荆州在掌握之中矣。"蒙大喜曰："真良策也。"

由是吕蒙托病不起，上书辞职。陆逊回见孙权，具言前计。孙权乃召吕蒙还建业养病。蒙至，入见权，权问曰："陆口之任，昔周公瑾荐鲁子敬以自代，后子敬又荐卿自代，今卿亦须荐一才望兼隆者代卿为妙。"蒙曰："若用望重之人，云长必然提备。陆逊意思深长[1]，而未有远名，非云长所忌，若即用以代臣之任，必有所济[2]。"权大喜，即日拜陆逊为偏将军、右都督，代蒙守陆口。逊谢曰："某年幼无学，恐不堪重任。"权曰："子明保卿，必不差错，卿毋得推辞。"逊乃拜受印绶，连夜往陆口。交割马步水三军已毕，即修书一封，具名马、异锦、酒礼等物，遣使赍赴樊城见关公。

时公正将息箭疮，按兵不动。忽报："江东陆口守将吕蒙病危，孙权取回调理。近拜陆逊为将，代吕蒙守陆口。今逊差人赍书具礼，特来拜见。"关公召入，指来使而言曰："仲谋见识短浅，用此孺子为将。"来使伏地告曰："陆将军呈书备礼，一来与君侯作贺，二来求两家和好。幸乞笑留。"公拆书视之，书词极其卑谨。关公览毕，仰面大笑，令左右收了礼物，发付使者回去。使者回见陆逊曰："关公欣喜，无复有忧江东之意。"

逊大喜，密遣人探得关公果然撤荆州大半兵赴樊城听调，只

---

① 意思深长——心思周密，深谋远虑。

② 济——这里为建树、成就之意。

待箭疮痊可，便欲进兵。逊察知备细，即差人星夜报知孙权。孙权召吕蒙商议曰："今云长果撤荆州之兵，攻取樊城，便可设计袭取荆州。卿与吾弟孙皎同引大军前去，何如？"孙皎字叔明，乃孙权叔父孙静之次子也。蒙曰："主公若以蒙可用则独用蒙，若以叔明可用则独用叔明。岂不闻昔日周瑜、程普为左右都督，事虽决于瑜，然普自以旧臣而居瑜下，颇不相睦？后因见瑜之才，方始敬服。今蒙之才不及瑜，而叔明之亲胜于普，恐未必能相济也。"权大悟，遂拜吕蒙为大都督，总制江东诸路军马；令孙皎在后接应粮草。

蒙拜谢，点兵三万，快船八十馀只，选会水者扮作商人，皆穿白衣，在船上摇橹，却将精兵伏于𦪇𦨴[①]船中。次调韩当、蒋钦、朱然、潘璋、周泰、徐盛、丁奉等七员大将相继而进。其馀皆随吴侯为合后救应。一面遣使致书曹操，令进兵以袭云长之后；一面先传报陆逊。然后发白衣人，驾快船往浔阳江去，昼夜趱行，直抵北岸。江边烽火台上守台军盘问时，吴人答曰："我等皆是客商，因江中阻风，到此一避。"随将财物送与守台军士。军士信之，遂任其停泊江边。约至二更，𦪇𦨴中精兵齐出，将烽火台上官军缚倒。暗号一声，八十馀船精兵俱起，将紧要去处墩台之军尽行捉入船中，不曾走了一个。于是长驱大进，径取荆州，无人知觉。

将至荆州，吕蒙将沿江墩台所获官军用好言抚慰，各各重赏，令赚开城门，纵火为号。众军领命，吕蒙便教前导。比及半夜，到城下叫门。门吏认得是荆州之兵，开了城门。众军一声喊起，就城门里放起号火。吴兵齐入，袭了荆州。吕蒙便传令军中："如有妄杀一人，妄取民间一物者，定按军法。"原任官吏，并依旧职。将关公家属另养别宅，不许闲人搅扰。一面遣人申报孙权。

---

① 𦪇𦨴（gōu lù）——古代吴地的一种大船。

一日大雨，蒙上马引数骑点看四门，忽见一人取民间箬笠以盖铠甲。蒙喝左右执下问之，乃蒙之乡人也。蒙曰："汝虽系我同乡，但吾号令已出，汝故犯之，当按军法。"其人泣告曰："某恐雨湿官铠，故取遮盖，非为私用。乞将军念同乡之情。"蒙曰："吾固知汝为覆官铠，然终是不应取民间之物。"叱左右推下斩之，枭首传示毕，然后收其尸首，泣而葬之。自是三军震肃。

不一日，孙权领众至，吕蒙出郭迎接入衙。权慰劳毕，仍命潘濬为治中，掌荆州事。监内放出于禁，遣归曹操。安民赏军，设宴庆贺。权谓吕蒙曰："今荆州已得，但公安傅士仁、南郡糜芳，此二处如何收复？"言未毕，忽一人出曰："不须张弓只箭，某凭三寸不烂之舌，说公安傅士仁来降，可乎？"众视之，乃虞翻也。权曰："仲翔有何良策，可使傅士仁归降？"翻曰："某自幼与士仁交厚，今若以利害说之，彼必归矣。"权大喜，遂令虞翻领五百军，径奔公安来。

却说傅士仁听知荆州有失，急令闭城坚守。虞翻至，见城门紧闭，遂写书拴于箭上，射入城中。军士拾得，献与傅士仁。士仁拆书视之，乃招降之意。览毕，想起：关公去日恨吾之意，不如早降。即令大开城门，请虞翻入城。二人礼毕，各诉旧情。翻说吴侯宽洪大度，礼贤下士。士仁大喜，即同虞翻赍印绶，来荆州投降。孙权大悦，仍令去守公安。吕蒙密谓权曰："今云长未获，留士仁于公安，久必有变。不若使往南郡招糜芳归降。"权乃召傅士仁，谓曰："糜芳与卿交厚，卿可招来归降，孤自当有重赏。"傅士仁慨然领诺，遂引十馀骑，径投南郡招安糜芳。正是：

　　今日公安无守志，从前王甫是良言。

未知此去如何，且看下文分解。

第七十六回

徐公明大战沔水　关云长败走麦城

却说糜芳闻荆州有失，正无计可施，忽报："公安守将傅士仁至。"芳忙接入城，问其事故。士仁曰："吾非不忠，势危力困，不能支持，我今已降东吴。将军亦不如早降。"芳曰："吾等受汉中王厚恩，安忍背之？"士仁曰："关公去日，痛恨吾二人，倘一日得胜而回，必无轻恕。公细察之。"芳曰："吾兄弟久事汉中王，岂可一朝相背？"正犹豫间，忽报："关公遣使至。"接入厅上。使者曰："关公军中缺粮，特来南郡、公安二处取白米十万石，令二将军星夜解去军前交割；如迟立斩。"芳大惊，顾谓傅士仁曰："今荆州已被东吴所取，此粮怎得过去？"士仁厉声曰："不必多疑。"遂拔剑斩来使于堂上。芳惊曰："公如何斩之？"士仁曰："关公此意，正要斩我二人，我等安可束手受死？公今不早降东吴，必被关公所杀。"正说间，忽报吕蒙引兵杀至城下。芳大惊，乃同傅士仁出城投降。蒙大喜，引见孙权。权重赏二人。安民已毕，大犒三军。

时曹操在许都，正与众谋士议荆州之事，忽报："东吴遣使奉书至。"操召入，使者呈上书信。操拆视之，书中具言吴兵将袭荆州，求操夹攻云长。且嘱："勿泄漏，使云长有备也。"操与众谋士商议，主簿董昭曰："今樊城被困，引颈望救，不如令人将书射入樊城，以宽军心；且使关公知东吴将袭荆州。彼恐荆州有失，必速退兵，却令徐晃乘势掩杀，可获成功。"操从其谋，一面差人催徐晃急战；一面亲统大兵，径往洛阳之南阳陵坡驻扎，以救曹仁。

却说徐晃正坐帐中，忽报："魏王使至。"晃接入问之，使曰：

"今魏王引兵已过洛阳，令将军急战关公，以解樊城之困。"正说间，探马报说："关平屯兵在偃城，廖化屯兵在四冢，前后一十二个寨栅，连络不绝。"晃即差副将徐商、吕建假着徐晃旗号，前赴偃城，与关平交战。晃却自引精兵五百，循沔水去袭偃城之后。

且说关平闻徐晃自引兵至，遂提本部兵迎敌。两阵对圆，关平出马，与徐商交锋，只三合，商大败而走。吕建出战，五六合亦败走。平乘胜追杀二十馀里，忽报："城中火起。"平知中计，急勒兵回救偃城。正遇一彪军摆开，徐晃立马在门旗下，高叫曰："关平贤侄，好不知死。汝荆州已被东吴夺了，犹然在此狂为。"平大怒，纵马轮刀，直取徐晃。不三四合，三军喊叫，偃城中火光大起。

平不敢恋战，杀条大路，径奔四冢寨来，廖化接着。化曰："人言荆州已被吕蒙袭了，军心惊慌，如之奈何？"平曰："此必讹言也。军士再言者斩之。"忽流星马到，报说："正北第一屯被徐晃领兵攻打。"平曰："若第一屯有失，诸营岂得安宁？此间皆靠沔水，贼兵不敢到此。吾与汝同去救第一屯。"廖化唤部将分付曰："汝等坚守营寨，如有贼到，即便举火。"部将曰："四冢寨鹿角十重，虽飞鸟亦不能入，何虑贼兵？"于是关平、廖化尽起四冢寨精兵，奔至第一屯驻扎。关平看见魏兵屯于浅山之上，谓廖化曰："徐晃屯兵，不得地利，今夜可引兵劫寨。"化曰："将军可分兵一半前去，某当谨守本寨。"

是夜，关平引一枝兵杀入魏寨，不见一人。平知是计，火速退时，左边徐商，右边吕建，两下夹攻。平大败回营，魏兵乘势追杀前来，四面围住。关平、廖化支持不住，弃了第一屯，径投四冢寨来，早望见寨中火起。急到寨前，只见皆是魏兵旗号。关平等退兵，忙奔樊城大路而走。前面一军拦住，为首大将，乃是徐晃也。平、化二人奋力死战，夺路而走，回到大寨，来见关公曰："今徐晃夺了偃城等处，又兼曹操自引大军，分三路来救樊城，多有人言荆州已被吕蒙袭了。”关公喝曰：“此敌人讹言，以乱我军心耳。东吴吕蒙病危，孺子陆逊代之，不足为虑。”

言未毕，忽报：“徐晃兵至。”公令备马，平谏曰：“父体未痊，不可与敌。”公曰：“徐晃与吾有旧，深知其能。若彼不退，吾先斩之，以警魏将。”遂披挂提刀上马，奋然而出。魏军见之，无不惊惧。公勒马问曰：“徐公明安在？”魏营门旗开处，徐晃出马，欠身而言曰：“自别君侯，倏忽数载，不想君侯须发已苍白矣。忆昔壮年相从，多蒙教诲，感谢不忘。今君侯英风震于华夏，使故人闻之，不胜叹羡。兹幸得一见，深慰渴怀[①]。”公曰：“吾与公明交契深厚，非比他人，今何故数穷[②]吾儿耶？”晃回顾众将，厉声大叫曰：“若取得云长首级者，重赏千金。”公惊曰：“公明何出此言？”晃曰：“今日乃国家之事，某不敢以私废公。”言讫，挥大斧直取关公；公大怒，亦挥刀迎之。战八十馀合，公虽武艺绝伦，终是右臂少力。

关平恐公有失，火急鸣金。公拨马回寨。忽闻四下里喊声大震。原来是樊城曹仁闻曹操救兵至，引军杀出城来，与徐晃会合，两下夹攻，荆州兵大乱。关公上马，引众将急奔襄江上流头。背后魏兵追至。关公急渡过襄江，望襄阳而奔。忽流星马到，报说：“荆州已被吕蒙所夺，家眷被陷。”关公大惊，不敢奔襄阳，提兵投公安来。探马又报：“公安傅士仁已降东吴了。”关公大怒。忽催粮人到，报说：“公安傅士仁往南郡，杀了使命，招糜芳都降东吴去了。”

关公闻言，怒气冲塞，疮口迸裂，昏绝于地。众将救醒，公顾谓司马王甫曰：“悔不听足下之言，今日果有此事。”因问：“沿江上下，何不举火？”探马答曰：“吕蒙使水手尽穿白衣，扮作

① 渴怀——形容极其思念之情。

② 数穷——屡次逼迫，使人难堪。

客商渡江，将精兵伏于𦨴𦪇之中，先擒了守台士卒，因此不得举火。”公跌足叹曰：“吾中奸贼之谋矣！有何面目见兄长耶？”管粮都督赵累曰：“今事急矣，可一面差人往成都求救，一面从旱路去取荆州。”关公依言，差马良、伊籍赍文三道，星夜赴成都求救；一面引兵来取荆州，自领前队先行，留廖化、关平断后。

却说樊城围解，曹仁引众将来见曹操，泣拜请罪。操曰：“此乃天数，非汝等之罪也。”操重赏三军，亲至四冢寨周围阅视，顾谓众将曰：“荆州兵围堑、鹿角数重，徐公明深入其中，竟获全功。孤用兵三十馀年，未敢长驱径入敌围。公明真胆识兼优者也。”众皆叹服。操班师还于摩陂驻扎。徐晃兵至，操亲出寨迎之，见晃军皆按队伍而行，并无差乱。操大喜曰：“徐将军真有周亚夫[①]之风矣。”遂封徐晃为平南将军，同夏侯尚守襄阳，以遏关公之师。操因荆州未定，就屯兵于摩陂，以候消息。

却说关公在荆州路上，进退无路，谓赵累曰：“目今前有吴兵，后有魏兵，吾在其中，救兵不至，如之奈何？”累曰：“昔吕蒙在陆口时，尝致书君侯，两家约好，共诛操贼，今却助操而袭我，是背盟也。君侯暂驻军于此，可差人遗书吕蒙责之，看彼如何对答。”关公从其言，遂修书，遣使赴荆州来。

却说吕蒙在荆州传下号令：凡荆州诸郡，有随关公出征将士之家，不许吴兵搅扰，按月给与粮米；有患病者，遣医治疗。将士之家感其恩惠，安堵不动。忽报：“关公使至。”吕蒙出郭迎接入城，以宾礼相待。使者呈书与蒙。蒙看毕，谓来使曰：“蒙昔日与关将军结好，乃一己之私见；今日之事，乃上命差遣，不得自主。烦使者回报将军，善言致意。”遂设宴款待，送归馆驿安歇。于是随征将士之家皆来问信，有附家书者，有口传音信者，皆言家门无恙，衣食不缺。

---

① 周亚夫——汉朝开国元勋周勃之子，汉文帝时大将，尤以治军严整闻名。

使者辞别吕蒙，蒙亲送出城。使者回见关公，具道吕蒙之语。并说：“荆州城中，君侯宝眷并诸将家属，俱各无恙，供给不缺。”公大怒曰：“此奸贼之计也。我生不能杀此贼，死必杀之，以雪吾恨！”喝退使者。使者出寨，众将皆来探问家中之事，使者具言各家安好，吕蒙极其恩恤，并将书信传送各将。各将欣喜，皆无战心。

关公率兵取荆州，军行之次，将士多有逃回荆州者。关公愈加恨怒，遂催军前进。忽然喊声大震，一彪军拦住。为首大将乃蒋钦也，勒马挺枪，大叫曰：“云长何不早降？”关公骂曰：“吾乃汉将，岂降贼乎？”拍马舞刀，直取蒋钦。不三合，钦败走。关公提刀追杀二十馀里，喊声忽起，左边山谷中韩当领军冲出，右边山谷中周泰引军冲出，蒋钦回马复战：三路夹攻。关公急撤军回走。行无数里，只见南山冈上人烟聚集，一面白旗招飐，上写“荆州土人”四字，众人都叫：“本处人速速投降。”关公大怒，欲上冈杀之。山崦内又有两军撞出：左边丁奉，右边徐盛，并合蒋钦等三路军马，喊声震地，鼓角喧天，将关公困在垓心。手下将士渐渐消疏[①]。比及杀到黄昏，关公遥望四山之上，皆是荆州土兵，呼兄唤弟，觅子寻爷，喊声不住。军心尽变，皆应声而去。关公止喝不住，部从止有三百馀人。

杀至三更，正东上喊声连天，乃是关平、廖化分两路兵杀入重围，救出关公。关平告曰：“军心乱矣，必得城池暂屯，以待援兵。麦城虽小，足可屯扎。”关公从之，催促残军，前至麦城，分兵紧守四门，聚将士商议。赵累曰：“此处相近上庸，现有刘封、孟达在彼把守，可速差人往求救兵。若得这枝军马接济，以待川兵大至，军心自安矣。”正议间，忽报：“吴兵已至，将城四面围定。”公问曰：“谁敢突围而出，往上庸求救？”廖化曰：“某愿往。”

---

① 消疏——减少，稀少。

关平曰："我护送汝出重围。"关公即修书，付廖化藏于身畔，饱食上马，开门出城。正遇吴将丁奉截住，被关平奋力冲杀，奉败走，廖化乘势杀出重围，投上庸去了。关平入城，坚守不出。

且说刘封、孟达自取上庸，太守申耽率众归降，因此汉中王加刘封为副将军，与孟达同守上庸。当日探知关公兵败，二人正议间，忽报廖化至。封令请入，问之，化曰："关公兵败，现困于麦城，被围至急。蜀中援兵不能旦夕即至，特命某突围而出，来此求救。望二将军速起上庸之兵，以救此危；倘稍迟延，公必陷矣。"封曰："将军且歇，容某计议。"化乃至馆驿安歇，耑候发兵。

刘封谓孟达曰："叔父被困，如之奈何？"达曰："东吴兵精将勇，且荆州九郡俱已属彼，止有麦城，乃弹丸之地；又闻曹操亲督大军四五十万，屯于摩陂。量我等山城之众，安能敌得两家之强兵？不可轻敌。"封曰："吾亦知之，奈关公是吾叔父，安忍坐视而不救乎？"达笑曰："将军以关公为叔，恐关公未必以将军为侄也。某闻汉中王初嗣[①]将军之时，关公即不悦。后汉中王登位之后，欲立后嗣，问于孔明，孔明曰：'此家事也，问关、张可矣。'汉中王遂遣人至荆州问关公。关公以将军乃螟蛉之子，不可僭立，劝汉中王远置将军于上庸山城之地，以杜后患。此事人人知之，将军岂反不知耶？何今日犹沾沾以叔侄之义，而欲冒险轻动乎？"封曰："君言虽是，但以何词却之？"达曰："但言山城初附，民心未定，不敢造次兴兵，恐失所守。"封从其言。

次日，请廖化至，言："此山城初附之所，未能分兵相救。"化大惊，以头叩地曰："若如此，则关公休矣！"达曰："我今即往，一杯之水，安能救一车薪之火乎？将军速回，静候蜀兵至可也。"化大恸告求，刘封、孟达皆拂袖而入。廖化知事不谐，寻思："须

① 嗣——过继。

告汉中王求救。”遂上马，大骂出城，望成都而去。

却说关公在麦城盼望上庸兵到，却不见动静。手下止有五六百人，多半带伤，城中无粮，甚是苦楚。忽报城下一人教休放箭，有话来见君侯。公令放入，问之，乃诸葛瑾也。礼毕茶罢，瑾曰：“今奉吴侯命，特来劝谕将军。自古道：‘识时务者为俊杰。’今将军所统汉上九郡，皆已属他人矣。止有孤城一区，内无粮草，外无救兵，危在旦夕。将军何不从瑾之言，归顺吴侯，复镇荆襄，可以保全家眷。幸君侯熟思之。”关公正色而言曰：“吾乃解良一武夫，蒙吾主以手足相待，安肯背义投敌国乎？城若破，有死而已。玉可碎而不可改其白，竹可焚而不可毁其节。身虽殒，名可垂于竹帛也。汝勿多言，速请出城，吾欲与孙权决一死战。”瑾曰：“吴侯欲与君侯结秦晋之好，同力破曹，共扶汉室，别无他意，君侯何执迷如是？”言未毕，关平拔剑而前，欲斩诸葛瑾。公止之曰：“彼弟孔明在蜀，佐汝伯父，今若杀彼，伤其兄弟之情也。”遂令左右逐出诸葛瑾。

瑾满面羞惭，上马出城，回见吴侯曰：“关公心如铁石，不可说也。”孙权曰：“真忠臣也。似此如之奈何？”吕范曰：“某请卜其休咎。”权即令卜之。范揲蓍成象，乃“地水师卦”[①]，更有玄武[②]临应，主敌人远奔。权问吕蒙曰：“卦主敌人远奔，卿以何策擒之？”蒙笑曰：“卦象正合某之机[③]也。关公虽有冲天之翼，飞不出吾罗网矣。”正是：

龙游沟壑遭虾戏，凤入牢笼被鸟欺。

毕竟吕蒙之计若何，且看下文分解。

---

① 地水师卦——“师”为《周易》六十四卦之一。此卦由坎下坤上组成，而坤代表地，坎代表水，故别称“地水师卦。”

② 玄武——古代神话传说中的北方之神，实指二十八宿中的北方七宿（斗、牛、女、虚、危、室、壁）。以其排列之形似龟或龟蛇合体而得名。

③ 机——计谋，计策。

第七十七回

玉泉山关公显圣　洛阳城曹操感神

却说孙权求计于吕蒙，蒙曰：“吾料关某兵少，必不从大路而逃。麦城正北有险峻小路，必从此路而去。可令朱然引精兵五千，伏于麦城之北二十里。彼军至，不可与敌，只可随后掩杀。彼军定无战心，必奔临沮。却令潘璋引精兵五百，伏于临沮山僻小路，关某可擒矣。今遣将士各门攻打，只空北门，待其出走。”权闻计，令吕范再卜之。卦成，范告曰：“此卦主敌人投西北而走，今夜亥时必然就擒。”权大喜，遂令朱然、潘璋领两枝精兵，各依军令埋伏去讫。

且说关公在麦城，计点马步军兵，止剩三百馀人；粮草又尽。是夜，城外吴兵招唤各军姓名，越城而去者甚多。救兵又不见到。心中无计，谓王甫曰：“吾悔昔日不用公言。今日危急，将复何如？”甫哭告曰：“今日之事，虽子牙复生，亦无计可施也。”赵累曰：“上庸救兵不至，乃刘封、孟达按兵不动之故。何不弃此孤城，奔入西川，再整兵来，以图恢复？”公曰：“吾亦欲如此。”遂上城观之，见北门外敌军不多。因问本城居民：“此去往北，地势若何？”答曰：“此去皆是山僻小路，可通西川。”公曰：“今夜可走此路。”王甫谏曰：“小路有埋伏，可走大路。”公曰：“虽有埋伏，吾何惧哉！”即下令：马步官军，严整装束，准备出城。甫哭曰：“君侯于路小心保重。某与部卒百馀人死据此城，城虽破，身不降也。专望君侯速来救援。”

公亦与泣别。遂留周仓与王甫同守麦城，关公自与关平、赵累引残卒二百馀人突出北门。关公横刀前进，行至初更以后，约走二十馀里。只见山凹处金鼓齐鸣，喊声大震，一彪军到。为首大将朱然，骤马挺枪叫曰："云长休走，趁早投降，免得一死。"公大怒，拍马轮刀来战。朱然便走，公乘势追杀。一棒鼓响，四下伏兵皆起。公不敢战，望临沮小路而走。朱然率兵掩杀。关公所随之兵渐渐稀少。走不得四五里，前面喊声又震，火光大起，潘璋骤马舞刀杀来。公大怒，轮刀相迎，只三合，潘璋败走。公不敢恋战，急望山路而走。背后关平赶来，报说赵累已死于乱军中。关公不胜悲惶，遂令关平断后，公自在前开路。随行止剩得十馀人。行至决石，两下是山，山边皆芦苇败草，树木丛杂。时已五更将尽。正走之间，一声喊起，两下伏兵尽出，长钩套索，一齐并举，先把关公坐下马绊倒。关公翻身落马，被潘璋部将马忠所获。关平知父被擒，火速来救。背后潘璋、朱然率兵齐至，把关平四下围住。平孤身独战，力尽亦被执。

至天明，孙权闻关公父子已被擒获，大喜，聚众将于帐中。少时，马忠簇拥关公至前。权曰："孤久慕将军盛德，欲结秦晋之好，何相弃耶？公平昔自以为天下无敌，今日何由被吾所擒？将军今日还服孙权否？"关公厉声骂曰："碧眼小儿，紫髯鼠辈！吾与刘皇叔桃园结义，誓扶汉室，岂与汝叛汉之贼为伍耶？我今误中奸计，有死而已，何必多言！"权回顾众官曰："云长世之豪杰，孤深爱之。今欲以礼相待，劝使归降，何如？"主簿左咸曰："不可。昔曹操得此人时，封侯赐爵，三日一小宴，五日一大宴，上马一提[①]金，下马一提银，如此恩礼，毕竟留之不住，听其斩关杀将而去，致使今日反为所逼，几欲迁都以避其锋。今主公既已擒之，若不即除，恐贻后患。"孙权沉吟半晌，曰："斯言是也。"遂命推出。于是关公父子皆遇害。时建安二十四年冬十二月也。关

① 提——这里为量词，用于钱币或可以手提的物品，其数量并无确数。

公亡年五十八岁。后人有诗叹曰：

汉末才无敌，云长独出群。
神威能奋武，儒雅更知文。
天日心如境，春秋义薄云。
昭然垂万古，不止冠三分。

又有诗曰：

人杰惟追古解良，士民争拜汉云长。
桃园一日兄和弟，俎豆千秋帝与王。
气挟风雷无匹敌，志垂日月有光芒。
至今庙貌盈天下，古木寒鸦几夕阳。

关公既殁，坐下赤兔马被马忠所获，献与孙权，权即赐马忠骑坐。其马数日不食草料而死。

却说王甫在麦城中骨颤肉惊，乃问周仓曰："昨夜梦见主公浑身血污，立于前，急问之，忽然惊觉。不知主何吉凶？"正说间，忽报吴兵在城下，将关公父子首级招安。王甫、周仓大惊，急登城视之，果关公父子首级也。王甫大叫一声，堕城而死。周仓自刎而亡。于是麦城亦属东吴。

却说关公一魂不散，荡荡悠悠，直至一处，乃荆门州当阳县一座山，名为玉泉山。山上有一老僧，法名普净，原是汜水关镇国寺中长老。后因云游天下，来到此处，见山明水秀，就此结草为庵，每日坐禅参道。身边只有一小行者，化饭度日。是夜月白风清，三更以后，普净正在庵中默坐，忽闻空中有人大呼曰："还我头来！"普净仰面谛视，只见空中一人骑赤兔马，提青龙刀，左有一白面将军、右有一黑脸虬髯之人相随，一齐按落云头，至玉泉山顶。普净认得是关公，遂以手中麈尾[1]击其座曰："云长安在？"关公英魂顿悟，即下马乘风落于庵前，叉手问曰："吾师何

① 麈（zhǔ）尾——古人闲谈时持以驱蝇、掸尘的一种工具，俗称"拂尘"。

人？愿求法号。”普净曰：“老僧普净，昔日汜水关前镇国寺中，曾与君侯相会，今日岂遂忘之耶？”公曰：“向蒙相救，铭感不忘。今某已遇祸而死，愿求清诲[①]，指点迷途。”普净曰：“昔非今是，一切休论。后果前因，彼此不爽[②]。今将军为吕蒙所害，大呼‘还我头来’，然则颜良、文丑、五关六将等众人之头，又将向谁索耶？”于是关公恍然大悟，稽首皈依[③]而去。后往往于玉泉山显圣护民。乡人感其德，就于山顶上建庙，四时致祭。后人题一联于其庙云：

赤面秉赤心，骑赤兔追风，驰驱时，无忘赤帝；

青灯观青史，仗青龙偃月，隐微处，不愧青天。

却说孙权既害了关公，遂尽收荆襄之地，赏犒三军，设宴大会诸将庆功。置吕蒙于上位，顾谓众将曰：“孤久不得荆州，今唾手而得，皆子明之功也。”蒙再三逊谢。权曰：“昔周郎雄略过人，破曹操于赤壁，不幸早夭，鲁子敬代之。子敬初见孤时，便及帝王大略，此一快也。曹操东下，诸人皆劝孤降，子敬独劝孤召公瑾，逆而击之[④]，此二快也。惟劝吾借荆州与刘备，是其一短。今子明设计定谋，立取荆州，胜子敬、周郎多矣。”

于是亲酌酒赐吕蒙。吕蒙接酒欲饮，忽然掷杯于地，一手揪住孙权，厉声大骂曰：“碧眼小儿！紫髯鼠辈！还识我否？”众将大惊，急救时，蒙推倒孙权，大步前进，坐于孙权位上，两眉倒竖，双眼圆睁，大喝曰：“我自破黄巾以来，纵横天下三十馀年，今被汝一旦以奸计图我。我生不能啖汝之肉，死当追吕贼之魂！我乃汉寿亭侯关云长也。”权大惊，慌忙率大小将士皆下拜。只见吕蒙倒于地上，七窍流血而死。众将见之，无不恐惧。权将吕蒙

---

① 清诲——称他人教诲的敬词。清：高洁，高明。

② 不爽——不错，没有差错。这里指因果报应。

③ 皈（guī）依——佛教用语。原指僧徒的入教仪式，引申为信奉佛法，出家为僧。

④ 逆而击之——即迎头痛击敌人。逆：义同“迎”。

尸首具棺安葬，赠南郡太守、孱陵侯，命其子吕霸袭爵。孙权自此感关公之事，惊讶不已。

忽报："张昭自建业而来。"权召入问之，昭曰："今主公损了关公父子，江东祸不远矣。此人与刘备桃园结义之时，誓同生死。今刘备已有两川之兵，更兼诸葛亮之谋，张、黄、马、赵之勇。备若知云长父子遇害，必起倾国之兵，奋力报仇，恐东吴难与敌也。"权闻之大惊，跌足曰："孤失计较也！似此如之奈何？"昭曰："主公勿忧。某有一计，令西蜀之兵不犯东吴，荆州如磐石之安。"权问何计，昭曰："今曹操拥百万之众，虎视华夏[①]，刘备急欲报仇，必与操约和，若二处连兵而来，东吴危矣。不如先遣人将关公首级转送与曹操，明教刘备知是操之所使，必痛恨于操，西蜀之兵不向吴而向魏矣。吾乃观其胜负，于中取事。此为上策。"权从其言，随遣使者，以木匣盛关公首级，星夜送与曹操。

时操从摩陂班师回洛阳，闻东吴送关公首级至，喜曰："云长已死，吾夜眠贴席[②]矣。"阶下一人出曰："此乃东吴移祸之计也。"操视之，乃主簿司马懿也。操问其故，懿曰："昔刘、关、张三人桃园结义之时，誓同生死。今东吴害了关公，惧其复仇，故将首级献与大王，使刘备迁怒大王，不攻吴而攻魏，他却于中乘便而图事耳。"操曰："仲达之言是也。孤以何策解之？"懿曰："此事极易。大王可将关公首级，刻一香木之躯以配之，葬以大臣之礼。刘备知之，必深恨孙权，尽力南征。我却观其胜负：蜀胜则击吴，吴胜则击蜀。二处若得一处，那一处亦不久也。"

操大喜，从其计。遂召吴使入，呈上木匣。操开匣视之，见关公面如平日。操笑曰："云长公别来无恙。"言未讫，只见关公口开目动，须发皆张。操惊倒。众官急救，良久方醒，顾谓众官曰：

---

① 虎视华夏——即吞并中国的野心。虎视：比喻伺机攫取之意。

② 贴席——即可以安心睡觉，高枕无忧之意。

"关将军真天神也！"吴使又将关公显圣附体、骂孙权、追吕蒙之事告操。操愈加恐惧，遂设牲醴[①]祭祀，刻沉香木为躯，以王侯之礼，葬于洛阳南门外，令大小官员送殡，操自拜祭，赠为荆王，差官守墓。即遣吴使回江东去讫。

却说汉中王自东川回成都，法正奏曰："王上先夫人去世；孙夫人又南归，未必再来。人伦之道，不可废也，必纳王妃，以襄[②]内政。"汉中王从之。法正复奏曰："吴懿有一妹，美而且贤。尝闻有相者相此女后必大贵。先曾许刘焉之子刘瑁，瑁早夭。其女至今寡居，大王可纳之为妃。"汉中王曰："刘瑁与我同宗，于理不可。"法正曰："论其亲疏，何异晋文之与怀嬴[③]乎？"汉中王乃依允，遂纳吴氏为王妃。后生二子：长刘永，字公寿；次刘理，字奉孝。

且说东西两川民安国富，田禾大成。忽有人自荆州来，言东吴求婚于关公，关公力拒之。孔明曰："荆州危矣，可使人替关公回。"正商议间，荆州捷报使命，络绎而至。不一日，关兴到，具言水淹七军之事。忽又报马到来，报说："关公于江边多设墩台，提防甚密，万无一失。"因此玄德放心。

忽一日，玄德自觉浑身肉颤，行坐不安。至夜，不能宁睡，起坐内室，秉烛看书，觉神思昏迷，伏几而卧。就室中起一阵冷风，灯灭复明，抬头见一人立于灯下。玄德问曰："汝何人，夤夜至吾内室？"其人不答。玄德疑怪，自起视之，乃是关公，于灯影下往来躲避。玄德曰："贤弟别来无恙？夜深至此，必有大故。吾与汝情同骨肉，因何回避？"关公泣告曰："愿兄起兵，以雪弟恨。"言讫，冷风骤起，关公不见。玄德忽然惊觉，乃是一梦，时

① 牲醴——即作为供品的家畜和甜酒。是古代隆重祭祀的供品。

② 襄——协助，辅助。

③ 晋文之与怀嬴——晋文即春秋时的晋文公重耳。怀嬴为秦穆公之女，先嫁与晋怀公之子圉，后又改嫁晋怀公的伯父晋文公。

正三鼓。玄德大疑，急出前殿，使人请孔明来。孔明入见，玄德细言梦警。孔明曰："此乃王上心思关公，故有此梦，何必多疑？"玄德再三疑虑，孔明以善言解之。

孔明辞出，至中门外，迎见许靖。靖曰："某才赴军师府下报一机密，听知军师入宫，特来至此。"孔明曰："有何机密？"靖曰："某适闻外人传说，东吴吕蒙已袭荆州，关公已遇害，故特来密报军师。"孔明曰："吾夜观天象，见将星落于荆楚之地，已知云长必然被祸。但恐王上忧虑，故未敢言。"二人正说之间，忽然殿内转出一人，扯住孔明衣袖而言曰："如此凶信，公何瞒我？"孔明视之，乃玄德也。孔明、许靖奏曰："适来所言，皆传闻之事，未足深信。愿王上宽怀，勿生忧虑。"玄德曰："孤与云长，誓同生死，彼若有失，孤岂能独生耶？"

孔明、许靖正劝解之间，忽近侍奏曰："马良、伊籍至。"玄德急召入问之。二人具说荆州已失，关公兵败求救，呈上表章。未及拆观，侍臣又奏荆州廖化至。玄德急召入。化哭拜于地，细奏刘封、孟达不发救兵之事。玄德大惊曰："若如此，吾弟休矣！"孔明曰："刘封、孟达如此无礼，罪不容诛！王上宽心，亮亲提一旅之师，去救荆襄之急。"玄德泣曰："云长有失，孤断不独生。孤来日自提一军，去救云长。"遂一面差人赴阆中报知翼德，一面差人会集人马。未及天明，一连数次，报说关公夜走临沮，为吴将所获，义不屈节，父子归神。玄德听罢，大叫一声，昏绝于地。正是：

为念当年同誓死，忍教今日独捐生。

未知玄德性命如何，且看下文分解。

第七十八回

治风疾神医身死　传遗命奸雄数终

却说汉中王闻关公父子遇害，哭倒于地。众文武急救，半晌方醒，扶入内殿。孔明劝曰："王上少忧。自古道：'死生有命。'关公平日刚而自矜，故今日有此祸。王上且宜保养尊体，徐图报仇。"玄德曰："孤与关、张二弟桃园结义时，誓同生死。今云长已亡，孤岂能独享富贵乎？"言未已，只见关兴号恸而来。玄德见了，大叫一声，又哭绝于地。众官救醒。一日哭绝三五次，三日水浆不进，只是痛哭，泪湿衣襟，斑斑成血。孔明与众官再三劝解。玄德曰："孤与东吴，誓不同日月也！"孔明曰："闻东吴将关公首级献与曹操，操以王侯礼祭葬之。"玄德曰："此何意也？"孔明曰："此是东吴欲移祸于曹操，操知其谋，故以厚礼葬关公，令王上归怨于吴也。"玄德曰："吾今即提兵问罪于吴，以雪吾恨！"孔明谏曰："不可。方今吴欲令我伐魏，魏亦欲令我伐吴，各怀谲计，伺隙而乘。王上只宜按兵不动，且与关公发丧。待吴、魏不和，乘时而伐之，可也。"众官又再三劝谏，玄德方才进膳，传旨川中大小将士，尽皆挂孝。汉中王亲出南门招魂祭奠，号哭终日。

却说曹操在洛阳，自葬关公后，每夜合眼，便见关公。操甚惊惧，问于众官。众官曰："洛阳行宫旧殿多妖，可造新殿居之。"操曰："吾欲起一殿，名建始殿，恨无良工。"贾诩曰："洛阳良工有苏越者，最有巧思。"操召入，令画图像。苏越画成九间大殿，前后廊庑楼阁，呈与操。操视之，曰："汝画甚合孤意，但恐无栋梁之材。"苏越曰："此去离城三十里，有一潭，名跃龙潭。前有一祠，名跃龙祠。祠旁有一株大梨树，高十馀丈，堪作建始殿之梁。”操大喜，即令人工到彼砍伐。

次日，回报：“此树锯解不开，斧砍不入，不能斩伐。”操不信，自领数百骑，直至跃龙祠前下马。仰观那树，亭亭如华盖，直侵云汉[①]，并无曲节。操命砍之。乡老数人前来谏曰：“此树已数百年矣，常有神人居其上，恐未可伐。”操大怒曰：“吾平生游历普天之下，四十馀年，上至天子，下及庶人，无不惧孤。是何妖神，敢违孤意？”言讫，拔所佩剑，亲自砍之，铮然有声，血溅满身。操愕然大惊，掷剑上马，回至宫内。

是夜二更，操睡卧不安，坐于殿中，隐几而寐[②]。忽见一人披发仗剑，身穿皂衣，直至面前，指操喝曰：“吾乃梨树之神也。汝盖建始殿，意欲篡逆，却来伐吾神木。吾知汝数尽[③]，特来杀汝。”操大惊，急呼：“武士安在？”皂衣人仗剑砍操。操大叫一声，忽然惊觉，头脑疼痛不可忍。急传旨遍求良医治疗，不能痊可。众官皆忧。

华歆入奏曰：“大王知有神医华佗否？”操曰：“即江东医周泰者乎？”歆曰：“是也。”操曰：“虽闻其名，未知其术。”歆曰：“华佗字元化，沛国谯郡人也。其医术之妙，世所罕有。但有患者，或用药，或用针，或用灸，随手而愈。若患五脏六腑之疾，药不能效者，以麻肺汤饮之，令病者如醉死。却用尖刀剖开其腹，以药汤洗其脏腑，病人略无疼痛。洗毕，然后以药线缝口，用药敷之。或一月，或二十日，即平复矣。其神妙如此。一日，佗行于道上，闻一人呻吟之声。佗曰：‘此饮食不下之病。’问之果然。佗令取蒜齑汁[④]三升饮之，吐蛇一条，长二三尺，饮食即下。广陵太

---

① 云汉——即天河。这里指天空。

② 隐几而寐——上身趴在几案上睡着了。

③ 数尽——寿数已完。即该死了。

④ 蒜齑汁——即捣烂的蒜泥汁。

守陈登心中烦懑，面赤，不能饮食，求佗医治。佗以药饮之，吐虫三升，皆赤头，首尾动摇。登问其故，佗曰：'此因多食鱼腥，故有此毒。今日虽可，三年之后，必将复发，不可救也。'后陈登果三年而死。又有一人眉间生一瘤，痒不可当，令佗视之。佗曰：'内有飞物。'人皆笑之。佗以刀割开，一黄雀飞去，病者即愈。有一人被犬咬足指，随长肉二块：一痛一痒，俱不可忍。佗曰：'痛者内有针十个，痒者内有黑白棋子二枚。'人皆不信。佗以刀割开，果应其言。此人真扁鹊[①]、仓公[②]之流也。现居金城，离此不远，大王何不召之？"

操即差人星夜请华佗入内，令诊脉视疾。佗曰："大王头脑疼痛，因患风[③]而起。病根在脑袋中，风涎[④]不能出，枉服汤药，不可治疗。某有一法：先饮麻肺汤，然后用利斧砍开脑袋，取出风涎，方可根除。"操大怒曰："汝要杀孤耶？"佗曰："大王曾闻关公中毒箭，伤其右臂，某刮骨疗毒，关公略无惧色？今大王小可之疾，何多疑焉？"操曰："臂痛可刮，脑袋安可砍开？汝必与关公情熟[⑤]，乘此机会，欲报仇耳。"呼左右："拿下狱中，拷问其情。"贾诩谏曰："似此良医，世罕其匹，未可废也。"操叱曰："此人欲乘机害我，正与吉平无异。"急令追拷[⑥]。

华佗在狱，有一狱卒姓吴，人皆称为"吴押狱"。此人每日以酒食供奉华佗。佗感其恩，乃告曰："我今将死，恨有《青囊书》未传于世。感公厚意，无可为报。我修一书，公可遣人送与我家，取《青囊书》来赠公，以继吾术。"吴押狱大喜曰："我若得此书，弃了此役，医治天下病人，以传先生之德。"佗即修书，付吴押

① 扁鹊——姓秦，名越人。战国时齐国名医。
② 仓公——姓淳于，名意；曾任太仓令，因称仓公。西汉名医。
③ 患风——即外感风邪。风：中医术语。是指外感风邪而致病。
④ 风涎——因外感风邪而体内产生的黏液。
⑤ 情熟——关系亲密，彼此相熟。
⑥ 追拷——追究拷问。

狱。吴押狱直至金城，问佗之妻取了《青囊书》。回至狱中，付与华佗检看毕，佗即将书赠与吴押狱。吴押狱持回家中藏之。旬日之后，华佗竟死于狱中。吴押狱买棺殡殓讫，脱了差役回家，欲取《青囊书》看习，只见其妻正将书在那里焚烧。吴押狱大惊，连忙抢夺，全卷已被烧毁，只剩得一两叶[①]。吴押狱怒骂其妻。妻曰："纵然学得与华佗一般神妙，只落得死于牢中，要他何用？"吴押狱嗟叹而止。因此《青囊书》不曾传于世，所传者止阉鸡、猪等小法，乃烧剩一两叶中所载也。后人有诗叹曰：

华佗仙术比长桑，神识如窥垣一方。
惆怅人亡书亦绝，后人无复见青囊。

却说曹操自杀华佗之后，病势愈重，又忧吴、蜀之事。正虑间，近臣忽奏东吴遣使上书。操取书拆视之，略曰：

臣孙权久知天命已归王上，伏望早正大位，遣将剿灭刘备，扫平两川，臣即率群下纳土归降矣。

操观毕，大笑，出示群臣曰："是儿欲使吾居炉火上耶！"侍中陈群等奏曰："汉室久已衰微，殿下功德巍巍，生灵仰望。今孙权称臣归命，此天人之应[②]，异气齐声[③]。殿下宜应天顺人，早正大位[④]。"操笑曰："吾事汉多年，虽有功德及民，然位至于王，名爵已极，何敢更有他望？苟天命在孤，孤为周文王[⑤]矣。"司马懿曰："今孙权既称臣归附，王上可封官赐爵，令拒刘备。"操从之，表封孙权为骠骑将军、南昌侯，领荆州牧。即日遣使赍诰敕赴东吴去讫。

操病势转加，忽一夜梦三马同槽而食。及晓，问贾诩曰："孤

① 叶——义同"页"。

② 天人之应——即天人感应。这里指老天预示人事。

③ 异气齐声——意谓众人的共同心愿。异气：本指无血缘关系的异姓人，引申为众人。

④ 大位——帝位。

⑤ 为周文王——即以周文王为榜样。周文王虽然拥有三分之二的版图，仍然臣事商纣王，自己并不称帝。参见第五十六回"孔子称文王之至德"条注。

向日曾梦三马同槽，疑是马腾父子为祸。今腾已死，昨宵复梦三马同槽，主何吉凶？”诩曰：“禄马[①]，吉兆也。禄马归于曹，王上何必疑乎？”操因此不疑。后人有诗曰：

三马同槽事可疑，不知已植晋根基。

曹瞒空有奸雄略，岂识朝中司马师。

是夜，操卧寝室，至三更，觉头目昏眩，乃起，伏几而卧，忽闻殿中声如裂帛。操惊视之，忽见伏皇后、董贵人、二皇子并伏完、董承等二十馀人，浑身血污，立于愁云之内，隐隐闻索命之声。操急拔剑望空砍去，忽然一声响亮，震塌殿宇西南一角。操惊倒于地。近侍救出，迁于别宫养病。次夜，又闻殿外男女哭声不绝。至晓，操召群臣入，曰：“孤在戎马之中三十馀年，未尝信怪异之事。今日为何如此？”群臣奏曰：“大王当命道士设醮修禳。”操叹曰：“圣人云：‘获罪于天，无所祷也[②]。’孤天命已尽，安可救乎？”遂不允设醮。

次日，觉气冲上焦[③]，目不见物，急召夏侯惇商议。惇至殿门前，忽见伏皇后、董贵人、二皇子、伏完、董承等立在阴云之中。惇大惊昏倒，左右扶出，自此得病。操召曹洪、陈群、贾诩、司马懿等同至卧榻前，嘱以后事。曹洪等顿首曰：“大王善保玉体，不日定当霍然[④]。”操曰：“孤纵横天下三十馀年，群雄皆灭，止有江东孙权、西蜀刘备未曾剿除。孤今病危，不能再与卿等相叙，特以家事相托。孤长子曹昂，刘氏所生，不幸早年殁于宛城。今卞氏生四子：丕、彰、植、熊。孤平生所爱第三子植，为人虚华，少诚实，嗜酒放纵，因此不立。次子曹彰，勇而无谋。四子曹熊，

① 禄马——曹操说两次梦见“三马同槽”，就等于“六马同槽”。而“六”与“禄”在古代为同音，“槽”与“曹”亦同音，故又等于“禄马同曹”。而禄马为古代占卜术语，即禄命。

② 获罪于天，无所祷也——得罪了天，连祈祷求恕的地方都没有。

③ 上焦——中医术语。中医将人的消化系统（中医称为“谷道”）分为三个部分，称之为“三焦”，即上焦、中焦、下焦。上焦即胃的入口。

④ 霍然——本义为消除，消散。借喻病愈。

多病难保。惟长子曹丕，笃厚恭谨，可继我业，卿等宜辅佐之。”曹洪等涕泣领命而出。

操令近侍取平日所藏名香，分赐诸侍妾，且嘱曰：“吾死之后，汝等须勤习女工，多造丝履，卖之可以得钱自给。”又命诸妾多居于铜雀台中，每日设祭，必令女伎奏乐上食。又遗命：“于彰德府讲武城外，设立疑冢[①]七十二，勿令后人知吾葬处，恐为人所发掘故也。”嘱毕，长叹一声，泪如雨下。须臾，气绝而死，寿六十六岁。时建安二十五年春正月也。后人有《邺中歌》一篇，叹曹操云：

邺则邺城水漳水，定有异人从此起。
雄谋韵事与文心，君臣兄弟而父子。
英雄未有俗胸中，出没岂随人眼底。
功首罪魁非两人，遗臭流芳本一身。
文章有神霸有气，岂能苟尔化为群。
横流筑台距太行，气与理势相低昂。
安有斯人不作逆，小不为霸大不王。
霸王降作儿女鸣，无可奈何中不平。
向帐明知非有益，分香未可谓无情。
呜呼！古人作事无巨细，寂寞豪华皆有意。
书生轻议冢中人，冢中笑尔书生气。

却说曹操身亡，文武百官尽皆举哀，一面遣人赴世子曹丕、鄢陵侯曹彰、临淄侯曹植、萧怀侯曹熊处报丧。众官用金棺银椁将操入殓，星夜举灵榇赴邺郡来。

曹丕闻知父丧，放声痛哭，率大小官员出城十里，伏道迎榇入城，停于偏殿。官僚挂孝，聚哭于殿上。忽一人挺身而出曰：“请世子息哀，且议大事。”众视之，乃中庶子司马孚也。孚曰：

① 疑冢——假坟。以其使人真假难辩，故称。

“魏王既薨，天下震动，当早立嗣王，以安众心，何但哭泣耶？”群臣曰：“世子宜嗣位，但未得天子诏命，岂可造次而行？”兵部尚书陈矫曰：“王薨于外，爱子私立，彼此生变，则社稷危矣。”遂拔剑割下袍袖，厉声曰：“即今日便请世子嗣位，众官有异议者，以此袍为例。”百官悚惧。忽报华歆自许昌飞马而至，众皆大惊。须臾，华歆入。众问其来意，歆曰：“今魏王薨逝，天下震动，何不早请世子嗣位？”众官曰：“正因不及候诏命，方议欲以王后卞氏慈旨[①]立世子为王。”歆曰：“吾已于汉帝处索得诏命在此。”众皆踊跃称贺。歆于怀中取出诏命开读。原来华歆谄事魏，故草此诏，威逼献帝降之，帝只得听从，故下诏即封曹丕为魏王、丞相、冀州牧。丕即日登位，受大小官僚拜舞起居。

正宴会庆贺间，忽报鄢陵侯曹彰自长安领十万大军来到。丕大惊，遂问群臣曰：“黄须小弟平日性刚，深通武艺。今提兵远来，必与孤争王位也。如之奈何？”忽阶下一人应声出曰：“臣请往见鄢陵侯，以片言折之[②]。”众皆曰：“非大夫莫能解此祸也。”正是：

试看曹氏丕彰事，几作袁家谭尚争。

未知此人是谁，且看下文分解。

---

① 慈旨——即母后的谕旨。

② 以片言折之——用三言两语就能说服他。

第七十九回

兄逼弟曹植赋诗　侄陷叔刘封伏法

却说曹丕闻曹彰提兵而来，惊问众官。一人挺身而出，愿往折服之。众视其人，乃谏议大夫贾逵也。曹丕大喜，即命贾逵前往。逵领命出城，迎见曹彰。彰问曰："先王玺绶安在？"逵正色而言曰："家有长子，国有储君[①]。先王玺绶，非君侯之所宜问也。"彰默然无语，乃与贾逵同入城。至宫门前，逵问曰："君侯此来，欲奔丧耶？欲争位耶？"彰曰："吾来奔丧，别无异心。"逵曰："既无异心，何故带兵入城？"彰即时叱退左右将士，只身入内，拜见曹丕。兄弟二人，相抱大哭。曹彰将本部军马尽交与曹丕。丕令彰回鄢陵自守，彰拜辞而去。

于是曹丕安居王位，改建安二十五年为延康元年。封贾诩为太尉，华歆为相国，王朗为御史大夫，大小官僚尽皆升赏。谥曹操曰武王，葬于邺郡高陵，令于禁董治[②]陵事。

禁奉命到彼，只见陵屋中白粉壁上，图画关云长水淹七军、擒获于禁之事：画云长俨然上坐，庞德愤怒不屈，于禁拜伏于地、哀求乞命之状。原来曹丕以于禁兵败被擒，不能死节，既降敌而复归，心鄙其为人，故先令人图画陵屋粉壁，故意使之往见以愧之。当下于禁见此画像，又羞又恼，气愤成病，不久而死。后人有诗叹曰：

---

① 储君——已确定为继承王位的人。一般指太子。

② 董治——主持，主管。

三十年来说旧交，可怜临难不忠曹。

知人未向心中识，画虎今从骨里描。

却说华歆奏曹丕曰：“鄢陵侯已交割军马，赴本国去了。临淄侯植、萧怀侯熊，二人竟不来奔丧，理当问罪。”丕从之，即分遣二使往二处问罪。不一日，萧怀使者回报：“萧怀侯曹熊惧罪，自缢身死。”丕令厚葬之，追赠萧怀王。又过了一日，临淄使者回报说：“临淄侯日与丁仪、丁廙兄弟二人酣饮，悖慢无礼。闻使命至，临淄侯端坐不动。丁仪骂曰：‘昔者先王本欲立吾主为世子，被谗臣所阻。今王丧未远，便问罪于骨肉，何也？’丁廙又曰：‘据吾主聪明冠世，自当承嗣大位，今反不得立。汝那庙堂之臣，何不识人才若此？’临淄侯因怒叱武士将臣乱棒打出。”

丕闻之，大怒，即令许褚领虎卫军三千，火速至临淄擒曹植等一干人来。褚奉命，引军至临淄城。守将拦阻，褚立斩之，直入城中，无一人敢当锋锐。径到府堂，只见曹植与丁仪、丁廙等尽皆醉倒。褚皆缚之，载于车上，并将府下大小属官尽行拿解邺郡，听候曹丕发落。丕下令，先将丁仪、丁廙等尽行诛戮。丁仪字正礼，丁廙字敬礼，沛郡人，乃一时文士。及其被杀，人多惜之。

却说曹丕之母卞氏听得曹熊缢死，心甚悲伤。忽又闻曹植被擒，其党丁仪等已杀，大惊。急出殿，召曹丕相见。丕见母出殿，慌来拜谒。卞氏哭谓丕曰：“汝弟植平生嗜酒疏狂，盖因自恃胸中之才，故尔放纵。汝可念同胞之情，存其性命，吾至九泉亦瞑目也。”丕曰：“儿亦深爱其才，安肯害他？今正欲戒其性耳。母亲勿忧。”卞氏洒泪而入。

丕出偏殿，召曹植入见。华歆问曰：“适来莫非太后劝殿下勿杀子建乎？”丕曰：“然。”歆曰：“子建怀才抱智，终非池中物，若不早除，必为后患。”丕曰：“母命不可违。”歆曰：“人皆言子建出口成章，臣未深信。主上可召入，以才试之：若不能，即杀之；若果能，则贬之。以绝天下文人之口。”丕从之。

须臾，曹植入见，惶恐伏拜请罪。丕曰："吾与汝情虽兄弟，义属君臣，汝安敢恃才蔑礼？昔先君在日，汝常以文章夸示于人，吾深疑汝必用他人代笔。吾今限汝行七步吟诗一首：若果能，则免一死；若不能，则从重治罪，决不姑恕。"植曰："愿乞题目。"时殿上悬一水墨画，画着两只牛斗于土墙之下，一牛坠井而亡。丕指画曰："即以此画为题。诗中不许犯着'二牛斗墙下，一牛坠井死'字样。"植行七步，其诗已成。诗曰：

两肉齐道行，头上带凹骨。
相遇块山下，欻起相搪突。
二敌不俱刚，一肉卧土窟。
非是力不如，盛气不泄毕。

曹丕及群臣皆惊。丕又曰："七步成章，吾犹以为迟。汝能应声而作诗一首否？"植曰："愿即命题。"丕曰："吾与汝乃兄弟也，以此为题。亦不许犯着'兄弟'字样。"植略不思索，即口占一首曰：

煮豆燃豆萁，豆在釜中泣。
本是同根生，相煎何太急！

曹丕闻之，潸然泪下。其母卞氏从殿后出曰："兄何逼弟之甚耶？"丕慌忙离坐，告曰："国法不可废耳。"于是贬曹植为安乡侯，植拜辞上马而去。

曹丕自继位之后，法令一新。威逼汉帝，甚于其父。早有细作报入成都。汉中王闻之，大惊，即与文武商议曰："曹操已死，曹丕继位，威逼天子，更甚于操。东吴孙权拱手称臣。孤欲先伐东吴，以报云长之仇。次讨中原，以除乱贼。"言未毕，廖化出班，哭拜于地曰："关公父子遇害，实刘封、孟达之罪，乞诛此二贼。"玄德便欲遣人擒之。孔明谏曰："不可。且宜缓图之，急则生变矣。可升此二人为郡守，分调开去，然后可擒。"玄德从之，遂遣使升刘封去守绵竹。

原来彭羕与孟达甚厚，听知此事，急回家作书，遣心腹人驰报孟达。使者方出南门外，被马超巡视军捉获，解见马超。超审知此事，即往见彭羕。羕接入，置酒相待。酒至数巡，超以言挑之曰："昔汉中王待公甚厚，今何渐薄也？"羕因酒醉，恨骂曰："老革荒悖[①]，吾必有以报之。"超又探曰："某亦怀怨心久矣。"羕曰："公起本部军，结连孟达为外合，某领川兵为内应，大事可图也。"超曰："先生之言甚当，来日再议。"超辞了彭羕，即将人与书解见汉中王，细言其事。玄德大怒，即令擒彭羕下狱，拷问其情。羕在狱中，悔之无及。玄德问孔明曰："彭羕有谋反之意，当何以治之？"孔明曰："羕虽狂士，然留之久必生祸。"于是玄德赐彭羕死于狱。

羕既死，有人报知孟达。达大惊，举止失措。忽使命至，调刘封回守绵竹去讫。孟达慌请上庸、房陵都尉申耽、申仪弟兄二人，商议曰："我与法孝直同有功于汉中王，今孝直已死，而汉中王忘我前功，乃欲见害，为之奈何？"耽曰："某有一计，使汉中王不能加害于公。"达大喜，急问何计。耽曰："吾弟兄欲投魏久矣。公可作一表，辞了汉中王，投魏王曹丕，丕必重用。吾二人亦随后来降也。"达猛然省悟，即写表一通，付与来使。当晚引五十馀骑投魏去了。使命持表回成都，奏汉中王，言孟达投魏之事。先主大怒，览其表曰：

> 臣达伏惟殿下将建伊、吕之业，追桓、文之功，大事草创，假势吴、楚，是以有为之士望风归顺。臣委质以来，愆戾山积，臣犹自知，况于君乎？今王朝英俊鳞集，臣内无辅佐之器，外无将领之才，列次功臣，诚足自愧。
>
> 臣闻范蠡识微，浮于五湖；舅犯谢罪，逡巡河上。夫际会之间，请命乞身，何哉？欲洁去就之分也。况臣卑鄙，无元功巨勋，自系于时，窃慕前贤，早思远耻。昔

---

① 老革荒悖——即老兵荒谬绝伦。革：兵革，代指兵。悖：违背常理。

申生至孝，见疑于亲；子胥至忠，见诛于君；蒙恬拓境，而被大刑；乐毅破齐，而遭谗佞。臣每读其书，未尝不感慨流涕；而亲当其事，益用伤悼。

迩者荆州覆败，大臣失节，百无一还。惟臣寻事，自致房陵、上庸，而复乞身，自放于外。伏想殿下圣恩感悟，愍臣之心，悼臣之举。臣诚小人，不能始终，知而为之，敢谓非罪？臣每闻“交绝无恶声，去臣无怨辞”。臣过奉教于君子，愿君王勉之。臣不胜惶恐之至。

玄德看毕，大怒曰：“匹夫叛吾，安敢以文辞相戏耶？”即欲起兵擒之。孔明曰：“可就遣刘封进兵，令二虎相并。刘封或有功，或败绩，必归成都，就而除之，可绝两害。”玄德从之，遂遣使到绵竹，传谕刘封。封受命，率兵来擒孟达。

却说曹丕正聚文武议事，忽近臣奏曰：“蜀将孟达来降。”丕召入，问曰：“汝此来，莫非诈降乎？”达曰：“臣为不救关公之危，汉中王欲杀臣，因此惧罪来降，别无他意。”曹丕尚未准信，忽报刘封引五万兵来取襄阳，单搦孟达厮杀。丕曰：“汝既是真心，便可去襄阳取刘封首级来，孤方准信。”达曰：“臣以利害说之，不必动兵，令刘封亦来降也。”丕大喜，遂加孟达为散骑常侍、建武将军、平阳亭侯，领新城太守，去守襄阳、樊城。

原来夏侯尚、徐晃已先在襄阳，正将收取上庸诸部。孟达到了襄阳，与二将礼毕，探得刘封离城五十里下寨。达即修书一封，使人赍赴蜀寨招降刘封。刘封览书，大怒曰：“此贼误吾叔侄之义，又间吾父子之亲，使吾为不忠不孝之人也。”遂扯碎来书，斩其使。次日，引军前来搦战。

孟达知刘封扯书斩使，勃然大怒，亦领兵出迎。两阵对圆，封立马于门旗下，以刀指骂曰：“背国反贼，安敢乱言！”孟达曰：“汝死已临头上，还自执迷不省。”封大怒，拍马轮刀，直奔孟达。战不三合，达败走。封乘虚追杀二十馀里，一声喊起，伏兵尽出，左边夏侯尚杀来，右边徐晃杀来。孟达回身复战，三军夹攻。刘封大败而走，连夜奔回上庸，背后魏兵赶来。刘封到城下叫门，城上乱箭射下。申耽在敌楼上叫曰："吾已降了魏也。"封大怒，欲要攻城，背后追军将至。封立脚不住，只得望房陵而奔，见城上已尽插魏旗。申仪在敌楼上将旗一飐，城后一彪军出，旗上大书"右将军徐晃"。封抵敌不住，急望西川而走。晃乘势追杀。

刘封部下只剩得百馀骑，到了成都，入见汉中王，哭拜于地，细奏前事。玄德怒曰："辱子有何面目复来见吾？"封曰："叔父之难，非儿不救，因孟达谏阻故耳。"玄德转怒曰："汝须食人食，穿人衣，非土木偶人，安可听谗贼所阻？"命左右推出斩之。汉中王既斩刘封，后闻孟达招之，毁书斩使之事，心中颇悔；又哀痛关公：以致染病。因此按兵不动。

且说魏王曹丕自即王位，将文武官僚尽皆升赏。遂统甲兵三十万，南巡沛国谯县，大飨先茔[①]。乡中父老扬尘遮道[②]，奉觞进酒，效汉高祖还沛之事[③]。人报大将军夏侯惇病危，丕即还邺郡。时惇已卒，丕为挂孝，以厚礼殡葬。

是岁八月间，报称石邑县凤凰来仪，临淄城麒麟出现，黄龙现于邺郡。于是中郎将李伏、太史丞许芝商议："种种瑞征，乃魏当代汉之兆。可安排受禅之礼，令汉帝将天下让于魏王。"遂同华歆、王朗、辛毗、贾诩、刘廙、刘晔、陈矫、陈群、桓阶等一班文武官僚四十馀人，直入内殿，来奏汉献帝，请禅位于魏王曹丕。正是：

魏家社稷今将建，汉代江山忽已移。

未知献帝如何回答，且看下文分解。

---

① 大飨先茔——大张旗鼓地祭祀祖坟。

② 扬尘遮道——扬尘：形容人多，以致激起漫天尘土。遮道：拦路迎接之意。

③ 汉高祖还沛之事——事见《史记·高祖本纪》：汉高祖刘邦即帝位之后，曾回故乡沛，与父老乡亲聚饮十馀日。

第八十回

曹丕废帝篡炎刘　汉王正位续大统

却说华歆等一班文武入见献帝，歆奏曰："伏[①]睹魏王自登位以来，德布四方，仁及万物，越古超今，虽唐、虞[②]无以过此。群臣会议，言汉祚已终，望陛下效尧、舜之道，以山川社稷禅与魏王，上合天心，下合民意，则陛下安享清闲之福，祖宗幸甚，生灵幸甚。臣等议定，特来奏请。"帝闻奏大惊，半晌无言，觑百官而哭曰："朕想高祖提三尺剑，斩蛇起义，平秦灭楚，创造基业，世统相传，四百年矣。朕虽不才，初无过恶，安忍将祖宗大业，等闲[③]弃了？汝百官再从公计议。"

华歆引李伏、许芝近前奏曰："陛下若不信，可问此二人。"李伏奏曰："自魏王即位以来，麒麟降生，凤凰来仪，黄龙出现，嘉禾蔚生[④]，甘露下降：此是上天示瑞，魏当代汉之象也。"许芝又奏曰："臣等职掌司天，夜观乾象，见炎汉气数已终，陛下帝星隐匿不明。魏国乾象，极天际地，言之难尽，更兼上应图谶[⑤]。其谶曰：'鬼在边，委相连，当代汉，无可言。言在东，午在西，两日并光上下移。'以此论之，陛下可早禅位。'鬼在边，委相连'，是

---

① 伏——古代臣对君、下对上所用敬词，无义。

② 唐、虞——即尧、舜。尧为唐陶氏，故别称"唐尧"或"唐"。舜为有虞氏，故别称"虞舜"或"虞"。

③ 等闲——轻易，随便。

④ 嘉禾蔚生——嘉禾：形状奇特的谷类植物，如一株生双穗或双株生一穗等，古人以为祥瑞。蔚生：这里是竞相出现、大量产生之意。

⑤ 图谶（chèn）——泛指古代方士或儒生编造的预测吉凶、帝王受命之类的书。

‘魏’字也;‘言在东，午在西’，乃‘许’字也;‘两日并光上下移’，乃‘昌’字也:此是魏在许昌应受汉禅也。愿陛下察之。”帝曰:“祥瑞、图谶，皆虚妄之事，奈何以虚妄之事而遽欲朕舍祖宗之基业乎?”王朗奏曰:“自古以来，有兴必有废，有盛必有衰，岂有不亡之国、不败之家乎?汉室相传四百馀年，延至陛下，气数已尽，宜早退避，不可迟疑，迟则生变矣。”帝大哭，入后殿去了。百官哂笑而退。

次日，官僚又集于大殿，令宦官入请献帝。帝忧惧不敢出。曹后曰:“百官请陛下设朝，陛下何故推阻?”帝泣曰:“汝兄欲篡位，令百官相逼，朕故不出。”曹后大怒曰:“吾兄奈何为此乱逆之事耶?”言未已，只见曹洪、曹休带剑而入，请帝出殿。曹后大骂曰:“俱是汝等乱贼希图富贵，共造逆谋!吾父功盖寰区，威震天下，然且不敢篡窃神器[①]。今吾兄嗣位未几，辄思篡汉，皇天必不祚尔[②]!”言罢，痛哭入宫。左右侍者皆歔欷流涕。

曹洪、曹休力请献帝出殿，帝被逼不过，只得更衣出前殿。华歆奏曰:“陛下可依臣等昨日之议，免遭大祸。”帝痛哭曰:“卿等皆食汉禄久矣，中间多有汉朝功臣子孙，何忍做此不臣之事?”歆曰:“陛下若不从众议，恐旦夕萧墙祸起[③]，非臣等不忠于陛下也。”帝曰:“谁敢弑朕耶?”歆厉声曰:“天下之人，皆知陛下无人君之福，以致四方大乱。若非魏王在朝，弑陛下者何止一人?陛下尚不知恩报德，直欲令天下人共伐陛下耶?”帝大惊，拂袖而起。王朗以目视华歆。歆纵步向前，扯住龙袍，变色而言曰:“许与不许，早发一言。”帝战栗不能答。曹洪、曹休拔剑大呼曰:“符

① 神器——本指象征国家政权的玉玺、宝鼎之类，借喻帝位。

② 必不祚尔——必定不保佑你（指曹丕）。祚:赐福，保佑。

③ 萧墙祸起——典出《论语·季氏》:“吾恐季孙之忧，不在颛臾，而在萧墙之内也。”后即以“萧墙祸起”喻内讧之祸。“萧”通“肃”，“墙”指屏障。“萧墙”本指帝王与大臣见面的宫廷，引申为家庭或团体内部。

宝郎[1]何在？”祖弼应声出曰：“符宝郎在此。”曹洪索要玉玺。祖弼叱曰：“玉玺乃天子之宝，安得擅索？”洪喝令武士推出斩之。祖弼大骂不绝口而死。后人有诗赞曰：

奸宄专权汉室亡，诈称禅位效虞唐。

满朝百辟皆尊魏，仅见忠臣符宝郎。

帝颤栗不已，只见阶下披甲持戈数百馀人皆是魏兵。帝泣谓群臣曰：“朕愿将天下禅于魏王，幸留残喘，以终天年。”贾诩曰：“魏王必不负陛下。陛下可急降诏，以安众心。”帝只得令陈群草禅国之诏，令华歆赍捧诏、玺，引百官直至魏王宫献纳。曹丕大喜，开读诏曰：

朕在位三十二年，遭天下荡覆，幸赖祖宗之灵，危而复存。然今仰瞻天象，俯察民心，炎精之数既终，行运在乎曹氏。是以前王既树神武之迹，今王又光耀明德，以应其期。历数昭明，信可知矣。夫“大道之行，天下为公”。唐尧不私于厥子，而名播于无穷，朕窃慕焉。今其追踵尧典，禅位于丞相魏王。王其毋辞。

曹丕听毕，便欲受诏。司马懿谏曰：“不可。虽然诏、玺已至，殿下宜且上表谦辞，以绝天下之谤。”丕从之，令王朗作表，自称德薄，请别求大贤，以嗣天位。

帝览表，心甚惊疑，谓群臣曰：“魏王谦逊，如之奈何？”华歆曰：“昔魏武王受王爵之时，三辞而诏不许，然后受之。今陛下可再降诏，魏王自当允从。”帝不得已，又令桓阶草诏，遣高庙使张音持节奉玺至魏王宫。曹丕开读诏曰：

咨尔魏王，上书谦让。朕窃为汉道陵迟，为日已久，幸赖武王操德膺符运，奋扬神武，芟除凶暴，清定区夏。今王丕缵承前绪，至德光昭，声教被四海，仁风扇八区，

① 符宝郎——官名，全称“尚符玺郎”或“符玺郎中”。掌管符节和玉玺。

天之历数，实在尔躬。昔虞舜有大功二十，而放勋禅以天下；大禹有疏导之绩，而重华禅以帝位。汉承尧运，有传圣之义，加顺灵祇，绍天明命。使行御史大夫张音，持节奉皇帝玺绶，王其受之。

曹丕接诏欣喜，谓贾诩曰："虽二次有诏，然终恐天下后世，不免篡窃之名也。"诩曰："此事极易。可再命张音赍回玺绶，却教华歆令汉帝筑一坛，名受禅坛。择吉日良辰，集大小公卿尽到坛下，令天子亲奉玺绶，禅天下与王，便可以释群疑而绝众议矣。"丕大喜，即令张音赍回玺绶，仍作表谦辞。

音回奏献帝，帝问群臣曰："魏王又让，其意若何？"华歆奏曰："陛下可筑一坛，名曰受禅坛，集公卿庶民，明白禅位，则陛下子子孙孙，必蒙魏恩矣。"帝从之，乃遣太常院官卜地于繁阳，筑起三层高坛，择于十月庚午日寅时禅让。

至期，献帝请魏王曹丕登坛受禅，坛下集大小官僚四百馀员，御林虎贲禁军三十馀万。帝亲捧玉玺奉曹丕，丕受之。坛下群臣跪听册[①]曰：

咨尔魏王：昔者唐尧禅位于虞舜，舜亦以命禹。天命不于常，惟归有德。汉道陵迟，世失其序。降及朕躬，大乱滋昏，群凶恣逆，宇内颠覆。赖武王神武，拯兹难于四方，惟清区夏，以保绥我宗庙。岂予一人获乂，俾九服实受其赐。今王钦承前绪，光于乃德，恢文武之大业，昭尔考之弘烈。皇灵降瑞，人神告徵，诞惟亮采，师锡朕命。佥曰：尔度克协于虞舜，用率我唐典，敬逊尔位。於戏！"天之历数在尔躬"，君其祇顺大礼，飨万国以肃承天命。

① 册——古代帝王封立继承人、后妃以及封赠功臣等的诏书。因诏书为折叠式，形似书册，故称。

读册已毕，魏王曹丕即受八般大礼[①]，登了帝位。贾诩引大小官僚朝于坛下。改延康元年为黄初元年，国号大魏。丕即传旨，大赦天下。谥父曹操为太祖武皇帝。

华歆奏曰："'天无二日，民无二王'[②]。汉帝既禅天下，理宜退就藩服[③]。乞降明旨，安置刘氏于何地？"言讫，扶献帝跪于坛下听旨。丕降旨封帝为山阳公，即日便行。华歆按剑指帝，厉声而言曰："立一帝，废一帝，古之常道。今上仁慈，不忍加害，封汝为山阳公。今日便行，非宣召不许入朝。"献帝含泪拜谢，上马而去。坛下军民人等见之，伤感不已。丕谓群臣曰："舜、禹之事，朕知之矣。"群臣皆呼"万岁"。后人观此受禅坛，有诗叹曰：

两汉经营事颇难，一朝失却旧江山。
黄初欲学唐虞事，司马将来作样看。

百官请曹丕答谢天地。丕方下拜，忽然坛前卷起一阵怪风，飞砂走石，急如骤雨，对面不见，坛上火烛尽皆吹灭。丕惊倒于坛上，百官急救下坛，半晌方醒。侍臣扶入宫中，数日不能设朝。后病稍可，方出殿受群臣朝贺。封华歆为司徒，王朗为司空，大小官僚一一升赏。丕疾未痊，疑许昌宫室多妖，乃自许昌幸洛阳，大建宫室。

早有人到成都，报说："曹丕自立为大魏皇帝，于洛阳盖造宫殿。且传言汉帝已遇害。"汉中王闻知，痛哭终日。下令百官挂孝，遥望设祭，上尊谥曰孝愍皇帝。玄德因此忧虑，致染成疾，不能理事，政务皆托与孔明。

孔明与太傅许靖、光禄大夫谯周商议，言天下不可一日无君，

---

① 八般大礼——八种隆重的典礼。

② 天无二日，民无二王——语本《礼记·坊记》，原文是："天无二日，土无二王。"意谓一国不能有二主。

③ 藩服——古代将京城以外的地区分为九服，其最边远的地区称"藩服"。

欲尊汉中王为帝。谯周曰："近有祥风庆云[①]之瑞；成都西北角有黄气[②]数十丈冲霄而起；帝星现于毕、胃、昴之分[③]，煌煌如月：此正应汉中王当即帝位，以继汉统，更复何疑？"于是孔明与许靖引大小官僚上表，请汉中王即皇帝位。汉中王览表，大惊曰："卿等欲陷孤为不忠不义之人耶？"孔明奏曰："非也。曹丕篡汉自立，王上乃汉室苗裔，理合继统以延汉祀。"汉中王勃然变色曰："孤岂效逆贼所为！"拂袖而起，入于后宫。众官皆散。

三日后，孔明又引众官入朝，请汉中王出，众皆拜伏于前。许靖奏曰："今汉天子已被曹丕所弑，王上不即帝位，兴师讨逆，不得为忠义也。今天下无不欲王上为君，为孝愍皇帝雪恨。若不从臣等所议，是失民望矣。"汉中王曰："孤虽是景帝之孙，并未有德泽以布于民，今一旦自立为帝，与篡窃何异？"孔明苦劝数次，汉中王坚执不从。孔明乃设一计，谓众官曰：如此如此。于是孔明托病不出。

汉中王闻孔明病笃，亲到府中，直入卧榻边，问曰："军师所感何疾？"孔明答曰："忧心如焚，命不久矣。"汉中王曰："军师所忧何事？"连问数次，孔明只推病重，瞑目不答。汉中王再三请问，孔明喟然叹曰："臣自出茅庐，得遇大王，相随至今，言听计从。今幸大王有两川之地，不负臣夙昔之言。目今曹丕篡位，汉祀将斩[④]。文武官僚咸欲奉大王为帝，灭魏兴刘，共图功名。不想大王坚执不肯，众官皆有怨心，不久必尽散矣。若文武皆散，吴、魏来攻，两川难保，臣安得不忧乎？"汉中王曰："吾非推阻，恐天下人议论耳。"孔明曰："圣人云：'名不正，则言不顺。'今大王

---

① 祥风庆云——古人认为的吉祥之兆。祥风：和风。庆云：五彩云。

② 黄气——黄色云气。古人认为是天子之气。

③ 帝星——古星名。亦称"天帝"，俗称"紫微星"。古人以为是皇帝的象征，当它出现于某地区上空时，就预示该地区要出皇帝。毕、胃、昴之分——即毕、胃、昴（二十八宿中的三宿）所在天域。其位置与汉中一带相对应。

④ 汉祀将斩——即汉朝刘氏的香火就要断绝（斩），也就是汉朝即将灭亡。

名正言顺，有何可议？岂不闻‘天与弗取，反受其咎’[①]？”汉中王曰：“待军师病可，行之未迟。”

孔明听罢，从榻上跃然而起，将屏风一击，外面文武众官皆入，拜伏于地曰：“王上既允，便请择日以行大礼。”汉中王视之，乃是太傅许靖、安汉将军糜竺、青衣侯向举、阳泉侯刘豹、别驾赵祚、治中杨洪、议曹杜琼、从事张爽、太常卿赖恭、光禄卿黄权、祭酒何宗、学士尹默、司业谯周、大司马殷纯、偏将军张裔、少府王谋、昭文博士伊籍、从事郎秦宓等众也。汉中王惊曰：“陷孤于不义，皆卿等也。”孔明曰：“王上既允所请，便可筑坛择吉，恭行大礼。”即时送汉中王还宫。一面令博士许慈、谏议郎孟光掌礼，筑坛于成都武担之南。

诸事齐备，多官整设銮驾，迎请汉中王登坛致祭。谯周在坛上高声朗读祭文曰：

> 维建安二十六年四月丙午朔，越十二日丁巳，皇帝备敢昭告于皇天后土：汉有天下，历数无疆。曩者王莽篡盗，光武皇帝震怒致诛，社稷复存。今曹操阻兵残忍，戮杀主后，罪恶滔天。操子丕载肆凶逆，窃据神器。群下将士以为汉祀堕废，备宜延之，嗣武二祖，躬行天罚。备惧无德忝帝位，询于庶民，外及遐荒君长，佥曰：天命不可以不答，祖业不可以久替，四海不可以无主。率土式望，在备一人。备畏天明命，又惧高、光之业将坠于地，谨择吉日，登坛告祭，受皇帝玺绶，抚临四方。惟神飨祚汉家，永绥历服。

读罢祭文，孔明率众官恭上玉玺。汉中王受了，捧于坛上，再三推辞曰：“备无才德，请择有才德者受之。”孔明奏曰：“王上平定

---

① 天与弗取，反受其咎——语出《史记·淮阴侯列传》。意谓如果拒绝接受上天的赐福，反而会受到伤害。

四海，功德昭于天下，况是大汉宗派，宜即正位。已祭告天神，复何让焉？”文武各官皆呼“万岁”。拜舞礼毕，改元章武元年。立妃吴氏为皇后，长子刘禅为太子；封次子刘永为鲁王，三子刘理为梁王；封诸葛亮为丞相，许靖为司徒；大小官僚，一一升赏。大赦天下。两川军民，无不欣跃。

次日设朝，文武官僚拜毕，列为两班。先主[①]降诏曰：“朕自桃园与关、张结义，誓同生死。不幸二弟云长被东吴孙权所害，若不报仇，是负盟也。朕欲起倾国之兵，剪伐东吴，生擒逆贼，以雪此恨！”言未毕，班内一人拜伏于阶下，谏曰：“不可。”先主视之，乃虎威将军赵云也。正是：

君王未及行天讨，臣下曾闻进直言。

未知子龙所谏若何，且看下文分解。

① 先主——本指开国君主。史籍中也成为对刘备的专称。

第八十一回

急兄仇张飞遇害　雪弟恨先主兴兵

却说先主欲起兵东征，赵云谏曰："国贼乃曹操，非孙权也。今曹丕篡汉，神人共怒。陛下可早图关中，屯兵渭河上流，以讨凶逆，则关东义士必裹粮策马以迎王师。若舍魏以伐吴，兵势一交，岂能骤解？愿陛下察之。"先主曰："孙权害了朕弟，又兼傅士仁、糜芳、潘璋、马忠皆有切齿之仇，啖其肉而灭其族，方雪朕恨，卿何阻耶？"云曰："汉贼之仇，公也；兄弟之仇，私也。愿以天下为重。"先主答曰："朕不为弟报仇，虽有万里江山，何足为贵？"遂不听赵云之谏，下令起兵伐吴。且发使往五谿，借番兵五万，共相策应。一面差使往阆中，迁张飞为车骑将军，领司隶校尉，封西乡侯，兼阆中牧。使命赍诏而去。

却说张飞在阆中闻知关公被东吴所害，旦夕号泣，血湿衣襟。诸将以酒解劝，酒醉，怒气愈加。帐上帐下，但有犯者，即鞭挞之，多有鞭死者。每日望南切齿睁目怒恨，放声痛哭不已。忽报使至，慌忙接入，开读诏旨。飞受爵，望北拜毕，设酒款待来使。飞曰："吾兄被害，仇深似海，庙堂之臣，何不早奏兴兵？"使者曰："多有劝先灭魏而后伐吴者。"飞怒曰："是何言也！昔我三人桃园结义，誓同生死，今不幸二兄半途而逝，吾安得独享富贵耶？吾当面见天子，愿为前部先锋，挂孝伐吴，生擒逆贼，祭告二兄，以践前盟。"言讫，就同使命望成都而来。

却说先主每日自下教场操演军马，克日兴师，御驾亲征。于是公卿都至丞相府中见孔明，曰："今天子初临大位，亲统军伍，非所以重社稷也。丞相秉钧衡之职[①]，何不规谏？”孔明曰：“吾苦谏数次，只是不听。今日公等随我入教场谏去。”当下孔明引百官，来奏先主曰：“陛下初登宝位，若欲北讨汉贼，以伸大义于天下，方可亲统六师；若只欲伐吴，命一上将统军伐之可也，何必亲劳圣驾？”先主见孔明苦谏，心中稍回。

忽报张飞到来，先主急召入。飞至演武厅，拜伏于地，抱先主足而哭。先主亦哭。飞曰：“陛下今日为君，早忘了桃园之誓！二兄之仇，如何不报？”先主曰：“多官谏阻，未敢轻举。”飞曰：“他人岂知昔日之盟？若陛下不去，臣舍此躯，与二兄报仇。若不能报时，臣宁死不见陛下也。”先主曰：“朕与卿同往：卿提本部兵自阆州而出，朕统精兵会于江州，共伐东吴，以雪此恨！”飞临行，先主嘱曰：“朕素知卿酒后暴怒，鞭挞健儿，而复令在左右，此取祸之道也。今后务宜宽容，不可如前。”飞拜辞而去。

次日，先主整兵要行。学士秦宓奏曰：“陛下舍万乘之躯，而徇小义，古人所不取也。愿陛下思之。”先主曰：“云长与朕，犹一体也。大义尚在，岂可忘耶？”宓伏地不起曰：“陛下不从臣言，诚恐有失。”先主大怒曰：“朕欲兴兵，尔何出此不利之言？”叱武士推出斩之。宓面不改色，回顾先主而笑曰：“臣死无恨，但可惜新创之业，又将颠覆耳。”众官皆为秦宓告免。先主曰：“暂且囚下，待朕报仇回时发落。”孔明闻知，即上表救秦宓。其略曰：

> 臣亮等切以吴贼逞奸诡之计，致荆州有覆亡之祸；陨将星于斗牛，折天柱于楚地：此情哀痛，诚不可忘。但念迁汉鼎者，罪由曹操；移刘祚者，过非孙权。窃谓魏贼若除，则吴自宾服。愿陛下纳秦宓金石之言，以养士卒之力，别作良图，则社稷幸甚！天下幸甚！

① 秉钧衡之职——指丞相之职。秉：执掌，掌握。钧衡：本义为衡量物品的重量或数量，借喻国家大政。

先主看毕，掷表于地曰："朕意已决，无得再谏。"遂命丞相诸葛亮保太子守两川；骠骑将军马超并弟马岱助镇北将军魏延守汉中，以当魏兵。虎威将军赵云为后应，兼督粮草；黄权、程畿为参谋；马良、陈震掌理文书；黄忠为前部先锋；冯习、张南为副将；傅彤、张翼为中军护尉；赵融、廖淳为合后。川将数百员，并五谿番将等，共兵七十五万，择定章武元年七月丙寅日出师。

却说张飞回到阆中，下令军中：限三日内制办白旗、白甲，三军挂孝伐吴。次日，帐下两员末将范强、张达入帐告曰："白旗、白甲一时无措，须宽限方可。"飞大怒曰："吾急欲报仇，恨不明日便到逆贼之境，汝安敢违我将令？"叱武士缚于树上，各鞭背五十。鞭毕，以手指之曰："来日俱要完备；若违了限，即杀汝二人示众。"打得二人满口出血。回到营中商议，范强曰："今日受了刑责，着我等如何办得？其人性暴如火，倘来日不完，你我皆被杀矣。"张达曰："比如他杀我，不如我杀他。"强曰："怎奈不得近前。"达曰："我两个若不当死，则他醉于床上；若是当死，则他不醉。"二人商议停当。

却说张飞在帐中神思昏乱，动止恍惚，乃问部将曰："吾今心惊肉颤，坐卧不安，此何意也？"部将答曰："此是君侯思念关公，以致如此。"飞令人将酒来，与部将同饮，不觉大醉，卧于帐中。范、张二贼探知消息，初更时分，各藏短刀，密入帐中，诈言欲禀机密重事，直至床前。原来张飞每睡不合眼，当夜寝于帐中，二贼见他须竖目张，本不敢动手。因闻鼻息如雷，方敢近前，以短刀刺入飞腹。飞大叫一声而亡，时年五十五岁。后人有诗叹曰：

安喜曾闻鞭督邮，黄巾扫尽佐炎刘。
虎牢关上声先震，长坂桥边水逆流。
义释严颜安蜀境，智欺张郃定中州。
伐吴未克身先死，秋草长遗阆地愁。

却说二贼当夜割了张飞首级，便引数十人，连夜投东吴去了。次日，军中闻知，起兵追之不及。时有张飞部将吴班，向[1]自荆州来见先主，先主用为牙门将，使佐张飞守阆中。当下吴班先发表章，奏知天子。然后令长子张苞具棺椁盛贮，令弟张绍守阆中，苞自来报先主。时先主已择期出师，大小官僚皆随孔明送十里方回。孔明回至成都，怏怏不乐，顾谓众官曰："法孝直若在，必能制主上东行也。"

却说先主是夜心惊肉颤，寝卧不安。出帐仰观天文，见西北一星，其大如斗，忽然坠地。先主大疑，连夜令人求问孔明。孔明回奏曰："合损一上将。三日之内，必有惊报。"先主因此按兵不动。忽侍臣奏曰："阆中张车骑部将吴班差人赍表至。"先主顿足曰："噫！三弟休矣！"及至览表，果报张飞凶信。先主放声大哭，昏绝于地，众官救醒。

次日，人报一队军马骤风而至。先主出营观之，良久，见一员小将白袍银铠，滚鞍下马，伏地而哭，乃张苞也。苞曰："范强、张达杀了臣父，将首级投吴去了。"先主哀痛至甚，饮食不进。群臣苦谏曰："陛下方欲为二弟报仇，何可先自摧残龙体？"先主方才进膳，遂谓张苞曰："卿与吴班，敢引本部军作先锋，为卿父报仇否？"苞曰："为国为父，万死不辞！"

先主正欲遣苞起兵，又报一彪军风拥[2]而至，先主令侍臣探之。须臾，侍臣引一小将军，白袍银铠，入营伏地而哭。先主视之，乃关兴也。先主见了关兴，想起关公，又放声大哭。众官苦劝。先主曰："朕想布衣时，与关、张结义，誓同生死。今朕为天子，正欲与两弟同享富贵，不幸俱死于非命。见此二侄，能不断

① 向——从前，过去。
② 风拥——形容来势极其迅速。

肠？”言讫又哭。众官曰：“二小将军且退，容圣上将息龙体。”侍臣奏曰：“陛下年过六旬，不宜过于哀痛。”先主曰：“二弟俱亡，朕安忍独生？”言讫，以头顿地而哭。

多官商议曰：“今天子如此烦恼，将何解劝？”马良曰：“主上亲统大兵伐吴，终日号泣，于军不利。”陈震曰：“吾闻成都青城山之西有一隐者，姓李名意。世人传说此老已三百馀岁，能知人之生死吉凶，乃当世之神仙也。何不奏知天子，召此老来，问他吉凶，胜如吾等之言。”遂入奏先主。先主从之，即遣陈震赍诏，往青城山宣召。

震星夜到了青城，令乡人引入山谷深处，遥望仙庄，清云隐隐，瑞气非凡。忽见一小童来迎曰：“来者莫非陈孝起乎？”震大惊曰：“仙童如何知我姓字？”童子曰：“吾师昨者有言：‘今日必有皇帝诏命至，使者必是陈孝起。’”震曰：“真神仙也！人言信不诬矣！”遂与小童同入仙庄，拜见李意，宣天子诏命。李意推老不行，震曰：“天子急欲见仙翁一面，幸勿吝鹤驾①。”再三敦请，李意方行。

既至御营，入见先主。先主见李意鹤发童颜，碧眼方瞳，灼灼有光，身如古柏之状，知是异人，优礼相待。李意曰：“老夫乃荒山村叟，无学无识。辱陛下宣召，不知有何见谕？”先主曰：“朕与关、张二弟结生死之交，三十馀年矣。今二弟被害，亲统大军报仇，未知休咎如何。久闻仙翁通晓玄机②，望乞赐教。”李意曰：“此乃天数，非老夫所知也。”先主再三求问，意乃索纸笔，画兵马器械四十馀张，画毕便一一扯碎。又画一大人仰卧于地上，旁边一人掘土埋之，上写一大“白”字。遂稽首而去。先主不悦，谓群臣曰：“此狂叟也，不足为信。”即以火焚之，便催军前进。

---

① 鹤驾——本指仙人的车驾，借为对仙人的尊称。

② 玄机——这里指天机，天意。

张苞入奏曰："吴班军马已至，小臣乞为先锋。"先主壮其志，即取先锋印赐张苞。苞方欲挂印，又一少年将奋然出曰："留下印与我。"视之，乃关兴也。苞曰："我已奉诏矣。"兴曰："汝有何能，敢当此任？"苞曰："我自幼习学武艺，箭无虚发。"先主曰："朕正要观贤侄武艺，以定优劣。"苞令军士于百步之外立一面旗，旗上画一红心。苞拈弓取箭，连射三箭，皆中红心。众皆称善。关兴挽弓在手曰："射中红心，何足为奇？"正言间，忽值头上一行雁过，兴指曰："吾射这飞雁第三只。"一箭射去，那只雁应弦而落。文武官僚齐声喝采。苞大怒，飞身上马，手挺父所使丈八点钢矛，大叫曰："你敢与我比试武艺否？"兴亦上马，绰家传大砍刀，纵马而出曰："偏你能使矛，吾岂不能使刀！"

二将方欲交锋，先主喝曰："二子休得无礼。"兴、苞二人慌忙下马，各弃兵器，拜伏请罪。先主曰："朕自涿郡与卿等之父结异姓之交，亲如骨肉。今汝二人亦是昆仲之分，正当同心协力，共报父仇，奈何自相争竞，失其大义？父丧未远而犹如此，况日后乎？"二人再拜伏罪。先主问曰："卿二人谁年长？"苞曰："臣长关兴一岁。"先主即命兴拜苞为兄。二人就帐前折箭为誓，永相救护。先主下诏使吴班为先锋，令张苞、关兴护驾。水陆并进，船骑双行，浩浩荡荡，杀奔吴国来。

却说范强、张达将张飞首级投献吴侯，细告前事。孙权听罢，收了二人，乃谓百官曰："今刘玄德即了帝位，统精兵七十馀万，御驾亲征，其势甚大，如之奈何？"百官尽皆失色，面面相觑。诸葛瑾出曰："某食君侯之禄久矣，无可报效，愿舍残生，去见蜀主，以利害说之，使两国相和，共讨曹丕之罪。"权大喜，即遣诸葛瑾为使，来说先主罢兵。正是：

两国相争通使命，一言解难赖行人。

未知诸葛瑾此去如何，且看下文分解。

第八十二回

孙权降魏受九锡　先主征吴赏六军

却说章武元年秋八月，先主起大军至夔关，驾屯白帝城。前队军马已出川口。近臣奏曰："吴使诸葛谨至。"先主传旨教休放入。黄权奏曰："瑾弟在蜀为相，必有事而来，陛下何故绝之？当召入，看他言语：可从则从；如不可，则就借彼口说与孙权，令知问罪有名也。"先主从之，召瑾入城。瑾拜伏于地。先主问曰："子瑜远来，有何事故？"瑾曰："臣弟久事陛下，臣故不避斧钺，特来奏荆州之事。前者关公在荆州时，吴侯数次求亲，关公不允。后关公取襄阳，曹操屡次致书吴侯，使袭荆州。吴侯本不肯许，因吕蒙与关公不睦，故擅自兴兵，误成大事。今吴侯悔之不及。此乃吕蒙之罪，非吴侯之过也。今吕蒙已死，冤仇已息。孙夫人一向思归，今吴侯令臣为使，愿送归夫人，缚还降将，并将荆州仍旧交还，永结盟好，共灭曹丕，以正篡逆之罪。"先主怒曰："汝东吴害了朕弟，今日敢以巧言来说乎？"瑾曰："臣请以轻重大小之事，与陛下论之。陛下乃汉朝皇叔，今汉帝已被曹丕篡夺，不思剿除，却为异姓之亲，而屈万乘之尊，是舍大义而就小义也。中原乃海内之地，两都皆大汉创业之方，陛下不取，而但争荆州，是弃重而取轻也。天下皆知陛下即位，必兴汉室，恢复山河。今陛下置魏不问，反欲伐吴，窃为陛下不取。"先主大怒曰："杀吾弟之仇，不共戴天！欲朕罢兵，除死方休！不看丞相之面，先斩汝首！今且放汝回去，说与孙权：洗颈就戮！"诸葛瑾见先主不听，只得自回江南。

却说张昭见孙权曰："诸葛子瑜知蜀兵势大，故假以请和为辞，欲背吴入蜀，此去必不回矣。"权曰："孤与子瑜有生死不易之盟，孤不负子瑜，子瑜亦不负孤。昔子瑜在柴桑时，孔明来吴，孤欲使子瑜留之。子瑜曰：'弟已事玄德，义无二心，弟之不留，犹瑾之不往。'其言足贯神明，今日岂肯降蜀乎？孤与子瑜可谓神交，非外言所得间也。"正言间，忽报诸葛瑾回。权曰："孤言若何？"张昭满面羞惭而退。

瑾见孙权，言先主不肯通和之意。权大惊曰："若如此，则江南危矣！"阶下一人进曰："某有一计，可解此危。"视之，乃中大夫赵咨也。权曰："德度有何良策？"咨曰："主公可作一表，某愿为使，往见魏帝曹丕，陈说利害，使袭汉中，则蜀兵自危矣。"权曰："此计最善。但卿此去，休失了东吴气象。"咨曰："若有些小差失，即投江而死，安有面目见江南人物乎？"

权大喜，即写表称臣，令赵咨为使。星夜到了许都，先见太尉贾诩等，并大小官僚。次日早朝，贾诩出班奏曰："东吴遣中大夫赵咨上表。"曹丕笑曰："此欲退蜀兵故也。"即令召入。咨拜伏于丹墀。丕览表毕，遂问咨曰："吴侯乃何如主也？"咨曰："聪明、仁智、雄略之主也。"丕笑曰："卿褒奖毋乃太甚？"咨曰："臣非过誉也。吴侯纳鲁肃于凡品，是其聪也；拔吕蒙于行阵[①]，是其明也；获于禁而不害，是其仁也；取荆州兵不血刃[②]，是其智也；据三江虎视天下，是其雄也；屈身于陛下，是其略也：以此论之，岂不为聪明、仁智、雄略之主乎？"丕又问曰："吴主颇知学乎？"咨曰："吴主浮江万艘，带甲百万，任贤使能，志存经略。少有馀闲，博览书传，历观史籍，采其大旨，不效书生寻章摘句而已。"丕曰："朕欲伐吴，可乎？"咨曰："大国有征伐之兵，小国有御备

① 行阵——即行伍，也就是军队。

② 兵不血刃——未经战斗而取胜。兵：兵器，武器。

之策。”丕曰：“吴畏魏乎？”咨曰：“带甲百万，江汉为池[①]，何畏之有？”丕曰：“东吴如大夫者几人？”咨曰：“聪明特达者八九十人；如臣之辈，车载斗量，不可胜数。”丕叹曰：“‘使于四方，不辱君命’，卿可以当之矣。”于是即降诏，命太常卿邢贞赍册，封孙权为吴王，加九锡。赵咨谢恩出城。

大夫刘晔谏曰：“今孙权惧蜀兵之势，故来请降。以臣愚见，蜀、吴交兵，乃天亡之也。今若遣上将提数万之兵，渡江袭之，蜀攻其外，魏攻其内，吴国之亡，不出旬日。吴亡则蜀孤矣。陛下何不早图之？”丕曰：“孙权既以礼服朕，朕若攻之，是沮[②]天下欲降者之心。不若纳之为是。”刘晔又曰：“孙权虽有雄才，乃残汉骠骑将军、南昌侯之职。官轻则势微，尚有畏中原之心；若加以王位，则去陛下一阶[③]耳。今陛下信其诈降，崇其位号[④]，以封殖[⑤]之，是与虎添翼也。”丕曰：“不然。朕不助吴，亦不助蜀。待看吴、蜀交兵，若灭一国，止存一国，那时除之，有何难哉？朕意已决，卿勿复言。”遂命太常卿邢贞同赵咨捧执册锡，径至东吴。

却说孙权聚集百官，商议御蜀兵之策。忽报：“魏帝封主公为王，礼当远接。”顾雍谏曰：“主公宜自称上将军、九州伯之位，不当受魏帝封爵。”权曰：“当日沛公受项羽之封[⑥]，盖因时也，何故却之？”遂率百官出城迎接。邢贞自恃上国天使，入门不下车。张昭大怒，厉声曰：“礼无不敬，法无不肃。而君敢自尊大，岂以江南无方寸之刃耶？”邢贞慌忙下车，与孙权相见，并车入城。忽车后一人放声哭曰：“吾等不能奋身舍命，为主并魏吞蜀，乃令

---

① 江汉为池——把长江、汉水当作护城河。池：护城河。

② 沮（jǔ）——阻挡，阻止。

③ 去陛下一阶——比皇帝只低一级。去：相距，距离。

④ 崇其位号——提高他（孙权）的爵位。

⑤ 封殖——亦作“封植”。本指给植物培土使其长得更壮，引申为对人的扶持、培养。

⑥ 沛公受项羽之封——沛公即汉高祖刘邦，以其为沛人而得此称。此句是指秦朝灭亡后，因项羽势力强大，自立为西楚霸王，封刘邦为汉王，刘邦也接受了。（见《史记·高祖本纪》）

主公受人封爵，不亦辱乎？”众视之，乃徐盛也。邢贞闻之，叹曰：“江东将相如此，终非久在人下者也！”

却说孙权受了封爵，众文武官僚拜贺已毕，命收拾美玉明珠等物，遣人赍进谢恩。早有细作报说：“蜀主引本国大兵，及蛮王沙摩柯番兵数万，又有洞溪汉将杜路、刘宁二枝兵，水陆并进，声势震天。水路军已出巫口，旱路军已到秭归。”时孙权虽登王位，奈魏主不肯接应，乃问文武曰：“蜀兵势大，当复如何？”众皆默然。权叹曰：“周郎之后有鲁肃，鲁肃之后有吕蒙，今吕蒙已亡，无人与孤分忧也。”

言未毕，忽班部中一少年将奋然而出，伏地奏曰：“臣虽年幼，颇习兵书，愿乞数万之兵，以破蜀兵。”权视之，乃孙桓也。桓字叔武，其父名河，本姓俞氏，孙策爱之，赐姓孙，因此亦系吴王宗族。河生四子，桓居其长，弓马熟娴，常从吴王征讨，累立奇功，官授武卫都尉，时年二十五岁。权曰：“汝有何策胜之？”桓曰：“臣有大将二员：一名李异，一名谢旌，俱有万夫不当之勇。乞数万之众，往擒刘备。”权曰：“侄虽英勇，争奈年幼，必得一人相助方可。”虎威将军朱然出曰：“臣愿与小将军同擒刘备。”权许之，遂点水陆军五万，封孙桓为左都督，朱然为右都督，即日起兵。哨马探得蜀兵已至宜都下寨，孙桓引二万五千军马屯于宜都界口，前后分作三营，以拒蜀兵。

却说蜀将吴班领先锋之印，自出川以来，所到之处，望风而降，兵不血刃，直到宜都。探知孙桓在彼下寨，飞奏先主。时先主已到秭归，闻奏怒曰：“量此小儿，安敢与朕抗耶？”关兴奏曰：“既孙权令此子为将，不劳陛下遣大将，臣愿往擒之。”先主曰：“朕正欲观汝壮气。”即命关兴前往。兴拜辞欲行，张苞出曰：“既关兴前去讨贼，臣愿同行。”先主曰：“二侄同行甚妙，但须谨慎，不可造次。”

二人拜辞先主，会合先锋，一同进兵，列成阵势。孙桓听知蜀兵大至，合寨多起。两阵对圆，桓领李异、谢旌立马于门旗之下，见蜀营中拥出二员大将，皆银盔银铠，白马白旗：上首张苞挺丈八点钢矛，下首关兴横着大砍刀。苞大骂曰："孙桓竖子，死在临时，尚敢抗拒天兵乎？"桓亦骂曰："汝父已做无头之鬼，今汝又来讨死，好生不智。"张苞大怒，挺枪直取孙桓；桓背后谢旌骤马来迎。两将战有三十馀合，旌败走，苞乘胜赶来。李异见谢旌败了，慌忙拍马轮蘸金斧接战。张苞与战二十馀合，不分胜负。吴军中裨将谭雄见张苞英勇，李异不能胜，却放一冷箭，正射中张苞所骑之马。那马负痛奔回本阵，未到门旗边，扑地便倒，将张苞掀在地上。李异急向前轮起大斧，望张苞脑袋便砍。忽一道红光闪处，李异头早落地。原来关兴见张苞马回，正待接应，忽见张苞马倒，李异赶来，兴大喝一声，劈李异于马下，救了张苞。乘势掩杀，孙桓大败。各自鸣金收军。

次日，孙桓又引军来，张苞、关兴齐出。关兴立马于阵前，单搦孙桓交锋。桓大怒，拍马轮刀，与关兴战三十馀合，气力不加，大败回阵。二小将追杀入营，吴班引着张南、冯习驱兵掩杀。张苞奋勇当先，杀入吴军，正遇谢旌，被苞一矛刺死。吴军四散奔走。蜀将得胜收兵，只不见了关兴。张苞大惊曰："安国有失，吾不独生。"言讫，绰枪上马。寻不数里，只见关兴左手提刀，右手活挟一将。苞问曰："此是何人？"兴笑答曰："吾在乱军中正遇仇人，故生擒来。"苞视之，乃昨日放冷箭的谭雄也。苞大喜，同回本营，斩首沥血，祭了死马。遂写表，差人赴先主处报捷。

孙桓折了李异、谢旌、谭雄等许多将士，力穷势孤，不能抵敌，即差人回吴求救。蜀将张南、冯习谓吴班曰："目今吴兵势败，正好乘虚劫寨。"班曰："孙桓虽然折了许多将士，朱然水军现今结营江上，未曾损折。今日若去劫寨，倘水军上岸，断我归路，如之奈何？"南曰："此事至易。可教关、张二将军各引五千军伏于山谷中，如朱然来救，左右两军齐出夹攻，必然取胜。"班曰："不如先使小卒诈作降兵，却将劫寨事告与朱然。然见火起，必来救应，却令伏兵击之，则大事济矣。”冯习等大喜，遂依计而行。

却说朱然听知孙桓损兵折将，正欲来救，忽伏路军引几个小卒上船投降。然问之，小卒曰：“我等是冯习帐下士卒，因赏罚不明，特来投降，就报机密。”然曰：“所报何事？”小卒曰：“今晚冯习乘虚要劫孙将军营寨，约定举火为号。”朱然听毕，即使人报知孙桓。报事人行至半途，被关兴杀了。朱然一面商议，欲引兵去救应孙桓。部将崔禹曰：“小卒之言，未可深信。倘有疏虞，水陆二军尽皆休矣。将军只宜稳守水寨，某愿替将军一行。”然从之，遂令崔禹引一万军前去。

是夜，冯习、张南、吴班分兵三路，直杀入孙桓寨中，四面火起，吴兵大乱，寻路奔走。且说崔禹正行之间，忽见火起，急催兵前进。刚才转过山来，忽山谷中鼓声大震，左边关兴，右边张苞，两路夹攻。崔禹大惊，方欲奔走，正遇张苞，交马只一合，被苞生擒而回。朱然听知危急，将船往下水退五六十里去了。

孙桓引败军逃走，问部将曰：“前去何处城坚粮广？”部将曰：“此去正北彝陵城，可以屯兵。”桓引败军急望彝陵而走。方进得城，吴班等追至，将城四面围定。

关兴、张苞等解崔禹到秭归来，先主大喜，传旨将崔禹斩却，大赏三军。自此威风震动，江南诸将无不胆寒。

却说孙桓令人求救于吴王，吴王大惊，即召文武商议曰：“今孙桓受困于彝陵，朱然大败于江中，蜀兵势大，如之奈何？”张昭奏曰：“今诸将虽多物故[①]，然尚有十馀人，何虑于刘备？可命韩当为正将，周泰为副将，潘璋为先锋，凌统为合后，甘宁为救应，起兵十万拒之。”权依所奏，即命诸将速行。此时甘宁已患痢疾，带病从征。

---

① 物故——死亡。

却说先主从巫峡建平起，直接彝陵界分，七百馀里，连结四十馀寨。见关兴、张苞屡立大功，叹曰:“昔日从朕诸将，皆老迈无用矣。复有二侄如此英雄，朕何虑孙权乎？”正言间，忽报韩当、周泰领兵来到。先主方欲遣将迎敌，近臣奏曰:“老将黄忠引五六人投东吴去了。”先主笑曰:“黄汉升非反叛之人也，因朕失口误言老者无用，彼必不服老，故奋力去相持矣。”即召关兴、张苞曰:“黄汉升此去，必然有失。贤侄休辞劳苦，可去相助，略有微功，便可令回，勿使有失。”二小将拜辞先主，引本部军来助黄忠。正是：

老臣素矢忠君志，年少能成报国功。

未知黄忠此去如何，且看下文分解。

第八十三回

战猇亭先主得仇人　守江口书生拜大将

却说章武二年春正月，武威后将军黄忠随先主伐吴，忽闻先主言老将无用，即提刀上马，引亲随五六人，径到彝陵营中。吴班与张南、冯习接入，问曰："老将军此来，有何事故？"忠曰："吾自长沙跟天子到今，多负勤劳。今虽七旬有馀，尚食肉十斤，臂开二石之弓，能乘千里之马，未足为老。昨日主上言吾等老迈无用，故来此与东吴交锋，看吾斩将，老也不老！"

正言间，忽报吴兵前部已到，哨马临营。忠奋然而起，出帐上马。冯习等劝曰："老将军且休轻进。"忠不听，纵马而去。吴班令冯习引兵助战。忠在吴军阵前勒马横刀，单搦先锋潘璋交战；璋引部将史迹出马。迹欺忠年老，挺枪出战，斗不三合，被忠一刀斩于马下。潘璋大怒，挥关公使的青龙刀，来战黄忠。交马数合，不分胜负。忠奋力恶战，璋料敌不过，拨马便走。忠乘势追杀，全胜而回。路逢关兴、张苞，兴曰："我等奉圣旨来助老将军，既已立了功，速请回营。"忠不听。

次日，潘璋又来搦战；黄忠奋然上马。兴、苞二人要助战，忠不从；吴班要助战，忠亦不从。只自引五千军出迎。战不数合，璋拖刀便走。忠纵马追之，厉声大叫曰："贼将休走！吾今为关公报仇！"追至三十馀里，四面喊声大震，伏兵齐出：右边周泰，左边韩当，前有潘璋，后有凌统，把黄忠困在垓心。忽然狂风大起。忠急退时，山坡上马忠引一军出，一箭射中黄忠肩窝，险些儿落马。吴兵见忠中箭，一齐来攻。忽后面喊声大起，两路军杀来，吴兵溃散，救出黄忠，乃关兴、张苞也。

二小将保送黄忠径到御前营中。忠年老血衰，箭疮痛裂，病甚沉重。先主御驾自来看视，抚其背曰："令老将军中伤，朕之过也。"忠曰："臣乃一武夫耳，幸遇陛下。臣今年七十有五，寿亦足矣。望陛下善保龙体，以图中原。"言讫，不省人事。是夜殒于御营。后人有诗叹曰：

老将说黄忠，收川立大功。
重披金锁甲，双挽铁胎弓。
胆气惊河北，威名镇蜀中。
临亡头似雪，犹自显英雄。

先主见黄忠气绝，哀伤不已，敕具棺椁，葬于成都。先主叹曰："五虎大将，已亡三人，朕尚不能复仇，深可痛哉！"乃引御林军直至猇亭，大会诸将，分军八路，水陆俱进。水路令黄权领兵，先主自率大军于旱路进发。时章武二年二月中旬也。

韩当、周泰听知先主御驾来征，引兵出迎。两阵对圆，韩当、周泰出马，只见蜀营门旗开处，先主自出，黄罗销金伞盖，左右白旄黄钺，金银旌节，前后围绕。当大叫曰："陛下今为蜀主，何自轻出？倘有疏虞，悔之何及？"先主遥指骂曰："汝等吴狗，伤朕手足，誓不与立于天地之间！"当回顾众将曰："谁敢冲突蜀兵？"部将夏恂挺枪出马。先主背后张苞挺丈八矛，纵马而出，大喝一声，直取夏恂。恂见苞声若巨雷，心中惊惧，恰待要走，周泰弟周平见恂抵敌不住，挥刀纵马而来。关兴见了，跃马提刀来迎。张苞大喝一声，一矛刺中夏恂，倒撞下马。周平大惊，措手不及，被关兴一刀斩了。二小将便取韩当、周泰。韩、周二人慌退入阵。先主视之，叹曰："虎父无犬子也！"用御鞭一指，蜀兵一齐掩杀过去，吴兵大败。那八路兵势如泉涌，杀的那吴军尸横遍野，血流成河。

却说甘宁正在船中养病，听知蜀兵大至，火急上马，正遇一彪蛮兵，人皆披发跣足，皆使弓弩长枪，搪牌[1]刀斧。为首乃是番王沙摩柯，生得面如噀血，碧眼突出，使一个铁蒺藜骨朵[2]，腰带两张弓，威风抖擞。甘宁见其势大，不敢交锋，拨马而走，被沙摩柯一箭射中头颅。宁带箭而走，到于富池口，坐于大树之下而死。树上群鸦数百围绕其尸。吴王闻之，哀痛不已，具礼厚葬，立庙祭祀。后人有诗叹曰：

巴郡甘兴霸，长江锦幔舟。
酬君重知己，报友化仇雠。
劫寨将轻骑，驱兵饮巨瓯。
神鸦能显圣，香火永千秋。

却说先主乘势追杀，遂得猇亭。吴兵四散逃走。先主收兵，只不见关兴。先主慌令张苞等四面跟寻。原来关兴杀入吴阵，正遇仇人潘璋，骤马追之。璋大惊，奔入山谷内，不知所往。兴寻思只在山里，往来寻觅不见。看看天晚，迷踪失路，幸得星月有光。追至山僻之间，时已二更。到一庄上，下马叩门。一老者出问何人，兴曰："吾是战将，迷路到此，求一饭充饥。"老人引入。兴见堂内点着明烛，中堂绘画关公神像。兴大哭而拜。老人问曰："将军何故哭拜？"兴曰："此吾父也。"老人闻言，即便下拜。兴曰："何故供养吾父？"老人答曰："此间皆是尊神地方，在生之日，家家侍奉，何况今日为神乎？老夫只望蜀兵早早报仇。今将军到此，百姓有福矣。"遂置酒食待之，卸鞍喂马。

三更以后，忽门外又一人击户。老人出而问之，乃吴将潘璋亦来投宿。恰入草堂，关兴见了，按剑大喝曰："反贼休走！"璋回身便出。忽门外一人，面如重枣，丹凤眼，卧蚕眉，飘三缕美髯，绿袍金铠，按剑而入。璋见是关公显圣，大叫一声，神魂惊

---

① 搪牌——即盾牌。搪：抵挡。

② 铁蒺藜骨朵——古代兵器之一。即长柄一端为圆形铁器，表面布满长刺，有如蒺藜（一种带刺植物），故称。

散，欲待转身，早被关兴手起剑落，斩于地上。取心沥血，就关公神像前祭祀。兴得了父亲的青龙偃月刀，却将潘璋首级擐[①]于马项之下，辞了老人，就骑了潘璋的马，望本营而来。老人自将潘璋之尸拖出烧化。

且说关兴行无数里，忽听得人言马嘶，一彪军来到，为首一将乃潘璋部将马忠也。忠见兴杀了主将潘璋，将首级擐于马项之下，青龙刀又被兴得了，勃然大怒，纵马来取关兴。兴见马忠是害父仇人，气冲牛斗，举青龙刀望忠便砍。忠部下三百军并力上前，一声喊起，将关兴围在垓心。兴力孤势危，忽见西北上一彪军杀来，乃是张苞。马忠见救兵到来，慌忙引军自退。关兴、张苞一处[②]赶来。赶不数里，前面糜芳、傅士仁引兵来寻马忠，两军相合，混战一处。苞、兴二人兵少，慌忙撤退。回至猇亭，来见先主，献上首级，具言此事。先主惊异，赏犒三军。

却说马忠回见韩当、周泰，收聚败军，各分头守把。军士中伤者不计其数。马忠引傅士仁、糜芳于江渚屯扎。当夜三更，军士皆哭声不止。糜芳暗听之，有一伙军言曰："我等皆是荆州之兵，被吕蒙诡计送了主公性命，今刘皇叔御驾亲征，东吴早晚休矣。所恨者，糜芳、傅士仁也。我等何不杀此二贼，去蜀营投降？功劳不小。"又一伙军言曰："不要性急，等个空儿，便就下手。"

糜芳听毕，大惊，遂与傅士仁商议曰："军心变动，我二人性命难保。今蜀主所恨者马忠耳，何不杀了他，将首级去献蜀主，告称我等不得已而降吴，今知御驾前来，特地诣营请罪。"仁曰："不可，去必有祸。"芳曰："蜀主宽仁厚德，目今阿斗太子是我外甥，彼但念我国戚之情，必不肯加害。"二人计较已定，先备了马。三更时分，入帐刺杀马忠，将首级割了。二人带数十骑，径

① 擐（juǎn）——拴，系。
② 一处——即一起，一齐。

投猇亭而来。

伏路军人先引见张南、冯习，具说其事。次日，到御营中来见先主，献上马忠首级，哭告于前曰："臣等实无反心，被吕蒙诡计，称是关公已亡，赚开城门，臣等不得已而降。今闻圣驾前来，特杀此贼，以雪陛下之恨。伏乞陛下恕臣等之罪。"先主大怒曰："朕自离成都许多时，你两个如何不来请罪？今日势危，故来巧言，欲全性命。朕若饶你，至九泉之下，有何面目见关公乎？"言讫，令关兴在御营中设关公灵位。先主亲捧马忠首级，诣前祭祀。又令关兴将糜芳、傅士仁剥去衣服，跪于灵前。亲自用刀剐之，以祭关公。忽张苞上帐哭拜于前曰："二伯父仇人皆已诛戮，臣父冤仇何日可报？"先主曰："贤侄勿忧，朕当削平江南，杀尽吴狗，务擒二贼，与汝亲自醢[①]之，以祭汝父。"苞泣谢而退。

此时先主威声大震，江南之人尽皆胆裂，日夜号哭。韩当、周泰大惊，急奏吴王，具言："糜芳、傅士仁杀了马忠，去归蜀帝，亦被蜀帝杀了。"孙权心怯，遂聚文武商议。步骘奏曰："蜀主所恨者，乃吕蒙、潘璋、马忠、糜芳、傅士仁也，今此数人皆亡。独有范强、张达二人现在东吴，何不擒此二人，并张飞首级，遣使送还，交与荆州，送归夫人，上表求和，再会前情，共图灭魏，则蜀兵自退矣。"权从其言，遂具沉香木匣，盛贮飞首，绑缚范强、张达，囚于槛车之内，令程秉为使，赍国书，望猇亭而来。

却说先主欲发兵前进，忽近臣奏曰："东吴遣使送张车骑之首，并囚范强、张达二贼至。"先主两手加额[②]，曰："此天之所赐，亦由三弟之灵也！"即令张苞设飞灵位。先主见张飞首级在匣中面不改色，放声大哭。张苞自仗利刀，将范强、张达万剐凌迟[③]，祭

---

① 醢（hǎi）——本义为肉酱、鱼酱。这里作动词用，意为剁成肉酱。

② 两手加额——双手放于额头，是古人表示庆幸或敬意的一种动作。这里为前义。

③ 万剐凌迟——这里是因恨极而将仇人一刀一刀割死。五代以后定为一种酷刑，称之为"凌迟"，俗称"剐刑"。

父之灵。

祭毕，先主怒气不息，定要灭吴。马良奏曰："仇人尽戮，其恨可雪矣。吴大夫程秉到此，欲还荆州，送回夫人，永结盟好，共图灭魏，伏候圣旨。"先主怒曰："朕切齿仇人，乃孙权也。今若与之连和，是负二弟当日之盟矣。今先灭吴，次灭魏。"便欲斩来使，以绝吴情。多官苦告方免。

程秉抱头鼠窜，回奏吴主曰："蜀不从讲和，誓欲先灭东吴，然后伐魏，众臣苦谏不听。如之奈何？"权大惊，举止失措。阚泽出班奏曰："现有擎天之柱，如何不用耶？"权急问何人，泽曰："昔日东吴大事，全任周郎；后鲁子敬代之；子敬亡后，决于吕子明。今子明虽丧，现在陆伯言在荆州。此人名虽儒生，实有雄才大略，以臣论之，不在周郎之下。前破关公，其谋皆出于伯言。主上若能用之，破蜀必矣。如或有失，臣愿与同罪。"权曰："非德润之言，孤几误大事。"张昭曰："陆逊乃一书生耳，非刘备敌手，恐不可用。"顾雍亦曰："陆逊年幼望轻，恐诸公不服，若不服则生祸乱，必误大事。"步骘亦曰："逊才堪治郡耳，若托以大事，非其宜也。"阚泽大呼曰："若不用陆伯言，则东吴休矣！臣愿以全家保之。"权曰："孤亦素知陆伯言乃奇才也。孤意已决，卿等勿言。"于是命召陆逊。

逊本名陆议，后改名逊，字伯言，乃吴郡吴人也。汉城门校尉陆纡之孙，九江都尉陆骏之子。身长八尺，面如美玉。官领镇西将军。当下奉召而至，参拜毕，权曰："今蜀兵临境，孤特命卿总督军马，以破刘备。"逊曰："江东文武皆大王故旧之臣，臣年幼无才，安能制之？"权曰："阚德润以全家保卿，孤亦素知卿才。今拜卿为大都督，卿勿推辞。"逊曰："倘文武不服，何如？"权取所佩剑与之曰："如有不听号令者，先斩后奏。"逊曰："荷蒙重托，敢不拜命。但乞大王于来日会聚众官，然后赐臣。"阚泽曰："古之命将，必筑坛会众，赐白旄黄钺、印绶兵符，然后威行令肃。今大王宜遵此礼，择日筑坛，拜伯言为大都督，假节钺，则众人自无不服矣。”权从之，命人连夜筑坛完备。大会百官，请陆逊登坛，拜为大都督、右护军镇西将军，进封娄侯，赐以宝剑、印绶，令掌六郡八十一州兼荆楚诸路军马。吴王嘱之曰：“阃以内，孤主之；阃以外[①]，将军制之。”

逊领命下坛，令徐盛、丁奉为护卫，即日出师；一面调诸路军马，水陆并进。文书到猇亭，韩当、周泰大惊曰：“主上如何以一书生总兵耶？”比及逊至，众皆不服。逊升帐议事，众人勉强参贺。逊曰：“主上命吾为大将，督军破蜀。军有常法，公等各宜遵守；违者王法无亲，勿致后悔。”众皆默然。周泰曰：“目今安东将军孙桓乃主上之侄，现困于彝陵城中，内无粮草，外无救兵。请都督早施良策，救出孙桓，以安主上之心。”逊曰：“吾素知孙安东深得军心，必能坚守，不必救之。待吾破蜀后，彼自出矣。”众皆暗笑而退。韩当谓周泰曰：“命此孺子为将，东吴休矣！公见彼所行乎？”泰曰：“吾聊以言试之，早[②]无一计，安能破蜀也？”

次日，陆逊传下号令，教诸将各处关防[③]，牢守隘口，不许轻敌。众皆笑其懦，不肯坚守。次日，陆逊升帐，唤诸将曰：“吾钦承王命，总督诸军，昨已三令五申，令汝等各处坚守，俱不遵吾令，何也？”韩当曰：“吾自从孙将军平定江南，经数百战；其馀诸将，或从讨逆将军，或从当今大王，皆披坚执锐，出生入死之士。今主上命公为大都督，令退蜀兵，宜早定计，调拨军马，分头征进，以图大事。乃只令坚守勿战，岂欲待天自杀贼耶？吾非贪生怕死之人，奈何使吾等堕其锐气？”于是帐下诸将皆应声而言：“韩将军之言是也，吾等情愿决一死战。”陆逊听毕，掣剑在手，厉声曰：“仆虽一介书生，今蒙主上托以重任者，以吾有尺寸

① 阃（kǔn）内、阃外——即朝廷之内、朝廷之外。阃：城门。

② 早——亦作“早是”。已经，原来，确实。

③ 关防——防范，警戒。

可取[①]，能忍辱负重故也。汝等只各守隘口，牢把险要，不许妄动；如违令者皆斩！”众皆愤愤而退。

却说先主自猇亭布列军马，直至川口，接连七百里，前后四十营寨，昼则旌旗蔽日，夜则火光耀天。忽细作报说：“东吴用陆逊为大都督，总制军马。逊令诸将各守险要不出。”先主问曰：“陆逊何如人也？”马良奏曰：“逊虽东吴一书生，然年幼多才，深有谋略。前袭荆州，皆系此人之诡计。”先主大怒曰：“竖子诡计，损朕二弟，今当擒之。”便传令进兵。马良谏曰：“陆逊之才，不亚周郎，未可轻敌。”先主曰：“朕用兵老[②]矣，岂反不如一黄口孺子耶？”遂亲领前军，攻打诸处关津隘口。

韩当见先主兵来，差人报知陆逊。逊恐韩当妄动，急飞马自来观看，正见韩当立马于山上。远望蜀兵，漫山遍野而来，军中隐隐有黄罗盖伞。韩当接着陆逊，并马而观。当指曰：“军中必有刘备，吾欲击之。”逊曰：“刘备举兵东下，连胜十馀阵，锐气正盛。今只乘高守险，不可轻出，出则不利。但宜奖励将士，广布守御之策，以观其变。今彼驰骋于平原广野之间，正自得志。我坚守不出，彼求战不得，必移屯于山林树木间，吾当以奇计胜之。”韩当口虽应诺，心中只是不服。

先主使前队搦战，辱骂百端。逊令塞耳休听，不许出迎。亲自遍历诸关隘口，抚慰将士，皆令坚守。先主见吴军不出，心中焦躁。马良曰：“陆逊深有谋略。今陛下远来攻战，自春历夏，彼之不出，欲待我军之变也。愿陛下察之。”先主曰：“彼有何谋？但怯敌耳。向者数败，今安敢再出？”先锋冯习奏曰：“即今天气炎热，军屯于赤火之中，取水深为不便。”先主遂命各营皆移于山林茂盛之地，近溪傍涧。待过夏到秋，并力进兵。冯习遂奉旨，将

---

① 尺寸可取——谦词。意为有一点点可用的长处。

② 老——老练，娴熟。

诸寨皆移于林木阴密之处。马良奏曰："我军若动，倘吴兵骤至，如之奈何？"先主曰："朕令吴班引万馀弱兵，近吴寨平地屯住；朕亲选八千精兵，伏于山谷之中。若陆逊知朕移营，必乘势来击，却令吴班诈败。逊若追来，朕引兵突出，断其归路，小子可擒矣。"文武皆贺曰："陛下神机妙算，诸臣不及也。"

马良曰："近闻诸葛丞相在东川点看各处隘口，恐魏兵入寇。陛下何不将各营移居之地，画成图本，问于丞相？"先主曰："朕亦颇知兵法，何必又问丞相？"良曰："古云：'兼听则明，偏听则蔽[①]。'望陛下察之。"先主曰："卿可自去各营，画成四至八道[②]图本，亲到东川，去问丞相。如有不便，可急来报知。"马良领命而去。于是先主移兵于林木阴密处避暑。

早有细作报知韩当、周泰。二人听得此事，大喜，来见陆逊曰："目今蜀兵四十馀营，皆移于山林密处，依溪傍涧，就水歇凉，都督可乘虚击之。"正是：

蜀主有谋能设伏，吴兵好勇定遭擒。

未知陆逊可听其言否，且看下文分解。

---

① 兼听则明，偏听则蔽——"蔽"亦作"暗"。语本《管子·君臣上》："夫民别而听之则愚，合而听之则圣。"又汉代王符《潜夫论·明暗》："君之所以明者，兼听也；其所以暗者，偏信也。"意谓只有广泛听取意见才能明辨是非，偏听偏信必然糊涂误事。

② 四至八道——旧时指某块土地四面八方的界限及邻近的道路。这里是指军用地图，意为标明四面八方的地名、地形、道路。

第八十四回

陆逊营烧七百里　孔明巧布八阵图

却说韩当、周泰探知先主移营就凉，急来报知陆逊。逊大喜，遂引兵自来观看动静。只见平地一屯，不满万馀人，大半皆是老弱之众，大书“先锋吴班”旗号。周泰曰：“吾视此等兵如儿戏耳，愿同韩将军分两路击之；如其不胜，甘当军令。”陆逊看了良久，以鞭指曰：“前面山谷中隐隐有杀气起，其下必有伏兵，故于平地设此弱兵，以诱我耳。诸公切不可出。”众将听了，皆以为懦。

次日，吴班引兵到关前搦战，耀武扬威，辱骂不绝，多有解衣卸甲，赤身裸体，或睡或坐。徐盛、丁奉入帐禀陆逊曰：“蜀兵欺我太甚！某等愿出击之。”逊笑曰：“公等但恃血气之勇，未知孙、吴妙法。此彼诱敌之计也，三日后必见其诈矣。”徐盛曰：“三日后，彼移营已定，安能击之乎？”逊曰：“吾正欲令彼移营也。”诸将哂笑而退。

过三日后，会诸将于关上观望，见吴班兵已退去。逊指曰：“杀气起矣，刘备必从山谷中出也。”言未毕，只见蜀兵皆全装贯束，拥先主而过。吴兵见了，尽皆胆裂。逊曰：“吾之不听诸公击班者，正为此也。今伏兵已出，旬日之内，必破蜀矣。”诸将皆曰：“破蜀当在初时，今连营五六百里，相守经七八月，其诸要害皆已固守，安能破乎？”逊曰：“诸公不知兵法。备乃世之枭雄，更多智谋，其兵始集，法度精专。今守之久矣，不得我便，兵疲意阻，取之正在今日。”诸将方才叹服。后人有诗赞曰：

虎帐谈兵按六韬，安排香饵钓鲸鳌。

三分自是多英俊，又显江南陆逊高。

却说陆逊已定了破蜀之策，遂修笺遣使奏闻孙权，言指日可以破蜀之意。权览毕，大喜曰："江东复有此异人，孤何忧哉！诸将皆上书言其懦，孤独不信。今观其言，果非懦也。"于是大起吴兵来接应。

却说先主于猇亭尽驱水军，顺流而下，沿江屯扎水寨，深入吴境。黄权谏曰："水军沿江而下，进则易，退则难。臣愿为前驱，陛下宜在后阵，庶万无一失。"先主曰："吴贼胆落，朕长驱大进，有何碍乎？"众官苦谏，先主不从。遂分兵两路：命黄权督江北之兵，以防魏寇；先主自督江南诸军，夹江分立营寨，以图进取。

细作探知，连夜报知魏主，言："蜀兵伐吴，树栅连营，纵横七百馀里，分四十馀屯，皆傍山林下寨。今黄权督兵在江北岸，每日出哨百馀里，不知何意。"魏主闻之，仰面笑曰："刘备将败矣。"群臣请问其故，魏主曰："刘玄德不晓兵法，岂有连营七百里，而可以拒敌者乎？包原隰险阻屯兵者，此兵法之大忌也①。玄德必败于东吴陆逊之手，旬日之内，消息必至矣。"群臣犹未信，皆请拨兵备之。魏主曰："陆逊若胜，必尽举吴兵去取西川。吴兵远去，国中空虚，朕虚托以兵助战，令三路一齐进兵，东吴唾手可取也。"众皆拜服。魏主下令，使曹仁督一军出濡须，曹休督一军出洞口，曹真督一军出南郡：三路军马会合日期，暗袭东吴。"朕随后自来接应。"调遣已定。

不说魏兵袭吴。且说马良至川，入见孔明，呈上图本而言曰："今移营夹江，横占七百里，下四十馀屯，皆依溪傍涧，林木茂盛之处。皇上令良将图本来与丞相观之。"孔明看讫，拍案叫苦曰："是何人教主上如此下寨？可斩此人。"马良曰："皆主上自为，

---

① "包原隰（xí）险阻"二句——意谓把军队驻扎于草木丛生的高原、低洼潮湿的地方或地形险要之处，都是极其危险的，都是兵法所不允许的。包原：草木丛生而茂盛的高原。"包"通"苞"，草木丛生而茂盛。隰：低洼潮湿之处。险阻：地形险要之处。忌：忌讳，禁止。

非他人之谋。”孔明叹曰：“汉朝气数休矣！”良问其故，孔明曰：“包原隰险阻而结营，此兵家之大忌。倘彼用火攻，何以解救？又岂有连营七百里而可拒敌乎？祸不远矣！陆逊拒守不出，正为此也。汝当速去见天子，改屯诸营，不可如此。”良曰：“倘今吴兵已胜，如之奈何？”孔明曰：“陆逊不敢来追，成都可保无虞。”良曰：“逊何故不追？”孔明曰：“恐魏兵袭其后也。主上若有失，当投白帝城避之。吾入川时，已伏下十万兵在鱼腹浦矣。”良大惊曰：“某于鱼腹浦往来数次，未尝见一卒，丞相何作此诈语？”孔明曰：“后来必见，不劳多问。”马良求了表章，火速投御营来。孔明自回成都，调拨军马救应。

却说陆逊见蜀兵懈怠，不复提防，升帐聚大小将士听令曰：“吾自受命以来，未尝出战。今观蜀兵，足知动静，故欲先取江南岸一营。谁敢去取？”言未毕，韩当、周泰、凌统等应声而出曰：“某等愿往。”逊教皆退不用，独唤阶下末将淳于丹曰：“吾与汝五千军，去取江南第四营，蜀将傅彤所守。今晚就要成功。吾自提兵接应。”淳于丹引兵去了。又唤徐盛、丁奉曰：“汝等各领兵三千，屯于寨外五里。如淳于丹败回，有兵赶来，当出救之，却不可追去。”二将自引军去了。

却说淳于丹于黄昏时分领兵前进，到蜀寨时已三更之后。丹令众军鼓噪而入。蜀营内傅彤引军杀出，挺枪直取淳于丹。丹敌不住，拨马便回。忽然喊声大震，一彪军拦住去路，为首大将赵融。丹夺路而走，折兵大半。正走之间，山后一彪蛮兵拦住，为首番将沙摩柯。丹死战得脱，背后三路军赶来。比及离营五里，吴军徐盛、丁奉二人两下杀来，蜀兵退去，救了淳于丹回营。

丹带箭入见陆逊请罪。逊曰：“非汝之过也，吾欲试敌人之虚实耳。破蜀之计，吾已定矣。”徐盛、丁奉曰：“蜀兵势大，难以破之，空自损兵折将耳。”逊笑曰：“吾这条计，但瞒不过诸葛亮耳。天幸此人不在，使我成大功也。”遂集大小将士听令：使朱然于水路进兵，来日午后东南风大作，用船装载茅草，依计而行；韩当引一军攻江北岸，周泰引一军攻江南岸，每人手执茅草一把，内藏硫黄焰硝，各带火种，各执枪刀，一齐而上，但到蜀营，顺风举火，蜀兵四十屯，只烧二十屯，每间[①]一屯烧一屯。各军预带干粮，不许暂退，昼夜追袭，只擒了刘备方止。众将听了军令，各受计而去。

却说先主正在御营寻思破吴之计，忽见帐前中军旗幡无风自倒。乃问程畿曰："此为何兆？"畿曰："今夜莫非吴兵来劫营？"先主曰："昨夜杀尽，安敢再来？"畿曰："倘是陆逊试敌，奈何？"正言间，人报："山上远远望见吴兵尽沿山望东去了。"先主曰："此是疑兵。"令众休动，命关兴、张苞各引五百骑出巡。

黄昏时分，关兴回奏曰："江北营中火起。"先主急令关兴往江北，张苞往江南，探看虚实："倘吴兵到时，可急回报。"二将领命去了。

初更时分，东南风骤起。只见御营左屯火发。方欲救时，御营右屯又火起。风紧火急，树木皆着，喊声大震。两屯军马齐出，奔离御营中，御营军自相践踏，死者不知其数。后面吴兵杀到，又不知多少军马。先主急上马，奔冯习营时，习营中火光连天而起，江南、江北，照耀如同白日。冯习慌上马，引数十骑而走，正逢吴将徐盛军到，敌住厮杀。先主见了，拨马投西便走。徐盛舍了冯习，引兵追来。先主正慌，前面又一军拦住，乃是吴将丁奉，两下夹攻。先主大惊，四面无路。忽然喊声大震，一彪军杀入重围，乃是张苞，救了先主，引御林军奔走。正行之间，前面一军又到，乃蜀将傅彤也，合兵一处而行。背后吴兵追至。先主前到一山，名马鞍山。张苞、傅彤请先主上的山时，山下喊声又起，陆逊大队人马将马鞍山围住。张苞、傅彤死据山口。先主遥

① 间——隔。

望遍野火光不绝，死尸重叠，塞江而下。

次日，吴兵又四下放火烧山。军士乱窜，先主惊慌。忽然火光中一将引数骑杀上山来，视之，乃关兴也。兴伏地请曰："四下火光逼近，不可久停。陛下速奔白帝城，再收军马可也。"先主曰："谁敢断后？"傅彤奏曰："臣愿以死当之。"当日黄昏，关兴在前，张苞在中，留傅彤断后，保着先主，杀下山来。吴兵见先主奔走，皆要争功，各引大军，遮天盖地，往西追赶。先主令军士尽脱袍铠，塞道而焚，以断后军。正奔走间，喊声大震，吴将朱然引一军从江岸边杀来，截住去路。先主叫曰："朕死于此矣！"关兴、张苞纵马冲突，被乱箭射回，各带重伤，不能杀出。背后喊声又起，陆逊引大军从山谷中杀来。

先主正慌急之间，此时天色已微明，只见前面喊声震天，朱然军纷纷落涧，滚滚投岩，一彪军杀入，前来救驾。先主大喜，视之，乃常山赵子龙也。时赵云在川中江州，闻吴、蜀交兵，遂引军出。忽见东南一带火光冲天，云心惊，远远探视，不想先主被困，云奋勇冲杀而来。陆逊闻是赵云，急令军退。云正杀之间，忽遇朱然，便与交锋，不一合，一枪刺朱然于马下。杀散吴兵，救出先主，望白帝城而走。先主曰："朕虽得脱，诸将士将奈何？"云曰："敌军在后，不可久迟。陛下且入白帝城歇息，臣再引兵去救应诸将。"此时先主仅存百馀人入白帝城。后人有诗赞陆逊曰：

持茅举火破连营，玄德穷奔白帝城。

一旦威名惊蜀魏，吴王宁不敬书生。

却说傅彤断后，被吴军八面围住。丁奉大叫曰："川兵死者无数，降者极多，汝主刘备已被擒获。今汝力穷势孤，何不早降？"傅彤叱曰："吾乃汉将，安肯降吴狗乎？"挺枪纵马，率蜀军奋力死战，不下百馀合，往来冲突，不能得脱。彤长叹曰："吾今休矣！"言讫，口中吐血，死于吴军之中。后人赞傅彤诗曰：

彝陵吴蜀大交兵，陆逊施谋用火焚。

至死犹然骂吴狗，傅彤不愧汉将军。

蜀祭酒程畿匹马奔至江边，招呼水军赴敌。吴兵随后追来，水军四散奔逃。畿部将叫曰："吴兵至矣，程祭酒快走罢。"畿怒曰："吾自从[①]主上出军，未尝赴敌而逃。"言未毕，吴兵骤至，四下无路，畿拔剑自刎。后人有诗赞曰：

慷慨蜀中程祭酒，身留一剑答君王。

临危不改平生志，博得声名万古香。

时吴班、张南久围彝陵城，忽冯习到，言蜀兵败，遂引军来救先主，孙桓方才得脱。张、冯二将正行之间，前面吴兵杀来，背后孙桓从彝陵城杀出：两下夹攻。张南、冯习奋力冲突，不能得脱，死于乱军之中。后人有诗赞曰：

冯习忠无二，张南义少双。

沙场甘战死，史册共流芳。

吴班杀出重围，又遇吴兵追赶，幸得赵云接着，救回白帝城去了。

时有蛮王沙摩柯匹马奔走，正逢周泰，战二十馀合，被泰所杀。蜀将杜路、刘宁尽皆降吴。蜀营一应粮草器仗，尺寸不存；蜀将川兵，降者无数。

时孙夫人在吴，闻猇亭兵败，讹传先主死于军中，遂驱车至江边，望西遥哭，投江而死。后人立庙江滨，号曰枭姬祠。尚论者[②]作诗叹之曰：

先主兵归白帝城，夫人闻难独捐生。

至今江畔遗碑在，犹著千秋烈女名。

却说陆逊大获全功，引得胜之兵，往西追袭。前离夔关不远，逊在马上看见前面临山傍江，一阵杀气冲天而起。遂勒马回顾众将曰："前面必有埋伏，三军不可轻进。"即倒退十馀里，于地势空

① 从——随从，跟随。

② 尚论者——好发议论的人，喜欢谈古道今的人。尚：爱好，喜欢。

阔处排成阵势，以御敌军。即差哨马前去探视。回报并无军屯在此。逊不信，下马登高望之，杀气复起。逊再令人仔细探视。哨马回报，前面并无一人一骑。逊见日将西沉，杀气越加，心中犹豫，令心腹人再往探看。回报江边止有乱石八九十堆，并无人马。逊大疑，令寻土人问之。须臾，有数人到。逊问曰："何人将乱石作堆？如何乱石堆中有杀气冲起？"土人曰："此处地名鱼腹浦。诸葛亮入川之时，驱兵到此，取石排成阵势于沙滩之上。自此常常有气如云，从内而起。"

陆逊听罢，上马引数十骑来看石阵，立马于山坡之上，但见四面八方，皆有门有户。逊笑曰："此乃惑人之术耳，有何益焉？"遂引数骑下山坡来，直入石阵观看。部将曰："日暮矣，请都督早回。"逊方欲出阵，忽然狂风大作，一霎时，飞砂走石，遮天盖地。但见怪石嵯峨，槎枒似剑；横沙立土，重叠如山；江声浪涌，有如剑鼓之声。逊大惊曰："吾中诸葛之计也！"急欲回时，无路可出。

正惊疑间，忽见一老人立于马前，笑曰："将军欲出此阵乎？"逊曰："愿长者引出。"老人策杖徐徐而行，径出石阵，并无所碍，送至山坡之上。逊问曰："长者何人？"老人答曰："老夫乃诸葛孔明之岳父黄承彦也。昔小婿入川之时，于此布下石阵，名'八阵图'。反复八门，按遁甲休、生、伤、杜、景、死、惊、开。每日每时，变化无端，可比十万精兵。临去之时，曾分付老夫道：'后有东吴大将迷于阵中，莫要引他出来。'老夫适于山岩之上，见将军从死门而入，料想不识此阵，必为所迷。老夫平生好善，不忍将军陷没于此，故特自生门引出也。"逊曰："公曾学此阵法否？"黄承彦曰："变化无穷，不能学也。"逊慌忙下马拜谢而回。后杜工部有诗曰：

功盖三分国，名成八阵图。
江流石不转，遗恨失吞吴。

陆逊回寨，叹曰："孔明真卧龙也，吾不能及。"于是下令班

师。左右曰："刘备兵败势穷，困守一城，正好乘势击之，今见石阵而退，何也？"逊曰："吾非惧石阵而退，吾料魏主曹丕，其奸诈与父无异，今知吾追赶蜀兵，必乘虚来袭。吾若深入西川，急难退矣。"遂令一将断后，逊率大军而回。退兵未及二日，三处人来飞报："魏兵曹仁出濡须，曹休出洞口，曹真出南郡：三路兵马数十万，星夜至境，未知何意。"逊笑曰："不出吾之所料，吾已令兵拒之矣。"正是：

雄心方欲吞西蜀，胜算还须御北朝。

未知如何退兵，且看下文分解。

第八十五回

刘先主遗诏托孤儿　诸葛亮安居平五路

却说章武二年夏六月，东吴陆逊大破蜀兵于猇亭彝陵之地。先主奔回白帝城，赵云引兵据守。忽马良至，见大军已败，懊悔不及，将孔明之言奏知先主。先主叹曰："朕早听丞相之言，不致今日之败。今有何面目复回成都见群臣乎？"遂传旨就白帝城驻扎，将馆驿改为永安宫。人报冯习、张南、傅彤、程畿、沙摩柯等皆殁于王事，先主伤感不已。又近臣奏称："黄权引江北之兵降魏去了，陛下可将彼家属送有司问罪。"先主曰："黄权被吴兵隔断在江北岸，欲归无路，不得已而降魏，是朕负权，非权负朕也，何必罪其家属？"仍给禄米以养之。

却说黄权降魏，诸将引见曹丕。丕曰："卿今降朕，欲追慕于陈、韩[①]耶？"权泣而奏曰："臣受蜀帝之恩，殊遇甚厚。令臣督诸军于江北，被陆逊绝断。臣归蜀无路，降吴不可，故来投陛下。败军之将，免死为幸，安敢追慕于古人耶？"丕大喜，遂拜黄权为镇南将军。权坚辞不受。忽近臣奏曰："有细作人自蜀中来，说蜀主将黄权家属尽皆诛戮。"权曰："臣与蜀主推诚相信，知臣本心，必不肯杀臣之家小也。"丕然之。后人有诗责黄权曰：

降吴不可却降曹，忠义安能事两朝？
堪叹黄权惜一死，紫阳书法不轻饶。

---

① 追慕于陈、韩——即效法陈平、韩信。此二人原来皆为项羽的部将，后来投降刘邦，反助刘邦消灭项羽，成为汉朝的开国功臣。

曹丕问贾诩曰："朕欲一统天下，先取蜀乎？先取吴乎？"诩曰："刘备雄才，更兼诸葛亮善能治国；东吴孙权能识虚实，陆逊现屯兵于险要，隔江泛湖：皆难卒谋[①]。以臣观之，诸将之中，皆无孙权、刘备敌手；虽以陛下天威临之，亦未见万全之势也。只可持守[②]，以待二国之变。"丕曰："朕已遣三路大兵伐吴，安有不胜之理？"尚书刘晔曰："近东吴陆逊新破蜀兵七十万，上下齐心，更有江湖之阻，不可卒制；陆逊多谋，必有准备。"丕曰："卿前劝朕伐吴，今又谏阻，何也？"晔曰："时有不同也。昔东吴累败于蜀，其势顿挫，故可击耳；今既获全胜，锐气百倍，未可攻也。"丕曰："朕意已决，卿勿复言。"遂引御林军，亲往接应三路兵马。早有哨马报说："东吴已有准备：令吕范引兵拒住曹休，诸葛瑾引兵在南郡拒住曹真，朱桓引兵当住濡须以拒曹仁。"刘晔曰："既有准备，去恐无益。"丕不从，引兵而去。

却说吴将朱桓年方二十七岁，极有胆略，孙权甚爱之。时督军于濡须，闻曹仁引大军去取羡溪，桓遂尽拨军守把羡溪去了，止留五千骑守城。忽报："曹仁令大将常雕同诸葛虔、王双引五万精兵，飞奔濡须城来。"众军皆有惧色。桓按剑而言曰："胜负在将，不在兵之多寡。兵法云：'客兵倍而主兵半者，主兵尚能胜于客兵。'今曹仁千里跋涉，人马疲困。吾与汝等共据高城，南临大江，北背山险，以逸待劳，以主制客，此乃百战百胜之势。虽曹丕自来，尚不足忧，况仁等耶？"于是传令，教众军偃旗息鼓，只作无人守把之状。

且说魏将先锋常雕领精兵来取濡须城，遥望城上并无军马。雕催军急进，离城不远，一声炮响，旌旗齐竖。朱桓横刀飞马而出，直取常雕。战不三合，被桓一刀斩常雕于马下。吴兵乘势冲

① 难卒谋——即一时间很难有成功的办法。卒：通"猝"。仓促，一时，暂时。

② 持守——保持现状。

杀一阵，魏兵大败，死者无数。朱桓大胜，得了无数旌旗、军器、战马。曹仁领兵随后到来，却被吴兵从羡溪杀出，曹仁大败而退，回见魏主，细奏大败之事。丕大惊。正议之间，忽探马报："曹真、夏侯尚围了南郡，被陆逊伏兵于内，诸葛瑾伏兵于外，内外夹攻，因此大败。"言未毕，忽探马又报："曹休亦被吕范杀败。"丕听知三路兵败，乃喟然叹曰："朕不听贾诩、刘晔之言，果有此败。"时值夏天，大疫流行，马步军十死六七，遂引军回洛阳。吴、魏自此不和。

却说先主在永安宫染病不起，渐渐沉重。至章武三年夏四月，先主自知病入四肢，又哭关、张二弟，其病愈深，两目昏花，厌见侍从之人，乃叱退左右，独卧于龙榻之上。忽然阴风骤起，将灯吹摇，灭而复明。只见灯影之下，二人侍立。先主怒曰："朕心绪不宁，教汝等且退，何故又来？"叱之不退。先主起而视之，上首乃云长，下首乃翼德也。先主大惊曰："二弟原来尚在？"云长曰："臣等非人，乃鬼也。上帝以臣二人平生不失信义，皆敕命为神。哥哥与兄弟聚会不远矣。"先主扯定大哭，忽然惊觉，二弟不见。即唤从人问之，时正三更。先主叹曰："朕不久于人世矣！"遂遣使往成都，请丞相诸葛亮、尚书令李严等，星夜来永安宫，听受遗命。孔明等与先主次子鲁王刘永、梁王刘理，来永安宫见帝，留太子刘禅守成都。

且说孔明到永安宫，见先主病危，慌忙拜伏于龙榻之下。先主传旨，请孔明坐于龙榻之侧，抚其背曰："朕自得丞相，幸成帝业。何期智识浅陋，不纳丞相之言，自取其败，悔恨成疾，死在旦夕。嗣子孱弱，不得不以大事相托。"言讫，泪流满面。孔明亦涕泣曰："愿陛下善保龙体，以副天下之望。"先主以目遍视，只见马良之弟谡在旁，先主令且退。谡退出，先主谓孔明曰："丞相观马谡之才何如？"孔明曰："此人亦当世之英才也。"先主曰："不然。朕观此人言过其实，不可大用，丞相宜深察之。”

分付毕，传旨召诸臣入殿，取纸笔写了遗诏，递与孔明而叹曰：“朕不读书，粗知大略。圣人云：‘鸟之将死，其鸣也哀；人之将死，其言也善。’朕本待与卿等同灭曹贼，共扶汉室，不幸中道而别。烦丞相将诏付与太子禅，令勿以为常言。凡事更望丞相教之。”孔明等泣拜于地曰：“愿陛下将息龙体。臣等尽施犬马之劳，以报陛下知遇之恩也。”先主命内侍扶起孔明，一手掩泪，一手执其手曰：“朕今死矣，有心腹之言相告。”孔明曰：“有何圣谕？”先主泣曰：“君才十倍曹丕，必能安邦定国，终定大事。若嗣子可辅则辅之；如其不才，君可自为成都之主。”孔明听毕，汗流遍体，手足失措，泣拜于地曰：“臣安敢不竭股肱之力，尽忠贞之节，继之以死乎？”言讫，叩头流血。先主又请孔明坐于榻上，唤鲁王刘永、梁王刘理近前，分付曰：“尔等皆记朕言：朕亡之后，尔兄弟三人，皆以父事丞相，不可怠慢。”言罢，遂命二王同拜孔明。二王拜毕，孔明曰：“臣虽肝脑涂地，安能报知遇之恩也！”

先主谓众官曰：“朕已托孤于丞相，令嗣子以父事之。卿等俱不可怠慢，以负朕望。”又嘱赵云曰：“朕与卿于患难之中，相从到今，不想于此地分别。卿可想朕故交，早晚看觑[①]吾子，勿负朕言。”云泣拜曰：“臣敢不效犬马之劳！”先主又谓众官曰：“卿等众官，朕不能一一分嘱，愿皆自爱。”言毕，驾崩，寿六十三岁。时章武三年夏四月二十四日也。后杜工部有诗叹曰：

蜀主窥吴向三峡，崩年亦在永安宫。
翠华想像空山外，玉殿虚无野寺中。
古庙杉松巢水鹤，岁时伏腊走村翁。
武侯祠屋长邻近，一体君臣祭祀同。

① 早晚看觑——时时处处加以照料。

先主驾崩，文武官僚无不哀痛。孔明率众官奉梓宫[①]还成都。太子刘禅出城迎接灵柩，安于正殿之内。举哀行礼毕，开读遗诏。诏曰：

> 朕初得疾，但下痢耳，后转生杂病，殆不自济。朕闻人年五十，不称夭寿。今朕年六十有馀，死复何恨？但以卿兄弟为念耳。勉之，勉之！勿以恶小而为之，勿以善小而不为。惟贤惟德，可以服人。卿父德薄，不足效也。卿与丞相从事，事之如父，勿怠！勿忘！卿兄弟更求闻达。至嘱！至嘱！

群臣读诏已毕，孔明曰："国不可一日无君，请立嗣君，以承汉统。"乃立太子禅即皇帝位，改元建兴。加诸葛亮为武乡侯，领益州牧。葬先主于惠陵，谥曰昭烈皇帝。尊皇后吴氏为皇太后；谥甘夫人为昭烈皇后，糜夫人亦追谥为皇后。升赏群臣，大赦天下。

早有魏军探知此事，报入中原。近臣奏知魏主。曹丕大喜曰："刘备已亡，朕无忧矣。何不乘其国中无主，起兵伐之？"贾诩谏曰："刘备虽亡，必托孤于诸葛亮。亮感备知遇之恩，必倾心竭力，扶持嗣主。陛下不可仓卒伐之。"

正言间，忽一人从班部中奋然而出曰："不乘此时进兵，更待何时？"众视之，乃司马懿也。丕大喜，遂问计于懿。懿曰："若只起中国之兵，急难取胜。须用五路大兵，四面夹攻，令诸葛亮首尾不能救应，然后可图。"丕问："何为五路？"懿曰："可修书一封，差使往辽东鲜卑国，见国王轲比能，赂以金帛，令起辽西羌兵十万，先从旱路取西平关，此一路也。再修书遣使赍官诰、赏赐，直入南蛮，见蛮王孟获，令起兵十万，攻打益州、永昌、牂牁、越巂四郡，以击西川之南，此二路也。再遣使入吴修好，许以割地，令孙权起兵十万，攻两川峡口，径取涪城，此

① 梓宫——皇帝、皇后的棺材。

三路也。又可差使至降将孟达处，起上庸兵十万，西攻汉中，此四路也。然后命大将军曹真为大都督，提兵十万，由京兆径出阳平关取西川，此五路也。共大兵五十万,五路并进，诸葛亮便有吕望之才，安能当此乎？”丕大喜，随即密遣能言官四员为使前去；又命曹真为大都督，领兵十万，径取阳平关。此时张辽等一班旧将皆封列侯，俱在冀、徐、青及合淝等处据守关津隘口，故不复调用。

却说蜀汉后主刘禅自即位以来，旧臣多有病亡者，不能细说。凡一应朝廷选法[①]、钱粮、词讼等事，皆听诸葛丞相裁处。时后主未立皇后，孔明与群臣上言曰:“故车骑将军张飞之女甚贤，年十七岁，可纳为正宫皇后。”后主即纳之。

建兴元年秋八月，忽有边报说:“魏调五路大兵，来取西川:第一路曹真为大都督，起兵十万，取阳平关；第二路乃反将孟达，起上庸兵十万，犯汉中；第三路乃东吴孙权，起精兵十万，取峡口入川；第四路乃蛮王孟获，起蛮兵十万，犯益州四郡；第五路乃番王轲比能，起羌兵十万，犯西平关。此五路军马甚是利害。已先报知丞相，丞相不知为何，数日不出视事。”后主听罢大惊，即差近侍赍旨，宣召孔明入朝。使命去了半日，回报:“丞相府下人言，丞相染病不出。”后主转慌。

次日，又命黄门侍郎董允、谏议大夫杜琼去丞相卧榻前告此大事。董、杜二人到丞相府前，皆不得入。杜琼曰:“先帝托孤于丞相，今主上初登宝位，被曹丕五路兵犯境，军情至急，丞相何故推病不出？”良久，门吏传丞相令，言:“病体稍可，明早出都堂[②]议事。”董、杜二人叹息而回。

次日，多官又来丞相府前伺候，从早至晚，又不见出。多官

① 选法——选拔官吏的法规。

② 都堂——唐代尚书省办公大堂之称，三国时并无此称，这里是借指丞相署大堂。

惶惶，只得散去。杜琼入奏后主曰："请陛下圣驾，亲往丞相府问计。"后主即引多官入宫，启奏皇太后。太后大惊曰："丞相何故如此？有负先帝委托之意也。我当自往。"董允奏曰："娘娘未可轻往。臣料丞相必有高明之见。且待主上先往，如果怠慢，请娘娘于太庙中，召丞相问之未迟。"太后依奏。

次日，后主车驾亲至相府。门吏见驾到，慌忙拜伏于地而迎。后主问曰："丞相在何处？"门吏曰："不知在何处，只有丞相钧旨，教挡住百官，勿得辄入。"后主乃下车步行，独进第三重门，见孔明独倚竹杖，在小池边观鱼。后主在后立久，乃徐徐而言曰："丞相安乐否？"孔明回顾，见是后主，慌忙弃杖，拜伏于地曰："臣该万死！"后主扶起，问曰："今曹丕分兵五路，犯境甚急，相父缘何不肯出府视事？"孔明大笑，扶后主入内室坐定，奏曰："五路兵至，臣安得不知？臣非观鱼，有所思也。"后主曰："如之奈何？"孔明曰："羌王轲比能、蛮王孟获、反将孟达、魏将曹真，此四路兵，臣已皆退去了也。止有孙权这一路兵，臣已有退之之计，但须一能言之人为使，因未得其人，故熟思之。陛下何必忧乎？"

后主听罢，又惊又喜，曰："相父果有鬼神不测之机也！愿闻退兵之策。"孔明曰："先帝以陛下付托与臣，臣安敢旦夕怠慢？成都众官皆不晓兵法之妙，贵在使人不测，岂可泄漏于人？老臣先知西番国王轲比能引兵犯西平关。臣料马超积祖①西川人氏，素得羌人之心，羌人以超为神威天将军。臣已先遣一人星夜驰檄，令马超紧守西平关，伏四路奇兵，每日交换，以兵拒之。此一路不必忧矣。又南蛮孟获兵犯四郡，臣亦飞檄遣魏延领一军左出右入，右出左入，为疑兵之计。蛮兵惟凭勇力，其心多疑，若见疑兵，必不敢进。此一路又不足忧矣。又知孟达引兵出汉中。达与

① 积祖——累代，世代。

李严曾结生死之交，臣回成都时，留李严守永安宫。臣已作一书，只做李严亲笔，令人送与孟达。达必然推病不出，以慢军心。此一路又不足忧矣。又知曹真引兵犯阳平关。此地险峻，可以保守。臣已调赵云引一军守把关隘，并不出战。曹真若见我军不出，不久自退矣。此四路兵俱不足忧。臣尚恐不能全保，又密调关兴、张苞二将，各引兵三万，屯于紧要之处，为各路救应。此数处调遣之事，皆不曾经由成都，故无人知觉。只有东吴这一路兵，未必便动：如见四路兵胜，川中危急，必来相攻；若四路不济，安肯动乎？臣料孙权想曹丕三路侵吴之怨，必不肯从其言。虽然如此，须用一舌辩之士，径往东吴，以利害说之，则先退东吴，其四路之兵何足忧乎？但未得说吴之人，臣故踌躇。何劳陛下圣驾来临？”后主曰：“太后亦欲来见相父。今朕闻相父之言，如梦初觉，复何忧哉！”

孔明与后主共饮数杯，送后主出府。众官皆环立于门外，见后主面有喜色。后主别了孔明，上御车回朝。众皆疑惑不定。孔明见众官中一人仰天而笑，面亦有喜色。孔明视之，乃义阳新野人，姓邓名芝，字伯苗，现为户部尚书，汉司马邓禹之后。孔明暗令人留住邓芝，多官皆散。孔明请芝到书院中，问芝曰：“今蜀、魏、吴鼎分三国，欲讨二国，一统中兴，当先伐何国？”芝曰：“以愚意论之，魏虽汉贼，其势甚大，急难摇动，当徐徐缓图。今主上初登宝位，民心未安，当与东吴连合，结为唇齿，一洗先帝旧怨，此乃长久之计也。未审丞相钧意若何？”孔明大笑曰：“吾思之久矣，奈未得其人。今日方得也。”芝曰：“丞相欲其人何为？”孔明曰：“吾欲使人往结东吴。公既能明此意，必能不辱君命，使乎之任[①]，非公不可。”芝曰：“愚才疏智浅，恐不堪当此任。”孔明曰：“吾来日奏知天子，便请伯苗一行，切勿推辞。”芝应允而退。至次日，孔明奏准后主，差邓芝往说东吴。芝拜辞，

① 使乎之任——使者的这个角色。

望东吴而来。正是：

吴人方见干戈息，蜀使还将玉帛[①]通。

未知邓芝此去若何，且看下文分解。

① 玉帛——圭璋和束帛。古时诸侯会盟互换玉帛，故代指和好。

第八十六回

难张温秦宓逞天辩　破曹丕徐盛用火攻

却说东吴陆逊自退魏兵之后，吴王拜逊为辅国将军、江陵侯，领荆州牧，自此军权皆归于逊。张昭、顾雍启奏吴王，请自改元。权从之，遂改为黄武元年。

忽报："魏主遣使至。"权召入。使命陈说："蜀前使人求救于魏，魏一时不明，故发兵应之。今已大悔，欲起四路兵取川，东吴可来接应。若得蜀土，各分一半。"权闻言，不能决，乃问于张昭、顾雍等。昭曰："陆伯言极有高见，可问之。"权即召陆逊至。逊奏曰："曹丕坐镇中原，急不可图，今若不从，必为仇矣。臣料魏与吴皆无诸葛亮之敌手。今且勉强应允，整军预备，只探听四路如何：若四路兵胜，川中危急，诸葛亮首尾不能救，主上则发兵以应之，先取成都，深为上策；如四路兵败，别作商议。"权从之，乃谓魏使曰："军需未办，择日便当起程。"使者拜辞而去。

权令人探得西番兵出西平关，见了马超，不战自退；南蛮孟获起兵攻四郡，皆被魏延用疑兵计杀退回洞去了；上庸孟达兵至半路，忽然染病不能行；曹真兵出阳平关，赵子龙拒住各处险道，果然一将守关，万夫莫开，曹真屯兵于斜谷道，不能取胜而回。孙权知了此信，乃谓文武曰："陆伯言真神算也。孤若妄动，又结怨于西蜀矣。"

忽报："西蜀遣邓芝到。"张昭曰："此又是诸葛亮退兵之计，遣邓芝为说客也。"权曰："当何以答之？"昭曰："先于殿前立一大鼎，贮油数百斤，下用炭烧。待其油沸，可选身长面大武士一千人，各执刀在手，从宫门前直摆至殿上。却唤芝入见，休等此人开言下说词，责以郦食其说齐故事①，效此例烹之，看其人如何对答。”权从其言，遂立油鼎，命武士立于左右，各执军器，召邓芝入。

芝整衣冠而入，行至宫门前，只见两行武士威风凛凛，各持钢刀、大斧、长戟、短剑，直列至殿上。芝晓其意，并无惧色，昂然而行。至殿前，又见鼎镬内热油正沸，左右武士以目视之。芝但微微而笑。近臣引至帘前，邓芝长揖不拜。权令卷起珠帘，大喝曰：“何不拜？”芝昂然而答曰：“上国天使，不拜小邦之主。”权大怒曰：“汝不自料②，欲掉三寸之舌，效郦生说齐乎？可速入油鼎。”芝大笑曰：“人皆言东吴多贤，谁想惧一儒生。”权转怒曰：“孤何惧尔一匹夫耶？”芝曰：“既不惧邓伯苗，何愁来说汝等也？”权曰：“尔欲为诸葛亮作说客，来说孤绝魏向蜀，是否？”芝曰：“吾乃蜀中一儒生，特为吴国利害而来，乃设兵陈鼎，以拒一使，何其局量③之不能容物耶？”

权闻言惶愧，即叱退武士，命芝上殿，赐坐而问曰：“吴、魏之利害若何？愿先生教我。”芝曰：“大王欲与蜀和，还是欲与魏和？”权曰：“孤正欲与蜀主讲和，但恐蜀主年轻识浅，不能全始全终耳。”芝曰：“大王乃命世之英豪，诸葛亮亦一时之俊杰；蜀有山川之险，吴有三江之固。若二国连和，共为唇齿，进则可以兼吞天下，退则可以鼎足而立。今大王若委贽④称臣于魏，魏必望

---

① 郦食其（yì jī）说（shuì）齐故事——事见《史记·郦生陆贾列传》：郦食其在楚、汉相争时投奔刘邦，因功封广野君。后出使齐国，劝说齐王田广归顺刘邦，齐王同意了。不料刘邦部将韩信恰在此时进攻齐国，齐王以为上了郦食其的当，便把他烹（古代将犯人煮死的酷刑）死了。

② 不自料——即不自量。

③ 局量——度量，器量。

④ 委贽——通“委质”，亦作“委挚”。即向君主下拜，表示臣服。

大王朝觐，求太子以为内侍[①]；如其不从，则兴兵来攻，蜀亦顺流而进取。如此则江南之地不复为大王有矣。若大王以愚言为不然，愚将就死于大王之前，以绝说客之名也。”言讫，撩衣下殿，望油鼎中便跳。权急命止之，请入后殿，以上宾之礼相待。权曰：“先生之言，正合孤意。孤今欲与蜀主连和，先生肯为我介绍乎？”芝曰：“适欲烹小臣者，乃大王也；今欲使小臣者，亦大王也。大王犹自狐疑未定，安能取信于人？”权曰：“孤意已决，先生勿疑。”

于是吴王留住邓芝，集多官问曰：“孤掌江南八十一州，更有荆楚之地，反不如西蜀偏僻之处也：蜀有邓芝，不辱其主；吴并无一人入蜀，以达孤意。”忽一人出班奏曰：“臣愿为使。”众视之，乃吴郡吴人，姓张名温，字惠恕，现为中郎将。权曰：“恐卿到蜀见诸葛亮，不能达孤之情。”温曰：“孔明亦人耳，臣何畏彼哉？”权大喜，重赏张温，使同邓芝入川通好。

却说孔明自邓芝去后，奏后主曰：“邓芝此去，其事必成。吴地多贤，定有人来答礼。陛下当礼貌之，令彼回吴，以通盟好。吴若通和，魏必不敢加兵于蜀矣。吴、魏宁靖，臣当征南，平定蛮方，然后图魏。魏削则东吴亦不能久存，可以复一统之基业也。”后主然之。

忽报：“东吴遣张温与邓芝入川答礼。”后主聚文武于丹墀，令邓芝、张温入。温自以为得志，昂然上殿，见后主施礼。后主赐锦墩，坐于殿左，设御宴待之。后主但敬礼而已。宴罢，百官送张温到馆舍。

次日，孔明设宴相待。孔明谓张温曰：“先帝在日，与吴不睦，今已晏驾[②]。当今主上深慕吴王，欲捐[③]旧忿，永结盟好，并力破魏。望大夫善言回奏。”张温领诺。酒至半酣，张温喜笑自若，颇

① 内侍——在宫中侍奉皇帝的人。这里实指人质。

② 晏驾——古代帝王死亡的讳词。

③ 捐——抛弃，放弃。

有傲慢之意。

次日，后主将金帛赐与张温，设宴于城南邮亭之上，命众官相送。孔明殷勤劝酒。正饮酒间，忽一人乘醉而入，昂然长揖，入席就座。温怪之，乃问孔明曰："此何人也？"孔明答曰："姓秦名宓，字子敕，现为益州学士。"温笑曰："名称学士，未知胸中曾学事否？"宓正色而言曰："蜀中三尺小童尚皆就学，何况于我？"温曰："且说公何所学？"宓对曰："上至天文，下至地理，三教九流，诸子百家，无所不通；古今兴废，圣贤经传，无所不览。"温笑曰："公既出大言，请即以天为问：天有头乎？"宓曰："有头。"温曰："头在何方？"宓曰："在西方。'诗'云：'乃眷西顾[①]。'以此推之，头在西方也。"温又问："天有耳乎？"宓答曰："天处高而听卑。'诗'云：'鹤鸣九皋，声闻于天[②]。'无耳何能听？"温又问："天有足乎？"宓曰："有足。'诗'云：'天步艰难'[③]。无足何能步？"温又问："天有姓乎？"宓曰："岂得无姓？"温曰："何姓？"宓答曰："姓刘。"温曰："何以知之？"宓曰："天子姓刘，以故知之。"温又问曰："日生于东乎？"宓对曰："虽生于东，而没于西。"

此时秦宓语言清朗，答问如流，满座皆惊。张温无语。宓乃问曰："先生东吴名士，既以天事下问，必能深明天之理。昔混沌既分，阴阳剖判，轻清者上浮而为天，重浊者下凝而为地[④]。至

① 乃眷西顾——语出《诗经·大雅·皇矣》："乃眷西顾，此维与宅。"这两句是说上天回顾西方，以为那里最适合凡人住家。

② 鹤鸣九皋，声闻于天——语出《诗经·小雅·鹤鸣》，原文是："鹤鸣于九皋，声闻于天。"意谓鹤在沼泽（九皋）中鸣叫，其鸣声却远传于天上。比喻贤人虽然隐居，其名声却传得很远。

③ 天步艰难——语出《诗经·小雅·白华》："天步艰难，之子不犹。"意谓我的时运（天步）不好，这人总是不理我。

④ "昔混沌既分"四句——事见于三国时东吴人徐整《三五历记》："天地混沌如鸡子，盘古生其中，万八千岁，天地开辟，阳清为天，阴浊为地。"

共工氏战败，头触不周山，天柱折，地维缺，天倾西北，地陷东南。天既轻清而上浮，何以倾其西北乎？又未知轻清之外，还是何物？愿先生教我。”张温无言可对，乃避席而谢曰：“不意蜀中多出俊杰。恰闻讲论，使仆顿开茅塞。”孔明恐温羞愧，故以善言解之曰：“席间问难，皆戏谈耳。足下深知安邦定国之道，何在唇齿之戏哉？”温拜谢。孔明又令邓芝入吴答礼，就与张温同行。张、邓二人拜辞孔明，望东吴而来。

却说吴王见张温入蜀未还，乃聚文武商议。忽近臣奏曰：“蜀遣邓芝同张温入国答礼。”权召入。张温拜于殿前，备称后主、孔明之德，愿求永结盟好，特遣邓尚书又来答礼。权大喜，乃设宴待之。权问邓芝曰：“若吴、蜀二国同心灭魏，得天下太平，二主分治，岂不乐乎？”芝答曰：“‘天无二日，民无二王。’如灭魏之后，未识天命所归何人。但为君者各修其德，为臣者各尽其忠，则战争方息耳。”权大笑曰：“君之诚款[①]，乃如是耶！”遂厚赠邓芝还蜀。自此吴、蜀通好。

却说魏国细作人探知此事，火速报入中原。魏主曹丕听知，大怒曰：“吴、蜀连和，必有图中原之意也，不若朕先伐之。”于是大集文武，商议起兵伐吴。此时大司马曹仁、太尉贾诩已亡。侍中辛毗出班奏曰：“中原之地，土阔民稀，而欲用兵，未见其利。今日之计，莫若养兵屯田十年，足食足兵，然后用之，则吴、蜀方可破也。”丕怒曰：“此迂儒之论也。今吴、蜀连和，早晚必来侵境，何暇等待十年？”即传旨起兵伐吴。司马懿奏曰：“吴有长江之险，非船莫渡。陛下必御驾亲征，可选大小战船，从蔡、颍而入淮，取寿春，至广陵，渡江口，径取南徐，此为上策。”丕从之。于是日夜并工，造龙舟十只，长二十馀丈，可容二千馀人，收拾战船三千馀只。

---

① 诚款——诚实，真诚。

魏黄初五年秋八月，会聚大小将士，令曹真为前部，张辽、张郃、文聘、徐晃等为大将先行，许褚、吕虔为中军护卫，曹休为合后，刘晔、蒋济为参谋官。前后水陆军马三十馀万，克日起兵。封司马懿为尚书仆射，留在许昌，凡国政大事，并皆听懿决断。

不说魏兵起程。却说东吴细作探知此事，报入吴国。近臣慌奏吴王曰："今魏王曹丕亲自乘驾龙舟，提水陆大军三十馀万，从蔡、颍出淮，必取广陵渡江，来下江南，甚为利害。"孙权大惊，即聚文武商议。顾雍曰："今主上既与西蜀连和，可修书与诸葛孔明，令起兵出汉中，以分其势；一面遣一大将，屯兵南徐以拒之。"权曰："非陆伯言不可当此大任。"雍曰："陆伯言镇守荆州，不可轻动。"权曰："孤非不知，奈眼前无替力之人。"言未尽，一人从班部内应声而出曰："臣虽不才，愿统一军以当魏兵。若曹丕亲渡大江，臣必生擒，以献殿下；若不渡江，亦杀魏兵大半，令魏兵不敢正视东吴。"权视之，乃徐盛也。权大喜曰："如得卿守江南一带，孤何忧哉！"遂封徐盛为安东将军，总镇都督建业、南徐军马。

盛谢恩，领命而退。即传令教众官军多置器械，多设旌旗，以为守护江岸之计。忽一人挺身出曰："今日大王以重任委托将军，欲破魏兵以擒曹丕，将军何不早发军马渡江，于淮南之地迎敌？直待曹丕兵至，恐无及矣。"盛视之，乃吴王侄孙韶也。韶字公礼，官授扬威将军，曾在广陵守御，年幼负气[①]，极有胆勇。盛曰："曹丕势大，更有名将为先锋，不可渡江迎敌。待彼船皆集于北岸，吾自有计破之。"韶曰："吾手下自有三千军马，更兼深知广陵路势，吾愿自去江北，与曹丕决一死战；如不胜，甘当军令。"盛不从，韶坚执要去；盛只是不肯，韶再三要行。盛怒曰："汝如此不听号令，吾安能制诸将乎？"叱武士推出斩之。刀斧手拥孙韶出辕门之外，立起皂旗。

① 负气——这里义同"盛气"。

韶部将飞报孙权。权听知，急上马来救。武士恰待行刑，孙权早到，喝散刀斧手，救了孙韶。韶哭奏曰："臣往年在广陵，深知地利。不就那里与曹丕厮杀，直待他下了长江，东吴指日休矣。"权径入营来。徐盛迎接入帐，奏曰："大王命臣为都督，提兵拒魏。今扬威将军孙韶不遵军法，违令当斩，大王何故赦之？"权曰："韶倚血气之壮，误犯军法，万希宽恕。"盛曰："法非臣所立，亦非大王所立，乃国家之典刑也。若以亲而免之，何以令众乎？"权曰："韶犯法，本应任将军处治。奈此子虽本姓俞氏，然孤兄甚爱之，赐姓孙，于孤颇有劳绩。今若杀之，负兄义矣。"盛曰："且看大王之面，寄下死罪。"权令孙韶拜谢。韶不肯拜，厉声而言曰："据吾之见，只是引军去破曹丕，便死也不服你的见识。"徐盛变色。权叱退孙韶，谓徐盛曰："便无此子，何损于兵？今后勿再用之。"言讫自回。是夜，人报徐盛说："孙韶引本部三千精兵，潜地过江去了。"盛恐有失，于吴王面上不好看，乃唤丁奉授以密计，引三千兵渡江接应。

却说魏主驾龙舟至广陵，前部曹真已领兵列于大江之岸。曹丕问曰："江岸有多少兵？"真曰："隔岸远望，并不见一人，亦无旌旗营寨。"丕曰："此必诡计也。朕自往观其虚实。"于是大开江道，放龙舟直至大江，泊于江岸。船上建龙凤日月五色旌旗，仪銮簇拥，光耀射目。曹丕端坐舟中，遥望江南，不见一人。回顾刘晔、蒋济曰："可渡江否？"晔曰："兵法实实虚虚。彼见大军至，如何不作整备？陛下未可造次。且待三五日，看其动静，然后发先锋渡江以探之。"丕曰："卿言正合朕意。"

是日天晚，宿于江中。当夜月黑，军士皆执灯火，明耀天地，恰如白昼。遥望江南，并不见半点儿火光。丕问左右曰："此何故也？"近臣奏曰："想闻陛下天兵来到，故望风逃窜耳。"丕暗笑。乃至天晓，大雾迷漫，对面不见。须臾风起，雾散云收，望见江南一带皆是连城，城楼上枪刀耀日，遍城尽插旌旗号带。顷刻数次人来报："南徐沿江一带，直至石头城，一连数百里，城郭舟车，连绵不绝，一夜成就。"曹丕大惊。原来徐盛束缚芦苇为人，尽穿青衣，执旌旗，立于假城疑楼之上。魏兵见城上许多人马，如何不胆寒。丕叹曰："魏虽有武士千群，无所用之。江南人物如此，未可图也。"

正惊讶间，忽然狂风大作，白浪滔天，江水溅湿龙袍，大船将覆。曹真慌令文聘撑小舟，急来救驾。龙舟上人立站不住。文聘跳上龙舟，负丕下得小舟，奔入河港。忽流星马报道："赵云引兵出阳平关，径取长安。"丕听得，大惊失色，便教回军。众军各自奔走。背后吴兵追至。丕传旨教尽弃御用之物而走。龙舟将次[①]入淮，忽然鼓角齐鸣，喊声大震，刺斜里一彪军杀到，为首大将乃孙韶也。魏兵不能抵当，折其大半，淹死者无数。诸将奋力救出魏主。魏主渡淮河，行不三十里，淮河中一带芦苇预灌鱼油，尽皆火着，顺风而下，风势甚急，火焰漫空，绝住[②]龙舟。丕大惊，急下小船傍岸时，龙舟上早已火着。丕慌忙上马。岸上一彪军杀来，为首一将乃丁奉也。张辽急拍马来迎，被奉一箭射中其腰。却得徐晃救了，同保魏主而走，折军无数。背后孙韶、丁奉夺得马匹、车仗、船只、器械不计其数。魏兵大败而回。吴将徐盛全获大功，吴王重加赏赐。张辽回到许昌，箭疮迸裂而亡，曹丕厚葬之，不在话下。

却说赵云引兵杀出阳平关之次，忽报丞相有文书到，说益州耆帅[③]雍闿结连蛮王孟获，起十万蛮兵，侵掠四郡，因此宣云回军，令马超坚守阳平关，丞相欲自南征。赵云乃急收兵而回。此时孔明在成都整饬军马，亲自南征。正是：

方见东吴敌北魏，又看西蜀战南蛮。

未知胜负如何，且看下文分解。

---

① 将次——将要，快要，即将。

② 绝住——困住，围住。

③ 耆帅——老帅。耆：古代称年六十为"耆"。引申为老人之泛称。

第八十七回

征南寇丞相大兴师　抗天兵蛮王初受执

却说诸葛丞相在于成都，事无大小，皆亲自从公决断。两川之民忻乐太平，夜不闭户，路不拾遗。又幸连年大熟，老幼鼓腹讴歌[①]，凡遇差徭，争先早办。因此军需器械应用之物，无不完备；米满仓廒[②]，财盈府库。

建兴三年，益州飞报："蛮王孟获大起蛮兵十万，犯境侵掠。建宁太守雍闿乃汉朝什邡侯雍齿之后，今结连孟获造反。牂牁郡太守朱褒、越巂郡太守高定二人献了城。止有永昌太守王伉不肯反。现今雍闿、朱褒、高定三人部下人马，皆与孟获为向导官，攻打永昌郡。今王伉与功曹吕凯会集百姓，死守此城，其势甚急。"孔明乃入朝奏后主曰："臣观南蛮不服，实国家之大患也。臣当自领大军，前去征讨。"后主曰："东有孙权，北有曹丕，今相父弃朕而去，倘吴、魏来攻，如之奈何？"孔明曰："东吴方与我国讲和，料无异心；若有异心，李严在白帝城，此人可当陆逊也。曹丕新败，锐气已丧，未能远图；且有马超守把汉中诸处关口，不必忧也。臣又留关兴、张苞等分两军为救应，保陛下万无一失。今臣先去扫荡蛮方，然后北伐，以图中原，报先帝三顾之恩，托孤之重。"后主曰："朕年幼无知，惟相父斟酌行之。"

言未毕，班部内一人出曰："不可，不可。"众视之，乃南阳

---

① 鼓腹讴歌——丰衣足食，歌颂太平。鼓腹：鼓起肚子。意为饱食。

② 仓廒——储藏粮食的库房。

人也，姓王名连，字文仪，现为谏议大夫。连谏曰："南方不毛之地，瘴疫之乡，丞相秉钧衡之重任，而自远征，非所宜也。且雍闿等乃疥癣之疾，丞相只须遣一大将讨之，必然成功。"孔明曰："南蛮之地，离国甚远，人多不习王化[①]，收伏甚难，吾当亲去征之。可刚可柔，别有斟酌，非可容易[②]托人。"王连再三苦劝，孔明不从。

是日，孔明辞了后主，令蒋琬为参军，费祎为长史，董厥、樊建二人为掾史；赵云、魏延为大将，总督军马；王平、张翼为副将，并川将数十员，共起川兵五十万：前望益州进发。忽有关公第三子关索入军来见孔明曰："自荆州失陷，逃难在鲍家庄养病。每要赴川见先帝报仇，疮痕未合，不能起行。近已安痊，打探得东吴仇人已皆诛戮，径来西川见帝，恰在途中遇见征南之兵，特来投见。"孔明闻之，嗟讶不已。一面遣人申报朝廷，就令关索为前部先锋，一同征南。大队人马，各依队伍而行。饥餐渴饮，夜住晓行，所经之处，秋毫无犯。

却说雍闿听知孔明自统大军而来，即与高定、朱褒商议，分兵三路：高定取中路，雍闿在左，朱褒在右，三路各引兵五六万迎敌。于是高定令鄂焕为前部先锋。焕身长九尺，面貌丑恶，使一枝方天戟，有万夫不当之勇。领本部兵，离了大寨，来迎蜀兵。

却说孔明统大军已到益州界分。前部先锋魏延，副将张翼、王平，才入界口，正遇鄂焕军马。两阵对圆，魏延出马大骂曰："反贼早早受降！"鄂焕拍马与魏延交锋。战不数合，延诈败走，焕随后赶来。走不数里，喊声大震，张翼、王平两路军杀来，绝其后路；延复回：三员将并力拒战，生擒鄂焕。解到大寨，入见孔明。孔明令去其缚，以酒食待之。问曰："汝是何人部将？"焕曰：

---

① 王化——天子的教化。语出《诗大序》："《周南》《召南》，正始之道，王化之基。"
② 容易——轻易，随便。

“某是高定部将。”孔明曰：“吾知高定乃忠义之士，今为雍闿所惑，以致如此。吾今放汝回去，令高太守早早归降，免遭大祸。”鄂焕拜谢而去，回见高定，说孔明之德。定亦感激不已。

次日，雍闿至寨。礼毕，闿曰：“如何得鄂焕回也？”定曰：“诸葛亮以义放之。”闿曰：“此乃诸葛亮反间之计，欲令我两人不和，故施此谋也。”定半信不信，心中犹豫。忽报蜀将搦战，闿自引三万兵出迎。战不数合，闿拨马便走。延率兵大进，追杀二十馀里。次日，雍闿又起兵来迎。孔明一连三日不出。至第四日，雍闿、高定分兵两路，来取蜀寨。

却说孔明令魏延两路伺候。果然雍闿、高定两路兵来，被伏兵杀伤大半，生擒者无数，都解到大寨来。雍闿的人囚在一边，高定的人囚在一边。却令军士谣说[①]：“但是高定的人免死，雍闿的人尽杀。”众军皆闻此言。少时，孔明令取雍闿的人到帐前，问曰：“汝等皆是何人部从？”众伪曰：“高定部下人也。”孔明教皆免其死，与酒食赏劳，令人送出界首，纵放回寨。孔明又唤高定的人问之，众皆告曰：“吾等实是高定部下军士。”孔明亦皆免其死，赐以酒食，却扬言曰：“雍闿今日使人投降，要献汝主并朱褒首级以为功劳，吾甚不忍。汝等既是高定部下军，吾放汝等回去，再不可背反；若再擒来，决不轻恕。”

众皆拜谢而去，回到本寨，入见高定，说知此事。定乃密遣人去雍闿寨中探听，却有一般放回的人言说孔明之德，因此雍闿部军多有归顺高定之心。虽然如此，高定心中不稳，又令一人来孔明寨中探听虚实，被伏路军捉来见孔明。孔明故意认做雍闿的人，唤入帐中问曰：“汝元帅既约下献高定、朱褒二人首级，因何误了日期？汝这厮不精细，如何做得细作？”军士含糊答应。孔明以酒食赐之，修密书一封，付军士曰：“汝持此书付雍闿，教他

① 谣说——传播假话。

早早下手，休得误事。”细作拜谢而去，回见高定，呈上孔明之书，说雍闿如此如此。

定看书毕，大怒曰：“吾以真心待之，彼反欲害吾，情理难容！”便唤鄂焕商议。焕曰：“孔明乃仁人，背之不祥。我等谋反作恶，皆雍闿之故，不如杀闿以投孔明。”定曰：“如何下手？”焕曰：“可设一席，令人去请雍闿。彼若无异心，必坦然而来；若其不来，必有异心。我主可攻其前，某伏于寨后小路候之，闿可擒矣。”高定从其言，设席请雍闿。闿果疑前日放回军士之言，惧而不来。

是夜，高定引兵杀投雍闿寨中。原来有孔明放回免死的人，皆想高定之德，乘时助战，雍闿军不战自乱。闿上马望山路而走，行不二里，鼓声响处，一彪军出，乃鄂焕也，挺方天戟，骤马当先。雍闿措手不及，被焕一戟刺于马下，就枭其首级。闿部下军士皆降高定。

定引两部军来降孔明，献雍闿首级于帐下。孔明高坐于帐上，喝令左右推转高定，斩首报来。定曰：“某感丞相大恩，今将雍闿首级来降，何故斩也？”孔明大笑曰：“汝来诈降，敢瞒吾耶！”定曰：“丞相何以知吾诈降？”孔明于匣中取出一缄，与高定曰：“朱褒已使人密献降书，说你与雍闿结生死之交，岂肯一旦便杀此人？吾故知汝诈也。”定叫屈曰：“朱褒乃反间之计也，丞相切不可信。”孔明曰：“吾亦难凭一面之词，汝若捉得朱褒，方表真心。”定曰：“丞相休疑，某去擒朱褒来见丞相，若何？”孔明曰：“若如此，吾疑心方息也。”

高定即引部将鄂焕并本部兵，杀奔朱褒营来。比及离寨约有十里，山后一彪军到，乃朱褒也。褒见高定军来，慌忙与高定答话。定大骂曰：“汝如何写书与诸葛丞相处，使反间之计害吾耶？”褒目瞪口呆，不能回答。忽然鄂焕于马后转过，一戟刺朱褒于马下。定厉声而言曰：“如不顺者皆戮之！”于是众军一齐拜降。定引两部军来见孔明，献朱褒首级于帐下。孔明大笑曰："吾故使汝杀此二贼，以表忠心。"遂命高定为益州太守，总摄三郡；令鄂焕为牙将。三路军马已平。

于是永昌太守王伉出城迎接孔明。孔明入城已毕，问曰："谁与公守此城，以保无虞？"伉曰："某今日得此郡无危者，皆赖永昌不韦人，姓吕名凯，字季平，皆此人之力。"孔明遂请吕凯至。凯入见，礼毕，孔明曰："久闻公乃永昌高士，多亏公保守此城。今欲平蛮方，公有何高见？"吕凯遂取一图，呈与孔明曰："某自历仕以来，知南人欲反久矣，故密遣人入其境，察看可屯兵交战之处，画成一图，名曰《平蛮指掌图》。今敢献与明公，明公试观之，可为征蛮之一助也。"孔明大喜，就用吕凯为行军教授，兼向导官。于是孔明提兵大进，深入南蛮之境。

正行军之次，忽报天子差使命至。孔明请入中军，但见一人素袍白衣而进，乃马谡也。为兄马良新亡，因此挂孝。谡曰："奉主上敕命，赐众军酒帛。"孔明接诏已毕，依命一一给散，遂留马谡在帐叙话。孔明问曰："吾奉天子诏，削平蛮方。久闻幼常高见，望乞赐教。"谡曰："愚有片言，望丞相察之。南蛮恃其地远山险，不服久矣，虽今日破之，明日复叛。丞相大军到彼，必然平服。但班师之日，必用①北伐曹丕。蛮兵若知内虚，其反必速。夫用兵之道，攻心为上，攻城为下；心战为上，兵战为下。愿丞相但服其心足矣。"孔明叹曰："幼常足知吾肺腑也。"于是孔明遂令马谡为参军，即统大兵前进。

却说蛮王孟获听知孔明智破雍闿等，遂聚三洞元帅商议。第一洞乃金环三结元帅，第二洞乃董荼那元帅，第三洞乃阿会喃元帅。三洞元帅入见孟获，获曰："今诸葛丞相领大军来侵我境界，不得不并力敌之。汝三人可分兵三路而进，如得胜者，便为洞

---

① 必用——必定要，势必要。用：采取，需要。

主。”于是分金环三结取中路，董荼那取左路，阿会喃取右路，各引五万蛮兵，依令而行。

却说孔明正在寨中议事，忽哨马飞报说：“三洞元帅分兵三路到来。”孔明听毕，即唤赵云、魏延至，却都不分付。更唤王平、马忠至，嘱之曰：“今蛮兵三路而来，吾欲令子龙、文长去，此二人不识地理，未敢用之。王平可往左路迎敌，马忠可往右路迎敌，吾却使子龙、文长随后接应。今日整顿军马，来日平明进发。”二人听令而去。又唤张嶷、张翼分付曰：“汝二人同领一军，往中路迎敌。今日整点军马，来日与王平、马忠约会而进。吾欲令子龙、文长去取，奈二人不识地理，故未敢用之。”张嶷、张翼听令去了。

赵云、魏延见孔明不用，各有愠色[①]。孔明曰：“吾非不用汝二人，但恐以中年涉险，为蛮人所算，失其锐气耳。”赵云曰：“倘我等识地理，若何？”孔明曰：“汝二人只宜小心，休得妄动。”二人怏怏而退。赵云请魏延到自己寨内，商议曰：“吾二人为先锋，却说不识地理而不肯用。今用此后辈，吾等岂不羞乎？”延曰：“吾二人只今就上马，亲去探之，捉住土人，便教引进，以敌蛮兵，大事可成。”云从之，遂上马径取中路而来。方行不数里，远远望见尘头大起。二人上山坡看时，果见数十骑蛮兵纵马而来，二人两路冲出。蛮兵见了，大惊而走。赵云、魏延各生擒几人，回到本寨，以酒食待之，却细问其故。蛮兵告曰：“前面是金环三结元帅大寨，正在山口。寨边东西两路，却通五溪洞并董荼那、阿会喃各寨之后。”

赵云、魏延听知此话，遂点精兵五千，教擒来蛮兵引路。比及起军时，已是二更天气，月明星朗，趁着月色而行。刚到金环三结大寨之时，约有四更，蛮兵方起造饭，准备天明厮杀。忽然

① 愠色——怨恨的神色。

赵云、魏延两路杀入，蛮兵大乱。赵云直杀入中军，正逢金环三结元帅，交马只一合，被云一枪刺落马下，就枭其首级。馀军溃散。魏延便分兵一半，望东路抄董荼那寨来；赵云分兵一半，望西路抄阿会喃寨来。比及杀到蛮兵大寨之时，天已平明。

先说魏延杀奔董荼那寨来。董荼那听知寨后有军杀至，便引兵出寨拒敌。忽然寨前门一声喊起，蛮兵大乱。原来王平军马早已到了，两下夹攻，蛮兵大败。董荼那夺路走脱，魏延追赶不上。

却说赵云引兵杀到阿会喃寨后之时，马忠已杀至寨前，两下夹攻，蛮兵大败，阿会喃乘乱走脱。

各自收军，回见孔明。孔明问曰："三洞蛮兵，走了两洞之主。金环三结元帅首级安在？"赵云将首级献功。众皆言曰："董荼那、阿会喃皆弃马越岭而去，因此赶他不上。"孔明大笑曰："二人吾已擒下了。"赵、魏二人并诸将皆不信。少顷，张嶷解董荼那到，张翼解阿会喃到。众皆惊讶。孔明曰："吾观吕凯图本，已知他各人下的寨子。故以言激子龙、文长之锐气，故教深入重地，先破金环三结。随即分兵左右寨后抄出，以王平、马忠应之。非子龙、文长不可当此任也。吾料董荼那、阿会喃必从便径往山路而走，故遣张嶷、张翼以伏兵待之，令关索以兵接应，擒此二人。"诸将皆拜伏曰："丞相机算，神鬼莫测！"

孔明令押过董荼那、阿会喃至帐下，尽去其缚，以酒食、衣服赐之，令各自归洞，勿得助恶。二人泣拜，各投小路而去。孔明谓诸将曰："来日孟获必然亲自引兵厮杀，便可就此擒之。"乃唤赵云、魏延至，付与计策，各引五千兵去了。又唤王平、关索同引一军，授计而去。孔明分拨已毕，坐于帐上待之。

却说蛮王孟获在帐中正坐，忽哨马报来说："三洞元帅俱被孔明捉将去了，部下之兵各自溃散。"获大怒，遂起蛮兵，迤逦进发，正遇王平军马。两阵对圆，王平出马横刀望之，只见门旗开处，数百南蛮骑将两势摆开。中间孟获出马，头顶嵌宝紫金冠，身披缨络红锦袍，腰系碾玉狮子带，脚穿鹰嘴抹绿靴，骑一匹卷毛赤兔马，悬两口松纹镶宝剑，昂然观望，回顾左右蛮将曰：“人每说诸葛亮善能用兵，今观此阵，旌旗杂乱，队伍交错，刀枪器械，无一可能胜吾者，始知前日之言谬也。早知如此，吾反多时矣。谁敢去擒蜀将，以振军威？”言未尽，一将应声而出，名唤忙牙长，使一口截头大刀，骑一匹黄骠马，来取王平。二将交锋，战不数合，王平便走。孟获驱兵大进，迤逦追赶。关索略战又走，约退二十馀里。

孟获正追杀之间，忽然喊声大起，左有张嶷，右有张翼，两路兵杀出，截断归路；王平、关索复兵杀回：前后夹攻，蛮兵大败。孟获引部将死战得脱，望锦带山而逃。背后三路兵追杀将来。获正奔走之间，前面喊声大起，一彪军拦住，为首大将乃常山赵子龙也。获见了大惊，慌忙奔锦带山小路而走。子龙冲杀一阵，蛮兵大败，生擒者无数。孟获止与数十骑奔入山谷之中。背后追兵至近，前面路狭，马不能行，乃弃了马匹，爬山越岭而逃。忽然山谷中一声鼓响，乃是魏延受了孔明计策，引五百步军，伏于此处。孟获抵敌不住，被魏延生擒活捉了。从骑皆降。

魏延解孟获到大寨来见孔明。孔明早已杀牛宰羊，设宴在寨；却教帐中排开七重围子手[①]，刀枪剑戟，灿若霜雪；又执御赐黄金钺斧，曲柄伞盖，前后羽葆鼓吹，左右排开御林军，布列得十分严整。孔明端坐于帐上，只见蛮兵纷纷穰穰，解到无数。孔明唤到帐中，尽去其缚，抚谕曰：“汝等皆是好百姓，不幸被孟获所拘，今受惊谎。吾想汝等父母、兄弟、妻子必倚门而望，若听知阵败，定然割肚牵肠，眼中流血。吾今尽放汝等回去，以安各人父母、兄弟、妻子之心。”言讫，各赐酒食、米粮而遣之。蛮兵深感其恩，泣拜而去。

---

① 围子手——帝王出行时的卫士。以其重重围绕于帝王周围，故称。

孔明教唤武士押过孟获来。不移时，前推后拥，缚至帐前，获跪于帐下。孔明曰："先帝待汝不薄，汝何敢背反？"获曰："两川之地，皆是他人所占土地，汝主倚强夺之，自称为帝。吾世居此处，汝等无礼，侵我土地，何为反耶？"孔明曰："吾今擒汝，汝心服否？"获曰："山僻路狭，误遭汝手，如何肯服？"孔明曰："汝既不服，吾放汝去，若何？"获曰："汝放我回去，再整军马，共决雌雄，若能再擒吾，吾方服也。"孔明即令去其缚，与衣服穿了，赐以酒食，给与鞍马，差人送出路径，望本寨而去。正是：

寇入掌中还放去，人居化外[①]未能降。

未知再来交战若何，且看下文分解。

① 化外——王化之外。即皇帝统治达不到的地方。

第八十八回

渡泸水再缚番王　识诈降三擒孟获

却说孔明放了孟获，众将上帐问曰：“孟获乃南蛮渠魁[①]，今幸被擒，南方便定，丞相何故放之？”孔明笑曰：“吾擒此人，如囊中取物耳。直须降伏其心，自然平矣。”诸将闻言，皆未肯信。

当日孟获行至泸水，正遇手下败残的蛮兵，皆来寻探。众兵见了孟获，且惊且喜，拜问曰：“大王如何能勾回来？”获曰：“蜀人监我在帐中，被我杀死十馀人，乘夜黑而走。正行间，逢着一哨马军[②]，亦被我杀之，夺了此马，因此得脱。”众皆大喜，拥孟获渡了泸水，下住寨栅，会集各洞酋长，陆续招聚原放回的蛮兵，约有十馀万骑。此时董荼那、阿会喃已在洞中，孟获使人去请，二人惧怕，只得也引洞兵来。获传令曰：“吾已知诸葛亮之计矣，不可与战，战则中他诡计。彼川兵远来劳苦，况即日天炎，彼兵岂能久住？吾等有此泸水之险，将船筏尽拘在南岸一带，皆筑土城，深沟高垒，看诸葛亮如何施谋？”众酋长从其计，尽拘船筏于南岸一带，筑起土城。有依山傍崖之地，高竖敌楼，楼上多设弓弩炮石，准备久处之计。粮草皆是各洞供运。孟获以为万全之策，坦然不忧。

却说孔明提兵大进，前军已至泸水，哨马飞报说：“泸水之内并无船筏，又兼水势甚急，隔岸一带筑起土城，皆有蛮兵守把。”

---

① 渠魁——首领，头目。

② 一哨马军——即一个骑马的探子（侦察兵）。

时值五月，天气炎热，南方之地分外炎酷，军马衣甲皆穿不得。孔明自至泸水边观毕，回到本寨，聚诸将至帐中，传令曰："今孟获兵屯泸水之南，深沟高垒，以拒我兵。吾既提兵至此，如何空回？汝等各各引兵，依山傍树，拣林木茂盛之处，与我将息人马。"乃遣吕凯离泸水百里，拣阴凉之地，分作四个寨子，使王平、张嶷、张翼、关索各守一寨，内外皆搭草棚，遮盖马匹，将士乘凉，以避暑气。参军蒋琬看了，入问孔明曰："某看吕凯所造之寨甚不好，正犯昔日先帝败于东吴时之地势矣。倘蛮兵偷渡泸水，前来劫寨，若用火攻，如何解救？"孔明笑曰："公勿多疑，吾自有妙算。"蒋琬等皆不晓其意。

忽报："蜀中差马岱解暑药并粮米到。"孔明令入。岱参拜毕，一面将米、药分派四寨。孔明问曰："汝将带[①]多少军来？"马岱曰："有三千军。"孔明曰："吾军累战疲困，欲用汝军，未知肯向前否？"岱曰："皆是朝廷军马，何分彼我？丞相要用，虽死不辞。"孔明曰："今孟获拒住泸水，无路可渡。吾欲先断其粮道，令彼军自乱。"岱曰："如何断得？"孔明曰："离此一百五十里，泸水下流沙口，此处水慢，可以扎筏而渡。汝提本部三千军渡水，直入蛮洞，先断其粮。然后会合董荼那、阿会喃两个洞主，便为内应。不可有误。"

马岱欣然去了，领兵前到沙口，驱兵渡水。因见水浅，大半不下筏，只裸衣而过，半渡皆倒。急救傍岸，口鼻出血而死。马岱大惊，连夜回告孔明。孔明随唤向导土人问之，土人曰："目今炎天，毒聚泸水，日间甚热，毒气正发。有人渡水，必中其毒；或饮此水，其人必死。若要渡时，须待夜静水冷，毒气不起，饱食渡之，方可无事。"孔明遂令土人引路，又选精壮军五六百，随着马岱，来到泸水沙口，扎起木筏，半夜渡水，果然无事。岱领着

① 将带——带领，率领。

二千壮军，令土人引路，径取蛮洞运粮总路口夹山峪而来。那夹山峪两下是山，中间一条路，止容一人一马而过。马岱占了夹山峪，分拨军士，立起寨栅。洞蛮不知，正解粮到，被岱前后截住，夺粮百馀车。蛮人报入孟获大寨中。

此时孟获在寨中，终日饮酒取乐，不理军务。谓众酋长曰："吾若与诸葛亮对敌，必中奸计。今靠此泸水之险，深沟高垒以待之，蜀人受不过酷热，必然退走。那时吾与汝等随后击之，便可擒诸葛亮也。"言讫，呵呵大笑。忽然班内一酋长曰："沙口水浅，倘蜀兵透漏过来，深为利害，当分军守把。"获笑曰："汝是本处土人，如何不知？吾正要蜀兵来渡此水，渡则必死于水中矣。"酋长又曰："倘有土人说与夜渡之法，当复何如？"获曰："不必多疑。吾境内之人，安肯助敌人耶？"正言之间，忽报："蜀兵不知多少，暗渡泸水，绝断了夹山粮道，打着'平北将军马岱'旗号。"获笑曰："量此小辈，何足道哉！"即遣副将忙牙长引三千兵，投夹山峪来。

却说马岱望见蛮兵已到，遂将二千军摆在山前。两阵对圆，忙牙长出马，与马岱交锋，只一合，被岱一刀斩于马下。蛮兵大败走回，来见孟获，细言其事。获唤诸将问曰："谁敢去敌马岱？"言未毕，董荼那出曰："某愿往。"孟获大喜，遂与三千兵而去。获又恐有人再渡泸水，即遣阿会喃引三千兵，去守把沙口。

却说董荼那引蛮兵到了夹山峪下寨，马岱引兵来迎。部内军有认得是董荼那，说与马岱如此如此。岱纵马向前，大骂曰："无义背恩之徒！吾丞相饶汝性命，今又背反，岂不自羞？"董荼那满面惭愧，无言可答，不战而退。马岱掩杀一阵而回。董荼那回见孟获曰："马岱英雄，抵敌不住。"获大怒曰："吾知汝原受诸葛亮之恩，今故不战而退，正是卖阵之计。"喝教推出斩了。众酋长再三哀告，方才免死，叱武士将董荼那打了一百大棍，放归本寨。

诸多酋长皆来告董荼那曰："我等虽居蛮方，未尝敢犯中国[1]；中国亦不曾侵我。今因孟获势力相逼，不得已而造反。想孔明神机莫测，曹操、孙权尚自惧之，何况我等蛮方乎？况我等皆受其活命之恩，无可为报。今欲舍一死命，杀孟获，去投孔明，以免洞中百姓涂炭之苦。"董荼那曰："未知汝等心下若何？"内有原蒙孔明放回的人，一齐同声应曰："愿往。"于是董荼那手执钢刀，引百馀人，直奔大寨而来，时孟获大醉于帐中。董荼那引众人持刀而入，帐下有两将侍立。董荼那以刀指曰："汝等亦受诸葛丞相活命之恩，宜当报效。"二将曰："不须将军下手，某当生擒孟获，去献丞相。"于是一齐入帐，将孟获执缚已定，押到泸水边，驾船直过北岸，先使人报知孔明。

却说孔明已有细作探知此事，于是密传号令，教各寨将士整顿军器，方教为首酋长解孟获入来，其馀皆回本寨听候。董荼那先入中军见孔明，细说其事。孔明重加赏劳，用好言抚慰，遣董荼那引众酋长去了。然后令刀斧手推孟获入，孔明笑曰："汝前者有言，但再擒得，便肯降服。今日如何？"获曰："此非汝之能也，乃吾手下之人自相残害，以致如此，如何肯服？"孔明曰："吾今再放汝去，若何？"孟获曰："吾虽蛮人，颇知兵法。若丞相端的肯放吾回洞中，吾当率兵再决胜负。若丞相这番再擒得我，那时倾心吐胆归降，并不敢改移也。"孔明曰："这番生擒，如又不服，必无轻恕。"令左右去其绳索，仍前赐以酒食，列坐于帐上。孔明曰："吾自出茅庐，战无不胜，攻无不取。汝蛮邦之人，何为不服？"获默然不答。

孔明酒后，唤孟获同上马出寨，观看诸营寨栅所屯粮草，所积军器。孔明指谓孟获曰："汝不降吾，真愚人也。吾有如此之精兵猛将，粮草兵器，汝安能胜吾哉？汝若早降，吾当奏闻天子，

---

① 中国——指中朝，朝廷。这里指蜀汉。

令汝不失王位，子子孙孙，永镇蛮邦。意下若何？”获曰：“某虽肯降，怎奈洞中之人未肯心服。若丞相肯放回去，就当招安本部人马，同心合胆，方可归顺。”孔明忻然，又与孟获回到大寨。饮酒至晚，获辞去，孔明亲自送至泸水边，以船送获归寨。

孟获来到本寨，先伏刀斧手于帐下。差心腹人到董荼那、阿会喃寨中，只推孔明有使命至，将二人赚到大寨帐下，尽皆杀之，弃尸于涧。孟获随即遣亲信之人守把隘口。自引军出了夹山峪，要与马岱交战，却并不见一人。及问土人，皆言昨夜尽搬粮草复渡泸水，归大寨去了。获再回洞中，与亲弟孟优商议曰：“如今诸葛亮之虚实，吾已尽知，汝可去如此如此。”

孟优领了兄计，引百馀蛮兵，搬载金珠宝贝、象牙犀角之类，渡了泸水，径投孔明大寨而来。方才过了河时，前面鼓角齐鸣，一彪军摆开，为首大将乃马岱也。孟优大惊。岱问了来情，令在外厢，差人来报孔明。孔明正在帐中与马谡、吕凯、蒋琬、费祎等共议平蛮之事，忽帐下一人报称：“孟获差弟孟优来进宝贝。”孔明回顾马谡曰：“汝知其来意否？”谡曰：“不敢明言，容某暗写于纸上，呈与丞相，看合钧意否。”孔明从之。马谡写讫，呈与孔明。孔明看毕，抚掌大笑曰：“擒孟获之计，吾已差派下也。汝之所见，正与吾同。”遂唤赵云入，向耳畔分付如此如此；又唤魏延入，亦低言分付；又唤王平、马忠、关索入，亦密密地分付。

各人受了计策，皆依令而去，方召孟优入帐。优再拜于帐下曰：“家兄孟获感丞相活命之恩，无可奉献，辄具金珠宝贝若干，权为赏军之资。续后别有进贡天子礼物。”孔明曰：“汝兄今在何处？”优曰：“为感丞相天恩，径往银坑山中收拾宝物去了，少时便回来也。”孔明曰：“汝带多少人来？”优曰：“不敢多带，只是随行百馀人，皆运货物者。”孔明尽教入帐看时，皆是青眼黑面、黄发紫须、耳带金环、鬅头[①]跣足、身长力大之士。孔明就令随席而坐，教诸将劝酒，殷勤相待。

却说孟获在帐中专望回音，忽报有二人回了。唤入问之，具说："诸葛亮受了礼物大喜，将随行之人皆唤入帐中，杀牛宰羊，设宴相待。二大王令某密报大王：今夜二更，里应外合，以成大事。"孟获听知甚喜，即点起三万蛮兵，分为三队。获唤各洞酋长，分付曰："各军尽带火具，今晚到了蜀寨时，放火为号。吾当自取中军，以擒诸葛亮。"

诸多蛮将受了计策，黄昏左侧，各渡泸水而来。孟获带领心腹蛮将百馀人，径投孔明大寨，于路并无一军阻当。前至寨门，获率众将骤马而入，乃是空寨，并不见一人。获撞入中军，只见帐中灯烛荧煌，孟优并番兵尽皆醉倒。原来孟优被孔明教马谡、吕凯二人管待，令乐人搬做杂剧[②]，殷勤劝酒，酒内下药，尽皆昏倒，浑如醉死之人。孟获入帐问之，内有醒者，但指口而已。

获知中计，急救了孟优等一干人。却待奔回中队，前面喊声大震，火光骤起，蛮兵各自逃窜。一彪军杀到，乃是蜀将王平。获大惊，急奔左队时，火光冲天，一彪军杀到，为首蜀将乃是魏延。获慌忙望右队而来，只见火光又起，又一彪军杀到，为首蜀将乃是赵云。三路军夹攻将来，四下无路。孟获弃了军士，匹马望泸水而逃。正见泸水上数十个蛮兵驾一小舟，获慌令近岸。人马方才下船，一声号起，将孟获缚住。原来马岱受了计策，引本部兵扮作蛮兵，撑船在此，诱擒孟获。于是孔明招安蛮兵，降者无数。孔明一一抚慰，并不加害。就教救灭了馀火。

须臾，马岱擒孟获至，赵云擒孟优至，魏延、马忠、王平、关索擒诸洞酋长至。孔明指孟获而笑曰："汝先令汝弟以礼诈降，

① 鬅头——同"蓬头"。即头发纷乱的样子。

② 乐人搬做杂剧——即艺人扮演杂要。搬：扮演。

如何瞒得过吾？今番又被我擒，汝可服否？”获曰：“此乃吾弟贪口腹之故，误中汝毒，因此失了大事。吾若自来，弟以兵应之，必然成功。此乃天败，非吾之不能也，如何肯服？”孔明曰：“今已三次，如何不服？”孟获低头无语。孔明笑曰：“吾再放汝回去。”孟获曰：“丞相若肯放吾兄弟回去，收拾家下亲丁，和丞相大战一场。那时擒得，方才死心塌地而降。”孔明曰：“再若擒住，必不轻恕。汝可小心在意，勤攻韬略之书，再整亲信之士，早用良策，勿生后悔。”遂令武士去其绳索，放起孟获，并孟优及各洞酋长，一齐都放。孟获等拜谢去了。

此时蜀兵已渡泸水，孟获等过了泸水，只见岸口陈兵列将，旗帜纷纷。获到营前，马岱高坐，以剑指之曰：“这番拿住，必无轻放。”孟获到了自己寨时，赵云早已袭了此寨，布列兵马。云坐于大旗下，按剑而言曰：“丞相如此相待，休忘大恩。”获喏喏连声而去。将出界口山坡，魏延引一千精兵摆在坡上，勒马厉声而言曰：“吾今已深入巢穴，夺汝险要，汝尚自愚迷，抗拒大军。这回拿住，碎尸万段，决不轻饶！”孟获等抱头鼠窜，望本洞而去。后人有诗赞曰：

五月驱兵入不毛，月明泸水瘴烟高。
誓将雄略酬三顾，岂惮征蛮七纵劳。

却说孔明渡了泸水，下寨已毕，大赏三军，聚众将于帐下曰：“孟获第二番擒来，吾令遍观各营虚实，正欲令其来劫营也。吾知孟获颇晓兵法，吾以兵马粮草炫耀，实令孟获看吾破绽，必用火攻。彼令其弟诈降，欲为内应耳。吾三番擒之而不杀，诚欲服其心，不欲灭其类也。吾今明告汝等，勿得辞劳，可用心报国。”众将拜伏曰：“丞相智、仁、勇三者足备，虽子牙、张良不能及也。”孔明曰：“吾今安敢望古人耶？皆赖汝等之力，共成功业耳。”帐下诸将听得孔明之言，尽皆喜悦。

却说孟获受了三擒之气，忿忿归到银坑洞中，即差心腹人赍金珠宝贝，往八番九十三甸[1]等处，并蛮方部落，借使牌刀獠丁[2]军健数十万，克日齐备。各队人马，云堆雾拥，俱听孟获调用。伏路军探知其事，来报孔明。孔明笑曰："吾正欲令蛮兵皆至，见吾之能也。"遂上小车而行。正是：

若非洞主威风猛，怎显军师手段高。

未知胜负如何，且看下文分解。

① 八番九十三甸——泛指西南少数民族。

② 使牌刀獠丁——以盾牌和砍刀为武器的少数民族男子。獠：古代汉人对南方少数民族的蔑称。

第八十九回

武乡侯四番用计　南蛮王五次遭擒

却说孔明自驾小车，引数百骑前来探路。前有一河，名曰西洱河，水势虽慢，并无一只船筏。孔明令伐木为筏而渡，其木到水皆沉。孔明遂问吕凯，凯曰："闻西洱河上流有一山，其山多竹，大者数围。可令人伐之，于河上搭起竹桥，以渡军马。"孔明即调三万人入山，伐竹数十万根，顺水放下。于河面狭处，搭起竹桥，阔十馀丈。乃调大军于河北岸，一字儿下寨，便以河为壕堑，以浮桥为门，垒土为城。过桥南岸，一字下三个大营，以待蛮兵。

却说孟获引数十万蛮兵，恨怒而来。将近西洱河，孟获引前部一万刀牌獠丁，直扣前寨搦战。孔明头戴纶巾，身披鹤氅，手执羽扇，乘驷马车，左右众将簇拥而出。孔明见孟获身穿犀皮甲，头顶朱红盔，左手挽牌，右手执刀，骑赤毛牛，口中辱骂。手下万馀洞丁各舞刀牌，往来冲突。孔明急令退回本寨，四面紧闭，不许出战。蛮兵皆裸衣赤身，直到寨门前叫骂。诸将大怒，皆来禀孔明曰："某等情愿出寨决一死战。"孔明不许。诸将再三欲战，孔明止曰："蛮方之人不遵王化，今此一来，狂恶正盛，不可迎也。且宜坚守数日，待其猖獗少懈，吾自有妙计破之。"

于是蜀兵坚守数日。孔明在高阜处探之，窥见蛮兵已多懈怠。乃聚诸将曰："汝等敢出战否？"众将欣然要出。孔明先唤赵云、魏延入帐，向耳畔低言，分付如此如此。二人受了计策先进。却唤王平、马忠入帐，受计去了。又唤马岱分付曰："吾今弃此三寨，退过河北。吾军一退，汝可便拆浮桥，移于下流，却渡赵云、魏延军马过河来接应。”岱受计而去。又唤张翼曰：“吾军退去，寨中多设灯火。孟获知之，必来追赶，汝却断其后。”张翼受计而退。孔明只教关索护车。众军退去，寨中多设灯火。蛮兵望见，不敢冲突。

次日平明，孟获引大队蛮兵径到蜀寨之时，只见三个大寨，皆无人马，于内弃下粮草车仗数百馀辆。孟优曰：“诸葛弃寨而走，莫非有计否？”孟获曰：“吾料诸葛亮弃辎重而去，必因国中有紧急之事：若非吴侵，定是魏伐。故虚张灯火以为疑兵，弃车仗而去也。可速追之，不可错过。”于是孟获自驱前部，直到西洱河边。望见河北岸上，寨中旗帜整齐如故，灿若云锦[①]；沿河一带，又设锦城[②]。蛮兵哨见，皆不敢进。获谓优曰：“此是诸葛亮惧吾追赶，故就河北岸少住，不二日必走矣。”遂将蛮兵屯于河岸。又使人去山上砍竹为筏，以备渡河。却将敢战之兵，皆移于寨前面。却不知蜀兵早已入自己之境。

是日，狂风大起。四壁厢火明鼓响，蜀兵杀到。蛮兵獠丁自相冲突。孟获大惊，急引宗族洞丁杀开条路，径奔旧寨。忽一彪军从寨中杀出，乃是赵云。获慌忙回西洱河，望山僻处而走。又一彪军杀出，乃是马岱。孟获只剩得数十个败残兵，望山谷中而逃。见南、北、西三处尘头火光，因此不敢前进，只得望东奔走。方才转过山口，见一大林之前数十从人，引一辆小车，车上端坐孔明，呵呵大笑曰：“蛮王孟获，天败至此，吾已等候多时也。”获大怒，回顾左右曰：“吾遭此人诡计，受辱三次，今幸得这里相遇。汝等奋力前去，连人带车，砍为粉碎！”数骑蛮兵猛力向前，孟获当先呐喊，抢到大林之前，跎踏一声，踏了陷坑，一齐塌倒。大林之内转出魏延，引数百军来，一个个拖出，用索缚定。

---

① 灿若云锦——形容彩旗光辉灿烂，如同彩云飘荡。云锦：彩云。

② 锦城——这里是借指临时垒起的土城，因城上彩旗飘扬而得名。

孔明先到寨中招安蛮兵，并诸甸酋长洞丁。此时大半皆归本乡去了。除死伤外，其馀尽皆归降。孔明以酒肉相待，以好言抚慰，尽令放回。蛮兵皆感叹而去。

少顷，张翼解孟优至。孔明诲之曰："汝兄愚迷，汝当谏之。今被吾擒了四番，有何面目再见人耶？"孟优羞惭满面，伏地告求免死。孔明曰："吾杀汝不在今日。吾且饶汝性命，劝谕汝兄。"令武士解其绳索，放起孟优。优泣拜而去。

不一时，魏延解孟获至。孔明大怒曰："你今番又被吾擒了，有何理说？"获曰："吾今误中诡计，死不瞑目。"孔明叱武士推出斩之。获全无惧色，回顾孔明曰："若敢再放吾回去，必然报四番之恨。"孔明大笑，令左右去其缚，赐酒压惊，就坐于帐中。孔明问曰："吾今四次以礼相待，汝尚然不服，何也？"获曰："吾虽是化外之人，不似丞相专施诡计，吾如何肯服？"孔明曰："吾再放汝回去，复能战乎？"获曰："丞相若再拿住吾，吾那时倾心降服，尽献本洞之物犒军，誓不反乱。"

孔明即笑而遣之。获忻然拜谢而去。于是聚得诸洞壮丁数千人，望南迤逦而行。早望见尘头起处，一队兵到，乃是兄弟孟优，重整残兵，来与兄报仇。兄弟二人抱头相哭，诉说前事。优曰："我兵屡败，蜀兵屡胜，难以抵当。只可就山阴洞中，退避不出。蜀兵受不过暑气，自然退矣。"获问曰："何处可避？"优曰："此去西南有一洞，名曰秃龙洞。洞主朵思大王，与弟甚厚，可投之。"于是孟获先教孟优到秃龙洞，见了朵思大王。朵思慌引洞兵出迎。

孟获入洞，礼毕，诉说前事。朵思曰："大王宽心。若蜀兵到来，令他一人一骑不得还乡，与诸葛亮皆死于此处。"获大喜，问计于朵思。朵思曰："此洞中止有两条路：东北上一路，就是大王所来之路，地势平坦，土厚水甜，人马可行。若以木石垒断洞口，虽有百万之众，不能进也。西北上有一条路，山险岭恶，道路窄狭，其中虽有小路，多藏毒蛇恶蝎；黄昏时分，烟瘴大起，直至巳、午时方收，惟未、申、酉三时可以往来；水不可饮，人马难行。此处更有四个毒泉：一名哑泉，其水颇甜，人若饮之，则不能言，不过旬日必死；二曰灭泉，此水与汤无异，人若沐浴，则皮肉皆烂，见骨必死；三曰黑泉，其水微清，人若溅之在身，则手足皆黑而死；四曰柔泉，其水如冰，人若饮之，咽喉无暖气，身躯软弱如绵而死。此处虫鸟皆无，惟有汉伏波将军[①]曾到。自此以后，更无一人到此。今垒断东北大路，令大王稳居敝洞。若蜀兵见东路截断，必从西路而入，于路无水，若见此四泉，定然饮水，虽百万之众，皆无归矣，何用刀兵耶？”孟获大喜，以手加额曰：“今日方有容身之地！”又望北指曰：“任诸葛神机妙算，难以施设。四泉之水，足以报败兵之恨也。”自此，孟获、孟优终日与朵思大王筵宴。

却说孔明连日不见孟获兵出，遂传号令，教大军离西洱河，望南进发。此时正当六月炎天，其热如火。有后人咏南方苦热诗曰：

山泽欲焦枯，火光覆太虚。
不知天地外，暑气更何如。

又有诗曰：

赤帝施权柄，阴云不敢生。
云蒸孤鹤喘，海热巨鳌惊。
忍舍溪边坐，慵抛竹里行。
如何沙塞客，擐甲复长征。

孔明统领大军，正行之际，忽哨马飞报：“孟获退往秃龙洞中不出，将洞口要路垒断，内有兵把守。山恶岭峻，不能前进。”孔明请吕凯问之，凯曰：“某曾闻此洞有条路，实不知详细。”蒋琬曰：“孟获四次遭擒，既已丧胆，安敢再出？况今天气炎热，军马疲乏，征之无益，不如班师回国。”孔明曰：“若如此，正中孟获之计也。

① 伏波将军——见第六十回“伏波”条注。

吾军一退，彼必乘势追之。今已到此，安有复回之理？”遂令王平领数百军为前部，却教新降蛮兵引路，寻西北小径而入。

前到一泉，人马皆渴，争饮此水。王平探有此路，回报孔明。比及到大寨之时，皆不能言，但指口而已。孔明大惊，知是中毒，遂自驾小车，引数十人前来看时，见一潭清水，深不见底，水气凛凛[①]，军不敢试。孔明下车，登高望之，四壁峰岭，鸟雀不闻，心中大疑。忽望见远远山冈之上有一古庙。孔明攀藤附葛而到，见一石屋之中，塑一将军端坐。旁有石碑，乃汉伏波将军马援之庙，因平蛮到此，土人立庙祀之。孔明再拜曰：“亮受先帝托孤之重，今承圣旨，到此平蛮。欲待蛮方既平，然后伐魏吞吴，重安汉室。今军士不识地理，误饮毒水，不能出声。万望尊神念本朝恩义，通灵显圣，护佑三军。”

祈祷已毕，出庙寻土人问之。隐隐望见对山一老叟扶杖而来，形容甚异。孔明请老叟入庙，礼毕，对坐于石上。孔明问曰：“丈者高姓？”老叟曰：“老夫久闻大国丞相隆名，幸得拜见。蛮方之人，多蒙丞相活命，皆感恩不浅。”孔明问泉水之故，老叟答曰：“军所饮水，乃哑泉之水也，饮之难言，数日而死。此泉之外，又有三泉：东南有一泉，其水至冷，人若饮之，咽喉无暖气，身躯软弱而死，名曰柔泉；正南有一泉，人若溅之在身，手足皆黑而死，名曰黑泉；西南有一泉，沸如热汤，人若浴之，皮肉尽脱而死，名曰灭泉。敝处有此四泉，毒气所聚，无药可治。又烟瘴甚起，惟未、申、酉三个时辰可往来；馀者时辰，皆瘴气密布，触之即死。”

孔明曰：“如此则蛮方不可平矣。蛮方不平，安能并吞吴、魏，再兴汉室？有负先帝托孤之重，生不如死也。”老叟曰：“丞相勿忧，老夫指引一处，可以解之。”孔明曰：“老丈有何高见，望乞

① 凛凛——寒冷。

指教。”老叟曰：“此去正西数里，有一山谷，入内行二十里，有一溪，名曰万安溪。上有一高士，号为万安隐者。此人不出溪有数十馀年矣。其草庵后有一泉，名安乐泉。人若中毒，汲其水，饮之即愈；有人或生疥癞，或感瘴气，于万安溪内浴之，自然无事。更兼庵前有一等草，名曰薤叶芸香，人若口含一叶，则瘴气不染。丞相可速往求之。”孔明拜谢，问曰：“承丈者如此活命之德，感刻[①]不胜。愿闻高姓。”老叟入庙曰：“吾乃本处山神，奉伏波将军之命，特来指引。”言讫，喝开庙后石壁而入。孔明惊讶不已，再拜庙神，寻旧路上车，回到大寨。

次日，孔明备信香[②]、礼物，引王平及众哑军，连夜望山神所言去处，迤逦而进。入山谷小径，约行二十馀里，但见长松大柏，茂竹奇花，环绕一庄。篱落之中，有数间茅屋，闻得馨香喷鼻。孔明大喜，到庄前扣户，有一小童出。孔明方欲通姓名，早有一人竹冠草履，白袍皂绦[③]，碧眼黄发，忻然出曰：“来者莫非汉丞相否？”孔明笑曰：“高士何以知之？”隐者曰：“久闻丞相大纛[④]南征，安得不知？”遂邀孔明入草堂。礼毕，分宾主坐定。孔明告曰：“亮受昭烈皇帝托孤之重，今承嗣君圣旨，领大军至此，欲服蛮邦，使归王化。不期孟获潜入洞中，军士误饮哑泉之水。夜来蒙伏波将军显圣，言高士有药泉，可以治之。望乞矜念，赐神水以救众兵残生。”隐者曰：“量老夫山野废人，何劳丞相枉驾。此泉就在庵后。”教取来饮。于是童子引王平等一起哑军，来到溪边，汲水饮之。随即吐出恶涎，便能言语。童子又引众军到万安溪中沐浴。

隐者于庵中进柏子茶、松花菜，以待孔明。隐者告曰：“此间

① 感刻——感激之情，铭刻不忘。
② 信香——敬奉神佛的香。
③ 皂绦（tāo）——黑腰带。
④ 大纛（dào）——古代大军旗，这里代指军队。

蛮洞多毒蛇恶蝎，柳花飘入溪泉之间，水不可饮。但掘地为泉，汲水饮之方可。”孔明求薤叶芸香，隐者令众军尽意采取：“各人口含一叶，自然瘴气不侵。”孔明拜求隐者姓名，隐者笑曰：“某乃孟获之兄孟节是也。”孔明愕然。隐者又曰：“丞相休疑，容伸片言。某一父母所生三人：长即老夫孟节，次孟获，又次孟优。父母皆亡。二弟强恶，不归王化。某屡谏不从，故更名改姓，隐居于此。今辱弟造反，又劳丞相深入不毛之地，如此生受[①]，孟节合该万死，故先于丞相之前请罪。”孔明叹曰：“方信盗跖、下惠之事[②]，今亦有之。”遂与孟节曰：“吾申奏天子，立公为王，可乎？”节曰：“为嫌功名而逃于此，岂复有贪富贵之意？”孔明乃具金帛赠之，孟节坚辞不受。孔明嗟叹不已，拜别而回。后人有诗曰：

　　高士幽栖独闭关，武侯曾此破诸蛮。
　　至今古木无人境，犹有寒烟锁旧山。

孔明回到大寨之中，令军士掘地取水。掘下二十馀丈，并无滴水。凡掘十馀处，皆是如此。军心惊慌。孔明夜半焚香告天曰：“臣亮不才，仰承大汉之福，受命平蛮。今途中乏水，军马枯渴。倘上天不绝大汉，即赐甘泉；若气运已终，臣亮等愿死于此处。”是夜祝罢，平明视之，皆得满井甘泉。后人有诗曰：

　　为国平蛮统大兵，心存正道合神明。
　　耿恭拜井甘泉出，诸葛虔诚水夜生。

孔明军马既得甘泉，遂安然由小径直入秃龙洞前下寨。

蛮兵探知，来报孟获曰：“蜀兵不染瘴疫之气，又无枯渴之患，诸泉皆不应[③]。”朵思大王闻知不信，自与孟获来高山望之。只见蜀兵安然无事，大桶小担，搬运水浆，饮马造饭。朵思见之，毛

① 生受——辛苦，受苦。
② 盗跖、下惠之事——事见《庄子·盗跖》：柳下惠（“惠”一作“季”）为贤人，其弟盗跖却为大盗。孔子前去劝说盗跖，却被大骂一场。
③ 不应——不灵验，不应验。

发耸然，回顾孟获曰："此乃神兵也！"获曰："吾兄弟二人与蜀兵决一死战，就殒于军前，安肯束手受缚？"朵思曰："若大王兵败，吾妻子亦休矣！当杀牛宰马，大赏洞丁，不避水火，直冲蜀寨，方可得胜。"于是大赏蛮兵。

正欲起程，忽报："洞后迤西银冶洞二十一洞主杨锋引三万兵来助战。"孟获大喜曰："邻兵助我，我必胜矣！"即与朵思大王出洞迎接。杨锋引兵入曰："吾有精兵三万，皆披铁甲，能飞山越岭，足以敌蜀兵百万；我有五子，皆武艺足备：愿助大王。"锋令五子入拜，皆彪躯虎体，威风抖擞。孟获大喜，遂设席相待杨锋父子。酒至半酣，锋曰："军中少乐，吾随军有蛮姑，善舞刀牌，以助一笑。"获忻然从之。须臾，数十蛮姑皆披发跣足，从帐外舞跳而入。群蛮拍手，以歌和之。杨锋令二子把盏，二子举杯诣孟获、孟优前。二人接杯，方欲饮酒，锋大喝一声，二子早将孟获、孟优执下座来。朵思大王却待要走，已被杨锋擒了。蛮姑横截于帐上，谁敢近前。获曰："兔死狐悲，物伤其类。吾与汝皆是各洞之主，往日无冤，何故害我？"锋曰："吾兄弟子侄皆感诸葛丞相活命之恩，无可以报。今汝反叛，何不擒献？"于是各洞蛮兵皆走回本乡。

杨锋将孟获、孟优、朵思等解赴孔明寨来。孔明令入，杨锋等拜于帐下曰："某等子侄皆感丞相恩德，故擒孟获、孟优等呈献。"孔明重赏之，令驱孟获入，孔明笑曰："汝今番心服乎？"获曰："非汝之能，乃吾洞中之人自相残害，以致如此。要杀便杀，只是不服。"孔明曰："汝赚吾入无水之地，更以哑泉、灭泉、黑泉、柔泉如此之毒，吾军无恙，岂非天意乎？汝何如此执迷？"获又曰："吾祖居银坑山中，有三江之险，重关之固。汝若就彼擒之，吾当子子孙孙，倾心服事。"孔明曰："吾再放汝回去，重整兵马，与吾共决胜负。如那时擒住，汝再不服，当灭九族！"叱左右去其缚，放起孟获。获再拜而去。孔明又将孟优并朵思大王皆释其缚，赐酒食压惊。二人悚惧，不敢正视。孔明令鞍马送回。正是：

深临险地非容易，更展奇谋岂偶然。

未知孟获整兵再来，胜负如何，且看下文分解。

第九十回

驱巨兽六破蛮兵　烧藤甲七擒孟获

却说孔明放了孟获等一干人，杨锋父子皆封官爵，重赏洞兵。杨锋等拜谢而去。

孟获等连夜奔回银坑洞。那洞外有三江，乃是泸水、甘南水、西城水。三路水会合，故为三江。其洞北近平坦三百馀里，多产万物。洞西二百里，有盐井。西南二百里，直抵泸、甘。正南三百里，乃是梁都洞，洞中有山环抱其洞，山上出银矿，故名为“银坑山”。山中置宫殿楼台，以为蛮王巢穴。其中建一祖庙，名曰“家鬼”。四时杀牛宰马享祭，名为“卜鬼”。每年常以蜀人并外乡之人祭之。若人患病，不肯服药，只祷师巫，名为“药鬼”。其处无刑法，但犯罪即斩。有女长成，却于溪中沐浴，男女自相混淆，任其自配，父母不禁，名为“学艺”。年岁雨水均调，则种稻谷；倘若不熟，杀蛇为羹，煮象为饭。每方隅[①]之中，上户号曰“洞主”，次曰“酋长”。每月初一、十五两日，皆在三江城中买卖，转易货物。其风俗如此。

却说孟获在洞中聚集宗党千馀人，谓之曰：“吾屡受辱于蜀兵，立誓欲报之。汝等有何高见？”言未毕，一人应曰：“吾举一人，可破诸葛亮。”众视之，乃孟获妻弟，现为八番部长，名曰“带来洞主”。获大喜，急问何人。带来洞主曰：“此去西南八纳洞，洞主木鹿大王深通法术，出则骑象，能呼风唤雨，常有虎豹豺狼、毒

---

① 方隅——本指边角之地，借指一块地盘。

蛇恶蝎跟随。手下更有三万神兵，甚是英勇。大王可修书具礼，某亲往求之。此人若允，何惧蜀兵哉！”获忻然，令国舅赍书而去。却令朵思大王守把三江城，以为前面屏障。

却说孔明提兵直至三江城，遥望见此城三面傍江，一面通旱。即遣魏延、赵云同领一军，于旱路打城。军到城下时，城上弓弩齐发。原来洞中之人多习弓弩，一弩齐发十矢，箭头上皆用毒药，但有中箭者，皮肉皆烂，见五脏而死。赵云、魏延不能取胜，回见孔明，言药箭之事。孔明自乘小车，到军前看了虚实，回到寨中，令军退数里下寨。蛮兵望见蜀兵远退，皆大笑作贺。只疑蜀兵惧怯而退，因此夜间安心稳睡，不去哨探。

却说孔明约军退后，即闭寨不出，一连五日，并无号令。黄昏左侧，忽起微风。孔明传令曰：“每军要衣襟一幅，限一更时分应点[①]，无者立斩。”诸将皆不知其意，众军依令预备。初更时分，又传令曰：“每军衣襟一幅，包土一包，无者立斩。”众军亦不知其意，只得依令预备。孔明又传令曰：“诸军包土，俱在三江城下交割，先到者有赏。”众军闻令，皆包净土，飞奔城下。孔明令积土为蹬道[②]，先上城者为头功。于是蜀兵十馀万，并降兵万馀，将所包之土一齐弃于城下。一霎时，积土成山，接连城上。一声暗号，蜀兵皆上城。蛮兵急放弩时，大半早被执下，馀者弃城而走。朵思大王死于乱军之中。蜀将督军分路剿杀。孔明取了三江城，所得珍宝，皆赏三军。

败残蛮兵逃回，见孟获说：“朵思大王身死，失了三江城。”获大惊。正虑之间，人报：“蜀兵已渡江，现在本洞前下寨。”孟获甚是慌张。忽然屏风后一人大笑而出曰：“既为男子，何无智也？我虽是一妇人，愿与你出战。”获视之，乃妻祝融夫人也。夫人世居

---

① 应点——接受点名查验。

② 蹬道——台阶式的坡道。

南蛮，乃祝融氏[①]之后，善使飞刀，百发百中。孟获起身称谢。

夫人忻然上马，引宗党猛将数百员、生力洞兵五万，出银坑宫阙，来与蜀兵对敌。方才转过洞口，一彪军拦住，为首蜀将乃是张嶷。蛮兵见之，却早两路摆开。祝融夫人背插五口飞刀，手挺丈八长标，坐下卷毛赤兔马。张嶷见之，暗暗称奇。二人骤马交锋，战不数合，夫人拨马便走。张嶷赶去，空中一把飞刀落下。嶷急用手隔，正中左臂，翻身落马。蛮兵发一声喊，将张嶷执缚去了。马忠听得张嶷被执，急出救时，早被蛮兵捆住。望见祝融夫人挺标勒马而立，忠忿怒向前去战，坐下马绊倒，亦被擒了。都解入洞中来见孟获，获设席庆贺。夫人叱刀斧手推出张嶷、马忠要斩。获止曰："诸葛亮放吾五次，今番若杀彼将，是不义也。且囚在洞中，待擒住诸葛亮，杀之未迟。"夫人从其言，笑饮作乐。

却说败残兵来见孔明，告知其事。孔明即唤马岱、赵云、魏延三人受计，各自领军前去。次日，蛮兵报入洞中，说赵云搦战，祝融夫人即上马出迎。二人战不数合，云拨马便走。夫人恐有埋伏，勒兵而回。魏延又引军来搦战，夫人纵马相迎。正交锋紧急，延诈败而逃。夫人只不赶。次日，赵云又引军来搦战，夫人领洞兵出迎。二人战不数合，云诈败而走。夫人按标不赶，欲收兵回洞时，魏延引军齐声辱骂。夫人急挺标来取魏延，延拨马便走。夫人忿怒赶来，延骤马奔入山僻小路。忽然背后一声响亮，延回头视之，夫人仰鞍落马。原来马岱埋伏在此，用绊马索绊倒。就里擒缚，解投大寨而来。蛮将洞兵皆来救时，赵云一阵杀散。

孔明端坐于帐上，马岱解祝融夫人到。孔明急令武士去其缚，请在别帐赐酒压惊。遣使往告孟获，欲送夫人换张嶷、马忠二将。孟获允诺，即放出张嶷、马忠，还了孔明。孔明遂送夫人入洞。孟获接入，又喜又恼。

---

① 祝融氏——相传为颛顼氏的后代，帝喾时任火官，死后成为火神。

忽报："八纳洞主到。"孟获出洞迎接，见其人骑着白象，身穿金珠缨络，腰悬两口大刀，领着一班喂养虎豹豺狼之士，簇拥而入。获再拜哀告，诉说前事。木鹿大王许以报仇。获大喜，设宴相待。

次日，木鹿大王引本洞兵，带猛兽而出。赵云、魏延听知蛮兵出，遂将军马布成阵势。二将并辔立于阵前视之，只见蛮兵旗帜、器械皆别：人多不穿衣甲，尽裸身赤体，面目丑陋；身带四把尖刀；军中不鸣鼓角，但筛金[①]为号。木鹿大王腰挂两把宝刀，手执蒂钟[②]，身骑白象，从大旗中而出。赵云见了，谓魏延曰："我等上阵一生，未尝见如此人物。"二人正沉吟之际，只见木鹿大王口中不知念甚咒语，手摇蒂钟。忽然狂风大作，飞砂走石，如同骤雨。一声画角响，虎豹豺狼，毒蛇猛兽，乘风而出，张牙舞爪，冲将过来。蜀兵如何抵当，往后便退。蛮兵随后追杀，直赶到三江界路方回。

赵云、魏延收聚败兵，来孔明帐前请罪，细说此事。孔明笑曰："非汝二人之罪。吾未出茅庐之时，先知南蛮有驱虎豹之法。吾在蜀中，已办下破此阵之物也。随军有二十辆车，俱封记在此。今日且用一半；留下一半，后有别用。"遂令左右取了十辆红油柜车到帐下，留十辆黑油柜车在后。众皆不知其意。孔明将柜打开，皆是木刻彩画巨兽，俱用五色绒线为毛衣，钢铁为牙爪，一个可骑坐十人。孔明选了精壮军士一千馀人，领了一百口，内装烟火之物，藏在军中。

次日，孔明驱兵大进，布于洞口。蛮兵探知，入洞报与蛮王。木鹿大王自谓无敌，即与孟获引洞兵而出。孔明纶巾羽扇，身衣道袍，端坐于车上。孟获指曰："车上坐的便是诸葛亮，若擒住此

① 筛金——即敲锣。

② 蒂钟——有柄的钟形摇铃。

人，大事定矣。”木鹿大王口中念咒，手摇蒂钟，顷刻之间，狂风大作，猛兽突出。孔明将羽扇一摇，其风便回吹彼阵中去了，蜀阵中假兽拥出。蛮洞真兽见蜀阵巨兽口吐火焰，鼻出黑烟，身摇铜铃，张牙舞爪而来，诸恶兽不敢前进，皆奔回蛮洞，反将蛮兵冲倒无数。孔明驱兵大进，鼓角齐鸣，望前追杀。木鹿大王死于乱军之中。洞内孟获宗党皆弃宫阙，爬山越岭而走。孔明大军占了银坑洞。

次日，孔明正要分兵缉擒孟获，忽报：“蛮王孟获妻弟带来洞主因劝孟获归降，获不从，今将孟获并祝融夫人及宗党数百馀人尽皆擒来，献与丞相。”孔明听知，即唤张嶷、马忠，分付如此如此。二将受了计，引二千精壮兵，伏于两廊。孔明即令守门将俱放进来。带来洞主引刀斧手解孟获等数百人拜于殿下。孔明大喝曰：“与吾擒下！”两廊壮兵齐出，二人捉一人，尽被执缚。孔明大笑曰：“量汝些小诡计，如何瞒得过我？汝见二次俱是本洞人擒汝来降，吾不加害，汝只道吾深信，故来诈降，欲就洞中杀吾。”喝令武士搜其身畔，果然各带利刀。孔明问孟获曰：“汝原说在汝家擒住，方始心服，今日如何？”获曰：“此是我等自来送死，非汝之能也，吾心未服。”孔明曰：“吾擒住六番，尚然不服，欲待何时耶？”获曰：“汝第七次擒住，吾方倾心归服，誓不反矣。”孔明曰：“巢穴已破，吾何虑哉！”令武士尽去其缚，叱之曰：“这番擒住，再若支吾[①]，必不轻恕！”孟获等抱头鼠窜而去。

却说败残蛮兵有千馀人，大半中伤而逃，正遇蛮王孟获。获收了败兵，心中稍喜，却与带来洞主商议曰：“吾今洞府已被蜀兵所占，今投何地安身？”带来洞主曰：“止有一国可以破蜀。”获喜曰：“何处可去？”带来洞主曰：“此去东南七百里，有一国，名乌戈国。国主兀突骨，身长丈二，不食五谷，以生蛇恶兽为饭。身

① 支吾——这里是搪塞、狡辩之意。

有鳞甲，刀箭不能侵。其手下军士俱穿藤甲。其藤生于山涧之中，盘于石壁之上，国人采取，浸于油中，半年方取出晒之，晒干复浸，凡十馀遍，却才造成铠甲。穿在身上，渡江不沉，经水不湿，刀箭皆不能入，因此号为‘藤甲军’。今大王可往求之，若得彼相助，擒诸葛亮如利刀破竹也。”

孟获大喜，遂投乌戈国，来见兀突骨。其洞无宇舍，皆居土穴之内。孟获入洞，再拜哀告前事。兀突骨曰：“吾起本洞之兵，与汝报仇。”获欣然拜谢。于是兀突骨唤两个领兵俘长：一名土安，一名奚泥，起三万兵，皆穿藤甲，离乌戈国，望东北而来。行至一江，名桃花水，两岸有桃树，历年落叶于水中。若别国人饮之尽死，惟乌戈国人饮之倍添精神。兀突骨兵至桃花渡口下寨，以待蜀兵。

却说孔明令蛮人哨探孟获消息，回报曰：“孟获请乌戈国主引三万藤甲军，现屯于桃花渡口。孟获又在各番聚集蛮兵，并力拒战。”孔明听说，提兵大进，直至桃花渡口。隔岸望见蛮兵不类人形，甚是丑恶。又问土人，言说即日桃叶正落，水不可饮。孔明退五里下寨，留魏延守寨。

次日，乌戈国主引一彪藤甲军过河来，金鼓大震。魏延引兵出迎，蛮兵卷地而至。蜀兵以弩箭射到藤甲之上，皆不能透，俱落于地；刀砍枪刺，亦不能入。蛮兵皆使利刀钢叉，蜀兵如何抵当，尽皆败走。蛮兵不赶而回。魏延复回，赶到桃花渡口，只见蛮兵带甲渡水而去；内有困乏者，将甲脱下，放在水面，以身坐其上而渡。

魏延急回大寨，来禀孔明，细言其事。孔明请吕凯并土人问之。凯曰：“某素闻南蛮中有一乌戈国，无人伦者也。更有藤甲护身，急切难伤。又有桃叶恶水，本国人饮之反添精神，别国人饮之即死。如此蛮方，纵使全胜，有何益焉？不如班师早回。”孔明笑曰：“吾非容易到此，岂可便去？吾明日自有平蛮之策。”于是令赵云助魏延守寨，且休轻出。

次日，孔明令土人引路，自乘小车，到桃花渡口北岸山僻去处，遍观地理。山险岭峻之处，车不能行，孔明弃车步行。忽到一山，望见一谷，形如长蛇，皆光峭石壁，并无树木，中间一条大路。孔明问土人曰："此谷何名？"土人答曰："此处名为'盘蛇谷'，出谷则三江城大路，谷前名'塔郎甸'。"孔明大喜曰："此乃天赐吾成功于此也！"遂回旧路，上车归寨，唤马岱分付曰："与汝黑油柜车十辆，须用竹竿千条，柜内之物，如此如此，可将本部兵去把住盘蛇谷两头，依法而行。与汝半月限，一切完备，至期如此施设。倘有走漏，定按军法。"马岱受计而去。又唤赵云分付曰："汝去盘蛇谷后三江大路口，如此守把，所用之物，克日完备。"赵云受计而去。又唤魏延分付曰："汝可引本部兵，去桃花渡口下寨。如蛮兵渡水来敌，汝便弃了寨，望白旗处而走。限半个月内，须要连输十五阵，弃七个寨栅。若输十四阵，也休来见我。"魏延领命，心中不乐，快快而去。孔明又唤张翼另引一军，依所指之处，筑立寨栅去了；却令张嶷、马忠引本洞所降千人，如此行之。各人都依计而行。

却说孟获与乌戈国主兀突骨曰："诸葛亮多有巧计，只是埋伏。今后交战，分付三军：但见山谷之中，林木多处，不可轻进。"兀突骨曰："大王说的有理。吾已知道中国人多行诡计，今后依此言行之。吾在前面厮杀，汝在背后教道[①]。"两人商议已定。

忽报："蜀兵在桃花渡口北岸立起营寨。"兀突骨即差二俘长引藤甲军渡了河，来与蜀兵交战。不数合，魏延败走。蛮兵恐有埋伏，不赶自回。次日，魏延又去立了营寨。蛮兵哨得，又引众军渡过河来战。延出迎之，不数合，延败走。蛮兵追杀十馀里，见四下并无动静，便在蜀寨中屯住。次日，二俘长请兀突骨到寨，

① 教道——同"教导"。

说知此事。兀突骨即引兵大进，将魏延追杀一阵，蜀兵皆弃甲抛戈而走，只见前有白旗，延引败兵急奔到白旗处，早有一寨，就寨中屯住。兀突骨驱兵追至，魏延引兵弃寨而走。蛮兵得了蜀寨。次日，又望前追杀。魏延回兵交战，不三合又败，只看白旗处而走，又有一寨，延就寨屯住。次日，蛮兵又至，延略战又走。蛮兵占了蜀寨。

话休絮烦，魏延且战且走，已败十五阵，连弃七个营寨。蛮兵大进追杀。兀突骨自在军前破敌，于路但见林木茂盛之处，便不敢进。却使人远望，果见树阴之中，旌旗招飐。兀突骨谓孟获曰："果不出大王所料。"孟获大笑曰："诸葛亮今番被吾识破。大王连日胜了他十五阵，夺了七个营寨，蜀兵望风而走。诸葛亮已是计穷，只此一进，大事定矣。"兀突骨大喜，遂不以蜀兵为念。

至第十六日，魏延引败残兵，来与藤甲军对敌。兀突骨骑象当先，头戴日月狼须帽，身披金珠缨络，两肋下露出生鳞甲，眼目中微有光芒，手指魏延大骂。延拨马便走，后面蛮兵大进。魏延引兵转过了盘蛇谷，望白旗而走。兀突骨统引兵众随后追杀。兀突骨望见山上并无草木，料无埋伏，放心追杀。赶到谷中，见数十辆黑油柜车在当路。蛮兵报曰："此是蜀兵运粮道路，因大王兵至，撇下粮车而走。"兀突骨大喜，催兵追赶。将出谷口，不见蜀兵，只见横木乱石滚下，垒断谷口。兀突骨令兵开路而进，忽见前面大小车辆装载干柴，尽皆火起。兀突骨忙教退兵，只闻后军发喊，报说："谷口已被干柴垒断，车中原来皆是火药，一齐烧着。"兀突骨见无草木，心尚不慌，令寻路而走。只见山上两边乱丢火把，火把到处，地中药线皆着，就地飞起铁炮。满谷中火光乱舞，但逢藤甲，无有不着，将兀突骨并三万藤甲军烧得互相拥抱，死于盘蛇谷中。

孔明在山上往下看时，只见蛮兵被火烧的伸拳舒腿，大半被铁炮打的头脸粉碎，皆死于谷中，臭不可闻。孔明垂泪而叹曰：

“吾虽有功于社稷，必损寿矣！”左右将士无不感叹。

却说孟获在寨中正望蛮兵回报，忽然千馀人笑拜于寨前，言说：“乌戈国兵与蜀兵大战，将诸葛亮围在盘蛇谷中了，特请大王前去接应。我等皆是本洞之人，不得已而降蜀，今知大王前到，特来助战。”孟获大喜，即引宗党并所聚番人，连夜上马，就令蛮兵引路。方到盘蛇谷时，只见火光甚起[①]，臭气难闻。获知中计，急退兵时，左边张嶷，右边马忠，两路军杀出。获方欲抵敌，一声喊起，蛮兵中大半皆是蜀兵，将蛮王宗党并聚集的番人尽皆擒了。

孟获匹马杀出重围，望山径而走。正走之间，见山凹里一簇人马，拥出一辆小车。车中端坐一人，纶巾羽扇，身衣道袍，乃孔明也。孔明大喝曰：“反贼孟获！今番如何？”获急回马走。旁边闪过一将，拦住去路，乃是马岱。孟获措手不及，被马岱生擒活捉了。此时王平、张翼已引一军赶到蛮寨中，将祝融夫人并一应老小皆活捉而来。

孔明归到寨中，升帐而坐，谓众将曰：“吾今此计，不得已而用之，大损阴德。我料敌人必算吾于林木多处埋伏，吾却空设旌旗，实无兵马，疑其心也。吾令魏文长连输十五阵者，坚其心也。吾见盘蛇谷止一条路，两壁厢皆是光石，并无树木，下面都是沙土，因令马岱将黑油车安排于谷中。车中油柜内皆是预先造下的火炮，名曰‘地雷’，一炮中藏九炮，三十步埋之，中用竹竿通节，以引药线，才一发动，山损石裂。吾又令赵子龙预备草车，安排于谷口；又于山上准备大木乱石。却令魏延赚兀突骨并藤甲军入谷，放出魏延，即断其路，随后焚之。吾闻利于水者必不利于火。藤甲虽刀箭不能入，乃油浸之物，见火必着。蛮兵如此顽皮[②]，非火攻安能取胜？使乌戈国之人不留种类者，是吾之大罪也！”众

① 甚起——大起，猛起，骤起。

② 顽皮——顽固赖皮。

将拜伏曰："丞相天机，鬼神莫测也！"

孔明令押过孟获来。孟获跪于帐下。孔明令去其缚，教且在别帐与酒食压惊。孔明唤管酒食官至坐榻前，如此如此，分付而去。

却说孟获与祝融夫人并孟优、带来洞主、一切宗党在别帐饮酒，忽一人入帐谓孟获曰："丞相面羞，不欲与公相见。特令我来放公回去，再招人马，来决胜负。公今可速去。"孟获垂泪言曰："七擒七纵，自古未尝有也。吾虽化外之人，颇知礼义，直[①]如此无羞耻乎？"遂同兄弟、妻子、宗党人等皆匍匐跪于帐下，肉袒[②]谢罪曰："丞相天威，南人不复反矣！"孔明曰："公今服乎？"获泣谢曰："某子子孙孙，皆感覆载生成[③]之恩，安得不服？"孔明乃请孟获上帐，设宴庆贺，就令永为洞主；所夺之地，尽皆退还。孟获宗党及诸蛮兵无不感戴，皆欣然跳跃而去。后人有诗赞孔明曰：

羽扇纶巾拥碧幢，七擒妙策制蛮王。
至今溪洞传威德，为选高原立庙堂。

长史费祎入谏曰："今丞相亲提士卒，深入不毛，收服蛮方。目今蛮王既已归服，何不置官吏，与孟获一同守之？"孔明曰："如此有三不易：留外人则当留兵，兵无所食，一不易也；蛮人伤破，父兄死亡，留外人而不留兵，必成祸患，二不易也；蛮人累有废杀之罪，自有嫌疑，留外人终不相信，三不易也。今吾不留人，不运粮，与相安于无事而已。"众人尽服。

于是蛮方皆感孔明恩德，乃为孔明立生祠[④]，四时享祭，皆呼之为"慈父"；各送珍珠金宝、丹漆药材、耕牛战马，以资军用，誓不再反。南方已定。

---

① 直——竟然，居然。

② 肉袒——脱掉上衣，裸露身体，表示愿受惩罚，以此谢罪。

③ 覆载生成——如天如地的活命大恩。

④ 生祠——为在世的活人建造的庙宇。

却说孔明犒军已毕，班师回蜀，令魏延引本部兵为前锋。延引兵方至泸水，忽然阴云四合，水面上一阵狂风骤起，飞砂走石，军不能进。延退兵回报孔明。孔明遂请孟获问之。正是：

塞外蛮人方帖服，水边鬼卒又猖狂。

未知孟获所言若何，且看下文分解。

第九十一回

祭泸水汉相班师　伐中原武侯上表

却说孔明班师回国，孟获率引大小洞主酋长及诸部落罗拜①相送。前军至泸水，时值九月秋天，忽然阴云布合，狂风骤起，兵不能渡，回报孔明。孔明遂问孟获，获曰："此水原有猖神作祸，往来者必须祭之。"孔明曰："用何物祭享？"获曰："旧时国中因猖神作祸，用七七四十九颗人头并黑牛白羊祭之，自然风恬②浪静，更兼连年丰稔③。"孔明曰："吾今事已平定，安可妄杀一人？"遂自到泸水岸边观看，果见阴风大起，波涛汹涌，人马皆惊。孔明甚疑，即寻土人问之。土人告说："自丞相经过之后，夜夜只闻得水边鬼哭神号，自黄昏直至天晓，哭声不绝，瘴烟之内，阴鬼无数。因此作祸，无人敢渡。"孔明曰："此乃我之罪愆④也。前者马岱引蜀兵千馀，皆死于水中；更兼杀死南人，尽弃此处。狂魂怨鬼不能解释⑤，以致如此。吾今晚当亲自往祭。"土人曰："须依旧例，杀四十九颗人头为祭，则怨鬼自散也。"孔明曰："本为人死而成怨鬼，岂可又杀生人耶？吾自有主意。"唤行厨宰杀牛马，和面为剂，塑成人头，内以牛羊等肉代之，名曰"馒头"。

当夜于泸水岸上设香案，铺祭物，列灯四十九盏，扬幡招魂。

---

① 罗拜——环绕下拜，表示极为虔诚恭敬。

② 风恬——风平，风和。

③ 丰稔（rěn）——丰收。稔：庄稼成熟。

④ 罪愆——罪过，过失。

⑤ 解释——消除怨恨之意。

将馒头等物，陈设于地。三更时分，孔明金冠鹤氅，亲自临祭。令董厥读祭文。其文曰：

维大汉建兴三年秋九月一日，武乡侯、领益州牧、丞相诸葛亮谨陈祭仪，享于故殁王事蜀中将校及南人亡者阴魂曰：

我大汉皇帝，威胜五霸，明继三王。昨自远方侵境，异俗起兵；纵虿尾以兴妖，恣狼心而逞乱。我奉王命，问罪遐荒，大举貔貅，悉除蝼蚁。雄军云集，狂寇冰消，才闻破竹之声，便是失猿之势。但士卒儿郎，尽是九州豪杰；官僚将校，皆为四海英雄。习武从戎，投明事主，莫不同申三令，共展七擒；齐坚奉国之诚，并效忠君之志。何期汝等偶失兵机，缘落奸计：或为流矢所中，魂掩泉台；或为刀剑所伤，魄归长夜。生则有勇，死则成名。今凯歌欲还，献俘将及。汝等英灵尚在，祈祷必闻：随我旌旗，逐我部曲，同回上国，各认本乡。受骨肉之蒸尝，领家人之祭祀。莫作他乡之鬼，徒为异域之魂。我当奏之天子，使汝等各家尽霑恩露，年给衣粮，月赐廪禄，用兹酬答，以慰汝心。至于本境土神，南方亡鬼，血食有常，凭依不远。生者既凛天威，死者亦归王化。想宜宁帖，毋致号啕。聊表丹诚，敬陈祭祀。呜呼哀哉！伏惟尚飨！

读毕祭文，孔明放声大哭，极其痛切。情动三军，无不下泪。孟获等众尽皆哭泣。只见愁云怨雾之中，隐隐有数千鬼魂，皆随风而散。于是孔明令左右将祭物尽弃于泸水之中。

次日，孔明引大军俱到泸水南岸，但见云收雾散，风静浪平。蜀兵安然尽渡泸水。果然鞭敲金镫响，人唱凯歌还。

行到永昌，孔明留王伉、吕凯守四郡；发付孟获领众自回，嘱其勤政驭下，善抚居民，勿失农务。孟获涕泣拜别而去。

孔明自引大军回成都。后主排銮驾，出郭三十里迎接，下辇立于道旁，以候孔明。孔明慌下车，伏道而言曰："臣不能速平南方，使主上怀忧，臣之罪也。"后主扶起孔明，并车而回，设太平筵会，重赏三军。自此远邦进贡来朝者二百馀处。孔明奏准后主，将殁于王事者之家一一优恤。人心欢悦，朝野清平。

却说魏主曹丕在位七年，即蜀汉建兴四年也。丕先纳夫人甄氏，即袁绍次子袁熙之妇，前破邺城时所得。后生一子，名睿，字元仲，自幼聪明，丕甚爱之。后丕又纳安平广宗人郭永之女为贵妃，甚有颜色。其父尝曰："吾女乃女中之王也。"故号为"女王"。自丕纳为贵妃，因甄夫人失宠，郭贵妃欲谋为后，却与幸臣张韬商议。时丕有疾，韬乃诈称于甄夫人宫中掘得桐木偶人，上书天子年月日时，为魇镇[①]之事。丕大怒，遂将甄夫人赐死，立郭贵妃为后。因无出[②]，养曹睿为己子，虽甚爱之，不立为嗣。睿年至十五岁，弓马熟娴。当年春二月，丕带睿出猎，行于山坞之间，赶出子母二鹿。丕一箭射倒母鹿，回观小鹿驰于曹睿马前，丕大呼曰："吾儿何不射之？"睿在马上泣告曰："陛下已杀其母，臣安忍复杀其子也？"丕闻之，掷弓于地曰："吾儿真仁德之主也！"于是遂封睿为平原王。

夏五月，丕感寒疾，医治不痊，乃召中军大将军曹真、镇军大将军陈群、抚军大将军司马懿三人入寝宫。丕唤曹睿至，指谓曹真等曰："今朕病已沉重，不能复生。此子年幼，卿等三人可善辅之，勿负朕心。"三人皆告曰："陛下何出此言？臣等愿竭力以事陛下，至千秋万岁。"丕曰："今年许昌城门无故自崩，乃不祥之兆，朕故自知必死也。"正言间，内侍奏征东大将军曹休入宫问

① 魇（yǎn）镇——巫术之一。这里指在木偶上施以法术或符咒来害人。

② 无出——没有生育儿子。

安。丕召入，谓曰："卿等皆国家柱石之臣也，若能同心辅朕之子，朕死亦瞑目矣。"言讫，堕泪而薨。时年四十岁，在位七年。

于是曹真、陈群、司马懿、曹休等一面举哀，一面拥立曹睿为大魏皇帝。谥父丕为文皇帝，谥母甄氏为文昭皇后。封钟繇为太傅，曹真为大将军，曹休为大司马，华歆为太尉，王朗为司徒，陈群为司空，司马懿为骠骑大将军。其馀文武官僚各各封赠。大赦天下。时雍、凉二州缺人守把，司马懿上表乞守西凉等处。曹睿从之，遂封懿提督雍、凉等处兵马。领诏去讫。

早有细作飞报入川。孔明大惊曰："曹丕已死，孺子曹睿即位，馀皆不足虑，司马懿深有谋略，今督雍、凉兵马，倘训练成时，必为蜀中之大患。不如先起兵伐之。"参军马谡曰："今丞相平南方回，军马疲敝，只宜存恤，岂可复远征？某有一计，使司马懿自死于曹睿之手，未知丞相钧意允否？"孔明问是何计，马谡曰："司马懿虽是魏国大臣，曹睿素怀疑忌。何不密遣人往洛阳、邺郡等处布散流言，道此人欲反；更作司马懿告示天下榜文，遍贴诸处：使曹睿心疑，必然杀此人也。"孔明从之，即遣人密行此计去了。

却说邺城门上，忽一日见贴下告示一道。守门者揭了，来奏曹睿。睿观之，其文曰：

> 骠骑大将军总领雍、凉等处兵马事司马懿，谨以信义布告天下：昔太祖武皇帝创立基业，本欲立陈思王子建为社稷主，不幸奸谗交集，岁久潜龙。皇孙曹睿，素无德行，妄自居尊，有负太祖之遗意。今吾应天顺人，克日兴师，以慰万民之望。告示到日，各宜归命新君；如不顺者，当灭九族！先此告闻，想宜知悉。

曹睿览毕，大惊失色，急问群臣。太尉华歆奏曰："司马懿上表乞守雍、凉，正为此也。先时太祖武皇帝尝谓臣曰：'司马懿鹰视狼顾[1]，不可付以兵权，久必为国家大祸。’今日反情已萌，可速诛之。”王朗奏曰：“司马懿深明韬略，善晓兵机，素有大志，若不早除，久必为祸。”睿乃降旨，欲兴兵御驾亲征。忽班部中闪出大将军曹真奏曰：“不可。文皇帝托孤于臣等数人，是知司马仲达无异志也。今事未知真假，遽尔加兵，乃逼之反耳。或者蜀、吴奸细行反间之计，使我君臣自乱，彼却乘虚而击，未可知也。陛下幸察之。”睿曰：“司马懿若果谋反，将奈何？”真曰：“如陛下心疑，可仿汉高祖伪游云梦之计[2]，御驾幸安邑，司马懿必然来迎，观其动静，就车前擒之，可也。”睿从之，遂命曹真监国，亲自领御林军十万，径到安邑。

司马懿不知其故，欲令天子知其威严，乃整兵马，率甲士数万来迎。近臣奏曰：“司马懿果率兵十馀万，前来抗拒，实有反心矣。”睿慌命曹休先领兵迎之。司马懿见兵马前来，只疑车驾亲至，伏道而迎。曹休出曰：“仲达受先帝托孤之重，何故反耶？”懿大惊失色，汗流遍体，乃问其故。休备言前事。懿曰：“此吴、蜀奸细反间之计，欲使我君臣自相残害，彼却乘虚而袭。某当自见天子辩之。”遂急退了军马，至睿车前俯伏泣奏曰：“臣受先帝托孤之重，安敢有异心？必是吴、蜀之奸计。臣请提一旅之师，先破蜀，后伐吴，报先帝与陛下，以明臣心。”睿疑虑未决。华歆奏曰：“不可付之兵权，可即罢归田里。”睿依言，将司马懿削职回乡，命曹休总督雍、凉军马。曹睿驾回洛阳。

却说细作探知此事，报入川中。孔明闻之，大喜曰：“吾欲伐魏久矣，奈有司马懿总雍、凉之兵。今既中计遭贬，吾有何忧？”次日，后主早朝，大会官僚，孔明出班，上《出师表》一道。表曰：

---

① 鹰视狼顾——古代相术的说法。是指目光锐利凶狠的人，心肠也必定恶毒，野心勃勃。

② 汉高祖伪游云梦之计——事见《史记·淮阴侯列传》：韩信初因功封齐王。助刘邦消灭项羽后，改封楚王，住下邳。有人向刘邦告密，说韩信要谋反。刘邦用陈平之计，假称巡游云梦，暗中却突临下邳。韩信蒙在鼓里，进见刘邦，结果被执。

臣亮言：先帝创业未半而中道崩殂。今天下三分，益州疲敝，此诚危急存亡之秋也。然侍卫之臣不懈于内，忠志之士忘身于外者，盖追先帝之殊遇，欲报之于陛下也。诚宜开张圣听，以光先帝遗德，恢弘志士之气；不宜妄自菲薄，引喻失义，以塞忠谏之路也。宫中府中俱为一体，陟罚臧否不宜异同。若有作奸犯科及为忠善者，宜付有司，论其刑赏，以昭陛下平明之理；不宜偏私，使内外异法也。侍中、侍郎郭攸之、费祎、董允等，此皆良实，志虑忠纯，是以先帝简拔以遗陛下。愚以为宫中之事，事无大小，悉以咨之，然后施行，必得裨补阙漏，有所广益。将军向宠，性行淑均，晓畅军事，试用之于昔日，先帝称之曰“能”，是以众议举宠为督。愚以为营中之事，悉以咨之，必能使行陈和穆，优劣得所也。亲贤臣，远小人，此先汉所以兴隆也；亲小人，远贤臣，此后汉所以倾颓也。先帝在时，每与臣论此事，未尝不叹息痛恨于桓、灵也。侍中、尚书、长史、参军，此悉贞亮死节之臣，愿陛下亲之信之，则汉室之隆，可计日而待也。

臣本布衣，躬耕于南阳，苟全性命于乱世，不求闻达于诸侯。先帝不以臣卑鄙，猥自枉屈，三顾臣于草庐之中，谘臣以当世之事，由是感激，遂许先帝以驱驰。后值倾覆，受任于败军之际，奉命于危难之间，尔来二十有一年矣。先帝知臣谨慎，故临崩寄臣以大事也。受命以来，夙夜忧叹，恐托付不效，以伤先帝之明，故五月渡泸，深入不毛。今南方已定，甲兵已足，当奖率三军，北定中原，庶竭驽钝，攘除奸凶，兴复汉室，还于旧都。此臣所以报先帝，而忠陛下之职分也。至于斟酌损益，进尽忠言，则攸之、祎、允之任也。愿陛下托臣以讨贼兴复之效，不效则治臣之罪，以告先帝之灵；若无兴德之言，则责攸之、祎、允等之慢，以彰其咎。陛下亦宜自谋，以谘诹善道，察纳雅言，深追先帝遗诏。臣不胜受恩感激。今当远离，临表涕零，不知所言。

后主览表曰："相父南征，远涉艰难，方始回都，坐未安席；今又欲北征，恐劳神思。"孔明曰："臣受先帝托孤之重，夙夜未尝有怠。今南方已平，可无内顾之忧。不就此时讨贼，恢复中原，更待何日？"忽班部中太史谯周出奏曰："臣夜观天象，北方旺气正盛，星曜倍明，未可图也。"乃顾孔明曰："丞相深明天文，何故强为？"孔明曰："天道变易不常，岂可拘执？吾今且驻军马于汉中，观其动静而后行。"谯周苦谏不从。于是孔明乃留郭攸之、董允、费祎等为侍中，总摄宫中之事；又留向宠为大将，总督御林军马；蒋琬为参军，张裔为长史，掌丞相府事；杜琼为谏议大夫，杜微、杨洪为尚书，孟光、来敏为祭酒，尹默、李谍为博士，郤正、费诗为秘书，谯周为太史。内外文武官僚一百馀员，同理蜀中之事。

孔明受诏归府，唤诸将听令：前督部：镇北将军、领丞相司马、凉州刺史、都亭侯魏延。前军都督：领扶风太守张翼。牙门将：裨将军王平。后军领兵使：安汉将军、领建宁太守李恢；副将：定远将军、领汉中太守吕义。兼管运粮左军领兵使：平北将军、陈仓侯马岱；副将：飞卫将军廖化。右军领兵使：奋威将军、博阳亭侯马忠，抚戎将军、关内侯张嶷。行中军师：车骑大将军、都乡侯刘琰。中监军：扬武将军邓芝。中参军：安远将军马谡。前将军：都亭侯袁綝；左将军：高阳侯吴懿；右将军：玄都侯高翔；后将军：安乐侯吴班。领长史：绥军将军杨仪。前将军：征南将军刘巴。前护军：偏将军、汉城亭侯许允；左护军：笃信中郎将丁咸；右护军：偏将军刘敏；后护军：典军中郎将官雝。行参军：昭武中郎将胡济；行参军：谏议将军阎晏；行参军：偏将军爨习；行参军：裨将军杜义，武略中郎将杜祺，绥戎都尉盛敦。从事：武略中郎将樊岐。典军书记：樊建。丞相令史：董厥。帐前左护卫使：龙骧将军关兴；右护卫使：虎翼将军张苞。以上一应官员，都随着平北大都督、丞相、武乡侯、领益州牧、知内外事[①]诸葛亮。分拨已定，又檄李严等守川口以拒东吴。选定建兴五年春三月丙寅日，出师伐魏。

忽帐下一老将厉声而进曰："我虽年迈，尚有廉颇之勇，马援之雄。此二古人皆不服老，何故不用我耶？"众视之，乃赵云也。孔明曰："吾自平南回都，马孟起病故，吾甚惜之，以为折一臂也。今将军年纪已高，倘稍有参差，动摇一世英名，减却蜀中锐气。"云厉声曰："吾自随先帝以来，临阵不退，遇敌则先。大丈夫得死于疆场者，幸也，吾何恨焉？愿为前部先锋。"孔明再三苦劝不住。云曰："如不教我为先锋，就撞死于阶下。"孔明曰："将军既要为先锋，须得一人同去。"言未尽，一人应曰："某虽不才，愿助老将军，先引一军前去破敌。"孔明视之，乃邓芝也。孔明大喜，即拨精兵五千，副将十员，随赵云、邓芝去讫。孔明出师，后主引百官送于北门外十里。孔明辞了后主，旌旗蔽野，戈戟如林，率军望汉中迤逦进发。

却说边庭探知此事，报入洛阳。是日曹睿设朝，近臣奏曰："边官报称：诸葛亮率领大兵三十馀万，出屯汉中，令赵云、邓芝为前部先锋，引兵入境。"睿大惊，问群臣曰："谁可为将，以退蜀兵？"忽一人应声而出曰："臣父死于汉中，切齿之恨，未尝得报。今蜀兵犯境，臣愿引本部猛将，更乞陛下赐关西之兵，前往破蜀，上为国家效力，下报父仇，臣万死不恨。"众视之，乃夏侯渊之子夏侯楙也。

楙字子休，其性最急，又最吝，自幼嗣与夏侯惇为子。后夏侯渊为黄忠所斩，曹操怜之，以女清河公主招楙为驸马，因此朝中钦敬。虽掌兵权，未尝临阵。当时自请出征，曹睿即命为大都

---

① 知内外事——即执掌朝廷内外事务大权的官员。

督，调关西诸路军马，前去迎敌。司徒王朗谏曰："不可。夏侯驸马素不曾经战，今付以大任，非其所宜。更兼诸葛亮足智多谋，深通韬略，不可轻敌。"夏侯楙叱曰："司徒莫非结连诸葛亮，欲为内应耶？吾自幼从父学习韬略，深通兵法，汝何欺我年幼？吾若不生擒诸葛亮，誓不回见天子。"王朗等皆不敢言。

夏侯楙辞了魏主，星夜到长安，调关西诸路军马二十馀万，来敌孔明。正是：

欲秉白旄麾将士，却教黄吻掌兵权。

未知胜负如何，且看下文分解。

第九十二回

赵子龙力斩五将　诸葛亮智取三城

却说孔明率兵前至沔阳，经过马超坟墓，乃令其弟马岱挂孝，孔明亲自祭之。祭毕，回到寨中，商议进兵。忽哨马报道："魏主曹睿遣驸马夏侯楙，调关中诸路军马，前来拒敌。"魏延上帐献策曰："夏侯楙乃膏粱子弟[①]，懦弱无谋。延愿得精兵五千，取路出褒中，循秦岭以东，当子午谷而投北，不过十日，可到长安。夏侯楙若闻某骤至，必然弃城望横门邸阁而走。某却从东方而来，丞相可大驱士马自斜谷而进。如此行之，则咸阳以西，一举可定也。"孔明笑曰："此非万全之计也。汝欺中原无好人物，倘有人进言，于山僻中以兵截杀，非惟五千人受害，亦大伤锐气。决不可用。"魏延又曰："丞相兵从大路进发，彼必尽起关中之兵，于路迎敌，则旷日持久，何时而得中原？"孔明曰："吾从陇右取平坦大路，依法进兵，何忧不胜？"遂不用魏延之计。魏延怏怏不悦。孔明差人令赵云进兵。

却说夏侯楙在长安聚集诸路军马，时有西凉大将韩德，善使开山大斧，有万夫不当之勇，引西羌诸路兵八万到来。见了夏侯楙，楙重赏之，就遣为先锋。德有四子，皆精通武艺，弓马过人：长子韩瑛，次子韩瑶，三子韩琼，四子韩琪。韩德带四子并西羌兵八万，取路至凤鸣山，正遇蜀兵。两阵对圆，韩德出马，四子列于两边。德厉声大骂曰："反国之贼，安敢犯吾境界！"赵云大

---

① 膏粱子弟——即脑满肠肥、无知愚蠢的富贵子弟。膏粱：肥肉和精粮。

怒，挺枪纵马，单搦韩德交战。长子韩瑛跃马来迎，战不三合，被赵云一枪刺死于马下。次子韩瑶见之，纵马挥刀来战。赵云施逞旧日虎威，抖擞精神迎战。瑶抵敌不住。三子韩琼急挺方天戟，骤马前来夹攻。云全然不惧，枪法不乱。四子韩琪见二兄战云不下，也纵马抡两口日月刀而来，围住赵云。云在中央独战三将。少时，韩琪中枪落马，韩阵中偏将急出救去。云拖枪便走。韩琼按戟，急取弓箭射之，连放三箭，皆被云用枪拨落。琼大怒，仍绰方天戟，纵马赶来。却被云一箭射中面门，落马而死。韩瑶纵马，举宝刀便砍赵云。云弃枪于地，闪过宝刀，生擒韩瑶归阵，复纵马取枪杀过阵来。韩德见四子皆丧于赵云之手，肝胆皆裂，先走入阵去。西凉兵素知赵云之名，今见其英勇如昔，谁敢交锋，赵云马到处，阵阵倒退。赵云匹马单枪，往来冲突，如入无人之境。后人有诗赞曰：

忆昔常山赵子龙，年登七十建奇功。
独诛四将来冲阵，犹似当阳救主雄。

邓芝见赵云大胜，率蜀兵掩杀，西凉兵大败而走。韩德险被赵云擒住，弃甲步行而逃。云与邓芝收军回寨。芝贺曰："将军寿已七旬，英勇如昨，今日阵前力斩四将，世所罕有。"云曰："丞相以吾年迈，不肯见用，吾故聊以自表耳。"遂差人解韩瑶，申报捷书，以达孔明。

却说韩德引败军回见夏侯楙，哭告其事。楙自统兵来迎赵云。探马报入蜀寨，说："夏侯楙引兵到。"云上马绰枪，引千馀军，就凤鸣山前摆成阵势。当日夏侯楙戴金盔，坐白马，手提大砍刀，立在门旗之下。见赵云跃马挺枪，往来驰骋，楙欲自战。韩德曰："杀吾四子之仇，如何不报！"纵马轮开山大斧，直取赵云。云奋怒挺枪来迎，战不三合，枪起处，刺死韩德于马下，急拨马直取夏侯楙。楙慌忙闪入本阵。邓芝驱兵掩杀，魏兵又折一阵，退十馀里下寨。

楙连夜与众将商议曰："吾久闻赵云之名，未尝见面。今日年老，英雄尚在，方信当阳长坂之事。似此无人可敌，如之奈何？"参军程武乃程昱之子也，进言曰："某料赵云有勇无谋，不足为虑。来日都督再引兵出，先伏两军于左右，都督临阵先退，诱赵云到伏兵处，都督却登山指挥四面军马，重叠围住，云可擒矣。"楙从其言，遂遣董禧引三万军伏于左，薛则引三万军伏于右。二人埋伏已定。

次日，夏侯楙复整金鼓旗幡，率兵而进。赵云、邓芝出迎。芝在马上谓赵云曰："昨夜魏兵大败而走，今日复来，必有诈也。老将军防之。"子龙曰："量此乳臭小儿，何足道哉！吾今日必当擒之。"便跃马而出。魏将潘遂出迎，战不三合，拨马便走。赵云赶去，魏阵中八员将一齐来迎，放过夏侯楙先走，八将陆续奔走。赵云乘势追杀，邓芝引兵继进。赵云深入重地，只听得四面喊声大震。邓芝急收军退回。左有董禧，右有薛则，两路兵杀到。邓芝兵少，不能解救。赵云被困在垓心，东冲西突，魏兵越厚。时云手下止有千馀人，杀到山坡之下，只见夏侯楙在山上指挥三军，赵云投东则望东指，投西则望西指。因此赵云不能突围，乃引兵杀上山来。半山中擂木炮石打将下来，不能上山。

赵云从辰时杀至酉时，不得脱走，只得下马少歇，且待月明再战。却才卸甲而坐，月光方出，忽四下火光冲天，鼓声大震，矢石如雨，魏兵杀到，皆叫曰："赵云早降！"云急上马迎敌。四面军马渐渐逼近，八方弩箭交射甚急，人马皆不能向前。云仰天叹曰："吾不服老，死于此地矣！"忽东北角上喊声大起，魏兵纷纷乱窜。一彪军杀到，为首大将持丈八点钢矛，马项下挂一颗人头。云视之，乃张苞也。苞见了赵云，言曰："丞相恐老将军有失，特遣某引五千兵接应。闻老将军被困，故杀透重围，正遇魏将薛则拦路，被某杀之。"云大喜，即与张苞杀出西北角来，只见魏兵弃戈奔走。一彪军从外呐喊杀入，为首大将提偃月青龙刀，手挽人头。云视之，乃关兴也。兴曰："奉丞相之命，恐老将军有失，特引五千兵前来接应。却才阵上逢着魏将董禧，被吾一刀斩之，枭首在此。丞相随后便到也。"云曰："二将军已建奇功，何不趁今日擒住夏侯楙，以定大事？"张苞闻言，遂引兵去了。兴曰："我也干功去。"遂亦引兵去了。

云回顾左右曰："他两个是吾子侄辈，尚且争先干功；吾乃国家上将，朝廷旧臣，反不如此小儿耶？吾当舍老命，以报先帝之恩。"于是引兵来捉夏侯楙。当夜三路兵夹攻，大破魏军一阵。邓芝引兵接应，杀得尸横遍野，血流成河。夏侯楙乃无谋之人，更兼年幼，不曾经战，见军大乱，遂引帐下骁将百馀人，望南安郡而走。众军因见无主，尽皆逃窜。兴、苞二将闻夏侯楙望南安郡去了，连夜赶来。楙走入城中，令紧闭城门，驱兵守御。兴、苞二人赶到，将城围住，赵云随后也到，三面攻打。少时，邓芝亦引兵到。一连围了十日，攻打不下。

忽报："丞相留后军住沔阳，左军屯阳平，右军屯石城，自引中军来到。"赵云、邓芝、关兴、张苞皆来拜问孔明，说连日攻城不下。孔明遂乘小车，亲到城边周围看了一遍，回寨升帐而坐。众将环立听令。孔明曰："此郡壕深城峻，不易攻也。吾正事不在此城，汝等如只久攻，倘魏兵分道而出，以取汉中，吾军危矣。"邓芝曰："夏侯楙乃魏之驸马，若擒此人，胜斩百将。今困于此，岂可弃之而去？"孔明曰："吾自有计。此处西连天水郡，北抵安定郡，二处太守不知何人？"探卒答曰："天水太守马遵，安定太守崔谅。"孔明大喜，乃唤魏延受计，如此如此；又唤关兴、张苞受计，如此如此；又唤心腹军士二人受计，如此行之。各将领命，引兵而去。孔明却在南安城外，令军运柴草堆于城下，口称烧城。魏兵闻知，皆大笑不惧。

却说安定太守崔谅在城中，闻蜀兵围了南安，困住夏侯楙，十分慌惧，即点军马约共四千，守住城池。忽见一人自正南而来，口称有机密事。崔谅唤入问之，答曰："某是夏侯都督帐下心腹将裴绪，今奉都督将令，特来求救于天水、安定二郡。南安甚急，每日城上纵火为号，专望二郡救兵，并不见到，因复差某杀出重围，来此告急。可星夜起兵为外应，都督若见二郡兵到，却开城门接应也。"谅曰："有都督文书否？"绪贴肉取出，汗已湿透，略教一视，急令手下换了乏马，便出城望天水而去。不二日，又有报马到，说："天水太守已起兵救援南安去了，教安定早早接应。"崔谅与府官商议，多官曰："若不去救，失了南安，送[①]了夏侯驸马，皆我两郡之罪也，只得救之。"谅即点起人马，离城而去，只留文官守城。

崔谅提兵向南安大路进发，遥望见火光冲天，催兵星夜前进。离南安尚有五十馀里，忽闻前后喊声大震。哨马报道："前面关兴截住去路，背后张苞杀来。"安定之兵四下逃窜。谅大惊，乃领手下百馀人，往小路死战得脱，奔回安定。方到城壕边，城上乱箭射下来。蜀将魏延在城上叫曰："吾已取了城也。何不早降？"原来魏延扮作安定军，夤夜赚开城门，蜀兵尽入，因此得了安定。

崔谅慌投天水郡来。行不到一程，前面一彪军摆开，大旗之下，一人纶巾羽扇，道袍鹤氅，端坐于车上。谅视之，乃孔明也，急拨回马走。关兴、张苞两路兵追到，只叫："早降！"崔谅见四面皆是蜀兵，不得已遂降，同归大寨。孔明以上宾相待。孔明曰："南安太守与足下交厚否？"谅曰："此人乃杨阜之族弟杨陵也，与某邻郡，交契甚厚。"孔明曰："今欲烦足下入城，说杨陵擒夏侯楙，可乎？"谅曰："丞相若令某去，可暂退军马，容某入城说之。"孔明从其言，即时传令，教四面军马各退二十里下寨。

崔谅匹马到城边叫开城门，入到府中，与杨陵礼毕，细言其事。陵曰："我等受魏主大恩，安忍背之？可将计就计而行。"遂引崔谅到夏侯楙处，备细说知。楙曰："当用何计？"杨陵曰："只推

---

① 送——断送。

某献城门，赚蜀兵入，却就城中杀之。”

崔谅依计而行，出城见孔明，说：“杨陵献城门，放大军入城，以擒夏侯楙。杨陵本欲自捉，因手下勇士不多，未敢轻动。”孔明曰：“此事至易。今有足下原降兵百馀人，于内暗藏蜀将扮作安定军马，带入城去，先伏于夏侯楙府下；却暗约杨陵，待半夜之时，献开城门，里应外合。”崔谅暗思：“若不带蜀将去，恐孔明生疑。且带入去，就内先斩之，举火为号，赚孔明入来，杀之可也。”因此应允。孔明嘱曰：“吾遣亲信将关兴、张苞随足下先去，只推救军，杀入城中，以安夏侯楙之心。但举火，吾当亲入城去擒之。”

时值黄昏，关兴、张苞受了孔明密计，披挂上马，各执兵器，杂在安定军中，随崔谅来到南安城下。杨陵在城上撑起悬空板[①]，倚定护心栏[②]，问曰：“何处军马？”崔谅曰：“安定救军来到。”谅先射一号箭上城，箭上带着密书曰：“今诸葛亮先遣二将伏于城中，要里应外合。且不可惊动，恐泄漏计策。待入府中图之。”杨陵将书见了夏侯楙，细言其事。楙曰：“既然诸葛亮中计，可教刀斧手百馀人伏于府中。如二将随崔太守到府下马，闭门斩之。却于城上举火，赚诸葛亮入城，伏兵齐出，亮可擒矣。”安排已毕，杨陵回到城上，言曰：“既是安定军马，可放入城。”关兴跟崔谅先行，张苞在后。杨陵下城，在门边迎接。兴手起刀落，斩杨陵于马下。崔谅大惊，急拨马奔到吊桥边，张苞大喝曰：“贼子休走！汝等诡计，如何瞒得丞相耶？”手起一枪，刺崔谅于马下。关兴早到城上，放起火来。四面蜀兵齐入。夏侯楙措手不及，开南门并力杀出。一彪军拦住，为首大将乃是王平，交马只一合，生擒夏侯楙于马上。馀皆杀死。

孔明入南安，招谕军民，秋毫无犯。众将各各献功。孔明将夏侯楙囚于车中。邓芝问曰：“丞相何故知崔谅诈也？”孔明曰：

---

① 悬空板——古代悬挂于城墙上的木板，用以瞭望或与城下人对话。

② 护心栏——古代城墙上竖立的木围栏，用以防堵敌箭，以保护将士。

“吾已知此人无降心，故意使入城。彼必尽情告与夏侯楙，欲将计就计而行。吾见来情，足知其诈，复使二将同去，以稳其心。此人若有真心，必然阻当；彼忻然同去者，恐吾疑也。他意中度二将同去，赚入城内，杀之未迟；又令吾军有托，放心而进。吾已暗嘱二将，就城门下图之。城内必无准备，吾军随后便到，此出其不意也。”众将拜服。孔明曰：“赚崔谅者，吾使心腹人诈作魏将裴绪也。吾又去赚天水郡，至今未到，不知何故。今可乘势取之。”乃留吴懿守南安，刘琰守安定，替出魏延军马去取天水郡。

却说天水郡太守马遵听知夏侯楙困在南安城中，乃聚文武官商议。功曹梁绪、主簿尹赏、主记梁虔等曰：“夏侯驸马乃金枝玉叶，倘有疏虞，难逃坐视之罪。太守何不尽起本部兵以救之？”马遵正疑虑间，忽报夏侯驸马差心腹将裴绪到。绪入府，取公文付马遵，说：“都督求安定、天水两郡之兵星夜救应。”言讫，匆匆而去。次日，又有报马到，称说：“安定兵已先去了，教太守火急前来会合。”

马遵正欲起兵，忽一人自外而入曰：“太守中诸葛亮之计矣。”众视之，乃天水冀人也，姓姜名维，字伯约。父名冏，昔日曾为天水郡功曹，因羌人乱，没于王事。维自幼博览群书，兵法武艺，无所不通。奉母至孝，郡人敬之。后为中郎将，就参[①]本郡军事。当日姜维谓马遵曰：“近闻诸葛亮杀败夏侯楙，困于南安，水泄不通，安得有人自重围之中而出？又且裴绪乃无名下将，从不曾见；况安定报马又无公文：以此察之，此人乃蜀将诈称魏将。赚得太守出城，料城中无备，必然暗伏一军于左近，乘虚而取天水也。”马遵大悟曰：“非伯约之言，则误中奸计矣。”维笑曰：“太守放心，某有一计，可擒诸葛亮，解南安之危。”正是：

　　运筹又遇强中手，斗智还逢意外人。

未知其计如何，且看下文分解。

---

① 参——参与。

第九十三回

姜伯约归降孔明　武乡侯骂死王朗

却说姜维献计于马遵曰："诸葛亮必伏兵于郡后，赚我兵出城，乘虚袭我。某愿请精兵三千，伏于要路；太守随后发兵出城，不可远去，止行三十里便回。但看火起为号，前后夹攻，可获大胜。如诸葛亮自来，必为某所擒矣。"遵用其计，付精兵与姜维去讫，然后自与梁虔引兵出城等候。只留梁绪、尹赏守城。

原来孔明果遣赵云引一军埋伏于山僻之中，只待天水人马离城，便乘虚袭之。当日细作回报赵云，说天水太守马遵起兵出城，只留文官守城。赵云大喜，又令人报与张翼、高翔，教于要路截杀马遵。此二处兵亦是孔明预先埋伏。

却说赵云引五千兵，径投天水郡城下，高叫曰："吾乃常山赵子龙也。汝知中计，早献城池，免遭诛戮。"城上梁绪大笑曰："汝中吾姜伯约之计，尚然不知耶？"云恰待攻城，忽然喊声大震，四面火光冲天。当先一员少年将军挺枪跃马而言曰："汝见天水姜伯约乎？"云挺枪直取姜维。战不数合，维精神倍长。云大惊，暗忖曰："谁想此处有这般人物！"正战时，两路军夹攻来，乃是马遵、梁虔引军杀回。赵云首尾不能相顾，冲开条路，引败兵奔走。姜维赶来。亏得张翼、高翔两路军杀出，接应回去。

赵云归见孔明，说中了敌人之计。孔明惊问曰："此是何人，识吾玄机？"有南安人告曰："此人姓姜名维，字伯约，天水冀人也。事母至孝，文武双全，智勇足备，真当世之英杰也。"赵云又夸奖姜维枪法，与他人大不同。孔明曰："吾今欲取天水，不想有此人。”遂起大军前来。

却说姜维回见马遵曰：“赵云败去，孔明必然自来。彼料我军必在城中。今可将本部军马分为四枝：某引一军伏于城东，如彼兵到则截之；太守与梁虔、尹赏各引一军城外埋伏。梁绪率百姓在城上守御。”分拨已定。

却说孔明因虑姜维，自为前部，望天水郡进发。将到城边，孔明传令曰：“凡攻城池，以初到之日，激励三军，鼓噪直上；若迟延日久，锐气尽隳，急难破矣。”于是大军径到城下，因见城上旗帜整齐，未敢轻攻。候至半夜，忽然四下火光冲天，喊声震地，正不知何处兵来；只见城上亦鼓噪呐喊相应。蜀兵乱窜。孔明急上马，有关兴、张苞二将保护，杀出重围。回头看时，正东上军马，一带火光，势若长蛇。孔明令关兴探视，回报曰：“此姜维兵也。”孔明叹曰：“兵不在多，在人之调遣耳。此人真将才也！”收兵归寨，思之良久，乃唤安定人问曰：“姜维之母，现在何处？”答曰：“维母今居冀县。”孔明唤魏延，分付曰：“汝可引一军，虚张声势，诈取冀县。若姜维到，可放入城。”又问：“此地何处紧要？”安定人曰：“天水钱粮，皆在上邽，若打破上邽，则粮道自绝矣。”孔明大喜，教赵云引一军去攻上邽。孔明离城三十里下寨。

早有人报入天水郡，说：“蜀兵分为三路：一军守此郡，一军取上邽，一军取冀城。”姜维闻之，哀告马遵曰：“维母现在冀城，恐母有失。维乞一军往救此城，兼保老母。”马遵从之，遂令姜维引三千军去保冀城；梁虔引三千军去保上邽。

却说姜维引兵至冀城，前面一彪军摆开，为首蜀将乃是魏延。二将交锋数合，延诈败奔走。维入城闭门，率兵守护，拜见老母，并不出战。赵云亦放过梁虔入上邽城去了。

孔明乃令人去南安郡，取夏侯楙至帐下。孔明曰：“汝惧死乎？”楙慌拜伏乞命。孔明曰：“目今天水姜维现守冀城，使人持书来说：‘但得驸马在，我愿归降。’吾今饶汝性命，汝肯招安姜维否？”楙曰：“情愿招安。”孔明乃与衣服、鞍马，不令人跟随，放之自去。

楙得脱出寨，欲寻路而走，奈不知路径。正行之间，逢数人奔走。楙问之，答曰：“我等是冀县百姓，今被姜维献了城池，归降诸葛亮，蜀将魏延纵火劫财，我等因此弃家奔走，投上邽去也。”楙又问曰：“今守天水城是谁？”土人曰：“天水城中乃马太守也。”楙闻之，纵马望天水而行。又见百姓携男抱女远来，所说皆同。

楙至天水城下叫门，城上人认得是夏侯楙，慌忙开门迎接。马遵惊拜问之，楙细言姜维之事，又将百姓所言说了。遵叹曰：“不想姜维反投蜀矣！”梁绪曰：“彼意欲救都督，故以此言虚降。”楙曰：“今维已降，何为虚也？”正踌躇间，时已初更，蜀兵又来攻城。火光中见姜维在城下挺枪勒马，大叫曰：“请夏侯都督答话！”夏侯楙与马遵等皆到城上，见姜维耀武扬威，大叫曰：“我为都督而降，都督何背前言？”楙曰：“汝受魏恩，何故降蜀？有何前言耶？”维应曰：“汝写书教我降蜀，何出此言？汝要脱身，却将我陷了。我今降蜀，加为上将，安有还魏之理？”言讫，驱兵打城，至晓方退。原来夜间妆姜维者，乃孔明之计，令部卒形貌相似者假扮姜维攻城，因火光之中，不辨真伪。

孔明却引兵来攻冀城。城中粮少，军食不敷。姜维在城上，见蜀军大车小辆搬运粮草，入魏延寨中去了。维引三千兵出城，径来劫粮。蜀兵尽弃了粮车，寻路而走。姜维夺得粮车，欲要入城，忽然一彪军拦住，为首蜀将张翼也。二将交锋，战不数合，王平引一军又到，两下夹攻。维力穷抵敌不住，夺路归城，城上早插蜀兵旗号，原来已被魏延袭了。维杀条路奔天水城，手下尚有十馀骑，又遇张苞杀了一阵，维止剩得匹马单枪，来到天水城下叫门。城上军见是姜维，慌报马遵。遵曰：“此是姜维来赚我城门也。”令城上乱箭射下。姜维回顾蜀兵至近，遂飞奔上邽城来。

城上梁虔见了姜维，大骂曰："反国之贼，安敢来赚我城池！吾已知汝降蜀矣。"遂乱箭射下。姜维不能分说，仰天长叹，两眼泪流，拨马望长安而走。

行不数里，前至一派大树茂林之处，一声喊起，数千兵拥出，为首蜀将关兴，截住去路。维人困马乏，不能抵当，勒回马便走。忽然一辆小车从山坡中转出，其人头戴纶巾，身披鹤氅，手摇羽扇，乃孔明也。孔明唤姜维曰："伯约此时何尚不降？"维寻思良久，前有孔明，后有关兴，又无去路，只得下马投降。孔明慌忙下车而迎，执维手曰："吾自出茅庐以来，遍求贤者，欲传授平生之学，恨未得其人。今遇伯约，吾愿足矣！"维大喜拜谢。

孔明遂同姜维回寨，升帐商议取天水、上邽之计。维曰："天水城中尹赏、梁绪与某至厚，当写密书二封，射入城中，使其内乱，城可得矣。"孔明从之。姜维写了二封密书，拴在箭上，纵马直至城下，射入城中。小校拾得，呈与马遵。遵大疑，与夏侯楙商议曰："梁绪、尹赏与姜维结连，欲为内应，都督宜早决之。"楙曰："可杀二人。"尹赏知此消息，乃谓梁绪曰："不如纳城降蜀，以图进用。"是夜，夏侯楙数次使人请梁、尹二人说话。二人料知事急，遂披挂上马，各执兵器，引本部军，大开城门，放蜀兵入。夏侯楙、马遵惊慌，引数百人出西门，弃城投羌胡城而去。

梁绪、尹赏迎接孔明入城。安民已毕，孔明问取上邽之计。梁绪曰："此城乃某亲弟梁虔守之，愿招来降。"孔明大喜。绪当日到上邽，唤梁虔出城，来降孔明。孔明重加赏劳，就令梁绪为天水太守，尹赏为冀城令，梁虔为上邽令。孔明分拨已毕，整兵进发。诸将问曰："丞相何不去擒夏侯楙？"孔明曰："吾放夏侯楙，如放一鸭耳。今得伯约，得一凤也。"

孔明自得三城之后，威声大震，远近州郡望风归降。孔明整顿军马，尽提汉中之兵，前出祁山，兵临渭水之西。

细作报入洛阳。时魏主曹睿太和元年，升殿设朝。近臣奏曰：

"夏侯驸马已失三郡，逃窜羌中去了。今蜀兵已到祁山，前军临渭水之西，乞早发兵破敌。"睿大惊，乃问群臣曰："谁可为朕退蜀兵耶？"司徒王朗出班奏曰："臣观先帝每用大将军曹真，所到必克。今陛下何不拜为大都督，以退蜀兵？"睿准奏，乃宣曹真曰："先帝托孤与卿，今蜀兵入寇中原，卿安忍坐视乎？"真奏曰："臣才疏智浅，不称其职。"王朗曰："将军乃社稷之臣，不可固辞。老臣虽驽钝[①]，愿随将军一往。"真又奏曰："臣受大恩，安敢推辞。但乞一人为副将。"睿曰："卿自举之。"真乃保太原阳曲人，姓郭名淮，字伯济，官封射亭侯，领雍州刺史。睿从之，遂拜曹真为大都督，赐节钺；命郭淮为副都督，王朗为军师。朗时年已七十六岁矣。选拨东西二京军马二十万与曹真。真命宗弟曹遵为先锋，又命荡寇将军朱赞为副先锋。当年十一月出师，魏王曹睿亲自送出西门之外方回。

曹真领大军来到长安，过渭河之西下寨。真与王朗、郭淮共议退兵之策。朗曰："来日可严整队伍，大展旌旗。老夫自出，只用一席话，管教诸葛亮拱手而降，蜀兵不战自退。"真大喜，是夜传令：来日四更造饭，平明务要队伍整齐，人马威仪，旌旗鼓角，各按次序。当时使人先下战书。

次日，两军相迎，列成阵势于祁山之前。蜀军见魏兵甚是雄壮，与夏侯楙大不相同。三军鼓角已罢，司徒王朗乘马而出，上首乃都督曹真，下首乃副都督郭淮，两个先锋压住阵角。探子马出军前，大叫曰："请对阵主将答话！"只见蜀兵门旗开处，关兴、张苞分左右而出，立马于两边；次后一队队骁将分列。门旗影下，中央一辆四轮车，孔明端坐车中，纶巾羽扇，素衣皂绦，飘然而出。孔明举目见魏阵前三个麾盖，旗上大书姓名。中央白髯老者，乃军师、司徒王朗。孔明暗忖曰："王朗必下说词，吾当

① 驽钝——比喻才能平庸低下。驽：劣马。钝：钝刀。

随机应之。”遂教推车出阵外，令护军小校传曰：“汉丞相与司徒会话。”

王朗纵马而出，孔明于车上拱手，朗在马上欠身答礼。朗曰：“久闻公之大名，今幸一会。公既知天命，识时务，何故兴无名之兵？”孔明曰：“吾奉诏讨贼，何谓无名？”朗曰：“天数有变，神器更易，而归有德之人，此自然之理也。曩自桓、灵以来，黄巾倡乱，天下争横。降至初平、建安之岁，董卓造逆，傕、汜继虐；袁术僭号于寿春，袁绍称雄于邺土；刘表占据荆州，吕布虎吞徐郡。盗贼蜂起，奸雄鹰扬[①]，社稷有累卵之危[②]，生灵有倒悬[③]之急。我太祖武皇帝扫清六合[④]，席卷八荒[⑤]，万姓倾心，四方仰德。非以权势取之，实天命所归也。世祖文帝，神文圣武，以膺大统[⑥]，应天合人，法尧禅舜，处中国以临万邦，岂非天心人意乎？今公蕴大才，抱大器，自欲比于管、乐，何乃强欲逆天理、背人情而行事耶？岂不闻古人云：‘顺天者昌，逆天者亡。’今我大魏带甲百万，良将千员，谅腐草之萤光[⑦]，怎及天心之皓月？公可倒戈卸甲，以礼来降，不失封侯之位。国安民乐，岂不美哉！”

孔明在车上大笑曰：“吾以为汉朝大老元臣，必有高论，岂期出此鄙言。吾有一言，诸军静听。昔日桓、灵之世，汉统陵替[⑧]，宦官酿祸，国乱岁凶，四方扰攘。黄巾之后，董卓、傕、汜等接

---

① 鹰扬——比喻逞威，飞扬跋扈。

② 累卵之危——累卵：把蛋堆积起来。以其极易倒塌破碎，故喻极其危险。

③ 倒悬——借喻极其危急或痛苦。倒悬：把人倒吊（头朝下）起来。

④ 六合——泛指宇宙或天下。

⑤ 八荒——天下，世界。八荒：“八”即八方；“荒”即极其遥远的地方。

⑥ 膺大统——继承帝位。

⑦ 腐草之萤光——古人误以为萤火虫是腐烂了的草生出的。“腐草之萤光”比喻微光，借喻势力极小。

⑧ 陵替——纪纲废弛，君臣失序，强者为王。

踵而起，迁劫汉帝，残暴生灵。因庙堂[①]之上，朽木[②]为官；殿陛[③]之间，禽兽食禄。狼心狗行之辈，滚滚当道[④]；奴颜婢膝之徒，纷纷秉政。以致社稷丘墟[⑤]，苍生涂炭。吾素知汝所行：世居东海之滨，初举孝廉入仕，理合匡君辅国，安汉兴刘，何期反助逆贼，同谋篡位！罪恶深重，天地不容！天下之人，愿食汝肉！今幸天意不绝炎汉，昭烈皇帝继统西川。吾今奉嗣君之旨，兴师讨贼。汝既为谄谀之臣，只可潜身缩首，苟图衣食；安敢在行伍之前，妄称天数耶？皓首匹夫！苍髯老贼！汝即日将归于九泉之下，何面目见二十四帝乎？老贼速退，可教反臣与吾共决胜负！”王朗听罢，气满胸膛，大叫一声，撞死于马下。后人有诗赞孔明曰：

兵马出西秦，雄才敌万人。
轻摇三寸舌，骂死老奸臣。

孔明以扇指曹真曰：“吾不逼汝，汝可整顿军马，来日决战。”言讫回车。于是两军皆退。

曹真将王朗尸首用棺木盛贮，送回长安去了。副都督郭淮曰：“诸葛亮料吾军中治丧，今夜必来劫寨。可分兵四路：两路兵从山僻小路，乘虚去劫蜀寨；两路兵伏于本寨外，左右击之。”曹真大喜曰：“此计与吾相合。”遂传令，唤曹遵、朱赞两个先锋，分付曰：“汝二人各引一万军，抄出祁山之后，但见蜀兵望吾寨而去，汝可进兵去劫蜀寨。如蜀兵不动，便撤兵回，不可轻进。”二人受计，引兵而去。真谓淮曰：“我两个各引一枝军，伏于寨外，寨中虚堆柴草，只留数人。如蜀兵到，放火为号。”诸将皆分左右，各自准备去了。

却说孔明归帐，先唤赵云、魏延听令。孔明曰：“汝二人各引

---

① 因——于是。庙堂——朝廷。
② 朽木——蠢才。
③ 殿陛——本义为御殿和殿前台阶，借指朝廷。
④ 滚滚当道——成群结队地把持朝政。滚滚：众多，络绎不绝。
⑤ 社稷丘墟——国家残破不堪，变成了一片废墟。

本部军去劫魏寨。”魏延进曰：“曹真深明兵法，必料我乘丧劫寨，他岂不提防？”孔明笑曰：“吾正欲曹真知吾去劫寨也。彼必伏兵在祁山之后，待我兵过去，却来袭我寨。吾故令汝二人引兵前去，过山脚后路，远下营寨，任魏兵来劫吾寨。汝看火起为号，分兵两路：文长拒住山口；子龙引兵杀回，必遇魏兵，却放彼走回；汝乘势攻之，彼必自相掩杀，可获全胜。”二将引兵受计而去。又唤关兴、张苞，分付曰：“汝二人各引一军，伏于祁山要路，放过魏兵，却从魏兵来路，杀奔魏寨而去。”二人引兵受计去了。又令马岱、王平、张翼、张嶷四将伏于寨外，四面迎击魏兵。孔明乃虚立寨栅，居中堆起柴草，以备火号。自引诸将退于寨后，以观动静。

却说魏先锋曹遵、朱赞黄昏离寨，迤逦前进。二更左侧，遥望山前隐隐有军行动。曹遵自思曰：“郭都督真神机妙算。”遂催兵急进。到蜀寨时，将及三更。曹遵先杀入寨，却是空寨，并无一人。料知中计，急撤军回，寨中火起。朱赞兵到，自相掩杀，人马大乱。曹遵与朱赞交马，方知自相践踏。急合兵时，忽四面喊声大震，王平、马岱、张嶷、张翼杀到。曹、朱二人引心腹军百馀骑，望大路奔走。忽然鼓角齐鸣，一彪军截住去路，为首大将乃常山赵子龙也，大叫曰：“贼将那里去？早早受死！”曹、朱二人夺路而走。忽喊声又起，魏延又引一彪军杀到。曹、朱二人大败，夺路奔回本寨。守寨军士只道蜀兵来劫寨，慌忙放起号火，左边曹真杀至，右边郭淮杀至，自相掩杀。背后三路蜀兵杀到：中央魏延，左边关兴，右边张苞，大杀一阵。魏兵败走十馀里，魏将死者极多。孔明全获大胜，方始收兵。

曹真、郭淮收拾败军回寨，商议曰：“今魏兵势孤，蜀兵势大，将何策以退之？”淮曰：“胜负乃兵家常事，不足为忧。某有一计，使蜀兵首尾不能相顾，定然自走矣。”正是：

可怜魏将难成事，欲向西方索救兵。

未知其计如何，且看下文分解。

第九十四回

诸葛亮乘雪破羌兵　司马懿克日擒孟达

却说郭淮谓曹真曰:“西羌之人自太祖时连年入贡，文皇帝亦有恩惠加之。我等今可据住险阻，遣人从小路直入羌中求救，许以和亲[①]，羌人必起兵袭蜀兵之后；吾却以大兵击之：首尾夹攻，岂不大胜？”真从之，即遣人星夜驰书赴羌。

却说西羌国王彻里吉，自曹操时年年入贡。手下有一文一武：文乃雅丹丞相，武乃越吉元帅。时魏使赍金珠并书到国，先来见雅丹丞相，送了礼物，具言求救之意。雅丹引见国王，呈上书、礼。彻里吉览了书，与众商议。雅丹曰:“我与魏国素相往来，今曹都督求救，且许和亲，理合依允。”彻里吉从其言，即命雅丹与越吉元帅起羌兵一十五万，皆惯使弓弩、枪刀、蒺藜、飞锤等器；又有战车，用铁叶裹钉，装载粮食、军器、什物，或用骆驼驾车，或用骡马驾车，号为“铁车兵”。二人辞了国王，领兵直扣西平关。守关蜀将韩祯急差人赍文报知孔明。

孔明闻报，问众将曰:“谁敢去退羌兵？”张苞、关兴应曰:“某等愿往。”孔明曰:“汝二人要去，奈路途不熟。”遂唤马岱曰:“汝素知羌人之性，久居彼处，可作向导。”便起精兵五万，与兴、苞二人同往。兴、苞等引兵而去。行有数日，早遇羌兵。关兴先引百馀骑登山坡看时，只见羌兵把铁车首尾相连，随处结寨，车上遍排兵器，就似城池一般。兴睹之良久，无破敌之策，

---

① 和亲——以联姻方式建立并巩固睦邻关系。

回寨与张苞、马岱商议。岱曰："且待来日见阵，观看虚实，另作计议。"

次早，分兵三路：关兴在中，张苞在左，马岱在右，三路兵齐进。羌兵阵里，越吉元帅手挽铁锤，腰悬宝雕弓，跃马奋勇而出。关兴招三路兵径进。忽见羌兵分在两边，中央放出铁车，如潮涌一般，弓弩一齐骤发。蜀兵大败，马岱、张苞两军先退。关兴一军被羌兵一裹，直围入西北角上去了。兴在垓心，左冲右突，不能得脱。铁车密围，就如城池。蜀兵你我不能相顾。

兴望山谷中寻路而走，看看天晚。但见一簇皂旗蜂拥而来，一员羌将手提铁锤，大叫曰："小将休走！吾乃越吉元帅也。"关兴急走到前面，尽力纵马加鞭，正遇断涧，只得回马来战越吉。兴终是胆寒，抵敌不住，望涧中而逃。被越吉赶到，一铁锤打来，兴急闪过，正中马胯。那马望涧中便倒，兴落于水中。忽听得一声响处，背后越吉连人带马，平白地倒下水来。兴就水中挣起看时，只见岸上一员大将杀退羌兵。兴提刀待砍越吉，吉跃水而走。

关兴得了越吉马，牵到岸上，整顿鞍辔，绰刀上马。只见那员将尚在前面追杀羌兵。兴自思："此人救我性命，当与相见。"遂拍马赶来。看看至近，只见云雾之中，隐隐有一大将，面如重枣，眉若卧蚕，绿袍金铠，提青龙刀，骑赤兔马，手绰美髯，分明认得是父亲关公。兴大惊。忽见关公以手望东南指曰："吾儿可速望此路去，吾当护汝归寨。"言讫不见。关兴望东南急走。至半夜，忽一彪军到，乃张苞也，问兴曰："你曾见二伯父否？"兴曰："你何由知之？"苞曰："我被铁车军追急，忽见伯父自空而下，惊退羌兵，指曰：'汝从这条路去救吾儿。'因此引军径来寻你。"关兴亦说前事，共相嗟异。

二人同归寨内，马岱接着，对二人说："此军无计可退。我守住寨栅，你二人去禀丞相，用计破之。"于是兴、苞二人星夜来见孔明，备说此事。

孔明随命赵云、魏延各引一军埋伏去讫。然后点三万军，带了姜维、张翼、关兴、张苞，亲自来到马岱寨中歇定。次日，上高阜处观看，见铁车连络不绝，人马纵横，往来驰骤。孔明曰："此不难破也。"唤马岱、张翼，分付如此如此。二人去了。乃唤姜维曰："伯约知破车之法否？"维曰："羌人惟恃一勇力，岂知妙计乎？"孔明笑曰："汝知吾心也。今彤云密布，朔风紧急，天将降雪，吾计可施矣。"便令关兴、张苞二人引兵埋伏去讫。令姜维领兵出战，但有铁车兵来，退后便走。寨口虚立旌旗，不设军马。准备已定。

是时十二月终，果然天降大雪。姜维引军出，越吉引铁车兵来，姜维即退走。羌兵赶到寨前，姜维从寨后而去。羌兵直到寨外观看，听得寨内鼓琴之声，四壁皆空竖旌旗，急回报越吉。越吉心疑，未敢轻进。雅丹丞相曰："此诸葛亮诡计，虚设疑兵耳。可以攻之。"越吉引兵至寨前，但见孔明携琴上车，引数骑入寨，望后而走。羌兵抢入寨栅，直赶过山口，见小车隐隐转入林中去了。雅丹谓越吉曰："这等兵虽有埋伏，不足为惧。"遂引大兵追赶。又见姜维兵俱在雪地之中奔走，越吉大怒，催兵急追。山路被雪漫盖，一望平坦。正赶之间，忽报蜀兵自山后而出。雅丹曰："纵有些小伏兵，何足惧哉！"只顾催趱兵马，往前进发。忽然一声响，如山崩地陷，羌兵俱落于坑堑之中；背后铁车正行得紧溜[①]，急难收止，并拥而来，自相践踏。后兵急要回时，左边关兴，右边张苞，两军冲出，万弩齐发；背后姜维、马岱、张翼三路兵又杀到。铁车兵大乱。越吉元帅望后面山谷中而逃，正逢关兴。交马只一合，被兴举刀大喝一声，砍死于马下。雅丹丞相早被马岱活捉，解投大寨来。羌兵四散逃窜。

孔明升帐，马岱押过雅丹来。孔明叱武士去其缚，赐酒压惊，

---

① 紧溜——急促顺溜。

用好言抚慰。雅丹深感其德。孔明曰:“吾主乃大汉皇帝,今命吾讨贼,尔如何反助逆?吾今放汝回去,说与汝主:吾国与尔乃邻邦,永结盟好,勿听反贼之言。”遂将所获羌兵及车马器械,尽给还雅丹,俱放回国。众皆拜谢而去。孔明引三军,连夜投祁山大寨而来,命关兴、张苞引军先行;一面差人赍表奏报捷音。

却说曹真连日望羌人消息,忽有伏路军来报说:“蜀兵拔寨收拾起程。”郭淮大喜曰:“此因羌兵攻击,故尔退去。”遂分两路追赶。前面蜀兵乱走,魏兵随后追袭。先锋曹遵正赶之间,忽然鼓声大震,一彪军闪出,为首大将乃魏延也,大叫曰:“反贼休走!”曹遵大惊,拍马交锋,不三合,被魏延一刀斩于马下。副先锋朱赞引兵追赶,忽然一彪军闪出,为首大将乃赵云也。朱赞措手不及,被云一枪刺死。曹真、郭淮见两路先锋有失,欲收兵回,背后喊声大震,鼓角齐鸣,关兴、张苞两路兵杀出,围了曹真、郭淮,痛杀一阵。曹、郭二人引败兵冲路走脱。蜀兵全胜,直追到渭水,夺了魏寨。曹真折了两个先锋,哀伤不已,只得写本申朝,乞拨援兵。

却说魏主曹睿设朝,近臣奏曰:“大都督曹真数败于蜀,折了两个先锋,羌兵又折了无数,其势甚急。今上表求救,请陛下裁处。”睿大惊,急问退军之策。华歆奏曰:“须是陛下御驾亲征,大会诸侯,人皆用命,方可退也;不然,长安有失,关中危矣。”太傅钟繇奏曰:“凡为将者,智过于人,则能制人。孙子云:‘知彼知己,百战百胜。’臣量曹真虽久用兵,非诸葛亮对手。臣以全家良贱,保举一人,可退蜀兵。未知圣意准否?”睿曰:“卿乃大老元臣,有何贤士可退蜀兵,早召来与朕分忧。”钟繇奏曰:“向者诸葛亮欲兴师犯境,但惧此人,故散流言,使陛下疑而去之,方敢长驱大进。今若复用之,则亮自退矣。”睿问何人,繇曰:“骠骑大将军司马懿也。”睿叹曰:“此事朕亦悔之。今仲达现在何地?”繇曰:“近闻仲达在宛城闲住。”睿即降诏,遣使持节,复司马懿官职，加为平西都督，就起南阳诸路军马，前赴长安。睿御驾亲征，令司马懿克日到彼聚会。使命星夜望宛城去了。

却说孔明自出师以来，累获全胜，心中甚喜。正在祁山寨中，会聚议事，忽报："镇守永安宫李严令子李丰来见。"孔明只道东吴犯境，心甚惊疑，唤入帐中问之。丰曰："特来报喜。"孔明曰："有何喜？"丰曰："昔日孟达降魏，乃不得已也。彼时曹丕爱其才，时以骏马、金珠赐之，曾同辇出入，封为散骑常侍，领新城太守，镇守上庸、金城等处，委以西南之任。自丕死后，曹睿即位，朝中多人嫉妒。孟达日夜不安，常谓诸将曰：'我本蜀将，势逼于此。'今累差心腹人，持书来见家父，教早晚代禀丞相：前者五路下川之时，曾有此意。今在新城，听知丞相伐魏，欲起金城、新城、上庸三处军马，就彼举事，径取洛阳；丞相取长安：两京大定矣。今某引来人并累次书信呈上。"孔明大喜，厚赏李丰等。

忽细作人报说："魏主曹睿一面驾幸长安；一面诏司马懿复职，加为平西都督，起本处之兵，于长安聚会。"孔明大惊。参军马谡曰："量曹睿何足道，若来长安，可就而擒之。丞相何故惊讶？"孔明曰："吾岂惧曹睿耶？所患者惟司马懿一人而已。今孟达欲举大事，若遇司马懿，事必败矣。达非司马懿对手，必被所擒。孟达若死，中原不易得也。"马谡曰："何不急修书，令孟达提防？"孔明从之，即修书，令来人星夜回报孟达。

却说孟达在新城，专望心腹人回报。一日，心腹人到来，将孔明回书呈上。孟达拆封视之，书略曰：

> 近得书，足知公忠义之心，不忘故旧，吾甚喜慰。若成大事，则公汉朝中兴第一功臣也。然极宜谨密，不可轻易托人。慎之！戒之！近闻曹睿复诏司马懿起宛、洛之兵，若闻公举事，必先至矣。须万全提备，勿视为等闲也。

孟达览毕，笑曰："人言孔明心多，今观此事可知矣。"乃具回书，令心腹人来答孔明。孔明唤入帐中，其人呈上回书。孔明拆封视之，书曰：

> 适承钧教，安敢少怠。窃谓司马懿之事，不必惧也。宛城离洛阳约八百里，至新城一千二百里。若司马懿闻达举事，须表奏魏主，往复一月间事，达城池已固，诸将与三军皆在深险之地，司马懿即来，达何惧哉？丞相宽怀，惟听捷报。

孔明看毕，掷书于地而顿足曰："孟达必死于司马懿之手矣！"马谡问曰："丞相何谓也？"孔明曰："兵法云：'攻其不备，出其不意。'岂容料在一月之期？曹睿既委任司马懿，逢寇即除，何待奏闻？若知孟达反，不须十日，兵必到矣，安能措手耶？"众将皆服。孔明急令来人回报曰："若未举事，切莫教同事者知之，知则必败。"其人拜辞，归新城去了。

却说司马懿在宛城闲住，闻知魏兵累败于蜀，乃仰天长叹。懿长子司马师，字子元；次子司马昭，字子尚。二人素有大志，通晓兵书。当日侍立于侧，见懿长叹，乃问曰："父亲何为长叹？"懿曰："汝辈岂知大事耶？"司马师曰："莫非叹魏主不用乎？"司马昭笑曰："早晚必来宣召父亲也。"言未已，忽报天使持节至。懿听诏毕，遂调宛城诸路军马。忽又报金城太守申仪家人有机密事求见。懿唤入密室问之，其人细说孟达欲反之事，更有孟达心腹人李辅并达外甥邓贤随状出首①。司马懿听毕，以手加额曰："此乃皇上齐天之洪福也！诸葛亮兵在祁山，杀得内外人皆胆落，今天子不得已而幸长安。若旦夕不用吾时，孟达一举，两京休矣！此贼必通谋诸葛亮，吾先擒之，诸葛亮定然心寒，自退兵也。"长子司马师曰："父亲可急写表申奏天子。"懿曰："若等圣旨，往复一月之间，事无及矣。"即传令教人马起程，一日要行二日之路，

① 随状出首——即用状子的方式告发别人。

如迟立斩；一面令参军梁畿赍檄星夜去新城，教孟达等准备征进，使其不疑。梁畿先行。

懿随后发兵，行了二日，山坡下转出一军，乃是右将军徐晃。晃下马见懿，说："天子驾到长安，亲拒蜀兵，今都督何往？"懿低言曰："今孟达造反，吾去擒之耳。"晃曰："某愿为先锋。"懿大喜，合兵一处。徐晃为前部，懿在中军，二子押后。又行了二日，前军哨马捉住孟达心腹人，搜出孔明回书，来见司马懿。懿曰："吾不杀汝，汝从头细说。"其人只得将孔明、孟达往复之事一一告说。懿看了孔明回书，大惊曰："世间能者所见皆同，吾机先被孔明识破。幸得天子有福，获此消息，孟达今无能为矣。"遂星夜催军前行。

却说孟达在新城，约下金城太守申仪，上庸太守申耽，克日举事。耽、仪二人佯许之，每日调练军马，只待魏兵到，便为内应；却报孟达，言军器、粮草俱未完备，不敢约期起事。达信之不疑。忽报参军梁畿来到，孟达迎入城中。畿传司马懿将令曰："司马都督今奉天子诏，起诸路军以退蜀兵。太守可集本部军马，听候调遣。"达问曰："都督何日起程？"畿曰："此时约离宛城，望长安去了。"达暗喜曰："吾大事成矣。"遂设宴待了梁畿，送出城外。即报申耽、申仪知道，明日举事，换上大汉旗号，发诸路军马，径取洛阳。

忽报："城外尘土冲天，不知何处兵来。"孟达登城视之，只见一彪军，打着"右将军徐晃"旗号，飞奔城下。达大惊，急扯起吊桥。徐晃坐下马收拾不住，直来到壕边，高叫曰："反贼孟达，早早受降！"达大怒，急开弓射之，正中徐晃头额，魏将救去。城上乱箭射下，魏兵方退。孟达恰待开门追赶，四面旌旗蔽日，司马懿兵到。达仰天长叹曰："果不出孔明所料也！"于是闭门坚守。

却说徐晃被孟达射中头额，众军救到寨中，取了箭头，令医调治，当晚身死，时年五十九岁。司马懿令人扶柩，还洛阳安葬。

次日，孟达登城遍视，只见魏兵四面围得铁桶相似。达行坐不安，惊疑未定，忽见两路兵自外杀来，旗上大书“申耽”“申仪”。孟达只道是救军到，忙引本部兵，大开城门杀出。耽、仪大叫曰：“反贼休走，早早受死！”达见事变，拨马望城中便走，城上乱箭射下。李辅、邓贤二人在城上大骂曰：“吾等已献了城也！”达夺路而走，申耽赶来。达人困马乏，措手不及，被申耽一枪刺于马下，枭其首级。馀军皆降。李辅、邓贤大开城门，迎接司马懿入城。抚民劳军已毕，遂遣人奏知魏主曹睿。睿大喜，教将孟达首级去洛阳城市示众；加申耽、申仪官职，就随司马懿征进；命李辅、邓贤守新城、上庸。

却说司马懿引兵到长安城外下寨，懿入城来见魏主。睿大喜曰：“朕一时不明，误中反间之计，悔之无及。今达造反，非卿等制之，两京休矣！”懿奏曰：“臣闻申仪密告反情，意欲表奏陛下，恐往复迟滞，故不待圣旨，星夜而去；若待奏闻，则中诸葛亮之计也。”言罢，将孔明回孟达密书奉上。睿看毕，大喜曰：“卿之学识，过于孙、吴矣！”赐金钺斧一对，后遇机密重事，不必奏闻，便宜行事。就令司马懿出关破蜀。懿奏曰：“臣举一大将，可为先锋。”睿曰：“卿举何人？”懿曰：“右将军张郃，可当此任。”睿笑曰：“朕正欲用之。”遂命张郃为前部先锋，随司马懿离长安，来破蜀兵。正是：

既有谋臣能用智，又求猛将助施威。

未知胜负如何，且看下文分解。

第九十五回

马谡拒谏失街亭　武侯弹琴退仲达

却说魏主曹睿令张郃为先锋，与司马懿一同征进；一面令辛毗、孙礼二人领兵五万，往助曹真。二人奉诏而去。

且说司马懿引二十万军，出关下寨，请先锋张郃至帐下曰："诸葛亮平生谨慎，未敢造次行事。若是吾用兵，先从子午谷径取长安，早得多时矣。他非无谋，但怕有失，不肯弄险。今必出军斜谷，来取郿城。若取郿城，必分兵两路，一军取箕谷矣。吾已发檄文，令子丹拒守郿城，若兵来不可出战；令孙礼、辛毗截住箕谷道口，若兵来则出奇兵击之。"郃曰："今将军当于何处进兵？"懿曰："吾素知秦岭之西有一条路，地名街亭；旁有一城，名列柳城：此二处皆是汉中咽喉。诸葛亮欺子丹无备，定从此进。吾与汝径取街亭，望阳平关不远矣。亮若知吾断其街亭要路，绝其粮道，则陇西一境，不能安守，必然连夜奔回汉中去也。彼若回动，吾提兵于小路击之，可得全胜；若不归时，吾却将诸处小路尽皆垒断，俱以兵守之，一月无粮，蜀兵皆饿死，亮必被吾擒矣。"张郃大悟，拜伏于地曰："都督神算也！"懿曰："虽然如此，诸葛亮不比孟达，将军为先锋，不可轻进。当传与诸将：循山西路，远远哨探，如无伏兵，方可前进；若是怠忽，必中诸葛亮之计。"张郃受计，引军而行。

却说孔明在祁山寨中，忽报："新城探细人来到。"孔明急唤入问之，细作告曰："司马懿倍道而行，八日已到新城，孟达措手不及；又被申耽、申仪、李辅、邓贤为内应：孟达被乱军所杀。今司马懿撤兵到长安，见了魏主，同张郃引兵出关，来拒我师也。”孔明大惊曰：“孟达作事不密，死固当然。今司马懿出关，必取街亭，断吾咽喉之路。”便问：“谁敢引兵去守街亭？”言未毕，参军马谡曰：“某愿往。”孔明曰：“街亭虽小，干系甚重，倘街亭有失，吾大军皆休矣。汝虽深通谋略，此地奈无城郭，又无险阻，守之极难。”谡曰：“某自幼熟读兵书，颇知兵法，岂一街亭不能守耶？”孔明曰：“司马懿非等闲之辈，更有先锋张郃乃魏之名将，恐汝不能敌之。”谡曰：“休道司马懿、张郃，便是曹睿亲来，有何惧哉！若有差失，乞斩全家。”孔明曰：“军中无戏言。”谡曰：“愿立军令状。”孔明从之。谡遂写了军令状呈上。孔明曰：“吾与汝二万五千精兵，再拨一员上将，相助你去。”即唤王平分付曰：“吾素知汝平生谨慎，故特以此重任相托。汝可小心谨守此地，下寨必当要道之处，使贼兵急切不能偷过。安营既毕，便画四至八道地理形状图本来我看。凡事商议停当而行，不可轻易①。如所守无危，则是取长安第一功也。戒之！戒之！”二人拜辞，引兵而去。

孔明寻思恐二人有失，又唤高翔曰：“街亭东北上有一城，名列柳城，乃山僻小路，此可以屯兵扎寨。与汝一万兵，去此城屯扎。但街亭危，可引兵救之。”高翔引兵而去。孔明又思：“高翔非张郃对手，必得一员大将，屯兵于街亭之右，方可防之。”遂唤魏延引本部兵，去街亭之后屯扎。延曰：“某为前部，理合当先破敌，何故置某于安闲之地？”孔明曰：“前锋破敌，乃偏裨之事耳。今令汝接应街亭，当阳平关冲要道路，总守汉中咽喉，此乃大任也，何为安闲乎？汝勿以等闲视之，失吾大事，切宜小心在意。”魏延大喜，引兵而去。孔明恰才心安，乃唤赵云、邓芝分付曰：“今司马懿出兵，与旧日不同。汝二人各引一军出箕谷，以为疑兵，如逢魏兵，或战或不战，以惊其心。吾自统大军，由斜谷径取郿城，

① 轻易——因不当回事而轻率大意。

若得郿城，长安可破矣。”二人受命而去。孔明令姜维作先锋，兵出斜谷。

却说马谡、王平二人兵到街亭，看了地势。马谡笑曰：“丞相何故多心也？量此山僻之处，魏兵如何敢来？”王平曰：“虽然魏兵不敢来，可就此五路总口下寨，却令军士伐木为栅，以图久计。”谡曰：“当道岂是下寨之地？此处侧边一山，四面皆不相连，且树木极广，此乃天赐之险也，可就山上屯兵。”平曰：“参军差矣。若屯兵当道，筑起城垣，贼兵纵有十万，不能偷过；今若弃此要路，屯兵于山上，倘魏兵骤至，四面围定，将何策保之？”谡大笑曰：“汝真女子之见。兵法云：‘凭高视下，势如劈竹。’若魏兵到来，吾教他片甲不回。”平曰：“吾累随丞相经阵，每到之处，丞相尽意指教。今观此山，乃绝地也，若魏兵断我汲水之道，军士不战自乱矣。”谡曰：“汝莫乱道。孙子云：‘置之死地而后生。’若魏兵绝我汲水之道，蜀兵岂不死战？以一可当百也。吾素读兵书，丞相诸事尚问于我，汝奈何相阻耶？”平曰：“若参军欲在山上下寨，可分兵与我，自于山西下一小寨，为掎角之势，倘魏兵至，可以相应。”马谡不从。忽然山中居民成群结队，飞奔而来，报说魏兵已到。王平欲辞去，马谡曰：“汝既不听吾令，与汝五千兵，自去下寨。待吾破了魏兵，到丞相面前，须分不得功。”王平引兵离山十里下寨，画成图本，星夜差人去禀孔明，具说马谡自于山上下寨。

却说司马懿在城中，令次子司马昭去探前路：若街亭有兵守御，即当按兵不行。司马昭奉令，探了一遍，回见父曰：“街亭有兵守把。”懿叹曰：“诸葛亮真乃神人，吾不如也！”昭笑曰：“父亲何故自堕志气耶？男[①]料街亭易取。”懿问曰：“汝安敢出此大言？”昭曰：“男亲自哨见，当道并无寨栅，军皆屯于山上，故知

① 男——儿子对父母的自称。

可破也。”懿大喜曰：“若兵果在山上，乃天使吾成功矣！”遂更换衣服，引百馀骑，亲自来看。是夜天晴月朗，直至山下，周围巡哨了一遍，方回。马谡在山上见之，大笑曰：“彼若有命，不来围山。”传令与诸将：“倘兵来，只见山顶上红旗招动，即四面皆下。”

却说司马懿回到寨中，使人打听是何将引兵守街亭。回报曰：“乃马良之弟马谡也。”懿笑曰：“徒有虚名，乃庸才耳。孔明用如此人物，如何不误事？”又问：“街亭左右别有军否？”探马报曰：“离山十里有王平安营。”懿乃命张郃引一军，当住王平来路。又令申耽、申仪引两路兵围山，先断了汲水道路；待蜀兵自乱，然后乘势击之。当夜调度已定。

次日天明，张郃引兵先往背后去了。司马懿大驱军马，一拥而进，把山四面围定。马谡在山上看时，只见魏兵漫山遍野，旌旗队伍，甚是严整。蜀兵见之，尽皆丧胆，不敢下山。马谡将红旗招动，军将你我相推，无一人敢动。谡大怒，自杀①二将。众军惊惧，只得努力下山来冲魏兵。魏兵端然不动，蜀兵又退上山去。马谡见事不谐②，教军紧守寨门，只等外应。

却说王平见魏兵到，引军杀来，正遇张郃，战有数十馀合，平力穷势孤，只得退去。魏兵自辰时困至戌时，山上无水，军不得食，寨中大乱。嚷到半夜时分，山南蜀兵大开寨门，下山降魏。马谡禁止不住。司马懿又令人于沿山放火，山上蜀兵愈乱。马谡料守不住，只得驱残兵杀下山西逃奔。司马懿放条大路，让过马谡。背后张郃引兵追来，赶到三十馀里，前面鼓角齐鸣，一彪军出，放过马谡，拦住张郃，视之乃魏延也。延挥刀纵马，直取张郃。郃回军便走。延驱兵赶来，复夺街亭。赶到五十馀里，一声喊起，两边伏兵齐出：左边司马懿，右边司马昭，却抄在魏延背

① 自杀——这里是亲自动手杀人之意。

② 不谐——不顺利，不成功。

后，把延困在垓心。张郃复来，三路兵合在一处。魏延左冲右突，不得脱身，折兵大半。

正危急间，忽一彪军杀入，乃王平也。延大喜曰："吾得生矣！"二将合兵一处，大杀一阵，魏兵方退。二将慌忙奔回寨时，营中皆是魏兵旌旗，申耽、申仪从营中杀出。王平、魏延径奔列柳城，来投高翔。此时高翔闻知街亭有失，尽起列柳城之兵，前来救应，正遇延、平二人，诉说前事。高翔曰："不如今晚去劫魏寨，再复街亭。"当时三人在山坡下商议已定。

待天色将晚，兵分三路。魏延引兵先进，径到街亭，不见一人，心中大疑，未敢轻进，且伏在路口等候。忽见高翔兵到，二人共说魏兵不知在何处。正没理会，又不见王平兵到，忽然一声炮响，火光冲天，鼓声震地，魏兵齐出，把魏延、高翔围在垓心。二人往来冲突，不得脱身。忽听得山坡后喊声若雷，一彪军杀入，乃是王平，救了高、魏二人，径奔列柳城来。比及奔到城下时，城边早有一军杀到，旗上大书"魏都督郭淮"字样。原来郭淮与曹真商议，恐司马懿得了全功，乃分淮来取街亭。闻知司马懿、张郃成了此功，遂引兵径袭列柳城，正遇三将，大杀一阵。蜀兵伤者极多。魏延恐阳平关有失，慌与王平、高翔望阳平关来。

却说郭淮收了军马，乃谓左右曰："吾虽不得街亭，却取了列柳城，亦是大功。"引兵径到城下叫门，只见城上一声炮响，旗帜皆竖，当头一面大旗，上书"平西都督司马懿"。懿撑起悬空板，倚定护心木栏杆，大笑曰："郭伯济来何迟也？"淮大惊曰："仲达神机，吾不及也！"遂入城。相见已毕，懿曰："今街亭已失，诸葛亮必走，公可速与子丹星夜追之。"郭淮从其言，出城而去。

懿唤张郃曰："子丹、伯济恐吾全获大功，故来取此城池。吾非独欲成功，乃侥幸而已。吾料魏延、王平、马谡、高翔等辈必先去据阳平关。吾若去取此关，诸葛亮必随后掩杀，中其计矣。

兵法云：'归师勿掩，穷寇莫追[1]。'汝可从小路抄箕谷退兵，吾自引兵当斜谷之兵。若彼败走，不可相拒，只宜中途截住蜀兵，辎重可尽得也。"张郃受计，引兵一半去了。懿下令："竟[2]取斜谷，由西城而进。西城虽山僻小县，乃蜀兵屯粮之所，又南安、天水、安定三郡总路，若得此城，三郡可复矣。"于是司马懿留申耽、申仪守列柳城，自领大军望斜谷进发。

却说孔明自令马谡等守街亭去后，犹豫不定。忽报王平使人送图本至。孔明唤入，左右呈上图本。孔明就文几上拆开视之，拍案大惊曰："马谡无知，坑陷吾军矣！"左右问曰："丞相何故失惊？"孔明曰："吾观此图本，失却要路，占山为寨。倘魏兵大至，四面围合，断汲水道路，不须二日，军自乱矣。若街亭有失，吾等安归？"长史杨仪进曰："某虽不才，愿替马幼常回。"孔明将安营之法，一一分付与杨仪。

正待要行，忽报马到来，说："街亭、列柳城尽皆失了。"孔明跌足长叹曰："大事去矣！此吾之过也。"急唤关兴、张苞，分付曰："汝二人各引三千精兵，投武功山小路而行。如遇魏兵，不可大击，只鼓噪呐喊，为疑兵惊之。彼当自走，亦不可追。待军退尽，便投阳平关去。"又令张翼先引军去修理剑阁，以备归路；又密传号令，教大军暗暗收拾行装，以备起程；又令马岱、姜维断后，先伏于山谷中，待诸军退尽，方始收兵；又差心腹人分路报与天水、南安、安定三郡官吏、军民，皆入汉中；又遣心腹人到冀县搬取姜维老母，送入汉中。

孔明分拨已定，先引五千兵，退出西城县，搬运粮草。忽然

---

① 归师勿掩，穷寇莫追——语本《孙子·军争篇》，原文是："归师勿遏，围师必阙，穷寇勿迫，此用兵之法也。"意谓撤退的敌军不要拦截，包围敌军时一定要留出让其逃跑的缺口，被打败的敌军不要穷追猛打。

② 竟——径直，一直。

十馀次飞马报到，说："司马懿引大军十五万，望西城蜂拥而来。"时孔明身边别无大将，只有一班文官；所引五千军，已分一半先运粮草去了，只剩二千五百军在城中。众官听得这个消息，尽皆失色。孔明登城望之，果然尘土冲天，魏兵分两路望西城县杀来。孔明传令，教："将旌旗尽皆隐匿。诸军各守城铺[①]，如有妄行出入及高言大语者，斩之！大开四门，每一门用二十军士扮作百姓，洒扫街道。如魏兵到时，不可擅动，吾自有计。"孔明乃披鹤氅，戴纶巾，引二小童，携琴一张，于城上敌楼前，凭栏而坐，焚香操琴。

却说司马懿前军哨到城下，见了如此模样，皆不敢进，急报与司马懿。懿笑而不信，遂止住三军，自飞马远远望之。果见孔明坐于城楼之上，笑容可掬[②]，焚香操琴。左有一童子，手捧宝剑；右有一童子，手执麈尾。城门内外有二十馀百姓低头洒扫，旁若无人。懿看毕大疑，便到中军，教后军作前军，前军作后军，望北山路而退。次子司马昭曰："莫非诸葛亮无军，故作此态？父亲何故便退兵？"懿曰："亮平生谨慎，不曾弄险。今大开城门，必有埋伏，我兵若进，中其计也。汝辈岂知？宜速退。"于是两路兵尽皆退去。

孔明见魏军远去，抚掌而笑。众官无不骇然，乃问孔明曰："司马懿乃魏之名将，今统十五万精兵到此，见了丞相，便速退去，何也？"孔明曰："此人料吾生平谨慎，必不弄险，见如此模样，疑有伏兵，所以退去。吾非行险，盖因不得已而用之。此人必引军投山北小路去也，吾已令兴、苞二人在彼等候。"众皆惊服曰："丞相之机，神鬼莫测！若某等之见，必弃城而走矣。"孔明曰："吾兵止有二千五百，若弃城而走，必不能远遁，得不[③]为司马

① 城铺——兵士在城墙上防守的地段。

② 笑容可掬——其笑容似乎可以用手掬起来。形容笑得极其明显而自然。

③ 得不——岂不。

懿所擒乎？”后人有诗赞曰：

瑶琴三尺胜雄师，诸葛西城退敌时。
十五万人回马处，土人指点到今疑。

言讫，拍手大笑曰：“吾若为司马懿，必不便退也。”遂下令，教西城百姓随军入汉中，司马懿必将复来。于是孔明离西城，望汉中而走。天水、安定、南安三郡官吏军民陆续而来。

却说司马懿望武功山小路而走，忽然山坡后喊杀连天，鼓声震地。懿回顾二子曰：“吾若不走，必中诸葛亮之计矣。”只见大路上一军杀来，旗上大书“右护卫使虎翼将军张苞”。魏兵皆弃甲抛戈而走。行不到一程，山谷中喊声震地，鼓角喧天，前面一杆大旗，上书“左护卫使龙骧将军关兴”。山谷应声，不知蜀兵多少；更兼魏军心疑：不敢久停，只得尽弃辎重而去。兴、苞二人皆遵将令，不敢追袭，多得军器、粮草而归。司马懿见山谷中皆有蜀兵，不敢出大路，遂回街亭。

此时曹真听知孔明退兵，急引兵追赶。山背后一声炮响，蜀兵漫山遍野而来，为首大将，乃是姜维、马岱。真大惊，急退军时，先锋陈造已被马岱所斩。真引兵鼠窜而还。蜀兵连夜皆奔回汉中。

却说赵云、邓芝伏兵于箕谷道中，闻孔明传令回军，云谓芝曰：“魏军知吾兵退，必然来追。吾先引一军伏于其后，公却引兵打吾旗号徐徐而退，吾一步步自有护送也。”

却说郭淮提兵再回箕谷道中，唤先锋苏颙分付曰：“蜀将赵云英勇无敌，汝可小心提防。彼军若退，必有计也。”苏颙欣然曰：“都督若肯接应，某当生擒赵云。”遂引前部三千兵，奔入箕谷。看看赶上蜀兵，只见山坡后闪出红旗白字，上书“赵云”。苏颙急收兵退走。行不到数里，喊声大震，一彪军撞出，为首大将挺枪跃马，大喝曰：“汝识赵子龙否？”苏颙大惊曰：“如何这里又有赵云？”措手不及，被云一枪刺死于马下。馀军溃散。

云迤逦前进，背后又一军到，乃郭淮部将万政也。云见魏兵追急，乃勒马挺枪，立于路口，待来将交锋。蜀兵已去三十馀里。万政认得是赵云，不敢前进。云等得天色黄昏，方才拨回马缓缓而进。郭淮兵到，万政言："赵云英勇如旧，因此不敢近前。"淮传令教军急赶，政令数百骑壮士赶来。行至一大林，忽听得背后大喝一声曰："赵子龙在此！"惊得魏兵落马者百馀人，馀者皆越岭而去。万政勉强来敌，被云一箭射中盔缨，惊跌于涧中。云以枪指之曰："吾饶汝性命，回去快教郭淮赶来。"万政脱命[1]而回。云护送车仗人马，望汉中而去，沿途并无遗失。曹真、郭淮复夺三郡，以为己功。

却说司马懿分兵而进，此时蜀兵尽回汉中去了。懿引一军复到西城，因问遗下居民及山僻隐者，皆言孔明止有二千五百军在城中，又无武将，只有几个文官，别无埋伏。武功山小民告曰："关兴、张苞只各有三千军，转山呐喊，鼓噪惊追，又无别军，并不敢厮杀。"懿悔之不及，仰天叹曰："吾不如孔明也！"遂安抚了诸处官民，引兵径还长安，朝见魏主。睿曰："今日复得陇西诸郡，皆卿之功也。"懿奏曰："今蜀兵皆在汉中，未尽剿灭。臣乞大兵，并力收川，以报陛下。"睿大喜，令懿即便兴兵。忽班内一人出奏曰："臣有一计，足可定蜀降吴。"正是：

蜀中将相方归国，魏地君臣又逞谋。

未知献计者是谁，且看下文分解。

---

① 脱命——逃命。

第九十六回

孔明挥泪斩马谡　周鲂断发赚曹休

却说献计者乃尚书孙资也。曹睿问曰："卿有何妙计？"资奏曰："昔太祖武皇帝[①]收张鲁时危而后济，常对群臣曰：'南郑之地，真为天狱[②]。中斜谷道为五百里石穴，非用武之地。'今若尽起天下之兵伐蜀，则东吴又将入寇。不如以现在之兵，分命大将据守险要，养精蓄锐。不过数年，中国[③]日盛，吴、蜀二国必自相残害，那时图之，岂非胜算？乞陛下裁之。"睿乃问司马懿曰："此论若何？"懿奏曰："孙尚书所言极当。"睿从之，命懿分拨诸将守把险要，留郭淮、张郃守长安。大赏三军，驾回洛阳。

却说孔明回到汉中，计点军士，只少赵云、邓芝，心中甚忧。乃令关兴、张苞，各引一军接应。二人正欲起身，忽报赵云、邓芝到来，并不曾折一人一骑，辎重等器亦无遗失。孔明大喜，亲引诸将出迎。赵云慌忙下马，伏地曰："败军之将，何劳丞相远接？"孔明急扶起，执手而言曰："是吾不识贤愚，以致如此。各处兵将败损，惟子龙不折一人一骑，何也？"邓芝告曰："某引兵先行，子龙独自断后，斩将立功，敌人惊怕，因此军资什物[④]，不曾遗弃。"孔明曰："真将军也！"遂取金五十斤以赠赵云，又取绢

---

① 太祖武皇帝——指曹操。这是曹丕即帝位后追尊曹操的庙号。

② 天狱——天然的牢狱。形容地形极其险恶，一旦被困，很难突围。

③ 中国——这里指魏国。因其据有中原之地，又自以为承汉之正统，故称。

④ 什（shí）物——义同"杂物"。即各种物品和器具。

一万匹赏云部卒。云辞曰："三军无尺寸之功，某等俱各有罪，若反受赏，乃丞相赏罚不明也。且请寄库，候今冬赐与诸军未迟。"孔明叹曰："先帝在日，常称子龙之德，今果如此。"乃倍加钦敬。

忽报："马谡、王平、魏延、高翔至。"孔明先唤王平入帐，责之曰："吾令汝同马谡守街亭，汝何不谏之，致使失事？"平曰："某再三相劝，要在当道筑土城，安营守把。参军大怒不从，某因此自引五千军，离山十里下寨。魏兵骤至，把山四面围合，某引兵冲杀十馀次，皆不能入。次日土崩瓦解，降者无数。某孤军难立，故投魏文长求救。半途又被魏兵困在山谷之中，某奋死杀出。比及归寨，早被魏兵占了。及投列柳城时，路逢高翔，遂分兵三路，去劫魏寨，指望克复街亭。因见街亭并无伏路军，以此心疑。登高望之，只见魏延、高翔被魏兵围住。某即杀入重围，救出二将，就同参军并在一处。某恐失却阳平关，因此急来回守。非某之不谏也。丞相不信，可问各部将校。"孔明喝退，又唤马谡入帐。

谡自缚跪于帐前，孔明变色曰："汝自幼饱读兵书，熟谙战法。吾累次丁宁[①]告戒，街亭是吾根本。汝以全家之命，领此重任。汝若早听王平之言，岂有此祸？今败军折将，失地陷城，皆汝之过也！若不明正军律，何以服众？汝今犯法，休得怨吾。汝死之后，汝之家小，吾按月给与禄粮，汝不必挂心。"叱左右推出斩之。谡泣曰："丞相视某如子，某以丞相为父。某之死罪，实已难逃。愿丞相思舜帝殛鲧用禹[②]之义，某虽死亦无恨于九泉。"言讫大哭。孔明挥泪曰："吾与汝义同兄弟，汝之子即吾之子也，不必多嘱。"

左右推出马谡，于辕门之外将斩，参军蒋琬自成都至，见武

---

① 丁宁——通"叮咛"。

② 舜帝殛鲧用禹——事见《史记·五帝本纪》：尧帝年老，命舜摄政。"四岳（官名）举鲧治鸿（通"洪"）水，尧以为不可，岳强请试之，试之而无功，故百姓不便。""于是舜归而言于帝，请……殛鲧于羽山"。后舜继尧为帝，用鲧之子禹治水，终于成功。

士欲斩马谡，大惊，高叫："留人！"入见孔明曰："昔楚杀得臣而文公喜[①]。今天下未定，而戮智谋之臣，岂不可惜乎？"孔明流涕而答曰："昔孙武所以能制胜于天下者，用法明也。今四方分争，兵戈方始，若复废法，何以讨贼耶？合当斩之。"

须臾，武士献马谡首级于阶下。孔明大哭不已。蒋琬问曰："今幼常得罪，既正军法，丞相何故哭耶？"孔明曰："吾非为马谡而哭，吾想先帝在白帝城临危之时，曾嘱吾曰：'马谡言过其实，不可大用。'今果应此言。乃深恨己之不明，追思先帝之言，因此痛哭耳。"大小将士无不流涕。马谡亡年三十九岁。时建兴六年夏五月也。后人有诗曰：

> 失守街亭罪不轻，堪嗟马谡枉谈兵。
> 辕门斩首严军法，拭泪犹思先帝明。

却说孔明斩了马谡，将首级遍示各营已毕，用线缝在尸上，具棺葬之，自修祭文享祀；将谡家小加意抚恤，按月给与禄米。于是孔明自作表文，令蒋琬申奏后主，请自贬丞相之职。

琬回成都，入见后主，进上孔明表章。后主拆视之，表曰：

> 臣以弱才，叨窃非据，亲秉旄钺，以励三军。不能训章明法，临事而惧，至有街亭违命之阙，箕谷不戒之失。咎皆在臣，授任无方。臣明不知人，恤事多闇。《春秋》责帅，臣职是当。请自贬三等，以督厥咎。臣不胜惭愧，俯伏待命。

后主览毕曰："胜负兵家常事，丞相何出此言？"侍中费祎奏曰："臣闻治国者，必以奉法为重。法若不行，何以服人？丞相败绩，自行贬降，正其宜也。"后主从之，乃诏贬孔明为右将军，行丞相事，照旧总督军马。就命费祎赍诏到汉中。

---

① 楚杀得臣而文公喜——事见《左传·僖公二十八年》：是年晋国讨伐曹国和卫国，楚国大将成得臣（字子玉）率兵救援，结果大败，被迫自杀。晋文公得知后大喜。

孔明受诏贬降讫，祎恐孔明羞赧，乃贺曰："蜀中之民知丞相初拔四县，深以为喜。"孔明变色曰："是何言也！得而复失，与不得同。公以此贺我，实足使我愧赧耳。"祎又曰："近闻丞相得姜维，天子甚喜。"孔明怒曰："兵败师还，不曾夺得寸土，此吾之大罪也。量得一姜维，于魏何损？"祎又曰："丞相现统雄师数十万，可再伐魏乎？"孔明曰："昔大军屯于祁山、箕谷之时，我兵多于贼兵，而不能破贼，反为贼所破，此病不在兵之多寡，在主将耳。今欲减兵省将，明罚思过，转变通之道[①]于将来。如其不然，虽兵多何用？自今以后，诸人有远虑于国者，但勤攻吾之阙[②]，责吾之短，则事可定，贼可灭，功可翘足而待矣。"费祎、诸将皆服其论。费祎自回成都。孔明在汉中，惜军爱民，励兵讲武，置造[③]攻城渡水之器，聚积粮草，预备战筏，以为后图。

细作探知，报入洛阳。魏主曹睿闻知，即召司马懿商议收川之策。懿曰："蜀未可攻也。方今天道亢炎[④]，蜀兵必不出。若我军深入其地，彼守其险要，急切难下。"睿曰："倘蜀兵再来入寇，如之奈何？"懿曰："臣已算定，今番诸葛亮必效韩信暗度陈仓[⑤]之计。臣举一人往陈仓道口，筑城守御，万无一失。此人身长九尺，猿臂善射，深有谋略。若诸葛亮入寇，此人足可当之。"睿大喜，问曰："此何人也？"懿奏曰："乃太原人，姓郝名昭，字伯道，现为杂号将军，镇守河西。"睿从之，加郝昭为镇西将军，命守把陈仓道口，遣使持诏去讫。

忽报扬州司马大都督曹休上表，说东吴鄱阳太守周鲂愿以郡

---

① 转变通之道——即改变过去的做法，采用不拘常规的灵活办法。转：改变，改用。

② 阙——通"缺"。即缺点，缺失，不足。

③ 置造——建造。

④ 天道亢炎——天气炎热。

⑤ 暗度陈仓——典出《史记·高祖本纪》：刘邦从汉中将攻项羽，采用韩信之计：明里派兵修复栈道，以迷惑项羽；暗中却绕道偷过陈仓（古县名，在今陕西宝鸡市东），打败了项羽之军。后即以"暗度陈仓"或"明修栈道，暗度陈仓"喻声东击西之计。

来降，密遣人陈言七事，说东吴可破，乞早发兵取之。睿就御床上展开，与司马懿同观。懿奏曰："此言极有理，吴当灭矣。臣愿引一军往助曹休。"忽班中一人进曰："吴人之言，反覆不一，未可深信。周鲂智谋之士，必不肯降，此特诱兵之诡计也。"众视之，乃建威将军贾逵也。懿曰："此言亦不可不听，机会亦不可错失。"魏主曰："仲达可与贾逵同助曹休。"二人领命去讫。于是曹休引大军径取皖城；贾逵引前将军满宠、东莞太守胡质，径取阳城，直向东关；司马懿引本部军径取江陵。

却说吴主孙权在武昌东关，会多官商议曰："今有鄱阳太守周鲂密表，奏称魏扬州都督曹休有入寇之意。今鲂诈施诡计，暗陈七事，引诱魏兵深入重地，可设伏兵擒之。今魏兵分三路而来，诸卿有何高见？"顾雍进曰："此大任非陆伯言不敢当也。"权大喜，乃召陆逊，封为辅国大将军、平北都元帅，统御林大兵，摄行王事①，授以白旄黄钺，文武百官，皆听约束，权亲自与逊执鞭。逊领命谢恩毕，乃保二人为左右都督，分兵以迎三道。权问何人，逊曰："奋威将军朱桓，绥南将军全琮，二人可为辅佐。"权从之，即命朱桓为左都督，全琮为右都督。

于是陆逊总率江南八十一州并荆湖之众七十馀万，令朱桓在左，全琮在右，逊自居中，三路进兵。朱桓献策曰："曹休以亲见任，非智勇之将也。今听周鲂诱言，深入重地，元帅以兵击之，曹休必败。败后必走两条路：左乃夹石，右乃挂车。此二条路皆山僻小径，最为险峻。某愿与全子璜各引一军伏于山险，先以柴木大石塞断其路，曹休可擒矣。若擒了曹休，便长驱直进，唾手而得寿春，以窥许、洛，此万世一时也。"逊曰："此非善策，吾自有妙用。"于是朱桓怀不平而退。逊令诸葛瑾等拒守江陵，以敌司马懿。诸路俱各调拨停当。

---

① 摄行王事——代行帝王之权，发号施令。

却说曹休兵临皖城，周鲂来迎，径到曹休帐下。休问曰："近得足下之书，所陈七事，深为有理。奏闻天子，故起大军三路进发。若得江东之地，足下之功不小。有人言足下多谋，诚恐所言不实。吾料足下必不欺我。"周鲂大哭，急掣从人所佩剑欲自刎。休急止之。鲂仗剑而言曰："吾所陈七事，恨不能吐出心肝。今反生疑，必有吴人使反间之计也。若听其言，吾必死矣。吾之忠心，惟天可表。"言讫，又欲自刎。曹休大惊，慌忙抱住曰："吾戏言耳，足下何故如此？"鲂乃用剑割发，掷于地曰："吾以忠心待公，公以吾为戏。吾割父母所遗之发，以表此心。"曹休乃深信之，设宴相待。席罢，周鲂辞去。

忽报："建威将军贾逵来见。"休令入，问曰："汝此来何为？"逵曰："某料东吴之兵，必尽屯于皖城。都督不可轻进，待某两下夹攻，贼兵可破矣。"休怒曰："汝欲夺吾功耶？"逵曰："又闻周鲂截发为誓，此乃诈也。昔要离断臂，刺杀庆忌[①]。未可深信。"休大怒曰："吾正欲进兵，汝何出此言，以慢军心？"叱左右推出斩之。众将告曰："未及进兵，先斩大将，于军不利，且乞暂免。"休从之，将贾逵兵留在寨中调用，自引一军来取东关。

时周鲂听知贾逵削去兵权，暗喜曰："曹休若用贾逵之言，则东吴败矣。今天使我成功也。"即遣人密到皖城，报知陆逊。逊唤诸将听令曰："前面石亭虽是山路，足可埋伏。早先去占石亭阔处，布成阵势，以待魏军。"遂令徐盛为先锋，引兵前进。

却说曹休命周鲂引兵而进，正行间，休问曰："前至何处？"鲂曰："前面石亭也，堪以屯兵。"休从之，遂率大军并车仗等器，尽赴石亭驻扎。次日，哨马报道："前面吴兵不知多少，据住山口。"休大惊曰："周鲂言无兵，为何有准备？"急寻鲂问之，人

---

① 要离断臂，刺杀庆忌——要离为春秋时吴国刺客。他奉吴王阖闾之命，去刺杀吴王僚的儿子庆忌。为了取得庆忌的信任，他请吴王断其一臂，果然骗过了庆忌，乘机刺杀了庆忌。

报："周鲂引数十人，不知何处去了。"休大悔曰："吾中贼之计矣！虽然如此，亦不足惧。"遂令大将张普为先锋，引数千兵来与吴兵交战。两阵对圆，张普出马骂曰："贼将早降！"徐盛出马相迎。战无数合，普抵敌不住，勒马收兵，回见曹休，言徐盛勇不可当。休曰："吾当以奇兵胜之。"就令张普引二万军伏于石亭之南，又令薛乔引二万军伏于石亭之北。"明日吾自引一千兵搦战，却佯输诈败，诱到北山之前，放炮为号，三面夹攻，必获大胜。"二将受计，各引二万军，到晚埋伏去了。

却说陆逊唤朱桓、全琮分付曰："汝二人各引三万军，从石亭山路抄到曹休寨后，放火为号；吾亲率大军从中路而进：可擒曹休也。"当日黄昏，二将受计，引兵而进。二更时分，朱桓引一军正抄到魏寨后，迎着张普伏兵。普不知是吴兵，径来问时，被朱桓一刀斩于马下。魏兵便走。桓令后军放火。全琮引一军抄到魏寨后，正撞在薛乔阵里，就那里大杀一阵。薛乔败走，魏兵大损，奔回本寨。后面朱桓、全琮两路杀来。曹休寨中大乱，自相冲击。休慌上马，望夹石道奔走。徐盛引大队军马从正路杀来。魏兵死者不可胜数，逃命者尽弃衣甲。

曹休大惊，在夹石道中奋力奔走。忽见一彪军从小路冲出，为首大将乃贾逵也。休惊慌少息，自愧曰："吾不用公言，果遭此败。"逵曰："都督可速出此道，若被吴兵以木石塞断，吾等皆危矣。"于是曹休骤马而行，贾逵断后。逵于林木盛茂处及险峻小径，多设旌旗以为疑兵。及至徐盛赶到，见山坡下闪出旗角，疑有埋伏，不敢追赶，收兵而回，因此救了曹休。司马懿听知休败，亦引兵退去。

却说陆逊正望捷音，须臾，徐盛、朱桓、全琮皆到。所得车仗、牛马、驴骡、军资、器械不计其数，降兵数万馀人。逊大喜，即同太守周鲂并诸将班师还吴。吴主孙权领文武官僚出武昌城迎接，以御盖覆逊而入。诸将尽皆升赏。权见周鲂无发，慰劳曰：

“卿断发成此大事，功名当书于竹帛也。”即封周鲂为关内侯。大设筵会，劳军庆贺。陆逊奏曰：“今曹休大败，魏已丧胆。可修国书，遣使入川，教诸葛亮进兵攻之。”权从其言，遂遣使赍书入川去。正是：

只因东国能施计，致令西川又动兵。

未知孔明再来伐魏，胜负如何，且看下文分解。

第九十七回

讨魏国武侯再上表　破曹兵姜维诈献书

却说蜀汉建兴六年秋九月，魏都督曹休被东吴陆逊大破于石亭，车仗、马匹、军资、器械并皆罄尽。休惶恐之甚，气忧成病，到洛阳，疽发背而死。魏主曹睿敕令厚葬。司马懿引兵还，众将接入，问曰："曹都督兵败，即元帅之干系，何故急回耶？"懿曰："吾料诸葛亮知吾兵败，必乘虚来取长安。倘陇西紧急，何人救之？吾故回耳。"众皆以为惧怯，哂笑而退。

却说东吴遣使致书蜀中，请兵伐魏，并言大破曹休之事：一者显自己威风，二者通和会之好[①]。后主大喜，令人持书至汉中，报知孔明。时孔明兵强马壮，粮草丰足，所用之物，一切完备，正要出师。听知此信，即设宴大会诸将，计议出师。忽一阵大风自东北角上而起，把庭前松树吹折。众皆大惊。孔明就占一课，曰："此风主损一大将。"诸将未信。正饮酒间，忽报："镇南将军赵云长子赵统、次子赵广来见丞相。"孔明大惊，掷杯于地曰："子龙休矣！"二子入见，拜哭曰："某父昨夜三更病重而死。"孔明跌足而哭曰："子龙身故，国家损一栋梁，吾去一臂也！"众将无不挥涕。孔明令二子入成都面君报丧。后主闻云死，放声大哭曰："朕昔年幼，非子龙则死于乱军之中矣！"即下诏追赠大将军，谥封顺平侯，敕葬于成都锦屏山之东，建立庙堂，四时享祭。后人有诗曰：

常山有虎将，智勇匹关张。

---

① 通和会之好——表示睦邻友好。

汉水功勋在，当阳姓字彰。

两番扶幼主，一念答先皇。

青史书忠烈，应流百世芳。

却说后主思念赵云昔日之功，祭葬甚厚；封赵统为虎贲中郎，赵广为牙门将，就令守坟。二人辞谢而去。忽近臣奏曰："诸葛丞相将军马分拨已定，即日将出师伐魏。"后主问在朝诸臣，诸臣多言未可轻动。后主疑虑未决。忽奏丞相令杨仪赍《出师表》至。后主宣入，仪呈上表章。后主就御案上拆视，其表曰：

先帝虑汉、贼不两立，王业不偏安，故托臣以讨贼也。以先帝之明，量臣之才，故知臣伐贼，才弱敌强也。然不伐贼，王业亦亡。惟坐而待亡，孰与伐之？是故托臣而弗疑也。臣受命之日，寝不安席，食不甘味。思惟北征，宜先入南，故五月渡泸，深入不毛，并日而食。臣非不自惜也，顾王业不得偏全于蜀都，故冒危难，以奉先帝之遗意。而议者谓为非计。今贼适疲于西，又务于东，兵法"乘劳"，此进趋之时也。谨陈其事如左：

高帝明并日月，谋臣渊深，然涉险被创，危然后安。今陛下未及高帝，谋臣不如良、平，而欲以长计取胜，坐定天下，此臣之未解一也。刘繇、王朗各据州郡，论安言计，动引圣人，群疑满腹，众难塞胸；今岁不战，明年不征，使孙权坐大，遂并江东，此臣之未解二也。曹操智计，殊绝于人，其用兵也，仿佛孙、吴，然困于南阳，险于乌巢，危于祁连，逼于黎阳，几败北山，殆死潼关，然后伪定一时耳；况臣才弱，而欲以不危而定之，此臣之未解三也。曹操五攻昌霸不下，四越巢湖不成，任用李服而李服图之，委任夏侯而夏侯败亡，先帝每称操为能，犹有此失；况臣驽下，何能必胜？此臣之未解四也。自臣到汉中，中间期年耳，然丧赵云、阳群、马玉、

> 阎芝、丁立、白寿、刘郃、邓铜等及曲长、屯将七十馀人，突将无前；賨叟、青羌散骑、武骑一千馀人。此皆数十年之内所纠合四方之精锐，非一州之所有；若复数年，则损三分之二也，当何以图敌？此臣之未解五也。今民穷兵疲，而事不可息；事不可息，则住与行，劳费正等。而不及今图之，欲以一州之地，与贼持久，此臣之未解六也。
>
> 夫难平者，事也。昔先帝败军于楚，当此之时，曹操拊手，谓天下已定。然后先帝东连吴、越，西取巴、蜀，举兵北征，夏侯授首。此操之失计，而汉事将成也。然后吴更违盟，关羽毁败，秭归蹉跌，曹丕称帝。凡事如是，难可逆见。臣鞠躬尽瘁，死而后已，至于成败利钝，非臣之明所能逆睹也。

后主览表甚喜，即敕令孔明出师。孔明受命，起三十万精兵，令魏延总督前部先锋，径奔陈仓道口而来。

早有细作报入洛阳。司马懿奏知魏主，大会文武商议。大将军曹真出班奏曰："臣昨守陇西，功微罪大，不胜惶恐。今乞引大军，往擒诸葛亮。臣近得一员大将，使六十斤大刀，骑千里征骑马，开两石铁胎弓，暗藏三个流星锤，百发百中，有万夫不当之勇，乃陇西狄道人，姓王名双，字子全。臣保此人为先锋。"睿大喜，便召王双上殿。视之，身长九尺，面黑睛黄，熊腰虎背。睿笑曰："朕得此大将，有何虑哉！"遂赐锦袍金甲，封为虎威将军、前部大先锋；曹真为大都督。真谢恩出朝，遂引十五万精兵，会合郭淮、张郃，分道守把隘口。

却说蜀兵前队哨至陈仓，回报孔明说："陈仓口已筑起一城，内有大将郝昭守把，深沟高垒，遍排鹿角，十分谨严。不如弃了此城，从太白岭鸟道，出祁山甚便。"孔明曰："陈仓正北是街亭，必得此城，方可进兵。"命魏延引兵到城下，四面攻之，连日不能破。魏延复来告孔明，说城难打。孔明大怒，欲斩魏延。忽帐下一人告曰："某虽无才，随丞相多年，未尝报效。愿去陈仓城中，说郝昭来降，不用张弓只箭。"众视之，乃部曲靳祥也。孔明曰："汝用何言以说之？"祥曰："郝昭与某，同是陇西人氏，自幼交契。某今到彼，以利害说之，必来降矣。"孔明即令前去。

靳祥骤马径到城下，叫曰："郝伯道故人靳祥来见。"城上人报知郝昭。昭令开门放入，登城相见。昭问曰："故人因何到此？"祥曰："吾在西蜀孔明帐下参赞军机，待以上宾之礼。特令某来见公，有言相告。"昭勃然变色曰："诸葛亮乃我国仇敌也！吾事魏，汝事蜀，各事其主，昔时为昆仲，今时为仇敌。汝再不必多言，便请出城。"靳祥又欲开言，郝昭已出敌楼上了。魏军急催上马，赶出城外。祥回头视之，见昭倚定护心木栏杆。祥勒马以鞭指之曰："伯道贤弟，何太情薄耶？"昭曰："魏国法度，兄所知也。吾受国恩，但有死而已，兄不必下说词。早回见诸葛亮，教快来攻城，吾不惧也。"

祥回告孔明曰："郝昭未等某开言，便先阻却。"孔明曰："汝可再去见他，以利害说之。"祥又到城下，请郝昭相见。昭出到敌楼上。祥勒马高叫曰："伯道贤弟，听吾忠言：汝据守一孤城，怎拒数十万之众？今不早降，后悔无及。且不顺大汉而事奸魏，抑何不知天命、不辨清浊乎？愿伯道思之。"郝昭大怒，拈弓搭箭，指靳祥而喝曰："吾前言已定，汝不必再言。可速退，吾不射汝。"

靳祥回见孔明，具言郝昭如此光景。孔明大怒曰："匹夫无礼太甚！岂欺吾无攻城之具耶？"随叫土人，问曰："陈仓城中有多少人马？"土人告曰："虽不知的数[①]，约有三千人。"孔明笑曰："量此小城，安能御我？休等他救兵到，火速攻之。"于是军中起百乘云梯，一乘上可立十数人，周围用木板遮护。军士各把短梯

① 的数——准确的数目。

软索，听军中擂鼓，一齐上城。郝昭在敌楼上望见蜀兵装起云梯，四面而来，即令三千军各执火箭，分布四面，待云梯近城，一齐射之。孔明只道城中无备，故大造云梯，令三军鼓噪呐喊而进。不期城上火箭齐发，云梯尽着，梯上军士多被烧死。城上矢石如雨，蜀兵皆退。孔明大怒曰："汝烧吾云梯，吾却用冲车之法。"于是连夜安排下冲车。次日，又四面鼓噪呐喊而进。郝昭急命运石凿眼，用葛绳穿定飞打，冲车皆被打折。孔明又令人运土填城壕，教廖化引三千锹镢军，从夜间掘地道，暗入城去。郝昭又于城中掘重壕横截之。如此昼夜相攻，二十馀日，无计可破。

孔明正在营中忧闷，忽报："东边救兵到了，旗上书'魏先锋大将王双'。"孔明问曰："谁可迎之？"魏延出曰："某愿往。"孔明曰："汝乃先锋大将，未可轻出。"又问："谁敢迎之？"裨将谢雄应声而出。孔明与三千军去了。孔明又问曰："谁敢再去？"裨将龚起应声要去。孔明亦与三千兵去了。孔明恐城内郝昭引兵冲出，乃把人马退二十里下寨。

却说谢雄引军前行，正遇王双，战不三合，被双一刀劈死。蜀兵败走，双随后赶来。龚起接着，交马只三合，亦被双所斩。败兵回报孔明。孔明大惊，忙令廖化、王平、张嶷三人出迎。两阵对圆，张嶷出马，王平、廖化压住阵角。王双纵马来与张嶷交马，数合不分胜负。双诈败便走，嶷随后赶去。王平见张嶷中计，忙叫曰："休赶！"嶷急回马时，王双流星锤早到，正中其背。嶷伏鞍而走，双回马赶来。王平、廖化截住，救得张嶷回阵。王双驱兵大杀一阵，蜀兵折伤甚多。

嶷吐血数口，回见孔明，说："王双英雄无敌。如今将二万兵就陈仓城外下寨，四围立起排栅，筑起重城，深挖壕堑，守御甚严。"孔明见折二将，张嶷又被打伤，即唤姜维曰："陈仓道口这条路不可行，别求何策？"维曰："陈仓城池坚固，郝昭守御甚密，又得王双相助，实不可取。不若令一大将依山傍水，下寨固守；再令良将守把要道，以防街亭之攻。却统大军去袭祁山，某却如此如此用计，可捉曹真也。”孔明从其言，即令王平、李恢引二枝兵守街亭小路，魏延引一军守陈仓口。马岱为先锋，关兴、张苞为前后救应使，从小径出斜谷，望祁山进发。

却说曹真因思前番被司马懿夺了功劳，因此到洛阳，分调郭淮、孙礼东西守把；又听的陈仓告急，已令王双去救。闻知王双斩将立功，大喜，乃令中护军大将费耀权摄[1]前部总督，诸将各自守把隘口。忽报山谷中捉得细作来见。曹真令押入，跪于帐前。其人告曰：“小人不是奸细，有机密来见都督，误被伏路军捉来。乞退左右。”真乃教去其缚，左右暂退。其人曰：“小人乃姜伯约心腹人也，蒙本官遣送密书。”真曰：“书安在？”其人于贴肉衣内取出呈上。真拆视曰：

> 罪将姜维百拜，书呈大都督曹麾下：维念世食魏禄，忝守边城，叨窃厚恩，无门补报。昨日误遭诸葛亮之计，陷身于巅崖之中，思念旧国，何日忘之？今幸蜀兵西出，诸葛亮甚不相疑。赖都督亲提大兵而来，如遇敌人，可以诈败；维当在后，以举火为号，先烧蜀人粮草，却以大兵翻身掩之，则诸葛亮可擒也。非敢立功报国，实欲自赎前罪。倘蒙照察，速赐来命。

曹真看毕，大喜曰：“天使吾成功也！”遂重赏来人，便令回报，依期会合。

真唤费耀，商议曰：“今姜维暗献密书，令吾如此如此。”耀曰：“诸葛亮多谋，姜维智广，或者是诸葛亮所使，恐其中有诈。”真曰：“他原是魏人，不得已而降蜀，又何疑乎？”耀曰：“都督不可轻去，只守定本寨。某愿引一军接应姜维，如成功，尽归都

[1] 权摄——暂时代理。

督；倘有奸计，某自支当[①]。”真大喜，遂令费耀引五万兵，望斜谷而进。

行了两三程，屯下军马，令人哨探。当日申时分，回报：“斜谷道中有蜀兵来也。”耀忙催兵进，蜀兵未及交战先退。耀引兵追之，蜀兵又来。方欲对阵，蜀兵又退。如此者三次，俄延至次日申时分。魏军一日一夜不曾敢歇，只恐蜀兵攻击。方欲屯军造饭，忽然四面喊声大震，鼓角齐鸣，蜀兵漫山遍野而来。门旗开处，闪出一辆四轮车，孔明端坐其中，令人请魏军主将答话。耀纵马而出，遥见孔明，心中暗喜，回顾左右曰：“如蜀兵掩至，便退后走；若见山后火起，却回身杀去，自有兵来相应。”分付毕，跃马出，呼曰：“前者败将，今何敢又来？”孔明曰：“唤汝曹真来答话。”耀骂曰：“曹都督乃金枝玉叶，安肯与反贼相见耶？”

孔明大怒，把羽扇一招，左有马岱，右有张嶷，两路兵冲出。魏兵便退。行不到三十里，望见蜀兵背后火起，喊声不绝。费耀只道号火，便回身杀来。蜀兵齐退。耀提刀在前，只望喊处追赶。将次近火，山路中鼓角喧天，喊声震地，两军杀出：左有关兴，右有张苞。山上矢石如雨，往下射来。魏兵大败。费耀知是中计，急退军望山谷中而走，人马困乏。背后关兴引生力军赶来，魏兵自相践踏及落涧身死者，不知其数。耀逃命而走，正遇山坡口一彪军，乃是姜维。耀大骂曰：“反贼无信！吾不幸误中汝奸计也！”维笑曰：“吾欲擒曹真，误赚汝矣。速下马受降。”耀骤马夺路，望山谷中而走。忽见谷口火光冲天，背后追兵又至。耀自刎身死，馀众尽降。孔明连夜驱兵，直出祁山前下寨，收住军马，重赏姜维。维曰：“某恨不得杀曹真也！”孔明亦曰：“可惜大计小用矣。”

却说曹真听知折了费耀，悔之不及，遂与郭淮商议退兵之策。于是孙礼、辛毗星夜具表申奏魏主，言蜀兵又出祁山，曹真损兵

---

① 支当——承当，对付。

折将，势甚危急。睿大惊，即召司马懿入内曰："曹真损兵折将，蜀兵又出祁山。卿有何策，可以退之？"懿曰："臣已有退诸葛亮之计，不用魏军扬武耀威，蜀兵自然走矣。"正是：

已见子丹无胜术，全凭仲达有良谋。

未知其计如何，且看下文分解。

第九十八回

追汉军王双受诛　袭陈仓武侯取胜

却说司马懿奏曰："臣尝奏陛下，言孔明必出陈仓，故以郝昭守之，今果然矣。彼若从陈仓入寇，运粮甚便。今幸有郝昭、王双守把，不敢从此路运粮，其馀小道，搬运艰难。臣算蜀兵行粮[①]止有一月，利在急战。我军只宜久守。陛下可降诏，令曹真坚守诸路关隘，不要出战，不须一月，蜀兵自走。那时乘虚而击之，诸葛亮可擒也。"睿欣然曰："卿既有先见之明，何不自引一军以袭之？"懿曰："臣非惜身重命，实欲存下此兵，以防东吴陆逊耳。孙权不久必将僭号称尊[②]，如称尊号，恐陛下伐之，定先入寇也，臣故欲以兵待之。"

正言间，忽近臣奏曰："曹都督奏报军情。"懿曰："陛下可即令人告戒曹真：凡追赶蜀兵，必须观其虚实，不可深入重地，以中诸葛亮之计。"睿即时下诏，遣太常卿韩暨持节告戒曹真："切不可战，务在谨守。只待蜀兵退去，方才击之。"司马懿送韩暨于城外，嘱之曰："吾以此功让与子丹，公见子丹，休言是吾所陈之意，只道天子降诏，教保守为上。追赶之人，大要仔细，勿遣性急气躁者追之。"暨辞去。

却说曹真正升帐议事，忽报："天子遣太常卿韩暨持节至。"真出寨接入，受诏已毕，退与郭淮、孙礼计议。淮笑曰："此乃司马

---

① 行粮——即行军或出征时的军粮。

② 僭号称尊——超越本分而称帝。僭号：冒用帝号。称尊：称帝。

仲达之见也。”真曰：“此见若何？”淮曰：“此言深识诸葛亮用兵之法。久后能御蜀兵者，必仲达也。”真曰：“倘蜀兵不退，又将如何？”淮曰：“可密令人去教王双引兵于小路巡哨，彼自不敢运粮。待其粮尽兵退，乘势追击，可获全胜。”孙礼曰：“某去祁山虚妆做运粮兵，车上尽装干柴茅草，以硫黄焰硝灌之，却教人虚报陇西运粮到。若蜀人无粮，必然来抢。待入其中，放火烧车，外以伏兵应之，可胜矣。”真喜曰：“此计大妙。”即令孙礼引兵依计而行。又遣人教王双引兵于小路上巡哨，郭淮引兵提调箕谷、街亭，令诸路军马守把险要。真又令张辽子张虎为先锋，乐进子乐綝为副先锋，同守头营，不许出战。

却说孔明在祁山寨中，每日令人挑战，魏兵坚守不出。孔明唤姜维等商议曰：“魏兵坚守不出，是料吾军中无粮也。今陈仓转运不通，其馀小路盘涉[①]艰难，吾算随军粮草，不敷一月用度，如之奈何？”正踌躇间，忽报：“陇西魏军运粮数千车于祁山之西，运粮官乃孙礼也。”孔明曰：“其人如何？”有魏人告曰：“此人曾随魏主出猎于大石山，忽惊起一猛虎，直奔御前。孙礼下马拔剑斩之，从此封为上将军，乃曹真心腹人也。”孔明笑曰：“此是魏将料吾乏粮，故用此计。车上装载者，必是茅草引火之物。吾平生专用火攻，彼乃欲以此计诱我耶？彼若知吾军去劫粮车，必来劫吾寨矣。可将计就计而行。”遂唤马岱分付曰：“汝引三千军，径到魏兵屯粮之所，不可入营，但于上风头放火。若烧着车仗，魏兵必来围吾寨。”又差马忠、张嶷各引五千兵在外围住，内外夹攻。三人受计去了。又唤关兴、张苞分付曰：“魏兵头营接连四通之路。今晚若西山火起，魏兵必来劫吾营。汝二人却伏于魏寨左右，只等他兵出寨，汝二人便可劫之。”又唤吴班、吴懿分付曰：“汝二人各引一军伏于营外，如魏兵到，可截其归路。”孔明分拨已毕，自

① 盘涉——即跋涉。

在祁山上凭高而坐。

魏兵探知蜀兵要来劫粮，慌忙报与孙礼。礼令人飞报曹真。真遣人去头营分付张虎、乐綝："看今夜山西火起，蜀兵必来救应。可以出军，如此如此。"二将受计，令人登楼专看号火。

却说孙礼把军伏于山西，只待蜀兵到。是夜二更，马岱引三千兵来，人皆衔枚，马尽勒口，径到山西。见许多车仗重重叠叠，攒绕[①]成营，车仗虚插旌旗。正值西南风起，岱令军士径去营南放火，车仗尽着，火光冲天。孙礼只道蜀兵到魏寨内放号火，急引兵一齐掩至。背后鼓角喧天，两路兵杀来，乃是马忠、张嶷，把魏军围在垓心。孙礼大惊。又听的魏军中喊声起，一彪军从火光边杀来，乃是马岱。内外夹攻，魏兵大败。火紧风急，人马乱窜，死者无数。孙礼引带伤军马，突烟冒火而走。

却说张虎在营中望见火光，大开寨门，与乐綝尽引人马，杀奔蜀寨来，寨中却不见一人。急收军回时，吴班、吴懿两路兵杀出，断其归路。张、乐二将急冲出重围，奔回本寨，只见土城之上，箭如飞蝗，原来却被关兴、张苞袭了营寨。魏兵大败，皆投曹真寨来。方欲入寨，只见一彪败军飞奔而来，乃是孙礼。遂同入寨见真，各言中计之事。真听知，谨守大寨，更不出战。

蜀兵得胜，回见孔明。孔明令人密授计与魏延，一面教拔寨齐起。杨仪曰："今已大胜，挫尽魏兵锐气，何故反欲收军？"孔明曰："吾兵无粮，利在急战。今彼坚守不出，吾受其病[②]矣。彼今虽暂时兵败，中原必有添益，若以轻骑袭吾粮道，那时要归不能。今乘魏兵新败，不敢正视蜀兵，便可出其不意，乘机退去。所忧者，但魏延一军在陈仓道口拒住王双，急不能脱身。吾已令人授以密计，教斩王双，使魏人不敢来追。只今[③]后队先行。"当

① 攒绕——堆积成一圈。

② 吾受其病——因敌军坚守不战，使自己处于不利地位。

③ 只今——如今，现在。

夜，孔明只留金鼓守在寨中打更，一夜兵已尽退，只落空营。

却说曹真正在寨中忧闷，忽报左将军张郃领军到。郃下马入帐，谓真曰："某奉圣旨，特来听调。"真曰："曾别仲达否？"郃曰："仲达分付云：'吾军胜，蜀兵必不便去；若吾军败，蜀兵必即去矣。'今吾军失利之后，都督曾往哨探蜀兵消息否？"真曰："未也。"于是即令人往探之，果是虚营，只插着数十面旌旗，兵已去了二日也。真急令郃追之。

且说魏延受了密计，当夜二更拔寨，急回汉中。早有细作报知王双。双大驱军马，并力追赶。追到二十馀里，看看赶上，见魏延旗号在前，双大叫曰："魏延休走！"蜀兵更不回头。双拍马赶来。背后魏兵叫曰："城外寨中火起，恐中敌人奸计。"双急勒马回时，只见一片火光冲天，慌令退军。行到山坡左侧，忽一骑马从林中骤出，大喝曰："魏延在此！"王双大惊，措手不及，被延一刀砍于马下。魏兵疑有埋伏，四散逃走。延手下止有三十骑人马，望汉中缓缓而行。后人有诗赞曰：

孔明妙算胜孙庞，耿若长星照一方。
进退行兵神莫测，陈仓道口斩王双。

原来魏延受了孔明密计：先教存下三十骑，伏于王双营边。只待王双起兵赶时，却去他营中放火。待他回寨，出其不意，突出斩之。魏延斩了王双，引兵回到汉中见孔明，交割了人马。孔明设宴大会，不在话下。

且说张郃追蜀兵不上，回到寨中。忽有陈仓城郝昭差人申报，言王双被斩。曹真闻知，伤感不已，因此忧成疾病，遂回洛阳。命郭淮、孙礼、张郃守长安诸道。

却说吴王孙权设朝，有细作人报说："蜀诸葛丞相出兵两次，魏都督曹真兵损将亡。"于是群臣皆劝吴王兴师伐魏，以图中原。权犹疑未决。张昭奏曰："近闻武昌东山凤凰来仪，大江之中黄龙屡现。主公德配唐、虞[1]，明并文、武[2]，可即皇帝位，然后兴兵。”多官皆应曰：“子布之言是也。”遂选定夏四月丙寅日，筑坛于武昌南郊。是日，群臣请权登坛即皇帝位，改黄武八年为黄龙元年。谥父孙坚为武烈皇帝，母吴氏为武烈皇后，兄孙策为长沙桓王。立子孙登为皇太子。命诸葛瑾长子诸葛恪为太子左辅，张昭次子张休为太子右弼。

恪字元逊，身长七尺，极聪明，善应对，权甚爱之。年六岁时，值东吴筵会，恪随父在座。权见诸葛瑾面长，乃令人牵一驴来，用粉笔书其面曰“诸葛子瑜”。众皆大笑。恪趋至前，取粉笔添二字于其下曰“诸葛子瑜之驴”。满座之人，无不惊讶。权大喜，遂将驴赐之。又一日，大宴官僚，权命恪把盏。巡至张昭面前，昭不饮，曰：“此非养老之礼[3]也。”权谓恪曰：“汝能强子布饮乎？”恪领命，乃谓昭曰：“昔姜尚父年九十，秉旄仗钺，未尝言老。今临阵之日，先生在后；饮酒之日，先生在前：何谓不养老也？”昭无言可答，只得强饮。权因此爱之，故命辅太子。张昭佐吴王，位列三公之上，故以其子张休为太子右弼。又以顾雍为丞相，陆逊为上将军，辅太子守武昌。

权复还建业，群臣共议伐魏之策。张昭奏曰：“陛下初登宝位，未可动兵。只宜修文偃武，增设学校，以安民心；遣使入川，与蜀同盟，共分天下，缓缓图之。”

权从其言，即令使命星夜入川，来见后主。礼毕，细奏其事。后主闻知，遂与群臣商议。众议皆谓孙权僭逆，宜绝其盟好。蒋琬曰：“可令人问于丞相。”后主即遣使到汉中问孔明。孔明曰：“可令人赍礼物入吴作贺，乞遣陆逊兴师伐魏，魏必命司马懿拒之。懿若南拒东吴，我再出祁山，长安可图也。”后主依言，遂令太尉

---

① 德配唐、虞——道德可与唐尧、虞舜匹敌。配：匹敌，媲美。

② 明并文、武——聪明才智可与周文王、周武王并驾齐驱。

③ 养老之礼——古人五十岁以上为老，可以享受养老礼。

陈震将名马、玉带、金珠、宝贝入吴作贺。震至东吴，见了孙权，呈上国书。权大喜，设宴相待，打发回蜀。

权召陆逊入，告以西蜀约会兴兵伐魏之事。逊曰："此乃孔明惧司马懿之谋也。既与同盟，不得不从。今却虚作起兵之势，遥与西蜀为应。待孔明攻魏急，吾可乘虚取中原也。"即时下令，教荆襄各处都要训练人马，择日兴师。

却说陈震回到汉中，报知孔明。孔明尚忧陈仓不可轻进，先令人去哨探。回报说："陈仓城中郝昭病重。"孔明曰："大事成矣。"遂唤魏延、姜维分付曰："汝二人领五千兵，星夜直奔陈仓城下，如见火起，并力攻城。"二人俱未深信，又来告曰："何日可行？"孔明曰："三日都要完备，不须辞我，即便起行。"二人受计去了。又唤关兴、张苞至，附耳低言："如此如此。"二人各受密计而去。

且说郭淮闻郝昭病重，乃与张郃商议曰："郝昭病重，你可速去替他。我自写表申奏朝廷，别行定夺。"张郃引着三千兵，急来替郝昭。时郝昭病危，当夜正呻吟之间，忽报蜀军到城下了。昭急令人上城守把。时各门上火起，城中大乱。昭听知惊死。蜀兵一拥入城。

却说魏延、姜维领兵到陈仓城下看时，并不见一面旗号，又无打更之人。二人惊疑，不敢攻城。忽听得城上一声炮响，四面旗帜齐竖。只见一人纶巾羽扇，鹤氅道袍，大叫曰："汝二人来的迟了。"二人视之，乃孔明也。二人慌忙下马，拜伏于地曰："丞相真神计也！"孔明令放入城，谓二人曰："吾打探得郝昭病重，吾令汝三日内领兵取城，此乃稳众人之心也。吾却令关兴、张苞只推点军，暗出汉中。吾即藏于军中，星夜倍道径到城下，使彼不能调兵。吾早有细作在城内放火，发喊相助，令魏兵惊疑不定。兵无主将，必自乱矣。吾因而取之，易如反掌。兵法云：'出其不意，攻其无备。'正谓此也。"魏延、姜维拜伏。孔明怜郝昭之死，令彼妻小扶灵柩回魏，以表其忠。

孔明谓魏延、姜维曰："汝二人且莫卸甲，可引兵去袭散关。把关之人若知兵到，必然惊走；若稍迟便有魏兵至关，即难攻矣。"魏延、姜维受命，引兵径到散关，把关之人果然尽走。二人上关才要卸甲，遥见关外尘头大起，魏兵到来。二人相谓曰："丞相神算，不可测度。"急登楼视之，乃魏将张郃也。二人乃分兵守住险道。张郃见蜀兵把住要路，遂令退军。魏延随后追杀一阵，魏兵死者无数，张郃大败而去。延回到关上，令人报知孔明。

孔明先自领兵出陈仓斜谷，取了建威。后面蜀兵陆续进发。后主又命大将陈式来助。孔明驱大兵复出祁山，安下营寨，孔明聚众言曰："吾二次出祁山，不得其利。今又到此，吾料魏人必依旧战之地，与吾相敌。彼意疑我取雍、郿二处，必以兵拒守。吾观阴平、武都二郡与汉连接，若得此城，亦可分魏兵之势。何人敢取之？"姜维曰："某愿往。"王平应曰："某亦愿往。"孔明大喜，遂令姜维引兵一万取武都，王平引兵一万取阴平。二人领兵去了。

再说张郃回到长安，见郭淮、孙礼，说："陈仓已失，郝昭已亡，散关亦被蜀兵夺了。今孔明复出祁山，分道进兵。"淮大惊曰："若如此，必取雍、郿矣。"乃留张郃守长安，令孙礼保雍城，淮自引兵星夜来郿城守御；一面上表入洛阳告急。

却说魏主曹睿设朝，近臣奏曰："陈仓城已失，郝昭已亡，诸葛亮又出祁山，散关亦被蜀兵夺了。"睿大惊。忽又奏："满宠等有表，说东吴孙权僭称帝号，与蜀同盟。今遣陆逊在武昌训练人马，听候调用，只在旦夕必入寇矣。"睿闻知两处危急，举止失措，甚是惊慌。此时曹真病未痊，即召司马懿商议。懿奏曰："以臣愚意所料，东吴必不举兵。"睿曰："卿何以知之？"懿曰："孔明尝思报猇亭之仇，非不欲吞吴也，只恐中原乘虚击彼，故暂与东吴结盟。陆逊亦知其意，故假作兴兵之势以应之，实是坐观成败耳。陛下不必防吴，只须防蜀。"睿曰："卿真高见。"遂封懿为大都督，总摄陇西诸路军马。令近臣取曹真总兵将印来。懿曰："臣自去取之。"

遂辞帝出朝，径到曹真府下，先令人入府报知，懿方进见。问病毕，懿曰："东吴、西蜀会合，兴兵入寇，今孔明又出祁山下寨，明公知之乎？"真惊讶曰："吾家人知我病重，不令我知。似此国家危急，何不拜仲达为都督，以退蜀兵耶？"懿曰："某才薄智浅，不称其职。"真曰："取印与仲达。"懿曰："都督少虑。某愿助一臂之力，只不敢受此印也。"真跃起曰："如仲达不领此任，中国必危矣！吾当抱病见帝以保之。"懿曰："天子已有恩命，但懿不敢受耳。"真大喜曰："仲达今领此任，可退蜀兵。"懿见真再三让印，遂受之。入内辞了魏主，引兵往长安来与孔明决战。正是：

旧帅印为新帅取，两路兵惟一路来。

未知胜负如何，且看下文分解。

第九十九回

诸葛亮大破魏兵　司马懿入寇西蜀

蜀汉建兴七年夏四月，孔明兵在祁山，分作三寨，专候魏兵。

却说司马懿引兵到长安，张郃接见，备言前事。懿令郃为先锋，戴陵为副将，引十万兵到祁山，于渭水之南下寨。郭淮、孙礼入寨参见，懿问曰："汝等曾与蜀兵对阵否？"二人答曰："未也。"懿曰："蜀兵千里而来，利在速战；今来此不战，必有谋也。陇西诸路曾有信息否？"淮曰："已有细作探得各郡十分用心，日夜提防，并无他事。只有武都、阴平二处未曾回报。"懿曰："吾自差人与孔明交战。汝二人急从小路去救二郡，却掩在蜀兵之后，彼必自乱矣。"

二人受计，引兵五千，从陇西小路来救武都、阴平，就袭蜀兵之后。郭淮于路谓孙礼曰："仲达比孔明如何？"礼曰："孔明胜仲达多矣。"淮曰："孔明虽胜，此一计足显仲达有过人之智。蜀兵如正攻两郡，我等从后抄到，彼岂不自乱乎？"正言间，忽哨马来报："阴平已被王平打破了，武都已被姜维打破了。前离蜀兵不远。"礼曰："蜀兵既已打破了城池，如何陈兵于外？必有诈也，不如速退。"郭淮从之。方传令教军退时，忽然一声炮响，山背后闪出一枝军马来，旗上大书"汉丞相诸葛亮"。中央一辆四轮车，孔明端坐于上，左有关兴，右有张苞。孙、郭二人见之，大惊。孔明大笑曰："郭淮、孙礼休走！司马懿之计，安能瞒得过吾？他每日令人在前交战，却教汝等袭吾军后。武都、阴平吾已取了。汝二人不早来降，欲驱兵与吾决战耶？"郭淮、孙礼听毕，大慌。

忽然背后喊杀连天，王平、姜维引兵从后杀来；兴、苞二将又引军从前面杀来：两下夹攻，魏兵大败。郭、孙二人弃马爬山而走。张苞望见，骤马赶来，不期连人带马跌入涧内。后军急忙救起，头已跌破。孔明令人送回成都养病。

却说郭、孙二人走脱，回见司马懿曰："武都、阴平二郡已失。孔明伏于要路，前后攻杀，因此大败，弃马步行，方得逃回。"懿曰："非汝等之罪，孔明智在吾先。可再引兵守把雍、郿二城，切勿出战。吾自有破敌之策。"二人拜辞而去。

懿又唤张郃、戴陵分付曰："今孔明得了武都、阴平，必然抚百姓以安民心，不在营中矣。汝二人各引一万精兵，今夜起身，抄在蜀兵营后，一齐奋勇杀将过来；吾却引军在前布阵，只待蜀兵势乱，吾大驱士马，攻杀进去：两军并力，可夺蜀寨也。若得此地山势，破敌何难？"

二人受计，引兵而去。戴陵在左，张郃在右，各取小路进发，深入蜀兵之后。三更时分，来到大路，两军相遇，合兵一处，却从蜀兵背后杀来。行不到三十里，前军不行。张、戴二人自纵马视之，只见数百辆草车横截去路。郃曰："此必有准备，可急取路而回。"才传令退军，只见满山火光齐明，鼓角大震，伏兵四下皆出，把二人围住。孔明在祁山上大叫曰："戴陵、张郃可听吾言：司马懿料吾往武都、阴平抚民，不在营中，故令汝二人来劫吾寨，却中吾之计也。汝二人乃无名下将，吾不杀害，下马早降。"郃大怒，指孔明而骂曰："汝乃山野村夫，侵吾大国境界，如何敢发此言？吾若捉住汝时，碎尸万段！"言讫，纵马挺枪，杀上山来。山上矢石如雨。郃不能上山，乃拍马舞枪，冲出重围，无人敢当。蜀兵困戴陵在垓心。郃杀出旧路，不见戴陵，即奋勇翻身，又杀入重围，救出戴陵而回。孔明在山上见郃在万军之中，往来冲突，英勇倍加，乃谓左右曰："尝闻张翼德大战张郃，人皆惊惧。吾今日见之，方知其勇也。若留下此人，必为蜀中之害，吾当除之。"

遂收军还营。

却说司马懿引兵布成阵势，只待蜀兵乱动，一齐攻之。忽见张郃、戴陵狼狈而来，告曰："孔明先如此提防，因此大败而归。"懿大惊曰："孔明真神人也！不如且退。"即传令教大军尽回本寨，坚守不出。

且说孔明大胜，所得器械、马匹不计其数，乃引大军回寨。每日令魏延挑战，魏兵不出，一连半月，不曾交兵。孔明正在帐中思虑，忽报天子遣侍中费祎赍诏至。孔明接入营中，焚香礼毕，开诏读曰：

> 街亭之役，咎由马谡，而君引愆，深自贬抑。重违君意，听顺所守。前年耀师，馘斩王双；今岁爰征，郭淮遁走；降集氐、羌，复兴二郡：威震凶暴，功勋显然。方今天下骚扰，元恶未枭，君受大任，干国之重，而久自抑损，非所以光扬洪烈矣。今复君丞相，君其勿辞。

孔明听诏毕，谓费祎曰："吾国事未成，安可复丞相之职？"坚辞不受。祎曰："丞相若不受职，拂了天子之意，又冷淡了将士之心。宜且权受。"孔明方才拜受，祎辞去。

孔明见司马懿不出，思得一计，传令教各处皆拔寨而起。当有细作报知司马懿，说："孔明退兵了。"懿曰："孔明必有大谋，不可轻动。"张郃曰："此必因粮尽而回，如何不追？"懿曰："吾料孔明上年大收，今又麦熟，粮草丰足，虽然转运艰难，亦可支吾半载，安肯便走？彼见吾连日不战，故作此计引诱。可令人远远哨之。"军士探知，回报说："孔明离此三十里下寨。"懿曰："吾料孔明果不走，且坚守寨栅，不可轻进。"住了旬日，绝无音信，并不见蜀将来战。懿再令人哨探，回报说："蜀兵已起营去了。"懿未信，乃更换衣服，杂在军中，亲自来看，果见蜀兵又退三十里下寨。懿回营，谓张郃曰："此乃孔明之计也，不可追赶。"又住了旬日，再令人哨探，回报说："蜀兵又退三十里下寨。"郃曰："孔明用缓兵之计，渐退汉中，都督何故怀疑，不早追之？郃愿往决一战。”懿曰：“孔明诡计极多，倘有差失，丧我军之锐气，不可轻进。”郃曰：“某去若败，甘当军令。”懿曰：“既汝要去，可分兵两枝：汝引一枝先行，须要奋力死战；吾随后接应，以防伏兵。汝次日先进，到半途驻扎，后日交战，使兵力不乏。”遂分兵已毕。次日，张郃、戴陵引副将数十员、精兵三万，奋勇先进，到半路下寨。司马懿留下许多军马守寨，只引五千精兵，随后进发。

原来孔明密令人哨探，见魏兵半路而歇。是夜，孔明唤众将商议曰：“今魏兵来追，必然死战，汝等须以一当十，吾以伏兵截其后。非智勇之将，不可当此任。”言毕，以目视魏延。延低头不语。王平出曰：“某愿当之。”孔明曰：“若有失，如何？”平曰：“愿当军令。”孔明叹曰：“王平肯舍身亲冒矢石，真忠臣也！虽然如此，奈魏兵分两枝前后而来，断吾伏兵在中，平纵然智勇，只可当一头，岂可分身两处？须再得一将，同去为妙。怎奈军中再无舍死当先之人。”言未毕，一将出曰：“某愿往。”孔明视之，乃张翼也。孔明曰：“张郃乃魏之名将，有万夫不当之勇，汝非敌手。”翼曰：“若有失事，愿献首于帐下。”孔明曰：“汝既敢去，可与王平各引一万精兵，伏于山谷中，只待魏兵赶上，任他过尽，汝等却引伏兵从后掩杀。若司马懿随后赶来，却分兵两头：张翼引一军当住后队，王平引一军截其前队。两军须要死战，吾自有别计相助。”二人受计，引兵而去。孔明又唤姜维、廖化分付曰：“与汝二人一个锦囊，引三千精兵，偃旗息鼓，伏于前山之上。如见魏兵围住王平、张翼，十分危急，不必去救，只开锦囊看视，自有解危之策。”二人受计，引兵而去。又令吴班、吴懿、马忠、张嶷四将，附耳分付曰：“如来日魏兵到，锐气正盛，不可便迎，且战且走。只看关兴引兵来掠阵之时，汝等便回军赶杀，吾自有兵接应。”四将受计，引兵而去。又唤关兴分付曰：“汝引五千精兵，伏于山谷，只看山上红旗飐动，却引兵杀出。”兴受计，引兵而去。

却说张郃、戴陵领兵前来，骤如风雨。马忠、张嶷、吴懿、吴班四将接着，出马交锋。张郃大怒，驱兵追杀。蜀兵且战且走。魏兵追赶约有二十馀里，时值六月天气，十分炎热，人马汗如泼水。走到五十里外，魏兵尽皆气喘。孔明在山上把红旗一招，关兴引兵杀出，马忠等四将一齐引兵掩杀回来。张郃、戴陵死战不退。忽然喊声大震，两路军杀出，乃王平、张翼也，各奋勇追杀，截其后路。郃大叫众将曰："汝等到此，不决一死战，更待何时！"魏兵奋力冲突，不得脱身。忽然背后鼓角喧天，司马懿自领精兵杀到。懿指挥众将，把王平、张翼围在垓心。翼大呼曰："丞相真神人也，计已算定，必有良谋，吾等当决一死战！"即分兵两路：平引一军截住张郃、戴陵，翼引一军力当司马懿。两头死战，叫杀连天。

姜维、廖化在山上探望，见魏兵势大，蜀兵力危，渐渐抵当不住。维谓化曰："如此危急，可开锦囊看计。"二人拆开视之，内书云："若司马懿兵来围王平、张翼至急，汝二人可分兵两枝，竟袭司马懿之营，懿必急退。汝可乘乱攻之，营虽不得，可获全胜。"二人大喜，即分兵两路，径袭司马懿营中而去。

原来司马懿亦恐中孔明之计，沿途不住的令人传报。懿正催战间，忽流星马飞报，言："蜀兵两路竟取大寨去了。"懿大惊失色，乃谓众将曰："吾料孔明有计，汝等不信，勉强追来，却误了大事。"即提兵急回，军心惶惶乱走。张翼随后掩杀，魏兵大败。张郃、戴陵见势孤，亦望山僻小路而走。蜀兵大胜。背后关兴引兵接应诸路。司马懿大败一阵，奔入寨时，蜀兵已自回去。懿收聚败军，责骂诸将曰："汝等不知兵法，只凭血气之勇，强欲出战，致有此败。今后切不许妄动，再有不遵，决正军法！"众皆羞惭而退。这一阵，魏军死者极多，遗弃马匹、器械无数。

却说孔明收得胜军马入寨，又欲起兵进取，忽报："有人自成都来，说张苞身死。"孔明闻知，放声大哭，口中吐血，昏绝于地。众人救醒。孔明自此得病，卧床不起。诸将无不感激[①]。后人有诗叹曰：

悍勇张苞欲建功，可怜天不助英雄。

武侯泪向西风洒，为念无人佐鞠躬。

旬日之后，孔明唤董厥、樊建等入帐，分付曰："吾自觉昏沉，不能理事。不如且回汉中养病，再作良图。汝等切勿走泄，司马懿若知，必来攻击。"遂传号令，教当夜暗暗拔寨，皆回汉中。孔明去了五日，懿方得知，乃长叹曰："孔明真有神出鬼没之计，吾不能及也！"于是司马懿留诸将在寨中，分兵守把各处隘口，懿自班师回。

却说孔明将大军屯于汉中，自回成都养病。文武官僚出城迎接，送入丞相府中。后主御驾自来问病，命御医调治，日渐痊可。

建兴八年秋七月，魏都督曹真病可，乃上表说："蜀兵数次侵界，屡犯中原，若不剿除，必为后患。今时值秋凉，人马安闲，正当征伐。臣愿与司马懿同领大军，径入汉中，殄灭[②]奸党，以清边境。"魏主大喜，问侍中刘晔曰："子丹劝朕伐蜀，若何？"晔奏曰："大将军之言是也。今若不剿除，后必为大患。陛下便可行之。"睿点头。晔出内[③]回家，有众大臣相探，问曰："闻天子与公计议兴兵伐蜀，此事如何？"晔应曰："无此事也。蜀有山川之险，非可易图，空费军马之劳，于国无益。"众官皆默然而出。杨暨入内奏曰："昨闻刘晔劝陛下伐蜀，今日与众臣议，又言不可伐，是欺陛下也。陛下何不召而问之？"睿即召刘晔入内，问曰："卿劝朕伐蜀，今又言不可，何也？"晔曰："臣细详之，蜀不可伐。"睿大笑。少时，杨暨出内，晔奏曰："臣昨日劝陛下伐蜀，乃国之大事，岂可妄泄于人？夫兵者，诡道也。事未发，切宜秘之。"睿大

---

① 感激——这里是因感伤而奋发之意。

② 殄（tiǎn）灭——歼灭，消灭。

③ 内——指内宫，皇宫。

悟曰：“卿言是也。”自此愈加敬重。

旬日内，司马懿入朝，魏主将曹真表奏之事，逐一言之。懿奏曰：“臣料东吴未敢动兵，今日正可乘此去伐蜀。”睿即拜曹真为大司马、征西大都督，司马懿为大将军、征西副都督，刘晔为军师。三人拜辞魏主，引四十万大兵，前行至长安，径奔剑阁，来取汉中。其馀郭淮、孙礼等各取路而行。

汉中人报入成都。此时孔明病好多时，每日操练人马，习学八阵之法，尽皆精熟，欲取中原。听得这个消息，遂唤张嶷、王平分付曰：“汝二人先引一千兵，去守陈仓古道，以当魏兵。吾却提大兵，便来接应。”二人告曰：“人报魏军四十万，诈称八十万，声势甚大，如何只与一千兵去守隘口？倘魏兵大至，何以拒之？”孔明曰：“吾欲多与，恐士卒辛苦耳。”嶷与平面面相觑，皆不敢去。孔明曰：“若有疏失，非汝等之罪。不必多言，可疾去。”二人又哀告曰：“丞相欲杀某二人，就此请杀，只不敢去。”孔明笑曰：“何其愚也！吾令汝等去，自有主见。吾昨夜仰观天文，见毕星躔于太阴之分①，此月内必有大雨淋漓。魏兵虽有四十万，安敢深入山险之地？因此不用多军，决不受害。吾将大军皆在汉中安居一月，待魏兵退，那时以大兵掩之，以逸待劳，吾十万之众，可胜魏兵四十万也。”二人听毕，方大喜，拜辞而去。孔明随统大军出汉中，传令教各处隘口，预备干柴、草料、细粮，俱够一月人马支用，以防秋雨；将大军宽限一月，先给衣食，伺候出征。

却说曹真、司马懿同领大军，径到陈仓城内，不见一间房屋。寻土人问之，皆言孔明回时放火烧毁。曹真便要从陈仓道进发，懿曰：“不可轻进。我夜观天文，见毕星躔于太阴之分，此月内必有大雨。若深入重地，常胜则可，倘有疏虞，人马受苦，要退则难。且宜在

① 毕星躔（chán）于太阴之分——即毕星运行（躔）到月亮（太阴）的界域。

城中搭起窝铺[1]驻扎，以防阴雨。”真从其言。未及半月，天雨大降，淋漓不止。陈仓城外，平地水深三尺，军器尽湿，人不得睡，昼夜不安。大雨连降三十日，马无草料，死者无数，军士怨声不绝。

传入洛阳，魏主设坛，求晴不得。黄门侍郎王肃上疏曰：

前志有之：“千里馈粮，士有饥色；樵苏后爨，师不宿饱。”此谓平途之行军者也，又况于深入险阻，凿路而前，则其为劳必相百也。今又加之以霖雨，山坂峻滑，众逼而不展，粮远而难继，实行军者之大忌也。闻曹真发已逾月，而行方半谷，治道功大，战士悉作，是彼偏得以逸待劳，乃兵家之所惮也。言之前代，则武王伐纣，出关而复还；论之近事，则武、文征权，临江而不济。岂非顺天知时，通于权变者哉？愿陛下念水雨艰剧之故，休息士卒；后日有衅，乘时用之。所谓“悦以犯难，民忘其死”者也。

魏主览表，正在犹豫，杨阜、华歆亦上疏谏。魏主即下诏，遣使诏曹真、司马懿还朝。

却说曹真与司马懿商议曰：“今连阴三十日，军无战心，各有思归之意，如何禁止？”懿曰：“不如且回。”真曰：“倘孔明追来，怎生退之？”懿曰：“先伏两军断后，方可回兵。”正议间，忽使命来召。二人遂将大军前队作后队，后队作前队，徐徐而退。

却说孔明计算一月秋雨将尽，天尚未晴，自提一军屯于城固，又传令教大军会于赤坡驻扎。孔明升帐，唤众将言曰：“吾料魏兵必走，魏主必下诏来取曹真、司马懿兵回。吾若追之，必有准备。不如任他且去，再作良图。”忽王平令人报来，说魏兵已回。孔明分付来人：“传与王平，不可追袭，吾自有破魏兵之策。”正是：

魏兵纵使能埋伏，汉相原来不肯追。

未知孔明怎生破魏，且看下文分解。

---

① 窝铺——临时架搭的简易草棚，俗称“窝棚”。

第一百回

汉兵劫寨破曹真　武侯斗阵辱仲达

却说众将闻孔明不追魏兵，俱入帐告曰："魏兵苦雨，不能屯扎，因此回去，正好乘势追之，丞相如何不追？"孔明曰："司马懿善能用兵，今军退必有埋伏，吾若追之，正中其计。不如纵他远去，吾却分兵径出斜谷而取祁山，使魏人不提防也。"众将曰："取长安之地，别有路途，丞相只取祁山，何也？"孔明曰："祁山乃长安之首也，陇西诸郡倘有兵来，必经由此地；更兼前临渭滨，后靠斜谷，左出右入，可以伏兵，乃用武之地。吾故欲先取此，得地利也。"众将皆拜服。孔明令魏延、张嶷、杜琼、陈式出箕谷，马岱、王平、张翼、马忠出斜谷，俱会于祁山。调拨已定，孔明自提大军，令关兴、廖化为先锋，随后进发。

却说曹真、司马懿二人在后监督人马，令一军入陈仓古道探视，回报说蜀兵不来。又行旬日，后面埋伏众将皆回，说蜀兵全无音耗。真曰："连绵秋雨，栈道断绝，蜀人岂知吾等退军耶？"懿曰："蜀兵随后出矣。"真曰："何以知之？"懿曰："连日晴明，蜀兵不赶，料吾有伏兵也，故纵我兵远去。待我兵过尽，他却夺祁山矣。"曹真不信，懿曰："子丹如何不信？吾料孔明必从两谷而来。吾与子丹各守一谷口，十日为期，若无蜀兵来，我面涂红粉，身穿女衣，来营中伏罪。"真曰："若有蜀兵来，我愿将天子所赐玉带一条、御马一匹与你。"即分兵两路：真引兵屯于祁山之西斜谷口，懿引军屯于祁山之东箕谷口，各下寨已毕。

懿先引一枝兵伏于山谷中，其馀军马各于要路安营。懿更换衣装，杂在众军之内，遍观各营。忽到一营，有一偏将仰天而怨曰：“大雨淋了许多时，不肯回去，今又在这里顿住，强要赌赛，却不苦了官军。”懿闻言，归寨升帐，聚众将皆到帐下，挨出[①]那将来，懿叱之曰：“朝廷养军千日，用在一时。汝安敢出怨言，以慢军心？”其人不招，懿叫出同伴之人对证，那将不能抵赖。懿曰：“吾非赌赛，欲胜蜀兵，令汝各人有功回朝。汝乃妄出怨言，自取罪戾。”喝令武士推出斩之。须臾，献首帐下。众将悚然。懿曰：“汝等诸将皆要尽心，以防蜀兵。听吾中军炮响，四面皆进。”众将受令而退。

却说魏延、张嶷、陈式、杜琼四将引二万兵，取箕谷而进。正行之间，忽报参谋邓芝到来。四将问其故，芝曰：“丞相有令：如出箕谷，提防魏兵埋伏，不可轻进。”陈式曰：“丞相用兵何多疑耶？吾料魏兵连遭大雨，衣甲皆毁，必然急归，安得又有埋伏？今吾兵倍道而进，可获大胜，如何又教休进？”芝曰：“丞相计无不中，谋无不成，汝安敢违令？”式笑曰：“丞相若果多谋，不致街亭之失。”魏延想起孔明向日不听其计，亦笑曰：“丞相若听吾言，径出子午谷，此时休说长安，连洛阳皆得矣。今执定[②]要出祁山，有何益耶？既令进兵，今又教休进，何其号令不明！”式曰：“吾自有五千兵，径出箕谷，先到祁山下寨，看丞相羞也不羞。”芝再三阻当，式只不听，径自引五千兵出箕谷去了。邓芝只得飞报孔明。

却说陈式引兵行不数里，忽听的一声炮响，四面伏兵皆出。式急退时，魏兵塞满谷口，围得铁桶相似。式左冲右突，不能得脱。忽闻喊声大震，一彪军杀入，乃是魏延，救了陈式，回到谷中，五千兵只剩得四五百带伤人马。背后魏兵赶来，却得杜琼、

① 挨出——从众人中挨个儿找出。

② 执定——认定，坚持认为。

张嶷引兵接应，魏兵方退。陈、魏二人方信孔明先见如神，懊悔不及。

且说邓芝回见孔明，言魏延、陈式如此无礼。孔明笑曰："魏延素有反相，吾知彼常有不平之意，因怜其勇而用之。久后必生患害。"正言间，忽流星马报到，说："陈式折了四千馀人，止有四五百带伤人马屯在谷中。"孔明令邓芝再来箕谷抚慰陈式，防其生变。一面唤马岱、王平，分付曰："斜谷若有魏兵守把，汝二人引本部军越山岭，夜行昼伏，速出祁山之左，举火为号。"又唤马忠、张翼，分付曰："汝等亦从山僻小路，昼伏夜行，径出祁山之右，举火为号，与马岱、王平会合，共劫曹真营寨。吾自从谷中三面攻之，魏兵可破也。"四人领命，分头引兵去了。孔明又唤关兴、廖化，分付曰："如此如此"。二人受了密计，引兵而去。孔明自领精兵倍道而行，正行间，又唤吴班、吴懿授与密计，亦引兵先行。

却说曹真心中不信蜀兵来，以此怠慢，纵令军士歇息，只等十日无事，要羞司马懿。不觉守了七日，忽有人报："谷中有些小蜀兵出来。"真令副将秦良引五千兵哨探，不许纵令蜀兵近界。秦良领命，引兵刚到谷口，哨见蜀兵退去。良急引兵赶来，行到五六十里，不见蜀兵，心下疑惑，教军士下马歇息。忽哨马报说："前面有蜀兵埋伏。"良上马看时，只见山中尘土大起，急令军士提防。不一时，四壁厢喊声大震，前面吴班、吴懿引兵杀出，背后关兴、廖化引兵杀来，左右是山，皆无走路。山上蜀兵大叫："下马投降者免死！"魏兵大半多降。秦良死战，被廖化一刀斩于马下。孔明把降兵拘于后军，却将魏兵衣甲与蜀兵五千人穿了，扮作魏兵，令关兴、廖化、吴班、吴懿四将引着，径奔曹真寨来。先令报马入寨说："只有些小蜀兵，尽赶去了。"真大喜。

忽报："司马都督差心腹人至。"真唤入问之，其人告曰："今都督用埋伏计，杀蜀兵四千馀人。司马都督致意将军，教休将赌赛为念，务要用心提备。”真曰：“吾这里并无一个蜀兵。”遂打发来人回去。忽又报：“秦良引兵回来了。”真自出帐迎之。比及到寨，人报：“前后两把火起。”真急回寨后看时，关兴、廖化、吴班、吴懿四将指麾蜀军，就营前杀将进来；马岱、王平从后面杀来；马忠、张翼亦引兵杀到。魏军措手不及，各自逃生。众将保曹真望东而走，背后蜀兵赶来。曹真正奔走，忽然喊声大震，一彪军杀到。真胆战心惊，视之，乃司马懿也。懿大战一场，蜀兵方退。

真得脱，羞惭无地。懿曰：“诸葛亮夺了祁山地势，吾等不可久居此处，宜去渭滨安营，再作良图。”真曰：“仲达何以知吾遭此大败也？”懿曰：“见来人报称子丹说并无一个蜀兵，吾料孔明暗来劫寨，因此知之，故相接应，今果中计。切莫言赌赛之事，只同心报国。”曹真甚是惶恐，气成疾病，卧床不起。兵屯渭滨，懿恐军心有乱，不敢教真引兵。

却说孔明大驱士马，复出祁山。劳军已毕，魏延、陈式、杜琼、张嶷入帐拜伏请罪。孔明曰：“是谁失陷了军来？”延曰：“陈式不听号令，潜入谷口，以此大败。”式曰：“此事魏延教我行来。”孔明曰：“他倒救你，你反攀他。将令已违，不必巧说。”即叱武士推出陈式斩之。须臾，悬首于帐前，以示诸将。此时孔明不杀魏延，欲留之以为后用也。

孔明既斩了陈式，正议进兵，忽有细作报说：“曹真卧病不起，现在营中治疗。”孔明大喜，谓诸将曰：“若曹真病轻，必便回长安。今魏兵不退，必为病重，故留于军中，以安众人之心。吾写下一书，教秦良的降兵持与曹真，真若见之，必然死矣。”遂唤降兵至帐下，问曰：“汝等皆是魏军，父母妻子多在中原，不宜久居蜀中。今放汝等回家，若何？”众军泣泪拜谢。孔明曰：“曹子丹与吾有约。吾有一书，汝等带回，送与子丹，必有重赏。”魏军领了书，奔回本寨，将孔明书呈与曹真。真扶病而起，拆封视之。其书曰：

汉丞相、武乡侯诸葛亮，致书于大司马曹子丹之前：窃谓夫为将者，能去能就，能柔能刚；能进能退，能弱能强。不动如山岳，难测如阴阳；无穷如天地，充实如太仓；浩渺如四海，眩曜如三光。预知天文之旱涝，先识地理之平康；察阵势之期会，揣敌人之短长。嗟尔无学后辈，上逆穹苍：助篡国之反贼，称帝号于洛阳；走残兵于斜谷，遭霖雨于陈仓；水陆困乏，人马猖狂；抛盈郊之戈甲，弃满地之刀枪。都督心崩而胆裂，将军鼠窜而狼忙。无面见关中之父老，何颜入相府之厅堂？史官秉笔而记录，百姓众口而传扬：仲达闻阵而惕惕，子丹望风而遑遑。吾军兵强而马壮，大将虎奋以龙骧，扫秦川为平壤，荡魏国作丘荒。

曹真看毕，恨气填胸，至晚死于军中。司马懿用兵车装载，差人送赴洛阳安葬。

魏主闻知曹真已死，即下诏催司马懿出战。懿提大军来与孔明交锋，隔日先下战书。孔明谓诸将曰："曹真必死矣。"遂批回："来日交锋。"使者去了。孔明当夜教姜维受了密计，如此而行；又唤关兴，分付如此如此。

次日，孔明尽起祁山之兵，前到渭滨。一边是河，一边是山，中央平川旷野，好片战场。两军相迎，以弓箭射住阵角。三通鼓罢，魏阵中门旗开处，司马懿出马，众将随后而出。只见孔明端坐于四轮车上，手摇羽扇。懿曰："吾主上法尧禅舜，相传二帝，坐镇中原，容汝蜀、吴二国者，乃吾主宽慈仁厚，恐伤百姓也。汝乃南阳一耕夫，不识天数，强要相侵，理宜殄灭。如省心[①]改过，宜即早回，各守疆界，以成鼎足之势，免致生灵涂炭，汝等皆得全生。"孔明笑曰："吾受先帝托孤之重，安肯不倾心竭力以讨贼乎？

① 省（xǐng）心——诚心反省。

汝曹氏不久为汉所灭。汝祖父[①]皆为汉臣，世食汉禄，不思报效，反助篡逆，岂不自耻？”懿羞惭满面曰：“吾与汝决一雌雄：汝若能胜，吾誓不为大将；汝若败时，早归故里，吾并不加害。”

孔明曰：“汝欲斗将？斗兵？斗阵法？”懿曰：“先斗阵法。”孔明曰：“先布阵我看。”懿入中军帐下，手执黄旗招飐，左右军动，排成一阵。复上马出阵，问曰：“汝识吾阵否？”孔明笑曰：“吾军中末将亦能布之。此乃‘混元一气阵’也。”懿曰：“汝布阵我看。”孔明入阵，把羽扇一摇。复出阵前，问曰：“汝识我阵否？”懿曰：“量此‘八卦阵’，如何不识？”孔明曰：“识便识了，敢打我阵否？”懿曰：“既识之，如何不敢打？”孔明曰：“汝只管打来。”

司马懿回到本阵中，唤戴陵、张虎、乐綝三将，分付曰：“今孔明所布之阵，按休、生、伤、杜、景、死、惊、开八门。汝三人可从正东生门打入，往西南休门杀出，复从正北开门杀入，此阵可破。汝等小心在意。”

于是戴陵在中，张虎在前，乐綝在后，各引三十骑，从生门打入。两军呐喊相助。三人杀入蜀阵，只见阵如连城，冲突不出。三人慌引骑转过阵脚，往西南冲去，却被蜀兵射住，冲突不出。阵中重重叠叠，都有门户，那里分东西南北。三将不能相顾，只管乱撞，但见愁云漠漠，惨雾蒙蒙。喊声起处，魏军一个个皆被缚了，送到中军。

孔明坐于帐中，左右将张虎、戴陵、乐綝并九十个军皆缚在帐下。孔明笑曰：“吾纵然捉得汝等，何足为奇。吾放汝等回见司马懿，教他再读兵书，重观战策，那时来决雌雄，未为迟也。汝等性命既饶，当留下军器、战马。”遂将众人衣服脱了，以墨涂面，步行出阵。

司马懿见之大怒，回顾诸将曰：“如此挫败锐气，有何面目回

---

① 祖父——祖先和父辈。

见中原大臣耶？”即指挥三军，奋死掠阵[1]。懿自拔剑在手，引百馀骁将，催督冲杀。两军恰才相会，忽然阵后鼓角齐鸣，喊声大震，一彪军从西南上杀来，乃关兴也。懿分后军当之，复催军向前厮杀。忽然魏兵大乱，原来姜维引一彪军悄地杀来，蜀兵三路夹攻。懿大惊，急忙退军。蜀兵周围杀到，懿引三军望南死命冲出，魏兵十伤六七。司马懿退在渭滨南岸下寨，坚守不出。

孔明收得胜之兵，回到祁山时，永安城李严遣都尉苟安解送粮米，至军中交割。苟安好酒，于路怠慢，违限十日。孔明大怒曰：“吾军中专以粮为大事，误了三日，便该处斩，汝今误了十日，有何理说？”喝令推出斩之。长史杨仪曰：“苟安乃李严用人，又兼钱粮多出于西川，若杀此人，后无人敢送粮也。”孔明乃叱武士去其缚，杖八十放之。苟安被责，心中怀恨，连夜引亲随五六骑，径奔魏寨投降。懿唤入，苟安拜告前事。懿曰：“虽然如此，孔明多谋，汝言难信。汝能为我干一件大功，吾那时奏准天子，保汝为上将。”安曰：“但有甚事，即当效力。”懿曰：“汝可回成都布散流言，说孔明有怨上之意，早晚欲称为帝，使汝主召回孔明，即是汝之功矣。”

苟安允诺，径回成都，见了宦官，布散流言，说孔明自倚大功，早晚必将篡国。宦官闻知大惊，即入内奏帝，细言前事。后主惊讶曰：“似此如之奈何？”宦官曰：“可诏还成都，削其兵权，免生叛逆。”后主下诏，宣孔明班师回朝。蒋琬出班奏曰：“丞相自出师以来，累建大功，何故宣回？”后主曰：“朕有机密事，必须与丞相面议。”即遣使赍诏，星夜宣孔明回。

使命径到祁山大寨，孔明接入，受诏已毕，仰天叹曰：“主上年幼，必有佞臣在侧。吾正欲建功，何故取回？我如不回，是欺主矣；若奉命而退，日后再难得此机会也。”姜维问曰：“若大军退，

---

① 掠阵——多指压阵助威。这里是攻击敌阵之意。

司马懿乘势掩杀，当复如何？”孔明曰：“吾今退军，可分五路而退。今日先退此营，假如营内一千兵，却掘二千灶，明日掘三千灶，后日掘四千灶，每日退军，添灶而行。”杨仪曰：“昔孙膑擒庞涓，用添兵减灶之法而取胜[①]；今丞相退兵，何故增灶？”孔明曰：“司马懿善能用兵，知吾兵退，必然追赶。心中疑吾有伏兵，定于旧营内数灶，见每日增灶，兵又不知退与不退，则疑而不敢追。吾徐徐而退，自无损兵之患。”遂传令退军。

却说司马懿料苟安行计停当，只待蜀兵退时，一齐掩杀。正踌躇间，忽报蜀寨空虚，人马皆去。懿因孔明多谋，不敢轻追，自引百馀骑，前来蜀营内踏看，教军士数灶，仍回本寨。次日，又教军士赶到那个营内，查点灶数。回报说：“这营内之灶，比前又增一分。”司马懿谓诸将曰：“吾料孔明多谋，今果添兵增灶，吾若追之，必中其计。不如且退，再作良图。”于是回军不追。孔明不折一人，望成都而去。次后，川口土人来报司马懿说：“孔明退兵之时，未见添兵，只见增灶。”懿仰天长叹曰：“孔明效虞诩之法[②]，瞒过吾也。其谋略吾不如之！”遂引大军还洛阳。正是：

棋逢敌手难相胜，将遇良才不敢骄。

未知孔明退回成都，竟是如何，且看下文分解。

---

① “昔孙膑擒庞涓”二句——事见《史记·孙子吴起列传》：战国时，魏、赵二国攻韩国，韩国求救于齐国。齐将田忌率兵救韩，孙膑为谋士。田忌用孙膑之计，沿路每日减少灶坑之数。魏将庞涓得知后大喜，以为齐兵逃亡过半，遂率小队骑兵追赶。结果在马陵道遭到伏击，庞涓自杀。

② 虞诩之法——即增灶之法。事见《后汉书·虞傅盖臧列传》：东汉时，羌兵不时侵扰武都地区，武都太守虞诩因兵少，以每日增灶之法迷惑羌兵。羌兵以为汉军在不断增加而不敢进逼，只好撤退。

第一百一回

出陇上诸葛妆神　奔剑阁张郃中计

却说孔明用减兵添灶之法，退兵到汉中。司马懿恐有埋伏，不敢追赶，亦收兵回长安去了。因此蜀兵不曾折了一人。孔明大赏三军已毕，回到成都，入见后主，奏曰："老臣出了祁山，欲取长安，忽承陛下降诏召回，不知有何大事？"后主无言可对，良久乃曰："朕久不见丞相之面，心甚思慕，故特诏回，一无他事。"孔明曰："此非陛下本心，必有奸臣谗谮[①]，言臣有异志也。"后主闻言，默然无语。孔明曰："老臣受先帝厚恩，誓以死报。今若内有奸邪，臣安能讨贼乎？"后主曰："朕因过听[②]宦官之言，一时召回丞相。今日茅塞方开，悔之不及矣。"孔明遂唤众宦官究问，方知是苟安流言。急令人捕之，已投魏国去了。孔明将妄奏的宦官诛戮，馀皆废出宫外。又深责蒋琬、费祎等不能觉察奸邪，规谏天子。二人唯唯服罪。

孔明拜辞后主，复到汉中，一面发檄令李严应付粮草，仍运赴军前；一面再议出师。杨仪曰："前数兴兵，军力罢敝[③]，粮又不继。今不如分兵两班，以三个月为期：且如二十万之兵，只领十万出祁山，住了三个月，却教这十万替回，循环相转。若此则兵力不乏，然后徐徐而进，中原可图矣。"孔明曰："此言正合我意。吾伐中原，非一朝一夕之事，正当为此长久之计。"遂下令，分兵两

① 谗谮（zèn）——造谣诬陷。

② 过听——误听。

③ 罢（pí）敝——疲惫困乏。

班，限一百日为期，循环相转，违限者按军法处治。

建兴九年春二月，孔明复出师伐魏。时魏太和五年也。魏主曹睿知孔明又伐中原，急召司马懿商议。懿曰："今子丹已亡，臣愿竭一人之力，剿除寇贼，以报陛下。"睿大喜，设宴待之。次日，人报蜀兵寇急。睿即命司马懿出师御敌，亲排銮驾送出城外。

懿辞了魏主，径到长安，大会诸路人马，计议破蜀兵之策。张郃曰："吾愿引一军去守雍、郿，以拒蜀兵。"懿曰："吾前军不能独当孔明之众，而又分兵为前后，非胜算也。不如留兵守上邽，馀众悉往祁山。公肯为先锋否？"郃大喜曰："吾素怀忠义，欲尽心报国，惜未遇知己。今都督肯委重任，虽万死不辞。"于是司马懿令张郃为先锋，总督大军。又令郭淮守陇西诸郡，其馀众将各分道而进。前军哨马报说："孔明率大军望祁山进发，前部先锋王平、张嶷径出陈仓，过剑阁，由散关望斜谷而来。"司马懿谓张郃曰："今孔明长驱大进，必将割陇西小麦，以资军粮。汝可结营守祁山，吾与郭淮巡略天水诸郡，以防蜀兵割麦。"郃领诺，遂引四万兵守祁山。懿引大军望陇西而去。

却说孔明兵至祁山，安营已毕，见渭滨有魏军提备，乃谓诸将曰："此必是司马懿也。即今营中乏粮，屡遣人催促李严运米应付，却只是不到。吾料陇上麦熟，可密引兵割之。"于是留王平、张嶷、吴班、吴懿四将守祁山营，孔明自引姜维、魏延等诸将前到卤城。卤城太守素知孔明，慌忙开城出降。孔明抚慰毕，问曰："此时何处麦熟？"太守告曰："陇上麦已熟。"

孔明乃留张翼、马忠守卤城，自引诸将并三军望陇上而来。前军回报说："司马懿引兵在此。"孔明惊曰："此人预知吾来割麦也。"即沐浴更衣，推过一般三辆四轮车来，车上皆要一样妆饰。此车乃孔明在蜀中预先造下的。当下令姜维引一千军护车，五百军擂鼓，伏在上邽之后；马岱在左，魏延在右，亦各引一千军护车，五百军擂鼓。每一辆车用二十四人，皂衣跣足，披发仗剑，手执七星皂幡，在左右推车。三人各受计，引兵推车而去。孔明又令三万军皆执镰刀、驮绳，伺候割麦。却选二十四个精壮之士，各穿皂衣，披发跣足，仗剑簇拥四轮车，为推车使者。令关兴结束做天蓬[①]模样，手执七星皂幡，步行于车前。孔明端坐于上，望魏营而来。

哨探军见之大惊，不知是人是鬼，火速报知司马懿。懿自出营视之，只见孔明簪冠鹤氅，手摇羽扇，端坐于四轮车上；左右二十四人披发仗剑，前面一人手执皂幡，隐隐似天神一般。懿曰："这个又是孔明作怪也。"遂拨二千人马分付曰："汝等疾去，连车带人，尽情都捉来。"魏兵领命，一齐追赶。孔明见魏兵赶来，便教回车，遥望蜀营缓缓而行。魏兵皆骤马追赶，但见阴风习习，冷雾漫漫。尽力赶了一程，追之不上。各人大惊，都勒住马言曰："奇怪！我等急急赶了三十里，只见在前，追之不上，如之奈何？"孔明见兵不来，又令推车过来，朝着魏兵歇下。魏兵犹豫良久，又放马赶来。孔明复回车慢慢而行。魏兵又赶了二十里，只见在前，不曾赶上，尽皆痴呆。孔明教回过车，朝着魏军，推车倒行。魏兵又欲追赶，后面司马懿自引一军到，传令曰："孔明善会八门遁甲[②]，能驱六丁六甲[③]之神。此乃《六甲天书》内缩地之法[④]也。众军不可追之。"

众军方勒马回时，左势下战鼓大震，一彪军杀来。懿急令兵拒之，只见蜀兵队里，二十四人，披发仗剑，皂衣跣足，拥出一辆四轮车，车上端坐孔明，簪冠鹤氅，手摇羽扇。懿大惊曰："方

① 结束——装扮，打扮。天蓬——即天蓬元帅。神话传说中的天神。

② 八门遁甲——道家奇门遁甲之一，为方士术数的一种。其八门即前述"八卦阵"中的休、生、伤、杜、景、死、惊、开八门。据说此术不仅可以占卜吉凶祸福，还可以缩地、入地等。

③ 六丁六甲——都是道家利用天干地支编造的天神。六丁：即丁卯、丁巳、丁未、丁酉、丁亥、丁丑，称之为"阴神"。六甲：即甲子、甲戌、甲申、甲午、甲辰、甲寅，称之为"阳神"。

④ 《六甲天书》——道家编造的一种据说可以驱使神鬼、呼风唤雨等的法术秘籍。缩地之法——遁甲法术中的一种。据说能把大地缩小，使远距离变为咫尺之地。

才那个车上坐着孔明，赶了五十里，追之不上，如何这里又有孔明？怪哉！怪哉！”言未毕，右势下战鼓又鸣，一彪军杀来，四轮车上亦坐着一个孔明，左右亦有二十四人皂衣跣足，披发仗剑，拥车而来。懿心中大疑，回顾诸将曰：“此必神兵也！”众军心下大乱，不敢交战，各自奔走。正行之际，忽然鼓声大震，又一彪军杀来，当先一辆四轮车，孔明端坐于上，左右前后推车使者同前一般。魏兵无不骇然。司马懿不知是人是鬼，又不知多少蜀兵，十分惊惧，急急引兵奔入上邽，闭门不出。此时孔明早令三万精兵将陇上小麦割尽，运赴卤城打晒去了。

司马懿在上邽城中，三日不敢出城。后见蜀兵退去，方敢令军出哨。于路捉得一蜀兵，来见司马懿。懿问之，其人告曰：“某乃割麦之人，因走失马匹，被捉前来。”懿曰：“前者是何神兵？”答曰：“三路伏兵，皆不是孔明，乃姜维、马岱、魏延也。每一路只有一千军护车，五百军擂鼓。只是先来诱阵的车上乃孔明也。”懿仰天长叹曰：“孔明有神出鬼没之机！”

忽报：“副都督郭淮入见。”懿接入，礼毕，淮曰：“吾闻蜀兵不多，现在卤城打麦，可以击之。”懿细言前事。淮笑曰：“只瞒过一时，今已识破，何足道哉！吾引一军攻其后，公引一军攻其前，卤城可破，孔明可擒矣。”懿从之，遂分兵两路而来。

却说孔明引军在卤城打晒小麦，忽唤诸将听令曰：“今夜敌人必来攻城。吾料卤城东西麦田之内足可伏兵。谁敢为我一往？”姜维、魏延、马忠、马岱四将出曰：“某等愿往。”孔明大喜，乃命：“姜维、魏延各引二千兵伏在东南、西北两处，马岱、马忠各引二千兵伏在西南、东北两处，只听炮响，四角一齐杀来。”四将受计，引兵去了。孔明自引百馀人，各带火炮出城，伏在麦田之内等候。

却说司马懿引兵径到卤城下，日已昏黑，乃谓诸将曰：“若白日进兵，城中必有准备。今可乘夜晚攻之。此处城低壕浅，可便打破。”遂屯兵城外。一更时分，郭淮亦引兵到，两下合兵，一声鼓响，把卤城围得铁桶相似。城上万弩齐发，矢石如雨，魏兵不敢前进。忽然魏军听信炮连声，三军大惊，又不知何处兵来。淮令人去麦田搜时，四角上火光冲天，喊声大震，四路蜀兵一齐杀至；卤城四门大开，城内兵杀出：里应外合，大杀了一阵，魏兵死者无数。司马懿引败兵奋死突出重围，占住了山头；郭淮亦引败兵奔到山后扎住。孔明入城，令四将于四角下安营。

郭淮告司马懿曰："今与蜀兵相持许久，无策可退；目下又被杀了一阵，折伤三千馀人。若不早图，日后难退矣。"懿曰："当复如何？"淮曰："可发檄文调雍、凉人马并力剿杀。吾愿引军袭剑阁，截其归路，使彼粮草不通，三军慌乱。那时乘势击之，敌可灭矣。"懿从之，即发檄文，星夜往雍、凉调拨人马。不一日，大将孙礼引雍、凉诸郡人马到。懿即令孙礼约会郭淮，去袭剑阁。

却说孔明在卤城相拒日久，不见魏兵出战，乃唤姜维、马岱入城听令曰："今魏兵守住山险，不与我战：一者料吾麦尽无粮；二者令兵去袭剑阁，断吾粮道也。汝二人各引一万军，先去守住险要，魏兵见有准备，自然退去。"二人引兵去了。

长史杨仪入帐告曰："向者丞相令大兵一百日一换，今已限足，汉中兵已出川口，前路公文已到，只待会兵交换。现存八万军，内四万该与换班。"孔明曰："既有令，便教速行。"众军闻知，各各收拾起程。忽报："孙礼引雍、凉人马二十万来助战，去袭剑阁；司马懿自引兵来攻卤城了。"蜀兵无不惊骇。杨仪入告孔明曰："魏兵来得甚急，丞相可将换班军且留下退敌，待新来兵到，然后换之。"孔明曰："不可。吾用兵命将，以信为本。既有令在先，岂可失信？且蜀兵应去者，皆准备归计，其父母妻子倚扉而望，吾今便有大难，决不留他。"即传令，教应去之兵，当日便行。众军闻之，皆大呼曰："丞相如此施恩于众，我等愿且不回，各舍一命，大杀魏兵，以报丞相。"孔明曰："尔等该还家，岂可复留于此？"

众军皆要出战，不愿回家。孔明曰："汝等既要与我出战，可出城安营，待魏兵到，莫待他息喘，便急攻之，此以逸待劳之法也。"众兵领命，各执兵器，欢喜出城，列阵而待。

却说西凉人马倍道而来，走的人马困乏，方欲下营歇息，被蜀兵一拥而进，人人奋勇，将锐兵骁，雍、凉兵抵敌不住，望后便退。蜀兵奋力追杀，杀得那雍、凉兵尸横遍野，血流成渠。孔明出城，收聚得胜之兵，入城赏劳。

忽报："永安李严有书告急。"孔明大惊，拆封视之，书云：

近闻东吴令人入洛阳，与魏连和。魏令吴取蜀，幸吴尚未起兵。今严探知消息，伏望丞相早作良图。

孔明览毕，甚是惊疑，乃聚诸将曰："若东吴兴兵寇蜀，吾须索[①]速回也。"即传令教："祁山大寨人马，且退回西川。司马懿知吾屯军在此，必不敢追赶。"于是王平、张嶷、吴班、吴懿分兵两路，徐徐退入西川去了。

张郃见蜀兵退去，恐有计策，不敢来追，乃引兵往见司马懿曰："今蜀兵退去，不知何意。"懿曰："孔明诡计极多，不可轻动。不如坚守，待他粮尽，自然退去。"大将魏平出曰："蜀兵拔祁山之营而退，正可乘势追之。都督按兵不动，畏蜀如虎，奈天下笑何？"懿坚执不从。

却说孔明知祁山兵已回，遂令杨仪、马忠入帐，授以密计，令："先引一万弓弩手，去剑阁木门道两下埋伏。若魏兵追到，听吾炮响，急滚下木石，先截其去路，两头一齐射之。"二人引兵去了。又唤魏延、关兴引兵断后，城上四面遍插旌旗，城内乱堆柴草，虚放烟火，大兵尽望木门道而去。

魏营巡哨军来报司马懿曰："蜀兵大队已退，但不知城中还有多少兵。"懿自往视之，见城上插旗，城中烟起，笑曰："此乃

① 须索——必须，应该。

空城也。”令人探之，果是空城。懿大喜曰：“孔明已退，谁敢追之？”先锋张郃曰：“吾愿往。”懿阻曰：“公性急躁，不可去。”郃曰：“都督出关之时，命吾为先锋，今日正是立功之际，却不用吾，何也？”懿曰：“蜀兵退去，险阻处必有埋伏，须十分仔细，方可追之。”郃曰：“吾已知得，不必挂虑。”懿曰：“公自欲去，莫要追悔。”郃曰：“大丈夫舍身报国，虽万死无恨。”懿曰：“公既坚执要去，可引五千兵先行。却教魏平引二万马步兵后行，以防埋伏。吾却引三千兵随后策应。”

张郃领命，引兵火速望前追赶。行到三十馀里，忽然背后一声喊起，树林内闪出一彪军，为首大将横刀勒马，大叫曰：“贼将引兵那里去？”郃回头视之，乃魏延也。郃大怒，回马交锋。不十合，延诈败而走。郃又追赶三十馀里，勒马回顾，全无伏兵，又策马前追。方转过山坡，忽喊声大起，一彪军闪出，为首大将乃关兴也，横刀勒马，大叫曰：“张郃休赶，有吾在此！”郃就拍马交锋。不十合，兴拨马便走。郃随后追之。赶到一密林内，郃心疑，令人四下哨探，并无伏兵，于是放心又赶。不想魏延却抄在前面，郃又与战十馀合，延又败走。郃奋怒[①]追来，又被关兴抄在前面，截住去路。郃大怒，拍马交锋。战有十合，蜀兵尽弃衣甲、什物等件，塞满道路。魏军皆下马争取。

延、兴二将轮流交战，张郃奋勇追赶。看看天晚，赶到木门道口，魏延拨回马，高声大骂曰：“张郃逆贼！吾不与汝相拒，汝只顾赶来，吾今与汝决一死战！”郃十分忿怒，挺枪骤马，直取魏延；延挥刀来迎。战不十合，延大败，尽弃衣甲、头盔，匹马引败兵望木门道中而走。张郃杀得性起，又见魏延大败而逃，乃骤马赶来。此时天色昏黑，一声炮响，山上火光冲天，大石乱柴滚将下来，阻截去路。郃大惊曰：“我中计矣！”急回马时，背后已

---

① 奋怒——盛怒，大怒。

被木石塞满了归路，中间只有一段空地，两边皆是峭壁，郃进退无路。忽一声梆子响，两下万弩齐发，将张郃并百馀个部将皆射死于木门道中。后人有诗曰：

伏弩齐飞万点星，木门道上射雄兵。

至今剑阁行人过，犹说军师旧日名。

却说张郃已死，随后魏兵追到，见塞了道路，已知张郃中计。众军勒回马急退，忽听得山头上大叫曰："诸葛丞相在此！"众军仰视，只见孔明立于火光之中，指众军而言曰："吾今日围猎，欲射一'马'，误中一'獐'。汝各人安心而去，上复仲达：早晚必为吾所擒矣！"魏兵回见司马懿，细告前事。懿悲伤不已，仰天叹曰："张儁乂身死，吾之过也！"乃收兵回洛阳。魏主闻张郃死，挥泪叹息，令人收其尸，厚葬之。

却说孔明入汉中，欲归成都见后主。都护李严妄奏后主曰："臣已办备军粮，行将运赴丞相军前，不知丞相何故忽然班师。"后主闻奏，即命尚书费祎入汉中见孔明，问班师之故。祎至汉中，宣后主之意。孔明大惊曰："李严发书告急，说东吴将兴兵寇川，因此回师。"费祎曰："李严奏称军粮已办，丞相无故回师，天子因此命某来问耳。"孔明大怒，令人访察，乃是李严因军粮不济[1]，怕丞相见罪，故发书取回[2]，却又妄奏天子，遮饰己过。孔明大怒曰："匹夫为一己之故，废国家大事！"令人召至，欲斩之。费祎劝曰："丞相念先帝托孤之意，姑且宽恕。"孔明从之。费祎即具表启奏后主。后主览表，勃然大怒，叱武士推李严出斩之。参军蒋琬出班奏曰："李严乃先帝托孤之臣，乞望恩宽恕。"后主从之，即谪为庶人，徙于梓潼郡闲住。

孔明回到成都，用李严子李丰为长史。积草屯粮，讲阵论武，

---

① 军粮不济——军粮没有办齐。

② 取回——召回，催回。

整治军器，存恤[①]将士，三年然后出征。两川人民军士皆仰其恩德。

光阴荏苒，不觉三年。时建兴十二年春二月，孔明入朝奏曰："臣今存恤军士，已经三年。粮草丰足，军器完备，人马雄壮，可以伐魏。今番若不扫清奸党，恢复中原，誓不见陛下也！"后主曰："方今已成鼎足之势，吴、魏不曾入寇，相父何不安享太平？"孔明曰："臣受先帝知遇之恩，梦寐之间，未尝不设伐魏之策。竭力尽忠，为陛下克复中原，重兴汉室，臣之愿也。"言未毕，班部中一人出曰："丞相不可兴兵。"众视之，乃谯周也。正是：

武侯尽瘁惟忧国，太史知机又论天。

未知谯周有何议论，且看下文分解。

① 存恤——抚慰，救济。

第一百二回

司马懿占北原渭桥　诸葛亮造木牛流马

却说谯周官居太史，颇明天文，见孔明又欲出师，乃奏后主曰："臣今职掌司天台，但有祸福，不可不奏。近有群鸟数万自南飞来，投于汉水而死，此不祥之兆；臣又观天象，见奎星躔于太白之分，盛气在北，不利伐魏；又成都人民皆闻柏树夜哭：有此数般灾异，丞相只宜谨守，不可妄动。"孔明曰："吾受先帝托孤之重，当竭力讨贼，岂可以虚妄之灾氛，而废国家大事耶？"遂命有司设太牢，祭于昭烈之庙，涕泣拜告曰："臣亮五出祁山，未得寸土，负罪非轻。今臣复统全师，再出祁山，誓竭力尽心，剿灭汉贼，恢复中原，鞠躬尽瘁，死而后已。"祭毕，拜辞后主，星夜至汉中，聚集诸将，商议出师。忽报关兴病亡。孔明放声大哭，昏倒于地，半晌方苏。众将再三劝解，孔明叹曰："可怜忠义之人，天不与以寿！我今番出师，又少一员大将也！"后人有诗叹曰：

生死人常理，蜉蝣一样空。
但存忠孝节，何必寿乔松。

孔明引蜀兵三十四万，分五路而进，令姜维、魏延为先锋，皆出祁山取齐；令李恢先运粮草，于斜谷道口伺候。

却说魏国因旧岁有青龙自摩陂井内而出，改为青龙元年。此时乃青龙二年春二月也。近臣奏曰："边官飞报蜀兵三十馀万，分五路复出祁山。"魏主曹睿大惊，急召司马懿至，谓曰："蜀人三年不曾入寇，今诸葛亮又出祁山，如之奈何？"懿奏曰："臣夜观天象，见中原旺气正盛，奎星犯太白，不利于西川。今孔明自负才智，逆天而行，乃自取败亡也。臣托陛下洪福，当往破之。但愿保四人同去。”睿曰：“卿保何人？”懿曰：“夏侯渊有四子：长名霸，字仲权；次名威，字季权；三名惠，字稚权；四名和，字义权。霸、威二人弓马熟娴，惠、和二人谙知韬略。此四人常欲为父报仇。臣今保夏侯霸、夏侯威为左右先锋，夏侯惠、夏侯和为行军司马，共赞军机，以退蜀兵。”睿曰：“向者夏侯楙驸马违误军机，失陷了许多人马，至今羞惭不回。今此四人，亦与楙同否？”懿曰：“此四人非夏侯楙所可比也。”睿乃从其请，即命司马懿为大都督，凡将士悉听量才委用，各处兵马皆听调遣。懿受命，辞朝出城。睿又以手诏赐懿曰：

卿到渭滨，宜坚壁固守，勿与交锋。蜀兵不得志，必诈退诱敌，卿慎勿追。待彼粮尽，必将自走，然后乘虚攻之，则取胜不难，亦免军马疲劳之苦。计莫善于此也。

司马懿顿首受诏，即日到长安，聚集各处军马共四十万，皆来渭滨下寨；又拨五万军，于渭水上搭起九座浮桥，令先锋夏侯霸、夏侯威过渭水安营；又于大营之后东原筑起一城，以防不虞[①]。懿正与众将商议间，忽报：“郭淮、孙礼来见。”懿迎入。礼毕，淮曰：“今蜀兵现在祁山，倘跨渭登原，接连北山，阻绝陇道，大可虞也。”懿曰：“所言甚善。公可就总督陇西军马，据北原下寨，深沟高垒，按兵休动，只待彼兵粮尽，方可攻之。”郭淮、孙礼领命，引兵下寨去了。

却说孔明复出祁山，下五个大寨，按左、右、中、前、后；自斜谷直至剑阁，一连又下十四个大寨：分屯军马，以为久计。每日令人巡哨。忽报：“郭淮、孙礼领陇西之兵，于北原下寨。”孔明谓诸将曰：“魏兵于北原安营者，惧吾取此路，阻绝陇道也。吾今虚攻北原，却暗取渭滨。令人扎木筏百馀只，上载草把，选惯熟水

① 不虞——不测，意料不到的事。

手五千人驾之。我夤夜只攻北原，司马懿必引兵来救。彼若少败，我把后军先渡过岸去，然后把前军下于筏中，休要上岸，顺水取浮桥放火烧断，以攻其后。吾自引一军去取前营之门。若得渭水之南，则进兵不难矣。”诸将遵令而行。

早有巡哨军飞报司马懿。懿唤诸将议曰：“孔明如此设施，其中有计。彼以取北原为名，顺水来烧浮桥，乱吾后，却攻吾前也。”即传令与夏侯霸、夏侯威曰：“若听得北原发喊，便提兵于渭水南山之中，待蜀兵至击之。”又令张虎、乐綝引二千弓弩手，伏于渭水浮桥北岸：“若蜀兵乘木筏顺水而来，可一齐射之，休令近桥。”又传令郭淮、孙礼曰：“孔明来北原，暗渡渭水。汝新立之营，人马不多，可尽伏于半路。若蜀兵于午后渡水，黄昏时分必来攻汝。汝诈败而走，蜀兵必追，汝等皆以弓弩射之。吾水陆并进。若蜀兵大至，只看吾指挥而击之。”各处下令已毕，又令二子司马师、司马昭引兵救应前营，懿自引一军救北原。

却说孔明令魏延、马岱引兵渡渭水攻北原，令吴班、吴懿引木筏兵去烧浮桥；令王平、张嶷为前队，姜维、马忠为中队，廖化、张翼为后队：兵分三路，去攻渭水旱营。是日午时，人马离大寨，尽渡渭水，列成阵势，缓缓而行。

却说魏延、马岱将近北原，天色已昏。孙礼哨见，便弃营而走。魏延知有准备，急退军时，四下喊声大震：左有司马懿，右有郭淮，两路兵杀来。魏延、马岱奋力杀出，蜀兵多半落于水中，馀众奔逃无路。幸得吴懿兵杀来，救了败兵，过岸拒住。吴班分一半兵撑筏，顺水来烧浮桥，却被张虎、乐綝在岸上乱箭射住。吴班中箭，落水而死。馀军跳水逃命，木筏尽被魏兵夺去。

此时王平、张嶷不知北原兵败，直奔到魏营，已有二更天气，只听得喊声四起。王平谓张嶷曰：“军马攻打北原，未知胜负。渭南之寨，现在面前，如何不见一个魏兵？莫非司马懿知道了，先作准备也？我等且看浮桥火起，方可进兵。”二人勒住军马，忽背后一骑马来报，说："丞相教军马急回，北原兵、浮桥兵俱失了。"王平、张嶷大惊，急退军时，却被魏兵抄在背后，一声炮响，一齐杀来，火光冲天。王平、张嶷引兵相迎，两军混战一场。平、嶷二人奋力杀出，蜀兵折伤大半。孔明回到祁山大寨，收聚败兵，约折了万馀人，心中忧闷。

忽报费祎自成都来见丞相，孔明请入。费祎礼毕，孔明曰："吾有一书，正欲烦公去东吴投递，不知肯去否？"祎曰："丞相之命，岂敢推辞？"孔明即修书，付费祎去了。

祎持书径到建业，入见吴主孙权，呈上孔明之书。权拆视之，书略曰：

> 汉室不幸，王纲失纪，曹贼篡逆，蔓延及今。亮受昭烈皇帝寄托之重，敢不竭力尽忠。今大兵已会于祁山，狂寇将亡于渭水。伏望陛下念同盟之义，命将北征，共取中原，同分天下。书不尽言，万希圣听。

权览毕，大喜，乃谓费祎曰："朕久欲兴兵，未得会合孔明。今既有书到，即日朕自亲征，入居巢门，取魏新城；再令陆逊、诸葛瑾等屯兵于江夏、沔口，取襄阳；孙韶、张承等出兵广陵，取淮阳等处：三处一齐进军，共三十万，克日兴师。"费祎拜谢曰："诚如此，则中原不日自破矣。"权设宴款待费祎。饮宴间，权问曰："丞相军前，用谁当先破敌？"祎曰："魏延为首。"权笑曰："此人勇有馀而心不正，若一朝无孔明，彼必为祸。孔明岂未知耶？"祎曰："陛下之言极当。臣今归去，即当以此言告孔明。"

遂拜辞孙权，回到祁山，见了孔明，具言吴主起大兵三十万，御驾亲征，兵分三路而进。孔明又问曰："吴主别有所言否？"费祎将论魏延之语告之。孔明叹曰："真聪明之主也！吾非不知此人，为惜其勇，故用之耳。"祎曰："丞相早宜区处。"孔明曰："吾自有法。"祎辞别孔明，自回成都。

孔明正与诸将商议征进，忽报："有魏将来投降。"孔明唤入问之，答曰："某乃魏国偏将军郑文也。近与秦朗同领人马，听司马懿调用。不料懿徇私偏向，加秦朗为前将军，而视文如草芥，因此不平，特来投降丞相，愿赐收录。"言未已，人报："秦朗引兵在寨外，单搦郑文交战。"孔明曰："此人武艺比汝若何？"郑文曰："某当立斩之。"孔明曰："汝若先杀秦朗，吾方不疑。"郑文欣然上马出营，与秦朗交锋。孔明亲自出营视之，只见秦朗挺枪大骂曰："反贼盗我战马来此，可早早还我！"言讫，直取郑文。文拍马舞刀相迎，只一合，斩秦朗于马下。魏军各自逃走。郑文提首级入营。

孔明回到帐中坐定，唤郑文至，勃然大怒，叱左右："推出斩之！"郑文曰："小将无罪。"孔明曰："吾向识秦朗，汝今斩者，并非秦朗，安敢欺我？"文拜告曰："此实秦朗之弟秦明也。"孔明笑曰："司马懿令汝来诈降，于中取事，却如何瞒得我过？若不实说，必然斩汝。"郑文只得诉告其实是诈降，泣求免死。孔明曰："汝既求生，可修书一封，教司马懿自来劫营，吾便饶汝性命；若捉住司马懿，便是汝之功，还当重用。"郑文只得写了一书，呈与孔明。孔明令将郑文监下。樊建问曰："丞相何以知此人诈降？"孔明曰："司马懿不轻用人，若加秦朗为前将军，必武艺高强。今与郑文交马只一合，便为文所杀，必不是秦朗也，以故知其诈。"众皆拜服。

孔明选一舌辩军士，附耳分付如此如此。军士领命，持书径来魏寨，求见司马懿。懿唤入，拆书看毕，问曰："汝何人也？"答曰："某乃中原人，流落蜀中，郑文与某同乡。今孔明因郑文有功，用为先锋。郑文特托某来献书，约于明日晚间举火为号，望乞都督尽提大军前来劫寨，郑文在内为应。"司马懿反覆诘问，又将来书仔细检看，果然是实。即赐军士酒食，分付曰："本日二更为期，我自来劫寨。大事若成，必重用汝。"军士拜别，回到本寨，告知孔明。孔明仗剑步罡[①]，祷祝已毕，唤王平、张嶷，分付如此如此；又唤马忠、马岱，分付如此如此；又唤魏延，分付如此如此。孔明自引数十人，坐于高山之上，指挥众军。

却说司马懿见了郑文之书，便欲引二子，提大兵，来劫蜀寨。长子司马师谏曰："父亲何故据片纸，而亲入重地？倘有疏虞，如之奈何？不如令别将先去，父亲为后应可也。"懿从之，遂令秦朗引一万兵去劫蜀寨，懿自引兵接应。

是夜初更，风清月朗。将及二更时分，忽然阴云四合，黑气漫空，对面不见。懿大喜曰："天使我成功也！"于是人尽衔枚，马皆勒口，长驱大进。秦朗当先，引一万兵直杀入蜀寨中，并不见一人。朗知中计，忙叫退兵。四下火把齐明，喊声震地：左有王平、张嶷，右有马岱、马忠，两路兵杀来。秦朗死战，不能得出。背后司马懿见蜀寨火光冲天，喊声不绝，又不知魏兵胜负，只顾催兵接应，望火光中杀来。忽然一声喊起，鼓角喧天，火炮震地：左有魏延，右有姜维，两路杀出。魏兵大败，十伤八九，四散逃奔。此时秦朗所引一万兵，都被蜀兵围住，箭如飞蝗。秦朗死于乱军之中。司马懿引败兵奔入本寨。

三更以后，天复清朗。孔明在山头上鸣金收军。原来二更时阴云暗黑，乃孔明用遁甲之法。后收兵已了，天复清朗，乃孔明驱六丁六甲扫荡浮云也。

当下孔明得胜回寨，命将郑文斩了，再议取渭南之策。每日令兵搦战，魏军只不出迎。孔明自乘小车，来祁山前、渭水东西踏看地理。忽到一谷口，见其形如葫芦之状，内中可容千馀人；两山又合一谷，可容四五百人；背后两山环抱，只可通一人一骑。孔明看了，心中大喜，问向导官曰："此处是何地名？"答曰："此名

---

① 步罡（gāng）——全称"步罡踏斗"。道士礼拜星宿、召遣神灵的一种动作。因其步伐转折路线及脚踏位置模仿自北斗七星，故称。

‘上方谷’，又号‘葫芦谷’。”孔明回到帐中，唤禆将杜睿、胡忠二人，附耳授以密计，令唤集随军匠作一千馀人，入葫芦谷中，制造木牛、流马[①]应用。又令马岱领五百兵守住谷口。孔明嘱马岱曰：“匠作人等不许放出，外人不许放入。吾还不时自来点视[②]。捉司马懿之计，只在此举，切不可走漏消息。”马岱受命而去。杜睿等二人在谷中监督匠作，依法制造。孔明每日往来指示。

忽一日，长史杨仪入告曰：“即今粮米皆在剑阁，人夫牛马搬运不便，如之奈何？”孔明笑曰：“吾已运谋多时也。前者所积木料，并西川收买下的大木，教人制造木牛、流马，搬运粮米，甚是便利。牛、马皆不水食，可以昼夜转运不绝也。”众皆惊曰：“自古及今，未闻有木牛、流马之事。不知丞相有何妙法，造此奇物？”孔明曰：“吾已令人依法制造，尚未完备。吾今先将造木牛、流马之法，尺寸方圆，长短阔狭，开写明白，汝等视之。”众大喜。孔明即手书一纸，付众观看。众将环绕而视。其造木牛之法云：

方腹曲头，一脚四足，头入领中，舌着于腹。载多而行少：独行者数十里，群行者二十里。曲者为牛头，双者为牛脚，横者为牛领，转者为牛足，覆者为牛背，方者为牛腹，垂者为牛舌，曲者为牛肋，刻者为牛齿，立者为牛角，细者为牛鞅，摄者为牛鞦轴。牛仰双辕，人行六尺，牛行四步。每牛载十人所食一月之粮，人不大劳，牛不饮食。

造流马之法云：

肋长三尺五寸，广三寸，厚二寸二分：左右同。前轴孔分墨去头四寸，径中二寸。前脚孔分墨二寸，去前

① 木牛、流马——是诸葛亮发明创造的两种运载工具。

② 点视——查看。

轴孔四寸五分，广一寸。前杠孔去前脚孔分墨二寸七分，孔长二寸，广一寸。后轴孔去前杠分墨一尺五分，大小与前同。后脚孔分墨去后轴孔三寸五分，大小与前同。后杠孔去后脚孔分墨二寸七分，后载克去后杠孔分墨四寸五分。前杠长一尺八寸，广二寸，厚一寸五分；后杠与等。板方囊二枚，厚八分，长二尺七寸，高一尺六寸五分，广一尺六寸：每枚受米二斛三斗。从上杠孔去肋下七寸：前后同。上杠孔去下杠孔分墨一尺三寸，孔长一寸五分，广七分：八孔同。前后四脚，广二寸，厚一寸五分。形制如象，靬长四寸，径面四寸三分。孔径中三脚杠，长二尺一寸，广一寸五分，厚一寸四分，同杠耳。

众将看了一遍，皆拜伏曰："丞相真神人也！"

过了数日，木牛、流马皆造完备，宛然如活者一般，上山下岭，各尽其便。众军见之，无不欣喜。孔明令右将军高翔引一千兵，驾着木牛、流马，自剑阁直抵祁山大寨，往来搬运粮草，供给蜀兵之用。后人有诗赞曰：

剑关险峻驱流马，斜谷崎岖驾木牛。
后世若能行此法，输将安得使人愁？

却说司马懿正忧闷间，忽哨马报说："蜀兵用木牛、流马转运粮草，人不大劳，牛、马不食。"懿大惊曰："吾所以坚守不出者，为彼粮草不能接济，欲待其自毙耳。今用此法，必为久远之计，不思退矣，如之奈何？"急唤张虎、乐綝二人，分付曰："汝二人各引五百军，从斜谷小路抄出，待蜀兵驱过木牛、流马，任他过尽，一齐杀出，不可多抢，只抢三五匹便回。"二人依令，各引五百军，扮作蜀兵，夜间偷过小路，伏在谷中，果见高翔引兵驱木牛、流马而来。将次过尽，两边一齐鼓噪杀出。蜀兵措手不及，弃下数匹。张虎、乐綝欢喜，驱回本寨。司马懿看了，果然进退如活的一般，乃大喜曰："汝会用此法，难道我不会用？"便令巧匠百馀人当面拆开，分付依其尺寸长短厚薄之法，一样制造木牛、流马。不消半月，造成二千馀只，与孔明所造者一般法则，亦能奔走。遂令镇远将军岑威引一千军，驱驾木牛、流马，去陇西搬运粮草，往来不绝。魏营军将无不欢喜。

却说高翔回见孔明，说魏兵抢夺木牛、流马各五六匹去了。孔明笑曰："吾正要他抢去。我只费了几匹木牛、流马，却不久便得军中许多资助也。"诸将问曰："丞相何以知之？"孔明曰："司马懿见了木牛、流马，必然仿我法度，一样制造。那时我又有计策。"

数日后，人报魏兵也会造木牛、流马，往陇西搬运粮草。孔明大喜曰："不出吾之算也。"便唤王平分付曰："汝引一千兵，扮作魏人，星夜偷过北原，只说是巡粮军，径到运粮之所，将护粮之人尽皆杀散，却驱木牛、流马而回，径奔过北原来。此处必有魏兵追赶，汝便将木牛、流马口内舌头扭转，牛、马就不能行动，汝等竟弃之而走。背后魏兵赶到，牵拽不动，扛抬不去。吾再有兵到，汝却回身再将牛、马舌扭过来，长驱大行。魏兵必疑为怪也。"王平受计，引兵而去。

孔明又唤张嶷分付曰："汝引五百军，都扮作六丁六甲神兵，鬼头兽身，用五彩涂面，妆作种种怪异之状，一手执绣旗，一手仗宝剑，身挂葫芦，内藏烟火之物，伏于山旁。待木牛、流马到时，放起烟火，一齐拥出，驱牛、马而行。魏人见之，必疑是神鬼，不敢来追赶。"张嶷受计，引兵而去。孔明又唤魏延、姜维分付曰："汝二人同引一万兵，去北原寨口接应木牛、流马，以防交战。"又唤廖化、张翼分付曰："汝二人引五千兵，去断司马懿来路。"又唤马忠、马岱分付曰："汝二人引二千兵，去渭南搦战。"六人各各遵令而去。

且说魏将岑威引军驱木牛、流马，装载粮米，正行之间，忽报："前面有兵巡粮。"岑威令人哨探，果是魏兵，遂放心前进。两军合在一处，忽然喊声大震，蜀兵就本队里杀起，大呼："蜀中大将王平在此！”魏兵措手不及，被蜀兵杀死大半。岑威引败兵抵敌，被王平一刀斩了。馀皆溃散。王平引兵尽驱木牛、流马而回。败兵飞奔报入北原寨内。郭淮闻军粮被劫，疾忙引军来救。王平令兵扭转木牛、流马舌头，皆弃于道上，且战且走。郭淮教且莫追，只驱回木牛、流马。众军一齐驱赶，却那里驱得动。郭淮心中疑惑，正无奈何，忽鼓角喧天，喊声四起，两路兵杀来，乃魏延、姜维也；王平复引兵杀回：三路夹攻，郭淮大败而走。王平令军士将牛、马舌头重复扭转，驱赶而行。郭淮望见，方欲回兵再追，只见山后烟云突起，一队神兵拥出，一个个手执旗剑，怪异之状，驱驾木牛、流马，如风拥而去。郭淮大惊曰：“此必神助也！”众军见了，无不惊畏，不敢追赶。

却说司马懿闻北原兵败，急自引军来救。方到半路，忽一声炮响，两路兵自险峻处杀出，喊声震地，旗上大书“汉将张翼廖化”。司马懿见了大惊，魏军着慌，各自逃窜。正是：

路逢神将粮遭劫，身遇奇兵命又危。

未知司马懿怎地抵敌，且看下文分解。

第一百三回

上方谷司马受困　五丈原诸葛禳星

却说司马懿被张翼、廖化一阵杀败，匹马单枪，望密林间而走。张翼收住后军，廖化当先追赶。看看赶上，懿着慌，绕树而转。化一刀砍去，正砍在树上，及拔出刀时，懿已走出林外。廖化随后赶出，却不知去向，但见树林之东落下金盔一个。廖化取盔捎在马上，一直望东追赶。原来司马懿把金盔弃于林东，却反向西走去了。廖化追了一程，不见踪迹，奔出谷口，遇见姜维，同回寨见孔明。张嶷早驱木牛、流马到寨，交割已毕，获粮万馀石。廖化献上金盔，录为头功。魏延心中不悦，口出怨言。孔明只做不知。

且说司马懿逃回寨中，心甚恼闷。忽使命赍诏至，言东吴三路入寇，朝廷正议命将抵敌，令懿等坚守勿战。懿受命已毕，深沟高垒，坚守不出。

却说曹睿闻孙权分兵三路而来，亦起兵三路迎之：令刘劭引兵救江夏，田豫引兵救襄阳，睿自与满宠率大军救合淝。满宠先引一军至巢湖口，望见东岸战船无数，旌旗整肃。宠入军中奏魏主曰："吴人必轻我远来，未曾提备。今夜可乘虚劫其水寨，必得全胜。"魏主曰："汝言正合朕意。"即令骁将张球领五千兵，各带火具，从湖口攻之；满宠引兵五千，从东岸攻之。是夜二更时分，张球、满宠各引军悄悄望湖口进发，将近水寨，一齐呐喊杀入。吴兵慌乱，不战而走，被魏军四下举火，烧毁战船、粮草、器具不计其数。诸葛瑾率败兵逃走沔口。魏兵大胜而回。

次日，哨军报知陆逊。逊集诸将议曰："吾当作表申奏主上，请撤新城之围，以兵断魏军归路，吾率众攻其前，彼首尾不敌，一鼓可破也。"众服其言。陆逊即具表，遣一小校密地赍往新城。小校领命，赍着表文，行至渡口，不期被魏军伏路的捉住，解赴军中见魏主曹睿。睿搜出陆逊表文，览毕，叹曰："东吴陆逊真妙算也！"遂命将吴卒监下，令刘劭谨防孙权后兵。

却说诸葛瑾大败一阵，又值暑天，人马多生疾病。乃修书一封，令人转达陆逊，议欲撤兵还国。逊看书毕，谓来人曰："拜上将军，吾自有主意。"使者回报诸葛瑾，瑾问："陆将军作何举动？"使者曰："但见陆将军催督众人于营外种豆菽，自与诸将在辕门射戏[①]。"瑾大惊，亲自往陆逊营中，与逊相见，问曰："今曹睿亲来，兵势甚盛，都督何以御之？"逊曰："吾前遣人奉表于主上，不料为敌人所获。机谋既泄，彼必知备，与战无益，不如且退。已差人奉表约主上缓缓退兵矣。"瑾曰："都督既有此意，即宜速退，何又迟延？"逊曰："吾军欲退，当徐徐而动。今若便退，魏人必乘势追赶，此取败之道也。足下宜先督船只诈为拒敌之意，吾悉以人马向襄阳而进，为疑敌之计，然后徐徐退归江东，魏兵自不敢近耳。"瑾依其计，辞逊归本营，整顿船只，预备起行。陆逊整肃部伍，张扬声势，望襄阳进发。

早有细作报知魏主，说："吴兵已动，须用提防。"魏将闻之，皆要出战。魏主素知陆逊之才，谕众将曰："陆逊有谋，莫非用诱敌之计？不可轻进。"众将乃止。数日后，哨卒报来："东吴三路兵马皆退矣。"魏主未信，再令人探之，回报果然尽退。魏主曰："陆逊用兵，不亚孙、吴。东南未可平也。"因敕诸将，各守险要，自引大军屯合淝，以伺其变。

---

① 射戏——以射箭为消遣。

却说孔明在祁山，欲为久驻之计，乃令蜀兵与魏民相杂种田：军一分，民二分，并不侵犯，魏民皆安心乐业。司马师入告其父曰："蜀兵劫去我许多粮米，今又令蜀兵与我民相杂屯田于渭滨，以为久计，似此真为国家大患。父亲何不与孔明约期大战一场，以决雌雄？"懿曰："吾奉旨坚守，不可轻动。"正议间，忽报："魏延将着元帅前日所失金盔，前来骂战。"众将忿怒，俱欲出战。懿笑曰："圣人云：'小不忍则乱大谋。'但坚守为上。"诸将依令不出。魏延辱骂良久方回。

孔明见司马懿不肯出战，乃密令马岱造成木栅，营中掘下深堑，多积干柴引火之物；周围山上，多用柴草虚搭窝铺，内外皆伏地雷。置备停当，孔明附耳嘱之曰："可将葫芦谷后路塞断，暗伏兵于谷中。若司马懿追到，任他入谷，便将地雷、干柴一齐放起火来。又令军士昼举七星号带于谷口，夜设七盏明灯于山上，以为暗号。"马岱受计，引兵而去。孔明又唤魏延分付曰："汝可引五百兵，去魏寨讨战，务要诱司马懿出战。不可取胜，只可诈败。懿必追赶，汝却望七星旗处而入；若是夜间，则望七盏灯处而走。只要引得司马懿入葫芦谷内，吾自有擒之之计。"魏延受计，引兵而去。孔明又唤高翔分付曰："汝将木牛、流马或二三十为一群，或四五十为一群，各装米粮，于山路往来行走。如魏兵抢去，便是汝之功。"高翔领计，驱驾木牛、流马去了。孔明将祁山兵一一调去，只推屯田。分付："如别兵来战，只许诈败；若司马懿自来，方并力只攻渭南，断其归路。"孔明分拨已毕，自引一军，近上方谷下营。

且说夏侯惠、夏侯和二人入寨告司马懿曰："今蜀兵四散结营，各处屯田，以为久计。若不趁此时除之，纵令安居日久，深根固蒂，难以摇动。"懿曰："此必又是孔明之计。"二人曰："都督若如此疑虑，寇敌何时得灭？我兄弟二人当奋力决一死战，以报国恩。"懿曰："既如此，汝二人可分头出战。"遂令夏侯惠、夏侯和各引五千兵去讫。懿坐待回音。

却说夏侯惠、夏侯和二人分兵两路，正行之间，忽见蜀兵驱木牛、流马而来，二人一齐杀将过去。蜀兵大败奔走，木牛、流马尽被魏兵抢获，解送司马懿营中。次日，又劫掳得人马百馀，亦解赴大寨。懿将解到蜀兵诘审[①]虚实，蜀兵告曰："孔明只料都督坚守不出，尽命我等四散屯田，以为久计，不想却被擒获。"懿即将蜀兵尽皆放回。夏侯和曰："何不杀之？"懿曰："量此小卒，杀之无益。放归本寨，令说魏将宽厚仁慈，释[②]彼战心，此吕蒙取荆州之计也。"遂传令："今后凡有擒到蜀兵，俱当善遣之，仍重赏有功将吏。"诸将皆听令而去。

却说孔明令高翔佯作运粮，驱驾木牛、流马，往来于上方谷内。夏侯惠等不时截杀，半月之间，连胜数阵。司马懿见蜀兵屡败，心中欢喜。一日，又擒到蜀兵数十人。懿唤至帐下问曰："孔明今在何处？"众告曰："诸葛丞相不在祁山，在上方谷西十里下营安住。今每日运粮屯于上方谷。"懿备细问了，即将众人放去。乃唤诸将分付曰："孔明今不在祁山，在上方谷安营。汝等于明日可一齐并力攻取祁山大寨，吾自引兵来接应。"众将领命，各各准备出战。司马师曰："父亲何故反欲攻其后？"懿曰："祁山乃蜀人之根本，若见我兵攻之，各营必尽来救，我却取上方谷，烧其粮草，使彼首尾不接，必大败也。"司马师拜服。懿即发兵起行，令张虎、乐綝各引五千兵在后救应。

且说孔明正在山上，望见魏兵或三五千一行，或一二千一行，队伍纷纷，前后顾盼，料必来取祁山大寨，乃密传令众将："若司马懿自来，汝等便往劫魏寨，夺了渭南。"众将各各听令。

却说魏兵皆奔祁山寨来，蜀兵四下一齐呐喊奔走，虚作救应

① 诘审——审问。

② 释——消除，懈怠。

之势。司马懿见蜀兵都去救祁山寨，便引二子并中军护卫人马，杀奔上方谷来。魏延在谷口，只盼司马懿到来，忽见一枝魏兵杀到，延纵马向前视之，正是司马懿。延大喝曰："司马懿休走！"舞刀相迎；懿挺枪接战。不上三合，延拨回马便走。懿随后赶来，延只望七星旗处而走。懿见魏延只一人，军马又少，放心追之。令司马师在左，司马昭在右，懿自居中，一齐攻杀将来。魏延引五百兵，皆退入谷中去。

懿追到谷口，先令人入谷中哨探。回报："谷内并无伏兵，山上皆是草房。"懿曰："此必是积粮之所也。"遂大驱士马，尽入谷中。懿忽见草房上尽是干柴，前面魏延已不见了。懿心疑，谓二子曰："倘有兵截断谷口，如之奈何？"言未已，只听得喊声大震，山上一齐丢下火把来，烧断谷口。魏兵奔逃无路。山上火箭射下，地雷一齐突出，草房内干柴都着，刮刮杂杂[①]，火势冲天。司马懿惊得手足无措，乃下马抱二子大哭曰："我父子三人皆死于此处矣！"正哭之间，忽然狂风大作，黑气漫空，一声霹雳响处，骤雨倾盆，满谷之火尽皆浇灭，地雷不震，火器无功。司马懿大喜曰："不就此时杀出，更待何时！"即引兵奋力冲杀。张虎、乐綝亦各引兵杀来接应。马岱军少，不敢追赶。司马懿父子与张虎、乐綝合兵一处，同归渭南大寨，不想寨栅已被蜀兵夺了。郭淮、孙礼正在浮桥上与蜀兵接战，司马懿等引兵杀到，蜀兵退去。懿烧断浮桥，据住北岸。

且说魏兵在祁山攻打蜀寨，听知司马懿大败，失了渭南营寨，军心慌乱。急退时，四面蜀兵冲杀将来，魏兵大败，十伤八九，死者无数，馀众奔过渭北逃生。孔明在山上见魏延诱司马懿入谷，一霎时火光大起，心中甚喜，以为司马懿此番必死。不期天降大雨，火不能着。哨马报说："司马懿父子俱逃去了。"孔明叹曰：

---

① 刮刮杂杂——形容柴草燃烧的爆裂声。

“‘谋事在人，成事在天。’不可强也！”后人有诗叹曰：

谷口风狂烈焰飘，何期骤雨降青霄。
武侯妙计如能就，安得山河属晋朝。

却说司马懿在渭北寨内传令曰：“渭南寨栅，今已失了。诸将如再言出战者斩！”众将听令，据守不出。郭淮入告曰：“近日孔明引兵巡哨，必将择地安营。”懿曰：“孔明若出武功，依山而东，我等皆危矣；若出渭南，西止五丈原，方无事也。”令人探之，回报果屯五丈原。司马懿以手加额曰：“大魏皇帝之洪福也！”遂令诸将：“坚守勿出，彼久必自变。”

且说孔明自引一军屯于五丈原，累令人搦战，魏兵只不出。孔明乃取巾帼并妇人缟素之服[①]，盛于大盒之内，修书一封，遣人送至魏寨。诸将不敢隐蔽，引来使入见司马懿。懿对众启盒视之，内有巾帼、妇人之衣，并书一封。懿拆视其书，略曰：

仲达既为大将，统领中原之众，不思披坚执锐，以决雌雄，乃甘窟守土巢，谨避刀箭，与妇人又何异哉？今遣人送巾帼、素衣至，如不出战，可再拜而受之。倘耻心未泯，犹有男子胸襟，早与批回，依期赴敌。

司马懿看毕，心中大怒，乃佯笑曰：“孔明视我为妇人耶？”即受之，令重待来使。懿问曰：“孔明寝食及事之烦简若何？”使者曰：“丞相夙兴夜寐[②]，罚二十以上皆亲览焉。所啖之食，日不过数升。”懿顾谓诸将曰：“孔明食少事烦，其能久乎？”

使者辞去，回到五丈原，见了孔明，具说：“司马懿受了巾帼、女衣，看了书札，并不嗔怒，只问丞相寝食及事之烦简，绝不提起军旅之事。某如此应对，彼言食少事烦，岂能长久。”孔明叹曰：“彼深知我也！”主簿杨颙谏曰：“某见丞相常自校簿书[③]，窃

① 巾帼——古代妇女的头巾和发饰。缟素之服——白色丧服。
② 夙兴夜寐——早起晚睡。
③ 自校簿书——亲自查看官府财产收支账簿。

以为不必。夫为治有体，上下不可相侵。譬之治家之道，必使仆执耕[①]，婢典爨[②]，私业无旷，所求皆足；其家主从容自在，高枕饮食而已。若皆身亲其事，将形疲神困，终无一成。岂其智之不如婢仆哉？失为家主之道也。是故古人称：坐而论道，谓之三公；作而行之，谓之士大夫[③]。昔丙吉忧牛喘，而不问横道死人[④]；陈平不知钱谷之数，曰：'自有主者。'[⑤]今丞相亲理细事，汗流终日，岂不劳乎？司马懿之言，真至言[⑥]也。"孔明泣曰："吾非不知。但受先帝托孤之重，惟恐他人不似我尽心也。"众皆垂泪。自此孔明自觉神思不宁。诸将因此未敢进兵。

却说魏将皆知孔明以巾帼、女衣辱司马懿，懿受之不战。众将不忿，入帐告曰："我等皆大国名将，安忍受蜀人如此之辱？即请出战，以决雌雄。"懿曰："吾非不敢出战，而甘心受辱也。奈天子明诏，令坚守勿动；今若轻出，有违君命矣。"众将俱忿怒不平。懿曰："汝等既要出战，待我奏准天子，同力赴敌，何如？"众皆允诺。懿乃写表遣使，直至合淝军前，奏闻魏主曹睿。睿拆表览之，表略曰：

臣才薄任重，伏蒙明旨，令臣坚守不战，以待蜀人之自敝。奈今诸葛亮遗臣以巾帼，待臣如妇人，耻辱至甚。臣谨先达圣聪：旦夕将效死一战，以报朝廷之恩，以

---

① 执耕——从事种田农活。

② 典爨（cuàn）——专管烧火做饭。

③ "坐而论道"四句——语出《周礼·考工记序》，"三公"原作"王公"。意谓从帝王到士大夫，各有职守，任何人都不可能包揽。

④ "丙吉"二句——事见《汉书·魏相丙吉传》：丙吉是西汉宣帝时的丞相。有一年春天外出，见有斗殴致死者躺在大道上，并不过问；忽又见"牛喘吐舌"，倒停了下来，问赶牛人道："逐牛行几里矣？"手下人奇怪，他解释道：斗殴致死者归京兆尹管理，所以不问。而牛在春天喘气吐舌，说明天气太热，阴阳失调，这正是宰相应管的大事，所以要问。

⑤ "陈平"二句——事见《史记·陈丞相世家》：陈平为汉朝开国元勋，历任惠帝、吕后、文帝三朝丞相。文帝问他全国一年判决多少案件、收入多少钱谷，他说："自有主。"

⑥ 至言——直言，实话。

雪三军之耻。臣不胜激切之至。

睿览讫，乃谓多官曰："司马懿坚守不出，今何故又上表求战？"卫尉辛毗曰："司马懿本无战心，必因诸葛亮耻辱，众将忿怒之故，特上此表，欲更乞明旨，以遏诸将之心耳。"睿然其言，即令辛毗持节至渭北寨传谕，令勿出战。司马懿接诏入帐，辛毗宣谕曰："如再有敢言出战者，即以违旨论。"众将只得奉诏。懿暗谓辛毗曰："公真知我心也。"于是令军中传说：魏主命辛毗持节，传谕司马懿勿得出战。

蜀将闻知此事，报与孔明。孔明笑曰："此乃司马懿安三军之法也。"姜维曰："丞相何以知之？"孔明曰："彼本无战心，所以请战者，以示武于众耳。岂不闻'将在外，君命有所不受'，安有千里而请战者乎？此乃司马懿因将士忿怒，故借曹睿之意，以制众人。今又播传此言，欲懈我军心也。"

正论间，忽报费祎到。孔明请入问之，祎曰："魏主曹睿闻东吴三路进兵，乃自引大军至合淝，令满宠、田豫、刘劭分兵三路迎敌。满宠设计尽烧东吴粮草、战具，吴兵多病。陆逊上表于吴王，约会前后夹攻，不意赍表人中途被魏兵所获，因此机关泄漏，吴兵无功而退。"孔明听知此信，长叹一声，不觉昏倒于地。众将急救，半晌方苏。孔明叹曰："吾心昏乱，旧病复发，恐不能生矣！"

是夜，孔明扶病出帐，仰观天文，十分惊慌。入帐谓姜维曰："吾命在旦夕矣！"维曰："丞相何出此言？"孔明曰："吾见三台[①]星中，客星倍明，主星幽隐，相辅列曜[②]，其光昏暗。天象如此，吾命可知。"维曰："天象虽则如此，丞相何不用祈禳之法挽回之？"孔明曰："吾素谙祈禳之法，但未知天意若何。汝可引甲士四十九人，各执皂旗，穿皂衣，环绕帐外。我自于帐中祈禳北斗，

① 三台——星名，共星六颗，两星为一对，象征三公。

② 列曜——群星。

若七日内主灯不灭，吾寿可增一纪[①]；如灯灭，吾必死矣。闲杂人等，休教放入。凡一应需用之物，只令二小童搬运。”姜维领命，自去准备。

时值八月中秋，是夜银河耿耿，玉露零零，旌旗不动，刁斗[②]无声。姜维在帐外引四十九人守护。孔明自于帐中设香花祭物，地上分布七盏大灯，外布四十九盏小灯，内安本命灯一盏。孔明拜祝曰："亮生于乱世，甘老林泉。承昭烈皇帝三顾之恩，托孤之重，不敢不竭犬马之劳，誓讨国贼。不意将星欲坠，阳寿将终。谨书尺素[③]，上告穹苍：伏望天慈，俯垂鉴听，曲延臣算[④]，使得上报君恩，下救民命，克复旧物[⑤]，永延汉祀。非敢妄祈，实由情切。”拜祝毕，就帐中俯伏待旦。次日，扶病理事，吐血不止。日则计议军机，夜则步罡踏斗。

却说司马懿在营中坚守，忽一夜仰观天文，大喜，谓夏侯霸曰："吾见将星失位，孔明必然有病，不久便死。你可引一千军，去五丈原哨探。若蜀人攘乱[⑥]，不出接战，孔明必然患病矣，吾当乘势击之。”霸引兵而去。

孔明在帐中祈禳已及六夜，见主灯明亮，心中甚喜。姜维入帐，正见孔明披发仗剑，踏罡步斗，压镇将星。忽听得寨外呐喊，方欲令人出问，魏延飞步入告曰："魏兵至矣！"延脚步急，竟将主灯扑灭。孔明弃剑而叹曰："死生有命，不可得而禳也！"魏延惶恐，伏地请罪。姜维忿怒，拔剑欲杀魏延。正是：

万事不由人做主，一心难与命争衡。

未知魏延性命如何，且看下文分解。

---

① 一纪——十二年。

② 刁斗——古代军用铜锅，白天用以烧饭，晚上用以敲打报更。

③ 尺素——书信的代称。因古人用小幅绢帛写信，故称。这里借指祈祷表文。

④ 曲延臣算——意谓老天通融，延长我的寿数。算：寿数。

⑤ 克复旧物——恢复原来的典章文物。这里指恢复汉朝刘氏政权。

⑥ 攘乱——慌乱。

第一百四回

陨大星汉丞相归天　见木像魏都督丧胆

却说姜维见魏延踏灭了灯，心中忿怒，拔剑欲杀之。孔明止之曰："此吾命当绝，非文长之过也。"维乃收剑。孔明吐血数口，卧倒床上，谓魏延曰："此是司马懿料吾有病，故令人来探视虚实。汝可急出迎敌。"魏延领命，出帐上马，引兵杀出寨来。夏侯霸见了魏延，慌忙引军退走。延追赶二十馀里方回。孔明令魏延自回本寨把守。

姜维入帐，直至孔明榻前问安。孔明曰："吾本欲竭忠尽力，恢复中原，重兴汉室。奈天意如此，吾旦夕将死。吾平生所学，已著书二十四篇，计十万四千一百一十二字，内有八务、七戒、六恐、五惧之法。吾遍观诸将，无人可授，独汝可传我书。切勿轻忽。"维哭拜而受。孔明又曰："吾有连弩[①]之法，不曾用得。其法矢长八寸，一弩可发十矢，皆画成图本。汝可依法造用。"维亦拜受。孔明又曰："蜀中诸道，皆不必多忧。惟阴平之地，切须仔细。此地虽险峻，久必有失。"又唤马岱入帐，附耳低言，授以密计。嘱曰："我死之后，汝可依计行之。"岱领计而出。少顷，杨仪入。孔明唤至榻前，授与一锦囊，密嘱曰："我死，魏延必反。待其反时，汝与临阵，方开此囊，那时自有斩魏延之人也。"孔明一一调度已毕，便昏然而倒，至晚方苏，便连夜表奏后主。

后主闻奏大惊，急命尚书李福星夜至军中问安，兼询后事。

---

① 连弩——利用机栝同时连发多箭的弓。

李福领命，趱程赴五丈原，入见孔明，传后主之命。问安毕，孔明流涕曰："吾不幸中道丧亡，虚废国家大事，得罪于天下。我死后，公等宜竭忠辅主。国家旧制，不可改易；吾所用之人，亦不可轻废。吾兵法皆授与姜维，他自能继吾之志，为国家出力。吾命已在旦夕，当即有遗表上奏天子也。"李福领了言语，匆匆辞去。

孔明强支病体，令左右扶上小车，出寨遍观各营，自觉秋风吹面，彻骨生寒。乃长叹曰："再不能临阵讨贼矣！悠悠苍天，曷此其极[①]？"叹息良久，回到帐中，病转沉重。乃唤杨仪分付曰："王平、廖化、张嶷、张翼、吴懿等皆忠义之士，久经战阵，多负勤劳，堪可委用。我死之后，凡事俱依旧法而行。缓缓退兵，不可急骤。汝深通谋略，不必多嘱。姜伯约智勇足备，可以断后。"杨仪泣拜受命。孔明令取文房四宝，于卧榻上手书遗表，以达后主。表略曰：

> 伏闻生死有常，难逃定数。死之将至，愿尽愚忠。臣亮赋性愚拙，遭时艰难，分符拥节，专掌钧衡，兴师北伐，未获成功。何期病入膏肓，命垂旦夕，不及终事陛下，饮恨无穷。伏愿陛下清心寡欲，约己爱民；达孝道于先皇，布仁恩于宇下；提拔幽隐，以进贤良；屏斥奸邪，以厚风俗。
>
> 臣家成都，有桑八百株，薄田十五顷，子弟衣食，自有馀饶。至于臣在外任，别无调度，随身衣食，悉仰于官，不别治生，以长尺寸。臣死之日，不使内有馀帛，外有赢财，以负陛下也。

孔明写毕，又嘱杨仪曰："吾死之后，不可发丧。可作一大龛[②]，将吾尸坐于龛中，以米七粒放吾口内，脚下用明灯一盏；军中安静如

① 曷此其极——为什么如此不可捉摸呢？

② 龛（kān）——供奉神佛的小阁子。

常，切勿举哀：则将星不坠。吾阴魂更自起镇之。司马懿见将星不坠，必然惊疑。吾军可令后寨先行，然后一营一营缓缓而退。若司马懿来追，汝可布成阵势，回旗返鼓[①]。等他来到，却将我先时所雕木像安于车上，推出军前，令大小将士分列左右。懿见之，必惊走矣。”杨仪一一领诺。

是夜，孔明令人扶出，仰观北斗，遥指一星曰：“此吾之将星也。”众视之，见其色昏暗，摇摇欲坠。孔明以剑指之，口中念咒。咒毕，急回帐时，不省人事。众将正慌乱间，忽尚书李福又至，见孔明昏绝，口不能言，乃大哭曰：“我误国家之大事也！”须臾，孔明复醒，开目遍视，见李福立于榻前。孔明曰：“吾已知公复来之意。”福谢曰：“福奉天子命，问丞相百年后，谁可任大事者。适因匆遽，失于谘请，故复来耳。”孔明曰：“吾死之后，可任大事者，蒋公琰其宜也。”福曰：“公琰之后，谁可继之？”孔明曰：“费文伟可继之。”福又问：“文伟之后，谁当继者？”孔明不答。众将近前视之，已薨矣。时建兴十二年秋八月二十三日也。寿五十四岁。后杜工部有诗叹曰：

长星昨夜坠前营，讣报先生此日倾。
虎帐不闻施号令，麟台惟显著勋名。
空馀门下三千客，辜负胸中十万兵。
好看绿阴清昼里，于今无复雅歌声。

白乐天亦有诗曰：

先生晦迹卧山林，三顾那逢圣主寻。
鱼到南阳方得水，龙飞天汉便为霖。
托孤既尽殷勤礼，报国还倾忠义心。
前后出师遗表在，令人一览泪沾襟。

初，蜀长水校尉廖立自谓才名宜为孔明之副，尝以职位闲散，

① 回旗返鼓——指撤退的军队停止前进，回头面对追赶的敌军。

怏怏不平，怨谤无已。于是孔明废之为庶人，徙之汶山。及闻孔明亡，乃垂泣曰："吾终为左衽①矣！"李严闻之，亦大哭病死。盖严尝望孔明复收己，得自补前过，度孔明死后，人不能用之故也。后元微之有赞孔明诗曰：

拨乱扶危主，殷勤受托孤。
英才过管乐，妙策胜孙吴。
凛凛出师表，堂堂八阵图。
如公全盛德，应叹古今无。

是夜，天愁地惨，月色无光，孔明奄然归天。姜维、杨仪遵孔明遗命，不敢举哀，依法成殓，安置龛中，令心腹将卒三百人守护。随传密令，使魏延断后，各处营寨一一退去。

却说司马懿夜观天文，见一大星赤色，光芒有角，自东北方流于西南方，坠于蜀营内，三投再起②，隐隐有声。懿惊喜曰："孔明死矣！"即传令起大兵追之。方出寨门，忽又疑虑曰："孔明善会六丁六甲之法，今见我久不出战，故以此术诈死，诱我出耳。今若追之，必中其计。"遂复勒马回寨不出，只令夏侯霸暗引数十骑，往五丈原山僻哨探消息。

却说魏延在本寨中，夜作一梦，梦见头上忽生二角，醒来甚是疑异。次日，行军司马赵直至，延请入问曰："久知足下深明易理，吾夜梦头生二角，不知主何吉凶？烦足下为我决之。"赵直想了半晌，答曰："此大吉之兆。麒麟头上有角，苍龙头上有角，乃变化飞腾之象也。"延大喜曰："如应公言，当有重谢。"直辞去，行不数里，正遇尚书费祎。祎问何来，直曰："适至魏文长营中，文长梦头生角，令我决其吉凶。此本非吉兆，但恐直言见怪，因以麒麟、苍龙解之。"祎曰："足下何以知非吉兆？"直曰："'角'之字形，乃'刀'下'用'

---

① 终为左衽（rèn）——即只能终生住在少数民族地区，不可能再被朝廷起用了。左衽：古时中原人的衣襟（衽）往右掩，少数民族衣襟往左掩，故"左衽"代指少数民族地区。

② 三投再起——三次落下来，前两次又升上去，最后一次才落地。

也。今头上用刀，其凶甚矣！”祎曰：“君且勿泄漏。”直别去。

费祎至魏延寨中，屏退左右，告曰：“昨夜三更，丞相已辞世矣。临终再三嘱付，令将军断后，以当司马懿，缓缓而退，不可发丧。今兵符在此，便可起兵。”延曰：“何人代理丞相之大事？”祎曰：“丞相一应大事，尽托与杨仪；用兵密法，皆授与姜伯约。此兵符乃杨仪之令也。”延曰：“丞相虽亡，吾今现在。杨仪不过一长史，安能当此大任？他只宜扶柩入川安葬。我自率大兵攻司马懿，务要成功。岂可因丞相一人而废国家大事耶？”祎曰：“丞相遗令，教且暂退，不可有违。”延怒曰：“丞相当时若依我计，取长安久矣！吾今官任前将军、征西大将军、南郑侯，安肯与长史断后？”祎曰：“将军之言虽是，然不可轻动，令敌人耻笑。待吾往见杨仪，以利害说之，令彼将兵权让与将军，何如？”延依其言。

祎辞延出营，急到大寨见杨仪，具述魏延之语。仪曰：“丞相临终，曾密嘱我曰：‘魏延必有异志。’今我以兵符往，实欲探其心耳。今果应丞相之言。吾自令伯约断后可也。”于是杨仪领兵扶柩先行，令姜维断后，依孔明遗令，徐徐而退。

魏延在寨中不见费祎来回复，心中疑惑，乃令马岱引十数骑往探消息。回报曰：“后军乃姜维总督，前军大半退入谷中去了。”延大怒曰：“竖儒安敢欺我！我必杀之！”因顾谓岱曰：“公肯相助否？”岱曰：“某亦素恨杨仪，今愿助将军攻之。”延大喜，即拔寨引本部兵望南而行。

却说夏侯霸引军至五丈原看时，不见一人，急回报司马懿曰：“蜀兵已尽退矣。”懿跌足曰：“孔明真死矣！可速追之。”夏侯霸曰：“都督不可轻追，当令偏将先往。”懿曰：“此番须吾自行。”遂引兵同二子一齐杀奔五丈原来，呐喊摇旗，杀入蜀寨时，果无一人。懿顾二子曰：“汝急催兵赶来，吾先引军前进。”于是司马师、司马昭在后催军。懿自引军当先，追到山脚下，望见蜀兵不远，乃奋力追赶。忽然山后一声炮响，喊声大震，只见蜀兵俱回旗返

鼓，树影中飘出中军大旗，上书一行大字曰“汉丞相武乡侯诸葛亮”。懿大惊失色。定睛看时，只见中军数十员上将拥出一辆四轮车来，车上端坐孔明，纶巾羽扇，鹤氅皂绦。懿大惊曰：“孔明尚在，吾轻入重地，堕其计矣！”急勒回马便走。背后姜维大叫：“贼将休走！你中了我丞相之计也！”魏兵魂飞魄散，弃甲丢盔，抛戈撇戟，各逃性命，自相践踏，死者无数。

司马懿奔走了五十馀里，背后两员魏将赶上，扯住马嚼环叫曰：“都督勿惊。”懿用手摸头曰：“我有头否？”二将曰：“都督休怕，蜀兵去远了。”懿喘息半晌，神色方定。睁目视之，乃夏侯霸、夏侯惠也。乃徐徐按辔，与二将寻小路奔归本寨，使众将引兵四散哨探。

过了两日，乡民奔告曰：“蜀兵退入谷中之时，哀声震地，军中扬起白旗，孔明果然死了，止留姜维引一千兵断后。前日车上之孔明，乃木人也。”懿叹曰：“吾能料其生，不能料其死也！”因此蜀中人谚曰：“死诸葛能走生仲达。”后人有诗叹曰：

长星半夜落天枢，奔走还疑亮未殂。
关外至今人冷笑，头颅犹问有和无。

司马懿知孔明死信已确，乃复引兵追赶。行到赤岸坡，见蜀兵已去远，乃引还，顾谓众将曰：“孔明已死，我等皆高枕无忧矣！”遂班师回。一路上见孔明安营下寨之处，前后左右，整整有法。懿叹曰：“此天下奇才也！”于是引兵回长安，分调众将，各守隘口。懿自回洛阳面君去了。

却说杨仪、姜维排成阵势，缓缓退入栈阁道口，然后更衣发丧，扬幡举哀。蜀军皆撞跌而哭，至有哭死者。蜀兵前队正回到栈阁道口，忽见前面火光冲天，喊声震地，一彪军拦路。众将大惊，急报杨仪。正是：

已见魏营诸将去，不知蜀地甚兵来。

未知来者是何处军马，且看下文分解。

第一百五回

武侯预伏锦囊计　魏主拆取承露盘

却说杨仪闻报前路有兵拦截，忙令人哨探。回报说："魏延烧绝栈道，引兵拦路。"仪大惊曰："丞相在日，料此人久后必反，谁想今日果然如此。今断吾归路，当复如何？"费祎曰："此人必先捏奏[①]天子，诬吾等造反，故烧绝栈道，阻遏归路。吾等亦当表奏天子，陈魏延反情，然后图之。"姜维曰："此间有一小径，名槎山，虽崎岖险峻，可以抄出栈道之后。"一面写表奏闻天子，一面将人马望槎山小道进发。

且说后主在成都，寝食不安，动止不宁。夜作一梦，梦见成都锦屏山崩倒。遂惊觉，坐而待旦，聚集文武，入朝圆梦[②]。谯周曰："臣昨夜仰观天文，见一星赤色，光芒有角，自东北落于西南，主丞相有大凶之事。今陛下梦山崩，正应此兆。"后主愈加惊怖。忽报李福到。后主急召入问之，福顿首泣奏："丞相已亡！"将丞相临终言语，细述一遍。后主闻言，大哭曰："天丧我也！"哭倒于龙床之上。侍臣扶入后宫。吴太后闻之，亦放声大哭不已。多官无不哀恸，百姓人人涕泣。后主连日伤感，不能设朝。忽报："魏延表奏杨仪造反。"群臣大骇，入宫启奏后主。时吴太后亦在宫中。后主闻奏大惊，命近臣读魏延表。其略曰：

征西大将军、南郑侯臣魏延，诚惶诚恐，顿首上言：

---

① 捏奏——诬奏。即以捏造的谎言向皇帝奏报，以诬陷好人。

② 圆梦——解梦。即分析梦境，判断吉凶。

杨仪自总兵权，率众造反，劫丞相灵柩，欲引敌人入境。臣先烧绝栈道，以兵守御。谨此奏闻。

读毕，后主曰："魏延乃勇将，足可拒杨仪等众，何故烧绝栈道？"吴太后曰："尝闻先帝有言：'孔明识魏延脑后有反骨，每欲斩之，因怜其勇，故姑留用。'今彼奏杨仪等造反，未可轻信。杨仪乃文人，丞相委以长史之任，必其人可用。今日若听此一面之词，杨仪等必投魏矣。此事当深虑远议，不可造次。"

众官正商议间，忽报："长史杨仪有紧急表到。"近臣拆表读曰：

长史、绥军将军臣杨仪，诚惶诚恐，顿首谨表：丞相临终，将大事委于臣，照依旧制，不敢变更，使魏延断后，姜维次之。今魏延不遵丞相遗语，自提本部人马，先入汉中，放火烧断栈道，欲劫丞相灵车，谋为不轨。变起仓卒，谨飞章奏闻。

太后听毕，问："卿等所见若何？"蒋琬奏曰："以臣愚见，杨仪为人虽禀性过急，不能容物，至于筹度粮草，参赞军机，与丞相办事多时，今丞相临终，委以大事，决非背反之人。魏延平日恃功务高[①]，人皆下之[②]。仪独不假借[③]，延心怀恨。今见仪总兵，心中不服，故烧栈道，断其归路，又诬奏而图陷害。臣愿将全家良贱保杨仪不反，实不敢保魏延。"董允亦奏曰："魏延自恃功高，常有不平之心，口出怨言。向所以不即反者，惧丞相耳。今丞相新亡，乘机为乱，势所必然。若[④]杨仪，才干敏达，为丞相所任用，必不背反。"后主曰："若魏延果反，当用何策御之？"蒋琬曰："丞相素疑此人，必有遗计授与杨仪。若仪无恃，安能退入谷口乎？延必中计矣，陛下宽心。"

---

① 务高——追求高人一等，也就是自高自大之意。务：追求。

② 人皆下之——别人都尽让着他，甘居其下。

③ 不假借——不迁就，不买账。

④ 若——至于。

不多时，魏延又表至，告称杨仪背反。正览表之间，杨仪又表到，奏称魏延背反。二人接连具表，各陈是非。忽报费祎到。后主召入，祎细奏魏延反情。后主曰："若如此，且令董允假节释劝，用好言抚慰。"允奉诏而去。

却说魏延烧断栈道，屯兵南谷，把住隘口，自以为得计。不想杨仪、姜维星夜引兵抄到南谷之后。仪恐汉中有失，令先锋何平引三千兵先行。仪同姜维等引兵扶柩，望汉中而来。

且说何平引兵径到南谷之后，擂鼓呐喊。哨马飞报魏延说："杨仪令先锋何平引兵自槎山小路抄来搦战。"延大怒，急披挂上马，提刀引兵来迎。两阵对圆，何平出马，大骂曰："反贼魏延安在？"延亦骂曰："汝助杨仪造反，何敢骂我？"平叱曰："丞相新亡，骨肉未寒，汝焉敢造反？"乃扬鞭指川兵曰："汝等军士，皆是西川之人，川中多有父母妻子，兄弟亲朋。丞相在日，不曾薄待汝等。今不可助反贼，宜各回家乡，听候赏赐。"众军闻言，大喊一声，散去大半。延大怒，挥刀纵马，直取何平；平挺枪来迎。战不数合，平诈败而走，延随后赶来。众军弓弩齐发，延拨马而回。见众军纷纷溃散，延转怒，拍马赶上，杀了数人，却只止遏不住。只有马岱所领三百人不动。延谓岱曰："公真心助我，事成之后，决不相负。"遂与马岱追杀何平。平引兵飞奔而去。

魏延收聚残军，与马岱商议曰："我等投魏，若何？"岱曰："将军之言，不智甚也。大丈夫何不自图霸业，乃轻屈膝于人耶？吾观将军智勇足备，两川之士，谁敢抵敌？吾誓同将军先取汉中，随后进攻西川。"延大喜，遂同马岱引兵直取南郑。

姜维在南郑城上，见魏延、马岱耀武扬威，蜂拥而来，维急令拽起吊桥。延、岱二人大叫："早降！"姜维令人请杨仪商议曰："魏延勇猛，更兼马岱相助，虽然军少，何计退之？"仪曰："丞相临终，遗一锦囊，嘱曰：'若魏延造反，临阵对敌之时，方可开拆，便有斩魏延之计。'今当取出一看。"遂出锦囊，拆封看时，题曰："待与魏延对敌，马上方许拆开。"维大喜曰："既丞相有戒约，长史可收执。吾先引兵出城，列为阵势，公可便来。"

姜维披挂上马，绰枪在手，引三千军，开了城门，一齐冲出，鼓声大震，排成阵势。维挺枪立马于门旗之下，高声大骂曰："反贼魏延！丞相不曾亏你，今日如何背反？"延横刀勒马而言曰："伯约，不干你事。只教杨仪来。"仪在门旗影里，拆开锦囊视之，如此如此。仪大喜，轻骑而出，立马阵前，手指魏延而笑曰："丞相在日，知汝久后必反，教我提备，今果应其言。汝敢在马上连叫三声'谁敢杀我'，便是真大丈夫，吾就献汉中城池与汝。"延大笑曰："杨仪匹夫听着：若孔明在日，吾尚惧他三分；他今已亡，天下谁敢敌我？休道连叫三声，便叫三万声，亦有何难？"遂提刀按辔，于马上大叫曰："谁敢杀我？"一声未毕，脑后一人厉声而应曰："吾敢杀汝！"手起刀落，斩魏延于马下。众皆骇然。斩魏延者，乃马岱也。原来孔明临终之时，授马岱以密计，只待魏延喊叫时，便出其不意斩之。当日杨仪读罢锦囊计策，已知伏下马岱在彼，故依计而行，果然杀了魏延。后人有诗曰：

诸葛先机识魏延，已知日后反西川。
锦囊遗计人难料，却见成功在马前。

却说董允未及到南郑，马岱已斩了魏延，与姜维合兵一处。杨仪具表，星夜奏闻后主。后主降旨曰："既已名正其罪，仍念前功，赐棺椁葬之。"

杨仪等扶孔明灵柩到成都，后主引文武官僚，尽皆挂孝，出城二十里迎接。后主放声大哭；上至公卿大夫，下及山林百姓，男女老幼，无不痛哭：哀声震地。后主命扶柩入城，停于丞相府中。其子诸葛瞻守孝居丧。

后主还朝，杨仪自缚请罪。后主令近臣去其缚曰："若非卿能依丞相遗教，灵柩何日得归？魏延如何得灭？大事保全，皆卿之力也。"遂加杨仪为中军师。马岱有讨逆之功，即以魏延之爵爵之。仪呈上孔明遗表。后主览毕，大哭，降旨卜地安葬。费祎奏曰："丞相临终，命葬于定军山，不用墙垣砖石，亦不用一切祭物。"后主从之。择本年十月吉日，后主自送灵柩至定军山安葬。后主降诏致祭，谥号忠武侯；令建庙于沔阳，四时享祭。后杜工部有诗曰：

丞相祠堂何处寻？锦官城外柏森森。
映阶碧草自春色，隔叶黄鹂空好音。
三顾频烦天下计，两朝开济老臣心。
出师未捷身先死，长使英雄泪满襟。

又杜工部诗曰：

诸葛大名垂宇宙，宗臣遗像肃清高。
三分割据纡筹策，万古云霄一羽毛。
伯仲之间见伊吕，指挥若定失萧曹。
运移汉祚终难复，志决身歼军务劳。

却说后主回到成都，忽近臣奏曰："边庭报来，东吴令全琮引兵数万，屯于巴丘界口，未知何意。"后主惊曰："丞相新亡，东吴负盟侵界，如之奈何？"蒋琬奏曰："臣敢保王平、张嶷引兵数万屯于永安，以防不测。陛下再命一人去东吴报丧，以探其动静。"后主曰："须得一舌辩之士为使。"一人应声而出曰："微臣愿往。"众视之，乃南阳安众人，姓宗名预，字德艳，官任参军、右中郎将。后主大喜，即命宗预往东吴报丧，兼探虚实。

宗预领命，径到金陵，入见吴主孙权。礼毕，只见左右人皆着素衣[①]。权作色而言曰："吴、蜀已为一家，卿主何故而增白帝之守也？"预曰："臣以为东益巴丘之戍，西增白帝之守，皆事势宜然，俱不足以相问也。"权笑曰："卿不亚于邓芝。"乃谓宗预曰："朕闻诸葛丞相归天，每日流涕，令官僚尽皆挂孝。朕恐魏人乘

① 素衣——白色孝服。

丧取蜀，故增巴丘守兵万人，以为救援，别无他意也。”预顿首拜谢。权曰：“朕既许以同盟，安有背义之理？”预曰：“天子因丞相新亡，特命臣来报丧。”权遂取金铍箭一枝折之，设誓曰：“朕若负前盟，子孙绝灭！”又命使赍香帛奠仪，入川致祭。

宗预拜辞吴主，同吴使还成都，入见后主，奏曰：“吴主因丞相新亡，亦自流涕，令群臣皆挂孝。其益兵巴丘者，恐魏人乘虚而入，别无异心。今折箭为誓，并不背盟。”后主大喜，重赏宗预，厚待吴使去讫。遂依孔明遗言，加蒋琬为丞相、大将军，录尚书事；加费祎为尚书令，同理丞相事；加吴懿为车骑将军，假节督汉中；姜维为辅汉将军、平襄侯，总督诸处人马，同吴懿出屯汉中，以防魏兵。其馀将校，各依旧职。

杨仪自以为年宦[①]先于蒋琬，而位出琬下；且自恃功高，未有重赏：口出怨言。谓费祎曰：“昔日丞相初亡，吾若将全师投魏，宁当寂寞[②]如此耶！”费祎乃将此言具表密奏后主。后主大怒，命将杨仪下狱勘问，欲斩之。蒋琬奏曰：“仪虽有罪，但日前随丞相多立功劳，未可斩也，当废为庶人。”后主从之，遂贬杨仪赴汉嘉郡为民。仪羞惭，自刎而死。

蜀汉建兴十三年，魏主曹睿青龙三年，吴主孙权嘉禾四年，三国各不兴兵。

单说魏主封司马懿为太尉，总督军马，安镇诸边。懿拜谢，回洛阳去讫。魏主在许昌大兴土木，建盖宫殿；又于洛阳造朝阳殿、太极殿，筑总章观，俱高十丈；又立崇华殿、青霄阁、凤凰楼、九龙池。命博士马钧监造，极其华丽：雕梁画栋，碧瓦金砖，光辉耀日。选天下巧匠三万馀人，民夫三十馀万，不分昼夜而造。

① 年宦——做官的年数，也即做官的资历。

② 寂寞——默默无闻。

民力疲困，怨声不绝。睿又降旨起土木于芳林园，使公卿皆负土树木于其中。司徒董寻上表切谏曰：

伏自建安以来，野战死亡，或门殚户尽；虽有存者，遗孤老弱。若今宫室狭小，欲广大之，犹宜随时，不妨农务，况作无益之物乎？陛下既尊群臣，显以冠冕，被以文绣，载以华舆，所以异于小人也。今又使负木担土，沾体涂足，毁国之光，以崇无益，甚无谓也。孔子云："君使臣以礼，臣事君以忠。"无忠无礼，国何以立？臣知言出必死，而自比于牛之一毛，生既无益，死亦何损。秉笔流涕，心与世辞。臣有八子，臣死之后，累陛下矣。不胜战栗待命之至！

睿览表，怒曰："董寻不怕死耶？"左右奏请斩之。睿曰："此人素有忠义，今且废为庶人。再有妄言者必斩！"时有太子舍人张茂，字彦林，亦上表切谏。睿命斩之。

即日召马钧问曰："朕建高台峻阁，欲与神仙往来，以求长生不老之方。"钧奏曰："汉朝二十四帝，惟武帝享国最久，寿算极高，盖因服天上日精月华之气也。尝于长安宫中建柏梁台，台上立一铜人，手捧一盘，名曰'承露盘'。接三更北斗所降沆瀣之水[①]，其名曰'天浆'，又曰'甘露'。取此水，用美玉为屑，调和服之，可以反老还童。"睿大喜曰："汝今可引人夫星夜至长安，拆取铜人，移置芳林园中。"

钧领命，引一万人至长安，令周围搭起木架，上柏梁台去。不移时间[②]，五千人连绳引索，旋环而上。那柏梁台高二十丈，铜柱圆十围。马钧教先拆铜人。多人并力拆下铜人来，只见铜人眼中潸然泪下，众皆大惊。忽然台边一阵狂风起处，飞砂走石，急

① 沆瀣（hàng xiè）之水——即夜间由水气凝成的露水。沆瀣：露水。

② 不移时间——过了不大一会儿。

若骤雨。一声响亮，就如天崩地裂，台倾柱倒，压死千馀人。

钧取铜人及金盘回洛阳，入见魏主，献上铜人、承露盘。魏主问曰："铜柱安在？"钧奏曰："柱重百万斤，不能运至。"睿令将铜柱打碎，运来洛阳，铸成两个铜人，号为"翁仲"[①]，列于司马门外；又铸铜龙、凤两个：龙高四丈，凤高三丈馀，立在殿前。又于上林苑中种奇花异木，蓄养珍禽怪兽。少傅杨阜上表谏曰：

> 臣闻尧尚茅茨，而万国安居；禹卑宫室，而天下乐业。及至殷、周，或堂崇三尺，度以九筵耳。古之圣帝明王，未有极宫室之高丽，以凋敝百姓之财力者也。桀作璇室、象廊，纣为倾宫、鹿台，以丧其社稷；楚灵以筑章华，而身受其祸；秦始皇作阿房，而殃及其子，天下叛之，二世而灭。夫不度万民之力，以从耳目之欲，未有不亡者也。陛下当以尧、舜、禹、汤、文、武为法则，以桀、纣、楚、秦为深诫。而乃自暇自逸，惟宫台是饰，必有危亡之祸矣。君作元首，臣为股肱，存亡一体，得失同之。臣虽驽怯，敢忘诤臣之义？言不切至，不足以感寤陛下。谨叩棺沐浴，伏俟重诛。

表上，睿不省，只催督马钧建造高台，安置铜人、承露盘。又降旨广选天下美女，入芳林园中。众官纷纷上表谏诤，睿俱不听。

却说曹睿之后毛氏，乃河内人也。先年睿为平原王时，最相恩爱。及即帝位，立为后。后睿因宠郭夫人，毛后失宠。郭夫人美而慧，睿甚嬖[②]之，每日取乐，月馀不出宫闼[③]。是岁春三月，芳林园中百花争放，睿同郭夫人到园中赏玩饮酒。郭夫人曰："何不请皇后同乐？"睿曰："若彼在，朕涓滴不能下咽也。"遂传谕宫娥，不许令毛后知道。毛后见睿月馀不入正宫，是日引十馀宫人，

---

① 翁仲——古代传说中的巨人。代指铜像或石像。

② 嬖（bì）——宠爱。

③ 宫闼（tà）——宫门。闼：本指内门，小门，引申为门的泛称。

来翠花楼上消遣，只听的乐声嘹亮，乃问曰：“何处奏乐？”一宫官启曰：“乃圣上与郭夫人，于御花园中赏花饮酒。”毛后闻之，心中烦恼，回宫安歇。

次日，毛皇后乘小车出宫游玩，正迎见睿于曲廊之间，乃笑曰：“陛下昨游北园，其乐不浅也。”睿大怒，即命擒昨日侍奉诸人到，叱曰：“昨游北园，朕禁左右不许使毛后知道，何得又宣露？”喝令宫官将诸侍奉人尽斩之。毛后大惊，回车至宫。睿即降诏赐毛皇后死，立郭夫人为皇后。朝臣莫敢谏者。

忽一日，幽州刺史毌丘俭上表，报称辽东公孙渊造反，自号为燕王，改元绍汉元年，建宫殿，立官职，兴兵入寇，摇动北方。睿大惊，即聚文武官僚，商议起兵退渊之策。正是：

才将土木劳中国，又见干戈起外方。

未知何以御之，且看下文分解。

第一百六回

公孙渊兵败死襄平　司马懿诈病赚曹爽

却说公孙渊乃辽东公孙度之孙，公孙康之子也。建安十二年，曹操追袁尚未到辽东，康斩尚首级献操，操封康为襄平侯。后康死，有二子：长曰晃，次曰渊，皆幼。康弟公孙恭继职。曹丕时封恭为车骑将军、襄平侯。太和二年，渊长大，文武兼备，性刚好斗，夺其叔公孙恭之位。曹睿封渊为扬烈将军、辽东太守。后孙权遣张弥、许晏赍金珠珍玉赴辽东，封渊为燕王。渊惧中原，乃斩张、许二人，送首与曹睿。睿封渊为大司马、乐浪公。

渊心不足，与众商议，自号为燕王，改元绍汉元年。副将贾范谏曰："中原待主公以上公之爵，不为卑贱，今若背反，实为不顺。更兼司马懿善能用兵，西蜀诸葛武侯且不能取胜，何况主公乎？"渊大怒，叱左右缚贾范，将斩之。参军伦直谏曰："贾范之言是也。圣人云：'国家将亡，必有妖孽。'今国中屡现怪异之事：近有犬戴巾帻，身披红衣，上屋作人行；又城南乡民造饭，饭甑[1]之中忽有一小儿蒸死于内；襄平北市中，地忽陷一穴，涌出一块肉，周围数尺，头面眼耳口鼻都具，独无手足，刀箭不能伤，不知何物，卜者占之曰：'有形不成，有口无声。国家亡灭，故现其形。'有此三者，皆不祥之兆也。主公宜避凶就吉，不可轻举妄动。"渊勃然大怒，叱武士绑伦直并贾范同斩于市。令大将军卑衍为元帅，杨祚为先锋，起辽兵十五万，杀奔中原来。

---

① 甑（zèng）——古代蒸饭用的炊具，形似盆，底有孔。或用陶制，或用铜制。

边官报知魏主曹睿。睿大惊，乃召司马懿入朝计议。懿奏曰："臣部下马步官军四万，足可破贼。"睿曰："卿兵少路远，恐难收复。"懿曰："兵不在多，在能设奇用智耳。臣托陛下洪福，必擒公孙渊以献陛下。"睿曰："卿料公孙渊作何举动？"懿曰："渊若弃城预走，是上计也；守辽东拒大军，是中计也；坐守襄平，是为下计，必被臣所擒矣。"睿曰："此去往复几时？"懿曰："四千里之地，往百日，攻百日，还百日，休息六十日，大约一年足矣。"睿曰："倘吴、蜀入寇，如之奈何？"懿曰："臣已定下守御之策，陛下勿忧。"睿大喜，即命司马懿兴师征讨公孙渊。

懿辞朝出城，令胡遵为先锋，引前部兵先到辽东下寨。哨马飞报公孙渊。渊令卑衍、杨祚分八万兵屯于辽隧，围堑二十馀里，环绕鹿角，甚是严密。胡遵令人报知司马懿。懿笑曰："贼不与我战，欲老我兵耳①。我料贼众大半在此，其巢穴空虚，不若弃却此处，径奔襄平，贼必往救，却于中途击之，必获全功。"于是勒兵从小路向襄平进发。

却说卑衍与杨祚商议曰："若魏兵来攻，休与交战。彼千里而来，粮草不继，难以持久，粮尽必退。待他退时，然后出奇兵击之，司马懿可擒也。昔司马懿与蜀兵相拒，坚守渭南，孔明竟卒于军中。今日正与此理相同。"二人正商议间，忽报："魏兵往南去了。"卑衍大惊曰："彼知吾襄平军少，去袭老营也。若襄平有失，我等守此处无益矣。"遂拔寨随后而起。

早有探马飞报司马懿。懿笑曰："中吾计矣。"乃令夏侯霸、夏侯威各引一军伏于辽水之滨："如辽兵到，两下齐出。"二人受计而往。早望见卑衍、杨祚引兵前来。一声炮响，两边鼓噪摇旗：左有夏侯霸，右有夏侯威，一齐杀出。卑、杨二人无心恋战，夺路而走。奔至首山，正逢公孙渊兵到，合兵一处，回马再与魏兵交战。

---

① 欲老我兵耳——不过想把我军拖得疲惫不堪罢了。老：疲惫，困乏，懈怠。

卑衍出马骂曰："贼将休使诡计，汝敢出战否？"夏侯霸纵马挥刀来迎。战不数合，被夏侯霸一刀斩卑衍于马下。辽兵大乱。霸驱兵掩杀，公孙渊引败兵奔入襄平城去，闭门坚守不出。魏兵四面围合。

时值秋雨连绵，一月不止，平地水深三尺，运粮船自辽河口直至襄平城下。魏兵皆在水中，行坐不安。左都督裴景入帐告曰："雨水不住，营中泥泞，军不可停，请移于前面山上。"懿怒曰："捉公孙渊只在旦夕，安可移营？如有再言移营者斩！"裴景喏喏而退。少顷，右都督仇连又来告曰："军士苦水，乞太尉移营高处。"懿大怒曰："吾军令已发，汝何敢故违？"即命推出斩之，悬首于辕门外。于是军心震慑。

懿令南寨人马暂退二十里，纵城内军民出城樵采柴薪，牧放牛马。司马陈群问曰："前太尉攻上庸之时，兵分八路，八日赶至城下，遂生擒孟达而成大功。今带甲四万，数千里而来，不令攻打城池，却使久居泥泞之中，又纵贼众樵牧。某实不知太尉是何主意。"懿笑曰："公不知兵法耶？昔孟达粮多兵少，我粮少兵多，故不可不速战，出其不意，突然攻之，方可取胜。今辽兵多，我兵少，贼饥我饱，何必力攻？正当任彼自走，然后乘机击之。我今放开一条路，不绝彼之樵牧，是容彼自走也。"陈群拜服。

于是司马懿遣人赴洛阳催粮。魏主曹睿设朝，群臣皆奏曰："近日秋雨连绵，一月不止，人马疲劳，可召回司马懿，权且罢兵。"睿曰："司马太尉善能用兵，临危制变，多有良谋，捉公孙渊计日而待，卿等何必忧也？"遂不听群臣之谏，使人运粮解至司马懿军前。

懿在寨中，又过数日，雨止天晴。是夜，懿出帐外，仰观天文，忽见一星，其大如斗，流光数丈，自首山东北坠于襄平东南。各营将士无不惊骇。懿见之大喜，乃谓众将曰："五日之后，星落处必斩公孙渊矣。来日可并力攻城。"

众将得令，次日侵晨，引兵四面围合，筑土山，掘地道，立炮架，装云梯，日夜攻打不息，箭如急雨，射入城去。公孙渊在城中粮尽，皆宰牛马为食。人人怨恨，各无守心，欲斩渊首，献城归降。渊闻之，甚是惊忧，慌令相国王建、御史大夫柳甫往魏寨请降。二人自城上系下，来告司马懿曰："请太尉退二十里，我君臣自来投降。"懿大怒曰："公孙渊何不自来？殊为无理！"叱武士推出斩之，将首级付与从人。从人回报，公孙渊大惊，又遣侍中卫演来到魏营。司马懿升帐，聚众将立于两边。演膝行而进，跪于帐下，告曰："愿太尉息雷霆之怒。克日先送世子公孙修为质当[①]，然后君臣自缚来降。"懿曰："军事大要有五：能战当战，不能战当守，不能守当走，不能走当降，不能降当死耳。何必送子为质当？"叱卫演回报公孙渊。演抱头鼠窜而去，归告公孙渊。

渊大惊，乃与子公孙修密议停当，选下一千人马，当夜二更时分，开了南门，往东南而走。渊见无人，心中暗喜。行不到十里，忽听得山上一声炮响，鼓角齐鸣，一枝兵拦住，中央乃司马懿也，左有司马师，右有司马昭。二人大叫曰："反贼休走！"渊大惊，急拨马寻路欲走。早有胡遵兵到，左有夏侯霸、夏侯威，右有张虎、乐綝，四面围得铁桶相似。公孙渊父子只得下马纳降。懿在马上顾诸将曰："吾前夜丙寅日，见大星落于此处，今夜壬申日应矣。"众将称贺曰："太尉真神机也！"懿传令斩之。公孙渊父子对面受戮。

司马懿遂勒兵来取襄平。未及到城下时，胡遵早引兵入城。城中人民焚香拜迎，魏兵尽皆入城。懿坐于衙上，将公孙渊宗族，并同谋官僚人等，俱杀之，计首级七十馀颗。出榜安民。人告懿曰："贾范、伦直苦谏渊不可反叛，俱被渊所杀。"懿遂封其墓而荣其子孙。就将库内财物赏劳三军，班师回洛阳。

---

① 质当——人质。

却说魏主在宫中，夜至三更，忽然一阵阴风吹灭灯光，只见毛皇后引数十个宫人哭至座前索命，睿因此得病。病渐沉重，命侍中光禄大夫刘放、孙资掌枢密院一切事务，又召文帝子燕王曹宇为大将军，佐太子曹芳摄政。宇为人恭俭温和，未肯当此大任，坚辞不受。睿召刘放、孙资问曰："宗族之内，何人可任？"二人久得曹真之惠，乃保奏曰："惟曹子丹之子曹爽可也。"睿从之。二人又奏曰："欲用曹爽，当遣燕王归国。"睿然其言。二人遂请睿降诏，赍出谕燕王曰："有天子手诏，命燕王归国，限即日就行。若无诏，不许入朝。"燕王涕泣而去。遂封曹爽为大将军，总摄朝政。

睿病渐危，急令使持节诏司马懿还朝。懿受命，径到许昌，入见魏主。睿曰："朕惟恐不得见卿，今日得见，死无恨矣。"懿顿首奏曰："臣在途中，闻陛下圣体不安，恨不肋生两翼，飞至阙下。今日得睹龙颜，臣之幸也。"睿宣太子曹芳，大将军曹爽，侍中刘放、孙资等，皆至御榻之前。睿执司马懿之手曰："昔刘玄德在白帝城病危，以幼子刘禅托孤于诸葛孔明，孔明因此竭尽忠诚，至死方休。偏邦尚然如此，何况大国乎？朕幼子曹芳，年才八岁，不堪掌理社稷。幸太尉及宗兄、元勋旧臣竭力相辅，无负朕心。"又唤芳曰："仲达与朕一体，尔宜敬礼之。"遂命懿携芳近前。芳抱懿颈不放。睿曰："太尉勿忘幼子今日相恋之情。"言讫，潸然泪下。懿顿首流涕。魏主昏沉，口不能言，只以手指太子，须臾而卒。在位十三年，寿三十六岁。时魏景初三年春正月下旬也。

当下司马懿、曹爽扶太子曹芳即皇帝位。芳字兰卿，乃睿乞养之子，秘在宫中，人莫知其所由来。于是曹芳谥睿为明帝，葬于高平陵；尊郭皇后为皇太后；改元正始元年。司马懿与曹爽辅政。

爽事懿甚谨，一应大事，必先启知。爽字昭伯，自幼出入宫中。明帝见爽谨慎，甚是爱敬。爽门下有客五百人，内有五人以浮华相尚：一是何晏，字平叔；一是邓飏，字玄茂，乃邓禹之后；一是李胜，字公昭；一是丁谧，字彦靖；一是毕轨，字昭先。又有大司农桓范，字元则，颇有智谋，人多称为“智囊”。此数人皆爽所信任。何晏告爽曰：“主公大权，不可委托他人，恐生后患。”爽曰：“司马公与我同受先帝托孤之命，安忍背之？”晏曰：“昔日先公与仲达破蜀兵之时，累受此人之气，因而致死，主公如何不察也？”爽猛然省悟，遂与多官计议停当，入奏魏主曹芳曰：“司马懿功高德重，可加为太傅。”芳从之，自是兵权皆归于爽。

爽命弟曹羲为中领军，曹训为武卫将军，曹彦为散骑常侍，各引三千御林军，任其出入禁宫。又用何晏、邓飏、丁谧为尚书，毕轨为司隶校尉，李胜为河南尹。此五人日夜与爽议事。于是曹爽门下宾客日盛。司马懿推病不出，二子亦皆退职闲居。爽每日与何晏等饮酒作乐；凡用衣服器皿，与朝廷无异；各处进贡玩好珍奇之物，先取上等者入己，然后进宫；佳人美女，充满府院。黄门张当谄事曹爽，私选先帝侍妾七八人，送入府中。爽又选善歌舞良家子女三四十人，为家乐。又建重楼画阁，造金银器皿，用巧匠数百人，昼夜工作。

却说何晏闻平原管辂明数术，请与论易。时邓飏在座，问辂曰：“君自谓善易，而语不及易中词义，何也？”辂曰：“夫善易者，不言易也。”晏笑而赞之曰：“可谓要言不烦。”因谓辂曰：“试为我卜一卦，可至三公否？”又问：“连梦青蝇数十，来集鼻上，此是何兆？”辂曰：“元、恺辅舜[①]，周公佐周，皆以和惠谦恭，享有多福。今君侯位尊势重，而怀德者鲜，畏威者众，殆非小心求福之道。且鼻者山也，山高而不危，所以长守贵也。今青蝇臭恶而

① 元、恺辅舜——事见《史记·五帝本纪》：高阳氏有才子八人，因其性格都平和（恺），人称“八恺”；高辛氏有才子八人，其为人都善良（元），人称“八元”。舜帝用八恺“主后土，以揆百事，莫不时序”；又用八元“布五教于四方，父义，母慈，兄友，弟恭，子孝，内平外成”。

集焉，位峻者颠，可不惧乎？愿君侯裒多益寡[①]，非礼勿履[②]，然后三公可至，青蝇可驱也。”邓飏怒曰：“此老生之常谈耳！”辂曰：“老生者见不生，常谈者见不谈。”遂拂袖而去。二人大笑曰：“真狂士也。”辂到家，与舅言之。舅大惊曰：“何、邓二人威权甚重，汝奈何犯之？”辂曰：“吾与死人语，何所畏耶！”舅问其故，辂曰：“邓飏行步，筋不束骨，脉不制肉，起立倾倚，若无手足，此为‘鬼躁’之相。何晏视候[③]，魂不守宅[④]，血不华色[⑤]，精爽烟浮[⑥]，容若槁木，此为‘鬼幽’之相。二人早晚必有杀身之祸，何足畏也！”其舅大骂辂为狂子而去。

却说曹爽尝与何晏、邓飏等畋猎，其弟曹羲谏曰：“兄威权太甚，而好出外游猎，倘为人所算，悔之无及。”爽叱曰：“兵权在吾手中，何惧之有？”司农桓范亦谏，不听。

时魏主曹芳改正始十年为嘉平元年。曹爽一向专权，不知仲达虚实，适魏主除[⑦]李胜为荆州刺史，即令李胜往辞仲达，就探消息。胜径到太傅府中，早有门吏报入。司马懿谓二子曰：“此乃曹爽使来探吾病之虚实也。”乃去冠散发，上床拥被而坐，又令二婢扶策[⑧]，方请李胜入府。胜至床前拜曰：“一向不见太傅，谁想如此病重。今天子命某为荆州刺史，特来拜辞。”懿佯答曰：“并州近朔方，好为之备。”胜曰：“除荆州刺史，非并州也。”懿笑曰：“你方从并州来？”胜曰：“汉上荆州耳。”懿大笑曰：“你从荆州来也。”

---

① 裒（póu）多益寡——语出《周易·谦卦》：“君子以裒多益寡，称物平施。”意谓集思广益，克服缺点。

② 非礼勿履——不符合礼义的事情不做。履：作动词用，实行之意。

③ 视候——看人或物时的眼神。

④ 魂不守宅——亦称“魂不守舍”。魂灵离开了躯体。意谓精神恍惚。

⑤ 血不华色——没有血色。

⑥ 精爽烟浮——魂魄飘荡。精爽：魂魄。

⑦ 除——拜官，授职。

⑧ 扶策——搀扶，扶持。

胜曰："太傅如何病得这等了？"左右曰："太傅耳聋。"胜曰："乞纸笔一用。"左右取纸笔与胜。胜写毕，呈上。懿看之，笑曰："吾病的耳聋了。此去保重。"言讫，以手指口。侍婢进汤，懿将口就之，汤流满襟，乃作哽噎之声曰："吾今衰老病笃，死在旦夕矣。二子不肖，望君教之。君若见大将军，千万看觑二子。"言讫，倒在床上，声嘶气喘。李胜拜辞仲达，回见曹爽，细言其事。爽大喜曰："此老若死，吾无忧矣！"

司马懿见李胜去了，遂起身谓二子曰："李胜此去，回报消息，曹爽必不忌我矣。只待他出城畋猎之时，方可图之。"

不一日，曹爽请魏主曹芳去谒高平陵，祭祀先帝。大小官僚皆随驾出城。爽引三弟并心腹人何晏等及御林军护驾正行，司农桓范叩马谏曰："主公总典禁兵，不宜兄弟皆出。倘城中有变，如之奈何？"爽以鞭指而叱之曰："谁敢为变？再勿乱言！"当日，司马懿见爽出城，心中大喜，即起旧日手下破敌之人并家将数十，引二子上马，径来谋杀曹爽。正是：

闭户忽然有起色，驱兵自此逞雄风。

未知曹爽性命如何，且看下文分解。

第一百七回

魏主政归司马氏　姜维兵败牛头山

却说司马懿闻曹爽同弟曹羲、曹训、曹彦并心腹何晏、邓飏、丁谧、毕轨、李胜等及御林军，随魏主曹芳出城谒明帝墓，就去畋猎。懿大喜，即到省中，令司徒高柔假以节钺，行大将军事，先据曹爽营；又令太仆王观行中领军事，据曹羲营。懿引旧官入后宫奏郭太后，言："爽背先帝托孤之恩，奸邪乱国，其罪当废。"郭太后大惊曰："天子在外，如之奈何？"懿曰："臣有奏天子之表，诛奸臣之计，太后勿忧。"太后惧怕，只得从之。懿急令太尉蒋济、尚书令司马孚一同写表，遣黄门赍出城外，径至帝前申奏。懿自引大军据武库。

早有人报知曹爽家。其妻刘氏急出厅前，唤守府官问曰："今主公在外，仲达起兵何意？"守门将潘举曰："夫人勿惊，我去问来。"乃引弓弩手数十人，登门楼望之。正见司马懿引兵过府前，举令人乱箭射下，懿不得过。偏将孙谦在后止之曰："太傅为国家大事，休得放箭。"连止三次，举方不射。司马昭护父司马懿而过，引兵出城屯于洛河，守住浮桥。

且说曹爽手下司马鲁芝见城中事变，来与参军辛敞商议曰："今仲达如此变乱，将如之何？"敞曰："可引本部兵出城去见天子。"芝然其言。敞急入后堂，其姊辛宪英见之，问曰："汝有何事，慌速如此？"敞告曰："天子在外，太傅闭了城门，必将谋逆。"宪英曰："司马公未必谋逆，特欲杀曹将军耳。"敞惊曰："此事未知如何？"宪英曰："曹将军非司马公之对手，必然败矣。"敞曰："今鲁司马教我同去，未知可去否？"宪英曰："职守，人之大义也。凡人在难，犹或恤之[①]，执鞭而弃其事，不祥莫大焉[②]。"敞从其言，乃与鲁芝引数十骑，斩关夺门而出。

人报知司马懿。懿恐桓范亦走，急令人召之。范与其子商议，其子曰："车驾在外，不如南出。"范从其言，乃上马至平昌门，城门已闭，把门将乃桓范旧吏司蕃也。范袖中取出一竹版曰："太后有诏，可即开门。"司蕃曰："请诏验之。"范叱曰："汝是吾故吏，何敢如此？"蕃只得开门放出。范出的城外，唤司蕃曰："太傅造反，汝可速随我去。"蕃大惊，追之不及。人报知司马懿，懿大惊曰："'智囊'泄矣，如之奈何？"蒋济曰："驽马恋栈豆[③]，必不能用也。"

懿乃召许允、陈泰曰："汝去见曹爽，说太傅别无他事，只是削汝兄弟兵权而已。"许、陈二人去了。又召殿中校尉尹大目至，令蒋济作书，与目持去见爽。懿分付曰："汝与爽厚，可领此任。汝见爽，说吾与蒋济指洛水为誓，只因兵权之事，别无他意。"尹大目依令而去。

却说曹爽正飞鹰走犬之际，忽报："城内有变，太傅有表。"爽大惊，几乎落马。黄门官捧表跪于天子之前。爽接表拆封，令近臣读之。表略曰：

> 征西大都督、太傅臣司马懿，诚惶诚恐，顿首谨表：臣昔从辽东还，先帝诏陛下与秦王及臣等升御床，把臣臂，深以后事为念。今大将军曹爽背弃顾命，败乱国典：内则僭拟，外专威权；以黄门张当为都监，专共交关，看察至尊，伺候神器，离间二宫，伤害骨肉。天下汹汹，

---

① 凡人在难，犹或恤之——凡是遇到有人在患难之中，尚且怜悯救助。

② 执鞭而弃其事，不祥莫大焉——如果因故而放弃自己的责任，那是最大的罪过。执鞭：本义是持鞭驾车，引申为服役于人。弃其事：该做的事不做。不祥：不善，引申为罪过。

③ 驽马恋栈豆——劣马只留恋马棚里的豆料。栈：棚子。这里指马棚、马圈。

人怀危惧。此非先帝诏陛下及嘱臣之本意也。

臣虽朽迈，敢忘往言？太尉臣济、尚书令臣孚等，皆以爽为有无君之心，兄弟不宜典兵宿卫，奏永宁宫皇太后，令敕臣如奏施行。臣辄敕主者及黄门，令罢爽、羲、训吏兵，以侯就第，不得逗留，以稽车驾；敢有稽留，便以军法从事。臣辄力疾将兵，屯于洛水浮桥，伺察非常。谨此上闻，伏干圣听。

魏主曹芳听毕，乃唤曹爽曰："太傅之言若此，卿如何裁处？"爽手足失措，回顾二弟曰："为之奈何？"羲曰："劣弟亦曾谏兄，兄执迷不听，致有今日。司马懿谲诈无比，孔明尚不能胜，况我兄弟乎？不如自缚见之，以免一死。"言未毕，参军辛敞、司马鲁芝到。爽问之，二人告曰："城中把得铁桶相似，太傅引兵屯于洛水浮桥，势将不可复归。宜早定大计。"

正言间，司农桓范骤马而至，谓爽曰："太傅已变，将军何不请天子幸许都，调外兵以讨司马懿耶？"爽曰："吾等全家皆在城中，岂可投他处求援？"范曰："匹夫临难，尚欲望活。今主公身随天子，号令天下，谁敢不应？岂可自投死地乎？"爽闻言不决，惟流涕而已。范又曰："此去许都，不过中宿①。城中粮草，足支数载。今主公别营兵马，近在阙南，呼之即至。大司马之印，某将②在此。主公可急行，迟则休矣！"爽曰："多官勿太催逼，待吾细细思之。"

少顷，侍中许允、尚书陈泰至，二人告曰："太傅只为将军权重，不过要削去兵权，别无他意。将军可早归城中。"爽默然不语。又只见殿中校尉尹大目到，目曰："太傅指洛水为誓，并无他意。有蒋太尉书在此。将军可削去兵权，早归相府。"爽信为良

① 中宿——隔宿，即次夜、明晚。意谓明晚即可到达。

② 将——拿，带。

言。桓范又告曰："事急矣，休听外言而就死地！"

是夜，曹爽意不能决，乃拔剑在手，嗟叹寻思，自黄昏直流泪到晓，终是狐疑不定。桓范入帐催之曰："主公思虑一昼夜，何尚不能决？"爽掷剑而叹曰："我不起兵，情愿弃官，但为富家翁足矣！"范大哭，出帐曰："曹子丹以智谋自矜[①]，今兄弟三人真豚犊[②]耳！"痛哭不已。

许允、陈泰令爽先纳印绶与司马懿，爽令将印送去。主簿杨综扯住印绶而哭曰："主公今日舍兵权，自缚去降，不免东市受戮也！"爽曰："太傅必不失信于我。"于是曹爽将印绶与许、陈二人，先赍与司马懿。众军见无将印，尽皆四散，爽手下只有数骑官僚。到浮桥时，懿传令，教曹爽兄弟三人且回私宅；馀皆发监，听候敕旨。爽等入城时，并无一人侍从。桓范至浮桥边，懿在马上以鞭指之曰："桓大夫何故如此？"范低头不语，入城而去。于是司马懿请驾拔营入洛阳。

曹爽兄弟三人回家之后，懿用大锁锁门，令居民八百人围守其宅。曹爽心中忧闷。羲谓爽曰："今家中乏粮，兄可作书与太傅借粮，如肯以粮借我，必无相害之心。"爽乃作书令人持去。司马懿览毕，遂遣人送粮一百斛，运至曹爽府内。爽大喜曰："司马公本无害我之心也。"遂不以为忧。

原来司马懿先将黄门张当捉下狱中问罪，当曰："非我一人，更有何晏、邓飏、李胜、毕轨、丁谧等五人同谋篡逆。"懿取了张当供词，却提何晏等勘问明白，皆称三月间欲反。懿用长枷钉了。城门守将司蕃告称："桓范矫诏出城，口称太傅谋反。"懿曰："诬人反情，抵罪反坐。"亦将桓范等皆下狱。然后押曹爽兄弟三人并一干人犯，皆斩于市曹，灭其三族；其家产财物，尽抄入库。

---

① 自矜——自傲，自夸。

② 豚犊——骂人话。犹称小畜生。豚：小猪。犊：小牛。

时有曹爽从弟文叔之妻，乃夏侯令女也，早寡而无子，其父欲改嫁之，女截耳自誓。及爽被诛，其父复将嫁之，女又断去其鼻。其家惊惶，谓之曰："人生世间，如轻尘栖弱草[1]，何至自苦如此？且夫家又被司马氏诛戮已尽，守此欲谁为哉？"女泣曰："吾闻仁者不以盛衰改节，义者不以存亡易心。曹氏盛时，尚欲保终[2]，况今灭亡，何忍弃之？此禽兽之行，吾岂为乎？"懿闻而贤之，听使乞子以养，为曹氏后。后人有诗曰：

弱草微尘尽达观，夏侯有女义如山。
丈夫不及裙钗节，自顾须眉亦汗颜。

却说司马懿斩了曹爽，太尉蒋济曰："尚有鲁芝、辛敞斩关夺门而出，杨综夺印不与，皆不可纵。"懿曰："彼各为其主，乃义人也。"遂复各人旧职。辛敞叹曰："吾若不问于姊，失大义矣！"后人有诗赞辛宪英曰：

为臣食禄当思报，事主临危合尽忠。
辛氏宪英曾劝弟，故令千载颂高风。

司马懿饶了辛敞等，仍出榜晓谕：但有曹爽门下一应人等，尽皆免死，有官者照旧复职。军民各守家业，内外安堵。何、邓二人死于非命，果应管辂之言。后人有诗赞管辂曰：

传得圣贤真妙诀，平原管辂相通神。
鬼幽鬼躁分何邓，未丧先知是死人。

却说魏主曹芳封司马懿为丞相，加九锡。懿固辞不肯受。芳不准，令父子三人同领国事。懿忽然想起："曹爽全家虽诛，尚有夏侯玄守备雍州等处，系爽亲族，倘骤然作乱，如何提备？必当处置。"即下诏遣使往雍州，取征西将军夏侯玄赴洛阳议事。

玄叔夏侯霸听知大惊，便引本部三千兵造反。有镇守雍州刺

---

① 轻尘栖弱草——比喻人生脆弱而短暂。

② 保终——这里是指女子从一而终，夫死也不改嫁。

史郭淮听知夏侯霸反，即率本部兵来，与夏侯霸交战。淮出马大骂曰："汝既是大魏皇族，天子又不曾亏汝，何故背反？"霸亦骂曰："吾祖父于国家多建勤劳，今司马懿何等匹夫，灭吾兄曹爽宗族，又来取我，早晚必思篡位。吾仗义讨贼，何反之有？"淮大怒，挺枪骤马，直取夏侯霸；霸挥刀纵马来迎。战不十合，淮败走，霸随后赶来。忽听的后军呐喊，霸急回马时，陈泰引兵杀来；郭淮复回：两路夹攻。霸大败而走，折兵大半。寻思无计，遂投汉中来降后主。

有人报与姜维，维心不信，令人体访得实[①]，方教入城。霸拜见毕，哭告前事。维曰："昔微子去周[②]，成万古之名。公能匡扶汉室，无愧古人也。"遂设宴相待。维就席[③]问曰："今司马懿父子掌握重权，有窥我国之志否？"霸曰："老贼方图谋逆，未暇及外。但魏国新有二人，正在妙龄之际，若使领兵马，实吴、蜀之大患也。"维问："二人是谁？"霸告曰："一人现为秘书郎，乃颍川长社人，姓钟名会，字士季，太傅钟繇之子，幼有胆智。繇尝率二子见文帝，会时年七岁，其兄毓年八岁。毓见帝惶惧，汗流满面。帝问毓曰：'卿何以汗？'毓对曰：'战战惶惶，汗出如浆。'帝问会曰：'卿何以不汗？'会对曰：'战战栗栗，汗不敢出。'帝独奇之。及稍长，喜读兵书，深明韬略，司马懿与蒋济皆奇其才。一人现为掾吏，乃义阳人也，姓邓名艾，字士载，幼年失父，素有大志。但见高山大泽，辄窥度指画，何处可以屯兵，何处可以积粮，何处可以埋伏。人皆笑之。独司马懿奇其才，遂令参赞军机。艾为人口吃，每奏事，必称'艾……艾……'。懿戏谓曰：'卿称艾艾，当有几艾？'艾应声曰：'"凤兮凤兮"，故是一凤。'其资性敏捷，大

① 体访得实——察访确实。

② 微子去周——见第三十回"微子去殷"条注。但"去殷"的"去"是离开之意，而"去周"的"去"是前往、到达之意。

③ 就席——在宴席上。

抵如此。此二人深可畏也。”维笑曰:“量此孺子，何足道哉!”

于是姜维引夏侯霸至成都，入见后主。维奏曰:“司马懿谋杀曹爽，又来赚夏侯霸，霸因此投降。目今司马懿父子专权，曹芳懦弱，魏国将危。臣在汉中有年，兵精粮足。臣愿领王师，即以霸为向导官，克服中原，重兴汉室，以报陛下之恩，以终丞相之志。”尚书令费祎谏曰:“近者蒋琬、董允皆相继而亡，内治无人。伯约只宜待时，不宜轻动。”维曰:“不然。人生如白驹过隙，似此迁延岁月，何日恢复中原乎?”祎又曰:“孙子云:‘知彼知己，百战百胜。’我等皆不如丞相远甚，丞相尚不能恢复中原，何况我等?”维曰:“吾久居陇上，深知羌人之心，今若结羌人为援，虽未能克复中原，自陇而西，可断而有也。”后主曰:“卿既欲伐魏，可尽忠竭力，勿堕锐气，以负朕命。”

于是姜维领敕辞朝，同夏侯霸径到汉中，计议起兵。维曰:“可先遣使去羌人处通盟，然后出西平，近雍州。先筑二城于麴山之下，令兵守之，以为掎角之势。我等尽发粮草于川口，依丞相旧制，次第进兵。”是年秋八月，先差蜀将句安、李歆同引一万五千兵，往麴山前连筑二城:句安守东城，李歆守西城。

早有细作报与雍州刺史郭淮。淮一面申报洛阳，一面遣副将陈泰引兵五万，来与蜀兵交战。句安、李歆各引一军出迎，因兵少不能抵敌，退入城中。泰令兵四面围住攻打，又以兵断其汉中粮道。句安、李歆城中粮缺。郭淮自引兵亦到，看了地势，忻然而喜。回到寨中，乃与陈泰计议曰:“此城山势高阜，必然水少，须出城取水，若断其上流，蜀兵皆渴死矣。”遂令军士掘土堰断上流，城中果然无水。李歆引兵出城取水，雍州兵围困甚急。歆死战不能出，只得退入城去。句安城中亦无水，乃会了李歆，引兵出城，并在一处，大战良久，又败入城去。军士枯渴。安与歆曰:“姜都督之兵至今未到，不知何故。”歆曰:“我当舍命杀出求救。”遂引数十骑，开了城门，杀将出来。雍州兵四面围合，歆奋死冲突，方才得脱，只落得独自一人，身带重伤。馀皆没于乱军之中。是夜北风大起，阴云布合，天降大雪，因此城内蜀兵分粮化雪而食。

却说李歆撞出重围，从西山小路行了两日，正迎着姜维人马。歆下马伏地告曰："麴山二城皆被魏兵围困，绝了水道。幸得天降大雪，因此化雪度日，甚是危急。"维曰："吾非来迟，为聚羌兵未到，因此误了。"遂令人送李歆入川养病。维问夏侯霸曰："羌兵未到，魏兵围困麴山甚急，将军有何高见？"霸曰："若等羌兵到，麴山二城皆陷矣。吾料雍州兵必尽来麴山攻打，雍州城定然空虚。将军可引兵径往牛头山，抄在雍州之后，郭淮、陈泰必回救雍州，则麴山之围自解矣。"维大喜曰："此计最善。"于是姜维引兵望牛头山而去。

却说陈泰见李歆杀出城去了，乃谓郭淮曰："李歆若告急于姜维，姜维料吾大兵皆在麴山，必抄牛头山袭吾之后。将军可引一军去取洮水，断绝蜀兵粮道；吾分兵一半，径往牛头山击之。彼若知粮道已绝，必然自走矣。"郭淮从之，遂引一军暗取洮水；陈泰引一军径往牛头山来。

却说姜维兵至牛头山，忽听的前军发喊，报说魏兵截住去路。维慌忙自到军前视之。陈泰大喝曰："汝欲袭吾雍州，吾已等候多时了。"维大怒，挺枪纵马，直取陈泰；泰挥刀而迎。战不三合，泰败走，维挥兵掩杀。雍州兵退回，占住山头。维收兵，就牛头山下寨。维每日令兵搦战，不分胜负。夏侯霸谓姜维曰："此处不是久停之所。连日交战，不分胜负，乃诱兵之计耳，必有异谋。不如暂退，再作良图。"

正言间，忽报郭淮引一军取洮水，断了粮道。维大惊，急令夏侯霸先退，维自断后。陈泰分兵五路赶来。维独拒五路总口，战住魏兵。泰勒兵上山，矢石如雨。维急退到洮水之时，郭淮引兵杀来。维引兵往来冲突。魏兵阻其去路，密如铁桶。维奋死杀

出，折兵大半，飞奔上阳平关来。前面又一军杀到，为首一员大将，纵马横刀而出。那人生得圆面大耳，方口厚唇，左目下生个黑瘤，瘤上生数十根黑毛，乃司马懿长子骠骑将军司马师也。维大怒曰："孺子焉敢阻吾归路！"拍马挺枪，直来刺师；师挥刀相迎。只三合，杀败了司马师，维脱身径奔阳平关来，城上人开门放入姜维。司马师也来抢关，两边伏弩齐发，一弩发十矢，乃武侯临终时所遗连弩之法也。正是：

难支此日三军败，犹赖当年十矢传。

未知司马师性命如何，且看下文分解。

第一百八回

丁奉雪中奋短兵　孙峻席间施密计

却说姜维正走，遇着司马师引兵拦截。原来姜维取雍州之时，郭淮飞报入朝，魏主与司马懿商议停当，懿遣长子司马师引兵五万，前来雍州助战。师听知郭淮敌退蜀兵，师料蜀兵势弱，就来半路击之，直赶到阳平关，却被姜维用武侯所传连弩法，于两边暗伏连弩百馀张，一弩发十矢，皆是药箭，两边弩箭齐发，前军连人带马，射死不知其数。司马师于乱军之中逃命而回。

却说麴山城中蜀将句安见援兵不至，乃开门降魏。姜维折兵数万，领败兵回汉中屯扎。司马师自还洛阳。

至嘉平三年秋八月，司马懿染病，渐渐沉重，乃唤二子至榻前嘱曰："吾事魏历年，官授太傅，人臣之位极矣。人皆疑吾有异志，吾尝怀恐惧。吾死之后，汝二人善理国政。慎之！慎之！"言讫而亡。长子司马师，次子司马昭，二人申奏魏主曹芳。芳厚加祭葬，优锡赠谥；封师为大将军，总领尚书机密大事；昭为骠骑上将军。

却说吴主孙权先有太子孙登，乃徐夫人所生，于吴赤乌四年身亡。遂立次子孙和为太子，乃琅琊王夫人所生。和因与全公主不睦，被公主所谮，权废之，和忧恨而死。又立三子孙亮为太子，乃潘夫人所生。此时陆逊、诸葛瑾皆亡，一应大小事务皆归于诸葛恪。

太元元年秋八月初一日，忽起大风，江海涌涛，平地水深八尺。吴主先陵所种松柏尽皆拔起，直飞到建业城南门外，倒插于道上。权因此受惊成病。至次年四月内，病势沉重，乃召太傅诸葛恪、大司马吕岱至榻前，嘱以后事，嘱讫而薨。在位二十四年，寿七十一岁，乃蜀汉延熙十五年也。后人有诗曰：

紫髯碧眼号英雄，能使臣僚肯尽忠。

二十四年兴大业，龙盘虎踞在江东。

孙权既亡，诸葛恪立孙亮为帝，大赦天下，改元建兴元年；谥权曰大皇帝，葬于蒋陵。

早有细作探知其事，报入洛阳。司马师闻孙权已死，遂议起兵伐吴。尚书傅嘏曰："吴有长江之险，先帝屡次征伐，皆不遂意。不如各守边疆，乃为上策。"师曰："天道三十年一变，岂得常为鼎峙乎？吾欲伐吴。"昭曰："今孙权新亡，孙亮幼懦，其隙正可乘也。"遂令征南大将军王昶引兵十万攻南郡，征东将军胡遵引兵十万攻东兴，镇南都督毌丘俭引兵十万攻武昌：三路进发。又遣弟司马昭为大都督，总领三路军马。

是年冬十二月，司马昭兵至东吴边界，屯住人马，唤王昶、胡遵、毌丘俭到帐中计议曰："东吴最紧要处，惟东兴郡也。今他筑起大堤，左右又筑两城，以防巢湖后面攻击，诸公须要仔细。"遂令王昶、毌丘俭各引一万兵，列在左右："且勿进发，待取了东兴郡，那时一齐进兵。"昶、俭二人受令而去。昭又令胡遵为先锋，总领三路兵前去："先搭浮桥，取东兴大堤，若夺得左右二城，便是大功。"遵领兵来搭浮桥。

却说吴太傅诸葛恪听知魏兵三路而来，聚众商议。平北将军丁奉曰："东兴乃东吴紧要处所，若有失，则南郡、武昌危矣。"恪曰："此论正合吾意。公可就引三千水兵从江中去，吾随后令吕据、唐咨、留赞各引一万马步兵，分三路来接应。但听连珠炮响，一齐进兵。吾自引大兵后至。"丁奉得令，即引三千水兵，分作三十只船，望东兴而来。

却说胡遵渡过浮桥，屯军于堤上，差桓嘉、韩综攻打二城。左城中乃吴将全端守把，右城中乃吴将留略守把。此二城高峻坚固，急切攻打不下。全、留二人见魏兵势大，不敢出战，死守城池。胡遵在徐塘下寨。时值严寒，天降大雪，胡遵与众将设席高会。忽报："水上有三十只战船来到。"遵出寨视之，见船将次傍岸，每船上约有百人。遂还帐中，谓诸将曰："不过三千人耳，何足惧哉！"只令部将哨探，仍前饮酒。丁奉将船一字儿抛在水上，乃谓部将曰："大丈夫立功名，取富贵，正在今日。"遂令众军脱去衣甲，卸了头盔，不用长枪大戟，止带短刀。魏兵见之大笑，更不准备。忽然连珠炮响了三声，丁奉扯刀当先，一跃上岸；众军皆拔短刀，随奉上岸：砍入魏寨，魏兵措手不及。韩综急拔帐前大戟迎之，早被丁奉抢入怀内，手起刀落，砍翻在地。桓嘉从左边转出，忙绰枪刺丁奉，被奉挟住枪杆。嘉弃枪而走，奉一刀飞去，正中左肩，嘉望后便倒。奉赶上，就以枪刺之。三千吴兵，在魏寨中左冲右突。胡遵急上马夺路而走。魏兵齐奔上浮桥，浮桥已断，大半落水而死；杀倒在雪地者不知其数。车仗、马匹、军器皆被吴兵所获。司马昭、王昶、毌丘俭听知东兴兵败，亦勒兵而退。

却说诸葛恪引兵至东兴，收兵赏劳了毕，乃聚诸将曰："司马昭兵败北归，正好乘势进取中原。"遂一面遣人赍书入蜀，求姜维进兵攻其北，许以平分天下；一面起大兵二十万，来伐中原。临行时忽见一道白气从地而起，遮断三军，对面不见。蒋延曰："此气乃白虹也，主丧兵之兆。太傅只可回朝，不可伐魏。"恪大怒曰："汝安敢出不利之言，以慢吾军心！"叱武士斩之。众皆告免，恪乃贬蒋延为庶人，仍催兵前进。丁奉曰："魏以新城为总隘口，若先取得此城，司马师破胆矣。"恪大喜，即趱兵直至新城。守城牙门将军张特见吴兵大至，闭门坚守。恪令兵四面围定。

早有流星马报入洛阳。主簿虞松告司马师曰："今诸葛恪围困新城，且未可与战。吴兵远来，人多粮少，粮尽自走矣。待其将走，然后击之，必得全胜。但恐蜀兵犯境，不可不防。”师然其言，遂令司马昭引一军助郭淮防姜维，毌丘俭、胡遵拒住吴兵。

却说诸葛恪连月攻打新城不下，下令：“众将并力攻城，怠慢者立斩！”于是诸将奋力攻打，城东北角将陷。张特在城中定下一计，乃令一舌辩之士赍捧册籍，赴吴寨见诸葛恪，告曰：“魏国之法：若敌人困城，守城将坚守一百日而无救兵至，然后出城降敌者，家族不坐罪。今将军围城已九十馀日，望乞再容数日，某主将尽率军民出城投降。今先具册籍呈上。”恪深信之，收了军马，遂不攻城。

原来张特用缓兵之计哄退吴兵，遂拆城中房屋，于破城处修补完备，乃登城大骂曰：“吾城中尚有半年之粮，岂肯降吴狗耶？尽战无妨。”恪大怒，催兵打城。城上乱箭射下，恪额上正中一箭，翻身落马。诸将救起还寨，金疮举发。众军皆无战心；又因天气亢炎，军士多病。恪金疮稍可，欲催兵攻城。营吏告曰：“人人皆病，安能战乎？”恪大怒曰：“再说病者斩之！”众军闻知，逃者无数。忽报：“都督蔡林引本部军投魏去了。”恪大惊，自乘马遍视各营，果见军士面色黄肿，各带病容。遂勒兵还吴。早有细作报知毌丘俭。俭尽起大兵，随后掩杀。吴兵大败而归。

恪甚羞惭，托病不朝。吴主孙亮自幸其宅问安，文武官僚皆来拜见。恪恐人议论，先搜求众官将过失，轻则发遣边方，重则斩首示众。于是内外官僚无不悚惧。又令心腹将张约、朱恩管御林军，以为牙爪。

却说孙峻字子远，乃孙坚弟孙静曾孙，孙恭之子也。孙权在日，甚爱之，命掌御林军马。今闻诸葛恪令张约、朱恩二人掌御林军，夺其权，心中大怒。太常卿滕胤素与诸葛恪有隙，乃乘间说峻曰：“诸葛恪专权恣虐，杀害公卿，将有不臣之心。公系宗室，何不早图之？”峻曰：“我有是心久矣，今当即奏天子，请旨诛之。”

于是孙峻、滕胤入见吴主孙亮，密奏其事。亮曰：“朕见此人，亦甚恐怖，常欲除之，未得其便。今卿等果有忠义，可密图之。”胤曰：“陛下可设席召恪，暗伏武士于壁衣中，掷杯为号，就席间杀之，以绝后患。”亮从之。

却说诸葛恪自兵败回朝，托病居家，心神恍惚。一日，偶出中堂，忽见一人穿麻挂孝而入。恪叱问之，其人大惊无措。恪令拿下拷问，其人告曰：“某因新丧父亲，入城请僧追荐[①]，初见是寺院而入，却不想是太傅之府，却怎生来到此处也？”恪大怒，召守门军士问之。军士告曰：“某等数十人皆荷戈把门，未尝暂离，并不见一人入来。”恪大怒，尽数斩之。是夜，恪睡卧不安，忽听得正堂中声响如霹雳。恪自出视之，见中梁折为两段。恪惊归寝室，忽然一阵阴风起处，见所杀披麻人与守门军士数十人，各提头索命。恪惊倒在地，良久方苏。次早洗面，闻水甚血臭。恪叱侍婢，连换数十盆，皆臭无异。

恪正惊疑间，忽报：“天子有使至，宣太傅赴宴。”恪令安排车仗。方欲出府，有黄犬衔住衣服，嘤嘤作声，如哭之状。恪怒曰：“犬戏我也！”叱左右逐去之，遂乘车出府。行不数步，见车前一道白虹自地而起，如白练冲天而去。恪甚惊怪。心腹将张约进车前密告曰：“今日宫中设宴，未知好歹，主公不可轻入。”恪听罢，便令回车。行不到十馀步，孙峻、滕胤乘马至车前曰：“太傅何故便回？”恪曰：“吾忽然腹痛，不可见天子。”胤曰：“朝廷为太傅军回，不曾面叙，故特设宴相召，兼议大事。太傅虽感贵恙，还当勉强一行。”恪从其言，遂同孙峻、滕胤入宫。张约亦随入。

恪见吴主孙亮，施礼毕，就席而坐。亮命进酒，恪心疑，辞曰：“病躯不胜杯酌。”孙峻曰：“太傅府中常服药酒，可取饮乎？”恪曰：“可也。”遂令从人回府取自制药酒到，恪方才放心饮之。酒至数巡，吴主孙亮托事先起。孙峻下殿，脱了长服，着短衣，内

① 追荐——诵经礼忏，超度死者。

披环甲，手提利刃，上殿大呼曰："天子有诏诛逆贼！"诸葛恪大惊，掷杯于地，欲拔剑迎之，头已落地。张约见峻斩恪，挥刀来迎。峻急闪过，刀尖伤其左指。峻转身一刀，砍中张约右臂。武士一齐拥出，砍倒张约，剁为肉泥。孙峻一面令武士收恪家眷；一面令人将张约并诸葛恪尸首用芦席包裹，以小车载出，弃于城南门外石子岗乱冢坑内。

却说诸葛恪之妻正在房中心神恍惚，动止不宁，忽一婢女入房。恪妻问曰："汝遍身如何血臭？"其婢忽然反目切齿，飞身跳跃，头撞屋梁，口中大叫："吾乃诸葛恪也，被奸贼孙峻谋杀！"恪合家老幼惊惶号哭。不一时，军马至，围住府第，将恪全家老幼，俱缚至市曹斩首。时吴建兴二年冬十月也。

昔诸葛瑾存日①，见恪聪明尽显于外，叹曰："此子非保家之主也！"又魏光禄大夫张缉曾对司马师曰："诸葛恪不久死矣。"师问其故，缉曰："威震其主，何能久乎？"至此果中其言。

却说孙峻杀了诸葛恪，吴主孙亮封峻为丞相、大将军、富春侯，总督中外诸军事。自此权柄尽归孙峻矣。

且说姜维在成都接得诸葛恪书，欲求相助伐魏，遂入朝，奏准后主，复起大兵，北伐中原。正是：

一度兴师未奏绩，两番讨贼欲成功。

未知胜负如何，且看下文分解。

---

① 存日——生前，在世的时候。

第一百九回

困司马汉将奇谋 废曹芳魏家果报

蜀汉延熙十六年秋，将军姜维起兵二十万，令廖化、张翼为左右先锋，夏侯霸为参谋，张嶷为运粮使，大兵出阳平关伐魏。维与夏侯霸商议曰："向取雍州，不克而还。今若再出，必又有准备。公有何高见？"霸曰："陇上诸郡，只有南安钱粮最广，若先取之，足可为本。向者不克而还，盖因羌兵不至。今可先遣人会羌人于陇右，然后进兵出石营，从董亭直取南安。"维大喜曰："公言甚妙。"遂遣郤正为使，赍金珠、蜀锦入羌，结好羌王。羌王迷当得了礼物，便起兵五万，令羌将俄何烧戈为大先锋，引兵南安来。

魏左将军郭淮闻报，飞奏洛阳。司马师问诸将曰："谁敢去敌蜀兵？"辅国将军徐质曰："某愿往。"师素知徐质英勇过人，心中大喜，即令徐质为先锋，令司马昭为大都督，领兵望陇西进发。军至董亭，正遇姜维，两军列成阵势。徐质使开山大斧，出马挑战；蜀阵中廖化出迎。战不数合，化拖刀败回。张翼纵马挺枪而迎，战不数合，又败入阵。徐质驱兵掩杀，蜀兵大败，退三十馀里。司马昭亦收兵回，各自下寨。

姜维与夏侯霸商议曰："徐质勇甚，当以何策擒之？"霸曰："来日诈败，以埋伏之计胜之。"维曰："司马昭乃仲达之子，岂不知兵法？若见地势掩映[①]，必不肯追。吾见魏兵累次断吾粮道，今

---

① 地势掩映——即地形高低不平，人马可以隐蔽。掩映：隐蔽，遮蔽。

却用此计诱之，可斩徐质矣。”遂唤廖化，分付如此如此；又唤张翼，分付如此如此。二人领兵去了。一面令军士于路撒下铁蒺藜[1]，寨外多排鹿角，示以久计。

徐质连日引兵搦战，蜀兵不出。哨马报司马昭说：“蜀兵在铁笼山后，用木牛、流马搬运粮草，以为久计，只待羌兵策应。”昭唤徐质曰：“昔日所以胜蜀者，因断彼粮道也。今蜀兵在铁笼山后运粮，汝今夜引兵五千，断其粮道，蜀兵自退矣。”徐质领令，初更时分，引兵望铁笼山来，果见蜀兵二百馀人，驱百馀头木牛、流马，装载粮草而行。魏兵一声喊起，徐质当先拦住。蜀兵尽弃粮草而走。质分兵一半，押送粮草回寨；自引兵一半追来。追不到十里，前面车仗横截去路。质令军士下马拆开车仗，只见两边忽然火起。质急勒马回走，后面山僻窄狭处亦有车仗截路，火光迸起。质等冒烟突火，纵马而出。一声炮响，两路军杀来：左有廖化，右有张翼，大杀一阵。魏兵大败。徐质奋死只身而走，人困马乏。正奔走间，前面一枝兵杀到，乃姜维也。质大惊无措，被维一枪刺倒坐下马，徐质跌下马来，被众军乱刀砍死。质所分一半押粮兵，亦被夏侯霸所擒，尽降其众。

霸将魏兵衣甲、马匹，令蜀兵穿了，就令骑坐，打着魏军旗号，从小路径奔回魏寨来。魏军见本部兵回，开门放入。蜀兵就寨中杀起。司马昭大惊，慌忙上马走时，前面廖化杀来。昭不能前进，急退时，姜维引兵从小路杀到。昭四下无路，只得勒兵上铁笼山据守。原来此山只有一条路，四下皆险峻难上。其上惟有一泉，止够百人之饮。此时昭手下有六千人，被姜维绝其路口，山上泉水不敷，人马枯渴。昭仰天长叹曰：“吾死于此地矣！”后人有诗曰：

妙算姜维不等闲，魏师受困铁笼间。

---

① 铁蒺藜——模仿蒺藜状的尖锐铁器。置于道路或水中，可以阻止或延缓敌军前进。

庞涓始入马陵道，项羽初围九里山。

主簿王韬曰："昔日耿恭受困，拜井而得甘泉[①]。将军何不效之？"昭从其言，遂上山顶泉边，再拜而祝曰："昭奉诏来退蜀兵，若昭合死，令甘泉枯竭，昭自当刎颈，教部军尽降；如寿禄未终，愿苍天早赐甘泉，以活众命。"祝毕，泉水涌出，取之不竭，因此人马不死。

却说姜维在山下困住魏兵，谓众将曰："昔日丞相在上方谷，不曾捉住司马懿，吾深为恨。今司马昭必被吾擒矣。"

却说郭淮听知司马昭困于铁笼山上，欲提兵来。陈泰曰："姜维会合羌兵，欲先取南安。今羌兵已到，将军若撤兵去救，羌兵必乘虚袭我后也。可先令人诈降羌人，于中取事。若退了此兵，方可救铁笼之围。"郭淮从之，遂令陈泰引五千兵，径到羌王寨内，解甲而入，泣拜曰："郭淮妄自尊大，常有杀泰之心，故来投降。郭淮军中虚实，某俱知之。只今夜愿引一军前去劫寨，便可成功。如兵到魏寨，自有内应。"迷当大喜，遂令俄何烧戈同陈泰来劫魏寨。

俄何烧戈教泰降兵在后，令泰引羌兵为前部。是夜二更，竟到魏寨，寨门大开。陈泰一骑马先入。俄何烧戈骤马挺枪入寨之时，只叫得一声苦，连人带马跌在陷坑里。陈泰兵从后面杀来，郭淮从左边杀来，羌兵大乱，自相践踏，死者无数，生者尽降。俄何烧戈自刎而死。郭淮、陈泰引兵直杀到羌人寨中，迷当大王急出帐上马时，被魏兵生擒活捉，来见郭淮。淮慌下马，亲去其缚，用好言抚慰曰："朝廷素以公为忠义，今何故助蜀人也？"迷当惭愧伏罪。淮乃说迷当曰："公今为前部，去解铁笼山之围，退

① "耿恭受困"二句——事见《后汉书·耿弇列传》附《耿恭传》：耿恭为东汉明帝时大将。他曾驻守疏勒城，被匈奴兵围困，并断绝该城水源。"恭于城中穿井十五丈不得水，吏士渴乏，笮（义同"榨"）马粪汁而饮之。……乃整衣服，向井再拜，为吏士祷。有顷，水泉奔出，众皆称万岁。"

了蜀兵，吾奏准天子，自有厚赐。”迷当从之，遂引羌兵在前，魏兵在后，径奔铁笼山。

时值三更，先令人报知姜维。维大喜，教请入相见。魏兵多半杂在羌人部内。行到蜀寨前，维令大兵皆在寨外屯扎。迷当引百馀人到中军帐前，姜维、夏侯霸二人出迎。魏将不等迷当开言，就从背后杀将起来。维大惊，急上马而走。羌、魏之兵一齐杀入。蜀兵四分五落，各自逃生。维手无器械，腰间止有一副弓箭，走得慌忙，箭皆落了，只有空壶[①]。维望山中而走，背后郭淮引兵赶来，见维手无寸铁，乃骤马挺枪追之。看看至近，维虚拽弓弦，连响十馀次。淮连躲数番，不见箭到，知维无箭，乃挂住钢枪，拈弓搭箭射之。维急闪过，顺手接了，就扣在弓弦上，待淮追近，望面门上尽力射去，淮应弦落马。维勒回马来杀郭淮，魏军骤至。维下手不及，只掣得淮枪而去。魏兵不敢追赶，急救淮归寨，拔出箭头，血流不止而死。司马昭下山引兵追赶，半途而回。夏侯霸随后逃至，与姜维一齐奔走。维折了许多人马，一路收扎不住，自回汉中。虽然兵败，却射死郭淮，杀死徐质，挫动魏国之威，将功补罪。

却说司马昭犒劳羌兵，发遣回国去讫。班师还洛阳，与兄司马师专制朝权，群臣莫敢不服。魏主曹芳每见师入朝，战栗不已，如针刺背。一日，芳设朝，见师带剑上殿，慌忙下榻迎之。师笑曰：“岂有君迎臣之礼也？请陛下稳便[②]。”须臾，群臣奏事，司马师俱自剖断，并不启奏魏主。少时朝退，师昂然下殿，乘车出内，前遮后拥，不下数千人马。

芳退入后殿，顾左右止有三人，乃太常夏侯玄、中书令李丰、光禄大夫张缉。缉乃张皇后之父，曹芳之皇丈也。芳叱退近侍，

---

① 壶——即箭壶。盛箭的袋子，以其形似壶而得名。

② 稳便——自便，请便。

同三人至密室商议。芳执张缉之手而哭曰："司马师视朕如小儿，觑百官如草芥，社稷早晚必归此人矣！"言讫大哭。李丰奏曰："陛下勿忧。臣虽不才，愿以陛下之明诏，聚四方之英杰，以剿此贼。"夏侯玄奏曰："臣叔夏侯霸降蜀，因惧司马兄弟谋害故耳。今若剿除此贼，臣叔必回也。臣乃国家旧戚，安敢坐视奸贼乱国，愿同奉诏讨之。"芳曰："但恐不能耳。"三人哭奏曰："臣等誓当同心灭贼，以报陛下。"芳脱下龙凤汗衫，咬破指尖，写了血诏，授与张缉，乃嘱曰："朕祖武皇帝诛董承，盖为机事不密也。卿等须谨细，勿泄于外。"丰曰："陛下何出此不利之言？臣等非董承之辈，司马师安比武祖也？陛下勿疑。"

三人辞出，至东华门左侧，正见司马师带剑而来，从者数百人，皆持兵器。三人立于道旁。师问曰："汝三人退朝何迟？"李丰曰："圣上在内廷观书，我三人侍读故耳。"师曰："所看何书？"丰曰："乃夏、商、周三代之书也。"师曰："上见此书，问何故事？"丰曰："天子所问伊尹扶商、周公摄政之事，我等皆奏曰：'今司马大将军，即伊尹、周公也。'"师冷笑曰："汝等岂将吾比伊尹、周公，其心实指吾为王莽、董卓！"三人皆曰："我等皆将军门下之人，安敢如此？"师大怒曰："汝等乃口谀[①]之人，适间与天子在密室中所哭何事？"三人曰："实无此状。"师叱曰："汝三人泪眼尚红，如何抵赖？"夏侯玄知事已泄，乃厉声大骂曰："吾等所哭者，为汝威震其主，将谋篡逆耳！"师大怒，叱武士捉夏侯玄。玄揎拳裸袖，径击司马师，却被武士擒住。师令将各人搜检，于张缉身畔搜出一龙凤汗衫，上有血字。左右呈与司马师。师视之，乃密诏也。诏曰：

> 司马师弟兄共持大权，将图篡逆。所行诏制，皆非朕意。各部官兵将士，可同仗忠义，讨灭贼臣，匡扶社

① 口谀（yú）——当面奉承，暗中使坏，表里不一。

稷。功成之日，重加爵赏。

司马师看毕，勃然大怒曰："原来汝等正欲谋害吾兄弟！情理难容！"遂令将三人腰斩于市，灭其三族。三人骂不绝口。比临东市中，牙齿尽被打落，各人含糊数骂[①]而死。

师直入后宫。魏主曹芳正与张皇后商议此事，皇后曰："内廷耳目甚多，倘事泄露，必累妾矣！"正言间，忽见师入，皇后大惊。师按剑谓芳曰："臣父立陛下为君，功德不在周公之下；臣事陛下，亦与伊尹何别乎？今反以恩为仇，以功为过，欲与二三小臣谋害臣兄弟，何也？"芳曰："朕无此心。"师袖中取出汗衫，掷之于地曰："此谁人所作耶？"芳魂飞天外，魄散九霄，战栗而答曰："此皆为他人所逼故也，朕岂敢兴此心？"师曰："妄诬大臣造反，当加何罪？"芳跪告曰："朕合有罪，望大将军恕之。"师曰："陛下请起，国法未可废也。"乃指张皇后曰："此是张缉之女，理当除之。"芳大哭求免，师不从，叱左右将张后捉出，至东华门内，用白练绞死。后人有诗曰：

当年伏后出宫门，跣足哀号别至尊。
司马今朝依此例，天教还报在儿孙。

次日，司马师大会群臣，曰："今主上荒淫无道，亵近娼优[②]，听信谗言，闭塞贤路，其罪甚于汉之昌邑，不能主天下。吾谨按伊尹、霍光之法，别立新君[③]，以保社稷，以安天下，如何？"众皆应曰："大将军行伊、霍之事，所谓应天顺人，谁敢违命。"师遂同多官入永宁宫，奏闻太后。太后曰："大将军欲立何人为君？"师曰："臣观彭城王曹据聪明仁孝，可以为天下之主。"太后曰："彭城王乃老身之叔，今立为君，我何以当之？今有高贵乡公曹髦，乃文皇帝之孙，此人温恭克让，可以立之。卿等大臣，从长

① 含糊数骂——含糊：因牙齿被打落而口齿不清。数骂：一边数说司马氏之罪状，一边大骂。

② 亵近娼优——肮脏污秽与娼妓、戏子差不多。

③ "汉之昌邑"四句——见第三回"'昌邑王'三句"条及"'太甲'二句"条注。

计议。”一人奏曰：“太后之言是也，便可立之。”众视之，乃司马师宗叔司马孚也。师遂遣使往元城召高贵乡公。请太后升太极殿，召芳责之曰：“汝荒淫无度，亵近娼优，不可承天下。当纳下玺绶，复齐王之爵，目下起程，非宣召不许入朝。”芳泣拜太后，纳了国宝，乘王车大哭而去。只有数员忠义之臣含泪而送。后人有诗曰：

昔日曹瞒相汉时，欺他寡妇与孤儿。
谁知四十馀年后，寡妇孤儿亦被欺。

却说高贵乡公曹髦，字彦士，乃文帝之孙，东海定王霖之子也。当日，司马师以太后命宣至，文武官僚备銮驾于西掖门外拜迎。髦慌忙答礼。太尉王肃曰：“主上不当答礼。”髦曰：“吾亦人臣也，安得不答礼乎？”文武扶髦上辇入宫，髦辞曰：“太后诏命，不知为何，吾安敢乘辇而入？”遂步行至太极东堂。司马师迎着，髦先下拜，师急扶起。问候已毕，引见太后。后曰：“吾见汝年幼时有帝王之相，汝今可为天下之主。务须恭俭节用，布德施仁，勿辱先帝也。”髦再三谦辞。师令文武请髦出太极殿。是日立为新君，改嘉平六年为正元元年，大赦天下；假大将军司马师黄钺，入朝不趋，奏事不名，带剑上殿；文武百官各有封赐。

正元二年春正月，有细作飞报说：“镇东将军毌丘俭、扬州刺史文钦以废主为名，起兵前来。”司马师大惊。正是：

汉臣曾有勤王志，魏将还兴讨贼师。

未知如何迎敌，且看下文分解。

第一百十回

文鸯单骑退雄兵　姜维背水破大敌

却说魏正元二年正月，扬州都督、镇东将军、领淮南军马毌丘俭，字仲恭，河东闻喜人也，闻司马师擅行废立之事，心中大怒。长子毌丘甸曰："父亲官居方面，司马师专权废主，国家有累卵之危，安可宴然[①]自守？"俭曰："吾儿之言是也。"遂请刺史文钦商议。钦乃曹爽门下客，当日闻俭相请，即来拜谒。俭邀入后堂，礼毕，说话间，俭流泪不止。钦问其故，俭曰："司马师专权废主，天地反覆，安得不伤心乎？"钦曰："都督镇守方面，若肯仗义讨贼，钦愿舍死相助。钦中子文俶，小字阿鸯，有万夫不当之勇，常欲杀司马师兄弟，与曹爽报仇，今可令为先锋。"俭大喜，即时酹酒[②]为誓。

二人诈称太后有密诏，令淮南大小官兵将士皆入寿春城，立一坛于西，宰白马，歃血为盟，宣言："司马师大逆不道，今奉太后密诏，令尽起淮南军马，仗义讨贼。"众皆悦服。俭提六万兵，屯于项城。文钦领兵二万，在外为游兵，往来接应。俭移檄诸郡，令各起兵相助。

却说司马师左眼肉瘤不时痛痒，乃命医官割之，以药封闭，连日在府养病。忽闻淮南告急，乃请太尉王肃商议。肃曰："昔关云长威震华夏，孙权令吕蒙袭取荆州，抚恤将士家属，因此关公

---

① 宴然——即安然，平安无事的样子。

② 酹酒——把酒洒在地上，以示敬奉神鬼。古人宣誓时也以酹酒方式，表示请神鬼作证。

军势瓦解。今淮南将士家属皆在中原，可急抚恤；更以兵断其归路：必有土崩之势矣。”师曰：“公言极善。但吾新割目瘤，不能自往；若使他人，心又不稳[①]。”时中书侍郎钟会在侧，进言曰：“淮楚兵强，其锋甚锐。若遣人领兵去退，多是不利，倘有疏虞，则大事废矣。”师蹶然[②]起曰：“非吾自往，不可破贼！”遂留弟司马昭守洛阳，总摄朝政。师乘软舆，带病东行。令镇东将军诸葛诞总督豫州诸军，从安风津取寿春；又令征东将军胡遵领青州诸军，出谯、宋之地，绝其归路；又遣荆州刺史、监军王基领前部兵，先取镇南之地。

师领大军屯于襄阳，聚文武于帐下商议。光禄勋郑袤曰：“毌丘俭好谋而无断，文钦有勇而无智。今大军出其不意，江、淮之卒锐气正盛，不可轻敌。只宜深沟高垒，以挫其锐，此亚夫之长策[③]也。”监军王基曰：“不可。淮南之反，非军民思乱也，皆因毌丘俭势力所逼，不得已而从之。若大军一临，必然瓦解。”师曰：“此言甚妙。”遂进兵于㶏水之上，中军屯于㶏桥。基曰：“南顿极好屯兵，可提兵星夜取之，若迟则毌丘俭必先至矣。”师遂令王基前部兵来南顿城下寨。

却说毌丘俭在项城闻知司马师自来，乃聚众商议。先锋葛雍曰：“南顿之地依山傍水，极好屯兵。若魏兵先占，难以驱遣，可速取之。”俭然其言，起兵投南顿来。正行之间，前面流星马报说：“南顿已有人马下寨。”俭不信，自到军前视之，果然旌旗遍野，营寨齐整。俭回到军中，无计可施。忽哨马飞报：“东吴孙峻提兵渡江袭寿春来了。”俭大惊曰：“寿春若失，吾归何处？”是夜

---

① 不稳——心里不安，不踏实。

② 蹶然——义同“骤然”。形容很快站起。

③ 亚夫之长策——亚夫即周亚夫，汉朝开国元勋周勃之子，以父荫封条侯。周亚夫有将才，其经常采用的战术就是“深壁而守”，并断绝敌军的粮道。等到敌军饥饿疲惫，一举而战胜之。如汉景帝前元三年，吴、楚藩王叛乱，周亚夫即以这种战术完全平叛。（见《史记·绛侯周勃世家》）

退兵于项城。

司马师见毌丘俭军退，聚多官商议。尚书傅嘏曰："今俭兵退者，忧吴人袭寿春也，必回项城，分兵拒守。将军可令一军取乐嘉城，一军取项城，一军取寿春，则淮南之卒必退矣。兖州刺史邓艾足智多谋，若领兵径取乐嘉，更以重兵应之，破贼不难也。"师从之，急遣使持檄文，教邓艾起兖州之兵破乐嘉城。师随后引兵到彼会合。

却说毌丘俭在项城，不时差人去乐嘉城哨探，只恐有兵来。请文钦到营共议，钦曰："都督勿忧。我与拙子文鸯只消五千兵，敢保乐嘉城。"俭大喜。钦父子引五千兵投乐嘉来。前军报说："乐嘉城西皆是魏兵，约有万馀。遥望中军，白旄黄钺，皂盖朱幡，簇拥虎帐，内竖一面锦绣帅字旗，必是司马师也。安立营寨，尚未完备。"时文鸯悬鞭立于父侧，闻知此语，乃告父曰："趁彼营寨未成，可分兵两路，左右击之，可全胜也。"钦曰："何时可去？"鸯曰："今夜黄昏，父引二千五百兵，从城南杀来；儿引二千五百兵，从城北杀来。三更时分，要在魏寨会合。"钦从之，当晚分兵两路。

且说文鸯年方十八岁，身长八尺，全装贯甲，腰悬钢鞭，绰枪上马，遥望魏寨而进。是夜，司马师兵到乐嘉，立下营寨，等邓艾未至。师为眼下新割肉瘤，疮口疼痛，卧于帐中，令数百甲士环立护卫。三更时分，忽然寨内喊声大震，人马大乱。师急问之，人报曰："一军从寨北斩围直入，为首一将，勇不可当。"师大惊，心如火烈，眼珠从肉瘤疮口内迸出，血流遍地，疼痛难当；又恐有乱军心，只咬被头而忍，被皆咬烂。原来文鸯军马先到，一拥而进，在寨中左冲右突，所到之处，人不敢当；有相拒者，枪搠鞭打，无不被杀。鸯只望父到，以为外应，并不见来。数番杀到中军，皆被弓弩射回。

鸯直杀到天明，只听得北边鼓角喧天。鸯回顾从者曰："父亲不在南面为应，却从北至，何也？”鸯纵马看时，只见一军行如猛风，为首一将乃邓艾也，跃马横刀，大呼曰：“反贼休走！”鸯大怒，挺枪迎之。战有五十合，不分胜败。正斗间，魏兵大进，前后夹攻。鸯部下兵各自逃散。只文鸯单人独马，冲开魏兵，望南而走。背后数百员魏将抖擞精神，骤马追来。将至乐嘉桥边，看看赶上，鸯忽然勒回马，大喝一声，直冲入魏将阵中来，钢鞭起处，纷纷落马，各各倒退。鸯复缓缓而行。魏将聚在一处，惊讶曰：“此人尚敢退我等之众耶？可并力追之。”于是魏将百员复来追赶。鸯勃然大怒曰：“鼠辈何不惜命也！”提鞭拨马，杀入魏将丛中，用鞭打死数人，复回马缓辔而行。魏将连追四五番，皆被文鸯一人杀退。后人有诗曰：

长坂当年独拒曹，子龙从此显英豪。

乐嘉城内争锋处，又见文鸯胆气高。

原来文钦被山路崎岖，迷入谷中，行了半夜，比及寻路而出，天色已晓，文鸯人马不知所向，只见魏兵大胜，钦不战而退。魏兵乘势追杀，钦引兵望寿春而走。

却说魏殿中校尉尹大目乃曹爽心腹之人，因爽被司马懿谋杀，故事司马师，常有杀师报爽之心；又素与文钦交厚。今见师眼瘤突出，不能动止，乃入帐告曰：“文钦本无反心，今被毌丘俭逼迫，以致如此。某去说之，必然来降。”师从之。大目顶盔贯甲，乘马来赶文钦，看看赶上，乃高声大叫曰：“文刺史见尹大目么？”钦回头视之，大目除盔放于鞍鞒之前，以鞭指曰：“文刺史何不忍耐数日也？”此是大目知师将亡，故来留钦。钦不解其意，厉声大骂，便欲开弓射之。大目大哭而回。钦收聚人马奔寿春时，已被诸葛诞引兵取了；欲复回项城时，胡遵、王基、邓艾三路兵皆到。钦见势危，遂投东吴孙峻去了。

却说毌丘俭在项城内听知寿春已失，文钦势败，城外三路兵到，俭遂尽撤城中之兵出战，正与邓艾相遇。俭令葛雍出马，与艾交锋，不一合，被艾一刀斩之，引兵杀过阵来。毌丘俭死战相拒，江淮兵大乱。胡遵、王基引兵四面夹攻。毌丘俭敌不住，引十馀骑夺路而走。前至慎县城下，县令宋白开门接入，设席待之。俭大醉，被宋白令人杀了，将头献与魏兵。于是淮南平定。

司马师卧病不起，唤诸葛诞入帐，赐以印绶，加为镇东大将军，都督扬州诸路军马；一面班师回许昌。师目痛不止，每夜只见李丰、张缉、夏侯玄三人立于榻前。师心神恍惚，自料难保，遂令人往洛阳取司马昭到。昭哭拜于床下。师遗言曰："吾今权重，虽欲卸肩，不可得也。汝继我为之，大事切不可轻托他人，自取灭族之祸。"言讫，以印绶付之，泪流满面。昭急欲问时，师大叫一声，眼睛迸出而死。时正元二年二月也。

于是司马昭发丧，申奏魏主曹髦。髦遣使持诏到许昌，即命暂留司马昭屯军许昌，以防东吴。昭心中犹豫未决。钟会曰："大将军新亡，人心未定，将军若留守于此，万一朝廷有变，悔之何及？"昭从之，即起兵还屯洛水之南。髦闻之大惊。太尉王肃奏曰："昭既继其兄掌大权，陛下可封爵以安之。"髦遂命王肃持诏，封司马昭为大将军，录尚书事。昭入朝谢恩毕。自此，中外大小事情，皆归于昭。

却说西蜀细作哨知此事，报入成都。姜维奏后主曰："司马师新亡，司马昭初握重权，必不敢擅离洛阳。臣请乘间伐魏，以复中原。"后主从之，遂命姜维兴师伐魏。维到汉中，整顿人马。征西大将军张翼曰："蜀地浅狭，钱粮鲜薄，不宜远征。不如据险守分，恤军爱民，此乃保国之计也。"维曰："不然。昔丞相未出茅庐，已定三分天下，然且六出祁山，以图中原，不幸半途而丧，以致功业未成。今吾既受丞相遗命，当尽忠报国，以继其志，虽死而无恨也。今魏有隙可乘，不就此时伐之，更待何时？"夏侯霸曰："将军之言是也。可将轻骑先出枹罕，若得洮西南安，则诸郡可定。"张翼曰："向者不克而还，皆因军出甚迟也。兵法云：'攻其无备，出其不意。’今若火速进兵，使魏人不能提防，必然全胜矣。”

于是姜维引兵五万，望枹罕进发。兵至洮水，守边军士报知雍州刺史王经、征西将军陈泰。王经先起马步兵七万来迎。姜维分付张翼如此如此，又分付夏侯霸如此如此。二人领计去了。维乃自引大军背洮水列阵。王经引数员牙将出而问曰：“魏与吴、蜀，已成鼎足之势，汝累次入寇，何也？”维曰：“司马师无故废主，邻邦理宜问罪，何况仇敌之国乎？”经回顾张明、花永、刘达、朱芳四将曰：“蜀兵背水为阵，败则皆没于水矣。姜维骁勇，汝四将可战之。彼若退动，便可追击。”

四将分左右而出，来战姜维。维略战数合，拨回马，望本阵中便走。王经大驱士马，一齐赶来。维引兵望着洮水而走，将次近水，大呼将士曰：“事急矣！诸将何不努力？”众将一齐奋力杀回，魏兵大败。张翼、夏侯霸抄在魏兵之后，分两路杀来，把魏兵困在垓心。维奋武扬威，杀入魏军之中，左冲右突。魏兵大乱，自相践踏，死者大半，逼入洮水者无数，斩首万馀，垒尸数里。王经引败兵百骑奋力杀出，径往狄道城而走，奔入城中，闭门保守。

姜维大获全功，犒军已毕，便欲进兵攻打狄道城。张翼谏曰：“将军功绩已成，威声大震，可以止矣。今若前进，倘不如意，正如画蛇添足也。”维曰：“不然。向者兵败，尚欲进取，纵横中原；今日洮水一战，魏人胆裂，吾料狄道唾手可得。汝勿自堕其志也。”张翼再三劝谏，维不从，遂勒兵来取狄道城。

却说雍州征西将军陈泰正欲起兵与王经报兵败之仇，忽兖州刺史邓艾引兵到，泰接着。礼毕，艾曰：“今奉大将军之命，特来助将军破敌。”泰问计于邓艾，艾曰：“姜维洮水得胜，若招羌人之众，东争关陇，传檄四郡，此吾兵之大患也。今彼不思如此，却图狄道城。其城垣坚固，急切难攻，空劳兵费力耳。吾今陈兵于项岭，然后进兵击之，蜀兵必败矣。”陈泰曰：“真妙论也。”遂先拨二十队兵，每队五十人，尽带旌旗、鼓角、烽火之类，日伏夜

行，去狄道城东南高山深谷之中埋伏；只待兵来，一齐鸣鼓吹角为应，夜则举火放炮以惊之。调度已毕，专候蜀兵到来。于是陈泰、邓艾各引二万兵，相继而进。

却说姜维围住狄道城，令兵八面攻之，连攻数日不下，心中郁闷，无计可施。是日黄昏时分，忽三五次流星马报说："有两路兵来，旗上明书大字：一路是'征西将军陈泰'，一路是'兖州刺史邓艾'。"维大惊，遂请夏侯霸商议。霸曰："吾向尝为将军言，邓艾自幼深明兵法，善晓地理。今领兵到，颇为劲敌。"维曰："彼军远来，我休容他住脚，便可击之。"乃留张翼攻城，命夏侯霸引兵迎陈泰，维自引兵来迎邓艾。行不到五里，忽然东南一声炮响，鼓角震地，火光冲天。维纵马看时，只见周围皆是魏兵旗号。维大惊曰："中邓艾之计矣！"遂传令教夏侯霸、张翼各弃狄道而退。于是蜀兵皆退于汉中。维自断后，只听得背后鼓声不绝。维退入剑阁之时，方知火、鼓二十馀处皆虚设也。维收兵退屯于钟提。

且说后主因姜维有洮西之功，降诏封维为大将军。维受了职，上表谢恩毕，再议出师伐魏之策。正是：

成功不必添蛇足，讨贼犹思奋虎威。

不知此番北伐如何，且看下文分解。

第一百十一回

邓士载智败姜伯约　诸葛诞义讨司马昭

却说姜维退兵屯于钟提，魏兵屯于狄道城外。王经迎接陈泰、邓艾入城，拜谢解围之事，设宴相待，大赏三军。泰将邓艾之功申奏魏主曹髦，髦封艾为安西将军，假节领护东羌校尉，同陈泰屯兵于雍、凉等处。邓艾上表谢恩毕，陈泰设席与邓艾作贺曰："姜维夜遁，其力已竭，不敢再出矣。"艾笑曰："吾料蜀兵必出有五。"泰问其故，艾曰："蜀兵虽退，终有乘胜之势；吾兵终有弱败之实。其必出一也。蜀兵皆是孔明教演，精锐之兵，容易调遣；吾将不时更换，军又训练不熟。其必出二也。蜀人多以船行，吾军皆在旱地，劳逸不同。其必出三也。狄道、陇西、南安、祁山四处皆是守战之地，蜀人或声东击西，指南攻北，吾兵必须分头守把；蜀兵合为一处而来，以一分当我四分。其必出四也。若蜀兵自南安、陇西则可取羌人之谷为食，若出祁山则有麦可就食。其必出五也。"陈泰叹服曰："公料敌如神，蜀兵何足虑哉！"于是陈泰与邓艾结为忘年之交。艾遂将雍、凉等处之兵每日操练；各处隘口皆立营寨，以防不测。

却说姜维在钟提大设筵宴，会集诸将，商议伐魏之事。令史樊建谏曰："将军屡出，未获全功。今日洮西之捷，魏人已服威名，何故又欲出也？万一不利，前功尽弃。"维曰："汝等只知魏国地宽人广，急不可得；却不知攻魏者有五可胜。"众问之，维答曰："彼洮西一败，挫尽锐气；吾兵虽退，不曾损折。今若进兵，一可胜也。吾兵船载而进，不致劳困；彼兵皆从旱地来迎。二可胜也。吾兵久经训练之众；彼皆乌合之徒，不曾有法度。三可胜也。吾兵自出祁山，掠抄秋谷为食。四可胜也。彼兵须各守备，军力分开；吾兵一处而去，彼安能救？五可胜也。不在此时伐魏，更待何日耶？”夏侯霸曰：“艾年虽幼，而机谋深远。近封为安西将军之职，必于各处准备，非同往日矣。”维厉声曰：“吾何畏彼哉！公等休长他人锐气，灭自己威风。吾意已决，必先取陇西。”众不敢谏。

维自领前部，令众将随后而进。于是蜀兵尽离钟提，杀奔祁山来。哨马报说：“魏兵已先在祁山立下九个寨栅。”维不信，引数骑凭高望之，果见祁山九寨势如长蛇，首尾相顾。维回顾左右曰：“夏侯霸之言，信不诬①矣。此寨形势绝妙，止吾师诸葛丞相能之。今观邓艾所为，不在吾师之下。”遂回本寨，唤诸将曰：“魏人既有准备，必知吾来矣。吾料邓艾必在此间。汝等可虚张吾旗号，据此谷口下寨。每日令百馀骑出哨，每出哨一回，换一番衣甲、旗号，按青、黄、赤、白、黑五方旗帜相换。吾却提大兵偷出董亭，径袭南安去也。”遂令鲍素屯兵于祁山谷口，维尽率大兵望南安进发。

却说邓艾知蜀兵出祁山，早与陈泰下寨准备。见蜀兵连日不来搦战，一日五番哨马出寨，或十里或十五里而回。艾凭高望毕，慌入帐与陈泰曰：“姜维不在此间，必取董亭，袭南安去了。出寨哨马只是这几匹，更换衣甲，往来哨探，其马皆困乏，主将必无能者。陈将军可引一军攻之，其寨可破也。破了寨栅，便引兵袭董亭之路，先断姜维之后。吾当先引一军救南安，径取武城山。若先占此山头，姜维必取上邽。上邽有一谷，名曰段谷，地狭山险，正好埋伏。彼来争武城山时，吾先伏两军于‘段谷’，破维必矣。”泰曰：“吾守陇西二三十年，未尝如此明察地理。公之所言，真神算也！公可速去，吾自攻此处寨栅。”

---

① 不诬——不错，不假。

于是邓艾引军星夜倍道而行，径到武城山。下寨已毕，蜀兵未到，即令子邓忠与帐前校尉师纂各引五千兵，先去段谷埋伏，如此如此而行。二人受计而去。艾令偃旗息鼓，以待蜀兵。

却说姜维从董亭望南安而来，至武城山前，谓夏侯霸曰："近南安有一山，名'武城山'，若先得了，可夺南安之势。只恐邓艾多谋，必先提防。"正疑虑间，忽然山上一声炮响，喊声大震，鼓角齐鸣，旌旗遍竖，皆是魏兵；中央风飘起一黄旗，大书"邓艾"字样。蜀兵大惊。山上数处精兵杀下，势不可当，前军大败。维急率中军人马去救时，魏兵已退。维直来武城山下搦邓艾战，山上魏兵并不下来，维令军士辱骂。至晚，方欲退军，山上鼓角齐鸣，却又不见魏兵下来。维欲上山冲杀，山上炮石甚严，不能得进。守至三更欲回，山上鼓角又鸣，维移兵下山屯扎。比及令军搬运木石，方欲竖立为寨，山上鼓角又鸣，魏兵骤至。蜀兵大乱，自相践踏，退回旧寨。次日，姜维令军士运粮草、车仗至武城山，穿连排定，欲立起寨栅，以为屯兵之计。是夜二更，邓艾令五百人各执火把，分两路下山，放火烧车仗。两兵混杀了一夜，营寨又立不成。

维复引兵退，再与夏侯霸商议曰："南安未得，不如先取上邽。上邽乃南安屯粮之所，若得上邽，南安自危矣。"遂留霸屯于武城山，维尽引精兵猛将，径取上邽。行了一宿，将及天明，见山势狭峻，道路崎岖，乃问向导官曰："此处何名？"答曰："段谷。"维大惊曰："其名不美。'段谷'者，'断谷'也。倘有人断其谷口，如之奈何？"正踌躇未决，忽前军来报："山后尘头大起，必有伏兵。"维急令退兵。师纂、邓忠两军杀出，维且战且走。前面喊声大震，邓艾引兵杀到，三路夹攻，蜀兵大败。幸得夏侯霸引兵杀到，魏兵方退，救了姜维，欲再往祁山。霸曰："祁山寨已被陈泰打破，鲍素阵亡，全寨人马皆退回汉中去了。"

维不敢取董亭，急投山僻小路而回。后面邓艾急追。维令诸军前进，自为断后。正行之际，忽然山中一军突出，乃魏将陈泰也。魏兵一声喊起，将姜维困在垓心。维人马困乏，左冲右突，不能得出。荡寇将军张嶷闻姜维受困，引数百骑杀入重围。维因乘势杀出，嶷被魏兵乱箭射死。维得脱重围，复回汉中，因感张嶷忠勇，殁于王事，乃表赠其子孙。于是，蜀中将士多有阵亡者，皆归罪于姜维。维照武侯街亭旧例，乃上表自贬为后将军，行大将军事。

却说邓艾见蜀兵退尽，乃与陈泰设宴相贺，大赏三军。泰表邓艾之功，司马昭遣使持节，加艾官爵，赐印绶；并封其子邓忠为亭侯。

时魏主曹髦改正元三年为甘露元年。司马昭自为天下兵马大都督，出入常令三千铁甲骁将前后簇拥，以为护卫；一应事务，不奏朝廷，就于相府裁处。自此常怀篡逆之心。有一心腹人，姓贾名充，字公闾，乃故建威将军贾逵之子，为昭府下长史。充语昭曰："今主公掌握大柄，四方人心必然未安。且当暗访，然后徐图大事。"昭曰："吾正欲如此。汝可为我东行，只推慰劳出征军士为名，以探消息。"

贾充领命，径到淮南，入见镇东大将军诸葛诞。诞字公休，乃琅琊南阳人，即武侯之族弟也。向事于魏，因武侯在蜀为相，因此不得重用。后武侯身亡，诞在魏历任重职，封高平侯，总摄两淮军马。当日，贾充托名劳军，至淮南见诸葛诞。诞设宴待之。酒至半酣，充以言挑诞曰："近来洛阳诸贤皆以主上懦弱，不堪为君。司马大将军三辈辅国，功德弥天，可以禅代魏统。未审钧意若何？"诞大怒曰："汝乃贾豫州之子，世食魏禄，安敢出此乱言！"充谢曰："某以他人之言告公耳。"诞曰："朝廷有难，吾当以死报之。"充默然。

次日辞归，见司马昭，细言其事。昭大怒曰："鼠辈安敢如此！”充曰：“诞在淮南深得人心，久必为患，可速除之。”昭遂暗发密书与扬州刺史乐綝，一面遣使赍诏征诞为司空。诞得了诏书，已知是贾充告变，遂捉来使拷问。使者曰：“此事乐綝知之。”诞曰：“他如何得知？”使者曰：“司马将军已令人到扬州送密书与乐綝矣。”诞大怒，叱左右斩了来使。遂起部下兵千人，杀奔扬州来。将至南门，城门已闭，吊桥拽起。诞在城下叫门，城上并无一人回答。诞大怒曰：“乐綝匹夫，安敢如此！”遂令将士打城。手下十馀骁骑下马渡壕，飞身上城，杀散军士，大开城门。于是诸葛诞引兵入城，乘风放火，杀至綝家。綝慌上楼避之。诞提剑上楼，大喝曰：“汝父乐进昔日受魏国大恩，不思报本，反欲顺司马昭耶？”綝未及回言，为诞所杀。一面具表数司马昭之罪，使人申奏洛阳；一面大聚两淮屯田户口十馀万，并扬州新降兵四万馀人，积草屯粮，准备进兵；又令长史吴纲送子诸葛靓入吴为质求援，务要合兵诛讨司马昭。

此时东吴丞相孙峻病亡，从弟孙綝辅政。綝字子通，为人强暴，杀大司马滕胤、将军吕据、王惇等，因此权柄皆归于綝。吴主孙亮虽然聪明，无可奈何。于是吴纲将诸葛靓至石头城，入拜孙綝。綝问其故，纲曰：“诸葛诞乃蜀汉诸葛武侯之族弟也，向事魏国。今见司马昭欺君罔上，废主弄权，欲兴师讨之而力不及，故特来归降。诚恐无凭，专送亲子诸葛靓为质。伏望发兵相助。”綝从其请，便遣大将全怿、全端为主将，于诠为合后，朱异、唐咨为先锋，文钦为向导，起兵七万，分三队而进。吴纲回寿春，报知诸葛诞。诞大喜，遂陈兵准备。

却说诸葛诞表文到洛阳，司马昭见了大怒，欲自往讨之。贾充谏曰：“主公承父兄之基业，恩德未及四海，今弃天子而去，若一朝有变，悔之何及？不如奏请太后及天子一同出征，可保无虞。”昭喜曰：“此言正合吾意。”遂入奏太后曰：“诸葛诞谋反，臣与文武官僚计议停当，请太后同天子御驾亲征，以继先帝之遗意。”太后畏惧，只得从之。次日，昭请魏主曹髦起程。髦曰：“大将军都督天下军马，任从调遣，何必朕自行也？”昭曰：“不然。昔日武祖纵横四海，文帝、明帝有包括宇宙之志，并吞八荒之心，凡遇大敌，必须自行。陛下正宜追配先君，扫清故孽，何自畏也？”髦畏威权，只得从之。昭遂下诏，尽起两都之兵二十六万，命镇南将军王基为正先锋，安东将军陈骞为副先锋，监军石苞为左军，兖州刺史州泰为右军，保护车驾，浩浩荡荡，杀奔淮南而来。

东吴先锋朱异引兵迎敌。两军对圆，魏军中王基出马，朱异来迎。战不三合，朱异败走。唐咨出马，战不三合，亦大败而走。王基驱兵掩杀，吴兵大败，退五十里下寨，报入寿春城中。诸葛诞自引本部锐兵，会合文钦并二子文鸯、文虎，雄兵数万，来敌司马昭。正是：

方见吴兵锐气堕，又看魏将劲兵来。

未知胜负如何，且看下文分解。

第一百十二回

救寿春于诠死节　取长城伯约鏖兵

却说司马昭闻诸葛诞会合吴兵前来决战，乃召散骑长史裴秀、黄门侍郎钟会，商议破敌之策。钟会曰："吴兵之助诸葛诞，实为利也。以利诱之，则必胜矣。"昭从其言，遂令石苞、州泰先引两军于石头城埋伏，王基、陈骞领精兵在后，却令偏将成倅引兵数万先去诱敌；又令陈俊引车仗牛马驴骡装载赏军之物，四面聚集于阵中，如敌来则弃之。

是日，诸葛诞令吴将朱异在左，文钦在右，见魏阵中人马不整，诞乃大驱士马径进。成倅退走。诞驱兵掩杀，见牛马驴骡遍满郊野，南兵争取，无心恋战。忽然一声炮响，两路兵杀来，左有石苞，右有州泰。诞大惊，急欲退时，王基、陈骞精兵杀到，诞兵大败。司马昭又引兵接应。诞引败兵奔入寿春，闭门坚守。昭令兵四面围困，并力攻城。

时吴兵退屯安丰，魏主车驾驻于项城。钟会曰："今诸葛诞虽败，寿春城中粮草尚多，更有吴兵屯安丰以为掎角之势。今吾兵四面攻围，彼缓则坚守，急则死战；吴兵或乘势夹攻：吾军无益。不如三面攻之，留南门大路，容贼自走，走而击之，可全胜也。吴兵远来，粮必不继。我引轻骑抄在其后，可不战而自破矣。"昭抚会背曰："君真吾之子房[①]也！"遂令王基撤退南门之兵。

却说吴兵屯于安丰，孙綝唤朱异责之曰："量一寿春城不能救，

① 子房——张良的字。张良为汉高祖刘邦的谋士，汉朝开国元勋之一。

安可并吞中原？如再不胜，必斩！”朱异乃回本寨商议。于诠曰：“今寿春南门不围，某愿领一军从南门入去，助诸葛诞守城。将军与魏兵挑战，我却从城中杀出，两路夹攻，魏兵可破矣。”异然其言。于是全怿、全端、文钦等皆愿入城，遂同于诠引兵一万，从南门而入城。魏兵不得将令，未敢轻敌，任吴兵入城，乃报知司马昭。昭曰：“此欲与朱异内外夹攻，以破我军也。”乃召王基、陈骞分付曰：“汝可引五千兵截断朱异来路，从背后击之。”二人领命而去。朱异正引兵来，忽背后喊声大震，左有王基，右有陈骞，两路军杀来。吴兵大败。朱异回见孙𬘭，𬘭大怒曰：“累败之将，要汝何用？”叱武士推出斩之。又责全端子全祎曰：“若退不得魏兵，汝父子休来见我！”于是孙𬘭自回建业去了。

钟会与昭曰：“今孙𬘭退去，外无救兵，城可围矣。”昭从之，遂催军攻围。全祎引兵欲入寿春，见魏兵势大，寻思进退无路，遂降司马昭。昭加祎为偏将军。祎感昭恩德，乃修家书与父全端、叔全怿，言孙𬘭不仁，不若降魏。将书射入城中。怿得祎书，遂与端引数千人开门出降。诸葛诞在城中忧闷。谋士蒋班、焦彝进言曰：“城中粮少兵多，不能久守。可率吴、楚之众，与魏兵决一死战。”诞大怒曰：“吾欲守，汝欲战，莫非有异心乎？再言必斩！”二人仰天长叹曰：“诞将亡矣！我等不如早降，免至一死。”是夜二更时分，蒋、焦二人逾城降魏。司马昭重用之。因此城中虽有敢战之士，不敢言战。

诞在城中见魏兵四下筑起土城，以防淮水，只望水泛，冲倒土城，驱兵击之。不想自秋至冬，并无霖雨，淮水不泛。城中看看粮尽。文钦在小城内与二子坚守，见军士渐渐饿倒，只得来告诞曰：“粮皆尽绝，军士饿损。不如将北方之兵尽放出城，以省其食。”诞大怒曰：“汝教我尽去北军，欲谋我耶？”叱左右推出斩之。文鸯、文虎见父被杀，各拔短刀，立杀数十人，飞身上城，一跃而下，越壕赴魏寨投降。司马昭恨文鸯昔日单骑退兵之仇，欲斩之。钟会谏曰："罪在文钦，今文钦已亡，二子势穷来归，若杀降将，是坚城内人之心也。"昭从之，遂召文鸯、文虎入帐，用好言抚慰，赐骏马、锦衣，加为偏将军，封关内侯。二子拜谢，上马绕城大叫曰："我二人蒙大将军赦罪赐爵，汝等何不早降？"城内人闻言，皆计议曰："文鸯乃司马氏仇人，尚且重用，何况我等乎？"于是皆欲投降。诸葛诞闻之大怒，日夜自来巡城，以杀为威。

钟会知城中人心已变，乃入帐告昭曰："可乘此时攻城矣。"昭大喜，遂激三军，四面云集，一齐攻打。守将曾宣献了北门，放魏兵入城。诞知魏兵已入，慌引麾下数百人，自城中小路突出。至吊桥边，正撞着胡奋，手起刀落，斩诞于马下，数百人皆被缚。王基引兵杀到西门，正遇吴将于诠。基大喝曰："何不早降？"诠大怒曰："受命而出，为人救难，既不能救，又降他人，义所不为也！"乃掷盔于地，大呼曰："人生在世，得死于战场者，幸耳！"急挥刀死战三十馀合，人困马乏，为乱军所杀。后人有诗赞曰：

司马当年围寿春，降兵无数拜车尘。
东吴虽有英雄士，谁及于诠肯杀身！

司马昭入寿春，将诸葛诞老小尽皆枭首，灭其三族。武士将所擒诸葛诞部卒数百人缚至。昭曰："汝等降否？"众皆大叫曰："愿与诸葛公同死，决不降汝！"昭大怒，叱武士尽缚于城外，逐一问曰："降者免死。"并无一人言降，直杀至尽，终无一人降者。昭深加叹息不已，令皆埋之。后人有诗赞曰：

忠臣矢志不偷生，诸葛公休帐下兵。
薤露歌声应未断，遗踪直欲继田横。

却说吴兵大半降魏，裴秀告司马昭曰："吴兵老小尽在东南江淮之地，今若留之，久必为变，不如坑[1]之。"钟会曰："不然。古

① 坑——活埋。

之用兵者，全国为上[①]，戮其元恶而已。若尽坑之，是不仁也。不如放归江南，以显中国之宽大。”昭曰：“此妙论也。”遂将吴兵尽皆放归本国。唐咨因惧孙綝，不敢回国，亦来降魏。昭皆重用，令分布三河之地。淮南已平，正欲退兵，忽报西蜀姜维引兵来取长城，邀截粮草。昭大惊，慌与多官计议退兵之策。

时蜀汉延熙二十年，改为景耀元年[②]。姜维在汉中，选川将两员，每日操练人马：一是蒋舒，一是傅佥。二人颇有胆勇，维甚爱之。忽报淮南诸葛诞起兵讨司马昭，东吴孙綝助之，昭大起两都之兵，将魏太后并魏主一同出征去了。维大喜曰：“吾今番大事济矣！”遂表奏后主，愿兴兵伐魏。

中散大夫谯周听知，叹曰：“近来朝廷溺于酒色，信任中贵[③]黄皓，不理国事，只图欢乐；伯约累欲征伐，不恤军士：国将危矣！”乃作《仇国论》一篇，寄与姜维。维拆封视之，论曰：

> 或问：古往能以弱胜强者，其术何如？曰：处大国无患者，恒多慢；处小国有忧者，恒思善。多慢则生乱，思善则生治，理之常也。故周文养民，以少取多；句践恤众，以弱毙强：此其术也。
>
> 或曰：曩者楚强汉弱，约分鸿沟，张良以为民志既定则难动也，率兵追羽，终毙项氏，岂必由文王、句践之事乎？曰：商、周之际，王侯世尊，君臣久固。当此之时，虽有汉祖，安能仗剑取天下乎？及秦罢侯置守之后，民疲秦役，天下土崩，于是豪杰并争。今我与彼，皆传国易世矣，既非秦末鼎沸之时，实有六国并据之势，故

① 全国为上——语出《孙子·谋攻篇》：“凡用兵之法，全国为上”。意谓战争以完整地取得战败国的土地和人民为上策。全国：保全战败之国。

② “时蜀汉”二句——这两句与史实不符。史实是：蜀汉改元景耀是在延熙二十一年（公元258年），而非延熙二十年（公元257年）。不过姜维伐魏之事确在延熙二十年。

③ 中贵——得宠的显贵宦官。

可为文王，难为汉祖。时可而后动，数合而后举，故汤、武之师，不再战而克，诚重民劳而度时审也。如遂极武黩征，不幸遇难，虽有智者，不能谋之矣。

姜维看毕，大怒曰："此腐儒之论也！"掷之于地。遂提川兵来取中原。乃问傅佥曰："以公度之，可出何地？"佥曰："魏屯粮草，皆在长城。今可径取骆谷，度沈岭，直到长城，先烧粮草，然后直取秦川，则中原指日可得矣。"维曰："公之见，与吾计暗合也。"即提兵径取骆谷，度沈岭，望长城而来。

却说长城镇守将军司马望，乃司马昭之族兄也。城内粮草甚多，人马却少。望听知蜀兵到，急与王真、李鹏二将引兵离城二十里下寨。次日，蜀兵来到，望引二将出阵。姜维出马，指望而言曰："今司马昭迁主于军中，必有李傕、郭汜之意也。吾今奉朝廷明命，前来问罪，汝当早降；若还愚迷，全家诛戮！"望大声而答曰："汝等无礼，数犯上国，如不早退，令汝片甲不归！"言未毕，望背后王真挺枪出马；蜀阵中傅佥出迎。战不十合，佥卖个破绽，王真便挺枪来刺，傅佥闪过，活捉真于马上，便回本阵。李鹏大怒，纵马轮刀来救。佥故意放慢，等李鹏将近，努力掷真于地，暗掣四楞铁简[①]在手。鹏赶上，举刀待砍，傅佥偷身回顾，向李鹏面门只一简，打得眼珠迸出，死于马下。王真被蜀军乱枪刺死。姜维驱兵大进。司马望弃寨入城，闭门不出。维下令曰："军士今夜且歇一宿，以养锐气。来日须要入城。"

次日平明，蜀兵争先大进，一拥至城下，用火箭、火炮打入城中。城上草屋一派烧着，魏兵自乱。维又令人取干柴堆满城下，一齐放火，烈焰冲天。城已将陷，魏兵在城内嚎啕痛哭，声闻四野。

正攻打之间，忽然背后喊声大震。维勒马回看，只见魏兵

① 四楞铁简——古代兵器之一。长条形，带柄，有四棱而无刃。楞：通"棱"。简：通"锏"。

鼓噪摇旗，浩浩而来。维遂令后队为前队，自立于门旗下候之。只见魏阵中一小将全装贯戴，挺枪纵马而出，年约二十馀岁，面如傅粉，唇似抹朱，厉声大叫曰："认得邓将军否？"维自思曰："此必是邓艾矣。"挺枪纵马来迎。二人抖擞精神，战到三四十合，不分胜负。那小将军枪法无半点放闲①。维心中自思："不用此计，安得胜乎？"便拨马望左边山路中而走。那小将骤马追来。维挂住了钢枪，暗取雕弓、羽箭射之。那小将眼乖，早已见了，弓弦响处，把身望前一倒，放过羽箭。维回头看时，小将已到，挺枪来刺。维一闪，那枪从肋旁边过，被维挟住。那小将弃枪，望本阵而走。维嗟叹曰："可惜，可惜！"再拨马赶来，追至阵门前，一将提刀而出曰："姜维匹夫，勿赶吾儿，邓艾在此！"维大惊，原来小将乃艾之子邓忠也。维暗暗称奇。欲战邓艾，又恐马乏，乃虚指艾曰："吾今日识汝父子也。各且收兵，来日决战。"艾见战场不利，亦勒马应曰："既如此，各自收兵。暗算者非丈夫也。"于是两军皆退，邓艾据渭水下寨，姜维跨两山安营。

艾见了蜀兵地理，乃作书于司马望曰："我等切不可战，只宜固守。待关中兵至时，蜀兵粮草皆尽，三面攻之，无不胜也。今遣长子邓忠相助守城。"一面差人于司马昭处求救。

却说姜维令人于艾寨中下战书，约来日大战。艾佯应之。次日五更，维令三军造饭，平明布阵等候。艾营中偃旗息鼓，却如无人之状。维至晚方回。次日，又令人下战书，责以失期之罪。艾以酒食待使，答曰："微躯小疾，有误相持，明日会战。"次日，维又引兵来，艾仍前不出。如此五六番。傅佥谓维曰："此必有谋也，宜防之。"维曰："此必捱关中兵到，三面击我耳。吾今令人持书与东吴孙綝，使并力攻之。"

---

① 放闲——空隙，漏洞。

忽探马报说："司马昭攻打寿春，杀了诸葛诞，吴兵皆降。昭班师回洛阳，便欲引兵来救长城。"维大惊曰："今番伐魏，又成画饼矣。不如且回。"正是：

已叹四番难奏绩，又嗟五度未成功。

未知如何退兵，且看下文分解。

第一百十三回

丁奉定计斩孙綝　姜维斗阵破邓艾

却说姜维恐救兵到，先将军器车仗、一应军需、步兵先退，然后将马军断后。细作报知邓艾，艾笑曰：“姜维知大将军兵到，故先退去。不必追之，追则中彼之计也。”乃令人哨探，回报：“果然骆谷道狭之处，堆积柴草，准备要烧追兵。”众皆称艾曰：“将军真神算也！”遂遣使赍表奏闻。于是司马昭大喜，又加赏邓艾。

却说东吴大将军孙綝听知全端、唐咨等降魏，勃然大怒，将各人家眷尽皆斩之。吴主孙亮时年方十六，见綝杀戮太过，心甚不然。一日出西苑，因食生梅，令黄门取蜜。须臾取至，见蜜内有鼠粪数块，召藏吏[①]责之。藏吏叩首曰：“臣封闭甚严，安有鼠粪？”亮曰：“黄门曾向尔求蜜食否？”藏吏曰：“黄门于数日前曾求蜜食，臣实不敢与。”亮指黄门曰：“此必汝怒藏吏不与尔蜜，故置粪于蜜中，以陷之也。”黄门不服。亮曰：“此事易知耳。若粪久在蜜中，则内外皆湿；若新在蜜中，则外湿内燥。”命剖视之，果然内燥。黄门服罪。亮之聪明，大抵如此。虽然聪明，却被孙綝把持，不能主张。綝令弟威远将军孙据入苍龙[②]宿卫，武卫将军孙恩、偏将军孙干、长水校尉孙闿分屯诸营。

一日，吴主孙亮闷坐，黄门侍郎全纪在侧。纪乃国舅也。亮

---

① 藏吏——掌管皇宫府库的官员。

② 苍龙——指苍龙门。东吴国都建业皇宫的东门。

因泣告曰："孙綝专权妄杀，欺朕太甚。今不图之，必为后患。"纪曰："陛下但有用臣处，臣万死不辞。"亮曰："卿可只今点起禁兵，与将军刘丞各把城门，朕自出杀孙綝。但此事切不可令卿母知之。卿母乃綝之姊也，倘若泄漏，误朕匪轻。"纪曰："乞陛下草诏与臣，临行事之时，臣将诏示众，使綝手下人皆不敢妄动。"亮从之，即写密诏付纪。纪受诏归家，密告其父全尚。尚知此事，乃告妻曰："三日内杀孙綝矣。"妻曰："杀之是也。"口虽应之，却私令人持书报知孙綝。綝大怒，当夜便唤弟兄四人，点起精兵，先围大内[①]；一面将全尚、刘丞并其家小俱拿下。比及平明，吴主孙亮听得宫门外金鼓大震，内侍慌入奏曰："孙綝引兵围了内苑。"亮大怒，指全后骂曰："汝父兄误我大事矣！"乃拔剑欲出。全后与侍中近臣皆牵其衣而哭，不放亮出。

孙綝先将全尚、刘丞等杀讫，然后召文武于朝内，下令曰："主上荒淫久病，昏乱无道，不可以奉宗庙，今当废之。汝诸文武敢有不从者，以谋叛论！"众皆畏惧，应曰："愿从将军之令。"尚书桓彝大怒，从班部中挺然而出，指孙綝大骂曰："今上乃聪明之主，汝何敢出此乱言！吾宁死不从贼臣之命！"綝大怒，自拔剑斩之。即入内，指吴主孙亮骂曰："无道昏君！本当诛戮，以谢天下，看先帝之面，废汝为会稽王，吾自选有德者立之。"叱中书郎李崇夺其玺绶，令邓程收之。亮大哭而去。后人有诗叹曰：

乱贼诬伊尹，奸臣冒霍光。
可怜聪明主，不得莅朝堂。

孙綝遣宗正孙楷、中书郎董朝往会稽，迎请琅琊王孙休为君。休字子烈，乃孙权第六子也。在会稽夜梦乘龙上天，回顾不见龙尾，失惊而觉。次日，孙楷、董朝至，拜请回都。行至曲阿，有一老人，自称姓干名休，叩头言曰："事久必变，愿殿下速行。"休

① 大内——皇宫。

谢之。行至布塞亭，孙恩将车驾来迎。休不敢乘辇，乃坐小车而入。百官拜迎道旁，休慌忙下车答礼。孙綝出，令扶起，请入大殿，升御座，即天子位。休再三谦让，方受玉玺。文官武将朝贺已毕，大赦天下，改元永安元年。封孙綝为丞相、荆州牧；多官各有封赏；又封兄之子孙皓为乌程侯。孙綝一门五侯，皆典禁兵，权倾人主。吴主孙休恐其内变，阳示恩宠，内实防之。綝骄横愈甚。

冬十二月，綝奉牛酒[①]，入宫上寿[②]，吴主孙休不受。綝怒，乃以牛酒诣左将军张布府中共饮。酒酣，乃谓布曰："吾初废会稽王时，人皆劝吾为君。吾为今上贤，故立之。今我上寿而见拒，是将我等闲相待[③]。吾早晚教你看！"布闻言，唯唯而已。次日，布入宫密奏孙休。休大惧，日夜不安。数日后，孙綝遣中书郎孟宗，拨与中营所管精兵一万五千，出屯武昌；又尽将武库内军器与之。于是将军魏邈、武卫士施朔二人密奏孙休曰："綝调兵在外，又搬尽武库内军器，早晚必为变矣。"休大惊，急召张布计议。布奏曰："老将丁奉，计略过人，能断大事，可与议之。"休乃召奉入内，密告其事。奉奏曰："陛下无忧，臣有一计，为国除害。"休问何计，奉曰："来朝腊日[④]，只推大会群臣，召綝赴席，臣自有调遣。"休大喜。奉同魏邈、施朔掌外事，张布为内应。

是夜狂风大作，飞砂走石，将老树连根拔起。天明风定，使者奉旨，来请孙綝入宫赴会。孙綝方起床，平地如人推倒，心中不悦。使者十馀人簇拥入内。家人止之曰："一夜狂风不息，今早又无故惊倒，恐非吉兆，不可赴会。"綝曰："吾弟兄共典禁兵，谁敢近身？倘有变动，于府中放火为号。"嘱讫，升车入内。吴主孙休忙下御座迎之，请綝高坐。酒行数巡，众惊曰："宫外望有

---

① 牛酒——牛肉和酒。古人用以馈赠的重礼。

② 上寿——下对上、卑对尊的祝寿。

③ 等闲相待——即轻视之意。

④ 腊日——即农历十二月初八日。民间也作为节日，称"腊八节"。

火起。”綝便欲起身。休止之曰：“丞相稳便，外兵自多，何足惧哉？”言未毕，左将军张布拔剑在手，引武士三十馀人，抢上殿来，口中厉声而言曰：“有诏擒反贼孙綝！”綝急欲走时，早被武士擒下。綝叩头奏曰：“愿徙交州归田里。”休叱曰：“尔何不徙滕胤、吕据、王惇耶？”命推下斩之。于是张布牵孙綝下殿东斩讫。从者皆不敢动。布宣诏曰：“罪在孙綝一人，馀皆不问。”众心乃安。布请孙休升五凤楼，丁奉、魏邈、施朔等擒孙綝兄弟至，休命尽斩于市。宗党死者数百人，灭其三族。命军士掘开孙峻坟墓，戮其尸首。将被害诸葛恪、滕胤、吕据、王惇等家，重建坟墓，以表其忠；其牵累流远者[①]，皆赦还乡里。丁奉等重加封赏。

驰书报入成都，后主刘禅遣使回贺，吴使薛珝答礼。珝自蜀中归，吴主孙休问：“蜀中近日作何举动？”珝奏曰：“近日中常侍黄皓用事，公卿多阿附之。入其朝，不闻直言；经其野，民有菜色[②]。所谓燕雀处堂，不知大厦之将焚者也[③]。”休叹曰：“若诸葛武侯在时，何至如此乎！”于是又写国书，教人赍入成都，说司马昭不日篡魏，必将侵吴、蜀以示威，彼此各宜准备。

姜维听得此信，忻然上表，再议出师伐魏。时蜀汉景耀元年冬，大将军姜维以廖化、张翼为先锋，王含、蒋斌为左军，蒋舒、傅佥为右军，胡济为合后，维与夏侯霸总中军，共起蜀兵二十万，拜辞后主，径到汉中。与夏侯霸商议，当先攻取何地。霸曰：“祁山乃用武之地，可以进兵，故丞相昔日六出祁山，因他处不可出也。”维从其言，遂令三军并望祁山进发，至谷口下寨。

时邓艾正在祁山寨中，整点陇右之兵。忽流星马报到，说：

① 牵累流远者——因受株连而被流放到边远地区的人。

② 菜色——营养不良的脸色。因这种脸色是因缺粮，只能吃野菜所致，故称。

③ “燕雀处堂”二句——语本《孔丛子·论势》：“燕雀处屋，子母相哺，煦煦焉其相乐也，自以为安矣；灶突炎上，栋宇将焚，燕雀颜色不变，不知祸之将及己也。”后即以“燕雀处堂”比喻处境危险而毫不知觉的人。

“蜀兵现下三寨于谷口。”艾听知，遂登高看了，回寨升帐，大喜曰：“不出吾之所料也。”原本邓艾先度了地脉，故留蜀兵下寨之地。地中自祁山寨直至蜀寨，早挖了地道，待蜀兵至时，于中取事。此时姜维至谷口，分作三寨，地道正在左寨之中，乃王含、蒋斌下寨之处。邓艾唤子邓忠与师纂，各引一万兵，为左右冲击；却唤副将郑伦，引五百掘子军[①]，于当夜二更，径从地道直至左营，于帐后地下拥出。

却说王含、蒋斌因立寨未定，恐魏兵来劫寨，不敢解甲而寝。忽闻中军大乱，急绰兵器上的马时，寨外邓忠引兵杀到，内外夹攻。王、蒋二将奋死抵敌不住，弃寨而走。姜维在帐中听得左寨中大喊，料道有内应外合之兵，遂急上马，立于中军帐前，传令曰：“如有妄动者斩！便有敌兵到营边，休要问他，只管以弓弩射之。”一面传示右营，亦不许妄动。果然魏兵十馀次冲击，皆被射回，只冲杀到天明，魏兵不敢杀入。邓艾收兵回寨，乃叹曰：“姜维深得孔明之法，兵在夜而不惊，将闻变而不乱，真将才也！”

次日，王含、蒋斌收聚败兵，伏于大寨前请罪。维曰：“非汝等之罪，乃吾不明地脉之故也。”又拨军马，令二将安营讫。却将伤死尸首填于地道之中，以土掩之。令人下战书，单搦邓艾来日交锋。艾忻然应之。

次日，两军列于祁山之前。维按武侯八阵之法，依天、地、风、云、鸟、蛇、龙、虎之形，分布已定。邓艾出马，见维布成八卦，乃亦布之，左右前后，门户一般。维持枪纵马大叫曰：“汝效吾排八阵，亦能变阵否？”艾笑曰：“汝道此阵只汝能布耶？吾既会布阵，岂不知变阵？”艾便勒马入阵，令执法官把旗左右招飐，变成八八六十四个门户。复出阵前曰：“吾变法若何？”维曰：“虽然不差，汝敢与吾八阵相围么？”艾曰：“有何不敢？”两军

① 掘子军——专门挖掘地道并打地道战的军队。

各依队伍而进。艾在中军调遣，两军冲突，阵法不曾错动。姜维到中间，把旗一招，忽然变成长蛇卷地阵，将邓艾困在垓心，四面喊声大震。艾不知其阵，心中大惊。蜀兵渐渐逼近，艾引众将冲突不出。只听得蜀兵齐叫曰："邓艾早降！"艾仰天长叹曰："我一时自逞其能，中姜维之计矣！"忽然西北角上一彪军杀入，艾见是魏兵，遂乘势杀出。救邓艾者，乃司马望也。

比及救出邓艾时，祁山九寨皆被蜀兵所夺。艾引败兵，退于渭水南下寨。艾谓望曰："公何以知此阵法而救出我也？"望曰："吾幼年游学于荆南，曾与崔州平、石广元为友，讲论此阵。今日姜维所变者，乃长蛇卷地阵也。若他处击之，必不可破。吾见其头在西北，故从西北击之，自破矣。"艾谢曰："我虽学得阵法，实不知变法。公既知此法，来日以此法，复夺祁山寨栅，如何？"望曰："我之所学，恐瞒不过姜维。"艾曰："来日公在阵上与他斗阵法，我却引一军暗袭祁山之后，两下混战，可夺旧寨也。"于是令郑伦为先锋，艾自引军袭山后；一面令人下战书，搦姜维来日斗阵法。

维批回去讫，乃谓众将曰："吾受武侯所传密书，此阵变法共三百六十五样，按周天之数①。今搦吾斗阵法，乃班门弄斧耳。但中间必有诈谋，公等知之乎？"廖化曰："此必赚我斗阵法，却引一军袭我后也。"维笑曰："正合我意。"即令张翼、廖化引一万兵去山后埋伏。

次日，姜维尽拔九寨之兵，分布于祁山之前。司马望引兵离了渭南，径到祁山之前，出马与姜维答话。维曰："汝请吾斗阵法，汝先布与吾看。"望布成了八卦。维笑曰："此即吾所布八阵之法也，汝今盗袭，何足为奇？"望曰："汝亦窃他人之法耳。"维曰："此阵凡有几变？"望笑曰："吾既能布，岂不会变？此阵有

---

① 周天之数——即三百六十五。古代天文学家以太阳绕地球一周为"周天"。

九九八十一变。”维笑曰：“汝试变来。”望入阵变了数番，复出阵曰：“汝识吾变否？”维笑曰：“吾阵法按周天三百六十五变。汝乃井底之蛙，安知玄奥乎？”望自知有此变法，实不曾学会，乃勉强折辩[①]曰：“吾不信，汝试变来。”维曰：“汝教邓艾出来，吾当布与他看。”望曰：“邓将军自有良谋，不好阵法。”维大笑曰：“有何良谋？不过教汝赚吾在此布阵，他却引兵袭吾山后耳。”望大惊，恰欲进兵混战，被维以鞭梢一指，两翼兵先出，杀的那魏兵弃甲抛戈，各逃性命。

却说邓艾催督先锋郑伦来袭山后。伦刚转过山角，忽然一声炮响，鼓角喧天，伏兵杀出，为首大将乃廖化也。二人未及答话，两马交处，被廖化一刀，斩郑伦于马下。邓艾大惊，急勒兵退时，张翼引一军杀到，两下夹攻，魏兵大败。艾舍命突出，身被四箭。

奔到渭南寨时，司马望亦到，二人商议退兵之策。望曰：“近日蜀主刘禅宠幸中贵黄皓，日夜以酒色为乐。可用反间计召回姜维，此危可解。”艾问众谋士曰：“谁可入蜀交通[②]黄皓？”言未毕，一人应声曰：“某愿往。”艾视之，乃襄阳党均也。艾大喜，即令党均赍金珠宝物，径到成都结连黄皓，布散流言，说姜维怨望天子，不久投魏。于是成都人人所说皆同。黄皓奏知后主，即遣人星夜宣姜维入朝。

却说姜维连日搦战，邓艾坚守不出，维心中甚疑。忽使命至，诏维入朝。维不知何事，只得班师回朝。邓艾、司马望知姜维中计，遂拔渭南之兵，随后掩杀。正是：

乐毅伐齐遭间阻，岳飞破敌被谗回。

未知胜负如何，且看下文分解。

---

① 折辩——争辩，分辩。

② 交通——串通，勾结。

第一百十四回

曹髦驱车死南阙　姜维弃粮胜魏兵

却说姜维传令退兵，廖化曰："'将在外，君命有所不受。'今虽有诏，未可动也。"张翼曰："蜀人为大将军连年动兵，皆有怨望。不如乘此得胜之时，收回人马，以安民心，再作良图。"维曰："善。"遂令各军依法而退；命廖化、张翼断后，以防魏兵追袭。

却说邓艾引兵追赶，只见前面蜀兵旗帜整齐，人马徐徐而退。艾叹曰："姜维深得武侯之法也！"因此不敢追赶，勒军回祁山寨去了。

且说姜维至成都，入见后主，问召回之故。后主曰："朕为卿在边庭，久不还师，恐劳军士，故诏卿回朝，别无他意。"维曰："臣已得祁山之寨，正欲收功，不期半途而废。此必中邓艾反间之计矣。"后主默然不语。姜维又奏曰："臣誓讨贼，以报国恩。陛下休听小人之言，致生疑虑。"后主良久乃曰："朕不疑卿。卿且回汉中，俟魏国有变，再伐之可也。"姜维叹息出朝，自投汉中去讫。

却说党均回到祁山寨中，报知此事。邓艾与司马望曰："君臣不和，必有内变。"就令党均入洛阳，报知司马昭。昭大喜，便有图蜀之心，乃问中护军贾充曰："吾今伐蜀，如何？"充曰："未可伐也。天子方疑主公，若一旦轻出，内难必作矣。旧年黄龙两现于宁陵井中，群臣表贺，以为祥瑞。天子曰：'非祥瑞也。龙者君象，乃上不在天，下不在田，屈于井中，是幽困之兆也。'遂作《潜龙诗》一首，诗中之意，明明道着主公。其诗曰：

伤哉龙受困，不能跃深渊。

上不飞天汉，下不见于田。

蟠居于井底，鳅鳝舞其前。

藏牙伏爪甲，嗟我亦同然。”

司马昭闻之大怒，谓贾充曰：“此人欲效曹芳也？若不早图，彼必害我。”充曰：“某愿为主公早晚图之。”

时魏甘露五年夏四月，司马昭带剑上殿，髦起迎之。群臣皆奏曰：“大将军功德巍巍，合为晋公，加九锡。”髦低头不答。昭厉声曰：“吾父子兄弟三人有大功于魏，今为晋公，得毋[①]不宜耶？”髦乃应曰：“敢不如命。”昭曰：“《潜龙》之诗，视吾等如鳅鳝，是何礼也？”髦不能答。昭冷笑下殿，众官凛然。

髦归后宫，召侍中王沈、尚书王经、散骑常侍王业三人入内计议。髦泣曰：“司马昭将怀篡逆，人所共知。朕不能坐受废辱，卿等可助朕讨之。”王经奏曰：“不可。昔鲁昭公不忍季氏，败走失国[②]。今重权已归司马氏久矣，内外公卿不顾顺逆之理，阿附奸贼，非一人也；且陛下宿卫寡弱，无用命之人。陛下若不隐忍，祸莫大焉。且宜缓图，不可造次。”髦曰：“‘是可忍也，孰不可忍也！’朕意已决，便死何惧！”言讫，即入告太后。王沈、王业谓王经曰：“事已急矣，我等不可自取灭族之祸，当往司马公府下出首，以免一死。”经大怒曰：“主忧臣辱，主辱臣死，敢怀二心乎？”王沈、王业见经不从，径自往报司马昭去了。

少顷，魏主曹髦出内，令护卫焦伯聚集殿中宿卫苍头官僮[③]三百馀人，鼓噪而出。髦仗剑升辇，叱左右径出南阙。王经伏于辇前，大哭而谏曰：“今陛下领数百人伐昭，是驱羊而入虎口耳，空死无益。臣非惜命，实见事不可行也。”髦曰：“吾军已行，卿无

① 得毋——亦作“得无”“得亡”。莫非、难道之意。

② “鲁昭公”二句——事见《史记·鲁周公世家》：春秋时，鲁国传至鲁昭公朝，大夫季孙氏独揽朝政，鲁昭公忍无可忍，派兵伐季孙氏而兵败，逃往齐国。

③ 苍头官僮——这里指大太监和小太监。

阻当。”遂望云龙门而来。

只见贾充戎服乘马，左有成倅，右有成济，引数千铁甲禁兵，呐喊杀来。髦仗剑大喝曰：“吾乃天子也！汝等突入宫庭，欲弑君耶？”禁兵见了曹髦，皆不敢动。贾充呼成济曰：“司马公养你何用？正为今日之事也。”济乃绰戟在手，回顾充曰：“当杀耶？当缚耶？”充曰：“司马公有令，只要死的。”成济捻戟直奔辇前。髦大喝曰：“匹夫敢无礼乎！”言未讫，被成济一戟刺中前胸，撞出辇来；再一戟，刃从背上透出，死于辇旁。焦伯挺枪来迎，被成济一戟刺死。众皆逃走。王经随后赶来，大骂贾充曰：“逆贼安敢弑君耶？”充大怒，叱左右缚定，报知司马昭。

昭入内，见髦已死，乃佯作大惊之状，以头撞辇而哭，令人报知各大臣。时太傅司马孚入内[①]，见髦尸，首枕其股而哭曰：“弑陛下者，臣之罪也！”遂将髦尸用棺椁盛贮，停于偏殿之西。昭入殿中，召群臣会议。群臣皆至，独有尚书仆射陈泰不至。昭令泰之舅尚书荀顗召之。泰大哭曰：“论者以泰比舅，今舅实不如泰也。”乃披麻带孝而入，哭拜于灵前。昭亦佯哭而问曰：“今日之事，何法处之？”泰曰：“独斩贾充，少可以谢天下耳。”昭沉吟良久，又问曰：“再思其次。”泰曰：“惟有进于此者，不知其次。”昭曰：“成济大逆不道，可剐之，灭其三族。”济大骂昭曰：“非我之罪，是贾充传汝之命。”昭令先割其舌。济至死叫屈不绝。弟成倅亦斩于市，尽灭三族。后人有诗叹曰：

司马当年命贾充，弑君南阙赭袍红。
却将成济诛三族，只道军民尽耳聋。

昭又使人收王经全家下狱。王经正在廷尉厅下，忽见缚其母至。经叩头大哭曰：“不孝子累及慈母矣！”母大笑曰：“人谁不死？正恐不得死所耳！以此弃命，何恨之有！”次日，王经全家皆押赴

---

① 内——皇宫。

东市，王经母子含笑受刑。满城士庶无不垂泪。后人有诗曰：

汉初夸伏剑，汉末见王经。

真烈心无异，坚刚志更清。

节如泰华重，命似鸿毛轻。

母子声名在，应同天地倾。

太傅司马孚请以王礼葬曹髦，昭许之。贾充等劝司马昭受魏禅，即天子位。昭曰："昔文王三分天下有其二，以服事殷，故圣人称为至德。魏武帝不肯受禅于汉，犹吾之不肯受禅于魏也。"贾充等闻言，已知司马昭留意于子司马炎矣，遂不复劝进。是年六月，司马昭立常道乡公曹璜为帝，改元景元元年。璜改名曹奂，字景明。乃武帝曹操之孙，燕王曹宇之子也。奂封昭为相国、晋公，赐钱十万、绢万匹。其文武多官各有封赏。

早有细作报入蜀中。姜维闻司马昭弑了曹髦，立了曹奂，喜曰："吾今日伐魏，又有名矣。"遂发书入吴，令起兵问司马昭弑君之罪。一面奏准后主，起兵十五万，车乘数千辆，皆置板箱于上；令廖化、张翼为先锋。化取子午谷，翼取骆谷，维自取斜谷，皆要出祁山之前取齐。三路兵并起，杀奔祁山而来。

时邓艾在祁山寨中训练人马，闻报蜀兵三路杀到，乃聚诸将计议。参军王瓘曰："吾有一计，不可明言，现写在此，谨呈将军台览。"艾接来展看毕，笑曰："此计虽妙，只怕瞒不过姜维。"瓘曰："某愿舍命前去。"艾曰："公志若坚，必能成功。"遂拨五千兵与瓘。瓘连夜从斜谷迎来，正撞蜀兵前队哨马。瓘叫曰："我是魏国降兵，可报与主帅。"

哨军报知姜维，维令拦住馀兵，只教为首的将来见。瓘拜伏于地曰："某乃王经之侄王瓘也。近见司马昭弑君，将叔父一门皆戮，某痛恨入骨。今幸将军兴师问罪，故特引本部兵五千来降，愿从调遣，剿除奸党，以报叔父之恨。"维大喜，谓瓘曰："汝既诚心来降，吾岂不诚心相待？吾军中所患者，不过粮耳。今有粮车数千，现在川口，汝可运赴祁山。吾只今去取祁山寨也。”瓘心中大喜，以为中计，忻然领诺。姜维曰：“汝去运粮，不必用五千人，但引三千人去，留下二千人引路，以打祁山。”瓘恐维疑惑，乃引三千兵去了。维令傅佥引二千魏兵随征听用。

忽报：“夏侯霸到。”霸曰：“都督何故准信王瓘之言也？吾在魏，虽不知备细，未闻王瓘是王经之侄。其中多诈，请将军察之。”维大笑曰：“我已知王瓘之诈，故分其兵势，将计就计而行。”霸曰：“公试言之。”维曰：“司马昭奸雄比于曹操，既杀王经，灭其三族，安肯存亲侄于关外领兵？故知其诈也。仲权之见，与我暗合。”于是姜维不出斜谷，却令人于路暗伏，以防王瓘奸细。

不旬日，果然伏兵捉得王瓘回报邓艾下书人来见。维问了情节，搜出私书。书中约于八月二十日，从小路运粮送归大寨，却教邓艾遣兵于墁山谷中接应。维将下书人杀了，却将书中之意改作八月十五日，约邓艾自率大兵，于墁山谷中接应。一面令人扮作魏军往魏营下书；一面令人将现有粮车数百辆卸了粮米，装载干柴茅草引火之物，用青布罩之，令傅佥引二千原降魏兵，执打运粮旗号。维却与夏侯霸各引一军，去山谷中埋伏。令蒋舒出斜谷，廖化、张翼俱各进兵，来取祁山。

却说邓艾得了王瓘书信，大喜，急写回书，令来人回报。至八月十五日，邓艾引五万精兵，径往墁山谷中来。远远使人凭高眺探，只见无数粮车接连不断，从山凹中而行。艾勒马望之，果然皆是魏兵。左右曰：“天已昏暮，可速接应王瓘出谷口。”艾曰：“前面山势掩映，倘有伏兵，急难退步。只可在此等候。”正言间，忽两骑马骤至，报曰：“王将军因将粮草过界，背后人马赶来，望早救应。”艾大惊，急催兵前进。时值初更，月明如昼。只听得山后呐喊，艾只道王瓘在山后厮杀。径奔过山后时，忽树林后一彪军撞出，为首蜀将傅佥，纵马大叫曰：“邓艾匹夫，已中吾主将之计，何不早早下马受死？”艾大惊，勒回马便走。车上火尽着，

那火便是号火，两势下蜀兵尽出，杀得魏兵七断八续。但闻四下山上只叫："拿住邓艾的，赏千金，封万户侯！"諕得邓艾弃甲丢盔，撇了坐下马，杂在步军之中，爬山越岭而逃。姜维、夏侯霸只望马上为首的径来擒捉，不想邓艾步行走脱。维领得胜兵，去接王瓘粮车。

却说王瓘密约邓艾，先期将粮草车仗整备停当，专候举事。忽有心腹人报："事已泄漏，邓将军大败，不知性命如何。"瓘大惊，令人哨探，回报："三路兵围杀将来，背后又见尘头大起，四下无路。"瓘叱左右令放火，尽烧粮草车辆。一霎时，火光突起，烈火烧空。瓘大叫曰："事已急矣，汝等宜死战！"乃提兵望西杀出。背后姜维三路追赶。维只道王瓘舍命撞回魏国，不想反杀入汉中而去。瓘因兵少，只恐追兵赶上，遂将栈道并各关隘尽皆烧毁。姜维恐汉中有失，遂不追邓艾，提兵连夜抄小路来追杀王瓘。瓘被四面蜀兵攻击，投黑龙江而死。馀兵尽被姜维坑之。

维虽然胜了邓艾，却折了许多粮车，又毁了栈道，乃引兵还汉中。

邓艾引部下败兵逃回祁山寨内，上表请罪，自贬其职。司马昭见艾数有大功，不忍贬之，复加厚赐。艾将原赐财物，尽分给被害将士之家。昭恐蜀兵又出，遂添兵五万，与艾守御。

姜维连夜修了栈道，又议出师。正是：

　　连修栈道兵连出，不伐中原死不休。

未知胜负如何，且看下文分解。

第一百十五回

诏班师后主信谗　托屯田姜维避祸

却说蜀汉景耀五年冬十月，大将军姜维差人连夜修了栈道，整顿军粮兵器，又于汉中水路调拨船只，俱已完备，上表奏后主曰："臣累出战，虽未成大功，已挫动魏人心胆。今养兵日久，不战则懒，懒则致病。况今军思效死，将思用命。臣如不胜，当受死罪。"后主览表，犹豫未决。谯周出班奏曰："臣夜观天文，见西蜀分野将星暗而不明。今大将军又欲出师，此行甚是不利。陛下可降诏止之。"后主曰："且看此行若何，果然有失，却当阻之。"谯周再三苦谏不从，乃归家叹息不已，遂推病不出。

却说姜维临兴兵，乃问廖化曰："吾今出师，誓欲恢复中原，当先取何处？"化曰："连年征伐，军民不宁；兼魏有邓艾，足智多谋，非等闲之辈：将军强欲行难为之事，此化所以未敢专[①]也。"维勃然大怒曰："昔丞相六出祁山，亦为国也。吾今八次伐魏，岂为一己之私哉？今当先取洮阳，如有逆吾者必斩！"遂留廖化守汉中，自同诸将提兵三十万，径取洮阳而来。

早有川口人报入祁山寨中。时邓艾正与司马望谈兵，闻知此信，遂令人哨探。回报："蜀兵尽从洮阳而出。"司马望曰："姜维多计，莫非虚取洮阳而实来取祁山乎？"邓艾曰："今姜维实出洮阳也。"望曰："公何以知之？"艾曰："向者姜维累出吾有粮之地，今洮阳无粮，维必料吾只守祁山，不守洮阳，故径取洮阳。如得

① 未敢专——不敢乱出主意。

此城，屯粮积草，结连羌人，以图久计耳。”望曰：“若此，如之奈何？”艾曰：“可尽撤此处之兵，分为两路，去救洮阳。离洮阳二十五里，有侯河小城，乃洮阳咽喉之地。公引一军伏于洮阳，偃旗息鼓，大开四门，如此如此而行；我却引一军伏侯河：必获大胜也。”筹画已定，各各依计而行。只留偏将师纂守祁山寨。

却说姜维令夏侯霸为前部，先引一军径取洮阳。霸提兵前进，将近洮阳，望见城上并无一杆旌旗，四门大开。霸心下疑惑，未敢入城，回顾诸将曰：“莫非诈乎？”诸将曰：“眼见得是空城，只有些小百姓，听知大将军兵到，尽弃城而走了。”霸未信，自纵马于城南视之，只见城后老小无数，皆望西北而逃。霸大喜曰：“果空城也。”遂当先杀入，馀众随后而进。方到瓮城边，忽然一声炮响，城上鼓角齐鸣，旌旗遍竖，拽起吊桥。霸大惊曰：“误中计矣！”慌欲退时，城上矢石如雨。可怜夏侯霸同五百军皆死于城下。后人有诗叹曰：

大胆姜维妙算长，谁知邓艾暗提防。

可怜投汉夏侯霸，顷刻城边箭下亡。

司马望从城内杀出，蜀兵大败而逃。随后姜维引接应兵到，杀退司马望，就傍城下寨。维闻夏侯霸射死，嗟伤不已。是夜二更，邓艾自侯河城内，暗引一军，潜地杀入蜀寨。蜀兵大乱，姜维禁止不住。城上鼓角喧天，司马望引兵杀出，两下夹攻，蜀兵大败。维左冲右突，死战得脱，退二十馀里下寨。

蜀兵两番败走之后，心中摇动。维与众将曰：“胜败乃兵家之常，今虽损兵折将，不足为忧。成败之事，在此一举。汝等始终勿改，如有言退者立斩。”张翼进言曰：“魏兵皆在此处，祁山必然空虚。将军整兵与邓艾交锋，攻打洮阳、侯河；某引一军取祁山。取了祁山九寨，便驱兵向长安。此为上计。”维从之，即令张翼引后军径取祁山。

维自引兵到侯河搦邓艾交战，艾引军出迎。两军对圆，二人交锋数十馀合，不分胜负，各收兵回寨。次日，姜维又引兵挑战，邓艾按兵不出。姜维令军辱骂。邓艾寻思曰："蜀人被吾大杀一阵，全然不退，连日反来搦战，必分兵去袭祁山寨也。守寨将师纂兵少智寡，必然败矣。吾当亲往救之。"乃唤子邓忠分付曰："汝用心守把此处，任他搦战，却勿轻出。吾今夜引兵去祁山救应。"是夜二更，姜维正在寨中设计，忽听得寨外喊声震地，鼓角喧天。人报："邓艾引三千精兵夜战。"诸将欲出，维止之曰："勿得妄动。"原来邓艾引兵至蜀寨前哨探了一遍，乘势去救祁山，邓忠自入城去了。姜维唤诸将曰："邓艾虚作夜战之势，必然去救祁山寨矣。"乃唤傅佥分付曰："汝守此寨，勿轻与敌。"嘱毕，维自引三千兵来助张翼。

却说张翼正到祁山攻打，守寨将师纂兵少，支持不住，看看待破，忽然邓艾兵至，冲杀了一阵。蜀兵大败，把张翼隔在山后，绝了归路。正慌急之间，忽听的喊声大震，鼓角喧天，只见魏兵纷纷倒退。左右报曰："大将军姜伯约杀到。"翼乘势驱兵相应，两下夹攻。邓艾折了一阵，急退上祁山寨不出。姜维令兵四面攻围。

话分两头。却说后主在成都，听信宦官黄皓之言，又溺于酒色，不理朝政。时有大臣刘琰妻胡氏极有颜色，因入宫朝见皇后，后留在宫中，一月方出。琰疑其妻与后主私通，乃唤帐下军士五百人列于前，将妻绑缚，令军以履挞其面数十，几死复苏。后主闻之大怒，令有司议刘琰罪。有司议得："卒非挞妻之人，面非受刑之地，合当弃市[①]。"遂斩刘琰。自此命妇[②]不许入朝。然一时官僚以后主荒淫，多有疑怨者。于是贤人渐退，小人日进。

时右将军阎宇身无寸功，只因阿附黄皓，遂得重爵。闻姜维统兵在祁山，乃说皓奏后主曰："姜维屡战无功，可命阎宇代之。"

① 弃市——典出《礼记·王制》："刑人于市，与众弃之。"意谓执行死刑后，抛弃尸首于闹市。

② 命妇——受过皇帝封号的妇人。

后主从其言，遣使赍诏，召回姜维。维正在祁山攻打寨栅，忽一日三道诏至，宣维班师。维只得遵命，先令洮阳兵退，次后与张翼徐徐而退。邓艾在寨中，只听得一夜鼓角喧天，不知何意。至平明，人报："蜀兵尽退，止留空寨。"艾疑有计，不敢追袭。

姜维径到汉中，歇住人马，自与使命入成都见后主。后主一连十日不朝，维心中疑惑。是日至东华门，遇见秘书郎郤正，维问曰："天子召维班师，公知其故否？"正笑曰："大将军何尚不知？黄皓欲使阎宇立功，奏闻朝廷，发诏取回将军。今闻邓艾善能用兵，因此寝[1]其事矣。"维大怒曰："我必杀此宦竖！"郤正止之曰："大将军继武侯之事，任大职重，岂可造次？倘若天子不容，反为不美矣。"维谢曰："先生之言是也。"

次日，后主与黄皓在后园宴饮，维引数人径入。早有人报知黄皓，皓急避于湖山之侧。维至亭下，拜了后主，泣奏曰："臣困邓艾于祁山，陛下连降三诏，召臣回朝，未审圣意为何？"后主默然不语。维又奏曰："黄皓奸巧专权，乃灵帝时十常侍也。陛下近则鉴于张让，远则鉴于赵高[2]，早杀此人，朝廷自然清平，中原方可恢复。"后主笑曰："黄皓乃趋走小臣，纵使专权，亦无能为。昔者董允每切齿恨皓，朕甚怪之。卿何必介意？"维叩头奏曰："陛下今日不杀黄皓，祸不远也。"后主曰："'爱之欲其生，恶之欲其死。'卿何不容一宦官耶？"令近侍于湖山之侧，唤出黄皓至亭下，命拜姜维伏罪。皓哭拜维曰："某早晚趋侍圣上而已，并不干与国政。将军休听外人之言，欲杀某也。某命系于将军，惟将军怜之。"言罢，叩头流涕。

维忿忿而出，即往见郤正，备将此事告之。正曰："将军祸不远矣。将军若危，国家随灭。"维曰："先生幸教我以保国安身之

---

① 寝——停止。

② 赵高——秦朝的宦官。秦始皇死后，他与丞相李斯矫诏逼死了秦始皇长子扶苏，立胡亥为帝（即秦二世）。继而杀李斯，自任丞相，独揽朝政。然后又杀胡亥，立子婴为帝。

策。”正曰：“陇西有一去处，名曰‘沓’中，此地极其肥壮。将军何不效武侯屯田之事，奏知天子，前去沓中屯田？一者得麦熟，以助军实；二者可以尽图陇右诸郡；三者魏人不敢正视汉中；四者将军在外掌握兵权，人不能图，可以避祸。此乃保国安身之策也，宜早行之。”维大喜，谢曰：“先生金玉之言也。”

次日，姜维表奏后主，求沓中屯田，效武侯之事。后主从之。维遂还汉中，聚诸将曰：“某累出师，因粮不足，未能成功。今吾提兵八万，往沓中种麦屯田，徐图进取。汝等久战劳苦，今且敛兵聚谷，退守汉中。魏兵千里运粮，经涉山岭，自然疲乏，疲乏必退。那时乘虚追袭，无不胜矣。”遂令胡济守汉寿城，王含守乐城，蒋斌守汉城，蒋舒、傅佥同守关隘。分拨已毕，维自引兵八万，来沓中种麦，以为久计。

却说邓艾闻姜维在沓中屯田，于路下四十馀营，连络不绝，如长蛇之势。艾遂令细作相了地形，画成图本，具表申奏。晋公司马昭见之，大怒曰：“姜维屡犯中原，不能剿除，是吾心腹之患也。”贾充曰：“姜维深得孔明传授，急难退之。须得一智勇之将，往刺杀之，可免动兵之劳。”从事中郎荀勖曰：“不然。今蜀主刘禅溺于酒色，信用黄皓，大臣皆有避祸之心。姜维在沓中屯田，正避祸之计也。若令大将伐之，无有不胜，何必用刺客乎？”昭大笑曰：“此言最善。吾欲伐蜀，谁可为将？”荀勖曰：“邓艾乃世之良材，更得钟会为副将，大事成矣。”

昭大喜曰：“此言正合吾意。”乃召钟会入而问曰：“吾欲令汝为大将，去伐东吴，可乎？”会曰：“主公之意，本不欲伐吴，实欲伐蜀也。”昭大笑曰：“子诚识吾心也。但卿往伐蜀，当用何策？”会曰：“某料主公欲伐蜀，已画图本在此。”昭展开视之，图中细载一路安营下寨、屯粮积草之处，从何而进，从何而退，一一皆有法度。昭看了，大喜曰：“真良将也！卿与邓艾合兵取蜀，何如？”会曰：“蜀川道广，非一路可进，当使邓艾分兵各进可也。”昭遂拜钟会为镇西将军，假节钺，都督关中人马，调遣青、徐、兖、豫、荆、扬等处；一面差人持节令邓艾为征西将军，都督关外陇上，使约期伐蜀。

次日，司马昭于朝中计议此事。前将军邓敦曰："姜维屡犯中原，我兵折伤甚多，只今守御，尚自未保，奈何深入山川危险之地，自取祸乱耶？"昭怒曰："吾欲兴仁义之师，伐无道之主，汝安敢逆吾意？"叱武士推出斩之。须臾，呈邓敦首级于阶下。众皆失色。昭曰："吾自征东以来，息歇六年，治兵缮甲，皆已完备，欲伐吴、蜀久矣。今先定西蜀，乘顺流之势，水陆并进，并吞东吴，此灭虢取虞之道也。吾料西蜀将士守成都者八九万，守边境者不过四五万，姜维屯田者不过六七万。今吾已令邓艾引关外陇右之兵十馀万，绊住姜维于沓中，使不得东顾；遣钟会引关中精兵二三十万，直抵骆谷，三路以袭汉中。蜀主刘禅昏暗，边城外破，士女内震，其亡可必矣。"众皆拜服。

却说钟会受了镇西将军之印，起兵伐蜀。会恐机谋或泄，却以伐吴为名，令青、兖、豫、荆、扬等五处各造大船；又遣唐咨于登、莱等州傍海之处，拘集海船。司马昭不知其意，遂召钟会问之曰："子从旱路收川，何用造船耶？"会曰："蜀若闻我兵大进，必求救于东吴也。故先布声势，作伐吴之状，吴必不敢妄动。一年之内，蜀已破，船已成，而伐吴，岂不顺乎？"昭大喜，选日出师。

时魏景元四年秋七月初三日，钟会出师。司马昭送之于城外十里方回。西曹掾邵悌密谓司马昭曰："今主公遣钟会领十万兵伐蜀，愚料会志大心高，不可使独掌大权。"昭笑曰："吾岂不知之？"悌曰："主公既知，何不使人同领其职？"昭言无数语，使邵悌疑心顿释。正是：

方当士马驱驰日，早识将军跋扈心。

未知其言若何，且看下文分解。

第一百十六回

钟会分兵汉中道　武侯显圣定军山

却说司马昭谓西曹掾邵悌曰："朝臣皆言蜀未可伐，是其心怯，若使强战，必败之道也。今钟会独建伐蜀之策，是其心不怯，心不怯，则破蜀必矣。蜀既破则蜀人心胆已裂，败军之将不可以言勇，亡国之大夫不可以图存，会即有异志，蜀人安能助之乎？至若魏人得胜思归，必不从会而反，更不足虑耳。此言乃吾与汝知之，切不可泄漏。"邵悌拜服。

却说钟会下寨已毕，升帐大集诸将听令。时有监军卫瓘，护军胡烈，大将田续、庞会、田章、爰彭、丘建、夏侯咸、王买、皇甫闿、句安等八十馀员。会曰："必须一大将为先锋，逢山开路，遇水叠桥。谁敢当之？"一人应声曰："某愿往。"会视之，乃虎将许褚之子许仪也。众皆曰："非此人不可为先锋。"会唤许仪曰："汝乃虎体猿班[①]之将，父子有名；今众将亦皆保汝。汝可挂先锋印，领五千马军、一千步军，径取汉中。兵分三路：汝领中路出斜谷，左军出骆谷，右军出子午谷。此皆崎岖山险之地，当令军填平道路，修理桥梁，凿山破石，勿使阻碍。如违，必按军法。"许仪受命，领兵而进。钟会随后提十万馀众，星夜起程。

却说邓艾在陇西既受伐蜀之诏，一面令司马望往遏[②]羌人，又遣雍州刺史诸葛绪、天水太守王颀、陇西太守牵弘、金城太守杨

---

① 虎体猿班——当为"虎体鹓班"之误。既威武雄壮，又出身高贵。虎体：形容身强体壮，武艺高强。鹓班：亦作"鹓班"。比喻文武朝班，引申为世代为官，出身高贵。

② 遏——阻击，抵御。

欣各调本部兵前来听令。比及军马云集，邓艾夜作一梦：梦见登高山，望汉中，忽于脚下迸出一泉，水势上涌。须臾惊觉，浑身汗流。遂坐而待旦，乃召护卫爰邵问之。邵素明《周易》，艾备言其梦。邵答曰："'易'云：'山上有水曰蹇[①]。''蹇卦者：利西南，不利东北[②]。'孔子云：'蹇利西南，往有功也；不利东北，其道穷也[③]。'将军此行，必然克蜀，但可惜蹇滞不能还[④]。"艾闻言，愀然[⑤]不乐。

忽钟会檄文至，约艾起兵，于汉中取齐。艾遂遣雍州刺史诸葛绪引兵一万五千，先断姜维归路；次遣天水太守王颀引兵一万五千，从左攻沓中；陇西太守牵弘引一万五千人，从右攻沓中；又遣金城太守杨欣引一万五千人，于甘松邀[⑥]姜维之后。艾自引兵三万，往来接应。

却说钟会出师之时，有百官送出城外，旌旗蔽日，铠甲凝霜，人强马壮，威风凛然。人皆称羡，惟有相国参军刘寔微笑不语。太尉王祥见寔冷笑，就马上握其手而问曰："钟、邓二人此去可平蜀乎？"寔曰："破蜀必矣，但恐皆不得还都耳。"王祥问其故，刘寔但笑而不答。祥遂不复问。

却说魏兵既发，早有细作入沓中报知姜维。维即具表申奏后主："请降诏遣左车骑将军张翼领兵守护阳安关，右车骑将军廖化领兵守阴平桥。这二处最为要紧，若失二处，汉中不保矣。一面

---

① 山上有水曰蹇——语出《周易·蹇卦》，原文是："山上有水：蹇。"意谓蹇卦的表象为山（艮）在下，水（坎）在上。

② 蹇卦者：利西南，不利东北——亦出《周易·蹇卦》，原文是："蹇：利西南，不利东北。"意谓蹇卦意味着往西南方去有利，往东北方去不利。

③ "蹇利西南"四句——这四句并非孔子的话，亦出于《周易·蹇卦》。它们是对"利西南，不利东北"二句的进一步说明，意谓蹇卦既说西南方有利，东北方不利，那么往西南去就能成功，往东北去必将一无所获，甚至会有灾难。

④ 蹇滞不能还——《周易·蹇卦》："蹇，难也，险在前也。"意谓蹇卦毕竟是凶卦，故尽管可以成功，却不能生还。

⑤ 愀（qiǎo）然——表情变为忧愁之状。

⑥ 邀——阻拦，截击。

当遣使入吴求救。臣一面自起沓中之兵拒敌。”时后主改景耀六年为炎兴元年，日与宦官黄皓在宫中游乐。忽接姜维之表，即召黄皓问曰：“今魏国遣钟会、邓艾大起人马，分道而来，如之奈何？”皓奏曰：“此乃姜维欲立功名，故上此表。陛下宽心，勿生疑虑。臣闻城中有一师婆[①]供奉一神，能知吉凶，可召来问之。”后主从其言，于后殿陈设香花纸烛、享祭礼物，令黄皓用小车请入宫中，坐于龙床之上。后主焚香祝毕，师婆忽然披发跣足，就殿上跳跃数十遍，盘旋于案上。皓曰：“此神人降矣。陛下可退左右，亲祷之。”后主尽退侍臣，再拜祝之。师婆大叫曰：“吾乃西川土神也。陛下欣乐太平，何为求问他事？数年之后，魏国疆土亦归陛下矣。陛下切勿忧虑。”言讫，昏倒于地，半晌方苏。后主大喜，重加赏赐。自此深信师婆之说，遂不听姜维之言，每日只在宫中饮宴欢乐。姜维累申告急表文，皆被黄皓隐匿，因此误了大事。

却说钟会大军迤逦望汉中进发。前军先锋许仪，要立头功，先领兵至南郑关。仪谓部将曰：“过此关即汉中矣。关上不多人马，我等便可奋力抢关。”众将领命，一齐并力向前。原来守关蜀将卢逊早知魏兵将到，先于关前木桥左右伏下军士，装起武侯所遗十矢连弩。比及许仪兵来抢关时，一声梆子响处，矢石如雨。仪急退时，早射倒数十骑，魏兵大败。仪回报钟会。会自提帐下甲士百馀骑来看，果然箭弩一齐射下。会拨马便回，关上卢逊引五百军杀下来。会拍马过桥，桥上土塌，陷住马蹄，争些儿[②]掀下马来。马挣不起，会弃马步行。跑下桥时，卢逊赶上，一枪刺来，却被魏兵中荀恺回身一箭，射卢逊落马。钟会麾众乘势抢关。关上军士因有蜀兵在关前，不敢放箭，被钟会杀散，夺了山关。即以荀恺为护军，以全副鞍马铠甲赐之。

---

① 师婆——即巫婆。

② 争些儿——险些儿，差一点儿。

会唤许仪至帐下，责之曰："汝为先锋，理合逢山开路，遇水叠桥，专一修理桥梁道路，以便行军。吾方才到桥上，陷住马蹄，几乎堕桥，若非荀恺，吾已被杀矣。汝既违军令，当按军法。"叱左右推出斩之。诸将告曰："其父许褚有功于朝廷，望都督恕之。"会怒曰："军法不明，何以令众？"遂令斩首示众。诸将无不骇然。

时蜀将王含守乐城，蒋斌守汉城，见魏兵势大，不敢出战，只闭门自守。钟会下令曰："兵贵神速，不可少停。"乃令前军李辅围乐城，护军荀恺围汉城，自引大军取阳安关。守关蜀将傅佥与副将蒋舒商议战守之策。舒曰："魏兵甚众，势不可当，不如坚守为上。"佥曰："不然。魏兵远来，必然疲困，虽多不足惧。我等若不下关战时，汉、乐二城休矣。"蒋舒默然不答。忽报："魏兵大队已至关前。"蒋、傅二人至关上视之。钟会扬鞭大叫曰："吾今统十万之众到此，如早早出降，各依品级升用；如执迷不降，打破关隘，玉石俱焚！"傅佥大怒，令蒋舒把关，自引三千兵杀下关来。钟会便走，魏兵尽退。佥乘势追之，魏兵复合。佥欲退入关时，关上已竖起魏家旗号，只见蒋舒叫曰："吾已降了魏也。"佥大怒，厉声骂曰："忘恩背义之贼，有何面目见天下人乎！"拨回马复与魏兵接战。魏兵四面合来，将傅佥围在垓心。佥左冲右突，往来死战，不能得脱。所领蜀兵，十伤八九。佥乃仰天叹曰："吾生为蜀臣，死亦当为蜀鬼！"乃复拍马冲杀，身被数枪，血盈袍铠，坐下马倒，佥自刎而死。后人有诗叹曰：

一日抒忠愤，千秋仰义名。
宁为傅佥死，不作蒋舒生。

钟会得了阳安关，关内所积粮草、军器极多，大喜，遂犒三军。

是夜，魏兵宿于阳安城中，忽闻西南上喊声大震。钟会慌忙出帐视之，绝无动静。魏军一夜不敢睡。次夜三更，西南上喊声又起。钟会惊疑，向晓[1]，使人探之。回报曰："远哨十馀里，并无一人。"会惊疑不定，乃自引数百骑，俱全装贯戴，望西南巡哨。前至一山，只见杀气四面突起，愁云布合，雾锁山头。会勒住马，问向导官曰："此何山也？"答曰："此乃定军山，昔日夏侯渊殁于此处。"会闻之，怅然不乐，遂勒马而回。转过山坡，忽然狂风大作，背后数千骑突出，随风杀来。会大惊，引众纵马而走，诸将坠马者不计其数。及奔到阳安关时，不曾折一人一骑，只跌损面目，失了头盔。皆言曰："但见阴云中人马杀来，比及近身，却不伤人，只是一阵旋风而已。"会问降将蒋舒曰："定军山有神庙乎？"舒曰："并无神庙，惟有诸葛武侯之墓。"会惊曰："此必武侯显圣也。吾当亲往祭之。"次日，钟会备祭礼，宰太牢，自到武侯墓前，再拜致祭。祭毕，狂风顿息，愁云四散。忽然清风习习，细雨纷纷，一阵过后，天色晴朗。魏兵大喜，皆拜谢回营。

是夜，钟会在帐中伏几而寝，忽然一阵清风过处，只见一人，纶巾羽扇，身衣鹤氅，素履皂绦，面如冠玉，唇若抹朱，眉清目朗，身长八尺，飘飘然有神仙之概。其人步入帐中，会起身迎之曰："公何人也？"其人曰："今早重承见顾[2]，吾有片言相告：虽汉祚已衰，天命难违，然两川生灵横罹兵革，诚可怜悯。汝入境之后，万勿妄杀生灵。"言讫，拂袖而去。会欲挽留之，忽然惊醒，乃是一梦。会知是武侯之灵，不胜惊异。于是传令前军，立一白旗，上书"保国安民"四字；所到之处，如妄杀一人者偿命。于是汉中人民尽皆出城拜迎。会一一抚慰，秋毫无犯。后人有诗赞曰：

数万阴兵绕定军，致令钟会拜灵神。
生能决策扶刘氏，死尚遗言保蜀民。

---

① 向晓——拂晓，将近天亮。

② 重承见顾——承蒙眷顾。指钟会以太牢礼祭祀。

却说姜维在沓中听知魏兵大至，传檄廖化、张翼、董厥提兵接应，一面自分兵列将以待之。忽报魏兵至，维引兵迎之。魏阵中为首大将乃天水太守王颀也。颀出马大呼曰：“吾今大兵百万，上将千员，分二十路而进，已到成都。汝不思早降，犹欲抗拒，何不知天命耶？”维大怒，挺枪纵马，直取王颀。战不三合，颀大败而走。姜维驱兵追杀至二十里，只听得金鼓齐鸣，一枝兵摆开，旗上大书“陇西太守牵弘”字样。维笑曰：“此等鼠辈，非吾敌手。”遂催兵追之。又赶到十里，却遇邓艾领兵杀到，两军混战。维抖擞精神，与艾战有十馀合，不分胜负，后面锣鼓又鸣。维急退时，后军报说：“甘松诸寨尽被金城太守杨欣烧毁了。”维大惊，急令副将虚立旗号，与邓艾相拒。维自撤后军，星夜来救甘松，正遇杨欣。欣不敢交战，望山路而走。维随后赶来，将至山岩下，岩上木石如雨，维不能前进。比及回到半路，蜀兵已被邓艾杀败。魏兵大队而来，将姜维围住。

维引众骑杀出重围，奔入大寨坚守，以待救兵。忽然流星马到，报说：“钟会打破阳安关，守将蒋舒归降，傅佥战死，汉中已属魏矣。乐城守将王含、汉城守将蒋斌知汉中已失，亦开门而降。胡济抵敌不住，逃回成都求援去了。”维大惊，即传令拔寨。

是夜兵至彊川口，前面一军摆开，为首魏将乃是金城太守杨欣。维大怒，纵马交锋，只一合，杨欣败走。维拈弓射之，连射三箭皆不中。维转怒，自折其弓，挺枪赶来，战马前失，将维跌在地上。杨欣拨回马来杀姜维。维跃起身，一枪刺去，正中杨欣马脑。背后魏兵骤至，救欣去了。维骑上从马，欲待追时，忽报后面邓艾兵到。维首尾不能相顾，遂收兵要夺汉中。哨马报说：“雍州刺史诸葛绪已断了归路。”维乃据山险下寨。

魏兵屯于阴平桥头，维进退无路，长叹曰：“天丧我也！”副将宁随曰：“魏兵虽断阴平桥头，雍州必然兵少，将军若从孔函谷径取雍州，诸葛绪必撤阴平之兵救雍州，将军却引兵奔剑阁守之，则汉中可复矣。”维从之，即发兵入孔函谷，诈取雍州。细作报知诸葛绪。绪大惊曰：“雍州是吾合守之地，倘有疏失，朝廷必然问罪。”急撤大兵，从南路去救雍州，只留一枝兵守桥头。姜维入北道，约行三十里，料知魏兵起行，乃勒回兵，后队作前队，径到桥头，果然魏兵大队已去，只有些小兵把桥。被维一阵杀散，尽烧其寨栅。诸葛绪听知桥头火起，复引兵回，姜维兵已过半日了，因此不敢追赶。

却说姜维引兵过了桥头，正行之间，前面一军来到，乃左将军张翼、右将军廖化也。维问之，翼曰：“黄皓听信师巫之言，不肯发兵。翼闻汉中已危，自起兵来时，阳安关已被钟会所取。今闻将军受困，特来接应。”遂合兵一处，前赴白水关。化曰：“今四面受敌，粮道不通，不如退守剑阁，再作良图。”维疑虑未决。忽报：“钟会、邓艾分兵十馀路杀来。”维欲与翼、化分兵迎之，化曰：“白水地狭路多，非争战之所，不如且退去救剑阁可也。若剑阁一失，是绝路矣。”维从之，遂引兵来投剑阁。将近关前，忽然鼓角齐鸣，喊声大起，旌旗遍竖，一枝军把住关口。正是：

汉中险峻已无有，剑阁风波又忽生。

未知何处之兵，且看下文分解。

第一百十七回

邓士载偷度阴平　诸葛瞻战死绵竹

却说辅国大将军董厥闻魏兵十馀路入境，乃引二万兵守住剑阁。当日望尘头大起，疑是魏兵，急引军把住关口。董厥自临军前视之，乃姜维、廖化、张翼也。厥大喜，接入关上。礼毕，哭诉后主、黄皓之事。维曰："公勿忧虑。若有维在，必不容魏来吞蜀也。且守剑阁，徐图退敌之计。"厥曰："此关虽然可守，争奈成都无人，倘为敌人所袭，大势瓦解矣。"维曰："成都山险地峻，非可易取，不必忧也。"正言间，忽报："诸葛绪领兵杀至关下。"维大怒，急引五千兵杀下关来，直撞入魏阵中，左冲右突，杀得诸葛绪大败而走，退数十里下寨，魏军死者无数。蜀兵抢了许多马匹、器械，维收兵回关。

却说钟会离剑阁二十里下寨，诸葛绪自来伏罪。会怒曰："吾令汝守把阴平桥头，以断姜维归路，如何失了？今又不得吾令，擅自进兵，以致此败。"绪曰："维诡计多端，诈取雍州。绪恐雍州有失，引兵去救，维乘机走脱。绪因赶至关下，不想又为所败。"会大怒，叱令斩之。监军卫瓘曰："绪虽有罪，乃邓征西所督之人，不争[①]将军杀之，恐伤和气。"会曰："吾奉天子明诏，晋公钧命，特来伐蜀，便是邓艾有罪，亦当斩之。"众皆力劝。会乃将诸葛绪用槛车载赴洛阳，任晋公发落。随将绪所领之兵，收在部下调遣。

有人报与邓艾。艾大怒曰："吾与汝官品一般，吾久镇边疆，

---

① 不争——这里是如果之意。

于国多劳，汝安敢妄自尊大耶？”子邓忠劝曰：“‘小不忍则乱大谋’。父亲若与他不睦，必误国家大事。望且容忍之。”艾从其言，然毕竟心中怀怒，乃引十数骑来见钟会。

会闻艾至，便问左右：“艾引多少军来？”左右答曰：“只有十数骑。”会乃令帐上帐下列武士数百人。艾下马入见，会接入帐。礼毕，艾见军容甚肃，心中不安，乃以言挑之曰：“将军得了汉中，乃朝廷之大幸也，可定策早取剑阁。”会曰：“将军明见若何？”艾再三推称无能。会固问之，艾答曰：“以愚意度之，可引一军从阴平小路出汉中德阳亭，用奇兵径取成都，姜维必撤兵来救，将军乘虚就取剑阁，可获成功。”会大喜曰：“将军此计甚妙，可即引兵去。吾在此专候捷音。”二人饮酒相别。

会回本帐，与诸将曰：“人皆谓邓艾有能，今日观之，乃庸才耳。”众问其故，会曰：“阴平小路，皆高山峻岭，若蜀以百馀人守其险要，断其归路，则邓艾之兵皆饿死矣。吾只以正道而行，何愁蜀地不破乎？”遂置云梯、炮架，只打剑阁关。

却说邓艾出辕门上马，回顾从者曰：“钟会待吾若何？”从者曰：“观其辞色，甚不以将军之言为然，但以口强应而已。”艾笑曰：“彼料我不能取成都，我偏欲取之。”回到本寨，师纂、邓忠一班将士接问曰：“今日与钟镇西有何高论？”艾曰：“吾以实心告彼，彼以庸才视我。彼今得汉中，以为莫大之功。若非吾屯沓中绊住姜维，彼安能成功耶？吾今若取了成都，胜取汉中矣。”当夜下令，尽拔寨望阴平小路进兵，离剑阁七百里下寨。有人报钟会说：“邓艾要去取成都了。”会笑艾不智。

却说邓艾一面修密书，遣使驰报司马昭。一面聚诸将于帐下，问曰：“吾今乘虚去取成都，与汝等立功名于不朽，汝等肯从乎？”诸将应曰：“愿遵军令，万死不辞！”艾乃先令子邓忠引五千精兵，不穿衣甲，各执斧凿器具，凡遇峻危之处，凿山开路，搭造桥阁，以便军行。艾选兵三万，各带干粮、绳索进发。约行百馀里，选下三千兵，就彼扎寨；又行百馀里，又选三千兵下寨。是年十月自阴平进兵，至于巅崖峻谷之中，凡二十馀日，行七百馀里，皆是无人之地。魏兵沿途下了数寨，只剩下二千人马。

前至一岭，名“摩天岭”，马不堪行。艾步行上岭，正见邓忠与开路壮士尽皆哭泣。艾问其故，忠告曰：“此岭西皆是峻壁巅崖，不能开凿，虚废前劳，因此哭泣。”艾曰：“吾军到此，已行了七百馀里，过此便是江油，岂可复退？”乃唤诸军曰：“‘不入虎穴，焉得虎子。’吾与汝等来到此地，若得成功，富贵共之。”众皆应曰：“愿从将军之命。”艾令先将军器撺将下去。艾取毡自裹其身，先滚下去。副将有毡衫者，裹身滚下；无毡衫者，各用绳索束腰，攀木挂树，鱼贯而进。邓艾、邓忠并二千军及开山壮士，皆度了摩天岭。方才整顿衣甲、器械而行，忽见道旁有一石碣，上刻“丞相诸葛武侯题”。其文云：“二火初兴，有人越此。二士争衡，不久自死。”艾观讫，大惊，慌忙对碣再拜曰：“武侯真神人也！艾不能以师事之，惜哉！”后人有诗曰：

阴平峻岭与天齐，玄鹤徘徊尚怯飞。
邓艾裹毡从此下，谁知诸葛有先机。

却说邓艾暗度阴平，引兵行时，又见一个大空寨。左右告曰：“闻武侯在日，曾拨一千兵守此险隘。今蜀主刘禅废之。”艾嗟呀不已，乃谓众人曰：“吾等有来路，而无归路矣！前江油城中粮食足备，汝等前进可活，后退即死，须并力攻之。”众皆应曰：“愿死战！”于是邓艾步行，引二千馀人，星夜倍道来抢江油城。

却说江油城守将马邈闻东川已失，虽为准备，只是提防大路；又仗着姜维全师守住剑阁关，遂将军情不以为重。当日操练人马回家，与妻李氏拥炉饮酒。其妻问曰：“屡闻边情甚急，将军全无忧色，何也？”邈曰：“大事自有姜伯约掌握，干我甚事？”其妻曰：“虽然如此，将军所守城池，不为不重。”邈曰：“天子听信黄皓，溺于酒色，吾料祸不远矣。魏兵若到，降之为上，何必虑

哉？”其妻大怒，唾邈面曰：“汝为男子，先怀不忠不义之心，枉受国家爵禄，吾有何面目与汝相见耶？”马邈羞惭无语。忽家人慌入报曰：“魏将邓艾不知从何而来，引二千馀人，一拥而入城矣！”邈大惊，慌出纳降，拜伏于公堂之下，泣告曰：“某有心归降久矣。今愿招城中居民及本部人马，尽降将军。”艾准其降。遂收江油军马于部下调遣，即用马邈为向导官。忽报：“马邈夫人自缢身死。”艾问其故，邈以实告。艾感其贤，令厚礼葬之，亲往致祭。魏人闻者，无不嗟叹。后人有诗赞曰：

后主昏迷汉祚颠，天差邓艾取西川。

可怜巴蜀多名将，不及江油李氏贤。

邓艾取了江油，遂接阴平小路诸军，皆到江油取齐，径来攻涪城。部将田续曰：“我军涉险而来，甚是劳顿，且当休养数日，然后进兵。”艾大怒曰：“兵贵神速，汝敢乱我军心耶？”喝令左右推出斩之。众将苦告方免。艾自驱兵至涪城。城内官吏军民疑从天降，尽皆投降。

蜀人飞报入成都。后主闻知，慌召黄皓问之。皓奏曰：“此诈传耳，神人必不肯误陛下也。”后主又宣师婆问时，却不知何处去了。此时远近告急表文一似雪片，往来使者联络不绝[①]。后主设朝计议，多官面面相觑，并无一言。郤正出班奏曰：“事已急矣！陛下可宣武侯之子商议退兵之策。”原来武侯之子诸葛瞻，字思远。其母黄氏，即黄承彦之女也。母貌甚陋，而有奇才，上通天文，下察地理，凡韬略遁甲诸书，无所不晓。武侯在南阳时闻其贤，求以为室。武侯之学，夫人多所赞助焉。及武侯死后，夫人寻逝[②]，临终遗教，惟以忠孝勉其子瞻。瞻自幼聪敏，尚[③]后主女，为驸马都尉。后袭父武乡侯之爵。景耀四年，迁行军护卫将军。时为黄

---

① 联络不绝——即络绎不绝。连续不断之意。

② 寻逝——不久亦死。寻：不久，接着，随即。

③ 尚——本义为匹配、侍奉，后专指娶帝王之女为妻，隐含高攀之意。

皓用事，故托病不出。

当下后主从郤正之言，即时连发三诏，召瞻至殿下。后主泣诉曰："邓艾兵已屯涪城，成都危矣。卿看先君之面，救朕之命。"瞻亦泣奏曰："臣父子蒙先帝厚恩，陛下殊遇，虽肝脑涂地，不能补报。愿陛下尽发成都之兵，与臣领去，决一死战。"后主即拨成都兵将七万与瞻。

瞻辞了后主，整顿军马，聚集诸将，问曰："谁敢为先锋？"言未讫，一少年将出曰："父亲既掌大权，儿愿为先锋。"众视之，乃瞻长子诸葛尚也。尚时年一十九岁，博览兵书，多习武艺。瞻大喜，遂命尚为先锋。是日，大军离了成都，来迎魏兵。

却说邓艾得马邈献地理图一本，备写涪城至成都三百六十里山川道路，阔狭险峻，一一分明。艾看毕，大惊曰："若只守涪城，倘被蜀人据住前山，何能成功耶？如迁延日久，姜维兵到，我军危矣！"速唤师纂并子邓忠，分付曰："汝等可引一军，星夜径去绵竹，以拒蜀兵。吾随后便至。切不可怠缓。若纵他先据了险要，决斩汝首！"

师、邓二人引兵将至绵竹，早遇蜀兵，两军各布成阵。师、邓二人勒马于门旗下，只见蜀兵列成八阵。三鼕鼓[①]罢，门旗两分，数十员将簇拥一辆四轮车，车上端坐一人，纶巾羽扇，鹤氅方裾。车旁展开一面黄旗，上书"汉丞相诸葛武侯"。諕得师、邓二人汗流遍身，回顾军士曰："原来孔明尚在，我等休矣！"急勒兵回时，蜀兵掩杀将来，魏兵大败而走。蜀兵掩杀二十馀里，遇见邓艾援兵接应。两家各自收兵。

艾升帐而坐，唤师纂、邓忠，责之曰："汝二人不战而退，何也？"忠曰："但见蜀阵中诸葛孔明领兵，因此奔还。"艾怒曰："纵使孔明更生，我何惧哉！汝等轻退，以至于败，宜速斩，以正军

① 三鼕（dōng）鼓——即击鼓三次。鼕：鼓声。

法。”众皆苦劝，艾方息怒。令人哨探，回说：“孔明之子诸葛瞻为大将，瞻之子诸葛尚为先锋。车上坐者乃木刻孔明遗像也。”

艾闻之，谓师纂、邓忠曰：“成败之机，在此一举。汝二人再不取胜，必当斩首！”师、邓二人又引一万兵来战。诸葛尚匹马单枪，抖擞精神，战退二人。诸葛瞻指挥两掖[①]兵冲出，直撞入魏阵中，左冲右突，往来杀有数十番。魏兵大败，死者不计其数。师纂、邓忠中伤而逃。瞻驱士马随后掩杀二十馀里，扎营相拒。

师纂、邓忠回见邓艾，艾见二人俱伤，未便加责，乃与众将商议曰：“蜀有诸葛瞻善继父志，两番杀吾万馀人马。今若不速破，后必为祸。”监军丘本曰：“何不作一书以诱之？”艾从其言，遂作书一封，遣使送入蜀寨。守门将引至帐下，呈上其书。瞻拆封视之，书曰：

> 征西将军邓艾，致书于行军护卫将军诸葛思远麾下：切观近代贤才，未有如公之尊父也。昔自出茅庐，一言已分三国，扫平荆、益，遂成霸业，古今鲜有及者。后六出祁山，非其智力不足，乃天数耳。今后主昏弱，王气已终。艾奉天子之命，以重兵伐蜀，已皆得其地矣，成都危在旦夕。公何不应天顺人，仗义来归？艾当表公为琅琊王，以光耀祖宗，决不虚言。幸存照鉴。

瞻看毕，勃然大怒，扯碎其书，叱武士立斩来使，令从者持首级回魏营见邓艾。

艾大怒，即欲出战。丘本谏曰：“将军不可轻出，当用奇兵胜之。”艾从其言，遂令天水太守王颀、陇西太守牵弘伏两军于后，艾自引兵而来。此时诸葛瞻正欲搦战，忽报：“邓艾自引兵到。”瞻大怒，即引兵出，径杀入魏阵中。邓艾败走，瞻随后掩杀将来。忽然两下伏兵杀出，蜀兵大败，退入绵竹。艾令围之，于是魏兵

---

① 两掖——即两边，两旁。掖：古通“腋”。

一齐呐喊，将绵竹围的铁桶相似。

诸葛瞻在城中见事势已迫，乃令彭和赍书杀出，往东吴求救。和至东吴，见了吴主孙休，呈上告急之书。吴主看罢，与群臣计议曰："既蜀中危急，孤岂可坐视不救？"即令老将丁奉为主帅，丁封、孙异为副将，率兵五万，前往救蜀。丁奉领旨出师，分拨丁封、孙异引兵二万向沔中而进，自率兵三万向寿春而进：分兵三路来援。

却说诸葛瞻见救兵不至，谓众将曰："久守非良图。"遂留子尚与尚书张遵守城，瞻自披挂上马，引三军大开三门杀出。邓艾见兵出，便撤兵退。瞻奋力追杀，忽然一声炮响，四面兵合，把瞻困在垓心。瞻引兵左冲右突，杀死数百人。艾令众军放箭射之，蜀兵四散。瞻中箭落马，乃大呼曰："吾力竭矣，当以一死报国！"遂拔剑自刎而死。其子诸葛尚在城上见父死于军中，勃然大怒，遂披挂上马。张遵谏曰："小将军勿得轻出。"尚叹曰："吾父子祖孙荷国厚恩，今父既死于敌，我何用生为！"遂策马杀出，死于阵中。后人有诗赞瞻、尚父子曰：

不是忠臣独少谋，苍天有意绝炎刘。
当年诸葛留嘉胤，节义真堪继武侯。

邓艾怜其忠，将父子合葬。乘虚攻打绵竹。张遵、黄崇、李球三人各引一军杀出。蜀兵寡，魏兵众，三人亦皆战死。艾因此得了绵竹。劳军已毕，遂来取成都。正是：

试观后主临危日，无异刘璋受逼时。

未知成都如何守御，且看下文分解。

第一百十八回

哭祖庙一王死孝　入西川二士争功

却说后主在成都闻邓艾取了绵竹，诸葛瞻父子已亡，大惊，急召文武商议。近臣奏曰："城外百姓扶老携幼，哭声大震，各逃生命。"后主惊惶无措。忽哨马报到，说："魏兵将近城下。"多官议曰："兵微将寡，难以迎敌。不如早弃成都，奔南中七郡。其地险峻，可以自守，就借蛮兵，再来克复未迟。"光禄大夫谯周曰："不可。南蛮久反之人，平昔无惠，今若投之，必遭大祸。"多官又奏曰："蜀、吴既同盟，今事急矣，可以投之。"周又谏曰："自古以来，无寄他国为天子者。臣料魏能吞吴，吴不能吞魏。若称臣于吴，是一辱也；若吴被魏所吞，陛下再称臣于魏，是两番之辱矣。不如不投吴而降魏，魏必裂土以封陛下，则上能自守宗庙，下可以保安黎民。愿陛下思之。"后主未决，退入宫中。

次日，众议纷然。谯周见事急，复上疏诤[1]之。后主从谯周之言，正欲出降，忽屏风后转出一人，厉声而骂周曰："偷生腐儒，岂可妄议社稷大事！自古安有降天子哉？"后主视之，乃第五子北地王刘谌也。后主生七子：长子刘璿，次子刘瑶，三子刘琮，四子刘瓒，五子即北地王刘谌，六子刘恂，七子刘璩。七子中惟谌自幼聪明，英敏过人，馀皆懦善。后主谓谌曰："今大臣皆议当降，汝独仗血气之勇，欲令满城流血耶？"谌曰："昔先帝在日，谯周未尝干预国政。今妄议大事，辄起乱言，甚非理也。臣切料成都

---

① 诤——拼命向皇帝规劝。

之兵尚有数万；姜维全师皆在剑阁，若知魏兵犯阙，必来救应：内外攻击，可获大功。岂可听腐儒之言，轻废先帝之基业乎？”后主叱之曰：“汝小儿，岂识天时？”谌叩头哭曰：“若势穷力极，祸败将及，便当父子君臣背城一战，同死社稷，以见先帝可也，奈何降乎？”后主不听。谌放声大哭曰：“先帝非容易创立基业，今一旦弃之，吾宁死不辱也！”后主令近臣推出宫门。遂令谯周作降书，遣私署侍中[①]张绍、驸马都尉邓良同谯周赍玉玺，来雒城请降。

时邓艾每日令数百铁骑来成都哨探，当日见立了降旗，艾大喜。不一时，张绍等至，艾令人迎入。三人拜伏于阶下，呈上降款[②]、玉玺。艾拆降书视之，大喜，受下玉玺，重待张绍、谯周、邓良等。艾作回书，付三人赍回成都，以安人心。三人拜辞邓艾，径还成都，入见后主，呈上回书，细言邓艾相待之善。后主拆封视之，大喜，即遣太仆蒋显赍敕，令姜维早降。遣尚书郎李虎送文簿与艾：共户二十八万，男女九十四万，带甲将士十万二千，官吏四万，仓粮四十馀万，金银各二千斤，锦绮彩绢各二十万匹；馀物在库，不及具数。择十二月初一日，君臣出降。

北地王刘谌闻知，怒气冲天，乃带剑入宫。其妻崔夫人问曰：“大王今日颜色异常，何也？”谌曰：“魏兵将近，父皇已纳降款，明日君臣出降，社稷从此殄灭。吾欲先死，以见先帝于地下，不屈膝于他人也。”崔夫人曰：“贤哉，贤哉！得其死矣！妾请先死，王死未迟。”谌曰：“汝何死耶？”崔夫人曰：“王死父，妾死夫，其义同也。夫亡妻死，何必问焉？”言讫，触柱而死。谌乃自杀其三子，并割妻头，提至昭烈庙中，伏地哭曰：“臣羞见基业弃于他人，故先杀妻子，以绝挂念，后将一命报祖。祖如有灵，知孙之心。”大哭一场，眼中流血，自刎而死。蜀人闻知，无不哀痛。

---

① 私署侍中——蜀汉独有的官名。为宫中侍从之官。

② 降款——即投降书。款：归顺，求和。

后人有诗赞曰：

君臣甘屈膝，一子独悲伤。
去矣西川事，雄哉北地王！
捐身酬烈祖，搔首泣穹苍。
凛凛人如在，谁云汉已亡？

后主听知北地王自刎，乃令人葬之。

次日，魏兵大至。后主率太子、诸王及群臣六十馀人，面缚舆榇[①]，出北门十里而降。邓艾扶起后主，亲解其缚，焚其舆榇，并车入城。后人有诗叹曰：

魏兵数万入川来，后主偷生失自裁。
黄皓终存欺国意，姜维空负济时才。
全忠义士心何烈，守节王孙志可哀。
昭烈经营良不易，一朝功业顿成灰。

于是成都之人皆具香花迎接。艾拜后主为骠骑将军，其馀文武各随高下拜官。请后主还宫，出榜安民，交割仓库。又令太常张峻、益州别驾张绍招安各郡军民。又令人说姜维归降。一面遣人赴洛阳报捷。艾闻黄皓奸险，欲斩之。皓用金宝赂其左右，因此得免。自是汉亡。后人因汉之亡，有追思武侯诗曰：

鱼鸟犹疑畏简书，风云长为护储胥。
徒令上将挥神笔，终见降王走传车。
管乐有才真不忝，关张无命欲何如。
他年锦里经祠庙，梁父吟成恨有馀。

且说太仆蒋显到剑阁，入见姜维，传后主敕命，言归降之事。维大惊失语。帐下众将听知，一齐怨恨，咬牙怒目，须发倒竖，拔刀砍石，大呼曰："吾等死战，何故先降耶？"号哭之声，闻数

① 面缚舆榇——面缚：双手反绑于背后而面朝着胜利者，表示甘愿投降。舆榇：车上拉着棺材，表示不再抵抗，待罪受刑。

十里。维见人心思汉，乃以善言抚之曰："众将勿忧，吾有一计，可复汉室。"众皆求问，姜维与诸将附耳低言，说了计策。即于剑阁关遍竖降旗，先令人报入钟会寨中，说姜维引张翼、廖化、董厥等来降。会大喜，令人迎接维入帐。会曰："伯约来何迟也？"维正色流涕曰："国家全军在吾，今日至此，犹为速也。"会甚奇之，下座相拜，待为上宾。维说会曰："闻将军自淮南以来，算无遗策[①]，司马氏之盛，皆将军之力，维故甘心俯首。如邓士载，当与决一死战，安肯降之乎？"会遂折箭为誓，与维结为兄弟，情爱甚密，仍令照旧领兵。维暗喜，遂令蒋显回成都去了。

却说邓艾封师纂为益州刺史，牵弘、王颀等各领州郡。又于绵竹筑台，以彰[②]战功，大会蜀中诸官饮宴。艾酒至半酣，乃指众官曰："汝等幸遇我，故有今日耳；若遇他将，必皆殄灭矣。"多官起身拜谢。忽蒋显至，说："姜维自降钟镇西了。"艾因此痛恨钟会。遂修书，令人赍赴洛阳，致晋公司马昭。

昭得书，视之，书曰：

> 臣艾切谓兵有先声而后实者，今因平蜀之势以乘吴，此席卷之时也。然大举之后，将士疲劳，不可便用。宜留陇右兵二万、蜀兵二万，煮盐兴冶，并造舟船，预备顺流之计。然后发使，告以利害，吴可不征而定也。今宜厚待刘禅，以致孙休。若便送禅来京，吴人必疑，则于向化之心不劝。且权留之于蜀，须来年冬月抵京。今即可封禅为扶风王，锡以资财，供其左右，爵其子为公侯，以显归命之宠，则吴人畏威怀德，望风而从矣。

司马昭览毕，深疑邓艾有自专之心，乃先发手书与卫瓘，随后降封艾诏曰：

---

① 算无遗策——所有的计谋全都成功，从不失误。

② 彰——显示，炫耀。

征西将军邓艾耀威奋武，深入敌境，使僭号之主，系颈归降；兵不逾时，战不终日，云彻席卷，荡定巴、蜀。虽白起破强楚，韩信克劲赵，不足比勋也。其以艾为太尉，增邑二万户；封二子为亭侯，各食邑千户。

邓艾受诏毕，监军卫瓘取出司马昭手书与艾。书中说邓艾所言之事，须候奏报，不可辄行。艾曰："'将在外，君命有所不受。'吾既奉诏专征，如何阻当？"遂又作书，令来使赍赴洛阳。

时朝中皆言邓艾必有反意，司马昭愈加疑忌。忽使命回，呈上邓艾之书。昭拆封视之，书曰：

艾衔命西征，元恶既服，当权宜行事，以安初附。若待国命，则往复道途，延引日月。《春秋》之义：大夫出疆，有可以安社稷、利国家，专之可也。今吴未宾，势与蜀连，不可拘常，以失事机。兵法：进不求名，退不避罪。艾虽无古人之节，终不自嫌以损于国也。先此申状，见可施行。

司马昭看毕，大惊，忙与贾充计议曰："邓艾恃功而骄，任意行事，反形露矣，如之奈何？"贾充曰："主公何不封钟会以制之？"昭从其议，遣使赍诏封会为司徒，就令卫瓘监督两路军马，以手书付瓘，使与会伺察邓艾，以防其变。会接读诏书，诏曰：

镇西将军钟会所向无敌，前无强梁，节制众城，网罗迸逸。蜀之豪帅，面缚归命。谋无遗策，举无废功。其以会为司徒，进封县侯，增邑万户；封子二人亭侯，邑各千户。

钟会既受封，即请姜维计议曰："邓艾功在吾之上，又封太尉之职。今司马公疑艾有反志，故令卫瓘为监军，诏吾制之。伯约有何高见？"维曰："愚闻邓艾出身微贱，幼为农家养犊。今侥幸自阴平斜径，攀木悬崖，成此大功，非出良谋，实赖国家洪福耳。若非将军与维相拒于剑阁，艾安能成此功耶？今欲封蜀主为扶风王，乃大结蜀人之心，其反情不言可见矣，晋公疑之是也。”会深喜其言。

维又曰：“请退左右，维有一事密告。”会令左右尽退。维袖中取一图与会，曰：“昔日武侯出草庐时，以此图献先帝，且曰：‘益州之地，沃野千里，民殷国富，可为霸业。’先帝因此遂创成都。今邓艾至此，安得不狂？”会大喜，指问山川形势。维一一言之。会又问曰：“当以何策除艾？”维曰：“乘晋公疑忌之际，当急上表，言艾反状，晋公必令将军讨之，一举而可擒矣。”会依言，即遣人赍表，进赴洛阳，言邓艾专权恣肆，结好蜀人，早晚必反矣。于是朝中文武皆惊。会又令人于中途截了邓艾表文，按艾笔法，改写傲慢之辞，以实己之语。

司马昭见了邓艾表章，大怒，即遣人到钟会军前，令会收艾；又遣贾充引三万兵入斜谷。昭乃同魏主曹奂御驾亲征。西曹掾邵悌谏曰：“钟会之兵，多艾六倍，当令会收艾足矣，何必明公自行耶？”昭笑曰：“汝忘了旧日之言耶？汝曾道会后必反。吾今此行，非为艾，实为会耳。”悌笑曰：“某恐明公忘之，故以相问。今既有此意，切宜秘之，不可泄漏。”昭然其言，遂提大兵起程。时贾充亦疑钟会有变，密告司马昭。昭曰：“如遣汝，亦疑汝耶？吾到长安，自有明白。”

早有细作报知钟会，说昭已至长安。会慌请姜维商议收艾之策。正是：

才看西蜀收降将，又见长安动大兵。

不知姜维以何策破艾，且看下文分解。

第一百十九回

假投降巧计成虚话　再受禅依样画葫芦

却说钟会请姜维计议收邓艾之策，维曰："可先令监军卫瓘收艾，艾若杀瓘，反情实矣。将军却起兵讨之，可也。"会大喜，遂令卫瓘引数十人入成都，收邓艾父子。瓘手下人止之曰："此是钟司徒令邓征西杀将军，以正[1]反情也，切不可行。"瓘曰："吾自有计。"遂先发檄文二三十道。其檄曰：

奉诏收艾，其馀各无所问。若早来归，爵赏如先；敢有不出者，灭三族。

随备槛车两乘，星夜望成都而来。

比及鸡鸣，艾部将见檄文者，皆来投拜于卫瓘马前。时邓艾在府中未起，瓘引数十人突入，大呼曰："奉诏收邓艾父子！"艾大惊，滚下床来。瓘叱武士缚于车上。其子邓忠出问，亦被捉下，缚于车上。府中将吏大惊，欲待动手抢夺，早望见尘头大起，哨马报说："钟司徒大兵到了。"众各四散奔走。钟会与姜维下马入府，见邓艾父子已被缚。会以鞭挞邓艾之首而骂曰："养犊小儿，何敢如此！"姜维亦骂曰："匹夫行险侥幸，亦有今日耶？"艾亦大骂。会将艾父子送赴洛阳。

会入成都，尽得邓艾军马，威声大震。乃谓姜维曰："吾今日方趁平生之愿矣！"维曰："昔韩信不听蒯通之说，而有未央宫之

---

① 正——通"证"。证实，证明。

祸[①]；大夫种不从范蠡于五湖，卒伏剑而死[②]。斯[③]二子者，其功名岂不赫然哉，徒以利害未明，而见几[④]之不早也。今公大勋已就，威震其主，何不泛舟绝迹，登峨嵋之岭，而从赤松子游[⑤]乎？”会笑曰：“君言差矣。吾年未四旬，方思进取，岂能便效此退闲之事？”维曰：“若不退闲，当早图良策。此则明公智力所能，无烦老夫之言矣。”会抚掌大笑曰：“伯约知吾心也。”二人自此每日商议大事。维密与后主书曰：

望陛下忍数日之辱，维将使社稷危而复安，日月幽而复明，必不使汉室终灭也。

却说钟会正与姜维谋反，忽报司马昭有书到。会接书，书中言：

吾恐司徒收艾不下，自屯兵于长安，相见在近，以此先报。

会大惊曰：“吾兵多艾数倍，若但要我擒艾，晋公知吾独能办之。今日自引兵来，是疑我也。”遂与姜维计议。维曰：“君疑臣则臣必死，岂不见邓艾乎？”会曰：“吾意决矣！事成则得天下，不成则退西蜀，亦不失作刘备也。”维曰：“近闻郭太后新亡，可诈称太后有遗诏，教讨司马昭，以正弑君之罪。据明公之才，中原可席卷而定[⑥]。”会曰：“伯约当作先锋，成事之后，同享富贵。”维曰：“愿

---

① “韩信”二句——事见《史记·淮阴侯列传》：刘邦与项羽争霸之时，韩信因助刘邦有大功，被封为齐王。齐人蒯通劝说韩信背叛刘邦，与刘、项鼎足而三，否则将没有好结果。韩信不听。后韩信助刘邦灭了项羽，刘邦果然夺了韩信的兵权，并改封为楚王。

② “大夫种”二句——事见《史记·越王勾践世家》：范蠡和大夫种（姓文名种，官封大夫）助越王勾践灭吴报仇后，范蠡便功成身退，先往齐国，致书大夫种曰：“蜚（通“飞”）鸟尽，良弓藏；狡兔死，走狗烹。越王为人长颈鸟喙，可与共患难，不可与共乐。子何不去？”大夫种犹豫不决。越王勾践听信谗言，逼迫大夫种自杀而死。伏剑：即自刎。

③ 斯——代词。这，此。

④ 见几——亦作“见机”。预见。

⑤ 从赤松子游——赤松子为神话传说中的仙人，为神农时的雨师。“从赤松子游”就是出家学道。也是功成身退，免遭祸害之意。

⑥ 席卷而定——形容像以席卷物般迅速而全部占有。

效犬马微劳，但恐诸将不服耳。”会曰：“来日元宵佳节，于故宫大张灯火，请诸将饮宴，如不从者尽杀之。”维暗喜。

次日，会、维二人请诸将饮宴。数巡后，会执杯大哭。诸将惊问其故，会曰：“郭太后临崩有遗诏在此，为司马昭南阙弑君，大逆无道，早晚将篡魏，命吾讨之。汝等各自佥名[①]，共成此事。”众皆大惊，面面相觑。会拔剑出鞘曰：“违令者斩！”众皆恐惧，只得相从。画字已毕，会乃困诸将于宫中，严兵禁守。维曰：“我见诸将不服，请坑之。”会曰：“吾已令宫中掘一坑，置大棒数千，如不从者，打死坑之。”

时有心腹将丘建在侧。建乃护军胡烈部下旧人也，时胡烈亦被监在宫，建乃密将钟会所言报知胡烈。烈大惊，泣告曰：“吾儿胡渊领兵在外，安知会怀此心耶？汝可念向日之情，透一消息，虽死无恨。”建曰：“恩主勿忧，容某图之。”遂出告会曰：“主公软监诸将在内，水食不便，可令一人往来传递。”会素听丘建之言，遂令丘建监临。会分付曰：“吾以重事托汝，休得泄漏。”建曰：“主公放心，某自有紧严之法。”建暗令胡烈亲信人入内，烈以密书付其人。其人持书火速至胡渊营内，细言其事，呈上密书。渊大惊，遂遍示诸营知之。众将大怒，急来渊营商议曰：“我等虽死，岂肯从反臣耶？”渊曰：“正月十八日中，可骤入内，如此行之。”监军卫瓘深喜胡渊之谋，即整顿了人马，令丘建传与胡烈。烈报知诸将。

却说钟会请姜维问曰：“吾夜梦大蛇数千条咬吾，主何吉凶？”维曰：“梦龙蛇者，皆吉庆之兆也。”会喜，信其言，乃谓维曰：“器仗已备，放诸将出问之，若何？”维曰：“此辈皆有不服之心，久必为害，不如乘早戮之。”会从之，即命姜维领武士往杀众魏将。维领命，方欲行动，忽然一阵心疼，昏倒在地。左右扶起，半晌方苏。忽报：“宫外人声沸腾。”会方令人探时，喊声大震，四面八

① 佥名——即签名。佥：古时通“签”。

方，无限兵到。维曰："此必是诸将作恶，可先斩之。"忽报："兵已入内。"会令闭上殿门，使军士上殿屋，以瓦击之，互相杀死数十人。宫外四面火起，外兵砍开殿门杀入。会自掣剑立杀数人，却被乱箭射倒，众将枭其首。维拔剑上殿，往来冲突，不幸心疼转加。维仰天大叫曰："吾计不成，乃天命也！"遂自刎而死。时年五十九岁。宫中死者数百人。卫瓘曰："众军各归营所，以待王命。"魏兵争欲报仇，共剖维腹，其胆大如鸡卵。众将又尽取姜维家属杀之。

邓艾部下之人见钟会、姜维已死，遂连夜去追劫邓艾。早有人报知卫瓘。瓘曰："是我捉艾，今若留他，我无葬身之地矣。"护军田续曰："昔邓艾取江油之时，欲杀续，得众官告免。今日当报此恨！"瓘大喜，遂遣田续引五百兵赶至绵竹，正遇邓艾父子放出槛车，欲还成都。艾只道是本部兵到，不作准备，欲待问时，被田续一刀斩之。邓忠亦死于乱军之中。后人有诗叹邓艾曰：

自幼能筹画，多谋善用兵。
凝眸知地理，仰面识天文。
马到山根断，兵来石径分。
功成身被害，魂绕汉江云。

又有诗叹钟会曰：

髫年称早慧，曾作秘书郎。
妙计倾司马，当时号子房。
寿春多赞画，剑阁显鹰扬。
不学陶朱隐，游魂悲故乡。

又有诗叹姜维曰：

天水夸英俊，凉州产异才。
系从尚父出，术奉武侯来。
大胆应无惧，雄心誓不回。
成都身死日，汉将有馀哀。

却说姜维、钟会、邓艾已死，张翼等亦死于乱军之中。太子刘璿、汉寿亭侯关彝，皆被魏兵所杀。军民大乱，互相践踏，死者不计其数。

旬日后，贾充先至，出榜安民，方始宁靖。留卫瓘守成都，乃迁后主赴洛阳。止有尚书令樊建、侍中张绍、光禄大夫谯周、秘书郎郤正等数人跟随。廖化、董厥皆托病不起，后皆忧死。

时魏景元五年，改为咸熙元年。春三月，吴将丁奉见蜀已亡，遂收兵还吴。中书丞华覈奏吴主孙休曰："吴、蜀乃唇齿也，唇亡则齿寒。臣料司马昭伐吴在即，乞陛下深加防御。"休从其言，遂命陆逊子陆抗为镇东大将军，领荆州牧，守江口；左将军孙异守南徐诸处隘口；又沿江一带，屯兵数百营，老将丁奉总督之：以防魏兵。

建宁太守霍弋闻成都不守，素服望西大哭三日。诸将皆曰："既汉主失位，何不速降？"弋泣谓曰："道路隔绝，未知吾主安危若何。若魏主以礼待之，则举城而降，未为晚也；万一危辱吾主，则主辱臣死，何可降乎？"众然其言，乃使人到洛阳探听后主消息去了。

且说后主至洛阳时，司马昭已自回朝。昭责后主曰："公荒淫无道，废贤失政，理宜诛戮。"后主面如土色，不知所为。文武皆奏曰："蜀主既失国纪，幸早归降，宜赦之。"昭乃封禅为安乐公，赐住宅，月给用度，赐绢万匹，僮婢百人。子刘瑶及群臣樊建、谯周、郤正等皆封侯爵。后主谢恩出内。昭因黄皓蠹国[①]害民，令武士押出市曹，凌迟处死。时霍弋探听得后主受封，遂率部下军士来降。

次日，后主亲诣司马昭府下拜谢。昭设宴款待，先以魏乐舞戏于前。蜀官感伤，独后主有喜色。昭令蜀人扮蜀乐于前。蜀官

① 蠹（dù）国——危害国家。蠹：蛀虫孵化的飞蛾。

尽皆堕泪，后主嬉笑自若。酒至半酣，昭谓贾充曰："人之无情，乃至于此！虽使诸葛孔明在，亦不能辅之久全，何况姜维乎？"乃问后主曰："颇思蜀否？"后主曰："此间乐，不思蜀也。"须臾，后主起身更衣，郤正跟至厢下[①]曰："陛下如何答应不思蜀也？倘彼再问，可泣而答曰：'先人坟墓，远在蜀地，乃心西悲，无日不思。'晋公必放陛下归蜀矣。"后主牢记入席。酒将微醉，昭又问曰："颇思蜀否？"后主如郤正之言以对，欲哭无泪，遂闭其目。昭曰："何乃似郤正语耶？"后主开目惊视曰："诚如尊命。"昭及左右皆笑之。昭因此深喜后主诚实，并不疑虑。后人有诗叹曰：

追欢作乐笑颜开，不念危亡半点哀。
快乐异乡忘故国，方知后主是庸才。

却说朝中大臣因昭收川有功，遂尊之为王，表奏魏主曹奂。时奂名为天子，实不能主张，政皆由司马氏，不敢不从，遂封晋公司马昭为晋王，谥父司马懿为宣王，兄司马师为景王。昭妻乃王肃之女，生二子：长曰司马炎，人物魁伟，立发垂地[②]，两手过膝，聪明英武，胆量过人；次曰司马攸，情性温和，恭俭孝悌，昭甚爱之。因司马师无子，嗣攸以继其后。昭常曰："天下者，乃吾兄之天下也。"于是司马昭受封晋王，欲立攸为世子。山涛谏曰："废长立幼，违礼不祥。"贾充、何曾、裴秀亦谏曰："长子聪明神武，有超世之才，人望既茂，天表如此，非人臣之相也。"昭犹豫未决。太尉王祥、司空荀顗谏曰："前代立少，多致乱国。愿殿下思之。"昭遂立长子司马炎为世子。

大臣奏称："当年襄武县天降一人，身长二丈馀，脚迹长三尺二寸，白发苍髯，着黄单衣，裹黄巾，拄藜头杖，自称曰：'吾乃

---

① 厢下——厢房屋檐之下。厢：正屋两侧的房屋，俗称厢房。

② 立发垂地——人站立时，头发可以垂到地上。说明头发特别长，被视为贵相。

民王也。今来报汝：天下换主，立见太平。’如此在市游行三日，忽然不见。此乃殿下之瑞也。殿下可戴十二旒冠冕，建天子旌旗，出警入跸，乘金根车，备六马；进王妃为王后，立世子为太子。”昭心中暗喜。回到宫中，正欲饮食，忽中风不语。次日病危，太尉王祥、司徒何曾、司马荀𫖮及诸大臣入宫问安，昭不能言，以手指太子司马炎而死。时八月辛卯日也。何曾曰：“天下大事，皆在晋王，可立太子为晋王，然后祭葬。”是日，司马炎即晋王位。封何曾为晋丞相，司马望为司徒，石苞为骠骑将军，陈骞为车骑将军。谥父为文王。

安葬已毕，炎召贾充、裴秀入宫问曰：“曹操曾云：‘若天命在吾，吾其为周文王乎！’果有此事否？”充曰：“操世受汉禄，恐人议论篡逆之名，故出此言，乃明教曹丕为天子也。”炎曰：“孤父王比曹操何如？”充曰：“操虽功盖华夏，下民畏其威而不怀其德。子丕继业，差役甚重，东西驱驰，未有宁岁。后我宣王、景王累建大功，布恩施德，天下归心久矣。文王并吞西蜀，功盖寰宇，又岂操之可比乎？”炎曰：“曹丕尚绍[①]汉统，孤岂不可绍魏统耶？”贾充、裴秀二人再拜而奏曰：“殿下正当法[②]曹丕绍汉故事，复筑受禅坛，布告天下，以即大位。”炎大喜。

次日，带剑入内。此时魏主曹奂连日不曾设朝，心神恍惚，举止失措。炎直入后宫，奂慌下御榻而迎。炎坐毕，问曰：“魏之天下，谁之力也？”奂曰：“皆晋王父祖之赐耳。”炎笑曰：“吾观陛下，文不能论道，武不能经邦。何不让有才德者主之？”奂大惊，口噤不能言。旁有黄门侍郎张节大喝曰：“晋王之言差矣！昔日魏武祖皇帝东荡西除，南征北讨，非容易得此天下。今天子有德无罪，何故让与人耶？”炎大怒曰：“此社稷乃大汉之社稷也，曹操

① 绍——继承，传承。

② 法——效法，仿效。

挟天子以令诸侯，自立魏王，篡夺汉室。吾祖父三世辅魏，得天下者，非曹氏之能，实司马氏之力也，四海咸知，吾今日岂不堪绍魏之天下乎？”节又曰：“欲行此事，是篡国之贼也！”炎大怒曰：“吾与汉家报仇，有何不可？”叱武士将张节乱瓜[①]打死于殿下。奂泣泪跪告，炎起身下殿而去。

奂谓贾充、裴秀曰：“事已急矣，如之奈何？”充曰：“天数尽矣，陛下不可逆天，当照汉献帝故事，重修受禅坛，具大礼，禅位与晋王，上合天心，下顺民情，陛下可保无虞矣。”

奂从之，遂令贾充筑受禅坛。以十二月甲子日，奂亲捧传国玺，立于坛上，大会文武。后人有诗叹曰：

魏吞汉室晋吞曹，天运循环不可逃。
张节可怜忠国死，一拳怎障泰山高。

请晋王司马炎登坛，授与大礼。奂下坛，具公服立于班首。炎端坐于坛上。贾充、裴秀列于左右执剑，令曹奂再拜伏地听命。充曰：“自汉建安二十五年魏受汉禅，已经四十五年矣。今天禄永终，天命在晋。司马氏功德弥隆，极天际地，可即皇帝正位，以绍魏统。封汝为陈留王，出就金墉城居止，当时起程，非宣诏不许入京。”奂泣谢而去。太傅司马孚哭拜于奂前曰：“臣身为魏臣，终不背魏也。”炎见孚如此，封孚为安平王。孚不受而退。是日，文武百官再拜于坛下，山呼万岁。炎绍魏统，国号大晋，改元为泰始元年，大赦天下。魏遂亡。后人有诗叹曰：

晋国规模如魏王，陈留踪迹似山阳。
重行受禅台前事，回首当年止自伤。

晋帝司马炎追谥司马懿为宣帝，伯父司马师为景帝，父司马昭为文帝，立七庙以光祖宗。那七庙？汉征西将军司马钧，钧生豫章太守司马量，量生颍川太守司马儁，儁生京兆尹司马防，防

① 瓜——即“金瓜”，亦称“骨朵”。古代卫士所持有柄兵器，以其头似瓜形而得名。

生宣帝司马懿，懿生景帝司马师、文帝司马昭，是为七庙也。

大事已定，每日设朝，计议伐吴之策。正是：

汉家城郭已非旧，吴国江山将复更。

未知怎生伐吴，且看下文分解。

第一百二十回

荐杜预老将献新谋　降孙皓三分归一统

却说吴主孙休闻司马炎已篡魏，知其必将伐吴，忧虑成疾，卧床不起，乃召丞相濮阳兴入宫中，令太子孙𩅦出拜。吴主把兴臂，手指𩅦而卒。兴出，与群臣商议，欲立太子孙𩅦为君。左典军万彧曰："𩅦幼，不能专政，不若取乌程侯孙皓立之。"左将军张布亦曰："皓才识明断，堪为帝王。"丞相濮阳兴不能决，入奏朱太后。太后曰："吾寡妇人耳，安知社稷之事？卿等斟酌立之可也。"兴遂迎皓为君。

皓字元宗，大帝孙权太子孙和之子也。当年七月即皇帝位，改元为元兴元年。封太子孙𩅦为豫章王，追谥父和为文皇帝，尊母何氏为太后，加丁奉为右大司马。次年改为甘露元年。

皓凶暴日甚，酷溺酒色，宠幸中常侍岑昏。濮阳兴、张布谏之，皓怒，斩二人，灭其三族。由是廷臣缄口，不敢再谏。又改宝鼎元年，以陆凯、万彧为左右丞相。时皓居武昌，扬州百姓泝流[①]供给，甚苦之；又奢侈无度，公私匮乏。陆凯上疏谏曰：

> 今无灾而民命尽，无为而国财空，臣窃痛之。昔汉室既衰，三家鼎立。今曹、刘失道，皆为晋有，此目前之明验也。臣愚但为陛下惜国家耳。武昌土地险瘠，非王者之都。且童谣云："宁饮建业水，不食武昌鱼；宁还建业死，不止武昌居。"此足明民心与天意也。今国无一年

① 泝（sù）流——逆着水流行船。泝：同"溯"。

之蓄，有露根之渐；官吏为苛扰，莫之或恤。大帝时，后宫女不满百；景帝以来，乃有千数，此耗财之甚者也。又左右皆非其人，群党相挟，害忠隐贤，此皆蠹政病民者也。愿陛下省百役，罢苛扰，简出宫女，清选百官，则天悦民附而国安矣。

疏奏，皓不悦。又大兴土木，作昭明宫，令文武各官入山采木。

又召术士尚广，令筮蓍[①]，问取天下之事。尚对曰："陛下筮得吉兆：庚子岁，青盖当入洛阳[②]。"皓大喜，谓中书丞华覈曰："先帝纳卿之言，分头命将，沿江一带屯数百营，命老将丁奉总之。朕欲兼并汉土，以为蜀主复仇，当取何地为先？"覈谏曰："今成都不守，社稷倾崩，司马炎必有吞吴之心。陛下宜修德以安吴民，乃为上计。若强动兵甲，正犹披麻救火，必致自焚也。愿陛下察之。"皓大怒曰："朕欲乘时恢复旧业，汝出此不利之言！若不看汝旧臣之面，斩首号令！"叱武士推出殿门。华覈出朝叹曰："可惜锦绣江山，不久属于他人矣！"遂隐居不出。于是皓令镇东将军陆抗部兵屯江口，以图襄阳。

早有消息报入洛阳，近臣奏知晋主司马炎。晋主闻陆抗寇襄阳，与众官商议。贾充出班奏曰："臣闻吴国孙皓不修德政，专行无道。陛下可诏都督羊祜率兵拒之，俟其国中有变，乘势攻取，东吴反掌可得也。"炎大喜，即降诏遣使到襄阳，宣谕羊祜。

祜奉诏，整点军马，预备迎敌。自是羊祜镇守襄阳，甚得军民之心。吴人有降而欲去者，皆听之。减戍逻之卒，用以垦田八百馀顷。其初到时，军无百日之粮；及至末年，军中有十年之积。祜在军，尝着轻裘，系宽带，不披铠甲，帐前侍卫者不过十馀人。

---

① 筮蓍——即用蓍草占卜。参见第三十七回"揲蓍"条注。

② 青盖当入洛阳——意谓吴国将灭晋国，孙皓将至洛阳，做一统江山的皇帝。青盖：青色的车盖（车篷）。本指太子、皇子的车盖，后借指帝王。

一日，部将入帐禀祜曰："哨马来报：吴兵皆懈怠，可乘其无备而袭之，必获大胜。"祜笑曰："汝众人小觑陆抗耶？此人足智多谋，日前吴主命之攻拔西陵，斩了步阐及其将士数十人，吾救之无及。此人为将，我等只可自守；候其内有变，方可图取。若不审时势而轻进，此取败之道也。"众将服其论，只自守疆界而已。

一日，羊祜引诸将打猎，正值陆抗亦出猎。羊祜下令："我军不许过界。"众将得令，止于晋地打围，不犯吴境。陆抗望见，叹曰："羊将军有纪律，不可犯也。"日晚各退。祜归至军中，察问所得禽兽，被吴人先射伤者皆送还。吴人皆悦，来报陆抗。抗召来人入，问曰："汝主帅能饮酒否？"来人答曰："必得佳酿，则饮之。"抗笑曰："吾有斗酒，藏之久矣。今付与汝持去，拜上都督：此酒陆某亲酿自饮者，特奉一勺，以表昨日出猎之情。"来人领诺，携酒而去。左右问抗曰："将军以酒与彼，有何主意？"抗曰："彼既施德于我，我岂得无以酬之？"众皆愕然。

却说来人回见羊祜，以抗所问并奉酒事，一一陈告。祜笑曰："彼亦知吾能饮乎？"遂命开壶取饮。部将陈元曰："其中恐有奸诈，都督且宜慢饮。"祜笑曰："抗非毒人者也，不必疑虑。"竟倾壶饮之。自是使人通问，常相往来。

一日，抗遣人候[①]祜。祜问曰："陆将军安否？"来人曰："主帅卧病数日未出。"祜曰："料彼之病，与我相同。吾已合成熟药[②]在此，可送与服之。"来人持药回见抗。众将曰："羊祜乃是吾敌也，此药必非良药。"抗曰："岂有鸩人羊叔子哉？汝众人勿疑。"遂服之。次日病愈，众将皆拜贺。抗曰："彼专以德，我专以暴，是彼将不战而服我也。今宜各保疆界而已，无求细利。"众将领命。

忽报吴主遣使来到。抗接入问之，使曰："天子传谕将军作急

① 候——问候，探望。

② 熟药——即中成药。

进兵，勿使晋人先入。”抗曰：“汝先回，吾随有疏章上奏。”使人辞去。抗即草疏，遣人赍到建业。近臣呈上。皓拆观其疏，疏中备言晋未可伐之状，且劝吴主修德慎罚，以安内为念，不当以黩武为事。吴主览毕，大怒曰：“朕闻抗在边境与敌人相通，今果然矣！”遂遣使罢其兵权，降为司马。却令左将军孙冀代领其军。群臣皆不敢谏。吴主皓自改元建衡。至凤凰元年，恣意妄为，穷兵屯戍，上下无不嗟怨。丞相万彧、将军留平、大司农楼玄三人见皓无道，直言苦谏，皆被所杀。前后十馀年，杀忠臣四十馀人。皓出入常带铁骑五万，群臣恐怖，莫敢奈何。

却说羊祜闻陆抗罢兵，孙皓失德，见吴有可乘之机，乃作表，遣人往洛阳请伐吴。其略曰：

> 夫期运虽天所授，而功业必因人而成。今江淮之险不如剑阁，孙皓之暴过于刘禅；吴人之困甚于巴蜀，而大晋兵力盛于往时。不于此际平一四海，而更阻兵相守，使天下困于征戍，经历盛衰，不可长久也。

司马炎观表大喜，便令兴师。贾充、荀勖、冯紞三人力言不可，炎因此不行。祜闻上不允其请，叹曰：“天下不如意事，十常八九。今天与不取，岂不大可惜哉！”

至咸宁四年，羊祜入朝，奏辞归乡养病。炎问曰：“卿有何安邦之策，以教寡人？”祜曰：“孙皓暴虐已甚，于今可不战而克。若皓不幸而殁，更立贤君，则吴非陛下所能得也。”炎大悟曰：“卿今便提兵往伐，若何？”祜曰：“臣年老多病，不堪当此任，陛下另选智勇之士可也。”遂辞炎而归。

是年十一月，羊祜病危，司马炎车驾亲临其家问安。炎至卧榻前，祜下泪曰：“臣万死不能报陛下也。”炎亦泣曰：“朕深恨不能用卿伐吴之策。今日谁可继卿之志？”祜含泪而言曰：“臣死矣，不敢不尽愚诚。右将军杜预可任，若伐吴，须当用之。”炎曰：“举善荐贤，乃美事也。卿何荐人于朝，即自焚奏稿，不令人知耶？”

祜曰："拜官公朝，谢恩私门，臣所不取也。"言讫而亡。炎大哭回宫，敕赠太傅、巨平侯。南州百姓闻羊祜死，罢市而哭。江南守边将士亦皆哭泣。襄阳人思祜存日常游于岘山，遂建庙立碑，四时祭之。往来人见其碑文者，无不流涕，故名为"堕泪碑"。后人有诗叹曰：

晓日登临感晋臣，古碑零落岘山春。
松间残露频频滴，疑是当年堕泪人。

晋主以羊祜之言，拜杜预为镇南大将军，都督荆州事。杜预为人老成练达，好学不倦。最喜读左丘明《春秋传》，坐卧常自携，每出入，必使人持《左传》于马前，时人谓之"左传癖"。及奉晋主之命，在襄阳抚民养兵，准备伐吴。

此时吴国丁奉、陆抗皆死。吴主皓每宴群臣，皆令沉醉；又置黄门郎十人为纠弹官。宴罢之后，各奏过失，有犯者，或剥其面，或凿其眼。由是国人大惧。

晋益州刺史王濬上疏请伐吴。其疏曰：

孙皓荒淫凶逆，宜速征伐；若一旦皓死，更立贤主，则强敌也。臣造船七年，日有朽败。臣年七十，死亡无日。三者一乖，则难图矣。愿陛下无失事机。

晋主览疏，遂与群臣议曰："王公之论，与羊都督暗合，朕意决矣。"侍中王浑奏曰："臣闻孙皓欲北上，军伍已皆整备，声势正盛，难与争锋。更迟一年，以待其疲，方可成功。"晋主依其奏，乃降诏止兵莫动。退入后宫，与秘书丞张华围棋消遣。近臣奏："边庭有表到。"晋主开视之，乃杜预表也。表略云：

往者羊祜不博谋于朝臣，而密与陛下计，故令朝臣多异同之议。凡事当以利害相校，度此举之利十有八九，而其害止于无功耳。自秋以来，讨贼之形颇露。今若中止，孙皓恐怖，徙都武昌，完修江南诸城，迁其居民，城不可攻，野无所掠，则明年之计亦无及矣。

晋主览表才罢，张华突然而起，推却棋枰，敛手奏曰："陛下圣武，国富民强；吴主淫虐，民忧国敝。今若讨之，可不劳而定。愿勿以为疑。"晋主曰："卿言洞见利害，朕复何疑？"即出升殿，命镇南大将军杜预为大都督，引兵十万出江陵；镇东大将军、琅琊王司马伷出涂中，安东大将军王浑出横江，建威将军王戎出武昌，平南将军胡奋出夏口，各引兵五万，皆听预调用。又遣龙骧将军王濬、广武将军唐彬浮江东下，水陆兵二十馀万，战船数万艘。又令冠军将军杨济出屯襄阳，节制诸路人马。

早有消息报入东吴。吴主皓大惊，急召丞相张悌、司徒何植、司空滕脩，计议退兵之策。悌奏曰："可令车骑将军伍延为都督，进兵江陵，迎敌杜预；骠骑将军孙歆进兵拒夏口等处军马。臣敢为军师，领左将军沈莹、右将军诸葛靓，引兵十万，出兵牛渚，接应诸路军马。"皓从之，遂令张悌引兵去了。

皓退入后宫，不安忧色。幸臣中常侍岑昬问其故，皓曰："晋兵大至，诸路已有兵迎之。争奈王濬率兵数万，战船齐奋，顺流而下，其锋甚锐，朕因此忧也。"昬曰："臣有一计，令王濬之舟皆为齑粉矣。"皓大喜，遂问其计。岑昬奏曰："江南多铁，可打连环索百馀条，长数百丈，每环重二三十斤，于沿江紧要去处横截之。再造铁锥数万，长丈馀，置于水中。若晋船乘风而来，逢锥则破，岂能渡江也？"皓大喜，传令拨匠工，于江边连夜造成铁索、铁锥，设立停当。

却说晋都督杜预兵出江陵，令牙将周旨："引水手八百人，乘小舟暗渡长江，夜袭乐乡，多立旌旗于山林之处，日则放炮擂鼓，夜则各处举火。"旨领命，引众渡江，伏于巴山。次日，杜预领大军，水陆并进。前哨报道："吴主遣伍延出陆路，陆景出水路，孙歆为先锋，三路来迎。"杜预引兵前进，孙歆船早到。两兵初交，杜预便退。歆引兵上岸，迤逦追时，不到二十里，一声炮响，四面晋兵大至。吴兵急回，杜预乘势掩杀，吴兵死者不计其数。孙歆奔到城边，周旨八百军混杂于中，就城上举火。歆大惊曰：“北来诸军乃飞渡江也？”急欲退时，被周旨大喝一声，斩于马下。陆景在船上望见江南岸上一片火起，巴山上风飘出一面大旗，上书“晋镇南大将军杜预”。陆景大惊，欲上岸逃命，被晋将张尚马到斩之。伍延见各军皆败，乃弃城走，被伏兵捉住，缚见杜预。预曰：“留之无用。”叱令武士斩之。遂得江陵。

于是沅、湘一带，直抵广州诸郡，守令皆望风赍印而降。预令人持节安抚，秋毫无犯。遂进兵攻武昌，武昌亦降。杜预军威大振，遂大会诸将，共议取建业之策。胡奋曰：“百年之寇，未可尽服。方今春水泛涨，难以久住。可俟来春，更为大举。”预曰：“昔乐毅济西一战而并强齐[①]。今兵威大振，如破竹之势，数节之后，皆迎刃而解，无复有着手处也。”遂驰檄约会诸将，一齐进兵，攻取建业。

时龙骧将军王濬率水兵顺流而下，前哨报说：“吴人造铁索，沿江横截；又以铁锥置于水中为准备。”濬大笑，遂造大筏数十方，上缚草为人，披甲执杖，立于周围，顺水放下。吴兵见之，以为活人，望风先走。暗锥着筏，尽提而去。又于筏上作大炬，长十馀丈，大十馀围，以麻油灌之，但遇铁索，燃炬烧之，须臾皆断。两路从大江而来，所到之处，无不克胜。

却说东吴丞相张悌令左将军沈莹、右将军诸葛靓来迎晋兵。莹谓靓曰：“上流诸军不作提防，吾料晋军必至此，宜尽力以敌之。若幸得胜，江南自安。今渡江与战，不幸而败，则大事去矣。”靓曰：“公言是也。”言未毕，人报：“晋兵顺流而下，势不可当。”二人大惊，慌来见张悌商议。靓谓悌曰：“东吴危矣，何不遁去？”悌垂泣曰：“吴之将亡，贤愚共知。今若君臣皆降，无一人死于国

① “昔乐毅”句——事见《史记·乐毅列传》：战国时，齐国称霸诸侯，引起公愤。燕国大将乐毅统率燕、赵、楚、韩、魏五国联军伐齐，在济西（济水之西）展开大战，大败齐兵，使齐兵再无还手之力，于是连下七十馀城。

难，不亦辱乎？”诸葛靓亦垂泣而去。张悌与沈莹挥兵抵敌，晋兵一齐围之。周旨首先杀入吴营。张悌独奋力搏战，死于乱军之中。沈莹被周旨所杀。吴兵四散败走。后人有诗赞张悌曰：

杜预巴山见大旗，江东张悌死忠时。

已拚王气南中尽，不忍偷生负所知。

却说晋兵克了牛渚，深入吴境，王濬遣人驰报捷音。晋主炎闻知大喜。贾充奏曰：“吾兵久劳于外，不服水土，必生疾病。宜召军还，再作后图。”张华曰：“今大兵已入其巢，吴人胆落，不出一月，孙皓必擒矣。若轻召还，前功尽废，诚可惜也。”晋主未及应，贾充叱华曰：“汝不省天时地利，欲妄邀功绩，困弊士卒，虽斩汝不足以谢天下。”炎曰：“此是朕意，华但与朕同耳，何必争辩？”忽报杜预驰表到。晋主视表，亦言宜急进兵之意。晋主遂不复疑，竟下征进之命。王濬等奉了晋主之命，水陆并进，风雷鼓动。吴人望旗而降。

吴主皓闻之，大惊失色。诸臣告曰：“北兵日近，江南军民不战而降，将如之何？”皓曰：“何故不战？”众对曰：“今日之祸，皆岑昏之罪，请陛下诛之。臣等出城，决一死战。”皓曰：“量一中贵，何能误国？”众大叫曰：“陛下岂不见蜀之黄皓乎？”遂不待吴主之命，一齐拥入宫中，碎割岑昏，生啖其肉。陶濬奏曰：“臣领战船皆小，愿得二万兵，乘大船以战，自足破之。”皓从其言，遂拨御林诸军与陶濬，上流迎敌；前将军张象率水兵，下江迎敌。二人部兵正行，不想西北风大起，吴兵旗帜皆不能立，尽倒竖于舟中。兵卒不肯下船，四散奔走。只有张象数十军待敌。

却说晋将王濬扬帆而行，过三山，舟师曰：“风波甚急，船不能行，且待风势少息行之。”濬大怒，拔剑叱之曰：“吾目下欲取石头城，何言住耶？”遂擂鼓大进。吴将张象引从军请降。濬曰：“若是真降，便为前部立功。”象回本船，直至石头城下，叫开城门，接入晋兵。

孙皓闻晋兵已入城，欲自刎。中书令胡冲、光禄勋薛莹奏曰："陛下何不效安乐公刘禅乎？"皓从之，亦舆榇自缚，率诸文武，诣王濬军前归降。濬释其缚，焚其榇，以王礼待之。唐人有诗叹曰：

西晋楼船下益州，金陵王气黯然收。
千寻铁锁沉江底，一片降幡出石头。
人世几回伤往事，山形依旧枕寒流。
今逢四海为家日，故垒萧萧芦荻秋。

于是东吴四州四十三郡三百一十三县，户口五十二万三千，官吏三万二千，兵二十三万，男女老幼二百三十万，米谷二百八十万斛，舟船五千馀艘，后宫五千馀人，皆归大晋。大事已定，出榜安民，尽封府库仓廪。

次日，陶濬兵不战自溃。琅琊王司马伷并王戎大兵皆至，见王濬成了大功，心中忻喜。次日，杜预亦至，大犒三军，开仓赈济吴民。于是吴民安堵。惟有建平太守吾彦拒城不下，闻吴亡，乃降。

王濬上表报捷。朝廷闻吴已平，君臣皆贺上寿。晋主执杯流涕曰："此羊太傅之功也，惜其不亲见之耳！"骠骑将军孙秀退朝，向南而哭曰："昔讨逆壮年，以一校尉创立基业。今孙皓举江南而弃之！'悠悠苍天，此何人哉[①]？'"

却说王濬班师，迁吴主皓赴洛阳面君。皓登殿稽首，以见晋帝。帝赐坐曰："朕设此座以待卿久矣。"皓对曰："臣于南方亦设此座以待陛下。"帝大笑。贾充问皓曰："闻君在南方，每凿人眼目，剥人面皮，此何等刑耶？"皓曰："人臣弑君及奸回不忠者，

① 悠悠苍天，此何人哉——语出《诗经·王风·黍离》。"人"通"仁"。这两句意谓遥远辽阔的苍天啊，你的仁爱何在？

则加此刑耳[1]。”充默然甚愧。帝封皓为归命侯，子孙封中郎，随降宰辅皆封列侯。丞相张悌阵亡，封其子孙。封王濬为辅国大将军，其馀各加封赏。

自此，三国归于晋帝司马炎，为一统之基矣。此所谓“天下大势，合久必分，分久必合”者也。后来后汉皇帝刘禅亡于晋泰始七年，魏主曹奂亡于太安元年，吴主孙皓亡于太康四年，皆善终。后人有古风一篇，以叙其事曰：

高祖提剑入咸阳，炎炎红日升扶桑。
光武龙兴成大统，金乌飞上天中央。
哀哉献帝绍海宇，红轮西坠咸池旁。
何进无谋中贵乱，凉州董卓居朝堂。
王允定计诛逆党，李傕郭汜兴刀枪。
四方盗贼如蚁聚，六合奸雄皆鹰扬。
孙坚孙策起江左，袁绍袁术兴河梁；
刘焉父子据巴蜀，刘表军旅屯荆襄；
张燕张鲁霸南郑，马腾韩遂守西凉；
陶谦张绣公孙瓒，各逞雄才占一方。
曹操专权居相府，牢笼英俊用文武，
威挟天子令诸侯，总领貔貅镇中土。
楼桑玄德本皇孙，义结关张愿扶主，
东西奔走恨无家，将寡兵微作羁旅。
南阳三顾情何深，卧龙一见分寰宇，
先取荆州后取川，霸业图王在天府。
呜呼三载逝升遐，白帝托孤堪痛楚。
孔明六出祁山前，愿以只手将天补，

① “人臣弑君”二句——意谓弑君的逆臣和邪僻的奸臣该受酷刑。奸回：语出《左传·宣公三年》：“商纣暴虐……奸回僻乱。”奸恶邪僻之意。

何期历数到此终，长星半夜落山坞。
姜维独凭气力高，九伐中原空劬劳。
钟会邓艾分兵进，汉室江山尽属曹。
丕睿芳髦才及奂，司马又将天下交。
受禅台前云雾起，石头城下无波涛。
陈留归命与安乐，王侯公爵从根苗。
纷纷世事无穷尽，天数茫茫不可逃。
鼎足三分已成梦，后人凭吊空牢骚。